홍석영

단편 전집

홍석영 단편 전집

모악

작가의 말

나의 문학행로

홍석영

내 나이 어느덧 미수(米壽)에 이르렀다. 세월이 유수와 같다고 흔히들 말하는데 무심히 주고받는 그 말이 절대 반박할 수 없는 진실임을 그저 실감할 밖에 없다.

어쩌다 내가 이 나이에 이르렀는가. 그 긴 세월에 남겨진 정신적 유산이 얼마나 될까. 이를 되새겨볼 적에 항용 깊은 회한과 아쉬움이 가슴에 후벼든다.

하지만 이 또한 부질없는 짓, 삶은 어차피 일회적인 것이어서 당초에 예습이나 복습이 허용되지 않는 것이다. 다만 끝이 좋으면 모든 게 좋다는 말이 있듯 깔끔한 마무리를 위해 애쓸 뿐이다.

패트릭이란 이가 일찍이 말하되 "젊은이는 앞을 내다보고 늙은이는 뒤를 돌아본다." 하였다. 그래서 젊은이는 진취적이요, 늙은이는 완고하고 고루해진다는 것이다.

늙은이는 오랜 과거에 쌓여진 경험을 진실이라 믿고 스스로 권위적이 되어 새로운 변화를 거부하는데 익숙해져 있다. 나는 그런 노인이 되기 싫다. 그래서 아파트 단지의 노인회를 줄곧 외면하다가 지인의 강권을 뿌리칠 수 없어 한두 번 모임에 나가봤지만 영 마음에 들지 않는다. 뭔가 어색하고 쉽게 동화되지 않는다.

내 나이쯤 되면 덕담하듯 "백세까지 살겠어요."란 인사를 종종 받게 된다. 옛날 어느 선비가 젊은이의 세배를 받으면서 "수세 형수(亨受)하소서."란 인사말에 화를 벌컥 내면서 돌아앉았다는 일화가 있다. '수세(首歲)'란 백세를 뜻하는데, 그 노인은 그때 99세였다는 것이다.

노인들은 대개 빨리 죽고 싶다는 말을 자주 한다. 하지만 새파랗게 젊은 사람도 절망 속에 쉽사리 삶을 포기하는 경우가 많은 탓에 나이 들어 생에 연연하는 모습을 보이기 싫은 노인들의 반어법인 경우가 많을 것이다. 노인의 마음이야 어쨌든 사람이 살고 죽는 일은 본인의 의지대로 되어가는 건 아니다.

그러니 주어진 운명에 순응할 밖에 없다. 그나마 의술이 발달함으로써 고령화 시대에 들어선 현대에 살고 있다는 사실만으로도 새삼 감사할 일이라고 생각한다. 오래 산다는 것이 행복의 조건이냐 하고 이의를 제기하는 이도 있겠지만 이는 철학적 문제로 사람마다 다를 수가 있다.

나는 세 살 때 어머니를 여의고, 일곱 살에 아버지마저 떠나 할머니 슬하에서 자랐다. 선친은 28세, 어머니는 이에 앞서 24세로 요절하셨다. 그러니까 두 분의 짧은 생애를 합친 햇수보다 내가 지금 더 오래 살고 있다.

게다가 두 분 모두 사진을 남기지 않아 나는 부모님 얼굴도 모르는 고아로 살았다. 그리워하고 의지할 어떤 근거도 없었던 것이다. 다만 아버지가 생전에 쓰신 일기장을 우연히 발견함으로써 당신의 일상을 짐작할 수는 있었다. 이를 통해 아버지의 좌절이나 비련 등을 엿보게 된 것은 그나마 위로가 되는 일이었다.

나의 유년 시절은 늘 외로웠다. 초등학교 시절 봄이 오면 하굣길에 보이는 어린 새싹이 내게는 소중한 친구였다. 손톱으로 꼬집어도 금방 꺾어질 그 연약한 새싹이 무수한 발길로 다져진 단단한 흙더미를 뚫고 대기에 얼굴을 내미는 것이 어린 나에게는 그리도 신기했다. 생명력의 경이로움은 훗날 빅토르 위고의 『레미제라블』을 읽으면서 그 전문에 "무수한 군화에 짓밟히면서도 민중은 절대 굴하지 않았다."는 문장을 만나고 혁명의 위대함과 접목해 생각하는 계기가 되기도 하였다.

나는 친구들과 잘 어울리지 못했고 그 대신 책 읽기를 즐겼다. 그때 큰집은 대식구였는데 나는 헛간채 딸린 방에 숨어들어 책을 읽다가 점심을 굶은 적이 종종 있었다. 나 하나쯤 빠져도 누가 찾지도 않았고, 또 밥 먹자고 나갔다간 실컷 심부름만 하게 될 것이 두려워 그랬던 것이다. 한가로이 책 읽을 시간을 얻기가 그만큼 어려웠다는 이야기다.

그 시절 나는 매일 소를 끌고 들로 산으로 나가 꼴을 먹여야 했는데, 어느 날 어미 소의 공격으로 허벅지를 크게 다치는 일도 있었다. 그 반달 모양의 흉터가 지금도 역연히 남아있거니와 어른이 된 지금까지도 소라면 무서워 감히 근접조차 못한다.

내가 처음 문학을 접한 것은 초등학교 4학년 무렵이다. 그때 큰집에 하숙하고 있던 '노부하라'라는 일본인 선생이 방학을 맞아 고향에 갔다가 선물로 시집 2권을 사주었다. 하나는 잇싸(一茶)의 하이꾸(俳句)와 료칸(良寬)의 와까(和歌)였다. 잇싸(一茶)가 6살 나이에 지었다는 시 '야윈 개구리야 지지 말라 잇싸(一茶)가 여기 있다'는 시 구절이 지금껏 기억난다.

그리고 일제 강점기인 1944년에 전주사범학교에 들어갔고 해방 이듬해에 시인 김해강 선생님의 지도 아래 교지 『태양』을 발간했는데 창간호에 처음으로 시를 발표했고, 이후 왕성하게 습작하여 시집 한 권이 됨직한 시작을 했다.

그러다 1948년 6월경 선배들과 함께 『횃불』이란 동인지를 펴냈는데 거기에 처음으로 「건쇠 노인」이란 제목의 소설을 발표했다. 한 달 전 이른바 5·10 제헌국회의원 선거가 있었는데, 금품 수수 등 부정선거가 공공연히 벌어졌는바, 그 현상을 풍자한 글이었다.

그랬는데 뜻밖에 며칠 후 나는 경찰에 체포되어 경찰국과 교도소에 수감되어 한 달간 옥고를 치렀다. 출판물을 통제하는 미군정 포고령 위반이라는 죄목이었다. 다행히 불기소로 풀려났지만, 18세 소년의 수난치곤 너무도 충격이 컸다. 그래서 다시는 문학을 하지 않겠다고 굳게 다짐했었다.

이를 계기로 문학을 멀리 하고 모교인 초등학교에 교사로 재직하다가 나는 진로를 바꿔 처음 실시되는 행정고시 준비를 하기로 했다. 아스마 사카에의 『민법총론』과 몬테스큐의 『삼권분립론』 등이 최초로 공부한 책이다.

그 후 크게 결심하여 교사직을 버리고 상경하여 D대학 정치과에 적을 두고 오전엔 강의를 듣고 오후에는 종로도서관에 들어 고시공부에 전념하였다.

그러다 뜻밖에 6·25 전쟁이 발발했다. 그래서 27일 허겁지겁 귀향을 서둘렀으나 서울역 등 어느 곳에서도 기차가 떠나지 않아, 무턱대고 걸어 수원에 이르러서야 천행으로 마지막 남행열차를 타고 대전역에 닿았다.

입추의 여지없는 피난민 속에 갇힌 채 마침 비가 줄기차게 쏟아져 지붕이 새는 바람에 비를 맞으며 하룻밤을 지샜다. 이튿날 기적적으로 익산역까지 운행한다는 기차를 얻어 타고 가까스로 귀향하게 되었다. 그때의 풍경은 지금도 참 선하다.

진정 피비린내 나는 6·25 동란이었다. 7월 20일 경에 인민군이 우리 고장에 들어왔는데 9·28 수복까지 벌어진 참상은 말로는 이루 표현하기 어렵다. 이념의 갈등으로 빚어진 동족상잔의 비극 한가운데 속에서 나는 그 모든 시련을 겪어야했다.

생각해보면 몇 번이나 신변의 위협을 넘겨야 했던 뼈아픈 기억들이 짐짓 내 작품의 핵심 소재가 됨직도 했지만, 사실은 그렇지 못했다. 그토록 상황이 복잡하고 참담했다는 변명도 있겠으나 이 또한 작가정신이 투철하지 못한 나의 탓이라 여길 뿐이다.

시국이 안정되고 나서 전시연합대학에 학적을 두었다가 원광대에 편입하여 학업을 마쳤다. 이후 중고 교사를 거쳐 1966년에 원광대학의 강단에 섰고, 전북매일 신문사 논설위원을 거쳐 1971년 원광대학 전임교수로 안착하게 되어 대학신문주간, 학과장, 문리대와 인문대학장, 일본 교토 불교대학 객원교수 등을 거치고 1996년 2월에 정년퇴임했다.

한편 내가 문인활동을 하게 된 것은 수복 후로 지면 관계상 지방신문에 주로 시나 수필 등을 발표하는 것이 그 시작이었다.

그때부터 홍석영이라는 필명을 사용했는데, 그 까닭은 내 본명인 대표(大杓)가 자주 놀림감이 된데다 선배 문인들이 아호를 따로 가지고 있음을 본떠서 스스로 지은 것이다. 돌(바위)의 영구성과 강직성의 표상에다 나의 직계 중시조인 홍춘경(조선 중종 때 중신으로 당대 유명한 시인인바 「낙화암」이란 시가 지금도 부여 고란사에 걸려 있다.)의 아호가 석벽(石壁)인 관계로 선조를 기리고자 석영(石影)이라 하였다.

그러다 1960년 『자유문학』 3월호에 「황혼」, 7월호에 「막다른 유예」를 안수길 선생님의 추천으로 발표하며 소설가로 정식 데뷔하게 되었다. 그리고 현재 원광대 명예교수, 한국문인협회와 국제 PEN의 고문, 한국소설가협회 최고위원으로 있다.

이러고 보니 내가 글이랍시고 써서 발표해온 지 어언 60여 년이 되어 사람의 나이로 치면 환갑이 지난 원숙한 처지인데도 나는 아직도 떨떠름한 설익은 과일처럼 미숙하다. 과거 직장에 있을 적에는 전업 작가로 글만 제대로 썼으면, 하고 자탄한 적도 있었다. 그런데 정작 퇴임하고도 나는 작가로서 성실하지도 못했고, 성과 역시 미미했다.

이에 비하여 내가 사랑하는 제자들 가운데 70여 명이 한국 문단에 데뷔하여 이른바 문단의 '원광사단'이란 찬사를 듣게 된 것은 무엇보다 기쁜 일이고, 그 중에도 10여 명의 소설가가 배출되어 괄목할 만한 활동을 하며 문명을 크게 떨치고 있음은 가슴 벅찬 일이다.

그런 제자들이 나의 미수를 기념하여 올해 생일을 즈음해서 『홍석영 단편전집』을 출간하겠다고 나섰다. 그 고마움에 가슴이 뭉클하다. 별로 이름 없는 못난 작가인 나의 문학적 행적을 기념하겠다니 부끄러운 마음도 없지 않다. 어느덧 30년이 넘는 '원광소설가족'들, 그대들은 내 생애 최고의 보람이다. 또한 가장 절친한 동료 작가들이다.

모쪼록 앞으로도 꾸준히 노력하여 한국문학에 굵게 획을 긋는 정예로 확고히 자리 잡기를 기원해마지 않는다.

2017년 8월

펴내는 글

스승이 있는 삶

양귀자(소설가)

1

선생님은 트렌치코트를 즐겨 입으셨다.

그 옷을 바바리코트, 라고 부르지 않겠다. 버버리코트, 라고 해도 별로다. 그런 명칭으로는 오래전 선생님이 내게 주었던 어떤 느낌을 설명할 수가 없다. 원대신문사 주간실을 나와 바삐 교정을 걸어가던 선생님의 뒷모습을 가만히 보고 있으면 어쩐지 그 코트만이 유일하게 선생님의 편, 혹은 선생님을 지켜주는 갑옷처럼 여겨졌다. 학보사 회식이나 여행에 동행할 때도 나는 선생님의 코트를 챙기는 일에 주의를 게을리하지 않았다. 그 옷 없이 선생님을 세상에 내보내고 싶지 않았다.

트렌치라는 이 외래어는 전쟁터의 참호를 일컫는다. 그러므로 이 코트는 전장의 추위와 비바람을 막아내기 위해 만들어진 옷이라고 한다. 놀라운 일이다. 원광대학교에 입학하여 선생님을 처음 만나던 그 무렵의 나에게 이런 지식이 있을 턱이 없다. 훨씬 뒤에 이 코트의 유래를 알게 되었고 비로소 그 시절 내 막연한 '느낌'의 증거를 찾았다. 나를 납득시킨 단어는 이런 것이었다. 추위, 비바람.

2

선생님은 세 살에 어머니를, 그리고 일곱 살에 아버지를 여의셨다. 형제도 없었다.

1930년 출생이었던 선생님에게는 시대도 불운했다. 일제 강점기, 해방, 이어지는 동족상잔의 전쟁까지 개인의 삶에 중첩된 역사의 혹독함도 선생님을 비껴가지 않았다. 한 인간의 삶에 동원할 수 있는 모든 추위와 비바람이 다 있었다.

선생님의 자전소설 「흔적」에는 당신을 두들기고 간 비바람들 몇 개가 간략하게 등장한다. 절대 길고 세세하지 않다. 선생님은 원래 그러했다. 당신에게 닥친 불행이나 괴로움에 대해 선생님이 펼쳐놓고 동의를 구하는 모습은 지금까지 단 한 번도 본 적이 없다. 개인의 고통은 누설하지 않겠다는 것이 아마도 선생님의 원칙이라고 나는 생각한다. 부모님이 유산으로 남겨준 건 외로움이 전부였다, 라는 소설의 한 문장 정도가 선생님의 원칙이 허락할 수 있는 경계선이었다.

선생님은 당신의 생애를 짐짓, 혹은 더욱 유쾌하게 회고하셨다. 들어 유쾌할 수 없는 이야기는 언급하지 않았다. 선생님은 당신의 모든 이야기가 필요 이상으로 무거워지는 것을 못 견디는 분이다. 지금도 그러하고 예전에도 그러하셨다.

함부로 말해버릴 수 없는 이야기를 말하는 방법에 농담이 있다는 것을 그 시절에는 몰랐다. 하지만 지금은 나도 알고 있다. 선생님 제자답게 나 역시 농담주의자로 세상을 살았다. 특히 나에 대해 말해야 할 때 써먹을 수 있는 농담을 수집하려 책을 읽는다고 해도 과언이 아니다. 선생님은 내게 부딪치고 깨지는 내면의 어수선한 파열음 정도는 스스로 수습할 수 있어야 된다고 가르치셨다.

대학신문사 기자였던 나는 국문과 강의실보다 신문사 안에서 선생님과 더 많은 시간을 함께 했다. 선생님이 추위에 약하다는 것은 그때도 알았다. 하지만 선생님이 세상의 모든 비바람과 함께 출발해서 행군 중이라는 사실은 잘 몰랐다. 그럼에도 선생님의 트렌치코트가 물리적 추위만 막아주고 있다는 생각은 들지 않았다. 어쩐지 그랬다.

지금 선생님은 트렌치코트를 입지 않으신다. 펄럭이는 자락을 다 간수하고 다니기에는 많이 쇠약해지셨다. 그것이 슬프다. 지금이니까 마음 놓고 할 수 있는 말이지만, 대학시절 내가 본 선생님 코트는 좀, 크고 길었다. 혹시 그때 이미 말씀드렸을 지도 모른다. 선생님은 격식을 강조하여 제자들과 먼 거리에 있기를 원하는 분이 아니셨으므로 틀림없이 했다고 믿어진다. 그래도 다행이다. 세월이 하도 많이 흘러 선생님은 분명 잊으셨을 것이다.

아니다. 무슨 어림없는 말을. 기억에 관해서라면 선생님이야말로 압도적이다.

3

선생님에게 기억은 소멸도, 희석도 되지 않는 아주 견고한 무엇이다.

여기, 하나의 둥근 원이 있다. 그 원의 가운데에 선생님이 계신다. 장소는 대개 전주거나 익산이거나 논산의 한 숙박업소 온돌방이다. 원의 구성원은 원광대학을 졸업한 소설가 제자들이다. 선생님에게는 이름을 떨친 소설가 제자들이 많다. 어느 인터뷰에서, 가르침을 준 제자라기보다 함께 문학을 호흡하고 기량을 연마하며 동행한 것일 뿐, 이라고 말씀하신 것을 읽었는데 선생님의 이정도 표현은 당신으로서는 힘껏 자랑을 하신 것이다. 선생님은 자랑에 서툴다.

대신 선생님은 기억의 힘이 세다. 둥근 원을 이루고 앉은 스승과 제자들 간의 한담은 가끔 정확한 기억을 요구하는 부분에서 잠깐씩 멈추게 된다. 가물가물한 이름이 그렇고, 앞과 뒤가 맞지 않는 어떤 상황의 애매함이 그렇게 만든다. 이런 경우, 선생님의 구체성과 정확함은 정말이지 놀랍다. 수십 년 전의 세세한 기억까지 다 호출하여 이야기의 아귀를 맞추는 선생님을 제자들은 당할 도리가 없다.

일 년에 두 번씩 제자들은 선생님을 모시고 일박 이일의 만남을 꾸려가고 있다. 벌써 30년이 넘은 모임이다. 30년 전부터 함께 온돌방 풍경을 만든 소설가 제자들의 명단은 이렇다. 최기인, 윤흥길, 박범신, 김기홍, 양귀자, 최순애, 정영길. 그리고 나중에 조금 더 젊은 제자들이 합류했다. 김후량, 김기은, 유정미, 장마리. 세어보니 모두 열한 명이다.

선생님은 소싯적 제자들 모습을 당사자보다 더 자세하게 기억하신다. 덕분에 이 모임은 긴 세월 이어졌어도 매번 시간이 부족하다. 너무 멀어졌다고 생각했던 과거의 한 순간들이 번번이 선생님 기억에 붙들려 다시 호출된다. 선생님 기억에 당사자들의 후일담까지 더해지면 이야기는 끝날 줄 모르고 자꾸 가지가 뻗어간다. 우리 모임이 늘 자정 정도는 거뜬히 넘기는 이유가 여기에 있다.

거기에 더해 1960년 혹은 1970년대 문단 비화도 소상히 들을 수가 있다. 줄곧 익산에만 머무셨지만 선생님은 당시 중앙 문단과도 교류가 많았다. 지금은 문학사 한 페이지에 기록된 문단 대선배들과의 인연도 선생님 기억 속에서는 전혀 뭉그러지지 않은 채 남아있다. 너무 강렬해서 반복적으로 들었던 선생님 기억 속 삽화 몇 가지는 심지어 우리들 모두의 공동 기억이 된 듯도 싶다. 그만큼 선생님 기억은 힘이 세다.

나는 선생님의 경이로운 기억력에서 소설가의 운명을 본다. 기쁨도 슬픔도, 피할 수 없는 삶의 모든 비바람까지 세밀하게 다 기억하고 수시로 되살려 현재를 사는 한 존재가 도달하는 지점이 "소설" 말고 다른 것일 수는 없다고 나는 감히 추측한다.

4

선생님은 올해 미수(米壽)다. 선생님은 지금도 소설을 쓰고 있다.

소설가 제자들 중에도 글을 멈춘 이가 제법 된다. 물론 나도 포함되었다. 그러나 선생님은 아직도 현역이다. 그것만으로도 스승의 자리에 계시기 충분하다.

문단에 나올 무렵의 젊은 당신을 회상할 때, 그때 선생님은 유독 환하다. 1960년 『자유문학』 3월호에 단편 「황혼」이, 그리고 그해 7월호에 「막다른 유예」가 2회 추천되면서 선생님은 소설가가 되었다. 추천 심사위원은 소설가 안수길 선생이었다. 한 해에 두 편이 연달아 추천되는 예는 아주 드문 일이다. 안수길 선생과도 전혀 아는 바가 없었다. 서울과 멀리 떨어진 익산에서 교사로 재직하며 순전히 당신 혼자 일궈낸 등단이었다.

사실 선생님은 1948년 전주사범 시절부터 이미 소설가였다. 그것도 첫 소설을 실은 동인지가 미군정의 포고령 위반으로 경찰에 적발되어 소년으로 하여금 한 달의 옥고를 치르게 만들었으니 이보다 더 극적인 경우도 없을 것이다. 그러나 선생님은 이런 삽화를 전할 때도 역시 유쾌하시다. 당신이 당한 고통은 축소하면서 듣는 이가 필요 이상으로 진지해질까 배려하신다. 선생님 소설도 마찬가지다. 누누이 강조하고 과장하는 문장들이 없어 독자에게 피로감을 주지 않는다. 신념 과잉의 거대담론을 소설로 읽고 싶은 독자는 없다.

평론가 오하근 선생은 「간접 개입자의 현장 탈출 기록」이란 글에서 선생님 소설을 분석하며 마지막을 이렇게 맺는다.

> "홍석영 소설은 불행한 개인사와 민족사가 엮어낸 비극적 사건, 이 현장에서 숙명적 비극을 연출하는 주인공의 이야기를 우연히 이 사건에 연루된 간접 개입자가 담담하게 서술하는 현장 탈출 기록이다."

현장 탈출 기록. 이 세 단어가 하나하나 의미심장하다. 선생님은 개인의 역사에서도, 국가의 역사에서도 언제나 일이 생긴 그 자리 '현장'에 존재했다. 매번 최대한 노력하여 '탈출'했고, 전 생애를 통해 '기록'했다. 우리가 소설가, 라고 말할 때 금방 떠오르는 그런 생을 선생님은 가졌다. 그래서 문득 선생님께 묻고 싶어진다. 그러했으므로 소설가로서는, 개인의 입장 말고 그저 소설가로서만 뒤돌아본다면, 선생님은 '행복한 소설가'였는지를.

선생님은 첫 창작집 『異蹟의 밤』을 시작으로 지금까지 4권의 소설집과 5권의 장편소설을 펴내셨다. 많지도 않고 적지도 않다, 라고 선생님은 말씀하신다. 그리고 덧붙이신다. 평생 과욕은 부리지 않고 살았지만 소설만큼은 정말 잘 쓰고 싶었다고.

5

다시 처음으로 돌아간다.

선생님에게 소설은 그러니까 트렌치, 아니 참호였다. 빗발치듯 쏟아지는 적군의 총탄을 피할 수 있는 깊고 어두운 참호. 선생님은 거기에 의지하여 여기까지 오셨다. 소설로 견디고 소설로 위무 받는 시간들이 있어서 얼마나 다행인가, 라고 말해버릴 수 있지만, 그러나 말할 수가 없다. 함부로 짐작하여 단정할 수 있는 자격이 내게는 있지 않다. 그저 나는 선생님의 트렌치코트 정도나 말할 수 있을 뿐이다.

지난해 가을, 스승과 제자들이 또 온돌방에 둘러앉았다. 그러고 보니 이 모임의 이름이 '원광소설가족'인 것은 아주 적절하다. 동행의 역사가 30년이다. 가족이 아니고서는 이럴 수가 없다. 이제는 얼굴만 봐도 그냥 좋다. 이유가 없다. 시간은 우리를 참 향기롭게 발효시켰구나 하는 생각을 가끔 하기도 한다. 선생님이 계신 한 이 모임은 앞으로도 계속될 것이다.

지난해 모임에서 우리는 선생님의 미수(米壽)를 논의했다. 논의는 길게 가지 않았다. 선생님이 가장 기뻐하실 일은 "소설"에 관한 것임이 분명했기 때문이었다. 그렇게 이 헌정문집이 기획되고 진행되었다. 이 문집에는 평생을 걸쳐 쓴 선생님의 모든 단편소설이 수록된다. 4권의 창작집에 수록된 작품과 책으로 묶이지 못한 단편까지 총 49편이다. 그러니까 선생님의 여든여덟 해가 이 책에 모두 담겼다. 무겁고도 깊은 책이 될 것이다.

여기까지 오는 데 최기인, 윤흥길, 박범신, 김기홍, 네 분의 선배 덕이 컸다. 선배 자리가 어떠해야 하는지 30년 동안 말없이 보여준 분들이다. 실무를 본 정영길 후배도 일이 많았다.

스승이 있는 삶이어서 제자들은 모두 행복했다. 선생님도 그렇게 여겨주신다면, 그러면 정말 더할 나위가 없겠다.

2017년 8월

차례

2부

피서지

3부

우리들의 대부님

4부 바람과 사슬

5부 기타

꽃샘

제삼권내第三圈內

치욕恥辱

이적異蹟의 밤

울적한 여로旅路

방황기彷徨記

출분 이후出奔 以後

불가입성설不可入性說

무뢰한無賴漢

황혼黃昏

도시都市의 무덤

바람에 실종失踪하라

1부

이적의 밤

꽃샘

쓸쓸한 항도(港都) K시에 직장을 옮긴 나는 그 첫 주말 오후에 거리로 나갔다. 꽃샘의 쌀쌀한 바람이 불고 있었다. 하늘은 초겨울처럼 찌푸리고 있었고, 거리는 온통 먼지투성이였다.

혼자서 하숙방에서 지내기란 따분한 일이겠는데 마침 이곳의 제자인 정미(貞美)가 나를 유혹해낸 것이다. 그녀는 일 년이나 기다린 보람으로 어제 초등학교 교사의 발령을 받았노라고 했다.

그래서 자유로운 몸으로 마지막 주말을 즐기려는 호의로 문득 나를 꾀어낸 것이다. 그녀는 적이 들떠 있었고, 나는 침울해 있었기 때문에 줄곧 던지는 그녀의 말이 놀랍고 매혹적이며 어렵고 얼떨떨할 정도로 귀 밖으로 미끄러져가고 있었다. 그녀는 공원에 오르자고 했고, 나는 조용한 찻집에라도 들러 시간을 보내고 싶은 생각이었지만 나의 의지가 그것을 거역할 길이 없음을 잘 알고 있었다. 화사한 감정 속에 나를 끌어넣고 싶어 하는 그녀의 욕망이 순수하게 자기도취랄 밖에 없는데도 나는 말없이 그녀의 뒤를 따르기로 했다.

우리는 공원에 올랐다. 파릇파릇한 나뭇잎들은 바다에서 불어오는 세찬 바람에 으스스 떨고 있었고, 길가의 양철 게시판은 사뭇 덜커덩거렸다.

사람 하나 없는 팔각정의 나선형으로 뻗쳐오른 층계 아래 나란히 걸터앉아, 우리는 붉은 흙탕물이 일고 있는 부두 쪽 바다를 내려다보았다.

바다에는 배 한 척 보이지 않았다. 몇 사람의 어부가 나와 파도에 밀려나는 어선의 닻줄을 말뚝에 비끄러매고 있었다.

차츰 몸속에 스며오는 추위에 옷깃을 여미며 바다 멀리 시선을 꽂은 채 우리는 침울했다.

바람 속에서도 시계소리가 흘러서 사라져 가는 시간의 소리가 들리는 것 같았다. 문득 정미가 기침을 하기 시작했다.

"아니, 기침을 하고 있군. 감기 들겠는걸?"

"괜찮아요. 감기는 진작 들어 있는 걸요. 선생님, 추우세요?"

조금 전과는 달리 약간 침울한 표정을 짓고 돌아본다. 나는 머리를 저어보였다.

"선생님, 죄송합니다. 이런 날에 공원에 오르자고 생떼를 썼으니, 좀 화나셨죠? 그렇지만 왠지 그러고 싶었어요."

"화나긴? 정미가 원했는데……." 불현듯 상심하는 눈치를 깨닫고 넌지시 웃어 보이며 말했다.

"감사합니다. 선생님, 사실은 제가 오늘 퍽 흥분해 있었던 것 같죠? 선생님은 제가 발령을 받고 다음 주면 직업인으로서의 스타트를 하게 되어 기분이 들떠 있는 걸로 아실 거예요. 그러나 사실은 자신을 속이고 있었던 거예요."

그녀의 목소리는 약간 울먹거렸고, 차분히 내려 깐 속눈썹은 조금 젖어 있는 것같이 보였다. 나는 가슴이 뭉클했다.

"정미, 갑자기 왜 우울해졌지? 아마 감개무량해서 좀 슬퍼졌는지도 몰라."

"아녜요. 취직되어 물론 기쁘기는 하지만 그것으로 센티해질 시시한 감정은 아녜요. 저는 오래전부터 이상한 예감을 느껴 왔어요. 직업 같은 데 매이게 되면 영 헤어날 수 없으리라는 것 말예요. 그래서 아마 몇 년 후 저는 직업밖에 모르는 훨씬 불행한 여자가 돼가지고 있을 거라고 생각하고 있어요."

"그건…… 진정 의젓잖은 자의식이군." 나는 익살스런 기분이 되어 비꼬아 말했다.

"그럴지도 모르죠. 그렇지만 마치 넝마처럼 자신이 주체스러워졌을 때 직업을 갖게 되었다는 것…… 학생들 앞에서 자신이 해야 할 일을 발견하는 것, 그리고 쓰러질 때까지 일을 한다는 그것이 뭘 의미하게 되는 거죠?"

"생활을…… 현실을 의미하게 되는 거지."

나는 무뚝뚝하게 대꾸했다. 정감이 짙은 그녀의 말소리에 끌리면서도 왠지 마음이 뒤틀려 왔다.

"현실이죠? 그러니까 좀 더 악착스러워야 할 거예요. 저는 그러니까 그것에 죽자고 매달릴 거예요. 그러면서 평생 그것에 의지가 되지 않을 거예요. 그러니 그건 뭐죠? 비극일 수밖에 없지 않아요?"

그녀는 격한 어조로 지껄이고 눈물이 솟도록 기침을 했다. 나는 슬며시 동정적인 기분이 되었으나 냉담하게 욱질러 말했다.

"왜 그런 걸 생각할까? 교단에 설 사람의 정신적인 자세가 돼먹지 않았군."

"그래요 저는 마음의 준비가 없어요. 도무지 현실 같지 않은 걸요."

가볍게 떨리는 목소리로 중얼거렸다. 이어 침묵이 왔다. 그것은 끊어진 다리처럼 나를 불안하게 했다.

—십 년 전 나는 사립대학 교원이었다. 이권 다툼으로 일어난 재단 분규에 휩쓸려 교원들의 암투가 나를 위협했다. 나는 부러진 난간에 기댄 것처럼 위태로움을 느끼면서도 몸은 꼼짝할 수도 없었다. 나이 서른다섯에 식구는 처자와 얼려 여섯이었다. 나는 아찔한 절망감에 사로잡혀 뭔가 의지하고 몸부림쳐야겠다는 욕망을 느끼면서도 자신의 무능을 의식하고 있었다. 결국 나는 아무런 도움도 없이 데드라인에 걸려들었고, 양심이라는 핑계로 자조(自嘲)하며 정든 학교를 버려야 했다. 초라한 전별금과 같이 따라 온 것은 어학실력이 부족한 〈무능교수〉라는 수준이었다. 나는 거리에 쫓겨 나오고도 이상하리만큼 아무렇지 않았다. 꿈같기만 했다. 한 해 동안 나는 번둥번둥 놀고 지냈다. 그러면서 야릇한 불안을 느끼기 시작했고, 연말이 되자 나는 참을 수 없는 초조감에 사로잡히게 되었다. 이듬해 나는 고등학교 교원으로 취직을 했다. 발령을 받고는 이내 태평이 되어버렸다. 처음 등교하는 날 나는 늦잠을 잤고, 뚜렷한 이유도 없이 역정을 느끼며 게으름을 피운 것이다.

문득 정미가 나에게 물었다.

"선생님, 돌아가신 우리 아버지 아시죠?" 꿈처럼 과거를 더듬고 있던 나는 얼결에 대답했다.

"암, 알고말고."

"오늘이 아버지 기일이에요."

"음, 그래? 그랬던가?"

나는 별로 감동이 없으면서도 당황히 중얼거렸다.

"선생님, 그럼 일어나실까요? 지금부터 다방에 모시겠어요. 그리고 오늘 밤에는 선생님 술을 사드릴게요. 취하시는 것 보고 싶어요."

정미는 명랑하게 말하고 일어섰다. 뒤따라 일어선 나는 앞서가는 그녀 뒤를 따라 산을 내려가기 시작했다. 거리에 오자 그녀가 쓸쓸히 웃으며 말했다.

"오늘 쓸데없는 말 많이 지껄였죠? 그렇지만 이렇게 속없이 방황하는 거 선생님 책임인걸요."

"왜 그렇지?" 비로소 긴장이 풀리는 것을 느끼며 물었다.

"사춘기인 여고 시절에 선생님의 정신적인 감화가 컸으니깐 그렇죠." 정미가 소녀처럼 심술궂게 웃으며 말했다.

"책망이군? 허지만 정미가 교단에 서게 되면 머잖아 그런 책망을 하게 되는 제자가 생기게 되는 걸 생각해둬." 하고 나는 감미로운 기분에 끌려 성숙한 그녀의 허리께에 눈이 가자 어깨가 으쓱해졌다.

"그게 세대교체라는 건가요?" 정미는 기분 좋은 웃음을 터뜨리고 말했다.

다방 「망향」은 시가의 비교적 번화한 거리에 있었다. 연둣빛 아치형 입구에 기대놓은 한 쌍의 화환이 바람에 나풀거리고 있었고, 그 위로 비스듬히 포스터가 걸려 있었다.

'무헌 이치자 선생 서예 유작전(無軒 李恥字 先生 書藝 遺作展)'

내가 놀란 얼굴로 그것을 바라보고 있을 동안 정미가 가만히 속삭였다.

"오늘 열었어요. 아버지의 일주기(一周忌)를 맞아 제자들이 나서서 추도전람회(追悼展覽會)를 열어준 거예요."

"음, 대견한 일이군. 왜 진작 말해 주지 않았어?"

약간 뒤틀린 의식에서 책망하는 투로 물었다.

"선생님께 알리고 싶은 기분이 되지 않았는걸요. 잠깐 들어가 보실까요?"

도어를 밀었다. 다방 안은 한산했다. 자못 어둡고 답답한 방안에서는 바다의 짠내와도 같은 끈끈한 공기가 느껴왔다. 벽면에 빽빽하게 걸려 있는 액자와 족자들이 무게를 지니고 방안의 분위기를 덮쳐누르고 있었다.

정미는 계산대 앞의 복스에 앉아 있는 주최자들인 듯한 사람들에 가벼운 목례를 보내고는 구석 자리를 향했다.

나는 약간 설레는 기분으로 몇 작품들을 훑어보고는 그녀와 마주앉았다.

—정미의 아버지 치우와 나는 한 팔 년 전 같은 직장에 있었다. 그는 사학과 시간강사였다. 그때부터 그는 서예(書藝)를 좋아했다. 방과 후면 예서체(隸書體)의 요령 모를 글씨를 여러 장 써가지고는 교무실 벽에다 덕지덕지 붙여놓고 바라보곤 했었다. 그때의 나이 쉰이 넘었었다. 그런 나이에 소년 같은 자만을 띤 얼굴이란 마치 기인(奇人)의 인상이었다.

"하루에 열 장씩 써서 한 삼 년 지나면 서도가 뭣인지 알게 된다우."

반백의 노 교사는 나에게 넌지시 일러주며 희죽 웃어 보이기도 했다. 이 년 동안 같이 있었으나 별다른 서예의 발전도 없어서, 나는 은근히 그의 절망을 직감하고 있었다. 그는 성공하기에는 너무 늙었고, 야심을 가지기에는 너무 늦었던 것이다. 그랬는데 뜻밖의 전시회를 대하고 보니 나는 형언할 수 없는 감격을 느꼈던 것이다. 더욱이 빨간 매약제(賣約濟)란 표지가 몇 개 붙은 걸 발견하고 나는 기이감에 사로잡혔다.

"팔 년 만에 글씨를 대하고 보니 감개무량하군. 벌써 몇 폭은 원매자가 생기고……."

담배를 꺼내 물고 한 모금 연기를 길게 뿜어내며 말했다.

"이상한 기분이시죠? 그렇지만 아버지는 진짜 서예가는 아니구요. 또 전시할 만큼 잘 쓴 글씨라고 생각되지는 않아요." 약간 상기된 얼굴로 정미는 말했다. 맑은 눈 속에는 속인 같은 익살이 담겨 있었다.

"진짜 서예가란 직업적인 서예가로 말이겠지? 하지만 그것이 문제가 아니라 작품세계에 얼마큼의 예술성이 있나가 중요한 문제야."

"그런 뜻에서가 아니고요. 진짜 예술가란 예술 그것으로써 자신이 얼마큼은 행복해졌으리라고 생각해요. 아버지의 경우 자신의 정신적인 세계에 얼마만치 보탬이 됐는지 의심스러워요."

"예술이 자신을 구제한다는 건 속된 행복의 의미와는 다를 거야."

"알겠어요. 다만 저는 아버지가 근 십 년 간 글씨를 쓰면서도 한 번도 그것에 만족을 느껴보지 못한 것 같아요. 도대체 아버지는 세상 뭐에도 매어보질 못한…… 지독한 방랑이었어요."

"알 수 없는 걸." 나는 불쑥 말하고 일어섰다.

다시 작품들을 훑어보는데, 계산대 쪽의 사람이 따갑도록 시선을 보내왔다. 거의 한결같이 무의미에 가까운 덧없는 글귀들에 나는 차츰 역정을 느끼기조차 했다. 십여 년 간의 교원생활에서 그가 생활의 기틀을 마련하기 어려웠던 실패의 원인이 이러한 무의미에 있었던 것이 아닐까 하는 생각이 얼핏 떠올랐다. 일제 아래 사는 것이 부끄럽대서 스스로 치우(恥宇)라고 이름 짓고 집 없는 가난 속에서 도리어 무헌(無軒)으로 자처했던 진실이 이런 따위의 무의미와 통하는 것 같았다. 한 번도 양복을 입은 걸 보지 못한, 한복 차림의 꾀죄죄한 모습이 학생들의 호감 밖에 있었던 것이 오늘의 초라한 서예전과 다를 바 없다고 느껴졌다.

'그것은 퇴색한 연륜에서 오는 거리감이었을까?' 나는 왠지 깔아진 기분으로 자리에 돌아왔다.

레지가 왔다. 나는 커피를 정미는 밀크를 주문했다. 레지가 가자 나는 뭔가 말해야겠다고 생각하고 있는데 이번에는 계산대 쪽의 한 사람이 왔다.

"저, 말씀 중에 실례가 안 된다면?" 키가 훌쩍 큰 청년의 목소리가 우람스러웠다.

"네, 앉으세요. 우리 은사님이에요."

정미가 말해서야 나는 엉거주춤 일어서서 인사를 나눴다. 그는 풀썩 자리에 앉자 내 앞에 방명록이라고 적힌 백지의 두툼한 책을 꺼냈다.

"안내장 같은 것도 마련 못했습니다. 조촐하게 하고 싶었어요. 문제는 작품 소화니깐 그런데만 신경을 쓰고 있죠."

"아, 그렇습니까?" 나는 약간 얼떨떨한 기분으로 말했다.

"하지만 작품도 웬만하면 거의 소화될 겁니다. 뭐 예술성 같은 게 문제겠습니까? 돈푼이나 있다든가 무슨 기관의 장으로 있다든가 하는 사람들이 한 폭의 서예작품을 산다는 것은 체면상의 문제죠. 얼마큼 봐주느냐에 달려 있는 거죠."

"그러니까 체면의 거래겠군요." 나는 별안간 메스꺼움을 의식하며 말했다.

"그렇죠. 다행히 여기 주최한 우리들이 거개 신문기자거나 경찰에 있는 친구들이어서 그런 체면을 세울 구실은 할 것 같습니다. 뭐, 한 폭쯤 안 봐줘선 곤란한 처지들이 많죠."

"다행이군요. 그렇지만 뜻대로 될까요?" 나는 비꼬아 주고 싶은 충동을 누르면서 겨우 이렇게 말했다.

"문제없습니다. 다 계산이 서서 하는 겁니다. 모처럼의 스승 돕기 운동의 하나로 계획한 일인데 성과가 없어선 안 되겠지요. 아무튼 와주셔서 고맙습니다. 그럼 여기 방명록에다 일필휘지(一筆揮之) 해주실까요?" 약간 비웃는 것 같은 얼굴로 말했다.

"뭘, 저야 구경만 하러 온 것인데…… 딴 분들이 다 써 주실 것이고……."

굳이 사양하려는데 그가 끈덕지게 권해 왔다.

"아니올시다. 우리 이치우 선생님을 추모하시는 뜻으로, 더욱이 그 따님과는 특별한 사제지간이시라면서……." 나는 요령 모를 뜻으로 몇 자 적었다.

"고맙습니다. 뜻깊은 말이군요. 그럼 저는 저쪽으로 가 있겠습니다."

푸리뮤러와 카라가 활짝 핀 커다란 화분 둘로 가려진 저쪽으로 그가 떠나기가 바쁘게 정미는 화가 난 목소리로 말했다.

"저분들은 아버지의 유작(遺作)을 팔아주는 걸로 커다란 선행을 하고 있다고 생각하고 있어요. 그렇지만 그것은 결과적으로 아버지에 대한 모욕이에요. 그래서 당초에 저는 반대했거든요. 참 구역이 나는 얘기예요. 글쎄 아버지의 작품이 잘 팔릴 까닭은 없잖아요? 그러니까 저분들은 갖은 수단을 다 써서 강매(强賣)하려는 거죠. 지독한 장사예요. 팔리기 위해선 아버지의 이름이 값싼 동정으로 몇 번씩이나 모욕을 견뎌야 하거든요. 그런 점에서 사후에 아버지를 위한다는 진정한 제자라고 할 저분들마저 아버지를 이용하고 있는 걸 볼 때 아버지는 교육자로서 실패한 셈이죠."

나는 커피를 후룩후룩 마시며 가슴에 화살처럼 와서 꽂히는 그녀의 말을 느끼고 있었다.

"아버지가 살아계셨다면 어떤 형편이었든 작품들을 거리에 내놓고 욕보이는 것 같은 짓은 하지 않았을 거예요. 도대체 아버지는 작품을 상품화한다는 따위 꿈에도 생각할 분이 아니었거든요."

"전시회를 그렇게 나쁘게 해석해선 안 돼. 물론 아버지의 경우는 특수한 편이긴 하나 예술품이란 생산된 순간부터 만인의 것이라는 조건을 지니고 있는 거야. 그리고 저분들의 태도야 어쨌든 아버지의 작품을 세상에 내놓고 싶어 한 그 본의가 순수한 존경심에서 온 것으로 봐 두는 게 좋지."

나는 타이르듯 말했으나, 사실은 번거로운 생각에 견딜 수 없을 만큼 신경이 지쳐 있었다.

―나는 요즘 무서운 패배의식을 느끼고 있다. 나날이 교단에 서면서도 나는 거의 자신을 잃어 가고 있는 마음의 공동(空洞)을 의식하고 아찔해졌다. 강의할 때마다 불현듯 내 목소리를 내가 듣지 않고 있다는 자책에 움찔해지곤 한다. 아내는 오래 전부터 갑상선(甲狀腺)을 앓

고 있었다. 기술적인 대수술을 치러야 할 처지였다. 어쩌면 암(癌)일지도 모른다는 예감이 마음을 초조하게 했다. 그러나 시설을 갖춘 서울의 유명한 병원에라도 입원시켜야 할 문제는 나의 능력 밖이었다. 나는 쌓이는 불안과 가각 속에서 참으로 비참하기만 했다. 그러던 중 뜻밖에 K시에 전근이 되었다. 나는 홀홀히 여정에 서는 감미롭고도 허전한 기분으로 집을 떠났다. 나는 아내를 버린 격이 되었다. 적어도 하루 대부분을 그녀에게서 멀어질 수 있었다는 해방감이 나로 하여금 그녀를 버렸다는 자책으로 야릇하게 뒤범벅이 되어버렸다.

"선생님, 자아, 그럼 나가실까요?"

문득 정미가 말했다. 우리는 일어서 밖으로 나갔다.

고즈넉한 방안 온기 있는 공기 속에서 심신이 태엽처럼 풀어져가는 달착한 해이감이 내 가슴을 윤기 있게 만들었다. 보이가 술을 가져오고 정미가 첫잔을 따라 주었을 때 내 가슴은 풍선처럼 부풀어 있었다.

"이건 안 됐군. 정미의 취직 축하를 내가 해줘야 할 터인데……."

"선생님도 참, 사실은 엊그제 처음 뵈었을 때 폐만 끼쳐 미안했어요. 그렇지만 저는 가난했고 마음은 비참했어요. 이제 저는 돈을 벌 수 있게 됐어요. 그런 가능성을 위한 축하죠. 첫 월급을 타게 되면 굉장히 기쁠 거예요." 그녀는 이를 드러내고 명랑하게 웃었다. 나도 따라 웃었으나 수밀도처럼 발그레 상기된 그녀의 얼굴에서 내 낯이 닮아지는 걸 의식했다. 거푸 서너 잔을 권해온 바람에 나는 선선히 받아 마셨는데, 그것은 주량을 어긴 과한 짓이었다. 들어온 밥에 수저를 대기도 전에 심장은 뛰었고 머리가 띵해왔다.

"아이, 선생님, 얼굴이 빨개지셨네. 그것쯤 자시고 그러실까?"

그녀는 호들갑을 떨며 나를 빈정거렸다.

"응, 왠지 빨리 취해 버렸는걸. 사실은 좀 취하고 싶었으니깐. 이제 기분이 썩 좋은데……."

"취하고 싶은 기분 같은 거, 좋을 거예요."

"정미는 모를 거야. 그런 기분을……. 아버지는 술 못하셨지?"

"못한 게 아니라 안하셨죠."

"그분은 그랬을지도 몰라. 그래도 우리 술 먹는 이의 심정을 이해해줬어."

"이해한 게 아니라 용서했을 거예요."

"그러니깐……."

"그러니깐, 다르죠. 아버지는 자신에게처럼 국외자의 입장에서 때로 무관심하려고 애썼을 거예요."

"알 수 없는데……." 나는 기가 꺾이는 의식으로 탄식하듯 중얼거렸다.

"버릇없는 말투죠? 아버지가 들으셨음 화내실 일이에요."

"정미는 대체 아버지를 어떻게 생각하지?"

내 표현이 뜻밖에 진지했던지 그녀는 냉큼 대답이 없이 입을 다물고 있다가 한참 만에 입을 열었다.

"아버지가 훌륭한 교육자였는진 몰라요. 인간으로서의 아버지는 불행했어요. 일제 때에는 열렬한 항일투사였고 훌륭한 신념을 가지고 살았나 봐요. 그러나 해방 후 제가 본 아버지는 달랐어요. 어머니가 고생에 지쳐 돌아가셨고, 오빠는 정신병자가 됐다는 것. 또 제가 피나는 고학을 하지 않을 수 없었다는 데서 아버지를 원망하진 않아요. 문제는 아버지가 성격파산이 되어 세상일에 냉담했거나 무관심할 수밖에 없었던 그 비굴성이에요."

정미의 말은 조심스러웠으나 가시 돋친 어조였다.

"그건 세상의 탓일 거야." 자신의 무능을 깨달을 때처럼 나는 비굴한 어조로 말했다.

"그렇게 치부해 버림 마음 편하겠죠. 그렇지만 그건 비극이에요. 교육이 생활이라면 신념이 없다는 건 스스로 함정에 든 거나 같아요."

"그렇긴 해." 갑자기 나는 맥이 확 풀리는 것 같은 느낌으로 말했다. 가슴에 굳은 돌덩이라도 얻어맞은 것 같은 기분이었다. 우리는 침울했다. 식당 보이가 물주전자를 방에 들여놓고 갔다.

창을 바라보았다. 어느덧 짙은 어둠이 소리 없이 내리고 있었다. 전등의 불빛이 유난히 부셨다.

"선생님, 어서 식사하세요. 괜한 이야기로 주말에 즐거운 기분을 잡쳤죠?"

밥을 반 그릇쯤 치우고 일어섰다. 그녀도 일어났다.

거리에 나와 말없이 걷다가는 로터리에 이르자 나는 그녀와 헤어질 것을 생각했다.

"오늘, 기분 좋았어. 폐가 많았는데……." 흘낏 나를 바라보는 그녀는 낌새를 챘다는 듯한 상냥한 웃음을 짓고 있었다.

"선생님, 피로하시죠? 오늘 무척 지루하셨을 거예요. 전 기분이 좋아요. 할 말을 다하고 나니 덕분에 마음이 개운해요. 저는 선생님 제자답게 훌륭한 교원이 되도록 노력할게요. 학생들을 사랑하구 또 제 생활을 사랑하는 사람이 되겠어요. 그럼, 선생님, 안녕히." 정미는 잽싸게 지껄이고 토끼처럼 날렵하게 몸을 돌렸다. 나는 돌아섰다. 아스팔트를 또박또박 찍고 가는 정미의 하이힐 소리가 멀어져갔다. 그 길은 나의 길과 평행을 짓고 있는 것 같았다. 뱃고동 소리가 들려오는 바다 쪽에서는 여전히 꽃샘이 밀려오고 있었다.

제삼권내 第三圈內

높다란 역사(驛舍) 위에 해가 저물었다.

먼지와 땀내에 절인 퀴퀴한 냄새가 넝마처럼 지저분한 주위의 골목길에서 풍겨왔다.

막바지에 들어선 선거전의 악랄한 소음이 거리에 들떠 있었다. 미열에 부대끼는 환자처럼 자줏빛 하늘과 희미한 가등의 노란 불빛이 흡사 식은땀을 흘리는 얼굴처럼 초췌해 보인다.

주위가 어두워지며 역 광장을 중심으로 골목들은 불빛 아래 비틀거리며 몰려온다. 거기에 젊은 아낙네와 조무래기들이 모여든다. 기차의 기적소리가 와글와글 끓는다.

"하숙 드세요. 손님."

"싸고 깨끗한 하숙집이 있어요."

연기가 조명등 아래 플랫폼을 온통 노랗게 뒤덮었다. 풀려나온 객들이 뿔뿔이 흩어져서 그들에게 에워싸였다.

"젊은 색시 있느냐?"

"네, 어린 색시가 있어요……." 그들은 소곤거리는 소리로 광장을 횡단해 갔다.

갑자기 스피커 소리가 가까워온다. 허둥지둥 그들은 한쪽으로 밀려 나갔다. 지프차 한 대가 광장 어구에 멎었다. 엔진에서 나는 무의미한 연철음(連綴音).

목에 잠긴 소리가 거추장스럽게 울려 나왔다.

"친애하는 ××시민 여러분! 여기는 민의원 입후보 기호 이번 송만식 군의 가두선전반입니다. 우리 고장의 진실한 민의의 대변자인 송만식 군을……."

차는 급커브를 꺾었다.

"젊은 애국투사 송만식 군을! 청렴결백한 송만식 군을!"

운전대에서 담뱃불을 내던지자 횡하니 거리로 내달아 갔다. 사람들은 이미 광장 어구를 빠져나갔다. 석두(錫斗)는 비뚝거리며 나타났다. 텁수룩한 머리칼이 어깨 위의 어둠 속에서 부서졌다. 술이 거나하게 취해 있었다. 바지의 왼편 주머니 속에 찌른 손이 허벅다리의 경화된 근육의 신경을 간질였다. 야릇한 관능적 기분에 고혹되며.

갑자기 어깨를 치는 이가 있었다. 눌러보니 민구라는 얽배기 사내였다.

"기어이 자네를 찾았구먼. 자 어디론지 가세나." 흔감스럽게 웃으며 손을 잡고 흔들었다.

석두는 어정쩡한 기분으로 웃으며 그의 뒤를 따랐다. 민구는 앞에서 지껄이기 시작했다.

"자 선거전도 이제 막바지에 들어섰어! 송 씨도 애가 닳아 제 꼴이 아니구 보면 앞으로 매서운 사건이 벌어질 걸? 반대 측의 인기가 높아갈수록 정말 예기찮은 사태로 끌려가는 모양이던데? 송 씨는 참 형편없이 무서운 야심가니깐 무슨 짓인들 못 허겠나? 그리고 그는 공천받은 ×당 입후보자니깐 말야."

"돈을 마구 쓰더구먼?" 그는 시무룩한 얼굴로 말했다.

"문제는 그거야. 부인들 곗돈꺼지 마구 긁어 쓰는 모양이던걸. 그러니 그도 악을 쓰잖을 수 없게 되었단 말야. 허지만 그는 당선되고야 말걸. 다만 좀 시끄럽고 고약스럽게 되겠지만 말이지……. 홍! 어쨌든 그 사람 행복헌 사람야."

"썅! 더럽게 행복헌 작자지." 그는 가래침을 칵 뱉았다.

"그래, 정말 자네도 못마땅헌 모양이구먼? 허지만 나는 우리 마을에서 이백 표쯤 주기로 장담을 했네. 그걸 그이가 듬뿍 좋은 대가로 사게 됐다는 게야. 씨팔! 누구든 이런 판국에 그깟 수작은 할 수 있겠기 말이네." 오만한 말투였으나 감정의 뒤울림으로 해서 말끝이 흐려갔다. 흉하게 일그러진 얼굴이 순간 석두의 눈앞에 비쳐왔다. 무언지 매스꺼운 것이 목구멍에 올라와서 거푸 가래침을 뱉았다.

술집에 들고 자리를 잡자 민구는 곧장 떠들해진 말씨로,

"석두 자네는 웬일인지 우울해 보이는군? 술을 마시게나." 하고 술을 권했다.

그는 술잔을 받았다. 이따금 구원받지 못할 감정 때문에 무작정 술을 들이켜는 일이 있었다. 암담한 가슴을 도발하는 건 전신의 후끈한 열기와 맹랑한 회한과 그리고 잔인한 자학 같은 거였다.

"씨팔! 어떤 놈이든 조작을 내주지!" 결국 그는 술이 취하면 악을 쓰고 나섰다. 두 눈에는 어글어글한 독기가 풍겨 왔다.

"우리 마을을 해치는 건 뭔지 아나? 그 몹쓸 위정자들의 공덕심이라네. 그자들은 창녀를 없애야 사회가 밝아진다는 게야. 옳은 말이지. 허지만 정작 없애지는 못할 위인들이야. 사실은 우리 동네를 뻔줄나게 드나드는 그치들인 까닭이거든. 그러니 선심이라도 쓰겠다는 송 씨가 좀 더 떳떳한 편이란 말야. 제발 탈을 쓰고 말 허는 치들의 뒤란 늘 그런 것이니까 말이

네. 고 미자년의 말이 옳아. 걔가 글쎄 인간보다는 짐승을 사랑허겠다지 않아? 물론 그 애가 어엿한 관청에 있는 작자헌테서 외상으로 견디고 나서 헌 이야기지만……. 난 믿고 있어. 그 애는 깜직스런 것이 필시 무슨 일이든 저지르고 말 것 같거든."

여자의 섹스에 대한 어이없는 당착과 일제 시대에 소학교 훈도를 지냈다는 죄그마한 자긍이 광적인 자부심으로 일껀 그의 말머리에 감돌고 있었다.

"왜 미자를 끌어내는 게야?" 석두는 은근히 그의 말씨에 화를 내고 있었다.

"미자를 위해서 말이네. 그런데 대체 창녀를 찾는 사내들이란 뭔지 아나? 그들은 꿈을 지닌 계집을 과히 달가와 하지 않아." 석두는 말없이 술잔을 빨았다. 무언지 술잔을 혀끝으로 핥고 있는 것은 그로서 무의미한 일은 아니었다. 노린 술 냄새를 혀끝으로 맛보자 돌연 물었다.

"꿈을 지닌 여자라니?"

"순정이네 뭐네 하곤 대드는 유치한 작자들이란 단번에 나가떨어지고 만다는 게야. 그들이란 육체에서 받은 강력헌 충동에 그만 어린애처럼 슬퍼서 넋이 나가고 말거든. 허지만 그것의 진맛이란 육체적인 요구뿐이야. 담배나 술처럼 떨어질 수 없는 것……. 결국 이런 사내들이란 우리 마을에서 떠나지는 못해. 시시한 얘기지만 어떤 사내들은 그래서 앨범을 장식허듯 인생의 추억을 꾸며 가거든. 이를테면 일 년이란 몇 명의 새로운 얼굴과 체취를……. 하하하."

그가 느닷없이 웃음소리를 폭발했기 때문에 석두는 해연히 고개를 들었다.

"그게……."

"아니……, 그들은 그렇게 해서 조용히 죽어 가거든. 제 몸에 스며있는 계집들의 냄새 속에 희한하게 죽어가거든." 순간 석두는 불시로 미자의 그 둥그스름한 얼굴이 웬일인지 그의 머리를 산란하게 하는 것을 느끼며 자리에서 일어났다. 민구는 당황히 뒤를 따라 일어났다. 이내 시무룩해지더니,

"석두 씨가 미자를 어떻게 생각코 있는지 알아. 그것 똘똘허구 참 싹싹헌 애야. 허지만 인생의 한 추억거리로 사랑해 보는 거야." 이렇게 말하곤 또 별나게 심각한 표정을 지어보이고 뜸하더니,

"아무튼 이번 선거의 종반전에 석두 씨가 필요허게 됐어. 송만식 개인만을 위허는 게 아닐세. 도려 그의 선심을 지금 어떻게든 처리허잔 걸세. 석두 씨 나와 주게나. 그것 때문 자네를 찾은 걸세. 그럼 내일 아침 내가 자네를 찾아 감세……. 그럼, 먼저."

그의 손을 힘차게 붙잡았다. 맹랑한 기분으로 그걸 몇 차례고 쥐어 흔들었다.

어둔 골목길을 돌아서 집에 이르렀다. 집 처마들이 숨 가쁘게 맞붙은 울안의 쉽사리 헤어날 수 없는 영어처럼 잇따른 방안에 들어갔다.

울퉁불퉁한 서까래를 덮쳐 바른 새 지천지의 야한 빛깔이 이상한 느낌으로 석두를 사로잡았다. 그러나 기껏 고독한 자유를 즐기기에 알맞았다. 노상 어머니의 짜증이 불똥처럼 떨어졌다.

"이놈의 집 꼴을 누가 볼까 싶다. 허지만 네가 전선으로 가버린 뒤 살자니 별 수가 있겠데? 어쩔 수 없이 이 짓을 허구 먹고살기는 하지만……. 세상이 더러워서 원 이런 창피가 어디 있나? 믿구 있던 너마저 그 꼴이 되고 보니……. 허지만 넌 염려 말고 방구석에나 처박혀 있어라. 공연히 집안을 서성대지 말고 네 동생들이나 공부시키면서 말이다."

석두는 고개를 숙였다. 불안과 흥분에 찬 어머니의 소리가 그의 가슴에 뜨겁게 덮쳐왔었다.

꼭 이 년이 되었다. 그는 육군병원에서 다리 하나를 잃고 나왔다.

전쟁도 막고비에 들어선 어느 추운 겨울 무렵 고지 탈환의 치열한 공격이 시작되었다. 초연에 싸인 지각을 분간할 수 없이 빗발치는 적탄 속을 뚫고 저격 능선을 향하여 일어선 순간에 쇳소리를 들으며 그는 쓰러졌다. 다리를 다친 순간에 온몸은 야릇한 흥분에 휩싸였다. 언덕배기를 두어 바퀴 굴러 떨어지자 얼른 손으로 다리를 더듬었다. 피로 낭자한 다리목에 물큰한 것을 느끼자 낯빛이 달라져갔다.

막다른 생명의 형태가 번개처럼 눈앞을 스쳐갔다. 형편없이 망가진 하반신을 일으키려 안간힘을 썼다. 무시로 희한한 마음으로 죽음을 생각했다. 손이 떨려서 그는 밑으로 굴러 떨어졌다.

그러나 엄숙하게 죽음과 생명이 맞붙는 순간을 겨누어 본다는 울적한 생각이 십분 광적인 분노감으로 달라져감을 느끼며 그는 기어이 언덕을 올랐다. 두 손을 번쩍 들었다. 적탄이 와서 두 손을 뚫고 갔으면 했다. 성이 나서 정신이 산란했다.

그러나 빗발치는 적탄이 함부로 휘젓는 그의 손에서 비켜나가기만 했다.

그는 분명히 조소했다. 살기를 띄운 입 가장자리에는 야릇한 웃음이 스쳐갔다. 절박한 생명의 위기에서 그는 한껏 영웅이 되어 있었다. 그는 미치광이처럼 언덕 위에서 날뛰다 정신을 잃었었다.

되살아온 의식으로 왼쪽 다리가 뭉툭하게 끊긴 것을 발견한 것. 그리고 권태처럼 오는 무감각한 상태에서 나날이 아쉽게 쌓여 가던 입원생활(入院生活)!

지금 그는 의족을 풀었다. 아랫도리가 허전했다. 해방된 기분이었다. 신산한 기분으로 방안을 휘돌아 보았다. 전선 끄트머리에 매달린 깨벗은 전구며 벽에 걸린 옷가지들이 지저분하다. 윗목에는 모서리가 단 책상과 그 위에 던져진 그의 여남은 권 책들이 있었다.

석두는 눈을 감았다. 이곳은 그가 돌아오기 전엔 창녀의 방이었다. 그가 내던진 책 위에 쌓인 먼지처럼 어머니가 포기한 기대와 그녀들이 내던졌던 젊음이 야릇하게 얽혀진 채 버려져 있었다.

요를 깔고 번듯이 누워 보았다. 콱콱 숨 막힐 듯한 더위에 방문을 열어 젖혔다. 안채의 방문들이 눈앞에 다가왔다. 들뜬 야기(夜氣)에 씨근거리는 숨소리가 섞여 왔다. 제대되어 온 며칠 동안 그는 이 소리에 신경이 초췌해감을 몹시 안타까와 했었다. 열병처럼 느끼는 처신의 불쾌감은 그를 열패의 진흙창 속에 빠뜨리고 있었다. 그러던 그가 강압된 공허감으로 해서 이상한 매력을 변두리에서 찾기 시작했다. 자학에서 온 괴로운 자위이자 압살된 감정에서 발견한 광적인 흥미였다.

밤중에 미자를 끌어낸 것은 이 무렵이었다. 두 사람이 다 같이 취해 있었다.

"선생님이면 뭐든 얼른 결말을 지어줄 것 같았어요." 그녀는 투정부리듯 말했다. 눈은 강열한 빛으로 타오르고 있었다.

"선생님은 모험이란 걸 좋게 여기세요? 대답이 없구먼요. 제가 선생님을 동정허는 거라구 불쾌허신가요? 어쩐지 선생님을 사랑허구 싶네요."

질환과도 같은 이상한 열정을 느끼며 돌아오자 어머니는 마당을 서성대며 소리치고 있었다.

"이놈들아! 쓸개도 없단 말이냐? 뭐가 좋아서 희희덕거리고 까분단 말이냐? 어쩌자구 생겨나서 내 염통에 애가 삭는 날이 없으니 원수 아니면 뭐래는 게냐? 세상에 원, 나이 열 살쯤 되었으면 부끄러울 줄이나 알아야지." 석두는 어름어름 방안에 들어갔다. 책상 앞에 앉았다. 별안간 석건이 훌쩍거리기 시작했다.

"쌍, 울음을 그치지 못 허냐? 더럽게 눈물을 짜면 되는 줄 아니?"

윽박지르고 나니 제풀에 콧날이 시큰해왔다. 돼먹지 않은 일이다.

그는 생각했다. 모든 게 글렀다고 소리치고 싶었다. 그도 과거에는 고학을 하며 희망을 좇던 사람이었다. 선망이 악덕이었던 것은 훨씬 후에 깨달았었다. 맹목적인 정열을 냉담한 태도로 거둬들였을 때 그는 이렇게 넋두리를 피웠다.

'육이오 사변은 내 운명을 무섭게 바꿔치고 말았어. 지식보다도 산다는 것. 더욱 중요헌 건 살아야 한다는 생각일거야. 살기 위해서 전율을 느껴야 헌다는 것! 뭔지 그런 의식 같은 데에 매달리게 됐거든.'

민구는 그의 어깨 위에 손을 얹었다.

"자네는 적어두 이 나라에선 소리칠 자격이 있단 말일세. 세상 자식들이 다 뭐란 말야? 나라를 위해서 뭘 했느냐 말이네. 자아 내놔보라지! 정말 내놔보라고 자네는 왜 호통을 치지 않느냐 말일세. 바보야! 자네처럼 정말 벽창호가 어디 있나! 여보게……."

술 냄새가 풍기는 얼굴을 그의 어깨에 부벼댈 듯이 맞붙어서 말했다. 그는 마음이 신산했다.

"흥! 내가 누굴 호통을 쳐. 여봐 민구! 자네는 뭘 바쳤는지 아나?"

웃었다. 자조(自嘲)의 험한 눈길로 민구를 바라보았다.

"흥! 썩을 자식들이 사회에 얼마나 꾸물거리는지 아나? 자식들의 입이란 모두 정의고 도리란 말일세…….”

민구는 술을 따라 들이켰다. 한잔을 권했다. 석두는 입을 훔치며 말했다.

“썩을 것, 그렇지, 정말 썩을 것은 누군지 아나? 흥! 내가 이놈의 사회에다 뭘 줬다고 자네는 야단인가? 분명히 말 허면 나는 많은 거름을 던져주었네. 그건 말야. 즉 나는 인간이니깐 배설을 허게 된 거지. 그건 충성심이나 또는 내가 여성을 사랑해서 그년의 X에다 쏟은 그 유쾌한 배설도 매한가지야. 그리고 그 충성심의 대가로 나는 다리 한쪽을 주었거든…….”

석두는 너털웃음이 터졌다. 유쾌해서 가슴을 폈다. 민구는 그의 옆얼굴을 살폈다. 그 얼굴은 동정에 가까우리만치 좀 더 조용하고 의심 많은 표정이었다.

술집 안엔 많은 이들이 웅성거리고 있었다. 석두는 민구가 말없음을 보자 다시 어깨를 으쓱 세우고 지껄이기 시작했다.

“문제는 말야. 나는 살아 있다는 게다. 그것뿐이야. 나는 살면서 생각허긴 싫어졌다는 게다. 뭣이 의미 있고 떳떳헌지도 세상 자식들이나 나나 다 같이 모르는 일이거든. 허니깐 뒤죽박죽인 게 사실은 현실이지. 그러니깐 나에게 아는 체허구 대드는 녀석이라면 난 대갈통을 까줄 심이란 거다. 어떤 놈이든 칵 해주겠다는 게다.” 민구는 술에 취한 모양이었다. 별안간 혀 끓는 소리로 매달려 왔다.

“뒤죽박죽이야. 정말 세상은 썩었단 말야. 정말 세상엔 훌륭헌 작자가…… 정의가 살아 있다고 온통 떠들어대고 뭐냐, 선거를 공정히 허라구 외치고…… 시시허다. 힝 뭐가 뭔 줄이나 알고?”

그의 목소리가 자제를 잃고 돌연 높아졌으므로 안에 있던 사람들이 모두 불쾌한 듯이 바라보았다.

“침묵이야. 그저 말이지. 어떤 놈이든 자랑삼아 뭘 외쳐봐라. 죽여버린다.”

석두가 돌연 자리를 차고 일어났다. 순간 눈앞에서 웃음소리가 터졌다. 뭐라고 외친 것 같았다. 그러자 민구가 비슬비슬 일어났다,

“저 녀석이다. 저 녀석이 웃는다.”

민구가 돌연 술청 앞에 앉았던 사내 앞에 달려갔다. 몸이 삐쩍 마른 청년이 불끈 일어났다.

“네가 바루 김 씨 선거운동 허는 녀석이지? 요전번 노상에서 우릴 보구 빈정댔던 녀석이지? 흥! 자식 뭐가 뭔지 아냐? 자식아!”

그에게 와락 달려들었으나 제 힘에 그만 술청에 부딪쳐 뒤로 벌렁 넘어졌다. 웃음소리가 또 한 번 일어났다.

순간 석두는 주먹을 휘둘고 청년 앞에 다가갔다.

“흥! 웃고 있음 되는 줄 아냐?” 주먹이 날아들었다. 두 몸이 겹쳐 땅에 넘어지자 한참동안

씨근거리는 소리가 장내를 무겁게 휘덮었다.

방문을 나섰다. 사방은 참참한 어둠 속에 잠겨 있었다. 석두는 경쾌한 의욕으로 변소를 찾아갔다. 어둔 모퉁이를 가만히 들어섰다. 방문 앞 불빛에 두 켤레의 남녀 신이 눈에 띄었다. 석두는 잠시 그 앞에 발길을 멈칫했었으나 마음이 훔칠 하여 변소로 향했다.

불현듯 미자 생각이 떠올랐다. 그녀는 누군가 하고 잠들어 있다고 생각했다. 풋내기 애정의 거래란 늘 개운찮은 감각으로 남겨지기 마련이다. 그는 그 따위 감각을 몇 차례나 느낀 일이 있었다. 전선에 출정하기 전의 부엌아이로 있었던 순이의 체취나 전선에서 앗아봤던 여인들의 그것들이 또한 같았다. 다만 그것은 새기기 어려운 추억거리일 뿐.

그러나 오늘은 새삼 궁극스런 마음이었다. 변소에 있는 동안 신경이 자꾸 등 뒤로 쏠리고 있었다.

몸을 변소의 문설주에 기대인 채 쓰봉의 단추를 잠구었다. 갑자기 등 뒤가 수런거리기 시작했다. 고개를 돌리자 어느 새 열어젖힌 방문에서 여자가 붉은 슈미즈 바람으로 뛰어나왔다. 방안에 있는 사내의 손이 그녀의 손을 움켜쥐고 있었다.

"놔요. 너무 허잖어요?" 앙칼스럽게 부르짖는 것은 뜻밖의 미자였다.

끈덕진 사내의 손이 그녀의 허리께를 더듬었다.

"도대체 제가 어떡허라구 이러는 거요? 정말 진절미가 나게 굴지 말아요."

"미자! 이건 너무 허잖어? 미자도 결국 다른 창녀들과 같단 말야?"

"다른 창녀? 흥! 같지 않음 뭐예요? 나도 필요헌 건 돈이구요. 변 선생님이 필요헌 것두 애정이 아닌데…… 이만큼 됐으면 물러갈 일이지. 젊은 분이 죽자구 이리 붙들고 괴롭게 굴면 어찌 돼요?"

그녀는 떨리는 목소리로 말했다. 그러나 사내는 손으로 미자를 끌어들일 듯이 대들며 말했다.

"돈? 아냐, 미자는 그런 더러운 계집은 아냐. 나를 생각해 줘. 내가 불행헌 처지에 있는 걸 알잖아?"

"흥! 이를테면 동정허란 말예요? 어쩜 그리 못났을까? 제가 드릴 건 다 드렸어요. 육체를 말예요. 더 드릴 건 없잖아요?" 성난 목소리로 말하며 몸을 뿌리쳤다.

"미자! 나는 그대를 사랑허기 때문야. 웃겠지만 나는 지금 진정이란 말야"

처량하게 말끝이 흐렸다. 미자는 돌연 역정이 나서 그 초췌한 사내의 얼굴을 바라보았다. 돌연 차디찬 웃음이 자기적(自棄的)으로 감돌았다.

"농담은 말어요. 애인을 잃은 상처는 언제 가셨고 저를 사랑허긴 언제부터죠? 조금 순진허세요. 저를 공연히 모욕헐 이유는 없잖어요? 저는 도대체 연애도 못 허는 계집애니까요. 죄도 없어요. 정말이지 저대로 내버려 둬요." 사내의 두 손이 그녀의 어깨를 휘잡았다. 떨리는 손이 등 뒤에서 앞가슴을 더듬어갔다.

"미자! 나는 조금도 모욕헌 일은 없잖어?" 그것은 차라리 흐느끼는 소리로 들렸다.

석두는 느닷없이 웃음을 터뜨리었다. 광폭하리만치 가슴을 펴고 우쭐거리며 웃었다. 쾌적한 기분으로 모든 걸 배설해내는 심정이었다.

"누구얏?" 별안간 사내가 외쳤다. 석두는 발을 옮겼다. 눈물까지 어린 기막힌 표정으로 웃음을 삼키며.

순간 사내와 맞부딪쳤다. 그는 어정쩡해서 한 발을 외로 돌렸다.

"너는 뭐야?" 느닷없이 눈앞이 번쩍하더니 사내의 주먹이 날아왔다. 비틀하면서 석두는 발디딤을 잃고 넘어지려다 겨우 몸을 세웠다. 앗! 하며 미자가 우르르 뛰어왔다.

"비열헌 녀석. 네가 무슨 용무로 엿듣고 있었느냐 말야?"

아까까지의 그라곤 생각할 수 없는 깐깐하고 다구진 말소리로 대결해 왔다.

"미안헙니다. 그만 지나는 길이었는데…… 후훗."

석두는 어쩔 줄 모르고 섰는 미자의 곁을 지나 절름거리며 갔다. 어둠 속에서 눈알이 훤했다. 무언지 상긋한 느낌이 가슴속에서 뛰놀았다. 모퉁이를 막 돌아서려는데 갑자기 기척을 느끼고 황급히 서버렸다. 어머니가 그 앞을 무서운 얼굴로 가로막고 있었다.

"이 녀석아! 원 염치도 쓸개도 없는 놈이지. 이게 무슨 챙피냐? 사지가 멀쩡헌 녀석이 손님헌테서 등신처럼 얻어맞다니 넌 어머니 낯에 똥칠을 헐래? 이 쓸개 빠진 녀석아!"

분에 겨운 어머니는 석두를 떠다밀었다. 헙 하며 그가 땅바닥에 픽 쓰러지자 어머니는 그의 다리를 밟고 지나간다.

"여보세요, 손님. 어서 방에 들어 가시요. 원 주책없는 녀석 때문에 고얀스리 기분을 상하셔서…… 미안해요."

숨이 헐헐해가지고 청년 앞에 가자 너스레를 떠는 어머니의 목소리가 들려왔다.

"아니 도대체 네가 뭐가 대단해서 중뿔을 내느냐는 말이다. 그렇게 코가 높았으면 왜 절개없이 이런 델 흘러왔느냐는 게거든. 넌 공부깨나 했대서 도도헌지는 몰라도 그게 뭐래는 거냐? 빚이나 갚을 생각하려무나. 정말이지, 너는 무얼 잘 안대면서 네 처지는 모르고 있냐? 그리고 말이다."

어머니는 짜증 섞인 어조였으나 미자의 별안간 훌쩍거리는 소리에 말끝이 막혀버렸다. 그러더니 벌컥 성이 난 목소리로 다시 지껄이기 시작했다.

"그리고 그 변이란 젊은이가 네게는 이롭다는 게다. 별 수 있는 줄 아느냐? 왜 오는 복을 톡톡 차고 야단이냐? 아닌 말로 그가 너를 어쩔까 겁나서 그런 것 같지만 세상에서 너를 좋아헐 사내들이 그리 흔헐 것 같데?" 문이 벌컥 열리었다. 미자가 방에서 뛰어나오더니 이내 대문 밖으로 나갔다. 석두는 마루에 앉았다간 당황히 그녀 뒤를 쫓았다.

골목 어구에서 그녀를 붙잡았다.

"미자. 어딜 가는 게야?" 석두는 그윽한 동정과 부다듯한 노염으로 가슴이 화끈거리면서 물었다.

"그만 두세요." 미자는 내뱉듯 말하곤 발길을 돌렸다. 참혹한 감상 때문에 그녀는 낯빛이 핼쑥해져 있었다.

"참아야 돼. 지금 어쩔 심으로 나가는 게야?"

"제가 뭘 어떻게 해요?" 어디로 발길을 옮겨야 할지 가슴이 암담했다. 무작정 눈앞의 골목길을 빠져나갔다. 어슴어슴한 저녁노을이 골목 안으로 밀려들었다.

이윽고였다. 그의 어깨를 치는 이가 있었다. 돌아다보니 뜻밖의 민구였다.

"어딜 가는 게야?" 술에 낯이 뻘겋게 익어 있었다. 얼마동안 대꾸가 없자

"출출헌 김에 술이라도 한 잔 거후르러 나가는 모양이구먼. 답답헐 걸세. 하하하……." 호들갑스럽게 웃으며 그의 손을 붙들고 힘주어 쥐었다. 그는 기분이 뒤틀어졌다.

"아니 무슨 말인가?" 낯을 찡그리며 퉁명스럽게 물었다.

"아니, 시치미를 떼지 말게나. 원, 친구인 내게 말이지. 좀 더 친절하게 하게나. 미자 말일세. 요즘 단재미를 보구 있나? 제발 심심풀이로 알구 헐 테면 허지만 조금도 열중허진 말게나. 요즘 그년이 젊은 대학생허구 죽자고 연애를 허는 모양이더구먼? 하하하."

그의 능청스러운 웃음소리가 온몸에 찬물을 끼얹듯 소름 치게 했다. 석두는 굳어진 얼굴을 번쩍 치켜들었다. 이내 떡하고 욱박아주고 싶은 것을 가까스로 참았다. 그는 곁에서 느슨히 바라보더니

"아니 내가 불쾌헌 말을 했나보군?" 하고 적이 놀라는 표정을 지었다.

석두는 성난 발길을 뜯었다.

"언제 봐두 석두 씬 순정파야. 건 장래의 미덕일지는 몰라두 이런 사회에선 번번이 밑지는 짓이야. 자네는 당장 상이군인으로서의 보상도 제대루 못 받고 있는 거 아냐? 자네는 겸손헌 생각인지 몰라두 사회는 냉정하거든. 허니깐 한번 해대야 된단 말이야. 사회를 향해서 말이지. 안 되면 뭐든 해보는 거라. 뭐든지……."

그의 말은 느닷없이 끊기었다. 석두가 낯이 불끈 달라지더니 돌연 딱 머리를 들이박고 대는 것이었다.

"듣기 싫다는 거야. 자네는 날 동정허나? 날 모욕헐 식인가?"

앙칼스럽게 부르짖자 서슴에 가슴팍을 얻어맞고 비슥 넘어졌던 그는 얼굴이 흉악하게 일그러진 채 일어났다.

"흥! 자네가 별안간 미쳤나? 아니 길바닥에서 나를 때려눕힐 작정인가?" 하고 대들었으나 석두가 가래침을 칵 뱉고 낯을 돌리자 씨니칼한 웃음을 짓고는 말했다.

"흥! 좋다. 허지만 자네는 나를 모욕해서는 안 될걸? 내 힘을 바랄 수밖에 없는 처지인 걸 모르나? 두고 보지. 정말 자네가 이 마을에 사는 한 어찌되나 보란 말일세……."

석두는 그저 대꾸도 없이 바른편 골목을 찾아 그길로 빨리 발길을 옮겼다.

"사람 살려요."

어둠 속에서 여자의 비명을 듣고 석두는 뛰어나갔다. 어쩐지 미자의 목소리였던 것 같아 마음이 떨리었다.

어두컴컴한 모퉁이를 정신없이 달려갔다. 방문을 열어놓은 채 미자가 뛰어 나왔다. 슈미즈 바람으로 낯빛이 핼쑥했다.

"웬 일야?"

"독약을 먹고 사람이 쓰러졌어요." 매달리며 그녀는 황급히 말했다.

"아니, 누가 말야?" 석두는 가슴이 철렁해지며 부락스런 눈초리로 물었다.

"가보세요." 그는 뒤통수를 얻어맞은 모양으로 비틀거리며 방으로 향했다. 방문 앞에서 별안간 가슴이 섬찍하여 서버렸다.

"아니, 그 대학생 아냐?" 한쪽으로 밀어붙인 이불자락 위에 발을 얹고 청년이 손발을 바르작거리며 신음하고 있다. 머리맡에는 엎질러진 물이 흥건히 고여 있고 약병 하나가 팽개쳐 있다.

미자가 벗어 놓은 옷들이 곁에 널려 있었다. 순간 땀내에 젖은 그녀의 살 냄새가 퀴퀴하게 느껴왔다.

"어떻게 된 셈야?" 청년의 이마에 손이 닿자 선뜩한 느낌으로 물었다.

"……."

그녀는 입술을 깨물었다. 그래서 석두는 불길한 느낌으로 가슴이 화끈 달아 왔다. 고개를 떨구어 청년을 바라보았다. 어린 듯이 감은 눈과 입 가장자리에는 가벼운 경련이 일어나고 있었다.

"병원으로 데려가야지!" 그는 숨 막힐 듯한 마음의 불안을 떨쳐낼 듯이 단호한 어조로 말했다.

"선생님! 죽지는 않을까요?" 그녀는 벌름거리는 목소리로 물었다.

"어머니헌테 어서 얘기를 해야 헐게 아냐? 병원에 데려가 응급치료를 해야지 않아?"

화난 목소리로 외치고 퍼뜩 고개를 든 순간 그녀의 풍만한 상반신에 눈이 끄을렸다. 갸름한 얼굴 아래 보드럽게 퍼진 가슴의 뭉싯한 젖퉁이와 내리 퍼진 하반신의 다급한 선율!

그는 압쇄된 감정으로 낯이 흙빛이 되었다. 눈꼬리가 모로 찢어졌다.

"선생님."

그녀는 할끔하더니 그만 낯을 돌렸다. 숨찬 가슴이 달막이고 있는 것 같다.

"어서 어머니를 모셔 오란 말야." 그는 화를 벌컥 냈다. 눈빛이 이글이글 탔다. 질시(嫉視)의 긴박한 순간이었다. 그녀는 고개를 떨어뜨리고 밖으로 나갔다. 뒤엉킨 스산한 기분이 방안을 휩쌌다. 저주로운 마음으로 그녀를 기다렸다. 이윽고 어머니가 헐레벌떡 뛰어왔다. 방안에 뛰어들기가 바쁘게 대쯤 성이 솟구쳐 올라서

"아, 이게 그 대학생 아니냐? 아니 대학생이…… 무슨 일이냐? 어쩜 좋단 말이냐?"

울음이 터지려는 목소리로 캐어들었다. 미자는 입술을 깨물고 있었다.

"이놈아, 너는 왜 뻔질나게 이런 델 오느냐? 그래 대학생이 죽은 게 어쩐다고…… 그래 네 마음이 기쁘냐? 무슨 죄바람으로 이러냐? 무슨 웬수냐?" 어머니는 퍼버리고 앉았다. 울음을 삼키며 대학생의 손발을 주물러댔다. 이윽고 밖이 소란해지더니 이웃사람들이 몰려왔다.

"무슨 일이요? 아니 사람이…… 이거 이런 일이 나면 우리 동네는 큰일이 나는데?"

젊은 사내가 나서서 어머니한테 불퉁 사납게 참견했다.

"정말야. 이 동네가 쏘가 되는 줄 모르나?"

"민구 씨를 찾어서 의논해야지. 일판나면 그이밖엔 해결 못 허는 걸. 빨리 주물러 놓지 않음 큰일 아닌가베."

제각기 한마디씩 주고받으며 그중 한 사람이 청년을 들쳐 업었다.

"아주머니 빨리 민구 씨헌테 가보이소. 정말 후딱 해결해야지. 순경들 오기 시작허문 정말 난리 아니요?"

우루루 그들이 문밖으로 밀려나가자 어머니는 넋 없이 일어났다.

"별별 꼴이 다 있구나? 민구 씨가 잘 해주지 않음 넌 징역 사는 줄 모르냐?"

"제가? 전 아무것도 안했는데요?" 하고 미자가 놀란 얼굴로 말하자

"입 닥치지 못해? 나는 그럼 무슨 죄로 늘 떨고 사는 줄 아냐?" 어머니는 분통을 터뜨리곤 밖으로 나갔다. 방안이 고요해지자 석두는 더욱 어쩔 수 없는 맹랑한 기분으로 침묵에 사로잡혔다. 손 하나 까딱할 수 없다.

"선생님! 그는 죽지 않을까요?" 한참 만에 미자의 떨리는 목소리가 들려왔다.

"……."

"저는 그를 미워한 죄 밖엔 없어요." 고개를 푹 수그렸다.

"저는 관용헐 수 없는 걸요. 애인을 잃은 그의 상처를 제가 눈치 채고 있었으니까요. 정사

(情死)를 헐 심인 모양이라구…… 저 같은 년이라고 뜻 없이 죽음을 종용받기는 싫어요. 정말 제가 무슨 책임이 있어요? 저는 그렇게 죽을 순 없어요." 끝말이 무척 신경질적이었다.

"저를 원망했지만…… 정말 제가 싫어해도 그 자신은 저를 사랑했다구요……. 안쓰런 생각도 들더구먼요. 그래서 나는 그가 물을 청허기에 밖으로 나왔는데…… 그리구 물을 갖다 주곤 이내 싫어져서 밖엘 나와 있었더니 그 사이에…… 그 사이에…… 정말 그런 기미가 있었으면 난 어떡허든 내맡겨 줬는데?"

그녀는 말끝이 흐려진 채 돌연 눈물어린 표정을 지었다. 석두는 가슴이 섬찍하여 고개를 들었다.

"미자……." 그리곤 와락 그녀를 껴안았다.

"선생님, 저는 어떡험 좋아요?" 두려움과 슬픔으로 뒤엉킨 목소리로 물었다.

"……."

그는 말없이 그녀의 허리께를 더듬었다.

"선생님! 저를 어디론지 데려가 주세요. 네? 저는 아무 짓이라도 헐래요."

가벼운 흐느낌 소리로 파고들었다.

"……." 그가 가만히 그녀의 축축한 이마에다 입술을 갖다 대었다. 헝클어진 머리칼이 입술에 느껴지자 지린내가 났다.

"선생님! 저는 이제 무슨 희생이라도 달게 받겠어요. 다만 다만 신생님이 저를…… 죽여줘도 좋아요."

그는 끝내 대꾸를 안 했다. 무언지 찌눌린 유한과 정욕이 맹랑하게 가슴을 뒤설레고 있었다.

어머니는 초조한 낯빛을 감추지 못하고 비굴한 웃음을 띠우고 민구 앞에 서 있었다.

"일이 그매 낭패지 뭡니까? 그 대학생의 생명이 위독헌 모양이던데…… 조사를 허게 되면 참 고약헌 문제가 생깁니다. 물론 얘기사 들어 아요만, 누구든 살인방조죄의 혐의쯤은 첩경 갖기 쉬운 일이고 보면……. 아! 이거 이런 판국에 무슨 변통이냐는 게죠. 도대체 미자란 년이 아직도 덜 되었어요. 머저리 같은 그런 놈이 수상헌 기미로 대들거든 진작 무슨 수를 썼을걸! 어떡험 죽게 허느냐 말요?"

불쾌한 감정을 은폐하며 제법 능청스런 태도로 말했다.

"그저 그년이 늘 그 모양이지……. 그런데 어쩌문 좋다나? 정말 어쩌문 좋을까이?"

뇌까리며 그녀는 흘깃 마조 앉은 석두를 돌아보았다. 적의를 품은 눈매였다.

"이건 참 큰일이 났지요. 무허가 하숙집이네, 창녀네, 허구 볶아대기 시작허면 견딜 수가 없는걸요. 그래 그 동안도 여간 말썽이었나요? 아무튼 해결을 지워야 허긴 허는데……." 하고 적이 난처한 표정으로 뜸을 두고는 거연히 고개를 들었다.

“역시 뻔해요. 이런 일일수록 송만식 씨를 의지헐 밖에 없어요. 그분헌테 얘기를 해서 뒤처리를 말끔히 헐밖에…….”

“아! 송만식 씨! 국회의원 나선 분 말이지? 그분이 정말 부탁만 해줌사 누가 어쩔라구? 그분이 해주기만 허면 우리 동네도 조용헐 거구……. 그렇잖어도 우리는 모두 그분을 밀고 있지 않은가베?”

너스레를 떨며 낯빛이 환해지자 민구는 코가 벌씬했다.

“아무튼 귀찮은 일이구먼! 창피헌 얘기지만 지금부터 가봐야지.”

그리곤 석두의 곁에 오더니 한눈을 찔끔해 보였다.

“자네는 나를 좀 따라와 주게.” 앞장을 서서 갔다. 씨무룩한 얼굴로 석두가 뒤를 따르려니까 그는 흥분한 어조로 지껄이기 시작했다.

“그런 인간일랑 마땅히 죽어버리는 게 옳아. 나는 그런 의미에선 인간이 하찮은 걸 경멸해. 그러니깐 한 가닥 동정심이나 죄악감 같은 것도 아예 생각잖는 게 좋단 말야. 이 세상에서 진실을 가지구 따져봐야 할 건 따로 있거든……. 녀석은 죽으면서 그실 만족했을 거야. 정말이지, 녀석의 낯짝을 진즉 할퀴어줬어야 옳았단 말야.” 그리고 그 징글징글한 만치 작위적인 웃음을 터뜨렸다.

“석두! 진정으로 미자를 사랑허는 건 아니겠지? 사실 말이지, 미자 그년은 참 귀찮은 계집애야. 그런 경우 뭐라 할까? 녀석이 어떻게 굴었든 처리허긴 뻔헌 이치였거던. 난 미자가 요즘 대단헌 눈치를 하는데 화가 나는 걸?”

“…….”

“아무튼 나는 매사에 사감을 가지고 얘기 허는 것 같지만 결국 어떤 사건이 났을 경우에는 나처럼 공공을 위해서 헌신헐 줄 아는 자도 드물게야. 말하자면 그런 걸 즐기고 있는 셈야. 자아, 산다는 건 수단이고 보면 어떤 때 뭘 어떻게 해야 허는지 난 판단허고 나서네. 살아가는 재주가 필요허단 말야. 요는 기술이란 게지. 인생이란 그게야!”

“이 길로 송만식 씨를 찾아가세. 미자 건을 해결허세. 그 작자 자네를 보면 무척 반가와 헐 거야. 웅 뭐야? 자네는 상이군인으로 우선 강력히 사회에 발언허고 나설 수 있는 자네의 신분을 그는 환영헐거야. 무엇보다 자네의 그 의족이 그걸 증명해주지. 정말 재치 있는 정치가란 사회의 가장 불행이 자신의 행복을 만들어 줄 계기가 되는 걸 알고 있단 말야. 그러니까 자선을 베푸는 건 정치가가 아니구 가장 비참한 인간들이란 게다. 자선의 이름으로 거지들을 동정허는 자들이 갖는 행복감을 자네는 생각허나? 언제든 불행을 의식허는 건 거지가 아니고 도려 그 자선가들이거든……. 아무튼 생각을 이쯤 해보면 사회란 참 재미가 있거든……."

"……."

"자네는 말이 없구먼? 아무렴 자네를 높이 평가허구 나서는 그자일 것을 알어야 허네. 미자의 일도 물론 문제가 아닐 거야. 우리는 좀 두둑이 보수를 받고 시간을 즐겨야 되네. 물론 그건 이를테면 품값이니깐 일은 해야 돼. 장난 같은 일이지만 말이네. 점잖은 처지로 즐기기두 안됐지만 그러나 멋있는 장난야. 으흥. 그런데 자네는 갑자기 낯을 찡그리나? 옳지! 자네는 술을 좀 마셔야 되겠군! 자아 술집에 들어 가세나."

석두는 가슴이 달아 왔다. 눈앞이 핑그르르 돌았다. 곁에 앉았던 계집애를 붙들고 안달을 썼다.

입술로 그녀의 목구비께를 더듬었다. 어깨를 쓸어안고 자리에 푹 쓰러졌다. 방안에 웃음소리가 터졌다.

"자식! 기분 좋게 녹아 떨어졌구만……. 숙희 나 좀 봐. 거 총각이니깐 잘 좀 봐주어. 응?"

민구가 응큼한 수작으로 숙희 옆으로 다가왔다. 귀에다 뭐라고 소곤거렸다. 그녀가 엄살을 떨며 일어나자 석두를 일으켜 술을 권했다.

"숙희! 왜 나를 붙들고 이러냐?"

"좋아서 그렇지?"

"넌 내가 좋아헐 줄 아냐?"

"흥! 좋아허지 않음 무슨 상관야? 그저 사랑이란 좋아해 보는 건데?"

"뭣이 어때?"

"흥! 바보처럼 놀래지 말구 술이나 취해 봐요. 히히." 비웃는 눈과 뾰로통한 입술이 눈앞에 아물거렸다.

온몸이 열로 들떴다. 그저 눈앞에 나타나는 형체란 엉망이다. 몽롱한 상황 속에 버려있는 자신이 우습다. 숙희의 목소리도 들려오지 않는다. 미자를 생각하는 때문인지도 모른다. 야릇한 의식의 도착이 홍겹다.

"자식, 형편없는 녀석이군. 오늘밤 여기서 자고 가려무나!"

민구가 귀에 대고 외친 것 같았다. 그것은 계집들의 떠들썩한 웃음소리와 함께였다. 그는 정신을 수습하려 애썼다. 꿈틀하면서 겨우 몸을 도사렸다.

"너희들, 왜 그러냐?"

환각을 휘젓듯 외쳤으나 뭔지 무거운 힘에 눌려서 뒤로 벌떡 나자빠졌다. 허탈한 기분으로 영 구속되고 만 것 같다.

"자식! 미자라면 무슨 짓이래도 헐 게다. 더럽게 고지식헌 녀석이냐!"

그의 볼 위에 철썩 손바닥이 울었다. 웃음소리가 자즈라졌다. 기뻤다.

어린 듯이 두 눈을 감았다. 두 손을 쭈욱 뻗었다. 형언할 수 없는 어리석은 기쁨이 온몸에 번져나갔다.

갑자기 정전(停電)이 되었다. 개표소(開票所) 안에 뛰어든 난동자의 어지러운 무리들! 시청의 군중은 웅성거리며 아우성을 치며 굳게 닫힌 철문 앞에 몰렸다.

'부정 개표를 감시하라.'

'투표함을 사수하라.'

'부정한 선거위원 잡아내라.'

성난 포효(咆哮)는 거리를 휩쓸며 어둔 건물 안으로 번져갔다. 어수선한 주위에 살벌한 분위기가 감돌았다. 석두는 당황히 층계를 뛰어올랐다. 그리고 한 십 분 후 피투성이가 되어 층계 밑으로 굴러 떨어졌다.

억센 발길에 채어 그는 어둠 속에서 콘크리트 바닥으로 떨어져 내린 것이다.

순간 상쾌한 기분이었지만 가슴이 떨리는 것은 전율 때문이었다.

'깡패들의 손에서 투표함을 사수하라.' 건물 주위에 소용돌이치는 소리의 반향 속에서 자신을 분별할 수가 없다. 죽은 듯 버려져 있다가 머리를 들어 보았다. 무엇에 되게 부딪쳐서 늑골이 바숴진 듯 멍했다.

사지가 뜯겨나간 듯 눈앞이 휑했다.

극한의 상태에서 그는 그저 화나게 우습다.

"석두. 송 씨가 결정적으로 불리한 모양야. 이젠 비상수단! 이건 극히 간단한 요령이야. 충분히 스릴이 있어. 한번 날뛰어 보는 게야." 민구의 붉은 얼굴이 귀찮게 달라붙었다. 열증이 났다. 그러나 그는 술이 취했었다.

"어젯밤 단 재미 보았나? 흥! 자네는 보기에 아니꼽도록 그년허구 잘 놀아나더군. 미자가 알면 성을 낼걸? 허지만 인생이란 그거야. 어젯밤 그년허구 진탕 미칠 수 있었다면 말이네. 자네는 미자를 붙들고 죽으려던 그 대학생을 이해헐 거야."

석두는 화가 치밀었다. 이맛살을 찡그리고 고개를 번쩍 들었다. 민구가 순간 왼눈을 찔끔하여 소리쳤다.

"이러지 말어. 고 대학생이 어젯밤 죽어버렸단 말야. 자네 어머니와 미자! 흥! 알지 않겠나?"

석두는 성이 난 채 민구가 이끄는 청년들의 뒤를 따라 개표장 안에 뛰어들었다. 어설픈 마음에서 그저 눈앞이 흐려왔다. 모든 것을 깨어 부수고 싶다. 모든 것이 보기 싫었다.

그는 다짜고짜 방안에 있는 모든 걸 닥치는 대로 받고 부수고 내동댕이쳤다. 눈앞이 확확 달아올랐다.

"아니 이 자식아! 너 누구를 망치는 게냐?"

민구가 외치며 그의 목덜미를 휘잡았다. 그를 뿌리쳤다. 그리고 책상 위에 있던 투표용지를 손에 들자 갈가리 쥐어뜯었다. 다시 민구가 달려들었다.

"반동허는구나. 자식! 여기꺼지 와서 네가 반역을 해?"

사정없이 주먹이 날아왔다. 코피가 주르르 흘렀다. 소낙비 같은 그러나 더 좀 처참한 아픔으로 쏟아졌다.

"자식을 밖으로 끌어내라." 누군지 곁에서 외쳤다. 구두 발길이 그의 허리를 내질렀다. 몸이 휑하니 내렸다. 아찔하며 뜨거운 열화처럼 떨어졌다.

"어리석은 자식! 미자는 어제 서(署)로 끌려간 줄 몰라? 너의 어머니도 편안헐 줄 아느냐? 자식아!"

무뚝 고개를 세우려는데 민구가 그의 어깨를 치며 웃었다.

잠시 후 층계 아래 요란한 구두 발길이 흩어져 갔다. 주위는 혼미했다.

'개표장의 깡패를 잡아내라.'

군중의 아우성이 꿈속처럼 흘러왔다.

'개표장에 불을 켜라.'

순간 석두는 훔칠, 하여 일어섰다. 불빛! 그는 윽 하고 비명을 지르며 두어 발길을 옮기려다 고만 쓰러지고 말았다.

코피가 주르르 손등 위에 흘렀다

눈을 감았다. 이상하다. 두 눈에 눈부신 불빛이 보였다.

치욕恥辱

봄은 움트고 있었다. 버드나무의 회추리에 밥티처럼 나붙은 눈엽이 바람에 으스라져 보였다.

교장 이준식은 복도를 나와 변소에 잇닿은 뙴돌로 내려서자 걸음을 멈추고 바라보았다.

뒷교사에서 노랫소리가 들려왔다. 신축교사 낙성 축하연이 벌어지고 있는 것이다. 아이들의 노랫소리에 섞여 머구리 떼 울음 같은 선생들의 노랫소리도 들려왔다.

산그늘이 덮이기 시작하는 들판은 결막을 앓는 눈에서처럼 싯누렇게 비쳤다. 다시 발길을 옮겼다. 비칠거리며 뙴돌 몇 개를 건너뛰었다.

'이제 모든 게 끝이 났구나!'

기성회장을 비롯한 면의 유지들이 참석했던 자리에서 불현듯 가슴속에 구멍이 난 것 같은 허탈감을 느꼈던 것이다. 정년 퇴직을 눈앞에 둔 그가 마지막 업적으로 삼으려던 새 교실 증축도 이제 끝났다. 교직생활 사십 년의 세월이 검은 강물처럼 흘러갔다. 그는 그 나루터의 뱃사공이었다.

'건너다주고 건느지 못하는 뱃사공인가?' 세월을 강나루에 묶어 놓은 채 늙어버린 사공의 감상 같은 것으로 준식은 자신의 위치를 한 귀절 하이쿠(俳句)의 뜻으로 비유해 보는 버릇이 있었다.

연회가 벌어지자 그는 기계적으로 자리에서 일어났었다. 두서없이 이야기를 늘어놓고 있는 동안, 평소 정확을 기하려고 모가 졌던 표정과는 달리 얼굴은 험상궂게 망가져 있었다.

축사는 엉망이었다. 그는 이마에 식은땀을 느끼며 자리에 앉았다. 이어 기성회장의 요령없는 지리한 연설. 그리고는 기다렸다는 듯 학생들이 일제히 셈베 과자를 물어뜯기 시작한 것이다.

그는 얼떨떨해가지고 앞에 놓인 술잔을 끌어 잡았다. 손끝이 가볍게 떨렸다. 술이 목구멍에 넘어가자 콧살을 찡그리며 아이들을 바라보았다.

무서운 식성으로 과자를 먹어치우고 있는가 하면, 과자를 던지며 장난치는 아이들도 있었다. 그는 윽하고 치밀어 오르는 역정을 간신히 막아냈다.

"원, 모든 게 뒤죽박죽이지……."

이마에 푸른 심줄이 곤두서고, 날카로운 코끝이 약간 경련을 일으켰다. 그는 다혈질이었다. 교직생활에 조금 닳아지긴 했으나, 천성이 그런데다 산기(疝氣)가 있어 몸 주제에 부자유스러웠던 탓으로 무슨 일에 곧잘 자제력을 잃어버리곤 했었다. 어느 때였던가?

직원회에서 긴급한 일을 상의하는 도중 그는 소리를 빽 질렀던 것이다.

"아니, 그래 단 뿔은 쇠김에 빼얀다지 않우?" 이 어이없는 말에 직원들이 웃음보를 터뜨리고 끼들거리자,

"아니, 여러분, 이 늙은 교장의 말이 뭐 농담인 줄 아슈?" 하고 두 눈을 부릅뜨고 대들었던 것이다.

준식은 변소에 들어갔다. 여흥은 절정에 오른 모양 같았다. 문득 자리를 일어섰을 때의 광경이 눈에 떠올랐다. 모두 취흥이 오르는 모양으로 장내의 분위기가 수런거리는 가운데 곁에 앉아 묵묵히 잔을 기울이고 있던 기성회장 김완태의 잔뜩 토라진 눈길을 의식했었다. 폭발을 예비하는 것 같은 무언의 도전을 느끼고 준식은 가슴이 훔찔했던 것이다. 공사 중 줄곧 반목을 풀지 않았던 그와는 실상 싸움의 실마리를 찾지 못한 채 은근히 으르렁거리고 있었다.

미구에 터질지도 모를 싸움의 불씨를 안은 채 가까스로 공사를 마쳤던 것이다. 그런데 오늘은 그 낙성식! 그는 가볍게 전율하면서 교실을 나왔던 것이다.

그는 용변을 보면서 문득 창께로 고개를 돌렸다. 창 아래 시멘트벽은 가래침과 코딱지로 얼룩져 있었는데 그 곁의 연필 낙서가 눈에 띄었다.

그는 무심결에 그 낙서를 들여다보자 낯빛이 샐쭉해졌다.

'교장 선생님 부랄대장' 서투른 글씨로 내갈긴 오래된 자획을 분명히 눈여겨보곤 준식은 가슴이 화끈거렸다. '이런 호로자식들 보게.' 중얼거리며 당황히 바지 주머니에서 손수건을 꺼내어 북북 문질렀다.

아지 못할 저항을 의식하면서 급히 변소를 나와 교사 쪽으로 발길을 옮겼다.

노랫소리는 여전했는데 교정 쪽에서는 청년단의 훈련이 시작되었는지 기운찬 구령이 들려왔다.

준식은 이맛살을 찌푸리며 혀를 찼다. "저놈의 훈련은 어쩌자고 자꾸 해쌓는고?" 왠지 야릇한 강박의식 같은 걸 느끼었다.

구이팔 수복 후 살벌한 분위기 속에서 치안을 담당한다는 명목으로 날마다 훈련을 하고

있었다. 그 대장은 김완태의 아들 종기였다. 준식은 그가 왠지 두려웠다. 특히 수복 후의 어지러운 판국에 폭력 사태가 빈발하는 틈서리에 종기가 이끄는 그 단체란 빈번히 하나의 압력단체와도 같은 인상을 주고 있었다. 종기는 때로 학교일에까지 간섭을 하고, 교사들의 사생활에까지 손을 뻗치고 있었다.

준식은 그러한 단체가 지어주는 살벌한 분위기가 역겨웠다. 지금 그런 것을 생각하며 그는 한껏 우울해졌던 것이다.

"이 교장……."

문득 부르는 소리에 발을 멈추었다. 김완태가 뒷짐을 끼고 거기 서 있었다. 햇살을 등지고 있는 그의 표정은 유난히 모가 져 보였다.

"아니, 저게 지붕 위에 웬 돌멩이들이우? 그놈의 아아새끼들이 장난을 쳤나? 그 짓들 못하게 해야지…… 선생들은 모두 바라보고만 있었담?" 턱으로 교사 지붕을 가리키며 볼멘소리로 지껄였다. 준식은 뜻밖의 말에 어정쩡해가지고 지붕을 바라보았다. 콜타르를 칠한 새까만 지붕 한가운데 돌멩이가 마구 흩어져 있었다.

"그거 정말 어떤 고얀 아이들이……." 눈살을 찌푸리며 중얼거렸다.

"학교 아아새끼들 소행이지 뭐요? 그저 선생들이 아아들을 벌루 놔두니께 그렇지……."

그는 어깨를 으쓱해 보였다. 준식은 가볍게 입술을 깨물었다.

"자아, 교장실에 가십시다." 불쑥 말하고는 앞장을 서서 걸었다.

그들이 교장실에 이르는 동안 교가 합창이 들려왔다. 여흥도 끝이 나나보다고 준식은 생각했다.

각각 자리를 잡자 찌뿌듯한 표정으로 한동안 무거운 침묵을 지켰다. 이윽고 김완태가 헛기침을 두어 번 하고 나서 입을 열었다.

"교장, 나 헐 말이 있수. 내 자식헌테 듣자하니 내허구 뭐 단단히 틀린 일 있는가분데…… 뭐 툭 털어놓고 얘기지, 내 공연히 당신네 학교 일 뜯자는 거 아니요. 내도 기성회장 일 허자니 당신네 못지않게 학교에 관심도 있수. 이번 신축공사만 허드래도 내 없이도 됐을 꺼라구 말은 못할 꺼요. 헌데 교장은 내 자식보구 학교 일에 간섭 말라구 했다며?"

이마에 경련이 일면서 튀어나온 끝말은 폭발음이었다. 준식은 온몸이 굳어졌다. 화액을 삼킨 듯한 얼굴이 되었다.

"엊그제 자제분허구 학교 얘기로 여러 말이 오고가긴 했습니다만……." 사이를 떼고 얼른 군침을 삼켰다.

"그건 그건 오해입니다."

"아니, 그런 말을 안했다니, 그럼 내 자식이 멀쩡허니 거짓말을 했을까?"

“거짓말이기보다 사실은…… 그때 우리 직원 한 사람의 신상문제에 관해서 서로 의견이 달라서 기분이 언짢았던 일은 있었습니다만…….” 이때 완태가 버럭 소리를 질렀기 때문에 그는 움찔했다.

“그거 나도 알고 있수. 그 정수민 선생에 대해선 내 자식 말 헐만끔 됐수. 나도 생각이 없어 이제껏 벌루 놔둔 거 아니요. 교장이 저엉 그 선생 두호허구 내버려 둘 양이면 나두 헐 일이 있수.” 씹어뱉듯 말했다.

준식은 질려 낯이 핼쑥해졌다.

어떻게 하나? 축하연도 끝난 모양이었다. 노랫소리가 멎더니 선생들이 교무실로 몰려들어오는 모양이었다. 준식은 앞에 버티고 앉아 있는 완태의 일그러진 얼굴을 창황히 훔쳐보며 으깨어지는 심정으로 손등을 가만히 쥐어뜯었다. 그러자 완태가 화들짝 자리에서 일어섰다.

“교장, 불문곡절하구 그런 도리 없는 말은 아예 허지 마우. 그리고 그 정 선생 문제도 잘 알아서 허우. 낸들 허껍대기로 기성회장 일 보는 게 아니니께.” 내던지듯 말하고 우왁스레 도어를 밀치고 밖으로 나가버렸다. 엉거주춤 일어섰던 준식은 반사적으로 돌멩이라도 얻어맞은 듯 소파에 퍽 주저앉아 버렸다.

삐드득 소리 나게 바라지문을 열고 아내가 부엌에서 나왔다. 아버지의 제삿날이었기 때문에 제수 마련을 하고 있었는지 연기와 기름내에 그슬려 상기한 얼굴을 하고 있었다.

“저어, 정수민 선생이.” 눈길을 피한 채 어름어름 말했다. 나이에 비해 몸집이 풍만한 그녀는 혈색이 좋았다. 얼핏 푸줏간 주인이었던 그 당당한 체구의 장모를 닮았다는 생각을 떠올리며 퉁명스레 물었다.

“어쨌다는 거야?”

“저어 오늘 기제사에 쓰라구 쇠고기를 두어 근 사 가지고 왔수.”

좀 미련스럽게 싱긋 웃으며 말했으나 여전히 눈길은 한쪽 처마 밑으로 돌린 채였다.

“정 선생이 어떻게 알았을까?”

“낸들 아우?”

아내가 치마에 젖은 손을 문지르다 말고 손가락으로 코를 움켜쥐고 헹하니 코를 풀었다. 누런 액체가 퇴 아래 튀었다. 준식은 이맛살을 찡그리며 소리를 꽥 질렀다.

“버르장머리 없이 그게 무슨 고얀 짓이야?”

“괜히 남의 코푸는 거꺼지 핀잔이우?” 아내는 눈을 흘기며 치마에 코 묻은 손을 싹싹 비볐다.

부엌 쪽에서 장작이 타면서 나는 탁탁 소리가 들려왔다.

“헌구란 놈은 오늘도 안 왔제?”

“올 턱이나 있수?” 아내는 화를 버럭 내면서 말했다. 망할 놈의 자식이……. 준식은 이마빡이 굳어져 가는 걸 느끼면서 가슴은 종잡지 못할 불안감으로 설레기 시작했다.

“할아버지 기일이니 꼭 휴가를 받아 가지고 오너라 했는데…… 어찌 된 걸까? 이 녀석 답장조차 없으니.”

“다 소용 없단게요. 그 놈이 제 할아버질 생각할 성싶어요?” 낯이 상기되면서 입가에 싸늘한 비웃음을 띄운 채 그녀가 흘끔 노려보며 말했다. 준식은 가슴이 찔린 채 불먹은 소리로 말했다.

“아니, 소용없다니 그게 무슨 말버르장이야?”

“제 속으로 난 자식도 부모를 몰라보는 세상인데…… 그 놈이 어떤 놈이라구. 부모 없는 불쌍헌 애라구 데려다 손발이 닳도록 키웠더니만 한다는 짓이 늙은 부모에게 애만 써워 놓곤 군대로 홀쩍 달아나 버린 놈 아니우?”

“그걸 이제 탓해 뭘해, 바보처럼.”

준식은 마음 같아서는 단단히 욱박아주고 싶으면서도, 어조는 깔아져 있었다.

“탓 안하게 됐수? 당신이 직장에꺼지 쫓겨나게 되면 천상 믿을 게 그 놈 하나뿐이라구 바라온 게 아니냐 말유.”

“그놈 없이도 살 수야 없을라구. 허지만 전쟁이 심상찮은 판국에 난 걱정이 돼 그러는 거유.”

부엌에서 물이 끓어 넘치는지 딸그락거리는 쇳소리가 들려왔다. 아내는 손등으로 코밑을 훔치고는

“요즘 그렇잖어두 꿈자리가 사납다우.” 하고는 부엌으로 사라졌다. 준식은 멍청히 앉은 채 그녀의 펑퍼짐한 엉덩이를 흘낏 눈여겨보고는 중얼거렸다.

“계집이 저렇게 소갈머리 없이 뚱뚱해서야.” 그녀가 한 번도 임신을 해본 적이 없었다는 사무친 집념 때문에 그는 버릇처럼 뇌까렸다. 해방 후의 콜레라 만연으로 편모마저 잃은 고아인 헌구를 양자로 삼고, 그의 성장에 여생의 보람을 붙이고 살아왔던 과거가 허무하게만 느껴져 견딜 수가 없었다.

특히 그가 군대에 자원입대하게 되었을 때의 노부부의 놀라움과 실망은 지금도 가슴을 저미고 있었다.

“그놈이 대학을 안보내 준대서 홧김에 하는 거라우.” 아내가 눈물을 찔끔거리며 말했었다.

“아니, 대학이 뭐래. 내가 쥐꼬리만 헌 월급으로 제 놈 대학 보내게 됐어? 그리구 내후년이면 직장도 물러나게 되는 판국인데……. 그놈 뒤치다꺼리만 하다가 굶어 죽으란 말야?”

이렇듯 강경히 대들었지만, 요즘 와서는 은근히 후회조차 되는 것이었다. 그러나 굳이 그런 내색조차 삼가고 준식은 가슴앓이를 혼자 하고 있었다. 부엌에서는 아내가 뭐라고 투덜

거리고 있었다. 듣지 않아도 뻔했다. 그녀는 하루의 몇 시간 동안을 신세 자탄으로 흘려보내는 게 버릇이었다.

준식은 신경질적인 발작으로 벌떡 자리에서 일어났다. 집을 나섰다.

교사 모퉁이를 돌아서려는데 교무실 쪽에서 오르간 소리가 들려왔다.

준식은 발길을 돌렸다. 램프 불빛이 너울거리는 속에 악보를 들여다보며 한 사람이 건반 위에서 곡예사의 손짓 같은 시늉으로 동요 곡을 치고 있었다. 페달을 밟을 때마다 허파에 구멍이 난 것 같은 헛바람이 났었다.

마치 해소를 앓는 늙은이의 기침소리와도 같이. 그것은 뜻밖에 정수민이었다. 준식은 창밖에서 오랫동안 지켜보고 섰다가 문을 드르륵 밀었다.

수민이 깜짝 놀라 일어났다.

"우리 집엘 다녀갔었소 ? "

"네, 그런데 교장 선생님께선……." 그는 악보를 급히 접어두고 몸을 굽실거리며 말했다.

"풍금 연습을 시작했구만?" 하고 준식은 피식 웃으며 말했다.

"그저 장난삼아 해보았습니다." 준식은 직원들 데스크 사이를 지나 교정 쪽 창문께로 걸어갔다.

넓은 운동장은 밀려오는 어둠 속에 고요했다. 플라타너스의 밋밋한 등걸만이 유난히 희읍스름히 비쳐보였다.

"정 선생, 저녁 했소?" 준식은 빳빳이 선 채 물었다.

"네, 하고 왔습니다."

"그럼, 나허구 밖에나 나갈까?" 하고 준식은 돌아섰다.

"아니, 교장 선생님은 댁에서 제사가……."

"상관없어." 준식은 불쑥 말하고 교무실을 나갔다. 밖으로 나가 수민과 나란히 되자 준식은 담배를 꺼내 물었다. 곁에서 수민이 얼른 성냥을 그어댔다. 한 모금 훅 들이마시고는 뿜었다. 왠지 구원을 받은 것 같은 기분에서 마음이 설레었다.

"오늘이 기일이라구 자제분도 오셨는가요?"

"안 왔지. 그 녀석, 답장조차 없구만."

"요즘 전국이 좀 긴박해진 모양 같던데요. 휴가 얻긴 좀체 어려울 거예요." 준식은 말없이 담배만 뻐끔뻐끔 빨았다. 바람이 솨 불면서 소나무 가지가 울었다. 그는 걸으면서 하반신의 그것이 허벅다리에 끈적끈적 달라붙는 것을 느끼고, 가만히 바지 주머니에 한 손을 넣고 밀쳐냈다. 좀 시원한 것 같았다.

준식은 담배연기를 길게 뿜어내고는 말했다.

"그놈 헌구헌테서 답장도 없구먼. 제삿날에 못 온 거사 괜찮지만…… 전쟁은 자꾸 심해 간다는데 왠지 걱정이 되는구만. 아내는 꿈자리가 사납다고 그래쌓니. 녀석 대학 안 보내준다고 자발을 하구 전쟁에 겁도 없이 뛰어들었으니 소행이 괘씸허지만…… 그래도 제 놈에 매달려 사는 늙은이의 심정도 알아줘야지. 요즘 젊은 것들은 전쟁이 뭐 운동시합인 줄 아나보지?"

"그럴 리야 있을라구요. 어차피 판국이 안 가곤 안 되게 생겼으니, 미리 간다는 심산이었겠죠."

"그게 안됐다는 거야. 전쟁 같은 재난에 그렇게 단순한 결심을 내릴 수는 없는 거지. 형세란 복잡한 건데. 어디 그렇게 정면으로 판단할 수가 있어? 형세에는 에누리도 없구, 예외가 얼마든지 있는 거야. 그걸 젊은이들은 비웃고 있을지 모르나, 그건 과거의 경험이 없는 탓이지. 우리처럼 재난을 몇 차례 치르고 나면 말이지……." 준식은 잠깐 눈을 감았다 떴다. 퍼뜩 과거가 떠오르고 아버지의 추리한 몰골이 선명하게 나타나 보였던 것이다.

"교장 선생님, 어디 가시려구요?"

수민이 곁에서 물었을 때,

"응, 저기 술집에 가서 한 잔 하세나." 하고 준식은 건성 대답하면서도 마음은 과거의 한 시점에 꽉 얽매여 있었다.

일구사삼 년 한겨울이었다. 싱가포르를 함락한 일본군이 일로 남지나해를 석권하여 전운이 절정에 이른 때였다. 준식은 소학교 훈도 겸 렌세이쇼(練成所) 지도원이었다. 이른바 대동아공영권(大東亜共榮圈)을 실현할 막바지에 닥뜨렸다는 부푼 감정으로 훈련을 마치고 집에 돌아 왔었다. 마침 아버지가 와있었다.

아버지 이락선은 고을에서 이름난 재인(才人)으로 통수의 명수였다. 준식이 기억한 바로는 그의 대적에서 흘러나오는 가락에 뭇사람은 곧장 신비감에 젖어들곤 했었다.

고을의 경사마다 그는 줄곧 악사들을 데리고 여흥을 꾸려나갔다. 어머니 김 씨는 무당이었다. 얽은 얼굴에 작은 몸집을 이끌고 고을의 행사에는 빠짐없이 그 쉬어빠진 목소리로 굿거리를 하고 다녔다. 비굴과 아첨이 다져진 조용한 표정 속에는 체념과 교지(狡智)가 깊숙이 깃들어 있었다. 준식은 그것을 깨닫고 슬펐던 것이다. 어린 아이 앞에서 천연스레 허리를 굽히고 "서방님." 하고 불렀던 아버지와 어머니가 어린 준식에게는 못 견디게 부끄러웠던 것이다.

그러나 아버지는 엄격한 가장이었다. 대통에서 흘러나오는 요요한 음율…… 지그시 눈을 감고 어린 듯 취해서 탄주하는 근엄한 표정은 항상 준식을 위압하는 모습이었다.

그 후 준식은 자라서 교원이 되었고, 아버지는 눈에 띄게 늙어 갔다. 머리칼은 흰 누더기가 되어가고 얼굴은 호두껍데기처럼 주름이 잡혀갔다.

그러면서도 결코 통수를 버리지 않았고 준식에게 의지하려 하지 않았었다.

'일부러 그를 위해 멀리 했던 걸까?' 준식은 늙은 부모를 버리고 있다는 의식에 사로잡혀 있으면서도 아버지의 뜻을 꺾을 수는 없었다. 그랬던 아버지가 갑자기 그가 있는 곳을 찾아왔던 것이다. 왠지 특별한 일이 없이는 좀체 찾아오지 않았던 아버지가 근 일 년 만에 말이다.

준식은 약간 가슴이 철렁했다. 아버지는 벽에 기대어 비스듬이 누워 있었다. 준식은 인사를 하고 꿇어앉아 아버지를 살폈다. 그리고는 중환자처럼 추리해 보이는 모습에 놀랐다.

여느 때와 같이 그는 말이 없었다. 무거운 침묵이 끊어진 다리처럼 불안하게 만들었다.

한참만에야 불쑥 물었다.

"시국이 막고비에 든 거 아니냐?"

"글쎄 말이에요." 너무도 돌연한 질문이었다고 느끼며 얼뜬 목소리로 대답했다. 그는 가볍게 한숨을 쉬었다.

낯빛이 굳어져가는 게 마치 고통을 억제한다는 표정 같았다.

"일본은 지금 겉으론 어디를 뺏구 또 어딜 진격했다구 온통 수다를 떨구 있지만 아무래도 속이 닳는 거 아니냐? 공출이 날마다 심해가서 이젠 소나무 껍데기를 벗겨 바치고, 숟가락 하나, 철사 토막 하나 안 남게 됐으니 말이다."

"마지막 총력전을 하자는 거죠. 이제 곧 마지막 판가름이 나게 될 거예요."

"머잖아, 승리한다는 거냐?" 말꼬리를 채고 찌르는 소리로 물었기 때문에 준식은 잠깐 어리둥절했다.

"그렇죠." 하고 얼빠진 소리로 말했다.

"그럴까?" 순간 그의 눈에 번쩍 비치는 광채가 있었다. 침묵이 메꾸지 못할 강줄기처럼 그들 사이를 흘렀다.

"너는 전쟁을 무슨 운동시합 말하듯 하는구나." 하고 가볍게 불평했다.

그리고는 눈을 딱 감았다. 아랫볼이 가볍게 경련을 일으키고 있었다.

"나는 배운 게 없어 잘 모르지만, 그러나 사람이란 경험으로 느껴지는 것도 있다. 나는 세상이 이렇게 각박해져가지곤 결국 끝장이 날 밖에 없다구 생각허구 있다. 판국은 이제 뻔하단 말이다."

준식은 그의 침착하고도 날카로운 어조에 찔린 듯 두 발을 꼬았다.

"그건 예감일까? 현철이라는 걸까?" 그때 아버지가 속삭이듯 말했다.

"허지만 시국 얘기는 고만 두자. 공연히 남 들을까 싶구나."

이튿날 아버지는 집을 떠났다. 그런지 일주일쯤 되었을까? 난데없는 재앙으로 세상을 뜬 것이다.

일본 경찰에 끌려가 참혹하게 매를 맞고 앓아누운 지 사흘 만에 숨을 거둔 것이다.

"징용장을 받은 재 너머 김 주사네 외아들 두수 서방님을 집에다 피신시키겠다기에 놔두었더니만…… 누가 고자질을 했는지 주재소 순사가 와 끌어가지 않았겠니? 원 세상에 법 없어도 살 영감인디…… 모진 매를 맞고 온몸이 피투성이가 돼 돌아 왔구나야."

부음(訃音)을 받고 허겁지겁 달려간 준식 앞에 어머니는 울부짖고 있었다.

준식은 떨리는 가슴속에서 중얼거렸다. 바보처럼 어쩌자고 그런 무모한 짓을 저질렀을까?

주먹을 부르쥐고 울음을 삼켰다. 그리고 화액을 삼킨 듯한 얼굴로 궤연 앞에 앉아 있었다.

"귀한 젊음이 가 죽어서 쓰겠냐구 하더니…… 그 인정 때문에 목숨을 잃었구나야."

어머니가 곁에서 훌쩍거리고 있었다. 며칠 후, 준식은 경찰서 고등계 형사주임의 험악한 눈초리 앞에 서 있었다.

"뭐야, 그대 제 이제 국민을 양성하는 신성한 직무에 있는 자로서 고따위 비국민적인 아버지를 둔 것으로 자결이라도 할 각오가 있나? 폐하의 은공을 더럽힌 신문으로 어찌 황국의 신민을 가르치겠나? 조사해 보니 그대는 천민출신이더군. 그대 같은 신분으로 그런 자리에 있게 된 건 오로지 폐하의 은총인 걸 아는가 모르는가?" 몸 둘 곳을 모르던 그때의 치욕이 그의 피를 거꾸로 솟구치게 했었다.

딱 한 잔만을 하고 다짐했던 준식은 마침내 몇 잔 술로 얼근해 왔다.

아낙네가 곁에서 연성 싱글벙글 수작을 걸어 왔다. 그녀의 두 볼에는 작은 우물이 패이고 흰 이를 드러내며 헤프게 웃어대는 얼굴이 준식을 기쁘게 했다.

그것은 얼마동안 한 사내를 행복하게 할 수 있었던 과거를 말해주는 것 같은 밝은 얼굴이었다.

수민은 잔을 받을 때마다 약간 고개를 꼬고 거북하게 술을 마셨다.

"뭘, 그러지 말고, 술을 많이 해. 내 늘 생각했지만 기성회 경리 맡아 욕 많이 봤어. 이제 공사도 끝났구. 내일부터는 애들이 이부 수업 면하게 됐으니, 내 어깨도 한결 가벼워지는구만. 그 동안 회장이 어쨌느니 하고 말썽도 많았어……. 화를 내 봤자 소용없는 일이긴 허지만 내 성격으론 참아내기 무척 괴로웠지……."

준식은 말하고 빈 잔을 아낙네 앞에 내밀었다.

"자아, 자네도 한잔 더 하게." 하고는 술을 따라주고는 담배를 태워 물었다. 한 모금 길게 뿜어낸 연기가 회색으로 우중충한 천정의 다이아무늬에 어른거리며 퍼져 갔다.

"정말 김 회장님의 처사는 너무합니다. 저를 괜히 미워해서 군에 가서도 비방을 하곤 전근을 시키도록 종용하더라구요. 교권 침해도 분수가 있죠."

수민은 빨개진 낯빛에 울분을 누르려고 애쓰는 것 같은 표정으로 말했다. 준식은 낮의 일이 퍼뜩 떠오르며 눌렸던 감정이 솟구쳐 올랐다.

"아니, 건 장학계장헌테서 들었나? 어리석은 수작이지……. 내가 있는데 누구 마음대로 직원 이동을 시켜."

"자신이 결백했으면 공사에 말썽도 없었을 꺼구, 그랬다면 저인들 뭐라고 했겠습니까? 결국 가만히 있는 저에게 지레 겁을 내구 어떡허든 떼 보낼 계획을 하고 있으니, 불순한 처사예요."

"음!" 준식은 그의 닳아진 눈길에 부딪쳐 가슴이 꽉 막혔다. 아낙네가 갑자기 굳어진 분위기에 찔린 듯 뜨악한 눈초리로 두 사람을 번갈아 쳐다본다.

"춘치자명의 격이죠. 공사 부정으로 학부형의 희생이 얼마나 컸었나 생각하면 들고나설 사람은 누군데요?" 준식은 가슴에 심한 붕괴를 의식하면서 아낙네가 주는 잔을 받았다.

"사필귀정이야. 정 선생. 그 불쾌한 얘긴 그만 두지."

꿀꺽 들이마셨다. 안주를 씹으며 잠깐 신산한 기분에서 눈을 감는다. 문득 이십여 년 전 일이 떠올랐다. 일본인 교사가 준식의 담임 반 학생 전원을 사전 양해도 없이 두어 시간이나 벌을 씌운 일이 있었다. 그때 준식은 화를 참을 수 없이 대들었던 것이다.

"내 학급 문제는 내 책임의 일이요. 당신은 너무 당돌하지 않소?" 일본 교사의 모욕적인 반발에 분연히 일어 선 준식은 그길로 운동장으로 뛰어나가, 담임 반 학생들 곁에 무릎을 꿇고 앉았었다. 뙤약볕이 내리쪼이는 한여름, 모욕을 불길처럼 느끼면서 등가죽을 흐르는 땀줄기가 식어가듯 자기 성실에 입술을 깨물었었다.

"주전자가 비었는데 가져올까요?" 아낙네가 의미 없는 눈길로 물어왔다.

"암, 가져와야지." 준식은 동의를 구하려는 듯 수민을 바라보았다.

"아녜요, 그만 허십시다."

"아니, 가져오래두." 수민의 제지에 어리벙해 하는 아낙네에게 굳은 목소리로 말하였다. 그녀가 밖으로 나가자 준식은 시계를 들여다보았다.

"아직도 초저녁인걸. 잠깐만 더 하고 돌아가도 돼. 어차피 우리 내외만이 달랑 앉아서 지낼걸."

"그래도 사모님이 기다리실 거예요."

"상관있나? 헌구란 놈이 왔다문 얼마나 좋았을까마는 새삼 쓸쓸해서 말야. 정 선생, 이따 숙직을 하다가 우리 집에 꼭 들르게나. 제사나 끝나곤 밤참이나 나눠먹게 말이지."

"고맙습니다. 교장 선생님, 그렇지만 저는 자야죠."

"아냐, 꼭 다녀가래두. 자정쯤이면 철상을 헐 테니 기다리고 있겠어." 아낙이 문을 열고 들어왔다. 빈 잔에 술을 따르며 싱글벙글 웃었다. 준식은 마음으로는 안 되겠는걸 생각하면서 잔을 끌어 잡았다. 이때 밖이 소란해지면서 한패의 술꾼이 몰려 들어왔다.

"부안 댁 어딨어." 소리치는 사내의 목소리에 아낙은 일어나 밖으로 나가버렸다.

"종기예요." 수민이 찔린 표정으로 속삭였다. 준식은 가슴이 설레는 걸 의식하면서도 상반신을 고추 세우고 술잔을 입에 가져갔다. 호탕한 웃음소리에 섞여 종기의 이죽거리는 말소리가 준식의 신경을 쑤셔놓았다.

"교장 선생님, 저들이 방에 들어가면 나갑시다."

수민은 낭패한 기분에서 어쩔 줄을 모르고 깔아진 어조로 말했다.

"부안 댁, 큰방엔 손님이 있는 모양이구. 우린 여기서 선술을 해야 되나?"

"아녜요. 가만 조금 계세요. 곧 큰방도 비울 터이니까."

"누구야?" 종기가 약간 거만한 말투로 나직이 물었다.

"교장 선생님허구 정 선생님이 오셨어요." 아낙이 말하며 호들갑스럽게 웃었다. 그 웃음소리가 왠지 준식의 가슴을 섬찍하게 했다.

"그래? 정수민 선생 말야?" 종기의 끈끈한 반응으로 수민의 얼굴이 굳어졌다.

"교장 선생님 나가십시다." 결의에 찬 목소리로 말했다.

"가만있게. 한 잔씩만 더 들구." 준식은 빈 잔에 술을 따랐다. 손끝이 가볍게 떨리었다.

수민은 후딱 술잔을 비우고 일어섰다. 준식도 따라 일어섰다.

"교장 선생님을 이런 데서 뵙게 되어 죄송합니다." 종기가 문밖을 나서는 그 앞에 버티고 서서 말했다.

입가에는 싸늘한 비웃음 같은 것이 스쳐갔다. 준식은 그것을 직감하고 가슴이 철렁했다.

"아, 오셨소? 어서 들어들 가시오." 준식은 당황히 뇌까렸다. 그리고는 아낙네 앞에 허둥지둥 다가갔다.

"술값은 내일 학교로 애를 보내시오." 거리에 나선 준식은 수민을 흘깃 돌아보며 말했다.

"저놈은 도대체 능구렁이 같은 심보야." 수민은 돌아보았으나 말없이 적의를 품은 두 눈만이 어둠 속에서 빛났다. 그들은 잠자코 걸었다. 싸늘한 습기 있는 바람기가 산란하게 불어왔다.

교문 쪽을 향하여 걷다가 문득 준식이 입을 열었다.

"교원의 비극은 신념의 결여라는 데서 온 거란 걸 생각해 봤어? 신념 없는 가장이나 교육자란 보람을 못 느끼니 말야. 나는 그래서 생의 실패자라는 생각을 자꾸 하게 되는구만. 나는 곧 교직에서 물러설 처지지만, 지난 과거를 돌아보면 한껏 허망하기만 하단 말야. 아니 분하단 말야. 마치 나루에 평생을 바친 뱃사공의 슬픔 같은 것 말이거든. 나는 도대체가 과거를 돌아볼 때마다 진정 부끄러운 걸 어쩔 수 없구만. 나는 결국 한 사람의 성실한 교육자도 가장도 못됐단 말야. 세상 사람은 말이거든 걸핏하면 세상만을 탓허지만, 나는 세상을 탓헐 염치도 없단 말이거든."

준식은 한숨을 뿜어내는 것 같은 떨리는 목소리로 격정을 누르며 지껄였다.

"그게 무슨 말씀이에요. 선생님만큼 충실한 교육자라도…… 그리고 정년퇴직도 어쩌면 정년이 연장되리란 설도 있잖아요? 괜찮게 될지도 몰라요." 수민이 동정적인 기분에서인지 감성적으로 말했다.

"정 선생, 난 정년퇴직이니 어차피 각오가 서 있네. 까짓 늙은 놈이 추잡하게 능력도 없이 자리에 붙어 있겠다구 바등거리겠나? 해서 난 자그마헌 돈이지만 저축한 거와 퇴직금이랑 합해서 어디 조용한 도시에나 나가서 젖 짜는 산양이나 몇 마리 기를 생각이지. 도시에선 양유를 처분헐 조합 같은 게 있다더구만. 게다가 헌구가 다행히 속히 제대나 되고 전쟁이나 끝나게 되면 거 우리 세 식구 생활이란 문제가 아니란 말이야."

순간 눈앞에 양떼를 몰고 풀을 찾아다니는 자신의 모습이 밝은 빛으로 떠올랐다. 그리고 헌구가 가방을 들고 출근하는 모습도 상상되어 가슴이 훤히 트여오는 것 같았다.

'그런데 오늘 웬일일까? 꼭 다녀가도록 편지를 띄웠는데. 못 오게 되면 편지라도 해줘야 할 게 아냐? 부대가 옮겼나? 그렇다 치드래도 이상한걸. 전국이 어수선한 판국에 그렇다면 혹시?' 갑자기 그는 움찔하니 놀랐다. 어떤 불길한 예감에 가슴이 꽉 막혀 등줄기에 식은땀을 느꼈다.

'혹시 그렇다면?' 하고 겁결에 되뇌면서 먼빛으로 집을 바라보았다. 그리고는 아버지 제사라는 생각이 퍼뜩 떠오르면서 아랫도리가 후들후들 떨려왔다.

신축교사를 돌아보고 온 준식은 기분이 들떠 있었다. 새 교실에서 배우는 아이들의 명랑한 얼굴에서 대견한 보람을 의식했다. 교장실에 돌아오자 막 배달된 신문을 펼쳐 보았다. 피아간 참혹한 혈전을 벌이고 있는 심상찮은 전황(戰況)의 뉴스가 가슴을 어둡게 했다. 그는 어젯밤 아버지의 사진 앞에 꿇어앉아 골똘히 헌구에 가호 있기를 빌었던 생각을 떠올렸다.

이맛살을 찌푸리고 신문을 뒤집어 삼면 기사를 훑어보고 있던 그는 한가운데 타이틀에 눈이 가자 깜짝 놀라 신문을 손에서 놓았다. 잽싸게 서랍에서 돋보기안경을 꺼내 끼고 다시 읽었다. 틀림없구나. 그의 가슴은 두근거리기 시작했다.

'교원 정년을 육십오 세로 개정' 그는 화끈 달아온 눈길로 거듭 되풀이해서 읽었다. 가슴속에 덩어리처럼 응고되었던 혈담이 가셔진 듯 그는 희한하기만 했다.

"오 년을 더 묵게 되었구나." 중얼거리며 급히 일어나 방안을 빙빙 돌기 시작했다.

그리고는 교무실에 가서 이 기쁨을 나누려는 생각으로 신문을 들고 막 도어에 이르는 참에 교감이 불쑥 나타났다. 허겁지겁 뛰어온 모습이었다.

“교장 선생님, 사고가 생겼습니다.”

“뭐요?” 준식은 걸음을 멈추고 물었다.

“정수민 선생이 오늘 아침 청년단에 끌려가 맞았답니다.”

“아니, 뭐라구?” 준식은 조금 전의 부푼 감정이 맹랑하게 굳어져감을 느끼며 다급하게 물었다.

“저도 이제야 알았습니다. 정 선생이 결근했기에 궁금하여 알아봤더니 그런 사고가 있었다지 않습니까 ? ”

“도대체 왜 맞았냐 말이요?”

“식전에 청년단이 훈련하기 전에 국기를 게양하고 배례를 하고 있는 참에 마침 교무실 창 너머로 정 선생이 바라본 모양입니다. 그랬는데 국기를 멀뚱멀뚱 바라보곤 웃었다고 시비를 걸어왔답니다.”

“시비를 걸다니?” 준식은 어안이 벙벙해서 당황한 표정으로 교감의 얼굴을 쏘아보았다.

“국기 모독이라고 청년단 사무실에 끌려가 구타를 당했다는 겁니다.”

교감은 안타깝다는 표정으로 되뇌었다.

“국기 모독? 하, 국기 모독이라고…….” 준식은 마음이 뒤틀리면서 신산한 기분으로 중얼거리다 말고 불쑥 물었다.

“그래, 단단히 맞았다오?”

“글쎄, 잘은 모르지만 집에 누웠다는군요.”

“알았소. 교감 선생은 좀 댁에 가보고 오시구려. 세상에 원…….” 불 먹은 소리로 말하고 허탈한 심정으로 소파에 가서 퍽 주저앉았다. 그리고는 교감이 막 나가려는 걸 보고는 소리쳐 불렀다.

“그런데 정 선생이 정말 국기 배례하는 걸 보고 웃었다오?”

“오해인 것 같아요. 우연히 창 너머로 바라본 순간에 그들의 시선과 마주친 모양 같은데요.”

“알았소, 알았어.” 준식은 씹어뱉듯 말하고 다리를 꼬았다. 아랫배에서 뜨거운 덩어리가 치밀어왔다.

‘괜한 트집이지. 교묘한 수단으로 원한을 갚음하는 거구나. 빌어먹을, 어쩌자고 우연하게도 눈이 하필 그런 때 창밖에 돌려졌을까?’ 그는 불현듯 일제 때 아버지의 억울한 주검 앞에서 느꼈던 암담한 느낌으로 벌떡 자리에서 일어났다. 패배의 쓰린 감정으로 가슴이 으스러지는 것만 같았다.

밖으로 나갔다. 약간 훈훈한 바람기가 피부에 매끄럽게 느껴왔다. 그는 밥티 같이 나부끼는 버드나무의 눈엽을 바라보며 변소 쪽으로 걸음은 옮겼다. 문득 교사 지붕깨로 시선을 옮겼다.

검은 콜타르를 칠한 지붕 한가운데에 자질구레하게 조약돌이 널려있는 것이 눈에 띄었다.

'원 고얀 아아새끼들이. 저걸 오늘은 치우도록 해야지.' 하고 생각하니 불현듯 김완태와의 불쾌한 기억이 떠올랐다.

'오냐, 두고 보자. 나도 한 오 년 더 있게 됐으니 그놈의 세도가 얼마나 가나 보자.' 준식은 변소에 들어가 용변을 보고는 나왔다. 잠깐 아내에게 소식을 전할 셈으로 집으로 발길을 옮겼다.

아내가 기뻐하리라는 생각에 가슴이 벅찼다가도 이내 수민의 일로 다시 우울해지곤 했다. 그는 아랫도리가 가볍게 후들거렸다. 어젯밤 잠을 설친 탓인지 눈앞이 어찔어찔해지는 것 같았다.

아내는 방에 누워 잠을 자고 있었다. 두어 번 불러서야 부스스한 얼굴로 마루로 나왔다.

"아침부터 무슨 잠을 펴 자고 있는 기야 도대체." 가벼운 실망으로 볼멘소리를 했다.

"어젯밤 잠이나 제대로 잔 줄 아우?" 그녀는 눈을 흘기며 뾰로통한 말투로 말했다.

"잘했소. 푹 늘어지게 단잠이나 자구려." 비웃음 섞인 말씨에 그녀는 반발하듯 돌아앉아 멍청히 먼 산마루 쪽으로 졸리는 눈길을 옮겼다. 준식은 얘기를 꺼낼까말까 하고 망설이다가는 겨우 입을 떼었다.

"오늘 신문에 났는데, 정년기간이 오 년 연장됐어."

"……."

아내는 그저 멍청히 앉은 채 반응이 없었다. 그는 가슴이 발끈했다.

"아니, 여보 당신 왜 말이 없어? 정년이 풀렸단 말야."

"정년이 풀렸다니요?" 마지못해 물어보는 척하는 태도였다.

"오 년 더 선생질 하게 됐다는 거야." 내뱉듯 말하고 금방 싸움이라도 걸듯 험한 표정이 되었다. 그제야 아내의 낯빛이 활짝 변해갔다.

"아니, 거 정말이우? 그 뭐 예순 살이면 그만 둔다는 거 풀렸수?" 그녀는 입이 헤벌쭉해가지고 덤벼들 듯이 제꺼 물었다. 준식은 금방 욱박아주고 싶은 충동을 가까스로 누르면서도 그 사실이 새삼 희한해서 그것을 확인하려는 듯 그녀 앞에 신문을 내던졌다.

"여기, 신문에 나왔단 말야." 아내는 신문을 받아 쥐고 마치 귀중품 뜯어보듯 뒤적였으나, 기실 아무 것도 읽지 않았다. 그녀는 문맹이었던 것이다. 준식은 물끄러미 바라보다가는 신문을 뺏어들고 일어섰다.

"이제, 한시름 놓겠구려. 원 진작 그럴 거지. 내참 얼마나 걱정이 됐는데……." 준식은 가슴이 뭉클해가지고 집을 나시려는 참에 그녀가 급히 불러 세웠다.

"가만 계시우. 어젯밤 남은 제주(祭酒)나 한 잔 들고 가구려."

"대낮에 더구나 근무시간에 무슨 술이야?"

"그거 좀 해서 어떠우? 조금만 하구 가우." 아내는 여느 때 없이 상냥한 말씨로 말하고는 수다를 떨며 부엌으로 들어가 이내 술상을 들고 왔다. 준식은 그녀의 돌연한 태도에 어정쩡해가지고 마지못한 듯 두어 잔 술을 따라 마셨다. 그동안 아내는 싱글벙글 곁에서 그를 지켜보고 있었다.

준식은 오징어 찜을 입안에 넣고 우물거리면서 일어섰다.

"그만 하시려우?"

"응! 당신 한잠 늘어지게 자구려." 아내가 뒤에서 뭐라고 말하며 한바탕 웃음소리를 냈다. 그는 집을 나왔다. 그리고 포플러가 늘어선 골목을 빠져나오면서 멀리 운동장 쪽을 바라보았다. 교문 근처에 교감이 잰 걸음으로 오고 있는 게 눈에 띄었다. 준식은 새삼 이마빡이 굳어지면서 중얼거렸다.

"국기 모독이라니? 정수민 선생은 그런 비애국적인 사람은 아냐. 종기란 놈 교묘허게 보복을 했구나. 내 가만두지 않을 테다." 한낮의 햇살에 비쳐서 교사 지붕이 번들번들 빛나 보였다. 그는 서서히 걸음을 옮겼다.

막 교사 근처에 이른 때였다. 우체부가 그 앞에 굽신하며 앞을 가로막았다.

"아, 안녕하시우?" 우체부는 야릇하게 굳어진 표정으로 한통의 편지를 말없이 내밀었다.

"음, 편지로군. 고맙소." 하고 받았는데 우체부는 슬금슬금 눈치를 살피며 뒷걸음을 쳤다.

"교장 선생님, 안녕히 계시우."

"잘 가오." 준식은 건성 대답하면서 봉투의 뒤를 살펴보았다.

'육군 000부대 부대장 김수득 ? ' 준식은 괴이한 생각으로 겉봉을 보았다. 아무래도 이상했다.

헌구한테서의 편지 외에는 군사우편을 받아 본 적이 없는 그는 육감적으로 헌구가 소속한 부대일까 하고 추측하면서 왠지 가슴이 파들파들 뛰놀기 시작했다.

'아니, 헌구에게 무슨 변고가 있나?' 두려움에 찌눌린 얼굴로 조심스레 봉투를 뜯은 준식은 속 종이를 펴들고 후딱 두어 줄을 읽다말고 얼굴빛이 파랗게 질려갔다. 두 손이 와들와들 떨렸다.

"에크, 이게 뭐야?" 그것은 헌구의 전사통지서였던 것이다. 준식은 넋 잃은 사람처럼 한참 동안 멍하니 섰다가는 하마터면 울음을 터뜨릴 것 같은 격정으로 뒷걸음을 쳤다. 가까스로 집에 이르자 마루에 퍽 쓰러졌다. 아내가 나와 두 눈이 휘둥그레져가지고 물었다.

"아니, 별안간 영감 어디 편찮으시우?" 준식은 입술이 말라붙어서 말을 할 수가 없었다. 두 눈에서 눈물이 주르륵 흘러왔다.

"아니, 말이나 허시우. 별안간 이게 무슨 꼴이우."

아내가 곁에서 역정이 나서 크게 소리쳤다. 준식은 가위눌린 듯 벌떡 일어나 게슴츠레하니 초점 없는 동자로 그녀를 바라보았다. 그리고는 짐승처럼 울부짖었다.

"헌구가 죽었어. 그놈이 죽었단 말야."

다시 물건처럼 퍽 고꾸라지더니 울음을 터뜨렸다. 압살되었던 회한과 자책으로 소용돌이치는 감정의 심연 속에서 그는 한껏 몸부림을 치고 있었던 것이다.

이윽고 눈물로 진득이는 얼굴로 그는 일어났다. 그의 앞에 교감이 얼어붙은 자세로 서 있었다.

그는 훌쩍거리며 다시 입을 열었다.

"내 아들 헌구가 죽었다우. 여기 전사통지서가 왔우."

그리고는 급기야 울음을 터뜨린 아내에게 신산한 어조로 말했다.

"그놈은 가버렸어. 갔어."

이적異蹟의 밤

그는 바 '루비'에 있었다.

철창 밖 저녁 햇살은 맞은편 흰 타일 건물의 벽 위에 낭자하게 흘렀는데, 간헐적으로 울려오는 거리의 함성에 유리창은 덜커덩거리고 있었다.

지축을 긁어내는 듯한 무거운 차바퀴 소리를 누비듯 총소리가 흩어졌다.

루비 안은 고요했다. 그는 주인 없는 카운터에 한 팔을 얹은 채 반쯤 남은 위스키를 병째 들이키고 있었으나, 조금도 취하지 않았다. 진정 조금도 라고, 말할 밖에 없는 형편이어서 화가 나있었다.

곁에는 보타이를 맨 동호가 촉수 잃은 나전구 같은 충혈된 눈알로 벽을 응시한 채, 신음하듯 중얼거리고 있었다.

"자알 헌다. 막 지랄이로구나. 네깐 놈들이 나라를 어쩐다구? 아서라. 겁이 없구나."

턱에 경련을 일으키고 바둥거리는 그의 목소리에 분통이 터지려는 걸 가까스로 참고 있었다.

전우의 시체 앞에서 온몸이 으그러붙는 것 같은 아픔을 참아낸 건, 결국 운명이란 돌덩이에 얻어맞은 탓이야. 신선한 사월의 잔디풀이 붉은 피로 물들었을 때, 계절은 이미 퇴색해 있었다. 왜 이리 됐지? 그건 아무도 모른다. 쌍! 어제 K대학생들에 결정적인 타격을 가함으로써 데모가 좌절되리라고 믿었던 어리석은 관측들…… 그리고는 맥이 풀려 물러난 패전의 챔피언들…….

"불쌍한 개새끼들!" 동호는 그와 같은 독찰대(督察隊) 대원이었다. 지난달의 그 어수선한 선거에서 멋진 곡예를 부려 수훈을 세운 동지였다. 지금 그들은 어디에 있나? 이건 흡사 형장에 선 기분이구나. 제기랄.

또다시 요란한 군중의 소요가 창밖을 스쳐갔다. 제삼 저지선(阻止線)이 무너진 모양인가?

"형님! 저 경찰들은 대체 어떻게 된 겁니까?"

그는 위스키 병을 입에서 떼었다. 이제 술이 바닥이 났구나. 제기랄.

"도대체, 글렀단 말예요. 벌떼처럼 나붙는 새끼들을 그저 처음부터 드르륵 쏴버렸음 지금 사태가 됐겠어요? 자식들, 겁이 나서 총 한 번 제대루 쏴보지두 못 허구 어물쩍거리며 협상이네 뭐네 하곤, 시큰둥한 수작들만 허다간 창피한 꼴만 됐지. 그 등신 같은 장관 녀석부터 목 잘라야 돼. 그놈의 국무회의인가는 왜 선뜻 계엄령 선포를 못 허는 겁니까?"

동호는 비분해 있었으나, 말과는 달리 몸을 와들와들 떨고 있었다. 그래서 그는 눌렀던 분이 터져버렸다.

충혈이 된 눈으로 흘겨보며 큰 소리로 외쳤다.

"여바, 아가리 닥치지 못해?" 명령하고 창가에 다가갔다. 최루탄 연기로 범벅이 된 거리에 어둠이 내리고 있었다. 시계를 들여다본다.

'일곱 시 오 분' 그는 가볍게 몸을 떨었다. 어제 미라는 다방 '슈잔나'의 카운터에 빳빳이 서 있었다.

맞은편 건물의 유리창에 비친 햇살이 반사되어 그녀의 얼굴은 격렬한 표현으로 불타고 있었다.

'어떻게 되는 거죠? 갑자기 정국이 변해서, 당신의 신변에 무슨 변이라도 생기는 거 아녜요? 두렵군요. 우리는 이제 겨우 생활의 터라고 잡아놓았을 뿐인데…… 불길한 예감이라구요? 아니, 공연한 불안감일지도 모르죠. 허지만 우리 사이엔 벌써 떼어버릴 수 없는 운명의 끄나풀 같은 거가 생겼잖어요? 아기요? 그래요. 사실은 이제 고백허지만 제게는 태기가 있어요.'

그때의 그 신선하고도 암담했던 기분. 그는 이제 와락 겁이 났다. 카운터 앞에 버려있는 전화통을 향했다. 수화기를 든 손에 열기가 있었다. 다짐하듯 조심스럽게 다이얼을 돌렸다. 허사였다. 전선이 망가졌던 걸 왜 진작 깨닫지 못했을까 하는 생각으로 수화기를 동댕이쳤다.

"형님! 아무리 찾아도 없는데요. 마담 년이 어디다 감춰놓고 나가부려서. 어디 딴 데서라도 구해볼까요."

"그만둬!" 불통 사납게 소리쳤다.

"나도 사실 술을 조금 더 허구 싶은데요."

"그만 두래두. 난 이젠 여길 나가겠다."

"아니, 형님, 지금 어딜 가시려구요? 우리는 여기서 밤까지 대기하라는 명령을 받고 있지 않습니까? 당의 지시대로 해야죠." 어이없다는 표정으로 따져든다.

'우리 일은 진작 끝난 거야. 당의 지시라구? 제기랄. 꿈꿀 때가 아냐.' 그는 당장 소리쳐주고 싶은 충동을 겨우 눌렀다.

“경무대 바리케이드에선 어쨌든 저지해놓고 봐야 합니다. 사태가 급하게 되면 타협안이라도 내걸어서 우선 지연작전을 쓰는 겁니다. 그리곤 숨을 돌려 냅다 밀어대는 겁니다.” 그는 끈덕진 녀석의 관심에서 벗어나려고 몸을 돌려 거울 앞으로 걸어갔다. 사실 불길 속에 던져진 J당의 형해 같은 건 아무래도 좋았다.

잠깐 그 비극이 장쾌하게 느껴지기조차 했다. 그는 심한 붕괴를 느끼고 해학적인 기분이 되면서 거울에 얼굴을 비쳐보았다.

천하 여당의 특수 독찰 대원인 이성구(李成九). 째진 눈꼬리와 부어오른 입가에 험상궂게 표정이 구겨져 있었다. ‘약간 한심스런 얼굴이군.’

그는 고개를 흔들었다. 관자놀이가 조금 쑤셨다. 순간 무도장의 그 멋진 턴에 비하면 꽤 주체스런 전신을 생각하고 있었다. 그는 김득수(金得洙)라는 본명을 동시에 생각해냈다. 어려서 여윈 어머니의 이름을 호적에서 발견했을 때의 아련한 슬픔에 비해서 약간 참혹하기조차 했다. 그는 거울에 부딪칠 때 은근히 두려웠다. ‘허지만 이제 어떡허지?’ 그는 다시 가명인 이성구가 특수 독찰 대원으로서의 마지막에 머지않아 멜빵 없는 바지가 벗겨나가듯 사라질 것을 생각했다.

미라는? 그는 갑자기 생각에 못이 박혀버렸다. 그가 어디론지 떠난다고 했을 때 그녀와는 작별할 것인가? 며칠 전 잠자리 속에서 몸을 비비대며 그녀는 속삭였던 것이다.

“나는 당신한테 모든 걸 바치었는데, 당신은 아무것도 나에게 주지 않으려구해요. 지독한 깍쟁이셔…….”

“뭘 말하는 거지?”

“당신은 한 번만이라도 나에게 고향이나 과거 이력 같은 걸 얘기해 주셨수? 나는 당신의 모든 걸 갖구 싶어…… 과거까지도 송두리째……. 그런데 당신은 항상 반쪽도 안주려고 하거든요.”

그는 가슴이 뭉클했다. 그녀의 힐문이 검사의 심문처럼 가시가 돋쳐있었던 것이다.

“아— 과거 같은 거, 쓸데없는 찌꺼기야. 현재만으로 우리는 만족하잖아?” 하고 말했으나 당황해서 목소리는 약간 떨리고 있었다.

“불쾌하심 캐묻진 않겠어요. 물론 현재가 중요허니깐요. 허지만 데모는 일어나고…… 저는 불안해요. 뭔가 위협받고 있는 것 같은 심정인걸요.” 그녀는 중얼거리며 우울한 표정이 되었다. 그는 ‘어쩌다……’에 상심하는 그녀에 감동하면서도 왠지 표정은 굳어가고 있었던 것이다.

이윽고 그는 자리에서 몸을 돌려 도어를 향했다. 등 뒤에서 동호가 소리쳤다.

“정말, 형님 가시렵니까? 위험한데 어딜 가시려구 ? ” 그 말을 무시하고 우악스럽게 도어를 밀어젖히고 밖으로 나갔다. ‘오늘밤 미라를 만나게 되면 과거를 낱낱이 털어주자.’

바리케이드에 늘어선 경찰대 앞에 흥건히 고인 물. 차륜의 엇갈림 속에 검은 제복들의 자제 잃은 함성. 그는 연도를 메운 군중을 비집고 걷고 있었다. 술기가 왈칵 치밀어 와서 데모대의 머리 위에 나풀거리는 플래카드가 무슨 깃발 묶음처럼 보였다. 이따금 쏟아지는 군중의 우레 같은 박수. 격정적인 무대에서 밀려난 것처럼 그는 어리둥절했다.

'독재정치 물러나라아.'

'부정선거 철회하라아.'

노도와 같은 울림 속에 탕 타앙 하는 카빈 총소리. 뿜겨진 노오란 연막탄은 온통 화려했다.

문득 십여 년 전 축구장에서 심판 미스를 둘러싸고 벌어진 트러블이 생각났다. 종반전 일분을 남기고 레프트 윙이 상대편 K중학 팀의 골대를 향해 슛하는 순간 레프리의 휘슬이 울렸다. 핸드볼을 선언. 한 점을 만회하려고 시소를 벌였던 H교의 응원단은 벌떼처럼 일어났다.

'심판 부정이다.' 급기야 벌어진 양 팀 응원단의 싸움은 한바탕 운동장을 수라장으로 만들더니 시가로 밀려나가 투석전으로 번졌다. 평소 라이벌이 되었던 양 학교는 이를 계기로 피흘리는 싸움을 하게 되었다. 그는 그때 H중학의 선봉장으로 응원단을 이끌고 앞장서 K중학과 싸웠다. 이윽고 달려온 경찰 기동대가 일제 검거를 하려들자, 그들은 기세를 올려 맹렬한 공박전을 벌렸다.

그때였다. 군중 속에서 튀어나온 탕 타앙 하는 카빈 총소리. 그들은 혼비백산하여 도망쳤다. 그것은 일발의 공포였던 것이다. 그때 그들은 비겁했으나, 총소리는 그들을 영웅으로 추켜세웠다.

벽돌담 셋을 거듭 뛰어넘어 골목으로 도망쳤던 그는 며칠 후 학교를 물러서야 했다. 난동의 주모자라는 죄목으로 학교 당국은 그에게 퇴학처분을 내렸던 것이다. 애교심의 과잉이 뜻밖의 과보로 그에게 첫 불행을 안겨주었다.

첫 단추를 잘못 끼면 모든 단추가 다 틀어진다는 말을 믿고 싶지는 않았으나, 봇짐을 싸들고 귀향의 길에선 그는 처음으로 외로움을 느꼈다.

그는 거나히 취해왔다. 두 다리가 허든거려왔다. 한 떼의 학생들이 마침 그 앞을 구보로 지나가고 있었다.

눈앞이 아찔해 온다. 걸음을 멈추었으나 심한 구역을 느끼기 시작했다. 뭔가 격렬한 저항을 의식했으나 가슴 한구석에 구멍이 난 것 같은 기분이었다. 골목으로 접어들었다. 상가가 굳게 닫힌 지붕 아래 어둠이 수런거리는 물결처럼 흐르고 있었다.

그는 터덜터덜 걷고 있었다. 문득 골목에서 웅성거리는 군중을 발견하고 다가갔다. 머리에서 피를 흘리고 있는 부상 학생을 둘러싸고 아우성치고 있었다.

"이건 살인적인 만행이다." 곁에서 소리치고 있는 학생의 목소리에 그는 화들짝 걸음을 떼었다.

육이오 사변 때 그는 치안 대장이던 아저씨 덕분에 분주소(分駐所)에 드나들곤 했었다. 당시 그는 무뢰한으로 무궤도한 생활을 즐기고 있었으나, 그곳에서 일어나고 있던 나날의 사건들에 야릇한 흥미를 느끼고 있었다.

어느 날, 분주소에 임수민이란 공과 대학생이 끌려 들어왔다. 무더위에 런닝샤쓰만 걸치고 그는 수박을 후벼 먹고 있었는데, 그날따라 날씨는 흐렸고 숨 막힐 듯한 열기에 부대끼고 나서 거의 기진한 상태에 놓여있었다,

그자는 결박되어 창백한 얼굴로 나타났는데 제법 턱 밑에 수염이 거칠거칠 돋아난 것이 오랫동안 은신했다가 붙들려 왔다는 인상이었다. 그는 순간 신경이 굳어지는 걸 의식했다. 수민은 그를 흘깃 바라보았으나 화액을 삼킨 듯한 표정은 경련을 일으키고 있었는데, 입가에는 싸늘한 비웃음이 감돌고 있었다.

"너 이 녀석 잘 알지?" 하고 그를 마루 판자 위에 꿇어앉혀 놓으며 대장은 깡마른 얼굴에 진득이는 웃음을 띠고 도도하게 물었다. 그는 고개를 끄덕였다. 왜 그자가 끌려왔나요? 하고 물으려다 그만두었다. 그의 등 뒤에 있는 감방에서 나무 부러지는 것 같은 신음소리가 들려왔다. 그러자 수민은 고개를 움칫하며 후벼놓은 것 같은 우묵한 눈으로 그를 노려보았다.

어젯밤 붙들려온 그의 숙부를 생각하는 걸까? 그는 순간 어깨를 으쓱해 보이고 웃었는데, 그가 왜 이렇게도 잔인할 수가 있었는지 모른다. 수민과는 국민학교 때에 수석을 다퉈온 라이벌이었는데 중학교에서 퇴학을 당하면서 그는 패배의 고통을 맛보고 있었다.

'자식, 제가 난 체하다가 보기 좋은 꼴이 됐지.' 하고 빈정거리던 수민의 말이 퍼뜩 그의 가슴에 전율감을 부어넣었었다.

심문은 밤이 되어 시작되었다. 고문 중 수민은 신음하지 않았다. 대장의 지시에 따라 대원들이 갈겨대는 몽둥이 소리를 들으며 한편 그가 견뎌주기를 바라면서 쉽사리 굴복할 것 같지 않은 굳은 태도에 화가 치밀기도 했다.

"어젯밤 산에 봉화를 올린 게 누구였냐 말야?"

다그쳐 묻는 심문에도 그는 입술을 악물고 항거하고 있었다. 육체에 파고드는 징그러운 매 소리는 차츰 그를 흥분 속에 몰아넣었다. 수민이 비밀 연락원의 이름을 순순히 댔더라면 그는 이기는 셈이다. 그러나 저 오만한 태도를 어떻게 벌줄 수는 없을까? 마침내 수민은 나무토막처럼 빳빳하게 까무라쳐버리고 말았다.

"지독한 녀석이지. 여엉 불지 않는데."

대장은 투덜거리며 침을 뱉고 구둣발로 그의 엉덩이를 걷어차고는 밖으로 나가버렸다. 대원들도 뒤따라 나가버렸다. 완전히 혼자가 되자 그는 벌떡 자리에서 일어나 주전자 물을 가

지고 수민에게 갔다. 물을 얼굴에 들어부었다. 마루 위에서 사지를 경련하고 있던 수민은 한참 만에 깨어났다.

"수민이!" 앞에 웅크리고 앉아 나직한 소리로 불렀다. 수민은 게슴츠레한 눈을 뜨고 그를 바라보았다. 벌어진 샤쓰 틈으로 피멍이 진 가슴이 벌겋게 들여다보였다.

"자아. 물을 마시게나." 입 가까이 주전자 꼭지를 갖다 대었다.

"싫다!" 신음하듯 그러나 굳은 외마디소리를 했다.

"사양하지 말아. 지금 이곳엔 나밖에 없어. 안심해두 좋아."

"싫단 말야." 수민은 충격적으로 주전자를 한 팔로 확 뿌리쳤다. 니켈 주전자가 저만큼 나가떨어져 구르자 그는 모욕감에 얼굴이 확 달아 왔다.

"이 바보 같은 자식! 난 너를 동정허구 있는 건 아냐." 벌떡 자리에서 일어났다.

"그건 안다." 씹어뱉듯 수민은 말했다. 그는 다시 웅크리고 앉았다.

"네가 아무리 몸부림쳐 봤든들 현실을 부정키는 어려울 거다. 넌 나를 경멸할지는 몰라도, 난 너같이 어리석지는 않다. 넌 지금 네 가족이 박해를 받는대서 반항허는 것 같지만 그건 감상이다."

"나는 감상이 아니다." 수민은 헐떡이며 항변했다.

"감상이 아님, 정치적 신념이냐? 정의를 위해서냐 ? " 그는 별안간 트림을 느끼고 너털웃음을 지으며 수민의 얼굴 앞에 바짝 얼굴을 들이대며 말했다.

"어떠냐? 괜히 손해 볼 건 없지 않니? 우정으로 해결하자. 너를 도와주겠다."

"싫다. 죽는 한이 있어도 나는 네 따위 비루하게 믿지 않는다."

"정말이냐?" 그는 결심에 찬 몸으로 약간 전신을 떨면서 불끈 일어섰다. 책상 밑에 버려있던 몽둥이를 집어 들었다.

"어젯밤 봉화는 네가 올렸나?" 침착하고도 정의에 찬 목소리로 물었다. 수민은 땀으로 진득거리는 얼굴을 발작적으로 치켜들고 소리쳤다.

"그렇다."

"그럼, 너의 동지를 대라."

"없다. 혼자서 했다."

"이 자식!" 그는 몽둥이를 후려쳤다. 그것이 육체 깊숙이 후벼갔을 때 신음소리를 내며 수민은 까무러쳤으나, 그는 온몸이 불같이 달아 계속적으로 매질을 했다.

축구장에서 그는 영웅이 되어 있었다. 귀향길은 고독했다. 그는 임수민을, 그들 젊음의 일체의 믿음을 그 자리에 밀어내고 밟고 때리고 저주했었다.

그는 골목을 헤매었다. 차츰 무서운 공허감에 사로잡혀가고 있었다. 그러다가 우연히도 어느 카바레 뒷문을 찾아 안으로 들어갔다. 취중에도 그런 비밀통로를 기억해 낼 수 있었다는 것이 잠시 그를 구원해 주었다.

배후에는 여전히 괴물의 포효 같은 소란이 어둠 속의 정글처럼 술렁이고 있었는데, 그는 뒷길을 더듬어 홀의 옆 도어를 찾아냈다.

인기척을 듣고 뛰어나온 마담은 너무도 당황한 나머지 얼어붙은 표정을 지었으므로 그는 슬며시 술기가 깨어오는 것 같았다.

"마담, 술 한 잔 주겠수?" 두 손을 펴 보이며 바보처럼 싱그레 웃어보였다.

"지금이 어느 때라구? 술을 드릴 수가 없어요." 떨리는 목소리로 말했다. 그는 한 그루 프리뮬러가 구름처럼 피어 있는 화분 곁의 데스크에 털썩 주저앉았다.

"마담, 싸움은 언제나 있는 거야. 상관할 거 없어. 문제는…… 나에게 무슨 술이든 약간만 주면 돼. 난 아무런 폐도 끼치고 싶지는 않우." 넓은 홀의 한 구석에 켜있는 분홍색 라이트는 다이아무늬의 비단 잠옷을 입고 있는 그녀를 자못 고혹적으로 비쳐주었다. 순간 순순히 술 팔기를 거절할 경우 어떻게 할 것인가를 겁내고 있는 자신을 깨달았다.

"할 수 없는 양반이시군." 그녀는 주방에 건너가더니 비어 한 병과 땅콩 접시를 들고 왔다. 그는 흡족했다.

넘치게 따라 든 글라스를 높이 쳐들었다.

"밖은 어떻게 되는 거죠?" 팔짱을 끼고 그린 듯이 선 마담은 까랑까랑한 목소리로 물었다. 대꾸 대신 그는 목줄을 울리며 술을 들이켰다.

"학생들이 저렇게 죽기를 한사코 싸우고 있으니, 어떻게 되는 거죠? 글쎄 여학생도 총에 맞아 죽었다는구료."

"여학생?" 그는 마음이 찔려 낯빛이 어두워지면서 되물었다. 그녀는 공허한 탄식을 토해냈다. 그 탄식이 돌연 몇 분 전 저 몽롱하게 떠올라 그를 울적하게 했던 한 추억을 심연 속에서 떠올린 것이다.

실신한 임수민을 깨워 감방에 집어넣고 난 그날 밤이었다. 달빛이 미치게 밝았는데 그는 배신의 자각으로 술을 마시고 집에 돌아가는 길이었다.

난데없이 앞을 가로막고 나타난 사람은 수민의 누이 숙정이었다. 달은 밝고 그녀의 미움을 감춘 얼굴이 자제를 잃었을 때의 그 연민에 찬 표정이 그를 화날 만큼 설레게 했다. 그는 그녀를 데리고 뒷산으로 올라갔다. 나란히 자리를 잡고 앉았다.

"숙정이, 나한테 어떡허란 거지? 수민을 난 미워하고 있단 말야. 녀석을 위해 자비를 베풀 만큼 나는 잘난 존재는 아냐. 그런 걸 잘 아는 처지에 왜 나를 찾아왔지?" 뒤틀린 기분에 소리쳐 물었다. 순간 그녀의 낯은 핼쑥하게 질린 것 같았으니 감정을 억제하느라고 애쓰는 표정이었다.

"그건 괜헌 자격지심이어요. 득수 씨는 오빠를 구해낼 분예요. 난 득수 씨를 믿고 있어요."

두 손을 스커트자락 위에 포개고 조심스럽게 입을 연 그녀의 성숙한 말투가 별안간 그를 자극했다.

"자격지심이라구?" 그녀가 진심을 위장하고 영웅이 되려 한다는 느낌이 그를 어리둥절하게 했다. 그는 곁눈을 흘기고는 조롱 섞인 말투로 물었다.

"아, 진정이에요, 득수 씨." 그녀는 그를 빤히 바라보며 애원하듯 말했다. 제기랄. 그는 울컥 화가 치밀었다. '오빠의 구명을 위해 연극을 하자는 거군.' 건듯 불어오는 바람과 함께 그녀의 개웃한 머리칼 냄새가 강하게 느껴져 왔다. 그는 충격적으로 그녀 곁에 바싹 다가앉았다. 경멸하는 말투로 지껄였다.

"숙정이, 바보 같은 소린 말아. 숙정인 학생이야. 집에 가서 공부나 하는 게 어떨까? 난 숙정에게 조금도 나쁜 짓은 하고 싶지 않아."

그때 그녀는 가볍게 움찔해보였으나 발작적으로 손으로 머리를 싸매고 불쑥 말했다.

"알아요. 나는 득수 씨의 인격을 믿어요."

"나를 왜 믿는다는 거야?" 그는 야릇한 흥분에 온몸이 달아지는 걸 느끼며 소리쳤다.

"우리 오빠를 구해주세요."

"바보처럼, 오빠는 나를 미워하고 있어. 나의 도움을 원치 않을 거야. 녀석을 내가 어떻게 해?"

"그럴 리가 없어요, 득수 씨." 그녀의 울먹거리는 목소리가 그의 가슴을 뭉클하게 했다. 그는 몸을 부스스 떨었다. '이건 비극이군.'

야릇하게 말려드는 기분에서 그녀를 흘깃 돌아보았다. 달빛 속에 꿈꾸듯한 얼굴이 이슬을 머금은 것 같이 젖어 있는 입술. 그리고 볼록한 젖가슴이 그의 가슴에 불을 질렀다. 그는 그녀의 어깨에 손을 얹었다.

"숙정이, 진정이야? 나를 모욕할 셈은 아니지?"

그는 떨리는 목소리로 속삭였다. 그녀는 가볍게 몸을 사리며 얼어붙은 목소리로 말했다.

"진정예요. 진정예요." 달은 미칠 듯 밝았고 바이올린을 쥐어뜯는 듯한 풀벌레 울음이 육감적인 분위기로 그를 휘어잡았다. 그는 안간힘을 썼다. 그러나 그녀의 개웃한 체취를 맡는 순간 그는 참을 수가 없었다.

"숙정이!" 와락 그녀를 껴안았다.

"놓아요. 이건……." 찢어진 듯한 앙칼진 소리는 도리어 그를 자극했다. 그는 사납게 그녀를 밀어뜨리고 그 위에 몸을 덮쳤다……. 그는 범했다. 축구장의 영웅은 고독한 패자였다. 소년은 고민과 저주의 괴후 속에 자란 독버섯이었다. 그는 그녀를 누르고 모든 걸 압살했다. 그는 힘껏 그녀를 능욕한 것이었다.

"왜, 어디 편찮으세요?" 갑자기 묻는 여인의 소리에 그는 흠찔하여 돌아다보았다. 마담이 어느 결에 걸상에 앉아 깊숙한 눈길로 지켜보고 있었다. 그 눈은 재롱스런 어린애처럼 크고 푸근한 빛이 어려 있었다.

"술을 많이 하셨죠?" 빈병에 눈이 가자 그녀가 물었다.

"좀 많이 했수. 마담, 나를 알아보겠수?"

"어디서 본 듯도 한 얼굴이라고 지금 생각하는 중이어요. 하지만 세상 사람들은 어딘가 대개 비슷하다니까요."

"음, 그래, 그렇지." 야릇한 감동에 가슴이 뭉클해지면서 담배를 꺼내 물었다. 연기가 파르스름하게 피어올라 형광등 주위에 번져갔다. '음, 그래, 그렇지.' 그는 유행가의 끝절처럼 입속으로 외우면서 지그시 눈을 감았다.

숙정이를 범한 이튿날, 그는 임수민을 석방했다. 그리고는 의용군에 입대했다. 피어린 낙동강 작전이 절정에 이를 무렵 그는 부대를 이탈했다. 민가에 숨어드는데 성공한 그는 그 해 늦가을 북진하는 미 야포부대에 쑈리로 따라붙었다. 그런지 일 년 후 그는 국군에 현지 입대하여 전선에서 전전했다.

그때의 이름이 이성구. 그는 옷을 벗듯 고향을 잃어버리자 신분도 버렸다. 경찰의 신원조사에 그는 망실공비(忘失共匪)였던 것이다.

삼 년 만의 제대에서 그는 변신의 체험을 나무의 연륜처럼 몸에 새겨갔던 것이다.

그는 그럴 듯한 기분으로 그녀 앞에서 지껄이고 있었다. 마담은 팔짱을 끼고 흘려듣는 것 같은 자세로 그를 향하고 있었다.

"마담, 나는 말야, 처음 가진 육체의 교섭이라는 것을 신성하게 느끼거든. 동정을 잃은 성스런 밤의 추억 말이우. 사랑을 겁탈하는 건 승리일까 패배일까 하는 귀찮은 자책으로 제기랄 줄곧 내심장이 무겁게 덮쳐 있었단 말이우." 그녀가 금니를 드러내고 싱긋 웃었다.

"하지만 중요한 건 나는 그 첫 계집의 순정에 낙인을 찍어줬다는 거요. 그 계집애는 그것만으로도 그전 몇 배 되는 고통 속에서 한꺼번에 성숙해버린 거요. 그렇지만 그 뒤는 불행했어. 학교는 중단하고 첫 결혼에 실패해서 재혼했지만 결국 산후증으로 죽어버렸지. 제기랄. 이상한 기분인걸. 이런 기분이라면 마담 술 한 병 더 주지 않겠수?" 그녀는 목을 움칫하고 손바닥을 펴보았다.

"그런 기분이라면 술을 드시는 게 나빠요. 게다가 밤도 깊었어요." 그는 일어났다. 을씨년스레 주위를 돌아보고 몇 걸음 앞으로 나갔다. 호주머니에 손을 쑤셔 넣고 돈을 찾았으나 빈털터리인 것을 깨닫고 걸음을 멈추고 그녀를 바라보았다. 마담이 곁에 와서 다정스럽게 속삭였다.

"오늘 술값은 안 받아요. 그냥 가세요."

"생색을 쓰우?"

"천만에요. 난 그렇게 속이 옅은 여자는 아닌걸요. 안녕히 가세요." 도어를 밀고 오랫동안 서서 사라지는 그를 바라보고 있는 기색을 등 뒤에 느끼며 비칠거리는 걸음으로 골목을 빠져나갔다. 어둠, 그리고 소란이 그를 삽시간에 사로잡았다. 큰길에 나섰을 때 그는 효자동 거리를 향하는 자신을 의식하고 잠깐 미라를 생각했다. 미라를 만나야지.

다방 슈잔나의 카운터 안에서 피로한 그녀의 눈길이 말하고 있었다.

'오늘밤은 일찍 돌아오세요.' 차를 마시고 일어나면서 생각했지.

'조금만 참아줘. 이제 선거도 끝났구. 내 좋은 자리 얻게 되면 당신도 다방의 노역에서 풀려나게 돼.' 그랬는데 제기랄. 그녀는 꼿꼿해진 다리로 그 부어오른 배를 움켜쥐고 지금 홀안을 싸다니고 있겠지.

"아니, 글쎄 일은 않구 어딜 가니?" 별안간 그의 앞에서 한 협수룩한 노인이 악을 쓰고 말했다. 청년이 화난 목소리로 대꾸한다.

"잠깐 저기 좀 다녀 온대두요."

"원, 데모로 난리통인데 거길 가겠다니, 너 정신이 있니?"

"잠깐 이 앞의 친구 소식을 알아보고 온단 말이에요."

"이거, 정말 미치겠구나, 이 판국에 친구 소식이란 게 뭐냐 말야? 너 저 판에 뛰어들어 개처럼 맞아죽고 싶니?" 축 늘어진 홈스팡 윗도리를 걸친 노인은 그가 다가가자 짜증 섞인 소리로 중얼거렸다.

"글쎄, 젊은 것들이 위험헌데 뛰어들도록 만든 게 어느 놈들이지 ? " 그는 비웃음 섞인 말투로 노인의 격렬한 감정을 퉁겨주었다.

"어느 놈들이냐구요, 할아버지?" 순간 노인은 놀람과 두려움에 얽힌 착잡한 표정으로 슬금슬금 눈치를 살피며 뒷걸음을 쳤다.

"아니요. 당신 같은 젊은 분에겐…… 이거 실례했수." 헐떡이며 말하곤 당황히 그 자리를 떠나버렸다. 갑자기 공허감을 의식하며 그는 힘없이 걸음을 옮겼다.

흥분과 긴장으로 숲처럼 길을 메우고 있는 군중들 틈에 그는 끼어들었다. 불빛이 그들을 비쳐서 더욱 살벌한 분위기를 자아냈다.

"우라질, 기어이 피비린내를 맛보게 됐군."

"이건 불의 세례야. 비극의 화요일 아냐?" 그는 귀 곁에 흘러가는 목소리를 듣고 있었다.

그리고 군중의 어깨 너머로 좀체 뚫린 것 같지 않은 암담한 거리를 넘겨보면서 몸에 전류처럼 퍼져오는 긴박감을 의식했다.

그러자 높은 건물들 사이에서 울려 퍼지는 것 같은 데모의 함성이 끈끈한 밤공기를 타고 몰려왔다.

"나 같은 건 정말 어쩔 수 없는 건달꾼이지. 전쟁에서 적지를 향한 행군에서도 나라는 위인의 머리는 알쏭달쏭한 이상한 잡념으로 수세미가 되었던 거야. 전쟁 기분 같은 것, 더욱이 죽음 같은 게 도무지 실감이 안 나더군. 난 엉뚱하게도 때로는 화려한 몽유병자였어. 제기랄. 그때 총에 맞아 죽었다면 더 좀 행복했을 거야." 그는 해학적인 기분으로 마치 전장(戰場) 속을 가듯 광폭한 라우드 스피커 같은 소란 속에 말려들어가고 있었다. 이윽고 로터리. 그의 시선이 약간 트였다고 느껴진 순간 마침내 작은 전장 같은 그곳에 이른 것이다.

우르르 밀려나가며 투석으로 응전하고 있는 학생들 앞에서 집총한 경찰들의 어지러운 반격이 시작되고 있었다. 그는 우뚝 제자리에 서버렸다. 최루탄 내음에 눈을 뜨기가 어려웠다. 산발적으로 또는 스크럼을 짜고 노도처럼 밀어닥치고 있는 그 거창한 광경에 그는 가슴이 덜컹거리고 있었다.

'축구장에서 나는 영웅이 돼있었다. 나는 돌팔매로 그들의 부정에 과녁을 삼으려 했던 것이다.' 그러나 어찌 됐나? 나는 비굴한 패자였다.

느닷없이 그의 곁에서 영차 하는 군호와 함께 앞으로 밀려나간 일단의 학생들이 바리케이드에 육박해 들었다. 순간 후두두 떨어지는 총성과 함께 총구에서 뿜겨진 빨간 불꽃! 그것은 돌연 쏟아져 나온 실탄 사격이었다.

"사격이다!"

학생들이 억 하고 엎으러지며 날카롭게 부르짖었다. 군중 속의 동요가 회오리처럼 일어났다. 폭발점에 이른 군중의 함성이 그의 귀청을 우박처럼 때리고 지나갔다.

"살인행위 그쳐라!"

순간 그는 비칠거리며 몸 깊숙이 움찔하고 일어나는 충격에 떠다밀려 인도를 빠져 데모대가 엉켜 있는 길 복판으로 달려갔다.

'축구장에서 나는 멍청한 영웅이었다. 임수민의 저주는 나를 광신자로 만들었다. 나는 어리석은 생의 실패자였다. 나는 외로웠다.'

그는 길 복판에 거의 이르자 곳곳이 서버렸다. 그는 건잡을 수 없는 흥분으로 가슴이 활활 불타고 있었다.

"총 쏘지 마라. 이 멍추 같은 새끼들."

그는 외쳤다. 총탄 앞에 웅성이는 검은 무더기 속에서 연기로 범벅이 된 하늘을 향해 선 그는 전율했던 것이다. 따르르…… 순간 총성이 울렸다. 그러자 픽 그는 앞으로 엎으러졌다.

뭔가에 호되게 얻어맞은 것 같다. 한 팔이 빠져나갈 듯한 아픔을 옆구리에 느꼈다. 겨우 팔을 짚고 일어섰다. 제기랄, 걸렸구나 하는 예감으로 곧 장쾌한 비극적인 기분이 되어 몸을 부르르 떨고 가까스로 몸을 가누어 구보로 데모대의 전열에 이르렀다. 시커먼 그림자 속에 던져진 순간 몇 개의 손들이 파충류처럼 어둠 속에 서로의 몸뚱이를 더듬어 찾았다. 그는 힘껏 묶여버린 것이다.

"가는 거다." 이제 그들의 팔과 팔이 동아줄처럼 매어진 속에 그는 감각을 잃고 방패처럼 서 있었다.

그리고 떠밀려온 수인(囚人)처럼 억센 손들에 결박되어 바리케이드를 향해 출렁이는 어둔 파동 속으로 힘껏 돌진했던 것이다.

'전우의 시체를 넘고 넘어'

불현듯 그의 양 볼에는 뜨거운 눈물이 주르르 흘러내렸다. 압살된 모든 감정에서의 장쾌한 해방감 같은 열띤 순간이었다. '아! 얼마나 감격적인 합창일까?' 그때였다. 눈에 불꽃이 떨어지는 것 같은 아찔한 순간에 총성이 바로 그의 가슴 한복판에서 울리며 그는 푹 고꾸라졌다.

그는 던져진 것이다. 그는 힘껏 버려진 것이다. 그리고 요란한 짐승의 울부짖음과도 같은 데모대의 함성과 돌진하는 기병의 말발굽 소리와도 같은 구둣발 소리가 그의 머리 위를 짓밟고 지나갔던 것이다.

울적한 여로旅路

첩첩한 산속으로 버스는 절벽 위의 가파른 비탈을 기어올랐다. 숲에는 불에 단 구릿빛 같은 노을이 비치고 있었다.

어스름이 잠긴 골짜기에서 우릉거리는 엔진 소리가 메아리쳐 왔다.

무주(茂朱)를 떠난 지 세 시간, 구천동(九千洞)이 눈앞에 다가 왔다. 먼지와 땀내에 절인 차안에 매미 울음이 섞인 산들바람이 불어 왔다.

박은주(朴恩珠)는 차창으로 밀려오는 색다른 풍경에 압도되어 있었다.

"하이, 지독한 장마였죠. 그래 한 열흘이나 찻길이 끊어졌지 뭐요. 명색이 관광지라는 게 요 꼴이니 말이 됐어요? 손님이 와야지." 곁에서 다정스런 눈길을 보내고 있던 중년 사내가 투덜거렸다.

"그런데 여자 손님께선 어데서 오셨습니까?" 하고 그가 물어 왔다.

"서울에서요." 은주가 얼떨떨한 기분으로 말하고 빙긋 웃어 보였다.

"나는 우리 학교에 오시게 된 여 선생님이신가 생각했습니다. 역시 구경을 오시는 길이구먼요. 참 먼 데서 용케도 오셨습니다. 그럼 호텔서 묵으시겠지. 그 호텔 굉장허죠. 아주 대궐 같답니다."

사내는 자랑스러운 듯 연성 성글벙글 했다. 실크로 된 엷은 그린의 원피스에 산호 목걸이를 건 은주의 화려한 옷차림이 이내 승객들의 따가운 주시(注視)에 사로잡히게 되었다.

"물론 초행이시겠구먼. 한여름 푹 쉬어갈 만헌 데는 됩니다. 뭐 불편헌 거 있으시면 우리 지서장님께 말하면 됩니다. 그분 대학꺼정 나와갖구 두메산골서 고생허구 계시죠. 하는 짓이 요새 젊은이완 다르다니까. 헌데 산골에 쓸 만헌 색시가 있어야 성주(城主) 아씨를 삼지."

맞은편 사내가 익살을 부리는 바람에 차내에 웃음판이 벌어졌다. 그들의 웃음 속에서 은주는 문득 몇 시간 전만 하여도 잡다한 거리의 인파 속에서 불행했던 스스로가 일종의 소외된 해방감에 안겨드는 것을 의식했다. 시계를 보았다. 다섯 시 오십 분. 오솔길에는 땅거미가 지기 시작했다. 새삼 이 고개를 넘으면 장경호(張炅浩)를 만나리라는 생각에 가슴이 덜렁거리가 시작했다. '그는 무슨 표정을 짓고 나타날까?' 크레졸 냄새가 코를 찌르는 습기 찬 병원의 긴 복도를 거닐며 문득 여행을 결심했던 것. 그리고 여행이 뜻밖의 변화를 가져오리라는 것을 꿈꾸었던 것이다. 더 좀 건강한 몸이 되어 인생의 참맛을 알아야겠는고.

서울역을 떠나는 그녀의 가슴은 설레었지만 막상 그를 촌각에 만날 수 있는 단계에 와서는 약간 두려움조차 느꼈다. 차체가 덜커덩 뛰면서 산에서 물줄기가 퍼붓는 바위 위를 건넜다.

산모퉁이를 돌아가자 갑자기 훤하게 트인 계곡에 물소리가 솨솨 울렸다.

"자, 여기서부터가 구천동의 삼십삼경(三十三景)이라요. 저게 수송대(壽松臺)고, 저 산 위에 정각이 있죠. 연전에 저기서 몸을 던져 죽은 젊은이가 있었다요."

"빌어먹을, 그게 배부르고 호강에 넘친 탓이지. 우리네처럼 살기에 고달픈 사람들은 후딱 죽지도 못하는데……." 목에 연주창을 앓은 흉터가 있는 익살스런 사내의 말이 섬뜩한 느낌을 주었다. 그녀는 가볍게 한숨을 내리쉬고 눈을 감았다. 어젯밤 미혜(美惠)는 그녀의 결심을 듣고 매우 놀란 얼굴을 지었다.

"그건 무리야. 넌 지금 조섭을 해야 돼. 도대체 감상은 버려야 된단 말야. 경호 씨가 너를 버리게 될 거라고 왜 느끼는 거지? 글쎄 엊그제까지도 그분은 충실하게 편지를 보내고 있지 않니?"

"아냐, 난 이 이상 견딜 수 없어. 나는 꼭 버려질 것만 같아. 그이의 편지가 도리어 나를 참을 수 없게 하는 거야. 그 편지는 마치 의사가 환자에게 하는 것 같은 의무감으로 꽉 차 있는 거야. 나는 그이가 내 곁에서 떠나버리고 싶어 하는 눈치를 알고 있어. 나는 기껏 초조하고 불안해."

눈물이 글썽해가지고 은주는 마치 구원이라도 뻗칠 것 같은 자세로 두 손을 펴보이며 말했다. 미혜는 분명 화가 치민 목소리로 말했다.

"바보 같은, 넌 어쩌면 그이를 잔인하게 옭아매려고 하는구나. 그것이 너의 사랑을 위해서 얼마나 나쁜 짓인가를 왜 생각 안 하니?"

"미혜야, 책망하지만 말아줘. 내 심정을 이해 못할 거야. 나는 동정 받고 싶지는 않아. 그렇지만 그이와의 사랑에 내 생명을 걸고 있는 처지에 내가 관용할 수 있니? 나는 이번이 마지막이야." 은주는 울컥 치솟는 반발을 의식하며 이글거리는 눈빛으로 말했다.

이윽고 그녀는 눈을 떴다. 바위 사이에 얼크러진 칡넝쿨과 나무들을 바라보았다. 어깨에 가벼운 압박을 느끼며 몸에 미열이 올랐다. 약간 두려웠다.

"저게 천수암(千壽岩)이라는 곳이죠."

사내의 말소리가 귀청을 울렸다. 성곽처럼 하늘에 치솟은 바위산의 그 틈서리에 난 소나무들, 그 아래로 퍼렇게 소용돌이치는 물굽이가 장엄했다.

"저 바위들에 구멍이 송송 뚫렸죠? 저게 빨치산 토벌작전 때 마구 쏘아부친 총탄 자리라오. 아마 그때 사람 수십 명은 실히 저기서 떨어져 죽었을 거요. 참 몸서리치는 일이죠. 우리는 도시 사람으론 상상도 못헐 고생들을 직사하게 치렀죠."

무공을 자랑하는 군인 같은 도도한 기분이 일그러진 그 입 가장자리에 감돌고 있었다. 그의 말은 일순 승객들의 얼굴에 조용하고도 끈질긴 반응을 불러일으켰다. 요란하게 덜커덩거리며 차체가 앞으로 비칠 했다.

그녀는 목구멍에 욱하는 역기(逆氣)를 느끼고 후딱 의자의 등받이를 잡았다. 핸드백에서 손수건을 꺼내어 얼굴을 문질렀다. 식은땀이 후줄근하게 목구비로 흘렀다.

"아니, 어데 좀 편찮으시오?" 곁에서 뚫어낼 듯한 시선을 쏟고 있던 사내가 물었다.

"아녜요, 좀 피곤해서요." 얼결에 말하고 웃음을 지어보였으나 뜻밖에 괴로운 표정이 되어버렸다.

"원, 그렇지요. 시울서 예까지 오다니 무던도 허시지. 허지만 조금만 참으시오. 거지반 다 왔어요."

동정어린 사내의 말을 들으면서 그녀는 지그시 입술을 깨물고 차창 밖으로 시선을 옮겼다. 온몸에 김이 빠져가는 것 같은 혼미한 상태가 되었다. 땅을 긁어내는 것 같은 엔진 소리가 들려오는 가운데 사내의 들뜬 목소리가 울렸다.

"자, 다 왔습니다. 저어 산 안쪽이 바로 구천동이죠."

울창한 산 아래 사양을 받고 반 양옥의 호텔이 양각되어 있었다. 아직 이층은 완성되지 않았는데 우람한 목조 건물인 호텔은 위관(偉觀)과 달리 매우 쓸쓸한 인상이었다. 널따란 뜨락에 차가 멎자 달려온 호텔 보이의 안내로 경호의 방을 찾았다. 방문 앞에 섰을 때 은주는 갑자기 피가 멈추는 것 같은 기분이었다. 보이가 방문을 노크했다. 반응이 없자 문을 열어 보았다. 방은 텅 비어 있었다.

"선생님, 아마 목욕하러 가셨나 봐요. 여기 좀 기다리시죠. 제가 얼른 다녀올게요."

보이가 떠나자 은주는 가벼운 실망을 느끼며 안방으로 들어갔다. 아무렇게나 짐을 던져두고는 책상 앞에 필적 주저앉았다. 책상 위에 너절하게 버려 있는 식물 표본들과 노트를. 그리고 벽에 걸려 있는 셔츠와 양복바지에 눈이 가자 선뜻 일어섰다. 두 손으로 셔츠를 끌어안고 냄새를 맡아 본다. 약간 퀴퀴한 냄새 속에 그녀는 그렇게도 절실했던 그의 체취를 느끼는 같아 황홀했다. 그녀는 그러고 있는 동안 가슴속의 역기가 점차로 가시는 걸 의식했다. 문득 문밖에 발자국 소리를 듣고 반사적으로 몸을 돌렸다. 발걸음이 멎고 장지문이 열리기까지는 숨이 막힐 것 같은 순간이었다. 드디어 문이 비긋이 열리고 파자마 바람에 수건을 걸친 경호의 놀란 얼굴이 드러났다.

"장 선생님!" 소리친 그녀의 목소리는 가볍게 목이 메었다.

"아니, 불쑥 웬일이야?" 얼어붙은 자세로 서 있는 그의 얼굴은 약간 굳어져 있었다. 은주는 억눌린 감정이 한꺼번에 무너져나갈 것 같은 격렬한 순간에 가슴이 드세게 고동쳤다. 경호는 방에 들어 왔다. 감정을 억제하느라고 애쓰는 눈치로 그녀 앞에 서서 얼굴을 들여다보았다.

"바보처럼, 이 먼 길을 그런 몸을 가지고 오다니, 왜 예고도 안했지?"

"그저 오고 싶으니까 왔어요." 투정하듯 비꼬아주고 싶은 충격적인 기분으로 뜻밖에 흐윽 울음이 맺혀 왔다.

던져지듯 그의 품안으로 쓰러져버렸다. 경호는 그녀를 두 팔로 안고 주저앉았다. 가볍게 떨리는 두 손이 그녀의 귓불이며 목덜미를 더듬었다. 이윽고 입술에 입술이 포개졌다. 은수는 그의 목 위에 두 팔을 두르고 힘껏 옭아매었다. 그의 뜨거운 혀가 입안 깊숙이 파고들었다. 가슴이 불덩이처럼 끓어왔다. 으스러지는 기분에서 깨어나며 그녀는 중얼거렸다.

"이제 됐어요. 전 행복해요. 선생님이 없는 동안 전 모든 걸 잃어버렸어요. 그런데 지금은 행복해요."

포옹을 풀어주면서 경호는 수건으로 눈물이 진득이는 그녀 얼굴을 씻어 주었다.

"울지 마, 이 바보야. 몸조리하고 다소곳이 기다리랬더니 참 어쩔 수 없는 아가씨군. 아무튼 왔으니, 이제 쫓아버릴 수는 없구. 자, 저녁을 먹고 냇가에 산책이나 할까?"

그는 심술 난 아이에 타이르기라도 하듯 능청스런 얼굴로 말했다.

"지금 가요. 전 저녁 먹고 싶지 않아요." 은주는 응석부리는 아이처럼 매달리며 말했다.

"또 시작이군. 밥을 먹어야 돼. 나는 밥 먹었지만, 이제부터 내 말 듣지 않음 내일 아침에라도 당장 추방이야."

"협박이에요? 좋아요. 명령 따를게요. 두 그릇이라도 먹어 치울게요." 그녀는 또랑또랑한 어조로 노래하듯 말하고 희죽 웃어 보였다.

"됐어." 경호는 다시 그녀를 가볍게 포옹하고 볼에 입술을 문질러 주었다. 그리고는 일어나 전등을 켰다.

약간 희미했지만 이런 두메에 전기가 켜 있다는 것에 적이 놀란 얼굴을 한 은주에게 말했다.

"놀랐지? 구천동은 한국 제일의 벽지야. 그런데 물레방아를 이용해서 축전을 해 쓰고 있거든. 문명의 혜택이 이런 산골에도 미치고 있단 말야."

어깨를 으쓱해 보이고도 담배를 찾아 태워 물었다. 한 모금 훅 뿜어내고는 앉았다.

"여기서 파는 담배라곤 하급초 뿐이거든. 난 담배 구하질 못해 혼이 났지. 지난 열흘 동안 장마로 갇혀 있는데, 나는 '파랑새'만 피웠어. 그런데 지서장이 와서 보군 '아리랑' 몇 갑을 갖다 주더군."

"지서장이 학부 출신이라면서요? 버스 속에서 사람들이 말하더군요."

"응, 이 골 안의 유일한 학사(學士)야. 나에게 꽤 친절히 하지. 그는 이 고을을 관광지로 발전시키는데 병적으로 열중하고 있어. 하지만 아직은 엉터리야. 더욱이 금년에는 피서객을 끌어 올 중요한 시기에 장마가 망쳐놨어. 그는 요즘 의기소침해가지고 있지. 도대체 이런 두메에 그런 야망이라도 없다면 권태로와 살 수 없을 거야." 그는 코끝에 약간의 경련을 일으키며 열성을 띠운 어조로 말했다.

"선생님, 논문은 어찌 됐어요?" 하고 은주가 문득 깨달은 듯 물었다.

"음, 꽤 진척됐지. 채집은 거의 끝나고 카드 정리만 반쯤 되었는데…… 처음 일주일은 도무지 마음의 안정을 얻을 수 없더군. 사람이 걸핏하면 고독의 의지를 어쩌구 하지만 정작 사람이라는 게 자기 환경을 벗어난다는 게 어렵다는 걸 느꼈어. 나는 서울거리의 복잡거리는 인파 속에서 기껏 역정을 느꼈지만, 여기 있는 동안 도리어 그리워질 때가 많더군. 그런 의미에서 며칠간 줄곧 정신적인 방황자가 됐었어."

"이제는 어때요?" 그의 가슴을 할퀴어낼 듯 깊숙한 눈으로 물었다.

"이제는 꽤 몸에 익었어. 어지간히 나는 이곳의 생활에 보람 같은 걸 찾게 됐지."

"아주 이 두메에서 살고 싶은 생각은 없구요?"

"속 편히 그럴까? 우리 은주 아가씨 시중들기도 역정이 났으니깐……." 하고 경호는 놀려주는 투로 말하고 기분 좋게 웃었다. 그녀도 따라 웃다가 눈을 흘기고 이내 뾰로통해져가지고 이죽거렸다.

"그래 됐군요. 삼단머리 치렁치렁한 두메 색시 얻어서 화전이나 붙여먹고 식물 채집이나 더 허시구."

"만나자마자 이래 비웃기야?" 하고 경호는 와락 달려들어 그녀의 목덜미와 어깨를 간질여 주었다.

"아야, 아파요." 은주가 엄살을 피우고 있는데 문득 방문에 노크 소리가 들렸다.

"장 선생님, 계십니까?" 걸쭉한 사내의 목소리였다. 경호는 당황해진 표정으로 문을 열어 주었다.

"손님이 오셨다구 해서 혹시 저녁 식사를 어떡허나 해서……." 곁눈으로 방안의 은주를 눈여겨보며 중년의 사내가 고개를 굽신 했다.

"네 서울서 왔는데…… 차려 주실까요?"

"그럭허죠. 헌데 혹시 사모님이시라도?" 사내는 의미 있는 웃음을 띠고 물었다.

"아니, 그저 저의 약혼자입니다." 경호는 얼떨떨해가지고 뒷말을 흐려버렸다.

"그럼 방 하나 따로 정하셔야? 아무튼 밥상부터 드리도록 하죠." 여전히 심술스런 웃음을 띤 얼굴로 말하고 떠나갔다.

"거 누구요?" 약간 상기된 얼굴로 돌아오는 경호를 보자 물었다.

"이 호텔 주인이지. 도대체 이 두메 사람들이란 남의 일에 관심이 많아. 은주 일로 꽤 성가신 화제가 들끓을 판야. 대학 선생이란 바람에 난 이 고을에서 꽤 빈객 취급을 받고 있으니 말야. 은주가 내 권위를 떨어뜨릴 일을 해선 안 되겠는데……."

"위선하자는 셈이군요."

"위선? 아냐."

"날보구 다소곳이 가만있으란 말이지만 안돼요. 잘못했다간 사람들 앞에서 선생님 코를 물어뜯어 줄게요." 은주는 입술을 삐물고 토라진 투로 말하고 호들갑스레 웃었다.

"정말 살려줘. 강아지처럼 굴었다간 큰일이지." 하고 경호는 익살을 부리며 호탕하게 웃어 제꼈다.

"뭐 상관있어요? 미친 강아지 한 마리 뛰어든 셈 치라고 허시지."

"그래 그래, 발발이 한 마리 키웠더니 요렇게 버르장이가 없다고 말야." 둘이서 마주보고 웃고 있는데 문에서 노크 소리가 나더니 밥상이 들어 왔다.

눈부신 달밤에 은빛 물굽이는 콸콸 소리 내어 흘렀고, 동화에 나오는 신비한 숲 같은 산에서는 소쩍새가 울었다. 길가 논두덕에서는 양금 줄을 쥐어뜯는 것 같은 풀벌레 울음이 들려왔다.

은주와 경호는 나란히 바윗등에 올라앉아 자연의 밀어에 취하고 있었다. 은주는 약간의 긴장이 풀려 몸이 깔아드는 기분이었고, 경호는 두어 잔 술에 가슴이 후끈거려왔다.

"모처럼 우리 둘이서 자연을 온통 차지한 것 같아요. 모든 사람들로부터 소외된 참된 우리들만의 밤을요."

은주는 가슴에 맥박이 느껴질 것 같은 시간의 흐름을 음미하듯, 이윽고 감미로운 기분으로 중얼거렸다. 경호는 말없이 그녀의 손을 조몰락거리고 있었다. 따스한 체온이 온몸에 아스라이 퍼져드는 것 같았다.

거리에서 찻집에서 그녀는 일껏 쫓기는 이의 초조와 불안의 표정을 그에게서 느끼고 가슴을 앓았었다. 지금 그녀는 그의 어깨에 미리를 기대고 이따금 퍼붓는 뜨거운 입김과 소리 나게 파닥이는 심장의 고동을 의식하고 행복했다.

개천에서 불어오는 산들바람은 으스스 추웠다. 소리 없이 내리는 이슬이 어깨를 적셨다. 은주는 갑자기 기침을 하기 시작했다.

"아니, 춥지? 이건 오늘밤 공연히 나왔는데……." 고요 속에서 그의 목소리는 뜻밖에 컸다.

"약간 춥군요." 그녀의 말이 가볍게 떨렸다.

"아, 병나겠어. 도무지 그런 몸으로 두메까지 찾아올 게 아니었어. 원로에 이런 무리를 하다니…… 자 일어나지." 경호는 무엇에 찔린 듯 벌떡 일어났다. 그녀는 가슴이 철렁했다. 갑자기 동댕이쳐진 것 같은 허전한 마음으로 기가 폭삭 꺾여갔다.

"먼저 가셔요. 저는 남아 있겠어요. 모처럼 만났는데 이건 너무해요." 뭔가 격렬히 저항하고 싶은 감정에서 성난 소리로 말했다.

"어서 일어나, 은주. 몸조심해야 돼. 만일의 경우 이런 두메에서 어떤 곤란을 당하게 될지 알아두란 말야. 여긴 의료시설도 마땅찮은 곳이야." 이윽고 그들은 계곡을 벗어나 한길로 나섰다. 묵묵히 말이 없었다. 지서 앞을 지나려는데 안에서 누가 쫓아 나왔다.

"장 선생님! 어디 산책하셨습니까?" 곁에 바싹 다가서며 그는 말했다.

"지서장님이시군. 자 인사하시죠. 여긴 박은주 양, 제 손님이구 이분은 조민수 경위님."

"아, 귀한 손님이 오셨군요. 잘 부탁합니다." 그가 고개를 깊숙이 숙이자 은주는 까닥 머리를 숙여 인사했다. 잠시 멋쩍게 서로 마주보고 섰느라니 그가 어색한 듯 입을 열었다.

"며칠 묵으시겠군요. 그런데 장 선생님 백련암(白蓮庵) 코스의 등반은 어떻게 하시죠? 아무래도 내일 당장은 어려울 거구, 모레쯤으로 계획할까요?"

"모레? 좋습니다."

"그럼 백 여사에게 그리 전하죠. 그리고 일행에 한 분이 더 끼시겠구." 의미 있는 눈치로 은주 쪽을 흘끔 바라보며 말했다.

"글쎄 그렇죠." 경호는 넌지시 마음에 꺼리는 눈치로 대꾸했다.

"참 이곳 주조장에서 술과 안주를 장만해 준답니다. 자 그럼 안녕히 주무세요."

그와 헤어져 호텔에 들어갔다. 인기척을 채고 문만 빠끔히 열고 어둔 방안에서 주인이 소리쳤다.

"장 선생님! 새 손님 침구는 그 옆방에 갖다 놓았습니다." 무심코 두 사람의 시선이 부딪쳤다. 착잡한 감정이 전류처럼 흘렀다. 경호는 자기 방 옆에 이르자 흘깃 돌아보았다.

"우선 이 방으로 들어가지……."

"아니, 저 방으로 가겠어요."

은주는 단호하게 말했다. 울컥 가슴에 뜨거운 저항을 의식했다. 어제부터 줄곧 그리고 있었던 부푼 기대가 흉하게 일그러지고 만 공허감에 가슴이 빠개질 것 같았다. 영여(零餘)의 감상. 경호는 새침해진 그녀의 태도에 어리둥절해진 모양이다.

"왜 그래? 좀 얘기하다가 자지 그래." 은주는 대꾸 없이 옆방으로 가버렸다. 방에 들자 불을 켜고 버리듯 풀썩 주저앉았다. 휑뎅그렁한 빈 방이 불현듯 지겹도록 넓게만 느껴졌다. 방문이 벌컥 열렸다.

"왜 성이 났나? 만나자마자 토라져가지군 안 되겠는데……." 경호의 얼굴은 의구와 분노로 굳어져 있었다.

"아녜요. 저 혼자 있게 해주세요. 차멀미를 앓아 좀 쉬고 싶어요." 깔아진 어조로 말하고 고개를 돌려버렸다.

"그러면 누워서 얘기하면 되잖아?"

"아니, 내일 얘기해요. 그만 가서 주무셔요." 은주는 그의 끈기 있는 요구에 거의 탄원하듯 말했다. 그는 분연히 방문을 닫고 돌아섰다. 크게 방문 닫히는 소리가 들리고 주위가 다시 고즈넉해졌다. 은주는 콧날이 시큰해오는 걸 가까스로 누르고 옷을 벗었다. 슬럽바람으로 요를 깔고 누웠다. 홑이불을 머리에까지 뒵썼다. 전신이 나무토막처럼 뻣뻣해 있었다. 극도의 피로에 온 신경이 마비된 것 같았으나 좀체 잠이 올 것 같지 않았다. 그녀는 일어나 불을 껐다. 어둠 속에 눈을 감았다.

나뭇가지에 걸린 넝마 같은 존재. 심하게 각혈을 하고 난 어느 날 엑스레이 촬영에서 폐의 한쪽에서 은전 같은 동공을 발견했던 일. 지리하고도 고달픈 세월의 뒤안길에서 문득 발견한 것이 장경호였던 것이다.

그는 한 사립대학의 생물과 시간강사였고, 그녀는 그곳 교무과 여사무원이었다. 몇 차례 거듭 만날수록 그들의 말에는 날개가 돋았고, 눈빛은 가슴속에 후비고 들어 그 초점은 기묘한 정점에서 일치했다. 경호는 육이오사변 때 전 가족 몰살이란 와중에서 살아남은 유일한 씨알로 자신을 하나의 덤으로 여기는 냉소적인 감정에 익숙해 있었다.

"나의 생명은 십칠 년 전에 이미 끝나 있었던 거야." 그는 일껏 비웃음 섞인 얼굴로 자신을 말해 왔었다.

은주는 병마로 하여금 비극적인 운명관에 사로잡힌 일상의 의지에 매달려 있었다. 결국 두 사람은 불현듯 숙명적으로 결속돼 있었던 것이다. 그러나 최근 그들의 사이에는 대수롭지 않은 일로 파문이 가끔 일어났다.

은주의 사랑의 이력이 그를 상심케 했던 것이다. 진정 사랑하지 않는 사내에게도 몸을 허락하고 싶도록 불행했던 그녀의 과거에 잠깐 만났다가 헤어진 한 사내의 이름을 입술에 떠올린 것이 잘못이었다. 순정을 지키겠노라는 결의로 과거를 벗겨 보이려는 그녀의 뜻이 뜻밖에 그를 격분케 했다. 경호는 괴로워하며 저주했다. 잔인하게 그녀를 학대하는 그것으로 그녀를 사랑하는 자신을 확신하려는 태도 같았다.

은주는 어쩌면 그가 떠나는 날이 뜻밖에 빨리 올지도 모르겠다는 불안감에 마음을 떨고 있었다. '그건 나의 최후야.' 그녀는 기껏 불행했다.

경호가 조교수 자격 신청을 위한 논문을 쓰기 위해서 구천동으로 내려간다고 했을 때 그녀는 바로 그날이 온 것 같은 강박감에 눈앞이 아득했었다.

"은주, 한 삼십 일 그곳에 있게 될 거야. 곁을 떠난다는 건 정말 고통이 될 거야. 하지만 현실은 무시할 수가 없어. 분명히 말해 두겠는데 병원에 나가 계속 치료를 받도록 해. 건강해야지, 우선 그때까지 우리는 버틸 수 있는 조건을 갖춰야 해."

경호가 격정적인 기분에서 이글거리는 눈길로 바라보고 있는 동안 그녀는 왠지 그가 거짓말을 하고 있다는 엉뚱한 의식에 매어 있었다. 그 후의 울적한 나날…… 드디어 결심하고 떠나온 것인데. 은주는 생각하고 눈을 떴다. '일은 끝난 거야.' 그녀는 다시 눈을 감고 벽 쪽으로 몸을 뒤집었다.

'내일은 떠나야 할까봐.' 그녀의 양 볼에 축축이 눈물이 젖어가고 있었다. 얼마쯤 되었을까? 하얀 적막 속에 시간이 꿈결처럼 지나갔다. 콸콸하는 물소리에 소쩍새 울음이 간헐적으로 들려왔다.

문득 문을 거칠게 두드리는 소리에 은주는 가슴이 덜컥했다.

"문 좀 열어줘." 경호의 속삭임이었다. 그녀는 반사적으로 몸을 움츠리고 있었다. 문고리를 잡아 흔드는 소리가 들렸다.

"은주, 문을 열어달란 말야." 그녀는 부스스 일어나 불을 켰다. 팔짱을 끼고 마치 도전자의 망설임 같은 긴장한 표정으로 서 있었다.

"빨리 열지 못해?" 목소리는 또렷하고 격했다. 그녀는 단념했다. 문고리를 벗겼다. 문이 벌컥 열리며 그가 파자마바람으로 성큼 뛰어들어왔다. 그녀는 기계적으로 벌어진 앞가슴으로 두 손을 포개고 앉아 그의 반짝이는 눈을 바라보았다.

"은주, 뭐가 잘못된 거야? 아까 한 내 말이 불쾌했다면 용서해. 진정 나는 은주가 기침을 하고 떨고 있을 때 화가 났던 거야." 말소리는 떨리고 있었다. 은주는 가까스로 눈길을 피했다.

"괜찮아요. 난 다만 피로했을 뿐이에요." 흐느끼듯 말했다. 경호의 눈은 브래지어 위로 팽팽하게 솟은 젖무덤의 고혹적인 선을 더듬고 있었다.

"은주는 지금 뭔가 숨기고 있어." 서서히 눈을 그녀의 아랫배에 옮기며 말했다.

"거짓말 아네요. 가서 주무셔요."

"이래가지군 잠이 올 턱이 없어."

"아, 그럼 어떡허죠?" 하고 해학적인 기분으로 쏘아붙이며 눈길을 돌리는 순간 경호는 와락 그녀에게 다가들었다. 그녀를 껴안아 일으키자 이불 위에 가서 쓰러졌다.

숨소리가 차츰 거칠어지며 조이는 두 팔에 눌려 그녀는 옴짝할 수가 없었다. 바위가 부딪쳐 불꽃이 이는 것 같은 화려한 파멸의 아픔 같은 혼미한 의식 속에서 은주는 입술을 깨물었다.

처음 그녀의 몸을 범했던 그의 알싸한 감흥 같은 것. 그 후 갈수록 난처해진 그의 행동에서 그녀가 심연 모를 감상에 빠져 있던 것. 지금 그의 몸무게는 그녀를 비참하게 깔아뭉개 버렸다.

"난 은주 너를 범했을 어느 놈의 몸뚱이까지도…… 내가 너를 사랑하기 위해서는 너의 몸 깊숙이 모든 걸 내 것으로 채워두지 않고선 참을 수 없어. 나는 너를 가지고 싶어. 전부를……."

중얼거리는 그의 목소리가 세찬 육감의 파동 속에서 아스라이 들려 왔다. 그리고 그의 몸 위에서 축 늘어져 떨어지자 그녀는 흐느껴 울고 있었다.

하늘을 찌르고 솟아있는 덕유산 정수리는 맑게 씻겨 있었다. 아침 일찍이 일행 넷은 백련암을 향해 출발했다. 계곡을 따라 뻗은 길가에는 회양목 떡갈나무 등 관목이 빽빽하게 자란 속에 으름나무며 칡넝쿨이 칙칙하게 얽혀 있었다. 경호와 은주 그리고 조민수 거기에 백난숙이란 젊은 미망인이 끼어 있었다.

그녀는 자그마한 키에 부시게 흰 살결을 가진 야무지고 발랄한 인상을 주는 여인이었다.

은주가 꺼리면서도 은근히 가까이 접근해오기를 원하고 있을 때 그녀는 의외로 냉담하게 대해왔기 때문에 적이 야릇한 적의를 품게 되었다. 도중 인월담(印月潭)에 들러 시리도록 차가운 물에 발을 담그고 잠깐 쉬었다.

"장 선생님, 어떠세요? 구천동이란 물과 나무와 돌이 어울려 잃었던 원시적인 음향을 들려주는 곳이란 느낌이 안 들어요?" 백난숙이 환한 웃음을 짓고 물었다.

"그렇죠. 전설을 듣는 것 같은……."

"게다가 이 여울 이름들도 멋있죠?" 조민수가 동의를 구하려는 듯 은주 쪽을 바라보며 물었다.

"마치 옥편에서 그럴 듯한 글자들만 따다가 붙인 이름 같애요." 난숙이 가볍게 불평했다.

"그렇군요. 도대체 하도 흔한 물이라서 싫증이 날 지경이죠." 경호가 말하고 일어섰다. 그들은 오솔길을 걷기 시작했다. 이윽고 경호가 발을 멈추고 길가의 자그마한 풀에 몸을 기울이고 있었다.

"뭐라도 발견했습니까?" 조민수가 물었다.

"이것이 털동자꽃이라고 덕유산 특산물의 하나죠." 백일홍과 비슷한 짙붉은 홑꽃이 달린 풀을 뽑아들고 경호가 말했다.

"그래요. 참 선생님이 연구하신 이곳 식물 얘기나 들려 주셔요." 난숙이 여학생처럼 수다를 떨며 말했다.

"뭐, 연구한 거라고 할 것까지는 없지만, 좀 재미있는 게 있죠." 약간의 자만스런 낯빛이 되어 말을 이었다.

"고산초원(高山草原) 즉 고산식물은 세 가지 특성이 있죠. 첫째 뿌리가 길고 꽃 색이 짙어요. 그리고 삼투압이 높고요. 셋째로 꽃피는 기간이 짧아요. 그런데 재미있는 것은 이런 식물의 특성이 바루 이곳 두메 사람들의 생태와 비교가 된단 말이에요."

경호는 잠깐 말을 끊고 청중의 반응을 다짐하려는 교사의 주의 깊은 표정 같은 것을 짓고는 다시 이었다.

"돌투성이인 땅에서 자양분을 빨아들이기 위해 뿌리가 길게 뻗는 것처럼 이곳 두메 사람들은 강력한 혈연의 관계를 맺고 있어요. 구천동이란 이름부터가 그런 거라면서요? 독특한 향토색이란 꽃 색과 같구요. 이곳의 살림이란 어려운 조건인데. 이를테면 화전을 부친다거나 하는 특수한 생활의 투지란 꽃의 삼투압의 관계와 비슷하죠. 화기(花期)가 짧다는 것은 이 두메 생활이 극히 현실주의란 테두리에서 문맹이나 질병 등 불행에서 탈피 못하고 있는 점을 생각하게 해줍니다."

"그런 관계라면 어려운 우리 민족의 생태와도 비교되겠군요." 조민수가 자못 어이없는 흥미에 끌린 듯한 얼굴로 말했다.

"글쎄. 그렇게 비약해 생각할 수도 있겠지요."

"재미있네요. 장 선생님 논문의 제목이 뭐예요?" 난숙이 물었다.

"고산초원의 생태학적 연구입니다."

"아주 그럼 이번 기회에 한국 민족성의 생태학적 연구까지 하세요." 간드러지게 웃으며 난숙이 말했다.

"그럴까요? 아니 박토성(薄土性) 애정의 생태학적 연구나 하지. 하하." 유난히 숲속을 울리는 웃음소리가 은주의 질투심을 자극했다. 그녀는 이를 깨물었다.

맘보 슬랙스에 핑크색 블라우스를 입은 난숙의 날렵한 행동과 천진스런 얼굴 앞에서 경호가 시종 유쾌한 표정이었던 것을 느끼고 은주는 슬그머니 좌절감을 의식했다. 가파른 언덕을 오르다 은주는 맨 뒤에 혼자 처져버렸다. 그러자 난숙이가 그녀를 기다리고 있었다.

"미스 박, 피곤하세요?" 가까이 가자 그녀가 동정어린 얼굴로 물었다.

"괜찮아요." 실쭉해서 대답했다.

"미스 박 얘기 어제 들었습니다. 참 건강이 좋지 않으시다고 무척 근심하시던데요. 언제쯤 떠나세요?"

"곧 떠나게 될 거예요." 마음속으로는 오늘이라도 떠나리라고 다짐하면서 퉁명스레 말했다.

"아, 그래요? 조금 더 묵으신다면 좋겠는데. 저는 사실 적적하던 판이라 우리는 좋은 벗이 될 거라고 생각했지요."

"미세쓰 백도 초행이신가요?"

"아니에요. 그간 몇 차례 왔었죠. 그이가 사냥을 좋아해서 겨울에 온 일도 있는데……. 끔찍한 추억이에요." 갑자기 그녀는 찔린 표정으로 말했다.

"왜 무슨 일이 있었어요?"

"초면에 이런 얘기 안됐지만, 하죠. 우리집은 대전인데, 남편이 여기 덕유산에 멧돼지를 잡으러 왔다가 사고로 돌아가셨죠. 눈 속에서 실족하여 골짜기에 떨어진 거예요. 삼 년 전 겨울이죠."

"아, 그런 일이……." 입 가장자리에 가벼운 경련을 일으키고 있는 그녀의 표정에 감동하여 중얼거렸다.

"그래서 난 산이라면 무서워요. 허지만 이상하게도 그이 생각을 할 때마다 이 산을 보지 않군 견딜 수 없는걸요. 산을 바라보면 위안을 느꼈어요. 그러나 어차피 머잖아 그런 일의 무의미를 깨닫게 될 거예요. 산은 말이 없으니까요." 난숙이 깔아진 어조로 말했다. '산은 말이 없다.' 은주는 그 말의 야릇한 여운을 되씹고 있는데 앞에서 경호가 소리쳐 그들을 불렀다.

"이건 쓸데없는 얘기죠. 자 빨리 갑시다." 삽시간에 난숙은 낯빛을 고치고 잰걸음으로 앞으로 갔다. 경호는 큰 소리로 식물을 설명하고 있었다.

"대강 덕유산 특산 식물로는 아까 본 털동자꽃에다 곰취, 모시때, 개시호, 산오이풀, 주목, 은대난초 등이 있지요." 그들은 여기저기 나무들이 넘어진 채로 있는 깊은 골짜기를 지나서 참대나무가 우북하게 자란 넓은 분지에 이르렀다.

"저기 백련암이 있어요." 조민수가 뒤를 따르고 있는 은주를 돌아보며 말했다.

"저 절을 짓는데 지서장님의 공로가 크지요." 난숙이 경호에게 속삭였다. 야트막한 언덕배기를 오르자 백련암이 있었다. 외관상 절이라기보다는 규모가 큰 여염의 양철집이란 인상이었다. 집을 손수 짓고 주지를 겸하고 있는 목수인 주인이 그들을 반겨했다. 주지의 아내가 마련한 산나물과 가져온 고기안주로 꽤 푸짐한 술자리 마련이 되었다. 조민수가 네 사람 분 잔에 술을 따랐다.

"자아, 한 잔씩 듭시다." 그가 먼저 술잔을 들자 경호가 뒤이어 들고 쭉 단숨에 들이켰다.

난숙은 은주에게 웃음 띤 눈길로 눈치를 해왔다.

"백 여사. 자, 드세요. 미스 박께서도!" 조민수가 그들을 번갈아보며 권했다. 난숙이 잔을 들고 몇 모금 핥듯 마셨다. 은주는 별안간 술이 마시고 싶어졌다. 진창 마시고 나면 울적한 기분이 트일지도 몰랐다.

경호는 줄곧 자기에게 무관심한 태도로 거푸 두 잔째 들고 있었다. 은주는 결심한 듯 잔을 들었다.

“옳지. 미스 박, 몇 잔만 하세요. 기분이 썩 좋을 겁니다.” 조민수의 말에 경호가 약간 찔린 표정을 짓고 은주를 돌아보았다. 그녀는 술잔을 입에 가져갔다. 씁쓸한 웃음을 지어보였다. 두어 번 멈췄다가는 잔을 비웠다.

“썩 잘 하시는군요.” 조민수의 번득이는 눈길에 부딪쳐 당황히 잔을 내려놓았다. 침묵이 부러진 다리처럼 불안하게 왔다. 가슴이 후끈거려오고 돌연 눈에 생기를 느낀다.

“자아 한 잔 더 하겠어요?” 난숙이 슬그머니 잔을 내밀었다.

“백 여사, 권하지 마세요.” 경호가 날카롭게 소리쳤다. 난숙은 흠칫했다. 갑자기 분위기가 야릇하게 굳어갔다. 그것을 감지하고 은주는 토라진 어투로 말했다.

“상관없어요. 저 한 잔만 더 할래요.”

“뭐라고?” 경호는 이맛살을 찌푸리고 노려본다. 은주는 도전하듯 난숙의 손에서 잔을 빼앗아 술을 따랐다.

“뭐 그리 독한 술이 아니니깐 뒤탈도 없을 테니 놔 두시요.” 조민수가 말하며 은주에게 은근히 의미 있는 눈길을 보냈다. 경호는 화난 듯 고개를 돌려버렸다. 은주는 술잔을 가져다 꿀꺽 들이켰다.

‘이건 비극적인 쾌감인걸. 언제부터인가 나는 비극적인 종말을 의식해 왔었어. 잡다한 거리의 인파 속에서 내가 진즉 그것의 시기를 이해 못한 건 내가 미망(迷妄)에 빠진 탓이야. 헌데 해발 천 미터가 넘는 높은 산봉우리에 와서 생각하니 분명 나는 어리석었어. 나는 마치 대본 속의 인물처럼 말야.’

간헐적으로 뻐꾸기 울음이 정감 있는 여운으로 들려왔다.

“저 앞산에 호랑이가 있었다는데…….”

“뱀을 잡는 땅꾼이 본 모양이지요?” 두 사람의 말소리가 귓바퀴를 미끄러져 나갔다. 이윽고 밥상이 왔다.

은주는 몇 숟가락 뜨는 둥 마는 둥 하고는 그 자리를 떠났다. 술기운에 고르지 못한 발길로 골짜기로 내려갔다.

바위에 앉아 손수건에 물을 적셔 달아오르는 얼굴을 문질렀다.

“술을 마시고, 벌건 낯으로 그게 무슨 추태야?” 소리가 나서 돌아보니 경호가 잔뜩 찌푸린 낯으로 서 있었다.

“상관마세요.” 화난 어조로 대꾸했다.

“상관 말아? 아니 글쎄 초면에 사양은커녕 억지를 써서까지 마실게 뭐야?”

“…….” 그녀는 눈을 내리깔고 대꾸를 안했다. 경호가 벌컥 큰 소리를 냈다.

"어리석은 감정의 배설 같은 거 집어치워. 그건 악덕이야!"

은주는 충격적으로 머리를 젖히고 그를 노려보았다.

"악덕이라구요? 알았어요. 그걸 깨닫게 되셨군요. 이제 분명히 물어보겠는데 내가 이런 자리에 끼게 돼서 기분 나빴죠?"

"기분 나빴다니, 내가 청한 거 아냐?"

"거짓말이에요. 자, 솔직하게 말하자면 싫었죠? 우리 애정도 종말이 온 거예요. 선생님이 진정 나를 사랑한 게 아니라 사랑을 사랑했을 뿐이에요. 그걸 이해할 만큼 나는 좀 현명해졌어요. 이런 지혜를 얻기까지 많은 세월이 희생됐지만요. 여기까지 찾아온 거 이제 후회 안 해요. 덕분에 나는 그걸 알게 됐으니깐요. 우울한 여행이었지만 우리는 곧 쾌적한 날을 가질지 몰라요. 그렇죠?"

은주는 별안간 흐느끼며 불쑥 일어났다. 비칠거리는 걸음으로 골짜기에서 나왔다.

"바보처럼 이러지 말아." 당황한 경호가 그녀의 어깨를 잡으며 말했다.

"바보라고요? 좋아요. 저 혼자 먼저 가겠어요." 은주는 뿌리치고 비탈길을 내려 잰걸음으로 걸어 나갔다.

어둠침침한 오솔길에 뻐꾸기 울음이 산란하게 들려나왔다.

방황기 彷徨記

크리스마스 캐럴이 울려 퍼지는 한밤중 눈발은 오롯이 내리고 있었다.

높다란 성당의 첨탑에 얽힌 색등은 심연 같은 어둠 속에서 명멸했다.

'고요한 밤, 거룩한 밤.'

거리에는 주정꾼들의 허튼 발길이 흩어져 갔고 아베크로 나온 쌍쌍의 다정한 소곤거림이 처마 밑으로 흘러갔다. 크리스마스이브. 어두컴컴한 골목을 빠져나온 사우도(史宇道)는 행길 복판에 서자 성당의 십자가를 우러러보았다. 차가운 눈송이가 눈두덩에 떨어지면서 주르르 녹아 흘렀다.

"삼 년 전 바로 오늘이야……." 문득 가슴이 철렁해지면서 아내 정림(靜林)의 얼굴이 떠올랐던 것이다. 그것은 차가운 공기가 머금은 고요하고도 부드러운 별빛처럼 신비로운 환영이었다.

우도는 생각했다. 삼 년 전의 일이었다. 천국에의 합창으로 들뜬 야기(夜氣)가 어깨를 무겁게 적셔주는 밤거리를 그는 걷고 있었다. 이제 막 병원의 도어를 소리 없이 닫고 그는 도둑고양이처럼 어슬렁거리며 거리로 나왔으나 그의 뒤를 따르는 아내의 무거운 발자국 소리를 듣고 있었다.

"거 안됐습니다. 복막염 초기 같은데 자세히는 X레이를 찍어봐야 하겠지만…… 틀림없는 증세 같은데요. 속히 수술을 받으셔야 합니다." 유난히 눈썹이 두꺼워 보이는 의사가 입가에 요령모를 웃음을 짓고 말했다.

그는 가슴 한 모서리가 꽉 막히는 걸 느끼며 진찰실 도어를 바라보았다. 이윽고 아내가 핼쑥한 얼굴로 나타났다. 시선에 부딪치는 순간 경련을 일으킨 듯한 가련한 표정으로 걸음을 우뚝 세웠다.

"아무튼 놀라실 건 없습니다. 입원 허시구 수술을 받는다면요. 아직은 뭐 그저 경미헌 증세니까요."

의사의 건들거리는 폭넓은 어깨가 사라져가는 동안 그는 막연히 배신과도 같은 암담한 심정으로 서 있었다. 현관을 나서자 아내의 지척거리는 발자국 소리가 돌멩이처럼 가슴에 밀어지는 것이었다. 그녀는 시종 말이 없었다. 기실 그는 그녀의 말을 두려워하고 있었다. 이윽고 큰 거리에 나서고 그가 성당의 첨탑을 바라보고 있으라니까 기어이 그녀가 말을 꺼냈던 것이다.

"뭘 바라보고 계셔요?"

"응 그저." 우도는 폭음을 듣듯 당황하면서 열뜬 목소리로 대답했다.

"어서 가요. 당신도 피로허실 건데. 글쎄 괜히 진찰을 받았나보죠?"

"……." 대꾸 대신 그는 고개를 떨어뜨리고 있는 그녀를 돌아보았다.

"저는 알구 있어요. 제 병이 뭐란 걸."

"뭘 알고 있었다는 거야?" 우도는 별안간 큰 소리로 물었다.

"진즉부터 알구 있었어요. 허지만 당신에게 숨겨온걸요." 그녀는 약간 떨리는 목소리로 말했다.

"아니, 글쎄 뭘 알고 있었단 말이야?" 가슴이 찔려가지고 우도는 슬픈 목소리로 되뇌었다.

아내는 얼어붙은 듯 섰다가는 부스스 그의 뒤를 따르기 시작했다.

"바보처럼 어떻겠다는 거지? 나에게 숨겨두고, 혼자 어쩔 셈이었지?" 멀리서 기적소리가 울먹거렸다.

닥지닥지 나붙은 골목 안 판잣집들이 적재된 물건처럼 거리에 빽빽하게 넘쳐 있었다. 창문으로 새어드는 희미한 불빛 위로 지붕들이 침침하게 떠보였다.

우도는 불과 몇 시간 전 일이 머리를 스쳐갔다. 아내는 자리에 누워 있었다.

"여보, 오늘은 크리스마스이브라 성당에서 주던 강냉이 죽도 안줄라나?"

"그런 모양이에요. 어떡허죠?"

"별수 없잖어, 내가 나가보지……. 헌데 당신 어떡허지?"

"뭐 말이에요?" 그녀는 눈을 치뜨고 물었다. 그는 홀쭉 패인 볼이며 꺼진 눈두덩 아래 게슴츠레한 눈동자를 바라보았다.

"당신 병이 심상찮으니 말야. 아무래도 이건 그냥 놔둘 일이 아닐 것 같은……."

그는 뒷말을 챙기지 못하고 폭삭 기가 꺾이는 것을 의식했다.

"걱정 말아요. 제 병 같은 거…… 지금 이런 걸 생각헐 처지가 됐어요? 오늘 아침에두 훈이란 놈이 학교엘 가는데두 겨우 밀가루 죽을 쑤어 먹여 보내곤……." 그녀의 눈에 눈물이 글썽이는 걸 깨닫곤 우도는 분연히 자리를 일어섰다.

"어딜 가세요?" 그녀가 당황히 물었다.

"음, 좀 밖에 나갔다 올게."

"여보, 나가시걸랑 괜히 걱정마시구요. 저 훈이란 놈이 날마다 졸라쌓는대두 물감 하날 못 사주구 있으니깐 그거나 하나 얻어오세요." 그는 대꾸 없이 밖으로 나갔다. 하늘은 찌뿌듯하게 흐려 있었는데도 바깥 풍경이 눈에 부셨다. 그는 아침을 굶었다는 자각에 새삼 비참해지는 스스로를 달래듯이 눈을 감고 가슴을 펴 보았다. 그러나 마음 같지 않게 아랫도리가 공중에 뜬 듯 허든거려왔다. 다시 눈을 뜨는 순간 성당이 보이고 지붕 위의 십자가가 시선에 걸려오곤 그는 분명 심한 분노를 느꼈던 것이다.

크리스마스이브…… 술렁이는 축제의 밤. 그 거룩한 밤을 찬송하는 노랫소리와 파도처럼 울려 퍼지는 종악(鍾樂)…….

우도는 상상하였다. 그러자 아내의 추레한 몰골에서 왠지 구원받을 수 없는 우수를 느끼고 있는 자신을 깨달았다. '오늘밤은 그 알량한 강냉이 죽 마저 얻어먹을 수 없게 됐어.'

그는 실직하여 지내는 동안 곧장 버릇되어온 타성에서 일부러 생활의 측면을 스쳐왔다는 가각(苛刻)이 되살아왔다.

그런데 어찌하랴? 그는 가슴에 말려드는 초조와 불안으로 발이 닳도록 거리를 쏘다녔다.

그리고 해가 질 무렵 피로와 역정에 발길을 잃어가고 있을 때에 그는 한 친구를 만나게 되었다. 그들은 대뜸 선술집으로 들어갔던 것이다. 그리고 무작정 술을 들이켰다. 차츰 우도는 낯이 빨게지면서 몸의 중심을 잃고 가까스로 술청에 몸을 기대고 서 있었다.

"여보게 글쎄, 자네 같은 사람이 세상에 버림을 받고 놀고 있다니…… 이놈의 사회가 제대루 되어 먹질 않은 탓일세. 키가 설멍하니 큰 천수(天洙)는 연방 고기안주를 우물거리며 지껄였다. 네모진 이마가 불빛에 양각되어 보였다. 우도는 그의 태도에 저항할 듯이 연거푸 술잔을 기울였다.

"도대체 말야. 난 직장에 매어 그 하찮은 샐러리에 목매달고 있는 시시헌 놈이지만, 것도 다행이라 할까? 달리 시궁창에 나가떨어질 염려는 없으니깐…… 허지만 지독헌 생활이긴 허지. 생각해 봐. 멀쩡헌 놈이 속없이 억지 광대노릇을 해야 허는 판이니께. 보험외교원(外交員)이란 게 어떤 건지 자네 알겠지? 아무튼 나야 그렇지만 자넬 생각허문 걱정이지. 이건 괜헌 동정 같지만 실로 난 자넬 존경허구…… 그보다 자네의 그 좋은 바탕을 알고 있단 말이네. 허지만 그건 너무헌걸? 도대체 자네 부인이 그렇게 병석에 누웠는 걸 몰랐지……." 우도는 그의 격한 장광설을 비웃듯 마음속으로 외치고 있었다.

'우린 어떤 축복받을 선민(選民)은 아니었다는 거야. 제기랄. 하늘을 향해 십자가가 근엄하게 서 있는 이 땅 골고다의 언덕도 선지자 모세도 또 한 사람의 유다도…… 허지만 이건 무슨 엉뚱한 생각일까? 내가 벌써 취해 버렸나?'

우도는 가슴의 분노를 이겨낼 듯이 어깨를 젖뜨린 순간 하마터면 뒤로 넘어질 뻔했다.

"자아, 취했나? 이제 가세. 자네 그리구말야. 부인 그대루 둘 게 아니라, 병원으로 데려가게나. 진찰을 받아봐야지." 천수는 지껄이며 그의 팔을 붙들었다.

이제 성당에 못 박혔던 눈길을 돌린 우도는 결국 공허했던 것이다.

그토록 사랑했던 아내 정림은 그저 희미한 환영…… 입 귀퉁이가 약간 비뚤어지는 그런 음산한 웃음을 지어보였던 것이다. 그녀가 결국 복막염으로 기어이 세상을 등지기 전의, 엄격히 말하면 일쑤 비극에 익숙한 사람들이 짓는 관대한 그녀의 고별의 표정이었던 것일까?

우도는 발길을 떼었다. 순간 그녀의 시체에 매달려 어깨를 들썩이며 울던 아들 훈이 떠올랐다.

휑뎅그렁한 병실 안—실상 연막처럼 자욱했던 슬픔만으로도 미어질 것 같은—은 무섭게 쓸쓸했다.

의사는 두꺼비눈을 크게 떴다. 노여움으로 온통 흰자위가 동자를 차지했다.

"댁은 너무 환자를 소홀히 했습니다. 제가 분명 알아듣게 경고해 두었습니다만 당신은 이를테면…… 환자를 죽도록 버려둔 거나 매일반입니다." 우도는 고개를 돌렸다. 의사는 혀를 찼다. 그리고 도어를 소리 나게 열어젖혔다.

"자아, 이제 어떻게 해야죠?" 우도는 괴로운 생각을 씻어버릴 듯 머리를 저었다. 비칠거리며 걸어갔다.

다시금 기적소리가 울먹거렸다. 자동차의 지축을 울리는 엔진소리와 함께 서치라이트가 비껴갔다.

"우도, 자네는 이젠 생활을 생각해야 되네. 대단치는 않지만 취직도 했구…… 고 훈이란 자식 생각해서라두 결혼을 해야제. 삼년상(三年喪)을 지내군 어떻게 해보잔 말일세."

천수의 걸찍한 목소리가 귓가에 떨어져오는 것 같다.

"자넨 돌아간 부인에 대헌 집념에 자신을 헐구 있는 모양인데? 그건 해롭지. 재기해야 돼. 자네 연애 한번 해볼라나? 때론 말야, 인생이란 그저 희극이라구 생각해 보는 것두 무의미한 일은 아냐. 자네 생각이 있음 내 여자하날 소개허지. 이상헌 과부지. 실은 보험 관계루 알게 된 여자지만 돈푼이나 있는 모양야…… 어째 만나 보겠나?"

이내 그의 마음속을 할퀴어낼 듯한 유량한 웃음이 터졌다. 우도는 쓸쓸히 웃었다. 이래서 만나게 된 여인이었다. '벙긋이 웃으며 다가섰던 여인. 물기 머금은 촉촉한 눈매. 보조개가 팬 볼에 처녀 같은 상냥함이 피어 오른 그 해사한 얼굴…… 그 길고 가느다란 팔과 손톱 긴 예쁘장스런 손가락.'

우도는 문득 어느 대문 앞에 이르자 자연스레 발길이 멈춰졌다. 그는 몸을 움직였다. 노크했다. 둔탁한 판자때기의 울림에 약간 소스라쳐 손을 움츠렸다.

'사 선생님, 만나 뵈우는 건 좋지만 이것만은 약속하세요. 절대루 우리집엘 오셔선 안 돼요. 그럴 이유가 어딨냐구요? 까닭은 묻지 마세요. 제발 그렇게 허세요. 피차를 위해서 말이에요.'

까랑까랑한 그녀의 목소리가 들려오는 것 같다. 우도는 페인트칠 한 대문을 정신없이 바라보았다. 마치 기계처럼 무의식중에 저지른 행위에 적이 당황했다. 그렇다고 그는 돌아설 수는 없었다. 그러자 분명히 대문 저쪽으로부터 별로 서둘지 않는 발자국 소리가 가까이 들려왔다. 대문이 이윽고 삐걱거렸다.

"누구세요?" 소녀의 목소리였다. 우도는 한 발짝 다가섰다.

"저어, 이 댁이 송순영 여사의?"

"네, 그런데요?"

소녀의 따질 듯한 꼬챙이 소리에 그는 무르춤했다.

"지금 댁에 계시는가?"

"네, 계셔요. 만나시려구요? 그럼 누구시라구 여쭐까요?" 우도는 다시 한 번 망설였다.

"성함이 누구시죠?" 소녀가 채근하자 그는 말했다.

"사 씨가 왔다구 말해 줘." 소녀는 열었던 대문을 안에서 밀어붙이곤 안으로 사라졌다.

'저는요, 좀 이상한 성격이 있어요. 조금만 눈에 거슬리는 일이 있어두 정말 미칠 것 같애 못 참아 낸다니까요.' 기분 좋은 산책 끝에 말해주던 애교 있는 그녀의 말소리가 떠올랐다. 우도는 닫힌 대문을 바라보고 있을 때 발자국소리가 점점 가까워오고 있었다.

"웬일이세요? 사 선생님." 대문이 다시 열리며 순영은 대뜸 쌀쌀하게 물었다.

"이거, 밤중에 실례인 준 알면서……." 그는 멋없이 두 손을 맞잡고 당황히 말끝을 흐렸다.

"선생님과는 분명히 약속헌 일이 있었는데요. 제발 집엔 찾아와주지 말아 달라구."

"그런 줄은 알고 있었지만……."

"그런데 왜 약속을 어기셨죠?" 그녀의 떨리는 목소리는 왠지 가슴앓이라도 하는 것 같았다.

우도는 비쳐온 불빛에 어슴푸레한 그녀의 얼굴을 바라보았다.

"글쎄, 특별헌 이유는 없습니다. 다만 만나고 싶었던 겁니다. 막상 이렇게 노염을 살 줄은 모르고……."

비굴과 역정 속에서 격렬한 어조로 말했다. 그리곤 한 걸음 물러섰다. 그녀는 잠시 느낀 듯 고개를 푹 수그렸다. 깊은 생각에 잠긴 듯 팔깍지를 하고 꼿꼿이 서 있는데 침묵이 강물처럼 그들 사이를 갈라놓았다고 생각할 때 그녀가 문득 고개를 들었다.

"사 선생님, 정말 미안해요. 일부러 저의 집엘 찾아오셨지만 제집에선 모실 수가 없는 처지예요."

복받치는 감정을 억제하느라고 매우 어색해진 그녀의 어름거리는 목소리였다. 우도는 꿀꺽 침을 삼켰다.

"순영 씨, 되려 내가 미안합니다. 다만 내가 밤중에 찾아온 건 나도 모르는 간절한 생각 때문이었습니다. 그러니까……." 그는 말꼬리를 흐치고 공허한 심정으로 몸을 돌렸다.

"그럼, 돌아가시겠어요?" 갑자기 그녀는 놀란 소리로 물었다. 그는 고개를 돌렸다. 그에게 다가선 그녀의 얼굴이 희미한 불빛에 유난히 핼쑥해보였다.

그러자 문득 그녀의 등 뒤에 매달려 있던 또 하나의 얼굴을 발견하고 소스라쳐 놀랐다. 아까의 그 소녀였다. 그가 소녀를 발견한 순간 순영의 낯이 야릇하게 경련을 일으켰다.

우도는 몸을 돌려 씁쓸한 실의의 감정으로 발길을 옮겼다. 이윽고였다.

"아, 그 보험 얘기를 해야 돼." 등 뒤에서 순영이 거의 신경질적으로 말하는 게 들렸다. 소녀가 뭐라고 웅얼거리는 것 같았다. 그리고는 순영이 허둥거리며 쫓아왔다.

"사 선생님." 우도는 난데없는 말소리로 뒷덜미가 끌린 듯 걸음을 멈추고 돌아보았다.

"그냥 가시겠어요?"

"네에? 왜 그럽니까?" 그는 어리둥절해 물었다. 그녀는 바싹 겨드랑이에라도 끼어들 듯한 태도였다.

"선생님, 죄송해요. 허지만 별수 없는걸요. 저 애가 보고 있는 줄을 몰랐거든요. 허긴 늘 저렇게 바라보고만 있으니깐." 겁에 질린 목소리로 말하고 그의 낯을 바라보았다.

"아니, 저 애가 어떻단 말입니까?" 섬짓한 기분으로 그가 다급히 물었다.

"아무튼요. 저 애 앞에선 아무도 어쩔 수가 없는걸요. 사 선생님이 보험 관계로 오신 분이라구 속이지 않군……."

"도대체 보험이라니 건 무슨 말입니까?"

"몰라주셔도 좋아요. 어쨌든 그 애를 떨어내서 다행이에요. 사실은 전할 말이 있었는데…… 잠시 내일 오후에 만나주시겠어요?"

"어디서 언제 말입니까?"

"요전에 만났던 시간에 그곳이면 좋아요."

"그렇게 허죠. 원허신다면……." 우도는 무뚝뚝하게 말했다. 순영은 고혈을 느끼는 순간의 병자처럼 찡그리는 얼굴로 말했다.

"그럼 안녕히 가세요." 그녀가 뒤돌아서자 우도도 몸을 돌렸다. 비굴과 불쾌를 느끼는 우울한 기분으로 발길을 떼었다. '저 여자는 별안간 어찌된 걸까?' 불현듯, 그녀 생각이 뇌리를 스쳐갔다. 요전 번 만났던 때 일이었다. 그는 마음속으로 오늘만은 결코 뭔가 다짐해 두리라고 생각하며 약속한 장소에 갔었다.

그날따라 그녀의 표정은 무척 초조해보였다. 태연하려는 노력에도 불구하고 내심의 고뇌가 그녀를 그렇게 만든 것 같았다.

"이건 정말 실례인 줄 알지만 순영 씨 가정 얘길 물어봐두 좋겠습니까?" 순간 그녀의 낯빛이 샐쭉해갔다.

"그런 걸 알아 뭘 허시겠어요?"

"뭘 하긴? 단지 이해허구 싶은 순수한 호의입니다."

"네에?"

"피차 이해를 방해하는 장벽을 둔다는 건 화나는 일입니다."

"왜 그렇게 생각허세요?"

"순영 씨는 남의 진정 같은 걸 개의찮겠다는 심정이군요." 맥이 빠져가는 듯한 기분에서 약간 달아오른 얼굴로 말했다. 그녀는 찔린 듯 얼굴을 돌렸다. 물기 있는 눈매에 희끗하게 내비치는 게 있었다. 그러다가 가까스로 고개를 돌려 어설픈 웃음을 지으며 말했다.

"사 선생님, 일어나실까요?" 그녀와 헤어져 우도는 터벌터벌 하숙집을 찾아갔다.

'그녀는 말 못할 무슨 과거라도 있는 걸까?' 문득 아들 훈 생각이 났다. 제 어머니를 여의곤 줄곧 시골 큰집에 맡겨진 그였다. 몹시 외로운 모양으로 우도를 보면 일쑤 눈물이 글썽해가지고 투정하는 것이었다.

"아빠, 나 시골학교 안 다닐래. 시시허게 학교라구 그게 뭐야!" 우도는 그의 볼따구에 입술을 문지르며 마음속으로 뇌어 보던 것이었다.

"조금만 기다려라. 너를 데려갈 날이 머지않을 거야. 너를 반겨줄 새 어미가 있게 될 거야."

그놈은 아내 정림의 얼굴을 빼다 박은 듯 닮아 있었다. 그놈을 보는 동안 아내 생각을 지울 길이 없었던 것이다. 그러자 순영의 일이 가슴을 뭉클하게 했었다. 순간 가슴이 달아왔다.

'그녀는 뭐 말 못할 사정이 있는 걸까?'

이튿날 오후 약속한 다방에 순영은 나타나지 않았다. 한 시간 남짓 그녀를 기다리다 못해 우도는 함박눈이 내리고 있는 거리로 나갔다. 가슴에 조여드는 궁금증으로 그녀 집엘 찾아가고 싶은 걸 가까스로 눌렀다.

공연히 거리를 헤매다보니 불현듯 보험회사에 나가는 친구 천수의 생각이 났다. 그는 마침 집에 있었다.

"자네, 웬일인가? 갑자기 우리집엘 찾아오구……."

"글쎄, 휴일인데 어딜 갈 데도 없고 해서……." 우도는 그의 방안에 들어서면서 말했다.

"나도 모처럼의 휴일인데 이렇게 갇혀 있네." 천수는 씩 웃으며 그에게 방석을 내주었다. 그는 옷장과 그릇장 등으로 비좁아진 화려한 방안을 휘둘러보았다.

"아니, 자네 부인은 어딜 갔나?"

"응, 자기 아버지 생신날이라구 친정엘 갔네. 그래 아침부터 난 집을 봐주고 있는 걸세. 그래 적적하던 판에 잘 왔네. 어딜 잠깐 나가 술 한 잔 나눌까?" 그는 유쾌하게 웃고 나서 일어나 옷을 입기 시작했다.

이윽고 그들은 나란히 거리를 걷고 있었다.

"시골에 있는 자네 아들은 방학이 됐을 터인데 돌아왔나?" 그가 문득 물어왔다.

"글세 말야. 어제쯤 올 거라구 생각했는데 웬일인지 오질 않는군."

"좀 놀다 오려나부지?"

"아냐, 게서 놀 그놈이 아닌걸. 무슨 까닭이 있나부지." 크리스마스 트리로 장식한 바에 이르러 난롯가에 자리를 잡고 그들은 술을 마셨다. 얼어붙은 몸을 녹여내는 술기운에 차츰 훈훈한 기분이 되어갔다.

"자네 송순영이란 여인허구 요즘도 만나나?" 입에 가져가려던 술잔을 멈추고 천수가 물었다.

"아니 별루……." 적이 당황하면서도 굳은 목소리로 말했다. 천수는 술을 마시고 나자 의미 있는 눈길로 싱긋 웃어 보였다.

"그 여인 접촉해 보니 어떻던가?"

"어떻다니?" 우도는 낯을 붉히며 그의 얼굴을 의심쩍게 바라보았다.

"아마 실망했을 거야. 나도 사실 자세히는 그 여자 신상을 몰랐었는데……."

"무얼 말인가?"

"어차피 자넨 그 여인을 진정 사랑헐 위인도 아니구 또 그럴만한 자격의 여인도 아니니깐 꼭 알아야 헐 필요는 없을 걸세."

"허지만 알아두는 것쯤 좋잖은가?" 마음의 혼란을 누르며 넌지시 물었다.

"그래? 아니, 자네 그 여인 사랑허구 있나?"

"어쨌든 말야." 우도는 찔린 듯 낯을 붉히며 말했다.

"아무튼 친구로서 충고허는 거지만 그 여인허군 다시 만나지 말게나. 애초에 자네에게 소개해준 내가 잘못이었네." 강경한 말투로 말했으므로 우도는 내심 크게 놀랐다.

"왜 그런가?" 천수는 잠자코 담배를 피워 물었다. 화나도록 오래 연기를 빨았다. 그리고 서서히 입을 열었다.

"그 여인은 과부가 아니더군. 그렇다구 유부녀라구 말헐 처지도 못되고……."

"무슨 얘긴가? 도대체." 마음에 격렬한 반발을 의식하며 따지듯 물었다. 순간 뜻밖의 반응에 어리둥절하는 눈치로 그는 말했다.

"그 여인의 남편은 정신병 환자로 십여 년 감금되어 사는 모양야."

"뭐? 그래?" 우도는 노골적인 경악을 드러내며 되물었다.

"아니, 자네 왜 그리 놀라나? 그간 놀랄만헌 사이가 돼 버렸나? 나도 최근에야 알았지."

"누가 그러던가?"

"소식통꺼지 밝혀낼 필요는 없어. 그것만은 확실허니까."

"그렇다면 그의 남편은?" 수렁 속에 잠기는 듯한 기분으로 물었다.

"그의 남편은 이을민(李乙民)이라구 서울대학을 졸업한 수재였다네. 법과를 나온……."

"그런데?"

"그리구 집안 살림도 무척 윤택헌 편에 외아들이었으니까 나무랄 데 없는 호강한 환경이었다네."

"……."

"그리구 그 부인 송순영도 교양 있구 또 미인이었으니까 행복헐 결혼이었을 걸로 믿어야 할 처지였는데……."

"어떻단 말인가?"

"고게 아니었던 모양야. 결혼헌 지 얼마 안 돼서 그 남편이 별안간 정신 이상이 돼버렸단 걸세."

"아니……, 왜?" 우도는 뜻밖에 충격을 받은 듯 낯빛이 핼쑥해졌다. 천수는 빙그레 웃었다. 마치 심각해진 그의 표정을 눙쳐보려는 듯.

"그게 알 수 없다는 거야. 작자, 신혼 생활이 너무 황홀했던지 또는 무슨 비극적인 불화가 싹텄는지."

"그럴 리가 있나?" 그의 허둥대는 말씨에 슬며시 반발하며 말했다.

"자네 왜 그렇게 심각하게 대드나?" 우도는 그의 날카로운 힐문에 실쭉해져서 말을 못하고 있느라니까

"아무튼 그런 불행이 있어, 그의 아버지는 화병으로 죽어버리고 그 집은 그대루 쑥밭이 돼버린 모양야." 하고 말했다.

"그럴 수가 있나?"

"허니깐 비극이지. 헌데 사람들의 말로는 그 후 그 여자가 쫓겨나지 않은 게 이상허다는 거야."

"아니, 그 여잔 무슨 죄가 있어?"

"그건 나도 모르지. 무슨 까닭모를 곡절이 숨어있는 모양이지만 난 그 이상 캐어내진 못했으니까……."

천수는 술잔을 들었다. 우도는 절망을 느끼며 시무룩한 얼굴로 물었다.

"혹시 그 여자에게 공개할 수 없는 추잡한 과거라도 있었을까?"

"그럼 진즉 쫓겨났겠지……."

"그렇잖음 말 못할 신체적 결함이라도?"

"글쎄 모를 일이야." 우도는 입을 다물었다. 전축에서는 징글벨의 캐럴이 두 번째 들려오고 있었다. 문득 홀 안의 눈부신 불빛과 달리 창밖의 어두움을 발견하고 나서야 그는 몸을 일으켰다.

"자아, 가세."

"응, 더 마시지 않겠나?" 대꾸 대신 자리를 떠나 입구 쪽을 향해 걸었다. 거리에 나서자 으스스한 바람을 목덜미에 느끼고 외투 깃을 세웠다. 뒤미처 천수가 털털거리며 곁에 다가왔다.

"그건 정말 뜻밖의 비극인데……." 우도는 중얼거리며 그를 돌아보았다. 어둠 속에서 그가 알쏭달쏭한 야릇한 웃음을 지어 보였다.

우도는 터벌터벌 하숙집에 돌아갔다. 대문을 열고 들어서자 주인 노파가 달려와 말했다.

"아까 나가신 뒤에 편지가 왔었어요." 그는 편지를 받아들고 얼른 뒤를 훑어보았다. 시골의 형에게서 온 편지였다. 봉투를 뜯고 속의 것을 꺼내었다.

'그동안 어떻게 지냈나? 여긴 모두 무사하고 훈도 별탈은 없네마는 요즘 떠도는 유행성 감기로 되게 앓고 있다네. 학교도 그 동안 일주일쯤 빠졌지마는 아는 병이라서 동생에게 걱정을 줄까봐 알리지 않았네.

그러나 이제 방학도 되고 그놈이 몹시 애비를 보고 싶어 하는 눈치라 병중에 떼어 보낼 수도 없고 허니 딱하네. 그러니 직무에 곤란하겠지만 일차 다녀갔으면 좋겠네. 그리고 참 동생과 긴히 상의할 일이 생긴 것은 다름 아니라 이곳 성씨(成氏)의 집 연척에 당혼감 규수가 있어. 한 번 상의해 봤으면 하겠네.

동생도 객지에서 독신 생활을 더 할 수도 없는 처지고 낸들 훈을 데리고 있는 게 싫어서가 아니라 그놈의 장래를 생각해서라도 탈상을 하곤 무슨 결단을 해야 할 것으로 아네. 아무튼 만나 주었으면 좋겠네. 그럼 다녀가기를 기다리며…… 형, 민도.'

우도는 편지를 집어 다시 봉투에 넣고는 방으로 들어갔다. 편지를 책상 서랍에 아무렇게나 쑤셔 넣고는 벌렁 뒤로 쓰러졌다. 아내가 쓰던 가구 일체를 싣고 훈과 함께 트럭을 타고 고향 형의 집에 당도했을 때의 일이 퍼뜩 떠올랐다. 인사도 제대로 받지 않고 짐을 나르는 일꾼을 망연히 바라보고 섰던 형이 별안간 우도를 힐끔 바라보더니 울음을 터뜨렸던 것이다. 서슬에 형수도 느껴 울었다.

우도는 불현듯 눈이 힝해와 얼굴을 돌려버렸다. 그러자 훈이 그런 광경에 느낀 듯 도리질을 치며 울었다.

사흘 만에 우도가 고독한 몸으로 마을을 떠날 때 형은 아무 말이 없이 훈을 데리고 그의 곁을 지나갔던 것이다. 그 바람에 우도는 새삼 가슴이 뭉클해가지고 훈을 돌아볼 용기를 잃고 마을을 도망치듯 떠나왔었다.

그 후 그가 조그마한 토목관서(土木管署)에 자리를 얻어 첫 월급을 타서 마을을 찾아갔을 때였다. 가족들이 모두 반기는 가운데 유독 형만은 우울한 표정으로 그를 맞이했었다. 가족들이 선물을 받고 기뻐하는 꼴을 물끄러미 바라만 보고 있던 형은 이윽고 그를 데리고 머릿방에 들어갔다.

어색하게 자리를 잡고나자 입을 열었다.

"취직을 했다니 다행한 일이구나. 그 동안 고생 많이 했는데……."

"면목이 없습니다."

"그리고 이건 조금도 책망이 아니라, 이제 취직도 했으니 말이지, 정신 차려서 앞으론 그런 불행이 없도록 해야 헐 거라."

"알고 있습니다." 우도는 가슴이 찔려 낯이 벌겋게 달아지고 있으려니까 형이 파랑새 담배를 꺼내었다.

"이거 담배가 나쁘지만 한 대 피워보아라."

"아니, 여기 있습니다." 무심코 우도는 말하고 포켓 안에 있는 아리랑 담배를 꺼내려다가는 찔린 듯 손을 멈추었다. 그리고는 당황히 파랑새 갑을 집어 들었다.

우도는 하숙집을 나섰다. 당장 고향으로 떠나야겠다고 생각하면서도 그는 오랫동안 거리를 방황하고 있었다. 송순영의 심상찮은 일이며 아들 훈의 소식이 그의 가슴속을 짓이겨 놓고 있었다.

뭔가 결단해야 되겠다는 자각으로 난생 처음으로 혼자서 대폿집에 들어가 술 두어 잔으로 깔아진 심정을 돋구어냈다. 그리고는 비로소 절박한 고비에서 한 모험에 닥뜨린 것 같은 긴장감으로 순영의 집을 찾아갔다.

대문을 두드리자 뜻밖에 크게 울리는 판자 소리가 그를 흠칠 놀라게 했다. 한참 만에 신발 끄는 소리가 안으로부터 들려오더니 삐걱 문이 열렸다. 머리칼이 부수수한 노파가 나타났다.

"누구 찾으시오?" 물어뜯는 것 같은 소리였다.

"이 댁이 이을민 씨 댁이죠?"

"이을민?" 그녀는 중얼거리며 금시 뭣에 홀린 듯한 얼굴로 그를 바라본다. 그는 무르춤했으나 가까스로 꾸며 말했다.

"그 사람허구 중학 동창입니다."

"뭐? 그 애는 없소, 없어." 마치 실성한 사람처럼 몸을 흔들더니 눈길을 돌려버렸다.

"그럼, 부인이라도 잠깐 뵈었으면……." 하고 마음속에 신산한 웃음을 지으며 말했다.

"뭐 부인? 그 애는 병원에 있소."

"아니, 부인께서 어디 편찮으신가요?" 그러자 노파는 사납게 고개를 젓혔다.

"가서 물어보구려. 물어봐. 간질인지 개지랄인지 그게 무슨 지랄병인지 제 남편 잡아 먹구 그랬는지 물어보구려." 마치 먹이 앞의 짐승처럼 으르렁거리며 말했다. 우도는 움찔했다.

"아니, 그럼……."

"어제 저녁때 나가더니 빙판에서 그 지랄병이 나서 자빠졌는데 깨져 죽지 않은 것만도 다행이지……."

내뱉듯 말하고 노파는 부릅뜬 눈길로 쏘아보더니 소스라친 듯 어깨를 으쓱해 보이곤 당황히 문 안으로 사라졌다. 대문이 삐꺽하고 닫혔다. 그것은 삽시간의 일이어서 정신을 차려 대문을 밀어보았으나 빗장을 넣어 꿈쩍을 안했다. 우도는 얻어맞은 기분으로 비칠거리며 거기를 떠났다.

네거리에 이르자 성당의 첨탑이 보이고 크리스마스 캐럴이 들려오고 있었다. 그는 못 박힌 듯 서버렸다.

'과연 그랬구나. 그럼 어제 나와 약속한 시간에 나오다가 그런 흉변을……'

심연 같은 어두움 속의 시간을 의식이 먹물처럼 흘러갔다. 그 속에서 아내 정림의 핼쑥한 얼굴이 떠올랐다.

'이젠 어떡허죠?' 삶이 단절되기 전의 그녀의 애처로운 호소. 그 앞에서 오직 비참했던 자기.

그 뒤를 이어 다시 순영의 애수어린 얼굴이 떠올랐다.

'그녀가 징말 간질 환자였던가?'

그것은 기구한 비극의 연쇄였다. 그녀에 실망하여 발광한 남편, 그리고 그 뒤를 이어 실신해 죽은 아버지, 그리곤 두려운 감시 속에 살아온 그녀…… 그것은 지옥이었다.

우도는 생각하며 걸음을 떼었다. 눈을 감았다. 모든 비극과 외면하려는 듯.

그러자 망막에 아들 훈이 떠올랐다.

우도는 눈을 치떴다. 부드러운 눈발이 하나둘 내리기 시작했다. 그것은 불빛에 마치 작은 꽃이파리와도 같았다.

우도는 웃음을 지었다. 그리고 중얼거렸다.

'내일은 공가를 얻어 우리 훈을 만나러 가자.'

출분 이후 出奔以後

거리에 나서자 성미(聖美)는 별안간 선뜩한 기분으로 뒤를 돌아보았다.

대문 앞 층계에 걸터앉았던 동생 석(錫)의 무언지 적의를 품은 눈길과 부딪치곤 마음이 실쭉했다.

할끔하여 얼른 곁에 선 광수에게 시선을 옮겼다. 그도 멈칫하더니 고개를 돌린다.

'지독한 감정의 배설이지.'

그녀는 가슴이 화끈 달아오르면서 침을 삼켰다. 광수는 곁에서 천천히 담배를 피워 물었다. 한 모금 쭉 빨아 연기를 뿜어내며 석을 유유히 바라본다. 그의 입 가장리가 약간 일그러진 순간 석은 비죽비죽 웃기 시작했다. 얼핏 광수의 낯빛이 붉어졌으나 쓸쓸한 미소로 번져갔다. 관대하기에 벅찬 순간이었다. 그는 한 팔을 반쯤 들어보였다. 무척 어설픈 몸짓이었다.

"허 선생님, 어서 가요." 그대는 모욕감으로 이마빡이 저려 와서 말했다. 그는 아무 말 없이 걸어갔다. 네거리에 이르렀다. 어스름한 밤거리에 가등이 눈부셨다.

"허 선생님, 불쾌히 생각허실 건 없어요." 그녀는 비로소 입을 열었다.

"불쾌헐 건 없지만 좀 맹랑한 기분이구먼요." 그녀의 귓바퀴에 말소리가 찢겨 나갔다.

"허 선생님은 그런 동생을…… 아니 우리 가족들이 싫으시죠?"

"싫을 것도 없지요. 무얼 기대허는 게 아니고 보면…… 그런데 신경을 쓰는 게 우습지 않아요?"

"그럼, 무관심허시다는 말씀이세요?" 하고 그녀는 찔린 듯 물었다.

"헤프게 인정을 베푸는 것도 유쾌한 일은 아니니까요." 그의 말꼬리가 시들했으나 그녀는 울화가 치밀어왔다.

"그럼, 모욕을 주자는 동생한테 손을 들어 보이는 건 무어예요?"

하고 일껏 토라진 말투로 물었으나 제풀에 울음이 터질 것 같았다.

"흥! 손 아니라 박수라도 쳐주지!" 하고 말하는 그의 얼굴은 매섭게 굳혀져 있었다. 그들은 한참 동안 걸어갔다. 두 번째 네거리에 이르자 그녀는 참을 수 없는 허우룩한 감정을 느끼며 우뚝 섰다.

"선생님, 그럼 내일은 떠나시겠군요. 여기서 헤어질까요?"

"가봐야겠어. 그럼 이 다음엔 언제 만날까?"

"약속헐 수는 없잖아요? 안녕히 가세요." 그녀는 코언저리가 시큰해지며 뒤돌아섰다.

"할 수 없지. 그럼 편지나 곧 해줄 테요?" 그가 적이 뜨악한 눈초리로 돌아서서 물었다.

"생각나면 편지 헐게요." 그녀는 찌무룩해가지고 대답했으나 울컥 설움이 느껴왔다.

'다시는 오랫동안 만날 수 없구나.' 그녀는 입속으로 중얼거렸다.

석은 석장 째 노트를 찢었다. 이상하게 그려놓는 여인의 얼굴에다 연필 끝으로 구멍자국을 내놓았다. 그리고는 방바닥에 내던졌다.

이내 부락스러운 표정으로 얼굴을 들었다. 국민학교 오 년 생인 그의 매몰스럽고 되바라진 성격에 그녀는 화가 났었다.

"누나! 우리 어머니보고 어머니라구 부르는 애가 있다는 걸 생각해 봤어? 기분이 나빠서 정말이지 내가 크면 복수를 허고 말테다." 어글어글한 눈빛으로 말했다.

"그런 일로 노트를 석 장이나 버려놓았니?" 눈살이 빳빳해가지고 욱박았다.

"흥! 석 장 아니라 백 장이라도 찢어버리고 싶은걸. 너희 누나들은 말을 못 허지? 그렇지만 난 아버지처럼 불쌍헌 사람은 안 될 테다. 어머니가 나쁘다면 난 진즉 어떻게라도 했을 거야. 나쁜 건 죽어야 돼."

성미는 마음이 섬직했다. 그를 어떻게 윽박질러줘야 할지 마음이 뒤설레었다. 석은 이런 기세를 눈치 채고 있는 것 같았다. 마침내 초조하고 당황한 나머지 낯을 찌푸리자 그의 눈초리는 좀 더 끈덕지게 달겨왔다.

"어린 나이에 말버릇이 그렇니?"

"나쁜 건 없애야 돼. 누나는 왜 자꾸 내 말이라문 물어뜯고 야단이니? 난 아버지를 위해선 정말 뭐든지 할란다. 뭐든지." 그러나 말꼬리에 풀이 죽어갔다.

이윽고 방바닥의 한 귀퉁이에 던져진 그의 시선이 못 박힌 채 꼼짝을 안했다.

"밤이 깊었는데 보미(賓美)란 년은 어디를 까질러다니구 있을까?" 문득 중얼거렸으나 그녀는 곧 뉘우쳤다.

"고 누나도 없어져야 돼. 건 정말 우리집이 싫어서 그렇다니깐." 그녀는 짐짓 동정자인 체하고 고발하는 그의 말이 전혀 틀린 것을 알고 있다. 누구든 고발할 자는 없다.

이때 대문 쪽에서 삐걱 소리가 났다. 그녀는 얼른 일어나서 방문을 열었다. 찬바람에 이마빡이 시렸다.

아버지의 꾸부러진 상반신이 어둠 속에서 비실비실 나타났다.

"여직들 앉았구나. 원 오늘은 술 좀 먹었지." 방안에 들자 오바를 벗으며 배시시 웃었다. 입김이 서린 입 언저리에서 노린 술 냄새가 풍겨왔다.

"저녁을 잡수시야죠?" 성미는 어정쩡해지는 마음을 다스리며 물었다.

"그만두어라. 술을 먹었더니 밥 생각이 없다. 원 오늘일랑 술을 하고픈 생각이 아니었는데 지독헌 친구를 만났지. ……영 거절하기가 어려운 처지여서." 그녀의 눈길에 부딪치자 잠깐 어리둥절하곤 말끝을 홈쳤다.

아랫목 벽에 비스듬히 기대고 앉았다. 석을 흘끔 바라본다. 술에 익은 낯빛에 차츰 어둡고 답답한 기색이 그늘지어 갔다. 그래서 그 얼굴은 좀 더 사납고 앙돌아진 표정으로 굳어져 갔다.

"성미야, 오늘은 날 찾아온 사람 없었니?"

"없었어요." 그것은 날마다 입버릇처럼 묻던 말이었다. 이내 아버지는 열적은 눈치였다.

"네게 편물기를 어서 사줘야겠는데…… 그놈의 회사가 설립 초라 아직 봉급이 나오질 않아서 그렇구나. 허지만 뭐냐, 정부 융자만 받게 되어 정식 조업만 허게 된다면 그까짓 편물기가 문제는 아닐 것인데……."

하고 적이 그녀의 동정을 구하는 눈치였으나 그녀의 표정이 뜻밖에 냉랭하자 눈빛이 자못 불안스럽게 변해갔다.

"보미는 또 밤마실을 나갔냐?" 그의 목소리가 별안간 까칫했다.

"고 망헌 계집애가…… 글쎄 밤마다 까질러다니구 있어도 내버려 두느냐? 어서 밖에 나가 찾아오너라."

성미는 얼떨떨해가지고 밖으로 나왔다. 공연히 마음이 서글퍼졌다.

"고등학교나 다니는 년이 집구석에 처박혀 있지를 못허구. 원, 학교는 고만 둘 작정인가보지?"

정처가 없었다. 찬바람이 목구비께로 으스스 기어들었다.

어두운 골목길을 사람들이 웅성거리며 지나갔다.

"우라질 놈들! 밤새 싸대도 먹어주질 않어!" 감주 장수가 투덜거리며 곁을 스쳐갔다. 큰길 어구에 이르자 저쪽에서 떠들썩하게 지껄이는 말소리가 이리로 가까이 왔다. 유난히 웃음소리가 높았다.

보미의 웃음소리라고 생각하자 그녀는 가슴이 철렁했다. 보미가 애육원(愛育園)에 있는 거지 애들과 놀다가 오는 것이 분명했다. 그것은 생각만 해도 기분이 잡쳤다. 올망졸망한 서넛 아이를 데리고 후리후리하게 큰 보미가 키들거리며 다가왔다. 그녀는 담 밑으로 몸을 숨겼다.

"말쑥한 신사였어. 그리고 그 애인은 양갈보인가베. 아주 멋쟁이였지. 그래서 나는 자식 딱 한 번 골려주고 싶어서 진흙을 쥐곤 자식 궁뎅이에다 처발라주고 막 줏자를 놨지 뭐야? 하하하."

"그래 어찌 됐니?" 보미의 물음이었다.

"자식 그래도 애인 옆이니깐 날 물지는 않더라니깐. 시시해. 점잔을 빼는 게 아닌가베? 히히히."

그들이 눈앞에 다가서자 성미는 화가 나서 뛰어 나갔다.

"넌 어딜 갔다 오는 게냐?"

"언니는 웬일이냐?" 놀란듯 그러나 짐짓 거드름을 피우며 말했다.

"넌 학교를 안 다니구 이러고 까질러만 다니면 되는 줄 아니?" 하고 성미는 암팡스럽게 대들었다.

"학교? 흥! 누가 학교를 다니라구 헐 권리를 가졌대."

"너는 수업료 밀린 것 가지고 핑계를 대지만 건 허 선생이 직접 나가서 치러주지 않았어?" 그러자 보미가 어둠 속에서 거친 숨소리로 대들었다.

"그분의 공적을 치하해줬으면 좋겠지? 허지만 분명히 말허지만 그건 흥미가 없는 일이라구 해."

"넌 그분의 성의를 모욕헐 셈이구나?" 놀라면서 성미는 앙칼스럽게 말했다.

"조금도 영광스럽지 않은 동정이니 말이야!" 이를 바득 갈며 내뱉듯 대답했다.

"넌 참 어처구니없는 오해를 하는구나!"

"뭐든 괜찮아. 다만 언니는 나를 위해 그분이 봉사를 해준 걸로 만족허면 되잖아? 난 나쁜 사람이지만 자존심이…… 그래서 누구의 값싼 감정의 부채라도 입고 싶지는 않단 말이야." 그녀의 말이 너무 오만했기 때문에 성미는 가슴이 으깨어질 것 같았다.

"그럼, 이런 애들을 데리고 우쭐거리고 다니는 너는 뭐야? 값싼 동정에서 나온 자기 기만 아니니?"

질투와도 같은 맹렬한 감정에 눈앞이 흐려진 채 말했다. 눈언저리가 얼얼해지더니 눈물이 핑 돌았다.

"나를 욕 헐 셈이야? 건 어쩌자구 허는 말이야? 왜 나를 물어뜯고 야단이니?" 보미는 끝내 울음소리를 터뜨리며 말했다. 아이들이 우르르 그녀에게 몰려들었다.

"어서 그만 가아 누나, 응?" 성미는 그 소리에 고개를 돌렸다. 을씨년스럽게 주위를 살펴보았다.

보미는 그녀 곁을 일부러 새룽거리며 지나갔다. 그러자 그녀는 새삼스레 누를 수 없는 모욕을 느끼고 불쾌한 기억이 떠올랐다. 어머니가 집을 나간 며칠 뒤의 일이었다. 밤늦게 술에 곤죽이 된 아버지를 광수가 부축하고 왔었다.

"허군, 허군, 이게 어디야? 그래 이놈, 내가 화가로서 뭐가 어쨌단 말인가? 내 처가 나를 박차고 나갔다. 그래서 그래서 네가 무어가 불만이란 말인가? 헌데, 처가 정말 어찌 되었는가? 자네가 모른단 말인가? 아니 허군, 허군! 말해라. 말해 봐라, 아! 퉈퉈……."

혀 꼬부라진 소리로 뇌까리며 아버지가 마루 위에 쓰러졌다. 성미가 어쩔 줄을 모르고 서성대며 광수에게 고마워했을 때 곁에 섰던 보미의 표정이란 무관심이 지나쳐 노골적인 조소를 지어냈다. 특히 그런 도전적인 그녀의 행동이 광수 때문이었다고 후에 깨달았을 때 성미는 등골이 오싹해졌다.

"흥! 자그마한 선행이 좋은 계기가 되어 줄 거야!" 이것은 그 후 성미가 광수를 가까이 사귀게 되었을 때 보미가 야유하던 말이었다.

달포가 지났다. 눈이 펄펄 내리고 있는 아침에 편지 한 장이 왔다. 군대에 가 있는 허광수한테서였다.

—나는 지독한 병을 얻고야 말았소. 만성신장염이라는 병이라고 하오. 이제부터는 살아가기가 꽤 까다로와진 것 같으오. 겁이 나오. 지금 무척 음울한 기분으로 지내고 있소. 곧 병가를 얻어서 내려가게 될 것이오. 만날 날이 기다려지오.

성미는 무시로 가슴이 얼어붙는 것을 느끼며 오랫동안 멍하니 앉아 있었다. 그녀가 광수를 알게 된 것은 육이오 전 중학교 졸업 무렵이었다. 아버지가 경영하는 미술 연구소엔 젊은 연구생들이 숱하게 드나들었다. 그들은 녹지파(綠芝派)니 푸른 낭만시절이니 하여 제각기 즐겁고 자유스러운 패들이었다. 그중에 허광수가 끼어들었다. 그는 일견 그로테스크한 화풍과 이단적인 인상으로 한풀이 되지 못했다.

성격이 무뚝뚝한데다 별나게 오만한 인상을 주어 모두들 은근히 두려워했다. '마치 뭍에다 바다에서 해구(海狗)를 잡아다 놓은 것 같군.' 아버지는 이렇게 그를 말하고 웃었으나 그를 아끼고 있었다. 그는 겨울이면 후줄그레한 홈스판 윗도리를 걸치고 불기 없는 넓은 아틀리에에서 혼자 우두커니 앉아 있곤 했다. 제작 시간보다 앉아 있는 시간이 더 많았다.

거의 웃는 일이란 없었으므로 사람들은 그를 위험하게 느끼고 있었다. 그럴 것이 그가 가난한 독신이라는 것 외에 알려진 것이란 없었다.

성미의 부모는 차츰 그에게 깊은 동정이 쏠리기 시작했다. 이따금 어머니는 그가 동정을 싫어하는 그 편벽스런 태도에 은근히 마음을 앓았었다. 그리고 여자의 호기심으로 거의 무분별한 광적인 열정을 표현하고자 하는 경우처럼…… 이따금 아버지는 어머니의 이해하기 어려운 태도에 어리둥절해지기도 했었다.

그러자 육이오 사변이 일어났다. 연구소의 젊은이들은 뿔뿔이 흩어졌다. 무서운 포화 속에 모든 것은 아찔한 순간에 달라져 갔다. 성미도 물론 아버지를 따라 시골로 피난을 떠났다.

어머니만 집에 그대로 눌러있게 되었었다. 겁이 많았던 어머니가 가재를 위하여 남아 있게 된 것은 무서운 사실이었다. 그러자 예기치 않은 불행이 몰아닥쳤다. 연구소가 폭격을 당했다. 그러나 이보다 큰 불행의 씨는 허광수가 지독한 화상을 입고 그때 불속에서 뛰어나왔다는 이야기…… 잿더미 속의 실오리 같은 연기처럼 전해진 이야기가 아버지를 놀라게 한 것이었다.

속이 부다듯하여 캐어묻는 아버지 앞에 화가 잔뜩 치민 목소리로

"허광수 씨 아니면 난 그때 영락없이 타죽었을 거예요. 도대체 그 일에 신경을 쓸 게 뭐예요." 하고 부르르 떨던 어머니였다. 그리고 그때 아버지는 얼마나 초췌하고 비굴해진 모습이었던가?

아무튼 이로부터 둘 사이는 미묘한 감정으로 엇갈리기 시작했다. 허광수가 바람처럼 종적을 감춘 것은 이때였다. 성미네는 나날이 살기가 어려워갔다.

아버지는 직업을 얻을 수가 없었다. 성미가 여학교에 들어가 졸업하기 전 어머니는 참을 수 없다는 듯 거리로 나가더니 일 년 남짓 쏘다니던 끝에 기어이 색다른 사단을 내고 말았다. 계의 실패로 채귀(債鬼)가 몰아닥쳤다. 그러더니 외출이 잦은 끝에 어느 날 밤 집을 뛰쳐나가고 말았다. 정부(情夫)를 따라갔다는 이야기였지만 누구든 얼떨떨하기만 했다.

그런데 이 무렵에 뜻밖에 허광수가 바람처럼 나타났던 일이다.

"허군! 자네는 내 처가 어디를 갔는지 아는가? 아, 오해해서는 안 되이. 난 정말 자네가 혹시…… 원, 내가 미쳤지 않으면 자네를 그토록 저주하지는 않았을 텐데……." 광수는 그때도 말이 없었다. 아버지는 또 얼마나 초라하고 비굴한 모습이었던가! 다만 곁에서 눈물어린 눈으로 바라보던 성미가 광수의 뜨거운 눈길을 느끼고 얼마나 놀랐는지 모른다. 그 후로 광수는 쓸쓸한 모습으로 이따금 나타났었다.

"아, 자네 혼자만 남았으이. 그 많은 우리 연구생들은 다시는 나타나지 않네그려." 술상을 놓고 이렇게 울음 섞인 넋두리를 늘어놓다가는 술이 취하게 되면

"자네는 그래도 나를 이 고장 화단의 늙은 파수병이라고 말하겠지? 흥! 기성이니 대가니 허고, 말하는 무리들이 나를 까놓고 욕 허니 말이네. 이제는 예술이랍시고 눌러 붙을 기운도 없네그려. 아, 이것 말이지, 선전(鮮展)에 특선으로 든 작품이지만 이제는 팔아먹을 작정이지. 그저 삼사만 환 받었으면 싶네. 성미에게 편물기라도 사줬으면 말야……. 자 한 잔 더 하세. 멀쩡한 정신으로 있으면 원, 생활이 깡치만 남은 것 같아서 무서워지네."

아버지는 말없이 심각해지는 광수를 기어이 술로 곤드레가 되도록 만들고야 내보내곤 했

었다.

지금 생각하니 성미는 마음이 야릇했다. 그러나 그녀는 곧 전혀 딴소리로

"어머니 일로 광수 씨를 의심허는 건 얼마나 죄스러운 일이었을까?" 하고 마음이 어뜩해지는 느낌으로 부엌에 들어갔다. 그러자 마루에 앉았던 석이 불쑥 부엌 안으로 따라 들어왔다.

"보미 누나는 어디 갔어?"

"낸들 아디?" 퉁명스럽게 말하고 아궁이에 불을 지피고 있는데 석이 곁에 와 앉았다.

"내가 불을 때 줄게." 그녀는 물려주고 찬장으로 향했다.

"누나! 편지 허 선생한테서 온 거지?" 석이 갑자기 성크름해가지고 묻는다. 흘끔 바라보니 불빛에 낯이 빨개져가지고 아궁이 속을 노려보고 있었다.

"왜 그런 걸 묻니?" 께름한 생각으로 말했다.

"허 선생은 나를 미워할게야. 그렇지만 내 맘속은 정말은 그렇잖아. 그런데두 만나기만 허면 뭐라구 말할 염치가 없거든. 그것도 우리집을 망치고 나간 어머니 때문에 내 성질이 나빠져서 그럴 거야." 성미는 공연히 가슴이 울렁거렸다.

"너는 밤낮 그런 얘기로구나. 제발 약속을 했으면 좋겠다." 히스테릭해가지고 말했다. 석은 실쭉해서 고개를 돌렸다. 실망 때문에 그의 얼굴이 삐뚤어져 보였다. 그리곤 오랫동안 불길 속에 이글이글한 눈길을 쏟으며 그는 말이 없었다.

"누나! 오늘 글짓기 시간에 우리 반 어떤 아이는 제 어머니가 보고 싶다고 썼어. 그 애는 참…… 나는 죽어도 안 쓰겠다." 이윽고 살며시 성미 쪽을 바라보았다.

"……." 그녀는 마음이 꽉 막혔다. 답답하게 침묵이 흘러갔다.

"흥! 누나는 말이 없구나! 내가 얘기하는 건 다 듣기 싫지?" 별안간 악을 썼다. 그리고 힝하니 부엌을 나가 버렸다.

"석아!" 부르며 고개를 돌렸으나 그는 벌써 대문 밖으로 나가고 없었다.

광수는 사흘 뒤에 돌아왔다. 날이 어둑어둑하자 둘은 중국집에 들어갔다. 술잔이 몇 차례 입술에 오르내리는 동안 그의 낯빛이 검붉어지고 말았다.

허수한 체구에 째어 보이는 군복 가슴께는 누런 배지가 불빛에 반사해왔다. 성미는 차츰 흐릿한 자극적인 기분으로 그를 바라보았다. 만성 고질이 된 몸으로 또막하게 말미를 얻어가는 그의 모습이 망막에 불길한 환생으로 떠올랐다. 그것은 도무지 두려운 감정이어서 그녀는 안간힘을 쓰곤 괜히 술을 마셔 본 것이었다.

"술을 마시는군?" 그는 대견한 웃음을 피우며 그녀를 바라보았다. 그녀는 두 잔째 술을 훅 들이마시곤 입술을 씹었다. 이윽고 낯선 방안의 분위기 속에서 달착한 고기안주로 포만된

노리께한 식욕으로 황홀하게 술잔을 매만져 보는 순간 불안한 흥분도 가셨다.

마음이 흐뭇했다. 광수는 술잔을 손으로 매만지며 이야기를 꺼냈다.

"우리 이웃에 사는 친구 하나 있었는데 턱밑에 혹이 났었어. 상처헌 데다 재취를 헌 부인 허군 입 뜻이 안 맞았지요. 자식을 구박을 허니 견딜 수 없는 노릇이지. 아무튼 그 친구는 그게 비극이었어요. 하루는 또 대판 싸움을 허군 홧김에 집을 뛰쳐나왔거든. 그리곤 술에 취했지. 어떤 경우에 고통을 향락헌다는 일이 있잖아요?" 그는 빈 접시를 보자 손뼉을 쳐서 잡채 안주를 청하곤 그 사이를 못 참아서 담배를 꺼내 물었다.

"그럼 나도 고통을 향락허는 셈?" 하고 성미가 눈웃음을 치며 물었다. 가슴의 숨찬 고동에 압도되며…….

"이해헐 수 없는 이야길까?" 하고 묻는 그의 눈이 게슴츠레하게 빛났다. 그녀는 가슴이 뭉클했다.

"난 지금 기뻐요." 했으나 어딘지 마음속에서 버스러져 나갔다.

"그 친구는 거리를 마구 쏘다녔어요. 심한 고민을 느끼군……. 그러더니 문득 병원엘 찾아갔단 얘기예요. 의사에게 혹을 떼달라고 막무가내였단 말요. 결국 수술을 했지만 녀석은 수술대 위에서 빳빳하게 죽어버렸어." 그는 시니컬한 웃음을 피우곤 갑자기 끝을 맺었다.

"아니, 죽어버렸다구요?" 말끝의 참혹한 뒤울림에 어정쩡해지며 물었다.

"결핵성 임파선암이었는걸 의사가 서툴렀어. 허지만 문제는 그 친구가 죽고 싶었다는 거지."

그의 격한 관심이 그의 인상을 거의 비뚤어지게 만들어 놓았다.

무거운 침묵이 왔다. 제법 떠들썩했던 주위가 고요해졌다. 그는 마지막 잔을 들더니 음울한 표정으로 낯을 들었다.

"이것 참 미안해요. 난 성미 씨허군 달리 헐 얘기가 있었던 것 같았지만…… 너무 지저분한 얘기가 나왔군요. 의사가 날보구 술 담배를 끊으라 해서 그대로 금주만은 해왔지만 오늘 밤일랑 의지가 죽어버리는군요. 것도 이놈의 탓이지요." 엄지손가락으로 아랫배를 가리키며 짓궂게 웃었다. 그녀는 그 뜻을 알고 있었다.

그는 이따금 오줌 속에 피를 쏟고 있었다. 그리곤 일쑤 신산하게 그 고혈을 참아내곤 했지만 그 때마다 핼쑥한 얼굴에서 풍겨주는 애수적인 일면에 그녀는 야릇하게 끌려가고 있었다.

"……." 궁극스러운 생각에 가슴이 막힌 채 그녀는 입을 열지 못하고 있었다.

"성미 씨……." 그녀도 무언지 두려운 생각에 가슴이 찌르르 했다.

"성미 씨!" 그는 와락 그녀 앞에 달려들었다. 팔이 그의 몸을 휘감았다. 뜨거운 입김이 그녀의 입술을 더듬었다. 짜릿한 느낌이 온몸을 휩쌌다. 이윽고 젖가슴을 더듬는 그의 손길이 떨렸다. 그녀는 눈을 감았다.

모든 것을 앗아가는 순간의 허탈한 기분에 그녀는 눈물이 흘렀다. 그는 말 못할 일로 가슴을 아파하고 있음이 분명했다.

어머니를 생각했다. 그래서 매정스러워지는 기분으로 두 눈을 홉떴다. 그의 얼굴이 이상한 덩이로 얼씬거려왔다.

"허 선생님, 우리 어머니를 생각해 보신 일이 있으세요?"

순간 그가 성난 듯이 그녀를 떠다밀며 허리를 일으켰다.

"아니, 왜 그런 소리를 한단 말이야?" 그녀는 별안간 실성한 듯이 웃어댔다.

"바보지 뭐야? 흥! 허 선생이 정말 어머니를 사랑했다면 난 질투를 안했을 텐데." 그리곤 그녀는 퍽 쓰러져서 울음을 터뜨리고 말았다.

성미가 집에 돌아오자 달려든 것은 아버지였다. 술이 취해 있었다.

"보미가 기어이 나가버렸다." 그녀는 오버를 벗고 윗목에 몸을 돌리고 앉았다. 귀찮았다.

그녀는 아직도 가슴에 질풍이 휩쓸고 있었다.

"고년이 이걸 써놓고 나가 버렸다." 흰 종이쪽지를 성미 앞에 내밀었다. 난잡하게 내갈겨 쓴 누이의 글씨였다.

"계집애가 그런 지독한 말을 쓸 수 있다냐?" 두려움과 분노에 얼룩진 석의 얼굴이 그녀의 턱밑으로 기어들었다.

—구원할 수 없는 정신적 고아. 아버지 언니 동생! 도대체 모든 게 싫다. 그것들은 나를 괴롭게 속박하는 때문이다. 혼자 안주하고 싶은 나에겐 모두가 단지 이웃일 뿐, 나는 영원히 누구의 것도 아니다. 명예로운 가족의 일원이 못되는 비극이 이것이다. 아버지의 딸도 이제는 아니다. 우리를 떠난 우리 어머니가 우리 것이 아니듯이…… 그러니까 나는 웃으며 떠나겠다. 부질없이 꼬집고 헐고 살아 온 어제의 기억도 아름다운 추억으로 남기자. 그리고 모든 것에 안녕을 말해두자.

성미는 글을 읽는 동안 이마빡이 굳어졌다. 떨리는 손에서 종이가 떨어졌다.

"누나! 내가 가서 보미 누나를 붙잡아올 테야." 석이 그 부르튼 눈길로 말했다. 그녀는 대꾸가 없었다.

"고년이 어디 간 줄 알겠니?" 아버지가 물었다.

"틀림없이 애육원엘 갔을 거예요." 석이 말했으나 아버지는 순간 낯이 질리면서

"음! 그 거지 아이들의?" 하곤 중얼거리었다. 그것은 새삼스레 보미의 글 뜻이 그의 목에 가시처럼 걸린 것이 분명하다.

'그것들에 안녕을 말해두자.' 얼마나 아니꼽게 거만한 어투일까? 무거운 침묵이 졌다. 석

은 홧김에 책상모서리를 연필 끝으로 후벼대고 있었다. 아버지의 매서운 눈길이 벽 한쪽에 못 박힌 채 있었다. 그러더니

"고년이 또 집구석에 북대기를 치는구나. 원, 그렇게 애비를 모욕헐 수 있다니?"

안타까워서 동정을 구할 듯이 물었다. 그러나 그녀는 그런 아버지의 표정에 성이 났었다.

"내버려 둬요. 그대로 내맡겨 둬요." 이 말이 너무 앙칼스러웠다. 그래서 아버지는 무르춤했다.

"누나! 난 가만히 두지는 않을 테야. 우리 식구를 모욕허는 건 누나가 아니야." 석이 악을 쓰며 말했다.

성미는 갑자기 뒤통수가 틀어졌다.

"가만 두란 말이야. 넌 걸핏하면 누굴 가만 두지 않는다고 허지만 어쩔 셈이냐? 누군들 그 애를 어쩔 수 있다니? 흥! 네 맘껏 무어든 휘둘려 보려무나." 하고 그녀는 뜨거운 김을 목구멍에 느끼며 말했다.

"왜 별안간 뜯고 야단이냐? 글쎄 너는 무슨 불만으로 그 애한테 되게 구느냐 말이다. 그저 뭐든 말썽을 일으키고야 말 작정이냐?" 화가 머리끝까지 치솟아서 떨 듯이 말했다.

석이 그러자 결연히 자리를 차고 일어섰다.

"어딜 가느냐?" 눈을 지릅뜬 아버지가 소리를 꽥 질렀다.

"보미 누나를 끌고 오겠어요. 애육원엘 가보겠어요." 하곤 와당탕 문을 열고 밖으로 나갔다. 심상찮은 기분이 이내 싸느랗게 방안을 휩쌌다. 그녀는 마음이 잔뜩 짓눌린 채 부스스 일어났다.

"가만 둬라, 거기 좀 앉아 있거라!" 너무도 그 말이 날카로웠으므로 그녀는 어벙하니 주저앉았다. 질식할 듯한 기분에 차츰 그녀는 깊은 회한이 맺혀왔다. 모든 것은 다 잘못 대든 일이 아니었던가?

"성미야, 이제 이 말을 너에게 하고 싶지는 않았지만 별수가 없다. 너희들은 걸핏하면 모든 불행의 원인을 나에게 책임지라는 눈치 같구나. 그래 네 에미가 나를 비참하게 만든 것도 다 내 허물이란 말이지? 원 너희들의 표정을 보면 꼭 이렇게 비난허는 것 같구나. 좋다! 허지만 나는 너희들의 어린 착함을 믿었었구나. 아버지를 애껴주는 그 순정이 있음 모든 걸 가려줄 줄 알았는데…… 주부 격인 너부터가 그렇고…… 보미는 기어이 거지 아이들이 좋다고 집을 버리고 나서고…… 아, 갑자기 이놈의 집구석은 사막처럼 쓸쓸해졌으니 말이다." 끝내 말끝이 비명으로 뒤범벅이 되어 버렸다. 그녀는 가슴이 꽉 막히었다.

'이 폐허를 책임질 사람은 누구인지?' 뉘우침과 두려움에 낯이 질려가지고 일어섰다.

"석을 찾아가겠어요." 겨우 말을 띄우고는 부랴부랴 밖으로 나갔다.

밖엔 눈이 세차게 내리고 있었다. 눈송이를 얼굴에 느끼자 마음이 야릇하게 부풀어 올랐다.

새삼 밟히는 눈의 감촉도 이상했다. 대문을 나섰다. 거리는 눈발을 날리는 가벼운 바람소리에 잠겨 있었다. 누군지 시커먼 그림자가 그녀 곁에 다가왔다. 순간 등이 오싹해지며 뒤돌아 본 그녀는

"아이구머니나!" 하고 질겁을 했다.

뜻밖에 그는 광수였다. 눈을 한껏 뒤집어쓰고 오바 깃에 얼굴을 파묻은 그도 놀란 눈초리였다.

"성미 씨!" 그의 목소리는 떨리었다.

"도대체 웬일이세요?" 놀람과 기쁨이 한꺼번에 뒤엉킨 그녀였다.

"기어코 성미 씨가 나타날 줄 생각했지. 어쩐지 그런 예감을 느끼고…… 그러나 두어 시간 나는 죽기보다도 괴로운 고통으로 이 앞을 서성거렸어요." 격한 감정을 누를 길이 없는 듯 갑자기 그녀의 손을 붙들었다.

"도대체 웬일이세요?" 살며시 손을 빼면서 마음이 어뜩해져서 물었다.

"아무 말을 말고 나와 같이 걸어줘." 좀 더 사나와진 말투로 말하곤 그녀의 손을 끌었다. 형언할 수 없는 착잡한 마음으로 끌린 그녀는 선뜩한 기분이었다.

"오늘밤은 나를 참지 못할 감정으로 만들어 주었어요. 성미 씨가 얼마나 중요한 존재였던 것도, 그리고 이 밤이 새면 그 기억이 얼마나 쓸쓸한 추억거리로 남겨질 것인가를…… 밤이 샐까 무서웠어."

그의 말소리는 벌름거리기 시작했다.

"왜 그리 심각히 생각하세요?"

"성미 씨! 내가 이 밤에 일생을 걸고 싶다는 이유를 어떻게 설명할까? 그리고 이 밤에 내가 씻을 수 없었던 한 기억 때문에 성미 씨를 대하는 내 가슴이 찢어질 듯이 아픈 것을 뭐라고 말했음 좋을까 ?" 그의 말소리는 바람소리에 스쳐서 구슬프게 들려왔다. 성미는 생각했다. 입술을 물어뜯곤 퍼뜩 고개를 들었다.

"허 선생은 어머니를 생각허시는 게 아네요?"

"성미 씨! 나를 용서헐 수 있겠지요? 그러나 지금 이렇게 말허니 마음이 좀 가라앉는 것 같군요." 하고 그는 말했다. 그들은 곧 침묵에 잠겼다.

"어머니를 어떻게 생각허세요?"

"아버지가 용서해서 다시 모셔야 헐게요. 아, 어머니는 지금 지독히 불행한 생활에 빠져 있어요."

"허 선생은 모든 걸 다 아셨군요?"

"알았어요. 허지만 지금은 무의미한 일이 돼버렸지요. 더욱이 성미 씨가 내게 절대로 필요헌 걸 알수록 오히려 나헌테서 멀어질 수밖에 없는 걸 느끼면서부터였어요. 아, 지금 이렇게 걷고 있으니 나는 과거를 한꺼번에 처리해가는 듯이 이상해져요." 그는 을씨년스럽게 바라보며 말했다.

"허 선생은 그럼 저를 사랑허진 않었구먼요?" 그녀는 너무도 슬퍼서 목이 강그라질 듯이 물었다.

"처음에는……. 허지만 지금은 난 견딜 수 없어요. 그런 의미에서도 어머니는 불쌍합니다. 지독헌 자포자기로 일생을 망치고 있으니까요."

"어머니 일로 제게 충고 헐 자격이 어디 있어요?" 하고 그녀는 토라져서 물었다.

"……." 그의 대꾸가 없자, 그녀는 가슴이 선뜩했다. 불길한 예감이 무시로 떠올랐다. 그는 대수술을 치를지도 모른다. 그의 몸에서 돌연 긴박해진 이상한 기미를 느낀다는 것은 두려웠다.

'전등의 촉이 떨어질 때 불빛은 갑자기 밝아온다.' 이 광포한 정열과 애정의 갈구는 무엇인가? 그녀는 덜컥 겁이 났다.

"허 선생님! 난 가봐야 돼요. 동생이 어딜 나갔는데 지금 찾아야 돼요." 갑자기 비굴해진 목소리로 말했다.

"성미 씨! 내가 찾아왔는데도?" 그는 실망하여 제자리에 우뚝 섰다.

"허지만 허 선생님도 가서 쉬어야 해요." 그녀는 애걸하듯 말했다.

"성미 씨! 난 놓아주지 않을 테야." 와락 달려들었다. 서슬에 그녀는 흠칫하여 뒤로 물러섰으나

"성미 씨! 이건 너무해." 하고 그녀의 팔을 붙들었다. 어깨를 끼고 그 얼굴을 들이댔다. 뜨거운 입김이 그녀의 얼굴에 느껴왔다. 주린 짐승 같았다.

"왜 이러세요?" 불현듯 화가 치밀었다. 그래서 우악스레 그의 가슴을 떠다밀었다. 그는 비실비실 물러섰다. 맥 빠진 사람처럼 어깨가 축 처져 있었다. 의젓잖은 태도라고 생각하니 뺨이라도 갈겨주고 싶은 충동이 솟았다.

"돌아가지 않음 소리칠 테예요." 목소리가 부르르 떨려왔다. 눈발이 더욱 세차게 몰려왔다.

"성미 씨! 미안해." 하고 그는 어칠어칠 돌아섰다. 그가 어둠 속으로 사라질 동안 그녀는 우두커니 서 있었다. 눈물이 맺혀 왔다. 무섭도록 외로워짐을 느꼈다. 통금 사이렌이 울려 왔다.

밤새 아버지도 석도 돌아오지 않았었다.

"온 식구가 다 떠나버렸구나!" 집안에 덩그러니 혼자 처졌음을 느꼈을 때 그녀는 몇 번이고 중얼거려 보았었다. 불면의 모진 악덕으로 심신이 잡치고 말았다. 혼곤한 의식 속에서 얼핏 잤다고 생각했을 때 머리맡에 석의 얼굴이 나타났다.

아직 어슴어슴한 방 가운데 그녀는 꿈을 꾸는 것 같았다.

“누나! 아버지는 어딜 갔어?” 석의 말소리가 돌연 그녀의 의식에 못을 박아 주었다. 그것은 차라리 조그마한 악마의 소리 같았다. 눈을 흡떴다.

“누나 혼자였구먼? 아버지는 나가버리고…….” 시름없이 천정을 향하여 그의 고개가 돌아갔다.

“석아! 대체 너는 어딜 갔다 왔니?”

“…….” 대꾸가 없다. 그래서 그녀는 왈칵 분이 치받았다.

“너는 어딜 돌아다녔느냐 말이야?” 석은 그 말에 좀체 반응이 없었다. 별나게 심각해진 표정이 어른다와 보여서 그녀는 놀라지 않을 수 없었다.

‘하룻밤 새 이 아이가 이렇게 변해 버리다니…….’

시계가 여섯 점을 쳤다. 그녀는 자리에서 일어났다. 석이 그녀에게 달려들며 말을 꺼내기 시작했다.

“누나! 나 어젯밤에 오지 않아서 성이 났었지? 그렇지만 난 별 수가 없었어.”

“그래 보미를 찾아갔단 말이냐?”

“난 보미 누나를 찾아가진 않았어. 그 누나는 집을 마다고 나갔는걸?”

“넌 그럼 무엇 때문 뛰쳐나갔었니?”

“아…….” 갑자기 그는 한숨을 지으며 말을 끊었다. 그러더니 눈시울이 붉어지면서

“누나 일로 화가 나서 나갔지만 밖에 나가자 생각이 달라졌어. 어머니 생각이 났거든. 건 뭐야? 어머니 때문에 모든 불행이 온 거라구…… 나는 문득 어떡허면 어머니 주소를 아나 했었어…….”

석은 흥분하여 바라보았다.

“그럼 너는 어머니를 만날 셈이구나?” 하고 찔린 목소리로 물었다.

“그렇지만 어머니를 만날까 겁이 났는걸. 누나, 누구든 우리 식구들은 어머니를 만날 사람은 없지? 난 아버지에게 창피를 줄까봐 꾸꾸이 만나지 않으려허구 마음은 먹지만…….” 석은 끝내 말꼬리를 흠치면서 어름거리며 그녀를 바라보았다.

“그래, 어디서 밤을 새웠단 말이냐?” 마음이 철렁해지며 물었다.

“허 선생님을 만나서 따라가 잤지.”

“허 선생님?” 그녀는 질겁하고 물었다.

“난 어쩐지 집에 돌아오고 싶지는 않었으니까…… 그런데 허 선생님은 참 잘 만났어. 나는 기어이 모든 걸 듣고 말았는걸.”

“무슨 이야기를?” 하고 그녀는 두려운 생각에 가슴이 뭉클하면서 물었다.

"허 선생님은 어머니에 대해서 말해 주었어. 따지면 어머니가 불쌍헌 분이랜다. 그리고 지금 생각하면 어머니의 죄만도 아니라구…… 나는 알 수 없었어…… 그럼 누구의 죄냐고? 그런데 허 선생은 내가 크면 알 수 있대지 않아?" 벌렁거리는 말소리로 석은 대답했다. 그녀의 낯빛이 놀라움에 핼쑥해졌다.

"아! 그런 말을 너에게 했구나!"

"허 선생은 몹시 아팠어. 어딘지 견딜 수가 없이 고통스러웠던 모양으로 밤새 앓었지. 나도 잠을 못 잤어. 그런데 어쩐지 나는 집을 떠나 자는 게 무서웠어. 그래 날이 새자 얼른 빠져나왔어."

"허 선생은 혼자 앓구 있는데?" 그녀는 가슴이 찢길 듯한 슬픔을 느끼며 말했다.

"그렇지만 어떡헌담? 누나! 허 선생은 참 좋은 분인가 봐. 난 똑똑히 느꼈어,"

"……." 그녀는 입술을 깨물었다.

"누나! 어쩐지 어머니가 다시 돌아올 것 같아……." 석의 말이 그녀의 가슴에 무섭게 덮쳐왔다.

그녀는 불끈 일어섰다. 무언지 종잡지 못할 감정이 그녀를 참을 수 없게 했다. 부엌으로 들어갔다. 아침밥을 지어먹고 난 뒤에야 아버지가 툴툴거리며 들어왔다.

"석이 돌아왔니?" 부엌 안으로 그 거무튀튀한 얼굴을 들이대고 물었다.

"돌아왔어요." 대꾸하고 아궁이 앞에 섰는데 그는 들어섰다.

"성미야! 오늘사 그 편물기를 사게 됐구나. 그림이 팔렸어. 마침 새로 온 기관장 한분이 고걸 한 폭에 삼만 환씩 주기로 했지." 싱글거리며 그녀의 눈치를 살피었다.

"……." 그녀는 시무룩한 채 말이 없었다.

"아, 참 힘든 일이었지. 그런 분이 있었으니 말이지…… 회사의 월급을 기다리다가는 한정없으니 말이다." 하고 숨을 내려 쉬더니 말을 이어

"그리고 참 보미란 년은 오늘 찾아가 볼 작정이다. 난 어젯밤 몹시 화가 났었지만…… 어디 그년의 죄이겠니? 그리구 지금쯤은 후회허구 있을지도 모른다." 아버지의 말소리에 성미는 갑자기 신산한 기분으로 물었다.

"그 애를 데려오실 작정인가요?" 이 물음이 너무 의외였으므로 아버지는 적이 놀래는 표정이었다.

"그건 또 무슨 말이야? 마치 그 애를 데려올 필요는 없게 되었단 말 같구나. 아, 나는 참을 수가 없다. 도대체 너희들은 모든 걸 허물고야 말 작정이냐?" 아버지는 성이 나서 휑하니 밖으로 나가버렸다. 문을 와당탕 여닫는 소리, 이윽고

"성미야! 이리 들어오너라." 하고 부르는 그의 거친 소리가 들려왔다.

어정쩡히 방안에 들어가 석의 곁에 앉아 있는데

"너의 어머니를 도로 오도록 했음 어떠냐?" 하고 느닷없이 물었다.

"어머니요?" 그녀는 광대뼈가 굳어지는 것을 느끼며 물었다. 석이 놀란 듯이 그녀를 흘겨보았다. 두려움과 기쁨이 교차된 이글이글한 눈길이었다.

"……." 그녀는 석의 눈길에 질려서 가슴을 졸이며 앉아있자

"놀랄 일일게다. 마치 이건 무슨 장난 같기도 허구나. 너의 어미가 떠나버린 뒤의 칠년간 우리 생활에 무슨 변화가 있었던 걸 너는 알지 않느냐? 너는 어떻게 생각허니? 나의 뜻을……." 하고 다시 그 부어오른 시선으로 물었다.

"저는 모르겠어요." 그녀는 내뱉듯 말했다.

"물론 네 어미가 와야 헌다는 걸 너는 생각 안 헐지도 모른다. 그렇다. 지금 상태에서 무엇을 당장 기대헐 수 있겠냐? 아, 그러나 나는 모든 걸 원상으로 복구시켜놓고 싶다. 무의미헐지라도 나는 그전 상태가 그대로 유예되기를 바라고 싶다. 절망의 상태로 선고받기란 싫다. 우리는 언제나 폐허 위에 놓인 기분으로 살 건 없지 않니?"

그녀는 말없이 일어났다. 마루로 나왔다. 눈에 비치는 햇살이 부시었다. 눈앞이 핑그르르 돌았다.

'모든 걸 깨끗이 배설허구 싶구나.' 이때였다. 대문이 열리면서 우체부가 들어왔다.

"김성미 씨가 이곳이요?" 하고 전보 한 장을 꺼냈다. 그녀는 마음이 설렌 채 달아오르는 눈길로 얼른 펴보았다.

"병 위독 제일병원 광수."

"악." 소리를 치며 그녀는 펄쩍 그 자리에 쓰러졌다. 대수술을 받았다는 생각이 퍼뜩 떠오르자 광수의 처참한 몰골이 절망한 상태로 떠올랐다.

"아, 그이는 기어이 죽고야 말았구나!"

*「막다른 유서」의 개제

불가입성설 不可入性說

십일월도 마지막 주일이었다. 저녁 햇살이 골짜기를 환하게 비추더니 으슥한 오솔길 너머로 짙은 그림자를 남기며 저물어갔다.

흰 염소를 끌고 염 목사(廉牧師)가 언덕을 올라 동산으로 향했다. 산속에 지저분하게 널린 낙엽 위에 염소는 휘청거리며 가다가는 풀에 코를 비벼댔다. 사뭇 목이 졸려 끌리면 턱부리의 뭉툭한 수염을 으르르 떤다. 그리곤 개진하게 젖은 애잔한 눈길로 앞을 바라본다.

"해가 저무는데 어찌 또 나오는가?" 산등에 오르자 헙, 하고 서버린 그는 뜻밖에 헌우 노인의 말소리에 움찔했다. 흘깃 돌아보고는 다시 염소의 다릿목에 시선이 머문다. 으깨어진 다릿목에 검은 핏덩이가 말라붙어 있었다.

"풀이래야 인제 뜯어먹을 것도 없구먼!"

"……."

"아니, 그런데 거 염소 다릴 어째 저리 다쳤을꼬? 아마 골절이 된 거 아닌가?" 염 목사는 가슴에 선뜩한 걸 느끼면서 고개를 끄덕이었다.

화가 치민 그의 관자놀이는 가볍게 경련을 일으켰다. 헌우 노인도 잠잠히 그의 눈 따라 산 아래 있는 교회의 종루를 바라보았다. 높다란 다락이 약간 기울어져 있었다. 퇴락한 함석지붕이 살이 부러진 양산처럼 기웃이 처져보였다. 비끼는 사양 속에 그것은 윤나는 적동색으로 으리으리 타고 있었다.

염 목사는 퍼뜩 불쾌했던 아까의 일을 떠올렸다.

"고얀히 염소는 왜 팼느냔 말이여? 이놈아." 두 발을 구르며 안타깝게 소리쳤다.

멀찍하니 떨어져 고개를 숙이고 섰던 석이는 발작적으로 얼굴을 치켜들었다.

"그는 선한 목자라 내가 내 양을 알고 나를 아는 것이 아버지께서 나를 아시고 내가 아버지를 아는 것 같으니 나는 양을 위하여 목숨을 버리노라! 아버지! 염소는 아버지의 충실헌 교인입니까? 핫하하……."

석이는 장난기 있는 얼굴로 웃어 제쳤다. 염소의 왼쪽 다리에 피가 뻘겋게 흐르고 있었다.

"이놈아! 어째서 무단히 해꼬질 헌단 말이냐?" 가스러진 목소리가 귓바퀴를 찢겨나갔다.

"은혜를 받은 자여! 평안헐지어라. 주께서도 너와 한가지로 하시도다?" 해진 검은 바지의 엉덩이께로 온통 흙투성이가 된 아랫도리를 떨며 석이는 비웃고 있었다.

"번둥번둥 놀고먹는 네까짓 게야 염소만큼도 이로울 것이 못된다."

"그래 아버지는 염소젖으로 그리 살이 쪘지유?"

"이놈아! 정말 어쩌잔 말이냐? 썩 죽지도 않구." 석이는 잔망스럽게 푸른 하늘에다 입 거품을 날리고 있었다. 종루를 바라보던 염 목사는 무척 침울했다. 훌렁 벗어진 이마에 햇빛이 비끼면서 반백 머리칼이 바람에 날렸다. 대문도 없는, 마치 폐옥과도 같은 이 교회에 다니는 신도란 그저 몇 사람뿐이었다.

염 목사가 관리해 온 지 십여 년 동안 툭툭한 광목이나 인조견 치마를 감은 얼굴이 붉은 아주머니들이나 머리를 쫑쫑 땋아 내린 얼굴이 해쓱한 색시들의 머리채와 의상만 달라져갔을 뿐이다.

해방 후 흔했던 우유 배급조차 끊기고 깨어진 종을 겨우 애써서 바꿔 달았을 뿐 표면상 이 교회에 달라진 건 없었다. 교회 유리창은 깨어져 송송히 구멍이 뚫리고 뜰은 무너지고 오르간에서 나는 목쉰 소리는 마치 폐환자의 기침소리처럼 들려오곤 했다.

문득 헌우 노인을 향했던 염 목사의 낯빛이 찔린 듯이 핼쑥해졌다.

"금년 가을에는 어떻게든 개초를 해야겠구먼! 명색이 목사인 자네 집 지붕이 저 꼴이 돼서야 어디 말이 되는가? 아마 한 십년이나 이지 못헌 집 모양과 같을세."

낌새를 채고 할끔 고개를 돌린 헌우 노인이 쓴웃음을 지었다. 염 목사는 시선을 떨구고 가래침을 칵 뱉었다.

"교회 재정이 형편 아니라네." 내뱉듯 불쑥 말했다.

"같은 읍내지만 C교회의 경우는 아주 딴판이란 말이네. 거긴 신자가 벅차서 새로 지은 교회랑 뒷벽을 뜯어서 내는 둥 법석이데 그려. 거기가 자꾸 홍청대는 반면에 자네 교회는 신자가 줄어들고……."

헌우 노인의 말씨는 자못 힐난조였다.

"허지만 난 교회가 극장처럼 인기를 끌기 위해서 부흥회를 열며 나팔을 불며 선전해야 한다는 건 아니꼽다는 말이네."

"그렇지만 교회의 번영을 위해선 너무 고고해두 되나?"

"그건 신자가 아닌 자네 말일세! 신앙이란 고고헌 의지로써 생기는 걸세." 그는 토라진 어조로 항의하듯 말했다. 헌우 노인은 대꾸가 없이 불끈 일어났다. 땅거미가 진 어스레한 가운데 참나무에서는 왕퉁이가 어지러이 윙윙거리고 있었다. 석이는 길가의 가게 앞에 다다랐다. 앙상한 가슴뼈가 바람에 펄럭거리는 샤쓰 틈으로 엿보였다. 설멍한 키에 어깨가 엉성하게 올라가고 충혈이 된 눈으로 자만스럽게 벙싯거렸다.

조무래기들이 그의 뒤를 극성스럽게 따랐다. 가게 앞에서 석이는 서쪽 하늘을 호린 듯이 바라보았다.

하늘은 고기비늘 같은 구름떼에 붉은 채색이 영롱하고 연기에 자욱한 앞마을의 대숲은 마치 불이라도 난 것 같았다. 눈을 지그시 감으면 망막에 깃드는 햇살이 불집과 같았다. 기꺼웠다. 이빨을 드러내고 빙글빙글 웃었다. 곁에서 바라보던 조무래기들 사이에서 환성이 터져왔다. 그러자 가게 안의 젊은 청년이 석이 곁에 다가왔다.

"무얼 보고 웃고 있어?"

"얼마나 좋은 광경이어요? 저 동네가 불이 났단 말이요. 아! 아름다워라. 하느님은 태초에 햇빛을 이 땅에 보냄으로써 찬란한 아름다움을 창조해 주셨습니다."

"그리고?"

"그리하여 지상에 삶이 만세에 복이 있다 일컫도다! 아멘." 찢기는 듯한 목소리로 말하곤 너털웃음을 지었다. 조무래기들이 또 한 번 깔깔거렸다.

퍼뜩 고개를 돌린 석이의 눈에는 두려움과 놀라움이 뒤설렜다. 차갑게 표정이 굳어졌다. 얼굴에 핏빛이 감돌자 눈썹이 까뭇해지면서 아랫볼이 팽팽해졌다. 그는 급기야 머리끝까지 화가 난 목소리로 부르짖었다.

"악마! 왜 웃느냐? 너희들은 지금 이 휘황찬란한 햇빛 아래 단죄하려는 나를 구경하러 왔단 말이냐? 왜 나를 쫓아다니느냐 말이야? 저 햇빛이 아름답기에 나는 찬미하려는 거야! 이 악마들아!"

주먹을 쥐고 으르대는 시늉을 하자 조무래기들이 비명을 지르며 흩어졌다.

석이는 우뚝 서서 흐트러지는 아이들의 뒷모습을 바라보았다. 그리고는 튕겨놓은 듯 요란스럽게 어깨를 우쭐거리며 웃어댔다.

"무엇이 좋아서 웃어?" 청년이 비웃음을 띤 얼굴로 물었다.

"난 자유를 얻었단 말여요. 아! 귀여운 악마들!" 그리고는 골목길로 쏜살같이 달음질쳐 사라졌다.

추계부흥회가 열린 지 사흘째 되는 오후…… 교회당에서는 특별 예배가 열리고 있었다.

염 목사는 얼굴이 벌겋게 상기된 채 강단 위에 서 있었다. 소매통이 넓은 꾀죄죄한 회색 두루마기를 입은 뚱뚱한 몸을 약간 굽히고 신자들을 바라보았다. 가는 금테 안경 위로 매섭게 흘겨보는 눈매가 야릇하게 번쩍거렸다.

"성경엔 '우리 주 예수 크리스트의 은혜를 너희가 알거니와 본래 부유하시더니 너희를 위하여 가난하게 되자 그 가난함을 인하여 너희도 부유하게 되었다' 하셨습니다. 어떻습니까? 주께서는 오직 우리들을 위하사 스스로 가난과 질곡을 감수해 오신 것입니다. 오! 주께서의 그 너그러운 사랑, 그 도량! 그리고 금욕……."

그는 갑자기 말꼬리를 챙기었다. 안경 너머로 그의 시선이 한쪽 벽을 더듬어가자 그냥 못 박힌 듯 응그려붙고 말았다. 문득 얼굴이 그늘지어 갔다. 설레는 가슴을 누를 새 없이 양 볼이 화끈거리기 시작했다.

"우리는 왜 사사로운 금전의 탐욕을 내는 것입니까? 여우도 굴이 있고 공중의 새도 거처가 있으되 오직 인자는 머리 둘 곳이 없다고 했습니다. 아, 주께서는 오직 만인의 행복을 위하시어 당신만은 빈 몸임을 탄하지 않았습니다.

'너희가 땅에서 사치하고 열락하여 도살의 날에 너희 마음을 살찌게 하였도다.' ……우리 사회를 보십시오. 사기와 횡령과 강도와 절도가 날마다 일어나고 있지 않습니까? 탐욕의 무리들이 저지른 죄과로 이 세상은 아주 깜깜한 세상이 되고 말았습니다. 아, '뱀의 뿌리에서는 독사가 나겠고 그 열매에 나는 불뱀이 되리라.' 이사야 선지자는 말했거니와 현실은 죄악으로 가득 차 있습니다." 불을 뿜는 듯한 설교! 염 목사의 두 눈은 노여움에 이글거리고 얼굴은 열정으로 상기되어 있었다.

석이는 집에서 종소리를 듣고 살며시 잠이 들어 있었다. 이윽고 눈을 뜨고 불끈 일어나 앉았다.

눈부시게 밝은 햇빛에 눈이 어찔해지면서 머리가 띵했다. 이따금 교회에서의 흥분된 말소리가 바람결에 흘러오곤 했다. 혼미한 머리를 수습하여 아버지의 설교임을 깨닫자 마음이 새삼 착잡하였다. 두려움이 질풍처럼 휩싼 뒤에 압도되는 처연한 심상이었다. 그리고는 이내 도도한 승리감 같은 야릇한 생각으로 두 눈에 불꽃이 일었다. 문을 박차고 번쩍 뜰로 뛰어내렸다.

"가만히 잠이나 잔단 말이지. 어딜 또 가느냐?" 어머니의 짜증을 등 뒤에 느끼며 곧장 교회로 향했다. 얼굴은 불안스런 표정으로 굳어지고 발걸음은 거칠었다. 이내 교회 정문을 우당탕 열어젖히고 방안으로 들어섰다. 장내는 물을 끼얹은 듯 고요하였다.

"아, 자비하신 주여! 당신이 괴로움을 받곤 '눈물은 그 눈에서 다 씻기시매 애통하는 것과 곡하는 것과 아픈 것이 다시 있지 아니하리니…….' 아멘."

급기야 염 목사의 설교는 울음 섞인 애조로 변했다. 창연한 슬픔에 느끼는 듯한 얼굴에 빛이 스러지면서 신자들의 머리 위에는 더욱 짙은 숭엄한 기분이 감돌았다.

돌연 웃음소리가 방안을 뒤흔들었다. 신자들이 얼결에 뒤를 바라보았다. 석이는 웃음을 그치자 차디찬 눈으로 강단 쪽을 쏘아보았다. 그러더니 무섭게 얼굴이 굳어지면서 손을 들어 한편 자리를 가리켰다.

나란히 앉았던 대여섯 명의 처녀들의 낯빛이 파랗게 질려갔다. 석이는 일그러진 웃음을 지으며 큰 소리로 말했다.

"내 영혼이 주를 찬양하며 내 마음이 여호와 내 구주를 심히 기뻐허는도다. 핫하하." 그리고는 눈살이 꼿꼿해가지고 두어 걸음 앞으로 걸어갔다.

"이 계집종의 낮고 천함을 돌아보시니 앞으로 천국에 복이 있다, 일컬으리로다? 아멘."

염 목사의 타오를 것 같은 이글이글한 눈빛과 마주치자 고개를 돌려버렸다.

"여러분! 지금 아버지의 설교를 들었습니까? 오, 천사의 소리. 태초에 하나님이 이 땅에 모든 것을 낳으시니 길이 영광 있어라. 거룩한 성경 말씀! 지금 공중에선 인공위성이 날고 있습니다. 여러분 멀리서 복음 소리가 들려옵니까?"

고개를 들어 염 목사를 바라보았다. 가까스로 가슴을 핥는 듯한 눈초리에 부딪치자 염 목사는 선뜩하여 시선을 피했다. 해슬퍼지는 노여움에 타오르는 신자들의 눈동자 속에 사로잡히고 말았다.

그는 마치 동정을 구하듯 비굴한 모습으로 두 손을 펴 보이며 흐느끼듯 말했다.

"썩 나가지 못할 테냐? 이놈아." 신자들이 마침내 수런거리기 시작했다. 비난과 저주에 찬 목소리로 중얼거리며 뜨문뜨문 자리에서 일어났다. 석이는 몇 개의 손이 달라붙는 걸 완강히 뿌리치면서 찌르는 듯한 소리로 부르짖고 있었다.

"여러분은 지금 인류가 말세인 것을 압니까? 슬퍼하는 자여, 복이 있나니라. 저 대륙간 탄도탄이 인류의 가슴을 노리고 있습니다. 하늘에는 방사능이 있습니다. 인류는 멸망합니다. 싸움이 일어나면 어떡합니까? 이 파리 떼 같은 우리들의 목숨! 바리사이 사람에 못 박혀 죽은 예수여! 당신은 죽을 때 '나의 신이여! 어찌하여 나를 버리시나이까?' 하셨습니다. 예수 크리스트는 강림허십니까? 아버지는 말씀허십니다. 아, 하늘을 보라! 하늘을 보라고……. 흐흥."

한가한 오후의 햇살이 미닫이 위로 포근하게 비치었다. 눈부시게 환했다가는 어설피 시들어지곤 방안은 금시 침침해갔다. 염 목사는 방안에 오뚝 앉아 벼루를 당기었다.

세인결교수황금(世人結交須黃金)……… 쓰다가는 마음에 마뜩찮아 지익 지워버리고 말았다. 마음이 처연해질 때마다 무시로 붓을 들고 앉았는 그는 새삼스레 문방사우가 진정 마음을 다스릴 수 없음이 슬펐다. 우당탕 돌쩌귀 소리도 요란하게 옆 방문이 닫힌다. 이어 아내의 깐깐한 목소리가 들려왔다.

"얘가 또 어딜 나갔을까? 사지가 또렷한 놈이 나가서 얻어맞기나 허구……." 공연히 신경이 쭈뼛해왔다.

"에키! 빌어먹을 팔자지. 원, 아들이 저리 실성을 해두 어짠 말두 없구, 생각허면 살림이라구 진절미가 솟도록 죽자 고생만 허더니 필경 아들 하나 있다는 게 그 꼬라지가 되구. 흥." 코를 불더니 쿵쿵거리며 뜰로 내려간다. 신발 끄는 소리가 모퉁이께로 사라져갔다.

종시유유행로심(終始悠悠行路心)을 쓰다가 붓을 팽개치곤 마루로 나갔다.

가벼운 현기증을 느꼈다. 모퉁이에 돌아가서는 매여있는 염소를 끌어냈다.

"석아 나갔는데 어떻게 좀 허시구료." 아내가 부엌에서 얼굴을 내밀었다.

"그놈이 사람이간데? 내버려두구료."

"내버려두다니…… 도시 그 녀석을 실성하게 만든 건 뉘 탓이관데?"

"듣기 싫소." 아내는 실쭉하여 들어가 버렸다.

"자식 하나 있는 것 뭐 옷 하나를 제대루 해주나? 나이 서른둘에 장가를 못들이구 저 꼴이 되었으면 원."

그때 석이는 사진관 앞거리에서 사람들에 둘러싸여 있었다. 가게 앞의 벤치에 점잖게 앉은 중년남자가 웃음을 띠고 팔짱을 낀 채 바라보는 곁에서 까닭 없이 벙실거리는 조무래기들이 소란을 피우고 있었다.

석이는 많은 사람들에 둘러싸이면 즐거웠다. 그는 지금 위급한 시기에 공전의 대연설을 하고 있노라는 환상에 잠겨 있었다. 웃어대는 사람들의 얼굴 앞에서 그는 어릿광대를 하며 지껄였다.

"아담과 이브가 금단의 사과를 먹었다는 건 위대한 간음의 발견이거든! 흐흐흐. 그런데 창세기 전엔 뱀은 배신자라구 에덴에서 쫓겨났어요. 사실은 명예로운 공로였지 뭐요? 그로부터 지상에 성행위가 생겼거든요. 그런데 그건 뭐예요. 쾌락이었다는 거죠. 그런데 그것이 낳은 것은? 운명이라는 부산물이었거든요. 흐흐흐. 난 어떤지 아세요? 비극이란 운명의 씨앗으로 태어났단 말여요. 사실은 우리 아버지와 어머니의 위대한 환락 속에서 창조되었지만…… 그러니까 맹랑한 이질물이지 뭐예요?……."

그가 의미 있게 군중들을 휘휘 둘러보자 또 한 번 웃음소리가 터졌다.

뒷산에서 염소는 마른 풀을 우적우적 뜯고 있었다. 고개를 내두를 때마다 늘어진 젖통이가 흔들거렸다.

염 목사는 곁에 비슥이 누워 물끄러미 바라보고 있었다. 마침 석양 노을이 붉게 들을 물들이고 있었다.

염소는 마침내 배꼴이 찬 듯이 풀 위에 벌러덩 누워버렸다. 두 다리를 쭉 뻗었다. 순간 그는 약간의 상처가 아물어지지 않은 염소의 왼쪽 다리를 발견하고 마음이 철렁했다.

"아버지! 염소는 아버지의 충실헌 교인입니까?" 석이의 비양거리던 목소리가 바로 귀 결에 들려오는 것 같았다. 매정한 심정이었다. 새침데기 염소의 초라한 모습! 그것이 흡사 궁상맞은 자신의 몰골을 대하는 듯 불쾌한 심사가 울컥 치밀어 왔다.

눈을 감아 본다. 다시 거들떠보는 눈에 교회의 양철지붕이 아뜩하게 떠올랐다. 이어 눈앞에 떠오른 건 많은 교인들의 비웃음 섞인 차가운 표정들이었다. '석이의 정신을 미치게 만든 건 무엇인가?'

생각이 이에 미치자 가슴이 뭉클했다.

'불만 때문에 의지를 잃는다는 건 죄악이다. 그는 엉뚱한 생각 때문에 미쳐버리고 만 거다.'

눈을 감았다. 어쩔 수 없는 일이라고 체념하면서 눈을 감아 본다. 그러나 곧 선뜩한 생각에 몸을 일으켰다.

"나는 아들인 그를 얼마나 귀히 알아왔던가?"

불현듯 자기를 책망하는 듯한 소리나 듣는 것처럼 주위를 향하여 눈을 흡떴다. 가슴이 후루루 떨리었다.

어슬퍼지는 마음으로 하늘을 바라보았다. 고 높다란 가을 하늘에 헌 솜 같은 몇 송이의 구름이 한가히 흘러가고 있었다. 공연히 눈앞이 아찔해지며 아랫도리가 허든거려온다. 그 자리에 펄썩 주저앉았다.

비스듬히 누워 머리를 들었다. 스물세 살에 신학교를 나오고 이래 사십 년, 재산이라고는 집 한 채도 없다.

산골의 교회에 전전하며 살던 일제 시대와 그리고 교회 부흥에 분망했던 해방 십 년 동안 완고한 생활 속에 기력은 날로 노쇠해갔다. 생사를 판가름하던 육이오에 겨우 목숨을 건진 후로는 일껏 인생을 허탈한 생활 속에 묻어 왔다.

인고로 앙상하게 밭아버린 아내는 때로 애정이란 체온만치도 살뜰하지 않다는 자각이었고, 일제 때 중학교를 마치고 십여 년을 무위로 보내던 아들이 실성했대서 뭐 하나 제대로 결단해 본 일도 없었다.

비국한 가운데 어려움을 당하고는 딴에 의지를 시험하는 몸부림을 쳐왔다.

"눈물은 그 눈에서 다 씻기시매 애통허는 것과 곡하는 것과 아픈 것이 다시 있지 아니하리니……."

마음속으로 이렇게 뇌어 보았다. 그러나 오늘은 드세게 마음이 설렘은 어인 까닭인가?

'그런데 석은 지금 불행에 빠지고 있지 아니한가? 그를 미치게 만든 것은?'

부다듯한 자각의 심정에서 불끈 일어났다. 염소가 두 다리를 뻗은 채 졸고 있었다.

"내가 내 양을 알고 나를 아는 것이 아버지가 나를 아시고 내가 아버지를 아는 것 같으니?"

문득 이런 생각이 번개처럼 떠올랐다. 순간 그는 어째서 석이가 염소를 학대하는지를 생각했다.

공교로운 일이었다. 염소가 석이보다도 더 귀중했었다는 자각이 불현듯 가슴에 치밀어 올랐다.

"이놈의 염소가……." 낯빛이 매섭게 찌들었다. 돌연 성난 얼굴로 우악스레 염소의 목을 나꾸었다.

목이 질끈 끌린 채 졸고 있던 염소가 눈을 떴다. 발길로 엉덩이를 사뭇 걷어찼다. 사품에 염소는 화들짝 놀라 일어나서는 으매매 하고 울면서 아랫다리를 떨었다. 개진하게 젖은 푸른 눈동자에 그는 증오에 찬 눈길을 쏘아붙였다.

이날 밤 석이는 읍내에서 한 마장거리나 되는 들길을 지나고 있었다. 검푸른 하늘에 별들이 초랑초랑 떠올랐다. 산산한 바람에 나락 이삭들이 금속성 연음을 내며 살랑거리었다. 그는 가까스로 시장기를 느끼었다.

그래서 약간 추레해 보이긴 했으나 여전 휘파람을 불며 마음만은 우정 들떴다. 신작로로 나서자 어느 빵집 앞에 다다랐다. 문 안으로 쑥 들어갔다. 자리에 털썩 걸터앉자 보이를 향해 손짓을 했다.

홀 안은 비어 있었다. 이윽고 한 접시의 빵이 오자 단참에 먹고 났다. 입술을 빨며 우두커니 앉아 있었다.

주인은 졸리는 눈으로 흘깃흘깃 그를 바라보았다. 석이는 지금 쾌적한 기분으로 시간의 흐름을 잊고 있었다. 마침내 주인이 곁에 와서 고개를 굽실거렸다.

"밥도 먹어야겠구! 고만 문 닫아야겠는데요. 미안합니다."

석이는 어벙하니 일어서서 지척지척 문 쪽을 향하였다.

"빵 값을 주셔야지요." 주인의 손이 석이의 소매를 붙잡았다.

"……." 뜨악한 눈초리로 바라보는 순간 석이는 전신에 소름이 쪽 끼치었다. 무서웠다. 냅다 손을 뿌리치더니 문밖을 향하여 기를 쓰고 달려가 버렸다. 염 목사는 저녁상을 받았다. 석이의 일이 마음에 께름했다. 두어 순갈을 뜨는 둥 마는 둥 상을 물리쳤다. 아내는 뾰로통해가지고 상을 들고 나갔다.

석이는 한참 읍내를 향하는 좀 가파른 행길을 달리고 있었다. 그는 자기를 추적하는 악당한테서 필사적으로 도망치는 것이라고 생각했다.

이때 빵집 주인은 그의 집에서 이렇게 투덜거리고 있었다.

“참 재수가 없지. 그놈이 미친놈이었구만.” 한참 달리다보니 석이는 적이 지치고 말았다. 그래서 조심성 있게 걸음을 늦추곤 사방을 휘휘 둘러보았다. 괴이했다. 행길에는 아무도 없었다. 눈이 휘둥그레가지곤 하늘을 우러러 만족한 웃음을 지었다.

“인제 난 죽을 뻰 허다가 살아났지! 그놈이 영 나를 못 따라왔구먼.” 그는 이 기쁨을 아무한테라도 자랑해야 되겠다고 생각했다. 가슴이 공연히 뛰놀았다. 한 처녀의 앳된 얼굴이 떠올랐다. 교회에서 봐두었던 난숙이란 애였다. 석이는 금시 생기가 나서 급히 읍내 길을 향하여 줄달음쳐 나갔다.

그는 마을에 당도하자 어구에 있는 공동 우물가에 쪼그리고 앉아 기다렸다. 난숙이가 물을 길러 이곳으로 나타날 것이라고 생각했다. 저녁을 먹고 나서 그녀가 자주 이곳에 물 길러 오던 기억이 어렴풋이 떠올랐기 때문이다. 밤하늘에 별을 쳐다보는 순간 석이는 미소를 지었다. 입속으로 노래를 흥얼거려 보았다.

마침 물동이 인 아낙네가 왔다. 이상한 얼굴로 그를 바라보는 바람에 석이는 어정쩡히 일어나 버렸다.

우물 근처를 헤맸다. 염 목사는 아랫목에 베개를 높이 받치고 누웠다. 창문이 유난스레 밝은 것에 무시로 눈이 끌렸다. 달빛이 밝다고 생각하니 마음이 심상찮게 설레었다. 문득 자그마한 회한 같은 것이 가슴을 뭉클하게 해주었다. 얼핏 우물가에 나타난 그림자가 난숙이라고 생각하자 석이는 우물가에 뛰어갔다.

“난숙이 아니여?” 숨이 헉헉 차올랐다.

난숙이는 들었던 옹박이를 하마터면 떨어뜨릴 듯이 기겁을 한 모양이다.

“달이 밝지 않어? 별이 이렇게 촐랑거리구, 참 기분이 좋지?” 난숙이는 가볍게 몸을 떨고 있었다.

“뭣허러 왔어?” 말소리가 무서움에 질려 있었다.

“난숙이 좀 만나려구.” 가까이 가서 난숙이의 얼굴을 들여다보았다.

“난 싫어!” 두레박을 들고 우물 속을 향하여 등을 굽혔다.

“난숙이 나, 정말 헐 얘기가 있다니까? 흥.” 웃음소리가 징그럽게 울리었다.

“그만둬, 싫다니까! 정말.”

“난숙이! 쌀쌀허게 허지 말어! 그전에처럼 들려줄 얘기가 있단게로?” 석이는 와락 난숙이의 팔을 붙들었다.

“어마나, 왜 이래? 놓아.” 저항하는 난숙이의 허리에 얼른 팔을 감았다.

“이러문 막 소리 지를 테여! 이것아! 상스럽게.”

"난숙이…… 난숙이…… 핫하하하." 석이는 취한 듯이 혼자 웃으며 그녀의 알싸한 얼굴에 함부로 입술을 갖다 대었다.

염 목사는 깊은 잠에 떨어졌다. 그는 마음이 울적해서 바로 자리에 들었는데 워낙 지치고 보니 얼핏 잠이 들자 단잠에 떨어지고 말았다. 옆방에서 아내는 몸을 뒤치락거리고 있었다. 혼자 푸념을 하다가는 곧 누워 버렸으나 잠은 좀체 오지 않았다.

석이는 온통 얼굴이 피투성이가 되어 가지고 쓰러졌다. 우악스런 녀석의 주먹이 머리통에 떨어진 순간 정신이 까무러칠 듯이 신음소리를 내며 뒤로 나가떨어진 것이다.

주르륵 흐르는 핏방울이 입술 속에 젖어들자 비릿한 냄새를 느꼈다. 정신이 휑하면서 주위에 들러선 사람들의 광경이 무섭게 눈앞에 압도되어 왔다.

다시 내리치는 주먹을 막으며 몸을 두르며 얼굴을 싸매었다.

"이 자식아앗! 정신이 바르게 깨칠 때꺼정 맞어야 한다. 네 주제에 여자를 건드리고? 흥."

울부짖는 소리가 석에게는 먼 꿈속에서처럼 아련하기만 했다.

염 목사는 자다가 가위눌리곤 벌떡 일어났다. 왠지 꿈이 이상했다.

'그놈 석이 또 염소를 질질 끌곤 도망을 치는 것이다. 질겁하여 뒤를 쫓았으나 비호처럼 내달아 이미 저 너머로 사라졌다. 저 너머에서 가슴을 선뜩하게 하는 그 음흉한 웃음소리가 들려왔다.'

염 목사는 마음이 궁극스러워서 방을 나섰다. 마루로 나와 아랫방 문을 열어 보았다. 방안은 휑그렁한데 아내는 보이지 않았다. 심상찮은 예감이 훅하고 지났다. 집 모퉁이를 향하던 그의 발길이 문득 세워졌다.

아닌 밤중에 울려오는 요란한 교회의 종소리, 그것은 바락바락 악을 쓰며 사뭇 난타하는 요란한 종소리였다. 마침 대문 쪽에서 아내가 허겁지겁 달려왔다. 그러더니 금세 울음소리를 터뜨렸다.

"석이가 피투성이가 돼가지고…… 어서 가 봐요. 아이구 이런 변이 있나?"

"석이가 피투성이가 돼? 어디서?" 염 목사의 가슴이 떨려왔다.

"어서 교회엘 가 봐요." 그는 허둥지둥 대문 밖으로 뛰어나갔다. 우련이 밝은 달빛 속에 교회 종루 밑에는 한 떼의 사람들이 웅성거리고 있었다.

달려가는 그의 두 눈에서는 불길이 일고 가슴은 드세게 파동치고 있었다. 이제 종소리는 울리지 않았다.

그는 사람들을 헤치고 석이한테 달려갔다. 그러자 눈앞의 처참한 광경에 가슴이 꽉 막히었다.

흠뻑 피를 뒤집어쓴 채 석이는 종루의 끄나풀을 붙들고 축 늘어져 있었다.

"석아! 이게 웬일이냐?" 그는 석이의 어깨에 손을 얹었다. 말이 없음을 보자 느낀 듯 고개를 돌려 무서운 얼굴로 군중들을 향했다.

"대체 이 애를 누가 이렇게 했소?" 아내가 달려오더니 석이한테 울며 대들었다. 그 바람에 군중은 조금씩 뒤로 물러났다. 누군지 불쑥 나타났다.

"목사님! 저 애가 우리 누이를 희롱했답니다. 우리 누이 난숙이를……."

몸집이 우람한 청년이 무섭게 침착한 어조로 말했다.

"뭐라구요?" 염 목사는 뚫을 듯한 눈길로 물었다.

"과년한 처녀를 그래 아무렇게나 해도 좋단 말이요?"

"그래서 이 애를 이토록 때려놓았단 말이요? 잘못이 있으면 말로는 못허구…… 비겁허우. 기운이 있음 나를 때려요. 때려요."

울분하여 그는 돌진하듯 청년 앞으로 대들었다. 청년은 어둠 속에서 실소했다.

"아드님 보호를 잘 못해서 피해를 준 걸 생각 못하오? 난 아직도 가슴이 떨려요."

"피해라구?" 되짚어 묻는 그는 마침내 울먹이는 표정이 되었다.

"가자 집으로……."

석이를 두 팔로 끌어당기었다. 그의 시든 몸이 어깨 위에 오르자 목 위로 늘어졌다. 일어나면서 비릿한 핏방울이 목덜미로 축축하게 흘렀다.

힘껏 발길을 뜬었다. 그의 등 뒤로 사람들이 우르르 밀려갔다.

"참 별꼴이지. 다 큰 처녀를 글쎄."

"어쨌든 목사님에겐 딱한 일이지." 아낙네의 소곤거리는 소리가 들렸다. 석이는 죽은 듯이 잠잠했다.

염 목사의 목덜미에서 흘러내린 피는 어깨에 물씬하게 젖어들었다.

마침내 석이는 몸을 움칫하더니

"난숙이…… 마지막 부탁이야." 중얼거리더니 이내 신음소리로 변해갔다.

염 목사는 그가 슬픈거라고 생각했다. 마음이 새삼 공교로웠다. 피부에 스미는 석이의 체중이 이토록 알싸할 수가 없었다. 희한했다.

발길을 옮기는 그는 지금 부끄러움을 모르는 짐승과도 같았다. 까맣게 잊었던 모든 것을 되찾은 듯이 마음이 뻐근했다.

"은혜를 받은 자여! 평안할지니라."

달은 여전히 우련하게 밝았다.

무뢰한無賴漢

그녀를 발견한 것은 전혀 뜻밖이었다. 정전으로 어두워진 다방은 맹목의 침묵에 갇혀서 사람들은 진창 같은 분위기를 의식하고 있었다. 그런데 창구(昌九)는 십 년이란 과거의 강안(江岸)에 서 있었다.

그 앞에 강물은 흐름을 잃었다. 그는 화석을 닮아가는 자신의 주체스러운 현실을 타기하고 있었다.

그런데 그녀는 나타났다. 탁류에 던져버렸던 십 년의 유전을 뜻밖에 재생하고 나왔다. 숨 막힐 듯이 고요한 다방의 어둔 구석에서 그는 기적을 바라보았다.

주위 사람들은 한결같이 말이 없다. 음악이 멎자 약속이나 한 듯 벙어리가 된 것 같다. 깜박거리는 촛불에 그들의 낯빛이 몇 번이고 까물거렸다. 그는 고개를 들어 카운터 쪽을 바라보았다. 마담 주리숙(朱利淑), 그녀도 곧장 눈길을 돌려 이쪽을 바라보았다.

'어쩌자구 자꾸 나만을 바라보세요?' 쓸쓸한 웃음을 띤 그녀의 눈초리와 입술은 말하고 있었다.

'김민수(金敏洙)가 죽었다? 세상은 참 이상헌 변화로군. 나이 삼십에 벌써 허무를 느껴야 되다니, 좀 부끄러운 말이지만 이 순간 과거가 하잘 것 없이 되었군. 그런데 이런 경우에 뭐라고 말했으면 좋을까? 정중과 냉담으로 현실을 처리허는 건 신사의 에티켓이니까 말이지. 헌데 당신은 울고 있구려. 나를 보는 순간 죽은 남편의 설움이 한꺼번에 북받쳐왔다는 건가?'

그는 가슴속에 뜨거운 것이 울컥 치밀어왔다. 열기 있는 눈으로 주위를 돌아보았다. 주위는 여전 그 눈에 악착스레 매달려왔다. 뭔지 모르게 힐난하는 듯한 사나운 눈초리들에 마음이 선뜩했다.

어젯밤 만났을 때 미숙은 흥분하고 있었다. 짐짓 슬픔을 감추려는 노력으로 인하여 그녀는 신경질이 되어버렸다. 아쉬우면서도 뭔지 모를 자각으로 둘은 서로의 사이에 성(城)을 쌓고 있었다.

십 년 만의 해후였다. 그런데 그들은 결국 살벌한 감정으로 서로를 밀쳐내고 있었다.

"민수 씨가 그렇게 작고헐 줄은 몰랐는데요…… 그리고 이숙 씨가 이런 데를…… 그러니까 결국…… 허지만……."

창구는 그만 화가 났었다. '제기랄 무슨 꼴이람.'

떠듬거리는 그의 입을 바라보며 그녀는 웃고 있었다. 그녀의 사무치게 그리웠던 그 얼굴이 순간 대안의 풍물처럼 어령칙해지기만 했다.

"창구 씨를 뵙게 되다니 기뻐요. 허지만 과거는 말허지 말자구요. 피차에 이로울 건 못되니까요. 다방에 나오시겠어요? 가끔 공차도 드릴 테니깐요."

그녀가 자신을 괴롭히고 있음이 분명했다. 말소리가 울음을 머금고 떨려왔다.

"……." 그가 미처 대꾸가 없자 그녀는 말을 이었다.

"정말 창구 씨를 뵈올 줄은 몰랐어요. 이곳은 참 많이 달라졌구먼요. 난 창구 씨가 이곳에 계시다는 소식을 듣고 있었지만 벌써 몇 년 전의 일이어서. 그런데 당장 만나게 되니 반가워요. 앞으로 다방에 나오세요."

그녀의 얼굴은 야릇하게 일그러져 있었다. 짐짓 슬픔은 깊었다. 그런데 오열을 감추기 위해서 감상을 말하고 있다. 창구는 그녀가 성급히 팔을 걷고 달려올 것을 생각하고 있었다. 그녀의 얼굴은 괴로운 견딤으로 해서 매우 애처로운 꼴이 되어갔다. 그는 부아가 나서 가슴이 부글부글 끓어왔다. 그래서 뒤틀린 기분으로 말했다.

"늘 가지요. 암 가고말고요." 얼결에 쏘아붙인 말소리가 너무 컸다. 그러자 그녀가 느닷없이 훌쩍거리기 시작했다. 그는 당황했다.

"창구 씨, 용서허세요. 아, 저는 창피한 꼴을 보이지는 않겠다구 애썼지만, 그렇지만 저의 심경을 이해해주실 거예요." 억눌린 유한과 비애가 한꺼번에 무너져가는 순간, 그녀는 몸부림을 쳤다. 그는 어둔 희열과도 같은 벅찬 걸 가슴속에 느끼면서 그녀를 껴안았다.

'사랑헌다고 말 헐까? 아니다. 민수가 죽었다. 십 년이란 흐름 속에서 나의 팔에 지금 이숙이 울고 있다. 민수가 죽었기 때문이다. 오직 그것뿐이다. 무엇 때문에 울어야 했는지도 알 수 없다. 어떤 선의의 울음을 바라는 건 나의 악덕일지도 모른다.'

그는 그래서 술을 들이켰다. 술이 취하여 눈앞이 흐려지자 자리에서 일어섰다. 그녀는 말없이 눈물을 거두고 따라 일어났다. 그리고 헤어졌었다. 지금 카운터에 그녀는 피로한 낯빛으로 서 있다. 귀찮게 들볶는 전화를 받아내기에 바빴다.

"네, 다리봉 다방이에요. 네에, 네." 악센트를 잃은 말소리였다. 손님들은 간간이 그런 그녀의 짜증을 엿듣고 있었다. 감정을 잃은 조심스런 얼굴로. 별안간 앞에 앉았던 손님이 보고 있던 신문을 홱 던지고 일어섰다.

'보안법개정안 금회기에 통과(保安法改定案 今會期에 通過)' 흘깃 눈앞에 굵은 활자들이 비틀거렸다. 그는 신문을 움켜쥐었다. 전화벨이 또 울렸다.

"에에, 저 마담이에요. 에에? 천만에요. 감사해요." 그녀가 화나는 듯 수화기를 동댕이쳤다.

그것은 십 년이란 추억 속에 있었다. 구월 그믐날 사흘간의 죽음의 행진은 끝이 났다. 긴장과 불안으로 얼어붙은 얼굴들이 북으로 향하여 내닫던 삼백리의 악에 받친 걸음은 폐허의 R읍에서 난데없는 미군의 요란한 탱크 소리에 막혀버렸다.

칠흑처럼 어둔 밤이었다. 그리고 어떻게 모였는지 모르게 인민군의 따발총을 선두로 떼를 지은 행렬이었다. 그들은 서로 말을 하지 않았었다. 모든 것은 저절로 분명했기 때문이었다. 다만 대열에서 떨어져서는 안 된다는 위험의 의식으로 지쳐서 깜짝 놀라면서 강력히 결속되어진 것이었다.

절망 같은 것은 이미 느낄 때가 아니었다. 어떠한 목적도 공리도 계산할 여유가 없었다.

그러나 마침내 이 행렬은 부서지고 말았다. 너무도 갑작스런 사태에 그들은 수습할 길이 없었던 것이다.

무섭게 닥쳐온 사태의 반전이었다. 창구는 이슬 찬 강둑에서 오스스 추위에 떨며 고독한 죽음의 정적을 예감했다. 어둠 속에 무작정 걸었다. 그리고 지치자 아무데고 쓰러져 잤다.

날이 밝자 그는 치안대의 호 속에 있었다. 양 어깨는 타박상으로 피멍이 져 있었다.

"이 새끼 정말 늬가 빨치산이 아니었더면 왜 도망쳤느냐 말야? 총알이 날아가도 무섭지 않데? 어젯밤 R읍에서 양민을 학살헌 것도 필시 늬들 소행이 아니냐 말야."

그는 심문하는 대원의 무서운 얼굴을 바라보았다. 절벽처럼 눈앞에 다가선 그 얼굴의 적의에 이글대는 눈빛이 소름쳐 왔다. 눈앞이 아득했다.

'이 오만한 단정(斷定)에서 빠져나갈 길은 없다. 우선 당신이 확인하고 처형하고자 하는 저 불 같은 적개심 앞에서 나의 심약한 뉘우침이나 공허감 같은 것을 설명해 줄 길이 없다. 도망헌 것은 별안간의 아침 풍경이 무서웠고 고함치며 달려오는 당신들의 목소리가 뭔지 모르게 무서웠었다. 그것은 비극이었었다. 헌데 당신은 역리로써 나를 증오하고 희생시키려는구려.'

그는 하룻밤 갇혀 있었다. 이상한 일이었다. 어둠 속의 괴로운 밤이 색다른 힘을 싹트게 한 것이었다.

막다른 절명의 고비 길에서 살 수 있다는 가능의 의지가 그의 마음을 드세게 흔들고 있었다.

이튿날 아침 그는 미움을 감춘 영악한 어린애처럼 고개를 숙이고 대원 앞에 나아갔다.

"선생님! 제가 이곳으로 오게 된 것은 사실은 저의 집이 반동으로 몰려 있기 때문입니다. 저의 아버님은 그저께 분주소에 끌려갔고 저는 숨을 데가 없었습니다. 그런 막고비에 위험이란 선생님도 겪으셨을 줄 압니다. 그래서 미군의 진주가 빠른 북쪽으로 온다는 것이 고만 의외의……."

그 변명은 뜻밖에 기막힌 효과를 나타냈다. 왠지 모르게 울먹거렸던 그의 목소리와 얼어붙었던 표정이 대원을 감격시키고 만 것이었다. 그래서 그는 기쁨과 울음 같은 것을 감추지 못하여 벌름거리는 말소리로 끝내는 공허한 친족의 이름들과 명예까지도 단숨에 뇌까렸다.

"선생님! 알았습니다. 그런 줄 모르고 우리가 오해 했구먼요!" 그리곤 그를 밖으로 끌어냈다.

"자아 댁으로 돌아가십시오. 몹시 고생이 되셨습니다. 가실 때엔 신작로로 당당히 돌아가십시오."

뜨거운 손이, 정말 눈물 나게 고마왔던 손이 그의 손을 으스러지게 쥐었다. 허기와 불안에 지쳐 땡감을 씹으며 귀로에 선 그는 허탈한 감정으로 터덜터덜 걸어가고 있었다. 김민수! 그는 창구의 마을과 한 일 킬로쯤 되는 으슥한 산길에 넋이 나간 사람처럼 이리로 걸어오고 있었다.

그와 시선이 마주치자 동시에 발길을 세웠다. 난처한 순간이었다. 그들은 한마디 인사도 없었다. 무언지 결정적인 감정으로 묶여버리는 자신을 느끼고 가슴이 바들바들 떨렸다. 그러자 민수는 곁눈을 흘끔하더니 말없이 발길을 산속으로 옮겼다. 창구는 그의 뒤를 바라보았다. 돌이킬 수 없는 낭패한 생각에서 끌리듯 그를 따라 발길을 산속으로 옮겼다. 학살된 사람들의 시체가 어수선하게 널려 있었다. 온통 뻘겋게 풀잎이 말라 버린 비탈에 널린 십여 구의 시체들을 단참에 훑어보고 난 다음 그는 눈을 돌렸다.

비로소 구월 말의 신선한 바람에 썩은 인체의 악취가 코를 찔렀다. 민수는 곁에 서서 입술을 깨물었다. 낯빛이 핼쑥하고 눈은 죽은 빛이었다. 창구는 그가 두려웠다. 절망과 복수심으로 온몸이 굳어져버린 그는 오랫동안 못 박힌 채 서서 어쩌자는 것일까? 무성한 숲의 참나무 잎에 비친 저녁노을이 무섭게 붉었다. 그는 아래턱이 달달 떨려왔다.

'당신의 생각은 옳소. 나에게 하고 싶었던 불같은 복수심에서 나로 하여금 이 시체를 보게 하는 것을. 그리고 어쩌면 나의 무언가 의견을 들을 수 있다는 당신의 무거운 침묵의 이유도.'

창구는 으스러지는 자신을 발견하고 고개를 들었다. 밧줄로 묶인 채 엎드린 시체들의 얼굴은 문드러져 형용을 가릴 수가 없었다.

이윽고 적의를 품은 그의 눈이 갑자기 흐려왔다. 뭐라고 지껄인 것 같았다.

'여기도 없구나.' 그는 이렇게 말하는 것 같았다. 창구는 불현듯 암담한 의식에 가슴이 꽉 막혀버렸다.

공포의 엄습에 온몸이 오그라들었다.

"창구! 없지?" 문득 그가 말했다.

창구는 대꾸를 못했다. 시체 속에 있어야 할 그의 아버지의 모습이 보이지 않는 그의 절망을 창구는 무섭게 의식할 뿐이었다. 순간 사흘에 걸친 죽음의 후퇴에서 떨어져 나온 패배의 연유를 그가 알고 있다는 새삼스러운 느낌에서 그는 고개를 돌려버렸다.

'이놈의 공산새끼가 어슬렁어슬렁 돌아오는군! 늬는 월북도 못했나? 불쌍한 새끼 늬도 어쩔 수 없이 돼버린 모양이지. 아, 새끼들 오살허게 까불대더니…… 거봐라. 늬들도 볼 장 없이 돼버렸구나.'

창구는 공포와 비굴을 한꺼번에 의식했다. 새로운 긴장 때문에 이마빡이 써늘했다. 그래서 시체 앞을 자제를 잃고 서성거리는 그의 등 뒤에 시선을 옮겼다. 순간 알지 못할 쓰디쓴 웃음이 입가에 감돌았다.

'민수! 자네는 이숙을 두고 나를 적으로 생각해온 걸세. 그러나 자네의 아버지가 인민군에 참살을 당했다는 사실과 내가 인공에 가담했다는 우연한 일치가 자네를 격노허게 헐지도 몰라. 허지만 나는 정치와 사랑을 구분해 주기를 바라고…… 그리고 내가 이렇게 넋 나간 사람처럼 후퇴해오는 처지를 자네가 덮쳐 생각헌다면…… 피차에 비굴허게 대해서는 안 될 걸세.'

창구는 뭐라고 표현할 길이 없는 착잡한 심정에서 그에게 말없이 탄원하고 있었다. 그러나 민수가 다시 시체들을 살피곤 실망하고 돌아서는 순간 그의 생각은 달라졌다. 민수의 얼굴은 납덩이가 되어 있었다. 울상을 지은 그의 눈빛이 안쓰럽게 보였다. 그는 창구의 존재 같은 건 아예 눈앞에 없다는 눈치로 초조하게 서성거리고 있었다.

'아, 그는 이래서 어쩌자는 것일까?' 창구는 새로운 슬픔에 입술이 말렸다. 안타까워서 그 자리에 퍼버리고 울고 싶었다. 그러자 민수는 그 앞에 다가왔다.

"미안해, 난 먼저 가야겠어." 그리고는 거의 실신한 사람처럼 어칠거리며 산길로 걸어 나갔다.

창구는 멍하니 그 자리에 서 있었다. 어쩐지 몸을 받치고 있던 모든 힘이 한꺼번에 무너져 가는 듯한 허탈한 기분을 전신에 느꼈다.

옷을 벗고 자리에 들어갔다. 머리칼이 어지러운 아내는 아이를 껴안고 누워 있었다. 잠이 들어 있었다.

창구는 손가락으로 그녀의 옆구리를 꾹 찔렀다. 꼼짝을 안했다. 그는 한발을 그녀의 사타구니에 밀어 넣었다. 순간 꿈틀하면서 두 허벅다리가 그의 발을 꽉 꺼눌렀다. 그리곤 하품을 하며 돌아누웠다.

"아이, 깜짝이야, 언제 들어오셨수?" 그녀의 한 팔이 목구비 위로 걸려왔다. 그는 말없이 그녀의 헤쳐진 가슴께를 바라보았다. 꺼진 풍선처럼 젖통이가 늘어져 있었다.

"아이 책을 좀 보려니까 어떻게 졸릴 거여. 깜박 헌 게 고만 이렇게 자버렸잖어? 당신 저녁 잡수었수?"

그는 뜨거워지는 머리를 끄덕여 보였다.

"당신만을 믿고는 살 수 없으니깐, 이제부텀이라도 뭐든 해야 될까봐. 요걸 이웃집에서 얻어 왔잖우?"

그는 머리맡에 편 채 던져 있는 책을 들었다. 양계(養鷄) 독본이었다.

"아, 불을 끌까?" 그는 책을 한쪽에 밀어 붙이며 기지개를 켰다.

"……." 그녀는 뾰로통해진 얼굴로 눈을 흘기더니 아무 말 없이 돌아누웠다. 눈을 감았다.

"감원에서 빠져날 길은 없다우?" 이윽고 그녀가 물었다.

"남들은 다들 줄잡아 제대로 붙어 있는 모양이던데…… 당신만이 별수가 없는구먼요."

"그러니 어떡허란 말야?" 창구는 소리를 꽥 질렀다.

"당신은 여태껏 직장이라고 버젓이 잡아본 일이 있었수?" 앙칼진 목소리였다.

"……."

"전에는 그놈의 신원이 어떠니 허군 했지만 4·19 후에도 원." 그녀의 말끝이 까라졌다.

"잠이나 자도록 해." 하고 그는 이맛살을 찡그렸다. 일어나 불을 껐다.

"대학을 못나온 게 뭐람. 부역 좀 헌 게 뭐래요. 당신보다 더한 사람들도 다 제구실을 똑똑히 허고 사는데……." 열이 맺힌 소리로 말하며 그녀는 몸을 돌렸다.

"응! 그래 어쩌란 거냐?" 그는 귀찮은 몸을 뒤척이며 말했다.

"어쩌긴 뭘 어째요? 임시고원이네 뭐네 허구 쥐꼬리만 한 월급으로 살아온 지 몇 년이관데…… 그저 굶어죽지 않은 건 다행이지만 남들처럼 살아가고도 싶잖우?"

창구는 눈을 감았다. 이불을 두어 번 머리 위로 끌어 올렸다가 밀어냈다.

"당신 벌써 자우?" 아내의 손이 그의 어깨를 더듬었다. 그는 어깨를 흔들었다.

"흥! 밖을 내내 헤매다가 어쩌자고 집에나 들어오면 꿀 먹은 벙어리처럼 말이 없구…… 당신은 도대체 무슨 취미로 사우?" 울먹이는 소리로 투정을 부리기 시작했다. 슬그머니 두려웠다.

그녀의 젖통이를 찾았다. 애무의 표현이 그녀를 만족시키지 못할 때에 다시금 괴로울 것을 생각했다. 어둠 속에 그녀의 체취를 맡았다.

"당신은 나를 뭐 갈보인 줄 아세요?" 손을 밀어냈다. 그는 흠칠, 했으나 득의의 비웃음을 날렸다.

"무슨 소리를……." 했으나 차츰 마음속에 깔리는 불쾌한 느낌에서 손을 움츠렸다.

"비겁한 짓은 마세요." 순간 얼굴이 훅 달아오름을 느끼자 별안간의 악의를 느꼈다. 그녀의 가슴 위에 기어올랐다. 어둠 속에 숨이 거칠었다. 이성을 잃은 짐승과 같았다. 그녀는 몸부림을 쳤다. 그러면서 억세게 그의 등을 쓸어안은 두 팔은 조여지고 있었다. 그녀의 입술이 미칠 듯 뜨겁다.

"당신은 참 이상헌 사람이여." 그는 훗훗 소리를 내어 웃었다. 온몸을 휩쓸고 지나가는 이상한 느낌에 정신이 어뜩해왔다. 그는 생각하기 시작했다. 시체를 뒤지고 민수와 헤어져 산길을 나온 그는 밤이 이슥하자 집으로 들어갔다.

"이 불쌍헌 것아, 어쩌자고 글쎄 난 늬가 꼭 죽은 줄만 알았더니……." 어머니의 퍼버리는 울음소리를 들으며 그는 푸근한 설움을 느꼈다. 그러나 다음 순간 그는 절망의 의식을 느끼기 시작했다.

죽음! 그것을 예비하는 일이란 없었다. 그러나 막상 어둔 함정에 자신을 던지기란 으레 가능하다. 문제는 어떤 죽음인가를 결정하는 데 있다.

"세상에 영웅이란 없어요. 더구나 그런 죽음은…… 무참히 개가 목매어 죽는 거나 사람이 어떤 대의라는 명목 아래 죽는 거나 필시 죽음 그것을 결정한 것은 무서운 사항뿐이었소."

그는 불같은 항변을 느끼고 있었다.

"당신은 죽음 그것의 신성을 부정헙니까?"

"그럼, 자네는 주체성만으로 세상을 살아갈 수 있는 것으로 아나?"

거만한 웃음 앞에서처럼 그는 화를 냈다.

"그건 감상적인 운명관이죠." 그는 경찰의 수색을 당할 적마다 괴로운 의지를 시험했다. 남몰래 청산가리를 마련하여 호주머니에 넣고 있었다. 언제든 죽음의 여건을 이용할 수 있는 건 미더웠다. 의지의 선택이 지탱이 되는 한 비굴하지 않다. 공리를 위해서는 낯빛을 변하지 말자. 뭐든 뉘우치지 말자.

'그러나 그것의 결정은?' 그는 마음이 설레었다. 유예하고 있는 죽음의 이유를 캐어들었다.

체포, 구류……. 그것은 견디기에 지루한 생명의 수속이었다. 그러나 어떠한 결단이 오지 않는 한 불가피한 일이었다. 유예란 자유의 의지는 아니다. 오히려 악랄한 속박의 가렴에서 자유 그것을 얻기 위해서 자유를 버린다. 정신의 안일을 위하여 독선의 종이 될 수밖에 없다.

"불쌍헌 것이 어쩌자고 정말 어쩌자고 이렇게 돼버렸어!" 어머니의 당황한 말 가운데는 운명의 예시가 있었던가? 그 후로 그는 전전하며 몸 둘 곳을 찾았다. 인간이 동물인 순간부터 하나의 공간을 가져야 할 수난이 있었던 거다. 이를테면 그 값 때문에 생명은 리스트에 오르는 문자(文字)의 절차를 밟았다. 그리고 빛과 꼴을 달리하는 감도(感度)를 지닌 문명인이란 동물이 되었다.

"그래, 이창구가 분명히 집에 들어오지 않았단 말이요? 집구석을 뒤져서 그놈이 총알을 맞아 뒈져야 알겠소?" 그는 방 구들장 밑에서 경찰의 난폭한 말소리를 듣곤 했었다.

그런 때 심약한 어머니가 어떻게 그 '돼지는 꼴'을 모면케 했는지는 뻔했다.

그 악의 없는 극적인 제스처가 천래의 서투른 신파조의 연극을 비상한 성공으로 이끈 것이다.

아슬아슬한 고비에서 찬탈자의 손으로부터 태양의 목숨을 건지게 한 위대한 어머니였다. 구들장 밑의 거름 속에 마련된 인간 이하의 처우에서 그녀의 말소리는 희한한 감격으로 들려왔다. 그러나 경찰의 수색이 집요하게 계속된 때에 그는 죽음을 결단하려던 자약(自若)이 어쩐지 으스러져 갔다. 차츰 몸에 핍박해 오는 위급한 손길이 자신을 의지 밖으로 내던져 버렸다.

'뭐든 자기의 행위에 책임을 느끼는 것은 어쩔 수 없는 양심의 한계인 줄은 알아요. 허지만 저는 창구 씨의 자존심을 상할지라도 사랑하는 이를 위해서 현재의 고통에서 벗어날 길이 있기를 바라고 싶어요. 창구 씨는 일월이 부끄러운 죄인이 아닐 테니깐 말이에요.' 이숙이 몰래 보내준 편지였다.

'그녀는 자수를 요구하는군.' 그는 괴로웠다. 그녀의 사랑을 의심하는 것은 견딜 수 없었다. 그러나 민수가 이상한 존재로 그를 괴롭혔다. 사랑이란 결국 죽음이란 더구나 이 시대적 비극 속에서는 간사위 없는 작은 일이라고 냉담하려던 자신이 공허했다.

창구는 분명히 민수를 질투하고 있었다. 그리고 이숙의 총명을 의심했다. 그러한 창구가 비굴 속에서 구제받은 것은 우연한 한 여성의 발견이었다. 그녀가 바로 지금의 아내 순영이었다. 그는 그녀의 집에 숨어 있었다. 한 이성이 시험에 놓여있을 때 그를 동정하는 여성의 고마움이란 사랑을 넘은 감정이기도 했다.

용기와 모험을 가지고 대하는 그녀의 사랑을 그는 가슴으로 읽었다.

"저는 정치가 뭔지 몰라요." 그녀는 광속의 굴속에 숨어 있는 그에게 말했다. 몸이 크고 살빛이 검은 그녀의 눈가에는 동정으로 눈물이 어려 있었다.

"이러고 있는 제가 보기 싫지요?" 그녀가 왜 거짓말을 하는가를 생각하자 가슴이 설레면서 물었다.

"사실 그때 우리 아버지는 악질 지주라고 돌아가실 뻔 허셨지만…… 저는 그러나 그걸 가지고 사상을 따질 수는 없는 것으로 알아요." 그녀는 조심스럽게 말끝을 맺었다. 그녀는 애정을 위해서 뜻을 희생하고 있었다. 우연히 잉태한 것. 그것이 사무치게 큰 창조였던가 하고 그는 감탄했다. 유폐된 어둠 속에서 이따금 몰래 찾아주는 그녀의 발자국소리에 귀를 기울였다. 그리곤 순정을 여명으로 과장하는 버릇 가운데 그는 눈을 치켜떴다.

'얼마 있음 좀 사태가 수습될 것 같아요. 그때엔 창구 씨도 뭔가 결단을 해야 되리라고 생각해요. 김민수 씨는 선생님께 보복할 위인은 아니에요. 그분을 의심허는 건 죄를 짓는 거예요. 다만 그분은 다른 길에서 화목할 수 없을지 몰라도…… 도대체 그분의 현재란 참 비극이에요. 아무튼 저는 그분과 창구 씨 사이가 좋아질 것을 바랄 수밖에 없어요.' 이숙의 편지를 그는 찢어버렸다. 무시로 우울해지는 것은 또 얼마나 화나는 일이었던가? 그는 지금 곁에서 지쳐 떨어진 아내를 생각했다. 불을 켰다.

10년! 아니 7년이란 결혼생활이 그의 눈앞을 스쳐갔다. 그녀는 아이를 껴안고 누웠다. 아니 7년이란 세월을 그녀는 소중하게 간직하려 하고 있다. 그녀는 피로했다. 그러나 만족한 웃음이 잠깐 입가에 떠돈 것은 유쾌한 배설 때문이다. 그녀는 그러면서 마치 녹초가 된 권투 선수처럼 쓰러져 있다.

그는 신산한 뉘우침으로 섹스를 마쳤던 거다. 그녀는 애정의 확인을 피부로 했고 그는 가슴으로 했다. 감각과 정신! 이것은 포괄적인 의미를 가지고 있을 터인데 그렇지를 못했다. 시간이 흘렀다. 그는 눈을 감았다. 그러나 좀체 잠이 오지 않아서 일어나 담배를 태물었다.

"당신 여태 잠 안 잤우?" 그녀가 고개를 돌리며 물었다. 그는 말없이 연기를 훅 뿜었다. 연기가 뽀얗게 천정에 서리었다.

"일에 바빠서 고단허실 텐데 일찍 자지 그러우? 걸핏허면 몸이 편찮다 허시면서." 그녀가 말했다. 창구는 불을 끄고 자리에 누웠다. 어둠 속에 담뱃불을 보며 생각했다.

'이 모순에서 출구를 발견하는 길이란 없을까?' 참 맹랑한 해학적인 기분으로 지그르 타오르는 담배의 작은 불빛에 시선을 모으며 중얼거렸다. 이숙의 과거를 묻지 않은 것은 옳았다. 그녀가 창구의 현재에 대하여 굳이 냉담하려는 눈치였기 때문이다. 그들은 그들 생애의 화상을 설명하려 들지 않았다.

그는 현실의 타락을 자신 속에서 발견했다. 그녀와 단둘이 만나자 이렇게 말했다.

"삼십대는 정신적인 의미에서 노활(老猾)해졌어. 무기력과 소극주의는 결국 하나의 에고이지만 우리는 어쩔 수 없는 현실주의에 빠지고 말았거든요. 산다는 것은 더욱 정열적인 문제로 빛났던 것이지만 선택이기 진에 우리는 이미 어처구니없는 수인(囚人)으로 포기된 사실 말입니다. 주정뱅이가 느끼는 향락과 공허감까지를 곁들인 복합성을 우리 생활에서 가져야 했으니까요."

그녀는 애쓰는 눈치로 듣고 있었다. 그녀의 표정은 이따금 순결했던 지난날의 연민과 동정의 시절로 돌아갈 듯한 인상이었다. 감상 앞에 민감했던 그녀의 선정적 유발이 창구로 하여금 빛나는 유혹을 발견케 했던 것이다.

"그렇다고 과거에 포로가 되는 건 불행한 일이 아닐까요?" 그녀는 심각한 표정으로 뚫어지게 바라보며 물었다.

"옳아요. 허지만 우리는 과거의 자랑 속에 현실의 공허를 메꾸려는 노인처럼 완고하지는 않아요. 불패의 의지는 자랑스러운 과거였던 것으로 이미 끝난 것이 분명해요. 문제는 어떠한 의지가 창조에 있어 근원이 되었어야 옳았던 것. 의장(意匠)의 모티브가 되는 것은 그 결과에 더욱 빛나는 값어치가 있어야 했던 것이 아니냐는 거요."

"창구 씨는 현실을 비판허시는군요?" 그녀는 진정 슬픈 낯으로 말했다. 그는 가슴이 철렁했다. 그녀는 그를 이해하려 하지 않고 있는 것 같았다. 그러면서 힐난하는 눈초리로 바라보고 있다.

대체 그녀는 무엇을 바라고 있는가? 그는 침을 삼키며 대답했다. 시니컬한 기분으로.

"저는 이숙 씨를 현실이란 의미에서만 생각허라는 겁니까?" 그녀는 순간 낯빛이 빨개졌다. 떨리는 목소리로 대꾸했다.

"창구 씨는 저를 비판허시는 거 아녜요?" 매서운 눈초리였다. 그는 아픈 데를 찔린 것처럼 가슴이 선뜩했다.

"저는 과거에 책임을 느끼고 있으니까요, 이숙 씨를 생각하는데 있어서도 과거란 큰 의미를 띠고 있어요."

그녀는 양 볼이 팽팽해지면서 이욱한 눈으로 바라보았다. 그는 난처했다. 고개를 돌렸다.

"그럼 현재의 불행까지도 신념으로 생각헐 수 있다는 거겠군요?" 그녀는 성이 난 듯한 깐깐한 목소리였다.

"신념? 이숙 씨는 저를 힐난허는 것 같군요." 그는 야릇한 충격을 받아 목소리가 벌름거렸다. 답답한 시간이었다. 그는 잘못 저지른 분위기에 심상을 느끼며 침묵을 지켰다.

그녀가 민수와 결혼해야 되었던 것은 그때 창구 자신이 영어를 면치 못할 형편 때문이기도 했다. 그러나 그녀는 그것을 탓하지 않았다. 창구도 마찬가지였다. 아내와의 생활이 이미 질식에 가까운 상태였지만 이 실의를 설명할 자신은 없다. 피차의 운명이 하나의 정점에서 빗나간 이 슬픈 평행선을 말이다. 그는 제풀에 불끈 일어섰다.

"제 말에 성이 났었어요?" 그녀가 따라 일어서며 당황히 물었다.

"아니요, 공연한 말만 지껄였군요." 그들은 거리로 나갔다. 달빛이 우련히 밝았는데 바람이 으스스 불어왔다. 말없이 한참을 걷노라니 그녀가 문득 발길을 세웠다.

"창구 씨, 술을 마시겠어요? 제가 한잔 사겠어요." 소매를 잡고 넌지시 말했다.

"왜, 별안간 술은 또?" 하고 뜨악한 얼굴로 물었다.

"우습지요? 어쩐지 그냥 돌아가긴 싫어서요." 그는 고개를 저었다. 그녀는 몹시 마음을 앓고 있다고 느꼈다.

"자아 돌아가요. 너무 늦었어요." 그녀는 손을 떼자 쌀쌀하게

"그럼, 안녕히 가세요." 말하고는 성이 난 걸음으로 옆으로 사라져갔다. 그는 심상찮은 예감을 받고 그대로 걷노라니 허우룩한 마음을 이겨내기가 어려웠다. 술집을 찾아들었다. 홀에

자리를 잡자 술을 청했다.

'참혹한 현실 앞에서 언제나 방관자일 수는 없다.' 그을린 까만 천정에 눈길을 돌리며 이숙을 생각하고 불같은 가슴으로 혼자 진창 술에 취해갈 것을 생각하며 그는 술을 거푸 마셨다.

해직사령이 났다. 드디어 감원을 당한 것이었다. 창구는 과장 앞에 서 있었다.

"이것 뭐 당국의 방침이고 해서 창구 씨의 딱헌 정상을 생각헐 수 없게 되었소." 뚱뚱한 과장은 몇 번이고 낯을 찡그리고 '방침'을 뇌이고 쓰디쓴 웃음을 띠며 '정상'을 외웠다. 임시고원인 그는 속으로 웃었다. 뭐 대단한 연극 같아서 마음이 어정쩡했다.

'당신은 요 임시라는 시한성을 잊은 것 같구료?' 그러면서 혈기가 좋은 우둘부둘한 과장의 얼굴을 바라보며 말했다.

"아니, 괜찮습니다. 과장님." 마지막으로 '과장님'에 야릇한 어감을 느끼며 벌그레 웃어보였다.

"괜찮다니, 거 말이 되오? 이제 말이지 창구 씨는 비록 말단 직원이긴 했어도 능숙한 사무능력이랄지 또 교양이랄지는 뉘에 못지않은 우수한 직원이었는데……." 그는 그의 아리송한 표정에 피로를 느끼며 고개를 돌렸다. 이윽고 침묵이 오자 머리를 숙이고 나오는데,

"안녕히 가시오, 그리고 다음 기회에 다시 복직할 수 있는 기회가 있음 알려드리리다." 하곤 손목을 잡자 힘을 주어 흔들었다. 그는 거리로 나왔다. 터덜터덜 가로수 밑을 걸어갔다. 맹랑하게도 야릇한 해방감을 맛보았다. 세상을 혼자서 밀쳐내 버렸다는 기분이었다. 양복 안주머니엔 퇴직금 이만 환이 들어 있다.

그는 그것을 의식하자 흡족했다. 공중전화로 이숙을 불렀다. 무작정 만나자고 했다. 그런데 그녀는 어리둥절해가지고 망설이는 눈치였다.

"별안간 왜 만나요? 무슨 일이라도 생겼나요? 아 오늘밤은 좀 바쁜데……."

"아냐, 꼭 좀 만나야 되겠어." 그는 수화기의 여린 금속성 여음을 들었다. 전류처럼 가벼운 긴장이 온몸을 휩쌌다. 어질해지는 눈으로 거리로 뛰어나갔다. 저녁 햇살이 하늘을 벌겋게 물들이고 있었다.

약속한 밤 여덟시, 그는 으슥한 중국식당에 있었다. 벽이 우중충한 방안에 등불이 희미하게 비치고 있었다.

그녀를 기다렸다. 까닭모를 절망을 느끼고 있었다. 철저히 구원되어야 할 현실 속에서 그는 그녀의 환영을 낯선 눈으로 그려보는 이상한 의식에 갇혀 있었다.

"갑자기 무슨 일이세요?" 뜨악한 눈초리로 물으며 그녀가 나타났다. 연둣빛의 거뜬한 타이트스커트를 입은 그녀는 아름다웠다. 불룩한 젖가슴께는 육체의 탄력이 넘쳐 있었다. 두툼한 목구비의 신선한 살결 그것은 원목처럼 탐스러웠다. 순간 그는 육체 속에서 견디기 어려운

강력한 힘을 느꼈다. 이따금 의식하는 그 고뇌에 대한 일종의 성적 복수심과도 같은 야릇한 전율이었다.

"오늘은 내가 술을 사겠어요." 그는 어둔 자신의 가슴에다 외치듯이 말했다.

"술을 사요? 창구 씨는 결국 자신을 위해서 나를 유혹하는 셈이군요?" 새침해져서 말했다.

'자신을 위해서.' 그는 생각했다. 그녀의 애써 참는 것 같은 조용한 얼굴은 얼핏 착잡한 그늘을 짓고 나타났다. 그것은 속된 쾌락을 눌러 없애려는 여자한테서 발견하는 고뇌의 표정이었다. 창구는 그 앞에서 문득 파멸의 의식을 거부하려는 의욕으로 성적흥분을 느끼었다.

술을 가져왔다. 그는 어떤 궁극의 행동에 자신을 던지려는 모험을 의식하고 자기적으로 술잔을 들었다.

이숙도 따라 들었다. 그녀는 입술을 깨물 듯 술잔을 핥았다. 이윽고 그녀의 눈이 취기에 어른거리자 공허한 분위기는 야릇한 격정으로 충만 되어 갔다.

악랄한 순간이었다. 이제 의심할 나위 없이 시간의 흐름은 뚜렷했다. 일체의 고독과 생명의 뜻까지도 숙명적인 상징으로 발효되는 벅찬 시간이었다.

"창구 씨는 과거를 그리워하는가요? 그리고 모든 것에 미련을 가질 수 있어요?"

"과거는 나를 패배자로 던져버렸어."

"그건 현실 속에서만?"

"현실 속에선 타락 밖에 생각할 수가 없으니 말이거든요." 그녀는 술을 꼴깍 삼켰다.

"그럼 과거와 현실 속에서 남은 건 뭐라 할까요?"

"알 수 없어." 창구는 입을 다물었다. 그는 할 말이 막혀 버렸다. 그의 부릅뜬 눈길을 바라보았다. 차츰 게슴츠레해지는 그의 눈이 무엇을 바라는 것일까? 그러자 그녀는 화난 목소리로 물었다.

"창구 씨는 나를 과거라는 의미에서만 생각하자는 거 아녜요?"

"지나친 질문인데?" 가슴이 철렁했다.

"나는 말하구 싶어요. 창구 씨를 사랑했다구요……. 민수 씨와 결혼한 지 육 년 동안 줄곧 창구 씨를 잊은 적은 없어요. 그러니까 파탄에 직면한 건 당연한 코스……. 아무튼 민수 씨는 죽고…… 나는 운명의 마련으로 창구 씨 곁으로 이렇게 찾아왔어요. 일부러 말이죠. 헌데 결과는 어떠한가요?" 그녀는 마침내 자제를 잃고 울부짖었다. 눈길이 사뭇 뒤엉켜왔다.

"어떤 결과를 말야?" 창구는 쓸쓸한 심정으로 내뱉듯 말했다. 그녀의 얼굴에 순간 비웃음이 스쳤다.

"창구 씨! 저를 이상 괴롭히지 마세요. 저는 창구 씨 앞에 과거를 송두리째 가지고 왔어요. 현실 앞에요. 허니까 맘대로 하세요. 어떤 모욕을 줘서라도……."

날카로운 말뜻이 그의 가슴에 화살처럼 꽂혔다.

'현실에게 과거는 능욕을 당했어. 현실은 부정(不貞)하기 때문에 치욕을 겪어야 하는 건 어쩔 수 없는 일이야. 그러나 이것만은 명백해. 과거와 현실이 비록 간음을 의미하는 경우에 어느 편이든 더욱 자신을 잃지 않았다는 사실은…….'

그는 속으로 뇌이며 술을 마셨다. 가슴이 끓어오더니 이내 눈앞이 어른거려왔다. 그녀도 몹시 취한 모양이었다. 창구는 야릇한 고혹적인 기분으로 그녀 곁에 다가갔다.

"이숙 씨를 사랑해." 하고 그녀의 어깨를 쓸어안았다. 의식의 분열을 느끼며. 그러자 그녀도 "창구 씨를 사랑해요." 하고 열에 뜬 표정으로 속삭였다. 그녀를 힘껏 껴안았다.

허물어지듯 그녀의 몸이 무릎 위에 쓰러졌다. 그녀의 입술을 더듬었다. 그녀는 야릇한 웃음을 띤 얼굴로 그를 바라보았다. 잠시 날카로운 눈길이 그를 쏘아보았다.

창구는 부르르 몸을 떨었다. 전율처럼 파동쳐 오는 깊은 고뇌의 가슴 앓음 속에서 눈앞은 막을 길 없는 격정의 붉은 물줄기가 뻘겋게 흘러만 갔다.

"이숙 씨! 자아 갑시다." 느닷없이 창구는 외치며 그녀를 일으켰다. 그녀는 거역하지 않았다. 비틀거리며 앞서가는 그의 뒤를 따랐다. 식당을 나와 가까운 여관을 찾아갔다. 자리를 폈다. 옷을 벗고 그들은 이불 속에 들어갔다. 부끄러운 열패감으로 서로 얼굴을 피했다. 악에 받친 흥분으로 몸을 보채며 어지러운 고통을 향락했다.

창구는 그녀의 가슴 위에 얼굴을 파묻었다. 거센 심장의 고동을 볼 위에 느꼈다. 눈을 감고 아득한 심연에 잠겼다. 부다듯한 정신적 우울과 열상(裂傷), 그리고 섹스의 난잡으로 인한 육체적 환희가 그를 화나도록 기쁘게 했다.

'그러나 이 굴욕에서 벗어나는 것은 얼마나 큰 치욕의 경험인가.'

창구는 안간힘을 쓰며 중얼거렸다. 그 밑에 짓눌린 채 그녀는 소리쳤다.

"아! 좋아요. 창구 씨, 나는 기뻐요. 이젠 마지막이니까요. 아! 정말 나는 울지 않을래요. 기쁘니까요."

그녀는 그새 울고 있었다. 형벌과도 같은 이 성애(性愛)를 즐기는 데 그녀는 미칠 것 같았다. 창구는 그녀의 환영을 눈앞에 그리고 있었다.

결코 현실도 과거도 아닌 전혀 막다른 길에서 창구는 그녀의 뒤에 서 있었다. 그러자 서서히 지치고 고달픈 패배감 속에서 고독이 싹틈을 느끼기 시작했다.

불모의 의지를 보이는 답답한 다방의 분위기 가운데 창구는 앉아 있었다.

저녁때의 어스름 속에 갇혀서 사람들은 말이 없었다.

그들은 기껏 무뢰한처럼 시간의 흐름 밖에 놓여 있었다. 그는 주위의 고요를 깨닫고 퍼뜩 카운터 쪽을 바라보았다.

거기 이숙이 없었다. 낯선 계집이 을씨년스럽게 이쪽을 바라보고 있었다.
창구는 벌떡 자리에서 일어섰다.
'그녀는 갔다. 십 년이란 흐름과 같이 가버리고 말았다.'
그는 거리로 나왔다. 저녁노을이 붉게 비치는 가로수 아래를 터덜터덜 걸었다.

황혼黃昏

까마귀 떼의 어지러운 그늘이 마당 위에 회리바람을 일으키며 높다란 개가죽나무 사이에 여윈 햇살을 휘몰고 달아났다.

울적한 마음으로 울타리께로 시선을 떨구었던 원보 노인(元甫老人)은 어릿하게 현기증을 느끼며 뒷산마루를 바라보았다. 자라목처럼 움츠린 산마루로부터 매봉이 노령산맥을 이어 사뭇 활갯짓하며 뻗어가고 있었다. 설핏 넘어서는 저녁노을 속에 준령은 무섭게 눈앞을 가로막았다.

엊그제 밤에도 온통 난리를 치렀던 빨치산이 저런 등줄기를 타고 왔던가 생각하니 마음이 스산했다.

발길을 떼다가 지붕 위에 문득 시선이 멎었다. 땡감을 우려 두려고 우북하게 쌓아둔 짚단이 이슬에 뽀얗게 젖어 있었다. 가슴이 철렁했다. 눈살이 까뭇하게 부풀면서 깊숙한 눈에 우울한 빛이 감돌았다.

불현듯 부엌으로 들어간 그는 살강 아래서 술독을 찾았다. 술기가 코밑을 치어 받는 노르께한 전내기를 한 종발 들이켰다. 어벙하게 서있는 며느리에게

"김치나 한 가닥 다라." 하며 매우 겸연쩍은 눈치였다.

"거, 윤호란 놈 제발 홍역 끝에 탈이라도 없어야겠다만 워낙 되알지게 앓구 있어서……."

"열만 있음 풍이 자꾸 났사니까요."

고개를 돌리는 며느리의 얼굴이 수척해 보였다.

"글쎄, 꺼뜩허면 경풍이 나는 놈이라 순허게 열이나 삭아들런지…… 어쩌면 애가 그렇게도 물캥이로 생겼는지 거 당초 맘이 안 놓이는구나."

며느리는 아궁이 앞에 나붓이 앉아 다시 풀무를 따르륵따르륵 돌리었다.

그는 다시 술 한 종발을 마셨다. 목구멍으로부터 까르륵 하고 넘어갔던 찬 술기로 이내 가슴이 후끈거리며 눈시울이 얼얼해졌다.

"네 어미는 방에 있느냐?"

"네!" 풀무소리가 뚝 그치자

"윤호 애비 때문 숭숭허니 말이 많은데 무슨 형편인지도 모르고…… 대체 지붕 위에 둔 짚단은 어쩔 작정이라냐?" 하고는 벌컥 짜증을 냈다.

"감을 우릴 거 아녀요?"

며느리의 의아해하는 눈빛과 부딪치자 낯빛이 불끈 변했다.

"감이 다 뭐냐? 대체 그 짚단이 어떤 짚단이라구 원, 소갈머리도 없이 난 그것만 봐두 치가 떨린다."

내뱉듯 하고선 창황히 부엌을 나와 버렸다. 머릿방 아랫목에 요대기를 읍쓴 채 누웠다. 눈을 지그시 감아보았다.

지붕 위의 짚단으로 사단을 내고 죽살을 치렀던 기억이 문득 떠올랐다.

'거기가 어디라구 감을 우려먹을 생각을 했을고.'

노인은 벌써 어두워진 방안에서 벽 한쪽을 향하여 두 눈을 홉떴다. 답답했다. 일어나 앉았다. 담배 한 대를 태워 물고 쭉 빨아 보았다.

한 보름 전 심하게 부역자를 색출하는 판에 그의 집에 난데없이 순경 셋이 밀려들었다. 달빛이 우련하게 밝던 밤 이웃집 사랑방에서 골패를 잡고 앉았던 그는 당황히 집으로 뛰어왔다.

온 방문을 열어젖힌 채 마구 공포를 쏘며 순경들이 감자굴과 헛간과 벽장을 뒤지고 있었다. 노인은 마당 가운데 헙, 하고 서버리자 가슴이 콱 막힌 채 어쩔 줄을 몰랐었다. 눈앞이 무너지듯이 미구에 닥쳐올 광경을 그려보자 마음이 아뜩했다. 가래침을 탁 뱉었다. 볼이 챙 하니 찢기는 듯한 소리에 놀라면서 아랫도리가 자꾸 떨려오고 있었다.

어떻게 하나? 그 후를 미처 생각할 겨를이 없었다. 금시 아들 광욱이가 어디선가 총소리를 듣곤 뛰어나올 것만 같았다. 그는 일껏 무서운 침묵 속에 실신과 모욕으로 마음의 불길을 활활 느끼고 섰었다.

이상했다. 집안을 수색하고 다니던 순경 셋이 아래 윗방에서 뛰어나왔다. 수색이 끝난 것이다. 순간 정신이 선뜩하면서 노인은 순경 곁으로 뛰어갔다. 희한한 감정이 그를 압도했기 때문에 눈은 노여움에 빛나고 얼굴엔 경련이 일어나고 있었다.

"순경님! 참 미안합니다. 광욱이는 제 자식입네다만 그놈 때문에 이래야 된다는 건 애비된 나로서도 기막힌 일입니다."

벌렁거리는 목소리로 말했다. 그러나 국방색 군복을 입은 순경의 얼굴은 어둠 속에 얼어

붙어 있었다.

그는 말을 이으려다 고개를 돌리었다. 곁에 선 아내의 초췌한 모습과 돌처럼 언 며느리의 낯빛이 눈앞에 보이는 것 같았다.

“난 인공 때 분주소에 끌려가 하마 죽을 뻔허다가 놓여난 사람이오. 난 그때 반동분자고 악질 지주였다는 결로 꼼짝없이 죽을 판이였우다. 내사 공산주의 그만해도 웬수가 된 건데 광욱이란 놈 내 자식이긴 허우만 내가 그 놈을 집에 넣어두겠습니까? 자, 찾아가시오. 찾아가야 헐 게 아니겠소?”

순경들은 그의 말에 귀를 기울이지는 않는 눈치였다. 야릇하게 찌무룩한 표정으로 집안에 휘두른 플래시 끝을 냉랭히 바라보고 있었다. 이윽고였다.

“저 지붕 위엔 뭐요?”

뜻밖에 묻는 말에 노인은 정신이 휑했다. 지붕 위로 눈을 훕떴다.

“그거 감을 우릴려구 놓아둔 짚단이죠.”

힐끔 고개를 돌리며 일껏 토라진 말투였다.

“감을 우릴 짚단이라구? 좀 이상허지 않우? 아무 것도 없소? 그 속에.”

그는 그 말을 코끝으로 비웃었다. 기가 막힌 듯이 실소했다.

“아니, 지붕 위에 뭐가 있소?”

“총을 쏘아봐두 아무께 아니란 말요.”

금시 잘가닥 하고 장전하는 소리와 함께 화약 냄새와 더불어 불꽃이 튀어나갔다.

“앗? 여보 이게 무슨 짓이요?”

비명소리와 함께 갑자기 아내가 푹 쓰러지면서 그의 무릎을 붙들었다. 순간 가슴을 덮치는 심상찮은 예감에 마음이 산란했다. 절박한 의식이 그의 머릿속에 번개처럼 스쳐가면서 무언가 건잡을 수 없는 힘이 그를 윽박지르고 지나갔다. 그는 마지막 사픔에 안달을 써봐야 했다.

순경이 다시 방아쇠에 손을 얹으려는 찰나 그는 미친 듯 달려들었다.

“너무 허시우. 원 나를 그렇게도 못 믿겠다는 말이유? 그래 그래 지붕꺼지 총을 쏘아댈 거야…….”

난폭한 어조에 눌린 듯이 순경은 손을 떨구었다. 그는 시름없이 고개를 저었다.

눈앞에서 발딱 일어서는 아내의 거칠어진 숨결을 가까이 느끼었다.

“영감을 믿고 가는 거니 쉬이 찾아서 자수를 시키시오.”

내뱉듯 말하고 순경들이 문밖으로 사라지자 그는 넋 없이 마당 가운데 서 있었다. 이윽고 무거운 표정으로 아내를 향했다.

“그 놈이 지붕 위에 올라 갔었우?”

아내는 대꾸를 하지 않았다. 며느리도 잠잠히 집 안 쪽으로 고개를 돌려버리고 있었다.

"그 놈을 글쎄 지붕 위에 올려 보냈었우? 자수를 허래두 안 듣더니…… 에이 지붕꺼정 올라가서 거 노루처럼 총알을 맞고 죽을 심이었다우?"

그는 울화에 찬 목소리로 떨며 말했다.

"죽다니…… 그만 두시오. 여보." 아내는 성이 나서 사뭇 불퉁스럽게 말했다.

"에라 원 못난 자식이라구. 차라리 진즉 죽어버리질 못허구서."

그는 불끈 화를 내면서 사랑방으로 들어가고 만 것이었다.

한 사날 몸져누워서 역정을 내다가 행여나 하고 보현 노인을 찾긴 했어도 어슬녘에 돌아온 그의 낯빛은 되레 핼쑥했었다. 이제 와서 부역한 자식을 어쩌면 하겠느냐고 하소연한다는 게 난감한 일이었거니와 그런 경위에 자수시키라는 그의 말이 왜 그리 서운한지 모르겠다. 오죽 답답하면 찾아갔으려고 야속해서 적이 앙심도 났지만 그냥 제풀에 서럽기만 했다. 공안위원장이니 별난 수나 있으려니 하고 기대했던 뜻이 매정스럽게 틀려버리고 난 뒤론 기껏 자리보전을 하고 누워 버리고 말았었다.

그러던 그가 모처럼 조청(造淸) 때문에 야단을 친 것이다. 장작눌을 헐었다는 하찮은 사단으로 벌어진 불화이기는 했으나 노인의 성은 좀체 가라앉지 않았다.

"그래, 뭐가 재미있어서 꺼득하면 조청을 헌다 감주를 어떤다 하구 법석을 떨고 그러오? 인공 때문 거 삼 년 묵은 짚눌이 헐리운 것도 속이 짠데 마저 장작눌꺼지 없애면 뭘루 연료를 삼겠단 말이요? 원 분수도 없이 그래 살림을 헌다는 풍신이 그렇소?"

눈살이 꼿꼿해가지고 마구 닥뜨렸다.

"흥! 그렇게 악을 쓸 게 뭐요. 그래, 당신만 살림 허시간디 장작 몇 포 없애서 자식 약 헌다는 게 그렇게도 맘에 원통허단 말이어요?"

아내는 입이 부어가지고 앙칼스럽게 대답했다.

"원통허잖으면 그래, 다 때버려야 맘이 후련해지겠구료?"

"후련헐 껀 없으이만…… 당신이 생각헌다는 게 너무 허오. 지긋지긋한 난리를 겪었어두 거 아직도 사람 귀헌 줄을 모르고…… 흥 지금도 재산이면 제일이란 말요?"

아내는 얼굴에 핏대를 세우고 말했다. 분명히 비웃고 있었다. 그는 더 욱지를 말을 찾지 못하고 마음이 토라진 채 방안을 기웃이 바라보았다.

요강까지 들여 놓고 무슨 청승으로 책 나부랭이를 펼치고 앉아있는 아들 광욱의 희끄무레한 눈매와 부딪쳤다. 실쭉하여 고개를 돌렸다.

"자알 헌다. 자꾸 보약을 써서 보호를 해야지……."

볼멘소리로 말하고 사랑방으로 들어갔다. 요를 둘러쓰고 누워서 눈을 감았다. 관자놀이가 사뭇 쑤시고 다리가 저릿하게 저렸다. 밭은기침을 거푸 하면서 가래를 글글거렸다.

마침 며느리가 점심 밥상을 들고 들어왔으나 그는 눈도 거들떠보지 않았다.

“나 점심 안 묵을란다. 그냥 가져가거라.”

어정쩡히 상을 들고 섰다가 그래도 내려놓으려는 걸 “아니, 안 묵을 틴게 가져가래두?” 소리를 꽥 질렀다.

며느리가 시름없이 밖으로 나가자 다시 눈을 감았다. 안방에서 한참동안 문짝이 들치나더니 밥그릇 소리와 후르륵후르륵 마시는 소리가 들려왔다.

뱃속이 꾸르륵 울었다. 허기질 것은 없어도 그저 공연히 마음이 허전했다. 며느리를 불렀다.

“물이나 한 사발 가져와라.”

“진지를 잡수셔야지요.”

그녀가 어물쩍거리자 역정을 버르르 냈다.

“어서 가져오래두 그러느냐?”

숭늉 한 그릇을 벌컥벌컥 들이켜고 나자, 며느리를 앉혀놓고

“윤호는 어째 꽃이 곱게 피었더냐?”

하고 신산한 기분으로 물었다.

“오늘 저녁만 잘 넘기면 내일쯤은 딱지가 질 것 같애요.”

“그놈이 워낙 열이 많은 놈이라.”

“그래서 의사를 데려다가 주사를 맞히라는데요.”

“아니 제 애비가 그러더냐? 흥.”

눈꼴이 찢기면서 부락스럽게 물었다. 며느리는 귀밑까지 빨개지며 나붓이 고개를 숙였다.

“어차피 말이 나왔다만 그래 등신처럼 방구석엘 쳐박혀서 개칠개니 뭐니 하군 보약만 쓰고 있으면 뭘 헌다는 거냐? 도시 늬 에미가 분수가 없는 사람이구나. 내일을 모르고 앉아있는 신세에 지금 약이 다 뭐냐.”

며느리의 얼굴이 상기되어 갔다.

“생각하면 애통이 터질 일이지. 그런다구 어쩔 수도 없구나! 자수를 허래면 펄펄 뛰면서 네 에미부터 성화를 대며 생판 내 때문 저 애비가 그리 됐다는구나! 허긴 개가 무슨 위원회인가를 쏘다니는 바람에 내가 덜 바람을 탔는지는 알 수 없지만…… 세상이 이리 바뀌진 판에 낸들 어떻게 하겠느냐? 헐 일이란 자수를 허곤 묵은 허물을 털어버리고 어서 편히 지내야 허겠는데 자수라면 죽는 줄만 알고 그래쌓고 정작 제 애비도 통이 대답이 없고 보니 갑갑증이 나서…… 원, 내가 썩 죽어버릴 껀데.”

그는 말끝을 흐리고는 며느리를 이슥한 눈으로 바라보았다.

노인은 얼풋 한잠이 들었다가는 가위눌리듯 소스라쳐 깨었다. 오밤중에 안방에서 별안간 며느리의 울음소리를 들었던 것 같았다. 이마에 식은땀을 느끼며 공연히 가슴이 후들후들 떨려왔다. 허우스름한 창문으로 더듬어 바지를 주워 입고는 마루로 나갔다.

"이게 웬일이냐? 아가."

아내의 울먹이는 소리를 문 곁에서 듣고 안방 미닫이를 열고 들어갔다. 홍역으로 얼굴이 백일홍처럼 핀 윤호가 그만 열기로 경풍이 난 것이었다. 자그마한 눈을 해끔히 뒤집어 뜨고 입 거품을 내놓으며 두 손만 겨우 버르적거리고 있었다. 작은 몸뚱이가 흡사 한 개의 불덩이였다. 홉뜬 동공을 바라보는 순간 그는 소름이 쭉 끼쳤다.

독한 식초를 이마와 코밑에 바르곤 힘껏 콧숨을 빨았다. 바늘로 입술을 사뭇 쪼았다. 그제야 낑하니 우는 소리를 냈다. 아내와 며느리는 아이를 붙들고 안간힘을 썼다.

"병원 의사가 와야 되는데요. 어머니!"

어느결에 나왔는지 겁먹은 얼굴로 광욱이가 곁에서 뇌었다.

"없는 의사를 말허면 뭘 하냐?"

노인이 책망했다. 결김에 광욱은 새무룩해지면서

"그러니깐 낮에쯤 읍내 의사라도 데려와야 헌다니깐…… 자꾸 거기다 초만 바르면 뭘 해요?"

날카로운 어조로 쏘아붙이었다.

"고만 두어라! 소용없는 이야기 아니냐?"

이마를 찡그리면서 황망히 윤호의 손목을 잡았다. 안타까웠다.

차츰 급해가는 맥박이 이대로 푹 끊어지면서 꼭 죽어갈 것만 같았다.

노인의 눈에는 어연듯 눈물이 핑 돌았다. 한참만에야 미칠 듯 괴로운 고비에서 윤호는 겨우 숨을 돌려 깨어났다. 열기 띤 눈매와 몸을 태우는 고열에 부대낀 입술이 까맣게 타고 있었다.

"해열제를 안 놓으면 안 될 건데요."

"글쎄, 의사를 이 밤중에 어디서 구헌단 말이냐?"

그는 애태워하는 광욱의 말을 윽박질렀다.

캄캄한 밤이 우정 깊어졌다. 문득 마을의 동편에서 사뭇 요란하게 개 짖는 소리가 들리더니 삽시간에 흉흉한 공기가 떠들어왔다. 수상한 인기척을 느끼면서 느닷없이 한방 총성이 고요를 깨뜨렸다.

공비 습격인가? 모두 그만 얼굴이 파랗게 질려갔다.

"산 손님이 왔나 부다. 야밤중에 아이고 이를 어쩌나?"

아내가 실색을 하며 말했다. 그는 겁결에 떨리는 가슴을 누르며 퍼뜩 매서운 눈초리로 광욱을 노려보았다. 광욱의 낯빛이 핼쑥해지면서 당황히 고개를 숙였다.

"어서 가서 숨어라."

그의 칼날 같은 싸늘한 어조에 눌린 광욱이 찌무룩이 일어섰다.

"어서 당신도 숨으시구료." 아내가 이번에는 그를 냉랭한 표정으로 바라보며 말했다. 불현듯 모욕을 당한 듯이 낯빛이 달라졌다. 무시로 윤호의 손을 만지던 그의 손이 시들고 있었다.

"빨리 어디론가 피허셔야지요." 며느리가 손을 부비적거리며 말했다. 찌든 그녀의 얼굴을 보는 순간 그는 괴괴히 말했다.

"나는 죽어두 안 숨을란다."

차츰 무서운 마을의 동요가 집 근처에 다가오고 있었다. 이윽고였다. 마당에서 쿵하는 소리가 들리더니 플래시 빛이 창밖에 번뜩거리면서 사람의 그림자와 더불어 총자루가 창문 앞에 쓰윽 나타났다.

"앗." 며느리는 소리를 지르며 눈을 가렸다.

"문을 열어 주시오." 표정이 굳어진 채 그는 창문을 열어 주었다.

"조용히 들어주슈. 우리는 산에서 왔는데 이게 송광욱 동무 집이지요? 동무를 만나러 왔소."

우락부락한 사나이가 먼저 말했다. 그는 얼마 동안 대꾸할 수가 없었다.

"……."

"어찌 대답이 없소?"

"광욱이는 집에 없는 지가 오래요. 그리고 지금 보다시피 이 애가 경풍으로 고경을 치루고 있소이다. 그러니 제발 돌아가 주시오."

그의 말은 적이 흥분되어 있었다.

"거짓말이오. 분명히 집에 있다는 걸 알고 있소. 대주지 않는 건 반동이 허는 짓이오."

남루한 군복에 전투모를 쓴 사내의 말은 꼬챙이처럼 강경했다.

"나는 모르오. 집엘 정엔 없다는데 너무 허지 않소?"

"영감, 반동 수작 마오. 영감 악질 지주였던 거 다 알고 있소."

딴 사나이가 불쑥 나서며 고발하듯 말했다.

"제발 애가 죽어가요. 손님네들."

아내가 울먹거리며 손을 싹싹 부비었다.

"광욱 동무를 내놓으시오. 만약 안 나오면 그건 변절헌거요. 반동이요. 반동은 끝내 처형허고 말 걸요. 영감, 사실대로 말허잖음 지금 당장 끌어가겠수다."

노인은 벌떡 일어났다. 약간 어깨를 들썩거리며 두 눈에 불꽃이 화끈 일었다.

"아이그머니……." 며느리가 이때 느닷없이 부르짖으며 아이를 와락 껴안았다.

"앗." 윤호가 다시 경풍이 난 것이었다. 노인은 곁김에 윤호를 흘끔 바라보고 성난 사자처럼 문 앞으로 걸어갔다.

"광욱이를 어쩔 작정이요? 차라리 날 데려다 죽이시오. 날 죽여요!"

아내와 며느리는 윤호의 숫숨을 빨다간 실신하면 겁에 질린 눈초리를 보내곤 했다.

"이러다간 손자도 죽겠수다. 당신네들이 손자를 죽이는 거요. 광욱이는 사실 정신이 나간 놈이라우. 그건 어따 써먹을 데도 없는 헛껍데기인걸요. 대체 누가 그 놈을 그렇게 만들었겠소? 그래, 우리 광욱이가 공산주의요?"

노인은 쩌렁쩌렁 울리는 목소리로 외쳤다. 그리고는 마루로 나갔다가는 되짚어 방안으로 뛰어들더니 황망히 윤호의 손을 잡았다.

그의 당돌한 행동에 그저 무서움에 떨고 있던 아내와 며느리는 마지막 가각을 느낀 듯이 별안간 울음을 터뜨렸다.

"영감을 끌어내라. 숭악한 반동이다."

총대를 잘가닥거리며 한 사람이 성큼 마루 위에 올라섰다. 이때였다. 뜻밖에 뛰어나온 건 광욱이였다. 공포와 불안이 엇갈린 매서운 얼굴로 그는 사나이의 앞을 가로막았다.

"내가 갈 테요. 우리 아버님껜 아무런 상관이 없소. 내가 가겠소."

노인은 그 소리에 푸뜩 고개를 들었다. 광욱의 열 끓는 눈빛과 부딪치자 불현듯 눈물이 솟았다.

"네가 공산주의냐? 에키, 빌어먹을 놈."

그는 끝내 마음이 처절했다. 광욱은 엎드려 약간 개진하게 젖은 눈으로 윤호를 들여다보았다.

"의사를 대야 헐꺼요. 어머니 이러다간 심장마비나 되어버리면 어떡해요. 어머니."

광욱의 마음은 사뭇 떨리었으며 애써 침착한 어조였다.

"의사라니, 그만 두어라, 이놈아." 아내는 실성한 듯이 외치며 광욱의 가슴팍을 향하여 픽 쓰러졌다.

한낮이 거의 되어서야 윤호의 신체는 하얀 수의를 입혀 산으로 나갔다. 자지라지게 느껴우는 울음소리가 마지막 사립 밖으로 사라지자 집안은 무덤처럼 허전해졌다. 노인은 죽은 듯이 누워있다가는 꾸물꾸물 나와서 세수를 하였다. 그리고 옷을 갈아입고 표연히 길거리로 나섰다.

동구 밖으로 발길을 떼었던 그는 무심코 산마루에 시선이 멎자 발길을 세웠다. 미상불 매봉의 볼썽사나운 등줄기를 더듬다가는 가슴이 섬짓해서 좀 우중충한 햇볕 아래 고개를 돌리었다. 때로는 등골이 마치는 슬픔이 있어도 목숨이랄 게 기실 하찮아서 산다는 게 뭐노 하곤 그덧 눈감으면 또막하게 죽을 수 있는 것이라고 노인은 일껏 매무진 생각을 느끼는 것이었다.

순간 인공 때 죽살을 치렀던 기억을 그려보았다. 인공도 막다른 칠월 열나흘 밤 난데없이 묶여간 그는 이제 살 형편이 못된다고 적이 체념하고 있었다. 많은 사람들이 곁에서 죽어갔다.

"농민을 착취헌 악질지주……." 그는 이 가시 돋친 말이 그의 가슴속을 아프게 저미었으나 결국 생각하면 그것도 운명이라 싶었다. 뼘 만한 분주소 유치장에서 점잔이 주검 앞에 대좌할 수 있었던 흡사 아슬한 황혼에 처한 마음에서 지그시 눈감아버리기에는 아쉽잖은 생명이었었다. 다만 인심이 무겁게 바뀌지는 판에 숫제 집안이나 구제하는 양 날뛰어 부역을 한 아들 광욱의 사건이 차마 마음속에 어기지 못할 금을 그어 놓았다.

주책이 없으니 어려서 그러느니 하다가도 노인은 마침내 제가 못 죽은 탓이라고 엉뚱한 슬픔을 지어내곤 했었다. '늙은 게 살고 젊은 게 죽으면 무엇이 되랴?'

그리하여 막상 구이팔 수복이 되고 그는 뜻밖에 분주소에서 풀려나오자 우선 기쁨보다도 슬픔이 앞섰었다. 그것은 아들 광욱이 집을 나갔다는 청천벽력 같은 소식이었다.

"만류했어두 붙잽히면 죽는다고 영 달아나고 말았어요."

며느리의 애끓는 소리를 듣고 길길이 날뛰었다.

"그 놈이 환장했구나…… 영 죽을라구 환장을 했구나."

생각하니 원통하기만 했다.

이불을 뒤쓰고 누워서 끙끙 앓았다. 뜬눈으로 광욱의 죽는 꼴을 어떻게 바라보랴 싶었다. 그러던 단 한 달 후에 광욱은 산속을 헤매다가 얼굴이 부어가지곤 집에 숨어든 것이었다. 그는 벌떡 자리에서 일어났다. 무슨 일이 있어도 되찾은 그를 내보내진 않으리라고 마음속에 뇌였다. 어수선한 가운데도 한달 두달이 꿈결같이 사라졌다. 그러나 이상한 일이었다. 차츰 광욱의 신변이 그에게 심상찮은 번민을 만들어준 것이었다. 얼른 자수를 시켜야 하겠다는 절박한 사정이 깊어갈수록 안달을 쓰며 반대하는 아내와 그리고 아들 사이에는 예기치 않은 충돌이 일어나기 시작했던 것이다.

지금 노인은 광욱을 빼앗기고 마저 윤호를 산에다 바치고 나서 활갯짓하며 뻗어간 그 매봉의 골바탕에 잠기는 자회색 그늘 속에 종잡지 못할 운명의 그림자를 응시해본 것이다.

참혹한 생각에 그는 발길을 옮길 수가 없었다. 낯빛은 핼쑥했으나 섬섬히 선 이마의 심줄은 대공처럼 퍼런했다. 그는 치마 주름처럼 펴뜨린 그 골바탕에 잠겼던 시선을 떼지 못하고 혼자 중얼거렸다.

'나도 저 산에 윤호처럼 묻혀버릴게다.' 그는 한결 눈빛이 우울해진 채 까마귀 떼의 소란한 소리를 머리 위에 듣고 정신이 휑했다. 눈을 치켜떴다. 떠올랐다가는 금시 가라앉는 마음의 모서리에 뜨겁게 일어나는 불꽃같은 생각. 노인은 알 수 없이 몸을 후두두 떨며 고개를 들어 하늘을 바라보았다. 어젯밤의 광욱의 얼굴이 눈앞에 다가오는 것 같았다. 이상하다고 생각했다. 매봉 너머로 그가 필시 죽었으리라고 마음먹었던 생각이 왜 그런지 애절했다. 웬 까마귀들이 저렇게 떼를 지어 야단일까?

답답해서 부럭부럭 화가 치밀었다. 그는 이윽고 먼빛으로 산마루에 아름진 상수리나무를 발견하고 뜨하니 발길을 세웠다.

'광욱이가 어렸을 적 상수리를 따겠다고 나무에 올라가 높은 가지에서 나가떨어져서 온통 머리가 터지고 팔이 겹질려서 아슬아슬히 재앙을 면한 일이 있었다. 그 녀석이 그때 꼭 죽을 뻔했었다. 결국 아들 하나 간신히 얻어놓은 셈이던가?'

노인은 생각이 이에 미치자 돌연 골똘한 결의에 사무쳐서 낯빛이 변했다. 한껏 크게 발길을 뜨던 그의 눈빛은 매섭게 빛났다. 그가 지서 소재지에 이르렀을 때에는 해가 중천에서 훨씬 기울어가고 있었다. 노인은 그 길로 지서를 찾아갈 셈이었다. 그런데 우연히도 술집 앞에서 보현 노인과 딱 마주쳤다.

훌렁 벗어진 이마며 불그스름한 낯빛에 미소를 띠며 우정 우렁찬 목소리로 그를 맞았다. 그는 공칙한 일이긴 했지만 어쩐지 당장 무람없지 않은 심사여서 내미는 손목을 꽉 붙들었다.

"영감, 오셨구료. 그렇잖어두 출출해서 술 한 잔 하려던 판인데." 두 노인은 어두컴컴한 술집에 들어가 술청 앞에 자리를 잡고 앉았다. 술 한 잔을 권하며 보현 노인은

"영감 반갑소! 자제가 그럴 줄은?"

하고 오꼼이 그를 바라보았다.

"아아니, 내 자식이?"

그는 영문을 몰라 어리둥절하면서 물었다.

"영감, 이제는 마음 놓으시오. 진즉 그리 자수를 시킬 일이지." 그는 찔린 듯 낯빛이 변했다. 돌연 빳빳해진 눈길로 보현 노인을 노려보았다.

"자수래니, 내 자식은 죽었는걸."

"죽었다니. 허허 누가 자수를 허면 죽인답디까?" 그는 어안이 벙벙했다. 무슨 당찮은 조롱이냐는 듯이 낯이 빨개졌다.

"보현 영감, 난 알 수 없구료. 그 말이 대체……."

"거 영감, 무슨 농담을?" 그는 불쾌감을 누르지 못하며 말했다. 목소리가 퉁명스러웠다.

"혹시 내 자식이 어찌 되었단 말요?"

"영감 아들이 자수했으니 말이오." 보현 노인은 약간 가스러진 목소리로 부락스럽게 대꾸

하였다. 그 말에 급기야 마음이 찔끔하여 달려들었다.

"아니, 광욱이가 자수를 했우?"

"영감이 그걸 묻다니." 끝내 믿지 못하는 듯 게슴츠레한 눈길로 묻는 걸 그는 그만 눈물이 글썽해가지고 말했다.

"산에 끌려간 광욱이가 죽지 않고 자수를 했우?"

"아, 그럼 영감이 정말 몰랐었소?" 보현 노인이 뜨악한 눈으로 와락 잡아주는 손을 매만지며 별안간 그의 눈앞이 훤했다.

"영감! 광욱이가 그럼 자수를 했군요. 지금 지서에 그놈이 있겠구료. 난 어젯밤 빨치산인가에 끌려간 뒤론 이제 죽었다 했소. 그래, 마지막으로 지서에 진상이나 알리구 그놈들을 어떡허면 좋겠냐구 상의헐 작정이었는데……."

그는 대짜로 큰 술잔에 남실남실 술을 부어 거푸 몇 잔을 기울였다. 얼굴빛이 붉다 못하여 거무추추해가지고 비칠거리며 술집을 나왔다.

"그래, 그놈이 무슨 용기로 그 틈새를 뚫고 도망쳤을까? 원, 그렇지, 그놈이 어젯밤엔 참 못당헐 일을 보고 갔겠다. 하, 나이는 어려두 아들 사랑은 있는 거라…… 그놈이 윤호가 궁금했는지도 모를 거거든. 해서 그놈이 죽음을 악쓰고 도망쳤는지도 모를 일이라. 헌데 윤호란 놈은 죽어버렸지. 매봉 골바탕에 그놈이 묻혀 있단게로…… 그놈이 참 예쁘게 생겼었는데 지금은 땅속에 버려있게 되었으니……."

저녁 햇살이 어슬히 논이랑 사이로 밀려들고 있었다. 들 너머 마을에는 마지막 잔광이 걷혀가고 있었다.

"영감, 이제 늙었구료?" 보현 노인이 뒤따라오며 성크름히 말하며 얼굴을 들어 앞을 바라본다.

"그러오. 난 늙었우. 그래, 내게 지금 뭐가 있소? 난 늙었지."

보현 노인은 냉랭히 말이 없었다. 노인은 비칠거리며 하늘을 바라보았다.

하늘에는 온통 노을이 불타고 있었다. 그는 흡족하여 얼굴에 미소를 띠었다.

도시都市의 무덤

어둠이 온다. 시간이 내려온다. 하늘의 거리를 받아 싸여온다. 그때 참혹한 표정으로 박가이(朴可里)는 역사의 시계탑을 바라본다. 전자시계의 붉은 문자판 위를 절름발이 바늘이 띠룩거리며 왼편을 기어간다.

일곱 시 사십 분. 하늘에 빛이 걸어온다. 별이 반짝이며 으스스하게 바람이 불어온다.

박가이는 돌아섰다. 오버의 깃에 얼굴을 묻으며 급히 역 광장을 빠져나왔다.

"아버지, 그냥 가실래요?" 별안간 그의 아들 진근(陣根)이 곁에 달라붙으며 묻는다. 박가이는 흠칫 놀라며 그를 바라보았다. 이제껏 그의 존재를 잊고 있었다는 듯.

"이떡허냐? 돌아가지 않음."

"다음 차가 있으니께 더 기다려봐야 헐 거 아녀요?"

"놔둬라. 제까짓 년이 어딜 가든."

"그렇게 말씀헐 거 아녀요. 어떡허든 찾아야 허잖어요?" 불만으로 끓어오른 목소리를 듣고 박가이는 화끈 눈이 닳았다.

"그래, 찾았지 않니?"

"그거 조금 찾고요? 더 기다려봐야 돼요. 서울 가는 차는 아직도 몇 개 남았잖아요? 진숙(陳淑)이가 이왕 서울 방면으로 갈 거란 소식을 듣고 있는 바엔 더 기다려 봐야죠."

"밤새껏 기다려 봤자……." 성화에 당장 욱박아주고 싶은 격렬한 감성으로 중얼거렸다.

"그럼, 진숙이가 서울로 갈 거란 소식이 거짓이란 말여요?"

"……." 박가이는 대꾸 대신 한숨을 쉬었다. 바보처럼 몹시 치근덕거리는군, 하고 짜증이 난 얼굴로 그를 흘겨보았다.

"진숙이 반 애의 말에 의하면 그 애가 틀림없이 오늘 밤차로 서울로 떠날 것 같대요. 어젯밤에 만나 그랬다니께…… 밤차를 타고 떠날 이유가…… 첫째 그 애는 대낮에 떠나는 걸 꺼릴 거구요. 또 돈도 없잖어요? 서울을 밤에 떨어지면 당장 어떻겠어요?"

차츰 그의 목소리가 비통해지자 박가이는 분통이 치받는 듯 갑자기 소리를 꽥 질렀다.

"그러니까, 그깟년은 고생을 해야 헌다는 말이다, 이 녀석아!" 서슬에 진근은 무르춤하더니 곧 용기를 내어 말한다는 눈치로

"그렇지만, 지금 그 애의 잘잘못을 따질 때가 아녀요." 하고 겁을 먹은 소리로 말했다. 지프차가 앞으로 달려오면서 어지러운 불빛이 진근의 낯을 비쳐주었다. 잔뜩 부어 오른 얼굴이 근심으로 창백해진 것을 박가이는 훑어보았다. 가벼운 가각으로 몸을 떨며 그는 말했다.

"아무튼 말이다. 그년이 이번 차에 떠나지 않은 걸 보면, 밤늦게 떠날 리도 없을 것 같은데…… 그러니깐, 너나 다음 차 시간꺼지 기다려 보거라. 나는 달리 알아볼 테니깐." 하고 잰걸음으로 그곳을 떠났다.

"그럼, 먼저 가셔요." 등 뒤에서 진근의 목소리가 들렸다. 박가이는 포도를 터벌터벌 걸어나갔다.

'흥! 어린 주제에 어딜 가겠다구.'

중얼거리며 백화점의 화려한 쇼윈도 앞을 지나다가 한가운데 걸려 있는 회색 스웨터에 눈이 끌렸다. 그는 마음속으로 물리치면서도 무심코 걸음을 멈추고는 우두커니 바라보았다.

"무얼 사시겠어요?" 가녀린 목소리를 듣고 돌아보니 곁에 소녀가 웃고 있었다.

박가이는 질겁하고 거기를 떠났다. 목덜미에 찬바람을 느끼고 고개를 움츠렸다. 네거리의 한 담벼락에 극장 광고판이 마치 얼어붙은 것처럼 보였다. 여인이 가슴 한 자락을 까벌리고 웃고 있는 그림인데 성에가 끼어 사체(死体)처럼 안쓰러웠다. 그때 문득 뒤에서 그의 어깨를 툭 치는 이가 있었다.

"박 형 아니요?"

땅딸막한 키에 배불뚝이인 사공 민(司空 民)이었다. 마치 삽살개처럼 거리를 바쁘게 돌아다니며 청부업이네 뭐네 하곤 떠벌대는 친구로 토종(土種)이란 별명이 붙어 있었다.

"아니, 어딜 갔다 오시오?" 박가이는 짐짓 반기는 얼굴로 물었다.

"잠깐 친구 집에 다녀오는 길인데…… 참 오랜만이네요. 얼마나 고생허셨수?"

"뭐, 그깟 고생을 가지고……." 박가이는 가슴에 섬뜩한 걸 느끼며 말끝을 얼버무렸다.

"내 그렇잖어두 형이 무사히 풀려나오셨단 말 듣구 한번 찾아가려던 참인데 이거 정말 반가워요." 제법 울적한 목소리로 말하며 이윽한 눈길로 바라보았다. 그는 그러한 시선이 역겨워서

"뭘, 그렇게꺼정." 슬그머니 고개를 돌려 버렸다.

"그런데 형 어딜 갔다 오시우?" 사내가 다시 물었다. 박가이는 고개를 젓히자 여전히 열렬

한 그의 표정에 사로잡혔다.

“내 딸이 집을 나가서…….”

“그래, 어딜 갔어요?”

“글쎄, 서울 갔을까 허구서…….”

“아하, 그래 역을 다녀오신 길이우? 도대체 요즘 애들이란 게 뭐 제멋대로라, 허지만 무슨 일이 있을라구요.” 썩 기분 좋은 무관심에 말없이 박가이가 어설픈 웃음을 지어보이자 덥석 그가 손을 잡았다.

“박 형, 우리 저 시음장에나 가서 한잔 허십시다요.” 그들은 붉은 외등이 켜 있는 위스키 시음장에 들어갔다. 씁쓸한 곳이었다. 리베라 위스키의 병이 꽉 채워져 있는 벽면 아래 짙은 화장을 한 여인이 서 있었다.

박가이는 어깨를 으쓱해 보이면서 카운터에 상반신을 걸뜨렸다.

“한잔 주우.”

사공 민은 말하고 여인이 구석에 간 틈을 이용하여 바싹 박가이의 귀에 입을 대고 속삭였다.

“난 형이 꼭 쉬이 석방되어 나올 줄 알았지라우. 사실 형이사 무슨 죄요.” 눈을 찡긋해 보이곤 히죽이 웃었다. 이윽고 작은 글라스에 넘치는 노란 술을 바라보며 박가이는 매우 쾌적한 기분이었다.

“자아, 듭시다요. 형과 이렇게 술을 들게 된 것두 얼마만인지 모르겠수.” 감격적인 어조였다. 박가이는 가볍게 목줄을 튀기며 한잔을 들이켰다.

때 묻은 우중충한 천정 아래 짙은 푸른빛 형광등. 그리고 분위기를 휘젓듯 전축의 노래께한 음악의 선율. 집요하게 나붙는 여인의 물기 있는 느른한 눈매.

“그런데 형의 부인께선 지금두 미국에?” 그가 넌지시 말을 꺼내자 박가이는 힐끗 여인의 낯을 바라보았다.

“암, 샌프란시스코의 선박 회사에 있죠.” 여인의 눈이 호기심으로 번뜩거리는 것을 의식하는 순간, 박가이는 아내인 쵀네 진(陳)을 생각했다. 키가 작달막하고 낯빛이 약간 거무죽죽한 중국계 태생의 말레이 여자였다.

글쎄, 모든 일에 다구차고 야무지다 할까? 놀랍게 찬찬하고 또 놀랍게 열렬하기도 한 그녀의 모습이 떠올랐다. 알맞게 벌어진 가슴팍, 홀쭉한 허리, 펑퍼짐하게 퍼진 엉덩이는 선정적인 맵시였다.

약간 푸르스름해 보이는 자그마한 입술과 눈에 서리는 은근한 웃음이 고혹적이라고 생각했었다.

“지금두 가끔 돈을 부쳐오는가요?” 별로 마음에도 없이 수다스런 질문을 하는 거라고 박

가이는 생각하며

“물론 애들의 양육비가 필요허니깐 돈은 보내야죠.” 하고 퉁명스럽게 대답했다.

번번이 받는 울적한 심정을 당황히 눌러버리는 태도였다.

“히참, 형은 참 행복도 허지…….” 그가 넌지시 혀를 마는 시늉을 하면서 술잔을 들었다.

술기에 낯이 붉어지고 가슴이 후듯하게 달아 오면 그는 패기만만한 십칠 년 전의 와다가리(和田可里)가 된다. 키가 훌쭉하니 큰 미남인 일본의 젊은 군속(軍屬). 아름다운 술루바다에 쌓인 보홀섬. 코코 야자수가 무성히 자라는 푸른 땅 위에 사탕수수가 하늘을 가리는 아담한 도시 세부. 그곳의 한 제당공장을 와다가리는 접수하여 경영하고 있었다. 군수(軍需)와 암거래로 제법 수지가 맞는 일이었다.

게다가 능숙한 일본말, 그것은 정말 뻐길만한 훌륭한 말씨—자신은 늘 에도(江戶) 말이라고 했다—였다.

비가 구질구질 내리는 칠팔월의 강우기가 아니면 열풍과 더불어 휩싸드는 먼지 속에서 그는 사무실 마루판자 위를 볼품사나운 개가죽 구둣발로 덜커덕거리며 직원들 앞에 거드름을 피웠었다.

“고래와 좆도 웃가리 시자 나라나이 야쓰라자나.(이건 도무지 거저 내박쳐둬선 안 될 자식들이군.)”

그럴 때 사무실 한 구석의 테이블에서 살포시 고개를 드는 이국 아가씨의 서글서글한 눈매에 부딪쳤던 것이다. 그것은 경계심으로 굳어진 살벌한 감정을 녹여주는 열정어린 눈길이었다.

‘이건 정말 근사허게 걸려들었는걸. 이국의 여자에 끌린 첫 경험이야.’ 사뭇 계단처럼 위로 뻗혀간 담배밭들이 바라보이는 도로를 그녀와 나란히 걸으며 무르녹을 듯한 이국 처녀의 향긋한 머리칼 냄새를 맡고 있었다.

“저의 부모들은 퀘손에 살고 계시죠. 저는 마닐라에서 여학교를 다녔고요. 우리 직원들은 당신에게 상당히 겁을 먹고 있었지요. 글쎄 우리들은 패전의 설움을 견디고 있으니까요. 그런데 당신은 사귀고 보니 그다지 무서운 일본인은 아니더군요. 당신의 사업은 유망해요. 저는 오래 경험하고 있으니까요. 당신은 전쟁이 아니래도 이걸로 큰 부자가 될 것만은 명백해요. 우리 필리핀에서는 가장 유망한 사업이거든요.”

며칠 후 그는 초라한 레스토랑에서 그녀와 저녁을 같이하고 있었다.

“당신은 참 친절하신 분이군요. 글쎄 이런 금팔찌와 목걸이 같은 걸 우리들은 여간해서 엄두도 못낸 일이야요. 당신에게서 이런 선물을 받아도 좋을지 망설였어요. 우리 주변이란 아직도 당신네들을 경계하고 있는 심상찮은 분위기가 있으니까요.”

어느 날 그들은 야자수 그늘 밑에 앉아 있었다. 석양의 놀이 불길처럼 주위를 물들여 놓았었다.

그는 축축하게 젖어 있는 그녀의 자그마한 손을 매만지면서 문득 욕정을 자극하는 고혹적인 풍경을 바라보았다.

"어마나, 당신이 그렇게 열렬할 줄은 몰랐어요. 당신에겐 사람을 옴싹 못할 지경으로 휘잡아내는 힘이 있어요. 우리네 남성과 달리 나는 당신이 무척 이성에 대해서 수줍어한다고 생각했거든요. 당신은 여인의 순결을 얼마큼 믿고 계신가요? 나는 당신의 열렬한 키스를 받고 밤새껏 잠 못 이뤘어요. 당신의 사랑이 고마워서 정말…… 당신은 수다스러운 여자는 싫으신가요? 영어가 서투르신 건 알고 있지만 통 말이 없으셔……."

그런데 어느 날 밤 그들은 비어를 마시고 파리 떼처럼 사람들이 웅성거리는 시장을 거쳐 그가 기숙하는 아파트에 돌아왔다. 그들은 취해 있었다. 그것은 약간 끈끈한 바람기이기는 하나 알맞게 선선한 밤이었다.

"당신이 프러포즈할 것을 기다렸어요. 참 멋있는 우리 프레지던트! 나는 감격했어요. 어떻게 감사해야할지…… 퀘손에 있는 부모님들도 틀림없이 당신을 보심 반겨하실 거예요. 분명히." 뇌살할 듯한 눈웃음을 치면서 배트 위에 두 무릎을 괴고 오랫동안 행복의 의미를 놓지 않고 음미하려는 듯한 자세로 앉아 있었다.

그것은 십칠 년 전의 꿈같은 추억.

'췌네 진. 맹랑한 계집이었어.' 박가이는 회상에 잠겨 있었다. 그러자 문득 옆구리를 꾹 찌르는 손을 느끼고 고개를 들었다. 물기 있는 느른한 여인의 눈매. 곁에 선 사공 민의 음흉한 눈초리.

"박 형, 술 좀 드십시다요, 예." 박가이는 어지러운 현실 앞에 아찔한 현기증 같은 걸 느끼며 얼른 잔을 들었다. 일껏 자기적(自棄的)인 기분으로 술을 마셨다. 침묵한 뒤에 사공 민이 호주머니에서 두툼한 봉투 하나를 꺼냈다.

"박 형! 나 이거 말이우. 이번에 근사헌 사업 하나를 트게 되었지라우." 입을 벌씬거리며 미농지 한 장을 그 속에서 꺼냈다.

"이거 말이우. 방수용 시멘트인데…… 참 유망한 사업이지라우. 형 알다시피 보통 시멘트는 누수가 되거든요. 그러니까 이 방수용 시멘트를 섞어서 쓰게 되면 절대루 누수를 막아낸단 그 말이지우."

종이를 펴는 그의 손가락이 다짐하듯 판자 위를 꾹꾹 찔렀다.

"그래, 그건 뭔데요?" 박가이는 울컥 쏠리는 호기심으로 물었다.

"이거 말이우? 국립 과학 연구소에서 떼 온 감정서지라우. 이거 보우. 누수의 율이 고작 0.26%라 써 있지 않우? 허니깐 결국 97% 이상을 막아낼 수 있단 거죠. 이거야 말로 진짜로 믿을만한 시험 결과니깐두루……."

"아니, 그런 광산이 어디 있는데?" 박가이는 물었다. '똥개 같은 이 토종이 또 어디서 그런 걸 냄새 맡았나?' 가벼운 반발을 느끼면서 마음속으로 중얼거렸다.

"광산이라는 게 기실 대단치두 않다 말이거든요. 바루 가까운 부안 채석장(採石場) 일대에 무진장 있으니께 말이우. 이거 보시우." 호기가 절정에 이르자 오버 호주머니에 손을 쑤셔 넣었다. 푸르스름한 빛의 조약돌 두 개를 꺼내놓았다. 박가이는 얼른 끌어 잡았다. 손때가 몹시 반들거렸다.

"바루 그거라우. 그걸 바닷가에서 운반해서 바숴내는 거죠. 현재는 자금 땜시 소규모로 일꾼 한 열 명쯤 부려서 바숴내고 있는데 한 가마당 오십 원의 인건비를 내고 있죠. 어차피 본격적으루 하려면 분쇄기를 사야 허지만…… 아무튼 유망헌 사업이지라우. 뭣보담 교량공사나 지붕 기와 같은 데는 꼭 필요허니깐요."

그가 당당한 기세로 말했을 때 박가이는 문득 그 앞에 으스러지는 자신의 열패감을 의식하고 있었다.

'똥개 같은 녀석이 기고만장하구나.' 그는 충격적으로 어깨를 으쓱해 보이며 눈길을 돌렸다. 십칠 년 전의 만만했던 자신이 떠올랐다.

'그때 이 박가이는 네놈 따위와는 문제가 안 되게 재수가 좋았어. 일생에 꼭 한 번쯤 있을 둥 말 둥한 재수라는 게 말야.' 박가이는 불현듯 시니컬한 기분으로 물었다.

"해서 사공 형이 그 광산권을 얻었소?"

"아니우. 광산은 서울에 있는 이모 씨의 것인데 그자가 원주와 부안의 두 군데를 가지고 있는 걸 내가 이를테면 여기 걸 양도받은 거죠. 권리금으로 사십오만 원 줬지라우." 그는 특허국에서 나온 등기증서를 마저 꺼내보였다. 자적한 미소가 입가에 번지고 있었다.

"이제껏 우리나라에선 일본에서 그걸 수입해 쓴 거니까 이 사업이 본궤도에 오를라치면 이거야말루 앞날이 훤허지우. 그리고 사십오 키로 한 포대 당 보통 시멘트 값이 백육십 원에 비해서 이건 십 원을 깎아낼 수 있거등요. 허니깐 채산이 어김없는 셈이지우." 그는 술을 쪼르르 마셨다. 만사 뜻대로라는 유유한 기분을 풍겨주고 있었다. 박가이는 손안에 그 반들거리는 조약돌을 쥐고 있었다. 술잔을 들어 홀짝 마시곤 이따금 물빛에 비쳐보았다. 파란 불빛에 조약돌은 이상한 광채를 띠고 있었다.

"박 형! 어떠시우. 생각이 있으심 자그맣게 한 가부(株) 들으시고 일해 보는 것두." 그가 난데없이 제의해 왔다. 박가이는 그가 오만한 눈짓으로 자기를 흘겨보고 있다고 깨닫자 발작적으로 조약돌을 손에서 떨어뜨렸다.

"물론 박 형이 현재 놀고 있는 사정을 알기 땜시 허는 얘기죠. 사업은 유망허니깐 말이우. 그리고 혹시 생각이 있다면야 미국의 부인헌테서 좀 끌어댈 수도 있잖겠수?" 박가이는 이마가 선뜩해왔다.

'이 녀석은 사람을 교묘히 업신여기는구나.' 그는 잔에 술을 따르면서 적이 신경질이 된 목소리로 지껄였다.

"사공 형! 생각해 보리다. 이래봬두 나는 아직 배짱으로 살고 있소. 그깟 자그마한 사업 따위는 아여 눈 안에두 차지 않아서 여태껏 빈둥거리고 있기는 허요만……."

박가이는 마치 누구를 상대로 호통을 치고 있는 기분이었다. 사공 민의 낯빛이 약간 붉혀졌다.

"암, 그렇지우. 그다 뿐이우? 사실 박 형 같은 이는 언젠가 한 번쯤 굉장헌 사업 하날 들구 나설 거라구 생각하구 있지우."

그가 배시시 웃더니 입을 씰룩거렸다. 메스꺼움을 느끼며 박가이는 상반신을 뒤로 젖혔다. 확 취해 오르는 주기로 눈앞이 흐려왔다. 그는 다시 조약돌을 끌어 잡았다. 손바닥에 느끼는 차가운 감촉으로 그는 어쩌면 희한한 환상에 집착해 있는 자신을 깨닫고 있었다. 별안간 역겨운 웃음을 터뜨렸다.

"사공 형! 이걸 나에게 주겠소?" 하고 물었다.

"암만요. 가져가고 싶음 가져 가시우." 당황히 대답했다.

"자아, 그럼 갑시다." 박가이는 몸을 돌렸다. 앞장서서 문으로 향했다. 갑자기 그는 발길이 허든거려서 하마터면 쓰러질 뻔하다가 겨우 한 손을 벽에 짚었다.

"이거 정말 기분 좋게 마셨어!"

어두운 골목으로 들어섰다. 혼자서였다. 바람 끝이 차갑다. 하늘을 우러러 보았다. 촉촉하게 젖어있는 지붕 위로 달빛이 어슴푸레 비치고 있었다. 열사흘 상현(上弦)이었다. 그는 생각했다. 그가 무거운 철책 옥문(獄門)에서 나온 것은 그저 칠흑처럼 어두운 지난 그믐날 밤이었다.

만 석 달 만에 그는 집행유예의 선고를 받고 옥고에서 풀려 나왔다. 초조하고 불안한 미결감방에서 마침내 결심공판에 나선 것은 석방되기 사흘 전이었다.

"피고 박가이는 공사 실적이 없음에도 불구하고 청부업자라는 신분을 사칭하여 이병삼(李秉三) 외의 수인으로부터 각각 건축자재를 단독구매 해준다는 조건으로 십만 원 상당의 금품을 편취하였고."

법정에서 목쉰 소리로 논고하던 검사는 예심에 앞서 검사실 묵직한 테이블 위에 구둣발을 얹어놓고 담배를 피우고 있었다. 뾰족한 구두 끝이 박가이의 이마를 찌를 듯 거들먹거렸다. 그리고는 이따금씩 그의 위아래를 마슬러본다.

두꺼운 눈두덩 아래 번들거리는 눈길이 그를 옴짝 못하게 사로잡아 놓았었다. 박가이는 고개를 푹 숙이고 두 손을 얽었다. 퍼뜩 쳬발이 노인(가면의 일종) 같이 주름살투성인 감방 안의 노인이 떠올랐다. 그리고 그의 목소리가 잠시 가슴을 울리고 지났다.

"자네 말이네, 검사 앞에 가거들랑 부디 어수룩해지는 게 좋네. 더럽게 못난 저따위 인생이 무슨 꾀가 있어 사람을 등쳐먹었을까 하고 경멸을 당허는 게 상수란 말일세."

음흉한 비굴로 마음이 울먹거렸다. 아니나 다를까 그때 검사는 갑자기 구둣발을 꽝하니 내려놓으며 꽥 소리를 질렀던 것이다.

"아니, 그래 끝끝내 청부를 맡았다는 거짓말을 한 일이 없단 말야?" 그의 낯은 금시 핏기를 잃었다. 벌렁거리는 소리로 말했다.

"정말로 검사님, 그런 멀쩡헌 얘기를 어떻게 허겠어요? 정말이지."

"그럼 그 많은 돈을 무얼 신용허구 주었단 말야?" 낯이 빨개진 채 참을 수 없는 노여움으로 검사가 발을 동당거렸다. 곁에서 조서를 받아쓰고 있던 서기가 배시시 웃었다. 마치 그런 엉터리 수작에는 진력을 느낀다는 듯이 권태로운 표정이었다.

"단지 저란 인물을 신용했던 거죠. 사실 그전에는 제번 사업이라구 했다는 걸 아니까 그저 빌러준 건데…… 못 갚으니까 괜헌 소리를 허는 거죠."

"당신을 신용해? 어처구니없는 수작일랑 되풀이하지 마. 그럼 고소 사실이 날조구, 여기 방증들이 다 엉터리란 거야?" 박가이는 실쭉했다. 검사의 분통을 터뜨린 게 가슴 아프다.

'괜헌 소릴까? 허지만 어쩔 수 없는 걸.' 그는 가까스로 고개를 꼬며 말했다.

"검사님, 그리구 먼저도 말씀드린 바와 같이 제 아내가 샌프란시스코의 선박 회사에 근무허구 있기 땜에 그걸 믿고 주는 거여요." 그러자 검사는 노골적인 경멸을 드러내고 별안간 키득키득 웃기 시작했다. 서기도 이 대목에 가서는 약속이라도 한 듯 펜을 집어던지고 팔짱을 끼고 웃어댄다.

마음 푸근히 진경(珍景)이라도 바라보겠다는 그들의 해학적인 기분으로 박가이는 얼떨떨했다.

"도대체 당신의 진술은 뒤죽박죽이야, 그렇지만 들어주지. 또 한 번 말해 봐. 처음부터 말야." 요구는 끈덕지고 악랄했다. 대체로 심문이란 어처구니없는 차질 속에서 진행된다. 박가이는 열렬히 진술을 계속한다. 터무니없는 열정을 조용히 비웃어가며 이맛살을 찡그린 채 검사는 시종 담배를 빨고 있었다.

그러다가 마침내 발을 구르며 소리친 것이다.

"자아, 그만 두시오. 언제나 그런 이야기군, 제길." 그때 박가이는 망연자실하는 태도로 검사의 노여움으로 온통 구겨진 얼굴을 바라보았었다. 등줄기에 식은땀이 흐르고 피가 치솟아 와들거리기 시작했다. 문득 미국으로 건너간 이래 일껏 불쾌한 기억만을 던져준 아내의 일이 왈칵 걸려 왔다.

"검사님, 혹시 제 말씀에 잘못이라두 있으시다면 제발 용서해 주십시오." 그는 깊숙이 고개를 떨궜다. 그리고는 결정적인 의구심 때문에 검사의 시선을 두려워하면서 간신히 고개를 비껴 올렸다.

퍼뜩 그의 머리에 스치는 광경이 있었다.

그는 세부의 한 미군 장교 안에 잔뜩 얼어붙은 자세로 앉아 있었다.

"장교님, 말씀 드린 바와 같이 저는 일본 사람이 아닙니다." 박가이는 더듬거리는 말로 외치면서 무서운 공허감으로 영어에 서툰 자신의 어리석음을 통감했던 것이다.

'절대로.' 라는 말에 힘껏 매달렸으나 그걸 입 밖에 내지 못했던 그는 아내가 곁에 있었더라면 그럴듯한 변명으로 힘이 되었을 거라고 생각하고 있었다.

이때 몇 마일 저쪽에서 대포소리가 들려왔다. 그 소리에 요 며칠간의 온갖 고뇌 그리고 오늘 아침 군사령부에 끌려오면서 느낀 온갖 공포가 절정에 이른 순간에 그는 얼굴에서 핏기가 가셔갔다.

그러면서도 마음속으로는 '어림도 없지, 어림도 없어. 누가 뭐래든 이건 내 거야, 내 거야.' 하고 별로 뚜렷한 이유도 없이 옛날 농담의 마지막 구절을 중얼거리고 있었다. 요란한 뜻밖의 함포소리와 그것이 일으키는 충격이 패전과 그리고 경영에 내쏟았던 모든 열정을 잿더미로 만들어버렸다는 허망을 그는 아직도 확신할 수 없었던 것이다.

"췌네. 이거 봐. 우리는 머지않아서 어마어마한 부자가 되는 거야. 그리고 당신의 부모들을 기쁘게 하기 위해서 고향인 퀘손에도 공장 하나를 세워 놓을 수 있는 거야. 우리네 풍속으론 사내의 최대의 영광은 타관에 가서 성공하여 환고향 하는 거야. 그러니까 전쟁이 끝나면 당신이 가고픈 내 고국에도 가보자는 거지. 암, 누구든 내가 이렇게 성공할 줄이야 꿈에도 생각 못했을 거거든." 임신으로 낯이 핼쑥했던 췌네는 기쁜 울음소리를 하며 말했다.

"정말예요. 전 꿈처럼 행복해요. 그렇지만 이따금 생각하면 우리의 행복이 그저 영원할 것인지 불안하기조차 해요. 더구나 지금 일본군의 전세가 불리해간다는 뉴스도 들리구……."

"바보 같은……. 그건 췌네가 아직도 현실을 믿지 못한 때문야. 우리네 사내들은 결코 얻은 것을 잃지 않는 신념 속에 사는 불패의 기질을 타고나 있거든. 생각해봐. 일본군이 저 혁혁한 전과를 얻은 건 그런 다구찬 다마시(魂)를 가진 탓이 아니냐 말야." 그때 그녀는 여자다운 특유한 아량에서 상냥스러운 어조로

"원더풀, 원더풀."을 외쳤던 것이다. 그런지 두어 달, '제기랄 이건 어찌된 판국야?' 하고 미처 살필 틈도 없이 세상이 왈칵 뒤집힌 것이다. 맥아더 장군이 거느린 군대가 먹구름 몰려오듯 쳐들어 온 것이었다.

박가이는 내심의 혼돈을 누르면서 자기 앞에 앉아 별로 자기 증언에 과념하지 않은 듯 무

뚜뚜하게 서류에 뭔가 기재하고 있던 벽안의 이국인을 바라보았다.

'이건 정말 사람 죽이게 침착한 태도로군.' 장교의 야윈 긴 손가락 사이에 낀 펜 끝을 응시하면서 그는 신음소리를 했다. 이윽고 장교는 서류 위에 펜을 가만히 놓았다. 눈자위가 움폭 패어진 지친 우울한 눈빛으로 창밖의 회색 창고를 바라보고 있었다. 그러더니 벌떡 일어섰다. 신경질적인 걸음으로 창가를 서성거리다가 그의 옆으로 다가왔다.

"미스터 와다. 당신의 어떠한 진술에도 상관없이 당신의 모든 재산은 적산으로서 몰수합니다. 군사령부의 명령으로 당신께 이런 조치를 통고하려고 소환한 것입니다. 그리고 당신은 다음 조처에 의해서 당신의 나라에 송환됩니다. 다만 당신이 송환되기까지의 일체의 신변은 군의 명령으로 보호됩니다." 장교는 말을 마치고 테이블에 돌아갔다. 의자에 걸터앉자 빙그르 돌아간다.

'모든 건 끝났단 말인가? 나는 그럼 알거지가 된단 말이지?' 이 눈 깜짝할 사이의 변환에 기겁을 하고 정신없이 일어나자 방을 뛰쳐나왔던 것이다. 그때 또다시 은은히 대포소리가 들려왔다. 그리고 거리에는 일단의 주민들이 까맣게 모여 서서 고래고래 소리치고 있었다. 먼지를 날리며 중무장을 한 미 병사를 가득 실은 트럭이 잇달아 그들 앞을 지나가고 있었다. 박가이는 얻어맞은 듯이 비칠거리며 그 자리에 우뚝 서버렸다. 별안간 살기를 띤 심상찮은 공기에 눈앞이 아찔해왔다.

그때 허겁지겁 그 앞으로 달려온 여인이 있었다. 뜻밖에 췌네였다.

"당신 여기 계셨군요. 아, 다행이어요. 당신 지금 거리에 나가지 마셔요. 큰일이 나요. 정말 큰일나요."

그녀의 눈은 공포에 질려 있었고 낯빛은 백랍 같았다.

"……." 박가이는 화액을 삼킨 사람처럼 말이 없었다.

"거리는 지금 불의 도가니예요. 그들이 일본인에게 무슨 끔찍스런 보복을 할지 알 수 없어요. 몸조심하셔야 해요. 나도 여기까지 오다가 하마터면 큰 봉변을 당할 뻔했어요. 일본 새끼에 붙어먹은 계집은 그냥 놔두지 않겠다고 위험을 당한걸요."

박가이는 극한에 이른 마음의 분노 때문에 그녀의 말을 듣고 있지 않았다. 임신 중인 그녀의 초췌한 몰골이 가련해지자 신기한 불안이 겹쳐 왔다.

"이제 미군이 우리 신변을 보호해 준다고 약속했소." 그러자 그녀가 벌컥 짜증이 나는 소리로 말했다.

"당신 그런 말을 믿지 마세요. 미군인들 혼란에 빠진 필리핀 사람들의 의심들을 어쩔 수 없는걸요. 아무도 그들의 불같은 적개심을 눌러버리진 못해요. 아무튼 저쪽으로 가서 거리가 조용해질 때까지 잠깐 기다리기로 해요." 그녀는 어리벙한 그를 건물의 한 모퉁이로 이끌어갔다. 그들은 창고 입구의 계단에 웅크리고 앉았다. 거리의 소음이 약간 멀어지자 박가이는 안도의 숨을 내리쉬었다. 사이를 두고 그녀가 들여다보듯 바싹 얼굴을 가까이 하며 말했다.

"당신 너무나 겁먹을 건 아녜요. 열하기 쉬운 저 사람들의 감정도 차츰 진정해질 거예요. 다만 문제되는 건 우리들의 장래예요. 우린 어떻게 되죠?" 박가이는 진정 중요한 문제를 잊고 있었다는 듯 침통해진 낯으로 퍼뜩 고개를 들었다.

"이제 장교가 머지않아 고국으로 우리를 송환해준다고 했소."

"그럼, 여길 쫓겨난다는 셈인가요?" 그녀가 전혀 뜻밖이라는 표정으로 놀랐기 때문에 그는 큰 충격을 느껴야 했다.

"그건 그들의 방침이라오." 그녀가 별안간 흐느끼기 시작했다.

"그럼, 우리는 떠나야 되나요?" 박가이는 홧김에 자리에서 일어섰다. 일껏 초조한 걸음으로 그녀 앞을 서성거렸다. 다시금 포도를 울리는 차바퀴 소리와 군중의 함성, 그리고 간헐적으로 들려오는 대포소리가 희뿌연 하늘을 온통 회색빛으로 흐려놓고 있었다. 박가이는 한 판자벽에 기대섰다. 이상한 햇빛의 무게를 느꼈다. 그것은 그가 이곳에 처음 왔을 때에 느꼈던 그 견딜만하게 무지근한 태양빛과는 달리 그저 사람을 못 견디게 하는 권태로운 그것이라고 생각했다.

불현듯 그런 느낌은 사 년 전 고국에서 징용을 기피하고 숨어다니던 때의 화나게 눈부신 태양빛과도 달랐다. 박가이는 두고 온 고향의 하늘을 생각했다. 역력히 어떤 보람 있는 뜨뜻한 기분에 그는 가볍게 어깨를 으쓱했다. 아내 곁으로 갔다. 여전 어깨를 들먹이며 울고 있는 처량한 모습에 감동되어 울렁거리는 마음을 누르며 말했다.

"췌네, 당신 그렇게 절망해선 안 되오. 당장 송환을 당헌대두 까짓 고국에만 돌아가문야 또 다른 생활을 꾸려갈 수가 있소." 그녀는 듣고 있지 않았다. 그는 반응을 얻을 수 없는 암담함 속에서 씁쓸한 웃음을 지었다.

"우리나라는 예처럼 메마른 땅이 아니오. 기후도 좋고 인심도 한결 좋소. 그리고 사실 무슨 일을 일으켜놓기만 하면 잘 될 수 있는 곳이요. 나는 적당히 많은 농장을 가지고 있소. 차라리 당신이 원하는 내부 조용한 생활을 즐길만한 고장이오."

또 한 번 터지는 거리의 함성에 귀를 막으며 말을 마치자 그녀의 어깨 위에 손을 얹었다.

"그리고 당신은 지금 임신 중이 아니요? 당신의 뱃속에 든 우리 자식이 내 땅에 가서 낳는다는 것은 참 행복한 일일 거요. 행복한 일이오."

박가이는 집에 이르렀다. 남의 집 모방 한 칸을 세 들고 있는 그로서는 더욱이 췌네가 떠나버린 뒤에 집이라고 여겨본 일은 없었다.

구차하게 몸만을 담아주는 움막 아니면 동혈(洞穴)이라는 셈인데 이건 어쩌자고 분(盆)에 심어둔 나팔꽃이 밖으로 나가 피듯 마음이 들뜬 두 아이의 비뚤어진 눈치에 밟혀 역정을 느끼고 있었다.

알맹이 없는 빈 고갱이 속에 들어앉은 고적한 생활에 쌓인 울화를 눌러 살기 오 년이 지났다.

'오 년…… 그리고 이 겨울이 지나면 또 한 해가 저무는구나.' 박가이는 취기가 가시고 으스스한 오한을 느끼면서 방문을 열었다. 책상 앞에 엎디어 있던 진근이 소스라쳐 몸을 돌렸다.

여전히 딸 진숙이 없다. 정면 벽에 걸려있는 췌네의 사진이 그를 바라보고 있었다. 요즘 따라 그 의미가 께름해진 이상한 미소를 짓는 얼굴이다. 실망으로 칵 목에 치받는걸 느끼며 그는 방안에 들어섰다.

진근의 할퀴어보듯 한 눈초리를 피하면서 오버를 벗어 걸었다. 담배를 꺼내려고 주머니에 손을 찔렀던 그는 돌멩이 하나가 손끝에 잡혔다. 꺼내 보았다. 불빛에 번들거리는 것은 방수용 시멘트, 0.26의 누수를, 적절한 투기. '그건 매혹적인 기업인걸?' 박가이는 소중하게 들여다보다간 도로 주머니 속에 쑤셔 넣고 담뱃갑을 찾았다. 아랫목에 가시 쓰러질 듯 벽에 기대어 앉았다. 담배 한 개비를 태워 물었다. 그때 방구석에 웅크리고 있던 식모애가 어름어름 물었다.

"저녁 진지 잡수실 참요?" 볼품없는 말버릇에 비위가 토라져서 퉁명스러운 어조로

"그만둬라, 먹었다." 하고 욱질렀다. 서슬에 그년이 구석을 파고들 듯이 몸을 움츠렸다.

그는 잔인해지는 자신을 달랠 듯 눈을 돌리었다. 무심코 진근의 눈과 딱 마주쳤다. 집요하게 뭔가 요구하는 악랄한 눈길이었다. 그는 어느덧 그 눈에 사로잡힌 자신을 깨닫고 불쾌했다. 천정 가득히 퍼져가는 담배연기를 바라보며 안간힘을 쓰곤 덜커덕거리는 달구지의 바퀴 소리와도 같은 목소리로 물었다.

"진숙이는 없데? 없어?" 진근이 불 먹은 대답을 했다.

"오늘밤에도 허탕을 치고 왔어요."

"몇 시까지 있었니?" 때로 가책을 엄폐할 때에 하듯 시큰둥한 소리로 물었다.

"서울 종차까지 다 보고 왔어요."

"……." 신음에 가까운 소리를 하며 그는 입을 다물었다.

"그 애가 나타나질 않는 걸 보니 이건 보통일이 아녀요."

"고 죽일 년이 어떨 셈이라지?" 소리를 꽥 지르고 눈을 흡떠 노려보았다. 약간 질린 듯이 실쭉했던 진근은 그 동안을 두고 끓어오른 목소리로 대꾸했다.

"걔 심정도 좀 알아줘야 돼요. 챙피허게 학교는 늘 납입금 땜에 등교 정지만 당해쌓고 그리고 또……." 갑자기 말끝을 훔치고 그를 바라본다.

"그리고 또 어쨌다는 말이냐?"

"집안이 늘 요 모양인걸요." 결연히 대꾸했다. 박가이는 씁쓸한 웃음을 지으며 시니컬해진 기분으로 폭발 직전의 노여움을 예감하며 말했다.

"도대체 너희들의 그 심정을 내가 알면 어떡허란 말이냐? 돈이 없어 납입금을 못내는 것도 다 형편이 그러니깐 그런 거구…… 도대체 미국의 네 에미헌테서 돈이 끊긴지도 여러 달이고 보면 어려운 형편을 이해도 해줘야 할 거 아니냐 말이다. 그리고 등교 정지를 당했대두 번번이 학교에 나가서 적당히 해결 지워주곤 한 거 아냐? 언제 학교를 못 가 큰일이 났었니? 이번 일만 해두 내가 담임 선생께 말하려던 참이었어. 그런데 자발을 떨고 집을 나가? 집을 나감 해결이 된대? 앙?"

"그렇지만 개도 염치가 있어요. 매번 아쉽게 눈치를 봐가며 학교 다니는 고통도 생각해야죠."

"아니, 그렇잖음 어떡허란 말이냐?"

"어떡허긴 어떻게 해요?" 제풀에 흥분을 누를 길이 없었던 모양으로 거칠게 반문해 왔다. 박가이는 화가 끓어왔다.

"너 애비가 뭘 어쨌기에 시비를 거니? 이 녀석아, 너희들은 걸핏하면 미국에 있는 네 에미를 못 만나는 이유가 나에게 있는 양으로 불만투성이지만…… 애비인 나도 희생허구 있는 거다. 이렇게 말이다. 철따귀 없이 네 어미 그리운 정만 내세우지 받고 이 애비의 심정도 알아줘야 헐 게 아니냐 말이다."

박가이는 문지방에 담배를 비벼 끄고 화들짝 몸을 젖혔다. 가슴속에 뜨거운 불덩이가 확 퍼졌다.

'나도 이렇게 희생허구 있는 거야.' 박가이는 번번이 자식들 앞에서 으스러지려는 자존을 되찾을지도 모르는 막연한 공분을 나타내곤 했다. 그것은 오 년 전 춰네의 도미(渡美)에 앞서 일어났던 불화에서도 그는 이런 극성을 잃지 않았다.

아니 그로서는 혼자서 빈축을 사는 어떤 경우에도 딴에 하나의 외고집이라는 게 있었다. 춰네와 같이 강제 송환된 지 사 년째 되는 가을철에 그는 한 좌익 단체에 가담하고 활동함으로써 경찰에 끌려가 몇달간 고생한 일이 있었다. 반미적(反美的)인 선동에 관련된 일련의 소요사건이었다. 국가보안법에 의한 재판에 회부되어 가벼운 형벌을 치렀던 것이다. 그러나 기실 그는 조직적인 반국가적 행위를 할 위인은 아니라고 자신도 생각하는 것이었다. 다만 그는 필리핀에서 강송(强送) 되고 벼락부자에 대한 야망을 송두리째 빼앗겨버린 채 알거지가 되어야 했던 기구한 곡절을 미군에게 붙였던 것이다.

"누가 뭐래든, 세부에서 제당공장은 내 손으로 키워놓은 거라네. 짐승도 입에 문 걸 빼앗기고 보면 분해하는 건데 항차 내 막대헌 재산을 잃어버리고 분하지 말란 법은 없잖은가?"

짐승과 사람과의 소유욕을 혼동하는 셈이었지만 아무도 그의 맹목을 나무랄 수는 없었다.

더구나 그는 전쟁이란 말을 호열자만큼이나 싫어했다.

"아니, 전쟁이 어떻단 말인가? 내가 공장을 운영허는 것 허구 전쟁과는 아무런 상관이 없던 걸세. 단지 나를 그곳으로 데려다준 건 전쟁이었지만 줄곧 그 후로 전쟁과는 아무런 상관이 없이 지냈단 말이거든."

그는 이렇게 가는 길과 오는 길을 전혀 관계없는 것으로 간주하고 있었다. 말하자면 그에 있어서 사상은 하나의 열병이었다. 불처럼 뜨거운 혼열(昏熱) 속에서만 그는 살아가는 자신을 깨달아온 지도 모른다.

그러나 이따금 아내 쉐네의 존재에 한해서만은 전쟁을 인정하였다.

"여보, 쉐네, 친구들이 말야. 똑똑허구 훌륭한 당신 같은 외국인을 데리고 살다니 신기하게 생각들을 하는 모양야. 우리네 주변엔 외국 여자란 무턱대고 신기한 존재들이 돼있거든. 거, 전쟁이 아니군 이런 인연들을 생각할 수가 있겠어?" 그 말은 의외로 쉐네의 역정을 불러일으켰다. 불만이 축적된 그녀의 일그러진 표정은 귀국 후 곧장 버릇되어온 것이라고 박가이는 생각하고 웃음을 거두었다.

'앵돌아진 이 년의 심상을 벌해줄 방법은 없을까?' 일껏 처신의 불쾌감 속에서 그는 입술을 물었다.

이역만리 찾아온 쉐네가 이곳에서 발견한 것은 유리알처럼 차고 맑은 하늘과 구부러진 초가와 아담한 기와집, 그리고 억센 말투만은 아니었다. 몬순과 권태로운 강우기와 그리고 아바카 섬에 비한다면 모든 게 신기한 고장이었다. 그러나 정작 쉐네가 발견한 것은 마음 궁금하게 생각했던 남편의 처신이 너무도 가혹한 상상 밖에 내팽개쳐 있었다. 그가 뜻밖에 기혼자였다는 것과 거의 빈털터리인 가난뱅이였다는 것이었다. 그리고 자신이란 동물원에 시집온 낯선 짐승처럼 어쩔 수 없는 존재같이 여겨졌다. 덧붙여 눈앞의 생활이 암담했다. 게다가 뱃속에 든 아이는 뉘우침과 체념이 엇갈리는 세월 속에서 하루하루 만삭에 가까워지고 있었다. 이중의 아픔으로 그녀는 이따금 궂은 빗날 같은 눈물을 적시곤 했다.

"여봐, 쉐네, 나는 아무 말도 안하겠어. 그놈의 미군이 우리 생활을 몽땅 빼앗아가버려서…… 이건 원 기맥히게 됐지. 허지만 당신은 각오해야 돼. 내가 당신을 공연한 허튼 수작으로 꾀어낸 거로 생각해선 안 되니깐 말야. 우리네 풍속으론 아내란 남편을 죽도록 따라야 한다는 미덕이 지켜지고 있어. 당신의 뱃속에 아이가 뭣보다 유력한 증거야. 좀 고생허는 것쯤 말없이 참아야 돼."

박가이는 일쑤 친구들과 어울리게 되면 말끝마다 기막힌 사연을 늘어놓고 주먹을 부르쥐곤 했다.

"헌데 말야, 나는 까짓 시시한 돈벌이 같은 거는 아여 눈 안에도 안차게 됐다 말이거든. 젠장, 간덩이만 부어서 큰일이지만, 요 박가이가 그곳에서 살 때의 호화판을 상상이나 해 보게나. 내 처가 지금 저리 고생이지만 그곳에서도 상당헌 뱃뻰(미인)인데다 영어, 스페인어, 중국어 등 달통이거든 말야."

그의 말마따나 그녀의 그 훌륭한 영어실력으로 강습소를 차리고 그 수입으로 셋방살이를 부지해갔다. 그러나 사업에 대한 화려한 욕망으로 그는 늘 마음이 부풀어 있었다. 쉐네에 있어 그런 생활이란 아예 시궁창과 같았으나 체념이란 검은 진흙이 다져져가는 판에 큰아들 진근이 낳았고 두 살 터울로 진숙을 낳았다.

그런데다 박가이가 눈밖에 두고 얼씬도 안하던 그의 조강지처가 영영 고독을 이기지 못해 친정으로 떠나버린 것이었다.

"쉐네, 어차피 말하지만 내가 당신헌테 아내 얘기를 안 헌 거는 잘못이었지만, 실상 나는 한 번도 그녀 생각을 해본 일이란 없었던 거야. 그러니까 내가 군에 들기 일 년 전에 부모의 강제로 애정이 없이 결혼한 거지."

"그렇지만 그분이 불쌍허잖어요?"

"불쌍헌들 어떡헌단 말야? 차라리 나는 그가 내 곁에 붙어서 고생하느니 잘 됐다고 생각해." 그 후 쉐네는 미군의 한 지기를 통하여 박가이를 피엑스에 사무원으로 취직시키려 했다.

"당신 공연히 반미적인 언동을 삼가세요. 경솔해가지고 화를 당하는 건 부끄러운 일야요. 전쟁으로 당하는 불행쯤 아무도 어쩔 수는 없어요. 저는 장래를 위해 모든 고생을 견디고 있는 걸요. 귀국한지 벌써 칠년인데…… 아이들 장래도 생각해봐야 하잖아요?" 몹시 추레해진 몰골을 대하고 그는 호된 가각을 느꼈으나 여전히 마음속으로는 거역하고 있었다.

"이건 어찌된 일야. 내가 그런 기관에 들어가 일을 하면 사람들이 비웃을걸? 자식, 미군 덕을 톡톡히 보는군, 하고……." 그러나 결국 아내의 의사에 순순히 따랐다. 피엑스에 들어가자 그의 생활은 약간 활기를 띠어갔다. 그러나 석 달이 못되어 그는 다시 불집을 터뜨리고 말았다. 사공 민과 결탁하고 암암리에 시작했던 군수품의 유출이 탄로 난 것이었다. 그로 인해서 재판을 받고 삼 년의 징역형을 받았다. 그리고 일 년 남짓 복역 끝에 병보석(病保釋)이 되자 결정적인 파탄이 그를 기다리고 있었다. 병보석에 바친 보증금과 재판의 비용 등에 가세는 쭈그러지고 쉐네는 히스테리로 병원에 입원하고 있었다.

가료를 받고 회복되자 쉐네는 미국으로 훌쩍 떠나버린 것이다. 그것은 전혀 예기치 않은 일이었다. 그와는 한마디의 상의도 없이 단독으로 해버린 일이었다. 박가이는 이번만은 톡톡히 그녀를 저주했다. 출감되어 나오자 빈집에 어미 잃은 두 아이를 발견했을 때의 현실이란 너무도 가혹했다. 그는 입술을 악물었다. 그런지 오 년이 지났다. '이 겨울이 지나면 또 한 해가 저무는구나.' 화분에 심어놓은 나팔꽃이 밖으로 나가 피듯 머리가 커질수록 아이들은 미국에 있는 아내에게 마음을 빼앗겨있는 꼴이 고통이 되었다.

번번이 자식들에게 보내온 그녀의 편지가 화를 돋웠다. 자신에게는 한 차례의 편지조차 없었다.

배신의 씁쓸한 기분으로 모욕을 견디었다. 췌네의 행위란 마치 공중 높이서 도적맞은 새끼들을 부르며 애를 쓰는 어미 새의 부르짖음과도 같았다. 그래서 두 아들을 옆구리에 끼고 하늘로 올라가버린 선녀를 그리는 동화속의 허망한 나무꾼과도 비긴 바가 안 된 박가이의 난감한 입장이기도 했다.

어느 날 그는 오피스에서 찍어 보낸 그녀의 사진이 새로이 진근의 책상머리에 붙어 있는 걸 보자 그만 울화가 터졌다.

“베라묵을 사진은 어쨌다구 주살나게 붙여 놓는 거니? 그걸 당장 못 떼버리니?” 진근이 해연히 고개를 들고 그를 바라보았다. 낯이 붉혀진 채 입술을 깨무는 게 모욕을 견딘다는 표정이다. 박가이는 우르르 달려들어 사진을 떼자 북북 찢어버렸다.

“네 어미가 죽었니? 앙? 죽어 없어졌니? 어쨌다구 산 사람의 사진을 너줄하게 붙여쌓니?”

그의 험악한 기세에 눌려 말 못하고 있던 진숙이 별안간 곁에서 흑 하고 울음을 텄다.

“울긴 왜 울어? 머이 억울허단 말이냐? 네 어미가 죽어서 슬프니?” 그는 길길이 날뛰며 고함을 치고는 분김에 집을 뛰쳐나오기도 했었다. 그렇듯 애를 먹어온 자식들의 되바라진 행위의 원인이 아내에게 있다고 생각하는 그는 오늘밤도 분노에 치받혀 진근의 말에 역정을 부렸다. 그리고 마음속에 다시금 다짐했다.

‘나도 이렇게 희생허구 있는 거야.’ 그리고는 맹렬한 감정으로 췌네의 사진을 바라보며 진근에게 물었다.

“너 진숙이 년헌테서 무슨 얘길 들은 일 없니?”

“무슨 얘기요?” 의아한 눈초리로 되물었다.

“네 어미헌테서 요즘 편지 온 거 없니?” 진근은 냉큼 대답을 못하고 망설이더니 무뚝뚝하게 말했다.

“없어요.” 뭔가 숨기고 있다고 느끼자 그는 이맛살을 찡그렸다.

“너 내가 요전 사건으로 고생허구 왔다는 거 네 에미헌테 알리지는 않았겠지?”

“네에?”

“그런 거 편지루 알려서는 안 될 줄은 알고 있을 테니 말이다.” 박가이는 내심의 수치심 같은 것을 눌러버린 비굴한 얼굴로 말했다. 순간 진근의 낯에 검은 그늘이 비꺼갔다.

“그런 편지 안했어요. 허구 싶지도 않은걸요. 챙피허게.” 경멸조로 진근이 내뱉듯 말했다.

박가이는 오후가 되어 진숙이네 학교를 찾아갔다. 그 애 또래의 여학생들이 현관 앞 양지쪽에 모여서서 재깔거리고 있는 광경에 접하자 공연히 코허리가 휭해왔다.

'베라묵을 년이 좋이 공부나 하고 있을 거지.' 다시금 울적해지면서 교무실을 찾아들었다. 마침 휴게시간이라 난롯가에 둘러앉아 선생들이 법석을 떨고 있었다. 진숙의 담임 선생이 선뜻 눈에 띄지 않았다. 그는 멀찍이 혼자 있는 교감 앞으로 걸어갔다.

"오셨습니까? 여기 앉으세요. 날씨가 꽤 춥군요." 앞머리가 훌렁 까진 교감은 일손을 멈추고 언제나처럼 싹싹한 말씨다.

"우리 집 진숙의 담임 선생님이 안 계시는구먼요." 테이블 앞의 의자에 털썩 주저앉으며 말했다.

"어참 밖에 잠깐 나가셨는데 곧 돌아오실 겁니다. 뭐, 진숙 땜에 오셨나요?"

"뭐 좀 드릴 말씀이 있어서……." 말끝을 얼버무리고 을씨년스레 주위에 시선을 돌렸다. 자기를 바라보고 있던 몇몇의 시선과 부딪치자 황망히 고개를 돌려 버렸다.

"그런가요? 그렇잖어두 진숙이가 요즘 학교를 빠지고 있는 모양이죠. 담임 선생께서 걱정을 하고 계시던데…… 아마 오늘 방과 후 가정방문을 하실 것으로 알고 있는데요."

시작종이 울리고 선생들이 자리를 뜨자 뒤미처 진숙의 담임 선생이 들어왔다.

박가이는 일어서서 인사하기 바쁘게 그는 성급히 다잡고 물었다.

"진숙이 웬일입니까? 요즘 결석이 너무 심합니다." 냉큼 대꾸가 없자 과격한 제 성미에 주의가 갔다는 듯

"어참, 저리로 가십시다." 하고 난롯가에 청했다.

"납입금 관계라면 전에처럼 편리를 봐드릴 것인데…… 아무런 기별도 없이 근 일주일이나 학교를 빠지고 있으니 특별한 무슨 가정 사정이라두 있으십니까?" 자리 잡고 나자 그가 물었다. 박가이는 사실을 털어놓기가 거북해서 머뭇거리고 있자니까 그가 약간 흥분된 어조로 지껄이기 시작했다.

"진숙이 그 애는 참 곤란헌데요. 물론 가정 형편상 수업료를 제때에 못내는 사정인 건 이해하지만…… 그런 관계가 아니구서요. 도대체 결석무상(缺席無常)이라 이러다간 출석률 미달로 진급에도 곤란을 가져올 것 같습니다." 마치 쌓였던 울화라도 터뜨려놓은 것 같은 기세다.

"아니, 그 애의 결석이 그렇게 많았던가요?" 짐짓 의외라는 듯 박가이는 그에게서 받는 굴욕에 반발이라도 하듯 물었다.

"많구 말구요. 결석 칠십 일이면 자동적으로 진급 보류가 되는건데 아마 자세히 따져보진 않았어두 거의 될 겁니다."

"……."

"자연 그러니까 학교생활에도 취미를 잃게 되는데다, 이건 좀 할 말이 아닙니다만 그 애는 도무지 이상헌 성격의 애가 돼나서 애들 허구두 잘 융합이 안 되는 모양입니다."

"그놈이 본래 외고집인데도 왈가닥하는 성미가 있습니다."

"아니, 노상 그런 성미 탓만도 아닌 것 같던데요. 담임인 관계로 좀 유심히 살펴보는 셈입니다만…… 뭐랄까요? 급우들에 대헌 야릇한 열등의식 같은 게 없나 생각되던데요."

"열등의식이라니 무슨 얘긴가요?" 적이 불쾌감이 앞서는 그의 방자한 말투에 대거리하듯 불퉁사납게 물었다. 그 애 담임은 뜻밖의 반문이라는 듯 어기뚱한 태도로 동안을 두었다가 다시 말을 이었다.

"그건 물론 진숙에게 책임이 있는 건 아니겠죠. 단순히 철부지 애들이라 그 애가 혼혈아—이건 실례말씀이지만—라는 것에 이상한 감정으로 대해온 탓이라구도 하겠죠." 차마 어려운 말을 마친다는 자각으로 그의 낯이 붉어졌다. 박가이는 가슴이 찔려 고개를 돌렸다.

"그런 거야 진숙이년이 미련해서 그렇지……."

"게다가 진숙이가 부형님 아시다시피 극히 내성적인 성격이라 갑절 다루기가 힘들더군요. 가정에서는 어떻습니까?"

"가정에서도…… 역시 그래요." 박가이는 어물어물 말했다. 가슴에서 치밀어 오르는 역정으로 그의 호의가 무작정 귀찮았다. 동정과 연민에 어린 열정으로 그를 사로잡는 그의 감동어린 어조에 안간힘을 썼다.

"그렇습니까? 그건 주의깊이 감독하셔야 하겠는걸요. 누년 애들을 다뤄본 경험으로 보면 대개 그런 내성적인 애일수록 엉뚱한 사건을 저지르고 나서는 예가 많습니다." 자신 있는 어조로 말하며 담배를 꺼내 권했다. 박가이는 받아 태워 문다.

'얘기는 갈수록 험해지는걸? 이제는 사실대로 사건을 털어 놔야겠구나. 베라묵을 이게 무슨 체통이냐?' 부득부득 심화(心火)를 앓고 있는데 담임이 먼저 입을 열었다.

"진숙의 음울한 성격을 고쳐 보려구 딴에 노력도 해봤지요. 결국 어떡하면 희망과 용기를 갖느냐가 문제가 되리라 생각돼서요. 저는 되도록 그 애에게는 영어를 잘 하라고 권했고 제 시간 그러니까 영어시간에는 이따금 진숙의 경우를 들어서 말을 많이 했지요. 진숙인 어머니가 미국에 가 있으니깐 머잖어 미국에 갈 수가 있을 거라고요. 그런 처지를 애들이란 무척 부러워하는 터이고, 또 그럼으로써 진숙인 자신을 갖게 될 것이니까요. 헌데 진숙인 다른 학과도 그렇지만 도무지 영어공부도 하려들지 않습니다."

그의 말이 계속되는 동안 박가이는 엉뚱한 변명을 생각하고 있었다. 그러나 마음의 혼란 속에서 뚜렷한 이유를 결정할 수 없게 되자 일껏 수모에 견디듯 담배를 빨았다. 마지막 담뱃재가 무릎 위에 떨어지자 털 생각도 없이 난로 한 구덩이에 눈을 쏟고 있었다. 담임은 그런 태도에 눈이 가자 적이 불안한 눈초리로 침묵해버렸다. 마섹구 탄을 태우는 난로는 새어나는 누런 가스 속에 퀴이한 냄새를 풍기며 훈훈하게 타고 있었다.

"이 돼지같이 멍청한 년아. 그래 그깟 놈의 영어를 못해서 담임헌테 편지를 부탁했어?"

진숙에게 호통을 칠 때마다 왠지 자신을 학대하고픈 심정이었다.

"아니, 너 혼혈아라 멍청허다구 어느 주둥아리가 그러든? 병신 같은 년이 그래 그런 말을 듣구 훌쩍훌쩍 울었구나. 그러니 너 같은 건 아여 인종치곤 쓰레기 밖에 못될 거야."

또한 이렇게 욱질렀다. 그러면서 췌네와 더불어 걸어둔 희망이 물거품 같은 망집(妄執)으로 팽개쳐진 것을 바라보았다.

"췌네, 당신은 확실히 머리가 좋아. 우리 아이가 생기면 무슨 공부든 소원대로 시켜야 돼. 나는 말이지, 우리 큰놈이 생기면 고등문관(高等文管) 시험에 합격시켜야 하겠다는 꿈을 가지고 있어."

"그건 무슨 시험인데요?"

"그걸 합격하면 적어두 군수 나리가 되는 거야. 좀 높은 자리인 줄 알아?" 중학 통신교육에 매달려 꺾인 향학의 뜻을 의지했던 지난날의 자신을 생각하자 그는 감개무량 했었다.

'이건 뭐야? 지지리 못난 돼지 같은 자식들!' 그는 단념했다. 달라붙은 추억을 뿌리치듯 난로에 담배를 비벼 껐다. 골똘히 생각에 잠긴 듯한 담임을 보곤 열없게 낯을 붉혔다. 어름대며 말했다.

"선생님, 이거 너무 괴롬을 끼쳐드려서…… 미안합니다. 죄송합니다."

이때 진숙의 사고를 상의하겠다던 애초의 뜻은 단념하고 있었다. 그래서 그와의 사이에 가로놓인 야릇한 적막감을 의식했다.

"천만에요. 그런데 요즘 그 애가 왜 학교를 나오지 않지요?" 박가이는 그만 일어서야 하겠다고 생각하고 있었다.

"요 며칠간 독감으로 앓아누웠습니다." 선선히 자리에서 일어서자 겸연쩍은 웃음을 짓고

"선생님께 그런 사유라도 말씀드려야 할 것 같아서 왔습니다." 하고 덧붙여 말했다.

"일부러 나오셔서 말씀해 주시니 감사합니다. 난 혹시 무슨 일이라도 있을까 하고 은근히 걱정이었는데 그런 마음을 놓겠습니다." 현관 밖까지 따라 나온 담임은 인사를 하려고 몸을 돌린 그의 곁에 바짝 다가와 말했다.

"저어, 박 선생님, 이건 흉허물 없는 처지라 말씀드리는데…… 요전에는 못당헐 일로 고생을 하셨더군요. 해결이 되셔서 다행입니다. 사실은 진작 인사라도 갔어야 옳은데……." 난데없는 이야기를 꺼내며 적이 미안쩍은 얼굴을 했다. 박가이는 순간 가슴이 찔렸다. 낯이 핼쑥해지면서 물었다.

"아니, 별말씀을…… 그걸 어떻게?"

"요전번에 진숙이가 미국의 모친헌테 보내는 편지를 써달라기에 알았었죠." 담임은 말하고 손을 내밀었다.

"그럼, 안녕히 가십시오." 박가이는 손을 잡는 둥 마는 둥 얼른 돌아섰다. 쫓기듯 교문으로 걸어 나갔다.

차가운 하늘의 바람소리도 멀어져 가고 거리에는 세설(細雪)이 가로등에 비쳐 안개처럼 내리고 있었다.

촉루(髑髏)가 된 앙상한 가로수 너머로는 성당의 첨탑이 보이고 크리스마스 날 걸어두었던 화려한 불빛이 명멸하고 있었다. 바람이 휩쓸어간 듯 조용한 거리에 쭈그러진 깡통이 소리를 내며 뒹굴었다.

박가이는 난데없는 눈이 일껏 절박한 사정을 재촉해주어 발밑에서 뒹구는 깡통 소리에도 등줄기가 선뜩해지곤 했다. 발 하나라도 헛짚게 되면 영 주저앉고 말 것 같은 아찔아찔한 경험이 마치 태엽이 확 풀릴 때와 같은 허탈감으로 왔다. 약간의 술기 탓인지 그는 얼굴이 뻘겋게 상기된 채 비칠거리며 걷고 있었다.

'진근아, 어서 밥 먹어라. 나 오늘 진숙이 담임 선생을 만났다. 제기랄, 나 얼굴 한번 빤빤히 못 들고 벨스런 모욕을 다 견뎠구나. 글쎄 진숙이 년이…… 뭐, 허지만 고년이 그리 못되게 풀린 게 누구 탓이냔 말이지? 그래, 어떡헐 참이냔 말이지? 너 한번 얘기해 봐라. 오늘밤엔 무슨 소리든 내 화 안 내마. 너, 그리고 이 애비가 그렇게 밉걸랑 무슨 짓인들 해 봐라. 너 속 시원히 해라. 젠장, 너 그렇게 빠안히 나를 바라보지는 말고 말야. 징그럽니? 정말 그리 징그럽니?'

아까부터 박가이는 제 마음 속에 이렇게 외어대고 있었다. 집에 들자 진근이 나가고 없었다.

식모애가 그 볼품없는 말씨로

"지금, 저녁 잡수실 참요?" 하고 물었다. 그가 허둥지둥 밖으로 나와 걷고 있는데 어느 결에 따라온 식모애가 뒤에서 불렀다.

"내일 아침 쌀이 없는데 어떻게 할 참요?" 박가이는 가슴이 꽉 막혔다.

'너 잘 한다. 어떻게 할 참?…… 너 잘 한다.' 그년이 '쳇, 어떡헌데?' 하는 듯이 혀를 다시고 돌아설 때까지 그는 부락스러운 눈길로 노려보았었다. 돌아섰다. 지향이 없다. 한 생각이 떠오르자 문득 새로운 불안이 겹쳐왔다.

'방수용 시멘트. 투자금.' 사공 민의 얼굴이 떠올랐다. 분쇄기를 사겠다고 돈을 요구받은 건 어제의 일이었다. 이마에 내려앉은 눈송이의 부드럽고 차가운 감촉을 깨닫자 걸음을 재촉했다. 주점 앞을 지났다. 가난한 주머니에 손을 찌르고 회상했다.

"여보게 나처럼 경험이 많은 사람도 드물걸세. 글쎄, 내가 벌어들이고 낭비헌 돈만 허드래도 말할 수 없이 굉장했단 말야. 전시였는데도 마음만 내킴 금목걸이 따윈 멋대로 구해서 여자들에게 걸어줬으니 말야. 허니 멋대로 살지 않았느냐 그걸세. 젠장 공출이니 뭐니 해서 당신들은 빼빠지게 고생들을 허구 있었을 때지…… 그런데 사람이란 게 내 여기 와서 콩밥 (감옥살이)도 듬뿍 먹어보고 그놈의 삼체칠통(죄수들이 고역을 말하는 은어) 맛도 무던히 견뎠거든 말야. 결국 인생이란 게 다 그렇고 그렇더구만. 이렇게 술을 마시고 있으면 모든 게 훤해진다는 걸세. 그렇잖은가? 앙? 그렇잖은가?" 술청 가에 훈훈히 피어오른 이야기 속에 가슴 들떴던 정경이 그의 가슴에 되살아났다.

고개를 치켜들었다. 가로에 비치는 희미한 불빛 속에 연막처럼 피어오른 귀찮은 환각들…… 그것들이 먼먼 거리를 지니고 명멸했다. 순간 눈앞에 붉은 시그널이 있었다. 방송국 송신소에 걸린 여섯 개의 불이었다.

하나…… 둘…… 셋. 하나…… 둘…… 셋. 박가이는 어느 때부터인지 그 불빛에 불길한 예조(豫兆)를 발견하고 기껏 불행했었다. 하나…… 둘…… 셋, 셋…… 둘…… 하나. 둘…… 하나. 하나…… 하나.

도착되는 수치, 그리고 공전되는 무의미한 시간. 살벌한 현재라는 영여(零餘). 나중에는 여섯 개의 불빛이 뒤범벅이 되어 그 흐려진 안막에 흘렀다. 뻘겋게 흘렀다. 뜨뜻한 물기가 볼을 적셨다. 그는 그러면서 걸었다.

'진숙아, 너 어데서 웅크리고 있겠지. 내 가마, 지금 가마.' 덩달아 내린 눈이 그의 얼굴을 적셨다. 머리 위를 덮은 눈은 곧장 녹아서 줄줄 흘러내렸던 것이다. 이윽고 그는 위스키 시음장에 와 있었다.

"도대체 어찌된 강추위지? 이렇다간 강시를 내겠는걸?" 그 말은 들은 척도 않고 입구 쪽을 바라보고 있던 한 사내가 중얼거렸다.

"나 젠장 별꼴을 다 보겠지. 젠장 말야." 박가이는 계산대에 몸을 걸뜨리고 마담을 바라보았다.

"사공 민 씨 안 왔댔소?"

"금방 나가셨는데……." 그녀가 말하며 씽긋이 웃었다.

"언제 나갔소?" 부르튼 심정으로 물었다.

"금방요. 그렇잖어두 박 선생님 안 나오셨냐구 묻던데요."

"다시 들어오지 않을래나?"

"뭐, 금방 오실 거예요. 요즘은 이 근처에서만 빙빙 돌고 있으니깐." 박가이는 담배를 태워 물었다. 마담이 청하지도 않은 술을 그 앞에 내밀었다. 등 뒤에서 사내의 목소리가 들려 왔다.

"나 젠장 별꼴을 다 보겠단게로."

"도대체 아까부터 뭘 보았길래 그러시우?" 마담이 경멸하듯 물었다. 우둔하게 생긴 사내의 걸쭉한 웃음이 터졌다.

"인제 머리에 피도 안 마른 쪼그만 중학생 녀석이 여학생 대여섯 명이나 절단을 냈대지 않어? 그러니 원, 세상이 환장한 셈이지."

"절단을 냈다니, 그럼." 박가이가 몸을 돌리려는 순간에 마주앉은 사내가 물었다.

"글쎄, 그 흉한 짓을 했단 말이요. 그 쪼그만 것이."

"설마 그랬을라구?" 마담의 얼굴이 굳어졌다.

"설마가 사람 죽이지. 이건 정말이라니께. 그러니 딸자식 감독을 잘 해야지, 고것들이 뭘 알아서 그렇겠어? 그저 불장난이지……."

"그건 지독허구만." 또 한 사내가 내뱉듯 말했다. 순간 박가이는 낯이 화끈거리고 가슴이 떨리고 있는 자신을 깨달았다.

'진숙 그 애는 참 곤란한 애인데요.' 머리 위에서 호들갑스런 마담의 목소리가 튀었다.

"아유, 끔찍도 해라. 대관절 그런 애들은 어떻게 생겨먹은 애들일까?"

"그건 뻔하지. 공부란 젬병이구 또 가정이란 보지 않어두 엉망진창일거지." 박가이는 고개를 돌렸다.

"마담, 한 잔 더 주시오." 빈 잔을 들고 분연히 말했다. 이때 문이 삐그시 열리며 사공 민이 툴툴거리며 들어섰다.

"박 형! 그렇잖어두 잘 만났수." 반가운 듯 곁에 달려와 말했다. 두 사내가 나가버리자 그들은 나란히 앉아 술잔을 나누었다. 취기가 오르자 사공 민이 불쑥 말했다.

"나 형 댁에라두 찾아갈까 허구 있는 참인데…… 다른 게 아니라 요전에 부탁드린 거 오늘 기지매(결말)를 붙여줘야겠수."

"기지매라니?" 서두는 품에 영문을 모르겠다는 듯 물었다.

"저, 어제 기별이 왔는데…… 분쇄기를 사드릴 데가 생겨서 형편이 급하게 됐지라우. 그러니 약속헌 거 어찌 되겠수?"

"……."

"아따 형도 답답도 허시지. 우린 하루가 급허게 서두는 판에 형이 약속을 했길래 그거만 믿고 있지 않겠는거라우."

"얼만데요?"

"십이만 원은 있어야겠단 게요."

"그 기계 값이 그리 가오?"

"아이라. 사실은 이십만 원 가는데 피차에 반부담을 해야 할 거 아닌가베요. 해동허면 이제 본격적으루 공사를 시작헐 판이니께 박 형이 여엉 곤란타 허시면 달리 동업자라두 구해야잖겠수?" 거만하게 할겨보는 눈초리에 슬며시 화가 치달았다. 말없이 술잔을 기울였다. 그런 태도가 짐짓 안타까웠던지 곁에서 그가 안달을 썼다.

"나는 어차피 박 형허구 동업허기로 했지만은…… 이렇게 되문……." 박가이는 화닥닥 몸을 젖히고 들었던 술잔을 내려놓았다.

'이건 협박이냐? 도도하게시리.'

"이렇게 되문 어쩐다는 거요?" 하고 그는 느닷없이 소리를 버럭 질렀다.

"아니, 어쩐 게 아니라."

하고 사공 민은 당황히 낯빛을 고쳤다. 박가이는 낯빛이 이지러진 채 그를 바라보았다.

'네 놈은 또 무슨 냄새를 맡은 모양이구나. 그러나 과거의 의리를 보더래두 나를 쉽사리 배신헐 수는 없을 거야.' 목에 가벼운 트림을 느끼면서 말했다.

"아니, 내게 십만 원 대달라구 허구선, 또 딴 동업자 어쩌구 허는 건 무슨 심사요? 결국 동업을 허구 싶지만 자본이 없으니까니 그만 두겠다는 거요?"

"아니 그런 말보다는……." 손바닥을 벌려 얼굴 앞에 내흔들며 말했다. 박가이는 또다시 컵을 힘껏 계산대에 때렸다.

"당신 속이 훤히 들여다뵈는 수작 마시오. 제기랄, 내 언제 자청해서 당신허구 동업 허자했소? 당신이 나서서 설레발레 청해 놓구시리 이제 시큰둥한 소릴 허구 있어. 건 사람을 희롱하는 짓야."

사공 민은 낯이 핼쑥해졌다. 가볍게 어깨를 으쓱해 보이곤 벌렁거리는 소리로 변명했다.

"아니, 그거 오해를 허구 계셔." 그리고는 마담의 놀랜 눈길과 부딪치자 질린 듯 입을 딱 벌리고 헤헤 웃었다. 누런 이빨이 드러났다.

"여보, 이래봬두 나도 자존심이 있소. 내 당신헌테 그리 호락호락 당헐 인물인 줄 아오? 내 당신의 심보는 익히 짐작허구 있었소. 원, 하도 요즘 할 게 없어서 행여나 허구 당신의 사업에 마음이 끌렸지만, 이제 말이지, 몇 년 전 그놈의 피엑스 사건 때만 해두 혼자서 재밀 보구 나만 죽자고 고생시켜 놓구 빽손일 쳤지. 생각허면 지긋지긋헌 처지야." 박가이는 지껄이고 나자 자리에서 일어났다. 피가 머리로 솟구쳐온다.

눈앞이 아찔해온다. 사공 민이 따라 일어서서 소리쳤다.

"괜헌 신경질이어. 내가 뭐랬길래 쓰잘 것 없는 묵은 소리꺼정 끄집어내는 거야. 제미, 내 딴에는 생각해서 동업 허자 했지만 돈이 없음 그만 아닌가베." 가래침을 칵 뱉으며 몸을 돌렸다. 독이 묻은 그의 끝마디가 박가이에겐 큰 충격이었다. 가슴이 부들부들 떨려온다. 마담이 갑자기 경풍난 사람처럼 계산대를 딱딱 치며 소리쳤다.

"이 분네들이 별안간 왜 이러신데?" 박가이는 그의 옆얼굴에 화끈거리는 눈길을 쏟으며 중얼거렸다.

"그만 아닌가베? 돈이 없음 그만이어? 그렇지, 그만이지, 그만야." 사공 민은 고개를 발딱 젖혔다. 음흉한 표정으로 그를 노려보았다.

"나도 지난날의 의리를 생각허니깐 동업 허자 했어. 제미, 나보구만 낮다 헐게 뭐여. 내 형편도 생각해 봐야 헐게 아녀? 나도 이래저래 사업에 실패허구 막바지에 겨우 잡아놓은 사업이라 기를 쓰고 대드는 판인데…… 누가 형편에만 매어달릴 수도 없잖어?" 거품을 뿜는 소리로 말했다. 박가이는 돌아섰다.

"그러니깐 잘 해쳐먹으란 말야. 나야 빈털터리니깐." 꽥 소리를 지르고 문으로 향했다.

"저따위 말이 어딨어?" 하는 도전적인 어투에 움찔하고 돌아섰다가는 체념했다. 문을 밀고 밖으로 나갔다. 눈은 그쳐 있었다. 그는 지척지척 어두운 골목으로 들어섰다. 한 가게 앞에 발을 멈추었다. 닫힌 판자문을 두드리자 안에서 여인의 기척이 들렸다.

"문 좀 열어주오. 나 박가이야." 삐걱거리며 판자문이 열리자 여인이 튀어나왔다. 소매를 잡아끈다.

"잠자코 저쪽으로 가셔요." 나직한 소리로 속삭였다. 수상한 기미다. 박가이는 공연히 얼떨떨해졌다.

"오늘밤은 안 돼요. 군대에 갔던 아들이 휴가로 돌아왔어요."

"어제 왔어?" 그는 무뚝뚝하게 물었다.

"한 사흘 돼요."

"그래?"

"오늘 밤차로 간대요."

"그럼, 이따가 오지." 박가이는 선뜻 말하고 가벼운 실망 앞에 일쑤 하듯 돌아서려는데 그녀가 뒤에 바짝 다가서며 물었다.

"오늘 참 이상하셔, 무슨 일이 있으슈?"

"아냐."

"그래도 며칠 동안이나 꼴도 뵈지 않더니만…… 불시에 찾아왔으니 별스럽지." 그는 퉁명스레 그를 밀쳐내며 말했다.

"어서 들어가. 이따가 늦게 들어갈게." 그녀가 돌아가자 박가이는 역으로 향했다.

'서울 가는 상무호가 몇 시에 뜨더라? 그걸 봐야지.' 어둠 속에서 그녀의 얼굴이 눈앞에 어른댔다. '청주댁'이라고 부르는 그녀는 그와 동갑인데도 얼굴이 아직도 고운 것은 과부치곤 고생이 덜한 탓이었을까?

"박 선생님, 이거는 혹시 부질없는 아낙네 생각인지는 몰라도 미국에 있는 부인을 길게 믿을 건 못 돼요. 아무렴 무슨 뜻이 있길래 몇 년이 되도록 돌아오지 않는 게 아니겠수. 자식 사랑은 매일반인데 그걸 누르고 지내는 심정이라면 글쎄, 무슨 골똘한 사정이 있을 거 아닌가 말이우. 게다가 여기서 좋은 꼴도 못보고 떠났으니께 진저리가 났을지도 모르구…… 또 외국사람 아닌가요? 게다가 아직 새파랗게 젊구……."

박가이는 그녀의 이런 총명만은 싫어하지 않았다. 아니, 때로는 사랑했다. 그녀가 내건 '청주집'이란 술집은 제법 흥성거렸었다. 낭자머리를 곱게 빗어 넘긴 그녀는 어딘지 전아한 퇴기 풍의 마담이다. 게다가 엽색가들이 넘겨보는 재산조차 겸비하고 있었다. 그리고 웬만해서는 잘 유혹에 넘어가지 않는다는 이른바 난공불락의 강한 계집이라는 소문이 파다했다.

섣불리 덤벼들다가 호된 봉변을 당했다는 탕아의 소문이 그녀의 인기를 주가처럼 올려놓기도 했다.

그렇지만 결국 그 주가는 단 이 년을 못 가서 폭락되고 말았다. 전장의 시세가 가없이 높았었다는 청산지불(清算支拂) 뒤의 공론이었다.

'그럼 그렇지. 계집의 밑구멍이 시큼해. 아이 글쎄 고게 돈푼이나 있다는 사내들을 슬슬 구슬러서 톡톡히 골을 등쳐먹었대니깐.'

그녀가 박가이와 가까워진 것은 '청주집'을 걷어치우고 자그마한 선술집으로 돌아앉은 뒤였다. 불량한 사내에 얻어 걸려서 재산을 털리고 말았다는 소문이 돌아 있었다. 패운에 닥뜨린 그녀가 적이 상심하고 있는 터에 그들은 사이가 밀접해 갔다.

아내 줘네가 또박또박 부쳐오는 생활비로 빈둥거리며 지내던 박가이에게는 적멸을 깨어주는 사랑이기도 했다.

"빌어먹을, 이거 몇 년째냐? 사내놈이 원, 강 건너 계집을 바라고 목을 빼고 살다니…… 그저 애들만 아님 썩 그년을 단념해버릴 건데."

"그러기 말이우. 참 딱도 하시지."

"여봐, 청주댁. 자네는 왜 혼자서 견디는 거야?"

"내야 이렇게 사는 게 차라리 속편하다우."

"애 때문에 걱정이지?"

"정말이라우. 허지만 어떻겠수? 그놈이 요즘 당신이 오는 걸 되게 싫어해서, 서울로 올려 보냈지 않우?"

박가이는 역사가 보이는 네거리에 이르렀다. 기적소리가 울린다. 빙판에 발이 허든거린다. 어둠이 흔들린다. 하늘에 빛이 서물거린다. 별이 끔벅이며 바람이 인다. 역사의 시계탑이 보인다. 보인다.

'서울 가는 상무호가 몇 시드라?' 전자시계의 문자판에 절름발이 초침이 띠룩거리며…… 기어간다. 걸어간다.

새벽 잠자리는 공포 속에서 눈을 비빈다. 라디오에서는 백여의 목숨을 빙해(氷海) 속에 처넣은 조난 사건에 이어 삼백여 호를 화염 속에 쓸어 넣은 M시의 잔인한 새벽 한 시의 재난을 보도하고 있었다.

이상 한파. 전신주는 오열하듯 잉잉거리고 급강하는 빙도(氷度)로 어두운 거리는 무덤처럼 쓸쓸했다.

"허, 참, 동태처럼 바다 속에 내던져진 생명들이라니께. 악천우에도 고기를 잡으려고 기를 쓰고 나갔지비. 헌데 그놈의 배가 십여 년 전에두 그처럼 백여 명을 바다 속에 수장을 했대지 않어? 대체 그럼 물귀신 배였나 보지. 그런 배가 왜 여직도 남았을까? 그걸 뉘게 물어? 아는 놈만 알게야. 불은 왜 났대? 그걸 어찌 알아. 새벽 한 시라니 드럽게 재수 없지. 어찌 됐을까? 사람들은 몸만 빠져나옴 천행이지. 아따 상품들은 어쨌을꼬? 바보처럼 하루아침에 알거지가 늘비하게 됐구만. 건 무슨 고얀 운수일까? 사람팔자지 뭐야." 박가이는 감은 팔뚝이 저려와서 청주댁을 슬그머니 밀쳐냈다. 눈이 뜨이자 머리맡에 라디오의 스위치를 넣었는데 흉한 뉴스가 터져 나와 그들은 전율을 느껴야 했다.

"재수 없이 식전부터 마수 떨어지는 뉴스야." 박가이는 투덜거리며 몸을 뒤집었다. 이마가 시려서 이불을 깊숙이 썼다. 이불깃 사이로 여인의 가녀린 흐느낌처럼 문풍지의 울음소리가 들려왔다.

뉴스가 끝나자 경쾌한 폴카곡이 좍 흘러나왔다. 썩 기분 좋은 곡조다. 이윽고 그녀가 그쪽으로 돌아누우며 엉덩이께로 발을 올려놓는다. 무언가 심상찮은 이야기라도 걸어올 듯한 기미다. 아니나 다를까 그녀는 한결 눅눅한 어조로 물었다.

"여보세요. 당신이 만약 부인과 이혼 허기루 헌다면 그 수속은 어찌 되우?"

"왜 묻는 거야?" 기분 좋은 그녀의 체온이라고 느끼면서 물었다.

"그저 말여요." 그녀가 아마 웃고 있을 거라고 생각하니 꽤 앙큼한 계집이라고 느꼈다.

"이혼 수속은 필요 없어. 그 여자는 당초 호적에 혼인 신고를 할 수가 없었거든. 그때 나는 정실 아내가 있었으니께. 그런데 그 아내는 죽었어. 그리고 애들은 죽은 아내와의 사이에 입적이 돼 있거든."

"아하, 그래요? 그건 정말…… 그럼 당신은 호적상으론 홀아비가 됐네요." 갑자기 감격하며 한 팔로 그의 가슴께를 더듬는다. 박가이는 하는 대로 버려둔 채 눈을 감는다. 집요하게 달라붙는 그녀의 조발적인 행위에 뭔가 반응을 보여야겠다고 의식하면서도 꼼짝을 할 수가 없었다. 밖에는 여전 잉잉대는 바람소리였다.

이따금 쨍하고 튀는 소리는 뭔가 얼어 깨어지는 모양이다. 방안은 어둑어둑했다. 박가이는 불현듯 담배 생각이 났다. 머리맡을 더듬어 담뱃갑을 찾았다. 한 가치를 빼물고 성냥갑을 찾으려고 몸을 돌리려는 참인데 앞에서 판자문을 급히 두드리는 소리가 들렸다.

"누가 문을 두다리지 않우?" 곁에서 그녀가 놀라며 소곤거렸다. 박가이는 가슴이 뜨끔해왔다. 어젯밤 떠났던 그녀의 아들이 어쩌다 돌아왔다면? 한 마디 소리도 없이 얼어붙은 듯 누워있는데 밖에서 부르는 소리가 났다.

"여보세요. 여보세요." 순간 박가이는 소스라쳐 자리에서 일어났다. 얼핏 진근의 목소리 같았기 때문이다.

어정쩡히 고개를 드는 그녀를 팔꿈치로 밀었다. 얼굴에 핏기가 가셔진 그녀는 옷을 챙겨입자 문을 열고 밖으로 나갔다.

"누구요?" 삐걱거리며 판자문 여는 소리.

"저 저, 우리 아버지 혹시 계세요?" 박가이는 용수철에 튄 물건처럼 벌떡 일어서자 바지를 꿰고 밖으로 뛰어나갔다. 열린 문 사이로 진근의 핼쑥한 얼굴이 어렵게 돌려졌다.

"웬일이냐? 식전부터."

"……." 대꾸 대신 입술을 악물었다. 박가이의 가슴은 덜컥, 하고 고동을 멈추었다.

"무슨 일이 있냐?"

"진숙이가 그만……."

"어쨌단 말이냐?" 덤벼들 듯이 박가이는 채근하며 울상을 지은 그의 얼굴을 노려보았다.

"어젯밤 늦게 집에 돌아왔어요. 그리군 잤는데 오늘 새벽에 그만."

"그래 어쨌다는 거여?" 박가이는 발을 구르며 물었다.

"독약을 먹었어요." 말하며 윽 하고 울음을 터뜨렸다.

"머이? 이 등신 같은 녀석아! 그래 어쨌어? 응? 어쨌어?" 박가이는 금시 그의 멱살이라도 움켜잡을 듯이 주먹을 휘두르며 소리를 고래고래 질렀다. 겁결에 진근은 진통하는 표정으로 겨우 고개를 틀어 올렸다.

"병원에 데려갔는데……." 하곤 다시 한 번 울음을 텄다.

"아이, 그래 어찌 됐어?" 곁에서 청주댁이 실성할 듯한 소리로 묻는 걸 묵살하곤 박가이는 마루에서 내려섰다.

"가자!" 그는 소리쳤다. 움찔하고 물러서는 진근의 앞을 지나 성난 걸음으로 걸어 나갔다.

"아니, 샤쓰바람으로 가시다니……." 이윽고 등 뒤에서 소리치는 청주댁의 말에 걸음을 멈추었다. 말없이 윗도리를 받아 입었다. 고개를 꼬고 그 곁을 진근이 질러갔다. 박가이는 급히 그 뒤를 따랐다. 얼어붙은 추위로 귓바퀴가 떨어져나갈 듯 아리다.

"얼마나 됐냐?" 박가이는 물었다.

"병원에 간지 두어 시간쯤 됐어요."

"어느 병원이냐?"

"민세병원으로요."

"뭐라드냐? 의사는."

"의사는 아직 일어나지 않었는데 간호부가 보군 아직 맥은 있다구요. 전 안집 아주머니가 어서 아부질 찾으라기에 나왔어요." 극한에 이른 불행감이 일껏 감정을 마비하듯 눈물을 거두고 낮게 떨리는 소리로 대답했다. 박가이는 순간 흉곽에 찌릿한 경련 같은 게 오면서 불끈 마음에 저항했다.

그러나 입을 열 수가 없었다. 도무지 현실 같지 않은 엄청난 절망 때문이다. 그는 죽음에 접하게 되었을 때 왜 사람이란 철저히 슬퍼할 수 없는 걸까? 하고 생각한 일이 있었다. 강아지가 죽은 제 어미의 뼈다귀가 탐이 나서 안달을 쓰는 광경을 일찍이 아내의 시체 앞에서 떠올린 일이 있었다.

짓궂은 일이었다. 그는 그런 장소에서만은 그 따위 생각은 말았어야 옳다고 깨닫자 화가 치밀었다.

'걸레 쪽지 같은 의식 때문이었지. 젠장 이건 무슨 챙피야. 저 사람들은 아무런 후회도 없이 저렇듯 슬퍼들 하고 있는데…….' 박가이는 네거리에 이르고 눈앞에 흰 병원 건물을 보자 명백한 현실 앞에 몸을 떨었다.

이윽고 문을 밀고 병원으로 들어섰다. 진찰실이다. 순간 눈부신 불빛 속에 분명히 몸을 일으켰던 사람들—소파에서 얼굴을 무릎에 묻고 있었던 안집 아주머니의 경악하는 표정, 그리고 난롯가에서 이상한 긴장감으로 냉담해진 의사와 간호부였다. 그리고 곁에는 뜻밖의 두 얼굴이 있었다. 잔뜩 부어오른 얼굴의 담임 선생과 훌쩍거리며 울고 있는 낯선 여학생이었다. 박가이는 난롯가에 험 하고 섰다.

"어떻게 됐어요? 선생님!" 진근의 울음 섞인 물음이었다. 침묵! 이것이 모든 것을 결정했구나 하는 절망된 예감으로 박가이는 그들의 얼굴을 당황히 훑어보았다.

"어떻게 됐어요? 선생님." 진근이 의사 곁으로 걸어갔다. 박가이는 허무를 감지했다.

"부친이십니까? 워낙 늦어서 어쩔 수가 없었습니다. 다량의 키니네를 먹었더군요. 좀 일찍 서둘렀다면 모르겠는데 안됐습니다." 의외의 냉정한 의사의 말이었다. 금니가 드러난 입술 위로 가지런히 기른 콧수염이 바르르 떨었다. 순간 진근이 으악 하고 오열을 트고 치료실로 달려갔다. 마치 돌진하는 짐승 같다.

박가이는 그걸 보았다. 작은 등 뒤에서 그리고 그 엄청난 울음소리에서 그는 울컥하고 느껴오는 충격을 받고 비칠거렸다. 망연히 뒤를 따랐다. 침대 위에 눕혀 있는 진숙의 푸르스름한 얼굴을 바라보았다.

윽 하고 신음하면서 쓰러질듯 하다가 겨우 침대 모서리에 손을 짚었다. 그리고 모든 것이 끝난 것이다. 어느 때쯤 되었을까? 참으로 감감한 시간이었다.

"진숙아, 늬 어째서 죽었니? 왜 죽어?" 몸부림치며 외치는 진근이를 끌고 그 방을 나왔다. 진찰실 난롯가에 앉았다. 의사도 간호사도 나가고 없었다. 진숙의 담임이 그의 앞에 앉아 있었다.

"저 순옥(順玉)이란 애헌테서 이틀 밤을 잤는데 이상헌 얘기를 허드랍니다. 그래서 불길한 예감이 들어 혹시나 허구 오늘 아침 집에 찾아온 모양인데 이미 일이 저질러지구 말었대지 않겠습니까?"

순옥이란 애가 부어오른 눈으로 그를 흘끔 바라보았다.

"저 애가 사전에 일러주기라두 했다면 어쨌을까 생각했지만 모든 게 운명입니다. 글쎄 그 애가 납입금 관계로 등교 정지만 안 당했어도……." 이때 넋 놓고 앉았던 진근이가 불끈 일어섰다. 미칠 듯이 방안을 서성대기 시작했다.

"그 애가 어머니 없이는 못산다고 했어요. 차라리 미국에 못갈 바에는 죽어버려야겠다구요. 그렇지만 정말 일을 저지를 줄은 몰랐는데……." 곁에서 순옥이가 흑흑 느끼면서 말했다. 잠깐 공범이었다는 야릇한 가책으로 그 애의 낯빛은 경련을 일으키고 있었다. 그러자 진근이 참을 수 없다는 듯 박가이 앞으로 우뚝 다가섰다.

야무진 결의로 굳어진 얼굴로 말했다.

"아버지, 진숙이가 죽은 건 어머니 때문예요. 그리구 제가 잘못했어요. 며칠 전에 온 어머니 편지를 보여준 게 잘못이었어요."

"무슨 편지란 말이냐?" 박가이는 비로소 내심의 저항으로 불퉁스럽게 물었다.

"어머닌 우리를 미국으로 데려갈 거에 대해서 썼어요. 아무리 연구해두 방법은 오직 고아로서 양자 수속을 받는 거라구요. 양자 삼겠다는 사람은 있대요. 그런데…… 그런데……."

"그런데 어쨌다는 거냐?"

박가이는 순간 수치도 후회도 잊은 듯이 벌컥 성이 나서 소리쳤다.

"아버지가 계시니께, 고아 수속이 안 된대요. 그래서 아버지가 호적상 실종선고가 되면……." 하고 눌렀던 슬픔으로 다시 울음을 터뜨렸다.

박가이는 낯이 핼쑥해진 채 황급히 일어섰다. 몸이 부들부들 떨려왔다.

초점을 잃은 눈으로 비칠거리며 난롯가를 맴돌았다.

"등신 같은 년이, 그래, 이 애비 때문에 죽었어? 내 없어지지 않어서? 썩 죽어 없어지지 않어서? 그렇다구 그래, 죽었어? 앙? 그래, 죽어버렸어?"

박가이는 신음하듯 중얼거리며 실성한 듯 이상한 웃음을 지어보였다. 자학에서 온 잔인한 웃음이었다. 곁의 사람들이 찔린 듯 낯빛이 번했다. 박가이는 몸을 돌렸다.

쏜살같이 달려가 문을 밀고 밖으로 나갔다.

비칠거리며 거리를 걸어 나갔다.

'내가 없어지마. 없어지마.'

모든 일이 순간에 해결된 것만 같은 무서운 허탈감이 왔다.

바람에 실종失踪하라

도시의 한 외곽지대.

민진일(閔眞一)은 묘한 갈림길에서 새벽을 맞는다. 주위는 어둑어둑한데 바람이 차갑다. 어둠이 풀려가는 수선한 순간이다. 몸이 떨리며 가슴이 쓰려온다. 그러나 이겨내어야 한다. 찬바람에 목통이 붓는 일이 피를 보아서는 안 된다.

물씬한 비린내 풍기는 각혈! 나아진다. 다시는 피를 토하지는 않을 게다. 그렇게 입을 앙다물고 가라. 가라. 가라.

어둠 속에 쫓겨나듯 진일은 아버지에게 밀려 나왔다. 그리고 동 터오는 언덕길을 올라갔다. 눈은 감기는데 가슴은 불집이다. 화가 목에 끓는다. 눈을 떴다. 갑자기 눈앞이 번했다. 아침 햇살이 뿌옇게 떠오르고 있었다. 두 갈래의 길목에 이르렀다.

그것은 도수장(屠獸場)과 화장터(火葬場)에 이르는 갈림길이었다. 다섯 점을 치는 괘종. 아버지의 고함소리. 식모의 기지개. 집기 부딪치는 소리. 그리고 요란한 개 짖는 소리에 쫓겨 싸리문 밖으로 밀려 나왔었다.

간다. 벌써 일주일째다. 그리고 반시간 남짓의 걸음이 이 갈림길에서 딱 들어맞는다. 어쩌면 계산처럼 정확했다. 발길을 세우고 주위를 둘러본다. 동녘은 장엄하다. 불바다처럼 온통 산기슭을 태우고 있었다. 눈앞은 두 가닥 기로다. '우측은 짐승이 죽어가는 길이고 좌측은 사람이 죽어가는 길이야.'

진일은 햇빛을 온몸에 느꼈다. 얼어붙었던 사족이 포만감에 풀어지면서 전신의 구조가 차츰 훈훈하게 살아나는 것 같다. 길가의 희끗한 돌멩이 하나를 줍는다. 큰 나무를 향하여 팔매질을 했다. 겨냥은 옳았다. 돌멩이가 딱 소리를 내며 나뭇가지를 맞추었다.

'좌측에 가는 사람은 흔하지 않어. 사람은 하루에도 몇 명씩이나 무더기로 죽을 이유는 없어. 허지만 짐승은…… 소는 오늘 아침만도 열 마리는 죽어질 거야. 그건 무엇보다 계획 속에 든 일이니까.'

진일은 문득 옆구리를 살폈다. 작은 빈 양재기와 깨소금이 든 병이 혁대 밑에 매달려 있었다. 그것들이 딸랑딸랑 소리냈었다. 그리고 그는 연장을 찬 일꾼이나 병기를 찬 전투병 꼬락서니였다.

아버지는 어둠 속에서 소리쳤었다.

"양재기와 병일랑 아주 옆구리에 차버려. 한두 번 가는 게 아니잖냐? 몇 번이고 얘기다만 늬는 단단헌 의지라는 게 필요해. 그건 목적을 위해서 작업을 계속하는 이를테면 투지 같은 말야. 허니깐 모든 건 딱 처음부터 관습이 돼 있어야 해. 자, 먼동이 트기 전에 나가. 뭘 어물어물 허는 거야? 어둡고 춥고가 문제 아냐. 어서 가라. 어서 가란 말야." 그는 발로 돌멩이 하나를 걷어찼다. 그리고 오른편 언덕길을 터벌터벌 걷기 시작했다.

그때 등 뒤에서 인기척이 들려왔다. 돌아보았다. 머리칼이 희끗희끗한 황 노인이었다.

어깨를 씰룩거리며 오고 있다. 검은 모자에 단장을 짚고 짐짓 위엄 있는 자세로 그의 얼굴에는 웃음이 번지고 있었다. 이십여 년간 줄곧 이곳을 다녔다는 그의 거무숙숙한 낯은 꺼들고 맥 빠진 표정이었으나 그의 몸에 있는 위엄은 확실한 무게 있는 걸음 속에 나타나 있었다.

"아직도 몹시 춥지?"

"집에서 나올 땐 막 떨렸어요."

"학생이 다닌 건, 일주일쯤 되던가? 헌데 나처럼 이십이 년이나 다니고 보면 이까짓 추위쯤 대수롭잖은 것이어서. 허지만 초봄치곤 쌀쌀한 날씨네." 그가 히죽 웃는 바람에 누런 이빨이 드러났다.

"이십여 년이나……." 진일은 중얼거렸다.

"폐가 나빴던 거지. 그래 지독헌 혈기부족이었어."

"……."

"놀랠 거네. 이십여 년 간이나 줄창 다녔다는 건 마치 직장처럼 충실헌 셈이지. 덕분에 지금은 버릇이 돼서 일종의 산책 기분으로 다니게 됐네." 말하곤 쉿소리 기침을 두어 번 했다.

"그렇지만……."

"학생은 뭔가 두려워허구 있구만. 그런 기분은 이해헐 수 있지. 나도 그랬으니깐, 허지만 질병엔 조섭이 필요해. 끈기 있는 요법 말이네. 그건 언제나 승리허는 걸세." 끝마디는 가볍게 떨렸다. 그리곤 왼편으로 이슬 찬 수없이 많은 공동묘지 쪽으로 시선을 돌렸다.

"그건 의지일까요?" 진일은 한 눈을 부비며 물었다. 그러자 그는 후딱 고개를 돌렸다. 이맛살이 약간 찡그리면서 진일을 바라보았다. 의혹에 대한 가벼운 멸시와 넌지시 조롱이 섞인 표정이었다.

"자네는 의심이 많구만. 허긴 나이 어린 자네에겐 그럴 필요는 있을 거야. 헌데 그건 자네 건강에 결코 이롭지는 않아. 생명 같은 데 집착허는데 비루하게 생각되는 때가 있네. 젊어 혈기가 넘칠 때 말이네. 그 맛은 정작 내 나이에 가서 아는 것일세." 그는 공동묘지의 위쪽에 솟은 화장터의 굴뚝께로 눈길을 건넸다. 거무스레한 벽돌이 햇빛에 녹슨 철탑처럼 보였다. 그 밑에 조밀하게 솟은 잔해(殘骸)—아침마다 빛을 띄우고 머리를 조아리고 모인 중생을 의식하는 것 같은 묘지 위에 올연히 서 있었다. 고요는 신성하다. 이슬을 머금은 잔풀의 잎사귀가 떨고 있었다.

"이래봬도!" 노인은 말을 꺼냈다.

"나는 시청 호적계에만 삼십오 년간 근속헌 사람이네. 정년으로 나온 지 얼마 안 되지만. 해서 인구 육칠 만인 이 도시의 사람들을 웬만치는 기억허구 있는 셈인걸. 낳고 죽고 허는 시민들의 신상을 붓끝으로 처리해 왔으니까. 허니까 산 염라쯤 됐느라고 농담을 허는 이도 있지. 염라야 무슨 감상이 있겠나? 허지만 나는 내 동갑치의 사망신고엔 가슴이 뜨끔해지기도 했지. 이제는 그럴 필요는 없을지도 몰라. 언제든 염라는 나를 부를 거니까. 그저 그때까지는…… 사는 거지. 그렇잖은가?" 느슨히 쳐다보며 씁쓸히 웃어보였다.

"왜 그런 걸 생각하세요?"

"몇십 년 묵은 호적부처럼 괴지지헌 말 같은가? 노망든 말이네. 사실 생각하면 젊어지고 싶네. 그래서 피를 먹지. 젊었을 적엔 독사를 한 이십 마리나 먹었으이. 이래서 살아가는 거네. 그렇잖은가? 응…… 쓸데없는 얘기네. 그럼 가지." 걸음을 재촉했다. 진일은 그에게서 눈을 떼었다.

언덕을 넘어갔다. 콜타르를 칠한 목조 건물이 눈앞에 보였다. 문이 활짝 열려 있었다. 양철 지붕이 번뜩거렸다. 마침 황소 한 마리가 건물 안에 들어가고 있었다.

"어서 가. 저놈들 해치우기 전에 가야지." 노인은 성급했다. 문 앞에 이르렀다. 횡하니 넓은 건물 안의 콘크리트 바닥에서 사무쳐오는 냉기. 음산한 천정. 그러자 입구를 향한 서너 명 인부의 졸리는 얼굴들이 눈앞에 비쳐왔다. 고삐를 잡힌 채 서 있는 황소는 두어 번 앞발을 들었다 놓았다.

"체! 어린 거구만." 한 인부가 말했다.

"두 살배기야." 고삐를 잡은 청년이 대답했다. 소의 잔등이 한 번 꿈틀했다.

"영감님! 오늘은 참 재수 좋게 걸렸우다."

"정말이여." 노인은 입맛을 다셨다.

아낙이 큰 자배기를 이어왔다. 황소가 고개를 쳐들었다. 청년이 소의 머리를 쓰다듬었다. 소의 뒷발이 경련을 일으켜 바르르 떨었다. 구석에 있던 인부들이 부스스 일어났다. 칼을 집어 들고 숫돌 앞에 모였다.

소가 음매하고 울었다. 진일은 을씨년스레 주위를 살피며 문설주에 기대어 섰었다. 빈 양재기가 소리를 냈다. 문득 그의 뇌리에 스쳐오는 생각이 있었다.

긴장된 무거운 침묵에 잠긴 널따란 실내. 어머니의 하반신이 수술대 위에서 꿈틀했다. 가운을 입은 의사와 간호사의 백광의 무영등(無影燈) 아래 흐르는 이마와 이마의 땀줄기. 흉곽을 째어가는 날카로운 메스의 침묵을 헤집는 눈과 눈의 교차. 수술대를 적시는 벌건 핏덩어리.

"늦었어. 결과는 뻔헌 거여." 혀를 차며 발을 구르는 아버지는 이글이글한 눈길을 창밖으로 돌리고 있었다. '예감은 불길할 뿐야.' 아낙이 또 작은 자배기를 이어왔다. 인부들은 일어났다.

칼날이 햇빛에 퍼렇게 번뜩거렸다. 한 청년이 망치를 들고 왔다.

"자아 시작해볼까? 재수 없이 어제는 마수부터 실수를 해가지고……."

어깨가 떡 벌어진 청년은 소 앞으로 성큼성큼 걸어 나갔다. 뭐라고 물어보는 것 같았다. 그의 두 손은 앞에서 꼬아졌다. 의사는 비통한 표정으로 고개를 저었다. 한 손이 아버지의 어깨 위에 올라갔다. 아버지는 그걸 뿌리치곤 떨리는 목소리로 외쳤다.

"늦었다구요? 조금 전만이라도 가망이 있었다구요? 그렇겠지요. 절체절명이군요." 의사는 고개를 저었다. 아버지의 턱은 달달 떨리고 있었다. 망치를 든 청년은 소 앞에서 걸음을 멈추었다. 소는 뒷발로 콘크리트 바닥을 찼다. 청년은 손에 힘을 주며 고개를 세우고 자세를 잡았다. 소의 두 눈이 청년을 향하여 음험하게 빛났다.

"앗! 어머니." 진일은 손바닥으로 눈을 가리며 수술실로 달려갔다. 아버지는 그의 손을 우악스레 잡아낚았다.

"그렇게 덤비는 건 아냐. 부끄럽게." 머리 위로 높이 번쩍 올라간 망치. 이윽고 쿵하니 앞발을 꿇으며 소는 엎드러졌다. 뒷발이 바르르 떨었다. 그러더니 힘없이 옆으로 나둥그러졌다.

어머니는 시체였다. 검은 피에 묻힌 시체였다. 낯빛이 파랬다. 볼이 차다. 온몸이 바위처럼 굳다.

"왜 그토록 방치했느냐구요? 그건 순전히 저의 탓일지도 모르죠. 그의 폐병은 숙명이었으니까요. 저는 그의 회복을 믿기는 않았으니깐 이렇게 폐 수술을 허게 된 것도 결국 기대해서 헌 게 아니고 보면 뭐랄까요? 아무튼 그는 몇 번이나 음독까지 허려고 했었으니까요."

아버지는 지껄이고 있었다. 공허한 빈방에 진일은 울음을 삼켰다. 눈을 부릅뜨고 아버지를 노려보았다.

의사는 말없이 아버지의 손을 끌었다. 진일은 시체실로 끌려가는 어머니의 뒤를 망망히 바라보았다.

인부들은 칼을 들고 소의 시체 앞에 몰려갔다. 목줄이 끊기었다. 김이 솟는 새빨간 핏덩이가 자배기 속으로 흘러들었다. 노인이 양재기를 들고 달려갔다.

"학생! 어서 와." 그가 소리쳤다.

진일은 번쩍 머리를 들었다. 빨건 피! 그는 양재기를 옆구리에서 빼들고 달려갔다.

"인제 제법 먹을 줄 알아?" 한 사내가 그의 양재기를 빼앗아 들고 피식 웃었다. 양재기를 받아들자 확 풍겨오는 비린내! 그는 불현듯 고개를 저었다. 참아야 돼. 모든 건 처음부터 관습이 돼 있어야 해. 마신다. 벌써 일주일째다. 그는 눈을 감고 입술로 양재기를 가져갔다.

"어머니 얘기는 말아. 영리한 네가 그런 걸로 나를 괴롭혀서는 안 돼. 단 하나인 너는 뭣보다 건강해야 돼. 적어도 병에 대해선…… 유전적인 그 지독한 폐병을 극복허기 위해선 싸워야 헌단 말야."

진일은 피를 마셨다. 가슴이 뭉클하다. 웬일일까? 눈앞이 갑자기 어릿해온다. 돈 백 환을 꺼내 놓곤 가까스로 몸을 돌렸다.

"골은 황소래야 아주 제격이지." 노인은 뼈를 긁는 사내의 손을 바라보며 지껄였다. 진일은 골 하나를 받았다.

"골은 정력제거든. 그리고 무뇌가 맑아지는 법야." 노인은 입을 움실거렸다. 진일은 깨소금 병마개를 열었다. 눈앞이 휑해온다. 깨소금을 털었다. 느닷없이 가슴이 울렁거린다. 안 된다. 가슴을 펴고 고개를 치켜들었다. 목의 비린내를 삼키며 안간힘을 썼다. 갑자기 눈앞이 흐려왔다. 그러더니 울컥 피를 토해내기 시작했다.

"아니! 이건 피를……." 노인의 당황한 목소리가 들려왔다. 인부들이 떠들어댔다.

"이건 뭐 피를 토하러 왔나?" 각혈! 피를 토해서는 안 된다. 다시는. 진일은 입을 틀어막으며 문을 향하여 비실비실 걸어 나갔다. 산모퉁이에서 아버지 혁기(赫基)는 기다리고 있었다. 검은 선글라스를 쓰고 있었다.

"어째 신색이 좋지 않구나. 아직도 새벽바람에 단련이 못된 탓이야." 그리고 진일의 손을 붙들었다.

"무엇보다 필요헌 건 건강에 대한 확고한 자신이야. 어떤 불행의 징후가 얼굴빛으로 나타나선 안 돼." 그들은 오솔길을 걸어갔다. 피로하다. 하지만 진일은 손을 뿌리칠 용기가 없었다.

아버지는 입을 다문 채였다. 상기된 혈색이며 완강한 턱이 앞을 좇고 있었다. 진일은 가슴이 움츠러든다.

'그는 나를 기다린 거다. 식전부터.' 그의 눈에 음울한 그늘이 비껴갔다. 그때 그들 앞을 두 사람이 걸어왔다. 도시락을 든 부자간인 듯한 중년 사내와 소년이었다.

영양이 좋지 않은 두 얼굴은 찌들어 핼쑥했으나 입을 앙다문 품이 되바라져 보였다.

"저런 건 악덕이야! 어쩌면 둘이 다 똑같은 표정이야?" 그들이 곁을 스쳐가자 아버지가 불쑥 말했다. 눈빛이 갑자기 열을 띠고 입가가 부어올랐다. 그들은 산등을 넘어갔다. 가없이 넓은 평야가 한눈에 들어왔다. 그리고 골짜기에는 굉장한 바라크 촌이 굽어보였다.

꺼멓게 끄슬린 백여 세대의 지붕들이 숨차게 몰려 있었다.

"저 바라크의 마을을 봐라. 추악한 꼴이로구나. 급격히 과잉한 요구가 천한 형식으로 떨어진 꼬락서니 말야. 요구가 너무 과대해지면 형식이란 타락할 밖에 없는 거야. 그런데……."

그들이 풀 위에 자리를 잡자 아버지는 담배를 태워 물었다. 연기를 한 모금 뿜어냈다. 바람에 연기가 뽀얗게 부서졌다. 진일은 차츰 소란해지는 마을의 숨찬 호흡이 아침나절의 바쁜 생활로 소용돌이쳐 오는 것을 느끼며 조용히 시선을 떨구었다.

"그건 비단 이 마을을 두고 헌 말은 아냐. 우리 전반의 생활이 타락을 의미허는, 허지만 이걸로 설명은 충분헐 수는 없어. 결국 비참헌 생활에 관한 한 너에게 이해를 구할 수 없어." 다소 흥분된 격한 말소리가 귓바퀴에 스쳐 갔다. 고개를 들어 앞산을 바라보았다. 햇빛이 들 하나를 채워가는 그 햇솜처럼 푸근한 빛을 그리고 벌써 먼 산맥에 감돌기 시작하는 봄날의 권태로운 푸른 그림자를 보았다.

"말없이 너는 뭘 바라보는 거냐?" 아버지는 갑자기 그의 손목을 끌어 잡았다. 뜨끈한 손바닥의 느낌에 그는 가슴이 뭉클했다.

"저 들을 바라보고 있어요."

"들을?" 하고 진일의 얼굴을 바라보는 그의 입가에는 쓴웃음이 번졌다.

"네가 만일 좀 더 현명했더라면 말이지, 저런 풍경에 감상을 갖지는 않을 거야. 그건 말야. 철저히 현대적인 감정으론 풍경이란 아무런 의미가 없는 거야."

"그렇지만?" 하고 진일은 대답을 주저했다. 어이없이 마음이 께름했다.

"생명은 도처에 있다고 말했잖아요? 자연의 모든 산과 내의, 그리고 짐승에도 사람의 모든 껍질 속에서 또 그 내부인 핏속에서 더 좀 깊이 생명의 애착을 가지라고 말했잖아요?" 아버지는 고개를 돌리고 말했다.

"허지만 현대는 어차피 자연을 버린 거야. 감격을 잃어버린걸. 그리고 속물처럼 살아가는 거야."

'감정의 도발이군?' 진일은 가슴이 선뜩했다.

"전적으로 그렇달 수는 없어요." 하고 가까스로 웅질러 말했다.

"흥! 그렇잖어? 조상의 묘지를 헐고 현대란 이름의 희극 무대를 세우고 싶을걸? 조상이란 배경이구 의식이란 얼빠진 광대짓, 관중은 웃기 위해서 모이고 돈을 벌어서 조상의 장례빚을 갚는다는 거지?"

그리고 진일의 손을 꽉 쥐었다. 손목이 저리다. 눈을 지그시 감았다.

어머니의 발인이 있던 날, 비가 구질구질하게 내렸다. 진일은 상복을 입고 쳐진 차일 아래 고개를 숙이고 서 있었다. 향 내음이 독하게 풍겨왔다. 이윽고 발인이 시작되자 그는 꿇어앉았다. 곁에 앉은 아비지의 낯을 힐끔 훔쳐보았다.

그의 눈두덩이 발개진 채 아랫볼이 떨리고 있었다. 우는 거다.

'왜 환자를 방치했느냐구요? 그건 제 탓일지도 모르죠.' 그는 일어서서 절을 했다. 축(祝)을 읽는다.

'경건하군.' 고개를 숙였다. 이윽고 축문이 떨어졌다. 근이청작(謹以淸酌) 서수애천(庶羞哀薦) 상사(祥事) 상향(尙饗)! 높은 어조에 눌린 듯 푸떡 일어서며 마침내 곡이 터졌다. 아버지의 왕머구리 소리가 들려왔다. 우는 건 아냐. 부끄러운 꼴을 보여서는 안 돼. 진일은 불현듯 뒤틀린 감정으로 안간힘을 썼다. 입술을 깨물었다. 그러나 참을 수 없었다. 수의를 입은 어머니의 부어오른 얼굴이 떠오르자 그는 울음을 터뜨렸다.

앞이 아뜩한 궂은 빗속에 정신이 깜깜했다. 주위의 곡성이 멎었으나 그의 울음만이 높아갔다.

"이제 곡을 그쳐라." 아버지의 손길이 그의 어깨를 흔든 것 같았다. 울먹이는 소리로. 그건 진일에 감격한 울음이었나?

"내버려둬요. 이때 울지 않음 언제 울겠소." 진일은 등 뒤의 말소리에 울음을 그쳤다. 매운 것을 목에 느끼며 그는 어머니의 관을 바라보았다.

울지 않을게다. 그는 입술을 깨물며 우중충한 차일 밖으로 시선을 돌렸다.

"호영이는?" 문득 아버지가 물었다. 진일은 후딱 고개를 돌렸다. 오른편 산모서리에 얼굴의 마마자국 같은 공동묘지가 보였다. 그리고 그 끝에는 한 채의 집이 있었다. 금시 쓰러질 것 같은 퇴락한 묘지기 집이었다.

"저어 묘지기의 집에요."

"음! 저런 집엘?" 아버지는 중얼거렸다.

"묘지기는 집을 호영 씨한테 팔곤 시내로 들어갔대요." 울도 없는 집 뒤란에 아무렇게나 놓인 장독을 바라보며 말했다.

"영 살 수 없었던 게로구나."

"호영 씨는 그 누이와 같이 있어요. 무척 가난허구 적적헌 살림이에요. 처음부터 그는 무언가 극복해야겠다고 했어요. 자신만을 위해서가 아니구 남까지도……." 울적한 충동을 느끼며 말했다.

"그건 신념이라는 거냐? 허지만 모든 건 완전헐 수는 없어. 그저 그러니까 미망이야."

그는 입을 삐죽 했다. 진일은 그에게서 손을 빼며 어름어름 말했다.

"호영 씨를 그렇게 만든 건 전적인 이유가 있어요."

"무슨 까닭이냐?"

"단정헐 수는 없어요. 그럴만한 과거나 현재를 지녔다는 사실은……."

"전쟁 때문이란 말이냐?" 물음이 격렬했다.

"그것도 있겠죠. 그러나 전적인 이유가 될 수는 없어요. 그의 의지를…… 적어도 젊음이 묘지를 파고들어 살아야 한다는 건…… 규정지우긴 어려워요."

"왜 그걸 따지는 거냐?" 궁극한 표정.

"그건 잘못일까요?" 도도한 질문. 아버지는 순간 아니꼬운 눈초리로 그를 바라보았다.

"결국 그 애는……."

"무슨 말씀이에요?"

진일은 열뜬 눈으로 노려보며 캐물었다. 아버지는 흰 머리카락을 손가락으로 추어올렸다.

"그는 그럴 이유가 있었을 거다. 상당히 절실헌 사정이 말야. 어떤 내면적 불행이 그의 생활에서 굳어버린 것 같지만 그건 불쾌헌 인상이다. 허지만 생각해 보면 그게 나를 끌게허는 흥미였는지도 모른다."

"아버지는 그를 좋아 하세요?" 진일은 눈을 홉뜨고 바짝 다가앉으며 물었다.

"암, 어떤 의미로는…… 물론이지. 그는 버릴 수 없는 제자였으니까. 설사 무슨 일이 있든 인연이란 의미에서는 말야. 암, 좋아허고 싶은 거다." 내뱉듯 중얼거렸다. 진일은 손가락으로 잔디 잎을 쥐어뜯었다. 마치 다짐하려는 듯.

아랫마을에서는 아이들을 부르는 아낙네의 고함소리가 들려왔다.

"자 시간이 됐다. 일어나자." 아버지가 불끈 일어섰다. 진일도 일어서며 아침 연기에 싸인 마을을 향하여 깊은 한숨을 내쉬었다.

아침밥을 뜨고 나자 진일은 아버지의 가방을 챙겼다. 가죽이 닳아서 주름살투성이였다. 책상 위에 펴놓았던 노트를 마지막으로 집어 들었다. 펜으로 자잘하게 내려쓴 강의록이었다. 파이프와 엽초. 그리고 돋보기안경과 색안경도 챙겨놓았다. 이 도시의 유일한 대학의 역사 교수인 아버지다.

파이프를 물고 색안경을 쓰고 천천히 걸으며 이따금 모자에 손을 얹으며 자주 목례를 하게 되는 찬찬하고 무게 있는 율동적인 몸짓이 거리를 조용히 휘젓고 나간다.

"으음…… 오늘의 강좌는…… 그렇지. 거기 빨간 책자의 원서를 빼어오고……." 강단에서의 첫마디처럼 은근한 말씨로 가방을 챙기는 진일에게 지시했다. 가방이 챙겨지면 으레 방안을 휘둘러보곤 기침을 한 번 하곤

"너의 어젯밤 잠자는 모양을 보니."

"너를 의학(醫學)을 지망토록 헌 내 의견을 다시 말허지마는……."

"네가 작년 대학입시에 실패한 원인을 생각해 봤는데……." 등등의 허두를 빼어들고 한바탕 수다를 피우고 밖으로 나갔었다. 그것은 가장으로서의 빈틈없는 그의 배려 때문일까?

"제 어미를 잃음서부터는 더욱 그를 감시하고 지도한다는 생각으로 끌려온 거다. 자식 하나에 목을 매달고 지내는 할 일 없는 신세는 아니구 말야." 친구의 손목을 잡으며 속삭일 때처럼 을씨년스럽게 하루에 한 번씩 그는 지껄이고 있었다.

"네가 아까 호영이 남매를 말했지만…… 나는 네가 호영이의 어떤 영향을 받으리라는 걸 사실 걱정하고 있는 거다. 그러나 먼저 필요한 건 호영이 남매에 대한 비평의식이라는 거다. 값싼 감정으로 매사를 이해하려는 것은 네 생활에 이성이 결여된 탓이거든. 자아, 어떤 비평이 필요헌가? 그게 오늘부터 주어진 과제가 되겠다. 으흠! 이따금 밖엘 나갔다 와서 공부허는 것두 좋다." 말을 마치자 그는 약간 허우룩한 눈치로 방안을 휘둘러보고 문밖으로 나갔다.

"여보시오……." 마루에 서서 부엌 쪽을 향하여 불렀다. 식모가 손을 부비며 부엌에서 나왔다.

"저애 말이죠. 언제나 주의시키는 거지만 신선한 공기라는 게 필요헌 거니까. 이불이랑 내다가 모두 햇볕에 쬐여놔요. 그리고 시간을 맞춰서 밥을 짓고 우유와 그리고 탕약을 시간에 맞춰 먹이도록 하세요."

그리곤 밖으로 나갔다. 사립문이 소리를 내며 닫힌다. 쾅하는 그 둔탁한 소리가……. 그것은 한 계기를 알리는 명쾌한 순간이었다. 그리고 모든 것은 갑자기 달라진다. 햇살이 비친 유리창의 아늑한 방안에 싱싱하게 되살아간다.

식모는 우선 낯이 해바라기가 된다. 나이 사십이 가까운 그녀는 아직도 윤이 흐르는 얼굴이 비눗물을 쓴 채 방안에 들어선다. 걷어붙인 팔이 포동포동하다.

"도련님! 한 잠 또 자야잖우?" 수건으로 목을 문지르며 말한다. 목이 상기되어 벌겋게 꽃무늬가 생긴다.

"그래요. 아줌마……." 입었던 옷을 벗는다. 달차근한 개잠이다. 식모는 요를 깔아놓는다.

진일은 눕는다. 창의 햇빛이 부시다. 식모의 낯이 벌게진다. 이불을 쓴다. 눈을 감고 다리를 포개 얹는다. 식모의 탐스런 목구비가 떠오른다. 그 핏빛 붉은 무늬가. 코에 냄새가 스며온다. 다리를 움츠리고 사타구니에 힘을 준다. 아랫배가 뭉클해 온다. 옆으로 몸을 뒤집었다. 그리고 한 손을 사타구니에 찔렀다.

목구비. 달걀색의 미끈한 목. 그 위로 타원의 둥근 얼굴. 억세게 내려뜨린 두 어깨로부터 불룩한 가슴.

그리고 다급한 하반신의 튼튼한 다리. 식모의 흥얼거리는 콧노래가 들려온다. 유행가에 시조가 곁들인 창가.

'도대체 저런 뚱뚱한 몸에선 아이는 낳을 수 없거든. 여자가 말야. 저 나이에 피둥피둥한 피부를 가지고 있는 건…… 속이 없다는 건데. 핏덩이를 쏟으며 애를 낳아봐야 진짜로 사는 맛을 아는 거야. 저 여자는 늘 웃고 있군? 그렇지만 정말이지 저건 불행한 징조야. 불임의 감정이니까 늘 서성거리는 거지. 아무에도 피식피식 웃는 버릇이 있는 거야.' 문득 호영의 말이 떠오른다.

"허지만 아이를 낳는 건 고통인데?"

"넌 모를 거야. 이를테면 전쟁에 나간 병사가 피를 보지 않구 견딜 줄 아니? 사람을 죽여보거나 부상을 당해 보지 않는 전투란 병사에겐 공허해서 견딜 수 없거든. 나는 그걸 느꼈어. 그건 말이지. 우리는 전투가 없는 두어 달 동안 전선에서 어떻게 견딘지 아니? 서로 미쳐서 어쩔 줄을 몰랐거든. 결국 전투가 있어 그중 몇 놈은 개처럼 픽픽 쓰러져 죽었지만……." 진일은 다리를 오그렸다. 그리고 온몸의 무게를 아랫배에 느꼈다. 식모의 노래는 그쳤다. 방안 청소가 끝난 모양이었다. 그녀는 장롱을 요란스레 여닫고 방안을 이리저리 서성거리기 시작했다.

설거지와 방안 청소가 끝난 뒤에 그녀는 늘 이러했다. 진일은 누워 있고 방안은 햇빛에 가득 차고 그녀의 발길은 무료에 지쳐간다. 고즈넉한 집안에 그녀는 갑자기 숨이 가빠지고 주위에 눈길이 거칠어진다. 무슨 냄새를 맡는 개같이. 저녁때면 그녀는 바쁘다. 투덜대며 웃으며 부산하게 집안을 날뛴다.

세 개의 방 중 그녀는 골방을 쓴다. 초저녁부터 그녀는 자리에 눕는다. 찍소리 하나 없다. 이따금 아버지는 술이 취해 들어온다. 옷을 입은 채 방 가운데 쓰러진다.

"저녁 잡수시야죠?" 그녀가 묻는다.

"그만둬." 아버지의 말소리는 매양 거칠다. 그녀는 화를 낸다. 낯이 푸르락거리며 곁눈으로 아버지를 한참이나 노려본다. 그리곤 경멸에 가까운 웃음을 남기고 사라진다. 한 번은 이랬다. 아버지는 술이 취해

"여봐요" 하고 그녀를 불렀다. 그녀는 당황히 뛰어나왔다. 아버지는 화를 벌컥 냈다. 그녀는 속치마 바람이었다. 저고리는 꿰었으나 얼결에 치마를 잊은 모양이었다. 그나마 옷고름이 풀어져 그녀의 젖무덤이 드러났다.

"아니…… 그 주제를 하구……." 아버지는 그녀의 목구비께를 바라보았다. 그녀는 낯이 샐쭉했다. 어쩔 줄을 모르고 섰었다. 전등불에 그녀의 하반신이 비쳐보였다. 아버지는 순간 당황히 눈길을 돌렸다. 진일의 눈과 마주쳤다. 그의 낯빛이 일그러졌다.

"아, 그만두고 가서 자요." 그는 손을 들어 막아내는 시늉을 하며 고통스레 말했다. 그날부터 그는 술이 취해와도 그녀를 부르지 않았다. 그 대신 그녀는 옷을 챙겨 입고 나타났다.

아버지는 일껏 그녀에게 불평했다. 어머니는 갇혀 있었다.

"당신은 애한테 몹쓸 영향을 준다는 걸 생각해 보란 말야." 아버지는 번번이 나무랐다. 진일은 그저 두려웠다. 눈물을 쫄쫄 흘리는 무능한 어머니가 밉다. 어쩌다 아버지가 집을 비우면 진일은 슬퍼진다. 어머니는 달려온다. 욕정 사나운 짐승처럼.

"무정한 네 애비를 닮아서는 안 돼." 팔이 가는 그녀는 진일을 옭아매고 분격한다. 그녀는 이따금 병자처럼 앓는다. 신음소리는 늘 비참했다. 진일은 그녀의 품에서 안간힘을 썼다.

진일은 웁쎘던 이불을 젖혔다. 식모는 아랫방 창문 앞에 앉아 화장을 하고 있었다. 크림을 목구비에 바르고 있었다. 가벼운 마사지에 피부빛이 상기되어 갔다.

"아줌마!" 진일은 기지개를 켰다. 그녀가 고개를 젖히고 한 손으로 얼굴에 분을 바르며 피식 웃었다.

"아줌마!"분 냄새를 맡으며 불렀다.

"또 편찮허우?" 그녀는 천천히 화장 그릇을 치우며 물었다. 그는 고개를 끄덕였다. 마음의 심한 붕괴를 느끼며. 그녀는 일어섰다. 그리고 그의 곁에 앉았다. 그 육중한 엉덩이와 더불어 풀썩 분 내음이 어지럽게 풍겨왔다. 그녀는 책상 위의 어머니 초상화에 시선이 멎었다. 의미를 띤 잠시 심각한 표정으로 입 가상이 약간 실룩했다. 그녀는 요즘에 와서 자주 그 사진에 눈을 가져갔다. 그것은 아버지와의 사이에 이상한 갈등을 느낀 때부터였다.

"아줌마!" 진일은 불렀다.

"아 참 도련님이……." 하고 그의 옆으로 몸을 당겼다. 그녀의 손이 이불을 걷어 치고 그의 다리에 얹혔다.

순간 그의 하반신은 움칠하도록 짜릿해진다. 그녀의 따스한 손바닥이 규칙적으로 그의 다리 위에 오르내린다. 살갗이 엷은 파자마를 통해서 미끄럽고 축축하게 느껴왔다. 갑자기 진일은 물었다.

"아줌마는 무슨 재미로 살아요?"

"도련님이 별걸 다 묻네." 그녀가 놀라며 낯을 붉혔다.

"아줌마!" 그는 숨이 가쁘다.

"도련님의 어머니처럼 사는 거예요." 그녀의 눈길은 아직도 초상화에 붙어 있었다.

"어머님을 알아?"

"그럼 도련님은 어머니를 몰라요?"

"그저 어렸으니까……." 그의 목소리가 침울해진다.

"나는 알고 있어요." 그녀는 웃는다.

"아줌마……." 그는 화가 났다.

"왜 그래요?"

"아줌마는 뭣 때문에 살아요?"

"아니 별안간 뭣 때문이라니?" 그의 정강이에 이르던 손이 움츠러지며 그녀가 화냈다.

"아줌마는 아이를 낳은 일 있어요?" 그는 발작적으로 몸을 꿈틀했다.

"아니 뭐가 어떻다구요?" 그녀는 몸을 발딱 세웠다. 놀라 낯빛이 파래졌다. 순간 얼굴이 굳어지며 그 목구비의 힘줄이 실룩해지는 것을 보았다. 다급히 그녀의 손을 붙들었다.

'제기랄!' 가슴이 화끈댄다.

"도련님 이럼 못써요." 그녀가 손을 낚아채며 가만히 꾸짖었다.

"아줌마!"

"말을 해요. 글쎄……." 그녀가 성냈으므로 진일은 한숨을 쉬었다. 슬픔에 가슴이 벅차고 눈앞이 쨍했다.

"도대체 그런 말을 허는 게 뭐이 나빠요? 아줌마! 알고 싶었는데……."

"도련님이 알 건 따로 있다오." 그녀는 일어섰다. 싸늘한 눈길을 던지고 돌아섰다.

"아줌마!" 진일은 순간 가슴이 철렁하면서 뒤따라 일어섰다.

'뭐야! 그릇 오해되고 있는 거야.' 그녀의 소매를 뒤에서 붙들었다.

"놓아요. 저리 비켜요."

그녀는 몸을 흔들며 큰 소리로 외쳤다.

"내가 잘못헌 게 뭐요? 진정으로 아줌마를 생각해서 묻는 건데……." 그녀는 할딱거리며 뒤돌아보았다. 그녀의 일그러진 낯은 경멸을 나타냈다.

"바보 같은 짓은 말어요. 저리 비켜……." 그리고 그를 밀어냈다. 진일은 화가 머리끝까지 치밀었다.

'이건 쌍 뭐래는 표정이야.' 와락 그녀의 가슴께를 끌어안았다. 그리고 쓰러졌다. 순간 우악스런 팔꿈치로 밀리며 철썩 그의 볼에 불이 튀었다.

"몸이 아프대서 시중을 들어주었더니만 이제 어린 것이 개쌍놈의 짓을 해!" 진일은 뒤로 넘어진 채 눈을 감았다.

사람들로 소용돌이치는 태양은 눈이 부시다. 한낮의 거리. 밀어닥치는 지프차의 엔진소리. 경찰의 호각소리. 군중의 한숨어린 말소리가 거리로 번진다. 번진다. 관청의 우중충한 벽돌담의 게시판이 하얀 뉴스 판의 빨건 글씨가 충혈되는 군중들의 눈동자 위에 어지럽다.

"뭐요! 뭐요!"

"전쟁이 또다시 터졌다오."

"아군이 전선에서 퇴각했대." 괴멸해 가고 밀착해오는 글씨들이 진일의 눈앞에서 산화(散華)한다.

벌전협정(伐戰協定)을 무시하고…… 자유와 평화의 인류적 목적을 파괴하는…… 살인적…… 단말마적…… 발악…… 발악…….

가슴이 쓰려온다. 눈앞이 흐려진다. 아찔한 유리의 섬광.

라디오의 소란한 재즈음악. 쾅하던 마지막 음이 떨어지며 지껄이는 아나운서의 소리가 건물과 건물에 부딪쳐 메아리쳐 온다.

'국민 여러분! 아군은 불의의 공격에 방비하여 반격전을 개시— 강력한 전투력을 투입하고 적을 물리쳐…….' 진일은 걷기 시작했다. 웅성거리는 군중 사이의 뚫린 길을 햇빛에 밀리며 앞으로 나갔다. 한 점포 곁에서 모표 없는 학생모를 쓴 소년 셋이 지껄이고 있었다.

"어젯밤 재수 없이 깔치를 놓쳐 버렸어."

"자식! 세상이 시끄러워진 줄 몰라?"

"오늘은 어떻거든 고걸 붙잡아야 헐 텐데." 진일은 손으로 얼굴을 비볐다. 이마에 열이 오른다. 어깨에 전신에 권태로운 미열이 휘감겨 온다. 맞은편에서 누군지 그의 어깨를 붙들었다. 둘러보니 황 노인이었다. 희끗한 머리가 부시었다.

"세상이 시끄러워졌구만?"

"할아버지 나오셨어요?"

"그예 올 것이 오고야 만 것 같아."

"어딜 가세요?"

"손자 놈이 중학 들어간대서, 호적초본을 해 올려고…… 원, 세상이 이래서 어떨지 모르지만. 시청을 가지, 암 시청을……." 진일은 몸을 움직였다.

"안녕히 가세요." 노인은 약간 망설이다가는 그의 잡았던 손을 풀었다.

"내일 아침에 거기 나오겠지? 잘 가게." 진일은 발길을 떼었다. 지프차가 그의 곁을 요란스레 스치고 지나갔다. 카키색 군복을 입은 운전수의 부라린 눈길이 목덜미를 스치고 지나갔다.

골목에 이르렀다. 넝마처럼 구지레한 옷을 걸친 아이가 노래를 부르며 걸어왔다.

'내가 만일 세계에서 제일 된다면…….' 그의 뒤에는 성장한 두 여인의 립스틱을 바른 붕어입 같은 입술이 지껄이고 있었다. 문을 열어놓고 있는 술집의 지저분한 휘장 앞을 지나는데 안에서 말소리가 흘러나오고 있었다.

"대낮부터 취허고 이래……." 깐깐한 여인의 목소리.

"제기랄. 알게 뭐야." 사나이는 부르짖었다.

"왜 갑자기 그렇게 되셨수?"

"난 전쟁 때문에 버린 놈이야. 전장에서 젊은 게 어떻게 되는 줄 알아? 썩을 것. 당헌 놈만 알게야……. 으흥."

잔 떨어지는 소리. 사나이의 음산한 울음 같은 웃음소리가 뺨을 치고 지나갔다.

그때 문득 그들은 마치 투척된 탄환처럼 던져진 자신의 젊음을 발견했다. 희뿌연 아침 안개에 덮여서 접전의 고지는 고요했다. 높은 산줄기에 서기가 어리고 골짜기엔 물이 졸졸거리며 흘렀다. 맞은편 푸른 숲속에서는 새소리가 들려오고 있었다.

어젯밤 그들은 어둠 속에 이동해 왔었다. 아지 못할 전율과 공포의 예감에 전신의 감각이 오그라들어 있었다. 그런데 전투 개시의 수분 전에 이런 풍경을 발견하다니…… 한 병사는 느닷없이 몸을 떨기 시작했다.

곁에서 병사는 그에게 미친 듯 흥분한 어조로 속삭이고 있었다.

"놈들은 꿈쩍을 안 허구 있어. 도대체 간밤에는…… 허지만 소식이 금시 올 거야. 언제나 그들은 음흉허게 나오거든. 이번 전투에 몇 명이나 폭살(暴殺)이 될까?" 햇빛이 안개를 비추며 온 산이 은빛으로 번쩍거리기 시작했다. 조용한 여울물소리에 새는 종알거리고 있었다. 짹짹 지죠르……. 한 병사는 눈길을 세우고 숲을 들여다보며 중얼거렸다.

"저것들 먼저 총알로 퉁겨놓아야 헐 거야." 이윽고 적진에서 총성이 울려 나왔다. 그러자 골짜기에 메아리치는 천둥 같은 포격소리에 이어 여울물소리 새소리가 들리던 주위는 깜깜한 나락으로 변해 버렸다.

진일은 생각했다. 문득 호영이를 생각하며 다시 길을 꺾어 큰길로 나섰다. 그의 앞을 중년의 신사 둘이 걷고 있었다.

"여보게 예서 전선꺼진 얼마나 되나?"

"한 오백 리 될 걸세."

"오백 리…… 오백 리…… 그럼 대체 사람이 하루에 백여 리쯤을 걷는다면? 오백 리……." 그 사내는 한 손을 연신 쥐었다 폈다 하면서 우는 소리를 하고 있었다. 다시 게시판 앞에 모여든 군중들이 뭐라고 지껄이며 물러나고 들러붙곤 했다.

"뭐야, 뭐야."

"내내 그 소식이야."

"젠장 또 그렇구만." 진일은 그들의 뒤를 비켜서 걸어 나갔다. 온몸이 나른하다.

"그건 전신의 피로의 증세로 나타나는 거네. 권태와 무료 그리고 자신이 언제나 하나의 병세라는 약화된 상황을 의식하는 거 말이네. 환자가 조심헐 건 바루 그걸세."

코끝을 벌름거리던 의사의 말이 휙 머리를 스치고 지나갔다. 주위의 풍물이 돌아갔다. 머리가 어지럽다. 뭔가 의지할 것을 놓쳐버린 것 같은 사방은 공허하다. 문득 가슴이 뭉클해온다.

달걀색의 미끈한 목구비. 그 핏빛 무늬의 상기된 살결. '아프대서 시중을 들었더니…… 어린 것이 개쌍놈의 짓을 해.' 그렇다. 진일은 이마에 손을 짚으며 생각했다.

'별안간 소년은 어머니의 목을 끌어안았다. 그녀는 화를 내며 그를 떼어 놓았다. 소년은 분격했다. 그녀의 다리를 끌어안았다. 그때 어머니는 음란을 의식하고 있었다. 사뭇 주먹질을 하며 대들었다. 울어서는 안 돼. 소년은 눈물을 삼키며 부르짖었다.

"나를 죽여줘요. 어머니." 어머니는 돌연 무서움에 질린 낯으로 아들을 바라보았다.

"내가 어째서 이런 자식을 낳았을까?" 그녀는 안타까이 울기 시작했다.'

진일은 발길이 허든거려지는 것을 가까스로 입술을 깨물며 다스렸다. 번화한 거리를 벗어나자 그의 발길이 교외를 향하고 있는 걸 깨달았다. 한참 만이었다.

문득 그는 한 책점 앞에 서 있는 아버지를 발견하고 주춤했다. 그는 검은 옷을 입은 책점 주인과 이야기하고 있었다. 진일은 그 앞을 가려는데 아버지는 지껄이고 있었다.

"그래요. 그건 숙명이지요. 현대문명이 전쟁 속에서 이뤄지는 건 불행하나마 별 수 없는 비극이고말고요. 전쟁으로 인류 역사는 망허진 않어요. 거꾸로 전쟁이란 위기 속에서 탄생해요. 위기는 늘 극복되어야 하는데 그것은 끝내 전쟁으로 이겨내는 길이었지요." 책점 주인은 입을 삐죽했다.

"결국, 전쟁이란 역사에 창조적 의의를 갖는 거겠군요?"

"그렇지요. 전쟁의 위험이란 어느 때든 마치 역사 위에 그림자처럼 따라온 거니깐요. 완전한 자유를 위해서 온갖 이상을 세우거든요. 그러나 절대한 이상이란 없는 거니깐 끝내 가상의 자유를 위해서 현실이 진통을 앓는 거지요."

"선생님은 그래서 전쟁을 증오하지 않습니까?" 불 먹은 그의 소리에 아버지는 낯이 약간 붉어지면서 말했다.

"아니죠. 나는 단지 성격만을 말했을 뿐이죠. 지나간 모든 인류의 전쟁에 대해서 말이지."

그리고 아버지는 분명히 언짢은 표정으로 책점을 나와 버렸다. 진일을 보자 잠깐 민망했던지 넌지시 말을 걸었다.

"다시금 전선이 시끄러워진 모양이지?"

"그래요." 진일은 말하며 아버지를 바라보았다.

"난 신문사엘 다녀오는 길인데 적을 방어하려면 단단한 대책이 있어야겠다더라."

"무슨 일이 있어야 헐 테죠."

"물론이지. 첫째로 병력이 더 동원되어야 돼. 많은 젊은이들이 더 징집되어 갈걸?" 아버지는 말하며 갑자기 진일의 옆얼굴을 뚫어지게 바라보았다. 진일은 볼에 그 뜨거운 눈길을 느끼며 걷고 있었다.

"줄곧 전쟁의 위험 속에서만 사는 것 같지? 아무튼 조국이 초토(焦土)를 면허야 헌다 허면서 현대란 더욱 전쟁 유발의 요인을 더욱 심화시켜가고 있단 말이다. 조금 전의 빼저린 기억에 긍긍하면서도 전쟁이란 불가피헌 것으로 생각해야 될 현실인거지."

호영은 마루에 누워 있었다. 여린 햇살이 낯선 집안을 음산하게 비추고 있었다. 허물어진 모퉁이의 벽으로부터는 바람이 으스스 불어왔다. 그는 다리를 오그리고 있었다. 가슬가슬한 수염과 홀쭉한 볼과 꺼진 눈두덩에는 짙은 그늘이 감돌고 있었다. 마치 그건 지친 패잔병의 비굴한 평화를 느끼게 하는 조용한 얼굴이었다. '여긴 조용해서 좋아. 그리고 충분히 평화를 느껴. 헌데 말야, 내가 이곳에 있으니깐 사람들이 곧잘 말하거든. 녀석은 퍽 그로테스크하다구…… 그건 내 생활의 진가는 아냐. 그런 말버릇을 가진 녀석들치구 뭔가 세속적인 눈으로 나를 헐고 뜯어보려고 허더군.' 처음 만났을 때 그가 하던 말이었다.

'공동묘지! 우리는 어떤 의미든 조업(祖業)의 소리를 우리 생활에서 듣고 있어. 여긴 참 많은 묘들이야. 그들이 모두 어떤 작가들이었는지 측량할 바 없지만 무명(無名)의 유음은 정말 위대한 침묵의 소리를 이룩하고 있잖아? 진일은 내 말을 듣고 있나? 그리고 이런 걸 엉뚱한 센치로 해석하고 있지는 않겠지? 난 감상이란 걸 싫어하니깐…… 허지만 해석은 언제나 자네 주장일 거야…… 아무튼…… 그러나 따지자면 이렇게 내 감정 같은 걸 설명하려드는 내 자신부터가 자책허구 싶지만…….'

그는 이맛살을 찡그리며 말했었다. 진일은 그때 한 마디 대꾸 없이 물러나왔다. 그때의 그는 뭔지 호되게 얻어맞은 기분이었다.

'그는 마치 나를 적처럼 대하고 있어. 흥! 그리고 지독한 자아 편집이던걸?' 그러나 진일은 그를 가끔 찾았다. 그때마다 이런 투의 말 밖에 없었다. 그래서 그와는 어떤 가벼운 적의와도 같은 긴장감을 가지고 대해 왔다. 호영은 눈을 뜨더니 벌떡 일어났다. 두 개의 지팡이처럼 두 팔로 마루를 짚고 우두커니 앞을 바라보고 있었다. 문득 물었다.

"진일이 그전에 내게 말해준…… '시골 묘지에 새겨진 비가'란 시가 있었댔지?"

"토마스 그래이가 지은?" 이제야 말할 계제라는 듯 대꾸했다.

"응! 작자 같은 건 상관헐 게 없구…… 헌데 그건 처음은 어떻게 됐었지? '만종은 어슬해진 하루를 조상(吊喪)하고……'였던가?"

"그래요. 잘 기억허는군요." 하고 진일은 감탄조로 말했다.

"건 도대체 말야, 지독헌 목가더군. 그건 다만 풍경이야. '작은 순박한 조상들이 잠든' 그런데 그 농부가 해골을 집어 들고 전쟁을 회상했었어?"

"그건 늙은 카스팔의 농부였지요."

"아무튼 말야. 전쟁의 무덤이란 이상한 인류의 기억이거든. 사람은 죽어야 헌다는 거지. 나는 자네만할 때 한 그림을 봤댔어. 그건 해골이 산더미처럼 쌓여 있는데 까마귀가 눈을 까집고 덤벼들고 있는 거였어."

"누구의 작인데요?"

"그걸 왜 묻나? 도대체 자네들은 왜 그렇게 작자에 관심이 큰가? 그까짓 작자들일랑 땅에 묻어버려."

그가 별안간 성을 발끈 내고 소리쳤기 때문에 진일은 얼떨떨해가지고 말했다.

"그렇지만 어떤 작품이든 그 작자가 있어서……." 그 말은 성난 그의 말로 중단되었다.

"안단 말야. 그건 자네들이 배운 거란 걸. 해골 더미에 덤벼드는 까마귀 떼의 비극에 무슨 다른 설명이 필요해?" 그는 부락스러운 눈길을 돌연 진일에게 쏟았다. 그리곤 거의 동시에 불끈 몸을 일으켰다.

"자네한테 보여줄 것이 있어." 하고 방안으로 들어갔다. 진일은 어마둥히 따라 들어갔다.

낡아빠진 책상 서랍을 왁살스레 잡아당겼다. 와르르 물건이 방바닥에 쏟아졌다. 그 속에서 흰 종이로 싼 주먹만 한 뭉치 하나를 가볍게 떨리는 손으로 집어 들었다. 그것은 너무나 당돌한 행동이었기 때문에 그는 은근히 섬찍지근했다.

"자아, 이것을 보게나." 몇 겹의 마지막 종이를 벗기곤 노란 걸 쑥 내밀었다.

"아니, 이건……." 하고 어리둥절하고 물건을 받아 쥐자,

"그건 백골이야. 뼈야." 하고 소리쳤다. 진일은 등이 선뜩해진 나머지 그만 손에서 그걸 떨어뜨렸다. 그는 잽싸게 주워들더니 별안간 볼에 갖다 대었다.

"이건 나의 사랑하는 친구의 뼈야. 그게 여기 있어. 이건 분명 그의 대퇴골의 일부야. 녀석은 참 좋았어. 녀석은 지금 내게 그걸 주고 갔어." 그리고 어린 듯 눈을 지그시 감았다.

"동수! 녀석은 내 곁에서 포탄에 날랐어. 온 산이 푸른 여름날이었는데, 녀석은 근처를 피로 적시곤 고꾸라졌더군. 녀석은 어디로 갔나? 그의 다른 뼈는 여기 공동묘지 같은 데에 묻혀 있을 거야. 그리곤 전쟁은 끝났어. 도대체 녀석의 이름 앞에 붙여질 말은 뭐야. 그건 뭐야. 그리고 녀석의 뼈는 지금 여기 있어. 아냐 녀석의 뼈만이 아냐. 모든 뼈가, 아니 내 뼈가……."

그는 발작적으로 몸을 떨면서 외쳤다. 진일은 별안간의 충격에 눈앞이 흐려지면서 그가 전혀 이 순간에 자기를 잊고 있다는 자각에 새삼 창연했다. 그런데 그것은 지나친 감상이었다. 그런 사실은 바로 그 순간에 나타났다. 아랫방에서 앙칼진 여자의 울부짖음이 들려왔기 때문이었다.

그건 외마디 소리여서 알아들을 수 없었다. 다만 극도로 히스테릭한, 거의 절망에 가까운 소리였다.

순간 호영은 낯빛이 창백해지면서 들었던 뼈를 떨어뜨렸다. 그의 낯빛은 황홀경에서 절망으로 변해버렸다.

"진일! 저건 미혜야." 호소하듯 말했다. 비굴에 가까운 낯으로. 진일은 어쩔 줄을 몰랐다. 그래서 그의 낯은 거의 울상이 되어버렸다.

이윽고 호영은 쫓기듯 서랍에 그걸 쓸어넣고는 밖으로 나왔다. 다시 벌렁 누워버렸다. 숨을 크게 내리쉬었다.

"전쟁이 터졌다면서?" 그는 조용히 물었다.

"그런 모양이에요." 진일은 측은한 생각에 숨이 가쁜 걸 느끼며 말했다.

그는 다시 잠잠해버렸다. 그러더니 불끈 일어나서 방에 들어가더니 누런 코르덴 윗도리를 걸치고 나왔다.

"언제까지나 침묵헐 수는 없는 거야. 기어히 발광허구 만 걸? 어쨌든 일어났어야 옳아." 내뱉듯 말하곤 뜰로 내려섰다.

"어딜 가세요." 진일은 반사적으로 몸을 일으키며 물었다.

"가야지. 가봐야 되겠어." 그리곤 쏜살같이 밖으로 튀어나갔다. 어정쩡히 섰다가 뒤를 돌아보니 미혜가 마루에 나와 있었다. 그녀는 분노에 얼굴이 굳어져서 앞을 바라보고 있었다.

"오빠는?" 진일은 물었다.

"내버려둬요. 갈 데라곤 없어요." 히스테릭한 목소리였기 때문에 진일은 가슴이 철렁했다. 그는 마루에 걸터앉았다.

"왜 오빠를 그렇게 괴롭히는 거야?" 진일은 문득 화가 치밀어서 물었다.

"나쁜 건 오빠예요. 그분은 기껏 불행할 거예요. 그는 자신 속에 나를 가둬 놓으려는 거예요." 그녀는 독기 있는 말로 지껄였다.

"허지만 그건 그의 죄는 아니잖아?" 힐난하며 그녀에게서 눈길을 돌렸다.

"그럼 누구의 죄야요? 대체 오빠는 누구와도 다른걸. 그건 누구의 책임이에요?" 그리고 그녀는 곧장 울먹거리기 시작했다. 진일은 가슴이 부르르 끓어왔다. 동정과 연민으로 그녀가 마음속으로 뜨겁게 안겨들었다. 고개를 돌려 그녀를 바라보았다.

"미혜." 진일은 이마빡이 저려왔다.

"……." 그녀는 말없이 고개를 들었다.

"오늘밤 나와 만나줄 수 있어?" 그녀는 눈물이 젖은 눈으로 이윽히 바라보았다.

"저기 갈림길에서 기다릴 테야." 불끈 일어났다. 그리고 묘지의 둔덕을 향하여 나갔다. 호영이를 찾을 생각으로. 그러나 그는 조금 가다가 발길을 돌이켜버렸다.

'그를 찾아갈 필요는 없이. 그는 아무것도 믿지는 않을 터이니까.'

미혜는 술잔을 핥았다. 불빛 아래 그녀의 볼때기와 눈 가장자리는 열을 띠어갔다.

불빛이 약간 어슴푸레한 방안, 진일은 몇 잔 술에 낯빛이 핼쑥해졌다. 가슴이 그저 터질 듯 울렁거렸다.

"그렇다. 우리는 노예다. 그러나 언제나 성내고 있는 노예다." 아까부터 그는 몇 번이고 뇌까렸다.

미혜는 그때마다 얼굴을 찡그렸다. 그녀는 술잔을 들었다.

"타쏘는 집어치워요. 우리들을 위해서 술을 들어요."

"우리들을? 흥! 바보 같은 소릴랑 말어." 진일은 소리쳤다. 그녀는 술잔을 내려놓고 얼굴을 상 모서리에 갖다 대었다. 숨이 차올랐다. 이윽고 고개를 들었다.

"어쩌다 이렇게 됐어요?" 게슴츠레한 눈빛이었다. 진일은 마음이 섬쩍지근했다.

"뭐가 잘못된 거야."

"어쨌든 좋아요."

"우리는 피해를 입고 있어. 우리들의 자랑이……." 그녀는 술을 마셨다. 심한 재채기로 눈물이 솟았다. 그리곤 죽어가는 소리로 웅얼거렸다.

> 남들은 가랑잎에 눈물지운 어린 날이 있다는데
> 나는 살인하고픈
> 열여덟 나이로 자라나고……

"그건 시가 아냐." 진일의 낯이 발끈했다.

"상관없어요. 난 고발하고 싶은 거예요." 그러면서 그녀는 엎질러진 술로 상 위에 그림을 그리고 있었다.

어깨 위에 치렁치렁한 윤나는 머리. 하얀 이마. 약간 볼록한 앞가슴과 가려진 치마 아래 포개 앉은 허벅지의 살결. 그는 가슴이 두근거렸다.

'이건 어쩌자고 이렇게 된 걸까?'

"우리는 뭔가 더 갖고 싶어요." 별안간 그녀가 손가락을 상머리에 틀어박으며 말했다.

"뭣을?"

"세속적인 것, 적극적으로 우리가 경원했던 모든 것들을……."

"자학 허구 있는 거 아냐?"

"아녜요. 우리는 결국 세속에 더 좀 익숙해질 필요가 있는 거 아냐?"

"그게 무슨 해결이 돼?"

"해결 같은 거, 아무래도 좋아요. 언제나 속된 욕망을 죄악시하고 살 수는 없잖아요? 진일 씨도 어차피 그래요. 화가 나도 어쩔 수 없어. 우리는 현실 속에 노예이거나 때론 창부(娼婦)처럼 비굴허게도 돼."

그것은 작위적인 표정이었기 때문에 진일은 마음이 움찔했다. 말없이 뜨악한 눈으로 바라보았다.

"진일 씨, 그렇게 바라보지 마세요." 그녀가 웃음 띤 얼굴로 말했다.

"좀 취했지 않어?" 그는 손바닥을 비볐다.

"상관없어요. 취해야 돼. 아주 몽땅 취해서 이성을 잃기를. 이성은 께름해요. 우린 야만처럼 바보가 돼야 돼."

'제기랄 무슨 꼴이람.' 진일은 낭패한 생각으로 그녀의 불같이 단 그 뱀의 혀처럼 날름대는 그녀의 입을 바라보았다.

"내 말이 너무 통속적일까요? 허지만 현실은 어차피 천한걸요." 그리고 그녀는 술을 한 모금 마셨다. 꼴깍하고 목줄이 울었다. 그리곤 간단없이 지껄이기 시작했다.

"난 학교 때 점잖은 영어 선생이 어쩌다 보면 나를 뚫어지게 바라보고 있는 걸 번번이 눈치 챘어요. 그런데 그때 내가 볼이 화끈 달았던 건, 그의 눈은 언제나 내 등 뒤에서 더구나 엉덩이께를 바라보고 있었다는 거예요. 그러니까 남몰래 간음하고 있었던 거예요."

진일은 그녀를 뚫어지게 바라보았다. 순간 자신도 모를 좀 더 잔인한 미움 같은 감정으로 가슴이 치밀어왔다. 그것은 실망에 대한 또 깊은 뉘우침에 대한 야릇한 반발이기도 했다.

"왜 그렇게 뚫어지게 바라보세요?" 그녀는 순간 도저한 승리감 같은 오만한 얼굴로 물었다. 진일은 대꾸 대신 술을 들이켰다.

"나 어릴 적에 아버지는 잠자리 속에서 나를 껴안았어요. 번번이 잠들다 보면 내 몸을 슬슬 더듬고 있었어요. 그분은 불행을 입 밖에 내지 않았어요. 금욕만이 의지를 다스릴 수 있는 걸 알았으니까. 발 앞부리로만 오십 년을 걸어온 소심한 아버지. 그분은 무엇보다도 경박한 표현을 싫어했어. 그러다간 저번 전쟁에 죽었지. 어떻게 죽은 줄 아세요? 죽도록 미워한 그 무지한 손으로 말이지."

그녀는 일순간 순수하게 동정에 어린 침울한 표정을 지었다. 그러나 진일의 낯빛을 보자 부끄러운 빛이 야릇한 악의 있는 얼굴로 변했다. 진일은 그것을 보았다. 그래서 불끈 자리에서 일어났다.

"자아, 밖으로 나가." 그녀는 분명 언짢은 눈치였으나 따라 일어섰다. 거리에 나가자 쌀쌀한 바람이 불어왔다. 취기가 한꺼번에 치받았다. 그녀는 더욱 심했다. 걸음을 놓치고 번번이 그의 곁으로 달려왔다.

난처했다. 차츰 그녀가 괴로워하면서 매달려오자 부아를 느꼈다. 그녀의 손을, 옆구리를 손으로 가누고 걸을 때 자신이 긴장했던 걸 느꼈다.

"진일 씨는 나를 미워할 게야!" 하고 그녀가 혀 끓는 소리로 푸념을 하자 그녀에 대한 누를 수 없는 정욕이(그것은 오래 잠재했던 악랄한 것으로) 발작했다. 그들은 무작정 걸어갔다.

이윽고 산에 오르자 그녀를 거기에 눕혔다.

"아, 괴로워요." 그러면서 그녀는 스커트의 단추를 풀어달라고 했다. 옆구리를 만지며 그녀의 체온을 손끝에 느꼈다. 느닷없이 체취가 코를 찔렀다. 순간 자신의 온몸을 휩쌌던 뜨거운 열기에 눈앞이 아뜩했다. 괴로웠다. 고개를 흔들었다. 눈을 감고 안간힘을 썼다. 느닷없이 그녀의 얼굴 위에 얼굴을 기울였다. 그녀의 입술에 입을 갖다 대었다. 그녀는 그의 입술을 깨물며 뭐라고 중얼거렸다. 신음과도 같은 소리였다.

뜨거운 열기! 자극하는 감미로운 이빨의 아픔! 그는 어둠 속에 생각했다.

'나는 그녀를 사랑한 것일까? 몰래 입술을 훔친 짓을 그녀가 안다면?' 진일은 그녀를 일으켰다. 팔로 그녀의 허리를 휘감고 천천히 걷기 시작했다. 그녀가 어깨를 꿈틀하더니 얼굴을 어깨에 걸뜨렸다.

"아, 오빠한테 보내줘요." 순간 진일은 깜짝 놀랐다.

"미혜!" 그는 어름어름 불러댔다.

"아, 아무 말도 말고요." 그는 한 팔로 그녀의 어깨를 잡았다.

"미혜."

"그저 가게 해줘요." 그녀는 가까스로 말하곤 잡았던 손을 놓았다. 공허감이 몰아쳤다.

갈림길에 이르자 그는 비틀거리는 그녀에게 말했다.

"미혜! 정신을……."

"우리 집 근처군요. 어서 가세요." 마치 떠밀듯 그녀는 비틀거리는 몸으로 떠나버렸다. 갑자기 목덜미에 스며드는 습한 야기(夜氣)가 진일을 떨리게 했다.

'생생했던 힘의 맹아가 압살되고 모든 자연까지도 황폐하게 하는 불모의 감정이 안개처럼 내리는 어둠 속에서…… 악몽처럼 업명을 지니고 가는 무거운 발걸음은.' 죽음처럼 고요한 거리에서 진일은 눈을 크게 뜨고 주위를 둘러보았다. 어둠! 아무것도 손에 잡히지 않았다. 달차근한 해이 속에서 막연한 동경이나 햇솜처럼 부푸는 선망을 일으켜주던 그 경건하고 애달픈 공기도 식어간 것일까?

이윽고 그는 집 문 앞에 이르렀다. 대문에 손을 댔다. 바람이 윙하며 나뭇가지를 스쳐갔다. 갑자기 그는 손을 움츠렸다. 대문의 함석 끝이 뜨르릉 울었다. 대문을 응시했다. 바람이 멎은 뒤, 주위는 적적했다. 대문 밑을 쥐가 소리를 내며 지나갔다. 단념했다. 모든 것. 그에게 잠재했던 모든 의식을 대문 안에 집어던지고 돌아섰다. 완강한 턱, 상당한 끈기와 명예심에도 불구하고 거의 냉정하고 비웃는 버릇의 쾌락주의에 빠진 아버지의 얼굴. 그리고 그의 뒤에서 그녀답지 않은 성난 얼굴로 '개쌍놈의 짓'을 욕한 식모의 그 미끈한 목구비가 떠올랐다.

그는 가래침을 뱉었다. 입술을 손등으로 훔쳤다. 발길은 무겁다.

가슴이 메스꺼웠다. 그는 길가에 웅크리고 앉았다.

'소년은 그녀의 목을 누르고 잔디밭에 눕혔다. 그 짓을…… 이상한 흥분으로 그 짓을 해치웠다. 갑자기 소녀는 그의 목을 졸라매며 속삭였다.

"어째서 진작 이런 걸 요구하지 않었지?" 소년은 발끈 성이 나서 그녀의 뺨을 후려갈겼다.

"넌 멋대로 후회하게 될 거야." 그리고 소년은 산을 내려 달려갔다. 등 뒤에서 소녀는 소리쳤다.

"네까짓 것허군 안 만날 테야. 죽어도."'

진일은 가까스로 일어났다. 짜증을 내며 길을 걸으며 중얼거렸다.

"미혜! 오늘밤은 정말 우연한 일이여!"

콘크리트 바닥에 소는 죽어 넘어졌다. 청년은 망치를 집어던지며

"이 짓도 이젠 고만이야." 곁에서 칼을 들고 목줄을 따고 있던 사내는 소리쳤다.

"정작, 우리들의 목줄이 끊어지게 됐지. 쌍 어떤 놈의 목을 따도 저엉 벌어먹을 수가 없으면…… 목을 달아매게 됐어."

"전선에 소집되어 가게 될 거야. 이 손으로 적의 대구리를 수십 개 까놓아야겠는데……."

청년은 어깨를 으쓱해 보이며 말했다.

"늬나 내나, 그러니까 별수 없는 백정이지." 목덜미에서 쿨쿨거리며 쏟아지는 선지피를 쓸어 담으며 인부는 중얼거렸다.

"아니, 무에 또 어떻게 되었소?" 곁에 개처럼 웅크리고 앉았던 황 노인이 눈을 껌벅거리며 물었다.

"내일부터 도살을 못 허게 될 거래요." 청년은 무뚝뚝하게 말했다. 양재기를 잡고 있던 노인의 손이 바르르 떨렸다.

"아니 뭐라고? 그건 또 무슨 일이여?" 청년은 힐끔 노인을 바라보았다. 험상한 낯빛이었다.

"영감님도 안됐지만 이젠 피 맛을 잊어야 됐나 보오." 노인은 퍼뜩 고개를 들었다. 원망에 찬 눈길이었다.

그러더니 양재기를 입에 가져가자 떼기 서운한 듯 오랫동안 양재기 속을 핥고 있었다. 진일은 가슴이 시려왔다. 눈을 감았다. 양재기가 갑자기 무거워진 것을 느끼며.

"이제가 무어야? 나는 이십 년이나 떼놓지 않구 이걸 먹어온 건데……." 노인은 투덜거리며 물러났다.

"뭘 우두커니 앉았어? 학생은." 귓전에 사내의 말소리가 튀었다. 놀란 진일은 눈앞의 양재기를 바라보았다. 거품을 품고 살아있는 빨건 핏덩이! 그는 질겁하고 물러났다.

"대체 학생은 뭣 때문에 여긴 오는 거야. 잉? 피를 무서워하는 푼수에 원, 당치도 않은 손님이지." 청년이 빈정댔다. 진일은 입술을 깨물고 한 걸음 물러났다. 순간 또 하나의 소리가 들려왔다.

'자신에 좀 더 철저하란 말야. 어째서 자기 존재에 악착허질 못 허니? 자신의 문제를 감상으로 처리허는 건 의지의 파산이야. 뭣보다 너에겐 위험이 있어. 육체의 쇠약으로 인한 정신의 타락 말이다.' 어젯밤 이불 속에서 호통을 치던 아버지였다. 진일은 당황했다. 양재기를 입에 가져갔다.

"빨리 마셔야지. 그러다가 또 토허지는 말게나." 사내가 재촉했다. 코끝에 오는 물씬한 피비린내.

복잡한 뭇 시선의 에워싸임에 갇혀서 진일은 입술을 깨물었다. 순간 양재기를 물고 바동거리는 자신의 꼬락서니가 어이없었다. 눈을 감았다. 뼈다귀를 물고 안달하는 개. 전우의 뼈를 볼때기에 비벼대고 울던 호영. 미혜의 선정적인 체취. 이것들이 줄지어 망막을 스치고 지나갔다. 돌연 가슴이 울컥했다. 아랫배에 심한 꿈틀임을 느끼자 눈을 번쩍 떴다. 뭇 시선이 눈앞에 달라붙었다. 그는 분격했다. 그만 양재기를 입에 갖다 대자 꿀꺽 단참에 들이켰다. 주위에서 웃음이 터졌다. 진일은 일어섰다. 힘껏 양재기를 콘크리트 바닥에 집어던졌다. 그것이 납작하게 쪼그라지는 것을 보자 별안간 웃음을 터뜨렸다.

"별난 사람을 다 보겠어." 한 사내가 말하자 주위의 웃음이 일시에 멎었다. 의구에 얼굴들이 찌푸려갔다. 진일은 일어서자 낄낄거리며 문 쪽으로 향했다.

"파장에 무슨 재수 없는 꼴야."

봄철의 따사한 햇살이 광장에 비치고 있었다. 인파에 뒤덮인 강연장이었다. 엷은 회색 양복을 입은 아버지 혁기는 연단에서 소리치고 있었다. 호주머니에서 꺼낸 파이프를 탁자에 놓고 한 손에는 돋보기안경을 만지작거렸다. 긴장할 때 버릇으로 입술에는 경련이 일어나고 있었다.

'사랑하는 시민 여러분! 우리는 오늘 우리의 생명과 재산을 약탈하려는 적의 공격을 무너뜨리는 구국의 뜻으로 이렇게 모였습니다.' 구국시민대회(救國市民大會)!

회장 전면에 내건 플래카드의 붉은 글씨가 군중의 낮은 웅성거림 속에서 나부끼고 있었다.

마이크 소리는 네모진 광장의 벽에 메아리쳐서 군중의 소요를 질타하고 나무들은 바람에 팔랑거리고 있었다. 혁기는 군중의 머리 위로 한 팔을 휘저으며 소리치고 있었다.

"여러분! 정숙하십시오. 우리는 엄숙하고도 과감하게 이 중대한 위험 속에서 일어서야 할 시기에 놓여있는 것입니다. 재산의 파괴와 인명의 살상으로 시작되는 무서운 비극 앞에서 혈연의 띠로 모인 우리 시민들이 적을 물리치기 위해서 싸워야 할 때는 온 것입니다."

그의 낯빛은 창백해지고 말소리는 떨려오고 있었다. 청중은 그 앞에 재잘재잘 박수를 보내고 있었다.

"그래 정말 선생의 말씀은 옳소이다." 청중 한 사람이 소리치고 있었다. 진일은 그쪽으로 고개를 돌렸다.

뜻밖에 황 노인이었다. 그는 걷어붙인 한 팔을 번쩍 들곤 어깨를 바들거리고 있었다. 착잡한 청중의 뭇 시선이 그에게 쏠렸다.

"저 영감은 어쨌다구 괴성을 치는 거야." 곁에서 중얼거리는 소리가 들렸다. 그것은 호영이였다.

"감격한 모양이지요." 진일은 말했다.

"금시 몸이라도 떠다 바칠 듯이 야단이군! 저 나이에 좀 추악한 꼬락서닌 걸." 호영은 가래침을 칵 뱉으며 말했다.

"왜 그렇게 보는 거요?"

"도대체 저 나이에 감격허는 줄 알아? 선생의 말에 그는 상심허는 거야. 앓는 병자처럼 말이지."

호영은 거만한 태도로 욱질러 말했다. 진일은 순간 뜨끔했다.

'개처럼 웅크리고 피를 핥아먹던 영감.' 연단의 혁기는 목이 쉬어가는 소리로 불처럼 흥분되어 갔다.

광장은 작은 해일이었다. 청중은 한탄하고 야유하고 침묵하고 노호하는 소용돌이 속에서 설레어 갔다.

"애국적인 시민 여러분! 그리하여 우리의 젊은 피들이 강물이 되어 적의 침략을 막았을 때, 그리고 다시는 이 땅에 그 탐욕의 무리를 막겠다던 우리의 참혹한 기억이 어찌하여 헛되도록 편안히 보고만 있을 수 있겠습니까? 우리의 형제가 동포가 비굴한 패배자가 되어 이 땅을 다시 폐허로 만드는 부끄러운 인류의 파산자가 되기를 어찌 바란단 말씀입니까?"

혁기는 주먹으로 탁자를 두드렸다. 파이프가 탁자 위에서 뛰었다.

청중은 성냈다. 황 노인은 길길이 날뛰며 외쳤다.

"옳소. 선생의 말씀이 옳소." 청중의 아우성. 플래카드가 펄럭이며 박수가 우레처럼 터져나왔다.

"구국의 투쟁으로 전 시민은 궐기합시다." 이윽고 청중의 머리 위에 혁기는 두 손을 벌렸다. 연설은 끝난 것이다. 마이크가 윙하며 울었다. 뒤에서 허름한 소년이 뛰어나갔다. 청중은 동요했다.

"여러분! 여러분! 정숙하십시오." 사회자는 안타까운 어조로 외쳤다. 연단에 뛰어오른 소년은 주먹을 부르쥐고 앞을 노려보았다. 청중은 긴장했다.

"뭐야, 뭐야." 소년은 윗도리를 벗었다. 내의를 벗곤 러닝셔츠를 벗었다. 뻘겋게 드러난 상반신. 청중은 와와 떠들어댔다. 돌연 입에 손을 가져간 소년은 손가락을 물어뜯기 시작했다.

"혈서야." 사람들은 수군거렸다.

"아아…… 피를 내다니……." 앞에서 황 노인은 한숨을 쉬고 있었다.

"도대체 왜 손가락을 물어뜯는 거야? 쌍." 호영은 소리쳤다. 진일은 힐끔 그에게 고개를 돌렸다. 성낸 눈길로 노려보았다.

"왜 그를 비난허세요?"

"자식은 피로 충성을 의미허는 거야?"

"그게 어때요?" 진일은 앙칼스레 따져 물었다.

"손가락을 물어뜯어서 말이지? 청중 앞에 웃통을 벗어부치곤…… 그러나 사랑을 피로 다짐하는 건 연애 같은 열정이지. 아무튼 말이지. 자네 아버지는 명강연이구만…… 피를 보고 말았으니 말야…… 그리고……."

그때 비웃음 섞인 호영의 말은 청중의 요란한 박수소리에 중단되었다. 소년은 피 묻은 러닝셔츠를 높이 쳐들었기 때문이다.

'나라를 구하자.' 감격한 나머지 어마둥한 청중의 얼굴 앞에서 피 묻은 글자는 살아있는 듯 꿈틀거렸다.

"어쩌자구 박수는 쳐대는 거야? 저치들은 전장을 경기장으로 환상하는 제도에 익숙해진 자들야. 염병할…… 저들은 멋대로 전쟁을 저주하고 그리고 기피하면서 무용(武勇)을 찬미허는…… 그런 자들은 주위에 얼마든지 있어. 구더기처럼 말이지. 그들은 모두 도살의 거간, 아니면 전장의 암거래상처럼 악랄헌 존재들이란 말야." 호영의 눈은 이글이글하고 턱은 가볍게 떨렸다.

진일은 그렇듯 성내본 그를 대해본 일이 없었다. 침착성을 잃어 금세 바스러질 난폭한 어조에는 사람을 압도하는 매서움이 있었다. 움푹 팬 눈자위와 홀쭉한 볼. 전만 하여도 지친 패잔병의 비굴한 평화를 느끼게 했던 그런 인상이 있었다. 이윽고 청중은 만세를 부르고 흩어지기 시작했다.

호영은 굳어진 자세로 서 있었다.

"해산허는 모양인데요." 하고 진일은 그에게 말했다.

"음, 이제 돌아가야지." 그는 을씨년스레 주위를 바라보곤 걷기 시작했다. 밀려드는 인파 속에서 호영의 낯빛은 심각했다. 클랙슨이 들리더니 지프차가 곁에 멎었다.

"호영이!" 차 안에서 아버지가 불렀다. 그리곤 내려왔다. 상기도 열에 들떠있었다. 눈은 빛나고 얼굴 전체는 대견한 기쁨에 가득 차 있었다. 곁을 지나가던 사람들이 가볍게 머리를 숙이자 그는 고개를 끄덕이며 곁으로 다가왔다.

"이런 데를 왔어?"

"오늘 수고 허셨습니다." 호영은 시무룩해가지고 말했다.

"오늘 강연은 반응이 컸던 것 같애." 문득 말하며 호영의 눈치를 살폈다. 대꾸가 없자 그는 파이프를 꺼냈다. 불을 붙여 입에 물고 유유한 걸음으로 걷기 시작했다.

위엄을 느끼는 침묵 속에서 진일은 두 사람의 얼굴을 번갈아 살폈다. 두 사람은 말없이 적대하고 있었다. 유유한 눈길 속에서 초조한 얼굴 위에서 경멸과 증오가 엇갈리고 있었다. 그리고 그것은 애정의 상실에서 오는 허전한 가각과 존경의 결핍에서 오는 후회 가운데 그들은 침묵을 삼켜 갔다.

"그 동안 어떻게 지냈나?" 아버지는 눈길을 돌린 채 넌지시 물었다.

"아무런 일없이 지냈습니다." 호영은 당황한 빛을 감추지 못하고 대답했다. 아스팔트의 구두소리. 진일은 침을 삼켰다.

"미혜도 잘 있나?"

"네……."

"자네의 고된 생활이 개선이 돼야 헐 텐데…… 전쟁이 나서 어떡허나?"

"어차피 변할 밖에 없습니다." 양 볼이 발끈해지더니 묵직한 말투로 대답했다.

"아니, 무슨 일이 있나?" 아버지는 그제야 다소 놀란 듯이 고개를 돌려 그를 바라보았다.

"전쟁 때문입니다. 선생님! 그러나 그건 말씀 드리기에 불쾌한 일입니다." 호영은 순간 핼쑥해진 얼굴로 말했다. 자제를 잃은 초조한 빛이 눈자위에 스쳐갔다. 그는 구두 끝을 바라보며 걷고 있었다.

"아니, 호영! 그런 변화가 어떻게 왔단 말인가?"

"선생님! 다음에 필요허면 말씀드리죠. 저는 당장 급히 집에 가봐야 되겠습니다. 어젯밤부터 미혜의 동정이 심상찮더니 아침에 집을 나갔습니다. 어쩐지 걱정이 됩니다. 그 애가 웬일인지 모릅니다. 평소에 그 애를 생각허면 저는 한껏 불행했는데…… 저는 겁이 납니다."

호영은 더듬거리며 난처한 얼굴로 말했다. 진일은 가슴이 아뜩했다. 돌연 가슴 한 구석이 무너지는 것을 느꼈다.

"아니, 어젯밤에? 그럴 리가 없어요." 얼결에 진일은 소리치고 있었다.
"그 애의 일은 아무도 모를 거야." 호영은 중얼거리며 우뚝 발길을 세웠다.
"너는 그 애를 만났니? 어제!" 아버지가 순간 진일에게 부락스러운 눈길을 쏟았다.
"예, 허지만 제 탓은 아녜요." 진일은 발길을 세웠다.
"선생님, 저는 먼저 가봐야겠습니다." 호영이 고개를 숙여보이곤 총총히 사라져 갔다. 진일은 갑자기 돌이킬 수 없는 뉘우침 가운데 그의 등 뒤를 망연히 바라보고 있었다.
'어젯밤 그녀는 몹시도 상심했던 거야. 그것은 내 탓이 아녀. 그녀에게서 나의 존재란 확실치가 않아. 난 그녀가 지독히 좋았지만…… 때로 화날 만큼 그녀를 모르고 있는 거야.' 아버지는 다시 묵묵히 걷기 시작했다. 길가의 집 문 앞에는 방화용 모래가 쌓여 있었다. 한 모퉁이의 콜타르를 칠한 판자 울타리에는 백묵의 낙서가 보였다. '이곳에 소변을 갈기는 자는 개다.' 그리고 마을 사무소의 게시판에는 경고문이 너덕너덕 붙어 있었다. 빨건 줄이 쳐진 경계 엄벌 비상 각성 등등의 낱말들이 살벌하게 눈을 밟고 지나갔다.
"대체 무슨 일로 미혜를 끌고 다녔니?" 아버지는 갑자기 입을 열었다.
"……." 얼떨떨하여 말이 없자
"너는 환자라는 걸 모르니? 부자유한 몸으로 계집애를 끌고 다니는 건 자신을 망치는 것이란 말야. 엄격한 규율이 언제나 너에게 필요했던 것을 잊어버리는 일이 있어서는 안 된다고 말했는데. 아, 그건 너무도 어이없는 탈선을 허구 만 거야. 내일일랑 병원엘 가서 X레이 사진을 찍어오너라. 너의 몸 어느 부분이 요즘 악화되어 가는 게 분명할 게니까." 홧김으로 파이프에 이빨자국을 내며 말했다.

"도련님, 이제부터 아버님 말씀대로 함부로 외출해서는 안 되우." 식모는 드디어 결심한 듯이 입을 열었다.
밤낮 하루를 두고 그녀는 진일을 똑바로 바라볼 수 없었다. 미움과 수치심을 은폐해온 그녀의 표정은 상심하는 빛 때문에 음울했다. 그녀는 곧장 어머니의 초상화를 바라보고 이따금 넋 나간 사람처럼 앉아 있었다. 속눈썹은 빳빳해지고 광대뼈가 약간 실룩거렸다.
그것은 순수하게 과거 때문에 가슴앓이를 한다거나 새삼스레 마음에 근심이 싹터온 징후였다. 진일은 그것을 경멸했다. 그리고 그녀의 눈길이 어머니의 초상화에 머무는 동안 그는 뭔가 짓밟힘을 받은 모양으로 마음이 언짢았다. 그러나 지금 그녀의 생각이 당돌하게도 진일 자신을 구속하고 나서게끔 이른바 적극적인 관심으로 발전해왔을 때 진일은 놀라지 않을 수 없었다. 더욱이 요즘 자주 아버지에게 화를 내는 그녀가 매사에 아버지를 등지고 진일을 손안에 가두려는 의도가 명백해졌던 것이다.

그것은 이중으로 진일을 괴롭게 하고 있었다.

"아줌마는 내 행동에 간섭헐 건 없어요." 이윽고 진일은 부르짖었다.

"왜 간섭헐 수 없단 말이우? 아버지가 회의에 나가시면서 나에게 뭐랬는지 똑똑히 듣고 있지 않았수?"

그녀의 말투는 강경했다. 그래서 진일은 무르춤하지 않을 수 없었다. 잠시 사이를 두고 그녀의 오만한 표정 앞에 웅질렀다.

"내가 어떤 행동을 허든, 그것은 단지 아버지와 나 사이에 관계될 뿐예요." 모욕하는 셈이었으나 그녀는 뜻밖에 가소롭다는 듯이 빙글거리고 있었다.

"도련님은 왜 그렇게 체신머리가 없수? 도련님이 뭐래든 나는 식구의 한 사람이구 또 아버지의 뜻을 좇는 거라우. 나는 어린 도련님이 무슨 짓을 저지를지 늘 마음에 걱정이라우." 그녀는 진일의 얼굴을 이윽히 바라보았다. 순간 낯이 빨개졌다.

'그녀는 어제 내가 손을 붙들었던 일을 책망허구 있군? 허지만 어쩜 저렇게 뻔뻔헐 수 있을까? 나의 행동이 간음을 의식하는 태도는 아니었어. 그건 어머니 때문이야. 어머니의 초상화를 바라보던 그녀가 충격이 되었던 거야.' 진일은 돌연 울분을 느꼈다.

"아줌마가 나를 꾸짖을 자격은 없어요."

"뭐라고? 흥! 끝까지 그럴 줄은 물랐수. 저엉 도련님이 그렇다면 좋아요. 나는 아버님께 말허리다. 나헌테 불칙한 행동을 해서 모욕허려고 했던 것도 다 일러바치겠수. 난 어쩜 그럴 수가 있나 허군 얼마나 슬펐는데……." 그녀는 안타까워 갑자기 울먹거리기 시작했다. 진일은 참을 수가 없었다. 불끈 자리에서 일어났다.

"뭐든 좋아요. 당신은 단지 우리 집 식모의 자격밖엔 없는 거니까 당신이 부당한 간섭을 헌대도 난 무시하고 말 테요." 앙칼스레 부르짖었다.

"아니! 당신이라고? 그런 말버르장머리를 곧장 고쳐놓을 테야." 그녀는 길길이 날뛰며 중얼거렸다.

"당신헌테 말이지만 다시 한 번 우리 어머니 사진을 볼 때에는 가만 안둘 테야."

"어머니 사진을? 호호호." 그녀는 실성한 듯 웃어젖혔다.

진일은 침착하게 낯빛을 고치고 재빨리 그녀 앞으로 걸어갔다.

"아줌마" 낮은, 그러나 날카로운 목소리로 부르며 뜨악하게 바라보는 그녀의 어깨를 덥석 쥐며 그녀의 입술에 입을 맞추었다.

"아앗." 그것은 너무나 발작적이었기 때문에 그녀는 비명을 지르며 옆으로 쓰러졌다.

그는 일어났다. 침통한 소리로 지껄였다.

"어제 못헌 짓을 이렇게 갚아주는 거요."

"개쌍놈의 자식." 그녀는 일어나려고 손을 버둥거렸다.
"당신이 앞으로 어머니를 모욕허는 짓을 허면 이보다 더한 짓도 해드릴게요."
"더러운, 더러운 개 같은 자식." 그녀는 일어서서 헐레벌떡했다.
"그리고 당신이 나를 멋대로 헐 수 있다고 생각허는 대신에 나도 당신을 얼마든지 생각대로 헐 수 있다는 걸 알아줘요." 진일은 말하며 돌아섰다.
"더러운 자식, 저 같은 씨알머리를 가졌으니깐 어머니가 제 명대로 못살고 죽는 기야. 힝."
그녀는 분에 못 이겨 코를 불고 느끼기 시작했다.
"어쨌다구? 흥, 말 헐 테면 해봐. 그건 부끄러운 얘긴 아냐. 아냐. 정말 아니란 말야."
그는 주먹을 부르쥐고 소리쳤다.
"자알 헌다. 네깟 놈도 그런 심뽀라면 언제나 그렇게 죽을 기다. 죽어."
"옳다. 그래. 그렇게 죽기라도 헐 테다." 진일은 말하곤 방문을 열고 나갔다. 그녀가 쫓아 나왔다.
"오늘밤은 못 나간다." 팔을 들어 앞을 막았다.
"나갈 테야. 비켜." 그는 그녀의 팔을 뿌리쳤다.
"나갈 테면 아버지 앞에서 나가." 그녀가 그의 소매를 움켜쥐었다.
"그만둬." 진일은 왁살스레 몸을 흔들어 그녀를 마루에다 떨어뜨리고 재빨리 밖으로 나갔다.

"미혜! 혼자서 이런 데서 뭐하는 거야?" 진일은 환성을 지르며 미혜의 손을 붙들었다. 숨이 세차서 가슴이 답답했다.
"그저 쏘다녔는걸요." 그녀는 별반 놀라는 빛도 없이 쓸쓸히 말했다.
"오빠가 걱정허구 있던데?" 그가 말했다. 그녀는 그저 묵묵한 표정이었다. 그러더니
"진일 씨 돈 가지고 있어요?" 하고 물었다.
"왜 그래?"
"두 끼를 굶었어요." 진일은 쥐었던 손에 힘을 주며 말했다.
"밥도 굶고 뭘 헌 거야?"
"어디 식당에나 데려가 줘요." 하고 그녀는 슬그머니 손을 빼곤 앞을 걸어 나갔다.
술이 취해서 눈이 뻘개졌던 호영 곁에는 미혜의 노트. 방바닥에 흩어졌던 사진 조각들.
'미혜를 찾아줘. 어젯밤 그 애는 나헌테 몹시 맞곤 오늘 새벽에 나가버렸어. 그냥 두면 그 애는 무슨 짓을 저지를지 몰라. 그런 경험이 있는 아이야. 뭣 때문이냐고? 아, 그걸 나이 어린 자네헌테 얘기헐 수밖에 없겠군. 용서해 줘. 어머니를 죽이려 했던 거네. 아니 그렇게 놀라지 말게…… 사실은 이래. 내가 전쟁에 나가 있는 동안 집안 살림이 구차했었네. 그 애는

그 때문에 여학교를 중퇴했었고…… 그때부터 그는 시 나부랭이를 적는 병자가 된 거라네. 아니, 뭐 병이 아니잖냐고? 천만에, 병이고말고. 그런데 얘기는 이거야. 정말 비극은 말이지. 과부인 어머니에게 사내가 생긴 걸세. 아, 자네헌테 참 부끄러운 얘기네만 우리 어머니는 미인이었구 교양이 있었어. 우리는 끔찍이 사랑했거든. 흠, 같잖은 변명이지. 용모와 교양 따위가 무슨 관계가 돼. 배신. 아무튼 말야. 그 애는 어머니를 미워헌 거야. 사내란 자는 아니, 이를테면 우리 의부란 작자 말이네. 상상헐 수도 있겠지. 무식허구 돈만 아는…… 며칠 만에 한 번씩 와선 어머니를 괴롭혔다네. 물론 돈값이지. 어머니는 불쌍헌 노예가 되곤…… 그만 설명허겠네. 소설을 읽는 기분이군. 아니, 그래서 미혜가 어쨌냐고? 자네는 엽기적 흥미로 묻는 건가? 알았어. 그럼 얘기허지. 미혜는 어느 날 어머니와 대판 싸움을 했지. 그리곤 의부가 사다준 스웨터를 발기발기 찢어버렸다네. 그 애의 그 성격이니까…… 아무튼 그 때부터 어머니는 그 애를 구박허고 나선 모양이야. 어머니로서도 그런 심성이야…… 그런데 어떻게 어머니를 죽이려 했냐구? 아, 자네는 지독허군. 그건 그건…… 미혜헌테 물어 보게. 그 애를 찾아서 말야…… 찾아서 말야.'

느닷없이 자리에서 일어나며 성냈던 호영의 목소리가 들리는 것 같았다. 어두운 밤길. 울고 싶은 마음으로 쏘다니며 그녀를 찾았다. 그녀는 침침한 술집거리에 스웨터와 양복바지 차림으로 서성이었다.

식당에 들어갔다. 쓸쓸한 홀. 술청 앞에 젊은 아낙네가 졸고 있었다. 보이가 달려와서 그들을 방으로 끌어갔다. 곰팡내가 풍기는 좁은 방안의 희미한 불빛 속에 천정은 끄름으로 구지레했다.

그녀는 입술을 깨물다간 웃었다. 피로에 지친 초췌한 낯에 그늘이 비껴갔다.

"어쨌든 고마워요."

"그런 소리는 말아." 까라지는 침묵. 진일은 호주머니에서 담배와 성냥을 꺼냈다. 담뱃갑을 열었다.

"언제부터 담배를 피우구?"

"오늘 산거야."

"나도 피워 봤으면……."

"공복엔 어지러워 안 돼. 식후에 피워." 담배에 불을 붙여 한 모금 뿜어냈다.

"참 멋이 있어." 그녀는 웃으며 연기를 바라보았다. 밥상이 들어왔다. 진일은 그녀 앞에 밀어 놓았다.

"혼자 먹어. 나는 담배를 피울 테니까."

"멋쩍게. 대신 술이나 마시잖겠어?" 그녀는 말하고 느슨히 바라보았다.

"술? 밥을 어서 들어." 진일은 가슴이 철렁했다. 얼른 고개를 돌리며 생각했다.

'술? 무슨 일이 날 거야. 오늘밤엔 나는 어찌 되지? 쓰러져서 엉엉대며 울던 식모. 그녀가 아버지에게 말할 거야. 아버지는 천 길을 뛸 거구. 내일은 죽기보다 싫은 사진을 찍어 오랬는데.'

진일은 고개를 바로잡았다. 그녀는 수저를 들고 밥을 먹기 시작했다. 안도감. 맛있게 먹는 그녀의 싹싹한 입소리. 흔들리는 앞머리와 하얀 이마와 오뚝한 코…….

"어젯밤 일이 후회되지?" 그녀가 물었다.

"아니……." 진일이 머리를 흔들자 그녀는 웃었다.

'거짓말야. 나는 후회했는걸. 그러나 그녀 앞에선 비굴해져. 허지만 어쩌자는 거야. 이렇곤…… 호영 어머니에 살의를 품었던 그녀.' 그는 담배를 문턱에 비벼 껐다.

"미혜, 끝나곤 집에 돌아가야 돼." 그는 말했다.

"……." 그녀의 낯이 찌푸려졌다.

"오빠가 말했어. 찾아봐달라구." 순간 그녀는 들었던 수저를 놓으며 말했다.

"나를 데려갈 셈야요?"

'제기랄. 무슨 뚱딴지같은 말야.' 그는 마침 물을 가지고 온 보이에게 술을 청했다.

술이 왔다. 그는 한 잔을 먼저 들었다.

"왜 술을 마시지?" 가슴을 뚫을 듯한 눈길로 물었다. 마음이 찔끔했다.

"미혜, 대체 어쩔 작정이야?"

"생각해 봐야겠어요."

"대체 왜 이런 꼴이 됐어?" 진일은 다시 잔에 술을 따랐다. 단참에 훅 들이마셨다.

'아버지 앞에 분명히 선언해얄끼다. X사진을 찍어 올 수 없다는 것을…… 도수장에 피를 먹을 수도 없게 됐다는 것도, 식모를 모욕헌 이유를 설명헐 거다.'

"뭔가 상심허는 모양이지?" 그녀가 말했다.

"미혜! 오빠한테 말했어야 옳았어. 당당허게. 이럴 이유가 있었으면 말야." 진일은 벌컥 성을 내며 말했다.

"오빠헌테?…… 나 술을 마셔도 좋지?" 하곤 그녀는 술병을 당겨 놓으며 물었다.

"도무지 우리는 어쩜 좋을지 모르겠군." 진일은 당황히 중얼거렸다. 그녀는 술을 따랐다. 훅하고 한 입에 들이마셨다. 진일은 급히 담배 한 대를 태워 물었다. 문득 들려오는 교회의 종소리. 둔탁한 시계소리가 아홉 시를 쳤다. 진일은 몸이 오싹했다. 펴져가는 고요의 축석과 피로. 나사못처럼 삐뚤어져가는 시간. 밀려오는 경계 위협. 차단된 의식.

'중대한 차질 속에 빠진 게로군.' 그녀는 술을 한 잔 부어 진일 앞에 내밀었다.

"술 한 잔 하잖겠어요?" 진일은 여전 담배연기를 바라보고 있었다. 그녀의 배시시 웃는 얼굴이 가물거렸다.

"나는 결심했었어. 일을 저지르고 나온 거야. 참을 수 없는 감정에서 불행으로부터 해방되는…… 비통한 일이지만 어쩐지 장쾌했어." 진일은 중얼거렸다.

"도무지, 그건 무슨 얘기예요?" 갑자기 그녀가 소리쳤기 때문에 진일은 정신이 섬뜩했다. 그녀의 심각한 표정이 떠올랐다.

"아냐……. 대체 무슨 얘기를 했지?" 진일은 담배를 문턱에 비벼댔다.

"집을 나오다니. 왜 그런 짓을 했어? 알 수 없는 일인데……." 그녀는 손가락으로 상머리를 찧고 있었다.

그녀의 눈빛이 번쩍 빛났다. 진일은 술잔을 들어 마셨다. 눈이 얼얼해왔다. 자신에 화가 치밀었다.

"그건 사실이야. 그렇지만 미혜는 나를 비난헐 건 없어."

"나는 결코 비판허는 건 아네요." 그녀는 토라진 투로 말했다.

"미혜는 어째서 오빠를 불행허게 허는 거야?"

"흥! 진일 씨는 어쩜 설명이 듣고 싶어요? 오빠의 얘기를 들었겠군요. 멋대로 생각허심 돼요."

그녀는 슬며시 반발했다.

"미혜! 그건 악덕이야. 철부지야. 오빠는 미혜를 사랑헌 거야. 죽도록 말야. 그런데 미혜는 그를 쓰러뜨리고 나왔어." 그는 눈이 시큰해짐을 느끼며 말했다.

"그만둬요. 제발." 흑, 하는 소리를 내며 말했다. 으스러져가는 긴장감을 느끼며 입술을 지그시 깨물었다.

"오늘밤 미혜를 만나면 홧김에 무슨 짓이라도 헐 것 같았어. 그런데……." 그녀는 말했다.

"나를 욕해도 좋아요. 허지만 결단코 난 이유가 있었어요. 나는 후회허지 않아."

"뉘우치지 않음 우리는 어쩔 셈이야?"

"우리라니? 그럼 진일 씨도?"

"나는 집에 돌아가기가 싫어." 그는 결연히 말했다. 그녀는 순간 난처한 생각으로부터 동정에 어린 걱정으로 낯빛이 새침해지면서 중얼거렸다.

"아! 어쩜 우연히도 이리 됐어."

"우리는 똑같이 고아가 됐군." 진일은 허탈한 웃음을 지었다. 술을 들었다. 그들은 술잔을 나누며 한참 동안 말이 없었다. 암담한 가슴속을 태워가는 불길 속에서 침묵과 방자한 자유를 느꼈다.

이윽고 그들은 비칠거리며 밖으로 나왔다. 길은 인적 하나 없이 호젓했다.

"어딜 가?" 진일의 한 손에 매달리며 물었다.

"모르겠어." 그는 말했다.

"돈 있어?"

"왜 그래?"

"갈 데가 없으니 별수가 없는 걸."

"아니 여관 말야?"

"……." 그녀는 잡은 손에 힘을 주었다.

"아니 뭐라고?" 진일은 별안간 발길을 세우자 몸을 돌려 그녀의 어깨를 붙잡았다. 가슴에 불길을 느끼며 그녀의 얼굴을 들여다보았다.

"뭣이 두려워." 그녀는 가볍게 투정하며 고개를 숙였다.

"미혜! 어쩌자는 거야?" 그리곤 몸을 돌려 걷기 시작했다. 호영의 빨건 눈. 아버지의 다부진 턱. 식모의 상기된 목구비. 진일은 어둠 속을 노려보며 걷고 있었다.

훈훈한 밤공기에 빨려드는 축축한 피부를 느끼며 갑자기 격조해오는 심장으로 눈앞이 환하게 부풀어지는 것 같았다.

"어디든 데려가줘요. 진일 씨가 안 왔더라면 난 무슨 짓이라도 했을 거야."

"……."

"나는 뭔가 바라고 있었어. 그리고 후회했을 거야. 그렇지만 참을 수가 없었는걸. 부끄러운 얘기지만 좋았어. 그러면서 맘속으론 화가 났었어. 어젯밤 나는 진일 씨가 나에게 대어든 그 미온적인 것. 어쩐지 배신 같은 기분이었어요. 그래 성내고 돌아간 거 용서해 주세요." 진일은 가슴이 거칠어지는 걸 느꼈다. 맹목의 거리. 밤의 침전 속에 소모되어가는 뼈아픈 의식의 용트림이 엄숙한 어둠 속의 풍물 속에서 느껴왔다.

"너무도 엄숙하군." 진일은 말했다.

"이 거리는 환자처럼 신음하는 거죠. 그들은 자면서 전쟁을 환상허고 있어요. 식은땀을 흘리면서, 화려한 전쟁을 회상하는 자와 어둠 속에 비굴해진 자나 똑같이 혈맥이 경화되어가고 있어요."

"미혜나 나나 아직은 전쟁을 모르고 있는 거야." 진일은 속삭였다. 그녀는 진일의 손을 힘껏 주무르며 외쳤다.

"허지만 우리는 알어요. 알고말고요. 어떻게 세상이 추잡해져 가는가를. 그리고 이를테면 척추 카리에스에 걸린 환자가 어떻게 흉물이 되었나를 말이죠."

"쎈치해서는 안 돼. 전쟁이란 환자의 수술이야. 우리 아버지는 말했어. 위험이란 극복을 전제로 하는 창조라고 말야."

"그건 단지 변호예요. 홍, 우리 오빠는 뭘 극복했어야 옳았어? 그분은 또 전선에 뛰쳐나갈 거야. 그렇잖음 그분은 못 참어요."

"나는 호영 씨를 존경허구 있어. 나는 그분의 매력에 끌려온 거야." 진일은 말했다.

'그에겐 더욱 불가해한 일면이 있는 거야. 냉소에 가린 화려한 일부분이. 활화산처럼 언제나 한 번 터지고 말…… 그건 꿈처럼 화려헐 거야.' 그들은 걸었다. 어떤 골목에 이르자 진일은 물었다.

"정말 집에 안 돌아갈 테야?"

"그럼……." 그녀의 대꾸는 또렷했다. 진일은 한 여관 앞에 이르렀다. 문을 열고 들어가자 보이가 허둥거리며 뛰어나왔다. 뜻밖인 단발의 동반에 주춤하는 눈치였으나 곧 빙글거리며 말했다.

"방 하나 더 드릴까요? 네네, 손님이 없어, 방은 얼마든 비어 있어요. 조용한 구석방을 드리지요. 두 분이 자시죠?" 진일은 어마둥히 말이 없었다. 그녀가 힐끔하더니 말했다.

"그래요. 어서 안내허세요." 두어 차례 복도를 휘돌아가서야 방문을 열어주었다. 그들은 안으로 들어갔다.

"이불을 갖다 드릴게요." 보이가 종종 걸음으로 사라졌다. 그녀는 눈길이 뿌듯해가지고 아랫목에 앉았다. 진일의 얼굴을 바라보고 그녀는 귀밑이 빨개졌다. 진일은 심한 자책을 느끼고 있었다. 그는 선 채 천정을 응시했다. 자신도 으스러져가면서 감격도 어떤 모험의 유혹도 앙증하게 드러나고 마는 불모의 순간일까?

"왜 그렇게 섰어요?" 진일은 고개를 돌렸다. 주홍빛 블라우스 위로 그녀는 스웨터를 벗고 있었다. 선정적인 가슴의 불룩한 젖무덤이 눈을 끌었다.

"이건 잘못헌 거야. 외박헐 수는 없어." 진일은 단호히 말했다. 그녀는 화를 냈다.

"여기까지 데리고 와서 갑자기 무슨 말예요?" 방문의 노크소리. 이어서 보이가 이불을 들여다 놓았다. 요와 베개가 둘.

"안녕히 주무세요. 그리고 부를 일이 있으면 거기 초인종을 누르세요." 보이가 가버렸다. 통통거리며 그의 발소리가 급하게 그의 가슴을 짓밟고 갔다. 열한 점의 시계 종소리.

"통행금지 사이렌이 곧 불겠는데……." 진일은 중얼거렸다. 질풍처럼 급해지는 가슴을 누를 수 없이 그녀를 향했다.

"나는 미혜가 영 집에 돌아갈 수 없대서 하룻밤 보호헐 셈으로 왔었어. 그러나 그건 잘못이야. 나는 돌아가겠어. 미혜 혼자서 안됐지만 자. 내일 아침 일찍 올 테야. 뭣보다 우린 돈이 없어."

"바보야. 정말 너무해." 그녀는 불끈 일어났다.

"뭐래도 좋아. 나는 가야겠어." 흐느끼는 소리로 말하곤 방문을 열었다. 그녀는 입술을 깨물었다. 낯빛이 핼쑥해졌다.

"갈 테면 가요. 그러나 내일 올 필요는 없어요. 나는 새벽에 떠날 거야. 그러나 오늘밤 나는 혼자 있을 수는 없어. 부를 테야. 전화로 그를 부를 테야." 그녀는 방문 앞으로 나갔다.

"누굴 말야."

"사내 친구야." 그녀는 큰 소리로 내뱉었다. 순간 진일은 몸이 빳빳해졌다. 갑자기 그녀의 빰을 후려갈겼다.

"더러운 짓을." 그녀는 잠시 말이 없더니

"나는 떳떳해. 나는 나갈 테야." 그리곤 스웨터를 입더니 휭하니 문밖으로 나갔다.

"미혜! 어딜 가!" 진일은 그 뒤를 따랐다. 그녀는 현관에 이르더니 황급히 신을 찾아 신고 밖으로 사라졌다.

"미혜!" 그는 허둥지둥 신장을 찾다 말고 돌연 팔뚝이 붙들렸다.

"왜 이러는 거야." 놀라며 돌아보니 난데없는 보이였다. 그는 비웃음을 띠고 있었다.

"팔을 놓아. 찾아와야 돼." 그는 팔을 비틀며 말했다.

"얼간 같은 녀석이군. 깔치는 놓친 거야. 어떡헐 테야? 혼자 자겠어?" 진일은 순간 아찔하면서

"자식이. 뭐래는 거야." 하곤 그의 빰을 바른손으로 후려쳤다. 와아 떨어지는 주먹과 발길. 진일은 입술에 달려드는 비린내를 맡으며 쓰러졌다.

병원 안.

'바짝 쓸쓸해졌는걸.' 진일은 의사 앞에 앉아 있었다.

'사람들은 아프지 않는 거야. 전쟁은 병자를 몰아갔어.' 유전인자와 두 띠의 염색체 그리고 후유증.

"우리 몸의 세포에 지닌 이 두 띠의 염색체란 하나는 아버지로부터 또 하나는 어머니로부터 받은 독립된 형질로 나타난 거야." 맨드라미 코의 의사는 테이블 위에 두 손을 포개어 얹고 말했다.

"그건 분명해. 이 유전의 발견이 진화를 가져온 시초의 업적이야. 분리와 결합으로 나타나는 인체의 구성에 후회와 절망을 제거하려는 건 생물학의 위대한 진보지 뭐야. 허니깐 진일 군. 어떤 신비로움을 가지고 자신을 바라보는 건 과학의 반역이야. 과학은 감정을 배격허는 거야. 자네가 어머니의 그 뭐야 나에게 그런 원정에 가까운 상의를 해온들 나는 어쩔 수 없는 거야. 자네 아버지는 지성 있는 위대한 학자야. 아버지가 자네를 걱정허는 건 도리에 맞는 일이거든, 절대로 말이지." 진일은 자리에서 일어났다. 의사는 손을 내리고 약간 엉거주춤하며 말했다.

"이런 판국에 기껏 호의를 봐주겠다는 X레이 사진의 촬영을 거부허는 건 자네가 자신의 건강을 낙담허는 짓이거든. 왜 확인허기 전에 실망허나? 어리석은 짓이야. 맹목적인 어머니의 사랑을 그리워허는 건 어린애의 헐 짓인데 말이지. 자네는 마치 그처럼 어린 나이는 아닐

터인데?" 진일은 고개를 숙이고 그의 말이 채 끝나기도 전에 퉁명스레 말했다.

"저는 저대로의 관심이 있어요." 그리고는 돌아섰다. 의사는 벌떡 일어나서 외치고 있었다.

"자네의 그런 고집은 최악의 증세야. 그건, 그건 불치의 병이야. 진단은 끝났어. 나는 아버지헌테 그렇게 선고헐 테야." 진일은 현관문을 열고 밖으로 나왔다.

'선전포고처럼 말이지?' 아침 햇살이 뻘겋다. 살의를 머금은 공기. 이제 결심하는 거다. 역전의 광장에 향했다. 어젯밤부터 바짝 전세는 불리해졌다. 최초의 공습예보. 멀리서 들려온 폭음이 시민의 잠을 어지럽게 했었다. 점포문은 아직도 굳게 닫혀 있었다. 사람들이 부산하게 역으로 향하고 있는데 기적소리가 빽빽 울리고 있었다. 피난의 행렬.

'미혜를 찾는 거다. 그건 최후의 책임이야. 어젯밤 그로부터 도피헌 건 씻지 못할 후회꺼리야. 이렇게 공허한 건 여직 느끼지 못헌 일인걸. 나는 여러 사람을 버렸어. 아냐, 세상을 버린 거야. 그래서 나는 부질없이 쓰러질 것 같애.' 가슴이 쓰리다. 각혈. 몇 번 쏟아 봐도 그놈의 비린내는 입안에서 독하다. 건물과 나뭇잎 새에 태양은 피멍울처럼 붉다. 밤이슬에 망울져 흘렀던 그것은 아침의 상처에 엉겨 있다. 몸이 으스스 떨린다. 폐부를 갉아먹는 구더기. 그건 생살(生殺)의 비린 연유(緣由). 두 띠의 염색체. 어머니는 식모의 눈 안에서 이따금 육시된다. 아버지의 완강한 턱부리. 거기서 흐르는 냉소. 위대한 생물의 진화. 진일은 손으로 뒤통수를 만졌다. 머리가 아프다. 어젯밤 타박을 입고 쓰러졌던 기억 속에서 전신의 근육이 시려온다.

그것은 싫지 않다. 그런 경험이 진일을 기쁘게 했었다.

'미혜를 위해서. 거룩했다. 미혜! 그런 기분을 이해해다오. 내가 피투성이가 돼서 쓰러져서 그녀를 찾았던 순간의 해체 속에서 다시금 그 자신을 구성했던 일. 나는 이제껏 자랑할 만한 일이 없었던 거야. 정말이지 나는 기껏 비겁했었어.' 역 광장을 향해 모여드는 사람들을 바라보며 진일은 발길을 들었다. 기류지(寄留地)의 한 모퉁이에 웅성이며 모여든다. 잠에서 깨어나자 그들은 잔인한 아침을 발견했었다. 그리고 그들은 이 네모진 광장을 향해서 떠나온 것이다. 네모진 벽. 그들은 거기서 전율했다. 떠나간다.

하늘을 본다. 배추빛 엷은 하늘색은 햇빛에 웃음을 머금고 있다. 그것은 여전 어리다는 표시다. 진일을 무거운 짐들에 쩔쩔매어 있는 사람들의 곁을 지났다. 그들은 부채(負債)에 인고하며 실종하는 것이다. 진일은 광장을 향하여 달음질쳤다. 그들을 쫓았다. 아니, 미혜를 찾았다. '떠나지 말라. 아직도 아직도 갚을 게 남아 있지 않아? 갚아줘. 나는 비굴했어. 허지만 제발 용서하고 나에게 갚아줘.'

뒤를 돌아보았다. 뽀얀 안개에 서려있는 인구 육만이나 되는 소읍. 뉘우침 속에 이지러졌던 건물들이 그 안의 생활들이 쓸쓸히 버려져 있다. 어젯밤의 공습예보. 집들은 저만치 서서 기웃거리며 광장을 넘나보고 있었다. 진일은 별안간 가슴이 짠했다. 울음 같은 것 정말 새삼스럽게 느끼는 야릇한 기분이었다.

그는 미혜를 잃을까 겁이 났다. 광장에서 역 구내로 들어갔다. 빽빽이 밀집된 사람들로 구내는 어지럽다.

이따금 떠밀리고 떠다 밀리며 창밖을 바라보는 그들은 아우성치고 있었다.

"제기랄, 빨리 차를 대지 않고 뭐허는 거야?" 늙은이가 덤벼들며 외치면

"사람을 밀치지 말어요. 좀 질서가 있어야죠." 한 중년 사내는 팔짱을 끼고 서서 불평했다. 쥐어짜는 아기의 울음.

"전번 전쟁에 큰놈을 잃었어요. 기맥허서……." 젖먹이를 안은 한 아낙은 눈물을 짠다.

"별안간 왜 그래요?" 곁에서 한 늙은 아낙이 물었다.

"생각허문 기맥혀서 말이 안 나와요." 그녀는 아기의 입을 젖꼭지로 틀어막았다.

"우리는 잠시 그저 떠나보는 거죠. 적이 영 밀려왔을 때, 누구든 온전헐 상 싶소? 피난지가 어딨어요? 누가 산대요?" 한 사내는 큰 보따리 위에 올라앉아서 부르짖고 있었다. 진일은 사람 틈을 헤쳐 다니며 미혜를 찾았다. 그가 구석에 이르자 한 소녀는 이야기하고 있었다.

"꼭 오세요. 오시잖음 저는…… 아아 저는 믿겠어요. 믿을 수 없다면 차라리……." 사내를 향하여 소녀의 눈물은 글썽이고 있었다. 그녀의 눈길과 부딪치자 진일은 고개를 피했다. 미혜의 눈길이 그의 가슴을 헤집고 지나갔다. 그는 가슴이 철렁했다. 검은 기류. 갑자기 이 넓은 홀 안의 군중이 망막에서 유동했다. 흐릿한 안개 속의 물체처럼. 진일은 다리가 저렸다. 온몸이 무너질 것 같은 공허 속에 비칠댔다. 이마에 땀이 솟았다. 그는 생각했다. 불현듯 어처구니없어졌다.

'미혜는 아무것도 약속하지 않았어!' 군중을 쫓아 미혜를 찾아온 일이 가소로웠다. 그는 홍소(哄笑)했다.

'강으로 떠내려가는 뗏목.' 진일은 안간힘을 썼다. 돌아간다.

그는 역 구내를 빠져나왔다. 스피커가 울려온다.

"여러분 기다리던 남행열차가 십 분 후면 당 역에 도착합니다." 진일은 팔딱팔딱 뛰었다. 광장을 뛰쳐나갔다. 주먹을 발끈 쥐고 마음속으로 소리쳤다.

'군중이여. 가라. 강물처럼 가라.' 그는 달려가다가 별안간 못 박힌 듯 서버렸다. 옆길에 오는 자줏빛 스웨터의 소녀. 그것은 뜻밖에도 미혜였다. 진일은 눈을 의심했다. 그러나 분명했다. 그녀는 사내와 더불어 역구 쪽을 향해 오고 있었다. 진일은 그녀 앞에 달려갔다.

"미혜!" 그녀는 힐끔하더니 서버렸다. 놀라서 홉뜬 눈초리. 땀에 젖은 얼굴. 그것은 경악하는 표정이었다.

"어딜 가는 거야?" 진일은 그녀 앞으로 다가섰다.

"떠나지 않어요? 진일 씨는." 그녀의 낯이 잿빛으로 변하자 진일은 화난 목소리로 물었다.

"바보 같은. 어딜 떠나는 거야?" 순간 미혜는 곁의 사내를 힐끔 쳐다보았다. 유들유들한 청년의 낯빛이 찌푸려졌다.

"떠나는 거예요." 그녀는 진일을 바라보았다. 내뱉듯 중얼거리는 미혜의 깔아진 목소리였다.

"어젯밤 어떻게 됐어? 오빠가 기다리고 있어. 그는 오늘 군문에 가는 거야. 그런데…… 생각해야 돼. 부끄러운 짓야."

"시간이 없어." 청년은 미혜의 어깨를 흔들었다. 진일은 소리쳤다.

"어젯밤 나는 후회했어. 미혜의 이해를 구하지 못헌 걸 말야. 무엇보다 나는 비굴했어. 나는 언제나 의지에 패했어. 그러나 이제 미혜를 놓치지 않을 테야."

"나중에 들어. 시간이 없어." 청년은 부득부득 미혜의 소매를 끌어당겼다. 군중의 웅성거림. 미혜의 떨어뜨린 눈과 이마의 경련. 진일은 퍼뜩 그녀에게 눈길을 돌리었다.

"미혜. 어쩔 테야? 오빠를 배반헌 건 무서운 죄야. 그리고 나의 우정까지도……."

미혜가 문득 얼굴을 들었다. 청년이 부락스러운 얼굴로 사이를 막았다.

"바보 같은. 그런 건 나중에 말해, 실컷." 진일은 그의 한 팔을 붙들었다.

"너는 대체 누구야."

"그럼 못써요. 진일 씨." 미혜가 소리쳤다. 청년은 팔을 뿌리쳤다.

"식전부터 그렇게 대들지 말어. 지금 시간이 없어. 우정이네 뭐네 지껄일 때가 아냐. 미안해." 그는 미혜의 팔을 끌었다. 그녀는 버티었다.

"왜 이래?" 청년은 그녀의 가슴에 주먹을 욱박았다. 미혜는 뒤로 쓰러질듯 하다가 소리쳤다.

"후회하진 않어요. 진일 씨. 찾아준 건 고맙지만 나는 돌아갈 수 없어요. 떠날 테요. 어디든 가고 말테요."

그녀는 끝내는 울음 섞인 말로 말하곤 돌아섰다. 진일은 쫓아가 그녀의 팔을 붙잡았다.

"어디로 가는지 알려줘." 순간 힘찬 팔꿈치가 그를 뒤로 쓰러지게 했다.

"그건 나중에 알아." 동시에 사내의 목소리가 귓전에 튀었다. 할딱 바라보던 미혜의 질린 눈. 그리곤 쏜살같이 달려간 그들은 밀물 같은 군중 속으로 사라졌다.

진일은 일어나자 부릅뜬 눈으로 역구를 바라보며 외쳤다.

"가라, 가라, 강물처럼 떠나가라." 가슴이 울컥한다. 진일은 가슴에 손을 대고 쥐어뜯었다. 입안에 몰려드는 피비린내. 진일은 웅크리고 앉아서 꽥꽥 피를 토해내기 시작했다.

진일은 거리를 향하여 걸었다. 갑자기 날씨가 흐려가고 있었다. 이때 가까운 데서 사이렌이 울려왔다.

도시락을 든 노동복의 청년 둘이 골목길로 부산히 들어가는 것이 보였다. 덤핑서적을 늘어놓은 상인은 길바닥에 고개를 처박고 있었다. 보도에 쌓아놓은 짐짝에 매달려 털보사내는 아낙에 지껄이고 있고 늙은이는 열쇠주머니를 짤랑거리고 있었다. 입에 칫솔을 문 색시가 엉덩이를 흔들며 나오자 청년의 졸리는 눈이 이쪽을 넘겨보고 있었다. 바바리코트의 신사는 길모퉁이의 여자에게 도전적인 시선을 보내고 완장을 두른 청년은 가게 앞에서 안을 기웃거리고 있었다. 네거리에 선 경찰의 검은 안경이 번쩍거리고 뚜껑 없는 지프차는 발동을 걸고 있었다.

"이 미친 자식아! 식전부터 술이 취허군 어쩌자는 거냐? 늬놈의 행투는 그저 죽지 않군 못 고칠 거다."

은방의 주인인 듯한 쭈그렁이 늙은이가 길을 향하고 소리치고 있었다. 길 한복판에 짐 실은 달구지가 지나갔다. 그 뒤로 고만고만한 또래의 아이들이 대여섯 따라갔다.

트럭이 요란스레 곁을 스쳐갔다. 행길을 꺾어가자 교회의 건물이 나오고 열어젖힌 안에서 한 중년의 사내가 기지개를 펴며 나왔다. 그 뒤의 어둑어둑한 강단 위에는 '正方心'이란 먹글씨가 나팔거렸다.

두어 집 떨어져서 한 카바레의 낡아빠진 청색 문짝에는 분필 낙서가 있었다. 여인의 음부와 그리고 나체의 허리목에 걸린 사내의 음경과 '순희, 어젯밤의 일을 영원히 잊지 마라.'

진일은 걸었다. 견딜 수 없는 환멸 때문에 일찍이 낭비한 희망, 애정의…… 그리고 피로한 육체에 젖어드는 열광적인 무절제에 대한 이상의 허위와 양심의 우유부단 같은 신산한 기분이었다. 불현듯 그는 고개를 세워 힘껏 발길을 들었다. 이윽고 한 소년에 끌려 헐레벌떡 뛰어오던 노인과 딱 마주쳤다. 뜻밖에 황 노인이었다.

"할아버지." 하고 진일은 소리쳤다. 순간 노인은 당황히 멈춰선 채 황당한 눈초리로 한동안 멍청하니 서 있었다.

"어딜 가세요?" 진일은 물었다. 노인은 말없이 약간 떨리는 눈을 올렸다가 떨어뜨렸다. 그것은 어떤 타격으로 넋을 뺏겨버린 태도였다. 진일은 노인의 호두껍데기처럼 굳어진 얼굴을 살피며 말했다.

"왜 떠나지 않으세요? 모두들 급히 피난길로 떠나고 있는데요. 별안간 시내는 무덤처럼 쓸쓸해지고 말았군요." 노인은 그제야 숨을 돌리며 약간 깔아진 눈초리로 그를 바라보았다. 그리고 그의 손주인 듯한 소년의 주먹을 손바닥으로 어루만지며 말했다.

"그래, 모두들 떠날 거네. 우리 집 애들도 지금 그래서 넋들이 나가고 있는 거지. 헌데 결코 나는 못 뜰 거네. 이 늙은 몸으론 따라갈 만한 곳은 없네. 어려운 피난길에 공연히 귀찮은 짐박에 되지 못허는 법이구. 평생을 살붙여 살아온 이 땅을 버리고 가본댔자 살길은 없네. 그저 제

자리에 늘어 붙어있는 걸세. 내사 죽어도 헐 수 없이 말일세. 그런데 자네 집은 어떡허는가?"

"지금 학교엘 가는 길이지요." 진일은 힘없이 대꾸했다.

"아버지의 침통한 얼굴을 보는 거야!" 노인은 힘없이 고개를 떨어뜨리고 말했다.

"민 선생님은 알거네. 이럴 때 어떡해야 헐지. 시민대회에서 강연허던 민 선생님은 정세를 좀 더 알고 있을 거니까. 대체 이대로 죽는 건지 사는 건지 말이네. 나는 듣고 싶네. 이 숱한 대중이란 그저 어중이떠중이라 몽매해서 어쩔 줄을 모르고 있는 거네. 이럴 때 정말 지도자가 나서야 허는 법이네. 선생 같은……."

열띤 어조로 말하던 노인의 낯이 잠시 밝았으나 도루 까무러치자 진일은 말했다.

"아버지를 만나러 가는 거예요."

'당신의 생각과는 너무도 관련이 먼 얘기야!' 그리고 진일은 몸을 움직였다.

"아무튼 몸조심이나 허게나." 노인은 말하고 다시 소년의 손을 쥐고 돌아섰다.

"안녕히 가세요." 진일은 등 뒤를 향하고 소리쳤다. 플라타너스의 연한 잎이 뾰족뾰족 오른 가로수 아래로 들어섰다. 한 열 살 남짓의 소년이 나무에 기대선 채 휘파람을 불고 있었다.

무수한 종언이 휩쓸려 가고
다시 침묵을 마련한 자리.

속된 언어를 저주하던
소녀의 창백한 믿음이 있고

부끄러운 몸짓으로
지워진 슬픈 화상이 있었다.

문득 미혜를 생각했다. 그녀의 시였다.

'도대체 왜 고따위로 바라진 거야? 자화상 같은 거. 그건 잔학한 매질이거든. 만약 다시 한 번 그런 걸 뇌까렸다면 뺨을 갈겨줬을 거야. 그때의 기분은 이거야. 끔찍이 미혜를 사랑헌 거야. 정말이지. 허니깐 난 그런 게 싫은 거야.' 고담(古淡)한 절간, 한여름의 정오. 무르녹은 녹음 아래 못 외 수련이 싱그러웠다. 얼굴이 핼쑥한 미혜는 빨간 표지의 노트를 끼고 못 가를 서성이고 진일은 팔베개를 하고 누워 있었다. 언덕 너머에서 학교의 종이 들려오면

'이젠 오후의 첫 시간째야.' 그는 입을 다셨다. 푸른 하늘. 숲속의 푸근한 오수(午睡) 그리고

달차근한 권태 끝에 사양 속의 뉘우침이 와서 하루가 끝난다.

'고독은 의지일까요? (미혜, 나는 모르겠소.) 비극에 대한, 염세에 대한 의지 같은 것, 그건 정신의 엄격한 증거일까요? (미혜, 왜 그런 걸 묻는 거야?) 학교에 가고 싶지 않았을 뿐야. 무단결석. 번번이 학칙을 어기고. 말썽꾸러기야. 아버지가 알면 중형이지. 모범학생이었는데…… 대학 입시를 목전에 두고…… 뭔가 후회허는 모양 아네요? (바보 같은 소리) 제발 따질 건 없어. 어떤 문제로든 다툴 건 없단 말야. 지금은 모처럼 쾌적한 기분인데…… 자기파멸을 가져오는 행위에 인간적인 성실성으로 반성허는 건 나쁜 일일까요? (그건 비판이군?) 결국 침묵하는 건 좋지 않아요. 말해야 돼요. 뭣 때문 현실적인 일에 일부러 등지고 나서야 되는가를 말예요.'

어느덧 진일은 대학 교문 앞에 이르렀다. 돌문을 지나면 자갈이 깔린 포도가 있고 붉은 벽돌집의 교사가 서 있다. 건립된 지 불과 십 년 되는 작고 견고한 이층, 건물의 좁은 유리창에 햇빛이 번뜩였다.

'지성의 전통이란 저 벽돌 하나하나에 이끼처럼 연조를 쌓아가는 거다.' 아버지의 완고한 턱부리의 가리킴 속에서 위엄 있게 보였던 교사였다. 그 교사의 한 편에 아버지의 연구실이 있었다. 교정은 쓸쓸했다.

어느 때면 왁자지껄하니 시끄러운 시각인데 교사는 조용했다.

'그 침묵은 말야…….' 진일은 생각하며 주위를 살피곤 연구실 쪽으로 서서히 발길을 옮겼다. 그리고 문 앞에 섰다. 두어 번 노크했다. 외마디 대답이 안에서 들려왔다. 아버지는 두 학생과 마주 앉아 있었다. 테이블 위에 두 손을 포개어 얹은 그의 낯빛은 상기되어 있었다. 이글이글 불타오르는 눈길이 순간 진일에게 쏠려왔다가는 곁으로 돌아갔다. 학생들은 웅그려 붙은 악착한 표정으로 그의 낯을 흘겨보았다.

진일은 방안에 들어서자 한 구석의 의자에 털썩 주저앉았다. 노란 회칠한 벽 양편에 육중한 서가가 있었다. 언제나 강압적이던 분위기에 천입(擅入)했다는 생각이 스쳤으나 그는 금시 마음을 바꿔 세웠다. 여태껏 그는 아버지의 생활에 접근하기를 꺼려왔다. 더구나 그의 학구적인 생활이 가지는 일종의 과장된 기분은 기피하고 싶었다. 그것은 역력히 그를 외롭게 했다. 아버지는 그러한 그에게 화를 냈다. 매사에 불신하는 무뢰한이었기 때문이었다. 유전자와 두 개의 형질.

'어머니를 미워한 이유가 있을 것이다.' 그러나 진일은 마음으로 그걸 짓눌렀다. 아버지의 옆얼굴에 찬찬히 눈길을 돌렸다. 문득 안경을 쓴 어딘가 선병질의 인상을 주는 학생이 아버지에게 말했다. 그의 어조는 별안간의 침묵에 짓밟혔던 감정 때문에 화를 띄웠다.

"선생님의 말씀하신 대로 해석한다면……." 말끝을 갑자기 끊자 눈길이 서성댔다. 주위의 변화가 아무래도 마음에 꺼린다는 눈치 같았다.

"이상한 결론이 나와요. 나오고말고요. 현실을 지성의 권위로 구제할 수 있다는 생각은 모순이 돼요. 현실의 구제는 더욱 본질적인 것. 지성은 그 앞에서 너무 무력화되고 있는 거 아닐까요?"

"잠깐……, 김 군!" 하고 아버지는 벌떡 자리에서 일어났다.

"자네는 숙명적인 현실관에 사로잡혀 있어!" 아버지는 손을 들어 흔들었다. 그의 낯빛은 의구심에 얼룩져 있었다. 안경 쓴 학생의 입가에 비웃음이 지나갔다.

"사로잡힌 건 아녜요. 공공연히 전쟁을 긍정허는 지성은 여태껏 없었으니까요. 우리는 그걸 학교에서 배워왔어요. 그러나 역사는 그것과는 상관없이 많은 전쟁을 일으켰고 비극을 초래해왔어요. 지성이란 확실한 전통을 가지고 있어요. 그런데 지성은 도리어 현실 앞에 노비가 된 거 아닐까요? 이를테면 전쟁을 저주하면서 전쟁을 하지 않을 수 없는 것이 현실인데 그 앞에 속수무책인 것이 지성이라면…… 지성의 수난이라 할 수 있겠어요? 사실의 비극을 기술허는 것이 역사의 권위에 한하는 게 아니잖어요?"

"김 군! 자네는 뭔가 질투하고 있어." 아버지는 돌연 당황히 부르짖었다. 입술이 떨리고 있었다.

"질투?" 학생은 어이없는 표정으로 중얼거렸다. 진일은 가슴이 철렁했다.

'왜 저리 망연한 태도일까? 그 태도는 그 표정은 마치 질투허고 있는 거야. 온몸을 태울 듯한 시기에 몸 둘 곳을 모르고 있는 거야. 오만했던 아버지로서는 당찮은 실태인데?'

"그것은 맹목이야. 가령 자네 말을 믿는다고 치면 뭘 어떻게 하겠다는 얘기지?" 아버지는 중얼거리고 있었다.

"선생님의 말씀이라면 더욱 그럴 뿐이에요." 하고 학생이 강경한 말투로 지껄였다.

"자네는 나를 모욕허는군." 아버지가 완연히 자제를 잃은 태도로 말했다.

이때 곁에 앉았던 낯빛이 검은 학생이 자리에서 불끈 일어났다.

"도대체 이런 판국에 무슨 말씀들인지 저는 모르겠어요. 현실이네, 지성이네, 그게 우습단 말입니다."

돌연한 개입에 장내는 심각한 변화가 엄습해왔다. 세 사람은 넋 놓은 듯 경화된 그의 얼굴을 바라보았다.

한참 만에 아버지는 입을 열었다.

"이 군은 무슨 말을 하고 있어?" 검은 낯빛의 학생은 무뚝뚝한 어조로 말했다.

"저는 화가 나는 겁니다. 지성 같은 것. 인간의 교묘한 사치일 뿐이에요. 원시인에 대한 문명인의 오만한 허영입니다. 그것뿐이에요. 위험 속에서 그걸 희롱허는 건…… 그건 뭘까요?"

그리고 문 앞으로 성큼성큼 걸어갔다.

"아니, 너희들은 뭘 말하고 있어? 건방진 녀석들! 냉큼 이 자리를 나가줘. 제발."

이때 아버지가 소리쳤기 때문에 학생은 뒤돌아섰다.

"선생님, 안녕히 계십시오. 저는 내일 일선으로 출정하기로 했습니다. 살아오면 그때 선생님의 용서를 빌겠습니다." 그리고는 문을 열고 밖으로 조용히 나가버렸다. 그와 함께 열렸던 문밖으로 방안의 공기가 김처럼 빠져나가는 듯했다. 안경 쓴 학생이 일어났다.

"선생님, 용서하십시오. 다만 저는 마지막으로 선생님을 뵙고 어떤 신념을 얻어 보려 했던 것인데…… 의외의 말씽이었습니다. 안녕히 계십시오. 저는 오늘 오후쯤 시골로 내려갈 작정입니다." 학생이 고개를 숙이곤 문 쪽으로 향하자

"어서 가게." 아버지는 의자에 쓰러질 듯 주저앉으며 소리쳤다. 방안은 무거운 침묵에 갇혀버렸다.

진일은 무릎을 부비며 속으로 중얼거렸다.

'이건 참 예기치 않은 비극의 목격인걸. 그들은 지독헌 녀석들이군. 마치 찬탈자처럼 의기양양하게 아버지의 영광인 신념을 빼앗고 가버렸구나.' 진일은 마음이 쓰렸다.

이때 아버지가 고개를 들고 그를 바라보았다. 이마에 붉은 서슬이 감돌았다. 그것은 전혀 예기치 않은 발견에 발분하는 눈치였다.

"넌 여길 뭣 하러 왔어?" 하고 소리쳤다. 그 눈길이 두려웠다. 여지없이 마음이 으스러져갔다.

"뭔가 얘기허고 싶었던 거다. 당당히 말야." 아버지가 말했다.

"넌 어젯밤엔 어딜 가서 잤니?"

"호영 씨헌테요." 진일은 대답했다.

"망헐 놈의 자식! 뭣 때문에 갔는지 말해 봐."

"……." 진일은 입술을 물었다.

"약속헌 병원의 X레이 사진은 어찌 됐어?"

"병원은 갔으나 찍지는 안 했어요."

"뭐라고?" 아버지는 고함치며 느닷없이 진일 앞에 다가왔다. 철썩 그의 빰을 후려갈겼다.

"너는 그예 말썽이구나. 끝내 매를 맞아야 알겠나? 비열한 수단으로 말야. 너 같은 놈 때문에 아직도 전쟁 같은 야만의 수단이 필요헌거야. 비겁허게 말야." 진일은 순간 눈앞이 아뜩했다.

'이건 보복이야.' 아버지는 숨을 씨근덕거리며 의자에 가서 앉았다.

"집으로 어서 가버려. 네가 끝내 내 말을 무시헌다면 집에서 내쫓을 거다. 외아들인 너에게 걸었던 기대가 무너지는 건 참을 수 없으니까 말야." 그리고 의자를 돌려 자리에서 일어섰다. 결연히 그 앞에서 말을 꺼냈다.

"X레이 사진을 찍을 수 없어요. 그건 무의미해요. 저는 제 자신을 알고 있어요. 그리고 소

피를 먹는 것도 절대로…….” 그의 말은 끊기었다. 아버지는 일어나서 고래고래 소리를 쳤다.

“무의미해? 너는 죽고 싶은 거구나. 옳다. 그래라. 네 어미처럼 구차히 앓아가며 나를 귀찮게 헐 필요는 없겠지. 네 어미를 닮은 네가 그걸로 죽어야 헌다는 건 숙명이라는 거지? 바보야. 얼른 나가버려.” 아버지는 그의 어깨를 붙들고 세차게 흔들었다.

“어머니를 욕허는군요.” 진일은 불현듯 적의를 품은 맹렬한 감정으로 말했다.

“네 어미는 나를 불행허게 했어. 무지한 데다 질병까지 있어서 말야.” 아버지의 입술은 일그러졌다. 진일은 실소했다. 침묵이 다급히 흘렀다.

“그렇지만 아버지에게 순종했을 거예요. 의무를 말이죠. 어머니가 불쌍해요. 어머니는 아무것도 얻은 것이 없으니까요. 그러나 저는 달라요.” 휭하니 목이 맺혀 왔다. 울컥 쏟아지려는 가슴을 누르고 문 쪽으로 향했다.

“듣기 싫어. 바보 같은 놈. 집에 가서 아주머니를 도와 짐이나 꾸리도록 해. 내일 아침이면 떠나야 된단 말야.” 복도에 나오자 눈물이 글썽거려왔다.

오후의 햇살이 산 위에 어린 듯 비쳐 온다. 하루가 지루하다. 더욱 앓는 가슴속의 시간이란 느리기만 했다. 흙발이 나는 행길은 뿌옇다. 맥 줄기처럼 길들이 산산이 시내에 얽혀 있다. 여기는 외진 산! 작은 길 하나가 와서 문득 멎어 있다. 더 갈 수 없는 상태로 산은 그것을 굽어보고 서 있다.

진일은 아카시아 숲 속에 있는 절간을 찾아 못 가를 맴돈다. 수면은 고요하다. 물속에 수련의 줄기가 퍼렇게 자라났다. 젊은 호심(湖心).

‘고독은 의지일까요? 미혜, 나는 지금도 모르겠어.’ 진일은 절을 나오자 오솔길을 지나서 바라크 촌이 굽어보이는 등 너머를 향했다. 소나무에 햇빛이 다사롭다. 후미진 골짜기에 이르자 그는 발길을 멈추었다.

바라크 촌! 그 잡다한 가옥들이 거창한 덩치로 눈앞에 나타났다. 그슬린 지붕과 벽. 울타리에 걸린 빨래들. 그것은 언제나 변함이 없는 풍경이었다.

‘과잉한 의욕으로 타락한 물골들이야! 아버지, 그러나 여긴 평화로워요. 그들은 좀체 떠날 것 같지는 않군요. 당신은 지금쯤 피난길을 생각허고 있겠지만…….’ 진일은 거기를 떠났다. 문득 고개를 돌려 멀리 공동묘지를 바라보았다. 뾰족뾰족한 묘들이 엎디어 있다. 그리고 그 머리에 철탑처럼 솟은 화장터의 굴뚝이 보였다. 생살(生殺)의 비린 연대에 그것은 어느 때나 올연했다. 그는 이윽고 묘지기의 집에 눈이 머물렀다. 순간 눈앞이 아찔했다.

‘미혜를 찾아달라는 호영 씨. 당신은 그렇게 소리치고 있을 거지만…… 그녀는 가버렸어’

진일은 얼른 발길을 돌렸다. 빠른 걸음으로 산을 내려오기 시작했다.

호영을 만나서 얘기해야 할 것 같았다. 어젯밤 짐짓 거짓으로 미혜를 변명했던 자신이 어리석은 것 같았다. 기대를 저버리고 싶지 않았던 그에게 그러나 불행은 명백해진 것이다. 실종을 알리자. 무슨 이유인지 다만 바람처럼 실종했다고 알리자. 알려야 한다. 그건 어떤 것의 해방은 아닐 거다. 다만 만날 수 없는 것만은 분명하다. 기대일랑 갖지 말라고 하자. 내려오는 그의 눈앞에 시가가 열려왔다. 기적소리에 이어 찻소리가 들리고 나무들 새로 건물들이 꽉 차 있었다. 넘쳐나는 생활들이 착잡하게 겹쳐 있다. 그 속에 사람들은 앓으며 외치며 떠나며 그리고 뉴스 판 앞에 술집에 광장에 한숨 쉬며 속삭이며 있는 것이다.

진일은 불현듯 폐허를 의식했다. 그리고 산을 내려왔다. 이때 어디선지 소의 울음소리가 들려왔다. 진일은 본능적으로 고개를 들어 그쪽을 바라보았다. 갈림길이 눈앞에 보였다.

그것은 도수장과 화장터에 이르는 길이었다. 그런데 소는 쉽게 발견할 수 없었다. 소의 울음소리는 도수장과는 방향이 달랐다. 도수장은 오늘부터 문을 닫았음이 분명하다.

'그것은 비밀처럼 은밀한 이야기다. 날마다 소 피를 먹으며 살아야 한다는 것과 그 잔등 사이를 두고 사람과 짐승의 시체가 다뤄진 이 절묘한 풍경이란…….'

진일은 길을 걸었다. 피로에 허기져서 온 등에 땀이 났다. 주위는 참 고요했다. 하늘은 여전 푸르렀다. 그는 허탈한 기분으로 앞을 바라보았다. 웬일인지 우습다. 그는 웃음을 터뜨리고 중얼거렸다.

'이건 참 이상한 곳이야.' 진일은 뛸 듯이 산길을 빠져나갔다.

어둠이 먹장처럼 싸여왔다. 전신주에 바람이 우는 소리를 내며 스쳐가자 길가의 창문들이 떨렁거렸다.

적막한 거리. 진일은 집을 나와 역으로 향했다. 방 아랫목에 병자처럼 누운 아버지의 곁에서 식모는 역정을 내고 있었고 뒤란에서는 인부가 책들을 땅속에 묻고 있었다. 지저분한 집안에 가구는 쌓여있고 문은 모두 열려 있었다. 부어오른 아버지의 눈이 오랫동안 천정의 다이아무늬 위에 웅그려붙었다. 구지레하게 파리똥이 나붙어 있었다. 뒤란에서 단단한 땅 속을 파헤치는 삽 소리가 들려왔을 때 그의 눈가에는 주름살이 겹쳤다. 사지를 놓아버린 패배의 고요한 방안에 사위는 무위(無爲)의 벽이었다.

거기에 의지는 거품처럼 비말했다. 어머니의 사진은 책상에서 치워졌다. 식모는 짐 속에 아무렇게나 그걸 쑤셔 넣었다. 하찮은 물건을 간직해야 되는 불만으로 그녀의 양 볼은 터질 듯이 부었다. 그녀는 내처 박살을 내거나 아무데나 처박아두고 싶었던 거다.

'기억을 상실하라.' 그녀는 이따금 마치 무능한 남편을 대하는 여염의 아낙네처럼 그 무지무지한 관심으로 아버지를 힐난하며 혀를 찼다.

'빨리빨리 짐들은 꾸려야죠. 어떡헐 심산이에요?' 붕어 입 같은 얄팍한 입술이며 위로 치켜뜬 눈이 격렬하게 말하고 있었다. 달걀색의 미끈한 목에 붉은 빛이 감돌았다.

결국 진일은 자리에서 일어났었다. 아버지의 시선이 그의 얼굴에 달라붙었다. 그는 그걸 뿌리쳤다. 마음이 께름했다. 눈을 내리뜨고 밖으로 나왔다. 포도에 장정들이 열을 지어 역으로 향하고 있었다. 그 뒤를 군중이 금시 자지러져가는 당황한 자세로 따라가고 있었다. 장정들은 어둠 속에 팔들을 휘젓곤 희미한 불빛이 내리비치는 플랫폼으로 밀려나갔다. 이윽고 그들이 차에 올라 기적을 남기고 떠나자 역구는 다시금 깜깜해지고 군중은 방심한 상태에서 검은 하늘 아래 놓여 있었다.

'암흑 속에서 자라나는 거야. 결코 어떤 생장(生長)에 너무 빨리 비쳐오는 광명처럼 위험헌 건 없어.'

호영의 땀에 젖은 손을 떼어놓으며 진일의 어둔 가슴이 드세게 설레었다.

"언제든 다시금 돌아올 거야. 그 전에 많은 걸 잃어버리게 돼. 전쟁은 말야. 다만 후회를 그림자처럼 달고 다니는 생활 같은 거, 제발 극복허는 거야." 호영의 일그러진 입가에 씁쓸한 웃음이 감돌았다.

"허지만 미혜는 나를 괴롭힐 거야. 생활의 공허감처럼 말야. 그 애를 진정 사랑했던 거네…… 단순히 배신 같은 모욕감은 아냐. 그 이유는 내가 알기에는 너무나 맹랑한 거야. 다만 나는 그 애를 영원히 잃을 수 있다는 것으로 줄창 고통이 될 거야." 호영의 눈은 열을 뿜고 있었다.

"자네허구도 이별이군. 흠! 아버지는 어떡허구 있지? 훌륭헌 분인데…… 학문의 위엄 같은 건 뭐라 허면 좋을까? 도대체 나는 이 세상의 모든 걸 공연한 외설행위처럼 보아온 거야. 그건 잘못이겠지. 자네는 나를 경멸해도 좋을 거야. 이제 말이지만 나는 정말 자네가 좋았어. 좀 안됐지만 그래서 때론 멀리 허고 싶었던 거야. 그건, 그건 나의 악습인지도 모르겠어. 훗훗…… 잘 있게." 호영은 바른손을 쳐들어 보이곤 플랫폼으로 돌아섰다. 갑자기 진일은 눈앞이 흐려왔다. 참아야 된다. 손을 흔들어 보였다. 기차가 떠나자 그는 역구를 빠져나왔다. 가슴이 메스껍다. 다리가 허둥거려졌다. 힘껏 내달았다. 문득 뒤를 돌아보았다. 역 광장으로 밀려나오는 사람들의 모습이 망막에 스물거렸다.

'어둠 속에 무얼 남긴 거야? 말해다오. 그런데 그는 떠나버렸다. 가라. 낙조처럼 가라. 바람처럼 가라.' 진일은 터덜터덜 걸어 나갔다. 문이 닫힌 상가의 밤이슬에 젖은 지붕 위에 내려앉은 검은 하늘에 이따금 눈을 주면서. 망령처럼 흐린 감각에 들떠 골목길에 들어갔다. 큰길에 나서자 우두커니 섰다가는 다시 골목을 찾아들었다.

'나는 알고 싶었던 거야. 떳떳한 자랑이 뭐냐고…… 사랑과 열정을 지니고 싶었었다. 존경허구 따르고 싶었었다. 그런데 피로해졌다. 뭣보다 자신을 가지고 싶었는데 유전인자와 두 띠의 염색체…… 가만있어. 이건 무슨 짓야? 이러다간 죽을지도 모르겠다는 공포를 느끼는 걸? 아, 이건 정말 비굴헌 탓이야.'

별안간 가슴이 울컥한다. 목이 메어 온다. 안간힘을 쓰며 주위를 바라보았다. 두 눈엔 눈물이 고여 있었다. 흐려서 아무것도 보이지 않는다.

순간 목구멍이 비려오더니 피를 꽥꽥 토해냈다. 물씬한 피비린내. 새벽 햇살에 물든 산비탈. 도수장에 가는 갈림길. 진일은 으스스 몸을 떨자 꿈꾸듯 비장한 풍경을 느끼며 길 위에 쓰러졌다.

소년수少年囚

눈썹

강송파强送派

잔상殘像

어두운 시절時節

피서지避暑地

상실喪失

묘錨

2부

피서지

소년수 小年囚

아침 여섯 시가 되면 긴 복도 저편에서 한 소절의 피아노곡이 울려왔다. '오르골'이라는 리듬이 나는 탁상시계였는데 물방울을 튕기는 것 같이 경쾌한 소리였다. 재소자들은 그것으로 교도관의 아침 교대시간이 된 것을 알 수 있었다. 갑자기 인기척이 살아나서 벽과 벽들 사이에는 조심스럽게 짓는 하품과 기지개와 탄식으로 새벽 숲속의 수런거림처럼 가볍게 술렁이기 시작한다.

때마침 성급한 걸음으로 교도관은 마지막 감방 순찰을 나서는 것이다. 삐걱삐걱 콘크리트 바닥을 울리는 그의 구둣발소리는 못질이라도 하는 것처럼 들렸다.

미결감 3사 하 15방. 퀴퀴한 감방 안은 식은 땀내에 절어있었는데 열려 있는 높은 철장에서는 시디 신 사과 맛 같은 바람이 불어오고 있었다. 그 바람에 이따금 소년수 38번은 푸른 숲이 있고, 시내가 있고, 새가 우짖는 풍경 속에 놓여진 환각에 잦아들곤 했었던 것이다.

그런데 지금 눈앞의 풍경은 무엇일까? 곁의 세 사나이가 흡사 뭍에 끌어올린 해구 같은 몰골로 늘어진 채 지친 숨소리를 내고 있었다.

이때 오르골 시계는 울었던 것이다. 저건 '엘리제를 위하여' 라는 곡일지도 모른다. 학교의 음악회 같은 데서 소녀의 가녀린 손가락이 저런 곡을 탔을 것이다.

38번이 몸을 뒤척이는 순간 감방문 앞에 구둣발소리가 멈추며 거친 목소리가 들려왔다.

"얘! 38번 잠 안 자나?" 미처 대꾸를 못하고 있느라니까

"38번! 일어나. 자, 일어나. 이 녀석아."

시찰통 속의 구레나룻 얼굴이 성을 발끈 냈다. 졸리는 체하면서 일어나는 그 앞에 건성 씨부렁거렸다.

"너 알지? 얌전히 구는 거야. 그리고 솔직히 모든 걸 반성하는 거야. 잠도 안자고 엉뚱한

공상이나 하면 안 돼. 어서 자빠져 자란 말야. 푹 자란 말야."

눈을 한번 부릅떠 보이고는 삐걱삐걱 소리를 내며 저쪽으로 가버렸다. 38번은 다시 누웠다. 그러자 곁의 75번이 하앙, 하고 야릇한 웃음소리를 냈다.

"말라비틀어질 녀석. 녀석은 고 짓을 하면서도 고래고래 훈계할 게야."

창 쪽에 누워 있던 103번이 가만히 투덜거렸다. 그 소리에 잡범 75번이 부스럭거리며 다시 한 번 하앙, 하고 웃음소리를 했다. 쉿, 하면서도 두 번째에 누워 있던 23번이 중얼거렸다. '또 그 시간이 됐나보군.'

75번은 부스스 일어나더니 약간 열적은 눈치로 세 사람의 얼굴을 살피더니 38번의 발밑으로 엉금엉금 기어간다. '하느님 맙소사.' 38번은 반사적으로 몸을 움츠렸다. 문득 구둣발이 창 앞에 멈추더니 구레나룻이 소리쳤다.

"저 녀석, 또 시작했구나. 도대체 자네 버릇 중에서 가장 쓸만한 건 그것뿐일 거다." 교도관이 사라지자, 75번은 히물히물 웃으며 변기통 위로 오르더니 바지를 끌어내리고 앉았다.

"여보. 제발 그놈의 습관 버릴 수 없어?" 32번이 넓적한 얼굴에 진득이는 차디찬 비웃음을 띠고 물었다. 대꾸하듯 변기통 쪽에서는 뿌드득 소리와 함께 구린내가 솟구쳐 올랐다.

"당신은 우리가 더러운 냄새에 썩어가고 있는 걸 몰라? 제기랄. 새벽만은 기분을 잡쳐 놓지 말아야 할 것 아냐? 생각해봐. 그놈의 뱃속이 상해서 후중기(後重氣)라도 있다문야 어쩔 수 없지만. 고걸 못 참아서 그래, 젠장……."

38번은 곁에서 뿌드득, 하는 항문의 마찰음이 날 적마다 푸슥푸슥 소름을 등줄기에 느꼈다. 이윽고 75번이 밑을 훔치는가했더니 허리춤을 추켜들고 살그머니 제자리에 파고들었다. 32번이 끌끌 혀를 찼다. 그러자 잠자코 있던 103번이 벌떡 일어나 앉으며 약간 익살스런 어조로 물었다.

"여봐, 젊은 친구. 거 있잖나? 조진다는 거(도둑질) 말이네. 한탕 일을 치르고는 그 집 문간에다 짓궂게 똥을 싸놓고 간다던데 대체 무슨 영문인가?"

75번은 대꾸 대신 담요자락을 목에까지 끌어올리고는 마치 한잠 푸근히 자겠다는 눈치였다. 103번은 부아가 나서 목소리가 가볍게 떨리고 있었다.

"그건 마음의 여유를 갖자는 행동인가? 아니면 속이 닳아져서 그런가? 여봐, 그런 때 고게 술술 나오던가?"

그러자 75번이 풀석풀석 웃기 시작했다. 꺼들은 눈자위에 주름을 잡고 웃음이 계속되는 동안 물어뜯는 것 같은 기세로 32번이 소리쳤다.

"왜 웃어? 전과 4범이라면 되레 이런 생활에서의 공중도덕쯤은 알 법한데. 정 그렇게 나간다면, 무슨 봉변을 당하게 된다는 걸 알게 되겠지? 영 이건 재수 없는 친구인데……."

"재수 없다니? 난 싸고 싶은 걸 싸는데 말썽을 부리는 사람들을 처음 봤수. 형무소 생활이 뭐 체면 차리게 됐는가유? 체면 보다간 목구멍도 막히게……."

75번이 웃음을 거두고 비죽거리며 지껄이는 동안 소년 38번은 구지레한 천장에 매달린 희미한 전구를 바라보았다.

씁쓰레한 공허감이 밀려왔다. 이때 역 안내의 졸리는 것 같은 스피커 소리가 들려왔다.

'서울행 발차. 서울행 발차.'

귀에 익숙해진 여자의 목소리였다.(저 여자의 허리는 미끈할 것이고, 졸리는 눈에는 푸근한 빛이 어려 있을 거야.)

흘깃 75번 쪽을 바라보았다. 그는 여전 알쏭달쏭한 웃음기 있는 표정으로 눈을 감고 있었다.

십여 분이 지났을까? 기적소리에 이어 다시 안내원의 단조로운 스피커 소리가 들려왔다.(여수행 입역. 여수행 입역.)

그 소리에 문득 일주일 전의 기억이 떠올랐다. 이곳에 압송되어 왔을 때였다. 아침부터 이슬비로 조금씩 내리던 비는 역에 도착한 오후 무렵에는 제법 줄기차게 퍼붓고 있었다. 기차가 플랫폼에 들어가자 안내원의 노래하듯 유창하게 지껄이는 소리를 듣고 새삼 을씨년스런 기분이 되어 곁에 앉은 형사를 돌아보았다.

"이제 바로 교도소로 가는 겁니까?"

깡마른 얼굴에 눈빛이 유달리 반들거리는 형사는 담배연기를 후욱 뿜어내며 중얼거렸다.

"재수 없이. 비가 내릴게 뭐야? 영 기분 잡치는 걸." 플랫폼에 내리자 그는 초행인 나그네처럼 출찰구를 향하여 밀물처럼 밀려가는 승객들을 멍청하게 바라보았다. 그는 형사와 나란히 걸었으나 고랑을 찬 두 손을 양복 앞자락에 끼워 넣고 바싹 붙어 갔기 때문에 얼핏 의좋은 사이처럼 보였을 것이다. 소년은 굳이 태연한 표현을 지었음에도 불구하고, 어떤 소녀가 유심히 그를 흘겨보았을 때는 발바닥이 땅에 들러붙는 것 같이 당황했다. 그녀의 따뜻한 눈망울이 살에 물큰하게 닿아 몸 깊숙이 후비고 들어가자 가슴이 파들파들 뛰었다.

역을 빠져나오자 그들은 택시를 잡아탔다. 축축하게 젖은 아스팔트 위로 차가 경쾌하게 미끄러져 나가자 형사는 그에게 모처럼 환하게 벙글어진 웃음을 지어 보였다.

"총각 덕분에 호강을 하는데……." 그 말이 퍽은 해학적으로 들려서 소년도 상기된 낯으로 삐그시 웃어 보였던 것이다.

이윽고 묵직한 발걸음이 일정한 사이를 두고 감방문 앞을 지나갔다. 새로 교대된 교도관의 순찰이었다.

75번은 어느덧 코를 골며 단잠에 떨어져 있었다. 기상시간까지의 한 시간을 고이 잠들 수 있다는 무사태평인 성격과는 달리 홀쭉하게 패여 목뼈가 앙상하게 드러나 보이는 그 목구비는 무척 칙칙한 음각을 드러냈다. 목을 누르면 눈을 홉뜨고 손을 바르작거릴 것인가 하고 38번은 생각하며 몸을 뒤척였다.

그때 103번이 가만히 그를 불렀다.

"여봐, 막내. 잠 자나?"

"왜 그러세요?" 소년은 콧소리로 대꾸했을 뿐 눈을 감은 채였다.

"밤손님께서 말이네. 범행 후에 똥을 싸놓는다는 건, 참으로 마음의 여유에서가 아닐 거라……. 몸이 닳아 생똥을 싸는 게 아니라면 무슨 미신으로 방을 하자는 수작일걸세." 그는 여전 그 일을 생각하고 있었던지 대꾸가 없자 혼자 씨부렁거렸다.

"미신을 따르지 않고선 그 엄청난 모험에 요행을 바랄 수가 없겠지……."

말이 끝나기가 바쁘게 저쪽 복도에서 쇳소리 같은 교도관의 호령이 떨어졌다.

"뭐야! 어디서 취침시간에 얘기하고 있어." 소년은 후다닥 담요자락에 머리를 파묻었다. 때때로 집에서 밤중에 얘기하고 있노라면 곁방에서 아버지가 가래 끓는 목소리로 불평했던 것이다.

"아, 녀석아. 빨랑 잠 자지 않을래. 지금 아홉시다. 전등불을 켜놓고 있으면 요금이 오른다는 걸 모르니?"

주위가 다시 조용해지자 103번이 나직한 소리로 말을 이었다.

"여봐, 막내. 잘 되면 오늘쯤 검사에게 불려갈지도 모르겠네. 여기 온 지 한 주일쯤 되었던가? 그자들 열흘이 돼야 꾸물꾸물 몸을 움직인단 말일세."

38번은 눈을 뜨고 멍청히 천장을 응시한 채 꼼짝을 안했다.

"검사 신문 말이네, 정말 귀찮고 까다로운 일이니까 요령을 알아둬야 한단 말일세." 38번은 충격을 받고 상처의 아픔을 느끼는 것처럼 가벼운 신음소리를 했다.

"아직 자네는 모르지. 빌어먹을 그자들이 어떻게 교묘한 수단으로 올가미를 씌우는데 열중하는가를 말일세. 나처럼 재수 없이 얻어걸리면 미결감에서만도 일 년 남짓을 북북 썩는 판인걸. 난 지금 십 년 형의 언도를 받고 불복 항소 중에 있네."

38번은 질려 낯빛이 해쓱해졌으나, 겨우 그를 돌아보았을 뿐 입술이 떨어지지 않았다.

"자네는 도무지 대답을 않는구먼. 자네의 일생을 거는 문제인데도 말일세. 나는 처음부터 자식 같은 자네의 일이 염려가 됐단 말이네. 암! 아직 풋풋하게 젊은 자네가…… 꼭 자네 또래가 되는 내 큰 자식이 있지. 그 애를 생각하면, 난 자네의 일이……." 그의 말이 채 끝나기도 전에 교도관의 거친 발자국소리가 울려왔다.

"어떤 놈들이야! 여전히 씨부렁거리고 있는 건." 잠자코 있던 32번이 입맛을 다시며 나직이 속삭였다.

"저 녀석! 어젯밤 일이 신통치 않았던 모양이지?"

소년은 몸을 움츠리며 동쪽으로 난 철창을 바라보았다. 발갛게 아침햇살이 비쳐오면서 녹슨 창살이 구릿빛으로 밝아오고 있었다.

아침밥을 먹고 나서 한 시간쯤은 누구든지 기다리는 자세로 앉아 있다. 일요일이 아니고는 누구든 불려가 형을 받는 것이다. 그래서 마치 수도장의 도사처럼 덤덤히 앉아있긴 했으나 누구든 다가올 운명에 겁먹고 있었다. 103번조차 이 시간이 되면 숱이 짙은 눈썹을 세우고 웅크리고 앉아있는 것이 거리의 관상가 같은 인상이었다.

아침밥을 먹을 때였다. 32번이 흘리는 밥알을 손으로 주워 담으며 중얼거렸다.

"참, 어젯밤 꿈이 영 꺼림한데……."

벌써 세 번이나 뇌까렸으나 아무도 들은 체를 안했다. 그는 오늘이 결심공판 날이었다. 그러나 오늘 아침밥은 뜻밖에 푸짐했던 것이다.

75번이 당번 잡역수에게 쓰다만 칫솔 하나로 흥정붙인 것이 성공해서 그치는 눈치 보아 밥덩이 일인분을 덤으로 던져주었을 뿐 아니라, 시금치 몇 가닥이 둥둥 떠 있는 민숭한 국물이긴 하나 두어 국자를 더 퍼주었던 것이다.

그치 용케 쎄비해 줬구나. 이건 진짜 잔치 기분인 걸. 셰퍼드에 들키기 전에 얼른 먹어치워야지 하는 생각에 매여 그러한 꿈 이야기 따위에 관심이 미칠 턱이 없었다.

결국 꿈 이야기는 식사 후로 돌려졌는데 미구에 들려올 출정 통고를 기다려야 하는 두려움으로 103번이 문득 무슨 꿈이냐 했고, 똑같은 기분에서 32번이 기다리기라도 한 것처럼 말을 꺼냈던 것이다. 무슨 회사의 상무인가를 지냈다는 32번은 밀수사범으로 적이 혈색이 좋았고, 말솜씨도 유들유들했으나 본시 지닌 경박성 때문에 그는 지금 말의 두서를 잃어가고 있었다.

"아, 글쎄, 원 창피한 꿈이지. 처가 글쎄, 아무리 꿈이라긴 허지만 영 기분이 잡쳐서……."
짐짓 허두를 내놓고는 별안간 찔렸던지 어린애처럼 낯이 붉혀졌다.

"아니, 꿈에 부인께서 혹 외간남자라도 관계했단 말인가?" 그의 허둥대는 꼴에 불만이었던 표정으로 103번이 날카롭게 쏘아보다가 퉁명스레 물었다. 그 말에 가슴통을 긁적이며 이를 잡아내고 있던 75번이 하앙, 하고 웃음소리를 냈다. 순간 가볍게 움찔하면서 경멸하는 눈길로 흘끔 뒤돌아보고 난 32번은 홍얼거리는 투로 지껄였다.

"부끄러운 얘기지만, 난 꿈이래도 그런 건 참을 수가 없어요."

"댁의 부인은 미인이신 모양이던데, 어린애가 없으시다며?"

침울한 낯빛으로 고개를 끄덕이자 백발이 희끗희끗한 이 방의 터줏대감 격인 103번은 굳은 표정이 되었다.

"노형! 그건 괜헌 노파심이지. 평소 노형께선 조금 의처증이 있었나분데…… 이거 실례가 될 말인가 모르오만, 노형께선 어린애를 낳지 못한 걸로 자신을 비관하고 있는 것 같은데……." 32번은 낯이 화끈 달아오르면서 수치심을 음폐하려는 소녀 같은 괴로운 몸짓을 했다. 103번은 어깨를 가볍게 으쓱해 보이면서 말했다.

"아마 그런 생각이니까 꿈에 그런 걸 볼지도 모르지. 참으로 공연한 꿈인 걸 마음 둘 게 없어."

"허지만, 난 앞으로도 몇 년을 이렇게 썩을지 모르는걸요."

마치 울부짖듯 크게 말했기 때문에 이를 잡아 마루판자에 놓고 날카로운 손톱으로 사형을 가하려 했던 75번이 무르춤한 얼굴을 했다.

소년은 생각했다. 그는 어쩌면 성적 피해망상에 걸려있지 않다면, 무슨 혐오할 과거를 지녔을지도 모른다. 이따금 밤 조용했을 때 교도관의 감시를 피해서 103번이 여자 얘기를 꺼냈던 것이다.

"총각헌테는 미안한 얘기지만 이런데서 가장 주린 건 밥과 계집일걸세……. 여자의 고게 쓸 만한가를 얼추 알아내는 방법이 있는데……." 따위로 허두를 빼게 되면, 일쑤 입이 벙싯해가지고 대드는 건 75번이었다. 팔짱을 끼고 실눈을 감으며, '이제 시작하슈.' 하는 듯한 표정이다.

38번은 왠지 꺼림하고 지겨운 기분에서 어정쩡히 있노라면,

"그런 음담패설 같은 건 집어치웁시다." 하고 32번이 버럭 역정을 내는데 기실 두 다리를 꼬고 신음하는 투였기 때문에 발작하는 환자의 인상 같았다. 103번은 그때마다 낯이 질려가지고 맹렬히 비난하고 나섰다.

"여보, 당신은 참 이상한 성미구려, 마치 그런 얘기만 나오면 불에라도 덴 것처럼 펄펄 뛰니 말일세. 우리가 이렇게 썩고 있는 마당에 재미랄 게 뭐 있겠나? 천하에 도학자가 아니라면 그 누구든 말일세. 헌데, 당신은 나이깨나 든 내가 공연한 주책을 부리고 있다고 나무라는 건가?"

그 말이 신랄했던지 32번은 잠깐 새침한 표정이었으나, 고개를 저으며 맞서고 나섰다.

"저도 계집이야 좋아허죠. 과거에는 그걸로 돈푼이나 날렸고, 말썽도 부렸고. 그런데 고게 다 뭔가요? 지금 이런 판국에 고따위 얘기로 기분 좋습니까."

"기분 좋지 않다? 하 참 이상한 친군데……. 그럼 그만 둬. 내참 그만 두자니까."

콧방귀를 뀌고 103번이 돌아눕자, 맛있는 과일을 놓쳐버린 소학생 같은 표정으로 75번이 소년의 귀에 대고 냄새나는 입으로 속삭였던 것이다.

"어디 저런 치가 있어? 내 원, 여러 사람 보았지만, 저런 떫은 치는 처음이야. 뭐야. 소싯적에 바람 피우다 xx라도 녹아버린 거 아냐?"

그런 광경 앞에 소년은 당숙이 일제 때 관헌에 끌려가 고문당한 끝에 성불구가 되었다는

아득한 기억을 떠올렸다. 그건 사실이었을까? 모든 불건실한 태도가, 그 불치의 혐오감이 일생을 어두운 회색의 감상 속에 밀어 넣었던 것이.

75번은 여전히 이 사냥을 즐기고 있었다. 감방 순찰을 도는 교도관의 발자국이 저벅저벅 창문 앞을 지나갔다.

마침 여덟 시를 알리는 오르골의 리듬 소리가 울려 퍼졌다.

"출정 준비. 47번 68번 55번 109번…… 패통을 내려. 패통을……. 79번 24번 90번 32번……."

순간 32번은 낯이 흙빛으로 질려갔다. 어젯밤의 흉몽에 기껏 켕겼던 탓인지 패통을 내리는 손이 파르르 떨고 있었다.

"노형, 오늘이 결심공판이던가?"

103번이 가라앉은 목소리로 침착하게 물었다.

"모든 게 글렀어요. 아, 나는 실형을 받게 될 거요." 맥이 쭉 빠진 듯 손바닥을 펴 보이며 어깨를 늘어뜨리고 감방문 앞으로 걸어 나갔다.

"용기를 내야지. 그깟 놈의 꿈에 불길한 예감을 느껴서야……."

수갑을 절그럭거리며 교도관이 나타났다.

"32번 나왓." 열쇠를 비트는 소리에 이어 육중한 감방문이 덜컹, 하고 열렸다. 32번은 골머리를 움켜잡고 다소곳이 밖으로 나갔다.

"앉아. 앉아. 고개를 숙이고." 감방문이 닫히고 수갑을 채우는 소리에 이어 용수를 쓰고 합장 기도하듯 고개를 떨군 32번이 창살에서 사라져가자, 감방 안은 무거운 고요가 밀려왔다.

이윽고 75번이 풀석풀석 웃기 시작했다.

"왜 웃어?"

103번이 찌를 것 같은 눈길로 노려보았다.

"아침부터 설치는 폼이 오늘 재수 없이 얻어걸렸지 뭐유?"

"얻어걸리다니 무슨 말을 하는 건가?" 그의 빈정거리는 얼굴을 보자 메스꺼움을 느끼며 103번이 욱질렀다.

"다 보면 알지요. 난 여러 사람한테서 그런 걸 보았으니께유."

"이 송충이 같은…… 입 닥쳐!" 소년은 별안간 욱, 하고 치밀어 오르는 노여움으로 외쳤다.

"뭐? 송충이 같은…… 말 잘했다. 이 녀석!"

75번이 눈을 홉뜨고 말했다.

"되잖게 지껄이지 말어. 남을 빈정대는 수작을 했다간 가만 둘 줄 알아?"

38번은 불같이 달아진 채 돌연 그의 멱살을 움켜쥐었다.

"뭐, 이게 덤벼?" 75번은 순간 비칠, 했으나, 곧 소년의 손을 비틀며 바른손으로 철썩 뺨을 후려갈겼다. 38번은 으윽, 하며 머리로 그의 얼굴을 떠받았다.

"악, 쳐라. 쳐! 요 애송이야……." 두 사람은 한꺼번에 엎어지며 서로 주먹을 휘둘렀다. 삽시간의 일에 어리둥절하던 103번은 "놔라. 놔……." 하고 소리치며 75번의 손목을 비틀어 떼어 놓았다.

그들이 헐레벌떡 일어나자 급하게 달려오는 구둣발소리가 들려왔다. 이윽고 감방문 앞에 교도관의 부라린 눈길이 멈추었다.

"요, 망할 새끼들! 무슨 짓들이야. 나와! 너희들 벌을 받아봐야 정신 나겠나?"

열쇠를 비트는 소리. 눈물이 흥건한 눈앞에 문이 열리며 다가선 교도관의 이글이글한 눈길 앞에 소년은 오열이 터지는 걸 겨우 누르고 일어섰다.

"나와! 이 새끼들."

그들은 어정쩡히 복도로 나갔다. 감방문이 닫히고 그들은 긴 복도를 비슬비슬 걸어 나갔다. 창살 사이로 비쳐 오는 눈부신 햇살이 영롱한 액체처럼 얼룩이 져 흘렀다. 그 속에 몇 개의 얼굴들이 스크린처럼 나타났다가는 사라졌다.

—몸을 뒤틀며 죽어가던 그녀의……. 담임 선생의 부라린 눈길. 그리고 경찰서 후정에서 발견했던 사촌형의 발갛게 부푼 얼굴.

이윽고 그들은 테이블이 덩그렇게 놓여있는 복도 입구 쪽에 이르렀다. 앞서 가던 교도관이 홱 몸을 젖히며 소리쳤다.

"자아, 여기 꿇어 앉아. 이 새끼들! 지금부터 교도소 규율이 얼마나 엄격한가를 가르쳐주마."

소년은 교무실에 끌려간 학생처럼 하얗게 질린 얼굴로 콘크리트 바닥에 무릎을 꺾었다. 그리고 겁먹은 눈으로 교도관을 훔쳐보았다.

그는 한구석에 놓여 있는 오랏줄을 집어 들고 75번 앞으로 다가섰다.

"이 새끼! 일어나." 미처 그가 일어나기도 전에 팽팽해진 오랏줄이 마치 생명 있는 짐승 같은 소리를 내며 그의 등줄기를 후려갈기기 시작했다. 소년은 눈을 감고 어쩌면 유리창을 때리는 돌풍 같은 매질소리를 들으며 입술을 지그시 깨물었다.

오후 다섯 시가 지나서 감방문이 열리더니 32번이 돌아왔다. 어깨를 축 늘어뜨린 그의 두 눈은 후벼 놓은 것처럼 움푹 패여 있었다.

제자리에 털썩 주저앉아 말이 없던 그는 한참만에야 겸연쩍은 웃음을 지어 보였다.

"어떻게 됐나?" 103번이 무겁게 입을 열었다.

"체형 오 년입니다."

떨리는 목소리가 무섭게 방안의 공기를 휘젓고 울렸다.

"그건 과한데……." 103번은 숨을 길게 내리 쉬고 멀거니 벽을 바라보았다. 소년은 뇌었다. 오 년…… 그리고 십 년, 이십 년…….

벌써 해가 기울고 있어서 녹슨 창살 새로는 어스름이 번져오고 있었다. 75번은 코를 후비며 코털을 뽑아내고 있었고, 곁에서 소년은 신경질적으로 옷깃을 쥐어뜯었다.

뒤켠 철창 밖에서 참새 떼가 재재거리며 지나가자, 역 안내의 스피커 소리가 우렁거리며 들려왔다. 사내의 목소리였다. 여자 안내원은 비번인 모양인가? 그녀는 지금쯤 사내와 어느 교외의 오솔길을 걷고 있을지도 모른다고 생각하며 소년은 고개를 젓혔다.

"원, 기막힌 일이죠. 동업자들이 모두 돌돌 몰아서 내게 덮어씌우는군요. 변호사란 작자조차 약이 덜 찼는지, 정작 언도공판에서도 판에 박은 소리만 뇌까리고 있지 않어요? 결정적으로 모든 게 불리했습니다."

"어느 놈의 돈에 매수된 게지?" 103번이 무뚝뚝한 어조로 말하며 연민에 찬 눈으로 흘끔 바라보았다.

"나는 어떤 결과를 믿고 있었죠. 내가 진 죄에 대한 어떤 판결쯤은……. 변호사는 저번에도 벌과금 정도로 풀려나갈 거라고 했죠. 어쩜 한 오십만 원 정도로……. 그건 나로서는 상당히 벅찬 돈이지만, 나는 갚을 방도를 궁리했어요. 그리고 그 다음 내가 모든 걸 원점에서 시작해서 새 출발할 수 있는 새로운 계획 같은 걸. 그런데……."

32번의 말은 돌연 식사준비를 알리는 교도관의 호령에 끊어지고 말았다.

양동이를 삐득거리며 잡역수들이 가까이 다가오고 있었다. 네 사람은 니켈 밥그릇과 국을 들었다. 판자구멍 새로 밥덩이가 들어오기 시작했다.

32번이 얼른 구석에 놔두었던 빗을 밖으로 내밀었다. 남은 부장품 중에서 마지막으로 선심을 쓰려는 눈치였다.

"안돼요. 오늘은……."

가만히 쏘아붙이는 소리가 들렸다. 아니나 다를까, 저쪽에서 교도관의 "뭐야, 빨랑빨랑해." 하는 소리가 찌릉하니 울려왔다.

"재수 없이 저놈의 자식은 노상 짖고만 있다니까." 75번이 지껄였다.

취침시간이 되어 그들은 제각기 자리를 펴고 누웠으나, 모두 잠이 들 것 같지 않았다. 소년은 몸을 뒤치락거리며 밭은 배앓이소리를 했고, 75번은 엎드려서 고개를 쳐들고 을씨년스러운 표정을 하고 있었다.

103번은 감방문을 향해서 담요를 머리까지 읍쓰고 있는 것이 세상만사 모두 귀찮다는 태도였다.

32번은 천장의 발가벗은 전구를 바라보며 이따금 이마에 가벼운 경련을 일으켰다. '내일이면 전방이다. 떠난다는 것은 섭섭하군. 더욱이 요행을 묵살당한 지금 5년이란 세월에 묶여 간다는 건…….'

그런데 갑자기 103번이 돌아누우며 말을 꺼냈다.

"매부가 내 집에 묵었던 마지막 밤이었지. 막상 그를 따돌려 내쫓아야 했으니까, 나는 죄를 지은 것 같아서 숫제 말조차 건넬 용기가 없더구만. 아, 그가 간첩이 아니었다면 얼마나 떳떳했을까? 내 매부는 해방 전 이북의 운산이란 데서 금광의 기사로 있었네. 해방되자 길이 막혔으나, 어느 때인가 그와 만나리라고 믿어 왔었지. 우리가 죽지 않고 살아만 있으면 통일이 되려니 하구……. 그런데 이런 꼴이 되다니. 십여 년 만에 만난 매부와 내가 살을 붙이고 누웠으면서도, 서로 겁을 먹고 떨어야 할 세상이 얼마나 원망스러웠겠나? 더욱이 그는 단 하나밖에 없는 친 매부였네. 그날 밤, 우리는 뜬눈으로 날을 새웠네. 그러면서도 앞일을 한마디도 묻지를 못했지. 그도 말할 수 없이 착잡했고, 나도 참으로 어떻게 손쓸 엄두도 못 냈으니깐."

"그럼 그 매부는 붙들렸던가요?"

32번이 감동해서 약간 떨리는 목소리로 물었다.

"아닌 말로 붙들렸다면 나의 사건 처리는 쉽게 풀려졌을걸."

"왜 자수를 시키지 못했나요?"

"자수? 그보다 내가 신고라도 했어야 옳았을지도 모르지. 헌데 세상일이란 어려운 거더만. 나는 막상 아무 결단도 내릴 수가 없었던 걸세. 그를 잃고 나서야 나는 지금 가슴을 쥐어뜯고 싶으니 말일세."

"지독한 희생인데, 그런데도 매부를 한 번도 원망하지 않는군요."

"그건 말하자면 운명이지 어떡허겠나?"

103번은 내뱉듯 말하고 몸을 뒤집었다. 한동안 무거운 침묵이 흘렀다. 그러자 32번이 울적한 목소리로 돌연 말했다.

"그런데, 저는 처를 원망했습니다."

낯을 붉히고 잠깐 밭은 소리를 했다.

"제가 오늘날 이런 곤경에 빠지게 된 건 처의 탓이라고 생각했죠. 제 처는 부끄러운 말씀이나, 좀 바람기가 있었어요. 아이가 없는 건 제 탓이 아니라 그 사람 쪽이죠. 그 사람은 자궁수술 두 번에 난소 둘을 마저 들어낸 후부터 몹시 비관적인 생활이었답니다. 아이를 못 낳는다는 것…… 그 사람이 춤을 배우고 겟바람이 나고 이따금 외박이 겹치게 된 것도 그 무렵부터죠. 부끄러운 말씀이나 저도 역시 바람을 피웠습니다.

새파랗게 젊은 제가 아이가 없대서 그랬다면 경멸하시겠죠. 어쨌든 우리 부부는 들판에서 회오리바람을 만난 격이었으니까요. 우리는 곧장 싸우고 서로의 생활을 미워하면서도 무엇을 결단해야 할지도 몰랐죠. 그런대로 저는 수입이 많았고 처의 계도 잘 되어 돈에 궁색하지는 않았답니다.

그러다가 그만 이 년이 못 가서 처의 계에 구멍이 나기 시작했죠. 삽시간에 우리는 빚더미에 빠지고 말았어요. 이러구러 가산은 흩어지고 빚쟁이의 성화에 못 이겨 처와는 별거하기에 이르렀죠.

제가 밀수 같은 데 손을 대기 시작한 것도 그 무렵이었습니다."

문득 복도에 저벅저벅 발자국소리가 들려왔기 때문에 32번은 급히 말을 끊었다. 103번이 뭐라고 혼잣말로 중얼거렸다. 교도관이 소리 없이 창살 밖에 섰다가는 떠났다. 75번이 이야기의 계속을 재촉이라도 하듯 하앙, 하고 웃음소리를 냈다.

"오늘 재판이 끝난 뒤, 구치감에 끌려갔는데 처가 울며 쫓아왔더군요. '이렇게 된 건 모두 제 탓이어요.' 하고 목이 맺혀 겨우 더듬거리며 말하더군요. 저는 아무 대꾸도 못했습니다.

보아하니 처의 옷차림이 말아니게 누추했어요. '불쌍한 계집' 하는 생각에 가슴이 뭉클합디다. 처는 전만해도 그렇게 허주레한 옷차림을 한 적이 없었죠. 전혀 화장조차 하지 안했더군요."

고뇌에 찬 표정과는 달리 위안의 정감 있는 자기 기분에 취한 듯 32번은 거의 듣는 이를 의식 못하는 태도로 지껄였다.

"노형은 부인을 버리면 안 되지. 노형은 결국 끝까지 필요한 사람이 부인뿐이란 걸 알게 될걸세."

103번은 고해자 앞의 신부처럼, 조금 어처구니없도록 순수한 뉘우침을 책망하는 투로 힘을 주었다. 32번은 가볍게 찔린 듯이 고개를 젖히고 말했다.

"저도 시방 그걸 생각했습니다. 저는 어젯밤과 같은 꿈을 줄곧 꾸어 왔습니다. 언제나 처의 부정을 생각해왔으니까요. 아, 그런데 지금 저는 부끄럽습니다. 우린 생각하면 전엔 참 행복했었죠. 그런데 이건 무슨 고약한 시련인가 하고, 어쩜 이 시련 속에서 우리는 다시 옛날에 되돌아갈지도 모른다고 생각했습니다."

32번은 별안간 우는 건지 웃는 건지 모를 야릇한 표정으로 쿨럭거리며 말했다.

이윽고 옆 14방에서 벽을 똑똑 치는 소리가 들려 왔다. 그러나 아무도 감히 그 우정의 신호에 답하려고 나서는 사람은 없었다. 모두 찌눌린 듯 미동도 안했다. 복도 저편에서 탁상시계의 리듬이 울려 왔다.

나사못을 죄어가는 것처럼 깊어 가는 고요 속에서 문득 75번이 드르렁 코를 골기 시작했다.

"우리들 중에 걱정이 없는 건, 저 친구뿐일세." 103번이 낌새를 채고 원망스러운 듯 말했다.

"이 친구야 곧 풀려나겠죠. 그는 그걸 알고 있어요." 32번이 심드렁하게 대답했다.

"한 육 개월 살겠나?"

"그것쯤 걱정 없이 지낼만 허죠." 32번은 흘깃 소년 쪽을 돌아보았다. 그러자 당황히 소년은 담요자락에 얼굴을 파묻어버렸다.

32번이 기결감으로 옮겨간 이튿날 출정한 103번이 오후 늦게 돌아왔다. 75번과 단둘이 지내야 했던 38번은 그저 구원받은 기분이었다.

"어떻게 됐어요?" 38번이 물었으나, 그는 맥이 빠진 듯 털썩 주저앉아 대꾸를 안했다. 지친 눈길은 깊은 곤혹에 차 있었다. 밥알을 뭉쳐 만든, 까맣게 반들거리는 씨알을 호두알처럼 주물럭거리고 있던 75번이 눈을 질끈 감아 보였다. 마치 한 대 되게 얻어 맞았군 하고 야유하듯 입 가장이 구겨져 있었다.

삐꺽삐꺽 구둣발소리가 가까워지더니 시찰통에 구레나룻의 얼굴이 나타났다.

"어떻게 됐수?" 턱으로 103번을 가리키며 이상하리만치 다정하게 물었다. 미처 대꾸가 없자 소리를 높였다.

"잘 될 것 같수?"

그제야 103번은 악몽에서 깨어난 사람처럼 어정쩡한 표정으로 중얼거렸다.

"끝났습니다…… 내 일은."

"끝났다니……. 그 매부가 어떻게 됐수?"

"죽었답니다." 내뱉듯 퉁명스레 말했다.

"아니 그럼 사살 당했나요?"

"그렇답니다. 사흘 전에."

무섭게 침착한 태도로 지껄였다.

"그 녀석 무장간첩이었군. 나쁜 자식. 결국 영감만 호되게 경 치르게 됐군. 나쁜 자식." 화를 내어야 당연한 것 같은 조금 엄숙해진 표정으로 욕지거리를 했다. 103번은 무표정하게 그의 격한 얼굴을 물끄러미 바라보았다.

"그럼 공소는 취하 허시겠수?"

"생각해 봐야죠." 맥 빠진 대답을 하고 훅 숨을 몰아쉬었다. 교도관은 고개를 끄덕이고 사라졌다. 갑자기 내던져진 분위기에 말려든 것처럼 소년은 이마빡이 시려왔다. 75번조차 잠깐 손을 멈추고 찔린 눈빛으로 103번의 동정을 살폈다.

그러자 실성한 사람처럼 103번이 비죽비죽 웃기 시작했다.

"빌어먹을 자식. 그렇게 목숨을 꺾다니 나와 함께 살아보자구 원했는데. 머저리처럼 죽었구나."

저녁밥을 먹을 때까지 아무도 입을 열 수가 없었다. 한참만에야 103번이 깔아진 어조로 입을 열었다.

"검사가 난데없이 신문을 꺼내 보이더구만. 난 내 눈을 의심했어. 거기 내 매부가 사살된 기사가 실렸더군. 검사는 날더러 이제는 아무 것도 속일 필요가 없다고 하더구만. 허긴 나는 여태껏 아무 것도 속일 일은 아니었어. 나는 그렇게 말했지. 나는 결단코 아무 것도 속일만한 일은 없다구 말일세. 검사도 일이 어처구니없이 됐다는 눈치더구만. 별말 묻지도 않고 가라구 하더만."

허탈한 기분에서 젖어 있는 눈은 짙은 그늘을 짓고 있었다. 전기가 몇 번 깜짝거리다가 가는 켜졌다.

"모처럼 바깥에 나가니 눈이 뱅뱅 돌더군. 벌써 복숭아꽃이 만발했던데. 보리가 푸릇푸릇 자란걸 보니, 집 생각이 울컥 치솟더구만. 우리 집 보리농사는 어떨고. 겨울에 눈이 푸졌으니 풍작일 테지만, 제발 여름에 굶진 말아야겠는데 했지."

이윽고 취침소리를 알리는 교도관의 꼬챙이 같은 목소리가 들려왔다. 그들은 그저 덤덤히 자리를 폈다. 38번은 눈은 감았으나, 일껏 절박한 기분에 쫓기고 있었다. 103번이 다시 말을 꺼냈다.

"검찰청에 들어가는데 어떻게 알았는지, 내 큰자식이 나와 있더구만. 그놈은 멀찍이 선 채 내가 구치감에 들어갈 때까지 지켜보고 섰었어. 나는 왈칵 울음이 솟더구만. 참 그놈은 이번에 대학에 들어갈 참이었지. 그런데 물론 가진 못했을 걸세. 여봐 총각, 잠자나?"

103번이 갑자기 불렀기 때문에 깊은 곤혹에 빠져 있던 38번은 마치 징그러운 촉수라도 닿은 듯 화들짝 놀랐다.

"아네요." 겁먹은 말씨로 대꾸했다.

"그놈을 생각할 적마다 난 총각을 생각했어. 여봐, 얘기 좀 해보게나. 오늘밤에는 제발 피하지 말고 무슨 일이 있었는지 말해 주게."

사뭇 간절한 기분으로 말했다.

"그런 건 차츰 알게 돼요."

"지독한 고집쟁이구만. 허지만, 안 돼. 이제 아무 것도 속일 필요는 없는 걸세."

강압하는 투로 거칠게 윽질러 말했다.

"속이자는 건 아네요."

"그럼 왜 나에게 말 안 해주지?"

38번은 육신에 파고드는 매질과도 같은 마음의 아픔을 느끼며 거의 울상을 지었다.

"도대체 자넨 고집불통인데……, 내 자식이라면 하루에도 두어 번은 몽둥이찜을 당했을 걸세. 세상에 우리란 벌거벗은 알몸뚱이라는 걸 왜 모르냐는 거지."

"아저씨……, 저는."

"가만있어. 자네는 깡패는 아니었을걸?"

"아녜요. 그런 건."

"그리고 자네 같은 성격이라면 원만한 가정환경도 아니었을걸?"

38번은 차츰 궁지에 말려들어가는 기분에서 안간힘을 쓰며 입술을 깨물었다.

"그렇지? 자넨 금년 대학에도 들어갔다는 걸로 보면 이렇게 된 데는 필시 심상치 않은 곡절이 있을 걸세. 자네처럼 냉정한 사람이 무슨 사랑 따위에 실수한 건 아니겠지?"

"아녜요."

"그건 좋아. 그런 치사한 젊은이가 아닌 건. 설사 사람이란 때때로 형편없는 일에 빠질지라도 말일세. 허지만 나는 처음부터 자네는 그런 사람이 아닌 걸 알았지. 무슨 관상가 같지만 난 별의별 사람을 다 만났으니까 말일세."

38번은 여전 역정을 참느라고 낯을 찌푸리고 있었으나, 103번은 그의 고뇌를 보지 않으려고 애쓰며 계속 지껄였다.

"그래서 난 자네에게 흥미를 가진 걸세. 자네 얘기를 듣고 싶었어. 헌데 영 말해주지 않더구만. 난 이 감방의 선배로서 자네의 그 거만을 꺾어버릴 수도 있었던 걸세. 허지만 참았어. 그런데 이제는 기다릴 수 없어. 자아 말해보란 말야."

103번은 충격적으로 크게 외치고 벌떡 자리에서 일어났다. 움찔 놀라면서 당황히 흘겨보는 38번 곁에서 75번이 바르작거리며 웅얼거렸다.

"어이 말해라, 못할 게 뭐 있어?"

"닥쳐요, 당신은. 치사하게 날 괴롭히지 말란 말야." 물어뜯을 것 같은 기세로 외치고는 흐윽, 느꼈다.

"뭐야? 잘난 척 마라. 새끼야." 75번이 눈을 홉뜨고 소리쳤다.

그러자 복도 저편에서 거친 구둣발소리가 잽싸게 달려왔다.

"뭐야, 어떤 놈이 떠들어? 15방 녀석들이지?" 급히 경계하는 눈빛으로 103번은 당황히 38번에 손짓을 했다.

"쉿, 울음 그치지 못해? 바보처럼." 그런데 이미 교도관은 감방 앞에 와 있었다. 창살에 부수수한 구레나룻 얼굴을 붙이고 성난 눈길을 쏟고 있던 그는 버럭 짜증 섞인 목소리로 말했다.

"자아, 38번 일어나. 이 녀석아."

38번은 눈물을 삼키며 일어났다.

"무릎을 꿇고, 자아 나를 바라봐. 이 녀석아. 어쩌자고 취침시간에 떠들고 야단이니?"

낯이 핼쑥해진 채 말이 없자 그는 화를 벌컥 냈다.

"말 안 해? 나쁜 자식. 난 너를 좋게 봐주려고 했더니 뭐야 번번이 말썽을 일으키고. 넌 조금도 뉘우치지 않았어. 감화원에 가서 한 십 년 썩어야 하겠어? 앙? 말해 봐."

탄력 있는 그의 말이 38번의 가슴을 돌멩이처럼 사납게 휘갈겼다.

"도대체 너 몇 살이야?"

검사의 심문을 시늉하며 비웃음 띤 오만한 태도로 물었다.

"열여덟 살이에요."

"열여덟 살! 이제 어린 녀석이 무슨 일로 교도소에 왔는지 깨닫고 있나?"

담임 선생님 앞에 선 영악한 소학생 같은 얼굴로 38번은 고개를 꼬았다.

"말 안 해? 그럼 내가 말 허겠다. 난 이래봬도 과거엔 검사가 되려고 공부했던 사람이야. 단순히 너희들을 감독하는 사람으로 깔봐선 안 된단 말야."

곁에서 75번이 비죽비죽 웃었다. '저 녀석 또 허튼수작을 시작했구만.' 하는 것 같았다. 103번은 눈을 감고 있는 것이 얼마쯤은 불쾌감을 참아주겠다는 눈치였다.

"난 너의 죄상을 알아봤어. 난 그런 데에 이상한 흥미가 있단 말야. 어째 내가 털어놓기 전에 실토하지 않으련?"

눈꼬리를 추켜올리고 위협했다. 38번은 위협을 이겨내려는 마지막 노력으로 떨며 말했다.

"잘못했습니다."

그 말에 그는 잔인한 해학적인 기분을 입가에 떠올리며 지껄였다.

"잘못했다고? 바보 같은 녀석. 자아 실토하지 않는다면 내가 말해주마. 똑똑히 들어. 너는 S대학의 입시에 합격했으나 등록금이 없어 들어가지 못했다. 그것은 가정형편 때문이었는데, 너는 오랜 신병으로 앓아눕고 있는 아버지 탓이라고 평소부터 원망해 왔었다. 그렇지?"

소년은 낯이 파랗게 질린 채, 논고하는 검사의 이글거리는 눈빛을 닮아가는 교도관을 슬그머니 훔쳐보았다.

"너는 아버지를 살해할 것을 결심했다. 그래서 다량의 세코날을 구해서 먹였다. 그러나 아버지는 죽지 않았어."

"그건 아닙니다." 38번은 돌연 정신없이 부르짖으며 103번의 얼굴을 휘뜩 바라보았다. 눈길에 마주치자 움찔하니 놀란 그의 턱이 달달 떨리고 있었다.

"가만있어. 그런 건 법정에 가서 지껄여. 아무튼 너는 그 후 등록 마감을 앞두고 고등학교 때 담임 선생 집을 찾아 갔어. 거기서 절도를 했지?"

"아녜요. 그건……."

75번이 으흣, 하고 이상한 콧소리를 했다. 교도관의 눈이 세모로 째졌다.

"덤비지 말어. 이 녀석아. 너는 마침 집에 없던 선생을 기다린다고 그 방에 들어가 있었어. 그리고는 라디오를 발견하고 슬그머니 방을 나왔지. 그런데 재수 없이 식모에게 들켰어. 그래서 뜻밖의 살인을 결심했지. 곤봉으로 그 여자의 뒤통수를 난타하여 죽였지? 그리곤 경찰에 자수했단 말야."

그는 케이오로 이긴 권투선수의 잔인한 패기로 번뜩거리는 눈빛을 하고 크게 소리쳤다. 38번은 녹아떨어진 선수처럼 고개를 떨어뜨리고 꼼짝도 안했다. 103번은 하마터면 욱, 하고 내지를 것 같은 역정에서 이따금 앓는 소리를 했다.

"어째, 나의 추리가 근사하지? 그건 틀림없어. 너는 존속살인 미수죄에다 살인강도 혐의야. 너는 양의 얼굴을 한 이리야. 이 녀석아."

악역을 맡은 배우가 멋진 엔딩을 해치웠다는 과장된 기분으로 떠들하게 웃어 젖혔다.

"잘 자. 이 녀석아. 소리 없이 푹 자빠져 자란 말야."

내뱉듯 불쑥 말하고는 거친 발길로 감방 앞을 떠났다. 삐걱삐걱하는 구둣발소리가 못질하듯 울렸다.

75번이 하앙, 하고 웃음소리를 내며 돌아누웠다. 그러자 소년은 억눌렸던 오열을 트며 퍽 자리에 쓰러졌다.

"진정해. 내가 미안하게 됐어."

103번이 말하며 벌떡 일어났다. 38번의 어깨를 두 팔로 껴안았다.

"아무것도 모르는 게 좋았어. 그런데 나 때문에 저 녀석의 더러운 욕을 먹게 됐구만. 녀석은 마치 천하에 자랑거리라도 말하듯 빼기며 자네의 가슴을 할퀴어놓고 갔구만."

103번의 손이 부들부들 떨리고 있었다. 소년의 흐느낌이 조용히 계속되는 동안 멀리서 역 안내의 구슬픈 방송이 들려오고 있었다. 그러자 복도에서는 밤 숲속을 울리는 새 울음 같은 오르골의 리듬이 울려왔다.

눈썹

그는 눈을 떴다. 꿈이었다. 앞자리에서 자기를 지켜보고 있었던 것 같은 아내의 환영이 선연했다. 그녀의 일그러진 얼굴의 텅 빈 눈 속에는 깊숙이 어둠이 흔들리고 있었다.

'어차피 붙들릴 걸 왜 도망쳐 왔수?'

그 목소리는 디젤기관차의 우렁찬 기적소리에 잠겨버렸다.

으스스 춥다. 갑자기 차체가 덜렁 내려앉는 것 같더니 차바퀴의 진동소리가 커졌다. 철교였다.

문득 교각 사이의 어둔 모래밭에 산산이 찢기어 떨어져 꽂히는 자신을 느끼어 눈앞이 아찔해진다. 담배가 피고 싶다. 그러나 손 하나 까딱할 수가 없다.

가까스로 창 쪽으로 고개를 돌린다. 김이 서린 유리창 밖에 뭔가 스륵스륵 내려앉는 소리가 들린다.

저건 눈발일까? 그는 생각한다. 오랜 시간을 차압당하고 유폐되어온 사람들이 견디는 슬픔만큼이나 눈은 조용히 쌓이겠지.

—이제 깨셨군요.

텅 빈 공간을 타고 쇠뭉치가 떨어진 만큼이나 큰 목소리에 놀라 고개를 돌린다. 앞자리에 웬 사나이가 웅크리고 앉아 있었다.

완행 삼등열차칸의 을씨년스러운 풍경. 천장에 매달린 전구가 비쳐주는 어둠침침한 차안에 유폐된 사람들 같은 몇 개의 얼굴 위에서 그제야 현실이 번쩍 빛을 내며 돌아온다.

아하, 그동안 얼마나 오래 되었을까? 앞자리의 사나이가 낌새를 채고 삐그시 웃는다. 색안경을 쓰고도 밖이 잘 보이느냐고 조롱하는 눈초리 같다. 작은 소주병을 들고 병째 찔끔거리다가,

—나는 처음부터 형씨가 혹 장님이 아니신가 했었죠.

돌연 적막을 휘젓는 정력적인 어조로 지껄이더니 불쑥 술병을 내밀었다.

—이 술 한 잔 안 드시겠습니까?

그는 사나이의 입술에 거품을 낸 병 주둥이를 무심코 내려다보다가 고개를 내젓는다.

—나는 형씨와 좋은 말벗이 되겠거니 허구 기다렸던 겁니다.

불만으로 사나이의 눈이 동물적으로 번뜩인다. 여전히 눈발은 귓밥을 파는 소리를 내며 유리창을 긁고 있다.

이제 추위는 두 다리를 밀고 올라와 가슴까지 마구 떨리게 한다. 술을 마시고 싶다. 허지만 그 술을 병째 받아 마실 수야 있느냐고 생각한다.

—그럼, 제 모처럼의 호의가 어떻게 되는 겁니까? 빌어먹을, 이 지루허구 불편헌 여행에 자리를 같이 했단 사실만으로도 우린 어떤 인연이 있는 건데, 안 그렇습니까?

그는 끼었던 팔짱을 풀고 구걸을 청하듯 내민 사나이의 손을 바라본다.

참, 그렇군. 때로는 저런 손에 구원을 받을 수도 있는 걸까? 바다를 건너 탈출을 꾀했을 때 이미 죽음이라는 막다른 운명조차 감지했던 게 아니었을까?

무모한 일일지도 몰라. 그렇다고 그저 견디기엔 너무 슬픔이 컸어.

—보아 허니, 꽤 추우신 모양인데, 몇 잔 허시면 속이 훗훗해집니다. 그래도 안하겠습니까?

어깨를 으쓱하며 사나이는 토라진 투로 말했다. 그는 염치없이 씩 웃어 보였다.

—먼저 드시고 남으면 병째 저를 주십시오.

사나이는 잠깐 멍청해있다가는 병을 나발처럼 물고 재빨리 몇 모금을 들이마셨다. 그는 술병을 받아 들고 잠시 창 쪽으로 무연히 눈길을 돌린다. 철교를 벗어난 기차가 이제 들길을 가고 있다.

—오늘이 무슨 날이죠?

—오늘, 크리스마스이브 아닙니까?

—아, 크리스마스이브.

—왜 그것도 모르셨단 말입니까?

온 천만에, 잠깐 잊었을 따름이지. 소록도 내의 모든 교회는 이틀 전부터 크리스마스트리를 세우고 교회 탑에는 오색 전등이 찬란하게 켜 있었어. 학교의 스피커에서는 캐럴이 숲 속에 울려 퍼지고 있었고.

꽃 초롱을 단 병원 앞 게시판에는 '축 성탄'이라고 굵직하게 갈겨 쓴 곁에 각종 자선단체에서 보내진 특별 선물이 원생들에게 나눠지리라는 특보가 자잘하게 써 있었지. 그 옆에는 교도소의 모범 재소자들 몇 명이 특별사면을 받게 되었다는 소식도 곁들여 있었어.

그는 거듭 결심한 듯 술병을 들었다. 단숨에 들이켜고 나자 사나이가 적이 놀랜 표정을 한다.

—그렇게 잘 허시는 술을 왜 사양했었죠?

그는 가볍게 재채기를 하고는 말없이 오징어를 씹는다. 담배가 피우고 싶군. 사나이가 먼저 담배를 태워 문다. 담배를 권할까 하고 망설이는 눈치더니 그냥 집어넣는다. 그도 담배를 꺼내 문다. 사나이가 불을 건네려는 걸 묵살하고 라이터를 켠다.

술기운이 목구멍에서부터 차츰 얼굴에 달아오른다. 드문드문 앉아 있는 손님들은 좀체 꼼짝을 안한다. 이윽고 환한 불빛이 비쳐오고 눈보라에 갇힌 역이 나타나서야 두 사람이 일어나 나갔다.

—형씨는 어디서 내립니까?

차가 다시 움직이자 사나이가 물었다.

—다음 역이요.

—오, 용케도 같은 데서 내리게 됐군요. 댁이 시냅니까?

—한 십리 걸어야 돼요.

—십리 길을 눈을 맞고 어떻게 갑니까?

그는 포갰던 다리를 내려놓으며 대꾸를 안 한다. 가야지. 그 넓은 황톳길이나 구지레한 환자촌의 초가지붕에도 역시 눈은 수북이 쌓였을 게다. 더없이 평화로운 마을처럼. 지금쯤 눈 속에 갇혀 모두 잠들고 있겠지. 아내까지도 혹 초소에 섰던 자위대원들까지도 돌아가 어느 집 사랑방에서 담배내기 화투판이라도 벌였을지도 모르지. 그들 곁에는 푸짐한 두부 안주와 막걸리가 준비되어 있을까? 병원 숙직실에는 교화과의 그 떠벌이가 아마 곤하게 잠들어 있지나 않을지.

—나는 오늘밤, 여관에서 묵어야 할 판이죠. 제기랄, 크리스마스이브를 객지에서 지내다니 운수가 사납죠?

문득 사나이의 목소리가 어두운 강둑을 타고 온 갯바람처럼 음울했다.

—무슨 일이라도 있나요?

—기분 나쁘게 내일 새벽 일찍 누굴 찾아가 결판을 내야 헐 판입니다.

그렇군. 그자도 지금쯤 편히 잠들어 있겠지. 눈 내리는 밤에는 잠자리가 비길 데 없이 포근한 법이니까. 그는 갑자기 분격하는 표정이 된 사나이를 지그시 바라본다.

—눈이 곧장 멈출 것 같지 않죠?

—글쎄요, 밤새 올지도 모르죠.

—오늘이 크리스마스이브랬죠?

—그렇습니다. 헌데 아까부터 뭐 그게 걸리는 일이라도 있습니까?

사나이의 의아해하는 눈초리에 부딪치자 후딱 고개를 돌려 부인했다. 팔짱을 끼고 몸을 바싹 움츠렸다.

광장의 납골탑 앞에는 자그마한 조화 묶음이 놓여 있었어. 크리스마스트리를 만들던 어느 소녀가 가버린 부모에 주는 눈물겨운 헌화였을까? 그런 곳에 꽃 따위를 가져다 놓을 만큼 아이들에게 남아있을 정서는 없을 거야. 문둥이 새끼들은…….

그때 눈발이 조금씩 날리고 있었어. 하늘거리는 흰나비처럼. 스피커에서는 화이트 크리스마스의 노래가 유창하게 들려오고 있었고. 문득 나는 아내를 생각했지. 가로막힌 육지 위의 먼 하늘을 바라보면서.

— 형씨는 사람이 산다는 게 뭘까 허구 가끔 생각해보신 일이 있습니까?

갑자기 구둣발로 벽을 쿵쿵 차면서 물었다. 그것이 약간 위협적인 어조처럼 들려서 그는 얼떨떨했다.

— 글쎄요. 가끔…….

— 이런 얘기 어떨까 헙니다만, 세상 산다는 거 다 엉터리죠. 그렇잖구선 이 더럽고 숨 막히는 사회에서 무슨 맛으로 삽니까? 나도 알몸뚱이로 보람 있게 살아보려구 피나는 몸부림도 쳐봤습니다만, 결국 소용이 없더군요. 조금도 말예요. 제기랄. 내가 마지막으로 믿던 계집마저 나를 배신했습니다. 형씨도, 배신당한 경험이 많습니까?

— 글쎄요, 가끔…….

— 아, 어쩜 그러고도 잘 견뎠습니까?

사나이는 울부짖듯 말했다. 견디고말고. 견디지 않고서야. 그는 초조했다.

마침 전기불이 비쳐오고 금시 내려야 할 것이라는 강박감에 불안하고 초조했다.

— 형씨가 당헌 일들을 듣고 싶군요.

그는 말없이 두 대째 담배를 태워 물었다. 그러자 기적을 울리며 차가 속도를 늦추고 역구를 향해 들어갔다. 옴싹을 않고 시트에 늘어져 있던 몇 승객이 후다닥 몸을 일으켰다.

— 이제 우리도 내려야 헐 판이군요.

환한 불빛이 미련을 억제하고 있는 사나이의 완강한 옆얼굴을 비쳐주고 있었다.

푸슥푸슥 내리는 눈발 속에 역 광장을 지나 술집이 즐비한 골목길을 간다. 어디서나 왁자지껄하게 떠들고 있다. 사나이가 그를 따르고 있다. 그는 사나이를 떨쳐버리고 싶으면서도 아무 말도 못한다.

저만큼 앞에서 칸델라 불이 켜진 손수레를 밀고 번데기 장수가 오고 있다.

— 뻔, 뻔, 뻔디기. 뻔, 뻔, 뻔디기…….

아주 부산하게 떠든다. 사나이가 급히 그의 곁으로 다가오며 후훗 하고 웃는다.

— 저자는 시체를 팔구 있구먼.

구수한 앙증스러운 미물. 할머니가 명주실을 뽑느라 자새질을 하고 있으면 고추를 삶는 솥 가에 둘러앉아 번데기를 주워 먹던 일.

할머니 보세요. 요 번데기 쭈그러진 게 할머니 합죽이 입 같네요. 에키 이놈, 그런 버릇없는 말을. 아냐 할머니, 사람도 죽으면 번데기처럼 되는 거지? 뭐야? 어린놈이 별 못할 소리가 없구나.

그는 문득 번데기를 한 움큼 사고 싶다. 따스한 이불 속에 묻혀 아내와 둘이서 먹는다.

사랑해.

허무했던 독신촌의 나날.

모험으로 찾은 우리들의 이 시간.

그는 주위를 돌아본다. 그런데 번데기 장수는 어느새 옆 골목으로 사라지고 없다. 한 술집 앞에서 사나이가 문득 걸음을 멈추고 그를 돌아본다.

—형씨, 잠깐 들러서 술 한 잔만 허시구 갑시다.

—아, 저는 가야 해요.

—아니, 먼 길을 가시려면 따끈허게 한 잔 허셔야지.

일방적으로 그의 등을 밀며 재촉한다. 별 수 없군. 둘은 술집에 들어간다.

붉은 스웨터를 입고 그만큼 낯이 빨개진 색시가 싱글거리며 맞는다.

—방에 들어가시죠?

안되겠어. 그는 생각하고 날름 어둠침침한 구석자리에 가 앉는다. 사나이는 망설이는 눈치로 섰다가 마지못해 그 앞에 앉는다. 색시가 실쭉하고 돌아서며 뭘 하겠느냐고 퉁명스럽게 묻는다.

—약주 한 되.

그리고는 그를 향하여 겸연쩍게 웃으며,

—우리 방에 가서 한판 오붓하게 헐 걸 그랬죠? 나 돈 있는데…….

한다.

술을 가지고 와서 색시가 쓰러질 듯 사나이 곁에 앉는다. 그리고는 나 술 많이 했어. 정말 이러다간 안 되겠는데, 하고 부수수한 머리에 손가락으로 빗질을 하며 신경질적으로 웃는다. 그녀의 벌어진 스웨터 사이로 풍만한 젖무덤이 내다보인다.

—왜 여긴 손님이 없지?

—왜 없어요. 한 여남은 몰려와서 진탕 떠들고는 떠났는걸요. 아주 혼이 났어요.

—수지맞았겠구먼.

사나이는 그녀의 허리에 팔을 감고 단숨에 잔을 비운다.

그는 도무지 난처하다. 이럴 일이 아니었는데, 할 수 없군. 한 잔만 마시고 일어서리라. 생각해 본다.

—어서 드세요. 어머, 색안경 멋있어. 눈길에 그걸 쓰면 좋대죠?

사나이가 그녀의 말을 급히 가로막고, 아아, 하고 한 잔 그 앞에 내민다. 그가 화들짝 놀란다.

—왜 그러오? 형씨.

그는 얼떨결에 말이 막힌다. 어떡하나? 당신의 입술이 닿은 잔에 입을 댈 수는 없어. 그는 고뇌를 감추려는 노력으로 비굴해져서 겨우 입을 연다.

—저는요. 선생, 이건 어려서부터의 버릇인데, 용서하세요. 이상헌 청결벽이 있어서요. 잔을 나누기가…….

—아하, 참 이상한 성미구려. 술이란 주고받는 재미로 마시는건데. 이건 영 정나미가 떨어지는걸.

사나이가 이맛살을 찌푸리며 투덜거리자 색시가 괜히 끼들거린다.

—손님은 외국 다녀오셨나? 서양 사람은 잔을 권하는 법 없대요.

그는 가슴이 설렁해지면서 고개를 떨어뜨렸다. 미안해요, 뇌까리며 술잔을 들었다. 꿀꺽 들이마셨다.

—형씨는 무척 호강허게 자란 모양이죠? 인상과는 달리 무척 귀족적이신데.

탐색하는 눈초리로 날카롭게 바라보며 말한다. 온 천만에요. 그는 씁쓰레 웃는다.

—어느 다방 마담이 말야, 형씨 같은 이상한 성벽이 있었지. 어딜 가나 절대루 제 수저를 지니고 다닌단 말여요. 몹쓸 괴벽이지. 괴벽.

색시는 졸리는지 하품을 하고는 시계를 들여다보며 태엽을 감는다.

—왜 누구와 약속이라도 했나?

사나이가 옆구리를 꾹 찌르며 묻는다.

—피, 약속은 무슨 약속이에요?

—그럼 됐어. 오늘 크리스마스이브에 나허구 어딜 갈까? 통행금지도 없구…….

허리를 감은 팔에 힘을 주며 너스레를 떤다. 아! 놓으세요. 숨이 가빠요. 그녀는 몸부림을 치며 종알댄다.

사나이는 그녀의 귀에 입을 바싹 대고 뭐라고 잽싸게 속삭인다. 싫어욧. 그건 좋아요. 흥, 별꼴이야. 사람 그만 웃겨욧.

빨갛게 루주를 칠한 입술로 수다스레 지껄이며 낯을 찡그렸다간 폈다간 하면서 응석을 부린다.

그는 옆 창문을 바라보고 있다. 밖에는 바람이 부는지 창문이 요란하게 덜컹거린다. 문득 바람소리에 섞여 숙의 목소리가 들리는 것 같다.

사랑해요. 당신을 버리지 않겠어요.

당신이 병이라구요? 천만에요.

그럴 리가 없어요. 믿어줘요. 만약에 그런대도 어쩔 수 없어요.

허지만, 절대로 당신은 병이 아녜요.

—자아, 술을 따러, 요 깍쟁이. 저 분에게도.

사나이의 토라진 목소리에 그는 후딱 고개를 젖힌다. 색시가 술을 따르며 묘한 웃음기 있는 눈길을 보내고 있다.

—술 드셔요. 저 양반 꼭 묵덕보살이야. '말 없는 그 사내가 나를 울려요.' 하는 노래 있죠?

취해 오르는지 허튼 가락으로 흥얼거리며 손바닥으로 탁자를 탁탁 친다. 그러는 그녀의 얼굴을 할퀼 듯 사내가 욕정이 서린 게슴츠레한 눈으로 바라보다가 고개를 돌리며 묻는다.

—형씨, 무슨 말씀이래두 해보시구려. 정말 열차 안에서부터 형씨에겐 많은 얘기가 있을 것 같았는데.

그도 술이 취해 올랐다. 영 안 되겠는데, 하고 긴장하면서도 웬지 기분만은 나쁘지 않다. 모처럼 신명이 나는걸.

그는 이윽고 사나이를 찬찬히 살펴보며 말한다.

—선생께선, 사람의 일에 관심이 많으신 것 같군요.

—네? 그런 편이죠.

—관심이 깊다는 건 그만큼 사랑해서일까요?

—네? 좀 어려운 질문이신데……

순간 어리둥절하는 사나이의 얼굴에서 강렬한 혐오를 의식한다. 제기랄. 묘하게 사람을 할퀴려드는군. 야릇한 희학적인 기분을 드러내며 사나이를 날카롭게 찔러본다.

누구든 혼자일 뿐이야. 누굴 사랑한다는 건 결국 자신을 사랑하는 거야. 그런데 자신조차 사랑하지 못한다는 건? 나무 위에 걸린 넝마 같은 자신. 헌데 당신조차 행복하지는 않는 모양이군. 당신 앞에서 구지레한 내 넝마를 헤쳐보인다면 당장 당신은 껍질이 째지는 아픔을 느낄 거야. 자지러지게 놀라 자빠질 꼴이 무척 한심스러울 거야. 허지만 아직은 위장을 풀 때가 아냐. 당신의 우정에 보람 없이 우리는 피차 적당히 마련된 얼굴을 가지고 있으면 돼.

—실례입니다만, 선생께선 어떤 사업 같은 걸 허시는 건가요?

그가 마음에 없이 불쑥 물었다.

—잘 맞췄군요. 대단치는 않지만, 자잘한 기계 소개업 같은 걸 허죠.

사나이가 약가 찔린 표정으로 한바탕 허랑하게 웃는다.

—거 수입. 괜찮으시겠죠?

—뭐 그럭저럭 밥은 먹고 살죠. 헌데 형씨는 뭘 허신댔죠?

그는 무심코 찼던 공이 되돌아와 아프게 맞았을 때처럼 슬며시 후회한다. 경계하는 눈초리로 사내를 쏘아보며 말한다.

—구호단체에 관계허구 있죠.

—구호단체라…… 그것도 여러 종류일 텐데?

사나이는 몇 차례나 색시의 젖무덤을 더듬던 손에 저항을 당하고는 낭패한 낯빛이 되어가지고 어물쩍 말한다.

순간 도어가 우당탕 열리고 청년 셋이 비틀거리며 들어왔다. 색시가 잽싸게 그들 곁으로 간다.

—빌어먹을, 별 쑥 같은 계집이.

칵, 하고 가래침을 뱉으며 사나이가 중얼거린다. 두 손을 탁자 위에 얹고 맥 빠진 표정이다.

—우리 딴 데 가볼까요?

—이제 시간이 너무 늦었어요.

괜히 그럴 것처럼 그도 비감해진다.

—허지만. 이 기분으론 잠이 들 것 같지 않은데. 빌어먹을, 나는 내일 일에 전 생명을 걸고 있어. 그년을 놓친다면 완전히 패가망신이 되는 거야.

—몹시 초조허신 모양이신데…….

사나이는 불끈 일어나 색시에게 간다. 돈을 치른다. 그도 마지못해 그 뒤를 따른다. 청년들 곁을 지나면서 유심히 노려보는 한 눈길에 부딪쳐 찔끔한다.

문을 나서자마자 뒤에서 청년들이 떠드는 게 들린다.

—야, 저 안경 쓴 치 문둥이 아냐?

—뭐, 자세히 봤어?

—뻔허지 뭐야. 요즘 시내 술집에 갱생원 문둥이들이 뻔질나게 드나든다던데.

그는 별안간 등골이 오싹해진다. 어깨를 휘잡는 손길을 의식한 듯 퍼뜩 뒤를 돌아본다. 아무도 없다. 한숨을 내리쉬는 순간에 앞서가던 사나이가 문득 돌아본다. 그는 발길이 얼어붙는다. 어떡헌다? 도망칠 생각에 전신의 피가 갑자기 멈추는 것 같다.

—형씨, 이제 눈이 멎었구먼.

사나이가 말한다. 그렇군. 그는 다시 훅 숨을 내리쉬며 어둔 하늘을 우러러본다.

—초면에 선생께 너무 실례를 해서 어떡허죠? 저도 얼마큼 돈이 있는데…….

눈 속에 빠지며 걷는 뿌듯한 기분에서 어디론지 멀리 떠나고 싶다. 차분한 슬픔을 안고 유배지를 떠나는 사람처럼.

—온 별소릴. 아까 형씨께선 나에게 인간을 사랑허느냐 했던가?

사나이가 들뜬 어조로 묻는다. 아, 그런 뜻만은 아니었는데……. 그는 사나이가 어느 결에 반말을 쓰고 있는 걸 깨닫고 피식 웃는다.

—아, 그랬죠.

그러자 사나이가 실성 들린 사람처럼 끼드득 웃었다. 그는 가슴이 설렁했다.

—사랑해? 차라리 인간 모두에게 앙갚음을 허구 싶은 기분이야, 정말이지. 나는 사람을 믿었어. 그런데 본정 없이 매번 내 뒤통수를 후려치고 달아났단 말이야. 나는 어릴 때 고아로 자라났어. 인정을 모르고 매정스레 커났어. 그래서 인정이 그리웠단 말이야. 절실하게 말이지.

헌데, 생각해봐. 사회의 모든 사람들이 이권에 얽매여 번번이 배신을 한다 하더래두 말이야. 이십 년이나 고락을 같이 했던 아내마저 그럴 수가 있나? 글쎄, 이십 년이나 살을 부비고 살아온 계집이 돈에 눈이 뒤집혀 달아날 수가 있단 말이야? 앙, 달아날 수가 있어? 형씨, 이건 챙피헌 얘기지만 올봄에 내가 재수 없이 사기에 걸려 사업자금을 몽땅 잘렸거든. 영 수습허기 어렵게 빚더미에 빠지게 되었어. 하루아침에 말야.

그래 아내가 궁여지책으로 밀수화장품 행상을 나섰거든. 참 기특헌 일이거니 해서 며칠씩 집을 비워도 통 의심조차 해본 일이 없었단 말이야. 헌데 그럴 수가 있어? 가을부터 외박이 잦아지고 장사도 시원치 않은 모양이더니 십이월 초순쯤 해서 숫제 어디론지 행적을 감춰버리고 말았단 말이야. 청천벽력 같은 일이지. 나야 사업을 다시 일으켜보겠다는 일념으로 눈코 뜰 새도 없었으니 아내의 동정 따위에 관심이 미칠 사이도 없었거든. 그게 잘못이었지. 해서 사단이 나서야 뒷조사를 해본 즉 엉큼헌 년이 글쎄 춤바람이 나서 어느 간부와 도망치게 되었다는 사실을 밝혀냈단 말이야. 빌어먹을 원, 기맥혀서. 그년이야 죽어도 싼 창부 같은 년이니 미련이야 없지만, 어린 새끼들을 보니 원, 피가 끓어 견딜 수가 없단 말이야. 그래 사업이구 뭐구 눈이 뒤집혀 이제껏 그년의 행방을 추심해 다녔거든. 신문에 광고도 내구 말야.

그러다가 결국 어제 믿을만한 정보를 입수했단 말이야.

사나이는 허공에 대고 짐승이 포효하듯 부르짖는다. 그는 가슴이 드세게 울렁거렸다.

—그림, 부인을 찾아 용서헐 심인가요?

그는 얼결에 물었으나, 곧 후회했다.

—그건 이차적인 문제지. 그건.

그는 조바심이 탄다. 왠지, 강하게 압도해오는 표정에 사로잡히고 말 것 같은 두려움을 느낀다. 아내는 지금 잠들고 있을 거야. 그런데, 나는 술이 취해서 개처럼 눈길을 헤매고 있어.

—선생께선, 일찍 주무셔야죠. 내일 일을 위해서라두. 나는 집에 가야겠구.

—아냐, 시간은 아직도 있어. 십 리 길은 언제든 갈 수 있잖아?

사나이가 원망하는 투로 말한다. 그렇겠지. 어떡한다? 그는 담배를 태워 문다.

눈앞에서 성당의 첨탑에 얽힌 오색 전등이 꿈꾸듯 명멸한다. 별안간 그는 침묵에 와락 겁이 난다.

—선생께 얘기를 해야겠어요.

잠깐 생각에 잠겼다가 고해하는 신도의 말투로 입을 연다.

—나는 아까 요양단체에 근무하는 것처럼 말했지만, 사실은 직원이 아니라 환자입니다. 나는 요양원의 원생입니다. 그런데 오늘 거기를 탈출해 나왔죠. 거긴 섬입니다. 감시의 눈을 피해서 겨우 고깃배에 숨어 바다를 빠져 나왔습니다.

사내가 급히 째는 것 같은 목소리로 말을 가로막았다.

—형씨, 무슨 병이야.

그 목소리는 칼날처럼 콱 가슴에 와 찔렸다. 당황했다. 일순간에 변명을 생각해냈다.

—폐병이죠.

—아, 그래. 형씨는 눈도 나쁘지 않아?

—눈도 한쪽이 나쁩니다.

—만신창이로구먼.

사나이는 중얼거리며 연민에 찬 눈으로 흘깃 돌아본다.

—헌데, 왜 거길 도망쳐 나왔지?

—그저 오늘아침 우연히 하늘을 보았죠. 바다 건너의 육지 하늘이 아주 딴 세상처럼 보이더군요. 왈칵 슬퍼집디다. 고향의 아내 생각이 불현듯이 간절허더군요. 영 견딜 수가 없었죠.

사나이가 훗훗 하고 웃었다. 그러다간 충격적으로 그의 어깨를 덥석 잡으면서 소리쳤다.

—야, 멋있어. 형씨는 행복허군. 참 부러운 친군데?

멎었던 눈이 다시 내리기 시작한다. 사나이는 빙판에서 넘어져 한 다리를 절고 있다. 대문마다 붉은색 등이 켜 있는 구지레한 골목 안에 들어선다.

그는 지쳐 있다. 점심조차 굶었다는 의식이 되살아온다. 허기진 눈앞에 붉은 전등빛이 번뜩이는 고양이 눈깔처럼 비쳐온다.

사나이는 모습이 비슷비슷한 세 번째 집 대문 앞을 지나면서 말한다.

—형씨, 어제 어떤 처녀의 자살사건이 있었는데 말이야. 야, 그 처녀 대단허던데?

그는 움찔 놀라며 사납게 사나이를 흘겨본다.

—꽝꽝 언 저수지의 얼음을 하이힐 뒤꿈치로 깨고서 그 속에 빠져 죽었대. 하이힐 한쪽을 얼음 위에 달랑 남겨둔 채. 헌데 그렇게 힘들여서 죽을 수 있을까?

—힘들여서?

—웬만해서 얼음을 깨는 작업 중에 죽음을 단념해버릴 법 헌데. 허긴 그래. 소록도를 향하는 무더운 전라도 삼백 리 길에서 끈질기게 따라온 죽음의 유혹이 있었어. 죽어? 그런데 죽은 뒤의 더러운 시체를 생각하니 기가 폭삭 꺾이더군. 죽음의 방법이 손쉽게 걸려들어도 단 한 번도 손을 써보지 못한 거야.

—그래 그 시체는 바로 건졌나요?

그가 한참 만에 묻는데 사나이는 대꾸를 않고 어느 집 마당으로 들어섰다. 대문소리를 듣고 포주인 듯한 아낙네가 방에서 뛰어 나왔다. 사나이가 짧게 몇 마디 그녀와 주고받았다. 그녀가 고무신을 끌고 대문 밖으로 사라지자

—형씨, 우리 저 방으로 들어가자구.

선뜻 사나이가 앞장을 서 모퉁이를 돌아 뒷방 문을 연다. 곰팡이가 서린 쉬어빠진 냄새가 코끝에 닿는다. 겨우 한 칸 됨직한 작은 방 한쪽에 때 묻은 이불이 깔려 있다. 사나이는 방에 들어가고 그는 문턱에 걸터앉는다.

—야, 눈이 푸지게 오는구먼. 형씨, 방에 들어오지 않겠어?

그는 대꾸를 안 한다. 술이 깨이는지 으스스 몸이 떨려온다. 이제 별난 곳에까지 끌려왔군. 그는 소리 없이 내리는 눈보라에 눈을 주면서 괜히 망연해한다.

—허긴 곧 색시가 오면 우린 따로따로 떨어져야 허니깐.

사나이의 말끝이 무섭게 떨린다. 이어 찔린 듯 허랑하게 웃고,

—창녀에겐 차라리 도의가 있어. 몸은 팔지만 마음까지 팔지를 않거든. 형씨 이런 데 가끔 왔었나?

—아니요. 전 도대체…….

그건 거짓이야. 그는 생각한다. 한 오 년 전에 원생 몇이서 와본 일이 있었어. 단 한번, 도의원 선거 때였지. 종반전에 들면서 매표에 혈안이 된 입후보자들이 갱생원들의 표를 빼앗기 위해 갖은 추태를 다 부렸어. 원 미칠 일이지. 어떤 입후보의 참모란 작자가 우리 간부 원생 몇을 시내로 불러내어 술에 진창 빠지게 했었거든. 우린 기분이 나서 떠들었어. 문둥이 콧구멍에서 마늘씨 빼먹는다더니 X할 놈들 언제부텀 우릴 대우허게 됐다냐? 세상에 불쌍헌 우리 문둥이에게 아첨을 다 허니, 새끼들 드럽게 안달이 났군. 치사헌 새끼들의 돈이라면 뭐 사양헐 거 뭐 있어? 썩는 건 피차 일반일 테니 기왕이면 색시라도 끼고 기분 내는 게 어때? 해서 그 참모란 작자가 우리를 끌고 창녀를 찾아 갔었지.

—형씨, 오늘밤 나 만나기 잘했는걸?

사나이가 비꼬는 투로 중얼거렸다. 그때 아낙네가 들어왔다. 이어 오바를 걸치고 웅숭그리며 두 색시가 따라왔다.

—야, 왔다. 자아 형씨. 이젠 이별이야. 어째 긴 밤 자겠어, 아니면 잠깐 헐 테야? 어쨌든 자유롭게 해. 돈도 이제 각자 부담이구 말이야.

사나이는 이제 완전히 볼일이 끝났다는 투로 사뭇 설레는 기분을 드러내며 속삭였다. 엉거주춤 일어선 그 앞에서 사나이는 키가 큰 색시를 손짓해 안으로 들이고는 꽝 하고 문을 닫아버린다. 그는 조금도 허퉁한 기분으로 뒤로 물러났다.

—자, 이 손님 모셔.

아낙네의 목소리에 을씨년스레 그를 바라보던 색시가 혼자서 모퉁이를 돌아간다. 그는 마지못해 그녀 뒤를 따른다. 색시가 방문 앞에서 기다렸다가

—들어가세요.

우울한 목소리로 말한다. 방문을 열고 들어선다. 구멍이 난 벽에 걸려있는 전등으로 방 한쪽이 어둡다. 그는 그쪽에 가서 앉는다. 색시가 밝은 쪽에 웅크리고 앉는다. 둥그런 얼굴의 왼쪽 눈썹 옆에 수술자국이 있는 게 유독 눈에 띈다. 그녀는 일어나 오바를 벗어 걸며 궁금한 듯 이윽히 돌아보다가

—옷 벗지 않으세요?

한다.

그렇군. 옷을 벗어야지. 그러면서도 그는 꼼짝을 안한다.

—밤이 너무 깊었어요. 저도 자야죠. 빨리 벗으세요.

졸리는 말투로 짜증을 낸다. 그는 그녀와 반대쪽으로 돌아서서 오바를 벗고 위아래 한 벌씩 벗는다. 슈미즈 바람으로 그녀가 감정 없는 냉랭한 어조로 묻는다.

—불 끌까요?

원 이렇게 사무적일 수가 있나, 하고 생각하며 그는 불을 끈다. 그녀가 누워있는 곁으로 이불을 들추고 들어간다. 나란히 누웠으나 그는 할 말이 없다. 따분하다. 가볍게 몸을 뒤치며 팔을 빼려던 순간에 그의 안경이 손에 닿았던지

—아니 자면서도 안경을 쓰세요?

약간 놀라는 시늉을 한다.

—아, 안경!

하다가 그는 태연해지려고 애쓰면서

—어차피 불을 껐는데 안경은 쓰나 마나지.

하고 웃으며 그녀의 가슴을 손을 얹는다. 뭉긋한 젖무덤이 손끝에 닿는다. 그녀가 가볍게 그 손을 밀어내며 묻는다.

—긴 밤 주무시죠?

—글쎄.

—어차피 얼마 안 있어서 날이 샐 텐데요 뭐.

그는 대꾸를 못한다. 가슴이 설렁한다. 그녀가 그의 손을 어루만지며 묻는다.

—술 자셨죠.

—응 했어.

—남자들은 술만 취하면 이런 데 생각이 나나보죠? 난 술 냄새 질색인데.

그는 대답 대신 그녀의 젖을 만져본다. 아아, 오랜 방황 끝의 평온함이여! 그녀는 가볍게 몸을 비틀며 코 먹은 소리로 채근한다.

—빨리 허세요. 벌써 새로 두 시가 넘었잖어요.

그 소리가 새삼 그를 암담하게 한다. 아침? 밝은 새아침이 되면 나는 어떡헌다? 밤중이 아니고는 아내에게 갈 수 없어. 그는 돌연 주무르던 손에 맥이 스르르 빠진다.

—어서요. 저는 피곤해요. 막 잠들려는 판에 끌려왔잖어요.

미안해. 그러나 나도 지쳐 있어. 그는 시름에 잠겨 있다가 문득 일어난다. 옷을 찾아 호주머니에서 지폐 두어 장을 찾아 든다. 그녀 손에 쥐어준다.

—미안해. 당신을 괴롭히고 싶진 않었는데…… 받아줘.

그녀는 말없이 돈을 머리맡 요 밑에 찔러둔다. 그는 누워 그녀의 가슴에 손을 얹고 힘껏 젖을 주무르기 시작한다.

—밖엔 눈이 오지?

—예, 눈이 많이 와요. 크리스마스에 눈이 오면 멋있죠?

—아하, 멋있다구?

—왜 좋잖으셔요?

그는 무겁게 한숨을 내리쉬고 묻는다.

—당신도 산다는 데 멋있는 적이 있어?

그녀가 잠깐 시름에 잠긴 척하다가

—글쎄요. 그런 멋이 뭔지 모르지만 조금은 있으니까 살겠죠?

하고 깔아진 어조로 대답한다.

—그럼 됐군. 사는 보람이 있으니까.

—네에? 이 양반 이상헌 말씀 허셔.

—우리 이렇게 허구 그만 잠들까? 아주 영원히.

—네에? 이 양반 술이 많이 취하셨나봐.

오솔길에는 향기로운 솔바람이 분다. 메마른 황톳길을 걷는 발길에 흙발이 풀석풀석 일어난다. 뒤에서 클랙슨 소리가 울린다. 택시를 탄 원생이 창밖으로 손을 흔들며 지나간다. 부화장에서 병아리를 깨어가지고 돌아오는군. 그도 손을 흔들어준다. 아내는 왜 여태껏 나타나지 않을까? 빨리 이 얼굴을 보이고 싶은데.

앞에서 한 다리가 절단된 노인이 지팡이에 의지하여 뒤뚱거리며 나타난다. 뭉툭하게 잘린 허벅지에 바지가 나풀거린다. 얼굴이 문드러진 노인이 슬프게 웃으며 그를 보며 지껄인다.

—참 세상을 잘 만났어. 원 저렇게 멀쩡할 수가 있나?

지독한 만물상(신경나환자)이로군. 그는 침을 칵 뱉으며 노인 곁을 재빨리 지나치려는데 버럭 소리를 질렀다.

—어서 싹 꺼져라. 그리곤 다시 만나면 아는 체도 말라.

쫓기듯 달음질을 쳐서 집에 이른다. 방문을 벌컥 연다. 아하 한 칸 남짓한 방 한쪽에 이불이 깔린 채 아내가 웅크리고 앉아 있다.

—여보, 나 왔어.

아내는 어느새 짙은 화장을 하고 있다. 입술에는 빨갛게 루주를 칠했고 흉측하게 눈썹을 새까맣게 그려 놓고 있다. 그가 멈칫하자 그녀는 통 감정이 없는 표정으로

—들어오세요.

한다.

그는 방에 뛰어들어 아내를 껴안으며 소리쳤다.

—여보, 나 성형수술 했어. 여기 눈썹이 있지?

아내는 힐끗 바라보고는 낯을 찡그렸다.

—왜 그래? 나는 이제 멀쩡한 사람이야. 누가 나를 보고 문둥이라 할 건가? 이제 나는 완전한 음성이야.

아내는 기막히다는 듯 풀썩풀썩 웃는다. 그는 화가 머리끝까지 치밀어 오른다.

—왜 웃지? 뭐가 우습냐 말이야.

아내는 갑자기 웃음을 거두고 한심스런 표정으로 거울을 집어 그에게 내준다.

—보세요. 당신 눈썹이 수염처럼 부얼부얼 자랐어요.

그는 거울을 본다. 악 소리친다. 이게 무슨 꼴이람. 눈썹이 머리칼처럼 뻗쳐 눈두덩을 덮고 있다. 아내는 말없이 가위를 찾아 들고 그의 눈썹을 짧게 깎아준다. 가위소리를 들으며 그는

화가 나서 어쩔 줄 모른다. 죽일 놈 의사 녀석. 배냇머리를 이식하면 문제없다더니, 이게 무슨 흉한 꼴이야.

아내는 가위를 집어던지고 벌렁 드러눕는다.

—당신 피로하시죠? 나도 졸리네요. 어젯밤 당신 기다리느라고 꼬박 잠을 설쳤어요. 자, 누워요.

그는 억울해 흐느낀다. 그녀는 안 되겠다는 듯이 그를 안고 억지로 눕힌다.

—우린 이대로가 좋아요. 당신의 눈썹이 뭐예요. 우린 어차피 모든 걸 버리고 만나지 않았어요? 어젯밤 당신이 안 오기에 무척 궁금했어요. 새벽에사 살풋한 잠이 들었는데 당신 어떤 여자와 끼고 자는 꿈을 꿨어요. 아침에 일어나자 화장을 해야겠다고 생각했어요.

아하, 아내가 괜히 자신을 옭아매려드는구나, 하고 그는 새삼스레 분격한다.

—아냐, 이건 성형수술이 조금 잘못됐을 뿐이야. 나는 완전 인간이야. 이제 귀향증을 받아 갱생원을 떠나야 돼. 당신과 둘이서 도시로 나가 장사를 해서라도 떳떳이 살아야 해. 남들처럼 행복을 누릴 권리가 있는 거야.

아내는 대꾸 대신 그의 손을 끌어다 자기 가슴 위에 놓는다. 그녀의 젖은 이미 몇 년 전부터 시든 채 있다.

—젖을 크게 만드는 주사가 있다던데?

그녀가 한숨지으며 잠깐 슬픈 얼굴이 된다.

—그건 내 탓이야. 나는 애를 낳을 수가 없어. 놈들이 강제로 정관수술을 해버렸단 말이야.

—허지만, 애가 무슨 필요해? 우린 둘이서 이대로가 좋아요.

그녀가 그의 가슴을 후비고 주린 짐승처럼 입술을 비벼댄다.

순간 벌컥 방문이 열리는 소리가 들렸다.

—어서 밖으로 나와.

고함소리에 놀라 돌아보니 방문 앞에 교도과의 떠벌이와 자위대원 두어 명이 험한 얼굴로 서 있는 게 아닌가?

—언제 소록도에서 도망쳐 왔어?

그는 화들짝 놀라 일어나며 말했다.

—뭐라고? 나는 병원에서 눈썹 정형수술을 받고 왔단 말예요.

별안간 그들이 웃음을 터뜨리고 맞섰다.

—야, 허튼 수작 마. 눈썹을 달았다구. 네 눈썹이 어딨어?

—그럴 리가 없어요.

—빨리 나오지 않을래? 너 체포해서 유치장에 가뒀다가 내일 소록도로 다시 송환허는 거야.

—아냐, 그럴 리가 절대로 없어. 아하.

그는 힘껏 부르짖으며 달려드는 자위대원과 맞서 몸부림을 치다가…… 번쩍 눈이 뜨였다. 꿈, 꿈이었다.

—야, 이 문둥이새끼 나와.

활짝 열어젖힌 방문으로 아침 햇살이 눈부시다. 그는 반사적으로 눈에 손을 가져갔다. 끼었던 안경이 없다. 섬광처럼 머리에 스쳐가는 기억이 있다. 곁에 있었던 것 같은 아내. 아냐, 어젯밤 색시도 없구나.

—야, 문둥이새끼 일어나지 않을래?

성난 목소리가 쇠뭉치처럼 머리를 치고 간다. 그쪽을 바라본다. 방문 앞에선 몇 개의 성난 얼굴들이 금시 달려들 것 같은 자세를 취하고 있다.

살벌한 현실. 거센 붕괴음을 내며 그의 육신이 어둔 벽에 부딪쳐 찢긴다.

여보, 어떡하지? 당신을 찾아가려고 도망쳐 왔는데.

그는 무서움에 떨려 눈을 지그시 감는다. 절체절명. 이제는 한 치도 도망칠 구멍이 없구나. 불현듯 심한 갈증과 시장기를 느낀다. 빌어먹을, 아하.

—냉큼 나오지 않을래? 이 벌레 같은 새끼야.

쿵쿵거리는 발자국소리가 나더니 우악스러운 구둣발이 그의 머리를 걷어찬다. 머리가 깨지는 것 같다.

그는 눌린 듯 일어난다. 저만큼 떨어져있는 안경을 집으려는데 사나이의 구두가 그의 손을 짓밟는다.

—새끼. 문둥이 주제에 색안경을 쓰고 무슨 나쁜 짓을 하려고 그래?

안경이 산산이 깨어진다. 그는 손을 빼고 천천히 일어서서 다시 문 쪽을 본다.

—글쎄. 어둔 밤이라서 자세히 볼 수가 없었잖어요. 망측허게도. 글쎄, 그 애가 자다가 새벽에 일어나보니깐 안경이 벗어졌는데…… 눈썹이 없드래잖아요. 얼마나 놀랐겠어요? 지금 그 애는 죽는다구 길길이 뛰고 야단이어요.

머리가 부스스한 포주인 아낙네가 곁에 선 청년에게 지껄이고 있었다.

—저 새끼를 끌고 온 녀석은 언제 갔어요?

얼굴이 우락부락하게 생긴 청년이 화난 목소리로 묻는다.

—고 녀석은 새벽에 떠났어요.

옷을 챙겨 입으려던 그는 아낙네의 말소리에 정신이 확 깨었다. 어젯밤 이곳까지 데려온, 그 신원을 알 수 없는 사나이. 그는 아내를 찾았을까? 그런데 나는 어떡허지? 그는 새삼 무서운 고독감에 몸을 부르르 떤다.

—이 새끼 빨리빨리 않을래?

방에 있던 청년이 달려들어 그의 앞정강이를 걷어찼다. 그는 푹 고꾸라졌다. 그의 구둣발이 얼굴을 다시 찼다. 코피가 주르륵 쏟아진다.

—어서 저 새끼 경찰에 갖다 넘겨.

성난 목소리가 들려오는 가운데 검붉은 피가 살아있는 생명처럼 이불깃을 번져가고 있는 걸 바라본다.

문득 어디선지 크리스마스캐럴이 들려오는 것 같다. 그는 몸을 떤다.

—어차피 붙들릴 걸 왜 도망쳐 왔수?

해쓱하게 질린 아내의 얼굴이 눈앞에 따갑게 달라붙는다. 그는 손바닥으로 코피를 훔치고 종이로 콧구멍을 틀어막으며 일어선다. 옷을 챙겨 입는다.

—나환이 천형병(天刑病)이란 건 옛날 얘깁니다. 여러분, 음성 환자들은 이제 보통 성한 사람과 조금도 다름이 없습니다. 용기를 가지세요. 자활의 용기를. 모든 그릇된 편견이 지배하는 사회에 용감히 뛰어들어 싸우세요.

원장의 꼬챙이 같은 음성이 귓바퀴를 때리고 지나간다. 그는 웃옷 단추를 잠그며 생각한다. 원장님, 당신은 우리가 숙명의 늪에서 헤어나기에는 세상이 너무도 밝다고 생각 못하시는군요. 아아 당신이 어엿이 눈썹을 달고 있는 한 말야.

그는 천천히 문 쪽으로 간다. 그러자 모여 섰던 사람들이 찔끔하여 물러선다. 신을 신고 그는 아낙네에게 묻는다.

—죄송해요. 돈을 드려야겠는데 얼마 드릴까요?

아낙네가 이마에 경련을 일으키며

—문둥이 돈 받겠다구 장사허는 건 아녀.

하고 소리치자 한 사나이가 말한다.

—아니, 돈은 받어야죠. 이왕이면 많이 받으셔요, 아주머니.

그는 호주머니에서 백 원 지폐를 다섯 장을 헤어서 내민다. 아낙네가 주저하는 척하다가 빼앗듯 낚아챈다.

—미안해요. 아주머니, 저를 너무 나쁘게 보지 마셔요. 이런 말씀 이해해 주실지 모르지만, 전 지금도 병이 든 문둥이는 아니올시다. DDS란 약을 먹고 실제 병은 나았습니다. 눈썹이 없다는 걸루 여전 전염환자로 생각하시겠지만.

그는 괜히 울적해서 눈물이 왈칵 쏟아진다.

—새끼, 개수작 마라.

순간 한 사나이의 목소리가 목덜미를 움켜잡는 것 같다. 그는 분연히 고개를 젖히고 사나운 눈초리로 사나이를 돌아본다.

—그럼 나를 어쩌겠단 말입니까? 자아, 마음대루 하십시오. 경찰서로 끌고 갈 테면 나의 팔을 잡으십시오. 어서 두려워하지 말구요.

그가 팔을 내밀자 사나이가 움찔하며 물러선다. 그걸 보며 그는 돌아선다.

—어젯밤의 색시에게 미안하다고 전해 주셔요. 허지만 병 같은 거 염려 말도록 타일러 주셔요.

두려움에 질려있는 그녀 앞에 고개를 굽실거린다. 그리고 대문을 향해서 걷는다.

—재수 없이 별 꼴을 다 당허는구먼.

사나이가 등 뒤에서 지껄이는 걸 들으며 골목에 들어선다. 비로소 혼자라는 걸 의식하고 한숨을 쉰다.

밝은 하늘을 우러러 본다. 바다 건너 소록도에서 마음의 깊은 늪 속에서 새겨듣던 그 하늘이 왈칵 달겨드는 걸 의식하며 그는 허탈감으로 맥이 풀린 발걸음을 서서히 옮긴다.

강송파 强送派

뿌연 흙먼지 속을 달려온 앰뷸런스는 이윽고 읍내 네거리에 와서 멈추었다.

날이 저물고 있었다. 운전석 옆에서 꼬박 잠이 들었던 서윤팔(徐潤八)은 급히 밟은 브레이크의 충격을 받아 퍼뜩 눈을 떴다.

졸음이 고인 눈으로 돌아보는 운전수에게 고개를 끄덕여주곤 마치 용수철에 튄 만큼이나 당황히 차에서 뛰어 내렸다.

이윽고 사라지는 차의 엔진소리를 들으며, 그는 한동안 넋을 잃고 서 있었다. 바람기 한 점 없는 거리는 그냥 답답하기만 했다.

그러자 문득 그에게는 마치 시간의 소리가 굴러오듯, 곤봉추가 놀랍게도 목표를 겨누고 돌아온 만큼이나 생생하게 지난 일들이 충격적으로 떠올랐다. 새삼 일을 끝냈을 때의 그 자릿한 허탈감이 죄의식과 함께 가슴을 짓눌러 가볍게 진저리를 쳤다.

—소록도에의 환자 수송도 끝났다. 마치 죽음에의 행진만큼이나 잔뜩 겁에 질려 있던 열 명의 환자들. 운명의 시련에 가뜩이나 익숙해온 자들이 자신의 송환을 믿지 않으려고 안달을 쓰다가 결국 차에 실리고야 말았던 그 처량한 광경. 지금쯤 철조망 너머로 갈라진 이쪽 하늘을 망연히 바라보고 있을 것이다. 푸른 강물이 차단해 놓은 육지의 하늘을.

윤팔은 악몽과도 같은 음울한 추억을 떨어버리려 애쓰며 술집을 향해 발길을 옮겼다.

"서 주사님 어서 오셔요."

빛깔 없는 여인의 목소리가 들렸다. 부스스한 머리채로 어둔 안쪽에 서서 주모가 그를 바라보고 있었다.

때마침 술청 앞에서 혼자 술을 마시고 있던 한 사내가 힐끔 돌아보았다.

"야, 윤팔이 아닌가?"

앉았던 자리에서 퍼뜩 일어나 포옹이라도 할 기세로 다가왔다. 그는 뜻밖에 중학의 동창생이었다.

"혼자 출출해서 술 한 잔 하는 참인데 자네 지금 뭘 하나?"

"그럭저럭하고 있네."

가볍게 그를 물리치며 심드렁하게 말했다.

"오랜만일세. 정말 어디 있나?"

기어이 캐어들 기세를 보이자 윤팔은 약간 희학적인 기분이 되었다.

"문둥이 콧구멍에서 마늘씨 빼먹는다는 말이 있잖나."

"야, 뭐라고? 자네 농담도 보통이 아니구만……."

무슨 희떠운 수작이냐 싶은 놀리는 눈짓으로 쏘아본다.

"농담이 아닐세."

윤팔은 건성 웃으며 잡은 손에 힘을 주었다. 그러자 앞에 있던 주모가 키득키득 웃었다.

"저기 재생원에 계신다요."

순간 친구는 당황히 잡았던 손을 놓으며,

"아니, 나환자 수용소 말인가?"

적이 경악에 찬 얼굴이 되었다. 그리고는 혹시 네 자신이 바로, 하는 듯 탐색적인 눈길을 보내왔다.

윤팔은 풀썩 웃어 보였다.

"아니, 자네는 교원을 하지 않았나?"

친구의 당황한 태도에 윤팔은 약간 심술궂은 기분이 되었다.

"어디 교원뿐인가? 별의별 짓을 다했지."

"그랬나?"

그제야 친구는 의심이 풀리는 모양으로 낯빛이 밝아졌다.

"따분한 훈장질에 역정이 나서 택시 하나 사들여 돈을 벌려다가 재수 없이 애새끼 하날 치는 바람에 왕창 했지. 군청에 자리를 하나 뚫고 들어갔더니 팔자에 없이 무슨 양곡 사건인가 뭔가로 떨려났다네."

"야, 드럽게 재수가 없었구만. 그건 그렇고 자 앉게, 앉어."

친구는 그제야 술바람이 나는지, 호탕해지며 황연히 뉘우치는 표정으로 그를 끌어다 걸상에 앉혔다.

두 사람은 부산하게 술잔을 나눴다.

"자네는 뭘 하나?"

윤팔이 묻자, 친구는 누런 이를 드러내며 희죽 웃었다.

"나? 요즘 갑자기 바빠진 일 있잖나?"

"선거?"

"음, 잘 맞췄구만."

"어느 쪽인데?"

"뻔하지 그야. 김봉두 씨 참모를 하고 있네. 어째 우습지?"

"그야 뭐."

"선거야 해보나마나 이미 결판은 났네. 헌데, 자네가 있는 환자촌 유권자가 몇이나 되는가?"

"한 천명쯤 되이."

윤팔은 괜히 치밀어오는 역정을 목 안으로 삼키며 내키지 않는 어조로 대꾸했다.

"천표라? 적지 않으이. 일간 자네 한 번 찾아가겠네만 거기 표야 어련하려구?"

"……."

"한 표라도 야당에 뺏겨서는 안 되지."

흙먼지 섞인 끈끈한 바람기가 견디기 어려웠다. 한바탕 소나기라도 좍 쏟아졌으면 싶다.

윤팔은 차츰 늪과도 같은 암담한 기분에 빠져 들었다.

친구는 제 흥에 겨워 지껄이고 있었다.

"자네도 이번 기회에 적극 협력하게나. 양심이고 나발이고 간에 수만 있으면, 뛰어야 하네. 야, 말단 공무원 노릇 언제나 할겐가? 자네 같은 사람이 그런 문둥이 환자촌에서 썩다니, 안 되지. 안 돼."

친구는 마침내 잔뜩 도도해져서 허튼소리를 늘어놓기 시작했다.

때마침 문밖에서 윤팔을 부르는 소리가 들렸다.

그래서 구원이라도 받은 기분으로 뛰어 나갔다. 뜻밖에 거기에는 원생 하기만이 서 있었다.

"웬일이야? 기만 씨."

윤팔이 바싹 다가서자 그는 움찔 두어 발자국 물러섰다.

"나오다가 앰뷸런스를 만났습죠. 서 주사님이 금방 내리셨다기 행여나 하고 찾아 왔습니다. 드릴 말씀이 있어……."

짙은 색안경을 걸친 그의 아랫볼이 약간 씰룩해 보였는데 그것은 격한 감정의 표시인 것 같았다.

"좋아, 같이 가지."

윤팔은 새삼 활기를 되찾아 날듯이 술집에 들어갔다가 굳이 만류하는 친구의 호의를 뿌리치고 나왔다.

그들은 나란히, 라고 하나 언제나 기만의 쪽이 일정한 거리를 유지하려 했기 때문에 자연히 사이를 두고 걸었다. 기만은 도무지 말이 없다. 하긴 그 아닌 어느 원생도 침묵은 이미 몸에 새겨진 습성과도 같았다.

그러나 지금 윤팔에게는 그의 침묵이 견딜 수 없이 주체스러웠다.

"아, 그들은 결국 가버렸어. 그중 고인수란 사람이 더욱 못 견뎌 하더구만. 죽는 한이 있어도 소록도를 탈출해오겠다는 거야."

짐짓 반응을 기대한 것은 아니었으나 기만은 꼿꼿이 앞을 향한 채 눈길 하나 돌리지 않았다. 오랜 시련을 통하여 다져 놓은 듯한 완강한 표정이었다.

"그렇지만 무모한 짓이지, 무작정 뛰쳐나오면 뭘 해? 또 붙들려가고 말걸. 참아야지. 어쩔 수 있어? 괜히 교도소 신세까지 질게 뭐냐는 거지."

마음속의 격렬한 저항을 의식하며 떨리는 목소리로 중얼거렸다. 그제야 뜻밖에 기만이 입을 열었다.

"그렇습죠. 그렇습죠."

비굴성을 깨닫기에는 그의 말이 너무도 침통한 부르짖음 같이 들려왔다.

순간 윤팔은 가슴이 철렁했다. 공연히 남의 깊은 상처를 건드린 것 같은 뉘우침을 느꼈기 때문이다. 기만 자신이 녹동까지의 넓은 바다를 헤엄쳐 소록도를 탈출했던 오 년 전의 일이 떠올랐다. 야음을 틈타 재생원에 잠입했던 그는 결국 바로 체포되어 감금되었다. 그때 그는 면도날로 손목의 동맥을 끊어 죽음으로 반항했던 것. 그러나 가까스로 일찍 발견되어 죽음을 면했던 일. 결국 재송환은 보류되었지만, 오 년이 지난 오늘에도 그에게는 여전 송환의 위험이 그림자처럼 따르고 있는 것이다.

이윽고 두 사나이는 사람이 북적거리는 시장통을 빠져 어느 쓸쓸한 술집에 이르렀다.

윤팔은 기만을 따라 곧 모퉁이를 돌아 방에 들어갔다. 원생들이 사람의 눈을 피하여 은밀히 터놓은 단골집인 듯싶었다. 굽은 서까래가 구지레하게 노출된 우중충한 방이었다. 흙내와 곰팡이 냄새가 절어 윤팔은 적이 심란한 기분이었다.

이윽고 술상이 들어왔다. 고즈넉이 두 사람은 술잔을 기울였다.

그러나 결코 술잔을 나누지 않을 뿐 아니라, 윤팔이 건드린 안주에 손대기를 한사코 꺼리는 기만의 버릇된 금기 때문에 그는 주흥이 잡쳤다.

—바보같이 나환은 이제 천형병(天刑病)이 아니란 말이야. DDS의 약효는 이제 너희들 문둥이에게는 흡사 하늘의 복음이지. 두려워 말고 같이 먹자고. 나균이 옮을까 염려할 건 없어.

윤팔은 내부의 울부짖음 같은 걸 의식하다가도 곧 묵살해 버렸다.

이윽고 기만이 버릇된 비굴한 웃음을 거두고 무겁게 입을 열었다.

"서 주사님께 상의 말씀 드릴 게 있습니다."

잠깐 사이를 두자 윤팔이 불쑥 물었다.

"이번 강송된 원생들 얘긴가?"

무심코 화제에 끌릴까 겁내는 것 같은 태도를 보이자 기만이 펄쩍 뛰었다.

"아, 아닙니다. 그들이야 어차피 떠나버렸는걸요. 이미 일은 끝났지 않았습니까?"

일쑤 신경나환자가 지닌 굴곡이 심한 얼굴에 짙은 음영을 드러내고 잠깐 목이 메었던지 술잔에 목을 축였다.

"자치위원회파에서 어차피 김봉두 씨 선거운동에 열을 떠고 사무소 측에서도 철저히 뒷받침을 하고 있습니다."

결국 그 얘기로군. 윤팔은 속으로 뇌이며 이맛살을 찌푸렸다.

"우리들이라서 뭐가 좋대서 남의 선거운동을 하겠다는 건 아닙지요만, 그저 가만있을 수는 없게 되었습니다요."

"아하, 선거운동을 하겠다는 거야?"

솟구치는 저항을 의식하며 비난하듯 물었다. 서슬에 기만은 약간 무르춤한 기색이더니 말을 이었다.

"그렇습니다요. 그쪽이 많은 자금을 끌어대서 잔치처럼 흥청대는데 우리들이라서 그저 표를 줄 수는 없지 않습니까요? 어차피 따돌림을 당한 판에 여당의 환심을 사기는 글렀고 말입니다."

"해서 야당에 접선을 하겠다?"

"그렇습니다요. 이미 야당 측에서 접선을 해왔습니다. 야당인들 돈 안 쓰고 어찌합니까?"

기만이 교활하게 씩 웃었다.

윤팔은 냉큼 대꾸할 말이 없다. 천여 명 환자들 가운데 단체의 주류 밖으로 밀려나간 소수의 사람들. 소외된 그들의 보스 격인 기만이 처한 딱한 처지쯤 이해 못할 것은 아니었다.

"허지만 생각해 봐. 그 결과가 어떻게 되지?"

"알고 있습니다요. 자치위원회 측에서 더 많은 탄압을 해올 거구 또 사무소 측의 미움을 살 것이며, 그런 결과로 소록도로 쫓겨나게 될지도……."

기만은 말하고 괴로운 듯 지그시 눈을 감았다. 불현듯 한숨이 새어 나왔다.

"잘 생각해 봐."

"생각한들 뭐합니까요? 기위 우리는 밀려난 사람들입니다. 자치위원회 패들과는 저승에 가도 합칠 수 없는 원수가 되지 않았습니까요. 백여 명밖에 안 되는 소수의 생명들이지만, 너무 가혹한 대우를 당해 왔습니다. 그렇다고 우리 형편이 나아질 가망은 도무지 없습니다. 이번 선거에 야당을 지지하든 말든 그깟 일이 무슨 큰일입니까요."

불처럼 달아오르는 그의 말을 듣자니 윤팔은 참 난감하게도 착잡한 기분일 뿐이었다. 그런 낌새라도 눈치챈 듯이 기만이 말을 이었다.

"그러나 사무소에 계시는 서 주사님만은 평소 우리가 양심을 믿고 있었기 때문에 사실을 말씀드리려 한 것입니다."

"양심을?"

돌연 찔린 듯이 윤팔이 당황히 되묻자,

"어쨌든 그리 아시고, 자아, 술을 듭시다요."

기만이 빈 잔에 술을 채웠다.

"그래, 술을 들자고, 젠장 술이 좋지."

궁지에서 가까스로 헤어난 기분에서 윤팔은 허둥거리며 몇 잔을 거푸 기울였다. 술기가 한꺼번에 치밀어 왔다.

맞은편에서 도승처럼 몸짓 하나 흐트러뜨리지 않고 앉아있는 기만은 종래 입가에 잔잔한 웃음을 띤 채 말이 없다.

마침내 윤팔은 혀 꿇는 소리로 지껄이기 시작했다.

"여보, 기만 씨. 노골적으로 말하자면 당신이야 내 어엿한 선배 아닌가? 암, 나는 알고 있어. 우리 원내에서 당신 최고야. 인텔리지. 일제 때 명치대학 다녔음 최고의 지성인 아냐? 제기랄 사무소에 앉아 큰소리치는 작자들이야 걸레쪽지 같은 무식꾼들 아닌가? 명색 박사라는 원장조차 반찬 먹은 개지. 낸들 사실을 말하자면 양심조차 닳아빠진 놈 아냐. 살자니까 젠장 꽁지 빠진 닭 모양 추레해가지고 별별 아니꼬운 작자들 속에서 빌빌거리고 살지만 말일세. 당신은 사람이 좋아. 허지만 무서운 사나이야."

윤팔은 게슴츠레한 눈으로 할퀼 듯 노려보며 씨부렁거렸다.

기만은 별로 표정도 없이 담담하게 듣고 있었다. 어쩌면 전혀 무관심한 태도였다.

"당신 진정으론 나를 경멸하고 있을 거야. 암, 나 같은 건 백 번 경멸해야 돼. 그렇지? 사실이지?"

상반신을 앞으로 내밀고 도전하듯 말하는 그의 태도가 몹시 희극적이었다.

그러자 기만이 꿈틀하고 어깨를 추스르고 차갑게 웃었다.

"취하셨구먼요. 자아, 일어납시다요."

"일어나? 암, 가야제. 빌어먹을, 가서 우리 색시집에서 한판 벌이자구."

대꾸 대신 기만은 벌떡 일어섰다. 윤팔도 비슬비슬 일어났다. 휘청거리는 걸음을 떼다 말고 두 팔을 올려 허우적거리며,

"데모는 가고 문둥이 여기 외로이 섰다. 으흐흐."

때 아닌 시구를 떠올리어 구호처럼 외쳤다. 눈곱이 낀 지저분한 눈에 돌연 물기가 감돌았다. 순간 충격적으로 몸을 돌린 기만은 사나운 눈길로 윤팔을 노려보고 있었다.

구름 아래 펼쳐있는 재생원의 환자촌은 언제나 살풍경이었다. 붉은 들판을 휩쓰는 흙가루 섞인 먼지로 하여 하늘은 늘 따분하게 흐려 있었다. 두 개의 기다란 남녀 독신촌의 초가지붕을 중심으로 하여 게딱지같은 작은 집들이 숨막히게 밀집해 있었다.

그 중에도 높이 솟은 두 교회의 첨탑이며, 구판장, 사료공장 등이 약간 위용을 드러내고 있었다. 그러나 외곽에는 제법 큼직한 기와들이 여남은 채 늘어서 밀집한 환자촌을 위협하고 있는 것처럼 보였다. 그들 집이란 환자촌의 특권계층. 수백 마리씩 닭을 치며 치부하고 있는 자치위원회의 간부급 환자들의 집이었다.

높이 친 벽돌담 밖으로는 요란하게 전축소리가 울려나오기도 했으며 망루에 서서 감시하는 제복을 입고 완장을 두른 자치대 청년들이 뻔질나게 드나들기도 했다.

남루한 옷을 입고 그나마 손발이 절단된 환자들이 행여 사람의 눈에 띌세라 조심스레 부근에서 서성이는 광경도 보였다.

윤팔은 문득 사무실 창밖으로 환자촌을 내려다보다가 눈길을 거두었다.

무심코 투박한 판자때기로 칸막이를 해놓은 저쪽 환자용 벤치에 눈이 갔다. 조금 전에도 몇 사람의 늙은 환자들이 거기 앉아서 그에게 애를 먹였던 것이다. 얼굴이 찌들어들고 눈썹이 빠지고, 팔이 잘린 신경나환자들이었다. 그들이 하찮은 소청을 늘어놓는 동안에 윤팔은 견딜 수 없는 역정에서 마음속으로 부르짖고 있었던 것이다.

—저 액귀(厄鬼)와도 같은 늙은이들을 하나님 왜 잡아가지 않으십니까?

그들이 버티고 앉아 냉큼 물러가지 않을 기색을 보이자, 윤팔은 잔뜩 화가 치밀었던 것이다.

"여봐요. 독신촌의 노인들에게 돌아갈 일자리가 어디 있다고 귀찮게 구시오? 잔돈푼이라도 벌어야겠다니 참 욕심도 많구려. 고이 먹고 자는 것만도 예사 양로원보다 나은 줄이나 아슈. 당장 돌아가요. 돌아가."

막상 너무 지나쳤다 싶은 뉘우침이 없지 않았으나, 그로서는 견딜 수 없는 혐오감에서 꽥꽥 고함을 쳤다.

윤팔은 애초에 이 교화과(敎化課)라는 사무실 안의 모든 것이 마음에 역겨웠다.

책상이 셋. 그 중에서 제법 빙빙 돌아가는 회전의자의 주인인 과장이란 작자부터 그랬다. 두꺼비처럼 튀어나온 눈망울은 언제나 안개처럼 졸음이 끼어 있었다. 툭 까진 머리에 몇 오라기의 머리칼이 건성 나붙어 있는 이 김달운 과장은 딴에는 관료다운 위신을 자랑하기라도 하듯 일쑤 코털을 뽑으며 거드름을 피우는 것으로 하루의 태반을 보냈다.

평소 그는 반을 졸고 있었는데, 무슨 일만 생기면 마치 사나운 개가 짖어대듯 갑작스레 고함을 치고 나서는 성미였다. 그런가 하면 맞은편 이수기란 서기도 도무지 귀염성이란 없어 보였다. 뭍에 끌어다 놓은 해구처럼 해번한 얼굴도 그렇거니와 텅 비어있는 것 같은 표정에서 왠지 불안감을 느꼈다.

흰 카세인을 칠한 사무실 천정은 꺼멓게 그을려 있었고, 오래되어 퇴색된 벽의 게시물은 무관심 속에 버려져 있었다.

모든 것은 개선할 여지가 없는 것 같은 나태와 무기력의 흐리터분한 분위기에 싸여 있었다.

이때 마침 환자의 대기실 도어가 열리며 구부정한 사나이가 빠른 걸음으로 들어섰다.

"교화과장님 안 계십니까?"

"나가셨는데, 교장 선생이 무슨 일이요? "

공민학교 교장인 조수호의 얼굴은 잔뜩 일그러져 있었다.

"할 수 없구만. 서 주사님께 말씀드리지."

재빨리 숨이 찬 어조로 말하고 걸상에 털썩 주저앉았다. 그리고 칸막이 너머로 상체를 내밀고 험한 기세로 말을 꺼냈다.

"세상에 이런 일이 있습니까? 내 참 기가 막혀."

분이 차올라 말소리가 떨리고 있었다.

"무슨 일인데?"

윤팔은 괜히 역증이 치밀어 다그쳤다.

"글쎄 말하기도 창피해서……."

여전 머뭇거리는 걸 채근해서야 조수호는 씨근거리며 이야기를 늘어놓았다.

"뭐라고? 윤정옥 선생이 겁탈을 당해?"

윤팔은 충격적으로 고함을 지르며 그를 사납게 노려보았다.

"그렇습니다. 그러니 어떻게 할까요? 정옥은 처녀 몸 아닙니까? 인제 걔 인생은 망했습니다."

"아, 처녀."

하고 무심코 뇌이다가 윤팔은 왠지 희화적인 기분을 느끼고 웃음을 머금었다간 도루 눈살이 꼿꼿해졌다.

"범인이 누군지 아오?"

"자치대원 김병곤과 성기동 아닙니까?"

"허헛, 혼자도 아니고 두 놈이…… 그래 윤간을 했단 말이오?"

"아하……."

"알았소. 내 원장께 보고해서 그놈들을 족치도록 하지."

윤팔은 퉁명스레 말하고 불끈 자리를 차고 일어섰다. 마음 안에서 세찬 물굽이가 바위에 부딪쳐 깨지듯 심한 동요를 의식했다.

"부탁합니다. 그놈들 깡패는 그동안 몇 차례나 학교에 와서 행패를 부린 놈들이라, 잘못하면 또 무슨 보복을 할지 모릅니다. 그러니 부디 잘 부탁합니다."

두려움과 분함이 섞인 그의 말을 등 뒤로 흘리며 윤팔은 밖으로 나갔다.

윤정옥…… 윤간. 그는 심한 분노와 더불어 야릇한 흥분을 느꼈다. 불쌍한 계집애. 그녀는 재생원 안에서 드물게 보는 미인이었다.

음성 나환자인 그녀는 진작부터 사회복귀를 권유받고 있었어. 그런데 굳이 듣지 않았거든. 괜한 고집 때문에 이제 그런 봉변을 당한 거야.

이때 복도 저쪽에서 경리계의 이미혜가 콧노래를 흥얼대며 오고 있었다.

윤팔에게는 까닭 없이 그녀에 대한 적개심 같은 게 치밀었다. 윤정옥에 대한 연민의 정이 혐오로 바뀌어 그녀에게 쏠렸다.

"참, 기분 좋으시구먼?"

그녀 앞에 오자 이죽거리는 투로 말을 걸었다.

"왜요?"

무슨 참견이냐는 듯 부릅뜬 눈길을 하고 바라본다.

"아니, 기분 좋으시다고……."

"흥, 남이 기분 좋아서 어쩐가요?"

"아니, 기분 좋음 좋다구."

"쳇, 별꼴이지. 남이야 강구를 타고 태평양을 건너든 말든."

"아핫, 그렇지."

빌어먹을. 윤팔은 울컥 치미는 감정을 목 안으로 넘기고 그녀 곁을 스쳐갔다.

식당으로 향한다. 이름이 식당이지, 실은 사환집의 안방이었다.

마침 점심때라 원장 이하 직원들이 거기 모여 있었다. 언제나처럼 모두 서먹한 분위기에 말없이 앉아 있었다.

윤팔은 그들 틈에 자리를 잡았다. 그리고 가볍게 숨을 몰아쉬었다. 그리고 무심코 내뱉는 말처럼 입을 열었다.

"큰일 났습니다."

"아니, 뭐가?"

이내 졸고 있는 것 같았던 김달운이 눈을 퍼뜩 떴다.

"강간사건이 생겼습니다."

그제야 원장과 직원들의 놀란 눈길이 일제히 쏠려왔다.

"간밤에 공민학교 교사 윤정옥이 강간을 당했다는데."

"뭐라고? 누가 그래."

물어뜯을 것 같은 기세로 김달운이 물었다.

"공민학교 교장이 지금 막 다녀갔습니다."

그러자 경악에 찬 착잡한 눈길이 무겁게 교차되며 방안이 술렁이었다.

"어떤 놈의 소행이지?"

원장이 신경질적인 목소리로 다그쳤다.

"자치대원 김병곤과 성기동의 짓이라 합니다."

"음."

원장의 입에서 외마디 신음소리가 새어 나왔다. 그것은 흡사 무서운 위험 신호와도 같이, 별안간 술렁이던 방안 분위기에 찬물을 끼얹었다.

차갑고도 딱딱한 뚜껑에 덮인 것처럼 별안간 사람들은 숨통을 눌린 형편이었다. 먹구름 같은 침묵이 흐른 뒤에 김달운은 차가운 원장의 표정을 슬쩍 살피고는,

"그자의 소행이 틀림없어?"

하고 마침 심문조로 물었다. 엉터리 제보라면 가만 안 두겠다는 식의 으름장인 것이다. 윤팔은 순간 낯이 화끈 달아오름을 느꼈다.

"그야, 강간을 당한 사람이 토설했을 테니 의심할 여지야 없겠죠."

총무과장 민시우가 비꼬는 투로 말했다.

"음!"

또 한 번 원장이 신음소리를 냈다.

"하참, 도둑이 안 생기나, 노름꾼이 안 생기나 했더니 이제는 한술을 더 떠서 겁탈도 하구만. 문둥이들도 이제 시속 무리들의 구실을 하겠다는 건가?"

총무과 이득만이 낯을 찡그리고 비죽거렸다.

그러자 원장의 눈살이 꼿꼿해졌다. 그런 말투에 몹시 마음을 상한 모양이다.

"더구나 자치대원이란 자들이……."

하고 윤팔이 말을 끝내기도 전에 원장이 발작적으로 몸을 일으켰다. 동시에 불같은 호령이 떨어졌다.

"닥쳐요. 도대체 누구의 책임인데 비난들만 하지?"

그리고는 쪼아 먹을 듯한 매의 눈초리를 하고 직원들을 노려보다가는 휵하니 문밖으로 나가 버렸다.

질풍이 스쳐간 것 같은 몇 분 뒤에 김달운이 잔뜩 토라진 어조로 중얼댔다.

"쳇, 가시나가 뭘 잘났다고 고해 바쳐 생야단이라지?"

"그럼 처녀가 겁탈을 당하고도 가만 있으란 말입니까."

이득만이 흥분하여 씨근댔다.

"처녀 좋아하시네. 문둥이 가시내면 창피해 그럴수록 잠자코 있어야지."

"허헛."

총무과장이 기가 찬 소리를 했다.

"과장님, 그래 범인들의 처벌도 않겠다는 겁니까요?"

윤팔이 낯을 붉히고 따질 기세를 보이자 김달운이 소리를 꽥 질렀다.

"뭐라고? 어떻게 처벌해. 유치장에 가두고 소록도로 강송할까?"

"그렇잖음 어떡헐 셈인데요?"

"서 주사는 몰라 묻나? 선거를 앞두고 전 원생의 단합이 필요한 때에 괜히 바람을 일으킬 셈인가?"

야비할 만큼 여유 있는 태도로 바뀌며 김달운은 비웃는 투로 욱질렀다.

"아하."

윤팔은 갑자기 목에 가시가 박힌 것처럼 신음소리를 냈다. 그렇구나. 비로소 음모를 깨달았을 때처럼 윤팔의 가슴은 와들와들 떨려왔다.

때마침 사동이 와서 김달운을 불렀다. 원장이 찾는다는 것이었다.

"젠장 잘들 하는구만."

김달운이 허둥거리며 사라지자 등 뒤를 향하여 이득만이 씹어 뱉듯 말했다.

"선거고 나발이고 간에 일을 처리해야할 게 아냐?"

윤팔이 억눌린 감정을 풀고 불평을 하자 이득만이 맞세우고 나섰다.

"허허, 어림없는 소리 말게. 일의 결말은 뻔하지 않나. 범인들이 누군데? 자치위원장의 심복들 아닌가? 그런데 감히 손을 대겠나? 정옥이만 억울하게 되었지."

총무과장은 말없이 입가에 아리송한 미소를 띠고 있었다. 짐짓 이득만의 판단에 무언의 동조를 하고 있는 기미였다.

그리자 사동이 와서 이번에는 윤팔을 불렀다.

그는 잔뜩 긴장이 된 채 원장실로 향했다. 약간 얼어붙은 자세로 원장과 과장의 앞에 나섰다.

"서 주사, 이번 사건은 괜헌 부작용이 날까 싶으니, 그냥 덮어두기로 결정했소."

위압적인 어조로 원장은 대뜸 선언하고 나섰다. 윤팔이 의구에 찬 눈길을 보내자 신경질적인 까랑까랑한 목소리로 말을 이었다.

"범행이야 밉지만, 피해자인 정옥이가 명색 처녀인데 소문이 밖에 난다면 괜히 청년들의 성적인 호기심을 자극하게 되어 이런 사고가 계속 날 우려가 있을 것이오. 또 정옥이로 말하자면 명색 학교의 교사 신분인데 추문이 퍼진다면 무슨 낯으로 아이들 앞에 서겠소?"

딴은 용하구나. 윤팔은 보이지 않는 함정에 스스로 빠져듦을 의식하며 원장의 아전인수의 교언에 정신이 아찔해왔다.

"그러니까 서 주사……."

하고 이번에는 대머리의 김달운이 적이 거드름을 피우며 한 발짝 다가서며 으름장을 놓았다.

"원장님 명령이니까 지금 당장 교장을 만나 절대로 사실을 극비에 부치도록 단단히 일러두고 오게."

이날 밤 윤팔은 숙직이었다. 특별히 원내 순찰이랄 것 없이 저녁을 먹고 나자 할 일이 없어 환자촌을 향했다.

마을에 이르는 길가의 솔밭에는 더위에 쫓겨나온 늙은 환자들의 모습이 드문드문 눈에 띄었다. 그들은 흙바닥에 자빠져 있거나 어깨를 맞대고 앉아 한숨처럼 내뱉는 목소리로 뭔가를 중얼거리고 있었다. 주어진 시간에 고작 할 일이란 그것뿐이라는 느낌을 주기에 알맞은 풍경이었다. 하늘은 흐려 별빛조차 없는데 윙윙거리는 모기소리가 더욱 기승을 부렸다.

그는 마을에 이르렀다. 울타리가 없는 환자의 집들은 온통 문을 열어놓은 채 가로등 불빛에 구지레한 몰골을 드러냈다.

그는 여자 독신촌 앞을 지나다가 불현듯 윤정옥을 떠올렸으나, 그녀는 눈에 띄지 않았다. 그러자 낮에 겪었던 불쾌한 감정이 되살아나 가슴이 암울해졌다.

빌어먹을, 갈수록 험하게 얽히는군. 그는 퉤퉤 가래침을 뱉었다.

순간 정옥에 대한 아릿한 연민감에 사로잡혔다.

"어디 가세요. 서 주사님."

마침 곁에서 말을 걸고 불쑥 나타난 사람이 있었다. 보아하니 자치대원 성기동이었다.

"음……."

윤팔은 까닭 없이 긴장이 되면서 날카롭게 그를 흘겨보았다. 그러자 녀석이 하항, 하고 웃었다.

"순찰을 도시는군요."

녀석은 야릇하게 이죽거리는 투로 말했다. 재수 없이 이런데서 하필이면 녀석을 만날 게 뭐람. 윤팔은 마음속으로 투덜거렸다.

윤정옥을 간밤에 겁탈한 범인 녀석이 여독신촌 부근을 배회하고 있다는 사실이 왠지 꺼림칙했다. 무슨 흉계가 있을지도 모른다.

그러나 윤팔은 전혀 내색을 않은 채 그와 헤어졌다.

남자 독신촌 앞을 지나치는데 누군지 그에게 불쑥 다가왔다. 가까이 보니 뜻밖에 하기만이었다.

"오늘밤 숙직이시구먼요."

"음, 웬일이지?"

"잠깐 드릴 말씀이 있는데, 마침 잘 만나뵈었습니다요."

"아하……."

윤팔은 왠지 오늘밤만은 그와 만나고 싶은 기분이 아니다. 야릇한 강박의식 때문이었다. 조금 전 성기동을 만나고 난 뒤 윤팔은 왠지 감시받고 있다는 불길한 예감 같은 걸 느꼈던 것이다.

그런 낌새를 눈치 채기라도 한 듯, 하기만이 약간 다급한 목소리로 말했다.

"서 주사님이 아셔야 할 중대한 일이 생겼습니다."

"뭐라고?"

윤팔은 하마터면 비명을 질렀을 만큼 놀란 표정을 했다.

"어쨌든, 이 거리에서 말씀드릴 수는 없으니까요. 저 학교 뒤의 언덕으로 갈 테니 거기서 뵙지요."

하기만은 미처 동의를 얻기도 전에 일방적으로 약속하고 총총히 사라져버렸다.

윤팔은 당황했다. 괜히 가슴이 옥죄는 불안 속에서 가던 길을 터덜터덜 걸어 나갔다.

그는 구판장 옆의 술집 앞을 지나다가 많은 청년들이 술이 취해 왁자지껄 떠들고 있는 광경에 부딪쳤다. 그들이란 자치위원회의 패거리였다.

요즘 갑자기 흥성해진 술집이었다. 평소 파리 떼를 날리고 있던 술집이 낮이나 밤이나 술꾼의 흥건한 취흥 속에 제법 들뜨게 된 것은 전혀 선거 때문이었다.

요전 하기만의 표현에 의한다면 그야말로 선거의 푸짐한 돈줄을 끌어다가 한몫 단단히 흥청거리는 판이었다. 그리고 이들과는 대조적으로 소외당해 외로움을 되씹고 있는 하기만 등의 일파들.

소록도에의 송환을 우선적으로 당해야 되는 불운 속에서 언제부터인가 강송파(强送派)라 불려온 그들이 아닌가? 이제 그들이 하다못해 야당의 선거자금이라도 끌어내겠다고 나선 것이다.

—불쌍한 것들. 결국 그런 결과가 자신들을 더욱 함정에 몰아넣게 되리라는 것쯤 그들도 알고 있을 것이다. 그런데도 저 고성방가에 흥청대는 자치위원회파의 우쭐대는 광경에 견딜 수 없었을 것이다.

윤팔은 되도록 잰걸음으로 구판장을 지나 사료공장 모퉁이를 지났다. 그러자 판자벽에 머리를 찧으며 꽥꽥 구역질을 하는 환자를 발견했다. 술자리에서 빠져나온 환자일 것이다. 이윽고 그는 학교 뒤의 언덕을 올랐다.

이내 기다리고 있었던 것처럼 몇 사람의 시커먼 그림자가 뛰어왔다.

"어서 오세요. 서 주사님."

하기만의 뒤에 그의 동료 네 사람이 따르고 있었는데, 뜻밖에 공민학교 교장 주수호도 끼어 있었다.

"허, 조 교장도 왔구먼."

그들은 이슬에 젖은 잔디 위에 자리를 잡았다.

"달리 어쩔 수도 없어 소주를 사왔습니다요. 오징어하고 드셔요."

어둠 속에서 불쑥 종이에 싼 오징어와 소주 한 병을 내밀며 하기만이 잽싸게 지껄였다. 윤팔은 얼떨떨한 기분으로 술을 받아 나발을 불듯 병 주둥이를 물고 몇 모금 들이마셨다.

그들도 한 병 술을 서로 돌아가며 마셨다. 침묵이 흘렀다.

그러다가 문득 하기만이 주위를 경계하는 눈초리로 둘러보다가 입을 열었다.

"서 주사님. 우리들은 선거가 끝나는 대로 모조리 강송(强送)한다는 말이 있는데 사실입니까요?"

윤팔은 깜짝 놀라는 시늉으로 술병을 급히 내려놓았다.

"누가 그래? 전혀 근거 없는 말이야."

"교화과장이 분명히 말했답니다."

김순호란 환자가 원망에 찬 어조로 말했다.

"그럴 리 없어."

말하는 윤팔은 가뜩이나 침울했다. 과장 김달운이 선거에 광적인 만큼 그런 말로 으름장을 놓았을지도 모를 일이다.

"어차피 각오는 했습니다만, 너무도 지나치는 일입니다요. 도대체 원장님 이하 모든 사무소 직원들이 왜 그렇게 편협한 행동을 취합니까?"

하기만은 여느 때 없는 분개심을 드러냈는데 교장 조수호가 겁먹은 소리로 지껄였다.

"나 같은 늙은이조차 저희들에게 비협조적이라고 몰아세워 학교에 번번이 행패를 가할 뿐 아니라, 이번에는."

조수호가 찔린 듯 갑자기 말끝을 흐리자, 민익달이란 환자가 불만에 찬 소리로 참견했다.

"교장 선생, 말씀허세요."

그러자 하기만이 급히 말을 낚아채고 차분한 어조로 말했다.

"교장 선생은 비밀로 하려고 했지만, 우리는 이미 다 알고 있었습니다. 윤정옥 선생이 자치대의 불량패에 봉변을 당한 걸 말입니다요. 그리고 사무소에서는 되레 유야무야 사건을 덮어버리려는 것도 말입니다."

"세상에 그렇듯 억울하게 당할 수가 있습니까요? 만약 사무소가 영 그런 태도라면 우리는 재생원의 정화를 위해서도 가만있지 않으렵니다."

민익달이 화가 머리끝까지 올라 큰소리로 윽박았다.

윤팔은 심한 곤경에 빠졌다. 뭐라고 대거리할 말이 있을 것 같지 않다. 제기랄, 그는 홧김에 술을 꿀꺽꿀꺽 들이마셨다.

"서 주사님의 입장이야 우리가 다 환하게 알고 있습니다."

윤팔의 난감한 심정을 뚫어본 듯, 하기만이 자학적인 기분을 드러내고 말했다. 문득 노랫소리가 들려왔다. 술집에서 떠들썩하게 부르는 노랫소리였다.

잠깐 침묵에 잠긴 채 다섯 사람은 원망에 찬 눈길로 그쪽을 바라보았다. 바람을 타고 노랫소리는 무척 가까이 들려오기도 했다. 윤팔은 계속 술을 마셨다.

이윽고 하기만이 입을 열었다.

"서 주사님, 우리 측의 한 사람이 그쪽에 매수되어 우리가 야당 후보와 접선하고 있는 걸 소상히 고해바친 모양입니다요."

"앞으로 사태가 심상찮게 되겠구만."

윤팔은 불쑥 내뱉었으나, 그건 사실이었다. 젖소 열 마리와 양 서른 마리로 목축단지를 만드는데 전적인 책임을 지겠다는 여당 후보를 위해서 선거에 광분하고 있는 원장이 이를 안다면 가만있지 않을 것이다.

그들은 마치 퇴적된 울정을 풀기라도 할 듯 사무소에 대한 원망과 자치위원회에 대한 비난과 자신들의 피할 수 없는 숙명에 대한 탄식으로 오랜 시간을 흘려보냈다.

마침내 윤팔은 흠뻑 취해서야 자리에서 일어났다.

"나 먼저 가겠어. 젠장 누가 뭐래든 소신껏 해보는 거야. 소신껏."

그는 여느 때처럼 술에 취해 가뜩이나 과장된 기분으로 건성 소리치고, 휘청거리는 걸음으로 언덕을 내려갔다.

그리고 이윽고 교회 앞을 지나려던 참이었다. 불빛이 새어 나오는 교회에 불현듯 주의가 가자 발길을 멈추었다.

알지못할 이상한 힘에 끌린듯 문을 열고 안으로 들어갔다. 순간 정신이 번쩍 뜨이며 못 박힌 듯 그 자리에 서버렸다.

뜻밖에 윤정옥이 강독상 아래의 벤치에 두 팔을 뻗고 고개를 파묻고 엎드려 있었다. 부시게 흰 블라우스를 입은 그녀는 얼핏 잠들고 있는 것처럼 조용했으나, 자세히 보니 어깨를 출석이며 있었다.

그녀는 흐느끼고 있었던 것이다. 순간 윤팔은 가슴이 찌릿해지면서 끌리듯 정신없이 그녀에게 다가갔다. 압쇄된 울정과 연민감으로 뒤엉킨 격렬한 감정으로 그녀를 끌어 일으켰다…….

배가 뒤틀리고 머리가 깨어질 것 같은 숙취의 혼몽한 의식 속에서 윤팔이 무섭게 정신이 깨인 것은 이튿날 아침 열 시가 넘어서였다. 전혀 뜻밖의 사태가 그를 기다리고 있었다. 눈앞이 무너져가는 듯한 심한 절망에 빠졌다.

윤팔은 그런대로 몸 하나 까딱할 수가 없었다. 암담한 기분에서 기껏 외로울 뿐이었다.

조금 전, 교화과장 김달운이 숨이 턱에 닿아 가지고 무섭게 험한 얼굴로 숙직실에 달려왔다.

미처 잠들고 있는 윤팔을 깨워 일으키고 입에 거품을 물고 한바탕 호통을 쳤던 것이다.

"서 주사. 당신 돌았어? 간밤에 무슨 미친 짓을 했어. 지금 원내가 발끈 뒤집혔단 말이야."

"네? 무슨 일인데……."

윤팔은 영문을 몰라 충혈이 된 눈으로 김달운의 얼굴을 멀거니 바라볼 뿐이었다.

"아니, 무슨 일이라니, 이런 환장할 일이 있나? 간밤의 추태를 모른단 말이야?"

김달운은 애가 닳아 금시 주먹이라도 쥐어박을 것 같은 기세로 으르댔다. 그리고는 윤팔이 미처 대꾸를 못하고 있자 돌연 찢는 것 같은 날카로운 목소리로 소리쳤다.

"교회에 가서 윤정옥을 붙들고 희롱을 했다면서? 그 더러운 문둥이 가시나를 어쩌자고 찾아가서 추태를 부렸냐 말이야?"

"예? 정옥을……."

쇠망치나 뭔가로 호되게 얻어맞은 것처럼 머리가 아찔해 왔다. 그러자 김달운이 이어 잽싸게 지껄이기 시작했다.

"그리곤 하기만 등의 말썽 많은 강송파 애들과 어울려 밤에 몰래 밀회를 했다며? 이번 선거에 철통같은 단합을 꾀해야 될 처지에 명색 직원이 반동적인 원생의 무리에 끼어들어 야당 후보의 운동을 선동하고 있었다며? 어이 여봐, 당신 제정신을 가지고 있어? 지금 어느 판국인데 고따위 망동을 하고 있느냐 말이야."

김달운의 말은 마치 연타하는 주먹질과도 같았다. 윤팔은 비참하게 얻어맞는 기분으로 정신이 멍했다.

그러나 가슴 밑바닥에서 그는 부르짖음 같은 걸 느꼈다.

—모략이다. 그 놈들의 계략에 걸렸구나.

아득한 기분으로 온몸이 떨려왔다. 그러나 입술이 얼어붙어 한마디 말도 할 수가 없었다.

분노와 곤혹에 찬 눈길로 파랗게 질려있는 김달운의 민숭한 머리께를 훔쳐보았다.

"아니, 왜 말이 없어. 사실이지?"

"간밤 술을 마셔……."

겨우 입을 떼었으나 무슨 말을 어떻게 해야 될지 갈수록 당황했다.

"술을 마셨음, 그런 추태를 부리나? 어쨌든 사고는 확실해. 현장을 목격한 사람이 있어. 자치위원회에 보고되고……, 지금 막 간부들이 분개해가지고 사무소에 쫓아와 항의를 하고 갔어. 원장님이 화가 치밀어 어쩔 줄을 모르네. 자네를 가만 두지 않겠다는 거야."

김달운이 문득 던져버린 끝말은 무서운 감동력을 가지고 윤팔의 가슴을 때렸다……. 육년 전 양곡사건이 터졌을 때, 전혀 자신에게는 책임이 없는데도 엉뚱하게 죄를 뒤집어써야만 했었다. 그때 도정업자와 결탁한 양정계 상급자의 계략임을 짐짓 아는지 모르는지 군수는 화가 머리끝까지 치민 채 윤팔만을 추궁했던 것이다.

"창고 책임인 당신은 가만 두지 않을 거야……."

그리하여 윤팔은 전혀 예기치 않았던 일로 직장을 물러서야만 했었다.

"가만두지 않겠다……."

윤팔은 모든 것이 끝났다고 생각했다. 그는 눈을 지그시 감고 입술을 깨물었다. 새삼스레 아무 변명도 늘어놓고 싶지 않았다.

"아무튼, 원장님을 만나보게, 극구 사정을 해보게. 허지만, 사태는 심상찮아. 아마도 원장님이 결심이 풀리지 않는 한, 자네는 괜한 망동으로 불행을 당하게 되었어."

김달운이 괜히 부드러운 어조로 바꾸자 윤팔은 울컥 메스꺼움을 느꼈다.

"알았습니다. 과장님, 곧 가죠."

그리고는 마치 뿌리 뽑힌 나무토막처럼 자리에 드러눕고 말았다.

김달운이 불쾌한 듯이 혀를 차고 나가버렸다.

그러자 윤팔은 새삼스레 분노가 치밀어 왔다. 얼핏 생각되는 게 있었다. 어젯밤 그는 미행당하고 있었다. 자치대원을 불쑥 만났을 때처럼 왠지 모를 불길한 예감이 있었다.

그러자 윤팔은 또 다른 사실 때문에 가슴이 쑤셔왔다. 윤정옥의 일이었다.

그는 뉘우침 때문에 가슴이 암울했다. 어젯밤 그는 울고 있는 정옥을 대뜸 끌어안았었다.

"빔늦게 정옥이…… 너무 가슴 아파하지 말어. 나는 정옥의 불행을 알고 있어. 그리고 그런 천하에 몹쓸 치한들을 벌주지도 못하는 내 자신 미안해. 재생원은 이제 썩었단 말이야. 모두 권력으로 뭉쳐 양심 따윈 약에 쓸래두 없단 말이야. 정옥의 봉변에 분노할 도의적 양심 따위가 있는 줄 알아?"

술기운으로 자제력을 잃고 허튼 소리를 늘어놓았던 기억이 되살아났다. 아, 그때의 무섭게도 침착했던 정옥. 그리고 경망을 탓하는 날카로운 눈초리.

"서 주사님. 그만 하세요. 밤늦게 더구나 교회 안인데 이게 무슨 짓이에요. 말씀은 고맙지만 제발 돌아가 주세요."

"아! 난 정옥을 가슴 깊이 동정하고 있어. 정옥은 드물게 보는 귀한 꽃이야."

잠깐 풀었던 팔을 들어 정옥을 또 다시 끌어안으려 했을 때, 외마디 날카로운 소리와 함께 그녀가 돌연 문밖으로 뛰어나갔던 것이다.

순간 정신없이 뒤따라갔던 윤팔은 문밖에서 몇몇 사람에게 부딪쳤고, 화를 내다가 숙직실에 돌아와 억지로 사환을 시켜 소주를 사와 병째 들이켰던 것이었다.

혼몽한 의식 속에서 그것은 마치 찢어진 종이 위의 자획처럼 추억의 윤곽이 드러나기 시작했다.

실태(失態)였다. 그러나 윤정옥에게는 변명할 말이 너무도 많다고 생각했다.

—정옥이 단단히 오해하고 있을 거야.

윤팔은 낯이 화끈 달아올랐다. 수치심에 전신이 굳어져 갔다.

절대절망. 그는 불현듯 가족의 얼굴을 참 시시껄렁한 통속적인 감상 속에 떠올렸다.

바스도우씨 병을 앓고 있는 아내. 그녀의 목이 눈에 띄게 커져가는 걸 불안하게 지켜보던 일상의 기억. 그리고 월급 며칠 전이면 으레 서울의 병원에 입원시켜 주마고 장담을 되풀이해온 무능한 자신이었다.

그런데 지금 모든 것은 끝났다. 앞날이 마치 부러진 다리처럼 눈에 걸려온 것이다. 윤팔은 벌떡 자리에서 일어났다. 어깨가 부러진 것처럼 쑤셔왔다.

방문이 열리며 이득만이 자못 수심어린 얼굴로 방안에 들어왔다. 그는 앉아 윤팔의 얼굴을 조심스레 살폈다.

"웬 술을 그리 마셨나?"

"미안하네."

"참 재수 없이 걸렸어."

"……."

"자치위원회에서는 일찍부터 자네를 눈 안에 가시처럼 여겼던 거야. 말하자면 함정에 자네가 끼어든 셈이지……, 어쩔 작정인가?"

"무엇을?"

윤팔은 그의 말뜻을 알고도 부러 시치미를 뗐다.

"그들은 원장을 단단히 닦아세운 모양이야. 괘씸한 것들, 원장도 그들의 횡포를 어쩔 수 없어. 불쌍한 신세지. 게다가 잽싸게도 김봉두 씨 측의 지프차가 다녀갔어. 사태는 짐작할만해."

"알았어."

쏘아 붙는 것 같은 이득만의 눈길에서 고개를 돌리며 윤팔이 중얼거렸다.

"그저 저나, 하기만 등 강송파를 선거 끝나는 대로 소록도로 보낼 것이라 하니 참 안됐어."

"그런대?"

윤팔은 움찔 놀랬으나, 말소리만은 태연했다.

"윤정옥 조차 없애자고 의논했대……."

"아……."

윤팔은 기어이 우는 소리를 했다. 견딜 수 없는 곤혹감으로 미칠 것만 같다. 때마침 사환이 방문을 열었다.

"원장님이 오시래요."

윤팔은 순간 생각난 것처럼 돌아가려던 사람을 불러 세웠다.

"너, 내 책상 서랍을 열고 양면괘지와 봉투를 갖다 다오."

사환이 돌아갔다. 윤팔은 그제야 이득만을 향했다.

"너무 소란을 피워 미안하네."

가스러진 목소리로 말하고 지그시 눈을 감았다.

—사표를 쓴다. 이제 이곳을 떠나면 무엇을 한다?

순간 먼지를 쓰고 사백 리 길을 달려 소록도를 향했던 엇그제의 추억이 떠올랐다. 죽음의 행진만큼이나 겁에 질려 있었던 열 명의 환자들…… 돌연 그 환자들의 환영 속에 하기만과 윤정옥의 모습이 떠올랐다.

잔상殘像

녹이 슬어 얼룩이 져있는 그 집 회색 철문은 늘 닫혀 있었다. 그래서 사람의 접근을 단호히 거부하고 있다는 굳은 인상을 주었다.

흰 대리석 기둥 위로는 먼지를 쓰고 가지가 늘어진 히말라야시다가 하늘을 가린 사이로 구리 슬레이트로 된, 모가 진 네덜란드 식의 지붕이 위용을 드러내고 있었다.

지금은 무더운 여름밤, 바람 한 점도 없다. 리기다소나무, 이부끼, 향나무, 히말라야시다 등이 빽빽하게 들어찬 정원도 심한 열기에 시달리고 있었다. 몇 그루의 나무들이 메말라 까맣게 죽어 있었다.

다마이부끼와 영산홍이 가를 두른 연못도 바닥이 나 있었는데, 이끼가 말라붙은 돌무더기가 곰의 발바닥처럼 드러나 보였다. 금붕어가 있던 바닥에는 말라비틀어진 연 줄기가 이리저리 얽힌 데다 나무토막과 돌멩이들이 지저분하게 널려 있었다.

숨통이 막힐 것 같은 고요함. 정원에 있는 외등에는 모기와 나방과 하루살이들이 까맣게 눌어붙은 채 윙윙거리고 있는 게 들리는 것 같았다.

닷도 한 씨(韓氏)는 후줄근하게 땀 절은 목덜미를 손바닥으로 문지르며 방에서 나왔다. 가슴이 후끈거려 가볍게 숨을 헐떡인다.

문득 정원 한가운데 마치 멕시코 인이 두른 판초자락처럼 가지를 늘어뜨린 향나무 아래 윤산월 여사(尹山月女史)가 있는 게 눈에 띄었다. 등의자에 앉아 쥘부채를 들고 있었으나 기실 부채를 부칠 만큼의 노력에도 진력이 나버린 듯한 표정이었다.

"소낙비라두 한 줄금 퍼부었으면."

한 씨는 투덜거리며 그녀 곁으로 걸어갔다.

"수돗물 사용을 제한하면서부터 우물이 없는 사람들은 식수에 큰 곤란을 겪는 모양이던데요."

그녀는 그저 방심한 태도로 지붕 쪽을 바라보고 있는 채 말이 없다. 그는 버릇처럼 머리를 두어 번 긁적였다. 향나무에 몸을 기대면서 지껄였다.

"이발소에선 머리 씻길 물이 딸려 문 닫을 형편이라구 울상이고, 다방도 장사가 안 된다는 군요. 시내가 물 걱정으로 발끈 뒤집혔어요. 뭐 삼십 년래의 가뭄이라니까요."

"여봐요, 한 씨."

별안간 윤 여사가 고개를 젖혔다.

"나에게 헐 딴 얘기는 없수?"

사나운 눈초리로 쏘아보며 역정이 치민 목소리로 물었다. 서슬에 그는 몸을 가볍게 움칫했다. 당황한 기색을 누를 새 없이

"뭐 달리."

하고 얼버무렸다.

"그럼, 그만 둬요. 한 씨는 언제나 내가 듣기 싫어하는 걸 알면서두 부스러기 같은 시속 얘기만 늘어놓는구려. 가뭄 난리야 집안에 있어두 훤하게 알고 있어요. 저 흉하게 메마른 연못 좀 보시구려. 연 줄기가 새끼줄처럼 말라비틀어졌잖우? 그런데 한 씨는 뚱딴지처럼 남의 이발소에 다방이네 하고 시큰둥한 소리만 하고 있소 그려. 아, 분통이 터져요."

"원, 윤 여사도."

그는 앞가슴에 줄줄 흘러내리는 땀줄기를 손으로 훔치며 가만히 불평했다.

"속편하게 한 씨는 언제까지나 남의 걱정으로 지낼 사람이란 걸 알아요. 글쎄 일 년 내내 남의 이야기를 빼놓군 도무지 할 일이 없잖아요."

부채를 들어 귀찮은 거라도 떨어버리듯 두어 번 흔들고는 잔뜩 성이 난 표정이다.

한 씨는 찔린 듯 낯을 붉혔다. 연민에 찬 눈길로 그녀를 내려다보았다.

형광등 불빛을 받아 그녀의 얼굴은 유난히 핼쑥해 보였다. 오십이 갓 넘은 나이치곤 너무도 겉늙었다는 생각이 든다. 물기 있는 큰 눈은 여전 이십여 년 전의 젊었을 때처럼 정겨운 느낌을 주었으나 눈 가장자리에 겹겹이 잡힌 주름이며 옴폭 패인 볼이 찌들고 심술 사나운 인상을 굳혀 놓았다. 더욱이 당뇨병을 앓으면서부터 눈자위에 우울한 그늘이 어리기 시작했다.

실상, 요즘 한꺼번에 밀어닥친 착잡한 일들로 말미암아 그녀는 마치 수렁에 빠진 기분일 거다. 은행에 집을 저당하고 대부를 받아 시작했던 그녀의 외아들인 경수(敬洙)의 택시업은 끔찍한 사고로 거덜이 나버렸다.

작년 겨울, 과속으로 달리던 차가 내리막길에서 차를 만나 급히 비키려다 브레이크 고장으로 길가의 인가를 들이받았다. 차는 대파되고 승객 한 사람이 죽었으며 운전수는 다리 하나가 잘려버렸다. 거액의 위자료와 치료비, 남은 건 택시의 잔해일 뿐, 하루아침에 빚더미를

안은 채 파산이 되어버렸다.

이 예기치 않았던 참극을 겨우 수습하고 난 경수는 실의에 찬 나날을 도박판에서 보내게 되었다. 꽁지가 낀 노름판이어서 마침내 경수는 상습도박꾼이란 혐의로 경찰의 수배를 받게 되어 훌쩍 서울로 떠나버렸다.

—그건 바다에서 돌풍을 만나 격이었어. 미처 몸을 피할 길도 없이. 모든 불행이 꼬리를 이어 내달아 왔거든, 순식간에.

최근 은행에서는 대부금 상환을 재촉하다 못해 저당물인 집을 경매에 붙이겠노라고 통고해 왔다. 그러더니 뒤미처 시 당국에서는 도시계획 5개년 사업으로 도로를 넓히는데, 하필 윤 여사 댁이 그 1차분 계획선에 들었다는 것, 토지수용령에 의해서 가옥 철거를 재촉 받게 되었다.

도무지 정신을 차릴 수가 없는 연쇄적인 파동에 떠밀려 그녀는 소리조차 지를 수가 없게 목을 눌린 기분일 것이다.

이제 은행의 경매처분이야 문제 밖의 일이 될 것이다. 그러나 당장 도로계획을 피할 길은 없다. 그러니 가옥 수용에 따른 보상금을 받는다 하더라도 의당 은행 측에서 가로채갈 것이 뻔하다.

시가보다 낮은 사정 가격에서 은행의 대부금을 빼고 나면 남을 게 별반 없다. 결국 하루아침에 집을 빼앗기고 거리에 쫓겨날 판국에 닥뜨린 셈이다.

이런 사실이 콧대 높은 그녀의 기를 폭삭 꺾어 놓은 것일까? 한 씨는 생각했다. 가슴이 절로 메어온다.

"경수가 오늘 밤차로 내려온단 말 들었는데요."

넌지시 그녀의 눈치를 살피며 한 씨가 입을 떼었다.

"누구한테 들었수?"

의아스러운 눈치로 묻는다.

"친구인 김익수가 그러더군요."

"그 자식은 어머니보담 제 친구가 중요한 거로구먼. 오늘 내려오라고 편지했지만 오리라곤 믿진 않았는데……."

"왜 무슨 일이라도 있었나요? 요즘 취직자릴 구한다구 바쁜 모양이던데."

"그 자식이 남의 밑에서 고분고분 일해 나갈 성미라구 생각허우? 세상에 내놓은 건달꾼이."

"윤 여사, 무슨 말이오. 어쩌다 사업에 실패하긴 했지만, 누군들 어쩌겠어요. 세상이 악착해서 뭐든 뜻대로 안돼 그렇지. 평소에 경수를 가까이 접촉한 사람이면 다 알아요. 외손으로 윤 참의원님의 그 넓은 도량을 이을 큰 그릇이란 걸 말이에요. 윤 참의원님의 명성이나 공적이야 세상 누가 모른답디까? 또 이 고을 사람들 치고 그 어른의 은혜를 입지 않고 살아온 사람이 어디 있을까요?"

"아하, 한 씨 당신은."

마침내 윤 여사는 의자의 팔걸이를 한손으로 탁탁 치면서 날카롭게 외쳤다.

"당신은 또 우리 가문 자랑이군요. 언제나 내가 그따위 이야기나 듣고 싶어 하는 걸로 알고 있나 보죠? 아버님 얘기는 제발 꺼내지 말아요. 이젠 모든 게 진력이 나버렸어요."

"그렇지만……."

"그렇지만이 뭐예요. 당신조차 경수가 아버님의 그 명성을 잇기엔 너무도 사람이 못돼 있다는 걸 잘 알고 있을 테죠. 그렇죠?"

"천만에요, 원."

"거짓말 말아요. 당신은 속셈은 뻔하면서두 언제나 내 앞에선 간지러운 말만 버릇처럼 해왔어요."

다짐을 받으려는 듯 찌를 것 같은 눈초리로 쏘아본다. 한 씨는 갑자기 돌덩이에 얻어맞은 듯 씁쓸한 기분이다. 밭은 침을 삼켰다.

"그렇게 말한다면 그건 오핸데…… 참으로 나는……."

순간 그녀의 낯이 상기된다. 큰 눈에 정겨운 웃음빛을 띠고 말했다.

"금방 당신은 변명하시는군요. 꼭 마음씨 착한 어린이 같으셔. 내 말이 너무 지나쳤나보구려."

신경질적으로 짧게 웃음소리를 냈다. 한 씨도 얼떨결에 바보처럼 훗훗 따라 웃었다.

이십 년. 심술 사나운 과부 곁에 식객으로 붙어사는 동안 이따위 자잘한 언쟁은 늘 있어왔던 게 아닐까?

그는 담배를 태워 문다. 입맛이 씁쓰레하다. 하늘을 우러러 본다. 흐린 늪처럼 무겁게 탁해 보이는 하늘 깊숙이 뱀의 눈처럼 물먹은 별빛이 빛나 보였다. 숲속에서는 윙윙거리는 모기떼 소리가 한결 갑갑증나게 해준다.

문득 그는 치마 위에 모아진, 윤 여사의 뼈마디가 드러난 길쭉한 손을 바라본다. 만일 그녀와 나란히 의자를 맞대고 앉았다면 의좋은 부부처럼 보일 거야. 하긴 옛날에는 곧잘 둘이서 정담을 나눈 적도 있었지. 우정 있는 주객 사이에 세상은 그래도 감칠맛이 있었어. 그녀의 오만 앞에 길들인 강아지처럼 충직했던 그 알뜰함.

그런데 세월은 얼마나 빨리 흘러버렸을까? 이제 과거를 되돌아보기에는 너무도 멀리 와 버린 것 같다. 이 덜렁하니 큰 집안의 모든 자잘한 가구 하나에까지 대체 그들처럼 늙어버리지 않은 게 있을까. 별안간 윤 여사가 쇳소리 같은 기침을 하고 나더니 울적한 목소리로 말을 꺼냈다.

"우리 경수란 놈이 어떻게 자랐는지 한 씨도 아시죠? 그놈이 얼마나 엄격한 규율 속에 자라왔는지. 그리고 얼마나 에미 말을 잘 듣는 착한 애였는지. 그런데 그놈을 그토록 거친 성격으로 만든 건 순전히 세상 탓이여요. 아니 군대에 다녀온 원인이에요. 닭 모가지 하나 비틀어보지 못한 애가 글쎄 사람의 목숨을 파리 잡듯 하는 전쟁터에서 몇 년을 보내다니. 그런 비참하고 잔인한 일을 겪게 되다니. 아, 상상만 해도 몸서리가 처지는군요."

또 그 말이군. 한 씨는 입맛이 떨떨했다. 그의 대꾸가 없자 그녀는 제풀에 흥분하기 시작했다.

"그 애는 보호받았어야 했어요. 세상 아이처럼 아무렇게나 내팽개쳐질 아이가 아녀요. 불쌍허게두 그 애는 비참허게 버림받았기 때문에 양처럼 어진 애가 들소처럼 사나워져버렸어요. 아, 내가 너무 세상을 깔봐 그런지는 몰라도 그놈이 이제 와서 취직 어떻구 하면 기가 막혀요. 세상에 그 애가 쥐꼬리만 한 월급을 생각하게 되다니. 그 나이 때 나는 달랐어요. 그래서 흔한 세상 여자처럼 오늘날 행복하지 못하는간 몰라도……."

정감 있게 그녀의 입술이 떨고 있었다. 그렇군. 그리운 과거였어. 한 씨는 건성 기분이 들떴다.

"암, 그러믄요. 그때의 윤 여사야 총명허구 도량 있고 모든 것이……."

"아하, 바보같이."

그녀는 느닷없이 충격을 받은 듯 외치고 덤벼들 것 같은 자세를 취했다.

"참 당신은 멋대로 지껄이는군요. 원, 기가 막혀서. 당신 말대로 한다면 내가 남편을 박차고 청상과부로 늙게 된 것두 자랑스러운 일이겠군요. 남의 설움 같은 거 손톱만큼도 생각해주지 않고 어쩜 그렇게 당돌하고 매정할까?"

한 씨는 얼결에 가슴을 쥐어뜯긴 것 같은 곤혹을 느끼고 담배를 빨았다. 나뭇가지 사이에서 끈끈한 바람이 건듯 불어왔다.

문득 외등에 그늘을 짓고 높이 솟은 지붕 쪽으로 시선을 옮긴다. 해방 전 이 집은 일연교(日蓮敎)의 한 지부 자리였다. 윤 참의원이 해방 후 막대한 돈을 들여 사준 것이다. 외아들의 죽음을 당하고 병석에 누워 있던 그가 하나 남은 혈육의 정으로 그나마 남편과 헤어져 불우해진 딸을 위해 남겨준 유산이었다.

꽤 많았던 그의 토지는 토지개혁 때 지가증권으로 바뀌어 학교재단에 기부해버렸고, 몇 가지 남은 재산도 그의 죽음과 더불어 흐지부지 없어져 버렸다. 그런 지 이십 년, 그가 남겨놓은 이 집마저 헐리게 될 형편이 되다니. 한 씨는 새삼 콧날이 시큰해왔다.

"경수가 올까봐 나가보렵니다."

자리를 뜨려는데 윤 여사가 급히

"사실은 잠깐 상의할 일이 있었는데."

한다.

한 씨는 집 문제려니 하고 지레짐작을 했다. 시청 측의 몇 차례 최고에도 일절 응대를 하지 않고 있던 그녀의 고집도 이제 한계점에 이른 것일까?

"아니, 시청에서 또 뭐랍디까?"

"뭐라니요. 집을 누가 어쩐대요?"

도리어 의외라는 듯 퉁명스레 반문했다.

"아니, 그저 집일이 걱정이 돼서."

"걱정이 되다니 무슨 뜻이죠? 한 씨는 시청이 하잔 대로 왜 자진해서 철거하지 않냐 그런 말인가요? 도대체 당신은 빈둥빈둥 놀고 다니면서 여기저기서 시정배들의 잡된 얘깃거리나 주어모아가지고 떠벌이길 좋아하니까 내가 뻗대고 있는 게 아니꼽죠? 이십 년을 한 집 속에서 살아온 정분을 생각드래두 그럴 수가 있을까요. 보셔요. 시 당국이 겉으론 떵떵거리지만 우리 집 보상금을 내놓을 재정이 지금 있단 말이에요? 허튼 수작이지. 더욱이 지금 가뭄에 눈깔이 뒤집힌 마당에 어림도 없지, 어림도 없어요."

낯이 질려 악을 쓰면서 자리에서 벌떡 일어섰다. 마루로 가더니 펄쩍 주저앉는다. 손가락으로 눈물을 찍어내는 시늉을 하더니 부엌을 향하여 소리쳤다.

"얘, 삼순아. 벽장에 있는 세레피아 두 알만 가져온."

그녀의 발작적인 행동이 자못 희극적이어서 한 씨는 웃음이 터질 뻔한 걸 가까스로 참았다.

한 씨는 부스스한 반백 머리칼을 손가락으로 추어올리며 걷고 있었다. 몇 사람이 그의 곁을 스쳐가며 "닷도상 안녕허시우?" 하며 인사를 보냈다.

네모진 얼굴에 작달만한 키, 떡 벌어진 어깨처럼 그의 걸음걸이도 나이에 비해 무척 다부지고 활기에 넘쳐 있었다.

그는 이 자그마한 도시에서 꽤 알려진 일종 기인(奇人)으로 통했다. 그럴 것이 너무도 친숙해진 인물이라는 사실 말고는 정작 그의 신원, 즉 나이도 이름도 더구나 그 독신의 비밀을 아무도 모르고 있었다.

누구든 항용 '닷도상'이란 왜식 애칭으로 불렀지만 확실한 연유는 모르고 있었다. 일본의 소형 자동차의 상호인 닷도처럼 작고 다부진 데에 비겨 생각하는 이가 많았다. 어쩌다 약간 소상하게 그를 안다는 사람들의 입에서 그가 과거에 닷도 택시를 부리던 운전수였다는 소문이 나돌기는 했었다. 그러나 당사자인 한 씨로서는 조금도 근거 있는 말을 발설해 본 적은 없다.

활기에 찬 걸음걸이처럼 그는 늘 쾌활하고 상냥했으므로, 사람들이 항용 알고 싶어 하는 그의 음울하고 기구했을 과거를 좀체 캐어내기 힘들었다. 그가 왜 윤 여사란 콧대 높은 과부에 얹혀사는 건지 자잘한 억측이 나돌기는 했으나 제풀에 거품처럼 꺼지고 말았었다.

결국 그가 시속에 밝은 것과는 달리 자신은 늘 베일 속에 숨겨진 존재였다. 윤 여사에 매여 산다는 신분 말고는 그렇게 천연스러운 룸펜이 또 있을까?

다방, 이발소, 당구장 또는 관공서에 이르기까지 그가 끼지 않는 곳은 드물었다. 아무 곳에서나 사람들과 어울렸고 자잘한 도움을 입어가며, 또 도와주며 환한 낯빛으로 나날을 보내왔다.

매사에 성실하고 호의에 넘쳐 있었으므로, 사람들은 그를 고결하고 순박한 인품으로 믿어왔다.

마침내, 사람들은 그의 독신주의가 차라리 모든 이를 위해서 제 것을 잃어버리기에 알맞게 된 그 생리 탓이라고 생각하게끔 되었었다.

그러나 이런 겉보기와는 달리 한 씨 자신에게는 늪과도 같은 마음의 적막과 회한이 없는 바 아니었다. 더욱이 요즘 따라 윤 여사에 얽힌 재난은 그로 하여금 밤을 도와 시름을 씹게 하는 일이 되었다. 일찍이 가정을 팽개쳐버린 그가 그나마 딛고 선 디딤돌이 무너질 것 같은 절박한 처지였다. 바다에서 태풍경보를 들은 기분인걸.

한 씨는 경수를 역으로 마중하려고 생각하며 걸었다. 가등이 없는 행길에서 몇 번이나 발을 헛디디고 비칠거렸다.

아스팔트를 깐 지 채 일 년이 못 되어 뜯어고치느라고 길바닥을 온통 파헤쳐 놓았었다. 우라질 놈들. 선거바람에 날림공사를 해놓곤 부랴부랴 까 젖혀놓더니 가뭄에 정신이 뒤집힌 게로군. 입 속으로 투덜거리며 중심가를 찾아갔다.

경수가 도착하려면 얼추 한 시간은 기다려야 했다. 그는 다방을 찾아갔다. 손님이 없이 매우 한산하다. 카운터 앞자리에 앉아 졸고 있는 마담의 맞은편 자리에 가서 앉는다.

"여긴 물 많이 잡아놨어? 이발소는 머리 씻길 물이 없다고 야단이던데……."

"아, 할아버지 오셨어요. 왜 이리 자꾸 졸리죠?"

눈을 비비며 무척 반가운 시늉을 한다.

"가무니까 몸이 부대껴 그런 거지."

"아 정말, 그런데 참 할아버지 마침 잘 오셨어요. 나 내일 서울 집엘 가야겠는데, 풍년호 차표 한 장 끊어다 주셔요."

"남아 있을까? 아무튼 가보지."

"비나 좍좍 쏟아졌음 좋겠는데…… 온종일 손님도 없어요."

성냥개비로 귓구멍을 후비며 무료에 지친 표정이다.

"비가 온다구 며칠째 예보했다던데, 라디오 믿을 수 있어?"

"정말이죠."

하고는 마담이 일어나 쿡 실에 차 주문을 한다. 빽에서 돈을 가져다준다.

"차 한 잔 들고 가셔요."

퍼뜩 마담이 식모 삼순과 닮았다는 생각이 스친다. 얼추 나이가 스물예닐곱 된 것 같다. 비슷한 건 그것뿐이 아니다. 결혼에 실패하여 홀몸이 된 처지가 같다.

다른 건, 마담에겐 친정에 맡겨놓은 세 살짜리 딸애가 있다던가? 이따금 혼자 있을 때 마담이 수심 깊은 얼굴로 우두커니 앉아있는 걸 본 적이 있다. 딸애를 그리워 그런 거겠지.

삼순이는 언제나 뚱하니 말이 없는 성격이다. 하기야 본래부터 그런 건 아니었다. 스물이 넘어 시집을 갈 때까지는 그녀는 경수와 어울려 여간 쾌활한 게 아니었다.

그랬는데, 시집을 가서 채 일 년도 못되어 윤 여사 댁으로 되돌아오면서부터 영 딴사람처럼 되어 버렸다.

그녀의 남편이라는 게 주벽이 심한데다 아주 악바리였던 모양이다. 윤 참의원 댁에 한때 서생 노릇을 했던 인연으로 윤 여사가 중매하여 결혼했던 것이다. 그런데 그런 사람일 줄이야.

그때 삼순은 이미 배가 불러 있었다. 임신 사 개월이었다. 그것이 윤 여사의 분통을 터뜨렸다.

"야, 삼순아, 그놈의 씨 냉큼 떼어버리자, 떼어버려. 그런 녀석의 씨앗 배서 뭘 하겠냐."

삼순은 울면서 막무가내였으나, 윤 여사는 기어이 산부인과 의사 하나를 매수하여 소파수술을 해치웠다. 윤 여사란 그렇지 않고는 직성이 풀리지 않는 그런 여성이다.

삼순은 이따금 수심에 잠긴 얼굴로 우두커니 앉아 있곤 한다. 그건 끊어진 혈육에의 안타까운 미련 때문이었을까?

그런데 요 몇 달 전부터 그녀는 별나게 얼굴이 까칠해지면서 몹시 불안하고 초조해하는 기미였다. 윤 여사도 짐짓 그런 눈치를 살피고 있는 것 같았다. 다만 섣불리 손대기에는 너무도 엄청난 근심거리여서 남몰래 가슴을 앓고 있는 것 같은 초조로운 기미였다.

며칠 전 일이었다. 깊은 밤중에 난데없이 삼순이 흐느껴 울었다. 이윽고 윤 여사가 쫓아가 뭔지 간곡히 타이르는 것 같았으나, 마침내 악을 쓰며 통곡했다. 도무지 종잡을 길 없는 일이었으나, 그런 일은 결코 없었던 일이다.

참으로 수상쩍은 일이야, 하고 한 씨는 뇌였다. 문득 앞에 찻잔이 놓여있는 걸 깨닫고서야 정신을 차렸다.

"내일 집에 가면 언제 오누?"

"뭐, 바로 되짚어 내려와야죠."

한 씨는, 딸애와 며칠간 같이 있지 않고? 하려다가

"그래 매어있는 몸이니까."

해버렸다.

차를 마시고 자리를 일어섰다. 여행사를 향했다. 도중에도 몇 군데 상점에 들러서 잡담을 늘어놓아 폐점 직전에야 가까스로 여행사에 당도했다. 지정된 매수가 다 팔렸다는 걸 억지를 써 한 장을 얻었다. 시계를 보니 차 시간이 됐다. 부리나케 역으로 달려갔다. 이미 출찰구로 사람들이 꾸역꾸역 밀려나오고 있었다.

오랫동안 살펴보았다. 그런데 끝내 경수는 나타나지 않았다. 실망하고 돌아서려는데 누군지 아는 체를 한다.

"닷도 할아버지, 누굴 찾으셔요?"

다방에서 이따금 만나 익숙해진 젊은 사람의 얼굴이다.

"우리 집 경수가 온다기에."

"그래요? 이상헌데, 분명 오늘 낮에 사파이어 다방에서 본 것 같은데."

"오 그래?"

한 씨는 가볍게 뒤틀린 기분으로 돌아섰다.

"아저씨, 술을 드셔요. 이 경수는 굳이 인생을 서둘지는 않습니다. 뭐 신명이 나게 살아갈 장래 같은 거 있을 것 같지도 않죠만. 때론 산다는 게 실감이 나고 조금은 엄숙해지는 경우도 있죠. 겨자씨만큼의 일에도 감격하게 되는 순간도 있구요. 나는 지금 아저씨와 단둘이 술을 마시게 되어 흥분돼 있어요. 언제 내가 아저씨와 술을 함께 마셨던가요?"

색시가 술을 따르는 걸 가볍게 묵살하고 손수 술을 따라 마시면서 건성 씨부렁거렸다. 한 씨는 왠지 억제당한 기분에서 머쓱하니 앉아 있으려니까 색시가 술을 권한다. 안 돼, 마음에 굳센 저항을 의식한다. 대어본 일이 까마득한 것 같다. 하긴 젊었을 때 그도 억주였었다. 그만큼 인생에 대한 불길 같은 열정이 있었다.

그랬는데 윤 여사 댁에 기식하면서부터 굳이 술을 삼가 왔다. 마음속에 깊이 묻어둔 여한의 불씨가 되살아날까 싶어 두려웠던 것이다.

"경수, 내가 언제 술을 마시던가?"

술의 유혹 앞에 안간힘을 쓰며 말했다.

"아, 아저씨도 술을 하고 않고가 어디 있습니까? 그저 마시면 되는 거지. 술을 청하는 기분이란 것 있잖습니까? 이 경수의 기분도 살펴주셔야지."

색시가 술을 따르며 한 눈을 찡긋 감아 보인다. 그럼 그렇지. 젊은이의 말이 옳아요, 하는 눈치 같다.

"경수는 전작이 많은 것 같은데?"

하고 건너보다가는 마지못해 잔을 든다. 한 모금 꿀꺽 삼킨다.

"어제 밤차로 도착하자마자 김민우란 녀석 만났죠. 그놈 제주도로 끌려간 줄 알았어요. 리스트엔 올랐지만 잠깐 피신했던 모양인데, 영 나를 놓아줘야죠.

녀석 노름판에서 내 덕을 보았었죠. 오늘 낮엔 그놈이 박진수란 사람 끌어냈어요. 그게 꽁지를 시켜 노름판에서 고리대금으로 실속을 차리더니 요즘 신문의 지사를 사들였다는군요. 세상 우습게 돌아가죠? 그 무식한 놈이 지사장 어쩌구 하는 바람에 신바람이 난 꼴이라니. 이 고을의 유지라도 된 양 거들먹거리는 게 칵 비위가 사나워서 말예요. 평소에 기자들이 손을 내밀어싸니까 아주 귀찮아서 신문 하날 사버렸다는 거예요. 두더지처럼 세상을 잘 파헤치고 살아요. 그러고 보니 나만이 황야에서 울부짖는 늑대처럼 처량한 신센데."

이맛살을 찡그리고 나서 술잔을 한 씨에게 건넨다. 그는 잔을 받으며 해학적인 기분에 젖어 가슴이 절여드는 걸 느낀다.

"그렇다고 경수. 어머니께서 그렇게 기다리는데 곧장 들어가 보지도 않나?"

"가봐야죠. 어머님의 편지도 받았는데, 어찌 안 가겠어요? 편지에 몸이 아주 불편하신 것처럼 쓰셨던데 어떻습니까?"

"뭐, 대단한 편은 아니시고, 당뇨로 늘 조심하고 계시니까."

"허긴 그게 우리 어머님 매력이죠. 아하, 선병질이구 늘 고고하게 위엄의 벽에 의지하시곤 외로운 성주처럼 앉아있는 것. 세상이 바뀌어도 윤 참의원의 따님이신 품위로 세상을 깔보고 사는 거죠. 하하, 이거 너무 지나쳤나요? 여보 색시, 당신 왜 웃지? 네깐 여자는 우리 어머님을 비웃기엔 쥐뿔도 자격이 없다는 걸 알어야 해. 우리 어머닌 그래도 성녀(聖女)야."

경수가 잽싸게 지껄였다. 색시가 뭐 이런 치가 있느냐 싶은 노골적인 불쾌감을 드러내자 거칠게 그녀에게 술잔을 권했다.

"이 술 한 잔 들고 기분 나쁘면 당장 꺼져 버려."

색시가 잔을 소리 나게 내려놓고 낯을 찡그리며 방을 나가버렸다. 잠깐 살벌한 분위기가 되자 경수는 사뭇 머리칼을 움켜쥐었다가는 놓았다. 안되겠는데, 하고 마음의 저항을 의식하면서도 한 씨는 술을 마시고 잔을 건넸다.

"성녀? 그건 노략질을 당헌 빈 성안에 남은 외로운 성주 같은 신념의 노예 같은 거죠. 여자가 행복하려면, 여자에겐 어느 의미에서 창녀 같은 기질이 있는 거라면 욕정을 지녀야 한단 말이에요. 참 인간의 욕정은 아름답거든요. 아저씨 내 말 우스워요?"

원 천만에, 뭐가 뭔지 모르겠는데, 하고 오뇌에 찬 경수의 흐느끼는 것 같은 어조에 그저 마음이 얼얼해진다. 술기에 눈앞이 어찔어찔해지는 것 같다.

"어머니의 젖꼭지를 물고 자랐을 때, 참 순수한 애정을 느꼈죠. 어머니는 상냥했어요. 그런데 내가 학교를 다니게 되면서부터 어머니는 쌀쌀해졌어요. 어머니는 입버릇처럼 뇌었어요. 외조부 같은 훌륭한 사람이 되라고. 그런데 어머니처럼 지성 있는 분이 왜 몰랐을까요, 하잘것 없는 과거에의 망령에 사로잡혀 있다는 걸. 우상처럼 받들던 외조부란 사람은 뭐예요. 일본 농장의 마름으로 입신하여 철저한 친일행위로 성공한 야비한 속인이 아니고 뭡니까? 그런데 어머니는 그분 앞에서 결혼조차 희생하면서 시녀처럼 충실했어요. 아, 그건 잔상(殘像)을 밟아온 쓸쓸한 생활이었을 뿐. 무슨 뜻이 있어요?"

"경수, 난 모르겠는데, 도대체 무슨 뜻인지."

한 씨는 흡사 법정에서 증언을 요구받은 것 같은데 웬지 께름하고 얼떨떨한 기분이다. 차갑게 비웃는 것 같은 경수의 얼굴에서 눈을 떼었다. 벽에 붙은 달력 속의 반나체의 여인이 웃고 있었다.

"아저씨는 이 경수와 어릴 적부터의 한 식구였으니까. 저를 잘 알고 있다고 믿고 있겠죠. 그런데 뭘 어떻게 아시죠? 아니 대답해달라는 건 아녜요. 정말 아저씨가 저의 무얼 알고 있을까요? 대학을 나오고 전공한 게 상과였으니까, 그럴듯한 상사의 간부사원이나 되길 바랐는지 모르죠. 헌데, 요 빌어먹을 경수란 녀석은 결국 군대를 다녀와선 되잖은 깡패들이나 끼고 다니면서 술이나 퍼먹고 다니며 소란을 피우는 위인밖에 못 됐다는 거죠. 조금 속을 차려 한다는 푼수가 택시로 거덜이 나고 집마저 팔아 없앤 못난 녀석. 윤 여사의 그 품위 있는 가훈 속에 자랐으면서 참 빌어먹을 잡초 같은 구지레한 인간으로 타락해버렸다는 거겠죠."

"아니, 경수 자네 못할 말이 없군. 무슨 말을."

술기운이 한꺼번에 깨어나는 것 같은 섬뜩한 기분으로 소리쳤다. 잔을 든 한 씨의 손이 후들후들 떨리는 것만 같다. 그러자 경수가 남의 마음속을 할퀴고 드는 것 같은 징그러운 웃음을 터뜨렸다.

"용서하세요. 저 술 마셔 괜히 실례하는 건 아녜요. 어릴 적부터 전 아저씨를 얼마나 극진히 따랐는지 아실 거예요."

"아, 그렇고말고, 그럼."

한 씨는 돌연 감격해서 눈물이 쏟아질 뻔하는 걸 가까스로 참는다.

"그런데 어머니처럼 아저씨도 이해를 못하겠어요. 두 분이 다 어떤 인생의 망집에 사로잡힌 거요. 다만 빛깔이 조금 다를 뿐이죠, 안쪽과 바깥쪽처럼. 그런 의미에선 두 분이 참 좋은 짝이에요."

"아, 경수 자네는 무슨 말을 그리 함부로 하지? 누가 밖에서라도 듣는다면?"

"천만에요, 아저씨 걱정스런 낯빛은 하지 마세요. 세상에 아저씨처럼 어진 분이 또 어디 있습니까? 동정심을 빼놓고 세상 사람들을 대해본 적이 없을 테니까. 그렇게 철저히 세상 모든 이에게 자신을 내놓아버릴 수가 없는 거죠. 사람을 옷으로 비긴다면 아저씨란 누구나 입을 수 있는 옷이어요. 누구에게나 주어버릴 옷이죠. 참, 왜 처자를 버렸죠? 그리고 왜 찾을 생각도 않죠?"

한 씨는 갑자기 마음의 허점을 찔려 당황하면서 뭔가 변명할 말을 찾는 듯 우물거렸으나,

결코 한 마디도 말을 못하고 말았다. 낌새를 채고 경수가 약간 거만한 표정으로 지껄였다.

"대답하실 필욘 없습니다. 또 그걸 원치 않으실 테니까. 아무튼 아저씨는 그렇게 말씀하시겠죠, 혼자서가 좋아. 어차피 한평생 사는 건데. 그리곤 출가한 중처럼 시름이 없으셔요. 그런데 아저씨는 도승이 아니라 속승(俗僧)이여요."

"아, 경수, 그만 두게. 나 술 마실게."

교활한 웃음을 띠고, 상대방의 공격을 교묘히 따돌리는 어설픈 몸짓으로 술잔을 들었다. 경련을 일으켜 아래턱이 빳빳해지는 것 같다.

"저는 어머니와 아저씨가 양쪽에서 팽팽하게 잡아당긴 줄 위에서 꼭두각시처럼 자라왔어요. 한쪽에선 차가운 이성이, 한쪽에선 분별없는 인정이 서로 끌고 있었죠. 그런데 두 분이 다 저를 세상에 없는 귀한 애처럼 대해줬어요. 아저씨는 늘 어머니 앞에서 시종처럼 쩔쩔매었으니까. 어머니는 스스로 외로운 숙명을 견뎌야 할 것처럼 보이면서도 주변의 모든 사람들을 심복으로 만들지 않곤 직성이 풀리지 않는 성미죠. 그런데 지금 어떻습니까."

한 씨는 마치 그 말이 끝나기를 기다리기라도 한듯 깊숙이 한숨을 몰아쉬었다.

"어머님은 훌륭한 분이셔. 어서 그분께 시름이 없어져야 하겠는데……."

"아저씨는 여전 그런 말투군요. 어머니는 훌륭한 분이에요. 세상 여자들과는 달리 특이한 자신을 지닌 분이죠. 허지만 제 얘기는 성질이 달라요. 아저씨는 제 말뜻을 제대로 이해하지 않았군요."

"경수, 내가 뭘 이해하지? 난 피로하네. 시간도 오래 되었어. 그리고 어머님이 집에서 기다리고 계시네."

"아하, 아저씨는 지금 그 일로 머리가 꽉 차 있는 모양이군. 아저씨가 어머니를 생각하는 그건 존경심 말고 뭐랄까요? 우정? 하하하, 아저씨는 어쩌면 불세출의 연애를 하고 있을지도 몰라."

"뭐야? 경수, 자넨 갈수록 망발을 하네 그려. 아, 그만 두게, 제발."

거의 우는 소리로 한손을 들어 높이 휘저으며 재빨리 지껄였다. 경수는 맥 빠진 표정으로 어깨를 으쓱해 보였다.

"아무튼 어머니 얘기는 끝났어요. 그런데 도무지 마음 아픈 일이 있군요. 어머니가 저를 부르신 일입니다. 그건, 그건 어머님껜 너무도 충격적인 사건입니다. 허지만 돌이킬 수 없어. 그건 내가 자청해서 짊어져야 할 십자가니까. 죽음보다 더한 아픔은 없을 텐데. 아냐, 후회를 되씹는 내 입술에 피가 나올 거야. 피가 흘러."

경수는 의식이 마비된 듯 납덩이처럼 굳어진 얼굴로 중얼거렸다.

"무슨 일인데, 경수."

한 씨가 돌연한 변화에 민감한 동정을 보이며 물었다.

그때였다. 비가 온다, 하고 창밖에서 떠들어대는 소리가 들렸다. 이어 별안간 주변이 술렁거리기 시작했다.

"응, 비가 와?"

한 씨는 낮게 중얼거리고 벌떡 자리에서 일어섰다. 이제껏 아무 것도 의식하지 않았다는 듯 그 얼굴은 기쁨에 넘쳐 있었다. 금방 문을 열고 밖으로 뛰쳐나가려 했기 때문에 경수가 급히 불러 세웠다. 경솔한 태도를 힐책하는 듯한 노기 띤 목소리였다.

"아저씨, 앉으셔요."

"비가 온대. 오, 이젠 살았어."

경수의 존재 따위는 안중에 없다는 듯 흥분하여 말했다.

"아저씨, 비는 언제나 오는 겁니다. 제 말이 아직 끝나지 않았는걸요."

"오, 경수, 비가 오니까 기분이 나서 그렇지."

들뜬 목소리로 지껄이다 말고 경수의 날카로운 눈초리에 부딪쳐 무르춤한 낯빛을 했다.

"아저씨, 앉으셔요. 저는 머잖아 결단해야 될 여러 문제를 가지고 의논하려 했던 겁니다. 아시겠죠? 우리 집은 파산지경이고, 우린 이곳을 떠나야 됩니다."

"떠나다니, 경수."

여전 건성으로 되묻는 한 씨.

"그런 경우, 아냐 말해버려야겠어. 아저씨와 어쩜 작별을 나눠야 할 경우를 생각하는 겁니다."

경수가 딱딱하고 날카로운 목소리로 결연히 말했다. 순간 한 씨의 낯빛이 새하얗게 질려 갔다.

"내가? 내가?"

중얼거리면서 뜻밖에 뒤통수에 돌덩이라도 얻어맞은 듯이 비칠거리다가는 픽 자리에 쓰러졌다.

한바탕 소동을 치른 끝에 삼순을 택시에 싣고 병원에 당도한 것은 아침 일곱 시가 넘어서였다. 어젯밤 그녀는 다량의 세코날을 먹고 자살을 기도했던 것이었다.

치료실에 옮겨놓고 의사를 부르러 나간 사이 로비에 남은 한 씨는 애가 달아 안절부절 못했다.

이때 도어를 열고 윤 여사가 의기소침한 모습으로 나타났다. 처음 음독을 발견했을 때와는 달리 깊은 체념 끝에 무섭게 침착해진 태도였다.

"아직 죽지는 않았대요?"

한 씨를 보고 거의 무심히 내뱉는 말투로 물었다.

"의사 선생님을 안집으로 데리러 갔습니다."

책상다리처럼 두 무릎을 세우고 앉은 채 한 씨가 대답했다.

이윽고 의사가 가운을 입으면서 들어왔다. 모가 진 굵은 테 안경을 쓰고 젊은 나이에 이마가 훌렁 벗겨져서 매우 속된 인상을 주었다. 그가 입술에 가벼운 미소를 떠올리고 윤 여사에게 고개를 굽신해보였다.

"음독했다구요!"

윤 여사는 낯을 붉힌 채 말을 안 했다. 의사는 치료실로 들어갔다. 한 씨는 조바심이 타서 그를 따라 들어가려고 엉거주춤했다가는 윤 여사의 냉담한 시선에 눌려 주저앉아버렸다. 무거운 침묵이 흘러갔다. 이윽고

"경수를 어제 만났다 했지요?"

윤 여사가 문득 물었다.

"네, 꼭 들어온다 했는데……."

그녀가 깊이 한숨을 쉬었다. 새삼 한 씨는 뉘우쳤다. 어젯밤 억지로라도 끌고 들어올걸.

그러자 의사가 치료실에서 나왔다. 득의만만한 태도로 윤 여사 곁에 다가와 물었다.

"환자는 부인과 어떤 관계십니까?"

"식모입니다."

윤 여사의 대꾸가 없는 걸 보고 한 씨가 참견했다.

"오, 그래요. 아직 생명은 붙어 있습니다."

여전 무표정한 윤 여사에 미흡했던지 말을 덧붙였다.

"세코날을 워낙 많이 먹었더군요. 빌어먹을 왜 죽을 시늉들을 하는지. 겨우 죽음은 면했지만 사람에 따라선 치사량이 넘는 약입니다. 아무튼 바로 위세척을 해보죠. 그런데 워낙 많이 중독이 돼서 의식이 회복되려면 상당한 시간이 걸리겠습니다. 환자에 따라선 일주야(一晝夜)를 넘기는 수도 있으니까요. 그런데 부인."

의사는 잠깐 심각해지면서 말꼬리를 세웠다. 순간 외면을 하고 있던 윤 여사가 기민한 반응으로 얼굴을 돌렸다. 시선에 부딪치자 당황한 표정을 했다. 돌연 한 씨의 옆구리를 쿡 찔렀다.

"담배 있으면 한 대 주오."

절박한 기회에 마음의 여유를 찾으려는 그런 태도였다. 한 씨로서는 뜻밖이어서 경황없이 담배를 꺼내 주었다. 담배를 태워 무는 그녀 입술이 약간 떨리고 있는 것처럼 보였다.

"그런데 부인, 이상한 기미를 환자헌테서 눈치 채지 않았습니까?"

의사가 여유 있게 물었다. 굳이 일부러라는 듯이 윤 여사는 담배연기를 깊숙이 빨아내며 말이 없다. 순간 의사의 얼굴에 야비한 웃음이 떠올랐다.

"그 식모는 행실이 좋지 않군요. 임신했습니다. 벌써 사 개월쯤 되어 보이는데요."

"아니 뭐요?"

덤벼들 듯이 놀란 얼굴로 한 씨가 소리쳤다. 뜻밖에도 모든 사태는 이미 예상하고 있었던 듯 윤 여사는 냉랭한 태도였다.

"부인께서 알고 있었군요. 그렇다면 식모는 기혼자입니까?"

"그렇습니다."

억지로 지겨운 답변을 하고 있다는 투로 퉁명스레 윤 여사가 말했다.

한 씨는 가슴이 철렁했다. 어찌된 영문일까. 서슴없이 그녀는 왜 거짓말을 하는 건지. 전혀 예측 못한 음모에 부딪친 것처럼 눈앞이 아찔해졌다.

담배를 태워 문다. 의사는 약간 겸연쩍은 낯으로 테이블 앞에 가서 앉았다. 카드에 뭔가 끄적이기 시작했다.

한 씨는 다리를 꼬고 앉아 담배를 빨아댄다. 크레졸 냄새 속에 묻어오는 끈끈한 공기. 높다란 천장으로 뭉게뭉게 피어오르는 연기를 이윽히 바라본다.

퍼뜩 이십오륙 년 전의 기억이 의식의 심연 속에서 몽롱하게 떠올랐다. 징용으로 끌려가던 전 해의 아내의 첫 사산, 뒤따라 그녀의 심한 산후증. 끊겨버린 부정(父情)에의 미련 때문에 가슴 아팠던 일.

매운 철바람이 살을 엘 것 같던 만주벌판에서 무수한 전상자들을 실어 나르던 앰뷸런스의 운전병 생활. 안개가 짙은 어느 날 밤 그만 계곡으로 추락하여 의식을 잃어버렸던 일들.

―의식을 되찾은 건 초라한 후방의 한 야전병원이었어. 나의 하반신은 엉망으로 망가져 있었거든. 지루한 입원생활. 가까스로 대퇴골의 상처는 아물었으나 나의 성기능은 그때 완전히 마비되어 버렸어.

의병제대가 되었으나, 이미 불행의 씨앗은 싹트고 있었다. 아내와의 불화. 끝내 아내의 부정(不貞)을 발견하고야 훌훌히 집을 뛰쳐나오고야 말았다.

그때 아내에게는 아이가 있었다. 사내아이였다. 그 아이가 컸다면 지금 경수 나이쯤 되었을 거야.

카드에 뭘 끄적이고 있던 의사가 손을 멈추고 다시 말을 꺼냈다. 왠지 추념이 깊은 눈초리를 보이면서.

"그런데 환자에게 문제가 있군요. 설사 세척을 해서 목숨을 건진다 해도 태아의 생명만은 보장할 수가 없는데요. 경우에 따라선 사산을 하게 될지."

윤 여사는 고개를 떨어뜨린 채 한참동안 미동도 안했다. 골똘하게 대책을 궁리하는 것처럼 갑자기 고개를 번쩍 들었다.

"할 수 없는 거죠."

오뇌에 이지러진 얼굴로 퉁명스레 말했다.

"그렇다면 남편 되는 이에게 알렸습니까? 만약의 경우."

마침 이때였다. 의사의 말을 뒷받침하듯 도어를 사납게 열어젖히고 경수가 뛰어들어왔다.

흐트러뜨린 머리에 유난히 수척해진 얼굴이 화액을 삼킨 것처럼 질려있었다. 쫓기는 불안한 눈빛으로 잠깐 세 사람 앞에 주춤 섰다가는 윤 여사의 눈길에 부딪치곤 가볍게 목례를 했다.

순간 윤 여사의 얼굴도 질려버렸다. 그녀의 눈은 마치 무례한 틈입자를 맞아 두려움을 호소하는 것처럼 보였다. 의사는 콧잔등에 내려오는 안경을 손가락으로 밀어 올리며 경계하는 눈초리로 경수를 살폈다.

"오, 경수. 왜 인제 오나."

한 씨가 충격을 받아 가볍게 떨리는 어조로 말했다.

"손님께선 환자와 무슨 관계라도?"

탐색하는 눈초리로 쏘아보며 의사가 물었다.

"한 가족입니다."

따가운 눈길을 의식하고, 그걸 묵살할 듯한 도도한 태도로 씹어뱉듯 대꾸했다.

"그렇다면, 저 식모의 남편 되는……."

의사의 말을 가로채고 윤 여사가 분연히 자리를 떨치고 일어났다. 화끈 달아오른 얼굴로 소리쳤다.

"제 자식입니다."

"아, 그렇습니까? 실례했군요. 저는 식모의 태아 문제 때문에 친권자가 와주었으면 하고 생각했던 터라 오해했군요."

순간 경수의 얼굴에 심한 동요의 빛이 물살 쳤다. 이어 오랫동안 고통을 누르는 깊은 고뇌의 정이 들어났다. 마침내 우울한 체념의 빛이 그의 눈 가장자리에 짙은 그늘을 지었다.

그는 물었다.

"환자의 생명엔 이상 없겠습니까?"

"글쎄요. 위세척을 해봐야 허지만, 희망을 가져도 좋을 것입니다."

야릇한 안도의 빛이 경수의 두 눈을 스쳐갔다.

"그런데 이 말 직접 친권자와 상의해야 할 일입니다만."

"말씀하세요."

경수가 퉁명스레 말했다. 그러자 의사는 모욕당한 불쾌한 낯빛을 했다.

"환자가 회복하더라도 심한 약물중독으로 태아에는 지장이 있습니다. 경우에 따라서는 사산 아니면 기형아를 낳을 염려가 없다고도 할 수 없습니다. 그리고 허약해진 임산부로서 아이를 가진다는 건 큰 무리가 되겠고요."

동의를 구하는 듯 윤 여사 쪽을 흘깃 바라보았다. 순간 윤 여사가 휘뜩 고개를 젖혔다.

"떼어버려야죠."

쌀쌀하게 윽질러 말했다.

"안 됩니다."

경수가 이지러진 얼굴로 단호하게 말했다.

"뭐라고?"

윤 여사의 째지는 것 같은 목소리에 두 사람의 눈이 일제히 경수 쪽에 쏠리었다.

순간 화끈 낯이 달아오른 경수가 시선을 피하면서 자학적인 어조로 지껄였다.

"안 됩니다. 다시 그런 잔인한 짓을 해선 안 됩니다."

"뭐라고? 떼어버려, 떼어버려."

열에 들뜬 사람처럼 그녀가 정신없이 중얼거렸다.

"아, 잠깐 고정하시고."

뜻밖에 벌어진 광경에 야릇한 호기심을 느낀 표정으로 의사가 상반신을 일으키며 말했다. 경수가 오뇌에 차 몸부림을 치는 안타까운 모습으로 머리칼을 사뭇 움켜쥐었다가 놓았다.

"이건 어머님의 명예를 위해서 참으로 안 된 일이지만 제가 여기 나타난 이상 어쩔 수 없군요. 모든 건 저의 책임문제입니다. 그러니까."

잠깐 말을 끊고, 탐색하듯 이글거리는 눈빛으로 천장을 더듬었다. 긴박한 감정이 방안의 분위기를 무겁게 내리눌렀다.

"너 무슨 말을 하려고 하니? 제발."

불쑥 윤 여사가 낌새를 채고 말했다. 일상 위엄이 있던 전과는 달리 완전히 자신을 잃어버린 태도 같았다. 경수는 충격적으로 몸을 뒤로 젖히고 팔깍지를 끼었다. 벅찬 고뇌를 뭔가에 의지하려는 괴로운 몸짓 같았다.

"저는 비굴할 수가 없습니다, 어머님. 그렇다고 용서받으리라곤 생각지 않습니다. 저는 책임을 느낍니다. 피할 수 없는 운명이라는 게 저를 비참한 의지 속에 가둬놓고 있습니다. 원장님! 당돌한 말이라서 놀라실 줄 압니다. 그러나 어쩔 수 없군요. 환자의 친권자는 다름 아닌 접니다."

경수의 낮고 떨리는 목소리가 긴장된 세 사람 앞에서 마치 폭음처럼 크게 울렸다.

"뭐요?"

의사가 놀란 얼굴로 되묻는 순간, 윤 여사가 비틀하더니 으윽 하고 외마디 신음소리를 냈다. 그러더니 두 손으로 얼굴을 싸매고 문밖으로 나가버렸다.

너무도 돌발적인 사건이었기 때문에 한 씨는 잠깐 넋을 잃고 섰다가는 급히 윤 여사의 뒤를 따랐다. 길 가운데서 몸을 떨고 섰던 그녀의 팔을 붙들었다.

"고정하세요, 윤 여사."

괜히 목이 메어 소리가 떨려왔다. 뒤미처 경수가 허둥지둥 쫓아왔다.

"어머님."

그녀의 한 팔을 잡고 부축하려고 다가갔다. 순간 그녀의 잽싼 손이 경수의 뺨을 찰칵 하고 때렸다.

"오, 염치없는 자식, 곁에도 오지 마라."

그녀가 울먹이며 소리쳤다. 경수는 반사적으로 몸을 움츠리고 볼을 매만졌다.

"어머님도 때리시는군요."

경수는 진득이는 묘한 웃음을 입가에 띠고 설레는 어조로 중얼거렸다. 한 씨도 가슴이 뭉클했다. 그녀가 손찌검을 하다니, 평소에 욕설조차 들을 수 없었던 그녀였다.

온통 찌푸린 하늘에 흙냄새 나는 바람이 일어났다. 비라도 올 것인가 하고 한 씨는 하늘을 우러러 보았다.

"어머님, 집에 들어가시려면 머니까, 아무 데나 가까운 식당에라도 들러서 아침식사라도 드시죠."

문득 경수가 제의했다. 윤 여사는 부르튼 눈길로 경수를 노려본다. 뻔뻔스런 녀석, 하고 힐책하는 소리가 금방 튀어나올 것 같은 불안한 표정이다.

"그러세요, 윤 여사."

한 씨가 말했다. 그녀는 고집을 세우기엔 너무도 맥이 풀려버린 모양이었다. 마지못한 듯 뒤따라 식당에 갔다. 방을 정하고 밥과 술을 주문했다.

윤 여사는 얼굴을 두 손으로 가린 채 아랫목 한쪽에 초라하게 웅크리고 앉았다.

이윽고 상이 들어왔다. 경수가 윤 여사 쪽에 바싹 다가앉으며 그녀의 손을 얼굴에서 떼려는 몸짓을 하는 순간 또 한 번 찰칵 하고 그녀의 손이 경수의 볼을 올려붙였다.

"가문을 더럽힌 녀석."

낮게 신음소리처럼 울렸다. 그러더니 손을 떼고 금시 울음을 터뜨릴 것 같은 이지러진 표정이 되었다.

경수는 순간 충격적으로 낯빛이 질렸으나, 곧 냉정을 회복하려는 듯이 응석을 부리는 억지 몸짓으로 희떱게 웃어보였다.

"어머님, 술 한 잔 드시죠. 저도 어린애는 아니니깐, 그렇게 절망하진 마셔요."

술 한 잔을 권한다. 그녀는 심술이 난 아이처럼 노려보다가는 거칠게 잔을 낚아채 갔다. 자학적인 것처럼 단숨에 꿀꺽 들이마셨다. 한 씨는 마치 얻어맞은 기분처럼 얼떨떨했다. 그녀가 술을 마시다니, 머쓱한 기분으로 입맛이 없는 밥을 몇 술갈 뜬다.

"너, 그 애를 어떻게 할 작정이냐?"

게슴츠레한 눈빛으로 쏘아보며 윤 여사가 물었다. 경수는 술을 마셨다.

"어쩔 수 없잖아요, 어머님. 저도 생각한 게 있어요."

"설마 그 애를 네가……."

못이 박히는 아픔을 느낀 듯 그녀가 말을 채 잇지 못했다.

"어머님, 무슨 뜻이죠?"

능청스러울 만치 경수가 여유 있는 눈길로 바라보았다.

"아, 무서운 일이야, 내가 그 애를 얼마나 사랑했다고. 허지만 그 애한테 아이를 낳게 해선 안 돼."

무서운 악몽에 시달리고 있다는 듯이 중얼거리더니 별안간 꺼이꺼이 흐느껴 울기 시작했다.

"어머님이 그 애를 사랑했다면 지금의 그 애도 사랑해야죠."

경수가 말하며 그녀의 등을 쓸어안았다. 그녀는 사뭇 도리질을 쳤다.

"비켜, 염치없는 놈아."

마침내 울음을 그쳤다. 경수는 술을 거푸 두어 잔을 들이켰다.

길게 한숨을 몰아쉬며 그녀가 중얼거렸다.

"떠납시다, 어머님. 어차피 우리가 더 머물 곳이 못 돼요."

격정에 찬 목소리가 무거운 여운으로 여울졌다.

"나는 안 떠나, 내가 어딜 가."

생떼를 쓰듯 그녀는 고개를 저었다. 순간, 한 씨의 가슴속에 훅 치받쳐오는 생각이 있었다. 막연히 의식해오던 쓰라린 좌절의 아픔. 마치 부러진 난간 끝에 선 것처럼 눈앞이 아찔해진다.

말없이 자리에서 일어났다. 누구도 만류하지 않았다. 식당을 나왔다. 이내 흐렸던 하늘에서 뿌슥뿌슥 빗낱이 돋고 있다. 비가 제대로 올 모양이군. 그런데 한 씨는 조금도 반가운 기분이 아니다.

이제껏 느껴보지 못한 먹장 같은 외로움에 가슴이 마구 찢겨 떨어져나가는 걸 의식할 뿐이다.

"빌어먹을 비가 아침부터."

괜히 투덜거리며 걷는다. 문득 발길이 병원 앞에 머문 걸 깨닫고 당황한다. 새삼스레 할 일이 없어진 것 같다. 어디로 갈까? 주위가 온통 먹장처럼 어두워진 걸 의식한다. 돌아섰다. 비가 온다. 바람이 일면서 제법 굵어진 빗소리가 들릴 뿐이다.

어두운 시절時節

열에 뜬 누리에 햇살이 눈부시게 비치면서 흐리터분한 공기가 매우 적막감을 안겨주는 아침이었다.

나는 위병소의 당번 근무였다. 사이렌과 종조차 전시물자로 징발당한 이후로 학교의 모든 일과는 병영(兵營)처럼 나팔의 신호로 진행되었다. 나는 그 나팔수였던 것이다.

그런데 처음부터 기분이 잡쳤다. 시간이 되자 한꺼번에 몰아닥친 학생들 틈에서 유난히 가슴에 붙은 누런 오동잎 배지가 빛나 보이는 험상궂은 표정의 와타나베를 발견한 때문이었다. 그는 황급히 붙이는 나의 경례를 오만과 증오에 찬 눈길로 묵살하고는 거만하게 교문 안에 들어섰으므로 나는 등에 버러지가 스멀거리는 것처럼 오싹 소름이 끼쳤다.

어제 있었던 일이었다. 나보다 일 년 상급반인 실장 와타나베가 하교 하던 길에서 뜻밖에 나를 불러 세웠다. 무심코 돌아서서 경례를 붙이는 나에게 불문곡직하고 주먹부터 휘둘렀다. 이윽고 제풀에 숨이 헉헉 차오르면서 다급해진 목소리로 외쳤다.

"이 새끼, 너 다나까를 왜 때렸어? 왜 때려?"

"제가 언제, 다나까를……."

쏟아지는 코피를 손등으로 훔치며 경황없이 반문하려니까,

"닥쳐, 이 새끼. 비겁하게 변명은……."

부릅뜬 눈에 빛이 번쩍 일면서 돌연 주먹이 날아왔다. 와지끈 이빨이 부서지는 것 같은 충격에 비틀거리자,

"이 새끼, 못난 주제에 일본 학생들을 괴롭혀 봐라. 죽여 버릴 테다."

꽥 소리치고는 오물을 치우듯 침을 퉤퉤 뱉으며 어깨를 으쓱이고 사라져갔다.

나는 눈앞에 하늘이 무너진 것 같은 기분이었다. 얼굴에 온통 범벅이 된 피를 개울물로 씻

어내고 가까스로 하숙집에 이른 나는 한참만에야 어렴풋이 일의 곡절을 짐작해낼 수 있었다.

동급반인 다나까는 일본 학생 중에서도 보기 드문 문제아였다. 성적이 불량한 것은 말할 나위도 없지만, 곧잘 억지 트집으로 선량한 한국인 하급생을 괴롭혀 늘 말썽의 불씨가 되어 있었다.

그에게는 가미가제(神風) 특공대로 출전해 산화한 형이 있어 이른바 '영예의 집' 출신이라는 덕으로 안하무인으로 방자하게 굴었다.

그랬던 그가 어제 첫 시간에 또 지각을 했다. 상습지각생인 그였지만 웬만한 선생이라면 눈감아 줄 법한 일이 그날따라 좀 운수가 사나왔다. 언제나 제이또루(脚絆) 속에 매를 찌르고 다니는, 냉혈한이라는 별명이 붙은 역사 선생 후지다에 걸려든 것이다. 후리후리한 키에 중환자처럼 깡마른 얼굴, 평소 말이 없는, 움푹 파인 눈이 늘 비웃는 데에 익숙해진 그는 그 음험한 눈초리로 다나까를 쏘아보고 나서 돌연 큰소리로 물었다.

"왜 또 지각했나?"

동료 앞에서 일쑤 영예로운 기사처럼 굴던 다나까도 과연 후지다의 고압적인 태도에는 주눅이 들었던지 당장 얼굴이 질렸다.

"어머님이 편찮으셔서 아침밥이 늦어……."

미처 얼뜬 변명을 맺기도 전에 갑자기 공기를 찢는 것 같은 휙 소리와 함께

"닥쳐, 이 지지리 못난 녀석."

쇳소리가 떨어지며 회초리가 그의 어깨 위에서 튀었다.

"너의 형은 영예로운 황국의 꽃. 형의 영예를 더럽히는 너 같은 녀석은 이 나라의 백성이 아니라, 버러지야. 더러운 버러지야."

격렬한 노여움으로 눈빛이 이글거리던 후지다의 얼굴에 한순간 철판이 식은 것 같은 소름치는 냉엄함이 스쳐갔다. 그 말에 꼿꼿이 섰던 다나까의 자세가 허물어지면서 두 눈에서 눈물이 왈칵 쏟아졌다. 그러자 후지다의 입 가상이 험하게 이지러졌다.

"네놈의 눈물은 눈물이 아냐. 그건, 그건 오줌이야."

돌연 후지다가 소리쳤다. 잔인하리만큼 차가운 인상과는 달리 격렬한 감정을 억제하지 못한 데서 그의 태도는 꽤나 희극적으로 보였다.

오후는 작업시간이었다. 전쟁이 고비에 이르자 학교 교사는 후방전투사령부에 징발되어 우리는 초등학교로 쫓겨나 수업을 받았다. 그러나 말이 수업이지, 하루 일과의 반은 소위 전시동원령에 의해 각종 작업시간으로 충당되었다. 방공호를 파거나 나무를 베어내리거나 송진을 만들기 위한 나무 등걸을 캐내는 따위의 고된 일이었다.

이 날은 학교에서 2킬로쯤 떨어진 산에 가서 이미 베어낸 나무 그루터기를 곡괭이로 파내

는 일이었다.

작업 감독은 학년 주임인 고오노였는데 단 두 명밖에 없는 한국인 교사 중의 한 사람이었다. 휴식시간이 되자 나는 나무 한 그루 없는 밋밋한 산중턱에 앉아 헐벗은 산에 둘러싸인 삭막한 시가지를 굽어보았다.

문득 모내기 동원에 갔을 때의 일이 떠올랐다. 점심시간이 되자, 선생은 마을로 초대를 받아 갔었고, 우리는 모처럼의 해방된 기분에 냇물에 뛰어들어 멱을 감았다. 그러자 갑자기 멀리서 폭음소리가 들렸는데, 뒤이어 "적기다." 하는 다급한 외침이 들렸다. 아, 그때의 놀라움. 바로 눈앞의 산꼭대기 위를 커다란 동체의 전투기가 유유히 선회하고 있지 않았던가? 혼비백산한 우리는 발가벗은 채 뿔뿔이 산 위의 숲속에 기어들었고, 온몸에 황토를 바르며 냉큼 사라질 줄 모르는 비행기를 안타까이 지켜보았던 것이다.

비행기가 사라지고, 이윽고 되돌아온 선생은 우리의 꼴사나운 모습에 어이없다는 표정으로

"병신 같은 머저리 새끼들. 지난 사변 때 압록강에서 낙동강까지 도망친 비열한 병사가 있었다던데 네놈들이 바로 그 녀석이야."

하고 자못 야유조로 호통을 쳤지만 우리는 부끄러운 줄도 몰랐었다.

이제 학생들은 삼삼오오 모여앉아 꽤 떠들썩하게 이야기를 나눴고, 고오노 선생은 멀찍이 떨어진 바윗등에 앉아 담배를 피우고 있었다. 마치 오랫동안 잊어왔던 불행한 과거라도 되씹고 있는 표정이었다. 그에게 무슨 설움이라도 있는 걸까? 저 깊숙한 우수의 그늘 아래 어쩌면 곧잘 동료들과 충돌한다는 괴팍한 성격이 도사리고 있는 것인지 모른다. 땡감을 씹는 것 같은 표정은 이날따라 더욱 변덕스럽고 음험한 인상으로 부각되었다.

"얘, 그 말 들었어? 세상에 저 혼자서 근엄한 도덕군자처럼 행세하는 사람이 말야."

문득 지껄이는 소리에 돌아보니, 그건 다나까였다.

"누군데?"

"누군 누구야. 후지다 말야."

그는 일제히 모아진 호기에 찬 눈길을 의식하고 어깨를 으쓱해 보이며

"밤이면 몰래 유곽에 드나든대. 마치 족제비처럼 말이야."

마치 특종 뉴스거리라도 공개하는 듯한 우월감에 찬 말투였다.

"유곽이라는 게 뭔데?"

누군지 얼떨떨한 기분을 나타내며 슬며시 물었다.

"바보 같은 녀석, 앙, 유곽도 몰라? 그건 색시를 돈 주고 사서 X하는 참 희한한 곳이야."

"오호, 누가 그러던?"

은밀한 모의에라도 가담하는 것 같은 동조어린 눈길을 의식하고 다나까는 우정 기고만장

해졌다.

"거 계집애같이 예쁘게 생긴 오오모리라는 하급생 있잖아. 그 녀석 집이 유곽이거든. 그가 귀띔해주더라."

"설마 얘."

순간 나는 수치심에 화끈 낯이 뜨거워지면서 흉한 음모에서 발뺌이라도 하고 싶은 야릇한 실망과 분노와 같은 감정의 저항을 의식하면서 나도 모르게 불쑥 말했다.

"설마라니, 요 맹추 같은 녀석. 네까짓 건 아직 철부지라 아무 것도 몰라. 아직 자지에 털도 안 났을 테니까."

위협적인 태도로 야유했기 때문에 나는 더욱 메스꺼움을 느꼈다. 아이들이 키들키들 웃었다. 순간, 나는 다나까가 아침에 당했던 수모 때문에 보복하기 위해 괜히 중상하려는 거라고 생각했다.

"얘, 그런 말 함부로 하는 것 아냐. 너는, 너는……."

"뭐라고?"

"너 오늘 아침 당한 분풀이로 하는 말일지는 모르지만……."

하는데 갑자기 다나까가 내 멱살을 잡고 흔들었다.

"바보 같은 센징(鮮人)은 별 수가 없어. 내 말이 거짓인지 사실인지 알고 싶거든 저기 고오노에게 물어 봐라. 그도 역시 족제비처럼 가끔 유곽에 드나들 거다."

"나쁜 자식, 비열한 자식."

나는 격렬하게 치솟는 반감으로 세차게 그를 밀어붙였다. 치사한 보복감으로 존경심에 흙칠을 하면서 남의 열등감에 돌질을 하는 그의 태도에 극단한 혐오감을 의식했다.

"비린내 나는 유치한 녀석하곤 얘기도 못해."

다나까는 분김에 일어서서 퉤퉤 뱉고 가버렸다. 다나까와의 충돌은 고작 이런 거였다. 그랬는데 다나까는 이 일을 와타나베에게 어떻게 고자질을 한 것일까? 나는 생각할수록 가슴이 옥죄는 안타까움을 느꼈다.

순간 "일동 차렷." 하는 구령소리가 들렸다. 나는 깜짝 놀라 급히 위병 대열에 끼어 부동자세를 취했다.

저만큼에서 사또오 교장의 구부러진 상체가 흔들거리며 가까이 다가오고 있었다. 이제 그를 맞아 경례 나팔과 함께 받들어총을 해야 할 판이었다.

그런데 이건 어찌된 일인가? 난처하게도 나는 평소 불어왔던 경례 나팔의 곡을 잊어버렸다. 교장의 발걸음이 가까워질수록 잔뜩 초조해진 나는 기껏 기억을 떠올리려 애를 썼으나 허사였다. 나팔의 주둥이를 입에 댄 채 망연히 어쩐다 어쩐다 하고 되뇌었다.

그의 발걸음이 눈앞에 닿았다. 마침내

"교장 선생님께 대하여 경례."

하는 대장의 기운찬 구령이 곤봉처럼, 무슨 활촉처럼 귀를 찔렀다. 순간, 소스라치며 나는 경황없이 나팔을 불었다. 나팔의 파열음이 귀청을 뚫고 어둔 심장의 골짜기에 여운처럼 흐르는 순간에

"야, 이 녀석. 정신 나갔나?"

하는 목소리와 함께 돌연 돌덩이 같은 주먹이 머리에 부딪쳤다. 순간 교장의 잔뜩 일그러진 표정을 보고서야 나팔을 입에서 떼었다. 아차, 하는 순간에 돌이켜 생각하니, 천만뜻밖에 나는 돌격 나팔을 불어제친 것이었다.

"정신 차려. 어이 대장, 이 녀석을 단단히 혼내줘."

교장은 주먹으로 내 앞가슴을 밀어붙이고는 떠나갔다. 그러자 대원들이 마치 약속이라도 한듯 나를 빙 둘러쌌다.

"야, 아침부터 눈깔이 뒤집혔어? 돌격이라니, 아, 기가 막혀서."

대장의 억센 손바닥이 내 빰을 후려쳤다. 눈앞에 별똥이 떨어지는 것 같은 기분으로 얼결에 양손으로 두 볼을 감싸며 무릎을 꿇었다. 죽고 싶도록 부끄러웠다. 참 오늘도 운수가 사나왔다.

이윽고 수업이 시작되어 교정은 죽은 듯 고요했다. 푸른 하늘 아래 적막한 교정 안은 그러나 나에게 왠지 모르게 위험이 도사리고 있는 것 같은 불안한 마음을 안겨 주었다.

마치 그러한 내 기분이 적중이라도 하듯 2교시가 시작된 지 얼마 안 되어 시내 쪽에서 길게 사이렌이 울려왔다. 공습경보였다. 나는 화다닥 위병소를 뛰어나가 경보 나팔을 불었다. 이어 와당탕 문이 열리는 소리, 책상 부딪는 소리, 선생들의 외치는 소리 등에 섞여 각 교실에서 한꺼번에 쏟아져 나온 파란 제복들이 삽시간에 운동장 가에 줄 이은 방공호의 검은 함정 같은 구멍 속으로 빨려 들어갔다. 나는 야릇한 적막감을 의식하면서 돌연 지상에 혼자만이 처져있다는 끔찍한 소외감에 가벼운 전율을 느끼며, 문득 시계에 나타난 비행기를 보았다. 보잉 29의 날씬한 동체가 햇빛에 은빛 날개를 번쩍이며 한줄기 구름을 끌며 유유히 가고 있었다. 지상의 살벌한 광경과는 아랑곳없다는 듯한 너무도 태연하고 유연한 모습이어서 잠깐 위화감에 사로잡힌 채 나는 넋을 놓았다.

'아! 저 늠름한 모습.'

하늘의 승자인 양 위용을 떨치며 서서히 사라져가는 적기를 바라보면서, 문득 요란한 폭음과 더불어 철교가 파괴되고, 열차가 전복되면서 수없는 사상자가 강둑의 풀을 벌겋게 물들였던 엊그제의 기억도 마비된 채 나는 언제까지나 제자리에 서 있었다.

하숙방은 밤이 되면 흡사 동굴 속 같았다. 공습이 잦으면서 우정 시망스러워진 등화관제로 방문은 언제나 해진 담요자락으로 가려 있고, 전등은 부대종이로 갓이 씌워졌다.

동숙하는 선배 상억은 책상 앞에 앉아 있었으나 공부하고 있는 것 같지는 않았다. 나는 나른한 권태와 피로 속에서 잠시 흐르는 시간을 잊고 그의 화석처럼 굳어 있는 뒷모습을 바라보면서 이상한 단절감을 느꼈다.

그는 조금 전 비장했던 소주 한 잔을 들이켜고 나서 여느 때처럼 가부좌를 지은 선승 같은 자세로 앉은 채 내 얘기를 들었으나 냉큼 반응이 없었다.

문득 그의 두 팔이 가볍게 움직이고 있는 걸 보았을 때 나는 괜히 찜찜하고 께름한 느낌이었다. 그가 또 시작했구나.

상억의 이 수상쩍은 행동은 실상 그에게 불행이 닥쳤던 요 삼 개월 전부터 시작된 것이었다. 학생의 신분으로는 엄두도 낼 수 없는 약주를 은밀히 간직했다가 알코올 환자처럼 간단없이 홀짝거리는 일이며, 한밤중에 자다가 일어나서는 유령처럼 앉아 묵주를 돌리며 중얼중얼 입 속으로 웅얼대는 일이었다. 이렇듯 해괴한 행동이 나를 무척 곤혹에 빠뜨리게 했으며, 때로 한밤중에 섬뜩한 기분을 느끼게도 했다. 그러나 뒤에 와서 내가 이해할 수 있었던 것은 비명에 간 그의 아버지로 인한 이상심리의 발로였다.

그의 선친은 가난한 통장수였다. 고을마다 돌아다니며 통을 매어 가업을 삼아 겨우 외아들인 상억을 중학교에까지 보내고 있었다. 그랬던 그가 어느 마을에 가서 일하다가 순찰 나온 주재소의 순경으로부터 부역을 기피했다는 트집으로 심한 매를 맞았다. 칼집으로 머리를 맞아 낭자하게 피가 흐르고, 구둣발로 짓이겨서 허리를 쓸 수 없게 되었다.

억울한 매질을 당하고도 한 마디 항변조차 할 수 없으며, 목숨을 앗기고도 호소할 길이 없었던 부친의 비명이 마냥 자기 탓으로만 여겨 상억은 미칠 것 같았을 것이다.

"수민이……."

갑자기 상억이 나를 부르며 돌아앉았다. 뜻밖에 그의 손에는 묵주가 들려있지 않았다.

"후지다가 유곽에 드나든다구?" 하고 별안간 훗훗 웃었다. 그 웃음 뒤의 서늘한 울림 때문에 나는 가볍게 소름이 쳤다.

"그래도 그 사람은 좀 인간적이랄 수 있을까? 너는 몰라. 어찌 보면 그는 자그마한 양심이라도 남아 있는 것 같아. 가장 충직한 군국주의의 개처럼 굴고, 가장 음험하고 까다로운 척해 보이는 것은 아마 내적인 모순을 위장하기 위한 억지 수단일지도 모르지."

자못 진지한 표정으로 말했다. 나로서는 전혀 예기치 않았던 말이었다. 나는 여느 학생처럼 후지다에게는 도무지 호감을 가질 수 없었다. 그를 볼 때마다 나는 두렵고 징그럽고 도무지 감정이 통할 길이 없는 위험한 존재로만 여겨지기 마련이었다.

그런데 상억의 말은? 나는 불현듯 상억이 들려준 이야기를 생각해냈다.

후지다가 상억의 반에서 수업하던 중 난데없이 이런 말을 꺼냈다.

"이번 대동아전쟁이 승리를 거두었을 때, 아시아는 명실공이 대동아공영권 아래 평화와 번영을 가져올 거라고 한다. 그럴 때 그것은 세계 평화에 어떻게 기여되는 것이며, 또한 역사와 전통이 다른 아시아의 각기 다른 민족들이 과연 어떠한 관계 위에서 공존이 가능할 것인가를 제군들은 냉철히 생각해 보았는가?"

천만뜻밖의 날카로운 질문이었다. 일찍이 들어보지 못했던 자못 위험하고 회의에 찬 반론처럼 들렸기 때문에 교실 안은 별안간 찬물을 끼얹은 것처럼 조용해졌다. 학생들은 약간 질린 얼굴로 서로의 눈치를 조심성 있게 흘겨보았을 뿐 얼음장처럼 차가운 후지다의 표정 뒤에 숨겨놓았을지도 모를 음모에 끼어들기를 두려워하는 눈치처럼 좀체 아무도 입을 열려고 하지 않았다.

그러자 후지다의 입 가상이 험하게 구겨졌다. 버릇된 비웃음 섞인 눈길로 학생들의 동정을 쏘듯이 바라보고 섰더니 냅다 주먹으로 교탁을 치고는 신경질적으로 소리쳤다.

"공부나 하자. 이 맹추 같은 녀석들아."

마치 그런 질문을 내보였던 자신의 성실성이 여지없이 묵살당했음에 화내고 있다는 듯한 태도였다. 그 일에 대하여 상억은 이렇게 덧붙여 말했다.

"아냐, 후지다가 일부러 간교하게 우리의 심중을 떠볼 셈으로 던져본 질문이라고 생각하고 싶지는 않아. 일본인에게도 양심은 있을 거야. 적어도 참다운 양식을 가진 지성인이라면 국가를 초월해 인류를 생각할만해. 그러니 그는 자신의 뜻을 슬쩍 내비침으로써 은근히 우리의 양심적인 동조를 바랐을지도 모르는 일이야."

상억이 이제 불쑥 말을 이었다.

"와타나베야 그건 순 미친개지. 그런 놈에게 얻어맞은 건 차라리 한나절 운수로 치는 게 마음 편한 일이야. 우리는 지금 미친개가 온통 날뛰는 세상의 막바지에 살고 있으니깐."

말하는 그의 눈에 깊은 우수가 감돌았다. 아마 비명에 간 선친을 상기하고 있을지도 모른다는 생각에 내가 찜찜한 눈치를 보이자

"그래서 식민지 자손의 슬픔이 있는 거지. 그들이야 정복자 아닌가? 말로는 내선일체라면서 스스로 천황의 적자요, 우리는 서자. 그래서 그들은 자랑스런 선민(選民)처럼 자기 우월감에 빠져 있어. 그걸 우리가 어찌해. 우리야 불쌍한 피지배자인걸."

"선민이라뇨?"

자못 비분에 찬 목소리에 감동되면서 물었다.

"선택된 우수한 민족이라는 자부심, 그런 거야."

상억은 퉁명스레 말하고 돌아앉았다. 책상 서랍을 열고 무얼 꺼내는 모양이었다. 아마 묵주일지도 모른다. 그리고 이제 그걸 매만지는 동안, 나와의 대화는 끊어지고 말 것이라고 직감했다. 얼마나 무료한 침묵이 흘렀을까?

갑자기 대문 열리는 소리가 나더니 방문 앞에 인기척이 들렸다.

"상억이 있나?"

뜻밖에 상억의 동급생인 민수가 담요자락을 들추고 상반신을 드러냈다. 그 얼굴에 초조한 빛이 완연했다.

"밤중에 웬일이니? 용케 들키지 않았구나."

야간통행의 단속망을 뚫고 용케 나타났다는 눈치로 상억이 말했다. 그는 교복 아닌 허주레한 한복으로 변장하고 있었다. 그는 방안에 들어서자 상억의 맞은편에 털썩 주저앉았다.

"일이 급하게 됐는데 그깟 통행위반이 문제냐?"

"무슨 일인데?"

"나하고 함께 있는 동혁 말이야. 그가 오늘 저녁 때 경찰에 끌려갔어."

"뭐? 무슨 일로."

상억의 낯빛이 충격적으로 해쓱해지면서 목소리가 떨렸다.

"모르겠어. 도무지 영문을 몰라."

민수는 한숨을 토해내며 곤혹에 찬 눈빛으로 말했다. 마침 안방에서 틀어 놓은 라디오에서는 대본영발표(大本營發表)라는 이름의 약간 살벌하고 악에 받친 아나운서의 목소리가 장황한 전황을 들려주고 있었다. 갑자기 침통해진 방안 분위기와 더불어 그 목소리는 우정 암담하고도 지겨운 느낌을 주었다.

"동혁이 무슨 일일까?"

궁금증에 목이 타는 모양으로 상억이 손가락으로 콧구멍을 후비적거리며 안타까이 뇌었다.

"글쎄, 그 형 때문일까?"

불쑥 민수가 말했다.

"형이 왜?"

"그 애 형이 일본서 대학을 다니다가 학도병에 끌려갔다는데, 아마 탈영한 것 같은 눈치야."

"언제 일인데?"

"작년 겨울 일인가봐. 그래 온 가족이 치도곤을 당했다는 거야."

"그렇다면 왜 이제 와서 동혁을……."

"그러니까 말이야."

민수가 이마에 깊숙이 주름을 세웠다. 그러자 나는 퍼뜩 한 광경을 눈앞에 떠올렸다. 이따금 귀향길의 역두 아니면 열차 안에서 누렇게 바랜 군복에 사베루를 늘어뜨리고 하나같이 얼굴이 검게 타고 우락부락하게 생긴 헌병이 젊은이를 오랏줄로 묶어 개처럼 끌고 가던 모습이었다. 부스스한 머리에 화액이라도 삼킨 듯 사색이 다 된 얼굴에 유난히 눈빛이 번뜩이던 젊은이들, 그리고 때때로 헌병이 열차 안에서 여학생 옆에 붙어 앉아 동물적인 눈빛으로 훑어보면서 괜한 수작으로 지분거리던 광경도 눈에 띄었다. 그때의 메스껍고 두려운 마음이란.

이제 나는 동혁의 형이란 이의 얼굴을 막연히 상상하면서 기억 속의 몇몇 탈영병의 얼굴 가운데서 그를 발견한 것만 같은 야릇한 착각을 느끼기도 했다.

"아무래도 심상찮아. 형의 일 때문이 아닌 것 같애."

마침내 상억이 단정적인 어투로 말했다. 그러면서 그러한 심증을 가질 밖에 없는 것을 괴롭게 생각하는 눈치였다.

"아니, 그럼 그럴만한 무슨 근거라도 있단 말이냐?"

수렁에 빠진 것 같은 절망적인 기분을 드러내고 물었다.

"아냐. 그런 건 없어. 다만."

"그렇다면 왜?"

"요즘 사상 문제로 두어 사람 끌려가서 혼나지 않았니?"

상억은 부러 뭔가를 회피하고 있는 것처럼 공연히 더듬거리며 변명했다.

"설마, 그렇기야. 나는 도무지 믿기가 어려워. 동혁에게 불온사상이라니……."

민수는 말하고 의구에 찬 눈길을 상억에게 돌렸다. 상억은 눈길을 피하고 잠자코 있다가 불쑥 말했다.

"한 번 경찰에 끌려갔다 하면 초죽음이 돼 돌아오는 거야. 아, 그 무서운 고문. 사람이 어쩌문 같은 사람에게 그렇게 잔인할 수가 있을까?"

위험에 맞닥뜨려 발작적으로 저항하는 것 같은 몸짓을 흉내내면서 상억이 중얼거렸다. 민수와 나는 흡사 유폐된 죄수처럼 침통한 기분에 싸였다. 오랫동안 침묵의 어둔 강물이 사람 사이를 흘러갔다. 안방 라디오에서는 군가가 벽을 타고 들려왔는데, 그것은 흡사 무지한 군화의 난폭한 발길질처럼 오래 계속되었다.

"민수야, 밤이 늦었어. 어서 가봐라. 괜히 무슨 일이 있으면 너까지 의심받게 될 거야."

"괜찮아."

"가보래두."

상억은 돌연 소리를 꽥 질렀다. 뭔가 안달이 나서 견딜 수 없는 것 같은 신경질적인 태도였다.

"상억이, 너는 아무 일 없겠니?"

조심스레 민수가 물었다. 뭔가 틀림없이 있을 것 같다는 눈치로 무척 근심스런 표정이었다.

"응, 아무 일 없어."

상억은 건성 대꾸하고는 돌아앉았다.

아침 요란한 군가 소리에 겨우 잠에서 깨어났다. 하마터면 학교에 늦을 뻔한 시간이었다. 허둥지둥 잠자리를 치우던 나는 상억의 책상이 여느 때 없이 말끔히 정돈되어 있음을 발견했다.

불쑥 이상한 예감이 스쳤다. 상억은 집에 없었다.

"상억 학생이 갑자기 무슨 일이라도 생겼나? 잠깐 어딜 간다고 보따리를 싸선 새벽같이 집을 나갔어."

하숙집 아주머니가 자못 궁금해하는 눈치로 물었다. 나는 어젯밤 일을 떠올리고, 긴박한 상태에 맞닥뜨린 것 같은 예감에 사로잡혔다.

불안한 마음으로 학교에 가서 대뜸 민수부터 찾아 나섰다. 마침 그는 교실에 있다가 내가 손짓을 해보이자 허둥지둥 복도로 나왔다. 내 소매를 잡고 구석으로 끌고 갔다.

"웬일이냐? 어찌 상억이 학교에 안 나오지?"

"저도 도무지 몰라요. 새벽에 하숙집을 빠져나갔어요."

민수의 얼굴이 충격을 받아 해쓱해졌다.

"집을 나갔다? 심상찮은걸. 하숙집에 아직 경찰은 안 왔든?"

"아직은요?"

"정말 무슨 일이 있는 거야."

"글쎄요. 그런데 동혁 형은 지금 어떻게 됐어요?"

"그대로 경찰서에 있어. 단단히 고생할 거야."

"고문도 당했겠죠."

"아무렴. 그런데 대체 상억은 어딜 몰래 갔을까?"

"집에라도 갔을까요?"

"이런 판국에 집엘 가다니?"

"대체 무슨 사건에라도 관련됐나요?"

"낸들 어떻게 알아. 사상관계의 무슨 단체라도 가담했었는지……."

"사상관계라뇨?"

순간 쉿 하고 민수는 급히 나의 옆구리를 찔렀다. 움찔 뒤로 물러서면서 내 어깨 너머에 눈짓을 했다. 돌아서 보니 후지다가 복도 맞은편에서 걸어오고 있었다.

이윽고 우리 곁을 스쳐가자 민수가 문득 증오와 불만에 가득 찬 눈길로 그의 등 뒤를 쏘아보고 나서 가만히 중얼거렸다. 위선자.

첫 시간 예령이 울렸다. 민수와 나는 헤어졌다.

가뜩이나 불안한 마음으로 오전 수업을 끝내고 교정에 나갔다. 운동장 한 구석에서는 마침 방공호를 파는 작업이 계속되고 있었는데 학생들이 까맣게 몰려 있었다. 무슨 일이 벌어진 것 같았다. 달려갔다.

둥그런 호의 등성이에 후지다가 서 있고, 그 아래 고오노가 있었다. 그들은 말다툼을 하고 있었는지 험한 분위기였다. 약간 질린 얼굴이었으나 애써 비웃는 태도인 후지다를 노려보며 벌겋게 얼굴이 상기된 고오노는 씨근거리며 금시라도 뛰어오를 것 같은 험한 기세였다.

고오노 뒤에는 상급생들이 시위하듯 늘어서 있었는데 그것은 단순한 구경이 아닌, 만약의 사태에 대비하고 있다는 듯한 은근히 위압적인 분위기를 보여주고 있었다.

"어이, 후지다, 어서 내려와."

고오노가 어르댔으나 후지다는 여전히 버티고 선 채

"거기서 말해. 거기서."

하고 굳이 대결을 피하는 약세에 몰려 비굴한 표정을 지었다. 그러자 고오노가 참기 어렵던지 우르르 달려들어 후지다를 끌어내렸다. 가볍게 밀고 밀치다가는 비로소 학생의 눈길을 의식했던지 교사 쪽으로 사라져갔다. 학생들의 눈앞에서 벌어진 어이없는 실태였다.

"왜들 그런대?"

곁의 상급생 틈에서 누군지 말했다.

"누가 알아? 단단히 토라진 이유가 있었겠지."

"도대체 저 해골 같은 후지다의 거만한 콧대를 누가 꺾어놓지 못하는가?"

"고오노의 그 저돌적인 기질은 어떻고."

"어쨌든 저 후지다는 위험한 인물이야. 속이 수렁 속 같애."

"잘못 알고 접근했다간 그 수렁에 빠지지."

"어제 동혁이 끌려갔다는데 소식 들었어?"

한 상급생의 속삭임에 나는 귀가 번쩍 뜨였다.

"아마 심상찮은가 봐. 무슨 독서 서클이라는데."

"저런, 그럼 여러 사람 다치게 되겠는데……."

"그런데 이상해. 밀고자가 있었다는데……."

"누군데?"

"글쎄, 미우라가 그러는데, 사전에 냄새를 맡은 건 후지다 같대."

"그럼 후지다가?"

순간, 나는 가슴에 돌덩이라도 얻어맞은 기분이었다.

"설마, 그렇기야."

"아냐, 선생이라고 믿어선 안 돼. 선생 중에 경찰의 끄나풀이 있단 말을 들은 일이 있어."

"정말, 악랄한 사회로구먼."

"전쟁 아냐. 무슨 일이든 못하겠어."

나는 그들 곁을 떠났다. 나이 어린 나로서는 그들의 이야기가 진정 무슨 악몽처럼이나 괴이쩍게 들렸다.

오후의 일과를 뒤숭숭한 마음으로 치르고 하숙집에 돌아간 나는 그것이 악몽 아닌 현실을 두 눈으로 보았다.

방문을 연 순간, 한바탕 난리가 스쳐간 것 같은 방안의 살벌한 광경에 가슴이 철렁 내려앉았다. 책상의 서랍은 모두 열려져 있고, 책꽂이의 책들은 모두 방바닥에 흩어져 있으며, 이불이며 옷가지들이 여기저기 널려 있었다.

"학생, 대체 이게 무슨 변이래. 그렇게 얌전하기만 한 상억이 학생이 무슨 죄를 졌기에 형사들이 이 난리를 꾸몄지?"

낌새를 채고 안방에서 뛰어나온 아주머니가 자못 두려움에 질린 얼굴로 나에게 말했다. 나는 망연히 섰다가 방안에 들어갔다. 어질러진 방안의 무엇부터 손을 써야 할지 심란하기만 했다. 그러다가 무심코 방구석에 버려져 있는 묵주를 발견했다. 손때가 묻어 까맣게 반들거리는 그것을 매만지면서 새삼 상억의 일상에 접하는 느낌으로 가슴이 뭉클했다.

갑자기 사이렌이 울려왔다. 적기의 내습이 잦아지면서 걸핏하면 울려오는 그 금속성 파열음은 파산의 위기에 놓인 가난한 자의 부채만큼이나 귀찮고 진저리가 처지는 그것이었다.

언제나 경보가 울리면서 잠시 죽음 같은 정적이 흐른 뒤 비행기 소리가 들렸는데, 오늘은 경우가 달랐다. 미처 경보 사이렌이 끝나기도 전에 요란한 비행기 소리가 울려왔고, 마당가의 시늉으로 만든 호 속에 몸을 숨기기도 전에 바로 지척에서 기총소사의 따르륵 하는 소리가 들려왔고, 이어 사람의 비명이 울려왔다.

여기저기서 악에 맺힌 고함소리가 터져나오는 가운데 요란한 폭음소리가 들려왔다. 때 없이 본격적인 공습이 시작된 모양이었다.

죽음의 처참한 침묵 속에서 한 삼십 분쯤 지났을까? 상공을 선회하는 비행대의 요란한 소리가 크게 들려왔다가 차츰 멀리 사라져갔다.

이윽고 해제 사이렌이 울렸다. 나는 조금 전의 비명소리를 생각하고 대문 밖으로 뛰어나갔다. 길 건너 벽돌담 아래 사람들이 모여 웅성거리고 있는 걸 발견하고 달려갔다.

사람을 헤치고 안을 들여다보았다. 한 중년 부인이 젊은이의 등에 업히고 있었다. 허벅지를 당한 모양으로 모시치마가 벌겋게 피로 물들여져 있었다.

가까이 접근하여 부상자의 얼굴을 보려는 순간 나는 악하고 비명을 질렀다. 원, 이럴 수가 있는가. 그녀는 다름 아닌 상억의 어머니였다.

"아니, 어찌된 일이에요."

경황없이 소리치자, 사람들이 모두 놀란 눈으로 나를 바라보았다.

"아니, 학생이 아는 사람인가?"

"네, 저하고 같이 있는 학생의 어머님이에요."

그러자 등에 업힌 채, 죽은 듯 눈을 감고 있던 상억 모친이 눈을 떴다. 나를 보자,

"학생!"

하고 손을 바르작거리며 신음소리를 토해냈다.

"부상은 대단치는 않아, 그럼 학생이 맡지."

젊은이가 나에게 등을 내밀었다 나는 얼결에 상억 모친을 들쳐 업고 하숙집으로 들어왔다.

"아니, 이게 무슨 변이에요."

하숙집 아주머니가 달려오고, 이웃 사람들이 우르르 밀려들었다.

법석을 떠는 사람들 틈에서 나는 그녀를 마루에 내려놓고, 피가 솟는 허벅지 부분에 붕대를 감았다. 응급조치를 하는 동안 그녀는 간간이 신음소리를 토해냈을 뿐 아무 말도 하지 않았다. 사색이 된 그녀의 눈가에는 눈물이 고였다가 방울져 흘렀다.

"어찌된 일이에요. 어머니."

모였던 사람들이 흩어져가는 걸 보고 가만히 물었다.

"아, 상억이……."

그녀의 입술이 희미하게 움직이면서 알아듣기 힘들만큼 낮게 중얼댔다.

"상억 형님이 어떻게 됐어요."

순간, 불길한 예감이 스치면서 알 수 없는 야릇한 강박의식을 느끼며 큰 소리로 물었다. 그러자 흑 하는 흐느낌 소리와 함께 그녀가 돌연 상반신을 일으키며 말했다.

"붙들렸어. 오늘 낮 저의 이모 집에 형사가 와서."

"아!"

나는 가슴이 철렁 내려앉았다. 모든 기대가 한꺼번에 무너진 것 같은 암담한 심정이었다.

"그래 정신없이 뒤를 좇아 왔는데, 하숙집에 들르려고 하다가 그만……."

땅거미가 지기 시작하는 저녁 무렵의 차츰 빛을 잃어가고 있는 하늘을 망연히 바라보면서 지금쯤 무서운 고초를 겪고 있을 상억의 모습을 망연히 상상하였다.

피서지避暑地

어둔 밤이었다. 문득 숲속에 은은히 울려 퍼지는 자동차 소리가 들려왔다.

그 소리에 민구는 밥을 먹다 말고 허겁지겁 여관을 뛰어 나갔다. 자동차의 서치라이트가 건너편 숲에 눈부시게 퍼지면서 구부러진 언덕을 우릉거리며 넘어 오고 있었다. 부연 먼지로 해서 그것은 바람기 없는 무더운 밤의 악몽에서 깨어난 끈끈한 풍경을 드러내주고 있었다.

이윽고 합승 한 대가 주차장 한가운데에 멎었다. 그러자 여관의 종업원들이 일시에 몰려왔다.

"대덕여관에 갑시다요."

키가 큰 민구는 그들을 밀어붙이고 문 앞에 버티고 서서 차에서 내리는 손님들에게 건성 소리쳤다. 대천 아니면 만리포 해수욕장을 거쳐 오는 듯한 피서객들이 줄지어 내렸다.

처음 두 쌍의 남녀는 수덕사 쪽으로 가버렸고, 한 쌍은 딴 종업원에 따라 붙었다. 발끈 화가 치밀어온 민구는 딴에 안달을 썼으나, 잇대어 허탕을 치고는 마지막으로 내리는 중년 신사를 붙들고 늘어졌다.

"우리 여관으로 갑시다요. 형편 봐서 숙박료는 얼마든 싸게 해드릴게요."

그가 망설이는 눈치를 보이자, 대뜸 짐을 빼앗아들고는 앞장을 섰다. 늘 그랬던 것처럼 민구는 겨우 허탕을 면했다는 느낌으로 허탈하게 웃음을 지으며 여관을 향했던 것이다.

그랬는데, 손님은 숫제 여관에 들자 방을 둘러볼 마음조차 없다는 듯이 말없이 짐을 빼앗아들고는 돌아섰다.

"왜 마음에 안 듭니까?"

낯이 화끈 달아올라 민구가 물었으나, 손님은 도망치듯 총총히 대문 밖으로 나가버렸다.

자식, 사람을 몹시 깔보는군, 하는 배신의 씁쓸한 기분으로 지그시 이를 깨물고 섰다가는 여관을 나갔다. 숲속을 찾아갔다. 여관의 몇 손님들이 밤이면 더위를 피하여 나와 있었다. 그들은 드문드문 놓여 있는 바윗돌에 걸터앉거나 밀짚방석에 앉아 있었는데 오늘따라 더욱 후덥지근했다. 게다가 가까운 공중변소에서는 악취가 풍겨왔다.

굽어보이는 광장에는 합승이 라이트를 켜고 있어, 반나체의 청년 둘이 길바닥에 누워있는 게 보였다.

"왜 손님이 가버렸소?"

누군지 그에게 물었다.

"재수 없이, 모두 할켰어요."

민구는 불쾌한 기분을 변말(은어)로 지껄이고, 양복바지를 뒤로 훌렁 까내리고 팬티바람으로 바윗돌에 털썩 주저앉았다. 그건 마치 여자가 용변을 볼 때의 동작을 연상케 했지만, 궁둥이에 땀띠가 났다는 핑계로 더러 대낮에 숙녀 앞에서도 거리낌 없이 그 짓을 해보였던 것이다.

"도대체 대덕여관에 손님이 와요? 제기랄. 나야 그 이상 어떡허남. 피알이 안 됐거든요."

소매가 긴 와이셔츠를 벗어 밀짚방석 위에 아무렇게나 내던지며 훗훗, 하고 웃었다.

가슴에서 목으로 번진 화상의 흉터를 가리기 위해서 러닝셔츠의 앞섶을 목에 바짝 끌어여몄으나, 목의 흉터는 그대로 내비쳤다.

그리고 그런 기이한 옷차림 때문에 어깨가 굽어보였는데, 툭 튀어나온 듯한 큰 눈과 둥그런 얼굴로 해서 마치 달마(達磨)와도 같은 인상이었다. 그래서 스물아홉의 실제 나이보다 더 어려보였던 것이다.

그는 약간 서먹하게 앉아있는 손님들을 둘러보았다. 손으로 코를 풀었다.

천식을 앓고 있는 그는 삼복더위에도 곧잘 감기에 걸려서 가래 끓는 소리를 했었다. 손님들이 조금 찔끔했을지도 모를 동정에도 숫제 태연하게 코 묻은 손가락을 바지에 문지르며, 그는 노파처럼 입 안에서 부글거리는 웃음소리를 냈다.

"내참, 인제 성질 많이 죽었지요. 전만 해도 손님한테 무슨 일을 당하문 참지 못해 진정제라도 먹어야 됐대니깐요. 연전엔 나보다 어린 청년을 안내했는데, 괜한 트집으로 나가길래 한 마디 쏘아댔더니 글쎄 날 보고 반말이잖어요. 눈에 불꽃이 확 일어나데요. 새끼! 뭐냐고 한 대 까버렸죠."

무훈이라도 자랑하는 말투여서, 손님들은 켕긴 듯 말이 없었으나, 그는 아랑곳하지 않은 얼굴로 풀썩 웃어 보였다.

"이래봬도 전 살기 위해 무진 경험을 했답니다. 이젠 아무 것도 무서운 게 없어요. 저는요, 고아로 양아치노릇을 했구요. 왕초에 붙들려 부산에서 날치기노릇도 했단 말여요. 무지하게 매도 맞아보구, 형무소 똥칸에 썩어보기두 했구요. 그런 거 자랑은 아니지만 제가 잘 되면사 좋은 경험이라고 생각하는데요. 이 흉은 그때 국제시장에 큰불이 났을 때 입은 거죠. 어느 창고 안에서 잠들었다 뛰어 나왔는데, 어찌 됐는지 이튿날 눈을 뜨니 영도 섬 앞바다의 스웨덴 병원선의 침대에 누워있지 않았겠어요?"

그는 목에 손가락을 갖다 대고 희죽 웃었다.

"허, 그랬던가? 그거 참."

순간 움찔 놀라며 약간 떠름한 기분을 드러내며 한 중년 사내가 중얼거렸다.

"그다음 스무 살이 넘어갖곤 열차의 잡상인을 했지요. 혁명 후에는 탄광에 끌려가 광부노릇도 했는데, 그때 목병을 얻었어요. 그 뒤에는 잠깐 오징어 낚시에 미쳐서 바가지로 고생을 했구요. 글쎄, 기가 맥혀서. 오징어 낚이에 단재미 본다는 친구 녀석 꼬임에 빠져설랑 밑천이라고 사천 원을 털어서 주문진에 갔었대지 않어요."

민구는 이야기에 신명이 나서 스르르 눈을 감았다. 파도가 귓전을 찢고 가는 캄캄한 바다에서 연승조라는 낚싯대를 움켜주고 붕붕거리며 달리던 일이 왠지 그립게만 느껴진다.

"오징어 낚는데 하룻밤 팔이 휘지근하도록 낚아봤자 선주에 바치고 남은 게란 고작 삼백 원 정도더만요. 그러니 언제 밑천을 빼요. 게다가 공치는 날이 많거든요. 그동안 밥 사먹고 밥값 주고, 한 달도 못 돼서 알거지가 돼버렸답니다. 밥을 굶을 때는 오징어를 생으로 먹었지요. 오징어. 바닷물에 헹궈 처음 먹을 때는 기막히게 맛있죠. 허지만 것도 두세 번 먹다 보면 질려서 입을 찢는대두 안 들어가거든요. 어촌 인심 말 말어요. 죽게 돼서 양복 한 벌 잡혀 달랬자 단돈 오백 원도 안 준대니깐요. 나 앞으로 꼭 한 가지 할 일이 있어요. 돈 벌어서 주문진 갈래요. 가서 전당포 차릴래요. 그저 시계 하나가……."

하는데 마침 우릉거리는 찻소리가 들려왔다. 민구는 급히 말은 끊고 화다닥 일어나 와이셔츠를 걸치고는 마치 불 튀는 전장에서의 사역병처럼 플래시를 번들거리며 산 아래로 뛰어갔다.

민구는 늦잠을 잤다. 뜻밖의 일로 한뎃잠을 자야했는데, 모기에 시달리고 이슬에 젖어 축축해진 잠자리에 번번이 선잠이 들었었다. 문득 새벽녘에 사타구니께가 끈끈하기에 만져보니 팬티가 물큰했다. 간밤에 몽설을 했구나 하는 자각에 부끄러운 일이라도 들킨 때처럼 가슴이 철렁했다.

흉측한 꿈이었어. 제기랄. 돈을 뺏기고 승기란 거머리(창녀를 착취하는 깡패) 녀석에 끌려가 생색을 쓴답시고 맡겨주는 애송이인 다마짱(눈썹이 긴 여자)과 한바탕 놀아났어. 헌데 나중에 보니 그년은 바로 아내였단 말야. 재수 없이.

퉤퉤 하고 그는 몇 번이나 가래 섞인 침을 뱉고는 여관에 돌아오자 팬티를 벗어던지고 곤한 잠이 들었던 것이다.

해는 벌써 대문 위에 솟아 있었다. 그는 새삼 온몸에 확 끼치는 무더위를 느끼고 황급히 일어났다. 머리가 지끈거리고 사지가 나른했다. 세수도 않고 아침밥을 몇 술갈 뜨고는 일어섰다.

문득 2호실 손님을 찾아갔다. 민구는 왠지 글을 쓴다는 그 손님이 좋았다. 단신으로 한 열흘 묵겠다기에 숙박료를 아주 헐하게 정해준 일에 그는 자선을 베푼 것 같은 자만을 느꼈다. 그리고 자신의 이야기를 흥미로이 들어주는 그 인정이 썩 마음에 들었다.

그는 자신의 무식한 말투나 버릇없는 행동조차 충분히 이해하고 있다는 얼굴을 하고 있으니까. 어쩜 그는 나의 과거를 눈물 나게 써주어 빛나는 경험으로 꾸며줄지도 모르니까. 그리고 이런 내 이야기 따위로도 이 사람은 글을 써서 돈을 벌 방법을 알고 있다니까.

2호실 손님은 팬티바람으로 방 가운데 누워서 책을 읽고 있었다. 털이 부숭부숭 난 살찐 허벅지가 여자들것처럼 하얗게 눈에 띄었다.

"선생님, 잘 주무셨어요?"

마루에 걸터앉으며 말했다. 그러자 그가 화들짝 놀라 일어났다.

"아, 어제 정혜사까지 오르내렸더니, 고단해서 푹 잤어."

민구는 방 윗목에 쌓여있는 몇 권의 책에 눈이 갔다.

"저게 선생님이 쓰신 책이여요?"

"아냐, 저건 읽으려고 가져온 거야."

머리를 긁적이며 얼핏 씁쓰레한 표정을 짓는다. 민구는 화제가 궁해지자 뭔가 생각해본다. 냉큼 잡히는 게 없다.

"선생님이 쓰신 걸 읽어본 것 같아요."

"아, 그래?"

거짓말을 하고 있는 줄 짐짓 알고 있다는 듯 피식 웃는다.

민구는 엉거주춤 일어섰지마는 이내 신통한 생각이 떠올랐을 적의 맑은 표정이 되어,

"아참, 선생님, 오늘 아침 커피 안 드셔요?"

하고 말하며 도로 주저앉는다.

"그거 참, 아직 안 들었는데 물 끓여줄 수 있을까?"

손님도 밝은 표정이다. 민구는 신명이 나서 심부름꾼 아이를 부른다. 아이가 오자 일부러 거들먹거리며 호령조로 말한다.

"너 말이야. 작은 주전자에다 물 두어 컵 되게 붓고 팔팔 끓여서 가져와. 그리구 내일 아침부텀 내가 시키지 않어두 그대로 해드리란 말이야. 이 집구석 사람들이란 대구리가 모두 돌덩이래서 손님 써비스 헐 줄도 모른대니깐요."

이윽고 두 컵의 커피가 만들어지자 구수한 차 내음에 잠깐 코를 대고 맡는 시늉을 하다가,

"댁에선 사모님께서 해주시겠죠?"

한 입에 후루루 들이키고는 심드렁히 묻는다.

"응, 그런데 참 결혼을 해야지."

"저 말여요?"

민구는 홋홋, 하고 간지럽게 웃다가는 불현듯 낯빛이 굳어진다.

"저도 결혼 같은 거 허긴 했었죠."

"결혼 같은 거?"

"열차의 잡상인을 했을 때 한 이 년쯤 살다가 헤어졌지만요. 성칠이란 제 자식도 있어요. 지금은 곤재라는 제 친구가 데리고 살죠. 다정한 친구여요. 녀석도 저와 같이 잡상인을 했었는데 오 년 전엔 부부끼리 여기 잠깐 다녀간 일도 있어요."

벌겋게 손톱자국이 나도록 목의 흉터를 긁어대며 지껄였다. 약간 을씨년스런 기분으로 손님을 바라보는 순간 그가 가볍게 움찔하는 기색이다.

"원, 세상에 그럴 수가 있나?"

조금 더듬는 말투로 재빨리 말했다.

"우리 잡상인들 세상에서는 그건 보통이죠. 제 아내였던 계집 말여요. 구미자라구, 대전 근처의 잡상인 허는 계집애 중에서는 그 중 이뻤죠. 우리들이 합숙했던 게 '고창 할매집'이라구 큰 방에 남녀가 마구 함께 뒹굴고 자는 판인데요. 구미자는 저와 살기 전엔 또 딴 녀석과도 살았지요."

불현듯 으스러지는 기분에서 벗어나는 노력으로 이마를 찡그리며 말했다. 순간 만삭이 된 몸으로 과일망을 뜨고 있던 어느 날의 그녀 모습이 퍼뜩 떠올랐다. 그는 가래침을 칵 뱉었다.

"그럼, 왜 아들은 데려오지 않나?"

돌연 차갑고 날카로운 눈길로 쏘아보며 손님이 물었다. 민구는 어깨를 으쓱해 보였다.

"지금 형편에 어떻게 헙니까요? 그리고 저도 성칠이란 놈 그립긴 허지만, 어느 땐가 제가 필요할 때 넘겨주기로 곤재와 약속해 놨으니께요. 그 녀석, 약속 지킬 꺼여요. 제 자식처럼 말여요, 잘 키울 테니깐요."

"그럼 아내는 사랑허지 않았나?"

약간 따분한 심문 같아서, 민구는 이마빡이 굳어지는 걸 의식했으나, 배시시 비굴하게 웃었다.

"사랑이요? 처음은 조금 좋았지요. 그렇지만 제가 탄광에 끌려간 형편에 어쩔 수가 없는데다 곤재란 녀석 은근히 좋아허는 꼴이어서 넘겨주었지요. 계집도 그게 싫지는 않았던가 보죠. 이렇게 말하면 큰 잘못처럼 모두 말허지만…… 툭 털어놓고 얘기지, 선생님 어떠셔요? 사람이 평생 한 사람만을 사랑헐 수 있는 걸까요?"

"그것과는 얘기가 다르지, 그렇잖아? 부부간의 애정이란 말야."

손님은 자못 노골적으로 비난하는 어조로 말했다. 민구는 눌린 듯 부스스 몸을 일으켰다.

"글쎄요. 무식해서 그런지 통 뭐라고 말 헐 수가 없네요. 저도요 성칠이란 놈 데려오고 장가가서 알뜰하게 살고 싶은 생각이 왜 없겠어요? 그렇지만 어디 그렇게 됐나요. 성칠이란 참 영리허거든요. 지금 여섯 살쯤 됐으니께 내년엔 학교 보내야 허겠지만."

"더욱 그렇다면 말이지."

손님이 낮은 목소리로 타이르려고 들자 민구는 그 말을 막아버릴 듯 돌아섰다. 침울해진 기분으로 뜰 앞을 서성댔다.

갑자기 제 방에 들어가 산탄식 엽총을 들고 나왔다. 탄창에 탄환을 쟁이고 힘껏 공기를 넣었다.

적이 의기양양한 태도로 그걸 어깨에 걸치고 대문을 나섰다. 소나무 숲을 이리저리 헤매며 새를 찾았으나, 극성스레 울어 쌓는 매미 밖에 간간이 들리는 건 제비 소리였다.

조무래기들이 그의 뒤를 따르며 떠들었다. 민구는 몇 바퀴 산속을 돌다가는 목표물을 찾지 못하자, 문득 화가 치밀어서 결국 매미 울음이 들리는 참나무를 겨냥하고 방아쇠를 당겼다.

"매미가 떨어졌다아."

어린애들이 환성을 지르며 떨어진 매미를 주워 들고 왔다. 등가죽을 온통 탄환이 뚫고 가서 해진 종이쪽지처럼 보였다. 민구는 만족했다. 홋홋, 자만스레 웃고는 매미를 힘껏 아래 골짜기를 향해 내던졌다.

"명사수로구먼?"

걸걸한 목소리를 등 뒤에서 듣고 돌아보니 뜻밖에 2호실 손님이었다.

"오셨어요? 총만은 문제없어요. 자 보셔요. 뭐든 맞출게요."

그는 제 실력을 보이겠다는 과장된 기분을 얼굴 가득히 풍기며 잠시 목표물을 찾는 듯 하더니 마침 식당 아주머니가 닭을 들고 나오는 걸 보자 쫓아갔다.

"아주머니, 그거 잡을 거죠. 제가 죽여줄게요."

어정쩡한 얼굴로 망설이고 서 있는 그녀의 손에서 닭을 뺏자, 재빨리 두 다리를 새끼로 묶어 바윗돌 뒤에 얹어 놓았다. 닭은 두어 번 날개를 파닥이다가는 잠잠했다.

"보셔요, 저 대가리를 쏠게요."

민구는 큰소리로 외치고는 흙터가 있는 목구비 아래 개머리판을 당겨가더니 방아쇠를 당겼다. 순간 꽥 하면서 닭이 위로 솟구치더니 머리에 빨건 피를 흘리며 언덕 아래로 나가떨어졌다.

몇 사람이 장기를 구경하고 있었다. 그들 머리 위의 소나무 가지엔 가뭄을 탄 저녁노을이 핏빛으로 흘렀다.

나뭇잎 하나 움직이지 않는 찌는 무더위였다.

그들과 떨어져서 2호실 손님이 혼자 앉아 있었다. 한 손에는 책을 든 채 맞은 편 약수터에서 머리를 감고 있는 여인 쪽을 바라보고 있었다. 민구는 문득 그를 보자 곁에 가서 앉았다.

"오늘은 손님이 좀 뜸한데?"

낌새를 채고 흘깃 돌아보며 그가 말했다.

"오늘 아침 많이 돌아갔어요. 선생님, 쓸쓸하시죠?"

"뭐 조금 따분하긴 헌데……."

민구는 약간 교활하게 웃어 보이며

"선생님도 애인이나 데려오셨드램 좋았을 텐데……."

하고 눈치를 떠보다가는 그의 눈길에 부딪치자 급히 정색을 짓는다.

"그렇지만, 참으로 수덕사 알아주는 분은 선생님처럼 혼자 오셔야죠. 저는요, 손님이 오면 돈을 쓰러 온 분인지 선생님처럼 뭘 조용히 생각하러 온 분인지 알아 맞혀요. 돈을 쓰러 온 손님에겐 어떻거든 바가지를 씌워야죠."

손님은 냉큼 말이 없다. 굳게 다문 입과 깜빡거리는 눈을 보자 자신의 호의가 묵살되었다는 반발로 가슴이 철렁해진다.

"저도 어차피 이 짓을 금년 여름철만 허구 집어치울 겁니다. 저기 여관 앞에 하꼬방이 있죠. 저거 제 점포여요. 가을부텀 장살 해야죠. 사내자식이 종업원 노릇 더러워 못해요. 한 밑천 마련해선 도시로 나가야죠."

손님이 가게를 유심히 눈여겨보는 눈치를 보이자 그는 설레는 기분으로,

"선생님, 이 글자 뭐죠?"

하고 몇 번을 고쳐 '德' 자를 손가락으로 그려 보였다.

"큰 덕 자지."

손님이 어처구니없다는 표정으로 말했다.

"그렇죠? 수덕사의 덕 앞에 우리 고향 고산의 고자를 넣어 '고덕상회'라 했는데 간판이 그럴싸허죠."

지지리 졸렬한 글씨에다 얼룩덜룩 요란하게 색칠을 한 간판을 가리키며 신명이 나서 웃음이 벙글어졌다.

그때 마침 부릉거리는 자동차 소리가 들려왔다.

"차가 오는데?"

손님이 주의를 주어서야 내키지 않은 몸을 일으켰다.

"오랜만에 버스가 오는구먼."

내딛는 슬리퍼 끝에 풀썩풀썩 일어나는 먼지를 바라보며 왠지 가슴이 설렜다. (—그저 한 움큼 돈만 잽혀 봐라. 한바탕 신나게 살아보련다아. 마음속에 목소리가 있어 소리치고 있는 것 같았다.)

이윽고 버스가 와서 멎었다. 대뜸 대학생 차림의 일행 넷을 맞아 여관으로 돌아오는 중이었다. 느닷없는 회오리바람이 앞을 가로막아 걸음을 멈췄다.

그때 뒤쪽에서 그를 부르는 소리가 들려왔다.

"야, 민구야."

뜻밖에 곤재가 버스에서 내리며 손짓을 하고 있었다. 민구는 가슴이 뭉클했다.

"짜식."

짐을 내려놓고 부리나케 버스 쪽으로 달려갔다. 붉은 무늬가 있는 노타이에 챙이 쭈그러진 등산모를 엇비슷이 눌러쓰고 있는 그는 유난히 새카만 얼굴에 흰 이를 드러내고 히죽히죽 웃으며 다가오고 있었다.

"짜아식, 웬일이냐?"

앞에 가자 그의 어깨를 껴안을 듯이 두 팔을 벌리고 소리쳤다.

"잘, 있었나?"

"가자. 자식, 너도 해수욕장 갔다 오는 길이냐?"

뜨겁게 달은 눈길로 그의 얼굴을 들여다보다가 되돌아섰다.

"얘, 팔자 좋은 소릴랑 마라."

잰걸음으로 민구와 어깨를 나란히 하며 말했다.

"아무튼 잘 왔다. 우리 여관으로 가자."

민구는 기대에 부푼 들뜬 마음으로 잽싸게 걸음을 옮겼다. 곁에서 곤재는 연방 까맣게 구겨진 손수건을 꺼내 목구비를 문질렀다.

"무척 덥지?"

"더워서 혼났다."

"지독헌 가뭄이니까. 덕분에 해수욕장 장사치들 수지맞았을 거다."

흘깃 돌아보며 빙글거리자, 곤재도 건성 히죽거렸다.

"너도 거기 한 구멍 뚫을 거 아니냐?"

"제기랄, 쇠가 있다냐? 나도 어느 땐가 한판 칠란다."

그들이 기다리고 있던 손님들 앞에 이르자 그중 하나가 물었다.

"여관에 방만 빌릴 수 없나요?"

순간 무슨 허튼 수작이냐는 듯 민구는 이맛살을 찌푸렸다.

"방을 빌려요? 우린 여관입니다."

"안 돼요? 값을 쳐주면 되잖아요?"

"삼백 원 내슈."

씹어뱉듯 말했다. 그들이 잠깐 어정쩡한 표정으로,

"그렇게 비싸요?"

하고 넌지시 흥정하려들자, 민구는 코를 풀어 발밑에 팽개치며 욱질러 말했다.

"그 아랜 안 됩니다."

그들이 투덜대며 물러가자 그 등 뒤에 대고 화난 목소리로 중얼거렸다.

"별 떡 같은 놈들이 사람을 골려주고 있구만. 가자 여관으로."

그들은 여관을 향해 언덕길을 올라갔다. 곤재가 문득 물었다.

"너, 하꼬방 헌다는 거 언제부텀 할끼냐?"

"저 봐라, 저거 지었는데 올 가을에는 문 연다."

"햐, 근사허구나. 너도 한몫 잽혔나보다."

좁다란 길 양편에 즐비하게 늘어선 술집, 식당, 잡화점들이 마치 도시의 야시장처럼 술렁이고 있었다. 크고 작은 간판이 지저분하게 걸려있는 초가지붕 아래에 하나 둘 램프불이 켜졌다.

"너 오늘 밤 술 좀 들래?"

민구는 식당을 향하여 좁은 골목길을 걸어가고 있었다.

"너 좋다면……."

곤재가 왠지 심드렁했다.

"우리 대전서 장사허구 있을 땐 째보집에서 술 많이 했지야."

"술 아니면 견딜 수 있었냐? 그때 생활이. 바락바락 악을 쓴 거지."

"그 대식이란 놈, 지금도 억주냐?"

"새끼, 죽은 지 벌써 이 년이다."

"엉, 그 녀석이 죽어? 뭘로 뒈졌냐?"

적이 충격적이었던 모양으로 희뜩 놀란 눈으로 돌아본다.

"그 새끼 본래 약골이 아니었냐? 뭐, 복막염이라든가 하더라."

"녀석, 한때 짜부의 제비노릇 허다가 되게 얻어맞기도 했지만 근본만은 좋은 애였지. 일찍 뒈질려구 그리 안달을 했던갑다."

"글쎄 말이다."

곤재가 약간 침울해진 낯빛으로 중얼거렸다.

"녀석, 술만 취허면 찔찔대싸서 귀신 넋두릴 헌다구 성화였댔는데…… 그때 참 한참 재미 보던 무명 고리는 어째 됐냐?"

"벌써 애기 둘이나 낳지 않냐?"

"햐, 세월 빠르구나."

어느 주점 앞에 이르자 안으로 들어섰다. 뚱뚱한 부인이 문지방에 앉아 졸고 있다가 깜짝 놀라 깨고는 웬 영문이냐는 듯한 눈빛을 했다.

그들은 술청 앞의 긴 벤치에 걸터앉는다.

"막걸리 주셔요."

민구가 말했다.

"아니, 민구가 술을 살판인감?"

입가에 알쏭달쏭한 웃음을 띠고 부인이 물었다.

"아주머이, 친구와 와서사."

"암, 그래."

술이 오자 첫 잔을 따라 들고 민구는 대견한 낯빛으로 흘끔 곤재 쪽을 바라본다.

"술 들어라. 오늘 밤은 좀 마시자."

한 잔을 단숨에 들이켜고 풋고추에 된장을 발라 와삭 씹으며 말했다.

"내 요즘 별로 못 헌다."

컵을 들고 짐짓 망설이는 눈치다.

"짜식, 네 주량을 내가 몰라서? 야, 술값 염려 말고 흠뻑 마셔라. 네가 오 년 전에 왔을 때는 재수 없이 내가 아파서 술이라구 헐 수 있었냐?"

"그랬었지. 지금 목병은 어떠냐?"

"무지허게 약도 먹어봤지만 별 신통치도 않더라."

술을 마시고 나자 쿨룩거리고는 주먹으로 콧물을 훔쳤다.

"오래 두면 폐꺼지 나빠져 큰일난대더라. 누가 얼마를 살지 알 게 뭐냐."

두어 잔 술로 낯이 빨개진 곤재는 들뜬 민구와는 대조적으로 약간 충혈이 된 눈으로 주위를 씁쓸하게 바라보았는데 가슴앓이라도 하는 눈치였다.

"술이 비었네요, 한 주전자 더 주세요."

이윽고 민구는 담배를 빼어 물었다. 그리고 곤재에게 돌아앉는 순간 시선에 부딪쳐 당황한 눈빛을 하는 걸 깨닫고 의구심 때문에 허황하게 언성을 높였다.

"야, 담배 피워라. 짜식, 몇 년간 안 보았더니 주량이 파이로구나."

"아냐, 그게 아니고……."

자제를 잃고 허둥거리며 담배를 받았다. 민구는 뜻밖의 태도에 약간 얼떨떨했지만 이내 묵살할 듯이 거푸 술잔을 비워 그에게 돌렸다. 곤재는 그때마다 뭔가 절실한 표정이었다가도 민구의 억압적인 태도에 눌려서 말없이 술잔을 받았다.

"짜식, 술 인제 제대로 허는구나."

불이 꺼진 담배에 불을 붙이고 힘껏 빨았다. 속인 같은 야릇한 익살을 띤 눈이 재채기를 할 때마다 이상한 광채로 번들거렸다.

"곤재야, 생각나니? 짝귀 패와 싸우다 빵깐에서 우리 고생했을 때 말이다. 무던히 빽빽거리며 지랄하던 고 순경이란 치 있었지. 고게 요 아래 읍내에서 대폿집을 벌이고 있더라. 뭘 잘못 먹어 걸린 모양이지? 그치, 날 몰라보는 것 같았지만 어쨌든 안됐더라. 그런 치를 생각허문 세상은 참 살맛나더라 잉."

"괜히 트집 잡어 끌어내선 몽둥이질을 했던 녀석이지."

"그래 말야. 해서, 여보 주인 이리 와서 내가 사는 술 한 잔 허자 했지. 그랬더니 그치, 비실비실 도망치면서 전 술 못 헙니다요, 많이 드셔요, 허잖아."

민구는 흐드러지게 웃어젖히고는 문득 곤재의 왼팔을 끌어 잡았다. 그의 어깨 아래 해골을 새긴 문신이 있었다. 민구는 제 팔의 곁에 나란히 놓았다. 똑같은 문신이 새겨져 있었다.

"너, 이거 가끔 보냐? 우리들이 그때 의리를 버리지 말자고 다짐했던 거."

순간 곤재는 찔끔하여 팔을 움츠렸다. 아래턱에 가벼운 경련이 일어나고 있었다. 민구는 섬직했다.

"왜 그러냐?"

"아니다. 그저 술 마시자."

찔러보는 눈길을 당황히 피하면서 술잔을 끌어 잡았다. 손가락이 가볍게 떨리고 있었다.

"술 그만허구 밥이나 허자."

민구가 퉁명스레 말했다.

"아냐, 밥 생각 없다."

눈을 앞으로 향한 채 고개를 내저었다.

"밥 먹어야 헌다."

뭔가에 칵 부딪쳐 으깨어진 기분으로 목소리가 떨렸다.

"싫다. 차라리 술을 다라."

힐뜩 고개를 젓히는 순간 눈길이 야릇하게 비뚤어져 있었다.

"술 그만 허자, 제기랄."

물어뜯을 것 같은 기세로 민구는 욱질러 말했으나, 곤재는 비어있는 주전자를 들고 소리치고 있었다.

"아주머니, 한 주전자 더 주시우."

"이 자식, 그만 안 둘래?"

"인마, 술값은 내가 낸단 말이야."

곤재가 초점 잃은 눈으로 덤벼들 듯이 소리쳤다.

"술값을 네가 내? 자식, 환장했냐?"

민구는 실소를 했다. 왠지 격렬한 의지에 떠밀려 조금은 처참해진 기분이다.

"술을 다라, 정말."

"아주머니, 술 주셔요."

민구는 체념하고 주전자를 내밀었다. 부인이 어리둥절한 얼굴로 눈치를 보다가 주전자를 들고 갔다. 민구는 다시 담배를 태워 문다. 깊숙이 뿜어낸 연기가 램프 가에 스멀거리는 걸 충혈이 된 눈으로 바라본다.

술이 오자 곤재는 말없이 따라 마셨다. 그리고는 갑자기 쿨쩍거리기 시작했다. 민구는 깜짝 놀라 그를 돌아보았다.

"왜 그러냐? 갑자기."

순간 술청에 두 팔을 길게 뻗치고 엎드렸던 그가 소스라쳐 고개를 번쩍 치켜들었다.

"네게 헐 말이 있다."

무거운 그의 말이 곤봉추가 떨어지듯 놀랍도록 빠르게 민구의 가슴을 때렸다.

"뭐야? 무슨 말인데."

"밖으로 나가자."

곤재는 약간 비칠거리며 자리를 일어났다.

"짜식, 갑자기 무슨 말을 허겠다는 거냐? 여기서 해라."

갑자기 몰아닥친 신산한 기분에 안간힘을 쓰며 조금은 공허한 어조로 말했다.

"나 먼저 나가마."

곤재가 문밖을 향하여 걸어 나갔다.

"짜식, 뚱딴지처럼 갑자기……."

민구는 투덜거리며 일어섰다.

민구의 가슴에 불안한 예감이 훅 스쳐갔다. 일부러 늦은 걸음으로 곤재의 뒤를 터덜터덜 따라갔다.

곤재는 그가 뒤따르는 걸 확인하고 나서야 여관 앞을 지나 으슥한 산길로 들어섰다. 달이 우련이 밝아서 그의 그림자가 소나무 사이에 길게 뻗쳐 흔들리고 있었다.

이윽고 인적이 뜸한 오솔길의 한 바위 위에 곤재가 걸터앉았다. 곁에 이르자 민구는

"야, 일대일로 한 번 뛰자는 기분 같구나."

마음의 불안을 꺼버리려는 노력으로 턱에 가벼운 경련을 일으키며 농을 걸었다.

"미안허다. 민구야. 거기 앉어라."

주의깊이 시선을 옮기며 깔아진 어조로 말했다. 민구는 울적한 기분으로 담배를 태워 물고는 맞은편 바위 위에 풀썩 주저앉았다. 곤재도 담배를 물었다. 한 모금 깊숙이 빨아들이고는 결심한 듯이 입을 열었다.

"이런 얘기 정말 네게 헐 염치가 없다만."

끝말을 흐리자 민구는 몇 모금 초조하게 담배를 빨고는 채근했다.

"무슨 일이냐?"

"나는 네가 의리 없는 놈이라구 해도 별 수가 없다."

그의 망설이는 투에 야릇한 감정의 올가미에 묶이는 것 같은 심한 곤혹을 느끼고 민구는

"짜식, 질질 얼버무리지 말고 속 시원히 털어내 보란 말이야."

곤재는 그 소리에 고개를 내려뜨렸다. 골짜기 너머서 소쩍새 울음이 구슬프게 들려왔다. 뒷산에서는 하모니카 소리가 숲을 간질이는 바람결을 타고 들려왔다. 민구는 불만에 찬 눈길을 곤재에게 옮겼다. 마침내 곤재는 담배를 바위 위에 비벼 끄고는 침통하게 입을 열었다.

"민구야, 미안허다. 작년 가을에 나는, 나는 아내 구미자허구…… 갈렸다."

"갈려? 이혼했냐?"

순간 민구는 얻어맞은 것처럼 상반신을 비틀하면서 황망히 물었다.

"그랬다. 그년은 지금 이승기 놈과 붙어산다."

매섭게 그의 말이 쩌렁하고 울렸다.

"이승기? 우리들을 볶아먹던 '거머리' 말이야?"

민구의 입술이 하르르 떨렸다.

"그런데…… 이건."

별안간 곤재가 울먹이는 소리로 말을 잇지 못해 쩔쩔매자 민구가 윽박질렀다.

"그래, 성칠이란 놈도 그년이 데려갔단 말이냐?"

"미안허다. 날 죽여 달라. 성칠이는…… 성칠이는 죽었다."

곤재는 드디어 흑 울음을 터뜨렸다.

"뭣이 어째? 이 새끼야. 성칠이…… 죽어?"

불에 덴 것처럼 펄쩍 뛰어오르며 외쳤다.

"모든 건 나없는 새에 그년이, 그년이, 저지른 일이다. 성칠이가 죽은 것도……."

"이 새끼, 변명이냐?"

민구는 찔린 듯 벌떡 일어섰다. 악에 치받아 딱딱해진 얼굴로 그에게 달려들어 목덜미를 움켜잡자 마구 흔들었다.

"왜 죽었냐?"

"폐렴으로 죽었다구 하더라."

몸을 떨면서 잽싸게 지껄였다.

"폐렴? 말 좋다. 이 새끼야, 그게 네 자식 같었어도 거머리 놈에 넘겨줘?"

"헐 말 없다. 네게 넘겨주지 못할 바엔 차라리 고아원에 넣을려구 생각해 왔었다."

"그랬다면 왜 인제 말허는 거냐?"

또 한 번 꿈틀하고 일어서는 격렬한 노여움에 그의 목덜미를 심하게 낚아챘다. 그 바람에 몸의 평형을 잃었던 곤재가 신음하듯 더듬거리며 외쳤다.

"나는, 나는 도망치고 싶었다. 너헌테서. 네가, 네가 무서웠다."

"이 새끼……."

민구는 울음이 맺혀 왕머구리 소리를 하면서 망연히 손을 떼었다. 와르르 무너져나가는 마음의 붕괴음을 느끼면서 뿌드득 이를 갈았다.

"그 원수 놈이 성칠이를 죽인지 어떻게 아냐?"

"그건, 그건 아니다. 아니다."

곤재가 몸을 흔들며 격렬한 어조로 부정했다. 민구는 몸의 중심을 잃고 펄쩍 주저앉았다. 소나무 사이로 하늘을 우러러 보았다. 그 눈에 눈물이 질펀히 번져 있었다.

"이 새끼, 나는 성칠이를 나 같은 양아치로 만들고 싶지 않았단 말이다."

손가락으로 풀잎을 뜯어내며 항변하는 투로 지껄였다.

"나도 그건 안다. 네가 그 애를 얼마나 사랑했는가를…… 그 애 어미와 네가 왜 갈렸는가를. 그런 갈보년을 좋다고 왜 내가 떠맡었는가를 후회했단 말이다. 내가 무슨 사고로 빵깐에 썩고 있는 동안 그년이 그렇게 도망칠 줄은 몰랐단 말이다."

울적한 목소리로 곤재가 재빨리 지껄였다. 민구는 충격적으로 벌떡 자리에서 일어섰다.

"닥쳐라, 이 새끼. 의리 없는 네놈의 머리통을 까부시고 싶다."

민구는 말하고 느닷없이 몸을 돌렸다. 여관 쪽을 향하여 달려갔다. 뭐든 닥치는 대로 마구 밟고 할퀴고 싶은 분개심에 몸이 떠있는 것처럼 무감각했다.

쏜살처럼 여관 안에 들자 신을 신은 채 방에 들어갔다. 엽총을 들고 탄창에 탄환을 집히는 대로 마구 쟁였다. 방을 나와 마루에서 마구 공기를 넣었다.

'거머리란 놈, 미자란 년, 죽여야 돼.'

버릇처럼 총을 한 손에 늘어뜨리고 웅얼거리며 대문을 나섰다.

"밤중에 뭘 잡소?"

문득 등 뒤에서 소리가 들려 고개를 돌렸는데 마침 2호실 손님이 대문 밖에 서 있었다.

민구는 기계적으로 고개를 굽신해보이고는 산을 향하여 뛰어갔다. 노여움으로 다리가 후들거리고 불타는 두 눈에는 다가오는 숲이 달빛 속의 꿈같은 고요가 아니라 피 흘리고 있는 괴물의 환상처럼 보였다.

이윽고 곤재의 모습이 어둠 속에 떠올랐다. 그는 여전 바위 위에 있었다. 두 무릎을 세우고 고개를 푹 처박고 있는 것이 마치 포획된 한 마리의 짐승과도 같았다. 민구는 그의 앞에 이르자 헙, 하고 걸음을 멈췄다. 순간 고개를 젖힌 곤재는 움찔 놀라면서 떨리는 목소리로 외쳤다.

"너, 그걸로 나를 쏠 작정이냐?"

민구는 대꾸 대신 총개머리로 바위를 내리쳤다. 서슬에 곤재는 뛰어오를 듯한 자세였으나, 곧 아무것도 결정할 수도 없는 무서운 곤혹에 빠져 몸을 부르르 떨고만 있었다.

"야, 이 새끼야. 너는 내 희망을 밑둥이로부터 잘라버렸단 말이야."

전율감에 온몸이 불덩이가 돼가던 민구는 잔인한 표정으로 그의 앞에서 다섯 걸음 뒤로 물러섰다.

"야, 민구야. 용서해라, 제발."

곤재는 두 손을 비비며 애원했으나, 그 말은 바람소리에 스쳐오는 미물의 울음처럼 처량했다. 민구는 쭈그리고 앉았다. 앞을 응시했다. 어둠, 그것이 헤아릴 수 없는 거대한 몸짓으로 술렁이고 있음을 보았다. 그 속에 곤재가 가쁘게 숨을 몰아쉬며 손짓을 하고 있는 것처럼 느껴졌다.

별안간 민구는 슬퍼졌다. 발 디딤을 잃었을 때의 반사적인 동작처럼 상반신을 일으키며 총을 끌어당겼다.

"이 새끼야, 비키란 말이야."

민구는 느닷없이 소리치며 총구를 내리밀었다. 이어 으윽, 하는 곤재의 신음소리가 들린 것 같은 순간에 탄환은 바위 옆의 높은 소나무 가지에 콩 튀듯 퍼부어지고 있었다.

상실喪失

밖은 으스스하게 꽃샘이 불고 있었다. 퇴근 시간이 되어 나갈 채비를 차리고 있을 때였다. 사환 아이가 나에게 전화라고 알려줬다. 수화기를 들자 다급한 여인의 목소리가 들려왔다.

"선생님. 윤 난이란 애 아시죠?"

"네, 제자입니다."

"그 애가 어젯밤 약을 먹고 자살했어요."

"아니, 뭐라고요? 대체 어떻게 된 겁니까?"

난데없이 돌덩이로 얻어맞은 듯 얼떨떨한 기분으로 다그쳐 물었다.

"자세헌 건 저두 잘 몰라요. 그 애가 자취하고 있던 집 아주머니가 내게 쫓아와서 선생님께 전화를 걸어달래는 부탁을 하드먼요. 거긴 변두리라서 전화 걸기도 힘들고요. 그 애가 죽었대두 당장 선생님밖엔 알릴 데가 없는 형편이라더군요."

"알았습니다. 곧 가보죠."

나는 떨리는 손으로 수화기를 놓았다.

가슴속에서 세찬 불협화음이 쿵쿵거리며 소용돌이쳤다. 다부지게 고난을 이겨왔던 그 애가 그렇게 쉽사리 목숨을 끊어버릴 줄은 전혀 생각 밖이었다.

나는 한동안 멍청하게 서 있었다.

한참 만에 제정신을 차리고서야 난롯가에 앉아 한담을 즐기고 있는 동료선생들에게 그 소식을 전했다.

모두 놀라운 표정이다.

"빌어먹을 놈! 저 혼자 죽어버리면 남아 있는 어린 두 동생은 어떡허지?"

그 애의 사정을 잘 아는 한 선생이 비난조로 투덜거렸다. 그렇다. 난이는 제 목숨 하나 마음껏 결단하기에도 자유로운 몸이 아니다. 부모를 잃어버린 난이는 두 동생을 부양해야 될 책임을 짊어지고 있었으니까. 하루아침에 가장의 무거운 책임까지 떠맡아버린 처지가 아니었던가?

“여북하면 죽었을라구. 너무도 비극이야.”

“결국 자식의 목숨까지 끊어버린 비정의 부성(父性)이로구먼.”

선생들은 제각기 한탄과 비분이 섞인 한 마디씩을 지껄였다.

“교감 선생님. 그 애 치상을 학교에서 맡아줄 수 없는지요.”

교감에게 난이의 딱한 사정을 설명했다.

“어쩔 수 없죠. 엄밀히 따지면 그 앤 이미 우리 학교 학생이 아니지만 세상에 돌봐줄 사람 하나 없는 딱한 사정인 걸 어떡합니까? 교장 선생님께 상의해서 대책을 세우도록 하겠습니다. 간략하게라도 치상을 치러줍시다.”

교감은 선뜻 동의하고 일어서서 교장실로 갔다.

난이의 장례는 학교에서 맡아하기로 결정되었다. 곧 몇몇 직원과 함께 내가 현장으로 찾아가기로 하고 서무과에서는 치상 준비를 서둘기로 했다.

난이가 학교를 계속했다면 고등학교 삼학년이 된다. 그러나 일학년 이학기쯤 해서 전혀 예기치 못했던 가정 파탄으로 학업을 중단할 수밖에 없었다.

눈사태에 떠밀려 깔린 나무처럼 엽기적인 사건이 난이의 가정생활을 밑동부터 뽑아버리고 말았다. 겹겹이 쌓이는 사태를 막아보려 온몸의 힘을 다했으나, 열여덟 소녀의 연약한 힘으로는 너무도 어려운 일이었던 모양이다.

그녀의 나이 일곱 살에 아버지는 집을 나갔다. 난이는 그때를 기억해내어 이렇게 말했었다.

“저희 아버지는 술이 억주고 성질이 사나운 사람이었어요. 늘 가정불화가 그치지 않았어요. 그럴 때마다 어머니는 무지하게 얻어맞곤 했어요. 어머니는 조그만 잡화 가게를 차려놓고 있었는데, 이제 생각하니 거기서 수입한 돈은 아버지가 늘 가로챘던 모양 같아요. 생활이 말이 아니었어요. 그러다가 막내 동생을 낳은 지 얼마 되지 않는 어느 날, 아버지는 가게에 있는 물건을 몽땅 털어가지고 어디론지 자취를 감춰버렸어요. 그래서 우린 그나마 빈털터리가 됐대요. 그런 아버지였으니까 어머니는 항상 남편이 아니라 원수로 생각했었죠.”

그 후 난이네는 어머니의 굽힐 줄 모르는 억센 의지로 무너진 생활을 다시 일으켰다. 처음에 자그마한 대폿집을 차렸다. 술집은 잘 되어 삼 년 만에 식당으로 번창해갔고 오 년 후에는 식당을 집어치우고 자그마한 여관을 사들이게끔 되었다. 비록 아버지는 없었으나 난이의 세 자매는 별반 불편을 모르고 단란한 가정생활을 이룩해나갈 수가 있었다.

“어머니는 아들이 하나만이라도 있었으면 하고 바라는 눈치였지만 그런 말을 입 밖에는 내는 일은 없었어요. 늘 우릴 보고 공부를 잘해서 남자 못지않은 훌륭한 여자가 되라고 입버릇처럼 말씀하셨죠. 그 무렵, 어머니는 여관업이 우리들 공부하기에 무척 마땅치 않은 걸 마음 꺼리게 생각하셨죠. 그래서 얼마큼 생활이 안정되는 대로 여관업을 집어치우겠다고 생각하셨죠."

사실 난이의 말대로 난이의 집 우성여관은 바로 사창가에 근접해 있어서, 여간 지저분한 환경이 아니었다.

그래서 난이는 중학교 상급반이 되면서부터 자기 환경에의 깊은 반응을 보이기 시작했다. 남들 앞에 부끄럽고 창피하게 생각했다.

박테리아처럼 사회 밑바닥에 꿈틀거리는 오만가지 추잡한 인간의 생태들, 양의 탈을 쓰고 이리의 생리를 지닌 탐욕적인 사내들의 환락을 좇는 지저분한 몰골들. 위장된 생활에 진력을 느끼면서도 웃음을 장식물처럼 지니고 사는 고달픈 창녀의 표정들. 그런 치들이 휴지처럼 흩뿌리고 가는 지폐를 모아 돈 모으기에 눈독이 오른 어머니의 메스꺼운 일상.

난이는 차츰 주위에 대한 분별이 생기면서 주위에 대한 강렬한 저항 의식을 느끼기 시작했다.

본래가 내성적인 성격이던 난이는 더욱 말수가 적어지고 이따금 울적하게 지껄이는 말 속에는 신경질적인 반감을 드러냈다.

그녀는 재능이 있는 소녀였다. 중학교 삼 년 동안 그녀의 성적은 예외 없이 수급을 차지했고 웅변과 문예에 특별한 재기를 떨치었다.

고등학교 일학년 때, 그녀는 소설을 썼다. '상실 뒤에 오는 것'이란 단편이었다. 그녀의 글은 극히 미숙했으나, 문장 속에 깔려 있는 날카로운 의식의 세계는 장차 기대할 만한 가능성을 엿보이게 하는 것이었다.

아무튼 재기발랄한 이 소녀는 사회적 배신에서 오는 좌절과 소외의 감정을 비극적으로 다루고 있었던 것이다.

—우성여관 마담의 의문의 실종. 정부(情夫)에 의한 유괴 치사?

인구 십 만도 안 되는 R시를 온통 들끓게 하는 엽기적인 사건이 매스컴을 통해 보도되었다. 난이가 고등학교에 입학한 두어 달 후의 일이었다.

고요한 해면에 돌풍처럼 몰아닥친 이 사건이 난이의 일생을 비극의 어두운 구렁 속에 떠밀어놓고 말 줄이야.

삼월 초순의 어느 날 아침, 난의 어머니는 잠깐 나들이 가는 차림으로 집을 떠났다는 것이다. 가까운 곳에 잠시 다녀올 듯한 차림이었다.

"그랬는데 사흘이 되고, 일주일이 돼도 돌아오시지 않아요. 차츰 불안해지기 시작했어요. 그래서 부랴부랴 갈 만한 곳을 추심해 봤어요. 그러나 영 행방을 알 수 없었어요. 열흘이 되고 보름이 되어서야 조바심이 나서 더 이상 견딜 수 없었어요. 이웃 엄마 친구들이 경찰에 수사 의뢰를 하래요. 그래서 경찰에 알렸어요. 신문기자가 다녀가고 경찰이 이따금 드나들었지만 어머니의 실종을 밝혀줄 정보라곤 없었어요."

갑자기 고아가 되어버린 나이 어린 세 자매.

울고 보채는 동생들을 달래며 난이는 갑자기 어른이 된 것처럼 비통한 감정으로 생활을 꾸려 나갔다. 그런대로 여관도 유지돼 나갔다.

어느 날이었다. 밤중에 난이가 나를 찾아왔다. 난이는 뜻밖에 내 앞에 한 장의 신문을 말없이 내밀었다.

거기 난이 어머니의 실종 사건이 지방판 톱뉴스로 보도되어 있었다. 약간의 근거 있는 추측을 통하여 사건을 전모를 밝혀낸 것이다.

"난이의 어머니는 유괴 당했다. 유괴범은 전직 공무원이었던 정부 마 씨."

재산이 탐이 나서 유괴하곤 은밀히 죽여버렸을지도 모른다는 추측이다.

그런 사실을 뒷받침하는 근거가 있었다. 그녀가 실종된 지 일주일 만에 한 여자가 난데없이 여관의 매도 증서를 가지고 나타났다가 어물쩍 물러갔던 일이 있다. 그때만 해도 사건의 내용을 몰랐던 터라 그저 해괴한 일이거니 하고 웃어버렸던 것이다.

그 여자가 바로 마 씨의 고모 되는 분. 이제 종적을 알 수 없는 마 씨를 찾아냄으로써 난이 어머니에 대한 사건의 수수께끼는 풀리게 될 것이다.

기사를 읽고 나자 나는 무서운 범죄 소설을 읽은 것처럼 가슴이 섬뜩했다. 무서운 세상이다.

"마 씨라는 사람, 난이도 아나?"

탐색하는 눈초리로 나를 지켜보고 있던 난이를 보고 물었다. 그녀는 고개를 주억거렸다.

"어느 때부터 알게 됐는데?"

"식당을 경영할 때부터예요. 자잘한 일을 보살펴주곤 해서 고마운 아저씨라고 생각했는데……."

난이는 말끝을 맺지 못하고 느껴 울기 시작했다. 너무도 엄청난 사건 속에서 터져 나올 틈이 없었던 갖가지 회한과 슬픔이 배신의 쓰라린 분노를 통해 폭포처럼 쏟아져 내렸다. 체면이나 이성 같은 것이 완전히 무시되어버린 커다란 슬픔 속에서 난이는 온몸을 떨며 흐느꼈다.

"난이야! 용기를 내. 어머니가 돌아가셨을 거라고 속단하지 말고 계속 찾으며 기다려야 돼. 그렇게 쉽사리 한 생명이 값없이 죽어질 순 없는 거야. 더욱이 의지가 굳고 분별심이 강한 어머니가 함정에 어물쩍 빠져들진 않아."

나는 난이를 달래기 위해서 격한 어조로 말했으나, 기실 자신 있는 말은 아니었다.

어느 모로 본들 이미 돌이킬 수 없는 함정에 빠져있는 것 같았다. 인간의 탐욕이 저지른 무서운 범죄.

그 후 난이는 경찰에 적극적인 청원을 하면서 스스로 목포, 군산, 여수 등 잡히는 대로 찾아 헤맸으나 헛수고였다. 마침내 난이는 두 손을 놓아버렸다. 그만 맥이 풀려버린 것이다.

"경찰에선 마 씨가 과거에 공무원이었대서 그런지 도무지 적극성을 띠지 않아요. 수사비용 어쩌구 하면서 신통헌 태도가 아녜요."

난이는 모든 게 허탈해졌는지 때로 불평을 늘어놓았다.

아버지 돌아오다. 십 년 만에 탕아가 집에 돌아오듯 불쑥 난이의 아버지가 사건의 와중에 뛰어든 것이다.

아득한 황야의 외로운 나그네 앞에 나타난 그는 과연 우정 있는 동반자였을까?

난이는 나에게 와서 이렇게 말했다.

"아버지가 오셨어요. 허지만 이상해요. 생판 남처럼 서먹서먹한걸요. 그건 좋지 않은 과거의 선입관 때문일 거예요. 하지만 어떤 허물이 있든 저는 아버지에게 의지하고 싶어요. 외로운 처지에 아버지가 우리를 잘 보살펴 준다면 어머닐 잃은 슬픔을 이겨낼 거예요."

모처럼의 밝은 얼굴에 웃음이 감돌았다.

"그간 멀리 떠나 있었던 모양인데 어떻게 알았나?"

"평택에 계셨는데, 어느 날 이발을 하면서 문득 K신문을 들쳐보다가 기사를 보았대요."

"아버진 그동안 혼자 살았대?"

"몰라요. 아버지에 대해선 너무도 아는 것이 없어요. 그리고 자신의 과거에 대해선 굳이 말씀도 안 허시니까요."

아무튼 아버지가 돌아왔다는 건 고무적인 사실이었다. 나는 그가 뽑혀진 기둥을 다시 세워 가정을 꾸려나가기를 진심으로 빌었다.

그런지 한 달쯤 되어 난이가 상의를 해왔다.

"선생님, 어떡허죠? 아버지가 자꾸 여관을 팔자고 조르는걸요."

"무얼 하시겠다는 거지?"

"여관을 팔아 무슨 사업을 하시겠다는데, 통 믿기질 않아요."

"여관 명의는 뉘 앞으로 되어 있는데?"

"어머님이죠."

"음……."

그녀의 실종이 여전히 오리무중인데 그 귀중한 재산을 서둘러 팔겠다는 데서 나는 불길한 예감을 느꼈다. 아내의 실종에 별반 관심을 보이지 않았다는 그에게 어떤 매정한 음모가 숨겨져 있지나 않을까 해서였다.

"어머니 인감 도장을 제가 가지고 있는데 자꾸 내놓으라고 해요."

"드리지 마라. 어머니를 찾기도 전에 임의로 재산을 팔다니……."

"허지만 아버지가 그러는데 어쩔 수가 있어야죠."

"그렇지만 안 돼."

나는 강경한 어조로 깨우쳐 말했다.

난이는 고개를 끄덕이며 자신 없이 돌아갔다. 역시 허사였다.

여관은 팔렸고, 난이네는 전셋집으로 옮기게 되었다.

그런지 불과 일 년도 못 되어 낭비벽이 심한 난이 아버지는 술과 여자에 물 쓰듯 돈을 낭비해버렸고, 사업을 한다고 떵떵거리고 다니더니 사기에 걸려 거액의 돈을 몽땅 잘려버렸다. 돈에 궁해지자 마침내 부도수표를 남발했다. 경찰의 지명수배를 당하게 되었다.

그건 정말 눈 깜짝할 사이에 닥쳐온 불행이었다.

난이는 울먹거리며 호소해왔다.

"아버지가 경찰의 수배를 당하게 되자, 저는 피신하고 있는 집에 비밀히 밥을 가져다주곤 했어요. 아버지 때문에 우리 집은 하루아침에 그 재산마저 탕진돼 버렸어요. 아버지가 미워요. 허지만 핏줄을 타고 난 딸인데 어떡허겠어요?"

난이가 과거의 모든 죄과를 탓하지 않고 의지하고 싶다던 아버지! 그 아버지란 사나이가 할 수 있었던 일이 고작 이런 것이란 말인가?

나는 뜨거운 분노를 느꼈다. 그 인간적인 대우를 받지 못할 배신에도 부녀의 정을 쏟고 싶어 하는 난이의 가여운 정성 앞에 눈물이 흘렀다.

그런지 두어 달 후에 난이의 아버지는 한마디 말도 없이 종적을 감춰버리고 말았다. 바람처럼 나타난 무례한 친권자는 사건의 와중에 뛰어들어 재산을 가로채 탕진하곤 바람처럼 사라져버렸던 것이다.

남은 건 빚더미뿐. 전세 든 집마저 빚에 몰려 거리로 쫓겨나게 된 것이다.

"아버지가 아니라 원수였구먼! 그래서 그 후 어떻게 됐수?"

무겁게 내려앉은 하늘이 몹시도 음울했다. 꽃샘이 불 때마다 으스스한 한기가 가슴을 파고든다.

"이야길 계속해 보구려!"

전근해온 지 얼마 안 되는 동료 선생이 비분한 어조로 채근하자 나는 다시 무거운 입을 열었다.

"도무지 대책이 막연했죠. 이 하늘 아래 그들이 의지할 곳이란 없었으니까. 학교에서는 학우 돕기 운동을 펴서 성금 만여 원을 모아주었죠. 친척이라곤 K시에 살고 있는 이모가 한 분 있다는 걸 알고 그리로 보냈죠. 그러나 세상은 매정합디다. 겨우 두어 달 불쌍히 여겨 돌보는 듯하더니, 정작 그들이 지닌 돈이 바닥이 나자 애들을 들볶기 시작했죠. 오래오래 짐이 될까 봐 몰아낼 심산이었어요."

"철저하군, 비극이."

"그들은 다시 거리로 쫓겨나온 신세가 되었고 결국 막연한 일이긴 하나 다시 이곳으로 불러올 수밖에 없었습니다. 그때 생각으론 난이를 어디다 취직시키고 자립할 때까지 그 누이들을 고아원에라도 맡길 셈이었죠."

난이는 그때 나의 뜻을 받으려 하지 않았다. 분별없는 감상이겠으나 동생들을 고아원에 떼어보낼 수는 없노라고 막무가내였다. 차라리 떨어져 사느니보다는 집단 자살이라도 감행하겠다는 것이다.

그건 어찌 보면 위협일 수도 있어 어리석은 생각을 바로 잡아줄 의무가 있기는 했으나 나는 진한 혈육의 정을 갈라놓을 자신이 없었다.

어쨌든 그녀는 그 후 변두리의 오막살이에 세를 들었고, 어떤 분의 알선으로 겨우 메리야스 공장에 취직이 되었다. 월급 삼천 원, 바람 부는 거리에 알몸뚱이로 서서 견뎌야 하는 피나는 생활이 그녀를 기다리고 있었다.

"누이들을 고아원에라도 보냈더라면 오늘의 비극이 생기지 않았을지도 모르지."

"글쎄. 아마 격심한 생활고에서는 조금 벗어났을 테니까."

"허지만 문제는 생활고 자체보다는 인생 자체에 대한 비관이 컸을 테니까."

이런 말을 하면서도 난이가 쉽사리 현실 앞에 무릎을 꺾어버리기에는 신념이 굳은 애였음을 생각했다. 그러기에 난이의 죽음은 아직도 나에게 멀리서 실려 온 풍문처럼 믿기지 않는 것이었다. 죽기 이틀 전이 되는 셈이다. 바람이 몹시 부는 밤이었는데 난이가 찾아 왔었다. 한창 발랄한 나이인 난이의 얼굴에 소녀답지 않은 피곤과 체념이 조용히 펼쳐진 표정을 보며 나는 애처로운 생각이 들었다. 그러나 내 형편도 세 자매를 보살펴줄 만한 여유가 없었기에 나는 공연히 마음을 약하게 할 동정의 따뜻한 말들을 삼갔다. 이런 저런 말끝에 문득 죽음 이야기가 나왔다.

"선생님, 사람의 죽음처럼 처참한 건 없는 것 같애요. 죽음 자체는 절실한 뜻에서 와지는 거니까. 탓할 수야 없겠지만요. 사람의 시체처럼 구질구질하게 더러운 게 어디 있어요. 그런 걸 생각하면 죽는다는 게 왈칵 두려워져요."

그때 난이는 절실히 죽음을 의식하고 있었던가? 나는 생각하고 가슴을 저미는 아픔을 느꼈다. 난이는 또 이런 말을 했었다.

“세상은 참 별나게 비열한 사람이 많더군요. 제가 외로와지니까 값싼 동정을 미끼로 해서 저에게 불순한 수작을 걸어오는 치들이 많아요. 세상 사람들이란 불우한 사람의 운명을 딛고 서서 우쭐거리고 싶어 하는 악취미를 지닌 위선자들이 많은 것 같아요. 자선을 베푼다는 게 시시한 허영을 채우려는 자기 위안에서 온다는 거 말예요. 지겨워 견딜 수 없어요. 때로는 차라리 타락해버렸으면 하는 야릇한 반발을 느껴요.”

나이 열여덟의 소녀로서는 지나친 독설일지도 몰랐다.

마침내 난이는 실의와 배신의 호된 매질에 견디다 못해 의지를 꺾은 것일까? 꿋꿋이 겨울을 이겨내는 어린 나목이 모진 폭풍우에 꺾어졌다면 얼마나 안타까운 일인가!

그날 밤 나는 많은 이야기로 위로했다.

그녀는 돌아갈 무렵에 이런 이야길 길게 늘어놓았다. 평소의 난이답지 않게 이야기를 많이 했다.

“세상은 무서워요. 한꺼번에 세상이 저를 버린 것만 같아요. 허지만 이제는 어쩔 수 없는 걸요. 감상 같은 거 물리치기로 했어요. 처음 학우들의 동정금을 받고 얼마나 울었는지 몰라요. 그러나 이제는 창피하지 않아요. 긍지나 자존심 따위 벌써 버렸는걸요.”

“동생들을 위해서는 뭐든 하겠어요. 처음부터 아버지는 믿지 않았어요. 그렇지만 딴에는 위해 주었어요. 이제는 영영 돌아오지 않을 거예요. 어머니를 찾고 싶어요. 삼 년이 지났는데도 어디선지 살아있을 것만 같애요. 제가 남자였다면 조금은 시원스레 찾아보았을 거라는 자책이 돼요. 세상은 믿지 않아요. 어느 누구의 우애도 받고 싶지 않아요. 어떤 도움에도 반드시 그만한 보수가 따른다는 걸 느꼈죠. 어떠한 정신적 부담도 지금은 갚을 길이 없는걸요. 그런데 이건 이상하죠? 어쩜 두 동생들이 나와 동복이 아닐지도 모른다는 객쩍은 의심이 들기도 해요. 사실은 그런 거 문제 삼을 게 아니죠. 정부 마 씨로 미뤄보아 어머니의 행실을 의심해본들 무슨 소용이겠어요. 모든 건 지나가버린 과거의 찌꺼기죠. 사회의 밑창에 빠져 오늘의 생활이 절실한 마당에 딴 거 생각 말기로 했어요. 동생들을 굶기지 말아야죠. 다만, 버틸 때까지 버텨보는 거예요.”

우리 일행은 떠난 지 한 시간 만에 난이가 세든 초라한 움막살이에 당도했다. 주인집 아주머니와 몇 명의 그 애 친구들이 울음소리로 우리를 맞이했다.

마루에 웅크리고 앉았던 난이의 두 누이동생이 울음을 터뜨렸다. 그 울음소리에는 맥이 없었다. 차마 눈으로 볼 수 없는 적막한 광경이었다.

가슴이 짜릿한 전율 속에서 눈시울이 뜨거워옴을 느끼며 우리는 한동안 우두커니 서 있었다. 우리는 시체가 있는 방에 들어갔다.

난이. 창백한 얼굴로 그녀가 자는 듯 누워 있었다. 입에는 깨끗한 카제 마스크를 쓰고, 흰 장갑을 끼고 있었다.

주인집 아주머니가 따라 들어와서 말했다.

“어제는 공장에서 일찍 돌아왔더군요. 동생들에게 돈을 주어 친구 집에 쫓았답니다. 그리고 목욕을 하고 새 옷을 갈아입은 모양이에요. 그러니까 죽으려고 모든 준비를 했던 모양인데 전혀 눈치를 몰랐죠. 어젯밤에는 난데없이 빵을 사다가 우리 애들헌테도 나눠주더군요.”

“언제쯤 발견했습니까?”

떨리는 목소리로 한 선생이 물었다.

“아침나절 아무 기척이 없길래, 아마 고달퍼 늦잠이 들었나 했었죠. 점심때가 되어도 기척이 없길래, 이상히 여겨 불러 보았어요. 몇 번을 불러도 대답이 없잖아요? 문은 안에서 잠겨 있고. 와락 겁이 나서 문짝을 뜯고 들어가 봤더니 글쎄…….”

서까래가 내려앉은 누추한 방안을 둘러보았다. 방 한켠에 조촐하게 차려 놓은 난이의 살림살이가 눈에 띄었다.

나의 시선은 책상 위 한쪽이 텅 비어 있는 책꽂이에 못박혔다. 곁에 섰던 난이의 클래스메이트였던 학생이 말했다.

“난이의 책, 일기장, 사진 할 것 없이 모두 불태워버린 모양이에요. 제 것이라곤 철저히 아무 것도 남기지 않으려는 뜻이었나 봐요.”

바람처럼 가뭇없이 사라져버리고 싶었던 난이.

나는 퍼뜩 요전 날, 죽음의 형해를 두려워하던 생각이 떠올라 새삼 가슴이 미어지는 것 같았다.

초라하고 침침한 방안이었으나 어느 구석에도 헝클어진 곳이 없었다. 평소의 난이답게 정돈되어진 속에서 조용히 잠이 든 모습의 난이, 그곳엔 어제까지 휘몰아치던 생활전선의 세파도, 혈육을 구덩이에 몰아넣은 비정도 범접하지 못하는 평화가 있었다. 맞서서 싸워봤으나 너무 연약했던 소녀의 힘, 그러나 결코 타협할 수 없었던 난이. 굳게 다문 그의 입은 무슨 말을 하고 있는 것일까!

두어 시간 후, 경찰이 오고 장례 준비를 한 학교 교직원들이 도착했다. 그리고 이 소녀를 잊지 않은 옛 학우들이 모여 왔다.

경찰관의 검시를 거쳐 시체의 염습은 손수 선생들이 했다.

세상의 변두리에 벌거벗은 채 동댕이쳐졌던 가여운 소녀의 짧은 생애는 너무도 허망하게 막을 내렸다.

바람이 세찬 어두운 산길을 은사와 학우들의 오열 속에서 마지막 떠나는 난이의 넋은 지금 무엇을 생각하는 것일까! 그처럼 살고자 성실히 몸부림쳤던 영혼 앞에 세상은 무어라 말을 할 수 있을까!

아무런 사회적 보호를 마련할 길이 없는 무방비한 이 나라의 광막한 공동묘지 한 귀퉁이에 난이는 소리 없이 묻혔다.

그녀의 아버지는 지금쯤 어디서 무얼 하고 있을까? 그녀의 어머니는 정말 죽었을까? 난이가 묻힌 후에도 그 의문의 실마리는 풀리지 않았다.

세상을 보지도 못하고 땅속에 묻힌 채 썩어버린 씨알처럼, 영영 풀리지 않은 채 세상에서 잊혀가고 말았다.

난이! 소녀는 냉혹한 현실 속에 짓눌려 무참히 꺾여버린 꽃이다.

묘錨

택시는 산모퉁이를 돌아 먼지를 날리며 내리막길을 달려갔다.

이윽고 눈앞에 짙푸른 바다가 펄럭이는 기폭처럼 떠올랐다. 온통 너울대는 햇발과 검은 바위 등에 뛰어오르는 비말이 짐승이 이빨로 할퀴어 놓은 것처럼 산란한 풍경을 만들어 놓았다. 거의 때를 같이하여 운전수가 라디오의 스위치를 돌리자, 피아노 소리가 마치 빗낱 듣는 소리 같은 비파체로 쏟아졌다.

"볼륨을 좀 높이세요."

나는 큰소리로 외치고 왼편에 앉은 정아를 흘깃 돌아보았다. 창밖을 멍하니 바라보고 있던 정아가 얼굴을 돌렸다. 나의 눈과 마주치고는 의미 있게 싱긋 웃었다.

"다른 데로 돌려봐요. 좀 경쾌한 곡이 있을 거예요."

정아는 말하고 가운데 앉은 아버지의 기미를 살폈다.

운전수는 이리저리 사이클을 돌리더니 갑자기 소리를 높였다. 스페인의 무곡인 라벨의 볼레르였다.

깔아졌던 차내의 분위기를 사납게 휘젓고 있는 자극적인 기분 속에서 정아와 나는 의미 있는 눈짓으로 얼굴을 마주 보았다.

아버지는 시트의 등받이에 머리를 늘어뜨리고 게슴츠레한 눈을 창밖에 꽂고 있었다. 위암으로 병석에 누워 참을성 있게 고혈을 견뎌왔던 그의 얼굴은 햇빛을 받아 유달리 해쓱해 보였다. 눈 가장자리는 패이고 굳게 다문 핏기 없는 입술은 까맣게 타 붙어 있었다.

"아버지, 저 라디오의 음악을 끌까요?"

나는 가슴이 옥죄는 느낌으로 반응을 떠보았다.

"아냐, 괜찮아."

아버지가 신음하듯 가볍게 중얼거렸다. 라디오의 음악은 이때 격정적인 룸바 곡으로 바뀌어졌다.

"바닷물이 퍽 맑아 보이죠?"

정아가 연민에 찬 표정으로 아버지에게 물었다.

"그렇구나. 봄이니까 물도 맑아지는 모양이지."

"부두까지는 아직도 멀었는데, 아버지 견딜 수 있으시겠어요?"

"괜찮다. 모처럼 바다를 보니, 가슴이 툭 트이는 것 같은데……."

입 귀퉁이가 가만히 일그러지는 창백한 웃음을 지어 보였다.

우리는 바다 수면을 바로 내려다보는 구부러진 길을 서서히 달렸다. 이윽고 나는 적잖은 역정을 느끼기 시작했다.

오늘 아침의 일이었다. 응접실 소파에 비스듬히 앉아 있던 아버지가 별안간 나와 정아를 불러 들였다.

"오늘 날씨가 좋지?"

"좋아요."

정아가 건성 대답했다.

"그간 날씨가 몹시 궂더니 모처럼의 쾌청한 날씨가 됐구나."

"참 좋은 날씨여요."

아버지는 조심스레 몸을 일으켜 창가로 다가갔다.

"정아야, 전화로 택시 한 대 불러다오. 오늘 말이야, 부두 쪽으로 모처럼 드라이브나 하자."

"드라이브라뇨?"

정아는 화들짝 놀라 아버지의 폭넓은 어깨를 의아한 눈길로 쏘아보았다.

"……."

아버지는 대꾸를 안했다.

"아버지. 그건 무리여요."

정아가 겁먹은 소리로 말했다. 그러자 아버지가 발작적으로 세차게 몸을 젖혔다. 후벼놓은 듯 움푹한 눈으로 사납게 정아를 노려보았다.

"몸이 어떠니? 넌 걸핏하면 나를 병으로 옭아매려고 드는구나. 제발 잠자코 걸어다오."

서슬에 정아는 낭패한 표정으로 나를 바라보았다. 구원을 청하는 눈치 같다. 나는 고개를 돌려버렸다.

"아버지가 굳이 원하신다면 어쩔 수 없어요. 전화 걸게요."

이제 라디오의 룸바 곡은 한창 격정에 이르고 있었다. 이때 문득 아버지가 운전수를 불렀다.

"잠깐 잠깐 차를 세워주시오."

"왜 그러세요. 아버지 기분이 나쁘신가요?"

정아가 화들짝 놀라며 물었다.

"아냐, 여기서 좀 바닷바람이 쏘이고 싶구나."

말과는 달리 낯빛은 마치 멀미라도 앓고 있는 사람처럼 질려 있었다. 차가 서자 우리는 약속한 듯이 바닷가로 내려 백사장 끝에 있는 바위 위에 앉았다. 한낮이 기운 바닷바람은 피부에 매끄럽게 느껴왔다. 우리는 발밑에 부서져 깨어지는 무수한 물거품을 바라보며 잠깐 침묵했다.

뱃고동소리가 수면에 굵은 금을 긋듯이 길게 울려왔으나 배는 보이지 않았다. 나는 세 사람 사이에 얼크러진 이 불안한 시간의 매듭을 찾을 길이 없어 그냥 초조해지기 시작했다.

정아가 돌멩이를 집어 바다에 던졌다. 마치 침묵을 깨트려 보이려는 욕망처럼 파문은 일어나 크게 번졌다. 그러나 마지막 원이 사라지려는 순간 아버지가 입을 열었다.

"참 오랜만에 이곳에 왔구나. 네 에미가 죽은 그 전해던가 함께 이곳에 와서 잠깐 머릴 식힌 일이 있었지. 이곳은 이 근처에서도 가장 한적하고 전망이 좋은 곳이어서 마음에 들었었지."

아버지의 얼굴은 감동적인 기분에서 야릇한 광채를 띠고 있었다.

"그게 오 년 전인가요?"

정아가 꿈꾸는 듯한 눈빛을 수면에 던진 채 물었다.

"응 그럴 거야."

나는 돌을 던졌다. 어머니의 환상이 파문처럼 확대되었다가 사라졌다.

"그때에는 한창 사업도 잘 되고 나도 건강했었지…… 그런데 그 후로 비극이 겹쳐 일어났구나."

아버지는 말하고 호주머니에서 담배를 꺼냈다.

"아니, 아버지. 담배를 피우시게요?"

정아가 질겁하며 물었다.

"한대 피워야지. 병을 앓으면서부터 담배를 끊었었는데 오늘은 피우고 싶어."

"끝까지 참으셔야죠."

아버지는 잠자코 담배에 불을 붙여 물었다.

한 모금 빨고 훅 뿜어내자 파르스름하게 연기가 피어올랐다.

멀리서 또다시 뱃고동소리가 울려왔다. 침묵이 한 개비의 담배가 다 타들어 갈 때까지 이어갔다.

이윽고 아버지는 담배꽁초를 바다에 집어 던지고 가래 끓는 소리로 떠듬거리며 말을 이었다.

"나는 빈한한 어촌에서 자랐으므로 바다가 몸에 배어 있었다. 너의 할아버지는 삼 대째 가업을 이은 어부였지. 그때의 어업이란 너희들이 상상하기 어려울 만큼 원시적인 형태였어. 생명을 하늘에 맡긴 채 무모하게 바다에 뛰어드는 위험하기 이를 데 없는 어부 생활이었지. 그래서 너의 할아버지께서는 나를 어부로 만들고 싶지 않았던 거다. 어려운 살림을 무릅쓰고 나를 서울로 보내 중등교육을 시켰던 거지."

아버지는 잠깐 말을 끊었다. 나는 바다 저쪽에 그림처럼 떠 있는 고군산열도(古群山列島)에 눈을 주었다. 마침 똑딱선 한 척이 돛을 달고 통통거리며 지나가는 게 보였다.

"그러던 어느 날, 그러니까 내가 중학교 졸업반이 된 겨울방학 때였어. 할아버지가 난데없는 참변을 당하셨지. 태풍이 일어 바다가 온통 미친 듯 뒤집혀 있었는데 돌아오다가 그 꼴을 당하셨지. 급보를 받고 현장에 쫓아갔는데 아! 그때의 참혹한 광경이 지금도 눈에 선하구나. 좌초된 배에서 너의 할아버지께선 닻을 내리려고 줄을 감고 몸부림치다가 풍랑에 밀려 그만 닻줄에 몸이 칭칭 감긴 채 돌아가셨어. 그때 시체 머리맡에 구렁이처럼 감긴 그 밧줄이 놓여 있었지. 생명을 걸고 거센 풍랑과 싸우다가 패배했던 그 엄숙한 의지 앞에 아, 울음조차 막히더구나."

말을 하는 동안 아버지의 눈은 빛났고 아래턱은 경련을 일으키고 있었다. 불현듯 나는 이상한 병적인 예감을 느끼고 마음이 섬뜩했다.

"그 후 나는 일종 바다에 대한, 현실에 대한, 또는 인생에 대한 억누를 수 없는 복수심 같은 걸 가지게 되었다. 나는 고학을 하면서 기어이 상업전문학교를 마쳤고 돈을 벌어 너의 할아버지의 생명을 앗아간 그 빈곤을 이겨보려고 발버둥을 쳤었다. 나의 뜻은 얼마큼 이뤄졌었다. 나는 자립해서 뭔가 자그마한 사업을 할 만큼 밑천을 마련했었지. 그런데 정작 아마 젊은 정열 탓이었겠지만 내가 착수하게 된 것은 어업이었지. 바다를 정복하려고 했던 마음속 깊은 야심이었을 거야. 고향에 내려오자 첫해에 발동선 두 척을 사들였어. 얼마 안 가서 나는 어업조합 이사가 되었고 어업의 근대화를 위해서 정열을 바쳤지. 어부들의 생활개선과 노후대책을 위한 공제조합을 만들었고 선주들의 반대를 무릅쓰고 10톤급 이상의 배에 무전기를 달도록 했었지. 천명에 목숨을 맡기는 따위의 미신을 뿌리째 뽑으려고 했던 거야. 그건 억울한 너의 할아버지의 비명에 보답하는 일이라고 생각했었지. 이 자연을 극복하려는 끈질긴 의지에 나는 미쳤던 거다. 그런데 그러한 노력이 얼마나 벅차고 어려운 일인지를 알았다. 하늘이 주신 불행이란 뛰어넘을 수 없는 인간의 숙명이란 걸……."

아버지는 탄식하듯 말끝을 흐렸다. 그리고는 마치 확신을 얻으려는 것 같은 불안한 눈길로 해변의 여기저기를 둘러보기 시작했다. 후벼놓은 것 같은 두 눈에는 기인 같은 야릇한 빛이 어리고 있었다.

"아버지, 왜 그런 우울한 말씀을 허세요."

정아가 마침내 참을 수 없다는 듯 참견했다.

"아냐, 정아야. 내 말을 들어라. 사람의 노력이란 자연의 힘 앞에는 너무도 무력하단 말이다. 오 년 동안 나에게 밀어닥친 불행은 나를 옴싹할 수도 없게 했어. 바다에선 여전 불행이 끊일 사이가 없단 말이다."

잠깐 말을 끊고 다시 담배를 꺼내 물었다. 성냥을 긋는 그의 손가락이 떨리고 있었다.

"이미 지나가버린 일인걸요. 아버지."

정아가 두려움에 질린 얼굴로 가만히 중얼거렸다.

"자연 앞에 인간세계란 너무도 무방비 상태거든. 아냐, 너무도 불완전해. 내가 가진 일곱 척 배 가운데 태풍에 네 척을 한꺼번에 날렸어. 두 척은 빚으로 넘어가고 이제 남은 한 척은 그건 아무 것도 아냐. 다만 내가 바쳤던 쓰라린 희생의 유물밖엔. 너의 에미가 죽은 후 잇달아 온 불행 속에서 나는 다시 꺾인 무릎을 세울 기력을 잃었단 말이다. 병만 아니었다면, 하지만 그러나 모든 건 이미 늦었어. 너의 할아버지의 최후처럼 나는 밧줄에 감긴 채 헤어나지 못하는 거야. 나는 지쳤단 말이다."

극히 빠르게 아버지는 한숨 섞인 말투로 지껄였다.

"아버지는 병환 때문에 지쳤어요. 쉬어야 돼요."

정아가 무거운 침묵을 깨고 울먹이는 목소리로 말했다. 택시가 몇 번째 혼을 울렸다. 아버지는 당황한 얼굴로 더듬거렸다.

"내가 이런 말을 하려고는 안했는데…… 자아, 일어나자."

아버지가 불끈 일어나 혼자 뚜벅뚜벅 걷다말고 멍하니 서 있는 우리를 향해 뒤돌아서서 마치 표백된 빛깔 같은 하얀 미소를 지어 보였다.

차에 오르자 운전수가 백미러를 들여다보면서 물었다.

"어디로 가시렵니까?"

시간으로 보아 이제 돌아가도 좋지 않겠느냐고 넌지시 떠보는 말뜻 같았다.

"부두 쪽으로……."

아버지가 무뚝뚝하게 대꾸했다. 정아가 흘깃 나를 돌아보았다. 그만 돌아가고 싶은 불안한 눈치였으나 일부러 냉담하게 묵살해버렸다.

차는 빠른 속도로 달리기 시작했다. 바다의 검고 칙칙한 물결을 바라보며 얼핏 지층을 두드리는 것 같은 파도소리를 느꼈다.

이윽고 여러 종류의 선박이 어지럽게 널려 있는 부두에 닿았다. 한참 하역작업에 바쁜 외국 수송선의 거대한 마스트와 크레인이 우리 눈을 사로잡았다. 짐을 어깨에 메고 줄을 이은 노동자의 사이를 뚫고 즐비하게 늘어선 포장 친 술집 앞을 지났다.

"아직 멀었습니까?"

강마른 얼굴에 졸리는 눈빛을 한 운전수가 물었다.

"여보, 내가 멈추라는데 가서 멈추면 되지 않소?"

아버지가 날카로운 목소리로 역정을 내어 말했다.

차는 창고와 상가가 있는 지대를 벗어나 비교적 한가로운 시골길로 들어섰다. 돛 단 두 척의 고깃배가 통통거리며 지나가는 위로 갈매기 한 마리가 한가로이 떠 있었다.

이윽고 차는 돌멩이로 지붕을 눌러 놓은 고만고만한 판잣집과 초가집들이 빼곡 차있는 마을을 지나갔다. 먼지가 부옇게 내려앉은 지붕에는 행궈놓은 걸레쪽처럼 오징어를 늘어놓은 것도 더러 눈에 띄었다.

얼마쯤 가자 바다를 향하여 약간 경사진 지대에 조금은 커 보이는 비슷한 한촌이 나타났다. 아버지가 차를 세웠다.

"잠깐 기다려 주시오. 택시 값에 구애되지 말고."

차에서 내리면서 가볍게 비칠거렸으나 곧 팔을 들어 심호흡을 하고 앞장을 서 걷기 시작했다.

"저곳이 내가 삼십여 년 전에 살던 마을이야. 저 흙탕물 같은 더러운 바닷물에서 곧잘 헤엄을 치고 놀았단다."

호기심 어린 밝은 표정으로 정아를 돌아보며 아버지가 말했다. 우리는 마을의 한가운데 비좁게 뚫어진 굽은 골목길을 더터 올라갔다. 돌담을 쌓은데다 사립문도 없는 비슷비슷한 집안을 몇 번째 기웃거린 끝에 한 집 앞에 머물렀다.

"최 노인."

큰소리로 외쳤다. 한참만에야 꼬마 아이가 투박한 대나무로 간살을 지른 방문을 열고 꾸물거리며 나왔다.

"아버지 안 계셔요."

"어디 가셨니?"

"바로 저 아래 바닷가로 낚시질 가셨어요."

우리는 오던 길을 되짚어 말없이 한참 걸어 나갔다. 한 곳에 이르러 머리가 흰 노인이 허술한 군대 작업복 차림으로 방축돌 위에 엎드려 있는 걸 발견했다.

"최 노인."

곁에 가자 기쁨을 누르지 못하는 표정으로 아버지가 불렀다. 노인은 귀가 먼 탓인지 미동도 않다가 재차 불러서야 돌아보았다. 우리를 발견하고야 화들짝 놀라 몸을 일으켰다.

"아니 김 이사님께서 어찌……."

까맣게 그을린 얼굴에 누런 이를 드러내며 희죽 웃었다.

주름투성이 얼굴이 호두껍데기처럼 단단해 보였다.

"무얼 잡으시오?"

"뭐, 뱀장어나 잡을까 허구 앉아 있습네다."

낚싯대를 거두고 실로 꿰어낸 뱀장어 두어 마리를 흔들며 허둥지둥 둑 위로 올라왔다.

"자, 최 노인, 바쁘지 않으면 나와 시내에 들어가셔서 잠깐 얘기나 합시다."

"아주 대단하게 편찮으시단 말 듣구도 하도 없이 사니께 문병 한 번도 못 가구 염치가 없어라우."

"자아, 저기 차를 대기시켜 놓았으니 얼른 댁에 들렀다 오시우."

"아니 저를, 도무지 죄송해서."

노인은 그제야 말뜻을 짐작하겠다는 듯 겸연쩍은 낯빛을 한다.

"아무튼 어서 나려오시우."

재차 채근하자 어리둥절한 표정이더니

"예, 다녀 오지라우. 낼름 다녀 올께유."

소리를 지르며 잽싸게 마을을 향해 달려갔다.

우리는 차 있는 쪽으로 돌아갔다. 아버지가 왜 그따위 늙은이를 만나려 하는지 도무지 종잡을 수가 없었으나 그렇다고 물어볼 기분이 나지 않았다. 그러나 나의 궁금증은 아버지의 말에 의해 곧 풀렸고 그것이 시시한 의례적인 인정관계 같아서 슬며시 화가 치밀었다.

"저 최 노인은 네 할아버지 밑에서 오래 일했던 분이지. 없애버린 내 배에서 한 동안 일을 거들어 주었었고. 아주 불행한 전형적인 어부야."

아버지는 감상적인 기분을 얼굴에 드러내며 지껄였다.

"그런데 두 아들조차 잃고 그나마 늙어 일자리를 놓고 어떻게 사는지 몰라."

우리가 차에 오르고 얼마 있지 않아서 최 노인이 아까의 그 작업복 바지에 해져 어깨 쪽을 기운 홈 스판 윗도리를 걸치고 헐레벌떡 뛰어왔다. 아버지가 그를 운전대 옆자리에 앉히었다. 문을 닫자 노인의 몸에서 풍기는 비릿한 냄새에 나는 이맛살을 찌푸렸다.

시내 중심가에 이르도록 우리는 모두 침묵했다. 아버지는 이따금 가볍게 치미는 고열에 이마를 찌푸리며 견디고 있는 모습이었고 정아와 나는 야릇한 중압감에 눌려 마음이 뒤틀린 채 있었다.

어떤 절박한 마음에 휘말려 아버지는 성급하게도 마음 내키는 모든 일을 서둘고 있는 인상 같았다. 그것이 무엇일까? 나는 그것이 어쩌면 병적인 종말의식이 아닐까 하고 아찔한 생각에 빠지곤 했다.

이윽고 차는 어느 한식요리집 앞에서 세워졌다. 차를 보내고 어마둥히 서 있는 최 노인을 데리고 식당 안으로 들어갔다. 방에 들어가자 아버지는 안주와 술을 청했다.

"최 노인, 요즘 어떻게 사시우?"

담배 한 대를 권하고 나서 물었다.

"메누리가 광주리로 생선 조금씩 받어다가 파는 걸루 그럭저럭 먹구는 살지라우."

고스러진 수염을 손가락으로 비벼 꼬며 심드렁하게 대답했다.

"아드님만 살아 남었어도 그 고생은 안하셨을 텐데"

"그러기라우, 내 팔자가 그것뿐인 걸 어쩔랍디까? 지금은 다 큰 배엔 무전기 같은 거 있어설랑 태풍으로 죽는 일이사 많이 없어졌지만두…… 무전기 달게 된 것두 다 김 이사님 덕분이지라우."

"허참, 그거야 내 배도 네 척이나 바람에 날렸지 않우?"

허랑한 웃음을 짓고 아버지가 쓸쓸히 노인을 바라보았다.

"그거사 하늘이 허는 짓을 누가 어쩔랍디아? 모두 운수 소관이제. 김 이사님도 일시적으로 액운을 만나 그렇지 인심이 천심이라구 곧 복구할께라우."

술과 안주가 들어왔다.

최 노인이 뜻밖의 향응에 더욱 몸 둘 바를 몰라 했다.

"저 몇 달 만에 바다에 나와 보고 최 노인 생각을 했소. 술을 같이 했으면 좋겠지만 아직도 몸이 허락찮아서…… 자, 마음 푹 놓으시고 술 드시우."

한 잔을 따라 준다. 두 손을 비비적거리고 있던 최 노인이 마지못한 듯 잔을 받아놓는다.

"이거 정말 감사해서. 이런 쓰잘 것 없는 늙은이를 생각해주시다니……."

"천만에요. 그리고 너희들도 안주랑 그리고 술도 들고 싶으면 들어라. 나는 바라보는 것만 해도 위안이 된다."

문득 아버지는 나를 바라보았다. 술을 들지 않겠느냐는 눈치 같다. 순간 나는 야릇한 기분에서 술이라도 진창 취하고 싶은 충동을 느꼈으나 그럴 수도 없었다. 그런데 낌새를 챘는지 최 노인이 얼른 술잔을 권해왔다.

"마셔라, 괜찮아. 노인 혼자서 마시기도 심심허실 테니."

나는 잔을 받았다. 그리고 노인과 서로 주거니 받거니 수작하게 된 것이다.

거북했던 자리도 차츰 자리 잡혀 노인의 입에서 화제가 다채롭게 벙글기 시작했다.

"큰자식 돌쇠란 놈이 죽은 전날 얘기지라우. 그놈이 일정 때 징용으로 끌려가 만주에 있다가 해방이 돼 이북에 갇혀 못 나오구 있더니 육이오 때 인민군으로 와서 잡혀가지구 반공 포로로 풀려나왔지라우. 이북에 고놈의 처자가 있습네다. 여기서 또 새 장가를 들어 자식새끼

넷이나 두었지만두…… 고기잡이 떠나는 전날 밤에 꿈을 꾼 게 연평도 조기잡이를 가서 이북 배에 끌려가 처자를 만났더랍니다. 헌데 벌써 남의 부인이 돼 있더라우. 그래, 꿈이 아무래도 괴이하다구 어째 이튿날 고기잡이 나가는 게 기분 내키지 않는다는 걸 실없는 것이라구 나무래 보냈지라우. 그러더니 그 변을 당했지라우. 고 일 생각허면 괜히 생사람 죽인 것 같이 마음 아프라우."

아버지는 자못 진지한 낯빛으로 듣고 있었다. 순간 할아버지가 죽을 때의 그 매정한 닻줄을 떠올리고 있을지도 모른다는 생각이 얼핏 느껴왔다. 아버지는 그래서 최 노인과 어떤 숙명의 굳은 끄나풀을 나눠가지고 있다는 자각을 지닌 지도 모른다.

"매우 순진하고 착실헌 젊은이였는데……."

아버지가 그의 다음 말을 채근하듯 중얼거렸다.

"착실하기야 여부가 없었지라우. 못난 자식 자랑같습네다만 둘째 놈도 나무랄 데 없는 녀석이었지라우. 철없는 놈이 육이오 되니까 이북에 있는 제 형을 만난다구 덩달아 의용군에 나가더니 그저 종적도 없지라우. 산에 들어가 굶어죽었는지 총 맞어 죽었는지, 육이오로 난 자식 두 놈을 하나씩 맞바꿨다 했더니 결국 둘 다 없어졌지라우."

별안간 실성한 듯 허탈한 웃음을 웃었다. 그의 눈에 눈물이 어리었다.

"아, 그거 정말."

동정심에 낯이 굳어진 정아를 돌아보며 아버지가 신음소리를 했다.

"다 지나간 일이라우. 헌데 김 이사님 어째 빨리 몸이 회복되어야지라우."

"네, 고맙습니다. 그런데 저의 선친보다 몇 살 아래이신 노인께선 여전 건강하셔서."

"이제 갈 날이 머잖았어라우."

마치 그 말을 뒷받침이라도 하듯 쿨룩쿨룩 심한 기침을 했다.

"뭘요. 아직도 오래 사실 겁니다."

"돌아가신 선고께선 참 뜻이 굳고 어진 분이셨는데…… 몹쓸 재변을 당해서……."

"닻줄에 휘말려 돌아가신 광경이 지금도 선합니다."

잠깐 목이 메는 시늉을 하며 말했다.

"아, 그 닻줄에."

최 노인이 찔린 듯이 말끝을 잇지 못하고 있는 순간

"그때 그 닻줄이……."

아버지가 말꼬리를 이으려다 말고 갑자기 낯이 일그러지면서 두 손으로 배를 움켜쥐고 푹 앞으로 고꾸라졌다.

"아버지!."

정아와 내가 급히 달려들어 일으켰으나 의식을 차릴 수 없는 심한 고통에 맥을 놓고 있었다.

“저런, 저런.”

최 노인은 소리를 치며 안절부절못했다.

아버지의 얼굴은 흙빛이었고 그 이마에는 식은땀이 진득이 빚어 나왔다.

정아가 급히 택시를 부르러 밖에 나갔다. 갑자기 돌덩이에 얻어맞은 것처럼 의식이 멍했던 나는 아버지의 사색된 얼굴 위에 칭칭 감겨있는 닻줄을 발견한 듯 가슴이 철렁 내려앉았다.

3부

우리들의 멘부님

한밤의 위기危機

1

나는 오늘밤도 약간의 숙취 탓으로 버릇처럼 초저녁부터 자리에 누워 있었다. 그래 깊은 한밤중이거니 했는데 갑자기 울려 온 요란한 전화벨소리에 깨어 일어났다.

“선오인가? 나 곽기만일세.”

무척이나 반기는 목소리였지만 전류를 타고 오는 그 울림은 오랜만에 만나는 친구지간답지 않게 꽤 우울했다.

“이 밤중에 자네가 갑자기 웬일인가? 서울서 지금 오는 길이야?”

“지금 막 도착한 길일세.”

시계를 보니 뜻밖에 아직도 아홉 시 조금밖에 되지 않았다.

“어디야, 거기가?”

“역 근처 안전여인숙이라는 곳이야.”

순간 나는 괜히 낯이 뜨끈해지는 것 같았다. 그곳이라면 이 도시에서도 악명이 높은 홍등가인 것이다.

“자네 하필이면 그런 지저분한 곳에 있는가? 아무튼 거기서 큰 거리로 나오면 수연이란 다방이 있네. 거기서 이따 만나세.”

그 친구를 마지막으로 본 것은 꼭 3년 전 가을 정오 때였다. 그러니까 삼 년 전 가을, 전혀 뜻밖에 광화문 지하도에서 우연히 그를 만난 일이 있었다. 피차 오랜만이어서 곧장 가까운 다방에 가서 우선 차 한 잔씩을 나누었는데, 끝내는 거의 일방적인 그의 강권에 못 이겨 그의 집에까지 끌려가게 되었다.

그의 안내로 간 곳은 뜻밖에도 고급주택이 늘어선 한남동의 외인부락이었다. 우리가 골목 안에 들어섰을 때 육중한 미군 승용차가 그 카키색 몸체를 자랑하며 앞질러가더니 어느 대문 앞에서 멈추었다. 이윽고 키가 후리후리하게 큰 고급장교가 나오더니 대문 안으로 사라졌다.

기만이가 발길을 멈춘 곳도 바로 그 집 앞이었다.

"우리 집일세."

그는 무심한 척 말을 했으나 내심으로 나는 이 뜻밖의 호화주택에 어안이 벙벙할 뿐이었다. 집안에 들어서니 앙증스럽게 생긴 발바리 두 마리가 찰랑찰랑 꼬리를 흔들며 그를 반겼는데, 카펫이 깔린 응접실에 들어서자 발바리들도 따라 들어와 천연스레 시트 위에 올라와 앉는 것이었다.

그의 집의 이러한 호화로움은 다소 나를 당혹케 하는 무엇이 있었다. 화려한 장식도 그것이지만 육감적으로 느껴오는 묘한 분위기가 나를 압박하는 것이었다.

잠시 후 그의 부인이 부엌에서 나와 공손하게 인사를 했다. 그의 부인과는 이미 구면이었다. 기만이가 지방에서 실직자가 돼버리자 밀수화장품 장사로 겨우 생계를 이어가던 시절에 첫 대면을 했으니 그럭저럭 8, 9년은 실히 된 셈이다.

그녀는 한 달을 일 년씩으로 살았나싶게 폭삭 늙은 데다 맥이 없는 표정에는 지친 생활에의 서글픔 같은 게 안개처럼 서려 있었다.

"오랜만에 오셨네요. 그동안 집안에 별고 없으시구요."

"네, 잘 있습니다."

건성으로 대답을 넘기고 있는 순간 이층으로 통한 계단에서 묵직한 구둣발자국소리가 들리더니 조금 전에 보았던 미군장교가 군복차림의 어깨를 흔들며 내려왔다.

껌을 질겅질겅 깨물면서 장교는 후우? 하고 기만에게 나를 턱으로 가리키며 물었다. 그러자 기만이 벌떡 자리에서 일어서며 나의 소매를 잡아당겼다.

"자아, 인사하게."

장승처럼 우뚝 선 그 앞에서 왜소한 내 체구가 한층 볼품없어지는 것을 느끼면서 엉거주춤 서 있노라니 기만이 우리들을 번갈아 보며 유창한 영어로 잽싸게 지껄였다.

그가 '슈어 슈어' 하고 헛바람 나는 소리를 웅얼거리며 나의 손을 잡고 두어 번 세차게 흔들더니 다시 껌을 소리 나게 씹으며 위층으로 사라져 갔다. 비로소 나는 그의 무성한 구레나룻을 생각하여 그의 나이를 사십쯤으로 추측할 수 있는 이유를 가질 수 있었다.

"공군 중령이지, 점심은 꼭 집에서 먹는다네."

"……."

"내 사위가 되는 셈이지."

나의 의아해하는 눈치에 그가 가볍게 웃어 보이며 '사위' 라고 똑똑히 발음해 주었다. 그의 웃음은 사뭇 오랫동안 나를 섬뜩하게 만들었는데, 그래서 나는 금방 입술에 튀어나올 것 같은 궁금한 질문을 목으로 삼켜 버렸다.

"자아, 내 방으로 건너가세."

기만은 부엌 쪽에 붙은 안방으로 나를 안내했다. 응접실에 있던 발바리가 촐랑촐랑 따라 들어오는 것을 그가 귀찮은 듯이 밀어냈다.

방에 들어와 보고, 나는 집에 비해 이 방이 너무나 초라한 데 다시 한 번 놀랐다. 방안 가구라곤 아예 골동품으로나 팔려 마땅한 반닫이 농장에다 칠이 벗겨진 자그마한 구식 경대, 그리고 구식 손틀 미싱이 방구석에 마치 쓸모없게 된 유품처럼 처박혀있을 뿐이었다. 그러한 가구들은 적어도 한 이십 년 전 아니면 그 이전의 괴로운 회한의 유영(遺影)처럼 보였다.

그러한 생각에 잠겨 적당히 그의 생활 내막에 궁금증이 치밀어올 무렵 부인이 커피 두 잔을 끓여 왔다. 향기가 진한 미제 커피였다. 커피가 채 끝나기 전 이어 밥상이 들어왔다.

"양주가 있는데, 한잔 하겠는가?"

"아니, 대낮에 웬 술을. 관두게나."

"허긴 나도 전혀 술을 못하지 않는가?"

기만은 내가 술을 거절하는 이유를 달리 발라맞추려는 셈인지 객쩍게 토를 달았다.

밥상을 물리고 나자 한참 만에 방문이 열리더니 주스 두 컵을 쟁반에 받쳐 들고 한 여인이 방안에 들어섰다. 가냘픈 작은 몸집에 갸름한 얼굴이 퍽 미인형이어서 요란한 화장기만 없앤다면 생기발랄한 스무 살 정도의 앳된 소녀 같이만 여겨지는 여자였다.

"안녕하세요. 오래간만이에요."

고개를 까딱 숙이며 조금 내보이는 덧니를 감추지도 않고 웃는 그녀의 얼굴을 보는 순간 나는 그녀가 기만이 딸 영희임을 알아차렸다. 불과 6년 전 여중을 중퇴하고 바람처럼 집을 뛰쳐나가 기만의 가슴깨나 썩혔던 기만의 큰딸 영희였다. 더욱이 그녀는 3년 전 어느 날 불쑥 우리 집에 나타나 하룻밤을 묵고는 새벽녘에 새로 산 라디오를 들고 달아나버리지 않았던가.

"오, 오래간만이군."

얼결에 나는 정답게 인사를 받았다. 라디오나 그녀의 불성실한 생활 등은 깡그리 잊은 척 의젓하지 않을 수 없게 그녀는 방글방글 웃고 있었다.

"선생님은 여전하시네요. 하나도 안 늙었어요."

"늙지 않기는, 벌써 나이가 몇인데……."

어쭙잖은 대꾸를 하면서 계면쩍어하는 것도 한도가 있었다. 그녀의 쾌활함과 그 사교성은 지독한 봉건주의이고 철저한 기성세대인 나에게 심한 불쾌감을 안겨주었다. 나도 별수 없이 남을 이해하기에는 이미 그른 몸이었다.

그러자 기만이 약간 겸연쩍은 눈초리로 나를 훔쳐보더니 '그만 나가 보아라'하고 퉁명스레 말했다. 우람한 체구의 미군장교가 질겅거리던 껌이라도 씹은 것처럼 속이 메스꺼웠다.

"저년 때문에 속깨나 썩었지. 그런데 지금은 되레 저년 덕에 사는 인생이니 에이, 쯧쯧쯧……."

혀를 차면서 이마를 찡그리는 기만의 얼굴은 어쩐지 초라하고 맥락 없이 보였다.

2

한여름 밤의 거리는 눅눅한 습기로 가득 차 있었다. 거리의 풍물이 마치 뭍에 끌어올린 해구의 미끄러운 등허리의 그것처럼 불빛 속에서 더욱 끈끈하게 느껴졌다.

내가 다방에 이르렀을 때, 기만은 구세주나 만난 사람처럼 벌떡 자리에서 일어나 요란하게 손을 내밀었다. 그 반기는 폼이 마치 구세주나 만난 것처럼 과장되고 허황했으나 나는 그의 허풍이 못마땅하고 번거로울 뿐이었다.

"도대체 웬일인가?"

자리에 앉자마자 대뜸 나는 짜증스레 물었다. 형광등 불빛을 받은 탓인지 그의 얼굴은 꽤나 초췌하게 보이는 것마저 나를 불쾌하게 했다. 나는 이 덥고 불쾌지수 높은 여름밤에 한 사나이의 친구로서, 오랜만의 해후를 화려하게 장식할 어떠한 욕망도 움솟지 않았다.

나의 물음에 그는 그저 싱겁게 웃어 보이면서 카운터 쪽으로 관심 깊은 시선을 던졌다.

"그래 지금도 그 인쇄소에 나가고 있나?"

"아니, 석 달 전에 그만 뒀어."

별로 대수롭지 않게 자신의 실직을 설명하면서도 그는 여전 카운터 쪽에 신경을 쓰고 있었다. 태연하고 무관한 척 굴려고 무척 애쓰고는 있으나 카운터에 무언가 마뜩찮은 것이 있는 모양이었다.

카운터에는 나도 잘 아는 마담이 전화를 받으면서 무료하게 웃고 있었다. 그리고 그 앞에 이 도시에서는 이미 낯익은 얼굴의 두 청년이 서서 무언가 소곤거리고 있었다. 마담과는 친숙한 사이인 모양이어서 하품하는 입을 가리는 마담의 손을 끌어다 주물럭거리는 모양도 역시 다방다운 풍경일 뿐이었다.

"자네 저 카운터 앞의 청년들 아는가?"

기만이 큰 비밀이라도 나오길 기대하는 눈으로 내 귓전에 대고 소곤거렸다.

"알 만한 사람들이구먼. 저쪽에 무슨 전축대리점을 하는 치들이야. 돈 잘 쓰고 젊어서 마담이나 술집 아가씨들에 꽤 알려져 있더군."

내 기분을 누르고 퍽 상세한 설명을 해 주었는데도 기만은 여전히 뭔가 초조하고 불안한 표정을 거두지 않았다. 나는 슬며시 역정이 났다.

"자네 이 다방이 맘에 안 드나보군. 나가세."

내 말이 떨어지자마자 그는 자리에서 일어났다. 우리가 일어났을 때 카운터 앞의 두 청년은 이미 자리를 뜨고 없었다. 그런데도 기만은 다방 구석구석을 힐끔힐끔 살피면서 쫓기듯이 다방을 나왔다.

"어디 가서 소주라도 한잔 하세."

거리에 나와서 얼마큼 걷고 나자 비로소 기만이 입을 열었다.

"소주를 마셔? 자네가 웬일인가? 오늘은 영 자네답지 않군. 그렇담 가세그려. 내 맥주 한잔 사지."

나는 그에 대한 나의 짜증을 조금은 미안해하는 마음으로 맥주홀로 안내할 작정을 했다. 시간도 늦었지만 원래 술을 못 하는 그여서 몇십 분이면 충분할 것이었다.

가는 도중, 담배를 사려고 가게에 들어갔다 나온 나는 다시 한 번 기만의 모양에 역정과 의혹이 치솟지 않을 수 없었다. 그는 길모퉁이 전신주에 찰싹 달라붙어서 오가는 사람들을 불안한 눈초리로 살피고 있는 중이었다.

'젠장, 술맛 나긴 글렀군. 저 친구 오늘 왜 저러나? 도시 귀찮고 번거로운 여름밤이군 그래.'

속으로 중얼거리면서도 어쩔 수 없이 그의 팔을 끌어당겼다. 자, 가세. 자네는 무어가 두려운가. 제발 이 무더운 저녁에 시원시원 좀 굴게.

술잔을 앞에 놓고도 그는 여엉 술을 마실 마음이 생기지 않는 모양이었다.

"자네, 왜 회사는 그만뒀나?"

"그런 게 뭐 직장이라고……."

"그게 무슨 소리야. 알 만한 이는 다 아는 인쇄회사의 업무상무 자리가 그렇게 시덥잖은가?"

"업무상무? 말이 좋지. 월급도 없는 업무상무가 무에 대단한가? 어디서 빌빌거리고 일감이나 얻어다 주면 몇 푼 구전이나 뜯어먹는 업무상무."

난 맥주컵을 들여다보며 풀썩 웃었다. 홀 안에는 쌍쌍이 앉은 몇 팀을 빼고는 우리 둘뿐이었다.

"그런데 그것도 서정쇄신이네 뭐네 해서 돈 많은 과부 꼬시기보다 힘들어졌지 뭔가? 게다가 나이 사십이 넘은 놈이 젊은 놈 붙잡고 애걸복걸하기도 창피해서……."

참으로 오랜만에 그가 비로소 곽기만다운 말을 하기 시작했다. 의리에 강하고 남에게 싫은 소리 못 하고 그러면서도 늘 가난하고 쪼들리는 데 익숙한 곽기만이…….

"그러니 앞으로는 어쩔 셈인가?"

"글쎄."

하면서 마침 그는 홀 안에 막 들어선 키가 후리후리한 청년을 불안한 눈길로 훔쳐다 보았다. 어느새 그는 조금 전의 쫓기는 표정, 나를 귀찮고 역겹게 하던 표정으로 되돌아가 있었다.

빌어먹을 꼴이라니, 막 이야기가 당겨지는 판에 나는 다시 술맛을 잃었다.

마침내 나는 그와의 침묵과 격절된 먼 거리감을 견디어내기가 지겨워졌다. 나와의 이야기보다 뒷좌석에 앉은 청년을 돌아다보기에 더 정신이 팔린 곽기만 앞으로 나는 맥주병을 탕 하고 내려놓으면서 필요 이상으로 크게 소리쳤다.

"곽기만, 자네 참 이상하군 그래."

기만이 흠칫 놀라면서 청년 쪽을 흘낏 보더니 사정하는 투로 나를 바라보았다.

"왜 그러는가? 소리를 치고 떠들면 남들이 이상하게 본다구."

"이상한 것은 자네야. 도대체 왜 그리 불안한 얼굴인가? 요즘 실직 탓으로 마음이 흔들리기라도 하는가?"

아무래도 내가 역정을 그칠 것 같지 않은지 기만이 별안간 '저 사람도 자네 아는 사람인가?' 라고 낮은 목소리로 내게 물었다. 확실히 그는 내게 뭔가를 숨기고 있는 모양이었다. 그렇다면 나는 그가 입을 열 때까지 죽은 듯이 기다리는 수밖에 없는 일 아닌가? 이 도시에 곽기만의 친구는 나 하나뿐이며 명색이 우리는 죽마고우였으니 어찌됐거나 나는 참아야 했다.

뒷좌석의 청년은 나도 모르는 사람이었으나 꽤나 우울한 얼굴이었다. 우리에 관계치 않고 술잔만 거푸 비워대더니 이윽고 휑하니 나가버렸다.

청년이 나간 뒤에야 기만은 술잔을 치켜들면서 열없게 피식 웃었다.

"자, 술이나 드세."

나도 그의 기분에 맞춰 술잔을 들어 호기 있게 단숨에 잔을 비웠다. 그제야 그도 한 컵의 술을 한 병이나 되는 것처럼 조심조심 마시고 나더니 별안간 폭발적인 어조로 이야기를 시작했다.

"아아, 자네 내가 그놈의 병사관계로 처갓집 물방앗간 토굴 속에서 삼 년이나 짐승처럼 숨어살던 일 알지?"

"알구 말구. 벌써 이십 몇 년 전 일 아닌가?"

"바로 그 물방앗간이 없어져버렸더군."

"그야 지금이 어느 때라고 그깟 원시적인 물방앗간이 남아 있겠나. 당연히 없어졌겠지."

나는 그 무렵 우연한 기회에 숨어사는 그와 극적으로 만난 일이 있었다. 그렇다고 하필 이런 때 갑작스레 20년 전의 어두운 기억을 떠올리게 되었을까?

나의 의혹에도 불구하고 그의 얼굴은 20년 전의 추억에 흠씬 젖어 있어서 붉은 조명등 아래 더 한층 초라하고 왜소하게 보였다. 나는 한 마리의 가엾은 개 앞에 앉은 버릇없는 주인처럼 한결 고약해져가는 것도 사실이었다.

"어제 그곳을 가봤었지. 없어졌어. 십 년 전 일이라는구먼. 그러니까 우리 장인이 죽은 지 꼭 이 년 만이 되네그려."

"자네 장인은 나이보담 훨씬 정정했잖은가? 죽을 나이도 아닌데 죽었군."

죽는 일은 아직까지 나와는 관계없는 문제였다. 그래서 나는 죽음에 대해 한층 도연했다. 그의 장인도 기실 죽을 나이도 아닌데 죽었지만 그의 설명을 빌면 정신이상이랬으니 나는 아직도 죽음에 대해서는 그저 덤덤할 밖에.

"정신이상? 그것 참 몹쓸 병에 걸렸구먼. 그래, 자네 처가는 그 후 바로 그곳을 떠났나?"

"떠났지."

"그렇다면 아무 친척붙이도 없는 그곳엔 뭐하러 갔나?"

그가 어제 그곳에 다녀왔다면 역시 이상한 일이었다. 미상불 이 무더운 여름날 밤은 나에게는 아무래도 심상찮은 밤이 되고야 말 것 같은 야릇한 불안감도 생겼다.

솔직히 말하면 나는 곽기만에 의해서 내게 어떤 위험이나 손해가 생기는 일이 두려웠다. 물론 나야 선량한 시민으로서 아무 죄 없는 몸이었지만 이 순간 그와 마주앉아 있었다는 사실이 내게 어떤 올가미를 씌울지도 모를 일이 아닌가. 그렇다면 나는 아예 그에게 많은 질문을 던져서는 안 된다. 나는 단지 3년 만에 친구를 만나서 허심탄회하게 술잔을 기울였을 뿐이라고 말하면 믿어 주겠지. 나는 마음으로부터 솟아나오는 이러한 생각들에 쓴웃음을 지었다. 확실히 불쾌지수가 높은 밤이었다.

"물방앗간의 토굴을 보면 어떤 실마리가 풀릴 줄 알았는데……."

그가 심각한 낯빛으로 빈 잔에 다시 술을 부었기 때문에 나는 '실마리? 무슨 일의 실마리란 말인가?' 라고 묻지 않을 수 없었다.

"내 인생의 실마리, 바로 그 물방앗간에서부터 내 인생은 시작이었거든."

"글쎄, 무슨 말인지……."

중얼거리며 모르는 척은 했지만 내심으로는 막연하게나마 짐작되는 게 없지 않다.

9·28 무렵, 기만은 대학 1학년이었다. 그러나 9·28 후 집을 떠나 진군 중인 미 포병대에 자원하여 통역으로 종군했었다. 그러다가 전선에서 유탄에 맞아 후방병원으로 옮겨졌다. 본시 내성적이고 겁이 많았던 그는 전쟁에 큰 두려움을 품고 후송 도중 탈영을 감행, 그 길로 친척집을 전전하며 숨어 살았다.

그 시절에 그는 결혼을 했었다. 병역문제를 해결해 주고 대학졸업까지 보살피겠다는 조건으로 초등학교도 채 못 나온 지금의 아내와 결혼, 빗나간 부부생활을 시작했었다. 그랬는데 그 결과는 엉뚱하게도 3년씩이나 처가의 물방앗간에서 처박혀 무기수처럼 썩어야 했고, 대학졸업은 엄두도 내지 못하고 허송세월해버린 것이다.

"바로 그곳에서 내 인생의 첫 단추를 잘못 끼운 거지."

그는 마치 실성한 사람의 초기 증세처럼 음산하게 웃었다.

"첫 단추를 잘못 끼웠다? 제법 재미있는 표현인데? 아무튼 자 이제 그만 일어나세."

홀의 종업원들이 영업마감 시간이 지난 탓으로 넌지시 눈치 하는 태도여서 우리는 자리에서 일어섰다. 아직까지는 별일이 없는 셈이었다. 나는 나의 염려가 기우가 되길 빌면서 거리로 나섰다.

"이제 여관을 찾아야지. 자네가 정했다는 그 여인숙은 이름난 홍등가야. 창피하게 어디 그런 데를 숙소로 정했나?"

나는 새삼스레 안전여인숙을 찾은 그의 경망을 탓하면서 이 친구를 사고 없이 도맡아 줄 여관을 물색하기에 고심했다.

그러나 역시 거리로 나오고 보니 그는 여전히 초조롭고 불안한 아까의 표정을 다시 뒤집어쓰고 있었다. 말없이 주위를 돌아보고 가끔씩 발밑을 응시하고 걷다가는 나를 흘끔 쳐다보곤 하였다. 이미 거리는 대부분의 상가가 철시를 해버려서 호젓하였다. 호젓한 거리에서 이처럼이나 의심 많은 친구와 걷자니 나로서는 여간 답답한 일이 아니었다.

그런 중 네거리에 이르자 기만은 갑자기 걸음을 멈추고는 나를 바라보았다. 마침내 그가 입을 여는 것이라고 단정한 나는 차라리 그의 입을 막고 싶어서 허둥지둥 택시를 붙잡는 척했다. 조금 떨어진 곳이긴 했지만 잘 아는 여관이 얼핏 생각났던 탓도 있었다. 나는 그가 하는 말의 내용에 대해서 더 이상 궁금하지도 않았다. 나는 친구로서의 술자리까지는 그와 함께 갈 수 있지만 친구라는 것 때문에 경찰서나 죽음의 장소까지 같이 가고 싶지는 않았다.

"선오, 미안하네. 부탁이 있는데 오늘밤 자네 집에서 하루 신세질 수는 없을까?"

뜻밖이었다. 나는 필경 '접선 연락을 받은 간첩이라네.'라든가 '사람 하나를 죽였어, 어떡하면 좋지?'라는 말들이 나올 것으로 예상했었다. 그러나 역시 곤란한 이야기였다.

"왜, 싫은가?"

그는 애원의 눈초리로 나의 안색을 살폈다. 사실을 말하면 우리 집 형편이 당장 그를 데리고 갈 계제가 아니었다. 빈방도 없으려니와 아내가 지병인 신경통을 심히 앓고 있는 터였다. 또 하나 큰 이유는 이제 그만 곽기만과의 신경전에서 벗어나고 싶은 내 기분 때문이었다.

"싫은 것은 아니지만 안 되겠네."

나는 딱 잘라 말해버렸다.

"집 형편이 자네랑 같이 갈 만하지가 못하네. 아내도 앓고 있고 워낙 집이 협소해서 마땅히 방도 없고……."

나는 거의 필요 이상으로 긴 변명을 늘어놓고 있었다.

"그 대신 내가 잘 아는 깨끗한 여관에 안내할 테니 그리로 가보세."

그러자 기만은 노골적으로 낭패한 기색을 나타내며 고개를 푹 숙였다.

"사실은 나, 미행당하고 있네."

폭탄선언이 느닷없이 나와 버렸다. 나는 비로소 내 예감의 적중에 신경을 날카롭게 곤두세웠다.

"미행이라니, 누가?"

"누군지도 몰라. 아무튼 서울에서부터 줄곧 내 뒤를 밟는 자가 있어. 그것도 한 사람이 아냐. 자꾸 사람을 바꿔가면서 시골에서도 가는 곳마다 내 뒤에 어른거리더니 여기서도 마찬가지군."

"여기서는 그런 일이 없었잖은가. 줄곧 나랑 같이 있었는데 왜 나는 눈치를 못 챘을까?"

나는 진실로 그렇게 생각했다. 나는 잠깐 이 미스터리에 현혹되었던 모양이었다.

"자네도 보았잖나? 아까 다방에서도 술집에서도 그리고 담배 가게 앞에서도 한시도 쉬지 않고 나를 쫓고 있어."

마치 탐정소설의 한 대목을 듣는 것 같은 기분이었다. 그가 주섬주섬 이야기를 늘어놓는 동안, 겁에 잔뜩 질린 그의 얼굴을 쏘아보면서 나는 몸 전체가 그냥 땅 위에 굳어버리는 것 같은 상태에 빠져버렸다.

3

무릇 모든 일의 발단은 별것 아닌 데서부터 엉뚱하게 비약한다. 시작은 대단히 허술해도 종말은 허무하다. 곽기만과 같이하는 이 밤, 나는 허술한 시작에 비해 과격한 종말이 나오지 않도록 두루두루 고심해야 했다. 물론 그 고심의 대부분이 곽기만 그 친구를 위해서보다는 나를 위한 것이라는 사실에는 변함이 없었다.

흡사 용의자를 닥뜨려야 할 풋내기 형사처럼 나는 강제하다시피 기만을 여관으로 안내했다. 그러나 나는 이미 평정을 되찾고 있어서 시종 조심하는 것을 잊지 않았다.

"서울서 귀한 손님을 모셔왔으니 잘 모시도록."

주인에게 당부하는 것도 이런 식이었고

"귀한 손님이니 객고라도 풀도록 잘 요량해서 대접하라구."

여자종업원에게도 이렇게 수작을 부렸다. 기만의 우울, 불안, 초조를 덮어줄 겸 나의 그에 대한 깊은 곤혹감도 잠시 은폐할 겸해서 나의 희떠운 수작은 어쩔 수 없었다.

"예쁜 색시라도 하나 불러 드릴까요?"

여종업원이 해롱해롱 웃으며 말했다.

"일 없어."

기만이 단호하게 거절했다.

"그럼 숙박계나 써 주세요."

약간 비위가 상한 여종업원이 내민 숙박계에 기만이 여전히 심통이 난 얼굴로 기입을 했다. 나는 주의 깊게 기록 내용을 살폈다.

"곽기만 그대로구먼. 자네 한때는 기철이라는 이름으로 통하지 않았던가?"

"그랬지. 그 뒤부턴 기훈이라고도 했지."

"멋대로구먼. 헌데 기철은 자네 형 이름이 아니었던가? 자유당 시절에 자네가 교원 자격을 얻느라 잠깐 빌려 썼던……."

"용케도 기억하네 그려."

"그렇다면 자네 주민등록 이름은 도대체 뭔가?"

"본명인 곽기만이지."

"참 복잡한 팔자군. 이름이 세 개씩이나 필요하고."

어쩔 수 없이 빈정대는 투로 바뀐 내 마지막 말에 굳이 그는 대꾸하려 하지 않았다. 대신 아랫볼에 약간의 경련을 일으키다 말 정도였다. 카멜레온의 변색처럼 이름이라는 겉옷을 세 번씩이나 갈아입어야 했던 그였고 보면 나쁘든 좋든 간에 측은한 감정도 아니 이는 바 아니었다.

그러나 이러한 대화들로 해서 더더욱 나는 풋내기 형사의 직책을 수행해야 할 필요를 느꼈다. 우리의 주변에는 이따금 돌발하는 종잡지 못할 기이한 사건들, 이를테면 평소 털끝만큼도 의심할 여지가 없던 사람이 난데없이 사회면에 커다랗게 사진이 나오고 고정간첩이었다는 기사가 실리는 것 같은 일들이 생기곤 한다. 이러한 충격적인 사건은 얼마나 많은 인간관계의 밑동을 뒤흔들어 놓았던가? 기만과는 3년 만에 만났다. 생각에 따라서는 3년이란 신변의 변화를 가져오기에 결코 짧은 세월은 아닐 것이다. 그렇다면?

드디어 나는 '그렇다면' 이라고 사건의 핵심을 붙잡기 시작했다. 그렇다면 기만이 쫓기는 이유가 혹시 그런 끔찍스런 사건과의 연관이 아닐까? 설마 그럴 리야, 더욱이 3년 전만 해도 미군장교의 덕으로 유족하게 살아온 그였는데.

이래저래 착잡한 기분이 되어 마침내

"기만이, 자네 혹시 회사에서 무슨 사고라도 일으켰나?"

하고 눈치껏 물어봤다.

"사고라니? 내 직책이 뭐 사고 낼 건덕지라도 있었는가?"

"그렇다면 말이네……."

잠시 말을 중단한 채 나는 담배에 불을 붙여 몇 모금 길게 내뿜었다.

"왜 자네는 미행당하고 있는가?"

"그걸 글쎄 모른다니까. 알면 내가 왜 이러겠나. 그래서 환장할 지경이야."

"허허, 참 딱하긴. 그럼 미행자를 직접 붙들고 물어보지 그래."

"글쎄, 나도 그러고 싶지만 어디 마음대로 돼야지."

나약하고 소심한 그의 말에서 어느 정도 안심을 한 나는 이 유약한 성격의 곽기만이 사건을 저질러도 대단한 것은 아닐 것이라는 믿음이 생겼다.

"대관절 언제부터 자네가 그렇게 쫓기는 몸이 됐나?"

"근 삼 년 전부터 내 뒤를 밟기 시작했을 거야, 그치들이."

"삼 년 전?"

나는 경악해서 소리쳤다. 도대체 이 친구 정신병자가 아니고서는 이따위 소릴 할 수 있을 것인가?

"자네도 알지 모르겠네. 내가 아내와 별거하고 딴 여자와 살았던 걸."

"들은 바가 있긴 하네."

기만 부부의 별거는 매우 길었다. 정확히 말한다면 그는 시골 물방앗간의 토굴 방에서 2년 9개월 만에 기어 나왔다. 새 생활이 시작되자 별 수 없이 가장의 책임을 맡게 되었지만 실업자로서 할 일이 없었다. 그런 끝에 궁여지책으로 초등학교 선생을 시작하게 되었던 그들이었지만 토굴 속에 갇혀 있을 때는 지아비 공경 잘하는 아내로밖에는 볼 만한 여자가 없었던 탓도 있었다.

그리고 2년 후 장인이 죽자 상경하여 잡스런 갖가지 직업에 종사하면서 한 여자를 만났다. 이내 살림에 들어간 그 여자와는 한동안 정이 깊었던지 전혀 아내를 돌보지 않았다. 그동안 아내는 시골에서 전전하면서 행상으로 어렵게 두 아이를 키웠다.

기만이 그 여자로부터 배신의 쓴잔을 마시고 게다가 실직한 상태로 본처에게 돌아간 것은 불과 4년 전, 그러나 그의 아내는 아무 군소리 없이 그를 맞아들여 다소곳하게 가정을 꾸렸다.

"그러니까 헤어진 지 1년쯤 지난 뒤 헤어진 그 여자가 기둥서방인지 뭔지 정체모를 깡패를 시켜 나를 위협하기 시작했네. 돈을 내라는 거야. 빈털터리인 나에게 돈을 내라고 날이면 날마다 행패니, 사랑했던 여자도 헤어지고 나면 맹수가 되더군. 별수가 있어야 내가 그놈을 없애지. 나는 되게 그치들한테 당하고만 있었네. 헌데 내가 말을 안 들어주니까 그 후부턴 깡패 대신 그년이 번번이 우리 회사 주변을 돌면서 내 뒤를 밟는 거야. 별스레 추근거리지도 않고 내 뒤만 따라붙으니 이건 더욱 환장하겠더군. 그때부턴 내가 다방에 들어가면, 사람들이 나를 보고 막 웃어대는 거야. 아주 내 비밀을 송두리째 알고 있는 치들이지."

"알긴 뭘 알아? 그리고 웃어대다니, 누가? 왜?"

너무나 어처구니없는 이야기에 나는 그만 실소를 했다.

"도대체 누가 자네의 뭘 안다고 웃어."

또 한 번 나는 멸시하는 투로 크게 웃어댔다. 이 친구의 정신 나간 행위 때문에 무더운 여름밤을 잔뜩 곤혹케 했던 것을 생각하면 몇 시간을 웃어도 시원할 것 같지가 않았다.

"믿어 주게, 정말이라구. 내가 다방이나 사무실에 들어가면 이야기하던 사람들도 일제히 말을 끊고는 막 웃어대는 거야."

사실이야 어떻든 그의 표정만은 대단히 진지하고 심각했다.

"원 참, 자네도 큰일이군. 큰 병에 걸렸어."

"자네는 날보고 병에 걸렸다고 하지만 사실이야. 그때부터 줄곧 내 뒤를 밟는 사람이 있어. 아까 다방에서도 그 청년들이 분명히 나를 가리키면서, 저 사람이지, 그렇지? 하고 수군거리는 걸 똑똑히 들었다니깐. 지금도 이 여관 옆방쯤엔 누군가 와 있을지도 몰라."

내가 믿지 않는 것이 무척 안타까운 듯 기만은 열띤 목소리로 나를 설득시켰다. 슬그머니 화가 치밀어 오른 나는 그 이상 그의 이야기에 휘말려들 염이 사라졌다. 내가 지금 이 따위 싱거운 정신병자와 수작이나 하고 있을 사람인가?

"여봐 기만이, 몇 번 말해야 알겠나! 다방에서 만난 청년은 내가 잘 아는 사람들이라니깐. 그들이 자네를 쫓는다구? 그 따위 헛소리일랑 이제 진력이 나네, 집어쳐."

좀 과하다싶게 호통을 치고는 다시 담배를 피워 물었다. 그리고 화제를 바꿀 생각으로 영희의 안부를 물었다.

"영희 그 애는 잘 있는가?"

"영희?"

반문하는 기만의 표정이 적잖이 굳어졌다. 상당히 심각한 문제거리라도 안고 있는 표정이었다. 문득 둥그렇게 부풀어 있던 그녀의 배와 생글생글 웃던 영희의 얼굴이 생각났다. 역시 화장기만 없애면 어디다 내놓아도 빠지지 않을 아름다운 영희였다.

"담배 한 대 주겠나?"

평소 담배도 피지 않던 그가 담배까지 청하는 것을 보니 나는 긴장하지 않을 수 없었다. 그는 마치 처음 담배를 배우는 중학생 같은 어설픈 동작으로 담배를 두 손으로 부여잡고 푸푸, 하고 몇 번 연기를 내뿜었다.

"그 방앗간 토굴 같은 방에서 책깨나 읽었다네. 깊은 밤의 적막감이 그대로 태고의 분위기를 자아내고 있었지. 늘상 콸콸 흐르는 물소리는 그대로 음악이어서, 그 속에서 둥둥 떠가는 것만 같았지. 그런대로 희망도 있었고 답답한 속에서나마 미래에 대한 기대감도 있었네. 아예 세상을 등져버리니까 그 속에서 새로운 희망이 솟던걸."

그는 고개를 천장 쪽으로 치켜 올리고 순간순간 이상한 광채를 띠는 눈 밑으로 넋두리를 늘어놓았다. 나의 질문을 무시하는 그의 태도에 내심 가벼운 저항을 느낀 나는

"나는 영희의 소식을 물었었네."

하고 날카롭게 물었다.

"응 그랬지."

여전 내키지 않는 기분인 듯 담배 몇 모금에 세차게 기침을 토하더니 거의 폭발적인 어조로 말했다.

"그 애는 죽었네."

"죽다니?"

역시 영희 이야기를 하지 않으려 했던 기만의 심정만큼 나도 충격적이었다.

"둘째 애를 낳다가 병원에서 죽었어."

"저런, 언제 그랬나?"

"두어 달 되지."

"아아, 몸이 약한데다 너무 무리였군."

내가 본 그 둥그런 배는 그럼 첫애였나? 나는 그래도 오랫동안 벽안의 남자와 살아 준 영희가 미상불 가엾기만 했다.

"첫딸은 잘 자라지. 머리는 노랑머리지만 지 에미 고대로야. 그 녀석은 제대하고 며칠 새 떠난다고 하더만."

"그럼, 자네가 살던 집은 어떻게 하나?"

"그야 팔아 가지. 애 양육비조로 전세방 얻을 돈쯤은 주고 간다고 그랬어. 그래 내일이면 집을 비울 날이야."

"그랬었군."

나는 어쩔 수 없이 곽기만의 불행한 삶에 동조하고 있었다.

"이제 모든 건 끝났어, 그 지긋지긋한 껍데기 인생은."

순간 그의 말이 커다란 돌덩이처럼 내 가슴에 부딪쳐서 동통을 일으켰다. 지금 곽기만의 인생을, 그 껍데기 인생만이라도 붙들어줘야 할 사람은 바로 나였다. 그러나 나는 아직도 번거로웠다. 아무리 친구라지만 남의 일로 내 생활을 침범 당하기는 싫었다. 그러자면 이쯤에

서 적당히 위로의 말 몇 마디 던지고 일어서야 했다. 시간은 벌써 자정 몇 분 전이었다.

"기만이, 근심하지 말고 푹 쉬게나. 뭐 어떻게 되겠지. 나는 그만 가네."

내가 일어섰다. 순간 그가 내 옷자락을 잡았다. 술기운 탓인가, 그의 손이 부들부들 떨고 있었다.

"자네, 나하고 같이 자면 안 되나?"

적이 당황한 기색으로 기만은 내 옷자락을 더 세게 쥐었다.

"미안하이, 자네 혼자서 편히 쉬게. 그리고 내일 만나세."

나는 매정하게 잘라 말하고 일어나 그의 어깨를 가볍게 두드려 주었다.

"혼자 있으면 불안하네."

그가 어린애들처럼 어깨를 흔들며 투정을 부렸다. 나 역시 어린양을 나무라는 어른의 얼굴로 그를 타일렀다.

"자네에게 분명히 말하겠는데, 자넨 좀 심한 신경과민이야. 이 집 주인에게 단단히 보호해 주도록 당부해놓을 테니까 안심하고 푹 쉬게나."

그가 일어나는 것을 묵살하고 나는 재빨리 문을 열고 밖으로 나와 버렸다.

"저 15호실 손님 말야, 좀 신경과민이니까 특별히 잘 좀 봐주라구. 가끔 동정도 살피고, 무슨 일이 있으면 여기 전화번호로 즉각 연락해."

종업원을 불러 간곡하게 이르고는 숙박비와 내일 아침 밥값까지 다 계산하고는 거리로 나섰다.

불쾌지수 높았던 어느 여름날 밤은 그런대로 바람을 불러 장난하고 있었다.

4

나는 잠을 청했으나 좀체 잠이 올 것 같지 않았다. 여관에 내동댕이치듯 버리고 온 기만에게 금시라도 큰 변이 일어날 것 같은 불길한 예감이 쉽사리 나를 잠들게 하지 않았다. 어둠 속에서도 자꾸 전화 쪽으로 눈길이 끌리면서 운수 사나운 하룻밤의 극적인 상황이 자꾸 확대되어 마음을 괴롭혔다.

첫 단추를 잘못 끼우면 모든 단추가 틀어진다는 그의 말이 새삼 생생히 떠오르면서 물방앗간의 토굴 방, 끝없는 실직의 연속, 여인의 배신, 딸 영희의 죽음, 노랑머리의 사생아, 다시 이어지는 가난…….

'오랫동안의 불안정한 생활, 양색시가 된 딸, 자신의 과거, 그런 모든 게 열등감으로 누적

돼 노이로제가 된 거야. 정말로 뒤를 좇는 자는 없어. 미행자는 바로 그 자신 스스로가 지어낸, 양심이 지휘하는 허구적인 그림자야. 그렇다면 아까는 왜 그렇게 말해주지 못했나. 왜 분명히 그를 납득시켜 안정케 하지 못하고 조소하고 경멸만 했던가?'

새삼 나는 양심이 내지르는 반성의 소리에 귀 기울이면서 어둠 속에서 몸을 뒤척였다. 그러나 한편 마음 깊숙한 자리에서 그가 미 공군의 고급장교를 사위로 두었다는 점을 미끼로 하여 간첩 따위의 불온한 자의 마수에 걸려들었을지도 모른다는 노파심이 문득문득 고개를 쳐들었다.

일단 그렇게 생각이 미치자 지나치게 미행을 의식하는 태도 자체가 예사로운 노이로제 증세와는 분명 다르다고 느껴졌다.

'어떡헌다, 지금이라도 경찰에 신고를 해? 허지만 주민등록증이 버젓한데 설마 그럴 수가? 허지만 간첩 아니래도 그 당원일 수도 있지 않은가?'

강박감을 견디지 못해 일어나 불을 켰다. 곁에서 아내가 몸을 뒤척이며 잔뜩 짜증이 난 목소리로 투덜거렸다.

"겨우 잠이 들려던 참인데 불은 왜 켜요. 지금이 도대체 몇 신데 그러구 있어요?"

신경통은 때때로 남편보다 우월했다. 하는 수 없이 나는 그녀의 신경통을 위해 다시 불을 껐다. 문득 여관에 전화를 걸어 그의 거처를 확인해 보고 싶은 생각이 났으나 일부러 구덩이 속에 들어갈 필요는 없을 것 같아 그만뒀다. 그러다간 그와 친구였다는 사실만으로도 큰 곤욕을 치를지도 모르는 일이다. 그렇게 되면 쌓아올린 내 사회적 신분은 어떻게 되는가?

사실로 기만이 그런 불온분자였다면 나는 이제 파멸이다, 라는 강한 절박감이 내 목을 졸랐다.

"왜 그래요. 자꾸 부스럭거리고…… 어째 잠이 안 와요?"

신경질을 꾹꾹 누르며 아내가 착하게 물어왔다. 정말 그녀를 위해서라도 곽기만의 생각은 그만두어야 할 판이었다.

"미안해 당신, 나 왠지 이상하게 잠이 안 오는걸. 안됐지만 술 한 잔 해야 되겠어."

불을 켜고 벽장에서 마시다 만 소주병을 꺼내 나발 불듯 강술로 모두 목구멍에 부어버렸다. 좀 지나친 주량이었지만 내일 일이야 어찌되었든 우선 신경이라도 마비돼 잠이나 잘 수 있었으면 하는 생각이었다.

한참 만에 나는 겨우 잠을 잘 수 있었다. 그리고 사나운 꿈자리에 매여 목이 졸리고 두 다리가 뒤틀리고, 가위눌린 상태에서 꿈을 꾸다 집안이 떠나갈 것 같은 요란한 전화벨소리에 잠을 깼다.

아직도 어두컴컴한 새벽녘이었다. 혼몽한 의식 속에서 나는 포격이라도 당한 충격으로 벌떡 일어났다.

"꼭두새벽부터 전화를 하는 사람이 도대체 누구예요. 예의도 없이……."

투덜거리는 아내의 목소리를 귓결에 들으며 급히 수화기를 집어 들었다.

"여보세요, 여보세요. 김 선생님 댁이죠?"

"으응, 나야. 왜 그래?"

귀에 익은 여관 주인의 목소리였다. 드디어 올 게 왔구나 하는 생각 외엔 오히려 멍멍했다.

"글쎄, 그 손님이 없어졌어요."

"없어져? 제기랄, 언제 없어졌단 말야?"

"몰라요. 정문은 닫혔는데 아마 담을 넘어 도망쳤나 봐요."

"알았어, 알았어. 내 이따 날이 밝으면 가보지. 수고했다구."

누구랄 것도 없이 포악한 기분이 돼버린 나는 내동댕이치듯 수화기를 내려놓았다.

결국 곽기만이 월장을 해서 여관을 뛰쳐나간 것으로 3년 만의 재회는 끝이 났는가? 한여름 밤의 지독하게도 운수 사나운 기만과의 몇 시간의 피날레는 이것으로도 족할 것인지 알 수 없는 일이었다.

"별 쑥 같은 놈을 만나 이 고생이군."

나는 이부자리 속으로 다시 기어들어가면서 이렇게 중얼거려 보았다. 아내는 다시 잠이 들었는지 잠잠했다. 아내라도 깨어 무슨 일이냐고 물어봐주었으면 했으나 여북하면 자는 척이라도 할 것이냐는 마음으로 그녀의 신경통을 이해했다. 그러나 기만의 행방불명은 어쩐지 나를 껄끄럽게 했다. 그가 어디 가서 어찌됐든 이제는 깨끗이 잊어버리자고 생각을 해도 무엇인가 나의 마음을 꾹꾹 찌르고 있었다.

그의 비극에 대한 연민에 앞서 그로 인해 당할지도 모를 내 신변부터 생각했던 나 김선오, 얼마나 비인간적인가? 나만을 생각하고 한껏 비굴했던 추악한 자신이 부끄럽기는 했으나 이면에서는 '그럼 어떡하란 말이냐, 어떤 놈이 자신의 안전보다 남의 불행을 더 중히 여길 것이냐' 라고 소리치는 무엇이 있었다.

곽기만이 행방불명된 지 5일 만에 드디어 그가 나를 괴롭히는(?) 첫 사건을 발생시켰다. 아침 일찍 곽기만의 부인이 가죽잠바를 입은 웬 사람들과 나를 찾아온 것이다.

그녀가 잠자코 내게 신문부터 내밀었을 때 사소한 발단이 낳은 불행한 종말이 바로 이것이다, 라고 대번에 짐작할 수가 있었다.

곽기만은 신문 사회면 맨 밑단에 일곱 줄의 기사를 남김으로써 자신의 마지막 소임을 다하였다. 신문기사에 의하면 그는 어제 아침 이 도신의 근교 야산에서 변사체로 발견되었다는 것, 수사진은 자살로 단정 짓고 있다는 것으로 되어 있었다.

"예전에도 그랬지만 요즘은 심한 염세주의에 빠져 늘 이상한 소리만 했어요."

그의 부인이 눈물을 글썽거리며 내게 설명을 했다. 같이 온 이는 형사로 그의 마지막 근황에 대해 아는 대로 이야기하는 것이었다.

경찰서에 출두한 나는 그가 왔을 때부터 행방불명까지의 경위를 소상히 이야기하였다. 내가 그곳에서 나올 때는 이미 그에 대한 조서는 어긋나는 것 하나 없이 올곧은 소리로만 골라서 다 작성되어 있었고 나는 그 몇 구절을 외면서 침침한 눈으로 하늘을 올려다보았다.

'곽기만. 43세, 현주소 서울…… 자살. 동기는 심한 피해망상증과 조울증으로 인한 염세자살. 타살흔적 전혀 없음. 검시 의사 청산가리 복용으로 진담함.'

종부宗婦 이야기

“형님, 놀라지 마십쇼. 기막힌 빅뉴스가 있습니다요.”

“뭔데?”

농협에 다니는 사촌동생 동민이가 난데없이 찾아왔기로 모처럼의 기분으로 술상을 마주하고 있는데 그가 불쑥 말했다. 평소 지나치게 떠벌이는 성미인 것을 아는지라 시큰둥하게 받아 넘겼다.

“큰형수께서 미국 가신답니다요. 미국에 있는 민우가 초청장을 보내와 서울 종수 동생이 지금 수속을 밟고 있답니다요.”

“그으래?”

과연 충격적인 소식이 아닐 수 없었다.

“그러니 고희에 가까운 늘그막에 형수님이 한바탕 호강허는 거라구 집안은 물론 온 동네가 발끈 뒤집혀 경사 난 것처럼 시끌시끌 헌답니다요.”

“그럴 만허지, 민우가 느지막이 효도 한번 톡톡하게 하는구먼.”

“그러구 말구요. 형수님은 마치 시집가는 새악시마냥 가슴이 울렁거려 잠도 못 주무시고…… 세상에 바깥 구경이라곤 육십여 평생에 읍내가 고작이고, 기차 한 번 타보지 못한 분이 미국이 어디라구 비행기를 타고 이역만리를 날게 됐으니.”

“그러니 충격적인 경사 아니겠나?”

“그런데 형님.”

“왜?”

“종수 동생이 귀띔하더란 전갈인데, 여권 수속이 꽤나 까다롭대나봐요.”

“수속 까다로운 건 뭐 어제오늘 일만은 아니잖은가?”

"그게 아니라요, 형수가 노인인데다 워낙이 불학무식헌 시골 여자라구 미국 대사관에서 고개를 절레절레 흔들더랍니다요."

"그건 또 무슨 당찮은 소리야? 나이 들어 망녕기 있는 것도 아니구, 보행에 지장이 있는 극노인도 아닌데…… 그리고 불학무식이라니 제나라 국민은 모두가 얼마나 유식해서 무식헌 사람은 두 눈 뜨고도 세상 구경 허지 말란 법 있다던가? 원, 별 희한한 소릴 듣겠다."

나는 얼결에 격한 어조가 되어 시비조로 따져 말했다.

"원, 형님도 왜 애먼 나에게 역정을 버럭 내십니까요? 그렇단 얘기지."

동민이가 약간 볼멘소리로 웅질렀다. 딴은 그렇다. 육십여 평생을 논두렁에 박힌 우렁이처럼 지낸 형수가 707제트 점보기를 타고 미주를 향해 가는 광경을 떠올리곤 무시로 이화감(異和感)을 의식하는 게 당연했다. 그렇다고 모처럼의 희한한 계기가 잘못되어 거품처럼 돼버려서는 안 되지 하는 근거 없는 의구심을 떨쳐버릴 수도 없었다.

"아무튼 말입니다요. 돌아가신 동수 형님 성깔이 얼마나 유별났습니까요? 세상에 부부지간이라 짧은 세월이었지만, 형수님 남편 보구 여보, 하고 마음껏 한 번이나 정겹게 불러봤을까요? 고양이 앞에 쥐, 아니 폭군 앞에 죄인이라구 할까요. 주눅이 들어 숨을 죽이고 살았으니 이판에 아마 지하에 있는 동수 형님, 형수가 미국 가는 꼴을 볼 수 있다면 기가 차서 세상 변했구나, 환장헐 세상이구나 헐 겁니다."

동민이 푸석하게 너스레를 늘어놓았다. 동수 형은 날 때부터 심장판막증의 지병이 있었다. 땅딸막한 키에 네모로 각진 얼굴이 꽤 다부진 인상을 주었는데, 게다가 거무튀튀한 살빛에 유독 입술이 파래서 찬바람이 일었다.

그런 남편 앞에 형수는 고양이 앞에 쥐 격이라 했지만, 사실은 엄한 선생 앞의 천덕꾸러기 학생처럼 너무도 비굴하고 왜소한 존재였다. 형수의 자그마한 실수에도 형은 서슴없이 온갖 욕설을 퍼부으며 저주했다.

'저런 병신이 육갑헌다구, 뭐가 어째? 이 등신 같은 년아?'

형이 쏘아대는 온갖 모욕의 화살이 마디마디 등골을 쑤시는데도 형수는 감히 온통 흰 창을 드러낸 형의 부락스러운 눈길을 피할 뿐인 가련한 수형자, 그것이었다.

동수 형의 그런 격한 성격은 아마 그 지병 때문일지도 몰랐다. 그래서 형수는 부러 대거리를 안 하는 것일지도 모른다는 생각을 어릴 적 나는 전율감 속에서 상상하곤 했었다.

그는 거친 신경증을 드러내, 괜한 일에도 불끈불끈 화를 냈을 뿐 아니라 스스로의 분함을 못 이겨 숨이 격해져 종당에는 까무러치곤 했다. 숨이 막히니까 화를 냈는지, 화가 치미니까 숨이 막혔는지 당시의 나에게는 도무지 종잡기 어려운 증세처럼 여겨졌다.

"지금 얘기지 동수 형님 말이요, 형수뿐 아니라 우리 어렸을 적 얼마나 무서워들 했습니까요?"

동민이 몇 잔 술에 속이 얼근했는지 자못 감개어린 표정으로 말을 꺼냈다.

"말 마라. 나도 그 형한테는 무던히 지천꾸러기였지, 벌도 많이 서고 얻어맞기도 많이 허구."

"허지만 형님은 그런대로 나았다구요. 나는 박 씨네 빵집에서 어쩌다 빵 좀 사 먹은 죄로 한 열흘간 죽어났는데, 그 뒤론 여엉 상추밭에 똥 싼 개 취급을 받았는데 지금 생각해두 진저리가 처집니다요. 원, 지금 세상 같아선 설사 깡패짓을 헌 상습범이라두 그런 죄인 취급은 안 헐꺼구먼요."

"그래 생각나는구먼. 그때 동생은 한 열흘간 책상을 들고 섰는 엄벌을 받았었지. 큰어머니께서 영 보다 못해 역성을 들다가 되게 핀잔만 듣고, 빵틀을 들여와 잔돈푼이나 벌자던 박 씨 말야, 하마터면 형의 등살에 못 이겨 마을에서 쫓겨날 뻔했었지."

어느 결에 들어섰는지 아내가 곁에 있다가

"세상에 그 시숙어른이 그렇게 엄했나요? 어렸을 적에 교육은 짭짤하게 받았구먼요."

가벼이 이죽거리는 투로 참견했다.

"형수님은 본 일도 없는 분이지만, 교육이고 뭐고 말씀 마슈. 그 형님만 나타나면 어떻게 떨렸는지 학질이라도 떨어질 지경이었습니다요."

"아무렴 그렇게까지야."

아내는 흥겨운 기분으로 살며시 한눈을 흘겨 보였다.

그것은 사실 지독한 질곡이었다. 나는 당시 외로운 고아였다. 어머니는 내 나이 네 살 때에, 아버지는 일곱 살 때 세상을 떠났다. 계모가 당분간 남아 있었기는 하나 나와는 정이 없는 순 남이었다. 나는 큰집에 옮겨져 할머니 곁에서 자랐으나, 실질적인 교육은 동수 형이 맡은 셈이었다.

형은 그때 동구에 있는 아버지가 물린 잡화가게를 운영하고 있었다. 나는 자연 일상생활을 그 가게에서 꾸리게 되었는데 그게 죽도록 싫었다. 호랑이 앞에 기어가는 고양이 신세로 내맡겨진 스스로의 처지가 처량하고 따분했다. 아버지만 살았더라도 짐짓 그 기반에서 놓여날 거란 막연한 원망으로 어둡게만 보이는 하늘을 향해 입술을 깨물곤 했다.

학교에 들어가면서는 특히 하교 시간이 두려웠다. 친구들과 어울려 마음껏 놀 수 있다면 얼마나 좋았을까. 그러나 단 한 시간도 귀가시간을 어길 수 없는 철저한 규율 때문에 언제나 전전긍긍했다.

그런지라 나도 모르게 형의 동정을 살피는 도둑고양이 같은 습벽이 생겨버렸다. 어쩌다 집에 귀한 손님이 생기는 경우, 그것은 모처럼의 신나는 해방이었다. 하지만 그런 기회란 좀체 오지 않았다. 그럴 때마다 나는 담 모퉁이에 몸을 숨기고 가게를 살펴보곤 기적과 같은 우연을 점쳐보곤 했다.

그러나 공교롭게도 가게 밖에 나와 이쪽을 바라보고 서 있는 동수 형의 눈길에 정면으로 부딪쳤던 일.

"야, 이놈아 사내새끼가 떳떳치 못하게끔 염탐은 왜 해! 엉? 이거 아주 몹쓸 버르장머릴 가졌구나."

멱살을 잡혀 끌려간 나는 불똥 같은 호령과 함께 앵하니 귀얄이 터질 것같이 뺨을 얻어맞았다. 그 죄로 해가 저물도록 책상을 들고 벌을 섰던 그때의 햇살은 마치 핏자국처럼 붉어 보였다.

"형님, 기억납니까요. 산수 구구법 외다가 하나만 틀려도 따귀를 얻어맞고, 얻어맞은 김에 정신이 얼얼해 자꾸 뒤틀리게 되면 영 걷잡을 수 없이 엉망이 돼버린 일."

"그래, 그 형 앞에서 연필을 깎다가 손이 떨려 심이 부러지면, 따귀를 맞고 또 부러지고, 등잔에 기름을 붓다가 실수하면 맞고, 그 김에 영 가늠 없이 기름이 넘쳐 온 방이 기름바다로 엉망이 됐었지."

나는 지난날의 흔쾌한 추억에 건성 가슴이 뿌듯해져 꽤 수다스런 말씨가 되어 버렸다.

"그런데 그렇듯 지나친 훈계 때문에 집안 어른들이 불평을 했으면서도 왜 꿈쩍을 못했을까요?"

"그야 심하긴 했어도 어쨌든 교육이니까."

"아닙니다요. 내 생각으론 그 고약한 병 때문에 행여 발작이 날까 두려워서고…… 도리어 그 병으로 얼마밖에 살지 못할 거란, 이를테면 기한부 인생이랄까 그런 걸 의식해서 그랬을 겁니다요."

뜻밖의 말에 나는 적이 놀랐으나 그건 옳은 판단일지도 모른다는 생각이었다. 그럴 것이 동수 형 못지않게 성격이 괄괄하고 깐깐했던 백부조차 은근히 그와의 충돌을 피했던 게 아닐까 하는 짐작이 있었기 때문이다.

아무튼 동수 형과의 질곡과도 같은 관계는 나의 초등학교 4학년 때에 마침내 끝이 났다. 그해 여름철이었다. 동수 형이 안집에서 앓아누워 있는 동안 나는 가게에서 자곤 했는데, 몇몇 동네의 친척과 타성바지 한 청년이 곧잘 자고 갔다.

그들은 심심하면 흔히 참외, 수박서리를 해오곤 했는데 어쩌다 잠결에 들으면 방안 가득히 잔치를 벌여놓고

"기훈이 깨워 먹일까?"

"아니 내버려둬, 곤히 자는데."

하고 자기들끼리 수작을 하다가 매번 나를 따돌려버리는 바람에 입 안에 흥건히 고인 군침을 삼킬 수도 어쩔 수도 없는 난감한 속에서 벙어리 냉가슴을 앓고 했었다.

그러나 이보다 더한 봉욕은 어쩌다 당할 밖에 없는 타성바지 김 씨 청년의 그 해괴한 잠자

리 행위 때문이었다. 그는 곧잘 내 곁에 붙어 자곤 했는데, 한밤중 숨소리가 거칠어지면서 그의 손이 조심스레 내 바지를 까내리고 알량한 내 궁둥이 깊숙한 골짜기에 염치없이 끈끈한 침을 바르고 그 해면체의 뜨끈뜨끈한 물체를 부벼대곤 마침내는 내 사타구니를 온통 액체로 질펀하게 버려놓곤 했었다. 그 망측한 행위에 더할 수 없는 혐오와 수치심으로 가슴이 찢기는 아픔을 느꼈지만, 반항하기조차 비굴해져 언제나 이를 악물고 참아냈던 것이다.

동수 형이 운명한 것도 바로 그 지독한 곤욕을 치렀던 이튿날 아침이었다. 잠을 설친 탓으로 혼곤히 늦잠에 빠져 있었는데 누군지 방문을 요란하게 열어젖히고

'동수 형님이 돌아가셨다아.' 하고 왕머구리 소리로 외치고 울음을 터뜨렸던 것이다. 나는 순간 얼떨떨한 경황에도 눈앞이 번쩍 뜨이는 것 같은 새로운 의식이 있었다. '이제는 맞지 않고 마음껏 뛰놀 수 있겠다아. 주눅이 들어 공부 안 해도 되겠구나아.'

이윽고 나는 형의 사체를 에워싸고 가족들이 통곡하고 있는 엄청난 광경을 바라보고도 도무지 슬프지가 않았다.

갑자기 술잔을 놓고 동민이가 깔깔대고 웃었다. 사품에 골똘하게 추억에 빠졌던 나의 의식이 깨어났다.

"왜 그래?"

"민우란 놈 말입니다. 어렸을 적 생각나세요? 그 녀석이 제 형과 달리 어느 모로든 제 아버지를 빼다 박았거든요. 그 심통 허며 고집 센 것두. 왜 그런 일 있었잖아요. 그 나이 네 살 적이던가 종일 하모니카를 입에서 떼지 않고 붕붕 불어쌓던 일. 그만하고 고집통이니까 없는 살림에도 대학원까지 마치고 미국 유학꺼정 가게 되었죠."

"그래. 될성부른 나무는 떡잎부터 알아본다고, 남다른 패기가 있었지."

"그렇지만 좀 지나친 괴팍성도 있어요. 미국 가서 칠 년 동안이나 소식 한 통 없다가 난데없이 결혼했노라며 제 아내와 찍은 기념사진 한 장만 달랑 날려왔으니 기가 찬 일이 아닙니까요."

"저런, 그럴 수가. 그러니 큰동서께서 얼마나 가슴 쓰렸겠어요."

아내가 별난 일을 보았다는 듯 혀를 끌끌 찼다.

"그런데 말입니다요."

동민이 술 한 잔을 꿀꺽 넘기고 나서 말을 이었다.

"아마 큰형이 살아 계셨더람 민우의 그런 당돌한 처사 용서했을까요?"

정말 약간은 노하고 있는 셈인지 표정이 좀 굳어진 채 말했다.

"그야 해외에 나가 저 혼자 저지른 짓을 어찌하겠어. 저의 할아버지 역시 완고허기론 그보다 더했지만 손이 닿아야 어쩌구 하지. 딱 당허면 어쩔 수 없는 일 아냐."

"아내는 이민 간 대학출신의 교포라지만 형수로선 생면조차 없는 처지니 그럴수록 자식

하나 영 잃었다는 허전한 기분이었을 겁니다요."

"그게 문제야. 제멋대로 미국 갔으니 모든 제 인생은 제멋대로 결단할 수 있다는 사고방식 말야. 아무리 해외라지만 적어도 한 가족을 끌어들인다는 점에서는 제 모친이나 형과 사전 의논이 있어야 했어. 그런 중대사를 혼자 결정할 수 있다는 사고는 개방된 서구 사회에서도 용납될 사례는 아닐 거야."

"형님, 그리 화내지 마십쇼. 요즘 젊은 애들 사고가 얼마나 이기적이라구요. 형님은 교육자시니깐 어련하시겠소마는 앞으로 자식들 때문에 무슨 꼴을 당하게 될지 장담 못 헙니다요. 사고방식 그른 것 탓했자 세대차니 뭐니 하는데…… 그런다고 까놓고 얘기하면 걔들 모든 일사를 건사해 갈 우리들의 당당한 윤리 관념도 없구요."

동민의 뜻밖의 말에 약간 가슴이 찔리는 느낌으로 그의 붉혀진 얼굴을 바라보았다. 딴은 그랬다. 엊그제 나는 대학 다니는 큰 딸애가 평소 물건을 헤피 쓰는 걸 나무라면서 일제하 전쟁 시의 피나게 어려웠던 어린 시절의 추억담을 약간은 신명이 나서 지껄였다.

"봄부터 늦가을까지 순전 맨발이었어. 겨울엔 내의가 없어 동저고리 바람인데 벌어진 옷섶 사이에 찬바람을 맞아, 하교하면 배가 아파 한바탕 뒹굴어야 했고, 밥은 순전 깻묵을 배급받아……."

하는데 당돌하게도 딸애는 말허리를 꺾고 도전적으로 말했던 것이다.

"그만해요, 아버지. 그 얘기 이제 귀에 못이 박혔다구요. 그런데 설마 그런 얘기 자랑스러워하시는 말씀은 아니시겠죠. 지난날의 시련이 교훈이 되는 건 시대적 여건이 같은 경우에 한해서죠. 지금은 달라요. 그러니 그건 지나간 일종의 빈곤철학인 셈이죠. 소비가 미덕이 되는 자본주의, 산업사회에서는 걸맞지 않아요. 아버지 말씀대로라면 어엿이 신을 두고 맨발로 다니는 인색이 미덕이겠지만, 그건 궁상맞은 전시대적 윤리의 퇴영이에요."

요, 맹랑한 것 봐라, 하고 도무지 메꾸기 어려운 의식의 격절을 아찔하게 느끼면서 건성 말했던 것이다.

"허지만, 이건 알아야 한다. 물자의 풍요 밖에 있는 정신적 여유 말야. 최소한의 소비로써 더 없는 만족감을 얻어가는 정신의 소중함 말야. 너희들은 물질만능의 비뚤어진 상황 속에 묻혀 모든 행동조차 즉물적으로 타락해 가고 있어. 기계처럼 말야."

꽤 설득력 있는 항변을 꾀했지만, 왠지 내 말은 공허한 반향으로 되돌아왔었다.

밤이 꽤 깊어진 것 같았으나, 동민은 도무지 일어설 낌새를 보이지 않는다. 모처럼 순진무구했던 어린 시절의 추억에 빠질 수 있는 분위기 탓인가? 늙으면 애가 된다더니 내 나이 아직은 이른데 나 역시 가슴이 뭉클거리는 기분을 어쩔 수가 없다.

"헌데 민우 말입니다요. 어쩌다 우리 집안에 미국 박사 한 명 나온다 했더니 영 가망 없게 되었죠?"

"박사, 대학교수만이 생활의 수단은 아니니께."

"거 무슨 말씀이요?"

"십여 년 만에 작년 민우가 귀국했을 때 나를 찾아왔더구먼. 그런데 박사 따위 미련은 이제 전혀 없다더군. 사업을 하여 안락하게 사는 게 꿈이란 거야. 고생해서 대학교수 돼봤자 명예뿐이지 그깟 보수쯤 미국선 어디서나 쉽게 벌 수 있다는 거지. 허다 못해 잔디를 깎아두. 영 생활의 가치관이 미국식으로 바뀌었다 할까?"

겉으로는 짐짓 평정을 꾸몄지만, 기실 내 마음 속은 큰 기대가 무너진 데서 오는 실망과 원망이 지글지글 끓고 있었던 것이다.

동민이가 돌아간 뒤 잠자리에 들었으나 격한 감정의 여진 때문인지 쉽게 잠이 들 수 없었다. 근래 나란히 누워 있어도 매양 감정 없는 두 개의 침목(枕木)처럼 교섭이 없던 아내의 체취를 모처럼 느끼고 팔 안에 아내를 끌어넣었다. 그녀는 가볍게 거부하는 시늉을 해 보였다.

"이 양반이 갑자기 별일 나섰네."

하고 투정하는 아내의 말소리에는 은근한 기쁨이 어려 있었다.

나는 느껴오는 아내의 알싸한 체중 속에서 문득 한 생각을 떠올렸다. 큰형과 형수가 어떤 모습으로 부부행위를 했을까 하는 그것이었는데, 점잖찮은 상상에 부끄럽고 겸연쩍어 끝내는 어이없이 웃음을 터뜨렸다.

"왜 갑자기 웃긴."

아내는 괜히 농락당한 기분이었는지 욱지르는 자세로 말했다.

"남녀행위라는 거 노상 애정의 표현일 수만은 없는 걸 거야."

"뭐라고요?"

나의 뚱딴지같은 말에 기껏 의구심을 드러내는걸

"그저 뭔가 생각해서 그래."

하고 급히 얼버무렸다. 어쩐지 제풀에 머쓱한 기분이 되었다.

형이 죽기 전 수년간 형수와는 거의 별거나 다름없는 상태였다. 나는 어인 일인지 큰형수 방에서 조카들과 어울려 자는 일이 많았다.

아직도 젊은 나이의 형수였지만, 일이 고된 탓인지 초저녁부터 그 우람한 체구를 일단 부리고 나면 세상천지 깜깜하다는 투로 요란히 코를 골며 깊은 잠에 떨어졌다. 그래 젖을 찾아 젖먹이 조카가 한바탕 실랑이를 쳐야만 했다.

"시상에, 저게 원, 황소지 젊은 계집이 저렇게 멍청해서야."

결국, 아랫방에서 자던 할머니가 건너와 한바탕 푸념을 늘어놓고 나서야 사태가 수습되는 판국이었다. 퀴퀴한 방안, 후덥지근한 공기, 왱왱거리는 모기떼 울음소리, 코에 밴 비릿한 오줌 냄새, 그 속에서 스며오는 형수의 살 냄새가 형언 못할 푸근한 고향 같은 느낌으로 나를 평화롭게 했던 것이다.

나의 계모는 키도 크고 인물도 반반했으나 나에게는 독종처럼 보였다. 그녀는 곧잘 세찬 욕설을 퍼부었다.

어쩌다 단둘이 마주치면 참 재수 없게 그녀는 나를 윽박질렀던 것이다.

"그 옷주제가 뭐냐? 흙투성이가 돼가지고, 넌 땅 파먹는 두더지새끼지, 원."

그때마다 나는 으레 '괜히 그려. 괜히 잡아 먹을려구 그려.' 하고 틈을 보아 비실비실 도망치기가 일쑤였는데, 그런 태도가 계모의 역정을 산 나머지 번번이 붙들려 등가죽이 얭하게 주먹세례를 받곤 했다.

아버지가 계모를 좋아했는지 그건 기억이 분명찮았다. 다만 계모에게서 난 누이를 미워하여 계모가 잠깐 자리를 비운 사이 칭얼대는 누이를 불끈 들어 뜰 아래로 내던졌던 일이 있었다. 그때의 무섭게 이글거리던 아버지의 눈빛, 저러다 죽으면 어떡하나 하고 가슴을 조이며 사립문 쪽의 기척에 잠깐 애가 달았던 것이다.

아버지는 나에게 좀체 화난 얼굴을 지은 적이 없었다. 어느 여름날, 사촌형을 따라 읍내를 다녀오다 소낙비를 맞고는 그 길로 옷 입은 채로 개울물에 뛰어들어 멱을 감고 돌아왔다. 빛바랜 누런 삼베옷이 몸에 찰싹 붙은 꼴은 영락없이 독에 빠졌다 나온 쥐새끼의 그것이었다.

그런데도 아버지는 나무라기는커녕

"이 새끼 잘했다. 어차피 비에 젖은 옷인데 어떠냐, 시원하지?"

마치 장난기 있는 소년 같은 눈빛을 하고 흔쾌히 웃어 주었던 것이다. 뜻밖의 태도에 나는 쾌재를 불렀다.

'울 아버지 최고야.'

그러나 이 같은 아버지의 개방적인 태도가 할머니나 백부의 심한 반발을 샀다.

"애를 그렇게 조동으로 키우면 커서 버르장머리가 없느니라."

6남매를 기르는데 아무리 보채도 결코 업어 달랜 적이 없었다는 할머니의 근심이었다.

"그렇게 키웠다간 나약하여 나중엔 제 앞일 하나 꾸려가지 못할 등신 만들기 십상이다."

하는 건 할아버지의 노름빚으로 가산이 탕진된 것을 피나는 노력으로 복구했노라는 백부의 역정이었다.

그러나 누구보다도 심한 저항을 보인 것은 바로 큰형 동수였다. 아버지와는 숙질간이었지만, 나이가 비슷해 허물이 없는 터이기는 하나 도무지 아니꼽다는 투였다.

"숙부, 도대체 젊어갖구 아이를 업고 다니는 거 부끄럽지도 않수? 남들이 수군대는 줄 모르고 참 가관이우."

그러나 당자인 아버지는 의외로 여유 만만했다. 게다가 아버지가 경영하는 가게가 언제나 마찰의 불씨였다.

가게 운영이 엉망이라는 것이었다. 아버지는 참 이상하게도 돈 욕심이 없는 모양이었다. 장마철 같은 때 습기로 눅눅해지거나 곰팡이가 약간 슬은 셈배과자 같은 걸 꺼내선 동네 아이들에게 거저 나눠주거나, 외상이 깔려 담배파수마다 돈 마련으로 진땀을 빼고도 외상 빚을 회수할 엄두도 안 낸다는 것이었다. 그러고는 도무지 어려운 기색이 없이 천하태평이었다.

그런 점 등이 번번이 큰형의 화를 돋우었다. 더구나 장사 밑천이 백부로부터 나온 만큼 큰형의 화풀이는 아버지에게 적잖은 굴욕으로 느껴질 법했는데도 웬지 그렇지가 않은 모양이었다.

그렇게 매사에 덤덤했던 아버지도 계모와 나와의 관계에는 무척 신경을 쓰는 눈치였다. 집을 비울 때면 곧잘 큰집으로 나를 내몰았다.

"또 쫓겨 왔구나. 자아, 이리 와."

언제나 큰형수는 입버릇처럼 말하고 누룽지나 감자 같은 걸 살짝 손에 쥐어주곤 했다. 어쩌다 할머니가 누에고치의 실을 빼는 일을 할 때면 아궁이 앞에 웅크리고 앉아 뜨끈뜨끈한 번데기를 주워 먹었다. 그건 더없이 평온한 즐거운 일과였다.

"그만 먹어라. 그리 욕심껏 먹다가 배탈 나겠다."

때가 되면 큰형수가 나를 방으로 데려갔다.

할머니가 큰형수의 친정이 워낙 가난한 게 흠으로 쳤지만, 말 티 없이 고분고분 일 잘하는 걸 대견스레 여겼던지 친정어머니라도 찾아오면 쌀말이나 퍼주고 묵은 장작들을 헐어 땔감을 실어 보내는 친절을 잊지 않았다.

백부 역시 큰형수가 좀 미련하여 종부로선 앞자락이 넓지 못한 게 탈이라고 혀를 차긴 했어도 뼈대 있는 광산김씨 출신임을 은근히 흡족해함으로써 친정의 궁한 형편에 다소나마 도와주는 걸 마다하지 않았다.

그러한 두 사람의 호의는 어느 해 큰형수의 오라비가 저지른 사건으로 끝내는 큰 사단으로 돌변해버렸다. 오라비가 백부로부터 장사밑천이라 핑계 삼은 적잖은 빚을 얻어가더니 수개월 뒤 종적을 감춰버린 것이다.

빚을 노름으로 탕진했느니, 불한당에 걸려 사기를 당했느니 하는 소문이야 어쨌든 본인은 감쪽같이 잠적하고 말았던 것이다.

이 일로 큰집은 한동안 매서운 질풍 속에 휩싸이게 됐다. 가뜩이나 그해 여름은 30년래의 혹심한 가뭄에 부딪쳤다. 벌겋게 타붙는 논바닥에 한 방울의 물이라도 적셔보려고 눈들이 발끈 뒤집힌 흉흉한 때에 겨우 콩죽으로 빈 배를 채우며 물대기에 안간힘을 쓰는 가운데 적잖은 재산을 축내고 만 백부는, 마른땅을 치고 통곡하고 싶은 비통한 심정이었던 것이다. 이런 판국이니 큰형수는 나날의 생활이 그저 지옥이었을 것이다.

"은혜를 원수로 갚다니, 이 간흉한 것들. 호의를 베푸니까 그 틈에 사돈집 재산을 갉아먹을 수작을 붙여? 말해 봐, 이년아. 필시 네년이 네 에미와 한통속이 되어갖구 그런 계책을 짠 거지? 그래 어떡헐 심이냐?"

큰형은 애꿎게 형수의 머리채를 낚아채고 닦달을 하다가는 그만 심장병의 발작을 일으켜 하얗게 거품을 내뿜고 실신했다.

"그러지 말어. 그런다구 무슨 뾰죽한 수가 있나? 공연히 애매한 질부만 들볶지 말게. 질부인들 무슨 살맛이 있겠는가?"

아버지는 보다 못해 참견했지만, 큰형은 막무가내로 형수에게 모진 분풀이를 해댔다. 이무렵이었다. 경황 중에 어느 날 밤 형수가 난데없이 일꾼의 등에 업혀 들어오는 소동이 벌어졌다. 물 자새로 밤새워 물을 대는 일꾼의 밤참을 내다주고 돌아오던 형수가 그만 논둔덕에서 넘어지면서 넋을 잃었던 것이다. 깊은 심뇌로 번번이 때를 걸러 허기진 데다 입덧이 나 있던 것이다.

그때의 태아가 둘째인 민우였는데 그는 불행한 때에 생명의 싹을 트고 있었던 것이다.

추석 전 일요일을 택하여 나는 고향을 향했다. 미리 성묘도 할 겸 큰형수의 도미 여행을 축하하는 다소간의 성의를 표해두자는 심산이었다.

멀수록 가까이 느껴지는 게 고향의 정이라면 불과 오십 리 상거의 고향이 왜 그렇듯 먼 것인지? 자랄 때의 온갖 정서가 깃들어지고 그래서 인간적이며 정신적인 갖가지 토양으로 다져졌던 고장, 그곳이 그저 지척의 거리에 있건만 왠지 나는 한 해에 한두 번 찾는 게 고작이었다. 그러면서 매번 심한 변모를 드러내는 현실 속에서 옛날의 푸근한 정서가 깃들기 어려운 황량함에서 절실한 이화감에 사로잡히곤 했다.

읍내에서 버스를 내려 3개의 산등성이를 넘고야 선산에 이르게 된다. 그래 마지막 등성이를 넘었을 때 갑자기 시야에 닥쳐온 풍경에 나는 화들짝 놀라 급히 발길을 멈추었다.

이게 어찌된 일인가? 선산의 울창했던 산림이 온통 벌목되어 황량한 벌판처럼 변해버렸다. 어릴 적 읍내를 오고갈 때 돌멩이와 솔가지를 꺾어 던져야 산신의 노여움을 면한다 하여 두려운 마음으로 어른의 흉내를 냈던 서낭당이 지금은 흔적조차 없다. 산비둘기 새끼를 소나무 둥우리에서 훔쳐 내와 정성껏 키우다가 끝내는 죽어버렸던 애틋한 추억의 흔적도 이제는 벌건 황토로 뭉개져버렸다.

산주인 종손 민기가 목야지를 만든다는 풍문을 얼핏 들었기는 하나 막상 눈앞에 처참한 변모를 목도하고 보니 나는 격한 분노와 같은 감정의 솟구침을 억제하기 어려웠다. 더구나 소나무 그늘 아래 안장되었던 많은 선영의 묘들이 살벌하게 노출되어 마치 치부를 드러낸 나상처럼 끔찍스러웠다. 무덤 속의 육신들이 사실로 영혼이 있다면 대낮의 땡볕 속에 발가벗겨 내팽개쳐진 스스로의 처지를 서글퍼할 것이었다. 영혼에 입이 있다면 종손의 어이없는 비정한 처사에 탄식과 원망을 서슴지 않을 것이었다.

나는 한 곳을 바라보았다. 거기 두 그루의 무덤, 백부와 큰형의 묘가 역시 부끄러운 듯 엎드린 자태로 누워 있었다.

그 불같이 노여움을 잘 타던 백부는 길길이 뛰며 산이 쩌렁하게 울리도록 호통을 칠 것이며, 큰형은 분함을 참지 못해 하루면 네댓 차례 거품을 물고 실신을 했을 것이었다.

나는 그 처참한 광경에 일부러 눈을 돌리고 곁에 아직도 소나무가 남아 있는 어버이 산소에 성묘를 마치자 부랴부랴 산을 내려왔다.

그리고 역설적 기분에 잠겨 생각했다. 민기의 영악스러운 타산 그것이었다. 화목으로밖에 쓸 수 없는 재래종 소나무들을 베어버리고 그 자리에 소득이 높은 한우의 초지를 만들겠다는 건 얼마나 실속 있는 구상인가?

수천의 무덤이 하루아침에 나무뿌리처럼 뽑혀지고 그 자리에 수백의 주택이 늘어서는 판국에 민기의 발상이야 당연한 것일지도 모른다.

현세에 악착한 우리네 삶에 있어 이미 떠나버린 사람들의 영혼까지를 인간적으로 생각할 만한 경황이 없음도 당연하다 할까? 여기에 민기와 나와의 차이, 아니 나아가면 민기의 아버지인 큰형과 우리 아버지와의 차이가 있는 것일지도 모른다는 생각이 번쩍 머리에 스쳤다.

가게를 경영부실로 망치면서도 태연했던 아버지와, 그에 언제나 불만이었던 큰형.

나는 마을에 들어서자 곧장 민기 집을 향했다. 면서기인 그는 마침 집에 있었다.

"아니, 당숙 갑자기 무신 일이세요?"

들어서는 나를 보자 꽤 반기는 표정을 지어보였다.

"응, 추석에는 차가 붐벼 복잡할 듯싶어 성묘를 미리 마칠까 허구. 또 어머니가 민우 초청으로 미국 가신다는 소식도 있고 해서……."

"글씨요."

뜻밖에 심드렁한 어조로 대꾸하는 그의 얼굴에 일말의 어둠이 비껴갔다. 나는 굳이 더 캐묻지 않고 짐짓 마음의 응어리를 누르며 지나가는 말처럼

"오면서 보니 남산 선산을 모두 벌목했던데?"

하고 슬며시 물었다.

"네, 마침 한우단지 조성을 위한 정부의 권유도 있구요. 목야지 조성헌다는 핑계로 벌목은

했지만, 목장이 뭐 됩니까? 벌목 허가를 받을 셈으로 명목만 그리 붙였을뿐이구, 거기 개간해서 밭이나 가꿔 먹을랍니다요."

"음, 그렇구먼."

나는 말했으나, 내심 그의 뜻밖의 꿍꿍이속에 탄복을 할 지경으로 무차별 남벌을 책망하고 싶은 격정이 더욱 으스러지는 걸 의식했다.

"그야 어쨌든, 그런데 선영의 묘들이 너무 살벌하게 드러나서 보기가 좀 흉하던데, 뭐 둘레에 나무 몇 그루씩이라도 남겨 둘걸 그랬지?"

마지못해 완곡하게 내 뜻을 말해 두었다.

"글씨, 나무를 놓아 두기루 허면 여기저기 흩어져 있는 묘들이 차지 헌 면적이 너무 많아 밭으로 개간헌다 해도 별 쓸모가 없을 거구요. 해서 이담 적당헌 기회를 봐서 흩어진 묘들을 한곳에다 몰아쳐 이장해설랑, 일종의 묘역을 만들까 허구 내친김에 모두 베어버렸습니다요."

그는 차분하게 조금도 마음 켕기는 구석이 없는 듯 조리 있게 말했다. 나는 돌이킬 수 없는 격절감을 의식했다.

"형수님 안에 계시나?"

"네, 계세요. 그런데 편찮으셔서."

"아니 언제부터?"

"한 보름 전부터 시름시름 앓으시는데 아마 몸살인가 봐요."

"그럼 빨리 치료를 받도록 해야지. 여권 수속 밟는 판에 낭패 아닐까?"

"글씨요."

하고 그는 굳이 입을 다물어 버렸다. 마치 그 문제에 관한 한 남모를 금기라도 있다는 건지, 나는 뭔가 심상찮은 기미를 느끼며 안방으로 들어섰다.

큰형수는 아랫목에 삼베 홑이불을 쓰고 누워 있었다. 인기척을 느낀 듯 눈을 떠 나를 발견하고는 몸을 일으켰다. 기울어진 자세로 벽에 기댄 채 앉아 마치 현기증을 수습하기나 하는 것처럼 두어 번 눈을 깜박거렸다.

"아이, 서방님이 웬일이우?"

애써 입가에 바라진 웃음을 띠면서 자못 까슬어진 목소리로 물었다. 성성한 흰 머리칼이며, 핼쑥한 얼굴에 움푹 패인 두 눈에서 더없이 폭삭 늙었구나 하는 스산한 인상을 받았다.

"아니, 어디가 많이 편찮으세요?"

곁에 바싹 붙어 앉아 꽤는 우울해 보이는 눈을 들여다보며 물었다.

"감긴지 몸살인지 별반 아픈 디는 없는데도 괜히 기운이 쭉 빠져설랑 이렇게 누워 있소."

"아니, 그럼 약이라두 잡숴야지."

"큰아가 읍내에서 지어다 준 약 먹고 있으라우."

"빨리 나으셔서 미국 다녀오셔야죠?"

"서방님도 원, 내가 어딜 가우?"

"아니, 미국 가실 수속을 종수가 하고 있다던데 웬 딴청을 부리세요?"

"글씨, 나는 안 간다니깐."

갑자기 그녀는 투정 아니면 심통이 난 듯 날카롭게 쏘아붙였다.

"참, 무슨 말씀이오. 거번 동민이가 나에게 와서 소식을 전해줍디다. 그래 형수님 늘그막에 고생한 보람으로 큰 호강 한번 허시나보다고 좋아했는데. 해서 사실은 성묘도 미리 해둬야지만 그보다 형수님 그 일이 궁금해 이렇게 온 게 아닙니까?"

"민우 개야 날 미국에 데려다 구경도 시키고 싶다는 거지만, 미국이 어디라구요. 촌무지렁이 할망구가 덜렁덜렁 나서겠수? 또 큰아도 그렇지……."

"큰아라니 민기 말인가요?"

하고 묻는 순간

"당숙, 저 좀 잠깐 봅시다요. 요리 좀 나오세요."

하고 민기가 마루 쪽에서 급한 어조로 나를 불렀다. 나는 무슨 영문이냐 싶은 꺼림한 생각으로 마루로 나갔다.

그는 주름 잡힌 눈가에 일부러 어색한 웃음을 지으며

"저 건넌방으로 갑시다요."

하곤 앞장서 방으로 건너갔다. 자리를 잡자 잠깐 뜸을 들이고는 무척 내키지 않은 표정으로 겨우 입을 열었다.

"당숙, 나 참 사람 환장허겠시우."

"갑자기 무슨 말이야."

"어머님 미국 가시는 일, 형편도 모르구서 남들은 경사나 난 것처럼 야단이니…… 참, 말도 못 허구 영 죽겠네유."

"글쎄, 무슨 사정이 생겼단 말인가?"

전혀 예상 못한 반응에 나는 적잖은 곤혹을 느끼며 그의 상기된 얼굴을 얼김에 쏘아보았다.

"글씨. 무슨 특별헌 사정이 있어서는 아니구요. 이렇게 말허면 불효헌다 말헐지 모르지만, 지금 어머니가 걔헌테 갈 계제가 아닌 것 같어유."

"계제가 아니라니 너무 막연해서 모르겠는걸."

내심의 불만을 드러내는 걸 피하며 조심스레 물었다.

"나는 도대체 걔 민우가 허는 것이 마땅치 않어유."

폭발적으로 마음의 갈등을 드러내는 그의 목소리가 떨렸다.

"……."

"어쩌라구 노인네를 미국에 초청허겠다는 건지. 물론 걔는 살아생전에 어머님을 미국 구경이나 시켜봤으면 허는 생각이겠죠만, 그렇게 효도허고프면 왜 진작 한 번이라도 더 찾아오지 않고요. 그리고 제 아내나 애를 보이고는 싶었겠지만, 그럴 마음이 있었으면 거번에 다니러 왔을 때 왜 혼자만 달랑 왔었나 말입니다요."

"그건 옳은 말이네. 허지만 해외 생활이 뭐 마음대로 되는 일인가?"

비로소 민기의 속마음을 이해한 것 같아 짐짓 위로하는 어투로 말했다.

"아무튼 집안사람들도 몰라요. 걔가 미국서 사니께 별나게 호화롭게나 사는 줄 알지만 고생이 이만저만이겠어요? 당숙은 이해헐 만 허니께 말씀이오만 걔 거번에 일시 귀국했을 때만 해도, 쌀 스무 가마 가량쯤을 잽혀 돈을 주어 보냈어요. 단 형제지만 걔는 어채피 미국 시민이 돼버린걸 내가 뭘 도와줄 수 있겠어요? 남들이 뭐랄까봐 가족에게도 몰래 변통해 주었습니다요. 사실 처자 데리구 귀국 못 헌 것도 돈 매련이 안 돼 그랬습니다요."

"음, 그런 사정이었구먼."

"허니, 툭 털어놓고 말허면 어채피 걔가 박사 되기는 틀렸는데 왜 낯선 외국서 고달프게 사는지 난 까닭을 모르겠어요. 가족의 울타리 안에서 서로 돕고 살면 어쩝니까요? 어채피 길어도 한평생인데 고향 등지구 마음 편히 살 수 없을 껍니다요."

"그건 그래. 나도 그렇게 생각해."

나는 건성 감격조로 그에 동조해 보였다.

"헌데 갑자기 어머님 모시겠다니 처음엔 제가 미쳤나 했습니다요. 제 앞도 꾸리기 어려운 푼수에 허욕이제 괜헌 허풍이제 했을 밖에요. 그런데 집안 식구들은 속을 모르면 밥값 내지 말랬다구, 가만히 있었음 좋겠는데 세상에 무슨 경사나 난 것처럼 법석을 떨어쌓네요. 허니 자식된 도리에 어머님 가시는 길 막으면 불효라 할꺼고, 참 사람 미칠 지경입니다요. 종수 당숙이 그 소식 듣구 수속을 맽기라 허구 서두는데 나는 헐 말도 못 허구 가만있었더니, 엊그제는 미국 대사관에서 어쩌구 헌다는 좋지 않은 소식이 들리네요. 아무튼 어머님이 정 가시게 되면 아마 여비로 한 오십만 원은 족히 들 꺼라는거먼요. 사실은 금년 노풍 피해로 우리 집 농사 거덜이 났습니다요. 명색 면서기로 신품종 독려니 뭐네 하여 남의 농사 망쳐 놓은 푼수로 내 피해 보상받을 염치도 없구먼요. 그러니 여비 매련헐려면 빚을 얻어야 헙니다요."

"그런데 어머니 뜻은 어떤가?"

"그야 깊은 뜻은 모르고, 처음에 늙은 몸이 무슨 힘으로 가느냐구 한마디 허셨을 뿐, 통 말씀이 없으시구먼요. 그리곤 내내 시름시름 앓으셔요. 곧 기회 봐서 읍내 병원에라두 모셔야 될 모양입니다요."

"그렇게 허게. 모처럼의 기회니까 어머니의 깊은 뜻을 잘 알아서 행여 마음 상허시는 일이 없도록 허게나."

나는 자리에서 일어섰다. 그가 따라 일어나며

"당숙께서도 그 문제 가지고 어머님께 깊이 파고들진 마셔요."

하고 넌지시 주의를 주듯 말했다.

"내가 뭘 그럴 이유가 있는가?"

괜한 노파심이다 싶어 빙긋 웃어 주고 안방으로 건너갔다. 형수는 내가 들어섬을 보고 자못 기다렸다는 투로 물었다.

"민기 그 아가 미국에 있는 제 동생을 좋지 않게 말허지라우?"

마치 모든 걸 짐작하고도 남음이 있다는 투로 물으며 날카로운 눈길로 나를 바라보았다.

"제 동생 일을 그럴 리가 있나요."

약간의 곤혹감에서 얼결에 말했다.

"아녀요. 민기 그 아도 그런 말 허게 됐지라우. 민우야 멋대루 별의별 허고 싶은 공부 다 허구 미국꺼정 갔지만, 민기야 종손이란 핑계루 제 할아버지 고집으루다 중학도 벤벤이 마치질 않구 농사일에 처박혀 살았으니, 아무리 형제라도 심기가 좋을 리 없지라우. 허지만 민기 그아는 맏이답게 민우 뒷바라질 군소리 없이 잘해 주었으라우."

"그야, 저도 잘 알고 있어요."

"그러니께 민우가 제 형의 공을 알아야 헐 낀데, 거번 다녀왔을 때도 제기나면 제 처자 데리고 와설랑 인사를 시켰어야지. 민기 내외가 퍽 섭섭해 했지라우. 나도 여간 서운칠 않었으라우. 자식도 품안에 적 자식이지 제 발로 커버리니께 남이나 같지라우, 며늘아이나 손주새끼 있대두 코빼기도 모르는 걸 그게 뭐 식구랍디까?"

"허긴 그래요. 그렇지만 예전 세상과는 다르고 민우 형편이 그러니 어쩝니까?"

"그러니께 나도 말은 않지만 자식 하나 잃은 셈 잡으니께 여간 허퉁허지 않으라우. 제 애비가 살었어두 죽이든 살리든 멀리 떼내보내진 않았을 꺼구먼요."

"그건 모르죠. 아무튼 잠깐이나마 미국에 어머님 모시겠단 아들을 왜 잃었다고만 생각허십니까?"

"미국? 어림없는 소리라우. 제대루 지각 있는 놈이라문 이 늙은 에미보다야 제 형을 오라고 헐 일이지, 나를 데려다 무슨 호강을 시키겠다구 그 아가 잘못 생각헌거라우."

형수는 정말 어처구니없어 그러는지 어쩐지 통 아리송한 태도로 헛웃음을 웃었다.

"제 형이야 다음 기회라도 있으니까 그럴지도 모르죠. 우선 형수님이 늙으셨으니깐."

"그렇게 제 에미 생각헌다문야 미국 아닌 여기도 사람 사는 덴데 제가 처자식 데불고 내 곁에서 살면 어쩌라우?"

형수는 말하고 두 눈을 지그시 감았다. 망막에 민우의 모습을 떠올리고 있을지도 모를 일이었다.

기껏 미국 가는 형수를 축하하겠노라고 다짐하고 온 나는 야릇하게 뒤틀린 상황에 약간 난감했다.

"이제 가봐야겠습니다, 형수님."

나는 자리에서 일어났다.

"왜 벌써 가실려우?"

눈을 뜨고 형수가 자못 서운하다는 기색이었다.

"돌아가야죠. 아무튼 몸조리부터 잘 하셔야겠습니다."

마루로 나왔다. 마당가에서 서성이던 민기가 쪼르르 달려왔다.

"왜 벌써 가시려구요? 하룻밤쯤 묵어가시지."

"웬걸 내일 직장에도 나가야 하지."

대문 밖에 나서자 나는 양복 속주머니에 찔러두었던 봉투를 꺼내 민기의 손에 쥐어 주었다.

"어머니 미국 가신다기 약소하나마 여비에 보태 쓰라구 마련해온 건데 어쨌든 받아주게. 미국 못 가시게 되면 약값으로나 쓰게나."

민기는 깜짝 놀란 듯 어정쩡히 받아 쥔 봉투를 들고 난감한 표정이었다.

"숙부도 무슨 돈을. 이러시면 안 됩니다요."

"쓸데없는 소리. 얼마 안 돼, 받아둬. 자, 그럼 잘 있게."

나는 애써 그를 떨쳐버리듯 재빨리 지껄이고 급한 걸음을 옮겼다.

"그럼, 안녕히 가세요."

등 뒤에 그의 젖은 목소리를 들으며 고샅을 빠져 들길로 나섰다.

왠지 뭔가 중요한 것을 잃어버린 것 같은 허전한 기분이었다. 동민이가 찾아와 한바탕 수다를 떤 이래 며칠 동안 형수에 얽힌 꽤 깊은 감회에 젖었던 나는 막상 속은 것만 같은 야릇한 심사였다.

그러면서도 형수가 늘그막에 한바탕 호강할 수 있는 도미관광이 현실성 있는 미련처럼 아예 떨쳐버릴 수도 없었다.

산마루에 이르러 벌거벗겨진 선영의 묘들을 바라보았다. 그 속에서 문득 큰형 동수가 불끈 일어서서 외치는 것 같은 환청을 의식했다.

'네 형수 미국 못 간다지. 어때, 내가 뭐라더냐?'

벌거숭이 집

1

아침부터 지질지질 내리던 빗줄기가 끝내는 천둥과 번개를 동반한 호우로 변했다.

그러자 천장에서는 쿵하고 지붕에서 흙덩이가 떨어지는 둔중한 소리가 들렸다.

일수는 마치 고험을 견뎌온 만성 환자가 통증을 예감하듯 이맛살을 찡그리고 천장을 바라보았다. 흙덩이가 떨어질 적마다 가슴에 멍이라도 들 것 같은 강박감과 더불어 미구에 지붕이 폭삭 내려앉고 말리라는 의식에 부르르 몸을 떨었다.

그럴 것이 4년 전 겨울 군불을 지피던 건넌방에서 과열로 불이 나 지붕의 서까래 일부가 탔는데 황망 중에 그렁저렁 땜질하듯 보수했기 때문에 그게 온전할 리가 없었다. 그나마 두꺼운 베니어판으로 천장을 바꿨기 때문에 당장의 빗물세례만은 면할 수가 있었다.

하지만 그게 얼마나 오랫동안 지탱해갈 것인가? 문제는 지붕의 개수 공사이지만 본래가 토기와(土瓦)라 시멘트기와로 바꿀 수도 없고, 그렇다고 어디서 토기와를 구할 수조차 없다.

그러니 요즘의 시멘트기와로 완전히 대체해야 될 일이지만, 당장 그것에 드는 막대한 비용도 그렇거니와 이미 헐대로 헐어버린 넓은 집에 그만한 투자가 과연 바람직하겠느냐는 속셈 때문에 여태 미뤄온 것이다.

그래저래 비만 오면 짜장 심란한 가운데 아무런 미련 없이 기껏 궁상을 떨 밖에 없었다.

천장에서는 간헐적으로 쿵쿵거리는 소리가 들려왔다. 그는 얼결에 일어나 소리 나는 쪽의 천장을 만져보았다. 아니나 다를까 도배지가 축축하게 젖어 자꾸만 옆으로 번져가고 있었다.

마루로 나가 보았다. 꽤 넓은 황량해 보이는 정원이었다. 마당에는 벌건 황토물이 콸콸 흐르고 있고, 처마의 차양도 헐어서 빗물이 마루에 사정없이 내리 뿌렸다. 건넌방에 가본즉 역시 쿵쿵거리는 소리와 함께 벽장 위 틈새에서 빗물이 새어나와 벽을 타고 아랫목을 적시고 있었다.

그는 허겁지겁 대야를 찾아다가 떨어지는 빗물을 받았다. 알루미늄 대야에 주룩주룩 떨어지는 빗물소리가 흡사 스타카토의 피아노곡처럼 들렸다.

그는 휴, 하고 한숨을 내리쉬고 삼면의 벽이 서가로 꽉 찬 우중충한 방안을 둘러보았다. 지난번의 화재 때 겨우겨우 재난을 벗어나 남은 책들이었다.

안방으로 돌아가 털썩 벽에 기대고 앉아 무연히 눈을 감았다. 가슴속에 벌레가 스멀거리는 것 같은 느낌이다.

한참 만에 스르르 눈을 떴다. 순간, 찌르는 것 같은 날카로운 빛을 받고 잠깐 정신이 아찔해지는 것 같다.

맞은편 벽에 걸려 있는 달마상(達磨像)의 무섭게 흡뜬 눈빛 때문이었다. 축구공처럼 부푼 둥글둥글한 머리, 민숭한 이마, 휘어진 콧날, 잡목림처럼 무성한 턱수염 등 미상불 희극적으로까지 보이는 얼굴이었다. 그러나 족히 안광이 지배를 뚫고 만다는 그 크고 날카로운 눈매, 그것은 속세의 죄업을 혼자서 꿰뚫어보고 있는 것 같은 눈빛이었다. 그리하여 얼핏 온화함과 엄격함이 합일된 원만(圓滿)의 미 그것을 드러내고 있다.

달마의 그림에는 대도무문(大道無門)이라는 화제가 적혀 있다. 그건 필경 진리는 언제나 활짝 열려 있다는 말이겠지 하고 일수는 나름대로 풀이해오곤 했다. 그렇다. 진리란 곧 무한한 도량(道量), 그런데 비 오는 날 방안에서 우산을 쓰고도 초연히 책을 읽었다는 옛 청백리의 긍도를 본받기는커녕 비만 오면 할 일 없이 심란해 쩔쩔매다니 하고 새삼 자신의 무능과 옹졸함에 버럭 화가 치밀었다.

이윽고 아내가 설거지를 마친 양 방 안으로 들어섰다.

"어디 비새는 곳 없수?"

여느 때 버릇처럼 볼멘소리로 물었다.

"음, 건넌방 벽장에서 새더구만. 대야를 갖다가 받쳐놓았지……."

"부엌 천장도 그만 무너지게 생겼다우."

"그래, 날이 들면 한번 살펴보자구."

"살펴보나마나지. 차라리 왕창 집이나 무너져야만 무슨 대책이 서지."

"당신, 무슨 말이 그래?"

일수는 어찌된 억하심정이냐 싶어 버럭 화를 냈다.

"우리 집 형편으론 그런 판국이나 되어야 무슨 수나 날 거 아니우?"

"허헛, 그리 막된 얘길 하는 것 아냐."

일수는 치솟는 울분을 가까스로 누르고 탄식하듯 말했다.

"그나저나 어젯밤 일만 해도 그렇지, 어찌 살겠수?"

어젯밤 일. 일수는 별안간 마음이 켕겨 할 말을 잃었다.

어젯밤은 불쾌한 일이 잇달았다. 초저녁에 난데없이 개가 독살을 당한 것이다. 5년째 길러온 똥개였는데 그게 어찌나 영물스러웠는지 짐짓 사람이 환생한 게 아니냐싶게 영리한 개였다. 암컷으로 그간 대여섯 배의 새끼를 낳았으니까 어지간히 고령이 된 셈이었지만 그게 무슨 고깃덩이를 물고는 비명에 간 것이다. 그런즉 필시 어떤 불량배 아니면 도둑의 소행에 의한 타살이었기에 더욱 안타까웠다.

가난한 집구석에 대체 도둑질할 물건이 있겠느냐 생각해 보면 범인은 도리어 불량배 쪽의 소행 같기만 했다. 집 뒤의 어두컴컴한 골목길이 짐짓 우범지대가 되어 있는 판국이라 얼씬만 하면 컹컹 짖어대는 개가 성가시어 독살을 했는지도 모른다.

"세상에 그 불쌍한 것. 얼마나 괴로웠으면 두 눈을 뒤집어 까고 세면장에 가서 물을 찾으며 길길이 뛰었을까?"

아내가 눈물을 찔끔거렸다.

"말없는 짐승이라고 그렇게 살상해도 좋은지 천벌을 받을 거야."

일수는 분연히 말하면서 세면장 밖에 놓아둔 시체가 자꾸 눈에 밟혀 소름이 끼쳤다. 그 죽을 때의 광적인 눈빛, 동시에 새끼들이 팔려가고 난 뒤 밤새 마루 밑에서 울부짖다가 이튿날 풀죽은 모습으로 나타나 주인을 물끄러미 바라보았을 때의 그 원한 섞인 눈빛 등이 겹쳐 떠올랐다. 그럴 때의 측은한 마음은 어두운 죄책감으로 남았었다.

"모두가 집 주변이 허술한 탓이어요. 담장이라도 높고 외등이라도 환했음 그런 일이 있겠어요?"

아내가 이윽고 잠자리에서 불평했다. 딴은 그렇다. 일수는 할 말을 잊고 몸을 뒤척였다.

그리고는 잠든 지 얼마가 지났을까? 대문을 발길질하며 고래고래 고함치는 소리가 나서 눈이 떴다.

"오밤중에 어떤 놈이야."

일수는 자리에서 벌떡 일어나 동시에 놀란 눈으로 바라보는 아내에게 나가보라고 했다.

"무서워요. 당신이 나가보세요."

"괜찮아, 술 취한 놈이 집을 잘못 찾아온 거겠지."

아내가 나가 처마의 외등을 켜고

"누구세요?"

하고 떨리는 목소리로 물었다.

그런데도 발길질은 멎지 않은 채

"문 열어. 열란 말이얏."

하고 주위가 떠나가도록 외쳐댔다.

일수가 마지못해 밖으로 나갔다. 대문 안에서 당신 누구야! 하고 거듭 물었으나 막무가내로 애꿎은 대문만을 찼다. 그러잖아도 철대문의 한쪽 돌쩌귀가 망가져 겨우 철사로 동여맨 판이라 영락없이 문짝이 뜯겨나갈 것만 같다.

대문을 열었다. 어둠 속에서 한 사내가 획 하니 뛰어들었다.

"남성우 나와. 어서 나와 사생결단을 하자."

다부진 체격의 장년쯤으로 보이는 사내는 몹시 취한 듯 썩은 구정물 같은 냄새가 확 풍겨왔다.

"남성우라니 그런 사람 여기 없소. 당신 오밤중에 이게 무슨 행패란 말이요."

일수는 넌지시 위협감을 느끼며 화난 목소리로 다그쳤다.

"당신 잔말 말아, 어서 남성우 나오라고 해."

"글쎄, 남성우가 누군지 그런 사람 없대두, 당신 잘못 찾아왔다는데 왜 이래."

"숨어 봤자 소용없어. 기어이 만나야겠어."

그리고는 문간채 마루에 털썩 주저앉았다.

"저 사람 미친 사람 아니우. 여보, 빨리 어떻게 내쫓아버려요."

안채 마루에서 아내가 두 발을 동당거렸다. 그럴수록 이 무례한 침입자는 가소롭다는 듯 비죽비죽 비웃기만 했다.

"남성우 어서 나오라니까. 네놈 때문에 내 일생은 망쳤어. 네놈은 그간 편안히 잤을지 모르지만 나는 죽게 됐어."

그는 뇌까리고 급히 호주머니에서 담배를 찾아 태워 물었다. 그의 손이 몹시 떨리고 있었다.

일수는 노여움이 지나쳐 깊은 곤혹감에 빠졌다. 바위처럼 끄떡 않는 그를 어떻게 밀어낼 것인가?

"글쎄, 당신 누구이며 남성우가 어떤 사람인지 모르지만 내가 분명 이집 주인이며 이 문간채에도 그런 사람 없다니까."

마침내 애원조로 타일렀다.

"수작 말라니까. 어서 나오라고만 해."

그는 머리를 설레설레 내둘렀다.

"안 되겠어."

어찌된 영문인지 도무지 말을 들어먹질 않을뿐더러 완력으로 내쫓는다 해서 그냥 물러갈 것 같지 않아 별수 없이 파출소로 전화를 걸었다.

십여 분만에 다행히 순경과 방범대원이 와 주어 끌어냈다. 끌려나가면서도 그는 입에 거품을 물고 고래지래 소리를 쳤다.

"비열한 놈, 사기꾼. 공직에 있으면서 선량한 시민을 등쳐먹어…… 벼락을 맞을 거다. 내가 오늘은 그냥 가지만 또 올 거다. 끝내 네놈은 가만두지 않을 거다."

일수의 설명으로 사건의 경위를 안 순경이 엄중히 깨우쳤는데도 그는 끝까지 승복하지 않았다. 두 팔을 잡힌 채 질질 끌려나가면서도 애매한 일수에게 협박조차 하는 것이었다.

재수 옴 붙은 일시적인 액운이라고 체념하기에는 너무도 어이없는 분한 일이었다.

"재수 없게 별 미친놈이…… 그나저나 오밤중에 그렇게 떠들어놨으니 속 모르는 이웃들이 어떻게 생각할지…… 세상에 허다한 집들을 두고 하필이면 우리 집에…… 그런 것도 따지고 보면 이 집이 재수 없는 집이라 그래요."

개의 죽음으로 인한 슬픔에 이어 어이없는 봉변을 겹쳐 당하고는 아내는 애꿎은 집 트집이었다.

두 사람은 어쩐지 썰렁해 보이는 이부자리 속으로 다시 들었다. 충격을 누르고 가까스로 평정을 되찾아 눈을 붙였는가했더니 난데없는 여자의 비명소리에 화들짝 놀라 깨었다.

담장 뒤에서 들리는 젊은 여자의 다급한 소리였다.

"어떤 놈의 새끼인지…… 나가 박살을 내버릴 거다."

정말 화가 머리끝까지 치밀어 올라 일수는 충동적으로 자리에서 일어나 전등을 켰다. 시계를 보니 새벽 2시가 넘었다.

아내가 급히 그의 잠옷자락을 붙잡고

"어쩌실라구요, 놔두세요. 놔둬."

하고 만류했다. 일수는 분김에 일어서기는 했어도 막상 어쩌자는 계책이 없었던 터라 한숨을 내뿜고 도로 주저앉았다.

그런데 어찌된 일인가? 비명은 일순에 지나지 않았을 뿐, 이번에는 남자의 속삭이는 듯한 나지막한 목소리가 들려오지 않았는가?

그리고는 이내 남녀의 도란거리는 말소리에 이어 간간이 여자의 깔깔대는 웃음소리가 섞여 나왔다.

일수는 순간 뜨거운 배신감을 느꼈다. 평소 몇 번인가 아침에 보면 뒤뜰에 여자의 핸드백이며 팬티 등이 내던져있음을 발견한 터라 틀림없이 우범자가 있어 밤길의 젊은 아가씨의 물건을 날치기하거나 심하면 겁탈까지 하는 것이라 여겨왔다.

그래서 비명을 듣는 순간 그 우범자가 나타나 여자를 괴롭히는 일이라고 판단하여 발끈했던 것이다. 그랬는데 저 여자의 웃음소리는 무엇인가? 그리고 처음의 비명소리는 대체 뭐란 말인가?

"세상에 원, 별 망측한 꼴도 다 보니께…… 어서 잠이나 자요."

아내가 돌아누우며 짜증을 내고 말했다. 일수는 자리에 누웠다.

그러나 바로 지척에서 벌어지고 있을 야릇한 형태가 눈에 밟혀와 좀체 잠들 것 같지 않았다. 우범지대 한가운데에 살고 있다는 불쾌감과 더불어 은근히 외설스런 갖가지 광경이 떠올라 이상한 흥분으로 몸이 뜨겁게 달아올랐었다…….

이리하여 뜻밖의 횡액으로 하룻밤을 설치고 만 것이었다.

아내는 지금 어젯밤의 그 일들을 떠올리고 치를 떨고 있음이 분명하다.

"참 어젯밤 운수가 사나왔어."

일수가 위로삼아 말했다.

"어쨌든 이제 머잖아 겨울이 닥쳐올 거구, 그럼 그 굴 속 같은 부엌에서 연탄가스 맡으며 살 일이 아득하기만 한데…… 그 안에 밑지더라도 집을 팔자구요."

아내가 드디어 본론을 드러냈다.

"그래야지. 하지만 지금 여간 불경기가 아냐. 내놓은 집들은 지천으로 깔렸는데 원매자는 도통 없다는 거야. 그러니 집값도 똥값일 밖에……."

"그렇다고 어느 하가에 이런 고가가 제값 받게 될라구요."

"아냐, 소방도로만 계획대로 뚫린다면야 하룻밤 새 금값으로 뛸걸."

시의 도로계획이 바로 동쪽 담 옆으로 나 있음을 다시금 상기시켰지만 지극히 막연한 희망이어서 마음은 암울할 뿐이었다.

"잔칫날 기다리다가 굶어 죽겠수. 시청에서 멋대로 금만 쫙쫙 그어놓았지 언제 도로가 뚫릴지 아무도 모른대지 않우."

아내는 숫제 꿈도 꾸지 말라는 투로 볼멘소리로 윽질러 말했다.

2

동사무실 직원이라며 전화가 걸려왔다.

"김일수 씨죠? 댁에서 점유한 시유지가 있는데, 그 문제로 협의코자 하니께 시청 총무과의 관재계에 가까운 시일에 한번 나오시라는 연락입니다."

시유지를 점유했으니 어떤 절차를 밟아야 된다는 통고였다.

일수가 이 집을 사서 살아온 지 꼭 26년, 그간 대지 91평에 건물 14평이란 등기증에 나 있는 재산의 액면만을 믿고 별 탈 없이 지내 왔었다.

그러다가 10년 전, 블록 건물 세 칸짜리 문간채를 짓는데 길의 경계선을 따지며 뒷집에 산다는 세무서 직원이 뜻밖에 시비를 걸어온 일이 있었다. 내심으로는 골목길을 넓혀 보겠다는 것이었지만 표면상의 이유로서는 그 땅이 남의 땅이라는 것이었다.

어쩌면 주인인 당사자도 모르는 남의 집 재산권까지 훤히 들여다보고 전 소유자로부터 그대로 물려받은 땅인걸 이제 와서 새삼 무슨 당찮은 시비냐 했다. 그럴망정 뒷말이 행여 성가시게 번질까봐 생색내는 셈으로 안으로 훨씬 당겨 7평짜리 문간채를 지었다. 물론 무허가 건물이었다.

그랬는데 요 2년 전부터 무허가 건물의 단속이 극성스러워지고 그것의 양성화를 위한 특례조치가 생기면서 할 수 없이 법적 절차를 밟게 되었다.

거기서 일수는 그간 막연히 알고 있던 무연고 공지가 바로 시유지였으며 34평 중 점유된 땅이 17평임을 똑똑히 알게 되었던 것이다.

"세상에서는 한 평 땅이라도 더 움켜쥘려고 눈을 까집고 야단속인데…… 아무리 코흘리개 애들 가르치는 훈장이라곤 허지만 그렇게도 세상을 범벅으로 지냈수? 참 순진허우. 허지만 안심허우. 시에서 그까짓 자투리땅을 어찌하겠수. 감사무지로 불하헐 테니 차제에 사서 토지를 넓히시우. 연후에 자동적으로 문간채도 양성화되니께 그래저래 재산권도 행사헐 수 있을 것 아니겠수?"

막상 건물의 양성화를 위한 법적 절차를 의논하러 찾아간 그 앞에 설계사무소의 한 늙수그레한 담당자가 늘어놓은 일장의 훈시였다.

일수는 다만 낯이 화끈거리면서 왠지 아득한 기분에 사로잡혔다. 그럴 것이 땅의 불허가 식은 죽 먹기처럼 수월하고 그 결과가 고무적인 경사처럼 말했지만 도무지 실감이 안 나는, 마냥 부담스럽게만 느껴졌기 때문이다.

일의 경위를 듣고 난 아내 역시 뚱한 표정이었다.

"그깟 땅 17평 사들였다고 집값이 어떻게 뛰기라도 할까봐요, 틀렸어요."

"허지만 대지가 91평에서 108평으로 늘어나는 걸, 도대체 당신은 땅 욕심도 없소?"

일수는 괜히 화를 버럭 냈지만, 실은 자신에게 화를 내는 거와 같았다.

"흥, 언제부터 당신이 그렇게 재산에 관심이 있었수? 그렇담, 저 앞집 일요. 그렇게 어리벙하게 처리해요?"

하고 아내가 야멸찬 역습으로 대응해 나왔다. 서슬에 눌려 일수는 말이 막혀 시무룩해졌다.

앞집과는 공연한 일로 2년째 앙숙으로 지낸다. 사단은 앞집이 뒷담에 붙여 이층 건물을 세우려는 데서 빚어지게 되었다. 여유 있는 대지를 두고 하필이면 뒤뜰의 어둡고 비좁은 땅을 비집고 굳이 부속 건물을 세우려 드는 그 심사가 무엇인지, 일조권 관계로 건축 허가가 어렵다는 걸 알면서도 끝내 무허가로 강행하려는 배짱이 어디서 나온 것인지 이해하기 어려웠다.

더욱이 일수로서는 집 정면에 이층이 서게 됨으로써 앞이 막히게 됨은 물론 위압적인 자세로 굽어 볼 위용이 불쾌한 장애물이 될 밖에 없었다.

그러나마 일수는 그 부당한 침해에 대하여 애당초 당국에 고발이라도 할 심사는 아니었다. 고발은커녕 제발 안방이 빤히 내려다 뵈는 곳에 창문을 내지 않도록 사정하는 투로 당부만을 했던 것이다.

그런데 뜻밖에 건축이 마무리 단계에 이르러 시의 무허가건물 철거반이 들이닥쳤던 것이다. 자진철거 아니면 강제로 철거시키겠다는 경고였다.

이때부터 앞집과의 사이가 급격히 비끌어지기 시작했다. 일수네가 시 당국에 고발하여 일을 그르치게 만들었다는 구실이었다.

마침내 어느 날, 앞집 사내가 불쑥 일수 집을 찾아왔다. 그는 오랫동안 무직이었다가 최근에야 시장통에서 무슨 전자제품 대리점을 내고 있다는 40대의 남자였다.

그는 먼저 이웃 간의 정리를 내세워 입에 바른 인사말을 늘어놓더니 마침내는 뚱딴지처럼 건축에 관한 동의서에 서명해달라는 요구를 밝혔다.

"우리가 한두 해 이웃으로 지낸 것도 아닌 터에, 저렇게 완성 단계에 있는 집을 철거당해 되겠소. 건축법 어쩌구 하지만 세상이 어디 법대로만 됩니까? 시에서도 이웃의 말썽만 없다면 넌지시 묵인헐 수 있다고 했으니, 김 선생 어쩌실래요? 만약 그렇게만 해준다면 김 선생에 대한 보답으로 통행에 불편이 많다는 내 집 옆 골목을 널찍이 터주기 위해 안으로 당겨 담장을 새로 치리다."

순간 일수는 가슴속에 뜨거운 덩어리가 울컥거림을 느꼈다. 구역질이었다.

"동의서라뇨. 참 알 수 없네요. 댁의 건축이 무허가여서 시에서 단속하는 거라고 아는데 제가 무슨 관련이 있죠? 혹 제가 고발이라도 해서 단속하게 됐답니까? 그리고 댁의 담장 문제를 굳이 여기에 결부할 까닭은 없을 줄 압니다. 골목이 비좁아 마을 사람들이 크게 불편을 느끼는 건 사실이지만 그건 어디까지나 선생께서 조처할 문제지 무슨 동의의 조건부 운운은 마땅치 않습니다."

일수는 자제하려는 마음과는 달리 약간은 격앙된 어조로 말했다. 그러자 그는 애원조로 사정했다.

그러나 영 굳어져버린 일수의 태도를 확인하고는 발끈 화가 치민 채 자리를 차고 일어섰다.

"영 그러기요? 알았소. 난 이웃의 정으로 이것쯤 양해해주리라 믿었는데 이제 보아하니 고역한 사람이구만. 선생이라서 점잖은 줄 알았더니…… 좋소. 계속 시에 고발하여 남 죽는 꼴 볼 테면 보시오. 허지만 내 그리 호락호락 죽지는 않을 테니께."

하고 연발탄처럼 쏘아붙이고는 휑하니 나가버렸다. 일수는 서슬에 흡사 호되게 뒤통수라도 얻어맞은 것 같은 멍한 기분이었다. 그러다 곰곰 되새겨 생각해보니 부아가 치밀어 견딜 수 없다. 도대체 이웃의 동의서 어쩌고 하는 것도 해괴한 일이거니와 법대로 집행하면 됐지, 이웃의 말썽만 없다면 묵인하겠다는 시 당국의 처사는 또 뭐란 말이냐?

그는 분김에 시 건설과에 전화를 걸었다. 대강의 상황을 설명하고 나서

"대체 시 당국은 건축법에 의하여 불법건축을 단속하는 게 아니고 이웃의 말썽 때문에 부득이 단속하는 겁니까?"

하고 찌르듯 따져 물었다.

"천만에요. 그럴 리가 있나요. 건축주가 다급한 김에 괜히 꾸며댄 말이겠지…… 더욱이 이웃의 동의라니 당치도 않는 일입니다."

책임자라는 사람이 해명하는 말이었다. 그래서 서슬이 퍼렇게 대들던 그는 제풀에 맥이 풀려버리고 말았다.

그랬는데 그날 밤 앞집에서 따르릉 하고 전화가 걸려왔다.

"당신 지독하구만. 오늘 시에 또 전화질하여 항의 했었다구. 이웃 간에 그리 시망스레 훼방 놓을 수 있어? 그래 나와 척을 지으면 당신 편할 줄 아는 모양인데…… 잘해 보라구."

숫제 협박조의 반말로 다그치고는 미처 이쪽의 말도 듣기 전에 찰가닥 전화를 끊어버렸다.

"그래 뭐래요?"

곁에서 아내가 낌새를 눈치 채고 물었다.

"시에서 밀통하는 자가 있는 모양이야. 그나저나 엉뚱한 오해로 척을 짓게 되었어."

비장해진 표정과는 달리 두려움이 섞인 말씨로 대꾸했다.

"그것도 결국 매사에 흐리멍텅한 당신의 태도 때문에 그래요. 무고로 가만두지 않겠다고 왜 콸콸하게 따지지 못해요."

"사실을 알아보니까 정작 고발은 합동설계사 쪽에서 한 모양이야. 처음 설계를 의뢰했다가 적법으론 안 된다는 걸 듣고 그냥 무허가로 짓는 걸 그쪽에서 알고 고발한 거지."

"그럼 왜 그 진상을 밝히지 못하우?"

"그리되면 설계사 쪽에 누가 되잖아. 그리고 이제 와서 그런 얘기 해봤자 발뺌으로밖에 여기지 않을 거야."

"그럼 어떻게 해요. 그냥 누명을 쓰자 그거요? 그렇잖아도 앞집 부인이 동네방네 돌아다니며 온갖 악담을 퍼뜨리고 다닌다는데……."

"사필귀정이니까 사실이 언젠가는 밝혀지겠지."

일수는 퉁명스레 말하고는 눈을 감아버렸다.

그런 뒤에도 어찌된 일인지 공사는 계속되고 있었다. 떵떵거리고 으르대고 하던 앞집 사내의 능숙한 품으로 보아 짐짓 시 당국과 무슨 묵계라도 이뤄졌나 하여 궁금한 속에서도 그냥 며칠간을 관망하고 있었다.

그러던 어느 날 일수가 밤늦게 집에 돌아왔다. 집안에 들어서는 순간 달빛 아래 야릇한 느낌으로 마당을 바라보았다.

순간 앞집의 이층 건물이 없어진 것을 발견했다. 왠지 오싹하는 전율감으로 깨어진 블록 벽돌, 목재, 슬레이트들이 한쪽에 어지럽게 쌓여 있는 어수선한 광경에 밀려 허겁지겁 집안에 들어갔다.

"앞집 건물 철거했어?"

눈을 비비며 일어나는 아내에게 충격적인 어조로 물었다.

"왜 인제 오세요. 오늘 하루 제가 얼마나 가슴을 떨고 지냈다구요. 철거반이 들이닥쳐 마구 건물을 헐어내지, 동네 사람들이 허옇게 모여 구경하는데 앞집 식구들이 우리 집을 향해 온갖 욕설을 퍼부어대지, 내가 무슨 죄인이에요?"

짓눌려 왔던 푸념을 한꺼번에 쏟아놓을 듯이 숨차게 지껄였다.

"우리가 어찌했길래……."

"그나저나 애먼 죄로 앞으로 이 집에서 어떻게 살죠? 오늘 내내 생각했는데 아무래도 이 재수 없는 집 팔아버리고 딴 데로 이사 갑시다."

"이사 가자구?"

일수가 자못 뜨악한 눈으로 아내를 바라보았다.

"왜 정이 깊어 못 떠나겠수? 당신이 정녕 못 떠난다 할지라도 나는 내일 복덕방에 가서 이 집 내놓겠어요. 이제는 제발 진절미가 나서 더는 못 살아요."

아내는 결연히 말했는데, 그것은 일수에 대한 평소의 원망이 누적되어 표현되는 앙칼스런 불편이기도 했다.

3

집이 드디어 팔렸다. 복덕방에 내놓은 지 2년이 지났다.

경기 침체로 도무지 매매가 안 된다고 일껏 시큰둥한 반응이더니 때도 아닌 가을철에 복덕방 사내가 신바람 나듯 들락거리며 몇 사람의 원매자를 번갈아 꿰차고 다녀가곤 했었다.

그리고는 마침내 정식으로 흥정에 나섰다.

"아니, 한 평에 20만원도 못 된다니 너무나 억울한 일인데…… 이 근처 표준 지가만 해도 20만원이 넘지 않소."

"그야 그렇지요. 허지만 댁의 경우, 가옥은 낡아서 값을 칠 수 없고 땅뿐인데, 가파른 언덕배기에다 고살이 좁아 연탄 구루마조차 마음대로 펑펑 나다니지 못하는 터인데 누가 제값주고 사겠다 하겠습니까?"

"세상에 아무리 고가라 하더라도 돈 한 푼을 못 치겠다니…… 그런대로 26년간을 별 불편없이 살아온 집인걸."

일수는 왠지 지나간 긴 생활이 한마디 말로 무시당한 것 같은 수모에 낯이 화끈거렸다.

"요즘 사람들은 자가용이 펑펑 드나드는 집 아니면 거들떠보지도 않는다우."

그는 마치 비아냥거리는 것 같은 말투로 말했기 때문에 일수는 버럭 화를 냈다.

"자가용 좋아하시네…… 아니 우리나라가 언제부터 그렇게 고급이 됐답니까?"

"실정이 그렇다니까요."

제법 언구럭스러운 태도로 말했다.

"그러고 시유지 17평이 들어와 있는 것 불하신청만 하면 되는데……."

"그런 말씀일랑 아예 마세요. 공보 상에 들어 있는 땅도 아니구, 그건 되레 파는 데 말썽이 될 수도 있으니깐."

"그리고 언제 뚫릴지 모르지만 아무튼 도로계획선이 있어……."

"그야 현재 길이 뚫린 것도 아니구 언제 뚫린다는 보장도 없는데 그게 무슨 이야깃거리가 된답니까?"

그는 뜻밖에 말머리를 급히 낚아채고 단호한 말씨로 욱질렀다.

"그래, 결국 그 이상으론 도저히 흥정이 안 되겠다 그건가요?"

"그렇다니깐요. 이렇게 팔리게 된 것만도 아주 천행으로 아세요. 지금 부동산 경기가 바닥에 깔려서 팔려고 내놓은 집들이 온 시가에 지천으로 깔려 있다구요. 그리 아시고 내일 열시에 저의 사무실로 도장 가지고 나오세요. 계약을 해버립시다."

복덕방 사내는 다소 퉁명스런 말투로 말하고 휑하니 가버렸다. 아예 그 이상의 무슨 말이 있겠느냐 하는 투의 당당한 태도였다.

일수는 머쓱한 기분으로 마당 가운데 서 있었다. 꽤 널찍한 뜰에 나무들이 제멋대로 자라고 있었다. 전혀 손길이 닿은 적이 없는 방치된 상태의 황량한 뜰이었다. 거기에 감, 대추, 향나무들이 우람하게 치솟아 칙칙한 그늘을 짓고 있는 사이사이에 자목련, 라일락, 매화, 장미

등이 어우러져 있었다.

감나무는 언제나 영양실조에 걸려 있는 상태였지만 나름대로 억세게 결실이 좋아 닥지닥지 나붙은 열매가 사월초파일의 관등처럼 제법 화사하기만 했다. 금년에는 해갈이로 감 한 알도 매달지 않았다.

그런 터에 앞집 뒤뜰에 떨어지는 낙엽으로 시비가 붙어 그쪽으로 뻗은 가지들이 모조리 뭉뚝 잘린 것이 흡사 한쪽 팔을 잃은 불구자처럼 흉물스럽다.

"뭣보다도 저 감나무허군 정이 붙었는데……."

어느 결에 와 있었는지 아내가 등 뒤에서 중얼거렸다.

"그래, 이사 온 그 해에 기념 삼아 회초리 같은 묘목을 구해 심은 것이 저렇게 아름드리나무로 자랐어. 그해 큰놈도 낳았으니깐 나이가 같은 셈이지. 26년! 그동안 여서 네 아이를 낳아 저 감나무처럼 별 탈 없이 잘들 키웠지."

"예나 지금이나 빚꾸러기를 벗지 못허구 쩔쩔 매여 산 것 말고는 다른 탈이야 없었지요."

"가난이야 뭐 따지고 보면 분지복이라 할는지……."

"그나저나 기왕 임자가 나선 김에 집을 팔지 않겠수?"

"글쎄, 팔아야 할지."

"아직도 결심이 안 선다 그 말예요? 당신의 그 매사에 우물우물하는 성격 때문에 이제껏 이 꼴을 못 면했다구요. 팔아요. 허망한 미련일랑 버려요. 우리도 양옥으로 가서 싱크대 놓고 가스불 때고 뜨끈한 물로 목욕하면서 한번 편하게 살아봅시다."

"그야, 이사 가면 의당 그래야겠지. 허지만 편리하대서 노상 마음이 편한 것은 아냐. 여기선 시골 고향집처럼 마음 푸근하게 지낼 수 있었는데……."

"시골 고향집이라니, 그것도 하루 이틀 이야기지. 이런 넌더리의 험한 집에서 마음이 편했다는 당신 철없는 애기같은 소린 집어 치워요."

아내가 끝내 볼멘소리로 욱질렀다. 아내로서는 딴에 그럴 것이다. 하지만 더러 집에 찾아온 친지들이 한적한 시골집 같은 풍경, 거리의 소음이 전혀 들리지 않는 적막감에 놀라면서 '선비의 집'으로 가장 어울린다고 칭찬하는데 은밀히 마음 뿌듯했던 것이다.

그러나 아내의 판단에 의하면, 그건 찬사가 아니고 딱한 처지에 대한 입에 바른 위안의 말이라는 것, 그런대도 그 말을 곧이곧하게 받아들인 당신은 씨 있는 가난이라 남의 동정에도 부끄러운 줄을 모르게 무신경이 되었다는 것이다.

그야 어쨌든 일수는 마침내 집을 팔기로 결심했다. 약간 가슴을 깨무는 심정으로 계약을 하고 열흘 뒤 중도금도 받았다.

집을 비워 주는 날짜를 정해 놓고 25평짜리 아파트의 분양 절차도 순조롭게 마쳤다. 아파트라니 그게 무슨 집이냐, 닭장 같은 수용소지 하고 처음에는 반대했지만 아이들의 가세까지 얻어 막무가내인 아내 앞에 결국은 승복하고 만 것이었다.

그러던 어느 날이었다. 마을 나들이에서 돌아온 아내가 잔뜩 심통이 난 얼굴로 말했다.

"저 앞산을 헐고 굉장한 상가시장이 들어선대요. 집을 괜히 팔았나 봐요."

"쓸데없는 소리. 상가시장 아니라 버스터미널이 선대도 우리완 상관없는 일이야."

일수는 왠지 울적한 기분이 되어 소리를 꽥 질렀다.

"왜 상관없단 말예요? 이 근처가 굉장히 번창하게 된다고 모두들 쑥덕거리는데……."

순간, 일수는 26년 전 마을 앞이 온통 논이었던 것을 떠올렸다. 그 땅이 지금 번화한 관청거리로 변하고 만 것이다.

"이 속없는 여편네야. 하루 빨리 집을 팔자고 성화댄 건 누군데? 이제 와서 그 따위 일에 집착해."

두 눈을 홉뜨고 호통을 쳤으나 자신의 경망을 뉘우치는 암울한 기분을 어쩔 수 없었다.

그런 지 두 주일이 지났다. 이제 이사할 날짜가 이틀 앞으로 다가왔다. 일수는 퇴근하자 뜰에 있는 장미 한 그루를 분에 옮겨 심고 있었다. 정든 집을 떠나가는 기념으로 한 그루 꽃이라도 가져가고 싶었다.

그때 아내가 허겁지겁 대문 안으로 뛰어들어 왔다.

"세상에 원, 이런 억울할 수가 있다우? 당신 아무것도 몰랐수?"

숨이 금시 넘어갈 듯이 말하는 그녀 얼굴이 얼핏 보니 흙빛으로 변해 있었다.

"무슨 말이야?"

무슨 뜬금없는 수다냐 싶어 일수가 시큰둥하게 물었다.

"세상에 감쪽같이 당했지 뭐요. 아, 글쎄 저기 도시계획 말예요. 저쪽 도로가 곧 뚫린다지 않아요."

"뭐라고? 뚫려?"

일수는 화들짝 놀라 들었던 화분을 놓아버렸다. 아랫도리가 후들후들 떨려왔다.

"어디서 들었어? 그런 말."

"슈퍼마켓 하는 영희 엄마 남편이 시청 다니잖아요."

아아, 하고 순간 일수의 가슴에서는 심장이 무너지는 소리가 들렸다.

"이 년 간 집을 내놓았어도 개미새끼 하나 얼씬거리지 않더니 갑자기 원매자가 꼬리를 물고 달라드는 게 이상도 하다 했더니만…… 그 여우같은 복덕방 사내놈이 미리 기미를 채고 우리를 골탕 먹인 거요. 그러니 어떡하죠?"

아내가 분김에 씨근덕거렸다.

"어떡허긴 뭘 어떡허잔 말야."

절망적인 기분에서 가까스로 저항하는 투로 소리쳤다.

"금방 금싸라기처럼 값이 껑충 뛰어오를 텐데…… 알고도 가만있을 거예요?"

일수는 대꾸하지 않았다. 새삼 처연한 기분으로 집안을 돌아보았다.

"지지리도 재복이 없는 사람. 세상에 우리처럼 눈뜨고 도둑질 당하는 사람들이 어디 있을라구요."

아내는 핑, 하고 코를 풀고는 돌아가버렸다. 순간, 일수는 심한 격절감에 사로잡혔다.

세상이 그를 등쳐먹었다는 엉뚱한 생각과 더불어 갑자기 주위가 텅 비어 버린 것만 같이 허전했다. 26년간 살뜰히 정붙여 살았던 집마저 진정 아무런 내력이 없는 그냥 벌거숭이처럼 보여지는 것이었다.

밤의 소리

음산한 고철 창고를 연상케 할 만큼 다방은 오랫동안 폐업상태였던 것 같이 보였다. 틈이 벌어지고 거죽이 시멘트 바닥이며, 덮개를 씌우지 않은 의자의 등받이는 얼룩이 져 있고, 벽면의 장식은 헐어 백회가 비어져 나왔다. 어두컴컴한 홀 안에 음악은 꺼졌고, 끈끈한 늪과도 같은 정적 속에 마치 일손을 잃은 맥없는 표정을 하고 있던 레지는 카운터에서 졸고 있었다. 이때였다. 열린 문 안으로 한 사나이가 빠른 걸음으로 나타나 곧장 내 곁으로 다가왔다. 그는 당연한 명령이라도 기다리는 것 같은 눈치로 묵묵히 섰다가 이윽고 내 앞자리를 눈짓하며 물었다.

"앉아도 좋겠습니까?"

얼떨결에 내가 고개를 끄덕여 보이자 그는 옆구리에 끼고 있던 두툼한 서류 봉투를 옆자리에 내려놓으며 자리에 앉았다. 그리고는 신경이 쓰이는지 봉투를 다시 뒤집어 놓았다.

"정환기 선생님이시죠?"

그렇소, 라고 나는 대답하며 외면한 사나이의 모가 진 옆얼굴을 흘겨보았다.

"오늘 처음 뵙게 됩니다만, 저는 진작부터 선생님을 알고 있었습니다. 저는 서화상을 하고 있는 사람이올시다. 이 S시에서 진품을 수장한 이는 대여섯이 됩니다. 그 중에서 고서화의 진가를 제대로 감정할 줄 아는 사람은 딱 두 사람쯤 될 것입니다."

그는 빠른 어조로 지껄였다. 마치 나에게 들려주기 위해 예비해둔 것 같은 말투였다. 몸에 밴 은근한 태도였으나, 헝클어진 머리칼과 까칠한 턱수염이 꽤 심란한 인상을 주는 젊은이였다. 어쨌든, 나는 카운터 쪽으로 레지를 찾았으나 그녀는 어느덧 머리를 처박고 잠들어 있었다. 그만 잠들었군, 나는 적이 한심스러운 생각에 투덜거렸으나 가만 두십시오, 이 황량한 분위기가 되레 마음에 듭니다, 하고 그는 가볍게 떨리는 손으로 담배를 꺼내 물었다. 그제야 나는 무척 호기심이 생겨 그의 이름을 물었다.

"그렇군요. 깜박 잊었습니다. 저는 한인수라 합니다."

그의 말에 여전히 떨떠름한 기분을 드러내 보이자 말했다.

"선생님은 세상에 꽤 알려진 분으로 지기도 많으실 텐데 일부러 사람을 피하는 것 같더군요. 저는 요즘 선생님이 이 다방에 자주 나와 쓸쓸히 앉았다 가시는 걸 보고 있었습니다."

이죽거리는 말투는 아니었으나 자못 충격적이었다. 뜻밖에 추궁당한 기분으로 뭐라 변명하려 하자, 그가 내 말을 가로채고 나섰다.

"어쨌든, 상관없는 이야기 아닙니까? 진작부터 이렇게 만나 이야기라도 나누고 싶었는데 참 반갑습니다. 폐가 안 되신다면……."

괜찮습니다, 라고 나는 약간 불 먹은 대답을 했다. 그는 필터가 타들어가도록 정력적으로 담배를 빨아 천장을 향해 연기를 뿜어냈다. 버릇처럼 바지를 툭툭 쳤다. 그럴 때의 얼굴은 생판 남의 가면을 쓰고 있는 것처럼 생소해 보였다. 그는 담배를 비벼 끄고는 가벼이 킥킥대고 웃었다. 어느 결에 레지가 잠을 깨어 살쾡이처럼 우리한테 왔다.

"차드시겠어요?"

"커피."

레지가 무뚝뚝한 얼굴로 돌아서 가자 그는 돌연 비난하는 어투로 나에게 물었다.

"단원의 풍속도에 있는 치렁치렁한 치마폭을 누가 잘라내어 저런 미니스커트를 만들었답니까?"

미처 대꾸에 궁하자, 그는 탐색하는 눈초리로 나를 흘겨보고 말을 이었다.

"선생님께선 직장을 놓으셨더군요. 세상 사람들은 선생님이 너무도 가혹하게 당하셨다 합디다."

그 말에 나는 찔끔했다. 남의 상처를 묘하게 할퀴려드는군. 사실 나는 두 달 전에 직위해제라는 불명예를 안고 직장에서 쫓겨났다. 돈 이십만 원 때문이었다. 나는 군수였다. 그런데 공사 입찰에 얽힌 업자와의 불화로 엉뚱하게도 건설과 직원이 아내에게 돌려준 돈이 수회죄로 고발된 것이다. 나는 불우했다. 숙청의 대상이 되어 사퇴 종용을 받게 된 것이다. 그러나 나는 어리석게도 내 결백성만을 믿고 상부의 종용에 끝까지 맞섰다. 마침내 나는 법정에까지 끌려가 벌과금을 물게 되고 직장에서 물러나게 됐다. 뜻밖의 횡액이었다. 나는 약관으로 3급 사무관 시험에 패스한 사람이었다. 나는 스스로 엘리트로 자부하고 관료 생활에 곰팡이가 서린 나이 많은 상급자를 경멸해 마지않았다. 이미 두 달 전의 이야기다. 이를 앓는 때와 같은 불쾌감으로 내가 은근히 짜증을 내자, 그는 매우 교활해진 표정으로 말했다.

"저는 선생님의 작품을 몇 폭 보았습니다. 아무추어 산수화치곤 매우 필치가 웅혼해 보였습니다."

넌지시 화제를 바꾸며 내 눈치를 살폈다. 천만에. 나는 약간 감격하는 표정을 감추지 못한 채 낯이 화끈 달아 왔다.

"평소 선생님께서는 도무지 관리 냄새가 풍기지 않아 좋았습니다."

그는 이어 말하고 관리 냄새라는 게 어떤 거냐고 비아냥대는 나의 물음에 풀썩 웃었다. 꼭 물어야 할 이유가 없을 터인데 하고 경멸하는 눈치 같다.

"앞으로 그림이나 그리십시오. 참 건방진 말투올시다만, 선생님은 권리에 약한 분입니다. 군수 자리에서 물러난 건 차라리 당연한 귀결입니다."

당연한 귀결이라고? 실로 어처구니가 없는 기분에서 반문했다.

"당돌한 말 같지만 그렇습니다. 말하자면 선생께는 어울리지 않습니다. 시시껄렁한 이속들 무리에 끼기에는 아까운 천성의 귀골입니다."

하핫, 나는 참을 수 없는 웃음을 터뜨렸다. 묘하게 옭아매려는 화제에서 빠지려고 저항하면서, 실로 그를 탓하고 나설 용기가 없었다. 뜻밖에 뛰어든 이 침입자에 우습게도 나는 지배당하고 있었다. 그는 맹물을 마시듯 커피를 단숨에 들이켰다.

"농담이 아닙니다."

그는 내뱉듯 말하고 버릇된 경계심 탓인지 곁에 놓은 봉투를 또 한 번 뒤집어 놓았다. 나의 시선을 느꼈는지, 꺼림한 눈치로

"여기 몇 폭의 그림이 있는데, 심전 안중식하며, 소림 조석진이야 유명한 사람 아닙니까?"

여전 나의 호기심을 마땅찮게 여기는 굳은 표정을 지었다.

"제 이야기를 하죠."

그는 나의 관심을 떨쳐버리기라도 할 듯 힘을 내어 말을 꺼냈다.

"자랑할 일도 아닙니다만, 전 옛날 만석꾼의 외아들이었습니다. 그러나 해방된 지 얼마 안 돼 토지개혁이네 뭐네로 우린 망했습니다. 내가 서화에 손을 대게 된 것은 거의 알거지 신세가 되어 버린 뒤부텁니다. 그렇게라도 하지 않곤 달리 먹고 살 계책이 없었으니까요. 빌어먹을. 우리 집에 서화가 많았느냐고요? 한말로 선친은 무식한 지주였죠. 그런대로 좀 눈이 튄 것은 조부님이었답니다. 대부분의 서화는 조부께서 수집한 겁니다. 그러나 가짜 투성이였죠. 진짜를 감별할 수 있는 양식 같은 거 있을 턱이 있습니까? 개 발에 편자란 말처럼 조부님 곁에는 얼치기 선비들이 들끓어서 그럴 듯한 재미로 조부의 재산을 조금씩 울궈냈던 모양입니다. 유식도 돈으로 살 수 있는 허영입니다. 조부님은 그래도 입지전에 오를 인물이었으니까, 역경 속에서 치부한 것이니까 서화도 그 입지의 한 퇴물 아닙니까? 아하, 선생께선 지루하신 모양이신데 저란 사람은 때로 눈치코치 모르고 잘 주절대는 성미입니다. 자아, 그만 얘기하

죠. 아, 그런데 선생께선 혹 보학 같은 거 좋아합니까?"

기실 집요한 관심을 드러내고 물었다. 나는 혼란에 빠진 채 건성 고개를 저었다.

"그러시겠죠. 아하, 나는 참 시시껄렁한 데 관심이 많은 사람이라서……."

잠깐 자신을 비웃듯 이맛살을 찡그렸다. 침묵이 흘렀다. 나는 차압당한 시간에 새삼 주체스러움을 느꼈다. 그는 단절된 시간에 기갈을 느낀 모양이었다. 허기진 사람처럼 엽차를 벌컥벌컥 들이켰다. 이제껏 남의 탈을 쓰고 있었던 것 같던 그의 얼굴이 비로소 심한 우울증에 빠진 듯 이상한 광채조차 띠기 시작했다. 그는 바지를 툭툭 쳤다. 뭔가 참아낼 수 없을 때의 버릇처럼. 그의 턱에 경련이 일어나고 있었다. 그러더니 돌연 소리쳤다.

"저는 미친놈입니다. 미친놈……."

혼란에 빠진 무대의 영문 모를 대사 아니면, 짐짓 사람을 놀래주기 위해서 허세를 부리는 어린애 같은 엉뚱한 말에 나는 얼떨떨했다. 순간, 그가 흰 이를 드러내고 히쭉 웃었기 때문에 나는 등골이 오싹했다. 벌써 어둠이 지고 있었다. 어스름은 벌어진 문틈으로 밀려들어 빼곡히 다방 안을 채우고 있었다. 우리는 한동안 말을 잃었다. 흡사 가없는 바다에 침몰된 것처럼 어둔 적멸감이 저려왔다. 헤어나고 싶었다. 그러나 왠지 모를 힘에 속박되어 옴짝할 수도 없었다.

"선생께선 술을 잘하십니까?"

좌절감에 안간힘을 쓰듯 그가 갑자기 물었다. 그 말은 마음속에 둔 벽에 와서 크게 울렸다. 아니 별로, 하고 나는 어령칙한 기분으로 말을 하자 그럼 됐습니다 조금만 허십시다, 라고 했다. 그는 마치 그래야 할 것 같은 도저한 태도로 불끈 일어나서 쓰적쓰적 문으로 향했다.

흡사 고용된 사람처럼 끌려가면서 문득 생각했다. 아내가 집을 나간 지 일주일이 넘도록 소식이 없다. 아내를 찾는 아낙들의 발길이 부쩍 늘어났다. 날이 거듭할수록 그 수효는 마치 눈덩이 뭉쳐지듯 늘어만 갔다.

"간호장교 출신이란 왈가닥 색시가 있는데 거기 어떻습니까?"

그는 나를 흘낏 돌아보며 동의를 구했다. 나는 심드렁히 동조했다. 그러면서 절망을 되씹었다. 직장을 쫓겨나오며 가까스로 모아 둔 돈 백만 원을 나는 지기인 토건업자에게 월 4부의 이자로 내맡겼었다. 그런데 재수 없게도 그자가 사업에 구멍이 나 거액의 부도를 내고 도망쳐버린 것이다. 제기랄, 그랬는데 마침내 어제 그가 경찰에 체포된 것이다. 나는 고함이라도 치고 싶은 울적한 기분으로 가래침을 칵 뱉고 어두워진 거리를 바라보았다.

"그저 별 돈 안 드는 소주나 받겠습니다."

순간, 그가 말하며 파란 페인트칠을 한 유리창 앞에 진로소주의 휘장이 나풀거리는 술집

안으로 앞장서 들어갔다. 나는 희미한 전구가 비춰주는 을씨년스러운 홀의 광경에 약간 실망했다. 그러면서 손님이 없다는 사실에 적이 안도감을 느꼈다. 나는 눈으로 간호병 출신이라는 그럴 듯한 이름의 작부를 찾았다. 거기에 있었다. 열려진 방안에 큼직한 엉덩이를 돌리고 앉아 거울 앞에서 화장을 하고 있었다.

"여봐, 서 간호병!"

그가 거리낌 없이 큰 소리로 부르자, 그녀가 냉랭한 얼굴로 돌아보았다. 어서 오세요. 아람진 몸집인데다 큼직한 눈이며 두툼한 입술이 약간 선정적인 느낌을 주었다. 우리는 방에 들어갔다. 술상이 들어오고 경품이 붙은 소주의 마개를 따면서 어디 금두꺼비야, 하고 묻다가 짐짓 시효가 지난 구병임을 발견하고는 그가 한바탕 욕지거리를 늘어놓았다. 그 광경에 막혔던 내 가슴이 잠시 트여왔다.

"괜히 헛물을 켜지 말어."

색시가 큰 눈망울을 굴리며 점잖게 나무랐다. 짓궂게 달라붙는 사내의 손길을 밀쳐낼 때의 그것처럼 의젓했다.

"방에까지 들어와서 무슨 소주야? 안주 하나 시키시지."

색시가 영업적인 말투로 투덜거렸다.

"속없는 소리 말어. 주보에서 오징어다리로 알소주 퍼먹는 군대 생활 몰라?"

인색한 술꾼답게 색시를 다그쳤다. 순 군대 무드로군. 좋았어, 좋았어. 그녀가 뜻밖에 너그러운 사내처럼 깔깔대며 웃었다. 씨가 잘 먹혀드는군. 나는 적이 호기심을 느끼며 그녀의 널따란 가슴에 어울리지 않게 빈약한 젖무덤의 굴곡을 기분 좋게 바라보았다.

"인사드리겠어요. 저 서양희예요."

새삼스레 어색한 몸짓으로 그녀가 고개를 숙여 말했으므로 나는 당황하여 얼른 눈길을 거두었다.

"퇴역 간호병이랍니다. 임진강에 주둔했던 부대에 근무했고, 군악대장이란 사내에 동정을 뺏기고, 눈물로 사랑의 막을 닫았음. 방년 이십팔 세. 그동안 수없는 사내의 품에 안겼지만, 아직 그럴싸한 수컷이 없어 독한 암내만을 뿜기고 살아온다 합니다."

그가 익살스레 즉석 소개를 덧붙였으므로 나는 기분이 더욱 명랑해졌다. 그러는 그의 가슴에 그녀가 사뭇 주먹질을 했다.

"그런 소리 다시 찌껄여봐, 국물도 없어. 없을 테니까."

호되게 기합을 주게 하고 나도 괜히 시시껄렁하게 수작을 붙였다. 술잔이 돌았다. 목 안에 치솟는 역겨운 맛에 이맛살을 찌푸리며 몇 잔을 거푸 마셨다. 그는 주기에 걷잡을 수 없이 방자해졌다. 그녀의 얄팍한 원피스 위로 젖무덤을 꼬집었다. 그녀는 약간 코 먹은 소리로 엄살을 부리면서 나는 브래지어 같은 건 차지 않아, 하고 변명인지 자랑인지 거듭 지껄였다.

"나는 외동딸이어서 우리 부모가 사내애처럼 자유롭게 키웠대."

넋두리의 허두를 꺼냈다. 아버지는 망나니였어. 부산 부두에서 젊었을 때는 밀수업을 했다나. 지금은 속을 차려 대학교수야. 영어를 가르치고 있지. 나는 여고를 나왔어. 우리 어머니는 일찍 죽고 내 나이 또래의 계모가 있지. 허지만 우린 사이가 좋았댔어.

"그건 이미 세 번째나 들은 이야기야. 뭐 새로운 얘기 없나? 이를테면 군복무 때 감히 상병놈이 덤벼드는 것 같은……."

동물적으로 번뜩이는 눈빛을 하고 그가 마치 배신당한 기분을 드러내고 짜증을 냈다. 그녀는 기가 찬 표정을 했다. 원망스레 그를 흘겨보던 눈길이 나에게 돌려졌다. 순간, 잔인한 호기심이 가슴 밑바닥에서 세차게 솟구쳐오름을 의식했다.

"어쩌다 군대 이야기를 꺼내가지고……."

그녀는 잠깐 뉘우치는 낯빛을 했다. 두 눈에 약간 물기가 젖었다. 곁에서 그는 시종 작은 악마와도 같이 부락스러운 눈초리를 했다. 별 수 없어. 너는 어차피 그런 이야기 아니곤 화제에 궁해 어쩔 수가 없을 테니까 하는 것 같은 노골적인 비웃음을 날리고 있었다. 그의 사나운 눈초리가 왠지 내 의식의 밑바닥을 후비고 있는 것 같아 가슴이 섬뜩했다. 억지로 술잔을 비워 그에게 술을 권했다. 그는 잔을 받으며 한 눈을 찡긋해 보였다. 이때, 근사하지? 하는 것처럼 속삭이는 것 같다. 어느 결에 그녀는 예정된 행동처럼 옛날 군대 생활을 이야기하기 시작했다.

"나는 호랑이 서 중위로 통했어. 훈련 중 잘못하면 사병들을 내의 바람으로 눈 바탕에 구보를 시켰어. 그런 땐 털끝만큼도 인정사정을 안 봐주었으니까."

그녀는 차츰 신명이 나서 조잘댔으나 짐짓 과장된 기분이라는 걸 알 수 있었다. 시원스레 열린 눈빛은 집요하게 과거의 잔영을 좇고 있었으나, 백지의 그것처럼 텅 비어 있었다.

"스캔들 이야기나 해보라니까."

잔인한 심문처럼 그가 벌컥 짜증을 내며 다그쳤다.

"그런 거 없어. 괜히 남의 아픈 상처를 쑤셔대는 거 좋아하지 말어."

"허헛, 상처는 누구에게나 있어. 아물려면 자꾸 벌려야 돼. 면역이 되면 안 아프단 말야."

지독하군. 나는 슬며시 그의 잔인한 추궁에 역정을 느끼며 눈을 감았다. 그렇다. 내가 사퇴종용을 선선히 응했다면, 직위해제 따위의 불명예를 벗었을지도 모른다. 독직이란 억울한 누명조차. 그러나 그게 아니었다. 나는 우수한 공무원이었다. 나는 개발공단 사업을 통한 국민소득증대에 일찍이 없었던 기발한 아이디어를 안출하여 상급기관의 고무적인 찬사를 받았던 것이 아닌가? 또는 어휘가 마뜩치는 않지만 친민행정이란 슬로건으로 군정 내실의 저변

확대에 의욕적인 활동을 보여주지 않았던가? 그녀가 다시 지껄이기 시작했다.

"비 오는 날 우연히 막사에서 알게 된 군악대장이 사흘이 멀다고 영내로 자꾸 편지질을 했단 말야. 참 재수 없게. 같은 중대의 이 대위란 가시내가 그 편지를 뜯어 봤어. 못생긴데다가 중대 사병들의 인기가 있는 나를 못 잡아먹어 으르렁거리던 년이라, 상관이랍시고 나를 괜히 닦아세우지 않겠어. 풍기문란이래. 난 콧방귀나 뀌었지. 마지막에는 대판 싸웠어. 그랬더니 요 족제비같이 생겨먹은 년이 하루는 내무반 검열 때 사병들 앞에서 내 편지를 공개하지 않아? 그뿐 아니라 중대장 연대장까지 편지를 돌려 나를 모함했어. 참 어처구니없게도 나는 징계에 회부되고 말았어."

"왜 연애의 자유도 없어서? 정말 아니꼽게도 불꽃을 튕겼으니깐 그랬겠지?"

"시시한 소리 마. 나는 결코 군인의 체통을 구기지는 않았어. 그 가시내의 못돼먹은 질투탓이지. 그래 징계에 회부되자 나는 군대를 뛰쳐나왔어."

그녀가 꽤 노여움을 띤 얼굴로 말했다. 그렇다. 억울했을 거야. 논공행상은커녕 죽자고 일한 보람도 없이 나는 오직의 낙인을 찍힌 채 관계에서 쫓겨났다. 평소 달갑지 않게 여겨 온 정치인 몇 사람의 미움을 샀기 때문이었다. 개수작들! 난데없이 감사반이 쏟아져 나와 서류를 뒤적이고 지정업자들을 환문하는 등 법석을 떨었지. 무슨 비위나 없나 하고. 등을 두드려 먼지 안 나랴 하는 속셈이었겠지. 어느새 그녀도 취해 있었다. 마치 녹음기를 틀어 놓은 것처럼 줄기차게 이야기를 풀어놓았다. 곁에서 그는 마치 신들린 무당의 춤에 맞춰 꽹과리와 징을 치는 재비처럼 계속 바람을 넣고 있었다.

"나는 사내와 사귀어도 구질구질하게 매달리는 성미는 아녀. 사 년 만에 만난 어떤 남자에게 나는 홀랑 발렸어. 털실 상점을 가지고 있다는 그가 돈이 궁하다기에 모아 둔 돈 십만 원을 주었어. 그랬는데 그 자는 그 길로 날라버렸어. 재수 없이 그놈의 씨를 낳았어. 그 애기는 작년 겨울에 폐렴으로 죽어버렸어. 참 엉뚱하게 내 인생은 빗나가기만 했단 말야."

자못 침통한 어조와는 달리 얼굴에는 별로 그늘이라곤 없었다. 그러한 그녀의 태도에 나는 적이 감격하면서 간호장교 자격이 있는데 왜 술집에 있느냐고 따져 물었다.

"나 같은 사람은 이미 체통을 구겨버린 사람이에요. 이미 헐어서 지을 수도 없게 된 걸레쪽지 같은걸요."

자학적인 말투에 잠깐 방심한 태도를 하고 있던 그가 느닷없이 웃음을 터뜨렸다. 체통 좋아하시네.

"웃지 마. 남은 가슴 아파하는 말인데."

그녀는 타락한 창녀 같은 닳아진 표정으로 돌연 소리를 내어 노래를 부르기 시작했다.

우리는 씩씩한 대한의 여군…….

"얼른 그만두지 못해?"

그가 느낀 듯 별안간 소리를 꽥 질렀다. 술이나 주어, 제기랄, 무슨 청승이야? 하고 화를 벌컥 냈다. 술이 떨어졌어. 그녀가 풀이 죽어 처량한 어조로 대꾸했다.

"뭐야, 벌써 두꺼비 두 마리를 먹어치웠단 말이야?"

그가 혀 짧은 소리로 욱지르자 그녀가 고함치듯 말했다.

"또 한 마리 가져오랄까? 그리고 깡술은 싫어. 안주 하나 시켜."

"쓸데없는 소리 말어."

그가 화를 내며, 그녀의 가슴에 주먹을 했다. 그녀의 가슴이 출렁이었다.

"재수 없이 초저녁 개시부터 알소주로 사람 녹초를 만들어 놓고 있어."

그녀는 맥없이 일어서다가 비틀, 하면서 하마터면 쓰러질 뻔했다.

한 여름에 소나기를 맞은 기분으로 술집을 나와 우리는 택시를 잡아탔다. 술꾼의 예의로 이 차로 내가 술을 사겠다고 제의했으나 그는 막무가내였다. 단순한 겸손에서가 아닌 깊은 속셈이 있는 모양인지 끝내는 화를 버럭 냈다. 어처구니가 없긴 하지만 나는 마침내 그의 포로가 되어버렸다.

"오늘은 기분 좋은 날입니다, 오늘 같은 날을 나는 벼리었던 겁니다. 나는 선생을 만나게 된 것을 참 대행으로 압니다."

사뭇 덜컹거리는 차체의 요동에 몸을 내맡긴 채 갸갸 목이 끓는 엔진 소리에 묻혀 나는 그의 말을 듣고 있지는 않았다. 심장에서 나는 쿵쿵거리는 구둣발자국 소리를 듣고 있었다. 차는 변두리를 빠져 굴다리를 지나서야 문득 섰다. 그는 백 원짜리 두 장을 운전수에게 건네고 내렸다. 미터는 백육십 원을 가리키고 있었다. 거스름돈을 내주려는 것을 뿌리치고 그는 호기 있게 말했다.

"운전수 양반, 사십 원만큼 클랙슨을 눌러 주쇼."

뜻밖의 제의에 무슨 희떠운 장난이냐 싶게 운전수가 풀썩 웃었다.

"농담 아냐. 자아 눌러요. 어서어서."

그는 확인하고서야 물러서겠다는 듯 도어의 손잡이를 잡은 채 다급하게 채근했다. 운전수가 투덜거리며 클랙슨을 눌렀다. 습기에 젖은 눅눅한 야기를 헤치고 그 소리는 길게 두 번 크왕크왕 울렸다.

"좋아. 계속해, 계속해."

여전히 손잡이를 잡은 채 그는 신들린 사람처럼 고래고래 소리 쳤다. 운전수는 화가 치민 듯 미치게 클랙슨을 눌러댔다. 별안간의 소음에 고요히 잠자던 주위의 물체가 뛰어오르는 것 같았다. 밝은 달빛을 받아 그의 얼굴은 야릇한 괴기를 띤 채 히죽거렸다. 나는 가슴이 뭉클했다. 그때 나는 찢어지는 것 같은 또 하나의 여인의 웃음소리를 등 뒤에서 들었다. 그도 느꼈는지 무르춤하여 손잡이를 놓고 돌아섰다. 순간 빽하고 날카롭게 차가 앞으로 미끄러 나갔다. 나는 돌아보았다. 길가에 있는 새까만 양철대문 옆에 한 단발머리의 소녀가 서 있었다. 우리가 다가서자 그녀는 흰 이를 드러내고 신경질적으로 웃었다.

"왜, 안 잤어. 빌어먹을……."

금방 후려치기라도 할 것 같은 험한 기세로 달려들며 그가 거칠게 닦아세웠다. 서슬에 주춤 몸을 움츠리던 여인이 별안간 웃음을 거두고 교활한 눈길로 그의 눈치를 살폈다.

"멋있어, 멋있어."

약간 떨리는 목소리로 그녀가 웅얼거렸다. 기실 가까이 보니 그녀는 소녀가 아니었다. 가엾게 떨고 있는 것 같은 몸짓이며 찡그린 이마, 백치처럼 해백하게 벌려 있는 입동에서 나는 왠지 등줄기가 선뜩해짐을 느꼈다.

"들어갑시다, 선생."

흥이 깨진 뒤의 저주로운 표정으로 그는 날카롭게 나를 돌아보며 말했다. 이 밤중에…… 나는 뭐라고 할 말을 찾다가 그의 굳은 태도에 눌려 급히 입을 다물었다. 비로소 영문 모르게 끌려온 곳이 바로 그의 집었구나 하는 생각에 슬며시 배신감을 느꼈다. 그녀는 그의 손에 든 봉투를 받으려는 시늉을 하다가 거절을 당하고는 앞질러 집안으로 들어가버렸다. 아, 나는 하마터면 소리를 지를 뻔하다 눈앞의 황량한 광경에 발길을 세웠다. 넓은 뜰에는 잡초가 우거지고 몇 그루의 과목이 서 있었다. 문간의 집은 일찍이 행랑채였던 모양으로 한쪽 벽이 크게 구멍이 난 채 찌그러져 있었다. 달빛을 정면으로 받은 안채는 꽤 굉장한 기와집이었으나 쓸모없이 퇴락해 있었다.

제법 대접받침으로 지어진 안장한 날개집인데 지붕 위 용마루는 구부러지고 망아조차 떨어져 나가고 있었다. 마루의 교란이 있었던 자리는 흔적만 있을 뿐 난간동자조차 사라졌다. 교창은 값싼 비닐로 씌워져 바람에 나풀거렸으며, 사분합의 문살은 이미 바스러져 있었다. 차양의 양철은 삭아 테두리만 남은 채 어수선한 그림자를 던지고 있었다. 내가 잠시 넋을 잃고 서 있을 때 안방 문이 벌컥 열리면서 한 노파가 마루로 기어 나왔다. 쿨룩쿨룩 가래 섞인 기침을 하면서 노파는 마치 조그만 덩어리처럼 웅숭그리고 마루 끝에 앉았다. 우리를 맞았던 여인이 여학생처럼 깡충거리며 잡초 사이로 마당을 지나 안방으로 사라졌다.

"인수냐?"

땅 속에서나 들려오는 것 같은 목소리로 노파가 물었다. 그 소리에 그는 흠칫 놀랐다. 굳이 노파를 외면하고 있던 그는 내가 자당이냐고 물어서야 화를 머금은 듯 나를 보며 겸연쩍게 웃었다. 여섯 칸 겹집의 줄줄이 늘어선 방 가운데 안방만이 불이 켜 있었다. 그는 나를 모퉁이 방으로 인도하려 했다. 그때 조금 큰 소리로 노파가 외쳤다.

"인수야, 손님 오셨냐?"

관심을 호소하는 절박한 어조였으므로 나는 뜨끔하여 걸음을 세웠다. 낌새를 채고 상관 말고 들어갑시다요, 그가 불 먹은 소리로 돌아보며 말했다.

"손님, 오셨냐?"

또 한 번 다급한 노파의 소리를 듣고서야 나는 돌아서 노파에게로 다가갔다. 뒤미처 허둥지둥 그가 쫓아왔다. 그리고는 언제 그랬냐싶게 표변한 태도로 노파에게 허리를 굽혔다. 상냥한 어조로 말을 건넸다.

"어머님, 왜 여태 주무시지 않으셨어요?"

노파는 바싹 야윈 두 다리를 세우고 깍지를 끼우고 앉아 있었다. 상고로 깎아 버린 머리는 서릿발처럼 희었고, 눈두덩은 꺼져 말라붙어 있었다. 퀭하니 뚫려 있는 두 눈은 생쥐의 그것처럼 잔망스레 보였다. 기침을 할 때마다 앙상한 어깨가 치켜 올랐다간 부러질 것처럼 덜렁거렸다.

"잠이라니. 얘야, 무슨 잠이냐?"

괴로운 표정과는 달리 말만은 상냥하고 윤기가 있어 아직은 목숨을 부지할 이유가 있다는 듯한 인상이었다.

"오랜만에 손님을 모셔 왔구나. 술을 마셨겠지. 에그, 뭐가 있어야지. 술국이라도 끓여야 할 터인데…… 그런데 네 친구냐?"

약간 곤혹에 찬 표정으로 그는 망설이는 태도더니 갑자기 튕겨나오는 목소리로 크게 말했다

"군수를 지낸 분이어요, 어머니."

"군수 영감 말이냐?"

믿기지 않는다는 듯 노파는 눈을 홉뜨고 탐색하는 눈길로 나를 흘겨보았다.

"그래요, 어머니. 군수를 두 달 전에 그만 두었지요."

어디 그럴 필요가 있었을까? 마치 선생 앞에 변명하는 소학생처럼 위축된 자세였다. 순간, 노파는 충격을 받은 듯 황황히 자리에서 몸을 일으켰다.

"얘야, 그런데 어찌 그런 귀한 나리를 이 밤중에 뜬금없이 모셔왔단 말이냐? 아, 이 누추한 집에 어쩌자고……."

노파의 허둥대는 모습에 내가 어찌할 바를 모르고 서 있는 것을 그는 기분 좋은 구경거리라도 생겼다는 듯 희학적인 표정을 드러내고 바라보았다.

"얘야, 어서 방으로 모셔라. 에그, 이게 무슨 버릇없는 짓이냐? 우리 집에 군수 나으리가 찾아오시다니. 오, 그러니까 한 삼십 년쯤은 되었나 보구나. 너의 애비가 살아 있을 때 정말

군수 나으리가 행차하셨지. 그때에는 고기야 술이야 하고 음식마련에 한 사날이나 부산을 떨었는데…… 꿈같구나. 그때 일본 군수 나으리는 풍채가 좋았더니라. 코 밑에는 나비 같은 수염을 달고 있었어. 무릎까지 닿는 빨간 가죽신을 신고, 가슴에는 훈장이 번쩍번쩍 빛나고 있었더니라. 오, 방안이 떠들썩하게 웃던 그 소리가 지금도 들려오는 것 같구나. 헌데 얘야, 이분이 정말 군수 나으리냐?"

자당님! 나는 깊은 혼란에 빠져 건성 부르고는 말이 막혀 버렸다. 희극무대에 올라선 어설픈 연기자처럼 어찌할 바를 몰랐다. 낌새를 채고 그가 내 옆구리를 꾹 찔렀다. 가십시다, 그만하면 됐습니다, 하고 날카롭게 소곤댔다. 우리가 움직이자 노파는 털썩 주저앉았다. 잠깐 동안 눈을 감고 정신을 가다듬는 듯 하더니 어깨를 부르르 떨며 느닷없이 안방 문을 요란스레 열어젖혔다.

"인선아, 인선아. 네 오라비가 군수 나리하고 왔니?"

몰라요. 왜 문을 열고 그래? 하는 짜증 섞인 날카로운 여인의 목소리가 들려왔다. 나는 흡사 미궁에 빠진 기분으로 그에 끌려 방에 들어갔다. 퀴퀴한 곰팡내가 나는 서고를 연상케 하는 방안의 어수선한 풍경에 가슴이 덜컥 내려앉았다. 장판이 해져 군데군데 시멘트 바닥이 드러났고, 벽지는 퇴색하여 우중충한데다 빗물이 흘러 얼룩이 져 있었다. 내려앉은 천장 한 구석은 숫제 뜯겨져 서까래가 보이고 있었다. 윗목에는 땟국이 절은 한적이 너절하게 쌓여 있었고 한쪽 벽에는 낙관을 판별하기 어려운 묵화 두 폭이 걸려 있었다. 내가 심란하게 웅크리고 천장을 바라보고 있노라니까 그가 불쑥 말했다.

"쥐란 놈이 어찌나 성화대던지 숫제 뜯어버렸습니다."

나는 건성 고개를 끄덕여주며 넌지시 말을 건넸다.

"댁엔 고서가 많군요. 무슨 책들입니까?"

"문집이 많은데, 더러 값진 것도 섞여 있습니다. 그 중 월사 것으로, 중국에 가서 크게 문명을 떨친 변무소 같은 거 말입니다. 헌데 누가 저런 때묻은 한적의 값을 제대로 알아준답니까? 세상은 무식한 놈이 판치고 있는데. 어쩌다 값을 알 법한 요새 학자 샌님들조차 돈도 없지만, 시정배처럼 어찌나 알랑하게 구는지 아니꼬와 못 배깁니다. 왜 세상이 그렇게 시시껄렁해집니까? 아무튼 나는 무식하고도 돈 많은 자들의 허영 속에 두더지처럼 살고 있습니다. 서화의 거래야 때로 적당한 사기를 치는 것인데, 나는 참 교활하죠?"

취흥에 자학이 돋쳐 그는 꽤 착잡한 표정으로 말을 늘어놓았다. 이때, 문득 방문에 와닿는 인기척을 느꼈다. 곧 방문이 방긋이 열리며 대문 앞에서 맞았던 여인이 들어섰다. 순간, 나는 눈을 의심했다. 그녀는 놀랍게 변모되어 있었다. 붉은 체크무늬의 화사한 원피스를 입은 그녀는 짙은 밤 화장을 하고 있었다. 실로 야단스러운 화장이었다. 마치 비어홀이나 바에서 볼 수 있는 밤색시의 탈을 빌려온 것처럼 선뜩한 요기조차 뿜고 있어 나는 가슴이 철렁했다. 아! 별안간 찔린 듯이 그가 탄식을 하며 쏠 듯 독한 눈길로 나를 바라보았다. 그녀의 음울한 눈빛이 나에게 닿은 순간 터질 것 같은 붉은 입술이 가볍게 경련을 일으켰다.

"왜 왔어? 누가 오랬어?"

마침내 그는 싸울 듯이 으르렁거렸다. 그러는 그의 험한 표정에 약간 움찔하면서 그녀의 입술에는 차가운 웃음이 번졌다.

노 형의 매씨인가요? 나는 당황히 앉은 자세를 고치며 적이 곤혹에 찬 그리고 지어낸 것 같은 매력에서 눈길을 거두며 물었다.

"안녕하셨어요."

그녀가 약간 고개를 숙여 보이고 피실피실 웃으며 말했다. 치켜 올린 짙은 속눈썹 아래 움푹 팬 두 눈에는 흐릿하게 빛이 고여 있었다. 수척한 얼굴과는 달리 도발적으로 부풀어 있는 젖무덤이며, 부시게 흰 목구비 등이 자못 나의 눈을 끌었다.

"참 오랜만이에요. 오늘 밤 오셔서 고마워요. 기다리고 있었어요."

설레는 목소리로 그녀가 잽싸게 지껄였다. 그녀의 눈길이 날카롭게 나의 가슴을 찔렀다. 순간 노여움에 떨리는 그의 목소리가 불길처럼 튀었다.

"바보같이, 너 뭐랬어? 누굴 기다렸다고!"

영문을 몰라 나는 놀란 눈으로 그들 남매를 바라보았다. 여전 쏘듯이 날카로운 눈길로 나를 응시하고 있던 그녀는 오빠의 말 따위의 숫제 귀에 들리지 않는 것 같은 태도였다. 어찌된 일일까? 그녀는 뭔가 오해하고 있구나 하는 생각에 나는 견딜 수 없는 혼돈에 빠져버렸다.

"김형욱 씨 요즘은 어떤가요? 거번 편지에 곧 데리러 보낸다고 했던데 이제야 오셨군요. 왜 이리 밤늦게 오셨어요? 오빠에게 말했는가요? 나를 데리러 왔다고…… 아, 그런데 어머님이 아프시니 어떡헌다죠? 그렇지만 가야죠. 어차피 오늘 밤에라도 떠나야 할 것인가요?"

그녀는 참으로 고뇌에 찬 몸짓을 지어보이며 발작적으로 고함이라도 지를 듯이 두 손을 올려 머리칼을 쥐어뜯었다.

"인선아, 인선아, 이분은 딴 사람이야."

혐오와 저주로 일그러진 표정으로 그는 울적한 어조로 소리쳤다. 그녀는 코끝으로 웃는 시늉을 하며 멍청한 눈빛을 한 채로 중얼거렸다.

"오빠는 이젠 그이가 나를 원치 않을 거라고 그랬어요. 우리들의 관계는 끝난 거야 하고…… 그럴 리 없어요. 그이는 나를 언제까지라도 기다린다고 했어요. 나 없이는 절대로 살 보람이 없다 했어요. 불쌍하게도 그이는 절에서 앓고 있으면서 나만 기다리고 있단 말예요. 그런데 어머니는 걸핏하면 나를 딴사람에게 줘야겠다고 그래요. 어림없는 일예요. 그이가 기다리는데 내가 왜 그이를 버리겠어요. 그렇죠? 그이가 얼른 날 데려오라 했지요. 보세요. 그이는 나를 얼마나 기다리고 있었는가를. 그렇죠? 아하."

탐색하는 눈초리로 나에게 동의를 구하며, 마치 열에 뜬 것 같은 어조로 그녀가 말을 마쳤다. 아하, 인선 씨! 결코 나는…… 하고 내가 잔뜩 의구에 찬 설명을 꺼내려 하자 곁에서 그가 급히 내 말을 제지했다. 가만 두세요. 그는 울상을 짓고 연민에 찬 눈길로 그녀를 바라보았다.

"인선아, 가서 홍차라도 끓여 오렴. 이분은 어차피 내일 떠나니까."

그녀는 전혀 들은 척도 않고 꿈꾸듯 중얼거렸다.

"그이는 곧 나아요. 내가 가면 병이 나을 수 있다고 했어요. 그래요. 너무 외로워서 정말 그대로 죽고 싶다고만 했으니까요."

"인선아, 어서 가서 차를 끓여 오지 않겠니?"

그가 재차 큰 소리로 다그쳐서야, 그녀는 전혀 빛깔 없는 표정으로 자리에서 일어섰다. 그저 기계적으로 떠밀려 일어났을 뿐, 아무도 감지하고 있지 않은 것 같은 태도였다. 그녀가 밖으로 사라지자, 그는 글썽한 눈으로 나를 바라보았다. 간절하게 용서를 빌고 싶은 울적한 기분을 드러냈다. 한바탕 돌풍이 스쳐간 것처럼 고뇌에 짓이겨진 침묵에 빠진 채 나의 가슴에는 검은 사념의 물굽이가 드세게 파동쳐왔다. 미쳤구나. 비로소 분류에서 헤어나려고 안간힘을 쓰면서 가까스로 그에게 시선을 옮겼다. 그의 낯은 깊은 자조와 회한으로 하여 무겁게 짓눌려 있었다. 불행한 생각이 그의 입을 틀어막은 듯 경련을 일으키고 있더니 마침내 말을 꺼냈다.

"죄송합니다. 저 애는 불행하게도 결혼에 실패하고는 젊은 나이에 저렇게 되었습니다. 모든 것이 저의 책임입니다."

그는 발작하는 태도로 바지를 툭툭 쳤다. 그리고는 어린애처럼 손가락을 입에 넣고 한 번 깨물었다.

"부끄러운 말씀이나, 저 애는 여고 때부터 깊이 사랑하는 남자가 있었습니다. 그러나 결혼해선 안 될 사람이었습니다. 재주 있고 진실한 아이였습니다만, 옛날 우리 집의 종으로 있었던 사람의 아들이었습니다. 참 시시껄렁한 옛날 소설 같은 비극입니다만, 그래 한사코 교제를 못하도록 막았더니 결국 집을 뛰쳐나가 비밀히 동거생활을 했습니다. 나는 예나 이제나 편집이 강한 성격입니다. 기어이 그 애를 찾아내 누이를 데려왔습니다. 그리곤 급히 서둘러 딴 데로 시집을 보내버렸습니다. 그랬는데 의외로 불행을 몰고 왔습니다. 남편이 좀 무식하고 성미가 고약해서 둘 사이에 불화가 그치지 않았습니다. 헌데 마침내 내 누이의 혼전(婚前)의 부정을 캐내곤 누이를 죽도록 학대했습니다. 저 애의 정신이 저렇게 된 것은, 두 번째의 자살 미수에 유산이 겹친 때부터입니다. 그런지라……."

그의 말은 갑자기 끊어졌다. 문득 안방에서 다투는 말소리가 들리더니 여인의 날카로운 외마디 부르짖음이 들려왔기 때문이다. 나는 등줄기에 오싹 소름이 끼쳐왔다. 여인의 웃음소리가 들려왔다.

"그런지라 누이는 아무런 보상도 없이 그 집에서 쫓겨 나왔습니다. 그런지 일 년이 되었습니다. 아까 말한 김형욱이란 바로 사랑했던 청년의 이름이지요. 그는 대학 법과를 나와 고시 공부를 했습니다. 계속 낙방이 된데다 폐를 앓게 되었습니다. 지금 절에서 요양을 하고 있는 모양인데, 누이의 불행에 도의적인 죄책감을 느끼는 모양입니다. 인편으로 어쩌다 편지 한 장쯤 누이에게 띄웠는지 모릅니다. 아하, 누이는 엉뚱하게도 그가 데리러 올 것으로만 믿고 있습니다."

안방 쪽에서의 그녀의 울음은 아직도 그치지 않았다. 드센 물굽이처럼 반복되어 통곡으로 맺히던 울음이 차츰 여울처럼 단조로워졌다.

"참 비난받을 이야기겠지만……."

내가 실로 난감한 처지에 위로할 말을 찾지 못하여 침통해하고 있으려니까 그가 다시 격하게 속삭이는 어조로 말을 이었다.

"주변의 사람들은 누이를 병원에 넣으라 하지만 나는 그러고 싶지 않습니다. 누이는 아직 미친 것이 아닙니다. 너무도 불행해서 다만 지쳤을 뿐입니다. 나는 누이를 아주 깊이 사랑합니다. 나는 믿습니다. 누이가 누군가를 다시 사랑할 수 있다면 그 애는 지친 신경을 회복할 수 있을 것입니다. 어떻습니까? 선생. 애는 드물게 천성이 깨끗합니다. 재주도 있습니다. 용모는 그만하면 흠잡을 데 별로 없지 않습니까?"

추궁하는 어투와는 맞지 않게 그는 묵색에 빠진 우울한 표정으로 돌연 한숨을 푹 쉬었다. 매우 실의에 차 있었으므로 나는 불현듯 야릇한 혐오감에 빠져버렸다. 그가 내 마음속을 짐작하고 반발하듯 울부짖는 어조로 말했다.

"남들은 지금이라도 늦지 않았으니 사랑한다는 청년에게 누이를 보내라고 합니다. 그러나 그건 견딜 수 없습니다. 종의 자식에게 누이를 맡긴다는 것은 나로서 용서할 수 없습니다. 아니, 그런 외고집 때문만이 아닙니다. 폐병이 아니라도 나는 안 보냅니다. 나는 누이를 사랑합니다. 아하, 누이면서 어쩌면 나의……."

그는 갑자기 뒷말을 흐려버렸다. 순간, 그의 눈빛이 동물적으로 번뜩였기 때문에 나는 그가 갑자기 감춰버린 낱말을 생각해내고 가슴이 섬뜩해졌다. 아내…… 비로소, 나는 중요한 것을 잊고 있었다는 자각에 마음이 뭉클해졌다. 노 형은 왜 여태껏 결혼을 안 하고 있는가 하고 물었다. 그러자 그의 낯이 찔린 듯 상기해졌다.

"선생께서는 행복합니까? 건방진 말이지만 나는 순수한 독신자가 아닙니다. 아내는 없지만 여자는 있습니다. 이상한 얘기 같지만 나는 아내를 원치 않습니다."

재빠르게 단호한 어조로 말하고 그는 굳게 입을 다물었다. 나는 단념했다. 갖가지 의심이 어둔 마음의 암벽에 부딪쳐 포말처럼 깨어지는 나는 고도에 떠밀려 온 기분이었다.

"술이 깨지 않습니까? 오늘 밤은 왠지 술이 깨는 게 두려워집니다. 선생께선 어떻습니까?"

침묵을 깨고 그가 문득 물었다. 나는 꿈에서 깨어나듯 정신을 차리며 당황히 고개를 저었다. 그는 실망한 듯 묵묵했다가 다시 물었다.

"오늘 아주 기분 나쁘지만 않다면, 이따금 저희 집에 놀러 오실 수가 없겠습니까? 누이도 기뻐할 것입니다. 도대체 누이가 딴 남자를 만난 건 일 년 내 오늘이 처음 일입니다. 집이란 누이에 있어 감옥일 것입니다. 허지만 어찌 합니까? 어차피 누이에게는 세상조차 큰 감옥입니다."

나는 뭐라 대꾸할 말이 없어 안방 쪽으로 귀를 기울였다. 그녀의 울음소리는 어느덧 그쳐 있었다. 그래서 새삼 죽음 같은 정적을 느꼈다. 무심코 어둠속에 누워 있을 그녀의 모습을 떠올리고 깊은 우울 속에서 아련히 떠올리는 여체의 육감에 부스스 몸을 떨었다. 어디선가 문득 괘종의 시보가 울렸다. 나는 시계를 보았다. 열한 시. 오랫동안 버려두었던 시간이 마치 차용증서처럼 무겁게 가슴에 와닿았다. 아내가 없는 사이, 한방에서 외롭게 자고 있는 삼남매. 불우하게도 그들은 버림받고 있다는 감상 때문에 나는 자책에 빠져 그 애들 방안을 기웃거리고는 일로 맥이 풀려 내 방으로 돌아갔던 것. 새삼 삼류의 신파조 연극에 등장한 주인공처럼 야밤을 어쭙잖게 독한 술로 달래야 했던 바로 그 불운한 시간이 다가온 것을 느꼈다.

"선생, 아무래도 안 되겠습니다. 술 한 잔 더 하십시다. 어차피 밤은 깊었습니다. 허지만 헤어지긴 너무 섭섭하지 않습니까?"

대여섯 시간은 줄곧 나를 사로잡아 왔던 끈끈한 집념과 독선으로 또 다시 나를 묶으려 들었다. 그리고 내가 뭐라고 대거리할 틈도 주지 않으려고 그는 선뜻 일어나 밖으로 나가버렸다.

잠결에 목이 조이는 갈증과 창자를 쥐어뜯기는 아픔으로 깨어났다. 창문에 비치는 희읍스름한 햇살에 눈이 떠지는 순간 정신이 번쩍 들었다.

어찌된 일일까? 뜻밖에도 나의 집이 아닌 낯선 방안이었다. 순간, 뇌리를 강타하는 기억으로 하여 후딱 자리를 살피고 소스라쳐 놀랐다. 내 곁에는 천만뜻밖의 여인, 어젯밤의 그의 누이가 잠들고 있지 않은가? 그녀는 실오라기 하나 걸치지 않은 알몸뚱이로 내 가슴에 얼굴을 묻고 자고 있었다.

나는 자리에서 일어났다. 역시 알몸인 채 있는 자신의 모습을 발견하고, 치밀어 오는 수치감 속에서 몸 둘 바를 몰랐다.

화장기가 씻긴 얼굴은 약간 흉하게 얼룩이 져 있었으나 그녀의 육체는 부시게 희고 아름다웠다. 탄력 있는 매끄러운 촉감에 온몸이 굳어지면서 새삼 코를 덮는 강한 체취에 나는 야릇한 분노를 느꼈다.

혐오 속에서 흩어진 홑이불을 당겨 그녀의 몸을 가렸다. 그리고 와들와들 떨리는 기분으로 옷을 주워 입었다.

잠시 망연한 자세로 웅크리고 앉아 그녀의 잠든 얼굴을 지켜보았다. 머리칼은 헝클어지고 멀쑥한 얼굴은 밤사이 약간 수척해 보였으나, 입가에는 더없이 따스한 평화로움이 번지고 있었다. 지그시 감은 눈과 조금 벌려 있는 입술 사이에는 생명감이 있었다.

나는 야릇한 감격을 느꼈다.

어젯밤 우리는 자정이 넘도록 술을 마셨다. 그때 그녀도 같이 있었다. 술상을 차려 온 그녀가 어떤 경위로 그 자리에 어울리게 되었는지 도무지 알 수 없었다. 나는 몹시 취했다. 졸음조차 퍼부었다. 그리고 얼핏 기억되는 것은 술자리가 막판에 이르자, 대작하던 그가 슬며시 자리에서 사라져 버렸던 일이다.

어쨌든, 나는 집에 가겠노라고 일어섰던 것 같다. 그 뒤론 내가 어찌되었는지 알 수가 없다.

어찌되었든 지금 나는 빗나간 사태에 놓였음을 깨닫고 미궁에 빠져버린 기억의 실마리를 찾으려 안간힘을 썼다.

언제나 불이 꺼져 있는 내 방에 들어갔다. 그리고 불을 켜는 일조차 귀찮아 옷을 벗어던지고 자리에 쓰러졌다. 뜻밖에 부딪치는 몸뚱이. 아내였다. 취중에도 아내의 살결은 희한할 만큼 탄력에 넘쳐 있었다.

질식할 것 같이 코를 찌르는 화장품 냄새와 체취에 자극되어 나는 파충류처럼 파고들었다. 왜 왔어? 나쁜 년, 집을 어쩔 셈이었어. 나는 바락바락 악을 썼다.

그때마다 그녀는 신경질적으로 짧게 웃었다. 바보같이, 웃긴. 너 미쳤니? 염치 좋게 집에 돌아올 양심이 있었어?

나는 풍선처럼 부풀어 온 성적 쾌감에 도취되어 그녀의 몸뚱이를 짓누르고 학대했다. 그녀는 신음처럼 앓으면서, 웃으면서 그러나 야릇하게도 성적흥분에 이상한 냉담성을 드러냈다. 굳이 애무를 거부하는 몸짓은 아니었으나 밀착된 두 육체 사이에는 야릇한 진공을 느끼게 했다.

그럴수록 나는 진득이는 혐오감 속에서 온몸이 불덩이처럼 달아오른 채 그녀를 거칠게 구박했다. 나쁜 년. 어디 가서 무슨 바람을 피웠지?

마치 암벽에 부딪치는 몸부림 아니면 나락에 빠지는 악마의 희학을 닮아 그녀의 이상하리만치 탄력 있는 육체를 마음껏 누렸다. 마침내 열려진 계곡을 향해 뜨거운 분류가 굽이치고, 지표가 흔들린 뒤에 영원과도 같은 침묵이 왔다. 그리고 모든 것이 끝나버렸던 것이다.

그런데 이건 어찌된 일인가? 나는 책상 다리를 하고 심란하게 앉았다가 결국 황연히 사태를 깨닫게 된 것이다.

어젯밤 나는 취중에 그만 녹아 떨어졌던 것이다. 그리고 착각 속에 아내 아닌 그의 누이를 범한 것이었다.

아직 어스름은 완연히 걷히지 않았다. 나는 와락 솟구치는 자책감에 가여운 포획물과도 같은 그녀의 머리맡에 무릎을 꿇었다.

벌어진 입술에 뜨겁게 입맞춤하고 싶은 야릇한 충격을 가까스로 눌렀다. 아무것도 모르고 있는 듯한 천진한 모습에 감격하여 와락 그녀를 껴안아 주고 싶은 의식의 속삼임을 겨우 묵살했다. 이윽고 나는 자리에서 일어섰다. 눈앞이 핑그르 돌면서 휘청거리는 다리를 겨우 떼었다.

방문을 조심스레 밀며 다시 돌아보았다. 그리고 밖으로 나가 정신없이 대문 쪽으로 내달았다.

거리에 나서자 새삼 쥐어뜯기는 것 같은 아랫배의 고통을 느꼈다. 그러나 그것은 마음속의 아픔이었다.

신선한 아침 공기는 마냥 부풀어 있었다. 길가의 풀섶은 아침이슬에 촉촉이 젖어 부드러운 윤기가 흐르고 있었다. 지붕 위에 햇살이 퍼지면서 하늘은 도시의 정적을 말아올리고 있었다.

이윽고 상가의 문들이 열려 있는 도심지에 이르러 나는 술집을 찾았다. 해장국집이 있었으면 했다.

마침내 나는 그럴 듯한 집을 발견하고 휘장이 나풀거리는 문안으로 들어섰다.

순간, 나는 기겁을 하고 발길을 세웠다. 어둠침침한 홀 안 구석 자리에 그가 혼자 앉아 있었다.

불현듯 나는 맹렬한 혐오감에 사로잡혀 그의 면상에 침이라도 뱉어 주고 도망치고 싶은 격렬한 충동을 느꼈다. 그러나 짐짓 의식과는 달리 못 박힌 채 나는 부르르 몸만을 떨었다.

그때 퀭한 눈으로 나를 바라보던 그가 풀썩 웃었다.

"어서 오세요. 속이 쓰릴 터인데 해장 한 그릇 하세요."

나긋한 어조로 말하는 그의 광채 있는 눈길이 내 가슴을 아리게 할퀴고 지나갔다.

나는 성난 기분으로 그의 곁으로 다가갔다. 내가 앞자리에 마주 앉자 그가 막걸리 한 잔을 권해 왔다.

나는 흡사 조롱받는 기분이었다. 아무 일도 없었다는 듯 태연자약한 태도에 뜨거운 저항을 느꼈다.

"우선 한 잔 드시고 속을 푸세요."

그가 채근해서야 마지못해 끔찍스런 기분으로 잔을 받았다.

"어젯밤은 너무 과음했습니다. 그렇다고 저를 너무 미워하지 말아 주세요."

나는 아무 말도 안했다. 그의 도도한 태도 앞에 나는 왠지 심한 열등감에 사로잡히고 말았다.

나는 술을 마셨다. 그리고 가져 온 술국을 건성 들이마셨다.

"어젯밤의 일은 하나의 부질없는 악몽처럼 생각하셔도 좋습니다. 그러나 악의는 아니었습니다. 저는 지금도 변함없이 선생을 좋아합니다."

낮은 어조였으나 약간 침통하게 울려왔다. 그의 낯은 일그러져 있었고, 턱에는 가벼운 경련이 일고 있었다.

"사람에게는 천사의 탈을 벗기고 악마의 얼굴을 들여다보고 싶은 희학성이 있습니다. 매력 있는 악마성이라고나 할까요?"

그는 또렷한 어조로 말하고 쏠 듯한 눈길로 나를 바라보았다.

나는 눈길을 피하려 술을 들었다. 퍼뜩 망막에 그의 누이의 피둥피둥한 나체가 꿈틀거리며 나타났다.

불현듯 죄책감으로 가슴이 옥죄는 느낌으로 나는 수저를 놓아버렸다. 우리는 말없이 잠깐 앉아 있었다. 시간이 갈라져 가는 소리를 가슴에 듣고 있는 것 같은 기분이었다.

이윽고 그가 벌떡 자리에서 일어서면서 말했다.

"가십시다."

우리는 밖으로 나갔다. 큰 길에 서자 헤어지기 위해 서로 얼굴을 맞댔다. 그가 억지로 웃음을 지었으므로, 나도 애써 웃는 시늉을 해 보였다.

"초면에 만나 어젯밤 왜 그런 일을 하게 됐는지 저도 모릅니다. 그러나 이제 그런 걸 따지기에는 이미 늦었습니다. 허지만 무의미함에 후회하는 따위의 어리석음을 지니고 싶지 않습니다. 앞으로도 가끔 뵐 수 있다면 좋겠습니다. 저희 집에도 놀러 오실 수 있다면 더욱 기쁘겠습니다. 그럼 안녕히 가세요."

그는 마치 예비해 놓은 말처럼 재빨리 지껄이고 돌아서려 했다. 나는 급히 그의 손을 끌어 잡았다.

무언가 한마디 해야 할 것 같은 생각이었다. 그러나 가슴이 꽉 막혀 버렸다.

낌새를 챘는지 그가 거칠게 손을 뿌리치고 돌아섰다. 쫓기는 걸음으로 총총히 사라져 갔다.

나도 돌아서서 걸었다. 푸른 하늘은 마냥 신선했다. 햇살이 생생한 의미를 지닌 눈처럼, 웃음처럼 나의 앞길에 쏟아지고 있었다.

우리들의 대부大父님

나이 든 어른들의 일이란 도무지 알 수 없는 게 많다. 그들의 생애란 호두껍데기처럼 단단하고 주름투성인 그 얼굴만큼이나 깊숙한 비밀로 새겨져 있는 것 같다. 그것은 결코 자랑일 수만은 없는 은밀한 과거 탓일 것이다.

이제 중학교 2학년인 나이 어린 소녀에 불과한 내 푼수에 뭘 알까마는 우리 남기창(南基昌) 할아버지, 그분은 그 중에도 유별난 분인 것 같다.

당신은 우리 공장의 감독이시다. 사장인 우리 아버지의 집안 할아버지뻘 되는 항렬이어서 짐짓 대부(大父)님이라 부르니까 나로 말하면 증조님 아니면 어정쩡히 큰할아버지쯤으로 부를 법도 하다.

하지만 우리는 그저 덩달아 대부님이라 부르는데 익숙해 있다. 마치 그 이상의 호칭에 엄두를 내지 못할 것처럼.

당신의 나이 예순 다섯, 그런데도 시속의 노인답지 않게 기운이 펄펄 넘친다. 약간 작은 키에 깡마른 몸집, 가무잡잡한 얼굴에 유난히 두 눈빛은 형형하여 남달리 정력적인 모습이다. 어디 한 곳이라도 무른 데라곤 없어 보이는 차돌처럼 단단히 뭉쳐진 당찬 인상이다.

그런 만큼 일에도 좀체 지칠 줄 모르는 근면함은 말할 나위도 없다. 아니다. 일을 통해서만 세상살이의 시름이나 외로움에서 벗어날 수가 있어 그렇게 매달릴 밖에 없노라는 느낌을 줄 만큼 열정적이었다.

당신은 오십 몇 남짓 되는 꽃같이 젊은 여공들 모두의 대부님이시다. 엄연히 감독이란 직함이었음에도 불구하고 아무도 그런 이름을 부르지는 않는다. 도리어 풋내기 공원이 처음에 짬도 모르고 할아버지 어쩌고 했다가도 이내 익숙해져서 대부님이라 부른다.

할아버지라는 시속의 호칭에서는 좀체 맛볼 수 없는 고색창연하고도 왠지 은근한 혈연의 정겨움조차 느끼게 되는 우리 모두의 어른이라는 단란한 분위기가 마음에 들었던 까닭이다.

어쨌든 대부님은 그들 가난한 여공들의 단순한 감독을 넘어서서 정신적인 대부(代父)이기나 한 것처럼 절대적으로 군림했다.

평소 더없이 자상스런 할아버지처럼 알뜰히 보살펴주다가도 실수를 발견하게 되면 눈물이 쏙 빠지게 나무라는 그 엄격성에 여공들은 움싹을 못 했다.

어차피 공원의 근무 동태를 체크해야 되는 직책이긴 하지만 열성이 지나쳐 여공들 사생활까지도 깊숙이 넘나들어 간섭하는데도 아무도 그걸 지나친 월권으로 탓하려 들지 않는 데에 대부님의 보이지 않는 덕망이 있다 할까?

그분은 여공들의 나태와 방종을 아주 싫어했다. 어쩌다 지각하는 공원을 적발하게 되면 서슬이 퍼렇게 나무랐다.

"이 어려운 세상에 그리 농땡일 부려 어찌 살아갈 거냐? 늬 공장에 나와 일허는 거 억울허지도 않나? 어차피 공원이 됐으문 하루 바삐 돈 벌어 잘살아 보겠다고 이를 북북 갈 줄 알아야지. 자고로 가난 구제는 나라도 못해 준다 혔거늘 늬같이 한가한 생각으로 언제 돈 벌어 남보란 듯 떵떵거리고 살 거냐? 제발 철 좀 들거라잉."

이래서 예외 없이 지각한 여공은 입술을 깨물고 울게 하였다. 그러나 대부님은 노상 매정한 것은 아니었다. 어쩌다 작업 중 공원이 불편해하는 안색이라도 눈에 띄게 되면 그냥 묵과하지 않았다.

"얘, 너의 낯빛이 예사롭지 안구만. 어디 몸이 불편한 모양인디 그만 일손 놓으래이. 쇠터럭 같이 많은 세월에 아등바등 악착 떨 거 없어야. 후딱 일어나래잉."

하고 거침없이 휴게실로 내몰았다. 그러나 개중에는 눈치 보느라 냉큼 일어서지 못할라치면

"얘야, 늬나 내나 남의 집 고용살이 푼수에 어찌 남의 눈치 안 보랴만 그럴 거 없느니라. 사람이 살자고 일허는 거지 죽자고 허는 거 아니니께 건강을 상허면서꺼정 충실헐 필욘 없다. 얼른 일어나 가래잉."

하고 극성스레 밀어내는 것이었다. 사장인 우리 아버지가 들으면 영락없이 고깝게 들릴 그런 말을 서슴없이 내뱉는 걸 나는 공장에 놀러 가서 가끔씩 목도하곤 했다.

우리 공장이란 사실 허울만 번드레할 뿐 코끼리 눈곱만한 작은 업체로서, 가죽장갑을 만드는 수출업체가 흘려주는 일감들을 맡아다 납품하는 하도급 회사이다. 원단을 가져다 재봉하여 바침으로써 품삯을 먹는 일이라 한다.

그런데 눈치껏 일감은 대고 있지만 해마다 공임은 토끼걸음으로 뛰는데, 도급의 마진은 요 5년 내로 거북이걸음으로 올라 도무지 수지가 맞지 않는다고 한다. 게다가 뭐 기업의 횡포라나 그나마 물품의 대금조차 몇 달 후에나 찾아 쓸 수 있는 어음으로 떼주는 바람에 당장

막힌 돈줄을 터놓기 위해 닥치는 대로 사채를 긁어 쓰게 되어 이러구러 빚더미만 쌓이게 되노라고 우리 부모는 걱정이 태산이시다.

이런 판국이니 작업의 능률이라도 올려야 되겠노라는 우리 아버지의 생각과는 달리 대부님의 여공들에 대한 느긋한 선심은 은근한 불만의 씨앗이 될 수도 있었다.

그런데도 대부님은 엉뚱하게도 작업환경의 개선이나 공원들의 처우개선 등에만 크게 관심을 드러냈다.

"어디 사람이 말이나 소가 아닌 바에는 일할 마음이 우러나도록 환경을 만들어줘야 하는 거여. 그게 일의 능률을 올리는 좋은 방법인 거여."

언제나 아버지 앞에 대부님은 입버릇처럼 뇌었다. 그리고 마침내는 작업장에 오디오 시설을 갖춰라, 점심 휴식시간을 30분 더 늘려라, 점심밥 부식비를 높여라, 기숙사가 없으니 값싼 사글세방이라도 집단적으로 얻어 갈 계책을 세워라 등등 어찌 보면 참으로 귀꿈스런 요구들을 내세우곤 했다.

해서 가뜩이나 사채 모으기에 진력이 나서 꺼부러진 굴비 꼴이 되어 있는 우리 어머니의 심한 역정을 샀다.

"누군 흙 파서 그 애들을 월급 준다요? 애들 사정만 시시콜콜 봐주었다간 그나마 우리는 빈껍데기만 남기 알맞구랴. 이런 불경기에 아무래도 안 되겠어요. 여보, 대부님께서 다신 그런 호사스런 말 나오잖도록 단단히 일러주구려. 지금 우리 형편이 어떤지 알 만헌 분이 철딱서니 없는 어린애 말씀만 허시니……."

그런데 좀 알 수 없는 건 아버지의 시큰둥한 반응이었다.

"그러긴 그랴. 허지만서두 그 어른이 그래도 헌다고 허는 일인디 어찌 탓헐 거여. 요즘처럼 공원 구하기 힘든 판국에 그나마 그 어른이나 허니께 애들 틀어잡고 뺏기지 않는걸. 두고봅시다. 어디 설마 그 어른이 회사 말아먹고 하늘로 떠버릴까?"

"떠버릴 위인이라도 되면야 차라리 낫겠다구요. 세 번이나 살림 엎어버리고 세상의 쓴맛 어지간히 겪고서도 도대체 물정이라곤 모르고 허망한 말씀만 허시니께 한심스러워 그런다우."

"따지자면 허망헌 말씀만은 아니지. 우리 형편이 닿지 못해 그런 거지. 그리구 그 어른이 저토록 불행헌 거는 어디 그 어른 탓인가베. 지지리도 세상을 잘못 타고 난 탓이제."

"뭐가 세상 탓이랍니까? 아니 험한 세상을 당신 혼자서만 당했깝뇨? 따지구 보면 그게 천석꾼 외아들로다 세상물정 모르고 호강허게만 자란 탓이지우. 게다가 왜정 때 헌다는 대학꺼정 다니신 분이 만년에 저 신세가 된 건 누구 탓으로 돌릴 수도 없는 일이라구요."

어머니는 끝내 토라져서 싸움이라도 걸 듯한 험한 기색이었는데 아버지는 뜻밖에 냉담한 태도였다.

"그만해둬. 그 어른의 성정이 본시 영악허지 못해 저리 된 거 지금 탓혀 뭐 이로울 거여. 생각해 봐. 그 어른이 우리 집안에 어떤 분이라구. 그러니께 더욱 딱허기는 허지만 우리래두 이렇게 모시고 있으니께 그나마 분지복이라구 알어야 혀."

"아니, 분지복이라니 그 어른 때문에 우리가 복 받고 지낸다는 말처럼 들리네요."

어머니가 입을 삐죽였다. 그런데도 아버지는 실실 웃기만 하였다.

"그리 생각헐 양이면 그리 되는 거지."

"어휴, 그저 내가 속이 터져 죽겠다니까."

짐짓 어머니의 일방적인 푸념으로 대부님에 관한 언쟁은 끝장이 났다. 그것은 마치 우리 집에 있어 대부님의 존재란 그렇듯이 어느 한계를 넘어서서 범접할 수 없는 절대적인 존재인 것처럼 보였다.

또한 그것이 아버지가 지켜야 할 중요한 긍지이기도 한 것처럼 어머니의 불평 앞에서 아버지는 언제나 완고하리만큼 대부님의 모든 것을 두둔해 마지않았다. 왜 그래야 되는걸까 하고 생각해 보았으나 냉큼 영문을 알 수 없었다.

아침부터 병아리 깃털 같은 눈발이 푸슬푸슬 내렸다. 음산한 하늘만큼 개학을 앞둔 내 마음도 심란했다.

겨울 방학의 과제물도 제대로 챙기지 못한데다 때마침 구정을 앞두고 공원들의 휴가에 대비한 돈 마련에 몸이 한껏 달아오른 부모님들로 하여 집안 분위기는 마냥 먹구름 속이었다.

정오가 가까워질 무렵이었다. 난데없이 우리 집에 한 손님이 찾아들었다.

아마도 30대 후반쯤으로 짐작되는 한 여인이었는데 실로 뜻밖의 귀한 손님이었다.

예서 굳이 뜻밖의 귀한 손님이라 표현한 것은 부모님이 그녀를 맞아 어느 때 없이 무척 당황하고 반기는 모습에서 얼핏 그렇게 느꼈으나 사실은 대부님을 찾아온 손님이었다.

그리고 그녀의 나타남으로 인하여 짐짓 검은 장막 속에 가려져 있던 대부님의 이지러진 과거의 일단이 비로소 틈을 내비치게 되었다는 데서 자못 놀라웠다.

그녀는 대부님의 숨겨진 딸이었다.

"고모님, 어디서 만나 뵈어도 정말 몰라보구 지나치겠구려. 원 세상에, 이리 무정헐 수가. 그래 지금 어디서 사셔요?"

방안에 들어 마주앉기가 바쁘게 아버지는 마치 잃었던 보물이라도 넘겨받은 듯 부신 눈으로 바라보면 물었다.

"대전에서요."

날카로운 콧날과 약간 치켜진 눈썹 말고는 대부님과 도통 닮은 데라곤 없어 보이는 초췌한 모습의 여인은 씁쓸하게 웃었다.

그리고는 신상에 관해 몇 가지 문답이 부산하게 오간 뒤에

"그래 그간에 대부님과는 자주 만났던가요?"

하고 또 다시 아버지가 물었다.

대꾸 대신 여인이 애매하게 웃었다.

"그럼 그렇지. 고모님이야 무슨 잘못이 있다고. 게다가 일점 혈육인디 대부님께서 얼마나 마음에 걸리셨을남요."

어머니가 가장 애처롭다는 투로 혀를 차며 말했다.

"글쎄요. 허지만 저는 아버님과 겨우 두어 번 밖에 만난 일이 없는걸요."

그러니까 나에게 대고모뻘이 되는 그녀가 뜻밖에 냉랭한 표정으로 말했다.

"저런 그럴 수가. 허지만 그건 대부님께서 줄창 어려운 생활을 겪다 보니께 자연 마음의 여유가 없었던 까닭이었을 거구만. 세상에 자기 혈육의 정을 버릴 무심헌 사람이 어디 있을려구."

아버지가 의당 그래야 할 것처럼 서둘러 해명했다.

그러나 그녀는 통 그 말을 귀담아 듣고 싶은 마음이 없는 것처럼 보였다. 무심한 얼굴로 안방의 살림들을 휘둘러 보았다.

"대부님께서 성격이 유별나시기는 허시지. 허지만 단 하나 있는 딸꺼정 그렇게 박절히 허셨을까?"

어머니가 짐짓 그녀의 깊은 상심을 어루만지기라도 할 듯이 말했다.

"그나저나 대모님은 그대로 잘 계시고?"

하고 이번에는 아버지가 참 하기 어려운 얘기를 꺼내노라는 투의 은근히 망설이는 눈치로 어름대며 물었다.

"우리 어머님요?"

하고 뜨악한 눈초리로 되묻는 그녀의 양 볼에 가벼운 경련이 이는 듯싶더니

"돌아가셨어요."

하고 내뱉듯 말했다.

"저런 어쩌다가? 언제?"

"한 삼 년 되었어요."

"저런 그랬는데도 우리는 통……."

아버지는 의구에 찬 눈길로 어머니를 돌아보았고 어머니는 이내 느낀 듯

"불쌍한 어른."

하고 입 속으로 짧게 중얼거렸다.

그랬을 뿐, 착잡한 침묵 속에서 아버지나 어머니나 그 이상 그 일에 괘념할 일이 아니란 듯 입을 굳게 다물어 버렸다.

왜 그럴까? 우리 부모님이 굳이 대모님에 관한 한 마치 어기지 못할 금기처럼 여겼어야 할 그 까닭을 나는 어렴풋이 알고는 있었다.

우리 부모님은 대부님의 과거에 대하여 내놓고 말하길 꺼려하는 눈치가 역력했으므로 좀체 그럴 기회가 없었기는 하지만 어쩌다 푸념하는 투의 대화를 흘려들을 수는 있었다.

"그러니께 9·28 당시의 그 일로 그 어른의 인생은 박살이 나부린 거여?"

"세상에 원, 헌다는 교육도 다 받구 천석꾼 외아들로 호강시리 자란 분이 뭘 못해 그런 일에 말려들었을까?"

"자네는 마치 꿈속에서 세상 살어온 것 같구만. 그때 사정이 그랬었구만. 대부님이 어디 그럴 위인이여. 한때 생각을 잘못혔지. 미친 돌개바람 같은 시류에 정신을 못 차린 거라구나 헐까. 어쨌거나 그때부텀 그 어른의 인생이 형편없이 망가지기 시작헌 거여."

"대모님만 그때 분수를 지키고 있었더래도 요즈막의 이런 꼴이 안 됐을 텐데."

"그게 다 팔자 소관인거여. 그 어른이 어디론지 종적이 사라진 뒤 한 이 년 동안 딸애 하나 데리고 살던 대모님이 그만 바람이 난거지. 지금 생각하면 고작 이 년에 그럴 수 있을까 허지만 사실은 대모님만 탓하기에는 그때 사정이 엄청 절박했던 거여. 아무도 그 어른이 살아서 돌아오리라구 생각을 못했으니깐. 당시 사정은 그랬었구만. 정말 벼랑에 매달린 심정이었을 거구만."

"아무렴 그렇기로서니 너무 허셨지라우. 멀쩡히 죽은 남편 두고도 수절 허는 판에 생사가 분명찮은 남편에다 딸꺼정 둔 처지에 어찌 그럴랍디야? 듣자 허니 고녀도 나오고 아주 미인이었담서요?"

"그랬었지. 그게 팔자소관이여. 그나마 새로 맞은 남편이란 게 무식헌 자동차 운전수였다니께. 그때 한겨울 땔감이 없어 고생이 심했던 판국에 트럭 운전하던 젊은 놈이 어찌어찌 흑심을 먹고 알랑대며 선심 쓰는 바람에 물정 모르고 살아온 대모님이 고만 알게 모르게 그에 넘어간 거였어."

"에이 수언 말 같잖은 소리 허지 말어요. 원, 화냥기 아니고야 그깟 놈에 어찌 넘어간다요? 그래 고 녀석허구 길게 살았답디까?"

"어디 그럴 수 있었겠어? 한 사오 년 그래저래 살았다구도 허는데 자세히는 모르지만 그게 어디 제대로 사는 거였겠어?"

"그 후 대부님이 어찌어찌 구사일생으로 기적처럼 산에서 죽지 않고 탈출해 돌아오셨거든. 그래 자수하고 약간 옥고도 치렀지. 그 때문에 남은 재산 모두 거덜이 나고."

"세상에 원, 그럴 수가. 그래 대모님과는……."

"그야 말해 뭘혀. 대부님이 그런 대모님을 용서할 리가 있겠어? 집안에선 기왕 그리 된 거니께 딸이라도 데려다 키우면서 재혼허라고 했지. 그런데 대부님의 성깔이 원만해? 그런 더러운 계집에서 난 딸조차 보지 않겠다구 막무가내였거든. 그래 고모님 신세가 가엾게 된 거여."

"그건 대부님이 잘못헌 거라구요. 세상에 당신의 일 점 혈육인디…… 고모님이 무슨 죄라구. 그건 백 번 잘못헌 거라구요. 너무도 매정스런 일이라구요."

"아무튼 그게 다 세상 잘못 타고난 탓이제. 인제 원망헌들 무슨 소용이 있어. 세상사 새옹지마라구 사람 팔자 아무도 예측 못할 일이라구."

그 기구한 운명을 타고난 여인! 바로 우리네 대고모님이 지금 내 앞에 있는 것이었다.

그저 평범한 한 중년기에 들어선 성숙한 아낙으로서 거친 세파도 겪고 보면 별게 아니란 뜻의 달관이랄까 허탈감이랄까. 아무튼 좀체 말수가 없는 그녀는 일쑤 방심한 것 같은 표정으로 앉아 있었다.

아버지도 대고모님께 더 이상 번거로운 질문을 하지 않았다. 누를 수 없는 호기심에도 불구하고 그건 부질없이 대고모를 괴롭히는 일에 불과하다고 여겨 기껏 자제하고 있는 것 같은 표정이었다.

다만, 그 후에도 어머니만은 몇 마디 질문을 던졌으나, 부러 대고모의 시큰둥한 반응이거나 아버지의 눈흘김으로 억제되어 화제는 좀처럼 진척되지 않았다.

해서 방안 분위기는 더욱 착잡해졌고 이 따분한 분위기에서 벗어나는 길은 오직 대부님이 나타나는 일뿐이란 걸 우리 가족 세 사람은 은연중 깨닫고 있었다.

그런데 어인 일인지 대부님은 좀체 나타날 기미가 없다. 공장에 연결된 인터폰으로 짐짓 알린지가 한 시간이 훨씬 지났는데도 깜깜 소식이었다.

물론 그분 성미로 보아 무슨 귀한 손님이라고 헐레벌떡 뛰어올 리 없으리라는 짐작은 하고 있었다.

하지만 이건 너무 지나친 일이 아니냐는 자각과 함께 차츰 아버지는 불안하고 두려워하는 표정을 짓기 시작했다.

당사자인 대고모가 대부님의 박절한 태도를 알게 되면 얼마나 마음이 아플까 하는 일로 아버지는 몸 둘 바를 모르듯이 송구해하는 눈치였다.

그래서 짐짓 허랑한 태도로 대고모 앞에 쭈그리고 앉아 있는 어머니에게 핀잔을 주어

"왜 그리 멍청히 앉아 있는 거여. 아직 때가 이르기는 해도 어서 저녁 준비나 허란 말여."

하고 말했으나 그건 숫제 민망함을 위장하기 위한 허튼 수작에 불과했다.

"저녁식사라뇨? 전 아버님 잠깐 뵙고 돌아가야 돼요. 공장으로 찾아갈까 하다가 싫어하실

까봐 이리로 찾아왔는데…….”

“아니 그냥 가시다니 말이 돼요? 저녁 잡수고 하룻밤 묵어가세요.”

짐짓 아버지가 화들짝 놀란 얼굴로 말했다.

“아녜요. 살림허는 여자가 집을 비울 수가 있나요. 그리고 애들도 기다리고 있는 걸요.”

“음, 애들이…….”

순간, 아버지가 짧게 되뇌었는데 그건 이제껏 그녀가 애를 지닌 주부라는 신분을 까맣게 잊고 있다가 비로소 깨달은 것 같은 당황한 눈치였다.

“참, 애들이 몇인데요?”

어머니가 예의 삼아 묻는다는 투로 물었다.

“셋이에요.”

“셋이라면?”

“2남 1녀랍니다.”

그녀는 좀 대견하다는 눈치로 말했다.

“저런 그랬었구만.”

금시 아버지의 얼굴이 감격한 듯 밝게 부풀었다. 아하, 외짝이나마 대를 이을 든든한 끈이 있었구나 하는 데서 오는 안도감이었으리라.

“어쨌거나, 대부님이 여태 왜 안 오실꼬?”

어머니가 이내 궁금해진 표정으로 말했다.

“그럼, 내가 공장에 가볼게요.”

마침내 나는 말하고 모처럼 해방되는 기분으로 방문을 나섰다.

대부님은 공장 안에 없었다. 나는 명색이 총무라는 이름으로 대부님을 돕고 있는 오빠 은석에게 갔다.

“대부님 어디 가셨어?”

“글쎄, 모르겠는데?”

모든 게 그저 따분하고 귀찮게만 느껴진다는 투의 버릇대로 그는 시큰둥하게 대꾸했다.

“대부님의 딸, 대고모가 기다리고 있는걸.”

나는 투정하는 말투로 이야기했다.

“그래? 왔니? 어떻게 생겼든. 나이가 많어?”

뜻밖에 그답지 않게 깊은 관심을 드러내어 물었으므로, 괜히 역겨운 기분이 들어 한껏 토라진 어투가 되었다.

“찾아온 딸을 만나고 싶지도 않은가봐. 그래 슬그머니 도망쳤나봐.”

오빠는 힐쭉 기분 나쁘게 잇몸까지 드러내어 웃었다.

"도망이야 갔을라구. 허지만 왈칵 만나고 싶은 생각이 없을 거란 건 사실이야. 대부님의 과거란 뒤죽박죽이니깐. 사람은 지난날이 부끄러운 일은 애써 피허구 싶은 거야. 네가 알 턱이 없지만."

"흥! 오빠가 그걸 어찌 알아? 제법 어른스러운 말을 하는구먼."

나는 불현듯 경멸에 찬 어조로 쏘아붙였다. 우리 집의 말썽꾸러기. 부모님의 기대를 깡그리 무너뜨리고 겨우 고등학교를 마친 뒤에 가까스로 마음을 잡았다가 푼수로 공장의 자잘한 심부름이나 하고 있는 그 위인에 대한 평소의 반감 때문이었다.

집에 돌아갔다. 그런데 뜻밖에 손님은 없었다.

"네가 간 뒤, 밖에서 대부님이 불러내어 가셨단다."

어머니의 설명이었다. 그러면서 어머니는 대부님의 그런 처사가 왠지 찜찜한 모양이었다.

"애비가 딸을 만나는데 뭐가 어쩌길래. 나이 칠십이 가까워지는 늘그막까지 그 까다로운 성질은 영 버리질 못허시니……."

하고 끌끌 혀를 찼다.

"어쨌든, 모처럼 고모님 오셨는데 하룻밤 재워 보내야 되는 건데……."

아버지는 섭섭한 마음에 금시 눈시울이라도 붉어질 것 같은 눈치를 보였다.

대부님이 결근했다. 대고모님이 다녀간 다음 날부터 이틀이나 연이어 빠졌다. 이런 일은 결코 없었던 일이었다.

생활의 억센 변화에도 불구하고 일단 직장이랍시고 틀어잡고 앉은 바에는 시계추처럼 정확하고 성실해야 된다는 게 특별한 신조인 것처럼 처신했었다.

그래 십여 년 동안 무단결근이란 하루도 없었다. 그랬는데 이게 웬일인가?

처음 하루쯤은 어제 딸을 만나고 나서 심기가 편치 않아 그런 거니 하고 아버지는 짐짓 궁극해진 마음을 느긋하게 달랬던 모양이었다. 그러다가 이틀째 또 나오지 않자 막상 불에 덴 듯이 당황해하였다.

그렇다고 당장 확인할 길도 없었다. 그 댁은 전화도 없다. 그 댁이라 하지만 사실은 그거나마 아버지가 채권으로 차지했던 세 칸짜리 방을 무상으로 빌려 쓰고 있는 형편이었다.

거리가 꽤 떨어져 있기도 하지만 기실 아버지가 냉큼 쫓아가 확인하지 못하는 속뜻은 행여 이틀이나 빠졌다 하여 부리나케 출근을 채근한다는 오해나 사지 않을까 은근히 두려웠기 때문이다.

이러구러 망설이며 가슴을 태우고 있는 터에 어머니가 안타까웠던지

"뭘 꾸물거리고 계슈? 대부님이 막말로 졸지에 큰 병환이라도 나셨담 어쩔 판이유. 유별나게 청렴을 떨어쌓는 분이니께 병환이 나셔도 연락조차 않을 성민 줄 모르셔유?"

하고 채근해서야 아버지는 마지못해 다녀올 생각을 머금게 된 모양이었다.

"허긴 이상혀. 여태껏 이런 일은 없었는데 아닌 게 아니라 무슨 병고가 단단히 나긴 난 모양이구려."

아버지는 입 속에서 부글거리는 소리로 중얼거리며 방을 나섰다. 그의 등 뒤로 향하여 부릅뜬 눈길을 쏘고 있던 어머니가 문득

"참 별스런 일루다 가슴을 다 썩이네."

라고 짐짓 비아냥거리는 투로 푸념을 했다. 나는 순간 왠지 모를 강한 거부감에 이맛살을 찡그렸다.

평소 대부님에 대한 은밀한 반감도 그렇거니와 근래 회사의 사정이 전에 없이 어려워지면서 짜장 어머니의 푸념이 늘어만 갔다.

마치 회사에 관한 일인즉 보고 듣는 모든 것이 항용 심화를 긁이는 일 뿐이라고 지레 단정하고 있는 듯한 태도였다.

"대부님이 정말 어디 아프기라도 허면 어쩌지?"

정작은 어머니 심중을 꼬드길 셈으로 내가 묻자

"그 양반이 어디 병이라도 날 분이냐? 마나님이 고혈압으로 운신도 못 허는 처지에 병이 날 경황이 어디 있겠어."

어머니가 거친 어조로 내뱉었다. 그 말의 울림이 여간 매몰차지 않았다.

두어 시간 뒤에 아버지는 돌아왔다. 약간 상기된 얼굴로 거실에 들어선 아버지는 대뜸 첫마디가 '젠장'이었다.

그래 반사적으로 어머니와 나는 긴장할 밖에 없었는데도 말없이 오랫동안 애꿎은 담배만 빨아대고 있었다.

"어때요. 병이 나셨던 것 아녜요?"

어머니가 낌새를 채고 물으니까 그는 고개를 흔들었다.

"그럼 무단시리 왜 안 나오셨대요?"

하고 채근해서야 아버지는 담배꽁초를 재떨이에 비벼 껐다.

"젠장 얼마나 속이 상했음 평소에 한 모금도 안하던 술을, 그나마 독한 소주를 한 병이나 마셨다지 않소."

"아니 저런 재변이 있나? 그래 속상할 일이라니 그저께 따님 만나 무슨 일이 있었구랴."

어머니가 여느 때 없이 호들갑을 떨었다.

"젠장 말이지. 그 어른 만년꺼정 온갖 궂은 일이 떠나지 않는구먼."

불만에 차 한껏 이지러진 아버지의 얼굴이 야릇하게 부풀어 보였다.

"정말 무슨 일이 있었구랴?"

"아, 글쎄 참 딱헌 일도 있지. 그 대모님 말이여. 그 한스런 넋이나마 어디 마땅히 묻힐 데가 없어 그렁저렁 공동묘지에 묻혔다는데…… 아, 글쎄 고모께서 대부님께 선산에 이장시켜 달라는구만."

"아니, 우리 집안 선산 말이요?"

어머니가 충격을 받은 듯 뜨악한 눈초리로 아버지를 바라보았다.

"그렇다니께. 허지만 대모님이야 벌써 딴 남이 돼버린 게 아닌가베. 그러니 당치도 않은 일이여. 그런데 딸의 입장으론 죽은 대모께서 돌아가 묻힐 선산이 없으니께 안타까워 허는 말이겠지. 친정에 가겠어? 잠깐 만나 살던 그 녀석이 맡아 주겠어?"

"그래. 대부님이 뭐랬대요?"

"그야 물어보나마나지. 헌데 대부님이 가슴 아파허시는 건 다름이 아녀. 고모께서 대모님이 그리된 건 본래 대부님 책임이라구 원망헌다는 거야. 그야 그렇달 수도 있지. 그 좌익 물에 들어 9·28에 입산허지 않았다면 어머님 신세가 어찌 그리됐겠냐, 그리구 아무리 변심헌 아내라 하여 미워헌대도 어찌 일 점 혈육인 나까지를 이제껏 버려두었느냐 허면서 원망허다니 대부님이야 그 말까지를 어떻게 변명헐 수가 없었던 거여."

아버지는 일이 참으로 난처하게 됐노라는 짐짓 곤혹에 빠진 표정으로 말했다.

"그래서 어찌 허신대요?"

"아 그야, 뭘 어찌 하겠어? 문제는 대부님이 괴로울 뿐이라는 거지. 더욱이 고모가 막말을 허드래는구만. 이제껏 자기는 불쌍헌 어머니 모시고 살면서 아버지를 되도록 이해허려고 노력했지만 이제 이 요구마저 들어주지 않는다면 아주 완전히 부녀간의 인연은 끊어진 것으로 치부허겠다고 하더래."

"참 딱허요. 그렇다구 부녀간의 천륜조차 끊을 수는 없구……."

어머니는 여느 때와 같이 푸념 섞인 말투로 말했다.

"그렇구만. 뿌린 씨는 거두어야 되는 법이니께."

아버지는 혼잣말처럼 중얼거리며 벌떡 자리에서 일어섰다. 공장에나 가봐야겠다는 심산인 것 같았다.

때마침 현관문이 드르륵 열리면서 오빠 은석이 응접실로 들어섰다.

"공장에 대부님이 오셨어요."

은석이가 별난 보고라도 한다는 듯 과장된 기분을 드러내어 말했다.

"그래?"

하고 잠깐 놀란 표정을 짓던 아버지가 거봐라 어떠니 하는 눈짓으로 어머니를 힐끔 돌아보고는

"참 별 수 없는 어른이셔. 기왕 내친 김에 내일이나 나오실 일이지."

하고 말했는데 자못 감격에 찬 어조였다.

부모님이 공장에 나가자 나는 오빠에게 문득 물었다.

"대부님이 왜 대모님과 헤어졌대? 정말 대모님이 큰 죄를 지었던 거야?"

"바보같이. 넌 모르는 게 당연해. 대부님은 한때 사회주의 아니 공산주의 사상에 물들어가지고 6·25때 활동했단다."

"세상에 원, 그럴 수가. 대부님 큰 부잣집 아들이었다는데……."

"글쎄, 그것과 상관없이 그랬다니께. 그래 9·28 수복이 되니께 지리산에 들어가 공비가 되었던 거야."

"공비라니. 야, 대부님이 공비였다니? 그런데 어떻게 살았어?"

나는 너무도 놀란 나머지 가슴이 뒤틀리는 느낌으로 급히 물었다.

"공비 토벌에다 사정이 급박해지니께 죽음을 무릅쓰고 거길 빠져나온 거래."

"다행이네. 고생 무지허게 했겠지만 살았으니께 말야."

"그 기간 동안에 대모님이 배신한 거야. 그리고 대부님은 자유의 몸이 된 뒤에 어떤 과부를 만나 살았다는데 재수 없게도 셋이나 되는 의붓딸들을 남은 재산 털어 바쳐가면서 대학까지 교육시키고 결혼시키고 나니까 그 과부였던 대모가 덜컥 죽어버린 거야. 그래 빈털터리가 되어 그 후로 우리 공장에 오신 거야."

오빠 은석은 마치 신나는 소설 줄거리나 외워대듯 재빠른 말씨로 주워댔다.

우리들의 마음씨 고운 대부님. 그 대부님에게 그렇듯 사나운 과거가 있었나 하는 생각에 내 가슴에 빠지지 옥죄이는 것 같았다.

"그럼 지금의 대모님은 세 번째네."

"그렇지. 그런데 그 대모님은 고혈압 환자 아니니? 밤낮 누워 살어. 그나마 열다섯 먹은 아들까지 딸린 몸인데…… 참 대부님의 고생이 이만저만 아니란다."

"참 얄궂네. 어쩜 그럴까?"

"그러니께. 첫 단추를 잘못 잠그면 모든 단추가 틀어진다는 그거야."

은석 오빠는 동정인지 비아냥인지 짐짓 분간하기 어려운 표정으로 말했다.

"참 어른들의 과거란 알 수 없구나."

내가 불쑥 중얼거렸다.

“그게 세월이라는 거야.”

은석 오빠가 제법 어른의 말투를 흉내내어 말했다.

세월이 뭔진 모르지만 나는 자못 깊은 곤혹감에 빠졌다.

대부님의 깎아 맞춘 듯 빈틈없는 일상, 한 치의 틀어짐도 없을 것처럼 철저한 기율, 그 어느 속에 고래 입만큼 벌어진 운명의 함정이 있어 기구한 삶을 이어오는가 싶은 막연한 생각에 잠기게 되었다.

주 노인朱老人네 일가一家

주 노인(朱老人)네가 언제부터 이 마을에 들어와 살게 되었는지 정확히 아는 이는 없다. 아무튼 육십여 호가 훨씬 넘는 김해김씨 푸네기에 이 주 노인네는 쌀에 뉘처럼 그렇게 발을 붙이고 살아왔다. 이들이 자신들과 어떤 관계, 인척이 되는지 소상히 알지도 못하면서 마을 사람들은 주 노인네를 친척인 양 그에 알맞은 호칭으로 부르는 데 익숙해 있었다.

주 노인은 평생 가난할 수밖에 없는 비천한 농부로서 김 씨네와는 2대째 주종(主從)의 관계를 지녀왔다. 또한 그에게는 맏아들 수바우(壽岩), 둘째 돌바우(乭岩), 셋째 판바우(判岩)라는 바우 항렬을 가진 세 아들이 있어 직접 거친 농사일에 뛰어들지는 않아도 그럭저럭 살림을 꾸려나갈 수는 있었다.

노인의 전력이 머슴살이였다는 건 전해진 얘기일 뿐 이 마을의 제일 웃어른으로서 보통 큰댁 어른으로 불리는 김수일(金洙一) 노인의 사랑에서 소일하는 한가로운 노인이 되어 있었다. 그는 판무식꾼이었지만, 천성이 깔끔했던 탓인지 세찬 노동으로 반생을 보낸 노인치고는 무척 깨끗하고 점잖은 티를 지닌 노인이었다.

당시 김수일 노인은 마을을 호령 한 번으로 뒤흔들 만큼 기세가 등등한 흡사 군왕처럼 군림하는 절대적 존재였다. 구학문에는 웬만큼 자신이 있는데다가 개화기에 신학문도 약간 곁들인 만큼 추세에 능하고 웬만큼 이재(理財)에 밝아 일찍이 일본 농장의 마름으로 치재를 하여 한때는 면내에서도 손꼽히는 지주로 통했다. 또한 그는 성질이 강직한데다가 곧잘 불같이 노여워하는 괄괄한 성미였으므로 마을 일가들은 누구나 없이 그의 비위를 건드리기를 두려워하여 서로 조심하며 전전긍긍했다. 어쩌다 마을 안에 술집을 차린다든가 하다못해 빵틀이라도 들여와 시쳇말로 소비성향을 자극하는 행위를 한다 치면 가차 없이 동네에서 추방해 버렸다.

결국 이 마을 육십여 호가 둘둘 뭉쳐 완벽한 성채를 이뤄놓고 일체의 타성바지를 거역하게 된 굳은 텃세 뒤에는 김 노인의 전제적인 영도의 영향이 컸던 것이다. 그런 점에서 어떤 인연이든 주 노인네가 그 마을에 끼어들게 되었다는 건 김 노인의 각별한 배려 없이는 상상도 못할 일이었다.

두 노인은 서로 같은 연배로서 거의 하루 온종일을 사랑방에 마주 앉아 흉허물 없는 대화를 나누고는 있지만, 주 노인은 과거의 주종관계를 떠나서라도 끝내 흉허물을 트기 어려운 조심스러운 상대자의 입장을 지켜왔다. 그의 큰아들 수바우가 아직도 김 노인 댁 머슴으로 묶여 있는 관계 말고도 그 집의 안팎일에 전적으로 관여했을 뿐 아니라, 언제나 김 노인 곁에서 명령을 기다리는 충직한 종자(從子)처럼 처신했다.

이러한 주 노인의 입장은 한마디로 김 노인의 은밀한 친구 관계 아니면 미더운 시종의 입장이었다 할 것이다. 어쩌다 하루쯤 주 노인이 나타나지 않아 혼자서 골패를 떼며 무료를 달랠 수밖에 없는 처지가 되면 김 노인은 괜히 화를 내곤 했다. 그러다가 이튿날 주 노인이 나타나기가 무섭게 호통을 쳤다.

"여보게, 보홍이! 자네 주제에 어디 시앗이라도 감춰뒀던가?"

"아니, 시앗이라뇨?"

"그렇잖음, 왜 어제는 진종일 코빼기도 안 보였어?"

이 지경이 되고 보면 주 노인은 죄 없이 곤혹에 몰려 어제 하루의 행적을 낱낱이 일러바치느라고 쩔쩔매지 않을 수 없다. 시앗은커녕 사실 주 노인은 늙은 홀아비였으니까 김 노인의 핀잔이야말로 공연한 생트집이 아닐 수 없다.

아무리 위세 당당한 김 노인이지만 나이는 속일 수 없는 것, 지병인 해소 기침 때문에 보약이나 별의별 약재들을 달여 먹었으나 별 효험이 없이 언제나 바람 빠진 풍금 소리같이 가래를 글글거리며 기침을 세차게 했다. 그래서 늘 방안에 둔 요강에는 피 섞인 가래가 물큰하니 고여 있어 보기에 끔찍했다. 아무리 시아버지이기로서니 며느리도 사람인지라 요강을 비울 때는 상이 찌푸려졌고, 김 노인 역시 아랫사람들한테 피 요강을 보이는 것이 민망스러워 번번이 딱해하곤 했는데 언제부턴가 눈치 빠른 주 노인이 그 요강을 도맡아 처리해 왔다.

그렇게 곰살맞은 시중을 든 탓인지 김 노인은 주 노인에게 종답(宗畓)을 부치도록 돌려주었고, 밭도 몇 뙈기 물려주었을 뿐 아니라 나중에는 재실(齋室)에 붙은 행랑채까지도 거저 쓰도록 후한 배려를 해주었다. 이러한 김 노인의 마음 씀씀이에 대해서는 석연찮은 일면이 있어 두고두고 이 마을 사람들의 입에 오르내렸다. 그도 그럴 것이 그는 평소 재물에 대해 냉엄하기 그지없어 아무리 빈곤한 살붙이 친형제라도 곤경에 빠졌다 해서 쉽사리 동정을 베푸는 살가운 성격은 아니었다.

어쨌거나 이러한 김 노인의 배후에 앉아 점잖은 양반집 노인 행세를 하고 있는 주 노인의 생활은 김 노인과 연관해서만이 설명될 수 있을 만큼 특수한 관계를 지니고 있었다. 그렇다고 해서 쌀쌀하고 이해관계에 약삭빠른 김 노인이 그 나름의 어떤 계산 없이 주 노인을 도와주고 있으리라는 생각은 이 마을 사람 누구도 해본 적이 없었다.

주 노인의 큰아들 수바우는 우직하기로 치면 소와 같았다. 평생 일만 하려고 태어난 사람처럼 묵묵히 일만 해대는데 그 일솜씨 또한 듬직하여 누구나 탐을 내는 머슴이었다. 수바우는 이십여 년 간 몸담아온 김 노인 댁의 빼놓을 수 없는 귀한 식솔로 어려서 앓은 중이염으로 한쪽 귀가 막혀버려 그를 부리기가 여간 성가시럽다는 점만 빼면 다른 집에 뺏길까 두려운 일꾼이었다. 그에게 일을 시키려면 악을 써 큰소리로 몇 번씩 외쳐대야 했기 때문에 부르는 사람은 번번이 화를 냈고 부름을 당하는 사람은 당황하고 죄스러워 잔뜩 주눅이 들어 있는 형편이었다.

그런 그에게도 별나게 트인 한구석이 있었는데, 바로 도박벽. 그것으로 삼동(三冬)의 농한기만 닥치면 악귀에 들린 듯 어김없이 노름판에 끼어들어 세월 가는 줄 모르고 빠져버리기가 일쑤이며, 대개는 한밑천 홀랑 발리고 나서야 물러났다. 한 해 동안 죽으라고 일해 받은 사경(私耕)을 노름판에 털어 바치는 것은 물론 심지어 명절날 얻어 입은 새 옷까지 벗기고 돌아오곤 했다.

“에이 육시랄 소같이 미련한 놈아! 썩 나가서 뒈져라.”

주 노인은 번번이 땅을 치며 통곡했고 등신처럼 서 있는 수바우의 무쇠 같은 등허리를 뼈만 남아 앙상한 주먹으로 두들겨대며 욕설을 퍼부었다.

“머저리 같은 네놈을 노름판에 끌어들인 놈이 대체 뉘더냐? 냉큼 그놈들을 낱낱이 일러대라. 내 붙들기만 하면 당장 요절을 내리라.”

덩달아 김 노인도 역정을 내어 그를 다그쳐대도 수바우는 그 뚝심 하나로 그 호통을 고스란히 다 받아냈다.

“사람을 대면 뭣허유? 죄는 제가 졌는디 애먼 사람 닥뜨릴 것 없시유.”

고작 하는 대꾸가 이 지경이고 보면 주 노인도 가슴만 치다 말아야지 별 도리가 없는 것이었다. 그를 끌어들인 노름꾼들이 마을사람이 아닌 것은 분명했고, 그 루트 역시 당자가 함구하는 이상 캐낼 도리가 없기는 하나 끝내 캐기로 한다면, 당시 경찰과도 친숙했던 김 노인이 줄을 대어 캐지 못할 것도 없지만 어찌된 일인지 그 일만은 깊이 추궁하려 들지 않았다.

이러한 고질 도박벽으로 사경을 탕진해버린 수바우에게 있어서 한 해 동안의 노력은 숯제 검불보다 더할 게 없었다. 어쩌면 수바우는 돈 모으기를 사뭇 꺼려하고 있는지도 모를 일이었다. 그에 있어서 세상은 화투짝을 만질 때의 쾌감보다도 훨씬 못한, 가장 재미없는 것이었는지도 모른다.

"또 공머슴을 살았구만. 병신 같은 게 재주는 있었더라고. 에그 쯧쯧……."

마을 사람들은 누구나 없이 수바우를 빈정대었지만 그렇다고 그의 악습을 고쳐줄 만한 진정한 우정은 없었다. 결국 그는 지난겨울의 노름빚을 갚기 위해 한 해를 바쳐야 하는 적자인생을 면치 못하고 있었다.

이 틈에 죽어나는 건 그의 아내였다. 수바우에게는 너무나 걸맞지 않은 반반한 용모의 그녀는 게다가 살림도 알뜰히 꾸려나갔고, 상냥했으므로 이웃 간에 원망을 사는 일도 없어 마을 사람들 누구나가 수바우에게는 얼토당토않은 복덩어리라고 부러워했다.

그녀에 있어서 특히 사람의 눈길을 끄는 것은 물기어린 촉촉한 두 눈이었다. 그 두 눈에는 늘 정겨운 웃음이 가득 고여 있어, 저 정겨운 눈웃음이 필경은 파경을 불러일으키지 않으려나 하는 의구심을 안겨주곤 했다. 더욱이 그녀가 너무 층이 나게 젊은데다가 정식으로 예를 갖추지 않은 채 맞아들였다는 것, 사고무친의 고아이며 읍내 이곳저곳 식당의 심부름 아이였던 그녀를 우연한 기회에 매파의 주선이 있어 일이 성사되었다는 소문 등이 그런 불측한 추측을 뒷받침하기도 했다.

아닌 게 아니라 그녀에게는 어딘지 모르게 도회지풍의 일면이 없지 않았다. 그녀가 거드는 잔칫집 음식 마련이 그랬고, 멍석 깔고 벌이는 보름날 밤의 놀이에서 들려준 유행가 가락이 그랬다. 탯거리 곱게 차려입은 한복차림의 그녀는 무언가 풋풋하고 싱싱한 냄새도 풍기는데, 가장 이러한 모든 것들은 이 완고한 촌락에서는 도시 어울릴 것 같지 않은 생소한 모습이기도 했다. 이런 저런 이유로—물론 거기에는 떡두꺼비 같은 손자 녀석 둘을 낳았다는 이유도 있지만—주 노인은 며느리를 업어줄 듯이 귀여워했다.

그러나 그처럼 엉뚱한 사건이 일어날 줄은 아무도 몰랐다. 물론 처음에는 당사자들만 알고 쉬쉬 넘어간 일이기도 했지만 어쨌거나 주 노인네 일가에 조금씩 조금씩 어둠을 몰고 온 것도 딴은 이 사건을 계기로 했었다는 말들이 옳기도 했다.

겨울이었다. 집집마다 눈 치우기에 아침 한나절은 부산하기만 한, 그처럼이나 눈이 흔했던 겨울이었다. 바깥세상에서는 태평양 전쟁이 벌써 이태나 계속되고 있었지만 그리 큰 타격 없이 나날로 보낼 수 있었던 이 마을의 사람들은 여전히 한가한 세월을 사랑에서 한담으로 메우고들 있었다. 수바우 역시 때를 만난지라 노름판에 미쳐 있던 겨울이었고 벌여놓은 것 없이 긴 삼동을 나느라 여기저기 삯일 해대기에 바쁜 수바우 아내로서는 힘들고 추운 겨울이었다.

당시 마을 정미소에서 기계를 만지는 민구라는 청년 기술자가 한 사람 있었는데 텃세가 심한 이 마을 몇 안 되는 타성바지치고는 꽤 허물없이 견디어내고 있어 마을 사람들의 호감을 얻고 있었다. 수바우 댁은 며칠 동안 계속 정미소의 삯일을 해주고 있는 판이었다. 남편이 벌써 사흘째 집에 들어오지 않는 것으로 미루어 필경 또 돈을 날리고 있을 것을 생각하니 울화병이 생길 정도로 초조한 수바우 댁이다.

그날은 눈도 푸지게 내렸다. 굵은 눈발들이 사정없이 몰아치는 바람과 함께 앞을 분간할 수 없을 정도로 지독한 눈이었다. 섣달 그믐께라 그날따라 일거리가 쉬 끝날 성싶지 않았다. 그녀는 밀린 일을 잠깐 멈추고 집에 가서 식구들의 저녁을 차려주고는 찐고구마 한 보시기를 들고 정미소로 돌아왔다. 혼자 남아 쌀겨를 뒤집어쓰고 일할 민구가 측은해서 일부러 급히 삶아온 고구마였다. 그런데 민구가 어느 결인지 술을 한 잔 기울인 모양으로 얼굴이 홍당무가 돼있었다.

"총각, 어느 결에 술을 마셨으라우?"

괜히 휑그렁하니 빈 정미소 안의 적막이 몸에 휘감겨옴을 느끼면서 그녀는 목소리를 높이었다.

"괜시리 싱숭생숭해서 한 잔 딱, 했지라우."

"싱숭생숭하긴?"

그녀는 내심 아무렇지도 않게 되묻곤 하다 만 청소를 하기 시작했다.

"아주머이?"

"왜 그러요? 마저 일이나 싸게 마쳐부리지 않고설랑."

그녀는 무뚝뚝하게 대꾸하면서 일손을 잽싸게 놀리는 데만 골몰해 있는 척했다.

"아주머이, 그러지 말고 우리 방에 들어가서 술 한 잔만 헙시다요."

"술? 미쳤나벼. 별말을 다 하누만."

점점 심상찮아지는 분위기를 눈치 채고 본능적으로 몸을 사리면서 그녀가 말을 하기가 무섭게 민구의 커다란 손이 덥석 그녀의 일에 지친 꺼칠한 손을 쥐었다.

"아니, 먼 짓이다요? 왜 이래유?"

불에 덴 것처럼 화들짝 놀라는 그녀를 무시한 채 민구는 그 우악스런 힘으로 그녀를 끌어당겼다.

"총각, 이러면 못 써유. 남들이 보면 큰일 나겠시유."

수바우 댁은 타이르듯이 민구를 설복하려 했으나 질질 끌려 마침내 방까지 들어오고야 말았다. 수바우 댁의 갸름한 얼굴이 놀라움과 수치로 붉어질 대로 붉어진 것을 본 민구는 그제서야 그녀의 손을 놓고 슬그머니 윗목에 버려 둔 술상을 끌어당겼다.

"미안허요. 내 술김에 힘을 내버렸구만유."

민구는 싱겁게 씩 웃으며 혼자서 술잔을 비운다. 거침없이 마시는 그의 얼굴을 두렵게 바라보는 수바우 댁의 물기어린 정겨운 눈이 문득 민구의 몸에 불을 지른다.

"수바우 씨는 아직도 노름판에 있는갑지라우?"

하면서 그는 슬쩍 자신을 억제한다.

"안 왔어라우. 어디에 있는지 알 수도 없고 참말 속 답답해 죽을 지경이에요."

조금씩 순해지는 민구의 태도에 짐짓 경계를 풀면서 그녀는 얼굴에 수심을 잔뜩 담고 갸웃이 민구를 올려다본다. 그러는 그녀의 모양이 민구 눈에는 당장 천사로 보인다.

"자아, 속도 상하신디 한 잔만 딱 마셔 보슈."

하고 불쑥 술잔을 그녀 앞에 내미는 민구. 밖에는 소리 없이 눈만 쌓이고 있었다.

"못 해유. 그걸 마시고 어떻게 집엘 간다요?"

말은 그랬지만 기실 술이라도 흠뻑 취해보고 싶은 수바우 댁이다. 이 청년을 믿을 수만 있다면 하고 마음이 풀어지려는 것을 그녀는 소스라쳐 놀라며 꽉 잡아당긴다.

"집에 누가 있다고 그래싸요. 하랍씨는 사랑에 계실기고……."

민구는 수바우네 집 사정을 훤히 잘 알고 있다. 그녀는 한 잔쯤야 어쩌랴 싶어 술잔을 들어 아예 단숨에 비워버린다. 하루 내 얼었던 몸이 뜨거운 방바닥에서 녹느라 열이 날 지경, 게다 소주까지 들어가니 금세 얼굴이 후끈 달아오른다. 갑자기 슬퍼지는 그녀 수바우 댁은 이미 민구에 대한 경계를 풀어버렸다.

"아주머이가 불쌍치유."

"와 그렇게 말씀허세요?"

"수바우 씬 그 죽일 놈들헌테 돈을 퍼버리고 있을 판인디, 이 엄동설한에 아주머이만 죽게 고생이지라우."

"그놈들 탓해 뭘 해유."

그녀는 새삼 노여움이 부글부글 끓어올라 눈물까지 핑 돈다. 민구가 내미는 잔을 꼴깍꼴깍 받아 마신 것이 벌써 여러 잔 될 터인데 또 술잔을 받아들었다.

"아주머이, 이따 가실 적에 윗목에 쌀자루 들고 가시유. 내 좀 많이 넣는다고 넣는디 나도 묶여 사는 몸이라 더 드릴 수 없는 게 한이구만요."

민구는 흘낏 그녀를 바라본다. 딴 날보다 훨씬 많은 부피를 어림하고는 놀란 빛을 감추지 못하는 그녀를 보고는 내심 속에서는 쾌재라도 부르고 싶어진다. 수바우 댁은 그 쌀이 주인 몰래 빼돌린 쌀이라는 걸 짐작 못할 바도 아니지만 민구의 깊은 환심에 감지덕지 고마워하는 것은 어쩔 수 없는 그녀의 착한 천성 탓이다.

"자아, 추운데 이쪽 뜨신 데로 내려 오셔유. 이쪽으로 오시랑께요."

민구가 그녀의 맥없이 늘어진 손을 잡고 가까이 끌어당겨도 수바우 댁은 이미 탈진한 상태 아래 있어서 속수무책이었다. 다만 민구의 뜨거운 입김이 그녀의 입을 틀어막은 것과 아랫도리가 벗겨지는 것을 동시에 느끼면서 그녀가 민구의 육중한 체중 아래 깔려버린 것을 겨우 기억할 뿐이었다. 어둠이 점점 짙어지는 바깥은 눈발이 점차 굵어져가고 있어 천지가 흰 눈에 덮여 고요하기만 했다. 오직 창문에 싸륵싸륵 눈발 스치는 소리만 아득히 들려올 뿐, 누구도 정미소 쪽을 수상쩍어 하는 사람은 없었다.

얼마나 지났을까? 흡사 귓밥 후비는 소리처럼 싸르락거리는 소리에 겨우 정신을 수습하고 몽기적거리며 몸을 추스르며 일어서던 그녀는 자기의 벗겨진 아랫도리를 발견하고 잠시 아뜩해졌다. 이미 끝난 일이었다. 어쩌면 당연한 귀결이었는지도 모른다. 민구의 모습은 보이지 않았다. 수바우 댁은 난폭한 식당 주인에게 첫 정조를 짓밟혔던 그 옛날의 어느 날보다도 더욱 허망한 기분을 금할 수가 없었다. 줄줄줄 흘러내리는 눈물을 손등으로 닦으면서 고쟁이를 쥐고 치마를 추슬러 입던 그녀의 흐린 시야 속에 윗목의 쌀자루가 비쳤다. 어떡하나? 순간 그녀는 난감한 심정으로 얼른 눈길을 딴 데로 옮기었다. 아무도 본 사람은 없었다. 당연한 대가로 받는 쌀인데 뭘. 그녀는 알싸해지는 가슴을 어루만지며 자신의 처지를 변명해 본다. 그녀는 한참 동안 독기 서린 눈깔로 쌀자루를 쏘아본다. 가슴이 후들후들 떨린다. 미쳤지, 내가. 마음속에서는 자꾸 안 된다는 소리가 목구멍까지 치솟아 오른다. 화냥년이나 할 짓이지. 수바우 댁은 다시 한 번 망설인다. 그러나 결국 수바우 댁은 쌀자루를 들지 않을 수 없었다. 묵직한 쌀자루를 힘겹게 들어 올린 수바우 댁은 문득 주 노인과 김 노인의 매서운 눈길을 떠올렸다. 그녀는 갑자기 방 한가운데 쌀자루를 내팽개쳤다. 그리고 방의 불을 끄고 밖으로 뛰쳐나왔다. 어느 새 그쳐 버린 눈이 길 위에 하얗게 쌓인 채 밤을 밝혀내고 있었다.

오늘도 주 노인은 두루마기를 떨쳐입고 털목도리를 칭칭 감아 추위를 단단히 예방하면서 사립문을 나섰다. 며느리가 어제 저녁부터 맥을 못 추고 드러눕는 바람에 아침밥까지도 늦어졌던 것이다. 김 노인이 사랑방 문을 벌써 여러 번 열었다 닫았다 하며 그를 기다렸으리라 생각하니 아프다는 며느리가 야속하기까지 했다. 그렇지만 아들놈이 다시 노름을 시작한 지 며칠 째인지라 며느리의 느닷없는 병이 측은하기도 했다.

"춧춧, 오죽 상심이 됐으면 생병까지 났을라구. 수바우 그 자식이 죽일 놈이지."

혼잣말을 중얼거리며 사립문을 닫고 막 발길을 옮기려는데 주재소의 일인 순경이 찾아왔다. 기가 막힐 노릇이었다. 간밤에 붙잡힌 도박 단속에 수바우가 끼었다는 게 아닌가? 우리말도 제대로 못하는 그 일본 순사가 조사를 한답시고 한바탕 호통을 치고 돌아가버린 뒤, 비로소 주 노인은 사지가 벌벌 떨리며 사태가 심상치 않음을 직감했다.

"어쩐다냐, 이 일을 어쩐대여."

마음이 황급해서 어쩔 줄 몰라 하는 주 노인에 비하면 수바우 댁은 냉랭할 정도로 침착했다.

"글씨, 돈은 얼마나 있었대유?"

"아니 돈이 문제여? 당장 징역살이를 못 면할 꺼라는디, 돈만 따지면 다여?"

하룻밤 새에 두 눈이 푹 꺼진 며느리의 정경이 딱하지 않을 바도 아니지만 뱉어 놓은 말이 너무하다 싶어 주 노인은 한바탕 며느리한테 호통을 치고는 그 길로 김 노인네 사랑으로 내달렸다.

"하, 자네 출세했구만. 자식새끼 감옥소까지 넣게 됐으니 출세를 해도 단단히 했구먼."

이미 내용을 들어 알고 있던 김 노인은 주 노인을 보자마자 입바른 소리부터 내던지고 못마땅한 듯이 되돌아앉아 버렸다.

"글씨 말에유. 참, 면목 없구만이라우."

주 노인은 금시 무릎이라도 꿇고 싶은 충동을 누르며 떨리는 소리로 말했다.

"죽어도 그놈의 손버릇은 못 고칠 걸세. 그나저나 붙들려서 다행이지. 밑천 다 털어 넣기 전에 잡힌 것을 천만다행으로 알게나. 에이, 고연 놈들."

남의 아픈 상처를 긁지 않곤 못 견디는 게 김 노인 성미, 그 성미를 시방 여실히 드러내 준다.

"돈이야 얼마 잃었든지간에 좌우간……."

"그래도 부자간의 사랑은 있어서. 그 죽일 놈. 차라리 잘 됐네. 곤욕을 한번 호되게 치러야 정신이 번쩍 들걸."

"그야 말씀이야 백 번 천 번 옳습니다만 이번 한번만 어떻게든 해주셔야겠어유."

"어떻게라니?"

"주재소에 좀 청을 넣어주셨으면 하는디……."

"주책없는 소리 꺼내지도 말게. 이 전쟁판에 노름이나 해쌓는 놈들을 용서해달라니, 그 미친 소리 작작 허게나."

마침내 주 노인은 시종 얼굴에 화롯불을 끼얹는 것 같은 수모만 견디고 침울한 기분으로 집에 돌아왔다.

그런지 사흘 만에 수바우는 반죽음을 당한 모습으로 풀려나왔다. 김 노인이 손을 써서 본서에 압송되기 직전에 특별히 그 혼자만이 훈방된 것이다.

"그럼, 그렇지. 그놈 징역 보내라고 가만히 있을 어른은 아니지. 암, 아니구 말구. 암, 암……."

주 노인은 새삼스레 김 노인의 은근한 배려에 감심하여 눈물이 다 쏟아질 지경이었다. 수바우의 억센 몸이 김 노인 농사에 황소보다 더 소중히 쓰이는 줄을 모르는 주 노인도 아니지만, 김 노인이 오직 부려먹을 속셈으로 수바우를 구해냈다고는 짐작도 가지 않았다.

수바우는 딴에 수척해진 얼굴로 초저녁에 살그머니 집에 기어들어왔다. 주 노인을 보고도 말이 없다. 주 노인은 당장 몽둥이찜이라도 가할 심정이었지만 막상 상한 수바우의 얼굴을 대하니 가엾고 측은한 생각부터 끓어올랐다. 저 황소 같은 놈에게 운신에 불편을 느낄 정도로까지 매질을 했다니, 주 노인은 끙 하고 땅이 무너지는 한숨을 쉴 뿐이었다. 부자는 오랫동안 늑대와 개처럼 말없이 대결해 있다가 이윽고 수바우가 먼저 자리에서 일어났다.

"그래, 이 천치 같은 녀석아, 돈은 얼마나 잃었다더냐?"

하고 주 노인도 참지 못하고 쏘아붙였다. 수바우는 냉큼 그 말을 알아듣지 못한 모양으로

"다시는 안 할께유."

하고 콧물을 훌쩍이며 고개를 숙여버린다. 주 노인의 두 눈에서는 불길이 확 일어났다.

"이 때려죽일 녀석아. 냉큼 나가서 뒈져버려라."

주 노인은 홧김에 벌떡 드러누워 버렸다. 방문을 나서는 수바우의 절룩이는 모습이 보기 싫어 질끈 감아버린 주름진 두 눈에 찌적찌적 눈물이 괴더니 가장자리로 조금씩 흘러내렸다.

수바우는 제 방으로 들어가면서 아내의 요대기를 읍쓴 양을 보았다.

"어무이, 아부지 왔어!"

큰놈이 벌떡 일어나더니 제 아비 품안으로 기어들며 소리쳤다. 수바우 댁은 차마 수바우를 똑바로 볼 수가 없어 외면을 한 채 주섬주섬 일어나 앉아 헝클어진 머리를 매만졌다.

"미안혀! 내 이번에는 돈을 좀 땄는디, 재수 없게 순사가 들어닥치는 바람에 다 날렸구만."

히죽이 웃어 뵈는 남편의 속없는 말에 그녀는 터질 듯하던 가슴을 그예 폭발시키고 말았다.

"으흐흐흑…… 차라리 날 죽이시유."

남편에 대한 한심함과 자신의 부정 등이 한데 어울려서 터진 그녀의 통곡은 자지러지게 계속됐다. 속도 모르고 수바우는 아내의 울음이 자신을 용서해주는 대답이려니 여기고 수월히 넘겨버린 이 곤란한 상봉이 차라리 대견스러울 지경이었다. 그날 수바우는 되게 앓았다. 그 밤을 온통 새며 끙끙거리더니 다음 날 아침에는 씻은 듯이 말끔히 일어나 앉았다. 주 노인이나 수바우 댁은 그의 무쇠 같은 건강에 놀랄 뿐이었다.

그 다음 날 아침, 그러니까 섣달그믐의 아침, 그날도 수바우는 아침 일찍 동네일을 거들러 나갔다. 수바우 댁은 여전 맥없는 얼굴로 심드렁해 있었으나 수바우는 자기가 지은 죄가 있어 눈치만 보고 있는 판이었다. 짜장 일은 그날 저녁에 터졌다. 온종일 집에도 들르지 않고 마을에만 있었던 수바우가 여느 때 없이 잔뜩 부어터진 얼굴로 집으로 돌아왔다. 무섭게 번들거리는 눈으로 아내를 찾았으나 마침 그녀는 김 노인 집에서 설빔 준비를 하고 있었다. 낭패한 빛을 감추지 못하고 우두커니 서 있는 수바우는 헛간으로 뛰어들어가 낫을 찾아들고는 휑하니 밖으로 내달았다.

그때 민구는 찹쌀을 찧는 한 아낙네 옆에 서서 풀무에서 내리는 쌀을 가마니에 담고 있는 중이었다.

"민구 이 자석! 너 잘 만났다."

갑작스런 고함소리에 민구와 아낙네가 퍼뜩 고개를 틀었다. 문턱 위에 서서 씩씩거리며 숨을 몰아쉬고 있는 수바우와 그 손에 들린 낫을 본 순간 민구의 낮이 백납처럼 핼쑥해졌다.

"수바우 씨, 왜 그려……."

헛김 빠지는 소리로 민구가 뒷걸음질을 칠 때였다.

"늬놈이, 늬놈이 우리 여편네를……."

격한 숨으로 더듬거리며 수바우의 손이 부르르 떨리는 것과 동시에 빛을 내뿜으며 낫이 허공에 솟았다.

"악!"

하고 비명이 터지는 순간 수바우의 낫이 민구의 어깨를 내리 찍었다.

"사람 살려요!"

아낙네가 새하얗게 질린 채 문밖으로 뛰쳐나가며 고래고래 소리를 질렀다. 동네 사람들이 몰려들어 정미소 안이 삽시간에 아수라장이 되었건만 수바우는 그 길로 정신없이 내달아 집으로 돌아왔다.

"요년도 죽여야지, 죽여."

수바우는 입에 거품을 물고 중얼거리며 방문을 벌컥 열어젖혔다. 아내도 자식들도 없었다. 반시간은 족히 찾아다니던 수바우가 제 풀에 지쳐 집에 돌아왔을 때 제 방 뜰에 그녀의 고무신이 가지런히 놓인 것을 발견했다. 다시 울화가 치솟은 수바우가 방문을 부술 듯이 열어젖히고 들어갔을 때 수바우 댁은 아랫목에 누워 배를 뒤틀고 신음하고 있었다. 수바우의 두 눈에 불길이 일어났다.

"이 화냥년, 썩 죽여뿌리야겠다."

닥치는 대로 주먹으로 쥐어박고 발길질을 해대도 수바우 댁은 축 늘어진 채 신음소리만 낼 뿐 반항조차 못했다. 아내의 눈은 이미 희끄무레하니 빛을 잃어 갔고 입에서는 시뻘건 핏덩이가 흘러나왔다. 세찬 발길질을 계속하던 수바우가 순간적으로 이상한 예감이 들어 발길을 멈추는 순간

"야 이놈아, 이놈아!"

등 뒤에서 고함소리가 터지며 주 노인이 새파랗게 질린 얼굴로 뛰어들어왔다. 대뜸 수바우의 뺨을 후려치고는 어디서 무서운 힘이 솟았는지 댓바람에 그를 쓰러뜨렸다.

"아가야!"

노인은 며느리 곁에 다가가 축 늘어져 있는 팔을 붙들었다.

"이런, 이런 죽고 말겠구나."

노인은 악머구리 소리로 외쳤다. 소란을 듣고 이웃집 아낙네 두셋이 밀어닥쳤다.

"아니, 왜 양잿물을 먹었구먼이라우. 이를 어쩐다요. 빨리 손을 써야지 까딱하다간 정말 죽고 말겠시유."

마을 사람들에 의해 읍내로 업혀 간 수바우 댁은 병원에서 겨우 목숨을 건졌다. 같은 병원에 입원했던 민구는 이튿날 붕대로 어깨를 칭칭 동여매고 마을로 돌아왔다.

민구가 마을로 돌아온 날, 주 노인은 김 노인 앞에서 머리를 조아리고 있었다.

"세상이 말세로군. 어디 챙피해서 다른 마을 사람 볼 낯 있겠는가? 흐흠!"

주 노인이 해야 될 말을 되레 그가 탄식조로 내뱉고 나서 휑하니 패인 눈으로 방바닥만 바라보고 있는 주 노인을 향해 은밀한 어조로 말을 꺼냈다.

"그래 그런 소문이 사실이었단 말인가?"

하기야 주 노인도 냉큼 대답할 말이 없었다. 그래 입을 다물고 있자니까,

"아니 땐 굴뚝에 연기 날까? 하지만 방앗간 녀석이 살았응게 망정이지 살인헐 뻔했잖았나?"

하고 또다시 혀를 끌끌 찬다.

"헌데, 며느릴 어쩔 심인가?"

"어쩔 거라니요?"

"아, 그게 사실이라면 내쫓아버려야지. 화냥년을 마을에 그냥 둘 수 있는가? 안 그래?"

"내쫓아라우?"

주 노인은 화들짝 놀랬다.

"왜 아까운가? 세상에 흔한 게 계집인데, 그깟 계집이 아까운가?"

주 노인은 아무런 대꾸도 못하고 자리를 물러났다.

김 노인으로서도 실상 수바우 댁을 내쫓는 것을 원치 않았다. 그녀가 쫓겨나면 우둔한 수바우놈도 따라가버릴 것이 분명한데 그렇게 되면 기껏 자기 집 농사일만 망치게 된다. 그러나 질서를 위해서는 엄포를 놓을 필요가 있다고 판단한 김 노인은 자신의 기지에 스스로 만족하여 회심의 미소를 짓는다.

수바우는 그날로 마을에서 사라져버렸다. 민구 역시 어깨의 상처가 채 아물기도 전에 마을을 떠났다. 물론 제 뜻은 아니었다. 방앗간 주인한테 내려진 김 노인의 지엄한 호통을 받아들였기 때문이었다.

"자네는 사람이 없어 어떤 개뼉다귀인지도 모를 타관 놈을 데려다 마을을 시끄럽게 하는가? 당장 오늘로 쫓아내버려. 그렇잖음 그놈의 방앗간에 불을 질러버릴 테니께."

나흘 만에 수바우 댁은 병원에서 돌아왔다. 그런데 주 노인은 그녀를 내쫓을 결심을 못 한 채 전전긍긍했다. 쫓겨나면 그녀가 돌아갈 친정도 없다든가, 둘이나 되는 손자새끼를 어떡하랴 싶은 그런 것들 때문만은 아니었다. 특히 며느리가 애매한 누명을 쓰고 있지나 않은가 하는 막연한 의구심이 더 짙었기 때문이었다. 그런데다 김 노인이 며느리 문제를 더 추궁하려 들지 않는 것이 마음을 적이 놓게 했다. 그녀의 결백을 믿어서인지 집안의 불행을 원치 않아서인지 어쨌거나 주 노인은 한 번 더 김 노인의 친절에 뜨거운 눈물을 흘렸다.

바람처럼 사라졌던 수바우는 설이 지나고 보름도 지난 그믐께 불쑥 되돌아왔다. 그리고 완쾌된 제 아내에 대해서도 아무런 내색을 하지 않았다. 이렇게 해서 주 노인네 집은 다시 일상적인 생활로 되돌아왔다. 묵묵히 김 노인집 일을 하는 수바우의 어두운 표정만 빼면 적어도 표면적으로 아무 일도 일어나지 않았던 것처럼 보였다.

그러나 주 노인네가 받아내야 할 또 하나의 불행은 그 뒤 한 달도 채 못 되어 닥쳐왔다. 둘째 아들 돌바우에게 징용 영장이 전달된 것이다. 돌바우는 세 아들 중 가장 못난 자식으로 체구도 왜소한 데다 말까지 더듬었다. 주 노인에게서 어쩌다 저런 무녀리가 생겨났는가 싶게 비실거리는 모습이 눈에 거슬릴 정도였다. 게다가 지독한 약골로 몸을 추스르기도 힘든 판국이라 언제나 남들보다 층나게 적은 사경을 받는, 이른바 급이 낮은 머슴이었다.

그런 자를 전쟁판에 노무자로 끌어간다니 전세가 꽤나 다급하긴 한 모양이라고 주 노인은 김 노인에게 아무렇지도 않은 양 웃음까지 보이며 돌바우 이야기를 했지만, 기실 한 번 더 김 노인의 도움을 받을 수 없을까 하는 기대 때문에 초조한 마음을 꾹 누르고 수작을 하고 있는 중이었다. 그러나 김 노인은 불이 붙어가는 전쟁 이야기에만 홍을 돋을 뿐 돌바우에게는 별 관심을 두지 않는 듯싶었다.

어쩔 수 없는 노릇이었다. 빈주먹 쥐고 농사밖에 다른 재주는 없는 촌무지렁이로서 부르면 부르는 대로 끌려 나갈 수밖에 다른 도리는 없었다. 눈이 펄펄 쏟아지는 날 핫바지 동저고리 바람으로 돌바우는 면사무소 마당의 다른 무리들 속에 줄을 섰다.

"추춧, 눈은 왜 이리 내려쌓누."

따라 나온 가족들의 눈물겨운 이별 장면을 보면서 주 노인은 눈물을 훌쩍 들이마셨다. 끈적끈적 자꾸 눈물이 솟았다. 그럴 때마다 콧물도 줄줄 흘러내린다. 기어이 주 노인의 턱을 움찔거리며 눈물을 주룩 흘리고 만다. 작은 체구를 추위에 잔뜩 웅크린 채 덜덜 떨며 겁먹은 표정으로 보퉁이를 꽉 움켜쥐고 있는 돌바우의 모습을 보니 자꾸 콧날이 시큰거려 견딜 수가 없다. 지 에미 죽고 난 뒤 변변히 정다운 소리 한번 듣지 못하고 자란 불쌍한 자식이다. 등신처럼 웅크리고 서서 왕방울만한 눈을 굴리며 주 노인을 두리번두리번 찾고 있는 돌바우 녀석의 추위에 질린 창백한 얼굴을 눈물 없이는 차마 볼 수 없는 주 노인이다.

이윽고 호루라기 소리가 요란스럽게 나더니 일행은 읍내로 출발했다. 당초 계획에는 트럭이 오기로 된 모양이었으나 일이 미끄러진 듯 그 엄동설한에 십여 명 되는 장정들이 웅숭그리며 구보로 읍내를 향해 떠난 것이다. 가다가 트럭을 만나면 타고 갈 모양이긴 했으나 읍내에서 집결할 시각이 촉박하다니 이 추위에 뛰어가라고 하지 않으면 다행이다.

"젠장 헐! 눈은 왜 이리 푸지다냐?"

어느 결에 왔는지 판바우가 가래침을 카악 긁어내며 한마디 던진다. 제 형이 추릿한 모습으로 끌려가는 게 못내 안타까웠던지 코가 맹맹하다.

멀어져가는 돌바우의 구겨진 동저고리를 안타까이 지켜보았자 주 노인으로서는 마음만 아플 뿐이었다. 눈에 푹푹 빠지면서 집으로 돌아온 주 노인은 이 전쟁이 곧 끝나기는 끝날 거라는 생각으로 자위를 한다. 아무리 날뛰어봐야 결국 어느 한편이 지기는 질 것이고 요즘 일본이 바싹 애를 태우는 걸 보니 일본 쪽이 불리한 성도 싶다. 세상 돌아가는 판국을 잘 알 수 없으나 어쨌든 전쟁이 끝나면 돌바우가 돌아올 테니 전쟁이 끝나기를 빌 수밖에 다른 도리가 없다. 하지만 역시 가슴이 아프다. 못나빠진 자식이기에 더욱 측은하고, 공부라도 시켰으면 당당히 군인으로 갈 것을 하찮은 노무자로 보내 생색도 안 되는 죽을 고생만 시킬 것을 생각하니 아무래도 돌바우 생각에 밥이 먹히지가 않는다.

"판바우 놈 밖에 의지할 자식이 없구나."

주 노인은 쓸쓸히 중얼거려본다. 민구 사건 이후 수바우를 아예 자식으로 여기지도 않는 주 노인이다. 수바우 역시 정신 잃은 사람 모양 멍청해있기 일쑤이고 진짜 귀머거리가 돼버린 듯 말도 좀처럼 하지 않아 주 노인으로서는 원수 같은 자식일 뿐이었다. 그런 자식이라도 싫다 않고 순순히 사경 주어가며 일 시키고 있는 김 노인이 고맙기 그지없었다.

전쟁은 날이 갈수록 치열해가면서 공출이니 징용이니 징병이니 그런 것들로 하여 민심은 날로 흉흉해가고 온갖 노동과 수탈에 민생고는 극도에 이르렀다. 방공호를 파는 등의 전시동원의 횟수가 급증해지나 했더니 관청의 등쌀도 갑절 들볶임을 심하게 해댔다. 급기야는 미군 비행기의 폭격이 시작됐다는 비밀 뉴스까지 들리는 등 온통 뒤숭숭하기만 했다. 그때 떠난 지 한 달 만에 돌바우에게서 편지가 날아왔다. 판무식꾼이었으므로 누군가 대필해주었을 게 분명한 그 편지를 들고 주 노인 또한 김 노인한테 읽어달라고 갈 수밖에 없었다.

일본 구주의 야하다 제철소에서 하루 열다섯 시간의 고된 노동을 하고 있다는 것이었다. 전쟁 통에 군수 공장으로 바뀐 제철소에서 무기 제작의 한 분야에 묶여있다는 돌바우는 서너 달 만에 한 번씩 편지를 보내왔다. 그때마다 주 노인은 죽은 자식을 만난 것만큼이나 반갑고, 또한 타향만리에서 고생하는 못난 자식을 생각하고 눈물을 삼켰다.

인심은 날로 흉흉해 갔다. 먹고 살기가 잔뜩 어려워진 판국이라 누런 현미 배급쌀 한 톨을 갖기 위해서라면 살인이라도 할 판이었다. 대부분의 사람들이 보기조차 흉한 시커먼 깻묵으로 연명해 갔다. 다른 해 같으면 극빈자들을 위해 김 노인이 몇 가마의 쌀을 내놓기도 했으나, 부자에 지주라고 그만큼 공출이 더 많았던 김 노인네인지라 쌀 한 됫박 남 주기가 아까울 지경이 되었다. 이런 흉흉한 인심 속에서 주 노인네도 겨우겨우 끼니를 굶지 않고 지낼 수 있었으나, 그러자니 수바우 댁은 물론 어린 판바우까지 온통 땔나무다 들나물이다 해서 추운 벌판을 헤매지 않으면 안 되었다. 그래도 다행인 것이 마을 젊은이들은 온통 전쟁터에 끌려가버렸는데 귀가 먹은 탓으로 수바우가 집에 남아 있을 수 있게 된 것이다. 게다가 판바우 또한 아직은 어린 편이니 주 노인의 근심거리는 둘째 놈 돌바우 뿐이었다.

걱정이 된다 된다 하면 한도 끝도 없는 법, 그래서인지 돌바우에게서는 편지가 뚝 끊어져 버렸다. 싸움이 한창이라는 남양군도로 끌려갔는지 전혀 짐작조차 할 수 없는 주 노인으로서는 미칠 노릇이었다. 하늘이 맑아도 걱정, 추워도 걱정, 비가 와도 걱정, 주 노인은 체념을 해버리자고 다짐을 하면서도 온종일 눈물바람으로 세월을 보냈다.

과연 일본이 지고야 말았다. 죄 있는 자는 반드시 망하구 말구. 주 노인은 김 노인의 사랑에 앉아 있다가 해방 소식을 듣고 감격의 눈물을 터뜨렸다. 돌바우 놈 떠난 지 이태가 되는 해의 여름, 팔월 십오일의 일이었다. 나라의 광복이니 일제 압박에서의 해방도 물론 기뻤다. 그러나 둘째 놈이 돌아온다는 데 감격하지 않을 수 없는 주 노인이다. 아무리 애태워 봐야 소용없을 거라는 좌절이 하루아침에 희망으로 바뀌었다. 어쩐지 주 노인은 불길함 같은 징조까지 예감하면서 이 엄청난 기쁨을 불안 속에서 음미한다.

날마다 마을에서는 울음잔치가 벌어졌다. 죽을 고생 끝에 돌아오는 아들을 손자를 남편을 얼싸안고 터뜨리는 기쁜 울음들, 돌아는 왔으나 한쪽 팔 혹은 다리를 잃고 온 불우한 아들들을 부여잡고 기쁨과 슬픔의 눈물이 마을 곳곳에서 폭포처럼 쏟아졌다. 주 노인은 행여 돌바우 소식을 들을까 분주히 이집 저집으로 귀환 장정들을 찾아다녔다. 아무도 돌바우의 소식을 들려주지 않았으나, 주 노인만은 자식 돌아오는 날을 위해 날마다 아랫목에 돌바우의 밥을 묻어두게 했다. 이런 안타까운 심정을 지켜보는 판바우의 마음도 기실 편치는 못했다.

"아따, 아부지는 천만리 떨어진 외국에 있는 성님이 그리 빨랑 돌아올낀가유? 일본이 항복했다고 어느 누가 엇다 빨리 가라 하고 보내줄낀가유?"

늦게 둔 자식이라고 읍에 있는 초등학교까지 보냈더니 그 중 똘똘하여 믿음직하기론 수바우보다도 든든한 셋째 놈이었다.

"허긴 그려. 그렇긴 허지만서두 남들은 다들 돌아오는디, 이거 무슨 일이 나도 단단히 난 모양이여."

주 노인은 오직 초조롭고 불안하다. 무슨 변을 당했나, 아니면 죽어버린 지 이미 오랜 자식을 헛되이 기다리는 것은 아닌지, 별의별 생각이 다 주 노인의 심사를 어지럽혔다.

그러나 한 달 두 달이 지나고 석 달 넉 달, 이렇게 기다리다가 마침내 해를 넘기고 삼팔선이 막혀버려 남북 양쪽으로 나라가 선 채 두 동강이 난 국토는 하릴 없이 그대로 굳어지는데 돌바우는 종무소식이었다. 남양군도 아니라 필리핀까지 갔다는 젊은이들이 돌아왔다는 소식도 들리고, 어떤 이는 돌바우가 필경 만주를 거쳐 삼팔선 이북으로 돌아갔다가 발이 묶였을 게라고 장담을 하기도 했다. 아닌 게 아니라 일본에 있던 조선인들이 전쟁 막바지에 만주로 이동을 했다는 말을 들은 적이 있기도 했다.

"그랬을지도 모르지. 그놈이 죽지 않았으면 왜 안 돌아올 것인가. 아무리 세상이 넓다 해도 배도 있고 비행기도 있는디."

자못 똘똘한 체하던 판바우 녀석까지도

"아부지, 이제 성님은 기다리지 마셔요. 죽지 않았으면 삼팔선이 무너지는 날 돌아올 테니께유."

하고 풀이 죽은 표정으로 고개를 숙이곤 했다. 약간 황당한 일이었지만 돌바우가 이북에 묶여 있다는 것이 기정사실로 주 노인 일가에게 받아들여진 것도 어쩌면 마지막 지푸라기를 붙잡고 보자는 기대 때문이었다.

새로운 세상이 되고부턴 김 씨네 이 마을에도 알 수 없는 바람이 불어 닥쳤다. 단단한 성채처럼 완벽히 뭉쳐 있던 육십여 호의 이 마을이 지진을 만난 뒤끝처럼 뒤죽박죽이 돼버렸다. 우익이니 좌익이니 하는 단체가 서로 패싸움을 붙이는가 하면, 심지어 가까운 집안끼리 갈려 으르렁거리는 마찰이 빈번이 일어났다. 절대적 군주처럼 군림해왔던 김 노인의 위력도 그 틈서리에 끼어 차츰 기세가 꺾이었다. 기침소리도 제대로 크게 못 냈던 그들이 지금에 와서는 공공연히 김 노인의 험담을 하고 다녔다.

"말세여. 참말 인륜이고 의리고 모두 헛것이로구만. 대체 어찌 될라고 이런 꼴일까? 이러다간 나라 망하네. 암, 망허구 말구."

그는 무력해진 자신의 입장을 세상 탓으로만 돌리고 깊은 좌절에 빠졌다. 뿐더러 그의 많은 농토조차 토지개혁으로 인한 지가증권으로 바뀌어 재산이 차츰 쭈그러지기 시작했다. 흡사 종이호랑이처럼 할 일 없이 돼버린 자신의 누추한 몰골을 의식하는 동안 그는 폭삭 늙어버렸다. 주 노인과 사랑에 마주앉아 세상 돌아가는 이야기를 할 때의 김 노인의 모습이 너무 안쓰러워 차라리 주 노인의 콧날이 시큰해졌다.

"돌바우란 놈, 기다리지 말게. 제 명이 있으면 어디선가 잘 살 것이니께. 인명은 재천이라지 않든가?"

그건 사실이었다. 주 노인도 세월과 함께 둘째 놈을 애초에 제 자식이 아니었거니 하고 체념하는 데 익숙해져버렸다.

정말, 뒤숭숭한 세상은 날이 갈수록 자꾸 혼란해지더니 드디어 난리가 터지고야 말았다. 막 첫 더위가 기승을 부리려들던 유월 하순에 삼팔선이 터졌다는 소식이 들리더니 칠월 중순쯤 되기가 무섭게 이 면내에서도 큰 소동이 벌어지기 시작했다.

곳곳에 숨어 있던 자칭 공산당이라는 사람들이 벌떼처럼 일어나 인민군에 붙어서 무슨 위원회인가를 꾸미고, 주재소에 치안대를 만들고 세상이 정말 하루아침에 무섭게 뒤집혔다. 주 노인이 놀란 것은 무엇보다도 김 노인이 악질 반동이라 하여 치안대로 꽁꽁 묶여 끌려가도 누구 하나 나서 말리려드는 사람이 없다는 것이었다. 더군다나 끌고 가는 치안대원 중에 마을 청년이 끼었음에야 더 말할 나위도 없었다. 더욱이 눈앞이 아득했던 것은 김 노인네에 소작을 부치고 살던 이웃마을 청년들의 행패였다. 그들에 의해 김 노인 댁은 몽땅 털려버리고 말았다.

"세상에…… 세상에 이럴 수가. 모두 미쳐 제 정신들이 아니구만."

그들의 팔팔한 서슬에 밀려난 주 노인은 기가 막혀 숨이 막힐 지경이었다.

가장 큰 곤혹은 판바우 녀석 때문에 일어났다. 김 노인이 잡혀 들어간 그날 저녁 판바우가 무릎걸음으로 미그적미그적 주 노인 곁으로 다가앉더니 새까만 눈을 반짝이며 엉뚱한 소리를 했다.

"아부지, 나 덕수 형이 자위대원으로 들어 오래는디 어쩔까요?"

덕수란 이웃마을 청년으로 자위대장까지 지내는 진짜 빨갱이보다 더 험악한 청년이었다. 주 노인은 기가 막혀 발끈 호통부터 쳤다.

"뭐라고 이 육시랄 놈아. 큰댁 어른이 백주에 꽁꽁 묶여가는 걸 보구도 그 패거리에 끼겠다구? 철딱서니 없어, 원, 그 따위 벼락 맞을 소리를 애당초 입에 담지도 말아라."

"아부지도 참 갑갑허시네. 호랑이굴에 들어가야 끌려간 양을 구헐 게 아니겄시유? 그 어른 구헐랴니께 그러자는 게 아니유."

자못 진지한 표정으로 주 노인을 설득하는 판바우의 자신 있는 어조에 주 노인은 잠깐 마음이 흔들린다. 그럴까? 주 노인은 짙은 의구심을 느꼈을 뿐 어쩌자는 판단이 서지 않았다.

"아부지, 암튼 삼팔선이 터졌으니께 의용군이라도 되어 북으로 올라가겠시유. 그래 성님을 찾아서 꼭 함께 돌아올 것잉께 그리 아시유."

판바우 녀석의 끈질긴 고집이다.

"늬 성을 만나?"

돌바우 이야기에 가슴이 철렁한 주 노인은 건성 되물었다.

"그야 성님은 이북에 있을 테니께 가기만 하면 만날 수 있어유."

"이북 어디 있다는데?"
"아부지도 참, 어딘가 있을 테니께 필경 찾아질 게 아니라우?"
"삼팔선이 터졌으면 늬 가기 전에 늬 성이 먼저 내려올 것 아니것냐?"
"모르시는 말씀이에유. 성님이 무슨 군인이랍디요? 거기서도 막일이나 허고 있을 테지유."
주 노인은 아무 말도 할 수 없었다. 딴은 그럴 수도 있겠다. 그렇다면 정말 돌바우를 내 생전에 다시 볼 수도 있겠다. 주 노인은 허허로운 가슴이 다소 밝아지는 것을 느끼며 자신의 쭈글거리는 손등을 내려다보았다. 죽기 전에, 이 눈을 감기 전에 세 아들놈들을 다 모아놓고 유언이라도 남길 수 있을까 생각하니 새삼 자신의 늙음이 뼈에 사무쳐왔다.
기어코 판바우가 집을 뛰쳐나가고야 말았다. 주 노인에게는 이렇다 할 언질도 들을 수 없었던 그는 자청하여 빨갱이노릇을 하기 시작한 것이다. 들리는 말에 의하면 자위대인지 뭔지 하는 청년들과 어울려 면소재지에서 정신없이 돌아다니더라는 것이었다. 주 노인은 은근히 걱정이 되었으나 한편 생각하면, 세상이 뒤바뀐 탓에 더불어 일어나는 부작용들인데 무슨 큰 잘못이야 저지르랴 싶어 마음을 달랬다.
그런 지 열흘 만에 큰댁 김 노인이 곤욕을 치르고 놓여났다. 주 노인은 하늘이 도왔노라며 기쁨에 넘쳐 눈물을 흘렸다. 더욱이 대견했던 것은
"판바우란 놈이 그래도 눈치 살펴가며 식사랑 잠자리를 보살펴 주더구만."
하고 김 노인이 짤막한 치하를 해주었다는 점이다. 주 노인으로서는 못다 한 의무라도 일부 갚은 것처럼 그저 흐뭇하기만 했다.
그러나 이 전쟁 통에 셋째 놈마저 빼앗기지 않나 하는 주 노인의 불안은 적중하고야 말았다. 집을 나간 지 거의 한 달이 되어갈 무렵, 판바우가 도둑고양이처럼 불쑥 나타났다. 몸에 걸맞지 않는 군복을 걸치고 여전히 눈빛을 빛내면서 주 노인 앞에 끓어 엎드린 판바우는 의용군에 들겠다는 말을 했다. 조그맣고 탄탄한 어깨가 그 사이 떠억 벌어져 어디에 내놓아도 빠지지 않을 건강한 몸집이었다. 주 노인은 지그시 눈을 내리깔고 아들 녀석들이 한 말을 곰곰 되씹기 시작했다. 몇 분간의 짧은 침묵이 흘렀다. 판바우는 웬지 초조한 낯빛을 감추지 못하고 주 노인의 얼굴 기색을 불안스레 살폈다. 아무리 기다려도 주 노인의 닫힌 입이 벌어질 것 같지 않았던지 판바우는 제 소지품 몇 가지를 헐렁한 군복주머니에 쑤셔 넣고는 불쑥 일어섰다. 그때서야 주 노인의 충혈된 두 눈이 번쩍 떠졌다.
"안 된다. 못 간다. 너꺼정 가면 누굴 믿고 산다냐."
"꼭 성님 모시고 돌아올 낍니다."
판바우는 문턱에 우뚝 멈춰 서서 단호한 어조로 대답했다.
"그리구, 큰댁 어른 잠깐만 어디 피신해 계시라고 일러 드리세유. 말들이 심상찮아서 언제

어쩔지…….”

말을 마치기가 무섭게 판바우의 모습은 어둠 속에 묻혀버리고 말았다. 주 노인이 황급히 문 밖에까지 뛰어가 보았으나 판바우는 흔적도 없다.

“빌어먹을 자식, 저만 고생이지…….”

어둠속을 바라보며 주 노인이 혼잣말을 중얼거릴 때였다. 어둠 속에서 불쑥 나서는 사람이 있었다.

“판바우 놈은 갔시유. 아주 가버렸시유.”

수바우였다. 주 노인은 깜짝 놀란 가슴을 진정시키며 방으로 들어와 누워버렸다. 이윽고 수바우가 방으로 들어가는 소리가 났다. 주 노인은 끙 하고 한숨을 내쉬면서 벽을 안고 돌아누워버렸다.

이튿날, 그는 행여나 하여 일찍부터 김 노인 사랑으로 나갔다.

“미련헌 놈. 기어이 북으로 튀었구만. 이놈들 꼬락서니가 오래가지 않을 것 같은데, 아무튼 피신을 해야겠어.”

김 노인은 주 노인이 전해준 판바우 말에 느끼는 것이 있어 지체 않고 어디론지 종적을 감추었다. 그런지 열흘 만에 그러니까 추석이 지난 한 사날 뒤에 드디어 수복이 되는가 했더니 그 바람에 면내 유지들이 대량으로 학살을 당하는 참상이 벌어졌다. 김 노인은 덕분에 목숨을 건졌으나 정말 이북으로 넘어갔는지 판바우는 영영 나타나지 않았다.

주 노인은 고대하던 수복이 되었지만 자식 잃은 슬픔에 눈물바람만 하고 있었다. 슬하에는 이제 반병신이 다 된 수바우밖에 없다는 생각이 들자 주 노인은 기가 막혀 실성할 노릇이었다. 공비 토벌이 계속되고 완전한 평화가 찾아왔지만 행여나 하는 기대에도 불구하고 판바우는 시체로도 나타나 주지 않았다.

“지리산 까마귀밥이 되었을까? 아니면 어느 이름 모를 골짜기에 시체로 썩어가고 있을까?”

주 노인은 흉측한 자신의 공상에 치를 떨었다.

주 노인은 전쟁으로 두 아들을 잃어버리고 나니 영 살맛이 나지 않았다. 게다가 수복 후에는 판바우 녀석 때문에 서너 번씩 경찰에 불려가 심문을 받아야 했다. 판바우의 실종이 공산주의인 때문에 이루어진 것이 아니느냐는 그들의 심문을 받을 때마다, 판바우가 돌아와도 편치는 못했을 것이라는 생각을 하곤 했다.

“나는 아무것도 모르요만 그 어린놈이 배운 것도 없이 무슨 사상이 있겠시유. 철딱서니 없는 놈이 제 성을 만나게 해준대니 억지로 끌려갔을께유.”

사실로 판바우에게 불측한 무슨 사상이 있으리라곤 천만 믿어지지 않는 주 노인이었다.

뿐더러 진짜 월북했는지 이남 어느 싸움판에서 개처럼 맞아 죽었는지 전혀 알 길이 없는 일이 아닌가? 인민군 따라 후퇴하던 의용군들이 저항하다가 대부분 토벌대에 의해서 수없이 죽었다는 소문도 있어 주 노인은 그 자식이 살아 있을 가망은 없는 게라고 지레짐작하고 있는 터였다.

그러니까 1953년 7월이었다. 수바우 댁이 딸아이를 낳는 통에 집안이 법석대던 무렵이었다. 등신 같은 수바우도 벌쭉벌쭉 웃어대며 신기한 듯이 계집아이를 안고 다녔다. 제 아내의 부정도 잊은 듯 보였지만 그 우묵한 속을 알 사람은 없었다. 딸이 귀한 집안이라 주 노인도 손녀딸이 그지없이 귀엽기만 했다. 그날도 손녀아이를 안아주느라 오정을 넘기고서야 김 노인 사랑에 나가 앉은 주 노인은 휴전협정이 체결되어 전쟁이 끝났다는 소식을 들었다.

"아니, 그럼 난리가 끝났다는 게 정말이구만이라우."

"암, 이제 나라가 반듯해질걸세."

"그렇담, 삼팔선은 어떻게 된다요?"

"삼팔선 이북은 빨갱이놈 차지지. 결국 나라가 다시 두 동강이 된 거야."

"원, 그렇게 않고는 다른 수가 없었을까유?"

"기왕 평양까지 차지한 김에 이북을 싹 쓸어버릴 일인데, 이 박사 어른도 미국의 간섭 땜에 어쩔 수 없이 동의했다느만."

영문을 알 수 없는 김 노인의 이야기였지만, 어쩌면 돌바우를 찾을 수 있는 좋은 기회가 사라진 게라고 막연하나마 분한 생각을 금할 수 없는 주 노인이었다.

"거제도에 있는 반공포로를 석방했다는구먼."

큰댁 어른이 서울에서 막 돌아온 큰아들에게서 들었노라고 넌지시 말했다.

"반공포로라니, 그게 뭣허는 사람들이대유?"

주 노인이 묻자 그는 짐짓 무식을 힐난하는 조로 말했다.

"아, 포로 중에서 빨갱이 싫다고 하는 자들 말 아닌가?"

그렇담, 혹시 판바우 녀석이 그 틈에라도 끼어 나올 수가 있을까 하고 막연히 생각하고 있는데

"어쨌든 이 박사 어른이 큰일을 했지. 미국을 무시하고 단독으로 그런 일을 해치우다니 여간 담대한 처사가 아니란 말야."

하고 김 노인이 크게 감탄하는 투로 말했다. 김 노인이 그 정도로 감탄하는 것을 보니 경사스런 일임에 틀림없는 모양이라고 주 노인도 덩달아 탄복했다.

강추위가 닥쳐왔다. 자식들 걱정에 한시도 마음을 놓은 일이 없는 주 노인이 기어이 앓아눕고 말았다. 처음에는 그저 몸살기려니 하고 대수롭지 않게 여겼던 것이 끝내는 늑막염으로까지 번져 며칠을 기동도 못하고 몸져눕고 말았다. 주 노인이 앓아눕는 통에 수바우 댁이

갓난애를 데리고 앞뒤로 일이 많아졌다. 그녀로서는 자기를 귀여워하는 시아버지의 병환인지라 열과 성의를 다하여 간병했다.

병이 날로 심해졌다. 김 노인이 손수 주 노인 집에 들러 문병을 다녀갔다. 김 노인이 다녀간 그 다음날 주 노인은 수바우 등에 업혀 읍내 한약방에 진맥을 받으러 갔다. 수바우 등에 매달려 논길을 지나면서 주 노인은 왠지 서글픔 같은 뜨거운 것이 목으로부터 치밀어오름을 금할 수가 없었다.

'나도 이제는 죽을 날이 가까워진 게지. 이 자식 등에 업혀 병원에 가는 일도 이게 마지막이려니…… 돌바우 놈이랑 판바우 놈도 못 보고 나는 죽는구나.'

노환에다가 합병증으로 복잡해진 병이라 주 노인은 조금도 효험을 보지 못하고 가슴이 빠개지는 고통과 몸을 팔팔 끓이는 고열에 시달려야 했다.

그러던 어느 날 저녁때였다. 그날따라 강추위가 몰아쳐 주 노인은 아랫목에서 외풍 때문에 이불을 머리 위까지 뒤집어쓰고 있었다. 아직 어둠이 완전히 깔리지 않은 탓인지 창호지의 푸르스름한 빛깔이 고즈넉하기만 했다. 갑자기 밖이 수런수런해지더니 어떤 놈이 '아저씨, 아저씨.' 하고 다급하게 불러댔다. 주 노인이 자리에 일어나 앉아 막 며느리를 부르려 했을 때 수바우 댁이 아기를 들쳐 업고 뛰어들어왔다.

"아버님? 돌바우 도련님이 돌아와요. 도련님이 돌아온당게요."

주 노인은 마치 용수철에 튕긴 것처럼 벌떡 일어났다. 그러나 심한 현기증으로 다시 주저앉을 수밖에 없었다.

"아니, 뭐라고. 우리 돌바우 놈이 온다고?"

주 노인은 꺼칠꺼칠한 손바닥을 부비면서 움푹 파인 눈으로 며느리를 쏘아보았다.

"예에, 도련님이 돌아온당게요."

수바우 댁은 눈물을 줄줄 흘리면서 주 노인을 부축해 일으켜 세웠다. 이어 밖이 소란스럽더니 누런 군복을 입고 보통이를 짊어진 녀석이 앞장서서 마당으로 들어섰다. 어슴푸레한 저녁놀을 등지고 섰는 모습이 흡사 귀인(貴人)같이도 보일 정도다. 돌바우였다. 그는 마을 사람들을 떨치고 잰걸음으로 방으로 들어왔다.

"아부지?"

하고 소리치며 쓰러지는 순간, 주 노인도 그의 어깨를 껴안고 울음을 터뜨렸다. 둘러섰던 몇 명의 아낙네들도 같이 울음을 터뜨리는 통에 삽시간에 온 방안이 울음바다가 되었다.

"고개 좀 들어봐라, 이 자슥아. 어디 얼굴 좀 보자."

그제야 돌바우는 고개를 들고 얼굴 가득히 번진 눈물을 손등으로 훔쳤다. 연약하고 비실거리기만 했던 녀석이 십년풍상에 몹시도 거칠어졌다.

"그 동안 얼마나 고생이 많았느냐?"

주 노인은 두 팔로 아픈 가슴을 누르며 여전 목 맺힌 소리로 물었다.

"타관살이야 모두 고생이디요."

십 년만의 해후, 아 많이도 변했구나. 호두껍데기처럼 단단하고 까매진 얼굴과 주름투성인 이마, 꺼칠꺼칠한 수염, 중병을 치른 것 같은 정기 없는 눈빛, 게다가 귀에 선 이북 사투리까지. 아, 저게 내 자식이라니. 주 노인은 야릇한 위화감에 사로잡힌 채 뚫어지게 그를 바라보았다. 그때 수바우가 들개 쳐들어오듯 들어왔다.

"야, 이놈아!"

돌바우를 껴안고 몸부림치는 수바우의 우둔한 몸집을 내려다보며 주 노인은 새삼 눈물을 다시 쏟는다.

"돌바우야, 늬 성수한테도 인사를 혀."

주 노인은 빨갛게 눈을 붉힌 채 윗목에 서 있는 며느리를 손짓해 부른다.

"객지에서 얼마나 고생했시유."

"성수님도 고생 많았디요."

돌바우의 눈물어린 말이 채 끝나기도 전에 수바우 댁은 울음을 쏟아버린다. 자기 설움 때문일까, 수바우 댁은 눈물을 그칠 새 없이 흐른다.

"그래, 어떻게 지냈더냐?"

"반공포로로 나왔디요. 꼭 죽는 줄 알았디요만 용케 포로로 붙잡혔디요. 참말 죽는 줄 알았디요."

돌바우는 새삼 치를 떤다.

"그럼 그전에 어디 있었느냐?"

"구주에서 간도로 끌려갔다가 해방 뒤로는 피양에 있었디요."

"피양? 평양 말이냐?"

"예. 그곳 군수 공장에서 전쟁 전까지 일만 했었디요."

마을 사람들의 연락을 받은 김 노인이 주 노인 집으로 달려왔다.

"수고했다. 그 약골로 견디어 내느라 수고가 많았다."

김 노인은 돌바우의 손을 덥석 쥐어주었다.

"이게 모두 큰댁 어른의 보살핌 덕분이지라우."

주 노인은 벽에 비스듬히 기대앉아 고통을 누르며 김 노인에게 치하를 한다. 주 노인이 고통을 참으면서도 김 노인 앞에서는 누우려 들지 않는 까닭에 김 노인은 돌바우 얼굴만 보고 급히 돌아갔다.

마을 사람들과 김 노인이 사라지고 식구끼리만 오붓이 둘러앉게 되었을 때 주 노인이 물었다.
“그래, 그 동안 혼자 지냈냐?”
“당가 갔디요.”
“당가? 장가를 갔단 말이냐?”
주 노인은 돌바우 손을 부여잡고 되물었다.
“그럼 애들도 있겠구나?”
“네 살 묵은 에미나이와 그 밑으로 사내자식이 둘이 있디요.”
“아니, 그럼 처자식과는 영영…….”
주 노인은 갑자기 말을 끊었다. 생면부지의 또 하나의 며느리와 세 손주를 생각하니 눈시울이 따끔해졌다.
“늬, 처자를 버리고 왔구나. 그 아이들은 앞으로 어찌 살 것이냐?”
주 노인은 가슴의 아픔을 참지 못해 자리에 누웠다.
그때서야 돌바우는 여유를 가지고 주위를 휘둘러보았다.
“근데 판바우란 놈도 이제는 당명이 됐겠디요? 어드메 갔나요?”
주 노인이나 수바우나 수바우 댁이나 순간 가슴이 꽉 막혔다. 얼굴이 굳어지면서 무거운 침묵이 흘렀다. 주 노인이 미칠 것 같은 가슴의 고통을 삼키며 떨리는 소리로 말했다.
“그 아는 지난 육이오 때 없어져버렸다.”
“예? 없어지다니 그게 무슨 말이야요? 무슨 소리야요?”
“동란 때 그 자식이 의용군으로 들어 가부렀다. 널 찾는다고 그래쌓드니 죽었는지 소식도 없이…….”
“날 찾는다고요?”
“성님 찾겠다고 날뛰는 걸 낸들 어떡허겠냐. 다 지놈 운명이지.”
“…….”
돌바우가 고개를 떨군 채 숨죽인 오열을 터뜨리자 온 방안이 새로운 울음바다를 이루었다. 형제를, 자식을 잃은 불행한 눈물들이 끊임없이 흘러내리는 가운데 수바우 댁의 등에 업힌 어린 것만이 그 까만 눈을 떼굴떼굴 굴리고 있었다.
‘애꿎은 난리로 우리 집안이 쑥밭이 됐구나. 똘똘한 셋째 놈은 북녘으로 날리고 머저리 같은 둘째 놈은 처자식을 떼어놓고 돌아왔으니 정차 이 일이 어찌될고.’
주 노인은 간헐적으로 북받쳐 오르는 가슴의 고통을 참느라 이를 악물고 있었다. 후줄근한 어깨를 들먹이며 울어대는 돌바우 놈의 초라한 꼴이 보기 싫어 질끈 눈을 감아버렸다.
감은 주 노인의 양쪽 눈 가장자리에 축축이 눈물이 젖어들고 있었다.

살아 있는 전설傳說

전국이 장마권에 들어 비가 올 것이라는 기상예보를 비웃기라도 하는 듯이 오늘 날씨도 그럴 수 없이 쾌청했다. 변덕스런 여름 날씨란 애초에 종잡기 어려운 노릇이지만, 그렇다고 장마철이라는 엄연한 사실을 처음부터 무시하고 길을 떠난 무모한 결단이었기에 이런 날씨는 참 뜻밖의 행운이 아닐 수 없었다. 궁비한 산촌이나 어촌을 찾아다니며 그곳의 민요, 민담, 전설 등을 수집한다는 이른바 민속조사 활동은 현지의 불편한 교통 관계로 하여 더욱 날씨의 영향을 받기 마련이었다.

작년만 해도 지리산의 오지 마을을 후비고 들어갔다가 때마침 몰아닥친 장마에 갇혀 나흘간이나 움싹을 못했다가 빈손으로 풀려난 일이 있었다.

우리 반원은 19명의 남녀 대학생으로 구성되어 있고 오늘은 길 떠난 지 사흘째가 되는 날이었다.

"금년에 참여한 반원 가운데는 하나님을 믿는 사람이 많아서 뜻밖의 은총을 입었기 때문입니다."

반장인 김광호 군이 날씨의 덕을 듣기 좋은 농으로 해명했다.

어쨌든, 우리는 거친 자갈길을 고삐 풀린 망아지 꼴로 달리는 버스에 짐짝처럼 실려 세 시간 만에야 예정지인 송호리라는 한미한 갯마을에 당도했다. 명색이 해수욕장이라고는 하나 전혀 시설이 돼있지 않은데다 아직은 철이 이른 탓인지 그저 평범한 작은 어촌에 지나지 않았다.

예약해 두었다는 민박집에 일단 짐을 풀고 예서 4킬로가 실히 된다는 터말(土末)이란 곳을 찾아가기로 했다.

그곳은 우리나라 지도의 위도 상 최남단에 자리한 곳, 그러니까 뭍(陸)의 끝자리가 되는 셈이었다.

하긴 바닷가는 매양 뭍의 끝자리가 아니겠냐만 굳이 위도 상 최남단이라는 데서 한번쯤 답사해봄직하다는 이유에서였다.

오후 다섯 시 경이었는데 긴긴 여름해라 아직도 대낮처럼 햇살이 따가웠다. 해발 5백 미터가 넘는 사자봉을 허위허위 기어오르는데 겉보기와는 달리 꽤 험난한 길이었다. 울창한 관목의 숲 사이에 겨우 흔적만으로 나 있는 가파른 돌계단 길에서 언뜻언뜻 내려다보이는 짙푸른 바다는 장엄하였다. 가없이 펼쳐진 망망한 해면에 하얀 고선을 그으며 떠있는 몇 척의 전마선들, 비록 누더기 같은 돛이었지만 그것들은 시계를 삽상하게 씻어 주었다.

이윽고 정상, 거기에 오석으로 세운 기념비가 있었다. 육지와 바다가 맞닿는 한국 최남단의 마지막 땅…… 자못 감개조의 글이 새겨져 있는 지석(誌石)이었다.

이 극단의 경계, 그것은 어쩌면 인간의 삶이 궁극에 가서야 문득 깨닫기 마련인 어떤 표상과도 같은 것일까? 아스라한 절벽, 한 치의 여유도 허락지 않는 그 막다른 곳의 널찍한 바윗등에 지친 몸을 부리는 순간, 삶의 유전(流轉)은 이제 모두 끝장이라는 단절의 아픔 같은 걸 불현듯 느끼게 되는 그런 찰나와도 같았다.

순간, 나는 오른손에 칼날 같은 통증을 느꼈다. 이런 꼴이라니. 그만 주변에 널려 있는 소주병의 깨진 유리조각에 손바닥을 찔렸던 것이다. 붉은 핏방울은 손을 적시고 흰 바지에 튕겼다. 제기랄, 어떤 녀석들이 함부로 유리병을 버려놓았나. 당혹과 분노 속에서 급히 손수건으로 상처 부위를 동여매고 출혈을 멈추게 할 셈으로 왼손으로 힘껏 상처 난 손바닥을 누르고 있었다.

"S교수님, 최남단의 고지에 이르러 마침내 피를 보시다."

한 남학생이 언구럭스레 이죽거렸으므로 모두가 한바탕 웃었다.

울밀한 숲속을 뒤처져 혼자 오르는 동안, 나는 줄곧 외로운 상념에 빠져 있었다. 그리하여 삶에 어이없이 배신당하여 이제는 오갈 데 없는 궁지에 몰려 한 마리 노루처럼 허둥대는 사람의 절박한 좌절을 떠올렸던 것이다.

그것은 애당초 내 자신의 어떤 허상일 수도 또는 시속의 허다한 사람들이 겪을 수 있는 시답잖은 망념일 수도 있었다.

그런데 나는 엉뚱하게도 한 여인의 얼굴을 떠올리면서 자못 현실감 있는 감상에 빠져들었다. 그건 참 30여 년이라는 긴 세월의 여울목에서 용케도 낚아 올린 기발한 추억거리였다.

그녀는 영실(英實)이었다. 9·28 이후 그녀는 우리 고향에서 잠적해버렸다. 그리고 어느 남도의 어촌에서 술집을 경영한다는 소식을 바람결에 들은 것 같다.

6·25의 격동을 그녀는 온몸으로 받았다. 뛰어난 미모에다 불운한 가정환경으로 하여 남다른 수모를 온몸으로 새겨야 하는, 이를테면 그녀는 피투성이 파랑새였다. 간특한 세월의

마수가 줄곧 그녀의 등을 밀어붙여 삶의 우울을 독약처럼 씹으며 끝내 찾아든 유배지 같은 곳이 있었다면 바로 이런 극지였을까? 아닐지도 모른다. 그녀가 살아있다면…… 그러나 한 사람의 운명을 결정짓는 데 있어 30년이란 세월은 터무니없이 아득한 시간일지도 몰랐다.

어쨌든 이 육지의 끝은 삶이 이어지는 모든 것의 끝이라는 과장된 기분을 돋우기에 넉넉한 곳이었다. 해서, 유리병 파편에 손바닥이 찔린 지극히 하찮은 사고가 마치 불길한 징조이기나 하듯 무시로 마음을 섬뜩하게 했던 것이다.

바다에 길게 돌출한 이 곶(岬)의 험한 바위 언덕에는 해신(海神)의 가쁜 숨결마냥 바람이 세차게 불었다. 그것은 마치 집요한 운명의 손짓으로 파도가 넘실거리는 저 불행의 함정 속으로 언제든 우리를 동댕이칠 수 있을 것 같은 기세였다.

우리는 십여 분 동안 장엄한 풍경에 짓눌린 듯 묵연히 앉았다가 일어섰다.

손바닥의 출혈이 멎지 않으므로, 마을에서 구급약이나 구할 셈으로 지름길을 찾아 하산하기 시작했다.

그러던 터에 마을 입구 쪽에서 뜻밖에 군 경비대의 경고판을 발견하였다.

—이곳은 군작전지구이니 통금시간 이후 입산 배회하는 자는 처단될 수 있음.

이런 내용의 경고문이었다. 그것은 망망한 바다의 짙푸른 물결 속에 잠깐 던져두고 짐짓 잊어버렸던 우리의 냉엄한 현실에 대한 일깨움 같은 것이었다. 육지의 끝인 이 사자봉이 지니고 있는 낮과 밤의 두 얼굴 그것이었다.

"얘, 어쩐지 으스스하구나."

"그러게 말이야. 이제껏 부풀었던 기분이 싹 가시는 걸."

두 여학생이 노닥거리는 말이었다.

마을은 텅텅 비어 있다싶게 고요하였다. 약간 엉성해 보이는 나지막한 돌담이 둘러 처진 고샅길을 지나 마늘밭이 있고, 한 초라한 초가집 앞에 이르러서 비로소 사람을 만났다.

그는 웅크리고 앉아 길바닥에 어망을 깔아 놓고 손질을 하고 있었다.

"할아버지, 마을에 약국 같은 게 있는가요?"

반장인 김광호가 다가가 물었다.

"그런 거 없어라우!"

퉁명스러울 만큼 무뚝뚝한 어조로 말하며 그가 고개를 들었다. 우리 일행을 살피고는 웬 귀찮은 틈입자들이냐 싶게 의아한 눈초리였다.

해풍에 그을린 검붉은 얼굴의 피부는 호두껍데기처럼 주름투성이여서 얼핏 나이를 종잡기가 어려워 보였다.

"그럼 보건소 같은 데도 없는가요?"

"등 너머 송호리나 가보시지라우."

"그럼, 할아버지. 죄송하지만 우리 교수님이 다쳐서 그런데 댁에 혹시 머큐롬 같은 비상약이라도 있으면……."

"따라 오소."

성급하게 그는 불끈 일어나더니 집으로 들어섰다.

나는 어마둥히 그의 뒤를 따랐다. 돌무더기로 가를 두른 삼간집이었다. 방문이 열린 채 있는 안방 툇마루에 걸터앉은 나는 방 뒷문 위에 걸려 있는 빛바랜 노인의 초상화를 눈여겨보는 순간 깜짝 놀랐다. 어쩌면 영실의 아버지 모습이다, 라고 직감했었기 때문이다.

그러나 그것은 착각이었음을 곧 알아차렸다. 허긴 그러한 기막힌 우연이 있을 수야 없는 일이었다.

이윽고 남자가 윗방에서 무얼 찾아들고 나에게 왔다. 머큐롬 약병이었다.

그는 흙 묻은 손으로 뚜껑을 열고 어디서 뜯어 왔는지 누런 솜뭉치에 척척 발라 나의 상처 난 손바닥을 거침없이 눌러댔다. 차마 비위생적이니 어쩌니 하고 따질 경황이 아니었다.

"어디서들 왔수?"

치료를 끝내고 그가 물었다.

"북도에서 왔습니다."

나는 대꾸하고 다시 손수건으로 손을 동여맸다. 그가 일어서려는 걸 잠깐 제지하고 내가 물었다.

"신세 져서 죄송합니다. 헌데 뭐하나 여쭙겠는데 한 30년 전에 이 마을에 송동남이란 사람이 이사와 산 적이 없습니까?"

"송동남? 그런 사람 없어라우. 이 동네 사십여 가운데 우리 천가(千哥)네 못자리이고 타성바지가 너댓 가구 있소만 송 씨란 없구만이라우."

"그럼 송호리 쪽에 혹 그런 사람이……."

"글쎄 말이요. 거긴 바닥이 넓고 동네도 원청 크다보니께 혹시…… 아따, 예전에 거 술집하던 사람, 아마 그 사람이 송 씨였던가 그렇지?"

"허면 언제쯤 거길 떠났습니까?"

돌연 눈앞이 환히 트여오는 것 같은 충동으로 내가 다급히 묻자 그가 눈꼬리를 치켜들고 뜨악한 표정을 지었다.

"한 이십 년 되었을까? 헌디 왜 그걸 꼬치꼬치 캐 묻수?"

"사실은, 그이가 우리 고향사람이었는데 그간 소식을 까맣게 모르고 있다가 이곳에 오다

보니까 불현듯 생각이 나서요."
"아, 그렇구만요. 헌디 저는 잘 몰라라우. 이십 년 전에 제가 어디 술집 출입할 나이였남요?"
"아, 그렇다면?"
"제 나이 마흔둘 밖에 안 됐지라우. 그런디 저 학생들이 무단시리 날보고 할아버지 허니께 속이 편치 않구만요."
하고 비로소 표정을 누그러뜨리고 누런 이를 드러내고 풀썩 웃었다.
"아이쿠 할아버지, 아니 아저씨 몰라 뵈어 죄송합니다."
김광호가 계면쩍어 어쩔 줄을 모르겠다는 표정인데
"반장님 눈에 명태껍질 붙였나봐."
하고 한 여학생이 핀잔을 주는 바람에 그래저래 웃음판이 벌어졌다.
"아니라우. 원청 바닷바람 속에 세찬 어부노릇 허다보니께 사람이 요 모양으로 겉늙는 거 아닌 기라우. 대처에 나가면 날보구 할애비 소리 하는 사람 많어요. 헌디 술집 색시꺼정 노인 대접 허니께니 딱 질색이구만이라우."
하고 모처럼 넉살좋게 말하고 씨익 웃었다. 이윽고 대문을 나서자 사내는 약간 아쉬운 표정으로
"송호리에 가걸랑 물어보시라요. 아마 선상께서 찾으시는 분이 바로 그전 술집 주인이었는가 모르겠구만요."
하고 자못 친절한 말씨로 당부하기를 잊지 않았다.
긴긴 여름해도 우리가 송호리에 당도했을 적에는 이미 저물었다. 학생들은 뒤늦은 취사에 부산했고, 나는 지정된 방에 들어가 아랫목에 깔려 있는 곰팡내 나는 요 위에 고달픈 몸을 뉘었다.
밤이 되면 꽤 차가운 바람이 스며들 것 같은 썰렁한 방안 풍경이었다.
이윽고 나는 무료함에 일어나 담배를 태워 물었다. 그리고 비닐이 씌워져 있는 창문 쪽을 무연히 바라보았다.
그때 방문에서 노크소리가 나더니 혜심이가 문을 열고 고개를 내밀었다.
"방바닥 따뜻하지 않죠? 밤에는 춥겠는데…… 불을 넣으라 해야겠어요. 그리고 교수님 양말 벗어주세요. 빨아드릴게요."
"아냐, 오늘 아침 갈아 신었어."
"그래두요."
"아냐, 괜찮다니깐."
"그럼, 편히 쉬세요. 식사가 아무래도 좀 늦을까봐요."
방문이 스르르 닫히면서 풀솜처럼 나긋나긋한 목소리가 긴 여운을 끌면서 사라졌다.

순간, 그에 느낀 듯 퍼뜩 영실의 얼굴이 망막에 떠올랐다. 그건 실로 삼십여 년 전의 이를테면 무성영화 시절의 16밀리 필름속의 여주인공만큼이나 퇴색된 어령칙한 기억이었는데, 세라복을 단정히 입은 무척이나 청순하고 예뻐 보였던 여고생이었다.

나이 열아홉에 자못 숙성해 보였던 수밀도처럼 향긋한 젊음 앞에 내가 가슴이 저리는 연모를 느낀, 이를테면 첫사랑이었다.

그러나 정작 그녀는 기구했다. 천성으로 타고난 발랄한 재기와 뛰어난 미모 뒤에는 으레 비천한 술집 딸 또는 일제 말에 일본 순사와 간통하여 지탄받았던 부정한 어머니의 그 딸이라는 수모가 그녀의 윤기 나는 긴 머리채에 꽂힌 리본처럼 매달려 있었다.

그건 지울 수 없는 낙인처럼 그녀를 부끄럽게 하고 치를 떨게 하는 오욕이었으나, 그녀는 결코 내색하지 않는 데에 특수한 아름다움이 있었다.

나와 그녀와의 애틋한 사랑도 결국 시속의 눈초리를 극복하지 못한 채 한의 끈끈한 응어리를 남기고 파탄이 되어버렸다.

그런지 두 달 후, 질풍 같은 6·25의 격변이 닥쳐왔다. 7월 중순 그녀의 집은 그들 좌익의 밥집이 되고 북한에서 왔다는 군관의 하숙집이 되었다.

그러면서 놀라운 이변이 생겼으니, 평소 줏대 없는 호인이란 평판으로 비웃음을 샀던 그녀의 아버지 송동남이 붉은 완장을 차고 그들의 앞잡이로 변신한 것이었다.

온 산야가 타들어갈 듯 초토화되는 숨 막히는 계절이었다. 그런 속에 영실이 군관과 눈이 맞아 놀아난다는 소문이 쫘하니 퍼졌다.

눅눅한 토굴 속 아니면 마루 밑 토광 속에서 나는 그 소식을 들었다. 분만과 실의 속에 무시로 시들어가는 젊음을 의식하면서 잠을 설치고 이를 갈며 긴긴 여름 해를 보내야 했었다.

그리고 서늘바람과 함께 9·28 수복이 되었다.

송동남이 바람처럼 잠적해버린 뒤 그녀 가족은 부역자로 붙들려 격리 수용되었다. 심각한 시련이 그들 앞에 닥쳐온 것이었다.

그리고 매섭고 추운 겨울에 그들은 풀려나 집에 돌아왔다. 다시금 가게 문은 열리고 그들 모녀는 치안대원의 음식 제공으로 생계를 유지하게 되었다.

그녀가 치안대장인 아무개의 정부가 되었을 뿐 아니라 숫제 갈보처럼 타락했노라는 풍문이 나돈 것은 그 무렵이었다.

누가 그녀를 그렇게 만들었을까? 아마도 그녀를 탓하기에 앞서 시대의 아픔 같은 걸로 비유할 수도 있을 것이었다. 허지만 진정 그녀가 사나운 세월의 매질에 무릎을 꿇고 모든 걸 버린 속죄양이었노라고 미화하고 동정할 만큼 나는 관대할 수가 없었다.

나는 기껏 그녀를 저주하고 미워했다. 어쨌든 꽃다운 나이 열아홉에 그녀는 이미 늦가을 무서리에 시든 채 문드러진 다알리아 꽃이 되었던 것. 싱싱한 육신과 정신은 창녀의 그것처럼 멍이 들어 볼품없이 구겨져버렸다.

이듬해, 그녀 아버지가 은밀히 나타나 경찰에 자수했고, 다음 해 가을 그들 가족은 도망치듯 멀리 떠나버렸다.

그녀 외가 쪽 친척을 찾아 남도 어느 바닷가 어촌에 정착했노라는 소문을 바람결에 접한 것도 이래저래 십 년이란 세월이 지난 뒤였다.

이제 그녀는 나이 오십이 넘는 원숙한 중년이 되었을 것이다. 어쩌면 비만해진 몸의 피하지방 속에 세월의 의미를 깊숙이 간직해 둔 채 여유 있게 늙어갈지도 모를 일이다.

나는 눈을 지그시 감았다. 새삼 나도 늙었다는 허전한 느낌 속에서 30년이란 세월이 기껏 한순간에 지나지 않은 것이란 걸 실감하였다.

방문에 노크소리가 나더니 혜심이 문을 삐그시 열고

"몹시 시장하셨죠? 식사하세요."

했다. 일어나 안방으로 건너갔다.

"반주가 있어야 하겠는데, 어차피 교수님, 밤에 술집에 가시지 않겠어요?"

김광호가 짐짓 물음을 떴다.

"술집은 왜?"

내가 슬며시 영문을 모르겠다는 눈치를 보이자,

"아까 터말에서 알아보겠다던 고향사람의 소재를 파악해얄 게 아니겠어요?"

하고 말했다. 그렇구나, 나는 말없이 고개를 끄덕여 보였다.

"교수님, 저 귀소본능이라 할까? 사람은 나이가 들수록 고향이라든가 씨족이라든가 하는 이를테면 자신의 뿌리에 대하여 집착하게 되는 모양이죠?"

김광호가 입가에 애매한 웃음을 띠고 물었다.

"그런 모양이지."

일껏 심드렁히 대꾸했으나 기실 옳은 말이었다. 나는 문득 생각했다. 몇 명 남지 않은 초등학교 동기 동창회에 근래에 와서 거르지 않고 참석하게 된 것, 부모님 묘역에 손질을 해야 되고, 가급적 빨리 독립된 가족 단위의 선산을 마련해야 된다는 강박관념, 또는 빼어난 문인이었던 14대 선조의 문집을 한글로 번역, 후손의 교육용으로 삼아야 된다는 따위의 끈끈한 의식이 요즘 나를 강하게 사로잡고 있는 것이었다.

그러면서도 나는 거센 저항도 느꼈다. 참 어이없이 시시해지는구나. 참 별 수 없는 속기로 늙어가는구나 하는 비틀린 의식 때문이었다.

밤이 되면 대체로 프로그램에 의하여 학생들은 몇 개의 분과로 나뉘어 세미나를 가졌다. 그간의 활동에 대한 평가와 반성을 통한 실습의 마무리 작업과 같은 것이었다.

그리고 이런 일은 학생들이 자율적으로 진행해나갔기 때문에 나에게는 여유 있는 공백의 기회가 되곤 했다.

대체로 이런 때에 나는 책을 뒤적이거나 근처를 혼자 어슬렁거리거나 그럴듯한 술집이 있으면 들어가 그 지방의 토속적인 술이나 음식을 맛보는 은밀한 재미가 있었다. 짐짓 운수거사(雲水居士)라고나 이름붙일 법한 떠돌이 신세가 되어 시속의 번거로움에서 벗어난 차분한 외로움을 즐긴다 할까?

그래, 오늘 밤은 바닷가 술집에나 가서 산낙지나 놓고 소주잔이나 기울일 셈이었다. 거기에 영실의 옛 행적마저 탐색해낼 수 있다면 그건 뜻밖의 살아 있는 한 인간의 전설을 모래톱에서 건져내는 수확이 될 것이었다.

그런데 막상 민박집에서 떠나려 하자 두 여학생이 부득불 동반하겠노라고 달라붙었다. 혜심과 영미였다.

"싱싱한 생선회가 먹고 싶구요. 또 아무래도 눈치를 보니까 교수님께서 고향사람 찾는다는 그 사연이 심상찮은 것 같다구 반장이 우릴 보구 동정을 잘 살피라구 파견했거든요."

혜심이가 실실 웃으면서 말했다.

"예끼. 솔직히 가고 싶다 그러지, 별 객쩍은 핑계를 대는구나."

가볍게 눈 흘김을 주며 핀잔했으나, 별로 싫지 않은 기분이었다.

바다는 마치 먹물을 풀어놓은 듯 온통 깜깜하였다. 우우 하고 밀려오는 파도소리가 마을과 산에 부딪쳐 되돌아오는 교향(交響)처럼 드높았다.

선창의 좁은 축대 위의 무심코 내던져진 불빛 아래 세 척의 파선이 가로놓인 음산한 그늘 속에 거품을 물고 넘실거리는 파도가 꽤 을씨년스레 보였다. 산자락에 자리한 마을 안쪽에서는 개 짖는 소리가 들려오고 소나무 숲에 텐트를 치고 있는 젊은이들 쪽에서는 기타 소리가 들려왔다.

우리는 마을 어귀 공회당 옆에 자리한 술집을 찾아갔다. 한 집을 둘로 갈라 한 쪽은 다방으로 쓰이고 있었다. 술집이래야 탁자 셋에 등받이가 없는 플라스틱 걸상들이 너절하게 놓인 초라한 홀이었다. 얼핏 다방과 겸용인 듯한 주방 안쪽에 부스스한 머리를 한 40대 후반으로 보이는 아낙이 앉아 있었다.

그녀는 우리가 들어섰는데도 전혀 신경이 쓰이지 않는지 지나가는 개 쳐다보듯 무심한 눈초리로 흘깃 바라볼 뿐 말이 없었다.

거의 폐업이다 싶게 손님이 없는 그런 불황에 이미 익숙해져버린 태도였다고나 할까? 빗물이 새어 얼룩이 진 벽과 비닐종이가 나풀거리는 창문 등 어수선한 풍경에 겹쳐 그녀의 침묵은 뭔가 끈끈한 감정의 응어리가 되어 우리로 하여금 심란한 기분에 잠기게 했다.

"아주머니, 뭐 생선 횟감이 있을까요?"

그렇게 말하자, 그제야 그녀는 무거운 몸짓으로 일어나 석 잔의 엽차를 가지고 왔다.

"요즘 손님이 없어서 낙지 몇 마리밖에 없고만이라우."

착 가라앉은 쉰 듯한 목소리였다.

"안됐구먼, 별 수 없지. 그거라도 한 접시 만들고 소주 한 병 주시오."

말하며 학생들을 돌아보자, 혜심이

"낙지가 살아 꾸물거릴까요?"

하고 물었다.

"암, 그래야 사안 낙지지. 죽었으면 산 낙지게?"

했다. 산(生)의 긴 발음을 일깨우기 위한 즉석 익살로 한 말인데 그렇다고 어디 산에서 나는 산(山)낙지가 있을까보냐.

이윽고 가져온 낙지회에 혜심과 영미는 턱없이 수다를 떨고 나는 독한 술을 목 안에 털어넣으며 낯선 바닷가의 야릇한 정적을 삼켰다.

낌새를 챈 듯이 혜심이

"교수님, 저희들에게도 술 좀 주셔요."

했다. 그렇구나, 나는 그녀들 앞에 놓인 빈 글라스에 넘치게 술을 따라 주었다.

나는 기웃이 주방 쪽을 바라보았다. 여인은 다방 쪽을 바라보고 그린 듯 앉아 있었다.

"아주머니, 잠깐 뵈올까요."

내가 튕기는 목소리로 부르자 그녀가 흐릿한 눈빛으로 돌아보았다.

"아주머니, 여기서 장사한 지가 오래 되었습니까?"

"제가 맡은 건 한 오 년 되고요, 그 전에는 우리 아버지가 허셨어라우."

"그럼 아버님께선……."

"작년에 돌아가셨어라우."

"아 그렇담 아버님이 인수하기 전의 주인이었던 사람에 대해선 잘 모르겠구려."

"네에?"

"그 전의 이 술집 가게 주인이 혹 송씨 아니었습니까?"

"송씨, 그라요. 헌디 손님께선 어찌 그걸 안다요?"

그녀가 약간 뜨악한 표정을 지었으나 나는 일껏 시치미를 떼고

"좀 알지요. 헌데 그 송씨라는 게 송동남 씨 맞습니까?"

하고 물었다.

"동냄이, 동냄이 맞아라우. 여기서 술장수 허다간 돌아가셨지라우. 한 십 년 넘어되었을낀데……."

하고 그녀는 마치 긴한 추억이라도 되새기는 듯 진지한 눈초리를 보였다.

순간, 내 가슴이 철렁했다.

"아하, 그래요. 그럼 아주머니 나하고 얘기 좀 나눕시다. 미안하지만 이리 좀 와주시겠어요?"

불현듯 들뜬 내 태도에 짐짓 괴이쩍은 표정을 짓는 혜심, 영미를 의식하면서 나는 다급한 어조로 청했다.

그녀가 굼뜬 동작으로 우리 좌석의 모서리에 와서 자리를 잡았다.

"술을 권해도 좋을까요?"

"주시지라우. 술장수 오 년에 왜 술도 못 헐까봐서유."

언구럭스런 웃음 속에 뜻밖에 달라진 태도란 일껏 닳아진 노회한 수작 그것이었다. 그녀는 마치 그래야 할 것처럼

"안주가 다 떨어졌구만이라우. 술 한 병 더 있어야지라우."

하고 일방적으로 말하고 부산한 움직임으로 상을 다시 보고서야 비로소 잔을 받았다.

한 잔 술을 후루룩 마시고는 잔을 돌려주면서

"학상들 데리고 온 교수님이시지라우?"

하고는 히죽 웃었다.

"송동남 씨는 내 고향사람입니다. 헌데 무슨 병으로 죽었나요? 그리고 그 가족들은 그 후 어찌 되었는가요?"

"동냄이 아저씨는 본시 병골이었지라우. 6·25 전쟁 땜시 몸을 버렸다 하드구만요. 잘은 모르요만, 본래 고향서 큰 정미소도 허구 떵떵거리구 살았는데, 공산당이 쳐들어와설랑 반동이라구 혀서 모진 매를 맞구 정미소도 불타버렸다는 거구만요. 그래서 하루아침에 폭싹해버렸다는 거구만요. 참 마음씨 좋은 아저씨였는데 그 꼴이 되니께니 화병이 돋쳐 요양삼아 이곳 어촌으로 내려왔다는 거였구만요. 그러니께……."

"가만 가만, 그런 말을 누가 헙디까?"

나는 가슴이 섬뜩해지면서 급히 그녀의 말을 가로막았다.

"누가 허다니요?"

눈꼬리를 치켜뜨며 약간 거친 목소리로 그녀가 되물었다. 서슬에 나는 가슴속에 드세게 이는 분요를 가까스로 눌렀다.

"아니요. 말씀 계속하세요."

"허니께 참 불쌍헌 아저씨 신세였지라우. 부인인 아주머이도 참 미인이었는데, 혼자 술장수 허며 기구살스레 살았는데 그 밑에 딸과 두 아들이 있었지라우. 그 딸은 참 미인으로 근동에 소문이 자자했어라우. 여학교를 나온 원판 배운 사람이라 무지렁이 우리네와는 행동거지부터 맹판 달랐어라우. 과년 찬 나이에도 시집 같은 거 눈도 거들뜨지 안 혔는디 미국 간 애인 기다리느라구 혀서 우리가 춘향이라 불렀지라우."

"미국 간 애인이 있었다고?"

나는 더없이 뭉클해진 가슴을 누르며 물었다.

"그란데 춘향이는 춘향인디 복 없는 춘향이었지라우. 영실이(그 딸 이름인디)는 끝내 그 남자가 배신해설랑 그 후 딴 데로 시집을 갔었는디 그게 또 잘못돼서 그만……."

"음, 그래서?"

"들은 소문으로는 머리 깎고 중이 되었다든가, 뭐 어수선한 소문이 들려왔지라우. 아무렇거나 가족들이 여길 떠날 때까지 한 번도 나타난 적이 없었으니께 확실헌 건 알 수 없지요마는 그 인물이 참 아깝지라우."

"그렇고, 그 어머니와 두 아들은 어찌되었고?"

나는 불현듯 가슴에 이는 섬뜩한 느낌으로 물었다.

"그 큰아들이 이 바다에서 애매하게 죽었지라우. 아저씨가 죽고 나서 얼마 후의 일인데, 고기잡이배에 탔다가 풍랑을 만나설랑 죽었는디 그런 불행한 일 당헌 땜시 부랴부랴 여길 떠났어라우."

"그래, 어딜 가서 어떻게 산답니까?"

내가 묻자, 뜻밖에 그녀가 지겨운 표정으로 노려보았다.

"그란데, 아무리 고향사람이라 하더라도 왜 그리 시시콜콜 묻수? 내가 아는 건 그것 뿐이라우. 바쁜 세상에 남의 일 뭐가 그리 중허답디야?"

그녀는 야멸차게 쏘아 말했다. 그 말이 돌연 내 가슴에 얼음덩이처럼 굴렀다.

그렇구나. 나는 내심 찔끔하면서 급히 따라 놓은 술잔을 들어 단숨에 들이켰다. 꽤 시간이 이슥해서야 우리는 술집을 나섰다. 자못 서늘한 바닷바람에 몽롱했던 의식이 씻기면서 새삼 신선한 기분에 사로잡혔다.

"교수님, 혹시 그 빼어난 미인이었다는 영실이란 여자 분을 옛날에 좋아하셨던 거 아녜요?"

양편에서 내 팔을 끼고 모래밭을 걷고 있던 영미 쪽이 먼저 입을 열었다.

"영실이를 좋아했다고? 그럴지도 모르지. 그 춘향이를 말야."

나는 깜깜한 하늘, 별빛조차 분간하기 어려운 텅 빈 하늘에 대고 풀썩풀썩 웃었다.

"그래, 교수님은 지금 그 여자의 불행을 들으시고 가슴이 아프신 거야. 그렇죠? 그렇지만 그분은 어느 하늘 아래 조용히 속세를 해탈하고 있을 거예요."

혜심이 말하며 다짐하듯 낀 팔에 힘을 주며 매달렸다.

하지만 모든 게 엉터리다 하고 나는 의식의 밑바닥에서 외치는 소리를 듣고 있었다. 송동남의 고향에서의 행적이나 영실이가 남겨놓은 인상 등은 멀쩡한 허구였다고 느낄 수밖에 없기 때문이었다.

그러나 그게 무슨 문제이랴? 그게 사실이 아니래도 적어도 이 어촌사람이 굳게 믿는 한 그건 진실이 될 것이기 때문이었다.

사실과 진실 사이에 뭐가 있느냐? 굳이 사실이 무엇을 보증해준단 말이냐? 숙소에 들어왔을 때 학생들은 파티를 열고 있었다. 우리를 보자 선뜻 김광호가 일어서면서

"혜심이 뭐가 있었어? 보고해."

하고 말했다.

그러자 혜심이 말했다.

"이건 기막힌 빅뉴스야. 교수님이 추적했던 한 가족이 바로 저 술집에서 살았던 거야. 그 가장은 6·25의 피해자로 병을 얻어 이곳에서 비극의 종말을 맞이했고, 그 딸, 빼어난 미인은 춘향의 정절로서 사랑을 지키다 끝내 머리를 깎고 중이 되었고, 그 동생은 풍랑에 목숨을 빼앗겼어. 그래서 결국 이곳은 그 가족의 비극적 종말의 현장이었어."

그러자 영미가 어깨를 으쓱해 보이며 급히 말을 이었다.

"그런데 우리의 비상한 관심거리는 바로 그 절세의 미인이 바로 우리 교수님의 애인이었고, 어쩌면 그 춘향의 그 이몽룡이 바로 우리 교수님이었을 거란 사실이야."

폭포처럼 유창하게 내뿜었다. 서슬에 장내에 있던 모든 학생들의 눈이 휘둥그레지며 일제히 우와, 하고 탄성을 질렀다.

"결국 우리의 살아 있는 전설 하나를 캐낸 셈이구나."

김광호가 감개어린 어조로 덧붙였다. 삽시간에 벌어진 이 뜻밖의 상황이 마치 질풍처럼 나의 가슴을 휩쓸고 지나갔다. 나는 지그시 눈을 감았다.

어이없는 수작이었다. 그렇다고 해명할 수도 또 그럴 필요도 없었다. 뜻밖의 충동으로 하여 도무지 내 입은 무거운 재갈에 물린 듯 열 수가 없었다.

이튿날, 늦은 아침밥을 먹고 우리는 여장을 챙겼다.

버스를 기다리는 동안 '갈매기'란 이름이 붙은 다방에 들어갔다.

"아이구, 어서 오세요."

어젯밤 술집에서의 그녀가 이제는 다방 마담이 되어 주방 쪽에서 반색을 하며 반겼다.

"이제, 떠나시는 기라우?"

하며 엽차를 들고 와 맞은편 의자에 털썩 주저앉았다.

“그라요. 말이 양쪽 일이지 뭐 손님이 있남요? 피서철 반짝 장사여서 그때는 색시도 한 명 쯤 두고라우.”

“바깥양반은 뭘 하시는데?”

“남편 덕 있는 년이 요 짓거리 허겠어라우. 나도 처녀 적에는 대처에서 그런대로 직장에도 나가설랑 고생 않고 살었는디…… 수언 건달 같은 놈에 얻어걸려 친정살이에 만년이 요 꼴이 됐지 뭐기라우. 허니께 여자 팔자 두레박이란 거 노상 틀린 말 아닌기라우.”

도무지 맛깔 없는 커피 한 잔을 마시고 그녀의 푸석한 신세타령을 듣는 동안 버스의 경적이 울렸다.

“피서철에 한번 오시지라우. 정말 오시지라우.”

떠나는 나의 등 뒤에서 그녀가 거듭 말했다.

이윽고 버스가 떠나 구부러진 비탈길을 돌아 바닷가 풍경을 한 눈으로 굽어보게 하였다. 표목에 붙은 표고버섯처럼 산자락에 늘어선 마을의 올망졸망한 집들, 부풀어 오른 융단 같은 질감 있는 푸른 바다. 마침 썰물 때인지 걷어 올린 치마폭 아래 드러난 여인의 허연 맨살처럼 시원스레 펼쳐진 모래펄 등이 왠지 아쉬운 정감으로 가슴에 와 닿았다.

그리고 산에 가려 영영 시계가 막혀버리자, 모든 게 그것으로 끝났다 싶은 단절감을 느꼈다. 우연히도 맞닥뜨렸던 30년 전의 추억. 이제 영실의 서글픈 운명을 떠올릴 그런 기회는 다시 없으리라.

“교수님, 민담이나 전설 등을 수집하면서 느끼는 것은 그것들이 얼마나 허황한 민중의식 속에서 만들어진 것인가 하는 것들인데 따지고 보면 그런 게 흥미 있는 것 아닐까요?”

문득 옆자리에 앉아 있던 김광호가 말을 꺼냈기 때문에 나는 비로소 현실에 되돌아온 기분이었다.

“그렇지. 이를테면 그때그때의 민중들이 기대라는 형식의 의식 속에서 만들어진 형상 개념이니까, 엄밀히 따지면 사실이라기보다 허구에 가깝다 할까?”

돌연한 질문이었기 때문에 대꾸하는 나로서는 약간 허둥대는 말투가 될 밖에 없었다.

“그렇담, 역사란 무얼까요?”

“역사란 사실에 근거하고 있는 데서 허구란 있을 수 없지. 하지만 민담이나 전설도 진실이란 측면에서 보면 유사 역사라고나 할까? 역사란 것도 한 개인이나 나라에 있어서조차 엄청나게 사실이 왜곡될 수도 있거든. 이를테면 말야, 우리 고장의 한 씨족의 중시조가 되는 사람이 일찍이 임진왜란 때의 병장으로 혁혁한 공헌이 있다 하여 향교에 배향까지 되었단 말야. 한데 그게 아니었어. 그 자는 어느 사료에 의한, 즉 당시에 왜구에 투항하길 주장하다가 주살

되었던 거야. 허니께 엉뚱하거든. 해서 어느 사학자가 이 사실을 고발함으로써 그 문중 꼴이 어찌 되었겠나?"

"신앙의 기둥이 무너졌겠구먼요."

"그래, 그래."

나는 건성 대꾸하면서 문득 영실이와 그 가족의 전말을 떠올렸으나 곧 무의미함을 깨달았다.

마치 그러한 심중을 증명이라도 하듯이 뒤쪽에 앉아 있던 학생들 사이에서 별안간 노랫소리가 터져 나왔다. 그리고 그것은 봇물 터지듯 번져서 요란한 합창으로 번져갔다.

화들짝 놀라 나는 되돌아보았다.

"다른 손님들 폐가 되는데……."

하고 곁의 김광호로 눈길을 돌리며 노파심으로 말했다.

"괜찮아요. 일반 손님 별로 많지 않은걸요. 그리고 이런 바닷가라면 대체로 피서객들은 이런 일에 익숙해져있을 테니깐 의외로 관대하거든요."

김광호는 숫제 나의 소심함을 비아냥거리는 투로 실실 웃으며 말했다.

버스는 자갈길에 들어서서 고삐 풀린 망아지 꼴로 달려갔다. 우리는 엉덩방아를 찧으면서 송호리의 해안을 벗어나고 있는 것이었다.

미망迷妄의 늪

1

지축에 멍이라도 들듯 요란한 소음에 자지라지듯 문풍지가 울었다. 쿵쾅쿵쾅, 이웃 고층 빌딩의 건설 현장에서 파일을 박는 소리였다.

그러한 진동의 멀미 속에서 정수(程洙)는 아침나절 방 가운데 단단히 가부좌를 틀고 앉아 있었다. 굳이 좌선을 흉내내서가 아닌 일상의 무료함에 어쩌다 버릇된 짓이기는 하나, 요즘 따라 풍랑 위의 뱃전에 앉은 것처럼 흔들리는 자세를 바로잡기에 안간힘을 썼다.

때마침 차임벨이 울리면서 '편지요.' 하고 우체부의 메다붙이는 목소리가 대문 쪽에서 들려왔다.

이어 큰아들 민우가 사각봉투 하나를 들고 방안으로 들어섰다.

"무슨 청첩장인 듯싶습니다만."

"그래?"

급히 가부좌를 풀고 편지를 받아든 그의 손이 가벼운 설렘으로 떨려왔다. 그럴 것이 근래 사회 활동이 뜸해지면서 외부의 통신조차 가뭄에 콩 나듯 희귀해진 것이다.

"이런! 변광만 사장이 죽었구만."

정수는 흠칫 놀라며 가볍게 소리쳤다. 가슴속에 먹구렁이가 기어가는 것 같은 끔찍스런 의식과 더불어 저항감으로 낯빛이 차돌처럼 굳어졌다.

"사업이 폭삭 망허구 뇌일혈로 쓰러졌다더니……."

낌새를 채고 곁에서 민우가 말했다. 고스러진 식물처럼 되어 족히 4년이 넘는 병상 생활…… 그것은 사회로부터 격절된 망각의 늪이었는데.

"말로가 비참하군요. 그렇게 떵떵거리고 살았는데…… 모든 것 거덜 나고. 것도 따지고 보면 당연한 응보겠죠."

민우의 얼굴이 심하게 일그러졌다.

"고인을 두고 그리 야박하게 말하면 못 쓴다."

괜히 착잡한 기분으로 튕기듯 말했다.

"그래서, 아버님 문상 가시겠어요?"

"가자구?"

하고 그는 뜨악한 눈초리로 바라보았으나, 짐짓 아들의 표정에서 몹시 뒤틀린 감정과 함께 괜한 부의금을 감당해야 된다는 속셈이 숨겨져 있음을 간취하고는 가벼운 저항을 의식했다.

"그 자가 아버님께…… 생각하면 치가 떨리지 않습니까?"

그의 야멸찬 추궁이 독한 액체처럼 끈끈하게 느껴지자.

"이미 과거의 일이다."

정수는 퉁명스레 쏘아붙이고 결정적인 단계에 몸가축을 하듯 벌떡 자리에서 일어섰다. 그러자 민우는 작히 딱하다는 투의 표정으로 저고리의 속주머니를 뒤적여 내키지 않은 손길로 지폐 두 장을 내밀었다. 그는 그걸 어줍게 받아 바지주머니에 쑤셔 넣었다.

문득 변광만의 얼굴이 떠올랐다. 다부진 체격, 기름기에 번들거리는 상기된 얼굴, 쭉 째진 눈꼬리에 유난히 부석부석한 눈두덩 등 어쩐지 범접하기 어려운 독기어린 인상이었다. 10년을 사귀었어도 도무지 삭아지지 않는 매양 몽니 궂은 인상이 마치 무슨 괴석처럼 망막에 사로잡혔다.

이윽고 정수는 애써 색다른 하나의 얼굴을 떠올리고 문갑 위에 놓인 전화통을 끌어내렸다.

"민 교수, 마침 자리에 있었구랴."

"아니, 김 주간님 아니십니까? 어인 일루 뜻밖에 전화를 다 주시고……."

못내 그리운 정을 토해내듯 그 목소리는 물큰한 푸른 내음에 젖어 있었다.

"변광만 사장이 죽었어."

"죽어요? 그럼 그 친구 이제껏 살아 있었답니까?"

자못 쌀쌀하게 부러 해학적인 말투를 짓는다 싶게 말했기 때문에, 정수는 어정쩡한 기분에 헛기침을 두어 번 했다.

"무슨 말투가 그랴, 허 참."

"아무튼, 그래 어쩌자고요?"

"어쩌긴, 문상이라도 가얄 거 아녀? 그래 민 교수와 동행을 할까봐서."

"동행이라니? 내 마음속에 그런 사람은 진작 죽었는걸요. 어쨌든 모처럼 이렇게 통화가 됐으니 저녁때 만납시다. 대포 한 잔 나눠야죠."

카랑카랑한 목소리 속에 그 나름의 단호한 결의가 맺혀 있었다.

오후 다섯 시가 넘어 정수는 집을 나섰다. 모처럼의 나들이라서 주변의 풍경이 왠지 생소해 보이기도 했다. 네거리에 이르자 새삼 몰아치는 으스스한 한기에 목을 움츠리고 뭉뚝하게 잘린 플라타너스의 가지 끝에 핏빛으로 물큰하게 흐르는 겨울해의 낙조를 바라보았다.

그는 택시를 잡았다. 달리는 차창 밖으로 불현듯 변광만의 주검의 몰골을 떠올렸다. 메마른 장작개비처럼 밭아버린 몸, 눈두덩은 꺼지고 광대뼈만 앙상히 솟아 있는 얼굴은 천 길이나 깊은 골짜기에 드리운 어둠으로 덮혀 있겠지.

그 몰골, 그것은 지난 가을 새벽안개 위로 솟아 있던 도담삼봉(道潭三峯)의 세 개의 괴석이 이윽고 수몰된다는 절박감 때문에 끈끈한 추억거리가 되어, 이따금 악몽처럼 머리맡에 나타나기도 했던 어렁칙한 죽음의 그림자처럼 허망한 느낌으로 겹쳐 떠올랐다. 아니, 짓궂게 찾아들기도 하는 자신의, 어떤 막다른 길에서 한사코 도망치고 싶은 불안한 의식의 표상과도 같았다.

"주간님, 죄가 많습니다. 일간 찾아뵌다, 뵌다 허구서 벼르기만 하다가 영 무심하게 됐습니다."

술상을 앞에 두고 민 교수는 잔뜩 부풀어 오른 기분으로 호들갑을 떨었다.

"당찮은…… 한가한 내가 챙겨야 할 일인데 무심하게 됐구랴."

"그나저나 백이숙제 된 겁니까? 통 두문불출이니. 그러심 쉬 늙습니다. 취미삼아 뭔가 하셔야죠. 무슨 집필이라도 한다든가?"

"집필? 이 주제에 무슨 글을 써?"

별안간 찔리는 느낌으로 낯이 화끈 달아오르면서 도전적으로 말했다.

"아무리 하찮은 지방신문이었다 할지라도 오랫동안 논설을 주도해온 문필가 아니십니까?"

"헛헛, 뭐 글다운 걸 썼어야지. 그런 건 민 교수가 더 잘 알 터인데……."

"왜 이러십니까? 세상을 멀리하시더니 세상사 모든 게 시들해졌단 말씀인데 지나친 겸손도 덕이 아니라던데요."

"겸손이 아니라 사실이기 때문이야."

"자아, 어쨌든 술이나 드십시다."

민 교수는 술잔을 들어 단순에 들이켰다. 마음 편히 술이나 마시는 게 가장 어울리겠다 싶은 이지적인 반응 같았다.

아직 때가 이른 탓인지 홀 안은 텅 비어 있었다. 정수는 정종의 씁쓸한 맛을 뜨겁게 마셨다. 앞에 앉은 민 교수는 참으로 정력적으로 벌컥벌컥 술을 들이켰다. 15년 전, 당시 민 교수는 젊은 엘리트다운 패기 있는 논설위원의 한 사람이었지.

어느 날 오후, 술이 엉망으로 취한 채 씨근거리며 논설위원실로 뛰어들었다.

"쥐뿔이나 언론의 '언'자도 모르는 주제에 거액의 이권이 얽혀 있는 D처의 비위를 건드려 산통을 깨뜨렸다고 나를 죽이네 살리네 하니 이걸 어쩝니까?"

D처의 부정을 사설로 다뤘던 것이 뜻밖의 화근이 되어 변 사장의 불같은 노여움을 샀던 것이다. 당시 변 사장은 언론을 방패삼아 뒷전으로 토건업을 경영했는데, D처와는 공사 수주하는 데 있어 끊을 수 없는 이권 관계에 놓여 있었던 것이다.

"논설실의 책임자로서 언론이란 공기를 일껏 사물시하는 그릇된 경영관에 대하여 단호한 대응책을 세워야 하지 않습니까?"

끝내는 나의 무능을 노골적으로 힐난하고 나섰다. 그러한 그 앞에서 다만 우두망찰 씨도 안 먹힐 회유책으로 현장을 얼버무릴 밖에 없었던 난감한 자신이었다. 몇 개의 사기업을 거느리고 의당 그것들을 지키기 위한 보호벽쯤으로 언론을 의식하고 있는 사주인 변광만의 횡포 앞에서 자신이란 한낱 할 일 없는 피고용인에 불과하다는 패배의 검은 우울증에서 헤어나지 못했다. 일신의 안일을 꾀하는 일, 그것이 설혹 분수를 지킨다는 명분으로 호도될지라도 결국 이기적인 처신일 밖에 없다는 데서 정수는 주위의 비난을 벗을 길이 없었다.

그리고 그러한 처신이 간특한 변 사장의 만만한 이용거리가 되어 뜻밖에 충직한 부정의 하수인 노릇을 하게 되었다가 하루아침에 쓸모없는 존재로 찍혀 발길에 채여 밀려나는 개밥의 도토리 격이 되고 말았다.

"언론 정화로 신문사가 통폐합되면서 변광만도 설 땅을 잃었지요. 보호벽이 무너지면서 사업체도 구멍이 나기 시작했고……."

낌새라도 눈치 챘다는 듯이 민 교수가 입을 열었다.

"그래, 마치 들판에서 돌풍을 맞은 격이었지."

"허니깐, 아무도 제 앞날을 점칠 수가 없단 말입니다. 그 무렵 형편없는 박봉으로 연명해 가던 중 늑막염을 앓아 두어 달 결근하는 바람에, 그나마 상임(常任)의 자리를 싹둑 잘렸던 거 기억납니까?"

"암, 기억하다마다. 그때 손을 써봤지만 영 막무가내더구만. 자신의 무능이 그토록 한스러운 적이 없었다고……."

"그때 저는 백척간두에 선 절망적인 기분이었습니다. 세월이 약이라서 지금은 마음 느긋하게 추억합니다만, 당자인 변 사장도 사업이 거덜나고 불치의 병객이 되면서 인간의 불행이 무엇인지를 절감했겠지요."

"그랬을까? 그나저나 전화위복이라구. 그런 절박한 사정 때문에 민 교수는 일찌감치 대학에 진출했던 거 아냐?"

"그렇다고 할까요. 그런데 김 주간님에 대해서 그가 얼마나 매정했습니까? 대외적인 활동을 통해 사의 위치를 어렵사리 반석 위에 올려놓으니까 싹수없이 목을 자르고 대신 애숭이인 제 생질 놈을 그 자리에 앉혀 놓는……."

"난 그때서야 세상인심을 혹독하게 맛본 거 같더구만. 새 정신이 번쩍 들면서 그간 세상을 헛살아왔단 자책으로 몸서릴 쳤어. 사실 생활도 말이 아니었구."

"그러고 보니 우리는 공동의 피해자인데…… 지금 그의 죽음 앞에서 술을 대작하고 있으니 새삼 희한한 기분이군요."

"그렇구만, 헛헛."

정수는 불현듯 허랑한 기분이 되어 맥없이 한참을 풀썩풀썩 웃었다. 자못 해학적인 기분을 드러내며 민 교수도 덩달아 흐물흐물 웃고 있었다.

"그런데 그거 그 어떤 의미론 변광만 같은 사람이 정작 인생을 제대로 살았을지도 몰라. 그는 뭐든 피하지 않고 내내 도전적으로만 살았거든. 무식이니 비양심이니 따위는 사회윤리적인 문제고, 그 사람 나름으로는 성취의 야망으로 높은 탑을 쌓아 갔단 말이야. 그에 비하면 나는 성취의 벽 앞에서 언제나 피해 다녔고……."

정수가 자학적이다 싶게 술을 벌컥벌컥 마셨다.

"아니, 별안간 그게 무슨 역설입니까?"

민 교수가 적이 놀라는 표정을 했다.

"아냐, 아냐. 그는 죽으면서도 병마가 잡아가지만 않는다면 세상에 할 일이 너무 많은데, 하고 몸부림을 쳤을 거야. 헌데 나 같음 당장 죽음 앞에 닥뜨린다 해도 분해할 일이 없을 거 같아서."

말씨가 자연 신경질적으로 모가 졌다가는 끝내 감상적으로 까라지고 말았다.

"큰일 나셨습니다, 김 주간님. 퇴직 후 한인생활이 쌓이다 보니 이제는 아주 나약한 숙명주의자가 다 되셨군요."

"아냐, 아냐."

민 교수가 힐난조로 말했다. 뭐가 아니란 뜻인지 정수는 자신도 모르는 의미로 괴괴히 대꾸하면서 벌떡 자리에서 일어섰다.

2

푸지게 눈발이 내리고 있었다. 술기운에 얼큰해진 정수의 눈에는 그게 더 없이 들뜬 고혹

적인 풍경으로 느껴졌다,

가까스로 알아낸 상가는 뜻밖에 시가의 변두리에 위치하고 있었다.

양의 창자같이 꾸불꾸불하게 나 있는 깊숙한 골목 안 여러 곳에 매직펜으로 갈겨 쓴 상가의 표지가 붙어 있었다. 눈더미와 쓰레기가 뒤섞여 어지럽게 널려 있는 음산한 골목 막바지에 초라한 낡은 단층 양옥이 있었다. 활짝 열린 대문 앞에 선 정수는 무심코 뜨거운 눈길로 주위를 돌아보았다.

'원 세상에, 이런 깊숙한 곳에 숨어 여태껏 살아 있었다니…….'

처마에 잇대어 빛바랜 차일이 처져 있었고, 대문 바로 안쪽에는 연탄을 쌓아 만든 화톳불이 누런 가스를 매캐하게 풍기며 은은히 타고 있었다. 문상객 네댓 명이 불길을 에워싸고 그림자처럼 서 있었고, 차일 아래에서는 몇 사람이 술상을 마주하고 떠들고 있는 게 보였다.

정수는 잠깐 을씨년스런 생각에 잠겨 짐짓 민 교수를 떠올렸다.

"기왕 그런 뜻이라면 주간님이나 다녀오시라구요. 저는 원한을 동정으로 감쌀 만큼 관대하기에는 아직 나이가 젊습니다. 죄송합니다."

민 교수는 끝내 문상 길의 동행을 거절하고 냉랭히 돌아서버렸다. 그러한 그의 단호한 태도 앞에서 정수는 괜히 마음이 으스러질 것 같은 격절감을 의식할 수밖에 없었다.

상가는 뜻밖에 쓸쓸한 분위기였다. 고인이 지녔던 사회적 명성으로 하여 의당 상상하기에 족할, 법석이는 광경을 처음부터 배제하고 있었다. 푸른 계곡을 찾다가 지독한 가뭄을 발견했듯, 정수는 상청에 오르면서 흘깃 주위를 돌아보았으나 도무지 아는 얼굴이라곤 없었다. 평소 변 사장의 손발이었던 두 아우조차 어쩐 일인지 눈에 띄지 않았다.

그는 황량한 기분에 사로잡힌 채 어마둥히 제단 앞에 서서 검은 리본 속의 얼굴을 바라보았다.

그는 탈의 테 같은, 묘하게 일그러져 보이는 윤곽만을 남겨둔 채 두 번 다시 끌어올릴 수 없는 심연 속에 떨어져 있었다. 물질이라는 것이 얼마나 우리로부터 멀리 존재하고, 그 존재하는 방법이 얼마나 터득하기 어려운 일인가를 묵시적으로 말해주고 있는 것 같은 표정이었다.

정신이 죽음에 의해 물질로 변할 때 시시한 일상마저 왜 그토록 서먹서먹해지는가 하는 생각을 문득 느꼈다.

죽음은 그저 보여지고 있다. 그는 오직 변 사장의 종말을 보고 있다. 본다는 것, 늘 무의식중에 그렇듯 보고 있다는 사실이 산 자의 권리의 증명이기도 하고 잔인한 표시이기도 하다는 걸 새삼 깨닫는 것 같았다.

어쨌거나 그는 어정쩡한 기분으로 향을 사르고 기계적으로 두 번 무릎을 꺾고 난 뒤 30대의 전혀 낯선 상주 앞에서 두어 마디의 무의미한 인사를 나누었다.

그 동안 병풍 뒤에서는 줄곧 독경소리가 은은하게 흘러나왔다. 그 소리는 죽음의 정적을 감싸주기에 족할 저승의 평온을 일깨워주는 특이한 분위기를 자아냈지만, 상가의 황량한 기분을 바꿔놓기에는 너무도 공소한 울림이었다. 어쩌면 저 병풍 뒤에 숨겨져 있을 변광만의 영혼마저 그 소리를 듣고 있을까?

이승의 넝마를 벗어버리고 영겁의 평온을 향하여 훨훨 날아가기에는 그 소리는 너무나 침울하고 세속적인 것 같았다.

정수는 잠깐 아득한 생각에 잠겼다가 허둥지둥 상청을 물러났다.

이윽고 상주의 강권에 이끌려 방으로 들어갔다. 방안에는 촌로인 듯싶은 세 노인이 앉아 있었다. 비좁은 방에 담배연기가 매캐했다.

유난히 눈빛이 어글어글하고 허우대가 좋아 보이는 노인이 자못 좌장 격으로 약간의 거드름을 피우며 말했다.

"변 사장 말이시, 어쨌거나 개천에서 용난 게 아닌가베. 가지랑이가 째지게 가난한 무지렁이 통장수 자식으로 태어나 어디 공부라고 변변히 해봤남? 그리구서도 그만큼 돈 벌고 세도부리며 한 세상 떵떵거리고 살았으문 됐지, 무슨 여한이 있겠단가? 비록 만년이 불운했지만은 그거사 분지복으로 어짤 수 없는 팔자 아닌가베."

"함, 그렇고말구라오. 변 사장이 하늘 높은 줄 모르게 성공한 것도 따지고 보면 세상에 함원이 있어 남달리 독하게 살아온 탓이지라우."

자못 좀상스럽게 턱수염이 난 깡마른 체구의 노인이 입가가 비뚤어지는 모습으로 대응했다.

"그건 그랴, 통자수로 겨우 입 풀칠이나 할 밖에 없는 변 사장 아버지가 애꿎은 죄로다 일본 순사한테 맞아죽지만 않았어도 변 사장은 지금쯤 착실한 농부로 평생을 마쳤을 거구만."

대머리에 유독 매부리코가 돋보이는 한 노인이 말을 받았다.

"허니께 세상사 새옹지마라고 사람의 앞날은 점칠 수 없는 겨. 악운이 행운이 될지 누가 안담?"

"그랴, 허지만 운도 운 나름이겄지. 변 사장이야 세상에 함독하고 살았으니께 예사 사람과는 달랐지. 돈과 권세로다 애매하게 죽은 애비의 복수를 하자는 심사랄까, 그래설랑 세상에 앙갚음을 하자는 그런 독한 사람이었제."

"해서, 욕심껏 세상일을 모지게 꾸려가다 보니께 막판에는 재산 싸움으로 형제 사이 송사가 벌어지고……."

"골육상잔이지. 그게 다 욕심이 욕심을 부른 탓이었제. 전에 사 형제 우애가 얼마나 돈독했었남? 형제끼리 똘똘 뭉쳐 세상에 여봐란 듯이 살아보자고 했겄제. 헌데 재산이 쌓이면서 물질에 마가 낀 거라. 마가 끼어 우애를 해친 거라."

"그러요만, 어쨌거나 난사람은 분명한 거라요. 천성이 별나게 영특허잖았음 그렇게 출세할 수 없지라우."

"함, 그거사 옳은 말이지. 그렇고 우리 고장을 위해서 그 사람 얼마나 많은 공적이 있는가? 사실 어릴 적에 그토록 서럽게 자랐음 고향이래도 사랑도 없을 거구만. 헌데도 공회당 허며 마을의 숙원이던 다리도 단독으로 놓아준 것 허며 그게 다 예삿일이 아니지."

"그런데 만년이 너무 허퉁허지라우. 한때나마 세상에 내놓으라던 유지 아닌가베요? 헌데 이 상가의 꼴이 뭐지라우? 정승이 죽기보다 그 댁의 개가 죽어야 문상객이 끓는다는 옛말이 매양 틀린 말 아닌 것 같구만. 그리고 아무렴 척을 졌기로 왜 그 아우들조차 코빼기도 뵈지 않지라우?"

"그러니 말일세. 만년에야 어쨌든 그간의 호의호식이 모두 누구 덕이었는데…… 천벌을 받아 쌀 행동들이제……."

좌장 격인 노인이 일껏 분기로 모가 진 도전적인 눈길로 방 안을 둘러보았다. 그 눈길이 윗목에서 무료하게 술상을 마주하고 있던 정수의 얼굴에 머물렀다. 순간, 그는 독 묻은 화살촉처럼 박히는 눈길에 괜히 가슴이 응그러붙는 것 같은 충격을 받고 가까스로 자리에서 일어섰다. 슬그머니 방에서 나왔다.

대문 쪽을 향하는데 천만 뜻밖의 사람과 딱 마주치고 말았다. 바로 변 사장의 동생 광덕이었다. 그는 얼핏 자신이 특별한 관심의 대상으로서 몸 둘 바를 몰라 짐짓 냉담을 가장하는데 지겨움을 느끼고 있는 것 같은 표정이었다. 초췌한 몰골과는 달리 고추빛으로 붉어진 얼굴의 이글거리는 눈길에는 일종의 광기가 어려 있었다.

"김 주간님."

마치 만남을 예기라도 한 것 같은 태도였지만, 그 목소리에는 약간의 두려움이 섞여 있었다.

"얼마나 애통하십니까?"

정수가 지극히 의례적인 말씨로 인사를 했다.

"김 주간님이 오실 줄은…… 부끄럽고 면목이 없습니다."

두 손을 거머쥐고 비굴하게 굽신 허리를 꺾었으나, 애써 눈길을 피하는 자세였다.

"백씨께서 그토록 오래 신고하셨다는데 문병 한 번 못하고…… 너무 허퉁하게 가셨습니다."

"허퉁하죠. 위대한 분이시니께 오래오래 살으셔야 하는데…… 그래야 좋은 일 궂은 일 가리잖고 마구……."

미간을 찡그리고 재빨리 지껄이다 말고 급히 말꼬리를 흐렸다. 빈정거리는 투의 뜻밖의 비난이었기 때문에 마침 그의 입에서 풍기는 썩은 구정물 같은 술 냄새와 더불어 왈칵 불쾌감이 치솟았다.

"거 무슨 말씀을……"

"아닙니다, 어차피 세평이 나있는걸요. 그럴망정 저로서는 감히 이런 자리에서 그런 말을 한다는 게 최소한의 예의에서도 벗어나는 줄은 압니다. 허지만 형제간의 불목은 이미 세상에 드러난 일, 이제 고인 앞에서 제가 굳이 마음에 없는 위선까지 갖출 필요조차 없으니깐요."

그의 목소리가 겨울밤의 문풍지 울음처럼 떨려왔다. 어쩐지 의연함을 잃지 않으려 애쓴다는 인상과는 다르게 내심 무척 자학하고 있음을 일그러진 표정에서 역력히 뜯어볼 수 있었다. 정수는 적이 난감한 처신이었다. 적절히 대거리할 말이 떠오르지 않아 불현듯 이마에 찬 바람을 의식했다.

"형님이 김 주간님께 어떻게 했는가도 잘 압니다. 그런데 이렇게 일부러 와주시니, 저로서는 뭐라고 말씀드려야 할지…… 부끄럽고 죄송합니다."

"거 무슨 당찮은 말이오?"

"어쨌거나 저하고 술 한 잔 허십시다."

"아니에요, 이미 했는걸요."

끔찍한 독충에라도 물린 것 같이 놀라며 정수가 괴괴히 떼어 말했다.

"아녜요, 정말 이 상가에서가 아니라 어디 밖에 나가서 한잔 나누고 싶군요."

진정을 알아달라는 투의 집요한 표정으로 한 걸음 다가서며 말했다.

"아닙니다. 후일 만나죠. 그럼 그만."

정수는 무척 다급해진 기분으로 돌아섰다. 그리고는 잰걸음으로 대문으로 향했다.

대문 밖에서 문득 뒤를 돌아보았다. 아까 그 자리에 못 박힌 듯 우두커니 서 있는 광덕의 모습이 더 없이 외롭게 보였다.

3

눈발이 굵어졌다. 바람기도 없어서 시속의 말마따나 하늘의 은총이 온 누리에 고요히 내리고 있다는 느낌이었다. 고혹적이랄 수 있는 이 야경이 마음 속 깊은 언저리에 짓눌려있던 정서의 응어리에 아연 불을 지른 모양인가? 그것은 은밀한 감정의 자각이지만 오랫동안 유폐되다시피 살아온 정수에 있어서는 새삼 희한한 경험이 아닐 수 없었다.

골목을 나와 번화가 길목에 즐비하게 늘어선 포장마차가 더 없이 정겹게 보여서 불현듯 강한 유혹을 느꼈다.

포장마차의 여주인은 젊었다. 푸른 칸델라 불빛을 받아 그녀의 얼굴은 약간 핼쑥해보였으나, 얼핏 티 없이 해맑은 웃음에는 청순함이 깃들여있는 푸근한 인상을 안겨주었다. 초로의 나이인 한 뚱뚱한 사내와 매무새가 단정치 못한 젊은 여인이 앉아 술을 마시고 있었다.

그가 자리에 걸터앉자 사내는 잔뜩 부어오른 얼굴로 돌아보았으나 이내 벌떡 자리에서 일어섰다. 셈을 치르고 쫓기듯 밖으로 나가버리자 여인이 잠깐 망연자실한 태도로 우두커니 앉았다가 뒤미처 허둥지둥 나가버렸다.

"내가 손님을 쫓아버린 모양 같구랴."

낌새를 채고 정수가 겸연쩍은 웃음을 지으며 말했다.

"아녜요, 소주 몇 잔 마시면서 내내 싸움질만 한걸요. 어른께서 때맞춰 잘 오셨어요."

고른 하얀 이를 드러내고 살짝 웃었다.

"저런, 그랬음 됐구랴."

"왜 그런지 모르겠어요. 보아하니 어찌어찌 만난 부부 사이 같기는 하지만, 세상에 원, 이런 데까지 와서 죽네 사네 허구 아옹다옹 다투려거든 일찌감치 헤어져야죠."

"사랑싸움인가?"

"그런 게 무슨 사랑싸움이겠어요. 사실 그것도 배부른 사람들이나 사랑 어쩌구 그러지, 우리네 같이 당장 먹고 살기에 바쁜 사람들이야 어디 그럴 여유가 있겠나요."

"암, 그렇고말고요. 그럼요."

정수는 한껏 들뜬 기분에서 그녀에게 일종의 경외감마저 느끼며 감탄조로 웅얼거렸다.

낙지볶음 한 접시에 소주를 기울이며 이윽고 물었다.

"보아하니 젊으신데 댁은 부군과 다투시는 일이 없습니까?"

여인이 무슨 시답잖은 수작이냐는 듯 피식 웃었다.

"아닌 말로 다툴 남정네라도 있었음 좋겠네요."

"저런, 그럼 젊은 나이에……."

"그런데도 올망졸망한 애들 셋이나 딸려 있다구요."

마치 남의 말 하듯 스스럼없이 경쾌한 어조로 말했다.

"고생이 많으시구먼."

"고생으로 생각하면 어찌 하룬들 살겠어요. 이것도 팔자거니 허구 언제인가 복 받을 날이 있겠거니 하니까, 자라는 애들에게서 남다른 보람이 있어요."

여인은 말하고 환하게 웃었다. 그 웃음에는 온갖 어려움을 감싸줄 푸근함이 어려 있었다. 고즈넉한 분위기에 젊은 여인의 웃음 띤 얼굴이 한결 정겨운 느낌을 주어 정수는 지나치다 싶게 과음을 해버렸다.

"부디 아이들 잘 키워 복 많이 받으세요."

마침내 그는 나오면서 자못 감동적인 어조로 객쩍은 인사까지 덧붙였다.

푸들푸들 내리는 눈발을 맞으며 그는 깊은 생각에 잠겨 그냥 하염없이 걷고 싶었다. 그에게는 이미 변광만의 죽음이 안겨준 우울한 상념 대신 포장마차의 젊은 여주인이 일깨워준 삶의 밝은 빛이 먼 옛날 잃어버렸던 달콤한 추억처럼 새삼 가슴을 후끈하게 했다. 그것은 칠흑처럼 어두운 계곡을 지나 마침내 떠오른 은은한 달빛을 산상에서 바라본 것과 같았다.

얼마나 걸었을까? 그는 이제 멀지 않아 집 근처에 이를 것이라고 생각하는 순간 퍼뜩 섬광처럼 떠오른 추억이 있었다. 수몰되리라는 단양팔경의 하나인 도담상봉, 그것이었다. 단양댐을 막기 위해 불가피한 일이라 했다.

기실 삼봉이랬지만, 그건 검은 바위 셋이 강 속에서 우뚝 솟아 있는 희귀한 풍경에 지나지 않았다. 그런데도 정수는 미상불 검은 괴석이 단순한 암석으로 여겨지지 않았다. 스스로의 운명을 능히 감지하고 있을 법한 영적 존재, 설사 그것이 수몰이라는 강박감 때문에 빚어진 감상일지는 모르나 한사코 특이한 영물로서 강하게 와 닿았던 것이다.

그리하여 이따금 꿈속에서조차 그 괴석은 때로 괴물의 울부짖음 아니면 화석이 된 성인의 상으로 나타나 잠결을 혼몽하게 했다. 그럴 때마다 영락없이 깨고 나면 식은땀에 흥건히 젖어 있곤 했었다.

그 괴석이 무얼까? 평소 정수는 스스로에게 물어왔지만 확실히 답을 내릴 수 없었다. 그랬는데 변광만의 죽음을 눈앞에 보고 와서 무언가 강한 충격으로 와 닿는 해답이 있었다.

그렇다, 그것은 바로 죽음의 존재 그 본질의 표상인 것이다.

삼봉은 머잖아 댐의 한가운데 깊은 수심 속에 가라앉게 된다. 그리하여 그것들은 사람들의 기억 속에서 사라져갈 것이다. 관광객들의 화려한 찬탄과 천연기념물로서의 영예로웠던 과거도 물살에 묻힐 것이었다.

남는 것은 자연의 변이뿐이다. 사람들은 새로 조성된 거대한 댐의 웅장함에 큰 눈을 뜨고 찬사를 늘어놓을 것이며, 그것의 다목적인 이용도에 경의를 표한 것이다.

"아하, 인생도 그런 것인데, 따지고 보면 지극히 평범한 진리일 것인데……."

정수는 입속으로 몇 번인가 뇌까렸다. 순간, 잇달아 떠오른 광경이 있었다. 그것은 6·25때 뜻밖의 재난으로 하마터면 목숨을 잃을 뻔했던 일이었다.

9·28 수복 무렵, 피난길에서 돌아오다 어느 마을에서 북괴군의 패잔병이자 양민 학살의 주모자로 오인 받아 절체절명의 액운에 닥뜨린 것이었다.

당시, 그 마을 유지 여섯 명이 패주하는 북괴의 군관들에 의해 무더기로 학살당한 직후여서 마을 전체가 불덩이 같은 복수심으로 들끓고 있었다.

체포되자 누군가의 당찮은 증언 한 마디로 군관으로 지목되어 온통 어깨며 가슴이 피멍이 되도록 얻어맞았다. 그리고는 마을 창고로 끌려갔다. 창고 안에는 여남은 되는 의용군 등 패잔병들이 끌려와 있었다.

"여기서 우리 애국인사들이 갇혔다가 무참히 학살되었다. 네놈도 오늘 밤에 그리 될 것이다."

완장을 두른 청년이 불같은 눈길로 노려보며 선언했다. 아, 그 순간 멍석을 깔아놓은 휑뎅그렁한 창고 안은 삽시간에 죽음의 냄새로 가득 찬 나락의 공동(空洞)으로 변해버렸다.

그는 감시자인 청년에게 갖가지 말로 항변했다. 그러나 이미 이성을 잃어버린 그들에게 있어 항변은 도리어 비굴한 변명으로밖에 받아들여지지 않았다. 게다가 만일의 사태를 예비하여 배낭 속에 간직했던 얼마간의 식량과 급조된 태극기가 위장을 위한 증거물이 되어 그들의 편견을 굳혀놓고 말았다. 그런 판국에 진실은 아무 데고 쓸모가 없었다. 역사의 소용돌이 속에서 숱하게 빚어지는 무가치한 희생물들! 그는 별수 없이 그 희생을 예비할 수밖에 없었다.

죽음 앞에 대좌하여 하룻밤을 하얗게 밝혔다. 그리고 때 없이 산산한 바람결과 티 없이 맑은 가을 하늘 아래 그는 끌려 마을 광장에 갔다.

거기서 희한한 기적이 일어났던 것이다. 몰려온 마을 사람들 가운데 뜻밖에 그를 발견하고 쫓아 나온 한 사람이 있었다.

"아니, 이런! K시에 사는 정수 씨 아닌가베. 세상에 이런 꼴이……."

그는 먼 인척 뻘이 될 것으로 어렴풋이 기억되는 사람이었다. 뜻밖에 그가 사지에서 구세주로 나타난 것이었다.

그런지 30년이 지났다. 그것은 어지간히 깊은 망각의 늪이었지만 정수에게는 좀처럼 잊을 길 없는 끈끈한 추억이었다.

그는 그런 연고로 하여 어쩌다 서울을 내왕하는 길에 버릇처럼 현지로 짐작되는 그 마을을 차창 밖으로 멀리 눈어림으로 추적해보곤 했다. 그러나 도무지 확인할 길이 없었다.

그러던 그가 요즘 따라 현지를 실지로 답사해보리라는 강한 충동을 이기지 못했다. 그것은 죽음 밖의 삶의 현장이었다. 나는 그때 다시 태어난 것이다. 나는 그때 죽을 수밖에 없었다. 그러니까 그 후의 인생이란 순전히 덤인 것이다. 덤으로 살아왔다는 그 인식이 바로 정수로 하여금 인생이란 결코 싸워서 얻는 것이 아니라는 일종의 고정관념을 가지게 만든 것인지도 모른다. 저 변광만처럼 인생은 결코 어떤 복수의 대상이 되는 것도 아니며, 인생에 봉우리가 있는 것도 아니니 정복되어지는 것도 아니라는 생각이다. 그러나 이런 생활이 진정 옳은 것일까? 그는 이따금 검은 회의의 골짜기에 빠지곤 했다.

눈은 여전히 내렸다. 온몸에 내려앉은 눈의 무게를 느끼며 정수는 이윽고 집 앞에 이르렀다.

집 안은 고요했다. 마치 눈 속에 갇힌 동굴 같았다.

현관문을 소리 나게 밀어젖히자 아내가 부석부석한 눈으로 나타났다.

“지금이 몇 시인데 이리 늦었우?”

“음, 좀 늦었소.”

“원, 눈을 다 맞고…….”

“음, 술김에 그냥 걸어왔지. 그런데 여보, 내일 나 좀 나들이를 떠나겠소.”

“별안간 이 엄동설한에 무슨 나들이를 떠나겠단 말이우?”

아내가 수건으로 눈발을 털어내며 걱정스레 물었다.

정수는 대꾸하지 않았다. 순간, 그의 눈앞에는 이윽고 수몰되리라는 도담삼봉의 세 개의 괴석과 30여 년 전 하마터면 죽을 뻔했던 마을의 현장이 또렷한 모습으로 엇갈려 나타났다.

바람과 무덤

1

7년 만의 고향 나들이였다. 그동안 궁비했던 마을에는 전화가 가설되고 하루에 네 차례나 버스도 운행되고 있다는 소식이었지만, 창수는 일부러 읍에서 10여 리가 실히 넘는 오솔길을 택했다.

그러나 길조차 옛 자취가 아니었다. 읍내 어귀에서 뻗어나간 고속도로의 진입로가 모진매의 산허리를 마치 짐승의 창자를 째어 놓은 듯 갈라놓고 있었다.

이미 인적을 잃은 옛길을 더듬어 찾으면서 창수는 마냥 허허로운 기분이었다.

이윽고 매제비 고개를 넘어서자 헙, 하고 발길을 세웠다. 바람 한 점 없이 후끈거리는 더위로 온몸이 흠뻑 젖었다.

불현듯 시계에 다가선 황량한 풍경, 그것이 잠깐 암울한 기분으로 그를 사로잡았다. 사나운 매들의 습격으로 제비 떼가 일시에 참살을 당하자 하늘이 벌주어 매들을 몰살했다는 전설이 낮달처럼 전해지던 이 고개였다.

그리고 이 고개를 경계로 펼쳐진 구릉지에는 아름드리 소나무가 빽빽했고, 길목에는 서낭당이 있어 언제던가 상피 붙은 마을 처녀가 목매어 죽었기 때문에 그 부정으로 서낭할미귀신이 가뜩이나 노여워 있다는 환각에 사로잡혀 언제나 발목이 죄는 느낌으로 지나치곤 했던 곳이었다.

하지만 이제 그런 것들은 한갓 추억 속의 빛바랜 한 조각의 그림에 지나지 않은 것, 이 구릉지 일대는 지금 민둥한 벌판으로 변모하여 버린 것이다.

삼종형인 기수가 젖소를 기르기 위한 초지(草地) 마련을 한답시고 앞뒤 가릴 것 없이 불도

저를 끌어다가 왕창 까뭉개버렸다는 것이다. 정녕 싸가지 없게도 소나무 한 그루 남기지 않았다. 그 틈에 여기저기 산재해 있던 조상의 분묘들이 땡볕에 누추한 알몸을 드러내고 만 것이었다.

본시 이 산은 종가의 선영이었다. 해서 집안의 반발도 만만찮았던 모양이지만, 엄연히 소유권을 지닌 기수가 막무가내로 일을 결행하는 데는 아무도 어쩔 수가 없었노라 했다.

창수는 말로만 듣던 일을 막상 눈으로 확인하다 보니 새삼 치밀어 오르는 분노로 가슴이 꽉 막혔다. 어두운 회한으로 등줄기에 식은땀이 흘렀다.

그럴 것이 그는 명색이 종손으로 선영조차 지키지 못하고 단돈 몇 푼에 소유권을 넘겨버린 탓이다.

고향을 버리고 객지에서 떠돌기 20여 년. 사업마다 실패하여 가산이 거덜이 난 뒤로는 고향에 묻혀 있던 부동산을 뒤적거리며 두더지처럼 겨우 연명해온 그였다.

이제는 팔아먹을 산 한 뙈기조차 없다. 더욱이 7년 전, 재산 전매(轉賣)로 읍내 거리에서 친지들이 보는 가운데 불량한 재종동생에게 멱살을 잡혀 개처럼 끌려다니는 봉욕을 치른 뒤에는 아예 고향이라곤 등을 돌리고 말았던 것이다.

그랬는데, 요 며칠 전에 재당숙으로부터 난데없이 편지 한 통이 날아온 것이다. 종가의 일로 화급을 다투어 긴히 상의할 일이 생겼으니, 종손으로서 제백사하고 급히 내려와야 하겠다는 간곡한 사연이었다.

창수는 처음 실소에 붙였다. 고향과는 철저히 등을 돌린 터수에 도무지 종손 운운부터가 마뜩찮은 일처럼 느껴졌기 때문이다. 그러나 집안의 문장(門長) 격인 재당숙의 모처럼의 당부가 차츰 마음에 켕기어 마침내 내키지 않은 길을 떠나오고야 말았었다.

창수는 앞가슴에 흥건히 괸 땀을 손수건으로 훔쳐내며 마을을 향해 터덜터덜 고갯길을 내려갔다. 한 가닥 노령(蘆嶺)의 줄기가 뭉뚱그려졌다가는 날갯짓으로 쫙 퍼진 산록 아래 70여 호가 오종종하게 자리한 마을 제석리(帝石里)가 새삼 정겨운 풍경으로 느껴졌다.

마한 때의 유서 깊은 고장이었다던가 또는 백제 때의 별궁(別宮) 아니면 도읍터의 내궁터(內宮攄)였다는 등 어릴 적부터 은밀한 자랑 속에 자라온 마을이었다.

더욱이 요즘 들어 무슨 문화재 발굴이네 하여 신문 방송에서 심심찮게 그 이름이 오르내리는 터였다.

창수네 선조가 이 마을에 뿌리를 내리게 된 경위는 소상치 않으나, 11대 선조의 무덤이 있는 걸 보면 얼추잡아 300년이 훨씬 넘을 듯싶었다. 그분은 병조참판을 지낸 분이었다.

—허니께 지금으론 국방차관 벼슬이제. 아냐, 14대 할아버지는 영의정, 그러니께 국무총리를 지냈단다.

어릴 적의 창수는 학우들에게 일쑤 입버릇처럼 푸석하게 자랑을 늘어놓았고, 나이 든 후에는 짐짓 종손답게 어린 아들딸 앞에서 위엄을 지키는 마지막 방패인 양 곧장 내세우곤 했었다. 물론 이는 어릴 적에 아버지로부터 훈계삼아 듣던 사설의 중요한 대목을 그대로 본 딴 것이었고, 아버지는 할아버지로부터 그대로 이어왔을 것임에 틀림없는 가문의 자랑거리였다.

하지만 지금 그 자랑은 무엇인가? 창수의 진심으로 말한다면 속이 빈 우렁 껍질과도 같은 것이었다.

창수는 3대독자였다. 그의 증조부는 용안현감(龍安縣監)을 지냈기 때문에 지금껏 사람들은 창수네를 가리켜 '용안 집' 아니면 '현감 댁'이라 불렀다.

ㅁ자형의 대궐 같던 저택에 늦가을이면 소작인들이 뻔질나게 드나들었고, 보릿고개면 근동에까지 구호미를 나눠주어 칭송이 꽃불처럼 환하던 일, 일제 말 누구나 없이 공출에 시달렸어도 주재소 순사들이 유독 할아버지 앞에서만은 길들인 망아지 꼴이 되어 푸짐한 향응에 이마를 조아릴 수밖에 없었던 그렇게 당당하기만 했던 창수네 세도였었다.

그러나 해방 후 많은 토지가 가랑잎처럼 증권으로 날아가고 일본에서 대학을 다녔다는 아버지는 당시 열렬한 사회주의자였던 외숙과 한 풀이 되어 은밀히 사상운동을 한답시고 밖으로 나돌더니 마침내 외숙이 월북하고 아버지는 투옥되는 꼴이 되었다.

1년 남짓의 옥고에다 폐병을 얻어 출옥한 아버지는 일껏 세상에 뜻이 없노라는 식의 빈둥거리는 생활이었다.

할아버지가 세상을 뜬 건 6·25가 터지기 바로 열흘 전. (당신이 복이 있어 그 끔찍한 시련을 면했제. 그렇잖았음 세상이 뒤집힌 판국에 무슨 모욕을 당했을지 누가 아누.)

6·25 사변 동안 아버지는 병이 깊어 줄곧 자리에 누워있었다. 이미 세상이 발끈 뒤집혀 옛 소작인들 가운데 몇몇이 창수네를 헐뜯고 잡아먹을 듯 으르렁댔지만 과거지사 어찌되었건 아버지의 그 알량한 옥살이 경력이나마 크게 주효된 탓이라 위기를 모면할 수가 있었다. 집 일부는 그들 인민위원회로 징발되었고, 그 해의 농사는 일꾼이 오지 않아 폐농이 된데다 그나마 토지분배라 하여 수모를 겪긴 했지만 어쨌거나 별 탈이 없이 사변을 이겨냈다.

이러구러 가세는 급격히 기울어 위용을 자랑하던 집은 몇 해가 못 가서 거덜이 난데다 그 이상 퇴락을 막을 길이 어렵던 터라, 읍내의 돈 많은 장사꾼에게 재목으로 팔려 뜯겨 가버렸다. 허허로운 빈 터에 달랑 남은 행랑채. 그나마 아버지가 끝내 세상을 뜨고 창수가 무작정 고향을 떠나면서 거저 내던지듯 남의 소유물이 되어 버렸다.

'3대째 이어갈 부자 없다더니만…….'

창수는 어이없는 전락을 자조하였었다.

마을 어귀에 들어섰다. 동산이 거기 있었다.

매봉(鷹峰)의 줄기가 끊겼다가 문득 일어선 독산(獨山). 그러나 이름이야 어쨌든 그저 동산으로 통하는 마을의 유일한 놀이터였다. 아름드리 소나무 백여 그루가 서 있는 문 씨네 두 무덤이 나란히 자리한 그네들의 종산이었다.

동산 한가운데는 커다란 능처럼 평퍼짐한 구릉을 이룬데다 별나게 큰 화강석 두 개가 놓여 있는데, 凸凹형으로 본시는 한 덩이의 바위였는데 어떤 조화론지 따로 버렸다는 것이다. 그건 사실이었다. 해서 '한 부부바위로 떨어졌다가 밤이면 몰래 합친단다.' 라는 도시 씨알도 먹히지 않는 음담을 노닥거리는가 하면, 凸형의 반석에 치성을 드려 생남했다든가 또는 어느 속없는 떠꺼머리총각놈이 凹자 속에 용두질을 쳤다든가 따위의 별의별 이야기가 꽃을 피웠었다.

그런데 기실 그게 아니라 했다. 이따금 이곳을 찾아오는 이름 있는 학자에 의하면 이 바위가 예사롭지 않은 한 중요한 문화재가 된다는 것이었다. 옛날 백제 때 내궁 터에는 내불당(內佛堂)이 있고 제석사(帝石寺)가 있었는데, 이 바위는 바로 그 절 안에 있던 사리탑의 밑돌(심초석)이 된다는 거였다.

'그럼 그렇지. 우리 동네 돌 하나라도 예사로운 게 있남?'

마을 사람들은 못내 자랑스러워 어깨를 으쓱댔던 것이다. 어쨌든 마을 사람들은 그 반석 위에 올라앉아 여름 한철의 쇄풍을 즐기곤 했었다.

이윽고 창수는 동산에 다다랐다. 그리고 흠칫 놀라 걸음을 멈추었다. 동산 주위에 쳐진 난데없는 철조망을 발견했기 때문이다. 사람의 접근을 완강히 거부하는 철조망 속에서 동산은 순간 험악한 성곽처럼 변해 있었던 것이다.

"아니, 형님 어쩐 일이시라우?"

문득 인기척을 느끼고 돌아보니 종수가 누런 이를 드러내고 흐물흐물 웃고 있었다.

"음…… 그런데 여기다 철조망은 언제부터 쳤지?"

"벌써 두어 해 되지라우."

별 시덥잖은 관심이다 싶은 시큰둥한 표정으로 말했다.

"사람들이 노는 동산에 대체 무슨 억하심정으로…… 너무 했잖아."

가슴 밑자락에서 울컥 치미는 저항감을 가까스로 눌렀다.

"그야, 자기네 종산인걸요. 소를 갖다 매고, 사람들 발길에 무덤도 해를 입고 그리고……."

"허지만 언제는 그렇지 않았단가?"

"그야 그렇지라우. 그런데……."

"그런데 무슨 일이 있었던가?"

"그게 말이우……."

그는 가래침을 칵 뱉고 버릇처럼 한차례 머리칼을 움켜쥐었다가는 말을 이었다.

"참 엉뚱한 일이지만, 저기 문 씨네 묘가 해를 입었지라우. 누구 소행인지는 모르지만 밤새 무덤에 큰 구멍이 났더랑께유."

"그럼, 도굴 당했다는 말인가?"

"그렇다는 거구먼요. 대체 저런 묘에 무슨 보물이 있다구."

"별 해괴한 일이 다 있었구먼."

창수는 씁쓸한 기분으로 혀를 찼다.

"헌데 형님, 수년 동안 발길을 끊더니만 무슨 바람이 불었는기라우?"

그의 내방을 은근히 미심쩍어하는 눈치로 종수가 물었다. 순간, 창수는 적잖이 찔리는 기분이어서 짐짓 언구럭스럽게

"바람은 무슨 바람. 고향이니까 온 거지."

하고 태연함을 가장해 보였다.

"그야 그렇지라우. 허지만 너무 오래간만이니께요."

"허긴 그렇군. 그런데 자네 형은 매제비 고개를 깎아서 뭐 젖소를 키운다고?"

슬며시 화제를 바꾸고 눈치를 떠보았다.

"젖소 한 열 마리 들여온대라우."

"어떻게 채산이 맞는다던가?"

"해봐야 알지라우. 모든 조건이 좋다는 거지만 어디 세상 일이 뜻대로만 되는 거라우?"

"그 산 까뭉개는 데 힘깨나 들었겠던걸?"

혼잣말처럼 중얼댔으나, 기실 그 일에 대한 불편을 노골화할 수 없는 데서 나온 은근한 야유였다.

"말 말어유. 그 산 때문에 말썽이 얼마나 많았다구요. 선산을 파헤친다구…… 허지만 지금 세상에 선산이라도 활용할 수 있으면 해야지. 탁 패놓고 말이지, 선영이 거저 밥 멕여 준답디야? 집안에서도 특히 재당숙 그 어른이 어찌나 시망스레 훼방을 놓던지 이제 우리 집 허구는 거의 담을 쌓고 지내지라우."

제풀에 서슬이 멀끔해진 그는 가래침을 칵 뱉고 다시금 신경질적으로 머리칼을 쥐어뜯었다.

2

재당숙은 읍에 나가고 없었다. 창수는 공연히 맥이 풀리는 느낌으로 가족의 만류에도 굳

이 뿌리치고 고샅으로 나왔다. 하릴없이 옛 집터를 향했다. 비록 이제는 남의 집이지만, 옛정이 어린 행랑채나마라도 남아 있을 것 같은 정겨움에 무시로 발길이 이끌렸던 것이다.

그러자 막상 그곳에 이르러 크게 당황하지 않을 수 없었다. 옛 행랑채는 온데간데없이 사라지고 그 자리에 웬 낯선 양옥 한 채가 들어서 있지 않은가?

요즘 고속도로 주변에서 흔히 볼 수 있는 단조로운 구조의 양옥이었다. 창수는 그 자리에 못 박힌 듯 선 채 완강한 거부의 빛으로 마치 7년이란 세월의 의미가 이뤄놓은 듯한 이변 앞에 극단한 소외감을 느낄 수밖에 없었다.

이 집 주인은 최용팔이었다. 그와는 초등학교 동기동창으로서 학창시절 가장 껄끄러운 존재였다. 유난히 체구가 다부져 완력깨나 부렸을 뿐 아니라, 억척스런 성미로 성적도 수위 급이었지만 무엇보다도 창수 자신을 사사건건 질투하고 멸시했기 때문이었다.

그의 할아버지는 창수네의 2대째 내려오는 머슴이었고, 그의 아버지 대에 와서 비로소 종속 관계를 벗어났긴 했지만 생업이란 고작 미천한 통장수였다. 그나마 일제 말 전시 동원이네 뭐네 하여 시국이 막판에 이르렀을 때 용팔이 아버지는 방공호를 파는 노력 동원을 기피했다는 죄로 일본 순사의 무지막지한 매를 맞고 숨을 거두었던 것이다.

그런 원한 탓인지 용팔은 자라면서 남달리 반골 기질이 있었고 또 치재(治財)하는 데도 물불을 가리지 않았다.

아직 어린 나이인데도 해방 후의 혼란을 틈타 독감처럼 만연되었던 야미(暗) 시장에 뛰어들어 제법 목돈을 모을 만큼의 재간을 부렸었다. 그러한 그가 창수네 집을 선뜻 사들인 데에는 어쩐지 심상찮은 저의가 있었던 게 아니었나 싶은 도무지 찜찜한 느낌을 주었었다.

창수는 더욱이 말끔한 양옥으로 변모된 옛집이 주는 도전적이며 고압적인 위세에 적이 신산한 기분을 억제하기 어려웠다.

— 녀석의 심사로는 가능하면 내 재산만을 골라 깡그리 사들이고 싶었을 거야.

불현듯 생각이 이에 미치자, 새삼 그의 적의 품은 얼굴이 떠올라 견딜 수 없었다.

그는 후딱 발길을 돌렸다. 문득 한 기억을 떠올리고 아래뜸에 있는 마을회관 쪽을 향했다.

회관 옆에 잡화가게를 내고 있는 경수는 전직 농협 직원이었다. 그는 한때 세상을 발끈하게 한 양조업자의 '고구마 수매'에 얽힌 거액 탈세 사건에 연루되어 파직되었었다. 도하(道下) 신문에 대문짝만하게 보도된 억대의 부정에다 그는 그 수뢰자로서 면직된 셈이었지만 당자인 그는 어디까지나 억울하다는 것이었다. 아무런 실권도 없는 말단직원으로서 윗사람이 시키는 대로 뼈빠지게 서류를 꾸며 준 결과가 그 꼴이었다는 거였다.

"내 참 뇌물 먹었다고? 그런 당찮은 불명예가 어디 있남. 제기랄, 나 같은 송사리 주제에 뇌물이 돌아올 턱도 없지만 이발난초 그런 거나 듬뿍 먹었음 차라리 팔자라도 폈게. 정작 거액의 뇌물을 꿀꺽 삼키고도 멀쩡헌 건 윗사람들이고 그 밑에서 행여 몸을 다칠세라 몸만 사려온 새우들만 애매하게 당했제."

일쑤 입에 거품을 물고 변명해마지 않던 경수였다. 그리고는 더럽게 돈 몇 푼 받아먹겠다고 눈치껏 빌빌거려야 할 공직 생활이 아예 넌더리가 났다면서 결연히 도시 생활을 청산하고 훌쩍 고향으로 돌아온 것이었다.

그리고는 대뜸 유산인 전답 반 이상을 팔아치웠다. 해서 친척들의 빈축이 들끓었다. 그럴 것이 명색 농사를 짓겠다고 돌아온 녀석이 문전옥답부터 팔아치우는 소행이 도무지 제정신이 아니란 거였다.

하지만 딴에 그에게는 그 나름의 속셈, 그간 농협에서 푼푼이 익혀 온 이른바 다각영농을 통하여 소득원을 넓혀야겠다는 거였다.

야산을 깎아 초지를 만들고 축사를 지어 젖소 홀시타인 10여 마리를 들여왔을 뿐 아니라, 농협 창고를 지었고 또한 '근대화'라는 구판체인을 통한 자그마한 슈퍼마켓까지 차렸다. 게다가 경운기는 물론 이앙기, 바인더, 콤바인 등 농기계를 마구 사들였다.

그래서 논밭을 처분한 돈으로는 어림도 없는 거액의 지출이라서 농협을 통해 갖가지 융자금을 닥치는 대로 끌어들인 결과 눈 깜짝할 새에 거액의 빚더미에 올라앉게 되었다.

"저런 저런, 저라닥 미구에 폭삭 망허제. 하루살이 범 무서운 줄 모른다고, 쟈가 어쩌려구 저리 날뛴대야?"

마을 사람들이 은근히 비탄해마지 않았지만, 당자는 짐짓 다 계책이 있노라는 식으로 전혀 무사태평이었다. 그렇듯 요란법석하게 귀농의 뿌리를 내린 지 어언 8년이 지났다.

"아니, 이거 창수 형 아니여?"

가게 안에 들어섰을 때 경수가 마침 미닫이를 열고 밖을 내다보다가 반색을 하며 소리쳤다. 지난 날 한 도시에 살았기 때문에 유달리 친숙했던 터였다.

"어서 일루 들어와요. 형이 고향엘 다 오다니, 세상에 희한한 일도 다 있구만."

호들갑을 떨며 두 손을 잡아 방안에 끌어들였다. 방안 짐이라곤 담요 하나만이 윗목에 달랑 놓여 있는 휑뎅그렁한 넓은 방이었다.

"평소 예서 지내는가?"

"아니, 잠만은 안집에 가서 자죠."

그리고는 잽싸게 맥주와 안주를 챙겨왔다. 유리컵에 맥주 한 잔을 그득 채워 건네면서

"냉동이 안 돼 미적지근해서 제 맛이 안 나지만 마셔요. 그나저나 형이 불쑥 나타난 걸 보니 집안에 무슨 심상찮은 바람이라도 분 거요?"

"글쎄, 무슨 영문인지 재당숙 어른께서 기필 다녀가라기에 왔네."

"그래, 그 어른 뵈었고?"

"읍내에 출타 허셨다는구먼."

"어쨌거나 잘 오셨우. 고향에 발길을 끊은 형의 심정 모르는 바 아니지만 어떤 핑계로든 고향에서 만나게 되니께 여간 기쁘지 않수."

그의 가뜩이나 들뜬 표정과는 달리 창수가 괜히 머쓱한 기분으로 담배만을 빨고 있자 불현듯 물었다.

"오랜만에 와 보니께 고향이 그간 많이 변했제?"

"암, 변했어. 그것도 너무……."

"허지만 그거 당연한 일 아니우? 어떤 의미론 더 달라져야 되우. 내가 고향에 오자마자 논밭부터 팔게 되니까 주변의 비난이 이만저만 아니었다우. 조상 전래의 귀한 땅을 함부로 처분했으니 필시 벌을 받아 망할 거라는 거지. 그런 농민의 의식부터 개혁되어야 허우. 농사는 천하의 근본이란 생각은 옛 농경 사회에 의지했던 봉건시대의 얘기구, 농토란 엄연히 하나의 생산장이니께 소득증대를 위해선 최대로 활용할 줄 알아야 된단 말이우. 요새 농촌에는 일손이 없어요. 허니께 기계화가 필요허구. 해서 농토의 선세(先貰) 제도가 생기는 것 아녜요?"

"선세라니?"

"즉 농토를 어느 만큼의 보증금을 주어 임대해서 갈아먹는 거요. 나도 올 가을 추수가 끝나는 대로 나머지 한 필지 논을 마저 팔아 낙농에 쓰인 빚을 갚고 대신 선세로 한 열 마지기쯤 더 부쳐 영농할 터인걸요."

"자작 농토를 팔아 일종의 소작농민이 되는 거구먼?"

도무지 마뜩찮은 위화감 때문에 약간은 희학적인 기분이 되어 이죽거렸다.

"지주가 자진해 소작인이 된다? 그렇구만요. 그렇게 붙이니께 말이 이상히 돌아가는 거구먼. 그런데 실상 형의 그런 의식부터가 전근대적인 거라우. 이제 농사도 경영이고 기업이란 말이우. 나는 그런 면에서 값비싼 지출로 갖가지 농기계를 사들였거든요. 흙에서 거둬들이는 소득을 기계로써 보충하는 거죠. 조상 전래의 땅만 움켜쥔 채 부지런을 피워보았자 한계 밖의 소득은 바랄 수 없고, 허리띠 졸라매어 굳은 땅에 물 괴기를 기다리는 따위의 검약도 따지고 보면 퇴영적인 빈곤철학이란 걸 알아야 되우."

술기운 탓인지 경수의 낯빛은 차츰 검붉어졌고, 그에 못지않게 그 어조는 뜨거워졌다.

"자네 농사일 8년 만에 아주 선진적인 농사 철학자가 됐구먼?"

"철학자? 그래 그런지, 지금도 여전히 나는 집안 어른들 눈에선 미친놈으로 치부 받는다우. 선산의 묘지만 허드래두 그러우. 어느 땐가 야산인 선산 모두를 초지로든 뭐든 가용 농토로 활용해야 되고, 그러자매 명당 어쩌구 하는 케케묵은 생각은 싹 버리고, 모두 한곳으로 이

장허되 화장을 해서 일종의 납골지와 같은 공동묘지를 만들어야 허우. 이런 말 섣불리 어른들 앞에서 비쳤다간 꼭 맞아죽기 십상인 얘기지만 말이우. 아마 종손인 형님부터 용납 못할 말이겠지라우?"

경수가 탐색하듯 날카로운 눈초리로 바라보았기 때문에 창수는 내심 움찔했다. 사뭇 충격적인 말이 아닐 수 없었다. 순간 매제비 고개에서 본 선영의 어이없는 이변이 퍼뜩 떠올랐다. 온통 까뭉개버린 벌건 황토벌에 방치된 채 드문드문 알몸을 드러냈던 몇몇 무덤들. 그러자 불현듯 기수에게서 느꼈던 강력한 저항감을 다시금 느꼈다.

이내 대꾸가 없는 그의 낌새를 눈치 챈 듯 경수가 지껄였다.

"조상 숭배의 사상이 없는 너무도 급진적인 현실주의라 할지 모르지라우. 그렇지만 먼 장래를 내다보았을 적에 어느 땐가 정말 심각하게 문제 삼게 될 거여요. 헌데두 아직 구습에서 헤어나지 못해 걸핏허면 선영을 둘러싸고 티격태격 다툼질이라니 말이우."

3

매봉의 줄기 하나가 뻗어 마치 사나운 매의 발가락관절 마디 같은 뭉뚝한 곳에 선영이 있고 그 발톱 부분에 재실이 있다. 매가 날쌔게 먹이를 포획하는 데 쓰인 힘이 모아져 융기된 곳이라 가히 명당이며 그 음덕으로 자손이 두루 번창하는 거라고 오랫동안 믿어온 터였다. 그리하여 일제의 전쟁 때나 6·25 같은 격변에도 집안의 누구 하나도 목숨을 다치지 않은 게 모두 그 덕이라 했다.

재실은 허술한 관리 탓인지 무척 퇴락해 보였다. 헐고 깨어진 기왓장 위에는 비닐이 덮여 있고 잡초가 우북이 자라고 있었다.

"기와만이라도 어서 바꿔야겠는디 요샌 그놈의 시멘트기와만 있지 세상천지에 어디 옛 토기와를 구헐 수가 있어야지."

이내 찌뿌둥한 표정으로 앞장서 걷고 있던 재당숙은 잠시 걸음을 멈추고 푸념을 늘어놓았다. 재실은 할아버지가 단독으로 지어 놓은 것. 해서 종손인 창수 앞에 누추한 꼴을 보여 짐짓 민망하다는 눈치였다.

"웬만큼 종재(宗財)도 있어야 허는디 요새 것들 위선에는 털끝만큼의 정성은 없고 그저 돈벌 욕심에 모두 눈깔들만 뒤집혀갖구 어쩌다 내가 그런 문제만 들구 나서면 늙은이 망녕으로만 치부허려 드니 허참 기가 찬 노릇이지. 제 놈들이 모두 누구 씨앗들인데, 이젠 한식 때 시제 모시는 것조차 어렵게 되어버렸당게. 그러다가 종당에는 이런 불상사꺼정 겪게 되지 않았는가?"

구레나룻의 풍성한 턱수염을 쓰다듬는 노인의 손이 가볍게 떨고 있음을 볼 수 있었다. 불상사라니 대체 무슨 영문일까 하고 창수는 내심 조바심이 탔다.

이윽고 선영 앞에 이르렀다. 재당숙이 가래침을 칵 뱉고는 격한 어조로 중얼거렸다.

"세상이 망조여. 환장헌 놈들이 아니군 저런 짓을 감히 헐까? 세상에 하늘이 무섭지 않은 가부지."

노인은 11대조 무덤 앞에서 헙, 하고 걸음을 멈추었다. 그리고는 무덤 옆구리께를 손으로 가리켰다.

"장조카, 저걸 보아."

숨이 차올라 헐떡이는 듯한 말씨였다.

과연 무덤 한쪽이 파헤쳐져 있었다. 구멍이 크게 나 있던 것을 우선 메워 놓은 듯 황토 흙이 벌겋게 드러나 있었다.

"아니, 이건 도굴 당했구먼요."

창수가 충격을 받아 울렁이는 목소리로 소리쳤다. 필시 골동품을 찾아 분묘를 파헤치는 호리꾼의 소행이라는 생각이 퍼뜩 스쳤던 것이다.

"그러이. 어떤 천하에 벼락 맞을 녀석의 소행인지 알 수 없구만. 헌데 파헤친 건 비단 이 할아버지 무덤만이 아님세."

그는 앞장서 몇 군데의 분묘를 살폈다. 모두 한결같이 도굴당한 흔적이었다. 8대조에서 11대까지 다섯 분묘가 참혹한 화를 입고 있었다.

"어떤 호리꾼놈의 소행일 거요. 대체 이런 곳에 무슨 골동품이 있다고. 그런데, 언제 발견했나요?"

"한 열흘쯤 되지. 참 분하고 창피헌 노릇일세. 그래 생각다 못해 장조카에게 이런 줄이나 알라고 급히 연락한 걸세."

창수는 잠깐 착잡한 기분에 사로잡혔다. 중손으로서의 책무 같은 걸 추궁 받은 것 같은 자각에서 야릇한 열패감마저 느꼈다.

"무덤 안이 크게 손상은 안 입었는지? 아무튼 저리 놓아둘 게 아니고 빨리 떼라도 입혀 보수를 해야죠?"

"보수는 해야지. 그러나 지금 당장은 놔 두라는구만. 범인을 잡을 때까지."

"그럼 경찰에 고발했습니까?"

"그럼 어찌 하나. 범인을 잡아 혼쭐을 내줘야 허니께. 헌데 산 사람 일도 바쁜데 죽은 이의 무덤까지 신경을 쓰겠냐는 투로 별로 정성을 쏟을 것 같잖구먼."

"허긴 그럴지도 모르죠."

혼잣말처럼 중얼거리며 문득 생각했다.

'그 무덤 속에는 정말 값나가는 부장품이 있었을까? 그 무덤들은 얼추 잡아 2백년에서 3백년 남짓의 역사를 지녔으니 이조 토기는 있었을 법한데.'

순간, 얼핏 스치는 생각이 있었다. 몇 년 전, 길수가 이조 말기의 토기 하나를 뒷산모롱이를 개간하다가 주웠다고 자기에게 갖다 준 일이 있었다. 그걸 재당숙의 아들인 문수에게 보였더니 무척 반겨하면서

"이건 골호군요. 별 가치가 없어요. 그러나 우리 마을 말입니다. 어느 곳보다 유서 깊은 고장이라 사실은 골동품이 많이 매장되었을 가능성은 있어요. 무연고 분묘 가운데서 진귀한 문화재가 발굴될 여지도 있구요."

하고 꽤 진지한 표정으로 말했었다. 그는 민예품 가게를 내고 있으면서 고고학 분야에 매우 관심을 지녔고 나름대로 골동품도 적잖이 수집했고, 그러한 가게가 많은 인사동 골목에도 은밀히 넘나드는 눈치 같았다.

"어릴 적부터 역사적으로 유서 깊은 고장에서 태어나 자라다 보니께 절로 그런 데에 취미를 갖게 되더구먼요."

문수는 자랑삼아 자기 취미의 필연성을 강조하기도 했었다. 그건 제 고장에서 우러난 사랑이며 긍지의 은밀한 소산일 거라고 창수는 못내 대견해 했었다. 그런데 뜻밖에 도굴의 현장을 목격한 뒤부터 문수의 그러한 말이 어쩐지 찜찜한 생각으로 떠올라졌다.

"그런데 앞으로가 더 큰일 아닌가?"

재당숙이 문득 말을 꺼냈다.

"이 마을이 옛날 궁터였다느니 어쩌니 하여 세상에 널리 알려지게 되니께 별난 보물이나 있나 허구 그런 도적떼가 들끓게 된 것이란 말이네. 내사 그런 데는 깜깜한 사람이지만, 아마도 천년은 넘었을 옛날 터를 가지고 하필이면 지금 와서 수선을 떠는 게 마땅찮고 말이여. 들리는 말로는 문화재 개발 어쩌구 하여 우리 동네가 잘못하면 온통 뜯겨버릴 거라는구만. 괜헌 주민들 집을 마구잡이로 뜯어버리진 않겠지만, 조상 전래의 집터나 논밭이 어찌 된다는가?"

상기된 얼굴에 자못 이글거리는 눈빛과는 달리 탄식하듯 말하는 그의 어조에는 체념이 깃든 푸근한 슬픔이 어려 있었다. 창수는 자못 기가 눌리는 느낌이었다.

"정부가 문화재 보호한다는 일을 반대할 이유야 없죠. 허지만 그런 일이 쉽게 이뤄질 것 같지는 않던걸요."

"그랬음 좋겠네만…… 그런데 젊은 것들은 소갈머리 없이 어서 그 일이 빨리 이뤄졌음 허겠다는 눈치들이네. 낡은 집 헐면 양옥집 지어줄 거구, 전답 없어지고 그 자리가 문화재 명소

가 되면 관광지가 되어 하루아침에 소득이 높아진다니…… 세상에 쓸개 빠진 망나니 생각이지. 제 누이 팔아 갈보집 내면 고기반찬 얻어먹겠다고 좋아허는 푼수지 뭔가?"

마치 역겨운 거라도 패대기치듯 흉, 하니 코를 풀어 손가락으로 뿌리면 말했다. 창수는 얼얼한 기분이었다. 내키지 않은 사단에 공칙하게도 얽혀든 것 같은 뉘우침조차 느꼈다.

"종손으로서 경찰서 한번 찾아가 보지 않을란가? 자주 찾아가 당부허지 않음 형사들도 숫제 남의 일에 무슨 정성이라구 힘을 쓰겠는가 말이여?"

"글쎄요. 어떻게 해얄지……."

"아무튼간 모처럼 고향에 왔으니께, 오늘일랑 예서 편히 쉬고 내일 나랑 함께 읍내에 나가세. 같이 서에 들렀다가 게서 서울 올라가면 쓰지 않겠는가?"

"그렇지요."

창수는 내키지 않은 대답을 하고 그와 헤어졌다. 구판장의 경수를 만나러 갔으나 그는 마침 읍내에 출타 중이었다.

4

경수를 만난 것은 밤이 되어서였다. 그의 가겟방에는 뜻밖에 최용팔이도 와 있었다.

"왔다는 말 들었는디…… 한번 만나 봤으면 했는디 잘 되었어."

그는 마디 굵은 넓적한 손을 내밀어 악수를 청했다.

"오랜만이군."

창수는 모가 진 다부진 인상의 그의 얼굴을 흘끔 바라보며 손을 내밀었다. 그리고 자리에 앉으며 말했다.

"양옥으로 새 집을 잘 지었더구먼?"

"잘 지었긴…… 시골집이 그렇지. 그런데 이 근처가 개발이 되면 그대로 뜯겨버릴 운명이라니 이거 참 분통이 터질 일이 아닌가베?"

"그야 그럴지 모르지만 그때가 언제쯤 될지 누가 안다는가?"

경수가 곁에서 참견했다.

"제기랄, 한 치 눈앞의 일도 모르고 세상을 속아 살아가는 꼴이란 게."

"그런데 창수 형, 오늘 내내 무얼 하셨수?"

경수가 문득 그를 바라보며 물었다.

"오늘 한 일이란 고작 뒷산 선영을 살펴본 것 말고 무엇 있겠나?"

"뒷산을 가셨댔수? 재당숙허구."

"음……."

갑자기 목에 가시라도 박힌 것처럼 창수는 말을 잃었다. 경수의 낯빛이 순간 어두워졌다. 그는 퍼뜩 일어나 가게로 나갔다. 소주 두어 병과 오징어를 쟁반에 받쳐가지고 돌아왔다.

"자, 술 한 잔씩 허십시다요."

어떤 긴박한 상황에 으레 그래야 할 것 같은 버릇된 태도와도 같았다.

"오늘 모처럼 창수 만났은게 정작 술은 내가 사야 허는디……."

칵 하고 목줄을 울리며 술 한 잔을 기울고 난 용팔이 짐짓 멋쩍은 표정을 했다.

"이렇게들 만나 술을 나누게 되니께 옛 어릴 적 생각도 나누만. 세상 돌아가는 판속에 여기인들 별수야 없겠네만 예전같지 않게 어쩐지 삭막한 느낌이 드는구먼. 어째 사랑방에 모두들 모여서 노는가?"

"웬걸. 시골이라고 도시와 별로 다를 바 없단게. 해가 갈수록 예전의 푸근한 인정미 같은 게 없어지고…… 허기사 모두 제 할 일에 바빠 그럴 테지만, 요즘은 관혼상제를 위해 마련허는 위친계(爲親契) 같은 것두 도통 찾아보기 힘들게 되었어야. 일정한 사랑방도 없지만, 밤이면 집에 틀어박혀 고작 텔레비전 아니면 라디오나 듣는 거라. 허니께 같이 더불어 즐길만한 기회가 없는 거여."

눈두덩이 붉어진 용팔이 약간 씨근거리며 잽싸게 말했다.

"예전 사랑방 생각이 나는구먼. 창외네 수박, 닭서리 등 억세게 했었는데. 지금 그런 짓 했다간 어김없이 쇠고랑 찰 일이지만……."

"여부가 있수? 그런 일 아니고도 자그마한 잇속에도 곧장 송사가 벌어질 참인걸요. 허긴 그게 근대화라는 과정에서 빚어진 개인주의 탓이겠지만……."

경수가 적이 희학적인 기분을 드러내며 이죽이는 투로 말했다. 때마침 가게 안에서 전화벨이 울렸다. 경수가 뛰어 나가더니 곧 돌아왔다.

"용팔이 자네 집에서 전화 왔는데 잠깐 다녀가라는데?"

창수는 순간 심한 이화감에 사로잡혔다. 전화가 개설되었다는 사실을 전혀 잊어서가 아니라, 마을 안 이웃끼리도 전화로써 통한다는 이 지극히 당연한 일이 도무지 마뜩찮게 느껴진 탓이었다.

"내일 만두리에 품을 얻으랬더니 이제야 왔는가만. 나 잠깐 실례헐게."

용팔이 급히 밖으로 나갔다. 그 등 뒤를 향하여 경수가

"저 새끼, 우리 기계를 쓰랬더니, 안 듣구……."

하면서 혀를 다셨다. 둘은 말없이 술잔을 나눴다. 이윽고 고즈넉한 분위기를 깨고 경수가

말했다.

"창수 형, 용팔이 녀석이 있어 차마 우리 종가의 수치스런 일을 입 밖에 내지 않았는데 이거 큰일이 터진 것 같우."

적이 심각한 표정을 지었다.

"큰일이라니. 대체 뭔데?"

"오늘 선산에 갔었다니께 말인데. 거 도굴 사건 있잖우? 오늘 내가 읍에 나갔다가 우연히 담당 형사들 만났는데 엊그제 호리꾼을 잡았다는구먼."

"호리꾼을 잡았다?"

"백가라고 아주 그런 데에 상습범으로 자그마치 전과가 3범이라구랴."

"용케 잡긴 했구먼."

"그런데 정작 문제는 말이우. 우리 마을, 그것도 바로 집안에서 그 일의 공범자가 있을 거라는 거유."

"설마 그럴 리가?"

"설마가 뭐유? 참 어안이 벙벙한 일인데. 사실은……."

하고 경수는 뜸을 들였다. 창수는 왠지 의구심에 자못 가슴이 바지직 죄어드는 느낌이었다.

"사실이 어찌됐단 거야? 냉큼 털어놓지 않구서……."

"도대체 믿기지 않는 일인데…… 그 형사 말로는 지금 수사 중이라 단정할 단계는 아니지만, 바로 재당숙의 아들인 문수가……."

"문수가?"

"그 호리꾼의 배후 조종자며 그 하수 역으로 작업을 공모했던 게 기수 형이었다는 말이우……."

"원, 그럴 리가…… 아니 그런 사실을 그 호리꾼이 자백했단 말인가?"

"그러잖았음 그 이름이 어찌 나왔겠수?"

"허 참, 환장했구먼."

"허니, 누구보다도 종가의 일에 열렬한 재당숙 꼴이 어찌 되겠우?"

"그러니 말일세. 그게 사실이라면 재당숙 어른이 자기 아들을 고발헌 셈 되는 거 아닌가?"

"그러기 말이우."

순간, 창수의 눈앞에 이조 토기의 모습이 스쳐갔다.

—그렇담, 그것도 이를테면 그런 종류의 도굴품이었단 말인가?

"헌데 문수가 배후에서 뭘 어찌했단 말이고, 기수는 또……."

"사실 여부야 어떻든 간에 그 형사 말인즉, 문수가 백가에게 우리 선산의 분묘들을 귀띔해

주어 일을 저지르게 했고, 기수 형에게 연락하여 그 호리꾼의 작업을 도왔다는 거유."
"원 세상에……."
창수는 솟구치는 분노로 가슴이 떨려옴을 느꼈다.
"그러니깐, 요 며칠 새 기수 형의 코빼기도 볼 수 없었던 것이었는데……."
"그런데도 당숙은 까맣게 모르고서……."
"허니께 딱한 어른 아니우?"
"그러니, 어찌한다? 내일 나하고 경찰서에 들르기로 했었는데……."
"경찰서요? 어림없는 소리."
"그러니 어찌한다? 그 양반 고집이 기어이 가자 헐 텐데……."
창수는 새삼 딱한 처지에 놓여 있는 자신을 느끼고 안타깝게 되었다.
"별수 있수? 달리 변명하여 빠질 계책이 없으면 내일 일찍 그냥 뺑소니칠 수밖에……."
"그렇긴 헌데…… 허지만 그러기도 도리가 아닌데……."
"도리가 아님 어쩔거유, 재당숙님 모시고 실상을 확인해 줄 셈이우?"
경수가 벌컥 역정을 내어 말했다.
"그런다고 무슨 죄인처럼 살짝 도망을 친다는 것도…… 허 참, 일이 묘하게 얽히는구먼."
7년만의 고향 나들이에서 그 전말이 야릇하게 뒤틀리는 데서 오는 씁쓸한 기분을 억제하기 어려웠다.
"어차피, 며칠 새에 사실이 들통 날 테니깐 염려 말라구요. 그 댁에 가서 자기가 뭐하면 예서 나와 같이 자고 내일 첫 버스로 떠나시기라우."
단호한 어조로 경수가 말했다. 때마침 최용팔이 돌아왔다. 그는 그동안 경화된 방안의 분위기를 전혀 눈치 채지 못한 듯
"뭐 이제껏 술 한 병밖에 치우지 않고 있었대야?"
하고 빈 잔에 술을 따르며 수선을 피웠다. 그러한 그의 눈치를 경계하듯 경수가
"자아, 마저 술병이나 비웁시다요."
하고 넌지시 눈짓하며 창수에게 술을 권했다. 이윽고 용팔이 약간 탐색적인 눈초리로 경수를 바라보며 불쑥 말했다.
"거 무덤사건 무슨 해결이 났단가? 여편네가 그러는데 형사라는 사람이 문수 아버지…… 그러니께 자네 재당숙 어른을 찾아왔더라더구만."
그 말에 움찔하니 놀란 창수가 자제력을 잃고 떨리는 목소리로 물었다.
"아니, 언제 왔었대?"
"초저녁 무렵이라지."

기어이 터졌구나 싶은 자못 절박한 심정에서 당황해진 창수가 경수를 바라보았다. 그는 부러 태연한 척 말없이 술을 마시고 있었다.

창수는 벌떡 자리에서 일어섰다.

"왜 어딜 가려구?"

용팔이 뜨악한 눈치로 물었다.

"음, 잠깐 바깥바람 좀 쐬고 올게. 갑자기 마신 술로 정신이 얼얼하구먼. 곧 돌아올게."

미닫이를 열고 휑하니 밖으로 나갔다. 밖은 매우 선선했다. 일찍부터 깊은 잠에 빠진 듯 마을은 칠흑 같은 어둠 속이었다.

창수는 잠시 망설였다. 그러다가 문득 재당숙집을 향해 고샅길로 들어섰다. 문수의 아우 중수의 방만이 불이 켜졌을 뿐, 재당숙도 잠이 든 양 안채는 한껏 적막 속에 포근히 잠겨 있었다.

이윽고 인기척에 중수가 문을 열고 밖으로 나왔다.

"어딜 갔다 이제 오셔요?"

선잠에서 깬 듯 부스스한 얼굴이었다.

"아버님 주무시니?"

"네, 그런 모양이어유."

창수는 방에 들어갔다. 간단한 세수용품이 든 가방을 챙겨 들었다.

"아니, 이 밤중에 어딜 가시려구요?"

짐짓 그 말을 묵살하고 조용히 물었다.

"초저녁에 누가 아버지를 찾아오셨든?"

"글쎄, 형, 무슨 일이지라우? 형사가 잠깐 다녀갔다는데 아버지가 크게 상심을 허구 역정만 내시니……."

"무슨 일인지도 몰라?"

"전혀 말씀도 안 허시니 식구들이야 영문을 물을 수도 없고…… 거 무덤의 일로 뭐가 잘못된 게 아니라우?"

"글쎄 말이다. 아무튼 나 오늘밤은 경수와 의논할 일도 있고 해서 그 집에서 잘 테니 그리 알아라. 그리고 내일 낮에 긴요한 일이 있어 아버님 뵙지 못하구 첫 버스로 떠날테니 잘 여쭈어라."

잽싸게 지껄이고 허둥지둥 밖으로 나갔다.

"그래유? 섭섭하구만이라우. 그럼 언제 다시 오시는 기유?"

"글쎄다. 때가 되면 또 들러야지."

창수는 심드렁히 대꾸했으나, 기실 그때란 기약하기 어려운 막연한 느낌을 자각할 수밖에 없었다. 도리어 7년 만의 나들이가 지극히 허망할 수밖에 없는 데서 오는 뉘우침조차 느꼈다. 매정하게 돌아서버린 연인에게서 다시금 확인할 수밖에 없는 뒤틀린 소외감을 절감해야 되는 그런 감상이었다.

—내일 첫차로 떠나야지.

그러자, 자신은 어디까지나 고향에의 접근을 완강히 거부당한 추방자라는 열패감을 의식했다.

구름에 뜬 여인女人

바람 한 점 없는 끈끈한 늪과도 같은 여름 한낮의 고요 속에 문득 전화벨이 요란하게 울려왔다. 나는 책을 덮고 전화통 앞으로 다가갔다.

"여보세요."

"아주머이 바꿔줘요."

거두절미하고 쫓기는 자의 다급한 어조처럼 퉁명스레 지껄인 그녀는 뜻밖에 미숙이었다. 나는 아내를 불렀다.

"미숙이구먼."

"여보세요. 너 미숙이냐? 어찌된 거야? 뭐 지금 시내에 와 있다구? 그럼, 그 집에서 또 나왔단 말이구나. 참 한심한 애로구나. 좀 진득하게 참고 있잖구. 그래 지금 또 남의 집에 있어? 뭐 십만 원 월급을 받게 됐다구. 어쨌거나 쉬이 틈을 내어 우리 집에 한번 놀러 오너라. 자세한 얘기나 듣자구나."

수화기를 내려놓고 돌아보는 아내는 짐짓 곤혹감과 더불어 호기심 어린 생기 있는 얼굴빛을 했다.

"걔가 또 시집에서 뛰쳐나온 모양예요."

"그럼 세 번째인가? 나이 스물셋에 너무하는군."

"그러게요. 그러다가 종당에 그 인생은 뭐가 되죠?"

"뭐가 되긴, 구름처럼 둥둥 떠다니다 결국은 그래저래 되겠지 뭐."

"그래저래 된다뇨?"

"아, 글쎄. 그걸 어떻게 알아? 그러니 그래저래지."

"그나저나 그년이 우리 집에나 곱게 붙어 있었음 좋았을 텐데…… 이래저래 내돌리고, 돈

십만 원에 눈이 발끈해가지고 당장 식모살이 들어갔구먼. 도대체 개를 멋대로 내돌리는 어미의 소행이 괘씸해요."

"것도 팔자소관이라구. 당신 개에게 괜한 미련 갖구 그래."

아내의 공연한 심통이 은근히 역겨워서 욱질러 말했다.

"공연한 미련 아니라구요. 나름대로 정 같은 게 조금은 붙어 있으니까 그렇지."

미숙이가 우리와 인연을 맺게 된 것은 5년 전, 그녀의 나이 18세 때였다.

시장 어구의 길바닥에서 하찮은 생선 나부랭이를 팔고 있던 그녀 어머니를 아내가 알게 되어 어찌어찌 말이 통하여 가정부로 들어오게 된 것이었다.

봄날, 이른 아침나절이었다. 어머니를 따라 문안에 들어선 그녀를 처음 대면했을 적에 우리 내외는 솔직히 실망이 지나쳐 경악할 밖에 없었다.

그럴 것이 세상에 저토록 흉물스러울 수가 있을까 의아해할 만큼 실히 70킬로는 넘겠다 싶은 이상비만 중에 거무스레한 얼굴이 어긋버긋 야릇하게 버그러져 도무지 균형 잡힌 데라곤 없는 그야말로 멋대로 생겨먹은 꼴이었다. 18세라는 나이치곤 청순함과는 이미 정작 담을 쌓은 겉늙어버린 호박과도 같은 몰골이라고나 할까?

그러면서도 짐짓 그 나이 깐의 철없는 구석이 없지 않았다. 아내에 대한 첫 물음이 그것이었다.

"텔레비 있어?"

집안을 휙 둘러보고 나서 대뜸 한다는 소리였는데 반말지거리 그대로였다.

"물론 있지."

아내는 찌르퉁한 표정으로 어정쩡히 대꾸했다.

"칼라?"

"음, 칼러는 안방에 있구, 네가 거처할 방에는 흑백이 있어."

"냉장고도 있고?"

"있지."

"그럼, 세탁기도?"

"암, 그것도 있어."

마치 심문 받는 것 같은 처신의 불쾌감을 애써 누르고 있다는 듯한 눈치였지만 아내는 굳이 공허로운 웃음으로 얼버무렸다.

"그럼 됐어. 어무이 인제 가아."

그녀는 히죽이 웃고, 제 어머니로부터 부락스럽게 보통이를 빼어들었다.

"야가 덩치만 컷제, 속은 헐렁해서 아무 철딱서니도 없어라우."

미숙 어머니는 잔뜩 부어오른 것 같은 표정 그대로 뾰로통하게 말하고 횡하니 돌아섰다. 마른 코를 핑 풀고 소매로 훔치며 씽씽 문밖으로 사라졌다.

이윽고 아내는 약간 심란한 낯빛으로 나에게 왔다.

"원, 애가 저렇게 생겨먹었을 줄이야. 그나저나 성깔이나 사납지 않을지……."

"인면수심(人面獸心)이라니까, 되레 못생긴 사람의 마음씨가 고울 수도 있는 법이야."

"그랬음 좋겠지만, 괜히 첫인상에 소름이 좀 끼쳐 오네요. 임신만 아니라면 이꼴저꼴 안보는 건데……."

아내는 투덜거리며 나갔다. 그러한 그녀의 심려는 곧장 아침식사 자리에서 자식들의 반응으로 나타났다.

큰놈은 잠시 놀라움으로 시선이 경직되었는가 했더니 시종 외면하기만 했고, 둘째는 노골적인 경멸의 표시로 입을 삐죽이더니 이내 비죽비죽 웃었고, 딸애는 숫제 겁먹은 표정으로 제 오빠들의 눈치만 흘끔흘끔 살피는 것이었다.

그러더니 안방에 모인 그들이 적잖은 충동으로 제가끔 한마디씩 했다.

'우리 집에 고릴라 출현했다.' 하는 건 둘째였고, 찌눌린 감정 그대로 '실패작도 저럴 수는 없어.' 하는 건 좀 점잖은 큰애의 불평이었는데, 딸애는 여전 겁먹은 눈으로 '무섭게 생겼지, 잉? 그런데 어떻게 한방을 쓰지?' 하고 숫제 걱정이 태산 같다는 말투였다.

순간, 방문이 벌컥 열리면서 미숙이가 도시락을 한 아름 안고 성큼성큼 들어왔다.

"자아, 늬네들 도시락 여깄어."

하고 방바닥에 내려놓고 쭉 훑어보는 꼴이 마치 까불면 재미없어 하는 듯한 위협적인 태도였다.

미숙은 억척스러웠다. 아내의 말에 의하면 체구값 하느라고 일만은 시원시원 잘하는데, 성격이 드세어 그런지 일품이 거칠어 그릇 같은 걸 잘 깨트려 탈이라 했다.

그런데도 웬만한 사고 아니면 불평할 수가 없었다. 그럴 것이 꼭 이틀째 되는 날, 접시 하나를 떨어뜨려 박살을 냈기에 호통을 쳤더니, 두말없이 보퉁이를 들고 나가려는 걸 가까스로 만류해놓았기 때문이다.

그렇듯 미숙은 처음부터 당당하여 굽힘이 없었다. 도리어 신경질적이라 할까 하루에도 두어 번씩은 토라져서 아내의 마음을 쑥처럼 만들었다.

시어미가 따로 없다니까 하고 아내는 앙앙불식이었지만, 그런대로 차츰 그녀의 단순하고도 뚝심이 있는 성격을 헤아려 적응해 나갔다.

학교라곤 문 앞에도 기웃거려본 일이 없어 그야말로 낫 놓고 기역자도 모르는 셈이지만, 텔레비전 프로만은 훤했다.

가수, 탤런트의 이름뿐 아니라 그들에 얽힌 하찮은 사생활 비밀까지도 손바닥 펴보듯 자세히 알고 있어서 우리 내외를 깜짝 놀라게 하곤 했다.

어느 날인가는 시장 보러 간 그녀가 어둑어둑해서야 돌아왔다. 아내의 추궁을 받고서도 조금도 겸연쩍은 눈치가 없이

"미릉백화점에 김자옥이가 왔었어. 나를 보고 웃더라."

하고 자못 으스대는 폼이었다.

사은판매를 내걸고 일일 판매원으로 탤런트를 초빙했던 모양인데, 그 소식을 어떻게 알았던지 무려 세 시간이나 그 점포 앞에서 넋 놓고 구경했던 모양이다.

"그래, 하필 너만 보고 웃더냐?"

"그랬다니까. 참 이쁘더라."

그런 미숙인지라 밤에는 숫제 텔레비전 앞에 매달렸다. 뿐더러 번번이 안방에까지 침투하여 컬러로만 보려고 기를 쓰는 바람에 우리 내외는 적잖은 곤혹을 치러야 했다.

미숙이는 그리하여 7개월을 우리 집에서 지냈고 그동안 아내는 막내인 사내애를 분만했었다.

저렇게 미운 애를 조석으로 바라보고 있음 태어나는 애가 필시 미워진다던데, 하고 태교로 인한 엉뚱한 기우를 드러내기도 했었던 아내였지만 아이는 똘똘하고 잘생겼었다.

어쨌든 미숙은 한 식구로서 차츰 원만하게 어울렸다. 처음에는 뱀을 보듯 했던 아이들조차 익숙해져서 별로 허물없는 사이로 진전되었다.

그러던 어느 날 미숙은 우리 집을 떠났다. 꼭 7개월 만의 작별이었다.

그녀 어미는 서울 사는 조카가 임신하여 부득이 돌봐줘야 한다는 핑계였지만, 후에 탐문한 바로는 월급이 많은 집으로 빼돌리기 위함이었다.

미숙이 첫 시집을 갔다. 그해 늦가을이었다. 그러나 그 첫 시집이라는 게 고작 3개월로 끝장이 났다.

눈발이 푸슬푸슬 내리는 추운 겨울날 저녁 때 난데없이 그녀가 불쑥 나타났다.

"어찌 된 거니? 너 시집에서 오는 거냐?"

아내가 의아한 눈초리로 별반 달라진 데라곤 없는 후줄근한 모습을 훑어보면서 물었다.

"그만뒀어. 씨팔 개 같은 자식들이여."

짐짓 파경을 겪은 어느 사람이 지닐 법한 어두운 구석이라곤 도무지 뜯어보기 어려운 담담한 표정이었다.

"왜 신랑이 마음에 들지 않든?"

"그건 몰라. 잡것이 걸핏허면 잡어뜯구 지랄여."

"건 말 못허는 벙어리니깐 늬 좋아헌다는 표시 아니겠냐? 그런데 늬 시집은 아주 부자고 시아버진 학교 교장 선생이었다니까 네게 점잖게 잘해줬을 거 아니냐?"

"시아부이 점잖여. 아저씨 말허니까 아신다구 하네."

"그런데 왜?"

"그만둬. 개 같은 자식들이여."

그 말뿐 이미 지나간 과거사를 왜 시시콜콜히 캐묻냐는 듯한 완강한 태도로 그만 입을 다물어 버렸다.

그 후, 아내가 간곡히 회유하여 얻어낸 정보로는 시집에서 꽤 학대를 받은 모양이었다. 불구자인 자식을 둔 처사로 쌀가마깨나 바치고 아쉽게 그녀를 데려갔지만, 막상 위인이 칠푼처럼 보이다보니 애초의 마음과는 달리 차츰 눈 밖에 나서 상머슴처럼 부려먹은 모양이었다.

"글쎄, 미나리꽝 있잖어. 이 추운 겨울에 그 속에 집어넣고 미나리를 베래."

허리춤까지 차오르는 차가운 물속에서 미나리를 베게 하는 비정한 처사에 더는 견딜 수가 없었다는 투였다.

"병신이 지랄헌다구. 고게 어떻게 고집이 쎈지, 조금만 틀리면 막 잡아먹을려구 지랄방정을 헌대니깐."

제 신랑에 대해 불평을 덧붙이기도 했다.

그 후 그녀는 우리 집에서 겨울을 났다. 그동안 시집에서 두 차례나 그녀를 데려갔지만, 번번이 사흘이 멀다 하고 도망쳐 나왔다.

비록 정식으로 식을 올린 것도 아니고 사람됨이 탐이 나는 것도 아니지만, 처세깨나 한다는 집안에서 명색 인륜대사인 혼인을 아이들 소꿉장난처럼 소홀히 할 수 있겠느냐는 시아버지의 완고한 주장 때문이었지만 뜻대로 되지 않았다.

"고게 자식이라도 뱄다면 좀 상황이 달라질 법하겠는데?"

구름처럼 둥둥 떠 있을 그녀의 전정이 안타까워 내가 아내에게 말했다.

"헌데, 그것도 팔자소관이지. 걔는 저렇게 덩치만 컸제 아직 멘스도 없어요."

"뭐, 없어? 불순이 아니고?"

"아예, 없다니깐요."

"저런, 그럴 수가. 그럼 산부인과라도 가봐야지."

"그래 말이에요."

그 무렵, 미숙의 오빠가 실성하여 집을 뛰쳐나갔다. 중학교만 겨우 나왔을 뿐, 하는 일 없이 부랑하던 그가 주변의 알선으로 한 음료수 공장의 직공으로 취직한 것까지는 좋았는데,

자그마한 실수로 사고를 냈다 한다. 그 일로 꾸중을 들었는데 그에 맞섰고 그로써 같은 동료들의 집단 폭행을 당하는 사단으로 번졌다. 그 후로 조울증의 기미가 생기더니 급기야는 정신의 분열 증세까지 발전했었다 한다.

단칸방 살림에 그런 환자가 생기고 보니 그 생활이 어떠했을까?

당뇨에다 고혈압인 아버지는 아랫목 보전을 한 채 한탄과 저주로 수많은 세월을 보냈고, 서울에서 자립한 맏아들은 숫제 발길조차 끊어버렸고, 아래 두 누이도 각기 식모살이로 흩어져 살아야 했다.

“그게 미친병이 돋으면 살림살이를 때려 부수고, 옷을 홀라당 벗고는 그것(성기)을 방망이로 치는…… 아아, 징그럽고 무서운…….”

아내가 은밀히 귀띔해준 한 참경이었다. 미숙이가 하룻밤이라도 집에서 묵고 싶지 않아 둥둥 떠다닐 수밖에 없는 절실한 이유가 바로 그것이었을지도 몰랐다.

“해서 미숙이가 걸핏하면 화를 내고 정신없이 집을 뛰쳐나가려는걸 볼 적마다 걔도 제 오빠의 그런 기질이 있어서? 하고 문득 문득 무서운 생각이 들곤 해요.”

아내의 다분히 신경질적인 피해의식이었다.

“별 생각을 하누만……. 그게 뭐 유전인가?”

하고 책망했지만, 매양 찜찜한 느낌을 지울 수는 없었다.

그래, 고게 어느 하늘 밑에서 방황하고 있을까 하여 미숙의 어머니는 아내 앞에서 일쑤 눈물을 찔끔거렸다. 하지만 미숙 자신의 반응은 달랐다.

“차라리 잘됐어. 어무이가 그 오빠 때문에 살 수가 없었어.”

짐짓 질곡으로부터의 해방이란 투로 말했지만, 그렇다고 집에 대한 애착이 되살아난 것 같은 기미는 보이지 않았다.

그런 그녀가 봄이 되자 또 다시 두 번째의 시집을 갔는데 가랑이가 찢어지게 가난한 집이었지만, 버젓한 신체 조건을 지닌 어엿한 늙은 총각한테였다. 얼마나 무능한 사람이었음 이제껏 장가를 못 들고 미숙이 같은 애를 데려갈꼬 했지만 어쨌든 제대로 짝을 찾았나보다고 아내는 적이 마음이 놓인다는 기미였다.

그런데 미숙의 친정나들이가 잦았다. 백 리가 넘는 먼 거리의 시집이었는데도 열흘이 멀다고 바람처럼 나타나곤 했다. 시집가기 전의 그 후줄근한 옷차림 그대로에 굳이 살피자면 좀 핼쑥해진 것 같은 얼굴이었다.

“너 그렇게 자주 나와도 되는 거니?”

“왜?”

“왜라니. 그래도 네 신랑 가만 있어? 시집살이하는 여자가 팔랑팔랑 나돌아다니는건 뭔가 크게 고장난거야."

아내의 다그침에 조금도 찔리는 빛이 없는 그녀는 여전 껌이나 질겅거리며 겨우 대꾸한다는 것이

"그만두면 돼지 뭐."

하고 히죽히죽 웃는 것이었다.

"그만두다니 참 너도……."

아내는 숫제 어처구니가 없다는 표정이었다.

그렇게 지낸 지 한 8개월쯤 되었을까? 아예 미숙은 시집에 돌아가지 않았다.

그리고는 식당이네, 술집이네 하고 식모살이를 전전해 다녔다.

그럴 무렵 미숙이 틈만 있음 우리 집에 곧장 나타나곤 했다.

"그래, 이번 신랑은 병신도 아니었다는데 너 어쩌자구 박차고 나왔니?"

아내가 묻는 말에 드물게 보는 화난 얼굴로

"고 자식 씹어 먹을 자식여."

하고 저주하는 것이었다. 떠듬떠듬 그녀가 들려준 긴 사연을 종합하면 이러했다.

나이 서른셋에 그런대로 잘 생기기도 한 그 사내는 순 건달패였다. 집안은 찢어지게 가난했는데도 그는 집안사람과는 숫제 남이었다. 늙은 어머니는 마음씨가 좋았다. 미숙을 끔찍이 알아 제발 그놈이 마음을 돌이키고 씨라도 하나 뿌려주었으면 여한이 없겠다고 푸념이었다.

그런데 정작 그는 읍내에 뻔질나게 출입하면서 노름판 꽁지노릇이나 하는 위인이라 경찰 신세도 적잖이 졌다는 것이었다. 그런 터라 결혼 같은 건 진지하게 받아들일 처지도 아닌데 노모의 극성으로 마음에 없이 미숙을 맞았던 거라 한다.

헌데 더욱 가관인 것은, 미숙이 동네 아주머니한테 은밀히 들은 바는, 이렇게 맞아들였다가 도망쳐 간 여자가 수도 없다는 것이었다.

어쨌거나 녀석이 어느 때인가 마음을 고쳐먹을 셈치고, 마음씨 좋은 노모를 모시고 고된 품팔이라도 견딜 수 있었을 법한데 정작 참을 수 없는 이유는 딴 데 있었다.

평소 그녀를 거들떠보지도 않는 그가 어쩌다 술만 마셨다 하면 그야말로 해괴한 짓으로 그녀를 괴롭혔던 것이다.

미숙을 알몸으로 벗기고는 온 방안을 짐승처럼 기어다니게 하는가 하며, 입에 재갈을 물리고 유방과 음부를 마구 꼬집고 쑤셔대는가 하면 종당에는 둔부에 오줌을 내갈기는 것이었다. 상상 밖의 잔인한 학대성 음란행위였던 것이었다.

그럴 때의 그의 눈빛은 영락없이 미쳐 날뛸 때의 오빠의 그것과 같아 소름이 끼쳤다는 것이었다.

"세상에 원, 그런 흉한 일을 당했대요. 헤어진 건 백번 잘했지요."

아내는 수치심과 분노로 괜히 얼굴이 벌겋게 상기된 채 약간 떨리는 목소리로 말했다.

그런 지 며칠 뒤에 아내는 또한 뜻밖의 얘기를 귀띔해 주었다.

"미숙이 걔가 소갈머리 없긴 말할 수가 없어요. 글쎄, 그런 끔찍헌 일을 당하구도 그 녀석을 은근히 그리워허는 눈치 같드래니깐요."

"마구 욕을 했다면서?"

"그러기 말이에요. 겉으론 욕을 하면서도 속마음으론 좋아허는 눈치라니……."

"허니까 그게 애증이란 복잡한 감정이란건가?"

"허긴, 지독히 사랑하면 그만큼 깊이 미워할 수도 있는 거란 말이죠? 우리처럼 물에 술탄 듯이 개심심한 처지람 몰라도……."

"헛헛, 묘하게 논리가 비약되는구먼?"

"그게 사실이잖아요. 우리 부부란 알맹이 없는 껍데기로만 살고 있는 거 아네요?"

제법 앵돌아진 투로 쏘아붙였다. 그러는 그녀가 새삼 희극적으로 보였다.

"그러나 애증이고 나발이고가 어딨어. 미숙은 비참한 거야. 육신이 멀쩡한 상대라고 좋아했다면 더욱 처량한 일이지. 그런 짐승보다 못헌 녀석의 행패를 어느 누가 견딜 수 있겠어?"

나도 모르게 화를 벌컥 냈다. 서슬에 아내가 뜨악한 눈초리로 흘겨보았다.

"당신, 왜 그렇게 화를 내요? 평소 미숙이 얘기라면 어지간히 신물이 난 듯이 외면만 하던 당신이 오늘은 별나게 관심이 깊네요."

짐짓 아내가 비아냥거리는 말투로 나를 공박했다.

전화가 걸려온 지 열흘이 지나서야 드디어 미숙이 우리 집에 나타났다.

전에 없이 막내 꼬마에게 줄 과자 한 봉지까지 사들고 헤룽거리며 왔다.

"대체, 너 어쩌려구 또 시집에서 나왔단 말여?"

미처 미숙이 방안에 들어서기도 전에 아내의 다급한 추궁이었다.

"진구 어딨어?"

전혀 딴청으로 막내를 찾았다.

"미술학원 갔다."

"고게 벌써 학원 다녀? 아이구 보고 싶어라."

"딴 소리 허지 말고, 그래 왜 시집에서 또 나왔냐니까?"

자못 궁금해진 표정으로 아내가 다그쳐 물었다. 미숙은 여전 어정쩡한 낯빛으로 방안을 휘둘러보더니 불쑥 내뱉듯이 지껄였다.

“씹어 먹을 개 같은 사람들이여.”

“뭐?”

“인제 시집 같은 거 안 갈 거야.”

신경질적으로 약간 째어진 날카로운 목소리로 말했다.

“또 몹쓸 데로 갔었구나.”

한숨처럼 낮게 새어나오는 목소리로 아내는 중얼거렸다.

그날, 미숙은 팔을 걷어붙이고 집안 청소며 주방 설거지 등 아내를 도와 억척스레 일을 했다.

“너 이렇게 늦게까지 있어도 괜찮겠니?”

하고 아내가 약간 불안한 기색을 보이면

“괜찮어. 우리 주인할머니 얼마나 마음씨가 좋다구.”

조금도 개의찮은 듯 태평한 얼굴이었다.

아파트에 사는 돈 많은 노부부 집에 있는데, 무척 편한 모양이었다.

세 번째의 남편은 애꾸눈이었다. 밭뙈기나 있어 근근이 호구책을 마련해나가는 그런 형편이었다.

남편은 매우 근실하여 마을의 모든 궂은일을 마다하지 않고 해냈다. 그런데 없는 살림에 식구들이 겁나게 많았다. 그에게 매달려 있는 올망졸망한 네 아이들, 남편은 이미 결혼에 두 번이나 실패했던 기혼자였다.

두 배로 태어난 이 4남매의 전실 아이들이라는 게 어미 없이 벌로 키워낸 탓인지 마냥 벌판에 뛰노는 망아지 꼴이었다.

사고무친의 고아로 태어났다는 남편은 그 애들을 무작정 귀엽게만 여겨서 더욱 버릇없는 망나니로 만든 모양이었다.

짐짓 미숙을 새엄마로 받들기는커녕 놀림감처럼 여겼고, 심하면 사람들 앞에서 그녀 치마를 훌렁 벗기는 악태를 서슴지 않는 사내애도 있었다.

그럴 경우, 그 애들을 나무라게 되면 남편은 무조건 아이들에게 편역을 들어 미숙을 심하게 닦달하는 것이었다.

병신이 육갑한다고 네가 뭐 잘났다고 그 애들을 구박하느냐는 투였다. 고만고만한 네 아이가 손발이 맞아 소동을 피울라치면 작은 오두막집은 그대로 깨어질 것만 같은 난리 속이었다.

집안 살림살이가 온전히 견뎌낼 것 같지 않았다. 어쩌다 심하게 나무라면 집안에 돌팔매질을 하는 녀석도 있었다.

견디지 못해 손찌검을 했다가 미숙은 남편으로부터 두 곱 세 곱으로 매질을 당하는 꼴이었다.

씹어 먹을 개 같은 사람들이라는 미숙의 저주 가운데는 기실 그 망나니 같은 자식들에 대한 원망이 어려 있었다.

"지지리 복도 없는 아이지. 그런 형편에 위인이 변변하면야 슬기롭게 잘 이겨 갈 수도 있었으련만."

아내의 결론이었다.

"그렇게 영특한 여자라면 애시당초 그런 사내의 배필이 되었겠어?"

"그러니 운수소관이란 말이죠?"

아내는 반문했다. 그 말투에는 세상사 모든 일을 그런 식으로 마무리 짓고 마는 안이한 나의 사고방식에 대한 은근한 비난이 섞여 있었다.

그런 지 두 달쯤이 지났을까? 미숙 어머니가 허겁지겁 우리 집에 왔다.

"미숙이년 여기 안 왔어라우?"

심상찮은 험한 기세로 아내에게 물었다.

"아니요. 왜 무슨 일 있어요?"

"요년이, 글쎄 어딜 가서. 이 어미 속을 쑥처럼 이겨놓는지……."

"글쎄, 무슨 일인데 그래요?"

"아, 글쎄. 그 교장선상 댁에서 다시 오라는데 요년이 말을 안 듣고 어디론가 없어졌지 않겠어라우?"

"그럼 그 첫 시집에서?"

아내는 급기야 가시에라도 찔린 듯이 말을 잇지 못했다.

"개는 그리 가야 해유."

"허지만 미숙이 그렇게 싫어허구 또 머슴처럼 부려먹기만 헌다는데……."

"그건 사모님 몰라서 그러라우. 그래도 그 집에 가야 대우를 받어라우. 어쨌거나 그년이 오면 꽉 붙들고 말 좀 잘 해주어라우."

미숙 어머니는 결연한 태도로 거푸 다짐을 주고는 바람처럼 휑하니 나가버렸다.

이틀 후에 미숙이가 슬그머니 나타났다.

"너 어찌 된 거냐?"

"왜 뭐가?"

능청맞게 시치미를 떼는 것 아니면 바보처럼 천진스런 태도였다.

"그저께 네 어머니가 다녀갔어."

그제야 약간 긴장이 되는 듯 낯빛이 좀 굳어졌다.

"나 찾았어?"

"그래."

"가만 안 둘 거야."
"누굴?"
"죽어도 거긴 안 가."
"그래도 널 그리로 꼭 보낼 작정이더라."
"가만 안 둘 거야. 모두 죽여버릴 거야."
격렬한 어조로 미숙은 말했다. 순간 그녀의 눈빛이 불처럼 활활 타올랐다.
"아까부터 대체 누굴 죽인다는 거니."
아내가 그녀의 위압적인 기세에 잠깐 놀라면서 물었다.
"나 갈 거야."
창문을 와장창 소리 나게 열고 미친 듯이 밖으로 튀어나갔다.
"저 애가 왜 저리 흥분허고 그러지?"
이내 소파에 앉아 건성 책갈피를 넘기고 있던 나에게 아내가 적이 근심스런 어조로 물었다.
"부모의 강요에 역정이 난 모양이야."
말하고 나는 서재로 들어갔다.
그런 지 며칠 뒤 아내가 시장을 보고 와서 말했다.
"미숙 어머니가 시장에 안 보이던데요. 집안에 무슨 일이 생긴건지."
"몸살이나 앓고 있는지 모르지."
나는 건성으로 대꾸해 주었다. 이튿날도 그 이튿날도 아내는 집요한 관심으로 시장에 들러 살펴보았으나 그녀는 나타나 있지 않더라는 것이었다.
"필시, 무슨 일이 생겼을지도 몰라."
아내는 까닭 없이 근심어린 표정이었다.
그러던 오후에 난데없이 미숙이 불쑥 나타났다. 미처 아내가 무슨 말을 묻기도 전에 우리 집에 맡겨 두었던 옷 보퉁이부터 찾았다.
"아니, 갑자기 옷 보따리는 왜 찾니?"
그녀는 대꾸하지 않았다. 숨을 씨근거리며 낯빛이 벌겋게 달아 있었다. 문득 그녀의 손등이며 목둘레에 손톱으로 몹시 할퀸 것 같은 상처가 눈에 띄었다.
"너 무슨 일 저지른 것 아니냐?"
아내가 큰소리로 다그쳤다.
"아녀, 아녀."
그녀가 발작적으로 뇌었다.
"그럼 왜 그러니? 너 지금도 아파트에 있는 거냐?"

"나왔어."

중얼거리듯 짧게 대꾸하고는 찾아낸 보퉁이를 들고 일어섰다. 치마춤 속에서 뭔가 뭉텅이를 끄집어내더니 보퉁이 속에 쑤셔 넣었다.

"나 갈 거야."

하고 아내 쪽을 바라보는 눈길이 순간 매섭게 번득였다. 정상이 아닌 거의 자제력을 잃은 것 같은 불같은 눈빛 그것이어서 나는 순간 가벼운 소름을 느꼈다.

아내는 애써 만류했지만, 미숙은 마치 쫓기는 자의 허둥거리는 몸짓으로 기어이 가고 말았다.

잠시 아내가 허탄한 기분인 것처럼

"걔가 어디 갈 데도 없을 텐데."

하고 중얼거렸다.

나는 순간 퍼뜩 그녀가 두 번째 시집으로 달려가는 건 아닐까 하는 정말로 엉뚱한 상상을 떠올렸다.

'어림없는 일이지. 그 녀석이 받아줄 리도 없고…….'

또 하나의 의식이 강력하게 도리질을 하고 있음을 깨달았다.

때마침 대문의 초인종소리가 요란하게 울려왔다. 대문이 열릴 때까지 아예 멈추지 않을 것 같은 소란함이었다.

문이 열리자 미숙 어머니가 헝클어진 머리칼에 흘러내리는 치마를 움켜쥐고 허겁지겁 들어섰다.

"미숙이넌 안 왔어라우?"

숨을 헐떡이며 다급히 물었다.

"아까 참에 다녀갔는데 왜 무슨 일 있수?"

그러자 그녀는 별안간 탈진한 듯이 문간채 툇마루에 무너지듯 주저앉았다.

"그년이, 그년이……."

말을 잇지 못하고 꺼이꺼이 울음을 터뜨렸다.

"아니, 별안간 왜 이러시우?"

아내가 다그쳤으나 그녀는 대꾸 대신 머리를 가로저었다.

한참만에야 울음을 놓고 떠듬떠듬 말을 했다.

"고 미친년이 갑자기 눈이 뒤집혔는지 집구석에 쳐들어와서 지랄발광을 부리는 바람에 제 아버지가 기진했다우."

"기진했다니요?"

"제 아버지가 원래 혈압이 높다 안 허유?"

"아니 그럼?"
하고 아내는 말을 이으려다 급히 다물었다.
"정신을 놓았다우."
"그래 어쨌어요. 병원에 입원시켜야지."
"병원에 갔는데 가망없대라우."
그녀는 말하고 한숨을 푹 쉬었다.
"제 장래 생각해서 시집에 돌아 가랬더니…… 종당에는 제 애비 그 꼴로 만들어 놓구. 원수지라우."
자못 냉정을 되찾은 듯 체념어린 어조로 지껄이고 발딱 일어섰다.
"그럼 어떡허죠?"
"제 애비는 이제 죽어요."
내뱉듯 말하고 성큼성큼 대문 밖으로 나갔다. 아내는 잠시 어정쩡한 태도로 지켜보다가 돌아섰다.
"그러니까 우리 집에 다녀간 날 그런 일을 저질렀구먼."
아내는 나를 바라보았다. 뭔가 개운찮은 찔리는 느낌 탓인지 그 얼굴에 짙은 그늘이 져 있었다.
"그러고 보면 간접적이나마 당신이 걔의 분통에 불을 지른 격이 된 거 아냐?"
무심결에 나는 빈정대는 투로 아내에게 말했다.
"뭐라고요? 이죽거리지 말아요."
아내가 화를 발끈 냈다. 이런 판국에 무슨 당찮은 농이냐 싶은 격렬한 반발이었다. 며칠 뒤에 미숙의 아버지는 죽었다. 그건 미숙에 대한 남모를 끈끈한 관심으로 그녀가 가까스로 얻어낸 정보였다. 아내는 불의의 비극적인 장례를 보고 와서 눈물겹더라고 눈시울을 붉히곤 했었다. 그리고 그 장례에 미숙은 나타나지 않았노라며 일말의 분노를 드러내기도 했다.
"걔는 지금쯤 어딜 쏘다니고 있는건지. 참 알 수 없는 애예요."
"어느 하늘 아래 구름처럼 떠다니고 있겠지."
나는 말하고 나서 금시라도 어디선가 전화를 걸어올 것 같은 예감을 느꼈다.
"어디서 진득하게 뿌리를 내렸음 좋겠지만……."
하고 아내가 중얼거리는데 마침 전화벨이 울렸다.
나는 급히 수화기를 들었다. 전선을 타고 굵직한 남자 목소리가 들려왔다.
"여보세요."
그러자 급히 아내가 내 곁에 다가앉으며 물었다.

"혹시 미숙이 아녜요?"

나는 손을 저어 보였다. 그리고 통화를 끝내고는 아내에게 말해주었다.

"곧 전화가 올 거야."

학鶴의 눈물

한밤중 나는 퍼뜩 눈이 떠졌다. 어둠 속에서 집안이 발칵 뒤집혀 요란한 곡성이 바로 아래채에서 들려왔다.

섬뜩한 기분으로 옆자리를 더듬었으나 거기 아버지는 없었다. 무슨 일일까?

평소에도 아래채는 도무지 편안한 날이 드물었다. 방 두 개에 여섯 식구가 비좁게 얹혀사는 형네는 일쑤 싸움질이 그칠 새 없었다. 부부끼리 또는 형제끼리 예사로 투닥거리고 왕머구리 울음이 터지고 사이사이에 형수의 그 앙칼스러운 쇳소리 나는 고함소리가 언제나 넓은 뜰을 거쳐 이쪽 방문에 문풍지처럼 울리곤 했던 것이다.

그때마다 모가 진 아버지의 눈초리는 가장 날카로워지고 코 밑 수염이 바르르 떨려왔으나, 결코 한마디의 탓하는 말도 없었다. 어쩌다 술이 잔뜩 취했을 때 그것도 깊은 밤의 소동이었기 때문에 '저런, 저런 몹쓸 놈의 씨알들이…….' 하곤 불평했던 것이다.

그런데 오늘밤의 소란은 예삿일이 아니었다. 우선 아버지가 자리를 박차고 뛰쳐나갔을 일부터가 심상치 않았다.

아래채에 가본다? 그러자 잠깐 나는 곤혹에 빠졌다. 도대체 나란 이 집안의 일에 끼어들기에는 마뜩찮은 존재였다. 이 집안의 행사…… 이를테면 결혼이라든가 제사라든가 하다못해 급한 환자가 생겼다는 경우에서도 나만은 처음부터 하릴없는 존재에 불과했던 것이다. 아니, 도리어 내가 뭐에든 끼어들기를 철저히 싫어하는 눈치였기 때문에 마음 느긋하게 방관하는 데 일쑤 버릇되어진 것이다.

어쩐다? 하고 나는 눈을 감았다. 겨울인데도 불기가 없는 방바닥이라 요 위는 언제나 눅눅했는데, 체온으로 덥혀져 마치 혼곤하게 잠든 채 오줌을 지렸을 때의 스산한 잠자리 같았지만 그럴수록 눈꺼풀은 더욱 처지고 삭신이 늘어지는 것 같은 졸음을 느끼는 터여서 나는 일어날 엄두가 나지 않았다.

그런데 아래채의 소란함은 더욱 절박해졌다. 목을 놓고 통곡하는 형수나 울부짖듯 울어쌓는 조카들의 그것이 막다른 분위기로 번져왔다. 게다가 간간히 아버지의 꾸짖는 것 같은 외마디소리가 섞여 나와 나는 더는 조바심만을 태울 수 없게 되었다.

일어나 슬그머니 아래채로 건너갔다. 안방 방문이 활짝 열린 채였다. 방안 가운데는 형이 마치 심하게 두들겨 맞은 것 같은 흐트러진 몰골로 누워 있고, 그를 둘러싸고 앉은 식구들이 하나같이 제 정신이 아닌 듯 길길이 뛰며 통곡하고 있는데, 유독 아버지만은 발갛게 충혈이 된 꿋꿋한 눈길을 천장에 꽂은 채 백납처럼 핼쑥해진 얼굴로 담배를 빼끔거리고 있었다.

갑자기 형이 죽기라도 했나? 난데없는 끔찍한 광경에 압도되어 나는 전신이 그대로 웅그려붙는 것 같았다.

그럴 리가 없었다. 초저녁만 해도 형은 멀쩡했었다. 다만 여느 때 없이 술을 좀 마셨는지 검붉은 얼굴에다 뭔가에 속이 상했는지 요령모를 이야기로 형수에게 불끈불끈 화를 내기도 했다.

'죽일 놈, 세상에 그런 쳐죽일 놈을.'

그때 형이 지껄인 말 가운데 기억나는 건 고작 이것뿐이었다. 그것이 누굴 두고 하는 말이었는지 전혀 알 길이 없었다.

그리고 설사 알았던들 결코 대수로운 사연은 아니었을 것이, 형이란 사람은 세상이란 게 도통 원한의 대상밖에 안되다는 식의 앙앙불식으로 살아온 게 아니었던가?

아무튼 나는 선뜻 방안에 들어설 수도 또 영문을 물어볼 수도 없는 난감한 처지에서 마루 앞에 못 박힌 채로 서서 착잡한 기분으로 관망하고 있었다.

그때 마침 형수가 자지러지듯 호곡하고 나더니 독이 서린 모가 진 눈꼴로 아버지를 노려보며 울부짖었다.

"그놈이 애비를 이렇게 죽였어요. 그놈이 죽였어요. 아버님을 존경한다는 놈이…… 결국 아버님이 애비를 이런 꼴로……."

형수의 악에 받친 푸념이 화살처럼 아버지의 가슴팍을 찔렀던 모양이다. 이내 화석처럼 굳어 있던 아버지가 사품에 상반신을 꿈틀하더니 무섭게 소리치기 시작했다.

"그렇다고 뒈져. 천하에 머저리 같은 녀석, 세상에 그런 걸 몰랐단 말이냐? 그런 걸로 뒈질 놈이면 백번이라도 싸지. 아, 싸지. 천하에 못나빠진 녀석."

방안에 쩌렁쩌렁 울리는 아버지의 울부짖음은 차가운 야음을 타고 멀리멀리 파동쳐 나가는 것 같았다. 순간, 나는 무슨 돌덩이에라도 호되게 얻어맞은 기분이었다. 도무지 믿기지 않는 사실이었다.

돌연 아버지가 자리를 차고 일어섰다. 홉뜬 눈으로 식구들을 일별하고 방문을 나섰다. 죽음 앞에 슬픈 감정이라기보다는 오직 분노를 견딜 수 없다는 듯의 태도였다.

뜰에 내리면서 그는 비실했다. 나는 급히 팔을 잡아 부축했다. 온몸이 와들와들 떨고 있음을 쉽사리 감지할 수가 있었다.

“그깟 일로 목숨을 끊다니, 불효자식.”

안채로 올라가는 길에서 아버지는 울먹이는 목소리로 탄식했다.

방에 들어서자 나는 불을 켜려했지만 아버지가 만류했다. 칠흑 같은 어둠 속에서 급히 무얼 더듬어 찾는 것 같은 기미였는데, 가볍게 유리병이 부딪치는 소리로 보아 소주병인 듯싶었다.

이윽고 목줄을 울리며 벌컥벌컥 강술을 들이키는 소리가 우정 처참한 분위기를 더해갔다. 빈속에 그렇게 폭음을 해서 어쩌지 하는 의구심이 와락 가슴을 옥죄었으나 뭔가 저항할 수 없는 굳은 벽을 의식하고 나는 한마디 말도 할 수 없었다.

아버지는 어떠한 절망적인 슬픔 앞에서도 결코 눈물 한 방울 비쳐주는 일이 없었다. 7년 전, 어머니가 뇌졸중으로 허망하게 숨을 거두었을 때도 유달리 귀여워하던 맏손주가 바로 지척 간에 있던 웅덩이에 빠져 죽었던 걸 이틀 만에 찾아냈을 때도 그 매서운 침착성을 잃은 적이 없었다.

맏손주가 사고를 낸 웅덩이는 가뭄으로 파놓은 양수용 물구덩이였다. 뒤에 안 일이지만 바로 길가에 위치한 웅덩이라서 맏손주 길호는 하굣길에 혼자서 돌팔매질을 하다가 실족하여 죽음을 당했던 것이다.

사람 왕래가 잦은 길가이며 더욱이 위험을 방지하는 하등의 시설도 없었다는 데서 주변에서는 크게 물의를 일으키려는 기미였다.

“세상에 그런 몰지각한 사람 때문에 생사람 잡았지.”

며느리는 실신한 나머지 이후 약간의 실성기가 있었기 때문에 가료를 받아야 했고, 아들은 분김에 당장 그 웅덩이의 주인을 걸어서 소송이라도 제기할 것처럼 성궈댔다.

괘꽝스럽게도 아버지는 그때도 잡다한 물의를 괴괴히 물리치고 큰소리로 나무랐다.

“쓸 데 없는 소리. 지금에 와서 그런 허물을 따져서 뭘 하겠어. 인명은 재천인데…….”

사후약방문이라고 부랴부랴 웅덩이를 메우고 논임자가 짐짓 사과하러 아버지 앞에 나타나 갖가지 옹색한 변명을 늘어놓았을 적에도

“허허 당찮은 소리. 지금에 와서 그런 말이 무슨 소용이겠소? 돌아가시오.”

하고 욱질러 말하곤 급히 나발 불듯 소주병을 입에 물고 찔끔거리던 아버지였다.

어둠 속에 침묵이 흘렀다. 소주병도 벌써 바닥이 난 모양이었으나 아버지는 굳은 자세 그대로인 듯 바스락대는 소리 하나 들리지 않았다.

나는 벽에 기대에 앉아 있었으나, 차츰 저려오는 한기에 온몸이 얼어붙는 것 같았다. 숨을

죽이고 슬그머니 이불을 끌어 잡아 어깨 위로 감쌌다.

형네 식구는 지금 어떻게 하고 있을까? 나는 아까의 참경을 떠올리고 가볍게 전율을 느꼈다. 불시로 이제 형네는 망했다는 생각이 들었다.

형네는 매사에 나를 따돌렸다. 특히 형수는 번번이 독사 보듯 나를 흘겨보았고, 형은 겉으로는 부러 흔연히 대하는 척 해보였을 뿐, 진심은 그렇지 않다는 걸 때때로 보이는 더없이 쌀쌀한 태도에서 의식할 수 있었다. 조카들…… 고만고만한 네 명의 아들 딸, 그들 중에도 중학교에 다니는 큰딸은 나만 보면 맞대놓고 입을 삐죽거리는 버릇이 있었다.

아버지는 사실은 의붓아버지였다. 내가 어릴 적에 어머니는 이 마을 어귀에서 자그마한 구멍가게를 내놓고 있었다. 나의 친아버지는 상이용사로 비록 한 팔을 잃었기는 하나 그런대로 학식도 있고 성실한 성품이어서 남부럽지 않았는데, 내가 두 살 적에 그만 뜻밖의 신장암으로 죽었다고 한다.

그래저래 그 치료비 뒤치다꺼리에 거덜이 나 가게조차 꾸려가기에 난감하던 터에 지금의 아버지를 만났다 한다. 그것은 외조부의 고집에 의해서였다는데 실은 지금의 아버지와 외조부는 친구 사이였다 한다.

'가게나 보며 조용히 살잰더니 제 외할아버지가 나를 이 꼴로 만들어 놓았다우.'

어느 때던가 동네 부인에게 넌지시 푸념했던 걸 기억하고 있다.

어쨌든 그런 탓이었는지 어머니는 외조부를 내심 미워하는 눈치였고, 친정 나들이를 끊었을 뿐 아니라 나조차 외가에 가는 걸 막아버렸다. 더욱이 알 수 없었던 건 우리 모자가 이 집으로 들어오던 당시에는 뻔질나게 출입했다던 외조부가 돌아가시기 수년 전부터 일절 발을 끊었다는 사실이다. 어린 나로서는 도무지 이해하기 어려운 부녀간의 갈등이었다. 아무튼 사태가 그쯤 갔을 적에—이는 훨씬 뒤에 안 일이지만—정작 외조부와 아버지 사이에도 도저히 기울 수 없는 분쟁이 생겨버렸다.

아버지는 유학에 밝고 보학(譜學)과 향토사에 대하여는 고을에서 내로라하는 대가로 알려져 있었다. 그 점에 대해서는 비록 의부이고 형편없이 가난하고 턱없이 늙어버린 아버지일망정 내가 은근히 자긍하고 있는 터이다. 어쨌든 그러한 아버지가 한 서원(書院)에 배향된 열사를 두고 가짜라고 따지고 들었던 것이다. 즉 임란 때 의병장이 되어 순절했다는 김모라는 이가 기실은 적에게 항복하길 은밀히 기도하다가 동지에게 들켜 주살되었다는 사실(史實)을 캐내어 이를 공개해버린 것이다.

이로 인해 서원을 둘러싸고 이 고을 유생들이 벌떼처럼 일어나 시비가 벌어졌는바, 그 김모라는 장본인이 바로 다름 아닌 외조부 가문의 유일한 자랑인 직계 선조였던 것이다.

사실의 진부야 어떻든 하필이면 옹서간인데 너무 심하지 않았느냐는 비난도 빗발치듯했던 모양이지만, 아버지는 막무가내로 끝까지 주장을 굽히지 않았다.

외조부네 집안 청년들이 떼거리로 몰려와 당장 우리 집을 콩가루로 만들 기세였는데도 아버지는 완강한 태도로

"때려 부술 테면 부수고 나를 죽일 테면 죽여 봐라. 그런다고 사실이 사실 아닌 것으로 둔갑허진 않을 거다."

하고 끝내 버텼다 한다. 그 후 서원에서 그분의 위패가 철거되었는지 나는 알 수 없지만 이로 인한 분쟁은 고을을 떠들썩하게 했다.

아무튼 이 일로 해서 외가네와 우리는 아주 담을 쌓아버렸다. 어머니의 상을 당했을 때에도 외가네 살붙이로는 누구 하나 코빼기도 비치지 않았던 것이다.

어둠 속에 한 점을 노려보며 잠들지 않으려고 애를 썼으나, 온몸이 나른해지며 졸음이 몰려왔다. 아래채 쪽에서는 아까부터 곡소리가 그쳤으며, 온 집안이 무서운 정적에 빠져들었다.

때마침 시계가 석 점을 둔탁하게 쳤다. 쿵, 하면서 아버지가 몸을 일으킨 모양이더니 내 쪽을 더듬어오는 손길을 느꼈다.

"광호야."

"네, 아버지."

화들짝 놀라면서 상반신을 곧추세웠다.

"아직 안 잤구나. 어서 한소끔 눈을 붙여라. 기왕 죽은 사람은 그렇고, 산 사람은 자야지."

아버지의 말소리가 어둠속 깊이모르는 심연에서 울려오는 구슬픈 곡조로 들려왔다.

아침이 밝아왔다. 어젯밤의 엄청난 비극도 한낱 스산한 악몽에 지나지 않았던 것처럼 겨울치고는 별나게 푸근하고 쾌청한 아침이었다.

나는 찌뿌드드한 머리로 마당에 내려가 심호흡을 켜면서 넌지시 아래채를 넘겨다보았다. 깊은 잠에서 미처 헤어나지 못한 그것은 좌초로 망가진 선체 아니면 상처투성이로 가로누운 무슨 괴물의 시신처럼 더없이 황량하고 고요함을 느끼게 했다.

우리 집은 본시가 윤씨네 재각(齋閣)이었다. 집 한 칸 마련도 어려웠던 처지에서 재실로서의 구실을 못하고 비어 있는 집이라 아버지가 일가의 도움을 받아 이제껏 살아오고 있는 모양이었다.

이만한 집을 그저 무상으로 살아올 수 있었는 데는 물론 윤씨네 종회(宗會)에서 차지하는 아버지의 만만찮은 비중 탓이리라.

본시 우리 마을은 산동네였다. 산마루에 재각만이 덩그렇게 앉아 있던 윤씨네 종산이었던 것이 시가지의 확장과 더불어 분양되어 하루아침에 마을로 변모해버린 것이다.

물론 그것은 40여 년 전의 이야기라 하는데 그전만 하더라도 이곳은 도둑과 거지 떼가 들끓어 부녀자는 대낮에도 감히 얼씬하기도 어려운 험한 지대였다고 한다.

이곳의 옛 이름은 '황새골'이었다는데 당시만 해도 재각을 둘러싼 울창한 소나무밭에 황새들이 까맣게 둥우리를 치고 시끌덤벙하게 살았노라 했다.

지금은 학하촌(鶴下村), 그나마 동명에 눌리어 마을 사람들의 기억에서 사라진 지 오래다.

아무튼 황새들이 지천으로 똥을 싸놓은 곳은 부자가 된다는데, 이 마을은 예부터 부자라곤 씨도 없다. 비록 우리 집이 제 집은 아니라 할지라도 마을 중심부에서 날갯짓을 하고 의연히 앉아 있는 모양새라든지 단연 터줏대감 격인 그 전통라든가 또는 학덕(學德)으로 보나 뭐로 보나 주민 중에서는 당연히 으뜸일 수밖에 없는 우리 아버지라, 어쩌면 유일하게 살아 있는 고고한 학의 상징일 수도 있겠노라고 나는 이따금 엉뚱하게 생각이 미치기도 했었다.

그런데 아버지는 정녕 학은 아니었던가? 학처럼 고고하게 지내기에는 너무도 조련찮은 세상이었을지 모른다.

나는 자못 신산한 기분으로 눈앞의 광활한 평야를 바라보았다. 부챗살처럼 펴진 햇빛으로 무논들이 명반처럼 반들거렸다.

인기척이 들렸다. 노인 하나가 숨이 턱에 닿을 듯 헉헉거리며 대문 안에 들어섰다.

"아버님 어디 계시냐?"

상기된 낯빛으로 강 노인이 급히 물었다. 나는 말없이 안채를 향해 눈짓을 해보였다.

"날벼락도 분수가 있지. 대체 이게 무슨 재변이란 말인가?"

방문을 벌컥 열어젖히며 강 노인이 소리부터 질렀다.

냉큼 대꾸가 없이 아버지가 꾸물대며 방에서 나왔다. 밤사이 부스스해진 얼굴에 움푹 꺼진 두 눈이며 유난히 까칫해보이는 수염으로 흡사 중환을 치른 환자와도 같았다.

"자진했다는 게 사실인가?"

마루에 걸터앉은 강 노인이 바싹 다가앉으며 따지듯 물었다. 아버지는 순간 양 미간에 경련을 일으키며 떨리는 손으로 담배를 태워 물었다. 대꾸 대신 연기를 푸하니 뿜어내며 희끄무레한 눈동자로 하늘을 멀거니 바라보았다.

"그게 그럼 사실이었구먼. 참척도 원통한 법이거늘 젊은 것이 늙은 애비 앞에서 자진하다니 에끼, 수언 몹쓸 놈. 에끼 수언 불효헌 놈."

뜰에 가래침을 칵 뱉으며, 마치 당사자가 눈앞에라도 있는 듯이 고래고래 소리를 질렀다. 그러는 노인의 얼굴을 아버지는 잠깐 방심한 태도로 바라보았다.

"글쎄, 그 아가 그럴 만한 무슨 곡절이라도 있었는가?"

"곡절은 무슨……."

아버지는 곤혹감으로 일껏 낯이 일그러진 채 겨우 입을 뗐다.

"허허 변고지. 신체발부는 수지부모라 했는데…… 그런 죄가 어디 있는가?"

나는 어슬렁어슬렁 아래채로 향했다. 기척을 느끼고 마루 밑에 있던 개가 캥캥 짖었다. 도대체 이놈의 개는 분명 한집안 식구인 나를 분별 못하고 번번이 짖어대는 버릇이 있었다. 요놈의 개! 나는 순간 바르르 노여움을 느꼈으나 여느 때처럼 침을 칵 뱉거나 발길질하는 시늉을 하지는 않았다,

안방 방문 앞에 걸터앉아 방안 동정에 신경을 세웠다. 형수가 흐느끼고 있었다. 목이 잠겨 그렁거리는 소리로 이따금 푸념도 섞여 있었으나 무슨 말인지 알아들을 수는 없었다.

나는 문득 처신의 난감함을 다시금 느꼈다. 방안에 들어가 형수를 위로해드려야 한다는 자각과는 달리 몸을 움싹하기 어려운 육중한 벽을 의식할 밖에 없었다. 하릴없는 상가(喪家)의 개와 같다 할까? 진득이는 비참한 의식은 평소 매끼의 식사 때마다 노골적으로 귀찮아하는 형수의 투덜거림을 들을 때마다 느껴야 했던 소외감이었다.

때마침 부스럭거리는 소리와 함께 잠에서 깨었는지 조카들의 울음소리가 일제히 터져 나왔다.

그 소리에 눌려 나는 벌떡 일어섰다. 쫓기듯 총총히 모퉁이를 돌아 안채로 향했다. 어느결에 왔는지 아버지 곁에는 마을 사람들 몇 명이 불어나 있었다.

내가 마루 끝에 다가가자 아버지가 기다렸다는 듯이

"광호야, 가게에 가서 소주 한 병 사오너라."

하면서 안주머니를 더듬는 손짓을 하는데 곁의 김 노인이 괴괴히 손을 휘저었다.

"근보, 안 되네. 이런 때일수록 실섭을 말아야지. 식전 공복에 강술이 당하기나 하나?"

근보(槿甫)란 아버지의 아호였다. 노인들은 일쑤 '근보'라 했고, 존칭으로 '근보 선생'이라고 즐겨 불렀다.

"괜찮아. 자아 사오너라."

아버지가 안주머니에서 천 원짜리 지폐 하나를 꺼냈다.

나는 대문을 나섰다. 골목을 향해 즐비하게 늘어선 집집마다에서 이미 많은 사람들이 쏟아져 나와 있었다. 그들은 제각기 모여서 우리 집 쪽을 향해 심상찮은 표정으로 제각기 소곤거리고 있었다.

내가 다가가자 길을 비켜주며 연민에 찬 눈길로 바라보았다.

"할아버지가 안됐어. 그나마 기둥뿌리가 빠져버렸으니 할아버지 신세도 참 박복하지."

늙수그레한 아주머니 한 분이 혀를 차며 말하고 있었다.

"생목숨을 끊었다며? 세상에 얼마나 모질면 그럴까? 아닌 게 아니라 좀 성질이 유별나기

는 했었지 뭐."

젊은 아낙네가 노닥거리고 있었다. 깊은 밤중에 일어난 일이었다. 그런데도 이미 소문의 귀는 나팔꽃처럼 활짝 열렸던 것일까?

나는 적이 곤혹감을 의식하며 급히 발길을 떼었다. 마을 어귀에 이르렀을 때 불쑥 한 아저씨가 앞을 가로막았다.

"광호야, 얘, 네 형이 간밤에 자살했다는 게 사실이니?"

나는 대꾸하기가 역겨웠다.

"사실인 모양 같구나. 도무지 믿기지 않는 일인데…… 그런데 도대체 무슨 일 때문이었다니?"

"나도 몰라요."

퉁명스레 대꾸하고 몸을 돌려 빠져나갔다. 그때 곁에 있던 아주머니가 잽싸게 지껄였다.

"거 봐요. 사실이랑게. 농약을 먹고 죽었대요. 밭 한 뙈기 안 짓는 분이 농약을 먹었다니께 이건 순 계획적으로 죽으려고 한 거라구요."

"저런, 농약을 먹었으면 꽤 오래 신음헐 법도 한데, 왜 식구들이 그걸 몰랐을까?"

"몰랐으니 그렇겠죠."

나는 순간 헙, 하고 발길이 옹그러붙는 것 같은 충격을 느꼈다. 그렇다. 오랫동안 신음한다?

마치 새로운 비밀이라도 감지한 듯이 가슴이 쿵쿵하고 울렸다. 그렇담, 형수가 알고도 방치했다?

형수란 여자는 도무지 형에게조차도 알뜰하지가 않았다. 걸핏하면 '재수 없는 사내를 만나 평생을 피를 말려가며 사느라고 고생한다.'는 투로 투덜거리기를 마지않았다.

심성뿐이 문제가 아니었다.

도대체 형수의 얼굴이 붉은 것부터 나에게는 꺼림했다. 여자가 살빛이 붉으면 살기가 있어 상부상(喪夫像)이란 걸 어른들한테 흘려들은 기억이 있다. 게다가 형수는 입술이 푸르죽죽했다. 심성이 독하다는 거였다.

그렇담 모든 게 허튼 말이 아니었다는 것인가?

이런저런 궁극스러운 생각에 머릿속이 꽉 찬 채 경황없이 가게에 가서 소주 한 병을 사가지고 집에 돌아갔다.

술병과 거스름돈을 건네주려는데 아버지가 화를 발끈냈다.

"주변머리 없긴, 이 돈 가지고 기왕이면 두 병을 사올 거지, 달랑 한 병만 사왔단 말이냐?"

아버지의 불만 따위 이미 거리낌이 없어진 나는 기계적으로 아래채를 향해 종종걸음을 쳤다. 마음속에서 나는 되뇌고 있었다.

'형수가 형을 죽였다?'

아래채에는 여러 명의 이웃 아주머니들이 와 있었다. 형수가 그들에 둘러싸여 그 붉던 얼굴이 납덩이처럼 질리고 퉁퉁 부어오른 채 실신한 사람처럼 마루 끝에 앉아 있었다. 순간 나는 가슴이 철렁했다.

한참을 경황없이 섰다가 여느 때처럼 부엌에 들어가 김치종지를 들고 나왔다.

안채를 향하는 도중에도 마음속 깊은 여울목에서는 줄곧 '형수가 형을 죽였다?' 하는 목소리가 들려오고 있었다.

안채 마루에서는 아버지를 둘러싸고 앉아 마을 남정네들이 제각기 한마디씩 조심스레 말들을 건넸는데 도시 위안인지 푸념인지 모를 내용들이었다. 하지만 아버지는 그들의 말을 귀담아 듣고 있는 것 같지는 않았다. 다만 어느 누군가가

"어쨌든, 부고 낼 준비나 해야죠?"

하고 물음을 떴을 때 비로소 나타난 반응, 불처럼 뜨거워진 격렬한 반응을 보여주었다.

"부고라니, 정신 나갔나? 어느 누구에게 알린단 말야."

뜻밖의 험한 서슬에 움츠러진 채 어름거리며

"그래도 그러시는 거 아닙니다. 도대체 생사가 유별한데……."

하고 넌지시 말하자, 아버지는 들었던 술잔을 마루에 소리 나게 탁 치며 분통을 터뜨렸다.

"그만 두라면 그런 줄 알지. 거 생사가 유별이랬다 허니까 그만 두라는 거 아닌가!"

완강한 태도에 눌려 그 이상 아무도 대거리할 낌새도 보이지 않았다.

아침상이 왔으나 아버지는 밥 한술도 뜨지 않았다. 주위의 간곡한 권에 마지못해 국물 몇 모금을 후루룩 들이마셨을 뿐이었다.

한낮이 되면서부터 드문드문 문상객들이 나타나기 시작했다. 입에서 입으로 소문의 바람결을 타고 온 사람들이었다.

대개는 상청을 거쳐 침통한 표정으로 와서 뭐라고 조문의 뜻을 밝혀야 할지 난처한 표정으로 우물거리며 의례적인 말 한마디씩들 겨우 전하고는 총총히 떠나갔다. 그럴 때 아버지는 일껏 자제력을 가지고 견디는 듯했지만 망연초조한 마음 탓인지 앉음새가 매우 불안하기만 했다.

오후 늦게 시골에서 부음을 듣고 허겁지겁 달려온 노인이 있었다. 한복차림에 꽤 우람한 체구의 노인은 앉자마자 장탄식을 늘어놓았다.

"세상 돌아가는 꼴이 이거 큰일이시. 근보, 자네 자식을 두고 허는 말이 아니네만, 요새 사람들 어쩌면 생명을 그리 가벼이 여긴단감. 그것도 물질만능의 시속 탓이지. 물질의 영화에 온통 눈이 뒤집혀설랑 일확천금이나 헐까 허구 남이야 죽든 말든 제 잇속만 따지다 보니 도의 같은 거 땅에 떨어져버렸구…… 세상 순리대로 어려움이 있어도 참아내는 의지가 없어진 거지. 순전히 이거 아니면 저거다 하는 거지. 그러다 보니께 모든 걸 막된 생각으로만 건사허

기 마련인걸. 막판에 일이 그르치면 생명꺼지도 초개처럼 던져버린단 말이시. 참 세상이 환장헌 거 아닌가?"

집안이 쩌렁쩌렁 울리는 우람한 목소리로 노인은 말을 마쳤다.

"노인장 말씀이 옳습네다. 우리들 소싯적에 비한다면 요새 사람들 얼마나 살기가 편합니까요. 그런데두 걸핏허면 죽는다, 산다 허는 걸 보면 모래펄 위에 세워 놓은 나무들 같지라우. 바람만 건듯 불어도 쓰러질 건 뻔허지라우."

강 노인이 술을 홀짝 들이마시고 말했다.

"그게 모두 못된 세상 풍조 탓입니다. 실속 없이 겉치레만 허는 부박한 풍조 말이외다."

전직 교장이었다는 깔끔한 인상의 한 노인이 씹어뱉듯 말했다.

아래채에서 곡소리가 들려왔다. 설핏 해가 기울면서 울울한 그늘이 덮이기 시작했다. 땅거미가 지고 하루해가 저문다는 평범한 사실조차 나에게는 더없이 거치적거리는 현실로 느껴졌다.

아침 열 시에 발인제가 있었다. 금시 눈발이라도 내릴 것처럼 잔뜩 찌푸린 날씨였다.

들판을 거쳐 불어오는 차가운 바람에 처마의 낡은 함석 차양이 덜컹거렸고, 어젯밤 모닥불용으로 쓰였던 연탄더미에서는 뿌연 재가루가 날렸다.

"사람이 죽드래도 제대로 죽어야지!"

곁에서 친척뻘 되는 아저씨가 불퉁거렸다. 죽으면서까지 흉잡힐게 뭐냐, 그렇잖았으면 세상 인심이 아무리 각박하다손 치더라도 아버지 체면을 봐서라도 상가가 이렇듯 초라할 수가 있겠느냐 하는 뜻의 푸념이었다.

"젠장, 앞으로 일곱 식구가 어떻게 산다지? 제 놈이야 눈감고 가버리면 그만이지만 남은 식구들이 어떡허지?"

아저씨는 벌겋게 달아오른 눈시울을 주먹으로 문지르며 중얼거렸다. 순간, 나는 아뜩함을 느꼈다.

형은 지병이 있었다. 당뇨였다. 그래서 일찍부터 공직에 취직하는 걸 단념하고 집안에 자그마한 인쇄 시설을 갖추고 족보 같은 걸 찍어내는 일을 해왔다.

물론 그것은 아버지의 배려에 따른 것으로, 유림 사이에 폭 넓은 교분이 있어 일거리를 쉽게 얻어낼 수 있으리라는 계산에서 비롯된 것이었다.

그리고 어느 만큼은 기대가 적중이 된 셈이어서 그럭저럭 생계를 이어나갈 수가 있었다.

그러나 세상은 빠르게도 변했다. 족보에 대한 관심이 예전 같지 않게 소홀해졌다는 이유 말고도 그놈의 인쇄라는 것이 날로 현대화되다보니 석판으로 찍어내는 원시적 시설은 이제 뒷전으로 밀려나고 말았다.

아연판에다 붓글씨로 써서 먹을 한 장씩 찍어내는 알량한 석판 옵셋 대신에 활자로 조판하여 윤전기로 신나게 찍어내는 현대식 인쇄술 앞에서 움싹을 못하게 된 것이다.

그런 터라, 요 몇 년 전부터 아예 인쇄꺼리가 들어오지 않았다. 야멸찬 활자미(活字美)보다는 되레 붓글씨 쪽이 고풍스러워 제격이라는 완고한 노인네들이 더러 있기는 하겠지만 문제는 제작비에 있어 경쟁이 되지 않는다는 사실이었다.

그래서 형은 일찌감치 전직을 서둘러야 할 판인데도 그게 수월치 않는 데다 아버지의 미련이랄까, 공연한 고집으로 이제껏 그 눈뜨고 밑지는 일에 매달려온 터였다.

그러다가 영 안 되겠다 싶어 본격적인 전업을 서둘렀던 것이다. 그리고 아버지의 주선으로 어느 유명한 기업체의 홍보실에서 일하게 될 것 같다는 희망에서 잔뜩 꿈이 부풀기도 했었다.

그랬는데 이게 무슨 변괴일까? 죽기 전날 밤 형이 아버지와 은밀히 얘기하는 걸 보았다. 적이 심상찮은 분위기에 형이 꽤 흥분된 어조로

"세상에 그럴 수가 있어요?"

라고 했고, 아버지는

"설마 이제 와서 그럴 리야 있겠느냐?"

하면서 서로 엇갈린 주장만을 되풀이하는 걸 먼 거리에서 흘려들었다. 그리고 마침내 형이 일어서면서

"건강진단서를 뗄 수는 없어요."

하고 결연히 말하고 물러나는 걸 보고 있었다.

무언가 건강이 문제였을까? 겉보기에 형의 건강은 아무렇지도 않았다. 식이요법을 쓴다고 먹는 것에 좀 까탈을 부린 것 말고는 표면상 아무런 이상이 없었다.

그런 형이 돌연 갔다. 그리고 그는 지금 미련 없이 떠날 양으로 저 촛불이 팔락거리는 제단의 관 속에 시들게 누워있는 것이다.

발인제가 끝났다. 동구 밖에 대기하고 있는 영구차를 향해 관이 운구 되었다.

관의 뒤를 따르면서 나는 무심코 뒤를 돌아보았다. 그때 높다란 대문 앞에 장승처럼 우뚝 서서 떠나는 운구행렬을 지켜보고 있는 아버지의 모습을 보았다. 음침한 그늘 아래 그 모습은 무척이나 칙칙한 조상으로 떠올랐다.

마을 사람들이 양편에 늘어선 가운데 긴 골목을 지나 영구차에 이르렀다.

이윽고 차가 떠나려할 때 아저씨가 옆구리를 팔꿈치로 꾹 찔렀다.

"아버지에게 가보아라. 그 어른이 걱정이구나."

나는 급히 도어를 열고 뛰어내렸다. 골목길을 한달음에 달려갔다.

집 근처에서 헙, 하고 발길을 멈추었다. 대문 앞에 여전히 아버지가 굳어버린 자세로 서 있었다. 뒤에서 부르릉 하는 엔진의 시동소리와 함께 차체 움직이는 소리가 들려왔다.

'떠났구나.'

형언할 수 없는 공허감이 엄습해옴을 느꼈다. 이윽고 왜 되돌아왔느냐고 물을 걸 예비하면서

"아버지, 들어가세요."

하고 말했다. 아버지는 아무 말도 묻지 않았다. 도시 무얼 묻고 싶은 심정이 아니란 듯의 표정이었다.

아버지는 앞장 서 스처스척 안으로 들어갔다. 마루에는 노인 서너 명이 그를 기다리고 있었다.

아버지는 곁눈도 팔지 않고 마당을 가로질러 곧장 아래채로 향했다. 뜻밖에 공장 앞에 이르러 문을 열었다.

오랫동안 비워둔 채로 방치해두었던 휑뎅그렁한 공장 안은 침침하고 썰렁했다.

그는 안에 들어가 제판대 앞의 구닥다리 의자에 털썩 주저앉았다. 묵상에 잠긴 수도승처럼 지그시 두 눈을 감았다.

그런 아버지의 모습은 빗물로 얼룩이 진 벽과 노출된 슬레이트 지붕 아래 얼기설기 늘어져있는 거미줄로 꽤나 심란해 보이는 배경과 더불어 무척 그로테스크한 인상으로 드러났다.

아버지의 허탄한 집념과 형의 외로운 노력에도 불구하고 이 작업장은 끝내 공동(空洞)처럼 비어버렸구나, 하고 아버지는 생각하고 있는 것일까?

이윽고 아버지는 서서히 일어났다. 그리고 작업장 안을 한 바퀴 맴돌았다. 그런 뒤 망연한 자세로 문설주에 기대어 밖으로 내다보았다.

순간 그 눈에서 주르륵 한 가닥 눈물이 흘렀다. 어떠한 죽음 앞에서도 결코 눈물이 보이지 않았던 아버지였다.

고고한 의지를 굽히지 않았던, 그래서 차라리 학처럼 단정하기만 했던 아버지가 비로소 격렬한 감정을 이기지 못해 흘리는 눈물이었다.

아버지는 안채로 돌아갔다. 마루에 오르자 차분하고 빛깔 없는 어조로 노인들을 돌아보며 말했다.

"이제들 가보게나. 나 한잠 자겠네."

그 말이 의외였으므로 노인들은 뜨악한 눈으로 아버지를 훑어보았다.

때마침 헐레벌떡 뛰어오는 한 청년이 있었다. 죽은 아들과 막역한 친구였던 창길이었다.

그는 마루에 오르자 아버지 앞에 무릎을 꿇고 그대로 흑, 하고 울음을 텄다.

"아버님, 필호가 그 일로 목숨까지 끊을 줄은 몰랐습니다. 그렇게 심각했던 일이라면 곁에

서 저라도 좀 더 타일렀을 것인데…… 저는 출장으로 이제야 알았군요."

"이미 지난 일이네."

아버지가 타이르듯 조용히 말했다.

"아닙니다. 저는 필호헌테 모든 걸 들어 잘 알고 있습니다. 참으로 분한 일입니다. 세상에 아버님의 은공을 저버려도 분수가 있지 한 사장 그 사람 배신도 너무하지 않았습니까?"

창길이 주먹을 부르르 떨며 격정적으로 소리쳤다.

"그 사람을 탓해 뭘 하겠나? 내 자식이 못나 그런 거지."

"그렇게 말씀허심 안됩니다."

창길이 추궁하듯 말했다. 아버지는 대꾸 대신 담배를 태웠다.

"대체 무슨 일이란가? 기왕 얘기가 나왔으니 한 사장과의 자세한 곡절을 자네가 말해 주게나."

강 노인이 창길을 향해 채근했다. 그러자 아버지가 뜻밖에 입을 열었다.

"기왕에 얘기가 났으니 내가 얘기함세. 자네들도 한창호 사장이라면 아마 얼마쯤은 알고 있을 걸세. 우리 집에 한때 뻔질나게 드나들었으니까."

"암, 알고말고. 선조의 문집을 책으로 펴낸다고 했던 그 사람 아닌가?"

"맞아. 그 사람이세. 그 사람의 직계 선조 가운데 보진당(葆眞當)이란 호를 지니고 문정(文靖)이란 시호를 받은 대단한 어른이 있었던 거야. 그러니까 한 사장의 14대 선조가 될걸. 내가 우연한 기회에 그 분의 문집 문정집(文靖集)을 보았고, 그래저래 살펴보니까 그 후손이 바로 한 사장이 아닐까 하여 귀띔해준 걸세."

"그래 한 사장은 그것도 몰랐단 말이지."

"요즘 젊은 것들이 그런 걸 알려고나 하겠나?"

김 노인과 강 노인이 번갈아 말을 주고받았다.

"보진당은 벼슬도 대제학에 이르렀을 뿐 아니라, 시와 문장 그리고 선필(善筆)에도 크게 뛰어나 명성을 길이 떨쳤던 분일세. 더구나 청백리로서 많은 일화들을 후세까지 남긴 어른이지. 허니깐 한 사장으로는 얼마나 자랑스런 선조이겠나?"

"그렇겠지. 세상에 자랑할 게 없으면 꾸어서라도 자랑삼아 행세하는 세상인데."

강 노인이 비아냥대는 말투로 말했다.

"더구나 한 사장은 입지전적 인물로서 아마 무척이나 비천한 가정에서 자란 모양일세. 그러니 자연 야심도 있고 장차 정계에라도 뛰어들려는 심산인 모양이라 그렇듯 자랑스런 선조를 발견했으니, 그냥 있겠나? 바로 그 문집을 번역해서 책으로 내놓아 세상에 알리겠단 거지. 해서 내가 그걸 도와준 걸세."

"그런 한 사장이 말입니다."

갑자기 창길이 아버지의 말꼬리를 낚아채고 말을 이었다.

"자진해서 아버님의 은공을 갚을 겸 필호를 자기 회사에서 받아주겠다고 했답니다. 그래서 필호가 이력서를 냈던 거죠. 그런데 무슨 꿍꿍이속인지 영 꿩 먹은 자리로 이렇다 저렇다 말이 없다가 필호가 추궁하니까 난데없이 건강진단서를 떼어오라 했다지 않습니까?"

"그게 무슨 뚱딴지같은 소린고?"

강 노인이 눈을 홉뜨고 물었다. 창길이 대답했다.

"그러니 한 사장의 검은 뱃속이 가증타 하는 거 아닙니까? 체면상 얼결에 채용해준다고는 했지만, 막상 맨입으로 선심 쓰고 싶지 않구…… 해서 필호가 당뇨병이 있는 걸 알고 핑계 삼으려고 건강진단서를 떼어오라 했다는 겁니다."

"저런 저런, 그런 못된 놈이 있을까? 쓰고 싶지 않았으면 아예 약속을 취하할 일이지. 세상에 사람 체면을 뭐로 봤으면?"

강 노인이 서슬이 멀끔해가지고 분해했다. 아버지가 급기야 그들의 말머리를 꺾고 나섰다.

"그만들 두게. 한 사장으로서도 불경기에 무슨 말 못할 사정이 있었을 테지. 결국은 세상사에 조련찮은 내 자식의 못난 소치고, 또 그렇게 길러온 내 흠일 뿐이네."

"아닙니다. 필호가 얼마나 원통했으면 한때를 참지 못하고 그런 끔찍한 일을 저질렀겠습니까?"

창길이 흥분을 이기지 못해 대거리하듯 말했다.

"허허 참, 뿌리를 찾아 조상의 얼을 기린다는 위인이 그런 볼썽사나운 짓을 해? 그놈 오고 갈 데 없는 상놈일세. 조상이 땅에서 울겠구먼. 허허, 별난 세상에 별놈이 다 있지."

강 노인이 풀풀 쓴웃음을 날리며 거푸 혀를 찼다.

"세상이 많이 변한거야. 우리는 이제 늙어버렸어. 세상이 아무리 아니꼽더라도 우리가 정작 할 수 있는 말이란 별로 없는 걸세."

아버지가 불쑥 중얼거렸다. 그 말이 뜻밖에 침통하고 자극적이었기 때문에 자리에 있던 모두는 어정쩡한 기분으로 멀거니 잿빛 하늘을 바라보았다.

희끗희끗 뭔가 날리고 있었다. 눈이었다. 눈발이 하늘거리며 날려 오고 있었다.

산역(山役)은 지금 한창 진행되고 있겠지. 어쩌면 형은 이미 땅속에 묻혀있을지도 모르겠다는 생각이 들었다.

가슴이 뭉클했다. 영원한 이별. 형이 묻힌 곳에는 흙무덤이 생기고 잔디가 깔리고 눈은 그 위로 쌓이고 쌓여서 아무 일도 없었던 것처럼 위장하면서 평온을 가져올 것이었다.

넘보는 자리

마지막 교시의 끝종이 울렸다. 그 둔탁한 금속성 파열음은 김성숙(金成淑)에 있어 지겨운 곤욕의 끝장을 알리는 울림과 같았다.

긴장과 저항으로 팽팽했던 그녀의 신경이 종내는 풀솜처럼 풀어져 무감각한 상태였지만 그 종소리에 비로소 의식의 눈이 떠지는 순간이었다.

그녀는 교무실 창밖의 잔뜩 찌푸린 하늘과 끊어진 다릿목처럼 가지가 뭉뚝 잘린 플라타너스의 앙상한 모습에서 문득 초췌한 어머니의 얼굴을 떠올렸다.

"얘야, 늬 처지가 그러니 남보다 천 배 만 배 성의를 보여 예쁨을 받어야 헌다. 그럼 혹시 알겠느냐? 그 자리에 여엉 붙박아 있게 될지도……."

그녀는 짐짓 오늘 첫 출근부터 야릇한 소외감에 빠졌다. 마치 입석표로 특급열차에 올라탄 것 같은 어쭙잖은 입장에서 지루한 시간 오금이 저리고 다릿목이 붓는 것 같은 고역 끝에 요행히 잠깐 비어 있는 자리를 발견하고 염치 무릅쓰고 엉덩이를 붙이고 앉아 있는 그런 불안한 승객의 처지랄까?

언제 자리 임자가 나타나 밀려날지 모르는 상황에서 그 잠깐의 편안이 끝내 지속되기를 바라는 건 얼마나 허황한 희망인가 하는 것이었다.

성숙은 대학 졸업 후 두 해만에 가까스로 직장이랍시고 얻은 것이 사립중학교 임시 교사였다. 사회과를 맡은 한 교사가 간경변이라든가 간암이라든가로 장기 치료를 요하게 되자, 수업의 공백을 메우기 위해 대리강사를 채용하게 된 것이다. 그러니 그녀는 철저히 시한부 직장인 셈이었다.

그런 어쭙잖은 입장을 동정이라도 하듯 오늘 아침 첫 대면한 서무과장 이귀달은 날카로운 눈길로 그녀의 전신을 훑어보고는

"마침 좋은 기회가 생겼어. 잘해야 돼요. 그럼, 뭔가 잘 될 거야, 아주 잘 될 거야."

라고 말했는데, 그 뜻이 뭔지 도무지 어정쩡한 마음이었다.

이어 만난 교장은 매우 인자하고 자상스런 인상이었는데 시종 눈을 반쯤 감은 채 침통한 표정으로 말했다.

"사회과 이수민 선생은 교육이 경험도 많고 아주 유능한 좋은 선생님이었어요. 앞으로 김 선생님이 그분 대신에 당분간 수업을 해줘야겠어요. 그분의 병환이 아주 중한 줄 알지만 그 분 심덕이나 뭐로 보든 곧 회복될 줄 믿어요. 김 선생님도 비록 임시라곤 하지만 자리가 다름 아닌 교직이니만큼 책임 있게 학생들을 지도해 주세요. 더욱이 대상이 거친 남학생이니까 여러 가지로 어려움도 따를 겁니다."

짐짓 부하를 사랑하는 알뜰한 심정의 유로였지만 성숙은 꽤나 야릇한 이화감(異和感)에 사로잡혀 있었다.

그런데 이러한 델리킷한 심정은 막상 이수민이 맡았다던 2학년 4반 교실에 들어가면서부터 찐득찐득한 감정의 덩어리로 엉겨드는 걸 느꼈다. 아무리 임시 강사라지만 전체 학생이 모인 조례 같은 모임에서 인사를 한 연후에 수업에 임하는 게 상례인데도 무조건 수업부터 재촉하는 처사부터가 곤혹감을 주었다.

하지만 그것은 전적으로 서무과장의 우김질이었다. 그는 왠지 모르게 교장, 교감 앞에 자못 교양적인 태도로서

"뭐 그까짓 인사야 뒤에 적당한 시기를 잡아 허면 되고, 또 시기가 마땅찮으면 또 어떻습니까? 수업을 하다 보면 자연 낯을 익히게 되면 그게 인사 아닙니까요."

라고 주장하는데, 교장은 두 눈만 껌뻑였고 교감은 눈두덩에 가벼운 경련을 일으켰을 뿐 숫제 대거리를 안했다.

그런 뒤에 그녀는 도무지 무뚝뚝해 보이는 교감에 이끌려 교실에 들어갔다. 교감은 극히 의례적인 말씨로

"너희들 담인 이수민 선생님이 오래 병환 중이어서 대신 수업과 담임을 맡아 줄 사회과 김성숙 선생님을 소개한다. 잘 모시도록 하라."

하고는 흘깃 쌀쌀한 눈길을 주고는 휑하니 교실에서 나가버렸다. 출입문 곁에 뎅그러니 놓인 그녀는 그냥 당황하고 외로울 수밖에 없었다.

그녀는 안경 너머 학생들을 둘러보았다. 처음 교실에 들어섰을 때의 생기 있던 분위기가 갑자기 침울하게 까라지며 의구와 긴장에 찬 학생들의 표정에서 뜻밖의 저항을 읽을 수 있었다.

그녀는 교단 위에 올라섰다. 후들거리는 다리를 의식하고 심호흡으로 간신히 마음의 안정을 찾았다.

실장이 일어나 기계적으로 경례를 붙였고 그녀는 머쓱한 기분으로 고개를 숙여 보였다.

"오늘부터 여러분과 함께 생활을 하게 될 김성숙이에요."

가볍게 떨리는 목소리가 공동(空洞)의 벽에 부딪쳐 되돌아오듯 자신의 가슴속에 메아리져 왔다.

이어 깊은 늪과도 같은 침묵이 왔다. 그러자 뒤쪽에 앉은 키 큰 학생이 번쩍 손을 들었다.

"뭐예요? 말하세요."

마음속의 분요 탓인지 뜻밖에 퉁명스런 어조가 되었다.

"선생님, 우리 이수민 선생님은 아주 그만두시는 게 아닙니까?"

"아니에요. 선생님은 병이 나으시면 다시 나오시게 됩니다."

고통스런 감정을 누르며 자못 충격적인 어조로 말했다. 순간, 학생들 사이에 안도와 탄성의 조용한 술렁임이 일어났다.

"그러니까 여러분들은 담임 선생님이 빨리 회복해 돌아오실 때까지 더욱 열심히 공부해야 돼요."

약간의 비굴을 의식하면서 말하는 그녀는 목 안에 열기를 느꼈다.

그러자 한 학생이 변성기에 있음직한 거칠고 굵은 목소리로 말했다.

"선생님도 아주 오래 계세요. 모두가 환영합니다."

갑자기 터진 떠들썩한 웃음소리와 함께 파상적인 박수소리가 우렁찬 울림으로 퍼져갔던 것이다.

퇴근 시간이 되자 성숙은 서무과장 이귀달과의 약속에 매여 미처 자리를 뜨지 못하고 있는데 대학 선배인 황우근이 은밀히 접근해 왔다.

"퇴근 후 잠깐 짬을 낼 수 없을까요?"

주위의 동정에 신경이 쓰인다는 기색으로 넌지시 물었다.

"네에? 그런데 선약이 있어서요."

"누구와 만나기로?"

"저어, 서무과장님이……."

"서무과장?"

하고 일순간 그의 얼굴에 검은 그늘이 비껴갔다.

"할 수 없군요. 그럼, 내일쯤 만나기로 해요."

성숙은 그의 제의가 왠지 수상쩍어 마음 한구석이 응어리지는 걸 의식했다.

그녀는 약속 시간 10분 전에 지정된 다방에 갔다. 이윽고 이귀달이 들어왔다.

그는 어쩐지 서두르는 품으로, 미처 레지가 주문을 받기도 전에 커피 둘, 하고 숫제 일방적으로 차를 시켰다.

"우리 요 다방이라는 게 통 생리에 맞잖어서."

라고 말했지만, 기실 꽤 친숙한 단골인 모양으로 이내 달려온 마담과 실없는 농담을 주고받았다.

차를 마시자 그는 벌떡 자리에서 일어서서 급히 채근했다.

"자아, 어디 가서 저녁이나 하자구."

"저어."

"아냐. 오늘은 내가 환영하는 뜻으로 한턱을 쓸게. 자아, 어서 일어나."

식당에 가서도 그의 강압적인 태도는 여전했다. 자리를 잡기가 무섭게 맥주를 주문하고는

"식사는 안 하세요?"

하고 묻는 웨이터에게 버럭 짜증을 내면서

"식사는 하든 말든 시키는 거나 잠자코 가져오면 되잖아, 이 녀석아."

도무지 안하무인인 태도였다. 네모진 얼굴의 완강한 인상에다 움푹 꺼진 깊숙한 두 눈은 이따금 탐색적인 눈길로 날카롭게 번뜩였다.

"김 선생, 오늘 부임한 소감이 어때?"

"그저 얼떨떨해요. 과장님 덕분이라 다만 감사하게 여길 뿐이에요."

부자유스런 앉음새를 고치면서 성숙은 약간은 떨떠름한 기분으로 대답했다.

"천만에……, 허지만 이건 알아야 돼. 그 자리에 후보도 많았어. 또 교장은 한사코 남자선생이어야 한다구 고집하구 말야. 알다시피 사회과 선생이야 구하려면 천지에 흔해빠졌지. 허지만 어머니의 딱한 사정 이야길 듣구 다 물리치고 나는 김 선생을 택헌 거야. 이런 얘긴 좀 안됐지만 나는 일개 서무과장 이상의 재단의 운영 관리에 중책을 맡고 있는 입장이니깐, 인사 문제에도 터치허는 거지."

그는 확신에 찬 자신의 굳은 태도를 드러내면서 정력적으로 빨아 없앤 담배꽁초를 손톱으로 으깨듯 재떨이에 비볐다.

맥주가 오자 성숙의 컵에 거품이 넘치도록 따라 주고 빈 잔을 들어 보여 따라 주기를 종용하는 눈짓을 했다. 그녀가 어마둥히 허리를 세우고 서투른 솜씨로 술을 따르는 동안 그는 매우 흡족해하는 눈치였다.

"자아, 들어. 김 선생도 맥주쯤야 잘 하겠지. 요즘 숙녀치고 맥주 몇 잔 못 든대서야. 나는 공적인 데에 있어선 엄격허지만, 사적인 면에선 남 못지않게 인간적이려구 노력허는 편이지."

그는 말하고 목젖이 찡하게 울리도록 단참에 한 컵을 들이켰다. 성숙은 살아 있는 물체처럼 거품이 솟구쳐 오르는 술잔을 망연히 바라보았다.

"어서 들어. 그리고 나에게 권해야지."

그가 채근했다. 순간 그녀는 야릇한 저항과 긴장 속에 씁쓰레한 희학적 기분을 느끼고 술잔을 들었다.

술잔이 오가고…… 이내 나른한 평온함에 젖어들기 시작했다.

"이수민 선생의 병환은 아주 중병인가요?"

"중병 정도가 아니라 아예 절체절명이야. 말하자면 사형선고를 받은 셈이지. 간암이라는 걸. 종합병원에서도 입원을 거절하여 집에서 한약으로 다스리는 모양인데 무슨 수가 있겠어?"

"참 안됐군요."

괜히 가슴이 저려 오는 느낌으로 성숙은 말하면서 퍼뜩 오늘 아침 어머니가 들려준 말을 기억해 냈다.

'혹시 알겠느냐? 잘 되어 네가 그 자리에 아주 붙박아 있게 될지도…….'

술기로 흥청거리는 분위기. 가뜩이나 열기를 더해 가는 그의 눈빛에 압도당하면서 그녀는 맹랑한 이화감에 사로잡혔다.

"사실 말야. 학교 운영 면에서 교장과 나와는 근본적으로 입장이 다르지. 고지식한 교육관을 가지고 숫제 경영면을 무시하는 멍청한 처사가 가끔 있어. 누가 뭐래든, 학교도 일종의 기업처럼 경영 합리화가 되어야 돼. 선생도 그래. 식어빠진 죽처럼 교육에의 이상도 정열도 사그라진 주제에 경력만 늘어지게 많아 가지구 호봉만 기차게 높은 늙은 교사들이 사실 문제꺼리야. 젊고 팔팔한 신임 교사들의 거의 두 사람분의 월급을 줘야 되니 큰일이거던. 그러니까 세대교체가 빨리빨리 이뤄져야 해. 김 선생 같이 젊은 선생, 정열도 있구 의욕도 강한……. 어째, 젊다는 거 얼마나 좋아. 안 그래?"

"허지만 교직일수록 경험이 중요한 거 아녜요?"

이귀달의 끈적끈적한 눈길이 집요하게 파고드는 걸 쓰디쓴 술맛으로 씹어내면서 튕기듯 퉁명스레 말했다.

"그런 소리 마. 직장은 후생기관이 아니야. 경험을 유세삼아 권위만 세우는 무능한 늙은 교사들은 말이지. 그건 쓰레기야, 쓰레기."

그는 다분히 적의를 품은, 그래서 물어뜯는 것 같은 격렬한 어조였다.

"나는 말야……."

빈 잔을 그녀 앞으로 밀어놓으며 말을 이었다.

"김 선생에게만 얘긴데, 머잖아 내가 학교 책임자 자리에 앉게 될지도 모른다는 소문이 약간 퍼지고 있는 모양야. 그건 물론 추측이겠지만 사실은 경솔한 말 같지만 아주 근거 없진 않아. 이사장님 그분은 내 외숙모신데…… 그분의 전적인 신임을 얻고 있는 내가 학교의 모든 걸 떠맡아 잘 관리해주길 바란다는 건 당연한 일 아니겠어? 우리 외숙모가 어떤 분이라구. 청상과부로 피나게 번 돈으로 세워진 학교인데 그 애착이 오죽하겠냐 말야."

자아, 하고 그는 잔을 건네고 잔을 비워 내미는 그녀의 손을 발작적으로 움켜잡았다.

"이제 그런 따분한 얘기 집어치우자구. 다만 끝으로 이것만은 말해 두겠어. 이수민 선생은 어떤 경우로든 곧 고만둬. 그리고 그 후임으로 김 선생이 정식 채용될 거야. 그거야, 바로 알겠어?"

너무도 갑작스런 일에 메스꺼움과 함께 숨 막히는 곤혹감에 매여 있는 동안 그는 쥔 손에 힘을 주면서 의미 있게 눈을 찡긋해 보였다.

"김 선생을 결정한 것은 어머니의 딱한 사정에 대한 순수한 동정심 때문이었지만, 정작 김 선생을 만나니 참 잘했다는 생각이 돼. 미인이구 인상이 좋아."

그는 충격적인 어조로 잽싸게 지껄였다. 손을 풀어 주고 이윽고 쨍그렁, 하고 성숙의 잔에 잔을 부딪쳤다.

"우리의 유쾌한 만남을 축복하여, 건배."

처음부터 자제력을 무시하고도 남는 그의 불같은 욕정에 말려들어 그녀도 꽤 취기가 올랐다. 늪과도 같은 의식의 수렁 속에서 문득문득 신경을 곤두세웠으나, 어쩔 수 없는 분위기의 나약한 포로였다.

그는 주흥이 도도해지고 더욱 방자해지면서

"이대로 밤새껏 마시고 싶어."

하고 노골적인 투정을 부렸지만 영업 마감 시간이 되어서야 어쩔 수 없이 자리에서 일어섰다. 영 아쉽다는 표정으로 잠시 어정쩡히 섰다가 문을 열려다 말고 뒤따라 나서는 성숙 앞으로 몸을 홱 돌이켰다. 그리고는 두 팔로 그녀의 어깨를 껴안으려 하는 순간 화들짝 놀라며 그녀가 급히 몸을 젖히자

"김 선생, 우리 가끔 만나자고. 나 충실한 후원자가 될 거야."

하고 울적한 목소리로 말하고는 염치없이 실실 웃었다.

"한약으로 이수민 선생의 병세가 아주 호전됐대."

"어느 한의원이랍디까?"

"면허도 없는 벽지 돌팔이인 모양인데, 간에 대해선 특수한 비약이 있어 여러 사람이 톡톡히 효험을 봤다나?"

"운때가 맞으면 그럴 만하지. 비과학이네 뭐네 하여 노상 그런 걸 배격할꺼 아냐. 신기한 단방약이 얼마나 많다구."

조회 전 한가로운 시간에 교무실 안은 뜻밖의 화제에 떠들썩한 분위기였다. 그 술렁거림

이 성숙에게는 예사롭지 않은 충격으로 받아들여졌으나 곧 그러한 자신의 비굴한 기분에 화를 내고 몹시 우울해졌다. 출근 이후 거의 매일이다 싶게 어머니는 이수민 선생의 병세를 물어왔다.

마치 확답을 기대하는 수사관의 탐문처럼 집요하기까지 하여 성숙은 그럴 때마다 번번이 화를 내곤 했었다. 그럴 때 어머니는 으레 한바탕 사설을 늘어놓아 변명을 했던 것이다.

"오죽하면 내가 이렇게 안달이 나 그러겠니. 막말로 어려움에 빠진 그 선생의 자리를 넘보는 건 천벌을 받을 짓이지. 감히 인정상 어찌 그러겠느냐? 더구나 돌아가신 네 아버지 역시 군서기 20년에 끝내는 중병으로 빚더미만 안겨주고 가지 않았느냐? 그런 걸 생각하면 그 선생 가족 일이 남의 일 같지 않구나. 그러면서도 네 일이 궁금해 그런다. 너 하나라도 잘 된다면 우리 집이 그런대로 꾸려질 것 같은데……."

그간 온간 궂은일을 맡아 했던 어머니가 요즘은 두 집에 시간제 파출부 노릇을 하고 있다. 이귀달과의 연줄이 닿은 것도 그런 계기 때문이었다. 마음씨 착한 어머니가 딸의 취직을 위하여 남몰래 그 댁에 바치는 적공이 어떠했을지 짐작하기 어렵지 않다. 더구나 딸이 임시나마 취직이 되자 그 갚음으로 갑절 그 댁 일에 성심을 다하는 눈치였다.

"과장님이 얼마나 고마우신 분이냐? 인정이라곤 조금도 찾아볼 수 없는 막판 세상인데…… 너 그런 줄 알고 그분을 도와드리구 쬐금도 마음 상하지 않게 해드려야 한다."

감개어린 어조로 어머니가 간곡히 부탁할 적마다 성숙은 내심 욱박아주고 싶은 역정을 간신히 참아낸다.

그녀의 아버지는 뇌일혈로 쓰러져 5년 남짓을 식물인간으로 앓다가 죽었다. 더없이 정직하고 그만큼 생활에 무능했던 그는 병 바라지에 집 한 채나마 빚으로 날리고 훌훌히 가버렸다. 그런지라 성숙이 대학에 진학한다는 건 애시당초 무리한 일이었다. 그런 결과로 사내 동생은 중학교만 마친 채 공장의 직공으로 들어갔고 여동생은 회사의 사환으로 야간 중학엘 다녀야 했다.

그런데도 굳이 어머니는 성숙의 학업을 극성으로 고집했으니, 마치 무너지는 생활에 마지막 보루를 지키겠다는 집념 같은 것이었을지 모른다.

그만큼 성숙의 대학 졸업 후의 진로에 기대가 컸었다. 그러나 결과는 뜻밖의 큰 좌절과 실망뿐이었다. 흔해빠진 학과 중에서 하필이면 취직하기 어려운 과를 선택하다니……. 결국 그녀는 채만식의 「레디메이드 인생」의 주인공 P처럼 개밥의 도토리 아니면 초상집의 개처럼 버림받은 창백한 불안 속에 사는 인텔리일 수밖에 없었던 것이다.

극단의 소외감과 열패감 속에서 2년이나 빈둥거릴 수밖에 없는 처지에 이르러서야 어머니는 비로소 자신의 희망이 얼마나 허망한 것이었나를 절감하는 모양이었다.

"요즘 공장에는 공원이 모자라 쩔쩔 맨다더라. 이건 숫제 빛 좋은 개살구지. 차라리 중학만 나왔어도 제 밥벌이는 족히 허는 건데 대학을 나왔어도 원, 오란 데가 없으니."

어머니의 푸념은 끝이 없었다. 그런 터에 가까스로 희망이 생긴 것이다. 실낱같은 희망, 그것을 어머니는 놓치지 않으려 무진 애가 다는 것이다.

어젯밤 성숙은 대학 선배인 황우근 선생의 청으로 저녁을 같이 했다. 그는 대학 선배라는 각별한 우의로 허물없이 학교의 내막을 들려주었다.

"김 선생이 이귀달 과장의 연고로 들어왔다는 걸 직원들은 모두 알고 있어요."

"왜, 그게 어떤가요?"

"어떨 거야 없지. 문제는 교무실 분위기인데, 솔직히 말하면 대부분 교사들이 그와 반목하는 처지예요. 그는 재단에의 과잉 충성으로 재정을 이유로 호봉 높은 우수한 고등학교 교사들을 중학교로 내려치는 등 횡포가 이만저만 아녜요. 이사장 배경을 등에 지고 숫제 교장, 교감을 제쳐 두고 교무나 인사까지 무불간섭이니 말이죠. 허니 학교 행정이 엉망일 수밖에. 물론 김 선생은 이제 신입생이니까 아예 그런 데 신경 쓸 필요는 없을지 모르나 동창의 입장에서 행여 무슨 구설수에 오르지 않을까 염려돼 이렇게 까놓고 알려주는 거예요."

술잔을 기울이며 무척 신중한 태도로 말했으나 그 어조는 내심의 저항 탓인지 자못 단호하게 거칠었다.

"저야 물론 임시로 잠깐 있는 건데요."

성숙은 도무지 떠름한 기분으로 말했다.

"아니지. 김 선생은 그렇게 말하지만 사실 모든 선생들은 김 선생이 미구에 이수민 선생의 정식 후임으로 들어앉게 될 거라고 믿고 있어요."

"그게 무슨 말예요? 이수민 선생이 돌아가시기라도 한단 말인가요?"

갑자기 허를 찔린 듯 당황히 항의했지만 스스로의 말이 지닌 끔찍한 내용을 의식하고 가슴이 철렁 내려앉았다.

"사실은 좀 안된 말이지만, 이 선생의 병환도 절망이구 설사 기적적으로 위기를 모면한다 하더라도 상당 기간의 회복 기간이 필요한데 재단 당국이 그걸 그냥두지 않을 거란 말이지. 재단이랬자 결국 이 과장의 뜻이겠지만 말이죠."

그는 잠깐 탐색하는 눈길을 보냈다. 짐짓 사실을 감지하고 있지 않느냐는 듯한 눈치였다. 그녀는 화끈 가슴이 달아올랐다.

"황 선생님, 속단도 너무 지나쳐요. 그저 임시로 잠깐 와 있는 사람에게 말도 많군요. 정말 치사하고 불쾌해서……."

모욕당한 기분에서 부르르 떨리는 목소리로 말했다.

"김 선생, 기분 나빴다면 용서해요. 나는 다만 솔직히 직원 분위기를 말해주어 도와주고 싶은 심정이었을 뿐이에요. 사실 우리 교사들 가운데 직접으로 김 선생을 나쁘게 생각할 사람은 없어요. 그럴 까닭도 없구요."

뜻밖의 드센 저항에 적이 당황한 듯 떨떠름한 목소리로 말했다.

"물론 알아요. 허지만 그런 얘기 저로선 듣기 거북해요. 전 이수민 선생의 딱한 처지를 무척 동정하고 있어요."

성숙은 맥주를 서너 모금 급히 마셨다. 진창 취하기라도 했으면 하는 안타까운 심정이었다. 그는 빈 잔을 그녀 앞에 밀어 놓으며 억지로 웃는 듯한 어설픈 표정을 지었다.

"요즘 들어 이수민 선생 일이 장차 내 일 같이만 여겨져서. 이거, 뭐 무슨 수라도 있어야겠단 강박관념을 느껴요. 지폐는 해지면 바꿔 쓰기라도 하는데 사람은 나이 들면 그저 천덕꾸러기니."

"아직도 젊은 나이에 벌써 그런 걸 실감하다니요?"

"세상이 그걸 강압하고 있잖아요. 그래 나날이 폭삭폭삭 늙어가고 있단 말이지."

그는 호쾌하게 웃었으나 그 웃음 뒤에 찡하게 울려오는 음울한 감정의 여운을 지울 수 없었다.

꽤 오랜 시간 만에 그들은 식당을 나왔다. 성숙은 그와 헤어져 일부러 먼 길을 타박타박 걸어갔다. 분주히 스쳐가는 인파와 세찬 바람을 이루며 질주하는 자동차의 행렬을 눈가에 흘리면서 비를 흠뻑 머금은 검은 하늘을 바라보았다.

문득 요 며칠 사이에 무척 많은 것을 겪었다 싶은 생각을 했다. 지난 날 직장 없이 방황했던 허허로운 마음에서 이따금 간절히 절망했던 뜨겁고 복잡한 경험과도 다른 생판 맹랑하기만 한 그것이라 느껴졌다.

집에 당도하자 대뜸 어머니는 푸념을 털어놓았다.

"성구가 오늘도 집에 돌아오지 않는구나. 날마다 무슨 못된 짓을 하는지. 그놈이 어미 속을 이렇게 썩이다니."

"야근이라도 하는 모양이죠."

성숙은 부러 심드렁히 말했지만 내심은 뜨끔했다. 요즘 들어 더욱 동생의 거칠고 무궤도한 생활이 눈에 밟혀 전전긍긍하던 터였다.

"야근이 뭐냐. 술 처먹고 어디 가서 몹쓸 짓이나 안하는지. 몹쓸 친구라도 어울려 깡패짓이나 허지 않는지."

성숙은 더 이상 견딜 수 없는 지겨움을 느끼고 슬그머니 일어나 나가려는데 어머니가 불러 세웠다.

"그건 그렇고, 요즘 이 과장님헌테서 무슨 시원한 말씀 없으시던? 그 이 선생의 병세는……."

성숙은 그 말에 울컥 울화가 치밀었다. 잠깐 굳어버린 자세로 섰다가는

"시원한 말이라니. 대체 무슨 말이에요? 이 선생이 죽었다는 말, 그래서 그 자리에 들어앉게 됐다는 그 말, 그 말이에요?"

하고 앙칼스레 부르짖고 와락 방문을 열고 튕기듯 뛰어나갔다.

"저년이 소리치긴, 이 어미 속도 모르고선 뭐가 어째?"

성숙은 어머니의 토라진 목소리를 등 뒤에 흘리며 제 방에 건너갔다.

성숙이 돌연 이수민 선생의 문병을 가게 된 것은 단적으로 뭐라 말할 수 없는 심적 동기였다.

일시적인 동정심이었을까, 아니면 임시나마 그의 후임이라는 데서 온 세속적인 예의였을까? 하지만 생면부지의 남교사인 바에야 굳이 그럴 필요는 처음부터 없어도 되는 일이었다.

그러면서도 그녀는 왠지 모르게 그의 정상을 눈으로 확인하고 싶은, 그렇지 않고는 견딜 수 없는 무겁고도 답답한 심정을 가눌 길이 없었다.

그래서 그녀의 뜻을 듣고는 대뜸 의아한 표정을 짓는 황우근을 억지로 끌다시피 하여 문병을 간 것이다. 글라디올러스 한 묶음과 밀감 한 봉지를 사들고 찾아든 이수민의 집은 낡고 초라한 한옥이었지만 의외로 정원은 넓었다.

그러나 오랫동안 손길이 미치지 않은 탓인지 잡초가 우북하게 자란 데다 아무렇게나 자란 사철나무, 석류, 백일홍 등이 늦가을의 여린 햇살 속에 칙칙한 그늘을 드리워 무척 황량한 느낌이었다.

핏기 없는 핼쑥한 얼굴로 이수민의 아내는 그들을 말없이 병실로 안내했는데 시종 부르튼 표정이었다.

누워있는 이수민은 무척 기운이 탈진한 상태에 윤기 없는 그의 얼굴은 퉁퉁 부어 있었다. 황우근의 소개를 듣고는 한참 동안 성숙을 거슴츠레한 눈빛으로 바라보았다.

그리고는 맥깔없이 낮은 목소리로 속삭이듯 말했다.

"김 선생님이 고생 허십니다."

순간 그녀는 그의 얼굴 위에 두텁게 내려진 어둠을 느꼈다. 가슴이 섬뜩했다. 문득 임종이 가깝던 아버지의 얼굴에서 느꼈던 것 같은 절망의 빛, 어둠 그것을 연상했기 때문이다.

그녀는 그러나 곧 자신의 불길한 예감에 도리질을 쳤다. 그래서 억지로 상냥한 어조로

"빨리 나으셔서 학교에 돌아오셔야죠. 학생들이 몹시 기다리고 있어요."

라고 말했다.

그 말에 그는 약간 충격을 받은 듯 탈기한 눈자위에 가벼운 경련이 일었다.

"고맙습니다. 허지만 이젠 가망이 없어요. 제가 제 병을 잘 알아요."

그는 말하고 눈을 감았다. 짙은 음영이 드리운 움푹 파인 눈 가장자리에는 나른한 피곤과 절망의 빛이 어렸다. 한참 만에 그는 눈을 뜨고 백치의 그것처럼 표백된 하얀 웃음을 지었다.

"요즘 선생들 어때요? 여전히 술자리에 잘 어울리는지. 그리고 백 선생은 술을 끊었다고? 모두 건강관리에 철저하구먼. 허지만 술 마실 때가 그래도 행복하다는 걸 알아야지. 끊긴 왜 끊어."

뜻밖의 화제에 황우근은 적이 당황한 표정이었다.

"뭐 두려울 건 없어요. 누구든 어차피 한 번은 가야 하니까. 숫제 그리 체념해버리니까 마음만은 편해요. 다만 애들허구 놀고 공부하던 생각이 눈에 밟혀 안타까운 때도 있지만……."

이어 계속된 오랜 침묵 끝에 두 사람이 자리에서 일어나자 그는 애써 웃는 얼굴로 성숙에게 말했다.

"바쁘신데 다시는 오지 마세요."

거리에 나오자 잠깐 침묵 끝에 황우근은 적이 침통한 표정으로 입을 떼었다.

"뭐, 병세가 호전이라더니 영영 절망적인 기분이 드는데…… 정말 안 됐어."

"절망이라뇨? 설마 그럴 리가……."

성숙도 영 착잡한 기분이었다.

"병자에게선 어떤 느낌이라는 게 있는데, 그게 예감이란 거지."

"저도 돌아가신 아버지를 지켜본 경험이 있어요. 허지만 이 선생은 나을 거예요."

짐짓 자신의 의식을 뿌리치고 싶은 야릇한 반어적 기분이 되어 말했다.

그녀는 황우근과 헤어졌다. 그리고는 이귀달과의 약속을 생각하고 곧장 그곳으로 향했으나 어쩐지 오늘 밤은 그와의 만남이 싫고 두렵기까지 했다.

구지레한 휘장이 나풀거리는 선술집 앞을 지나치면서 퍼뜩 성구를 떠올렸다.

"머리에 피도 안 마른 녀석이 벌써부터 술을 처먹다니, 싹수가 노오래. 것도 배우지 못헌 무식한 탓이지."

어머니가 미물이나 대하듯 노골적인 경멸감을 드러내 꾸짖자 진홍빛으로 취한 얼굴을 장롱 모서리에 처박고 푸푸 거친 숨을 몰아쉬고 있던 성구가 서슬이 퍼래가지고 대항했다.

"그래요, 맞아요. 우리와 같은 하등인간이 배운다는 게 뭐요? 세상에서 괄시받는 우리가."

"원, 세상에. 저 자식 어미에게 헌다는 소리 봐라."

하고 어머니가 어처구니가 없다는 표정을 지었을 때, 성숙은 가슴을 옥죄는 죄책감에다 동정과 경멸이 뒤엉킨 착잡한 기분에서 소리칠 밖에 없었다.

"야, 너 말이면 다 말이니? 한심하다 정말 한심해."

어젯밤도 성구는 나흘째 집에 돌아오지 않았다. 어떡한다? 내일쯤은 공장에라도 직접 찾아가봐야 할까보다고 막연히 생각하면서 다방에 들어갔다.

이귀달은 이미 와 있었다.

"늦었구먼. 어딜 다녀왔나?"

"이수민 선생 병문안을 다녀왔어요."

그녀는 심드렁히 말하면서 순간 낯빛이 변하는 그를 날카롭게 바라보았다.

"음, 그랬어? 헌데 요즘 병세는 어떻대?"

"아주 좋아져 보이던데요."

괜히 이죽거리고 싶은 희학적인 기분으로 말했다.

"좋아졌다문야 다행헌 일이겠지만 그럴 리가 없어. 간암인걸."

차를 마시면서 그는 의미 있는 과장된 표정으로 말했다.

"김 선생의 얘기, 마침내 어제 이사장님께 정식으로 의논드렸어. 이사장은 이왕이면 남교사라야 한다 했지만 내가 극력 주장하니깐 조금 누그러지는 기색이더구먼."

"어떻게요?"

"이수민 선생의 후임으로 미리 못 박아 두자는 거야."

"허지만 이수민 선생이……."

"어째 그럴 수 있냐 그거지? 허지만 인정만 가지고 학교를 운영할 순 없어."

"알았어요."

멋대로 남의 심정을 재단하려 드는 방자한 태도에 역정을 느끼면서 말했다.

"그러니까 김 선생에게 충고하는 건데 이 기회를 잘 포착해야 돼. 그러니깐 우선 말야. 이건 극히 의례적인 일이지만 곧 이사장님에게도 뭔가 성의 표시를 해두는 게 좋을 것 같은데……."

"네에?"

"물론 그건 김 선생 형편으론 좀 부담이 되겠지. 허지만 그게 세속의 예의야."

"알았어요."

성숙은 마치 벽에 부딪친 것 같은 암울한 기분에서 맥없이 대답했다.

"자아, 그럼 장소를 옮기지."

이귀달은 벌떡 자리를 차고 일어나 휘적휘적 걸어 나갔다.

이윽고 식당의 한 구석방을 차지하고 술잔이 오가는 동안 성숙은 이내 가슴을 누르는 중압감 때문에 영 찌뿌드드한 표정이었다.

"이건 좀 이상해. 생각보다 김 선생은 자신의 문제에 대해 너무 여유만만헌 것 같아. 아직도 세상 물정에 밝지 못한 탓일까? 처의 말에 의하면 김 선생 어머니께선 너무도 애달아 허신다는데……."

슬며시 불만을 드러내 보이고 야유조로 실실 웃었다.

"여유 만만하긴요? 그간 얼마나 비참했다구요."

"어쨌든 말야. 지금 세상살이가 얼마나 각박하다구. 이로운 일이라면 알몸으로 뛰어들어 차지할 그런 악착스런 마음이 없이는 살 수 없는 세상이야."

"알고 있어요."

"해서 말인데, 나는 김 선생이 이수민 선생 문병을 다녀왔다는 일이 도시 마음에 들지 않아. 무엇 때문에 거길 갔지?"

짐짓 질책하는 투로 말했다.

"왜 안 된 일인가요?"

슬며시 치미는 저항감을 애써 누르며 가만히 물었다.

"안 된다기보다는 좀 우스워. 뭐 그럴 필요가 있을까?"

"글쎄요."

"내가 괜히 이수민 선생 미워서 그런 건 아냐. 인간적으로 나도 크게 동정해. 허지만 분명히 밝혀 두고 싶은 건 자리 하나를 놓고 나는 김 선생을 믿고 싶은 입장이라는 거. 그리고 내친 김에 말해 두겠는데 교무실 안에서 괜히 나를 모략중상하는 부류들이 있음을 알고 있는데, 그것도 김 선생이 잘 살펴줘야겠어. 도대체 선생들이란 속이 좁아 시시한 일에 말들이 많다구."

성숙은 대꾸하지 않았다. 어쩌면 경망한 속정(俗情) 아니면 야비한 천성을 그대로 노출한 것만 같아 찜찜한 느낌이었다.

그녀의 그런 속마음과는 아랑곳없이 이귀달은 괜히 제풀에 마냥 기분이 흔쾌한 모양이었다. 마침내는 술잔을 건네는 성숙의 손을 잡아끌고 손등을 어루만지며

"내가 왜 김 선생이 갑자기 좋아졌는지 도무지 모르겠어. 이건 사실이야. 이런 나를 주책없다고 경계허지 말아."

하고 단내 풍기는 목소리로 속삭이며 화끈 달아오른 성숙의 얼굴을 삼킬 듯 열기 있는 눈길로 쏘아보았다.

며칠 후 성숙은 혼자 이수민 선생의 문병을 갔다. 뜻밖의 방문에 그는 짐짓 반기는 표정이면서도 일말의 의아심을 갖는 눈치였다.

"바쁘신데 왜 또 오셨어요."

여전 표정을 잃어 굳어버린 자세의 아내를 곁눈질하면서 말했다.

"요즘은 좀 어떠세요?"

건성 묻고는 꽃병에 꽃을 갈아 꽂았다. 가게에서 사온 노란 글라디올러스의 꽃묶음이었

다. 수민의 아내는 시종 성숙의 거동을 자를 듯한 날카로운 눈길로 바라보았다.

가슴속을 후비고 드는 그런 눈길이어서 성숙은 꽤 당황하고 섬뜩한 느낌이었다. 그러면서도 도무지 한마디 말도 없었다. 마치 지루한 고통을 치러내는 동안 언어의 기능이 마비라도 되었다는 것인가.

이수민은 눈에 띄게 쇠약해 있었다. 복용하는 한약도 이제 효험이 없어 끊었노라며 간헐적으로 치미는 고통에 자지러지는 신음소리를 내뱉곤 했다.

성숙은 연민에 찬 자못 암울한 심정으로 뜸을 들여 주로 담임한 학생들 이야기를 주고받았다. 그리고 밖이 완전히 어두워져서야 자리에서 일어섰다.

"오늘 얘기 즐거웠어요. 허지만 바쁘신데 다시 오지 마세요."

이수민은 일그러진 얼굴에 애써 웃음을 띠며 말했다.

"괜찮아요. 다시 올게요."

성숙은 말했으나 도무지 찜찜한 기분이었다.

집에 가자 대뜸 어머니가 물었다.

"오늘 왜 또 늦었구나."

"이수민 선생 문병 갔댔어요."

"어떻든? 그 선생."

"그저 여전해요."

성숙은 괜한 역정을 의식하며 약간 퉁명스레 말했다.

"안됐구나. 이 과장님 말씀에는 영 가망 없다던데. 그건 그렇구 오늘 이사장님과 이 과장님께 인사를 닦았다만 없는 살림이라 마음껏 헐 수도 없고……."

이귀달의 권장을 전해 받은 어머니가 무척이나 노심초사하는 눈치더니 마침내 급전을 틀어 사례를 한 모양이었다.

"그런 거 허지 않아도 좋다 했더니."

"괜헌 소리 마라. 그런 게 다 세상일 아니냐. 헌데 요즘 이 과장님 네게 속 시원한 무슨 말이 없더냐?"

"아무 말도 없었어요."

성숙은 찌르퉁하게 말하고 순간 초조하고 실망해있는 어머니의 표정을 훔쳐보며 급히 제 방에 갔다. 이수민의 절망적인 모습과 부인의 눈길이 떠올라 가슴이 콱 막혀 오는 느낌이었다.

성숙이 그 후 또다시 이수민을 찾았을 때 공교롭게도 몇몇 남선생들과 만났고 그녀의 출현으로 별안간 분위기가 차갑게 굳어지는 걸 의식하고 곤혹감에 사로잡혔던 것이다.

그럼에도 불구하고 그들이 떠나고 부인조차 자리를 비웠을 때 이수민은

"김 선생을 이런 참혹헌 처지에서 만나지 않았더람 참 좋았을 터인데, 너무 폐를 끼쳐서……."

하고 물기어린 눈으로 지그시 바라보며 말했다.

"제가 하고 싶어 하는 일인걸요."

그녀는 선뜻 대꾸했으나 도무지 허전하고 씁쓸한 기분이었다.

그 후로 이수민은 그녀가 찾아오길 일껏 기다렸다는 노골적인 표정을 보이기 시작하면서 성숙은 그녀대로 뭔가 끈끈하게 달라붙은 의무감 아니면 밀도 있는 인간적 관계로 빠져들어 갔다.

이렇듯 야릇한 그와의 관계는 마침내 교무실 안에 황당한 화제로 번져가 황우근은 그녀에게 숫제 충고조차 했다.

"교직원들은 이 과장과 관련지어 김 선생의 그런 태도를 예사롭게 보지 않아요. 아무리 순수한 인간적 관계라도 그 선의가 엉뚱하게 곡해될 처지에 있음을 알 거라 얘기지."

그건 전혀 뜻밖의 말이었다. 그래 항변하기에도 치사하고 굴욕적이어서 그녀는 말문이 막힌 채 마음속의 심한 붕괴음을 의식했다.

늦가을의 주말 오후부터 회색빛으로 찌푸린 하늘에서는 가난에 찌든 여인의 눈물 같은 비가 스산하게 내렸다.

어둔 밤길에 나온 성숙은 문득 열흘 남짓이나 이수민을 찾지 못했던 걸 깨닫고 가슴이 천길 구렁 속에 꽂히는 것을 의식했다.

"내일은 찾아가야지."

마음으로 웅얼거리며 전에 없이 날카롭고 초조해진 감정을 드러냈던 그에게서 어떤 절박한 절망과 좌절을 불시에 느꼈던 최근의 기억을 떠올렸다.

고요히 밀리는 어둠속의 이 순간에도…… 하고 그녀는 생각했다. 남몰래 이수민은 서서히 죽어가고 있는 건 아닐까?

죽음, 흡사 그것이 발자국처럼 찍히고 있는 걸 확인이라도 할 것처럼 그녀는 끔찍한 생각으로 발끝을 바라보며 걸어 나갔다. 그리고 이 발길이 멈추는 곳에서 그녀는 이 과장과 만나게 된다는 것이 더없는 불행처럼 느껴지기도 했다. 하지만 그것은 헤어날 수 없는 늪처럼 그녀를 암울하게 했다.

지정된 다방에서 약속 시간 40분을 넘기면서도 거듭 일어설 것을 다짐할 뿐 결단 못한 채로 마침내 이 과장과 만났다.

오늘따라 이귀달은 별나게 쌀쌀하고 날카롭고 숫제 침통하기조차 한 표정에다 과묵하기만 했다. 그는 마치 성난 사람처럼 거칠게 몰아세우는 태도로 성숙을 식당으로 끌고 갔으며 심한 곤혹 속에 술잔이 말없이 오고갔다. 그는 가끔 거친 숨소리를 내면서 많은 양의 술을 마셨는데 이윽고 술이 바닥이 났음을 확인하고서야 비로소 눈을 흡뜨고 버려 있던 그녀를 바라보았다.

"김 선생."

하고 꽤 무게 있는 울림으로 물었다. 그래, 뭐야? 하고 눈으로 반문하려는 순간

"조금 전 이수민 선생이 죽었어."

하고 이귀달이 짧게 뱉어내는 소리로 말했다. 서슬에 성숙이 벼락 맞은 기분으로 사납게 몸을 솟구쳤다.

"이수민 선생이. 아니, 그게……."

"조금 전 연락이 왔었어. 그래, 그 뒤처리 문제에 뭣 좀 수배하느라 늦은 거야."

"아아, 그럴 수가…… 아아, 그럴 수가……."

성숙은 거푸 아아, 하고 낮은 신음소리를 토해냈다.

"어쩔 수 없지. 인명은 재천이니까. 갈 사람은 가는 거니까. 어쨌든 안됐어. 자아 그럼 일어설까?"

하고 이귀달이 자리에서 불끈 일어서더니 갑자기 맺힌 일이라도 있듯 다시 자리에 주저앉았다.

"그러니까 이제 김 선생 일이 남았어. 허지만 잘 될 거야."

순간의 그의 말이 성숙에게는 칼날처럼 가슴을 아프게 했다. 그래서 충격적으로 마치 찔린 사람의 필사적인 몸부림처럼 발딱 자리를 박차고 일어난 그녀는 몸을 부르르 떨었다.

"그만둬요. 원치 않아요. 제발."

가슴 밑바닥에서 우러나는 저항으로 외쳤다. 그러자 이귀달의 성난 얼굴이 다가와 두 주먹으로 그녀의 어깨를 짓눌렀다.

"바보 같은, 그간 얼마나 바랐던 자리야."

뜨거운 입김이 귓불을 스치면서 그녀는 무너지듯 자리에 쓰러졌다.

"잠자코 있어. 자리는 내가 책임질 거야."

하고 그의 억센 두 팔이 그녀의 가슴에 휘감겨 왔다. 그녀는 반사적으로 우악스레 그의 팔을 밀쳐내고 튕기듯 자리를 박차고 밖으로 뛰어나갔다.

거리에 나오자 그녀는 어둔 하늘에서 쏟아지는 먹물 같은 비를 맞았다. 퍼뜩 식당에 놓고 온 우산을 생각해냈으나 마냥 비에 젖고 싶은 울적한 심정으로 휘적휘적 걸어나갔다. 하늘을 바라보았다. 먹통 같은 하늘에 납덩이처럼 굳어진 이수민의 얼굴이 보였다. 다음 순간 거리 저쪽에서 모처럼 활짝 밝아진 어머니의 얼굴이 보이는 것 같았다.

"안 돼. 안 돼."

그녀는 낮게 소리치고 온몸에 젖어드는 빗물을 물큰한 피처럼 느끼면서 뜨겁게 저항했다.

늙은 철부지들

1

모처럼 눈이 부시도록 화사한 봄 날씨였다.

송경호(宋炅浩)는 어쩌다 십여 년 전에 우연히 지나치기만 했던 S읍 역에서 내려 그동안 별로 번창한 흔적은 없지만 눈에 띄게 깨끗하게 정리된 포장도로를 걸어 나갔다. 그는 지금 34년 만에 초등학교 동기동창들이 모이게 된다는 희한한 통보를 받고 새벽부터 서둘러 4시간 남짓을 기차로 달려온 참이었다. 그런지라 소풍 전날 밤의 초등학교 학생만큼이나 호기심에 부풀어 있는 것은 말할 것도 없고, 이곳에서 중학교 시절 잠깐을 기차 통학했던 추억을 돌이키며 감회 또한 예사로울 수가 없는 터였다.

S읍이 크게 변하지 않았다는 것은 결국 두드러지게 발전한 것은 아니란 말뿐이지 30여 년 전의 추억어린 눈길에 비친 거리는 세월의 흐름을 저절로 느끼게 하였다. 일제 말기의 모습 그대로인 금융조합 건물이 농협으로 고스란히 사용되는 것에 비하면 목조건물이었던 병원이 깨끗한 2층 양옥의 약국으로 변한 것은 어쩐지 가슴을 두들기게 하는 무엇이 있었다.

어렴풋이 떠오르는 일인 의사의 딸 구로다의 얼굴, 검은 사마귀가 그처럼이나 매력적이었던 그녀 때문에 무척 가슴깨나 태웠던 여드름투성이던 초라했던 자신의 소년 시절을 생각했다.

또한 등 너머 일인 농장 터가 이제는 버젓한 중고등학교로 바뀐 것도 예사로 지나칠 수 없는 감회를 안겨주었다. 행방 후 잠깐의 공백기에 그 농장 고용인 사택에서 자취를 한 적이 있었다. 밤이면 빈대 벼룩 모기에 부대껴 잠을 설치고 부식이 없어 밤이면 남의 처마 밑에서 몰래 반찬을 장만하던 일들이 뇌리에 주마등처럼 스쳐갔다.

추억이 담겨 있는 경호의 감정으로는 옛 현장에 가보고도 싶었으나 동창회 시간에 대어

갈 수 없을 것 같아 그만두었다.

동창회가 열린다는 고향 면소재까지는 예서 사십 리가 실히 되는 거리이다. 버스가 바로 있다면 예정 시간까지는 충분하리라 생각하며 꽤 규모 있게 만들어진 터미널에 이르렀다.

경호는 대학 강단에 서면서 이따금 신문에다 시나 수필 또는 잡문 나부랭이를 쓰는 이른바 문인이다. 그런 신문 탓으로 모교의 초등학교 교가도 지어주었는데 그때 그 일로 찾아온 그 학교 교사인 동창의 말에 의하면, 궁벽한 우리 두메에서 너 같은 유명인이 나왔다는 건 참 우리 동창의 자랑일 뿐만 아니라 우리 고을의 영예라는 것이었다.

덧붙여 모교의 복도에는 '우리 고장이 낳은 인물'이라는 소개판이 붙어 있는데 그 속에 어김없이 너 송경호가 커다랗게 소개되어 있다는 것이었다. 경호는 그때 그 친구와 함께 제법 도도한 취흥 속에 한밤을 어울리면서 마음 밑자리로부터 뭉클뭉클 솟아오르는 흐뭇함과 더불어 이따금씩 고개를 쳐드는 초라한 자의식을 남몰래 가다듬고 있었던 것이다.

어쨌든 이미 지천명할 오십 줄에 들어앉은 동창들, 그나마 시골에 붙박아 살아온 대부분의 그들 앞에 자신이 어떻게 비쳐질까 하는 속정을 은밀히 가늠해볼 수밖에 없었던 것이다. 그는 우선 대합실에 가서 시간을 확인하고 여유가 있자, 어젯밤의 숙취로 머릿속이 흐리터분해진 걸 의식하고 약국에 들러 드링크제 한 병을 마셨다.

그리고는 갑자기 버스를 타겠다는 생각을 바꿔 택시를 잡았다. 시골이라 택시가 몇 대밖에 없으니까 으레 그러려니 하긴 했지만 예상 외로 횡포가 너무 심한 데 놀랐다. 바가지요금을 내고 그나마 고물 쓰레기장에나 버려 마땅할 택시에 몸을 싣고 연막탄 같은 흙먼지 속을 심하게 흔들리며 가다 보니 택시를 타고자했던 들뜬 허영이 부끄럽기까지 했다. 부끄러움으로 께름했던 감정의 앙금이 가신 것은 창밖으로 펼쳐지는 한가로운 농촌 풍경 때문이었고, 마음이 풀리자 다시 이윽고 벌어질 동창과의 회합에 가슴이 뭉클해지기 시작했다.

이제 그들도 많이 변했겠지. 더구나 오늘의 모임에는 그 시절의 담임 선생님, 이제 육십이 가까운 나이에 아직껏 궁벽한 시골 초등학교 교감 선생, 그 팔팔하고 약간은 경망했던 그 성격도 얼마큼 변했을까?

택시가 가파른 언덕을 넘자 마침내 면소재지의 큰 마을이 눈앞에 다가오면서 우뚝 솟아 보이는 모교의 모습이 눈에 띄었다. 겨우 목조 단층 건물 열 칸밖에 없던 학교가 이제는 2층 콘크리트 건물의 위용을 드러내고 있었다.

그러자 6·25 전후 대학을 다니다 할 일 없게 된 그가 교실 한 칸을 빌려 잠깐 동안 야간 성인교육, 즉 고등공민학교 선생을 했던 시절이 퍼뜩 떠올랐다. 그때의 학생 중에는 집안의 형, 동기동창, 선배들조차 있었다. 아무데서나 담배를 팍팍 피우거나 수업 시간에 술이 곤드레가 되어 나타나는 학생, 담뱃불로 하마터면 교실을 태울 뻔했던 일, 그렇게 무례하고 형편

없던 학생이 있었는가 하면, 약간의 감동적인 설교에도 눈물을 찌르르 흘리던 순정파, 눈에 불을 켜고 책에 매달리던 소수의 열띤 학생들, 개중에는 어찌어찌 대학까지 나와 이제는 어엿하게 무슨 농촌지도소 과장이니 중학교 교감이니 하고 출세한 사람이 있었던 것이다.

옛 추억에 알싸하게 젖다 보니 어느새 택시는 소재지 거리를 들어서고 있었다. 경호가 택시에서 내리자마자 누군가 그의 손목을 덥석 잡았다.

"아, 송 교수 아녀? 이거 정말 얼마만이여?"

큰소리로 꽤는 반가워하는 그를 경호는 한참만에야 기억해 낼 수 있었다. 김직수, 돌팔이 의사로 이곳에서는 그래도 한몫 잡고 있는 친구였다. 그런데 직수의 모습은 얼핏 봐선 알아보기 힘들 정도로 망가져 있었다. 얼굴은 장아찌처럼 찌들었고 머리칼은 하얗고 허리는 마치 꼽추의 그것처럼 심하게 휘어져 버렸다.

"꽤 변했구먼. 많이 늙었어."

그는 어정쩡하게 서있다 겨우 이렇게 말했다.

"재작년에 중풍으로 쓰러져버리곤 여직 이 모양이여. 겨우 목숨만 붙어 있으니께 사는 것인갑다 하지……."

직수의 신세 한탄과 초점이 흐려진 그의 눈에 물큰하게 괴는 눈물은 그를 잠깐 당혹케 했다. 살아 있으니 사는 줄 알 밖에 없는 인생, 직수의 인생이 그렇다면 나는 또 무슨 인생인가? 경호의 이런 자문자답에 답하기라도 하는 듯 버스 한 대가 덜커덩거리며 그에게 흠뻑 먼지를 뒤집어씌우곤 씽하니 달아났다.

2

마을 고샅을 왼쪽으로 한참 휘돌아 끝나는 곳에 동창회의 장소인 이수기네 집이 있었다. 널따란 마당에 대형 비닐 온상이 보이고 돈사가 행랑채처럼 긴 담장을 이루고 있어 흔히 보는 독농가다운 집이었다.

수기는 자유당 때 한동안 신바람을 일으키며 야당 운동도 했다는 소문이 있었는데 근래에는 발을 씻고 농협의 단위조합 책임을 맡고 있다는 소식을 들은 바 있었다.

왁자지껄 떠드는 소리가 울 밖까지 흘러나오는 대문 안에 발을 들여놓자 마침 방에서 나오던 수기가 대뜸 그를 알아보고 '송경호 왔다!'고 외쳤고, 이어 와당탕 방문이 열리면서 열 개가 넘는 얼굴들이 일제히 그에게 쏠리며 '왔구나!' 하고 노래의 후렴구처럼 입을 모아 지껄였다.

경호는 수기에게 이끌려 방에 들어서자 술상 앞에 늘어앉아 수선을 피우던 동창들 틈에서 담임 선생이었던 민웅기를 발견하고 넙죽하게 엎드려 절을 했다. 다 같이 늙어가는 처지에 도무지 그럴 필요가 있느냐는 듯 꽤 당황하고 흐뭇한 얼굴로 절을 받은 그는 경호의 손을 잡고

"자네는 참 별로 늙지 않았구만 그려."

하고 괜한 너스레를 피우는데

"야! 그래도 대학 훈장이 제일이구만, 예의 바르고……."

곁에서 누군가가 소리를 치니까 모두 자갈자갈 박수들을 쳤다.

그의 참석을 환영한다는 표시였겠는데 경호는 일어나 약간은 상기된 얼굴로 좌중을 둘러보고 '늦어 미안하게 됐네.' 하고 가볍게 고개를 숙여 보였다. 경호 딴에는 몇 십 년 만에 코흘리개 동창들을 만나 그들을 기다리게 한데 뭔가 미안한 마음의 표시였다. 그러나 그중 네댓 사람은 생판 초면인 생소한 얼굴들이었다.

"경호야, 네게 통지는 냈지만 바쁜 네가 정말 이렇게 올 줄은 몰랐다."

누군가 이렇게 말하자 몇 사람이 덩달아 경호의 참석을 고맙게 여기는 말의 꼬리를 이었다.

"자아, 앉아서 술 한 잔 해라. 너 맥주 아니면 안 마시는지 모르지만 이래봬도 이건 일부러 담근 진짜 전내기 농주다."

이수기가 적당히 자리를 잡아 그를 앉히고 사발때기로 술 한 잔을 크게 권했다. 경호는 술잔을 반 넘어 비우고는 한껏 설레는 기분으로 몇을 빼고는 꼬박 34년 아니면 그에 가까운 오랜 세월 만에 보는 옛 철부지 동기들을 신기한 듯 찬찬히 둘러보았다. 그러다가 맨 끝자리에 점잖게 앉아 있는 숫제 할아버지가 되어 버린 백발의 친구를 발견하고는 곁에 있는 수만에게 누구냐고 물었다.

"쟤 말이냐? 쟤 이종렬, 요시가와 쏘오레쓰 아니냐? 저 자식 벌써 손자까지 봤단다."

수만이의 지나치게 큰 목소리를 들은 이종렬이 경호에게 가벼운 눈인사를 보냈다. 그러나 경호는 그가 요시가와인지 도무지 기억이 나지 않았다.

그에 비한다면 비록 십 년 만에 만나보기는 하지만 민웅기 선생은 좌중의 동기들과 거의 다를 바 없는 초로의 젊음이 남아 있는 모습이었다.

"아마 우리들 중에는 경호 네가 제일 젊을 꺼다."

"너 지금 마흔여덟?"

"그렇지, 경오생이니까."

"그러니 여기 진수 이놈아 하고는 벌써 여섯 살 차이 아니냐?"

"그럼 쉰넷?"

좌중에서 경호가 제일 젊다는 이야기는 제일 연소자라는 이야기가 아니었으므로 그는 진

수를 바라보며 '쉰넷?' 하고 물으면서 쉰 고개를 안 넘기고 있는 자신이 문득 대견해졌다.

"그렇지, 사실은 선생님하고 진수 이놈아 하고는 별 차이가 없을걸요."

누군가의 말에 민웅기 선생은 자못 감회어린 표정을 지었고 면장을 한다는 김덕기는 얼른 그 말꼬리를 잡았다.

"그때 여학생 누구더라. 그렇지, 순덕이 재가 아마 그때 열아홉인가 스무 살이었을 겁니다."

"그래. 선생님하구 연애한다고 쑥덕쑥덕했었지."

"에키, 이 사람들."

하고 민웅기 선생은 짐짓 눈을 흘기는 시늉을 했지만 그런 추억이 마냥 기쁘기만 한 모양이었다. 중학교를 갓 나와서 훈장을 시작했던 스무 살 때의 이야기들이었다.

"그때 여학생을 못살게 굴던 마쓰바라, 명수 새끼 말야. 한 번은 여학생들 의자 판자에 거꾸로 못을 박아놓고 궁둥이를 찔려 야단나는 꼴 보고 낄낄 웃어대던 생각이 나누만."

"그래서 그놈아 나한테 죽지 않을 만큼 맞았었는데……."

하고 민웅기 선생이 거들자

"그 새끼 6·25 때 치안대장한다고 날뛰더니 영 사라져 버렸지."

누군가 귀띔해 주었다.

이렇듯 34년 전의 추억담으로 장내가 술렁이는 가운데 주흥이 차츰 고조해지자 모두가 한결같이 철부지 옛 시절에 되돌아간 느낌이었다. 34년이라는 무거운 격절의 담벽은 단번에 무너지고 한 방에 모인 열네 명의 동기들은 처음 지녔던 약간의 서먹한 감정이 사라지면서 완전히 어린애처럼 동화되었던 것이다.

면서기를 지냈다가 술로 거의 폐인이 되다시피 한 성기란 녀석

"네놈들 중에 내가 면병사계로 끗발 날릴 때 내덕 본 놈 많았지. 김덕기 너도 그때 나 아니었으면 지금 면장이 다 뭐냐?"

해서 모두 걀걀 웃어댔고

"나는 송경호 걔 제자 노릇허는 데 담배 피운 사람 끌어내는 데 눈 한 번 감아주더구만."

하고 기수가 농을 쳐서 모두가 와아, 하고 떠들어댔다.

"재, 윤기순 말여. 사업헌다고 다방에 죽치고 앉아서 마담 레지들이나 홀리고 과부깨나 꼬시는 모양인데, 저 자식 번번이 그런 재밀 혼자 본다니까."

민웅기 선생이 술이 거나해 한마디 하니까 윤기순이 해롱해롱 웃으며 '선생님도 참, 그런 재주가 예사로 되는 거 아닙니다.' 했고, 이어 '저 새끼 공부는 되게 못했어도 그런 재주는 있었나벼.' 하고 수만이 익살을 피웠다.

이윽고 알코올 중독이 된 성기가 이제 고질이 됐다는 그 몹쓸 징후를 보이기 시작했는데

혀 끓는 소리로 아무 데나 대고 욕설을 퍼붓더니 꺼이꺼이 울기 시작했다. 그러자 회의의 주재자 격인 이수기가 깜짝 놀라더니 그를 어찌어찌해서 겨우 밖으로 끌어낸 다음에는 방안의 수런거림이 가라앉으면서 김덕기가 자리에서 불끈 일어섰다. 동창계가 발기돼 이미 3년이 되었다는 경과보고와 회계 결산, 이어 신입회원의 가입금은 3년 치를 합쳐 일시에 내야 되니 자연 정관을 고쳐야 한다는 따위의 제법 격식을 갖춘 설명을 늘어놓았다.

"어쨌든 정관은 고치되 우리 송 교수가 한 번 손질을 해줘야 돼. 무식한 우리네 글이니까."

총무라는 수만이 정관을 경호 앞에 슬쩍 밀어놓으면서 씽긋 웃었다. 경호는 '내가 뭐 고칠 게 있을라구.' 어쩌구 하면서도 사양하고 거절하고 그러기가 번거로워서 그냥 잠자코 있었다.

그러자 김덕기가 일어나 민웅기 선생이 선물로 가져왔다는 타월 한 장씩을 나눠주고 나서, 두루 죄송하다는 말을 되풀이 강조하고 나더니 경호 등 몇몇을 밖으로 끌고 나갔다. 마루 끝에 서서 의논이 시작되었다.

"선생님이 저런 선물까지 가져왔는데 그냥 말 수 있느냐?"

"그래 어쨌으면 하겠냐?"

"우리 이번 기회에 양복 한 벌이라도 해드렸으면 좋겠는데, 경호 니 생각은 어떠냐?"

"좋지, 해드리지."

경호는 선뜻 말했으나 내심 크게 낭패할 수밖에 없는 것이 3년 치 회비에다 양복값을 합치면 적어도 7, 8천 원의 부담이 되겠는데 당장 그의 호주머니에는 그만한 돈이 마련되어 있지 않았다.

"좋아, 그럼 삼천 원씩만 즉석에서 거두면 되겠지?"

"그래그래."

이래서 의논이 끝나고 각기 방에 들어 곁에 사람에게 귓속말 통문을 돌려 돈을 거두었다. 송경호는 벙어리 냉가슴 앓듯 수중의 돈을 헤어보다가 남은 게 돌아갈 여비밖에 없음을 깨닫고 자신의 요량 없음에 자책감을 느꼈다. 택시만 타지 않았더라도 우선 양복값만이라도 즉석에서 지불할 수 있었을 거란 생각 때문이었다.

그는 화끈 달아오르는 뜨거운 얼굴로 총무인 수만을 한쪽으로 끌고 가서 궁색한 사정을 솔직히 말했다.

"그래, 괜찮아. 내가 너헌테서 받은 양 해서 다 처리해 놓을 테니 틈나는 대로 보내주면 돼. 이렇게 와준 것만 해도 얼마나 고마운 일이냐?"

수만의 말에 경호는 다시 한 번 자신의 처신없음에 얼굴이 달았다. 이렇게 오랜만에 오면서는 더더욱 주머니가 풍족했어야 옳았지 않느냐 라고 생각이 미친 때문이었다.

"자아, 남은 술이나 빨리 치우자."

모금이 대충 끝나자 이수기가 채근하여 다시 자리가 잡혀졌다. 이미 저녁 햇살이 뉘엿뉘엿 저물어가기 시작했다.

“자아 술 좀 들어. 그리고 다음부턴 더 많이 회원 모으기를 하자. 벌써 우리 중에 죽은 사람만도 내가 알기로 열둘이나 된다. 우리가 살면 얼마나 살 거냐. 자주자주 만나자.”

김덕기가 깔아진 분위기에 바람을 넣는데

“저, 이용기 말이다. 그 녀석 증권으로 갑부가 됐다는데 너무 허더라. 내가 삼 년간 빠짐없이 통지도 냈는데 숫제 코빼기도 안보이니…….”

하고 수만이 노골적인 불만을 드러내고 말했다. 그러자 한쪽에서 이내 말없이 앉았던 백발의 이종렬이 입을 떼었다.

“서울에서 난다는 사장님이 우리네 농투성이 동창쯤 눈 안에 있을 것인가?”

마치 세상 경륜에 밝은 촌 사랑방의 좌장 같은 은근한 말투였다. 그러자 성질이 괄괄한 기수가 발끈 성을 내며 말을 했다.

“지랄이나 사장이면 다인가? 듣자니 광산에 손댔다가 폭삭 했다더라. 요즘 증권으로 겨우 좀 일어섰다는데…….”

마치 눈앞에 있으면 주먹질이라도 할 것 같은 기세였다.

“거 민종기 말야. 은행 대리까지 했다가 괜히 사업에 손대어 실패하고 요즘 생활이 궁한 모양이더라. 걔야말로 우리 고을 최고 지주의 이대 독자로 얼마나 호강하면서 컸냐? 학교 다닐 때는 너무 귀족적인 탓으로 우리와는 한 풀이 안됐지만 글쎄 6·25의 그 어려운 사정을 당하고 나더니 사람이 생판 달라지던데? 9·28 후 걔는 자진해 머슴들과 한방에서 자면서 직접 농사일에 뛰어들었으니깐. 지금은 그 전답이랑 대궐 같은 집도 모두 날리고 남은 밭은 중학교 부지로 희사해버렸지만 사람이야 어디 그렇게 수더분하고 진실할 수가 있던가?”

수만의 긴 말에 그 백발의 좌장 격인 이종렬이 짐짓 진지한 표정으로 성냥개비로 이빨을 후비고 나서 말했다.

“그게 다아 본성이라는 거지. 본바탕이 알량하게 생긴 녀석은 쥐꼬리만한 권력이나 금력에도 우세하고 도도해지는 법이야.”

“종렬이 네 말이 옳다. 너는 그간 손자 놈 보아주며 사서삼경만 읽었나부다.”

김덕기가 약간 조롱 섞인 투로 동조해 보이자 좌중의 모두가 또 자갈자갈 손뼉을 쳤다. 그런 통에 이종렬은 새로이 표정을 다듬고 상반신을 곧추세우더니 다시 그 쉬어빠진 목소리로 말을 시작했다.

“기왕 얘기 나왔으니 마저 할 말 좀 하겠네. 아무리 허물없는 철부지 적 동창이라지만 이제 우리 서로가 점잖이 늙어가는 처지에 스스로 사람값은 따져서 알 것은 알아야 한다 이 말이야. 이런 형편없는 촌 늙은이 주제에 뭘 알까마는 아까 이용기 말이 나왔으니께 말이지, 걔가 돈 많은 사업가 됐다니께 여기 있는 너희들 중에서도 분명히 무슨 대단헌 인물이나 된 성싶게 국회의원이나 시키자고 덤벙대지 않았냐? 그때 어쩌다 안 되긴 했지만 걔가 돈이 많대서 우리를 위해 무얼 어떻게 할 인물이더냐? 걔가 증권인가 뭔가 해서 돈 벌어다가 고향에다 했다는 게 그 많은 돈 풀어 장리벼나 놓고 이자 못내는 사람 가차 없이 저당한 전답이나 팔아갔지 무얼 했냐?"

문득 격앙된 어조에 장내가 찬물 끼얹은 듯 숙연해졌다.

"옳은 말이여. 걔 때문에 실제로 피를 본 사람이 우리 중에도 있지 않어? 성기가 저렇게 폐인이 된 게 뭐 술 탓인 줄만 알지만 사실을 따지면 용기에게 빚으로 논 열 마지기를 몽땅 뺏기고 저리된 거여."

수만의 울분을 참는 목쇠가 가만가만 울려퍼질 때 누군가 꿀꺽 술 삼키는 소리만 크게 울렸다.

3

장내 분위기가 이쯤 무겁게 가라앉아 모처럼의 홍청이던 자리가 씁쓰레한 뒷맛을 남기고 파하는가 싶은 바로 이때였다. 마치 새로운 예령이나 울리듯 갑자기 대문 앞에서 요란하게 클랙슨 소리가 나더니 장내의 모두가 일제히 쏘아보는 눈길 속으로 미끈하게 생긴 검은 승용차 한 대가 넓은 마당으로 미끄러져 들어왔다. 그리고는 찍, 하고 급히 멎으며 검은 양복 차림의 한 사내가 튕겨 나오면서 두 손을 번쩍 들었다.

"야! 저 새끼 주길동 아니냐?"

탄성과 같은 날카로운 목소리에 장내가 왁자지껄 소란해졌다. 경호는 문득 곁에 앉은 수만에게 물었다.

"주길동이라니?"

"아, 거 오오가와 있잖어. 서울서 무슨 다방 한다는 자식. 근데 왜 이제야 나타나서 저 야단이지?"

수만은 돌연 나타난 틈입자가 불만이라는 듯 잔뜩 눈두덩이 부어올랐다. 주길동은 선뜻 방안에 들어서자 닥치는 대로 악수를 청하며 수선을 피웠다. 게다가 '야, 오랜만이로군.' 하고 엉거주춤 일어서는 민옹기 선생의 손을 잡고 세차게 두어 번 흔들어 대면서 거의 외쳐댔다.

"선생님, 이거 지각했습니다, 지각."

그러고는 폭발적인 어조로 크게 웃음을 터뜨렸기 때문에 민옹기 선생은 고압적인 힘에 밀린 듯 풀썩 주저앉아 버렸다.

경호는 도무지 방자하다 싶은 그의 들뜬 태도를 훔쳐보면서 사치한 외관에 걸맞지 않는 투박하고도 거친 표정에서 겨우 하마(河馬)라고 놀려대던 어릴 적 기억을 떠올리고 쓴웃음을 삼켰다.

"야, 이거 파장에 왔구먼. 야, 수기야, 늦게 오긴 했지만 한상 차려야겠다."

주길동은 새 술상을 요구하고는 자리는 정작 이제부터라는 듯 윗도리를 벗어 걸고는 비좁은 자리를 젖히고 앉았다.

"자식, 지각헌 주제에 넉살이 좋구나. 아무튼 멀리서 오느라 수고했다."

김덕기가 말하며 술잔을 내밀었다.

"야, 늦게라도 왔음 됐지 않느냐? 너희들처럼 한가한 몸이 아니란 걸 알아야 해."

"자식, 누가 모를까? 너야말로 팔자 좋게 불알만 차고 앉아 빈둥빈둥 살아가는 주제에."

진수가 토라진 투로 한 마디 했다.

"에끼 저 녀석. 무슨 말버릇이……."

하고 짐짓 눈을 흘기는 시늉을 하던 주길동은 호기 있게 한바탕 웃고 나더니 술 한 잔을 갈증이 난 것처럼 단숨에 들이켰다.

"자아 선생님. 이 술잔 받으세요. 그간 통 뵙지 못했습니다. 그런데 지금도 촌에서 교감 선생 한다구요? 아아, 그 오랜 훈장 노릇 이제 질리지 않습니까?"

주길동은 빈 잔에 술을 채우면서 자못 순정에서 우러나오는 듯 말을 꺼냈지만 워낙 고압적인 어조여서 약간은 조롱 섞인 말투로도 들렸다. 그래 그런지 잔을 받는 민옹기 선생의 표정이 순간 굳어지는 것 같은 낌새를 보였다.

수기가 새로이 안주 몇 접시를 주길동 앞에 밀어놓으며

"야, 얼른 먹고 일어서라. 다된 판에 늦게 와 설치니……."

하고 넌지시 말하자

"자식, 벌써 밑천이 다 됐냐? 난 아직 멀었으니 그리 알아라."

주길동은 먹성 좋게 고기볶음을 어귀어귀 씹고 나더니 문득 송경호를 발견하고는 괜히 호들갑을 피웠다.

"야, 늬 송경호 아니냐? 너 대학 훈장이라며? 그런데 같은 하늘 아래 살면서 그래 이런 시골에 와서야 만나기냐?"

"음, 미안하게 됐는데 사실은 자네 소식을 그간 몰라서……."

조금은 어정쩡한 기분이 되어 어물쩍거리는데

"자식 왜 몰라? 그러니 꽁생원 훈장질이지. 암튼 너 인마 너무했어."

주길동의 노골적인 핀잔에

"그러는 네가 송 교수 한 번쯤 찾았으면 될 게 아녀? 너 텔레비나 신문 봤으면 경호 소식을 알았을 것이다."

수만이 역겹다는 듯 침을 놓았다.

"그야 그래. 가끔 보았지. 헌데 텔레비 사진보담 실제 보니 훨씬 젊어 뵈는구먼."

침을 놓든 야유를 하든 주길동은 태연자약, 여간해서는 그의 배짱에 일침을 가하기는 쉽지 않을 것 같았다. 그때 여유 있게 사태를 관망하는 자세로 말없이 바라보고만 있던 이종렬이 불현듯 혀를 끌끌 차더니 입을 열었다.

"도대체 주길동, 너의 그것이 얼마나 좋으면 돈 많은 과부가 꼼짝 못하고 매달리는 거야?"

일쑤 점잖게만 굴던 그에게서 도무지 파격적일 수밖에 없는 거친 농담이 쏟아져 나오자 좌중은 삽시간에 낄낄거리며 박장대소하는 소리로 가득 차 버렸다.

"백발이 성성해가지고 못 할 소리 없구만 그래. 원, 참……."

주길동은 예사로이 농으로 받아넘기는 체했지만 자리 탓인지 그의 양 미간에 경련이 일어났다.

"은어가 뛰니 망둥이도 뛰더라고……."

수만이 경호 들으라는 듯 중얼거리더니 혀를 끌끌 찼다.

"사람이 살아가는 방법이 여러 가질세. 자네 아는 바와 같이 우리 학교 시절에 저 사람처럼 형편없는 위인이 있었던가? 찢어지게 가난하고 멍청해서 중학교 진학 따위는 엄두도 못 낼 처지가 아니었나? 그저 성실한 농군이나 되려니 했는데 국방경비대에 자원입대했지. 군인 생활도 고작 한 오 년, 그러더니 무슨 인연인지 돈 많은 연상의 과부가 얻어걸려, 거 뭐 서울 소공동에 다방을 경영하고 있다네. 여편네 그늘에서 마작이나 하며 소일한다는 주변 이야기도 있고 부부 사이가 원만치 못하다는 풍문도 있는데 아직 그런대로 괜찮은 모양이야. 승용차를 몰고 온 걸 보니…… 허긴 서울에서는 전세를 놓는 차도 흔타니까……."

수만이 경호의 귀에 대고 낮은 목소리로 소곤거리는 동안에도 주길동은 그 투박한 얼굴이 벌겋게 부풀어 오르도록 급히 술잔을 기울이고 있었다. 그 사이 어느 덧 땅거미가 내려앉아 방안에 전등을 켤 시각이 되었다.

그동안 마당에 있는 승용차가 서너 차례 요란하게 클랙슨을 울렸다. 마치 약속된 시간이 다 되었음을 재촉하는 것 같은 빠앙빵 소리에 이제까지 유연했던 태도와는 달리 주길동은 약간 당황해지는 눈치였다.

"야, 차가 왜 저리 안달이냐?"

마침내 김덕기가 불쾌한 기분을 드러내며 말을 꺼냈다. 그 말에 주길동이 자리에서 일어났다. 부러 여유 있는 웃음을 지으려 애쓰는 눈치였지만 낭패한 기색이 역연했다.

"자아, 이제들 일어나자구. 내가 너무 늦게 와서 시간만 잡아먹고 있는 것 같으니 일어나야겠네. 선생님도 가셔야죠. 제가 댁까지 모셔다 드리겠습니다. 아니 모처럼 뵈었는데 이 시골바닥에 쓸 만한 술집도 없을거구, 저 S읍에나 가서 한자리 크게 마련하겠습니다."

그러고는 벽에 건 윗도리를 걸치고는 손을 들어 좌중에게 한 번 휘젓는 품이 그대로 작별을 알리는 눈치였다. 그의 당돌한 태도에 어안이 벙벙해진 모두는 의아한 눈길로 그를 쏘아볼 뿐이었다.

그러자 마루 끝에서 주길동의 재촉하는 소리가 들렸다.

"선생님, 어서 나오십시오."

"자아 일어나세."

서슬에 김덕기가 분연히 자리를 차고 일어섰다.

"자식, 길동이 아니랄까봐. 헌데 저 자식 언제부터 저 따위로 방자해졌어?"

"그나저나 회비라도 받아얄 게 아냐?"

누군지 꽤 다급해진 목소리로 말했다. 그 말에 수만이 휑하니 일어나 마루로 뛰어나가며 거친 어조로 말했다.

"야 길동이, 갈 테면 회비나 내고 가라."

승용차 도어의 손잡이를 잡고 이쪽을 바라보고 섰던 길동은 흰 이를 드러낸 채 수만의 말은 못 들은 척 마냥 웃고 있었다. 마치 그게 무슨 객쩍은 말이냐는 듯한 그의 유들유들한 태도에 질렸던지 수만은 절로 머쓱해진 채 제자리에 서버렸다. 이윽고 모두들 방을 나와 승용차 앞에 몰려들었다.

"선생님, 어서 뒷자리에 타십시오. 아참, 그리고 너 경호도 타라. 어차피 가얄 판이니께."

말을 마친 주길동은 먼저 도어를 제치고 그 육중한 몸을 밀어 넣었다. 잠깐 동안 무거운 침묵이 착잡하게 흐른 끝에 김덕기가 말했다.

"선생님, 죄송합니다. 우리들이 편히 모셔드려야 할 판인데 어차피 차가 있으니께 어서 타세요."

그 말에 민옹기는 모두를 돌아보며 폭발 전의 무거운 침묵을 깨뜨리고 입을 열었다.

"미안허네, 오늘 유쾌했네."

진흙 같은 감정을 감추며 수만이 차의 뒷문을 열었고 민옹기 선생은 마지못해 이끌리듯 차 안으로 기어들었다.

"어이 경호야, 너도 빨리 타."

우락부락한 눈길로 모두를 노려보던 운전수가 급히 키를 비틀고 기어를 넣는 바람에 길동이 경호에게 외쳐댔다.

"어쩔라나? 이 차로 갈 건가?"

수만이 곁에 와서 지그시 경호의 옆구리를 찌르며 물었다.

"먼저 가게. 나는 모처럼 왔으니 천천히 가겠네."

경호는 울적해지는 마음을 누르며 길동에게 거절의 뜻을 표하고 몸을 돌렸다.

"할 수 없지. 그럼 자아, 모두들 잘 있게. 내년에 보세."

차 안에서 길동이 소리침과 동시에 승용차는 당황히 비켜서는 사람들 앞에서 마치 경풍 난 사람의 몸틀임처럼 한 번 차체를 푹 솟구쳐 보이더니 급 기어를 넣고 위태롭게 대문 밖으로 빠져나갔다. 미처 민옹기에게 인사조차 나눌 수 없는 경황이어서 모두는 뭔가에 되게 얻어맞은 기분으로 망연히 서 있을 뿐이었다.

"별 쑥 같은 녀석 때문에 뒷맛이 영 씁쓸허구먼. 에이 참."

수만이 이윽고 제정신을 찾은 듯 중얼거렸다.

"그 말이 옳네. 옛 코흘리개 친구들이라서 모두가 마냥 정다운 건 아니라네. 삼십사 년이라는 세월이 흘렀잖은가? 모두 달라진걸세."

백발의 이종렬이 쉬어빠진 목소리로 말을 받았다.

"그나저나 경호 자네는 어떡헌담? 이제 S읍으로 나가는 정기 버스는 없구 어쩌다 나라시로 나가는 택시가 있기는 있네만."

김덕기가 경호를 민 선생과 함께 태워 보내지 못했음을 뉘우치는 표정으로 말했다.

"염려 말아. 어차피 못 가게 되면 누구든 하룻밤쯤 재워주지 않겠나?"

경호는 짐짓 태연한 듯 호방한 말씨로 응대했지만 기실 예기찮게 남의 짐이 되어 처져버린 자신 때문에 괜히 침울해졌다.

주길동의 건방진 태도가 거슬렸다면 나의 이 궁색한 태도가 이들에게 거슬리지 말란 법은 없다고 생각했다. 샌님처럼 강단과 집만 오락가락하며 살아온 그는 주길동의 호탕함이 아직도 마음에 응집되어 남아 있어 께름했다. 경호가 세상을 사는 모양과 길동의 세상사는 모양은 지금에 와서는 이처럼 판이하지만 코흘리개 그 시절에는 모두 다마치기와 숲속 뒤지기가 제일 좋다고 말하지 않았던가?

"아무튼 자아 나가자구. 수기야, 오늘 수고가 많았다."

김덕기가 먼저 앞장을 섰고 모두들 수기와 그의 부인에게 작별을 고하느라 수선들을 피우며 그 뒤를 따랐다.

"자네, 우리 집이 누추하지만 하룻밤 묵고 가지 않겠는가?"

갑작스런 목소리에 뒤돌아보니 수만이 웃고 있었다.

"진작 내가 말을 꺼냈어야 하는데 사는 꼴이 하두 지저분해서 말을 못 냈네."

옆에 가던 덕기도 계면쩍게 웃으며 따뜻한 눈으로 경호를 보았다. 벌거숭이 친구라지만 촌살림의 구질구질한 모양을 서울 손님에게 보여주기를 꺼려했던 순박한 얼굴들이 모두 경호에게 미소를 보내고 있었다.

"자아, 우리 깨진 홍이나 돈우게 막걸리나 한 잔씩 하세."

수만이 덕기와 경호를 둘러보며 말을 돌렸다. 경호도 찬성이었다. 할 수만 있다면 돈을 다 털어서라도 이 녀석들과 한 잔 나누고 싶었다.

간판도 없는 목로 집에 모인 것은 수만이, 덕기, 종렬이, 경호 네 사람이었다. 다른 친구들은 먼저 가버리고 난 뒤여서 호젓한 술자리를 만들 수 있었다.

"어이 박 마담, 여기 술 한 섬은 마실 모양잉께 그리 알아둬 잉?"

덕기가 '마담'이라고 부르는 게 웃음이 나올 만큼 너부데데한 안주인이 호들갑스럽게 그들을 반겼다. 수만이나 종렬이까지도 슬쩍 손을 쥐었다 놓는 품이 이곳이 이들의 단골인 모양이었다.

"그런데 길동이 녀석, 진짜 읍내 나가서 민 선생과 술상을 벌일 판인가?"

술이 한 순배씩 돌고 나서 수만이 그게 제일 궁금한 듯 세 사람을 둘러보았다.

"뭘, 민 선생이 한번 인사로 사양을 하면 잘됐다고 내팽개칠 위인이야."

이건 덕기의 발언.

"그럼 설령 술집에 갔다 하더라도 막걸리나 소주 몇 잔 먹여놓고 바쁘다고 뺑소니칠 게 분명해."

이건 종렬의 단언이다. 아닌 게 아니라 서두르는 폼이 오늘 중으로 서울에 가긴 갈 놈이었다. 자가용 형편(?)이 우선 그에게 시간을 줄 것 같지 않았다.

"그런데 말야. 길동이 그 친구가 오고 나니 괜스레 내 스스로가 초라해 보이니 이건 어찌 된 영문일까?"

경호는 술잔을 덕기에게 넘기면서 넌지시 진심을 내보였다.

"본래 속에 든 것 없는 놈이 설치긴 젤 설치는 법이지. 그렇지만 경호 자네까지 그럴 필요는 없네. 길동이 녀석 시골놈들 앞에 한 번 재볼 심사였던 모양인데 자네가 온 걸 보고는 조금 찔린 구석이 있었던 모양여."

종렬의 해석이었다.

"어차피 우리는 깨복쟁이 친구들 아닌개벼. 있는 숭(흉) 없는 숭 다 뵈주고 커난 몸이니 그깟 놈이 아무리 폼 재도 다 우습기만 허네."

수만이 입맛을 다시며 이야기를 매듭지어 버렸다.

"사실은 이곳에 오면서 괜히 설레던 내 자신이 길동일 보면서부터는 계면쩍기까지 해서 했던 말이네. 허지만 자네들과 이렇게 마주 앉으니 아무래도 고향이 젤 좋기는 좋은 것 같구만."

경호도 길동이 이야기를 끝낼 마음으로 자신의 마음을 달래 버렸다. 경호의 이 말에 이미 얼큰히 술이 오른 종렬이 '그렇지, 그렇지.'를 되풀이하며 고개를 끄덕거렸고 수만이는 주인에게 안주를 새로 장만하라고 일렀다.

"자네가 온 것은 정말 잘한 일이었네. 시골구석에 처박혀 땅이나 파는 신세지만 이렇고롬 옛 친구랑 마주앉아 술잔 기울이는 멋도 세상 사는디 빼놓을 수 없는 것이랑께."

덕기가 경호의 손목을 쥐고 정답게 말했다. 시큼한 막걸리 냄새가 덕기의 체취와 어울려 경호에게 달짝지근한 고향의 내음을 풍겨준다.

"어이, 이제들 그만 일어나지 그랴."

종렬이 남은 술을 벌컥벌컥 들이키고는 일어섰다.

"그럼 경호 자네는 수만이 집으로 갈랑가?"

덕기가 수만과 경호에게 말을 건네며 한편으로는 비틀거리는 종렬이의 어깨를 부축하였다.

종렬과 덕기를 먼저 보내고 수만과 함께 수만의 집으로 향하는 경호의 앞에 아름드리 고목이 마주섰다.

옛날 이 느티나무 아래서 구슬치기나 땅뺏기 놀음에 해 저무는 줄 모르고 놀던 기억이 불숙 솟았다.

고목을 뒤로 하고 동네 길에 접어들면서 경호는 고향에 내려온 뒤 처음으로 깊숙이 심호흡을 해보았다. 덮여 있는 어둠 사이로 뭉클하게 스며오는 흙냄새를 맡으며 그 속에 잦아지는 어릴 적 환상으로 그는 하염없이 젖어들었다.

그래, 동네 어귀의 구멍가게 앞에 발길을 멈춘 그는 수만에게 이렇게 물었다.

"어떻게 할까? 자네 자식놈들에게 우리가 즐겨 먹던 눈깔사탕이라도 사다 줘야 하지 않겠는가?"

비의 장송葬送

1

버스가 가파른 고갯길을 허위허위 기어오르고 있었다. 부르릉 부르릉 뿜어대는 엔진소리도 이따금 자지러지듯 김빠지는 소리로 헐떡거렸다.

속칭 아흔아홉 고개라는 비행기제였다. 관목의 숲 사이로 산자락을 멋대로 토막 내어 흰 금을 그은 듯 꾸불꾸불한 길들이 흡사 똬리를 튼 뱀의 용트림처럼 어지럽게 굽어 보였다.

차창은 빗물로 뿌옇게 흐렸다. 시커먼 비구름이 흩어지면서 시계에 언뜻언뜻 나타나는 깊은 계곡은 그대로 천길 나락인 양 위태롭게 보였다.

한 치 눈앞이 곧 지옥인걸 하고 병수(秉洙)는 잠깐 나른한 권태와 찌뿌듯한 기분에서 헤어나 생각했다.

아침부터 지척지척 비가 내렸다. 스산한 가을의 차가운 빗소리는 구슬픈 노래의 떨림처럼 음울하게 들렸다.

그는 오늘의 일이 새삼 심란했다. 도무지 걷잡기 어려운 참담한 기분으로 빗속을 한 시간 남짓 달려가 가까스로 시간에 맞추어 예식장에 이르렀다.

예약된 결혼식의 주례를 서야만 했었다.

그런데 하필이면 이날 친구인 태일(泰一)의 죽음 소식을 접한 것이다. 꼭두새벽 어두운 방안을 휘젓는 요란한 전화벨소리. 이어 전류를 타고 우렁우렁 울려온 끔찍한 그의 피살 소식이었다.

그는 잠결에 호되게 얻어맞은 것 같은 황당한 기분에서 허룽거리며 물었다.

"허허, 아니 뭐가 어찌됐다고?"

"아버님이 그만…… 회사 사원 한 놈한테 억울하게 피살되어 암매장 되었는데……."

"암매장이라니?"

"아무튼 죽음을 당했어요. 아저씨 속히 와주셨음 해요."

그의 아들 원구의 목소리였다. 재차 되물을 기회도 주지 않고 무심하게 전화는 철거덕 끊겨버렸다.

뜻밖에 그놈의 목소리가 침착해 보였던 건 놀란 신경 탓이었을까?

어쨌든 한참 만에 그 일이 꿈이 아닌 현실임을, 생판 남의 엽기적인 비극이 아니라는 사실을 실감하고는 그는 벽돌담 무너지듯 가슴속의 심한 붕괴음을 의식하게 되었다.

친한 친구가 죽었다는데…… 주례부터 서야 된다. 사랑하는 부하 직원의 결혼. 한 쌍의 아리따운 신혼부부를 탄생시키는 건 얼마나 복된 일인가?

그런데 공교롭게도 그의 죽음과 엇갈리다니. 그나마 상상도 못할 비명(非命)으로 개죽음을 당하다니.

그런데도 그는 마냥 으스러진 기분을 가까스로 수습하면서 막상 결혼식에 임했고 주례사 서두에 비 오는 날씨를 들어 비위 좋게 췌사를 늘어놓았었다.

가슴속에는 소리 없이 먹물처럼 비가 흐르고 있었는데 말이다.

'에, 지금 밖에는 가을비가 촉촉이 대지를 적시고 있습니다. 자고로 농경사회에 있어 환풍우시(喚風雨施)의 조화력을 중히 여겨 용신(龍神)을 숭배하는 믿음이 있었을 뿐 아니라, 비와 구름은 운우지정(雲雨之情)이라 비유되어 남녀의 사랑을 의미했습니다. 그런즉 오늘 이 한 쌍의 청춘남녀가 사랑으로 결합되는 마당에 자애로운 비가 내린다 함은 아주 뜻있는 하늘의 축복이 아닐 수 없습니다…….'

그때 천연덕스러움이 새삼 가슴에 와닿으면서 그는 왠지 모를 신산한 기분에 사로잡혔다. 하늘의 축복이라니. 당치도 않는 말이다. 도대체 지금 태일의 아내 현 여사는 어떻게 되었을까? 청천벽력 같은 비운 앞에 혼절해버리지나 않았을까?

"심란하게 비가 내리네요."

문득 귀 곁에 상냥한 여인의 목소리를 듣고 화들짝 놀라 돌아보았다. 같은 자리에 앉았던 아가씨풍의 여인이 활짝 웃었다.

"그렇구먼, 쓸데없는 객비인 걸. 마냥 오는구먼."

"C시까지 가신 댔지요? 이런 불순한 날씨에 중한 볼일이라도 있으신 모양이시죠?"

"음, 친구가 죽었어. 그나마 아주 불행한 일로……."

"불행한 일이라뇨. 죽는 것 자체부터가 불행한 일 아니에요?"

외모에서 풍기는 평범한 인상과는 달리 꽤 똑똑한 말씨에 약간은 언구럭스러운 표정으로 그녀는 시종 웃는 낯으로 물었다.

"음 그렇기도 허구먼. 하지만 죽음에도 여러 종류가 있지. 그런데 친구는 뜻밖에 피살되었다는구먼."

그는 씹어 뱉듯 말했다. 이건 생면부지의 아가씨에게 객쩍은 토설이다 싶어 곧 아차 했지만 그런대로 별수 없다는 기분이었다.

"피살이라뇨? 무슨 원한을 샀나요?"

"그럴 리 없어. 아주 마음씨 고운 친구였는데…… 세상이 말세야. 생명을 경시하는 풍조 때문이지."

그는 강한 어조로 개탄했다. 그렇다. 정말 버릇없이 막돼먹은 세상이고 말고. 그나저나 좋은 친구였는데. 세상 어느 누구한테도 결코 지탄 받을 그런 인물이 아니었는데. 왜 그런 일을 당했을까? 남도 아닌 그가 하필이면 그런 죽음을 당하다니…….

"저런, 정말 안됐어요. 어쩐지 처음부터 아저씨 표정이 침통해 보이더라구요."

그러면서 그녀는 콜라를 한 컵 따라 건네주었다. 술이라도 있음 한 잔 권하고 싶은데 하는 눈치처럼 은근했다.

"고마워요. 그런 일에 날씨조차 이러니 더욱 울적해지누만."

그가 콜라를 단숨에 들이켰다.

"아저씨 마음속에 궂은비가 내리는 탓이죠."

"마음속에 비가 내린다? 옳아. 비가 내리지. 그런데 아가씨 말이 참 재미있구먼. 헌데 아가씨도 C시에 간다 했던가?"

"네 그래요."

그녀는 짧게 대답하고 턱을 들어 새삼 무슨 시큰둥한 물음이냐 하는 듯한 표정을 했다.

"C시에 당도하면 해가 저물겠지?"

"아무튼, 오늘은 거기서 머물러야 되겠지요."

"그렇구먼, 헌데 사실은 C시가 초행길인걸."

태일은 처가살이를 했다. 대학 동기인 그는 경제학도로서 장래가 촉망되는 학구파였다. 그는 취직을 마다하고 우직할 만큼 집요한 성취욕으로 공인회계사 시험에 매달렸으나 웬지 행운의 여신은 번번이 그와 등을 돌려 버렸다.

네 차례의 실패가 그에게 호된 좌절감을 안겨준 끝에 대학 강단에의 꿈으로 이를 악물고 대학원 진학을 꾀했으나 빈핍한 형편이 그조차 용납하지 않았다.

그런 끝에 어느 날 그는 서울에서 잠적해 버렸다. 그리고 일 년 뒤 엉뚱하게도 아무런 연고도 없는 C시의 근교에 있는 한 농원에서 일하고 있노라는 소식이 전해졌다.

그리고 얼마 뒤 그곳 군청의 임시직으로 복무하고 있다는 풍문과 함께 바로 그 농원의 데릴사위로 들어앉았다는 좀 더 구체적인 행적이 밝혀짐으로써 평소 그를 아는 다정한 이웃들의 극심한 노여움과 비난을 샀었다.

그럴 것이, 그에게는 출가한 누이에게 얹혀사는 늙은 홀어머니가 있었다. 청상과부로서 시장 길바닥에 좌판을 놓고 푸성귀를 팔아가며 남매를 키워 온 어머니였다.

그런 어머니의 노후를 누이에게 떠맡기고 생판 남의 집 데릴사위로 깊숙이 빠져버린 그의 패륜 때문이었다.

10여 년 뒤 노모는 딸네 집에서 가엾게도 세상을 버렸다. 그와 가까웠던 친구들조차 부음을 듣지 못한 채 서너 해가 지난 뒤에라야 겨우 풍문으로 들었을 뿐이었다.

그 무렵 우연히 만난 병수가 그의 무심함을 나무라자 그는 의외로 덤덤한 표정으로 말했다.

"그럴 경황이 있었어야지. 참으로 말 못 할 사정이 있었다네. 용서하게나."

그들은 모처럼 술집에 가서 마음껏 통음을 한 셈이었지만 그는 끝내 사생활에 대해서는 한사코 입을 봉했다.

다만 뭔가 깊은 가슴앓이를 하고 있다는 걸 그의 어쩌면 격렬한 자학적인 폭음을 통하여 어렴풋이 짐작할 수 있었다. 짐짓 그의 행적에 분노를 느낀 나머지 우정의 단전을 결심하기조차 했던 병수는 그날 이후 급격히 친해졌다.

뿐더러 그 후 태일은 아내를 데리고 그에게 나타났다. 그리고 세 사람은 곧 무람없는 사이로 친숙해졌다.

애시당초 태일의 아내에 대한 결코 우호적일 수 없었던 선입견도 차츰 씻겨지는 가운데 유다른 호감조차 느끼게 되었다. 그녀는 시골 출신답지 않게 자못 세련된 교양미에 천성이 착하게 보이는, 그러면서 꽤 활달한 성미의 여자였다.

태일을 끔찍이 위하는 자상하고 헌신적인 부덕도 있어 보였다. 그래 태일이 낯선 고장에 묶여 팔자에 없는 군서기 따위에 매달릴 수밖에 없게 된 까닭이 바로 이 여자 때문이었다는 확신을 갖게 하는데 충분할 듯싶었다.

"그가 노모를 버리지는 않았을 거야. 저렇듯 현숙한 아내가 남편으로 하여금 불효하도록 강요했을 리는 없지."

그는 끝내 그렇게 단정하기에 이르렀었다.

"아저씨, 뭘 그리 골똘히 생각하셔요?"

문득, 옆자리 여자의 카랑한 목소리가 그로 하여금 깊은 사념의 늪에서 깨어나게 했다.

"아냐, 잠깐. 그런데 지금 어디쯤 왔지. C시는 아직 멀었나?"

"곧이요. 그런데 참 아저씨는 뭘 하시는 분이에요?"

"나 말이지."

그는 말끝을 훔치고 여자를 돌아보았다. 어쩌면 깊숙한 호기심이 어려보이는 그녀의 다정한 눈빛 안에 순간 가슴속이 후끈하게 달아지는 걸 의식하며

"쬐그만 회사에 다니지."

하고 부러 시큰둥하게 대답했다.

"그럼 그 회사 사장님?"

"아냐. 그저 다닌다니깐."

"뭐, 사장은 근무 안 하나?"

"음, 그렇구먼."

하고 그는 모처럼 가슴이 훅 트이도록 키득키득 웃었다. 그녀가 새치름을 떨고 그의 옆구리를 살짝 간지럽혔다.

"그나저나 아가씨 이름은 뭐야?"

"그건 알아 뭘 하게요?"

"뭘 하긴. 알아야 다시 만나지."

"만나긴?"

"어쨌든 이름이 뭐야?"

"박영옥. 아저씨는?"

"김병수. 그런데 어떻게 찾으면 되지? 직장 전화번호라도."

그러자 그녀가 홋홋, 하고 웃었다.

"왜 웃지? 나이깨나 든 사람이 별나게 허튼 수작을 헌다는 거?"

그는 짐짓 무렴을 당한 기분이어서 애써 태연함을 가장하고 찌를 듯 물었다.

"직장이라고 물으시니깐 왠지 우습구먼요. 아냐요. 직장은 직장이죠. 제 직장 가르쳐 주면 찾아 주시겠어요?"

"무슨 직장인데…… 내일쯤 여유가 있음 정말 찾아가지……."

"찾기 어려운 직장이 아녜요."

"어딘데?"

그녀가 잠깐 뜸을 들이고 그리고는 말했다.

"술집. 놀랬죠? 저는 술집 종업원인걸요."

그녀는 약간 코맹맹이 소리로 말했다. 순간 충격이랄까 가슴속에 가벼운 바람결이 스쳐갔다.

"술집이면 어때? 내 찾아가지. 어느 술집이야?"

괜히 들뜬 어조로 물었다. 그녀는 냉큼 대꾸하지 않았다.

버스가 시가지에 들어섰다. 땅거미가 지면서 비 오는 거리가 몹시 을씨년스럽게 보였다.

"어떤 집이냐니깐?"

그는 약간 조바심을 느끼면서 채근했다.

"아저씨, 친구 분 문상하고 틈이 있으심 오세요. 마음이 아프시면 오셔서 술이나 드세요. 어차피 간 사람은 어쩔 수 없잖아요. 그게 세상인걸요."

"그래 어디냐니깐."

버스가 시중 깊숙이 파고들었다 싶은 의식에 다시 한 번 제껴 물었다.

"소방서 옆 백마장이라면 다 알아요."

"백마장이라……."

그는 중얼거리며 그녀의 깊숙한 눈매를 돌아보며 씽긋 웃었다. 어차피 간 사람에 연연할 게 없는 법, 세상 이치가 딱히 그런 거라는 뜻의 그녀의 말이 왠지 긴한 여운으로 가슴속에 여울졌다.

2

택시가 버릇없이 물찌똥을 내갈기고 미친 호말처럼 떠난 뒤에 병수는 근처의 가게에 들어가 담배 두 갑을 샀다.

상가를 물었더니 반백이 덥수룩한 머리의 주인이 말없이 건너편 골목 안을 손짓해 보였다. 얼핏 겁에 짓눌린 것 같은 표정에서 깊은 시름 같은 걸 엿볼 수 있었다.

상가는 뜻밖에 조용했다. 화톳불 대신 백광이 환한 전등 빛이 널따란 마당 정원수에 모든 것까지를 속속들이 밝혀주고 있었다. 마당의 텐트 안에도 사람은 없었다. 마루 위에 차려놓은 제청 앞에는 상제인 원구가 벌겋게 상기된 얼굴로 앉아 있었다.

그는 마루 위에 올라서면서 부스스 일어서는 원구의 두 손을 와락 붙잡았다. 순간 뜨거운 눈물이 목구멍에 울컥 솟구치는 걸 가까스로 삼켰다.

"이게 어인 변고란 말인가?"

"우중에 오시느라 고생하셨습니다."

그는 말하고 상장에 의지해 허리를 굽혔다. 싸구려 복제판인 추사 글씨의 병풍 아래 친구 태일의 흐릿한 사진이 놓여 있었다. 괜스레 점잖음을 가장해 일껏 딱딱해진 표정의 그의 얼굴이었다.

마치 천길 물속에 침몰되고 태만이 덩시렇게 떠 있는 물건처럼 허망하게 느껴지는 몰골이었다.

'바보 같은 녀석 이런 꼴로 죽다니.'

그는 향을 사르고 두 번 엎드려 절하면서 소리 없이 오열을 삼켰다.

이윽고 원구에 이끌려 안방에 들어섰다. 매캐한 향 내음 속 병풍 뒤에 태일이 누워있는 것이었다.

거기에 태일의 장모가 두 무릎 새에 얼굴을 파묻고 울고 있었다. 원구의 소개를 받고서야 그녀는 뼈마디가 앙상한 손으로 그의 손을 덥석 잡았다.

"살아 있을 때 만났으면 얼마나 좋아했을까요? 지지리 복도 없는 사람, 내 죽지 못하고 이런 참변을 당하다니……."

하고 한바탕 목을 놓았다. 그는 우두망찰 어쩔 바를 모르는 터에 마침 미망인 현 여사가 방안에 들어섰다.

그는 일어서서 그녀에게 허리를 굽혔다. 갑자기 목구멍에 돌덩이가 얹힌 것처럼 말이 막혔다.

"얼마나, 얼마나 애통하십니까?"

가까스로 떠듬거리며 말했다. 그녀는 순간 창백한 얼굴의 입가에 주름을 세우고 미간에 경련을 일으키는 듯 했으나 결코 눈물을 보이지 않았다.

"와주셔서 감사해요. 앉으세요."

그러면서 그의 앞에 쭈그리고 앉았다.

원구가 슬그머니 자리를 피해 밖으로 나갔다. 현 여사는 아들의 뒷모습을 초점 없는 멍청한 눈길로 더듬다가 비로소 고개를 돌리고 말했다.

"분수껏 사는 건데. 물욕 때문에 이런 변을 당했답니다.

맥깔 없는 목소리에 예비된 독백처럼 들렸다. 도무지 종잡을 수 없는 뜻밖의 말이었다.

그녀는 소복 차림에 감색 스웨터를 걸치고 있었는데 천만 의외로 침착해 보였다. 엄청난 비극 앞에 결코 옷매무새 하나 흐트러뜨릴 것 같지 않은 그 침착성이 도리어 냉혹하기조차 했다.

"저녁을 드셔야죠."

그녀는 벌떡 자리에서 일어났다. 병수도 반사적으로 일어나 마루로 나갔다.

원구 앞에 두 다리를 틀고 앉아 담배를 태워 물었다.

그는 문득 생각했다. 태일의 재변을 저항 없는 기정사실로 받아들여 외견상 편안한 질서 속에 자리 잡혀 있는 듯한 이 분위기. 어찌 이리 됐을까?

그는 도무지 마뜩찮은 이화감 속에서 별안간 갈등을 의식했다.

"그래 고 범인 녀석 잡았나?"

자신도 모르게 찌를 듯 날카로워진 목소리로 물었다.

"도망쳤는데 형사들이 급파되었다니께 잡히겠죠."

원구가 약간은 싫증나는 대꾸인 듯 말했다.

"그래 시체는 언제 찾았고, 시체 부검 같은 건 했는가?"

"실종된 지 사흘 만인 어제 공사장 부근의 야산을 수색하다 발견되었구먼요. 부검해서 뭘 해요. 어차피 타살이 뻔한데 검사 입회로 간단히 절차를 끝냈어요."

"그래 공사장이란 건 무슨 말인가?"

"금년 봄, 아버지는 농원을 팔아치웠어요. 과수원과 낙농인 돼지, 젖소 등을 모두 처분하고 군청을 그만두고 퇴직금 등을 합쳐 조그마한 농기계 회사를 만들었어요. 포클레인, 트랙터 또는 바인더 등 말하자면 영농의 기계화 추세에 맞추어 농기계로서 돈을 벌자는 거였죠."

"그래 군청까지 그만두고?"

"네. 그래서 어머니가 극력 반대했지요. 그게 모험적인 투기 아니겠어요. 어머니는 외조부께서 평생 일궈놓은 농원을 잃기가 싫었지요. 어머니로서는 그건 이를테면 생활의 뿌리와도 같았으니깐요. 헌데 아버지 고집이 웬만해요? 기어이 해치웠어요. 현상 유지도 어려운 영농의 소득에 더 이상 매달릴 수 없다는 거였지요."

"그럼 아까 그 공사장이란?"

"포클레인으로 야산을 무너뜨리고 개답(改畓)하는 공사장이었어요. 그 기사 놈이 범인이에요. 그놈이 공사대금을 유용한 끝에 아버지를 끌어내어 그런 끔찍한 범행을 저지른 거였어요."

원구는 말하고 마침 갖다 놓은 커피를 후룩후룩 들이마셨다.

"죽일 놈, 세상에 돈 때문에 사람을 죽여?"

병수는 뜨거운 불기둥이 솟구치는걸 느끼며 큰소리로 말했다.

"아버지 불러내 죽이고 야산의 돌무더기 속에 파묻어 놓고는 이튿날 천연덕스럽게 공사장에 나와 일까지 했다니깐요."

"저런, 보통 악마가 아니로구먼."

"그리고는 시체가 발견되자 도망쳐 버렸어요."

"어허, 세상에 그럴 수가……."

그는 커피를 한 모금 꿀꺽 삼켰다. 돌무더기 속에 파묻힌 태일의 처참한 시체가 눈앞에 떠오르는 것 같아 눈을 감았다.

"아저씨, 저 아래채 방에 저녁상 들이라고 했으니 그리 가세요."

원구가 말했다. 그는 일어섰다.

문득 현 여사의 말이 귀 곁에 들려오는 것 같았다.

'분수없는 물욕이 화를 불러들였다?'

그는 생각하곤 허망하기만 했다. 태일은 결코 그런 사람이 아니었다. 그는 도리어 속된 명예나 부귀 같은 게 싫어 낯선 시골의 농원생활에 유유자적했던 게 아닐까?

녀석은 일껏 술자리에서 얼큰히 취할라치면 '자네 병수 시골로 내려오게. 사람이 나이를 들면 고향의 푸근한 흙 내음 속에 살아야 하이.' 하고 입버릇처럼 뇌이곤 했었다.

'병든 하늘, 더러운 돈으로 영화 누리느니, 맑은 하늘 신선한 수입으로 사는 게 얼마나 보람된 삶인가?' 라고 자족해하기도 했었다.

그런데 그의 만년은 무엇인가? 병수는 머릿속이 수세미처럼 헝클어져 갈피를 잡기 어려웠다.

아래채 사랑방에는 태일의 조카들이 와 있었다. 그가 들어서자 평소 안면이 있는 성구가 반갑게 맞이하여 두 사람은 술상을 마주했다.

몇 순배의 술로 쌓였던 긴장이 풀어지면서 푸근한 슬픔이랄까 그런 기분에 젖어들었다.

"선생님은 저의 숙부님과 절친한 사이시니까 격의 없이 말씀드립니다만, 이런 일을 당하여 우선 부끄럽고 죄송스러운 마음 그지없습니다만…… 우리는, 우리는 참으로 노골적으로 말하면 분하기 짝이 없는데…… 이번 사건의 단순한 살인사건이 아니란 데서 이를테면 큰 의혹을 느끼고 있습니다."

그는 매우 신중을 기하고 있다는 듯 부러 나직한 목소리로 다짐 다짐하여 말하는 투였다.

"의혹이라뇨?"

병수는 별안간 날아온 돌덩이라도 얻어맞은 듯 움찔하면서 반문했다.

"선생님, 우리 숙부님은 수년 전부터 이곳 처가살이를 청산하고 우리들이 사는 고향으로 솔가해 살려고 했습니다. 그 일로 숙모와 갈등이 심했었습니다. 농원을 팔아치운 건 그 까닭입니다."

"그야, 소득이 없으니까 농기계 사업으로 전업하기 위해서였다는데?"

"원구가 그럽디까? 그건 괜헌 말이에요. 숙부가 그런 일 손댄 건 숙모의 일방적인 꾀임에 빠진 거예요. 이곳에 주저앉히기 위한 방편이죠. 실지로 퇴직금이네 뭐네 하여 숙모의 친정 조카가 꾸어간 막대한 빚 대신에 농기계 일부를 받아들일 수밖에 없었던 사정이 그렇구요."

"모르겠는데……."

병수는 당장 곤욕에 쌓여 뭐라 할 말이 없는 터라 신음소리처럼 외마디 말을 내뱉었다.

"모르시겠죠. 이런 말씀 드리는 것도 참 부끄럽고 죄 지을 일이지만 하도 분통이 나서 하는 말입니다. 또 그 얘기입니다만 그 범인인 기사놈도 사실은 그 조카가 추천한 사람이랍니다. 그나저나 이 상가의 분위기가 어떻습니까? 마음속은 어떨지 모르지만 너무도 태연해서 말입니다. 게다가 경찰의 수사 협조에도 너무 미온적이었다고 합니다. 왜 그럴까요?"

성구는 분김에 숨을 씨근거리며 술을 벌컥벌컥 들이켰다.

병수는 끔찍했다. 성구의 말뜻이 확연한 논리로 드러나면서 무서운 의혹의 실마리로 떠올랐기 때문이다. 불운한 죽음을 놓고 벌이는 가공할 음해가 뒤섞인 반목이었기 때문이었다.

'태일아, 너는 가면서도 그예 불길한 후환조차 남기는구나.'

그는 생각하고 술잔을 핥듯 누리끼한 탁주를 약 마시듯 했다. 이래서는 안 돼 하고 그는 강한 저항으로 몇 번인가 고개를 흔들었다. 마침내 그는 성구의 고추빛 얼굴을 노려보며 입을 열었다.

"성구, 자네가 그토록 고향에 오고 싶어 하던 숙부가 이렇게 참변을 당하는 데서 받은 충격이 얼마나 클까 하는 걸 나는 이해하네. 허지만 자네의 말은 너무도 무서운 얘기네. 막다른 경우에 사람이 무슨 추측인들 못하겠나? 그러나 당장 불행을 당한 자네 숙모나 조카들을 생각해보게. 제발 말을 신중히 하게."

그리고는 들었던 술잔을 탁 소리가 나게 상 위에 내려놓았다.

"선생님, 하도 원통허니깐 그럽니다요."

성구는 당장 낯빛이 일그러지면서 기어드는 목소리로 말했다.

"원통하기야 누가 더 할까? 허지만 사건이야 범인이 잡히면 저절로 밝혀질 걸세."

그는 아무 말도 안 했다. 밖에서는 여전히 낙숫물소리가 들려왔다.

"그나저나 내일이라도 비가 개었으면, 발인이 몇 시랬지?"

성구에게 물었다. 고개를 떨구고 침통한 표정으로 앉았던 그가 퍼뜩 고개를 들어 바라보았다.

"열한 시예요. 장지는 바로 가깝지만 비가 개어야 되는데……."

했다. 장지조차 고향에 두지 못하는 걸 아쉬워하는 것 같은 눈치를 갑자기 더욱 침통해 하는 표정에서 뜯어볼 수가 있었다.

병수는 왠지 가슴이 옥죄이는 갑갑증에서 밖으로 나갔다. 상가의 을씨년스런 분위기 속에 휑뎅그렁한 공동(空洞) 같은 적막감이 그를 휘어잡았다. 여전히 보슬비가 여름 못비처럼 추적추적 내리고 있었다. 그것이 어둔 하늘에서는 그대로 먹물이었다.

불현듯 그는 끈끈한 늪처럼 헤어나기 어려운 이 밤을 생각했다. 어디론지 헤어났으면 했다. 조용히 혼자서 생각해보고 싶다. 태일의 죽음은 무엇인가? 사람은 왜 사는가? 이 따위 객쩍은 생각이라도 하면서 혼자서 어딘가에 푹 파묻히고 싶었다.

3

"설마 했었는데 정말 오셨군요."

백마장의 영옥이가 방안에 들어서며 반색을 했다. 일면여구(一面如舊)라더니 그렇듯 정겨울 수가 없다. 요정의 여급답게 화려한 한복차림이었는데 짙은 화장기로 자못 요염해 보이기까지 했다.

해반드르르한 얼굴의 두 뺨은 이미 전작이 있는 듯 발그레 상기되었고 두 눈은 약간 충혈이 되어 있었다. 그녀는 발씬 웃으며 매달리듯 그의 곁에 바싹 붙어 앉았다.

"상가에서 지금 오시는 거예요? 여기 오신 걸 보니 정말 볼 수 없는 참경이었나 보죠?"

"글쎄, 그렇다고나 할까?"

"무슨 대답이 그래요? 그나저나 술이나 하셔야죠. 무슨 술로 할까요?"

"맥주. 하지만 간단히 차리도록. 무슨 호강을 부리러 온 것 아니니깐."

"알았어요. 뭐, 내가 김 사장께 봉 씌울까봐?"

꽤 익숙한 솜씨로 너스레를 떨며 그의 손을 붙들고 어루만지는 시늉을 하더니 바시시 일어나 밖으로 나갔다.

그는 약간 우중충해 보이는 방안을 휘둘러보면서 불현듯 자괴심 같은 찜찜한 기분을 느꼈다. 상가를 나오면서 그는 원구에게만 넌지시 귀띔해 두었다.

"어디 가서 잠깐 쉬었다가 내일 아침 오겠네."

그리고는 쫓기는 기분으로 황망히 택시를 몰고 이곳에 찾아왔다. 백마장은 외견상 선술집으로 보이는 자그마한 술집이었다. 그건 예상을 뒤엎는 상황이어서 생각보다 영옥의 처지가 훨씬 불행한 것처럼 여겨져 불시로 연민의 정을 느끼게 했었다.

"무슨 놈의 비가 짓궂게 왼종일 내린담, 비 때문에 공쳤지 뭐예요. 그렇잖아도 손님이 뜸헌 판에."

영옥이 입에 바른 순 영업적인 말투로 투덜대며 나타났다.

"그래 내가 구제해 준 셈인가?"

그는 언구럭스레 웃으며 말했다.

"조금은요. 헌데 구질구질하게 비가 안 왔음 김 사장님 여기 올 염도 안냈을 꺼니깐, 생각하면 비 덕택이네요."

"그렇달 수도 있지."

이윽고 술상이 들어왔다. 꽤 실속 있는 간단한 차림새였다.

"자, 건배하셔요. 김 사장님 친구의 영혼을 위하여?"

영옥은 글라스를 가볍게 부딪치며 말했다.

"김 사장이라 하지 마. 그저 뭣하면 김 선생쯤 해두어."

그는 사실 사장 아닌 전무였지만 그보다 영옥의 그 세속적인 말투가 역겨워 불쑥 말했다.

"좋아요. 허긴 세상에는 별별 꼴 같지 않은 사장 족들이 흔하니께."

"그래 말야. 한데 친한 친구 문상 온 주제에 색시집이나 찾는 나 역시 꼴 같지 않지?"

하고 그녀의 어깨에 한 팔을 두르며 희학적인 기분으로 풀풀 웃었다.

"천만에요. 되레 인간적인걸요. 상가에 앉아 눈물만 쫄쫄 흘려야 문상인가요?"

"그렇잖음?"

"울면 웃는단 말 있잖아요."

"아냐. 웃으며 울겠지."

"옳아. 그렇겠군요. 헌데 친구 분의 사건 범인은 잡혔나요?"

"아직은……."

"어디 꽁꽁 숨었겠지. 허지만 손바닥만 헌 세상에 제 놈이 어딜 가?"

"녀석의 애인이 있는데 서울 모처의 술집이래. 아마 그쪽부터 형사들이 덮칠 거야."

"그 아가씨도 싹수가 노랗게 되었네. 허지만 한 길 사람 속을 모른다구 어찌 맹꽁이처럼 재수 없이 걸려들었을까?"

그녀는 갑자기 김빠진 풍금소리 같은 헛웃음을 지었다. 순간 얼굴에 어둔 그림자가 스쳐갔다.

"사실은요. 저도 이런 데 나와설랑 첫 애인이라고 사귄 녀석이 악질 건달이었지 뭐예요. 그래 거미에 물린 잠자리 꼴로 지독하게 당했다구요."

"해서 이제는 사내라면 진저리를 치겠구먼."

"웬걸요. 허지만 나름대로 도가 트였다 할까? 선부른 사랑놀이 같은 건 이제 안 해요. 허니께 김 선생 같은 이 좋아하는 거 아녜요?"

"하룻밤 나룻배 같은 거?"

"나룻배라니 그럼 내가 배란 말이에요? 너무 했어요."

그녀는 호들갑을 떨며 그의 품안에 달려들었다. 서슬에 그녀를 꽉 껴안았다. 얼굴을 맞대고 축축하고도 달짝지근한 그녀 입술을 깊숙이 빨았다.

온몸이 부초처럼 떠도는 심연 속이었다. 부드러운 모래펄에 빠지는 평온함이었다. 그녀의 풍만한 젖무덤을 헤쳐 나른한 감각 속에 잠긴 그는 눈을 지그시 감았다. 시간은 매끄러운 활강 뒤에 오랫동안 멎어 있었다.

순간, 현 여사가 나타났다. 그녀의 핼쑥한 얼굴 뒤에 조카들의 부릅뜬 눈길들이 쏘아대고 있었다.

왜 그녀는 시집에서 의혹을 사고 있을까? 태일이 전 재산을 팔아 고향으로 옮기려 했던 게 사실이고, 그것이 뿌리 채 뽑힌 친정살이여서 죽도록 싫은 현 여사로 하여금 그를 묶어두기 위한 방편으로 빈털터리인 친정 조카에게 거액의 돈을 빼돌렸던 게 사실인가?

또 빚 상환의 방편 상 별수 없이 농기계를 사들였고 그래저래 그런 사단으로 죽음을 가져오는 화근을 만들었다면 불행은 이미 예비되어 있었다는 것인가?

그는 영옥의 몸 구석구석을 더듬던 부듯한 손길을 멈추고 잠깐 골똘한 생각에 잠겼으나, 곧 머리를 흔들었다.

그럴 리는 없어. 그건 무서운 추리야. 짐짓 처가살이 한 숙부라는 데서 오는 조카들의 공연한 열등감이 자아낸 음험한 환상일 뿐이야.

세상이 아무리 막 되었기로 더구나 교양과 양식이 있는 현 여사에게는 털끝만큼도 당위성이 없는 죄스러운 망념일 뿐야.

그는 돌연 영옥을 가볍게 밀쳐내고 상반신을 곧추세웠다.

"자아, 술이나 들자구."

그는 마음속의 심한 저항으로 분연히 말했다. 서슬에 그녀가 약간 움찔하는 태도로 저만큼 떨어져 앉았다.

그리고는 약간 새침해진 표정으로 빈 글라스에 술을 따랐다.

"사람이 값있게 죽는다는 거, 정말 아무것도 아닌 상식이지. 지금 이 나이가 돼 세속에 닳아 참 별수 없이 시시하고 비굴하게 됐지만, 젊었을 적에는 이를테면 가치 있는 인생이 뭐냐는 둥 제법 진지했다구. 4·19때 말야. 이래봬도 피 흘리는 현장의 전열에 끼어 불의에 항거하는 신선한 피의 의미를 깨치면서 얼마든 죽을 수 있다고 생각했지. 태일이란 놈은 그랬었어. 아냐 오히려 나보다 더 순수했었지. 그런데 자식이 그렇게 구질구질하게 죽어 버리다니."

그는 갈증이 난 하마처럼 술을 벌컥벌컥 들이켰다. 그리고는 벌겋게 충혈된 눈으로 영옥을 돌아보았다.

"자아, 술을 들어. 자네도 한번 나와 진창 취해 보자구. 세상살이라는 게 별것인 것 같아도 사실 따지고 보면 그렇구 그런 거야. 어때 그런 생각 안 드나?"

"왜 안 들어요. 그래서 때론 죽도록 마시는 게 아녜요?

"음, 그래. 그리고 밖에 여전 비가 오나?"

"그럼은요. 허니께 갑절 술맛이 날걸요."

비가 온다! 제발 내일은 그쳐야 할 터인데…… 하고 무심히 창 쪽을 바라보았다.

"어때요. 술 더 들겠거든 아예 안주도 두어 접시 시킬까요?"

영옥의 목소리가 귓바퀴를 간지럽혔다.

"알아서 해."

그는 내뱉듯 대꾸했다. 불쌍한 놈 비나 맞지 말고 떠나야 할 터인데…….

영옥이가 잠시 나갔다 들어와서는 자, 이제부터 결판지게 시작해 보자는 투의 묘하게 신명나는 낯빛으로 그의 무릎 옆에 바싹 붙어 앉았다.

"비는 좀체 그칠 것 같지 않나? 그나저나 영옥이 나 오늘밤 어디서 자지?"

와락 그녀를 껴안으며 물었다.

"왜 여관이 없을라구요. 염려 마세요. 내가 쓸 만한 곳 안내할게요."

그녀가 가볍게 품안에서 몸틀임을 하면서 코맹맹이 소리를 했다

"그 말은 나와 함께 밤새워도 좋단 뜻이야?"

다짐하듯 껴안은 팔에 힘을 주면서 물었다.

"좋지요. 심란하게 비는 오겠다, 김 선생이 원하시문야. 헌데 죄송한 말씀이지만 여기 마담의 허락을 얻어야 돼요. 외박하면 손님 떨어진다고 맘대로 못 하는걸요."

갑자기 허둥대던 전과는 달리 자못 진지한 투로 말했다.

"외박하면 손님 떨어져. 그게 아니겠지. 화대 지불하란 말 왜 내가 눈치 없을까? 좋아. 어차피 사랑도 물질로 갚아지는 법인걸."

병수는 말하고 이윽고 그녀 얼굴을 들여다보았다. 깊은 밤 고요 속에 창문에 두들기는 빗소리가 들려왔다.

한 시인詩人의 실절失節

1

야밤중 난데없이 요란하게 초인종이 울렸다. 대문 밖에는 설멍하니 키가 큰 윤미원(尹未源) 군이 외등을 등지고 서성이고 있었다.

“아닌 밤중에 자네가 웬일인가?”

기쁨과 의구심이 얽힌 어정쩡한 기분으로 물었다. 그제야 뒤돌아서면서 대꾸 대신 입 귀퉁이로 살짝 웃어보였다. 짜장 마뜩잖은 기분이었지만 어쨌든 의례적인 인사로 집 안에 들어오도록 청했다.

“아닙니다. 선생님, 냉큼 옷 갈아입고 나오십시오.”

“아니, 왜?”

“묻지 마시고요…….”

“이렇게 밤이 늦었는걸.”

“아직 괜찮으니깐요.”

꽤 완강한 어투로 내쏟곤 스척스척 골목 안 내리받이 길을 내려가는 것이었다. ‘이런 엉뚱한 친구 봤나?’ 나는 내심 가벼운 저항을 의식했지만, 이 같은 곤경을 한두 번 당한 일이 아니라서 별수 없이 그의 뜻을 좇을 수밖에 없었다.

기실 흔한 일이 아니지만 그가 내 집을 방문하는 일이란 매양 이런 식이었다. 어쩌다 시내에서 술판이 벌어져 한 잔 기울이다 보면 불현듯 내 생각이 무슨 음울한 환영처럼 눈에 집혀 차마 견딜 수 없게 된다는 것이었다. 하여 심야든 대낮이든 가림 없이 직성대로 천둥에 개 뛰어들 듯 내 집에 쳐들어오는 버릇이 생긴 것이라 했다.

그는 술을 댔다 하면 번번이 폭음하는 편이었는데, 마치 원한이 맺혀 세상을 향해 모든 저주를 퍼부어 대는 것 같은 꼴이라 술자리 끝은 언제나 없이 참담한 그것이었다.

사실 그와 나는 유달리 긴한 인연이 있는 사제지간이다. 하여 세속적인 의미로는 좀 점잖지 못한 무례에 가까운 당돌한 처우를 한다 하더라도 짐짓 깊이 있는 진정의 개방적 표현이라는 뉘앙스가 되는 셈이었기로 아무튼 나는 번번이 곤욕을 치를 수밖에 없었다.

그러니 아내가 그를 좋아할 리가 없었다. 아니, 거머리를 보듯 그가 나타나는 걸 끔찍해 했던 것이다.

"도대체 제자란 자의 행동이 그게 뭐예요? 평소에는 코빼기도 뵈지 않다가 술만 취하면 제풀에 기분을 내어 은사를 끌어내다 곤죽이 되도록 술을 퍼먹이곤 보호실 신세를 지도록 하지 않는가, 술집 기물을 때려 부셔 소동을 빚지 않나, 길바닥에 쓰러져 웃음거리를 만들지 않나……. 그런데도 전생에 악의 인연이라도 있는지, 당신은 그 사람만 오면 무슨 구세주나 만난 것처럼 의좋은 짝짜꿍이가 되어버리니, 참 딱도 하시지. 제발이지 점잖은 처지에 좀 체통을 지키시구려."

아내의 독기 서린 푸념은 이제 귀에 못이 박혔다.

"내가 괘씸하게 생각하는 건…… 그를 만학이나마 대학졸업에다 시인이라는 사회적 지위에까지 키우는 데 당신이 바친 노력이 어떠했는가는 세상이 다 아는 일 아니우? 그런데도 당신에게 고작 하는 일이 뭔가요. 지난해 당신 입원했을 때도 코빼기나 비쳤우? 또, 세상사람 다하는 설날에 세배 한 번 와본 일이 있우? 그러니 당신 알기를 술친구 푼수로밖에 여기지 않는 것 아니우?"

아내의 비난은 둑이 무너진 봇물처럼 거침새가 없었다. 그러한 그녀의 역정 앞에 나는 설득할 말을 잃고 만다.

어쨌든 나는 아내의 눈치야 아랑곳없이 급히 옷을 주워 입고 문 밖으로 나갔다.

"그렇잖아도 궁금했던 터였는데……."

나는 말하며 그의 옆얼굴을 슬쩍 훔쳐보았다. 그 엄청난 사고를 내고 3주쯤 구류 신세까지 진 사람치고는 별스레 얼굴이 상해 보이지는 않았다.

시인이라는 세속적인 관념은 젖혀두고라도 명색 중학교 현직 교사란 자가 택시 운전수, 그나마 영업택시 운전수로 어엿하게 영업 행위를 하다가 크나큰 사고를 낸 것이다. 통금시간이 임박하여 술집거리를 속력을 놓고 달리다가 술집에서 불쑥 튀어나온 두 사람을 정통으로 들이받았다는 것이다. 다행히 중상을 입힌 걸로 그쳤지만, 피해자는 모두 곤드레가 된 술꾼이었다. 그런데 문제는 운전수, 그러니까 윤미원 군도 술이 취해 있었다는 게 경찰조서에서 드러난 것이다.

현직 교사인 그가 직접 영업택시를 몰았다는 것이며, 더구나 다름 아닌 시인이라는 데서 주변에는 꽤 큰 충격적인 화제로 번졌다. 경악과 분노, 그리고 동정이 엇갈린 착잡한 반향이었던 것이다.

지난해 겨울, 나는 그가 방학기를 틈타 자동차 면허를 따기 위해 교습소를 다닌다는 풍문을 들었다. 그래 남의 집 셋방을 전전하는 푼수로 무슨 면허냐 싶어 속으로 코웃음을 쳤던 것이다.

헌데 그게 아니었다. 어느 봄날 오후 귀갓길의 번화한 거리에서 바로 택시의 운전석에 앉아 있는 그를 발견했던 것이다. 알록달록한 예비군복에 챙이 긴 캡을 눌러쓴 그가 무심코 곁을 지나는 나를 불러 세운 것이었다.

"타세요, 선생님."

그는 크게 말하고 약간 열적게 웃어 보이며 뒷문을 열어주었다.

"아니, 자네가 소문대로……."

뜻밖의 진경에 한 대 얻어맞은 기분으로 어마지두 서있자니까 그가 급히 채근했다. 나는 허리를 굽혀 차안에 들어섰다. 그가 급히 액셀러레이터를 밟았기 때문에 놀란 토끼처럼 차가 붕하니 떠올랐다.

"기어이 차를 구했구먼. 헌데 오늘 학교 수업은 어떡허구?"

"마침 개교기념일이라 쉽니다."

"시인이 돈 벌기로 나섰구먼."

"시인도 밥을 먹어야 하니까요."

백미러로 흘낏 나를 돌아보면서 씁쓰레 웃었다.

"평소 운전은 누가 하지?"

"처남에게 맡겼죠. 그리고 이른 새벽과 밤은 교대하여 내가 합니다. 순전 빚으로 산 차인데 빨리 차 값을 벌어야죠. "

차가 내 집 근처에 이르렀다. 내가 내릴 움직임을 보이자 그가 결연히 말했다.

"기왕 오랜만에 뵈었는데 드라이브나 허십시다."

앞면을 꼿꼿이 바라본 채로 자못 굳은 말씨로 말했는데 이미 예비하고 있었다는 투의 표정이었다.

"실없는 소리 말게. 영업에 나섰음 충실해야지."

약간의 당혹감을 느끼며 핀잔을 주었다.

"원, 천만에요."

하면서 속력을 높이는가 했더니 교외를 향해 아스팔트길을 날아갈 듯 달려가는 것이었다.

약간의 침묵 끝에 그가 풀썩 웃으며 지껄이기 시작했다.

“우리 학생 말입니다, 어쩌다 이런 꼴을 발견하곤 기절할 듯 놀라더군요. 자가용도 아닌 영업차에 운전복을 입은 꼴이라니…… 전통적인 사농공상의 위계의식에 철저히 젖어있다 할까? 아마 학생들은 그 순간 놀람과 함께 모욕감을 느끼는 모양입니다.”

“그럴 수밖에, 상대는 꿈 많은 학생들 아닌가. 신성한 교직자란 의식 말고도 자네는 다름 아닌 시인 아닌가. 진실과 아름다움을 일깨워주는 정신적인 귀족이라 할까?”

“시는 죽었어요. 진실이란 말 많은 자의 허세고 아름다움이란 맥깔 없는 장식이라 여기지 않습니까?”

그는 자못 도전적으로 말했기 때문에 불현듯 가슴 밑자리에서 뭉클하니 일어나는 강한 반발을 의식했다.

“해서 자네는 시와 교육을 버리고 돈 벌기 위한 속물로 스스로 전락했다는 말인가?”

그는 말이 없었다. 나의 비난이 지나치게 원색적인 것이었을까? 이윽고 그는 감정을 억제하는 듯한 침착성을 지니고 조용히 대꾸했다.

“선생님 비난은 좀 지나친 것 같지만, 사실은 어느 만큼은 사실이고 또 어느 만큼은 전혀 사실과 멉니다.”

나는 그의 도무지 아리송한 대꾸를 우호적으로 받아들일 수 없었다. 수년 전의 일이었다. 내가 알선하여 시골 중학에 그를 보낸 일이 있었다. 그때 그는 뜻밖에도 교직을 등한시하면서 난데없이 사법고시 준비에 몰두하고 있었다. 그리곤 결국 5년 만에 그 권력에의 허탄한 꿈도 깨어지고 말았다.

그의 나이 사십이면 시속에서 말하는 불혹(不惑)의 연령인데도 도무지 악귀에 씌운 것처럼 그는 허둥대는 것이었다.

윤미원. 누가 뭐래도 그는 시재(詩才)가 있는 신진 시인이다. 적어도 10년 동안은 꽤 평판이 좋은 시들을 도하 신문에 발표하곤 했던 것이다.

어쨌든 우연히 운전석에서 발견한 윤미원의 강권으로 마뜩찮은 드라이브를 하게 된 우리는 막상 교외로 달려갔지만 그럴 듯한 곳은 없었다. 공단 모퉁이를 돌아 아파트 입구에서 차단을 당한 김에 비포장도로를 달려 마침내 안착한 곳이란 게 포장이 나풀거리는 허름한 선술집이었고, 구워 삶아놓은 호박덩이 같은 참 볼품없는 색시가 따라주는 맥주 한 병씩을 마시고 돌아왔던 것이다.

짤랑거리는 돈주머니를 허리에 찬 채 운전석에 들어앉은 윤미원은 씹어뱉듯

“돌아도 돌아도 참 세상 쓸 만한 곳은 없구먼요.”

차창 밖으로 허공을 잠깐 우러러보다간 가래침을 칵 뱉었다.

2

윤미원의 성미는 꽤나 괴팍하다 할 밖에 없었는데, 대개의 사람 가운데 많은 이들이 그렇듯 그에게도 야누스와 같은 양면성이 있었지만, 그게 유난히 특별했다.

평소의 그는 무뚝뚝하고 더없이 겸손할 뿐 아니라 매사 성실이 지나쳐 바보스러울 지경이었다. 허나 어떤 예기찮은 상황에 부딪칠 경우(그게 범연히 넘겨질 법도 한 일이라도) 전혀 상식을 뒤엎는 난폭한 반응으로 걷잡을 수 없는 결과를 빚어내곤 했다. 마치 사슴이 악천후를 맞아 이리처럼 날뛰는 꼴이랄까? 물론 이런 일이란 매우 드문 일이기는 했다.

그에게는 심한 편벽이 있었다. 이를테면 여성에 관한 것도 예외일 수가 없는데, 기이한 결벽증이랄까, 술자리에서 호스티스를 희롱하는 꼴을 보면 참을 수 없는 멸시와 욕설을 퍼부어 모처럼의 주흥을 망가뜨리는 것이다. 그리고는 곧 뉘우치는 게 그의 버릇이었다.

그러한 그가 어쩌다 술이 과한 경우기는 하나 호스티스를 마치 송충이 대하듯 할 뿐더러 한술 더 떠서 갖가지 음란한 행위를 서슴지 않을 뿐더러 심하면 아가씨의 옷을 홀랑 벗기고는 온갖 욕설로 매도하는 잔인성을 즐기는 것 같은 작태를 보이기도 했다.

해서 그와 더불어 술집에 간다는 건 매양 즐거울 수만은 없는 것이다.

어쨌든 오늘 밤 나는 그의 포로가 된 채 뒤를 따랐다. 향방이 어딘지 굳이 나는 묻지 않았다. 묵계처럼 우리는 일쑤 그런 걸 따지는 따위를 해본 적이 없었던 것이다.

드디어 우리는 술집에 이르렀다. 시쳇말로 유례없는 불황기라 그런지 다른 손님은 없었다. 젊은 색시 두 명이 마루 끝에 앉아 쉬어빠진 목소리로 유행가를 웅얼거리고 있었다.

—비가 오면 생각나는 그 사람…….

그리곤 우리를 발견하자 금시 두 눈이 화경처럼 커진 채 쪼르르 달려왔다.

"어서 오세요. 방으로 들어가요. 네, 어서요."

눈썹 위에 큰 사마귀가 돋보이는 여자가 코맹맹이 소리를 하며 나의 손목을 잡았다. 이윽고 우중충한 방안에 술상과 더불어 두 여자가 한들거리며 들어섰다.

"미안, 자네들은 잠깐 물러가 있어. 이따가 부를게."

방안에 쩌렁하게 울리도록 윤미원이 말했다. 여자들이 실쭉하면서 분김에 미닫이를 꽝, 하고 닫아버렸다.

"저 애들 그냥 놔둘 걸 그랬나 보죠?"

그가 말했으나 기실 미안함을 호도하기 위한 빈 수작임이 역연했다.

몇 잔의 맥주 컵이 오가는 사이 윤미원은 땡감 먹은 아이의 떨떠름한 표정으로 이내 말이 없다가는 갑자기 무릎을 꿇고 수도승의 자세를 취했다.

"선생님, 심려를 끼쳐 죄송합니다."

충격적인 말씨로 입을 열고 진지한 눈길로 쏘아보면서 말을 이었다.

"저라는 위인은 왜 이럴까요?"

돌발적인 질문에 그저 할 말이 막혔다.

"이번 교통사고로 저는 심한 절망을 느꼈습니다. 사고의 충격 때문만이 아닙니다. 경제적인 타격 때문만도 아니고요. 사고의 피해보상—그러니까 치료비 말이죠—은 기왕 들어 있는 자동차 보험에서 모두 처리해 줍니다. 또한 피해자의 위자료도 일이었지만 원만히 해결됐습니다. 타격은 컸고 부채도 갑절 늘었지만, 저의 차도 그전대로 굴리고는 있습니다. 그러나 표면상 달라진 건 없습니다. 그런데 말입니다, 그런데……."

말을 멈추고 그는 한 컵 맥주를 벌컥벌컥 들이켰다. 나를 날카롭게 훔쳐보았으나 결코 어떤 반응을 기대하는 것 같은 눈치는 아닌 것 같았다.

"그런데 말입니다. 제가 말씀드리고 싶은 것은 결코 직장이나 피해자에 대한 도의적인 책임 아니, 죄책감이라는 게 옳은 표현이겠지만, 사실은 그런 걸 말하려는 게 아닙니다. 선생님, 제가 가난을 저주하고 그걸 극복하려 무진 애를 쓴 건 사실입니다. 허지만 선생님께서는 처음 얘기입니다만, 분명코 제가 지닌 부에의 집착이란 세상의 흔한 속물적 부류의 그것과는 결코 다릅니다. 좀 쑥스런 표현이지만 꽤나 착잡하고 복합적인 나름대로의 필연성이 있어서입니다…… 선생님, 제 말씀 좀 따분하시죠?"

"아냐, 계속하게."

나는 여느 때 없이 심각하고 열기 있는 그의 어조에 감전이라도 된 듯 격한 말투로 말했다.

그는 대꾸 대신 술을 마셨다. 나에게도 술을 강권했다. 다음 말을 예비하기 위해 부러 뜸을 들이는 것 같기도 했다.

"선생님은 저의 선친 윤 목사를 아시죠?"

느닷없이 그가 물어왔다.

"암, 알고말고. 세상에 드문 청렴한 성직자, 그리고 감히 선각자라 할 만한 개화주의자였지. 그러면서도 일제하에 뜻을 굽히지 않은 철저한 민족주의자였지. 헌데 너무 고생이 심했어. 시운이 그분에게는 너무 역했던 거야."

나도 모르게 그만 장광설이 되고 말았다. 나는 그를 잘 안다. 아니, 아는 정도가 아니라 오랜 예부터 그라는 인간은 형언하기 어려운 무게를 지니고 내 정신이 한자리에 돌덩이처럼 자리하고 있었던 것이다.

윤치만(尹恥萬) 목사. 한일합방 당시에 신학문을 배우고 좌절 속에 신학에 귀의, 도일하여 신학교를 마친 후 전도 사업에 전념했던 그는 항일의 외곬 의지로 큰아들은 일제하의 교육을 거부함으로써 무학자(無學者)를 만들었다.

그리하여 큰아들은 천둥벌거숭이의 빈궁한 농군, 둘째는 마지못해 중학교는 가르쳤지만 일제의 주구인 관리를 시킬 수 없다 하여 건달이 된 채 마침내 정신착란으로 거리를 헤매는 광인이 되었다가 엄동설한에 이름 모를 거리에서 객사하고 말았다. 80평생에 한 번도 양복을 입어본 적이 없는 그는 이름조차도 일제하의 수모를 새겨 부끄러울 치(恥)자를 넣어 작명했던 그였다.

"세상에 말야, 나는 자네 선친처럼 자신의 진실에 충실하고 속세를 외면한 사람을 달리 볼 수 없었네. 그런 면에서 현실적인 의미론 기인(奇人)에 속했달 수도 있겠지만……."

"기인이라고요?"

하면서 갑자기 윤미원이 풀썩 웃었다. 마치 나의 말에 대한 해학적인 기분 아니면, 노골적인 비난을 은폐하려는 데서 오는 발작적인 웃음처럼 들렸다.

"가장으로서 선친께서는 우리를 철저히 버렸습니다. 당신의 영생과 평화를 위해서 말입니다. 우리는 참으로 비참하게 가난했죠. 아버지의 교회는 형편없이 영세했고 신도는 소수의 무지한 아녀자뿐이었으니까요. 그러면서도 당신은 언제나 이런 성구(聖句)를 읊조렸죠. 너희를 위하여 보물을 땅에 쌓아 두지 말라. 거기는 좀과 동록이 해하며 도적이 구멍을 뚫고 도적질 하느니라. 오직 너희를 위하여 보물을 하늘에 쌓아두라."

"그만, 그만."

나는 새로운 충격으로 참을 수가 없었다. 윤미원의 뼈에 맺힌 원한이 곤봉 끝처럼 내 심장에 파고드는 걸 의식했기 때문이다. 불현듯, 어느 때던가 그가 들려주던 말이 떠올랐다. 고등학교를 중퇴하고 군대를 마친 나이로 나의 강권에 의해 머리를 깎고 야간고교를 마친 다음 대학을 들어간 뒤의 어느 날 술이 얼큰한 채 무용담처럼 지껄였던 얘기다.

"선생님, 저는 고향에선 내놓은 깡패였답니다. 어른들 틈에 끼어들어 노름을 했고, 수 틀리면 집안 어른 할 것 없이 마구 행패를 부렸으니깐요. 목사의 아들이란 자가 말입니다. 목사의 아들. 사실은 이런 구속 때문에 뭔가 모를 불덩이 같은 뜨거운 저항으로 매사에 도전적이었는지도 모르죠. 아버지의 분노와 좌절에 불덩이를 던지고 싶은 마음……."

저절로 긴장이 되면서 나는 술을 마셨다. 술맛은 씁쓸하기만 했다. '괴후 속의 독버섯.' 윤미원은 지금 그러한 과거를 알몸으로 드러내고 있는 것이다. 하지만 지금 그는 어엿한 성인으로서 그것쯤은 이미 그 인생에서 잠깐 그리움으로 회상할 수도 있는 과거가 아닐까. 세월이 관대하다는 걸 그도 부드러운 마음으로 실감할 나이가 아닌가.

"자아 선생님, 색시들을 부릅시다."

갑자기 그는 말하고 손뼉을 짝짝 쳐댔다. 한 색시가 미닫이를 반쯤 열고 얼굴을 삐죽 내밀었다.

"술 한 병 더하고 이제 들어들 와."

기다렸다는 듯 두 색시가 술을 들고 들어섰다. 성형한 쌍꺼풀에 야한 화장을 한 약간 나이 들어 보이는 색시가 내 곁에 붙어 앉았다. 윤미원 곁에는 아주 풋풋하게 젊은 나이에 안쓰럽도록 몸매가 가녀린 색시가 엉거주춤한 자세로 자리를 잡았다.

"자, 선생님, 이제 술이나 마십시다."

풋내기일 것 같은 색시의 손목을 잡고 우악스레 끌어당기며 말했다.

문득 눈앞에 십 년 전의 윤미원의 아내 모습이 망막에 아련히 떠올랐다. 하객이라곤 겨우 십여 명밖에 없었던 초라하기 이를 데 없는 예식장, 고작 나이 열여덟에 불과한 신부의 그 안쓰럽도록 가냘픈 몸매에 도무지 어울리지 않게 헐렁한 드레스를 끌며 하마하마 쓰러질 것 같기만 한 위태로운 걸음으로 주례를 향해 가던 가녀린 신부의 모습이었다.

결혼 날을 결정한 윤미원이 나를 찾아온 것은 불과 사흘 전이었다.

"결혼을 하기로 했습니다."

"규수는 누군데?"

"우리 고향마을에 사는 이웃집 처녀인데 이제 열여덟밖에 안 되는 애숭이 처녀아이죠. 순 촌뜨기로 초등학교를 졸업했어요."

음, 하고 순간 나는 걷잡을 수 없는 큰 실수를 범하는가 싶은 착잡한 심정이 되었다. '중대한 혼인을 값싼 감상으로 처리한 게 아닐까?' 그러면서도 짐짓 내색을 하지 않고 넌지시 말했다.

"순진한 촌색시, 좋겠지. 허지만 윤군, 자네는 대학을 다니고 또 정신적인 노작으로 생활하는 시인 아닌가? 해서 말인데, 자네와 부인 사이의 지나친 정신적 격차 때문에 혹시 갈등이 있을지도 모르겠단 생각이 드는군."

"선생님두 참!"

하고 뜻밖에 그는 어처구니없다는 표정으로 빙긋 웃었다.

"제가 시를 쓴다는 게 뭡니까? 저는 제 분수를 잘 압니다. 염려될 건 전혀 없을 거예요."

"그럼 그렇다 치고, 결혼식장은 정했는가?"

"결혼식도 피차 어려운 처지에 아주 간단히 해치울랍니다. 같은 과 동료 학생들과 과 교수님 몇 분 모시고 가까운 산에 가서 막걸리 통이나 갖다놓고 한잔 마실까 합니다."

유들유들한 말씨로 대답했으나 말과는 달리 얼굴에는 꽤 굳은 결의의 빛이 드러나 보였다. 그 얼굴을 보자, 순간 나는 왠지 모르게 부아가 치밀었다.

"그런 당찮은 소릴랑 말게."

마치 물어뜯고 싶은 격렬한 기분이 되어 말소리가 자연 격앙되었다.

"자네는 그걸 낭만으로 알지 모르지만 그 불쌍하게 살아온 신부 입장을 골똘히 생각해 봤나? 그 여자는 자신의 처지가 그럴수록 누구나 한 것처럼 도시의 화려한 예식장에서 웨딩드레스를 입고 싶은 거야. 이 바보 같은 이기주의자야. 그러니 평생에 한 번 있는 결혼식을 그 따위로 하여 그녀의 열등감과 한을 맺히게 하는 잔인한 속정을 버리란 말야."

미원은 결국 나의 항변에 승복했던 것이다. 그리고 이제는 아들딸 셋을 낳은 가장이 된 것이었다.

"윤군, 자네 파트너인 색시 말인데 결혼 때의 자네 신부처럼 날씬하군 그래."

일부러 까라진 분위기를 열기 위해 농담으로 걸었다.

'그래요?' 하고 그는 색시를 힘 있게 안아보곤 '저의 내자 말입니다요, 이젠 틀렸어요. 자식 셋을 무 빼듯 잇달아 낳더니 그만 절구통이 돼버린걸요.' 하곤 하앙 하고 크게 웃었다.

"허지만, 선생님 앞에선 대단히 죄송한 말씀이지만 우리 부부간의 애정 관리에는 여지껏 빈틈은 없답니다."

활짝 트인 밝은 얼굴에는 우수의 그늘이라곤 찾아보기 힘들었다. 우리는 통금 시간이 임박해서야 술집을 나왔다.

꽤 거나해진 기분으로 팔을 끼고 다정한 연인처럼 인적이 드문 대로를 걸어 나갔다.

윤미원은 여느 때처럼 폭음도 안했고 시중을 든 색시에게 그 잠재된 난폭성의 독아(毒牙)를 드러냄이 없어서 모처럼 쾌적한 파장을 맞은 셈이었다.

그런데도 가벼운 주사이기도 했지만

"선생님, 두고 보십시오. 저 곧 선생질 때려치울 겁니다. 도대체 저 같은 건 남을 가르칠 자격이 없는 놈이니까요."

약간 한 다리를 비틀하다가 상반신을 곧추세우며 뇌까렸다.

"선생이란 게 뭡니까? 테이프 레코드 아니면 주문을 외는 직업 판수처럼 날마다 똑같은 말만 되풀이하고 있자니까 이제 진력이 납니다. 아마 우리 같은 선생이 죽으면 맨 먼저 혀가 굳고 목구멍이 막힐 겁니다."

그러다가 가사조차 분명찮은 가락을 흥얼거리다 말고 하늘을 향해 훗훗, 하고 웃다가는

"선생님, 죄송합니다. 근 일 년 동안 나는 시 같은 걸 생각해본 적조차 없습니다. 시는 영혼의 얼굴이라는데 제 영혼, 추악하고 메마른 영혼은 무슨 꼴을 하고 있을까요? 심장에는 먹피가 흐르고 정신은 혼탁한 시장 같은데…… 시가 왜 쓰여지지 않을까요, 선생님?"

어둠속이 아니라면 능히 그의 일그러진 얼굴을 보았을 것이다. 내가 마음의 평정을 유지했더라면 그의 늑대가 황야에서 울부짖는 것 같은 처절한 내심의 소리를 들었을 것이다.

그러나 어둠은 짙었고, 진심을 드러내기에는 이미 밤은 깊었고 또한 우리는 다 같이 취해

있었던 것이다.

3

늦가을의 어느 오후 나는 우연히 윤미원을 만날 수 있었다. 전혀 예기찮았던 장소에서의 해후였으니, 그건 바로 '하림 윤치만 선생 유작전(河林 尹耻萬先生 遺作展)'이라는 전람회가 열리고 있던 다방에서였다.

윤 목사가 만년에 서예에 몰두했었다는 풍문을 듣기는 했지만, 정작 전람회에 선보일 만한 실력이었나 싶어 한편 놀라우면서도 야릇한 이화감에 사로잡히기조차 했다.

그럴 것이 만년의 외로움을 달래기 위해 수련했을 작품들이 거리의 상품처럼 내돌리게 되었으니, 당자인 윤 목사가 영혼으로나마 이 일을 감지하게 된다면 길길이 뛰며 저주할 법도 하지 않는가.

다방 벽면에 빽빽하게 걸린 삼십여 편의 작품들이란 그 서체가 다양하여 습작기의 수련을 쌓았다는 흔적이 역연했다. 안진경(顔眞卿)체의 해서를 비롯 완당(阮堂)의 예서체, 소전체(素筌體)의 한글 글씨들이 유독 눈을 끌었다. 그중에도 특히 목사답게 한글로는 주로 성경의 글귀만을 골라 썼던 것이다.

대충 화장 안을 둘러본 나는 가벼운 흥분 속에 윤미원의 앞에 자리 잡았다.

"도대체 언제 이 많은 작품들을 남겨 두었던가?"

그의 의외로 시무룩한 얼굴을 바라보면서 물었다.

"저는 전혀 모를 일입니다."

불쾌한 감정을 억제하지 못하고 퉁명스레 대꾸했다.

"그렇담, 이 전람회의 주최자는 누군가?"

그는 말없이 카운터의 옆 좌석에 앉아 뭔가 열심히 머리를 맞대고 수군거리는 사람들을 턱으로 가리켰다.

"저자들은 아버님 교회의 장로 집사 나부랑이들이죠. 그들은 교묘하게 생전의 아버님한테 작품들을 앗아뒀다가 지금 교회의 자선사업 모금이란 명목으로 이 짓들을 하는 것입니다."

가능한 한 감정을 억제하려 노력하는 눈치였지만 그의 눈길에 담긴 적의의 빛은 숨길 수가 없었다.

"아버지가 현직 목사로서 물러났을 때 저들은 실로 아무런 노후 대책도 세워주지 않았습니다. 도리어 알량한 목사 사택에서까지 비정하게 내쫓았습니다. 그리곤 지금은 아버님의 수

택이 어린 작품으로 벌려고 혈안이 되고 있으니, 아이러니컬하게도 아버님은 여전히 그들의 목자인 셈이겠어요."

"허지만 저이들이 모셨던 목사의 자제로서 그런 비난은 삼가는 것이 좋을 걸세. 그리고 어찌됐든 아버님의 작품들이 많은 사람들에게 넘겨져서 세상에 오랫동안 남겨진다는 거 결코 좋은 일이 아니겠는가."

그는 가부간 아무 말도 안했다. 그리고는 회장을 둘러보며 짐짓 진지한 체하는 사람들의 표정들을 야릇한 비웃음 섞인 얼굴로 훑어보는 것이었다.

"아무튼 저는 아버님의 유작들에 대한 평가는 어떻든 간에 그분이 작품에 임했던 성실성만은 높이 사고 싶습니다. 생전에 아버님은 누구든 화선지만 사다 주면 정성껏 연습하여 글씨를 써 주었습니다. 물론 사례금은 받지 않았고요. 그분은 언제나 말했습니다. 댁이 종이를 사다준 덕으로 내가 글씨 공부를 했으니 사례를 하자면 도리어 제가 해야지요, 이런 식이었습니다."

말을 끝내자, 윤미원이 벌떡 자리에서 일어섰다.

"갑갑하군요. 선생님, 어디론지 여길 빠져 나갑시다."

나는 그를 끌고 중국집의 깊숙한 방안에 들어갔다. 잡채 안주에다 배갈을 시켰다.

"돈이 되어 팔리는 아버님의 글씨를 내가 한 폭이라도 지녔더라면 선생님께 선물할 수도 있었을 텐데요."

"아마 그랬음 나로선 좋은 기념이 되었을 테지."

나는 말하고 호방하게 크게 웃었다. 그는 열적게 따라 웃었다. 문득 생각나는 게 있었다. 윤미원의 큰형, 그러니까 윤씨 가의 종손인 빈곤한 농군을 위하여 윤 목사가 뭔가 달리 도와줄 길이 없었을까 하는 것이었다. 설혹 수련 과정에 있었다 하더라도 그분 작품은 시쳇말로 요즘 번다하게 열리고 있는 무명, 유명의 서예가들에 비긴다면 어지간히 고아탈속(高雅脫俗), 단사정상(端思正想)의 기품이 자리 잡혀 있었던 게 아닐까? 그런데도 속기가 물씬 풍기는 사이비 서예가들은 예술가란 실없는 명예를 콧등에 걸고 마치 노점 상인처럼 수다를 떨고 있었던 게 아니었는가.

"요전 밤에는 선생님께 지나치게 말이 많았던 것 같습니다. 저란 사람은 예시 타고난 천성부터 빗나가 주변 사람들에게 폐만 끼치는 것 같습니다. 사실 말이지 요즘 저의 교직생활은 죄의식에 꽉 차 있어서 몸 둘 바를 모르겠습니다. 돈에 미쳐 영업택시의 운전까지 하다가 큰 사고를 빚었으니 그래, 체면이 어찌됐겠습니까?"

급히 그의 말머리를 끊고 지극히 위로하는 투로 입을 열었다.

"그만두게. 그건 따지자면 기본적인 모랄이지. 이제는 시간이 흘렀어. 자네의 모든 학생들도 그런 구차한 과거사에 매어 있지는 않는 걸세. 자네가 영 그런 꺼림한 의식에서 벗어나지 않는 한, 결과는 진득이는 자학 행위로 될 밖에 없는 거야. 좀 더 당당하게. 그래서 많이 실추된 자네 위신을 회복할 수 있는 걸세."

그는 아예 아무런 반응도 않더니 뜬금없이 엉뚱한 질문을 건네 왔다.

"선친과 저와의 사이에는 모순이 많지만 어떤 유사점이 있다는 걸 느끼지 않습니까?"

"유사점? 뭔가 선뜻 생각나지 않는구먼."

"우선 말입니다. 목사나 교사나 진실을 깨우쳐간다는 점에서 같고, 선친이 서예를 했고 제가 시인이 됐다는 객관적인 조건이 같은 거죠."

"그런 거 같군."

"그런데 그게 모순이죠. 겉으론 비슷하지만, 사실은 전혀 딴판이랄 밖에요. 선친께서 목사로서의 자기 분수에 매어 일체의 세속적인 관계를 버렸습니다. 그분은 혈연의 정—동물조차 종족본능으로 인한 혈연의 정이 있지만 말입니다.—그 혈연에 얽힌 가족이라는 것, 또한 그런 데에 매인다는 것 따위가 세속적 의미에서 두 척이나 초월했다는 겁니다. 당신의 진실이 곧 지고한 경지이고 하느님의 뜻이고 어진 자의 지혜라 여겼을 것입니다. 그래서 가족들의 생존의 위협—한철을 콩죽으로 연명하기도 했으니까요.—그 어려움을 두 눈 감고 모른 척할 수 있었습니다. 둘째 형이 그 비정한 죽음을 당했을 때도 그분은 하나님의 부르심이라 하지 않고 사탄의 죄업이 끝난 거라 하여 슬퍼하지도 않았습니다. 선친께선 모든 걸 이런 신념으로 일관했답니다. 그런즉 단적으로 말하면 선친께선 가장(家長)으론 실패했습니다. 그러나 어린 양을 이끄는 목자로선 하늘이 내려준 분이란 걸 저는 압니다. 이해할 뿐이 아니라 존경도 합니다. 우리 선친 아닌 다른 목사로서 그런 분이 있다면 저는 전기라도 쓰고 싶은 마음을 지닐 겁니다."

윤미원은 무섭게 침착한 어조로 이론정연하게 말했으나, 내심 깊은 극기심(克己心)을 유지하려 노력하고 있다는 눈치였다. 나는 적잖이 그의 설변에 압도되었다.

"그런데 교사인 저는 다릅니다. 가장으로서의 제가 부양해야 될 네 식구를 분명히 의식하는 가운데 직업인으로서의 제 분수에 되도록 충실하려 하는 겁니다. 교직은 신성하다고들 흔히 말합니다. 그런데 선생님, 도대체 신성이란 뭐며 어떤 규준으로 말해질 수 있을까요?"

진지한 표정으로 정면으로 나를 쏘아보며 물어왔기 때문에 나는 적이 당황하면서 애매하나마 당장 무슨 말이든 대꾸해 주지 않을 수 없었다.

"신성이라고? 물론 절대 신성이란 어느 의미론 있을 수 없겠지. 모든 건 상대적이니까. 그러니까 극히 상식적인 의미로 말한다면 세속에서 비교적 초연한 입장에서 이상을 추구하는 특별한 곳이 곧 신성하다 할까?"

"그렇겠지요. 그런 대답밖에 나올 수밖에 없다는 걸 저도 압니다. 그러나 현실적으론 참 웃기는 식의 묵은 계명 같은 것일 밖에 없겠지요."

"헌데, 자네는 오늘 밤 나를 묶어 두고 토론으로 날을 샐 작정인가부지?"

그의 표정이 진지하고 토론에 열기가 높아질수록 나는 왠지 일말의 불안과 더불어 더없이 따분해지기만 했다.

"죄송합니다, 선생님. 얘기를 간단히 줄이겠습니다. 다만 한 가지, 아까 예서를 얘기했습니다만, 선친께서 서예를 한 것이 삶의 의미를 응집하자는 허무의 분별에서 시작했다면, 저의 시작(詩作)은 삶의 의미를 정열로 고양시키자는 데 있는 것 같아요. 또 하나 선친께서 서예를 통해 자신을 내밀화했다면 저는 시를 통해 자신을 확산시켰습니다. 그런즉 선친은 결코 명리(名利)에 의연했고 저는 그것을 적극적으로 추구한 결과가 되는 셈이었지요."

"그러니 윤군, 앞으로도 시작(詩作)을 계속하겠다는 뜻 같은데?"

그의 심중을 떠보려는 느슨한 마음으로 넌지시 물었다. 그는 잠깐 생각에 잠겼다. 꽤나 충격적인 선친의 유작전을 떠올리기라도 하는 걸까?

"선생님, 택시는 어제 처분해 버렸습니다."

전혀 뜻밖의 대답이었다. 의아해하는 나의 동정을 묵살하듯 그는 허탈하게 웃었다.

"택시를 처분하고 나니 한 백만 원쯤 손에 잡힐 계산이 서는군요. 그래서 말인데 선생님, 시집이나 한 권 내볼까요?"

진정이라고 보기에는 그 표정이 지나치게 장난기 있는 태도였다.

"그게 진정이라면 참으로 환영해 마땅할 쾌사 아닌가? 자넨 방황이 길었어. 이제부터라도 천분이라 할 시작에 전념할 수 있다면야 오죽 좋은가?"

나도 모르게 마음 깊이에서 우러난 감명 탓인지 말이 자연 절도를 잃었다.

그는 묵묵히 술잔을 기울였다. 꽤 시간이 흘렀는지 똑딱거리는 시간의 흐름이 가슴에 찍혀가는 걸 느낄 수 있었다.

"선생님, 이제 좋은 시를 쓸 겁니다. 얄팍한 도시의 수다스런 소리가 아니고 손재주로 빛 좋은 조개껍질을 세공하는 따위의 시가 아니라, 생명의 깊이에서 충동이는 그런 절실한 시를 쓸 겁니다."

그리고 또 술을 마셨다. 두 눈이 충혈이 되어 벌겋게 타고 있었다. 그는 흥얼거리며 뭔가를 읊조렸다.

"저는 맹꽁이죠. 메마른 논배미에 흙탕물이 튀는 그 속에서 시를 쓰고 가족을 부양하고, 그리고 살아갈 것입니다."

아주 깊은 시간에 윤미원과 나는 그 술집을 나왔다. 무척이나 집요하게 마음속에 자리했던 자못 고뇌로운 한 가지 난제가 뜻밖에 해결되었을 때의 쾌적한 기분 때문에 내 마음속은 턱없이 훈훈하기만 했다.

네거리에 이르면서 '윤군, 앞으로 자주 만나세.' 하며 인사를 나누려는 참이었다.

10여 미터 전방의 길 복판에 몇 사람이 모여 서서 뭐라 큰 소리로 외치면서 소란을 떨고 있었다.

"사고가 났나 보죠?"

윤미원이 말하고 급히 뛰어갔다. 나도 허겁지겁 뒤를 따랐다. 교통사고였다.

허름한 옷차림을 한 늙은이가 길바닥에 모로 쓰러졌는데 온통 피투성이였다. 다리 한쪽이 절단된 것처럼 보였다.

"뺑소니를 쳤어요."

군중 속의 한 사나이가 외쳤다.

돌연, 윤미원이 군중을 헤치고 부상자에게 달려들었다. 늙은이의 가슴팍에 얼굴을 파묻었다. 심장의 고동소리를 확인하려는 눈치 같았다. 군중들은 쥐죽은 듯 잠잠한 채 그를 예의 주시하고 있었다.

돌연, 윤미원이 벌떡 일어났다.

"누가 부축하여 내 등에 업히시오."

호통을 치듯 날카롭게 말했다.

"아니, 살았소? 죽었소?"

누군가가 다급하게 물었다. 윤미원은 물어뜯을 것 같은 자세로 그 사나이를 노려보면서 소리쳤다.

"그래. 아무도, 아무도 차를 보지 않았단 말이오?"

주눅이 든 듯 누구 한 사람 입을 열지 않았다. 윤미원은 한 사나이의 부축으로 늙은이를 등에 업었다. 그리고 중얼거렸다.

"나쁜 새끼, 죽일 놈의 새끼."

그리고는 정신없이 앞으로 달려가기 시작했다.

그들의 침묵

흔적

바람과 사슬

허상의 그늘에서

사람의 탈

느글거리는 세상

베트남 그쪽은

어느 날의 기행

인철네 집

산책길에서

4부

바람과 사슬

그들의 침묵

나는 햇볕이 잘 드는 창가의 간이 등나무 침대에 누워 하늘을 바라보고 있었다. 솜틀에서 꾸역꾸역 밀려나온 솜뭉치 같은 뭉게구름이 북새를 타고 조금씩 모습을 구기지르며 느릿느릿 고층 아파트 옥상 위로 흘러가고 있었다. 이에 눈길을 쫓다 보면 하늘의 변화가 매우 더디게 이뤄지는 듯 보였으나, 잠시 한눈을 팔다 보면 금시 높푸른 하늘이 물안개 서린 복잡한 남해의 해도만큼이나 놀랍게 변하고 있었다. 마치 일상의 삶이 따분하게 되풀이되는 듯싶지만, 자세히 돌이켜보면 각박한 세태의 변덕을 불현듯이 실감하는 것과도 같다. 게다가 우리네 개개의 삶을 절대로 지배하는 시운(時運)이란 것도 따지자면 이런 번거로운 기상과도 같을 것이다.

언뜻 남쪽 하늘가에 흐리터분한 잿빛 먹구름이 드리워진 게 이윽고 세찬 소낙비라도 몰고 올 기세였다. 그것을 예보나 하듯 홀연 아파트 옥상 주위로 이십여 마리의 까치 떼가 나타나 경쾌한 날갯짓으로 하늘을 빙글빙글 선회하고 있었다. 소리는 들리지 않았으나 위세를 뽐내려는 듯 서로 먼저 피뢰침 꼭대기에 앉으려 다툼질을 벌이다가도, 묵계처럼 끼리끼리 짝을 지어 서로 다른 방향으로 비행을 했다가 돌아오는 등 한동안 이합집산의 부산한 모습을 보이더니 이윽고 모두 어디론가 가뭇없이 사라져버렸다.

순간, 나는 박제된 짐승인 양 실속 없이 버려져 있는 고달픈 내 삶의 일상을 의식한다. 박제에는 어슴푸레한 과거의 잔상만이 있을 뿐 현재는 없다. 아내가 이승을 떠난 지 어언 칠 년, 나는 겹겹이 쌓이는 좌절과 고독 속에서 그나마 지난날의 어쭙잖은 잔상이나마 좇아 위안을 삼고 살아온 셈이었다.

그때였다. 까치의 울음이 길조이듯, 오랫동안 감감무소식이던 생질 혜숙에게서 전화가 걸려왔다. 며칠 새 귀향하는 길에 잠깐 들르겠다는 거였다. 그간 짐작해버린 종식의 소식이 몹시 궁금했던 터라 이것저것 숨 가쁘게 물어보았으나, 그런 사정일랑 만나서 자세히 얘기할 거라면서 매정하게 전화를 끊어버렸다.

삼 년 전 이 무렵이었다. 사실상 그녀와 동거중인 종식은 굳이 도시의 이렇다 할 병원을 마다하고 아무런 연고도 없는 시골 읍내의 한 병원에 입원하여 심한 오한과 강박증으로 온몸을 떨고 있었다. 마치 장차 살아갈 일에 대한 모든 희망을 아예 벗어버린 듯한 방심한 태도로 오랫동안 대책 없이 입원해 있었다. 시국사범으로 복역하다가 심한 결핵성 늑막염으로 실형 이 년을 살고 형 집행정지로 교도소에서 풀려난 뒤였다. 1982년 전두환 정권에 대한 저항과 폭력적 억압이 지속되는 암울한 시대에 고등학교 교사 등 평소 잘 어울렸던 동창들 이른바 '송죽회' 계원들이 4·19를 기념하여 은밀히 술집에서 모임을 가졌다가 공안당국에 연행됨으로써 생긴 사건이었다. 경찰은 이들 여덟 명을 불법 감금하고 20일이 넘게 고문 협박 등 강압수사를 통해 '송죽회'가 반국가 단체라고 억지로 조작하여 재판에 넘겼다. 그해 11월 마침내 북한 방송 청취, 불온서적 탐독과 토론 등을 구실 삼아 국가보안법 위반으로 그중 여덟 명이 구속되고 세 명이 불구속 입건되었다. 재판 증거로는 오직 종식의 집에서 수색 압수한 월북시인 오장환의 시집 한 권뿐이었다. 그런데 이에 대해 흘러나온 소문은 해당 경찰서 관할에서 연쇄 살인사건이 터졌는데 좀체 수사의 진전이 없어 곤경에 빠지자, 엉뚱하게 공안사건을 조작해냄으로써 실적을 만회해보려고 꾸며낸 사건이라 했다.

우리는 그가 출소한다는 소식조차 까맣게 모르고 있었다. 훨씬 뒤에야 안 일이지만 그가 혜숙에게 단단히 입단속을 하여 출소 사실을 철저히 비밀에 부쳤던 모양이다. 굳이 출옥 사실조차 숨겨야 할 까닭이 뭐였을까. 도무지 이해하기 어려웠다. 어쨌든 그 후 그는 사람 좋은 시골 의사가 성심으로 보살펴주었기 때문에 늑막염을 치유할 수 있었지만, 대신 빈혈로 호된 시련을 겪은 모양이다.

그 후 기진맥진 어떤 불리한 상황에도 도저히 저항할 수 없는 허탈한 상태로 일단 퇴원을 하고는, 웬 까닭인지 집으로 돌아가기를 완강히 거부했다. 그리고는 세상과 담을 쌓으려는 듯, 혜숙에게 억지를 부려 기어이 두메산골의 버려진 집 한 채를 빌려 의지가지없이 살림을 차렸다 한다. 그리고는 가족은 물론 친지들과의 접촉도 철저히 피하기 시작했다. 다만 혜숙에게만 정양을 위해 공기 좋은 산골을 택한 불가피한 조치임을 강조한 모양인데, 그게 진짜 이유가 아니란 건 그녀가 누구보다 잘 알고 있는 터였다.

나는 그런 그의 이해할 수 없는 괴이한 태도에 의구와 함께 일종의 배신감에서 분노조차 느껴졌다. 누구보다도 억울한 사건에 연루되어 옥고를 치렀던 동료들조차 외면한다는 일 자체가 도무지 납득할 수 없는 일이었다. 혹독한 시련으로 가뜩이나 심약한 그의 상처가 어떠했으리란 건 가히 짐작할 만하지만, 어찌 그게 그만이 겪은 일일까? 어느 날 갑자기 낮도깨비 같은 죄명에 쇠고랑을 차고 경찰에 끌려간 뒤로 컴컴한 지하실에서 피를 말리는 문초와 고문을 당한 끝에 재판에 회부되어 그들 여덟 명은 변변한 변호도 못하고 모두 일 년 남짓의 옥고를 치르지 않았던가. 물론 종식은 주범으로 몰려 삼 년 형을 언도받았다.

그런데 당시 구치소나 옥중에서 어쩌다 동료들을 마주칠 때도 그의 태도는 좀 수상했다고 했다. 까닭 없이 동료의 눈길을 피하는 눈치였던 것이다. 무얼 두려워했던 걸까. 어차피 억울한 누명을 씌운 비열한 경찰에 맞서 공안정치의 허구를 드러내기 위해 한 몸이 되어 전의를 가다듬어야 할 터였다. 그런데 정작 주모자로 몰린 그가 왜 저럴까 하고 동료들은 도무지 이해하기 어려웠던 것이다. 그러나 모진 고초에 그만 심신이 황폐해져서 일시적으로 공황 상태가 된 것이겠지 하고 여겼다는 거였다.

이런 사정을 대충 들어 알고 있었기에 나는 그가 시골 병원에 입원해 있다는 소식을 듣고도 굳이 그를 찾아가지 않았다. 공범으로 고초를 겪은 동료들과도 솔직히 그의 지독한 자폐증 같은 태도로 말미암아 동지적 우의에 크게 손상을 입고 배신감을 느꼈겠지만, 나는 오직 혜숙의 간곡한 만류 때문에 짐짓 무관심한 척을 했다. 그녀 말로는 그가 형편없이 심성이 망가진 탓으로 주변의 누구와도 만나길 원치 않는 상황이니, 당분간 그냥 놔두는 게 좋을 거라는 당부였다.

그래서 오늘 혜숙이 전화를 걸어왔을 때도 나는 대뜸 종식과 같이 오겠느냐고 물었다. 하지만 대답은 노였다. 그럼 아직도 사람 만나길 꺼려하느냐고 묻고, 그 지경의 피해망상이라면 데리고 나와서 정신과 치료를 받는 게 어떻겠느냐고 넌지시 물음을 떴다. 한데 혜숙은 펄쩍 뛰었다. 격한 어조로 멀쩡한 사람을 정신병 환자로 취급하느냐며 버럭 고함을 치는 게 아닌가. 뜻밖의 험한 반발에 나는 움찔하여 입을 다물어버렸다.

그런 뒤 나는 심각하게 혜숙의 처지를 생각해보았다. 대체 그 애는 종식의 무엇인가? 혜숙은 아직 그와 정식으로 결혼한 사이도 아니다. 굳이 따지자면 애인 아니면 동거인 처지다. 그러니 과년한 처녀가 단단히 혼이 씌어 다니던 직장까지 팽개치고 그를 위해 온몸으로 헌신하는 게 과연 옳은 처신일까. 그렇다고 이념적 동조자로서의 그것도 아닌 어설피 사랑이란 이름만으로 그만한 희생을 치를 값어치가 과연 그에게 있단 말인가? 정녕 종식이 녀석, 한번쯤은 결혼문제를 진지하게 생각하기는 한 걸까. 기약 없이 넋 나간 상태로 세상을 등지고 벌거숭이 건달로 산골에 묻히기만을 끝내 고집한다면 혜숙의 장래는 과연 어찌될 것인가.

일찍이 아버지를 여의고 편모슬하에서 자랐던 그녀에게 집안 사정상 외숙인 내가 자연스레 후견인이 되어 신상에 관한 한, 누이에 못지않은 관심으로 매사를 시시콜콜히 간섭해왔던 것이다. 그런데 날벼락 같은 이런 사단이 벌어지곤 나로서도 맘껏 그 애를 잡도리하는데 한계를 느꼈다. 이런 일 말고는 평소 고분고분 내 뜻을 잘 따라주었던 아이였다. 한데 시궁창 같은 끈끈한 사랑에 빠져 헤어나지 못하는 그녀에겐 어떠한 설득도 먹혀들지 않았다. 마침내 그 애 어머니는 자세한 영문을 헤아릴 경황도 없이 무조건 사랑에 빠져 넋 나간 짓이라고 한껏 닦달하며 저주할 뿐이었다.

그리고는 어느 때부터인가 불쑥,

"그년이 죽은 제 아비 혼령에 씌어 저런다우. 그년이 죽자 살자 매달리는 그 녀석의 하는 짓이 어쩌면 제 아비하고 그렇게도 똑같소? 허니 뭔가 단단히 씌지 않곤 어찌 그렇겠어라우." 하곤 난데없이 죽은 남편을 들먹여 원망하기 시작했다.

그 말을 듣는 순간, 나는 불시에 둔기로 뒤통수라도 얻어맞은 것 같은 얼얼한 기분이었다. 따지고 보면 누이의 말뜻에는 그럴 만한 근거가 있고, 어수룩하고 황당한 그녀 나름의 직관인데도 그게 적이 가슴을 치는 것이었다. 그러고 보니 공교롭게도 모녀 2대가 한 꼬챙이로 묶이는 시대적 수난을 겪고 있구나 하는 깊은 생각에 이르렀다.

오후 늦게 단골로 다니는 '다슬기'라는 민속 찻집에 들렀다. 친구 세 명이 이미 와서 자리하고 있었다. 미리 약속을 해둔 것도 아니지만, 우리 늙은이는 어느 때부턴지 달팽이처럼 집 안에 움츠려 있다가 이맘때면 암묵적으로 기를 펴고 거리로 뛰쳐나오던 것이다. 피차 입 밖에 내길 삼가지만 나름대로 왕년에는 적잖이 뽐내고도 살았는데 어언 세월의 뒤안길에 밀려났다는 소외감에 은밀히 검은 이빨을 갈아대면서, 그러나마 비싼 보양차나마 마시며 나름대로 유유자적할 수 있는 처지임에도 도무지 만족하려 들지 않는 우리들이었다.

홀 안은 언제나 어둠침침했다. 멀쩡한 현대식 건물 한 층을 황토로 매흙질을 하고 카운터에 초가를 흉내 내 자그마한 평지붕을 얹은 데다, 한식 꽃살 무늬의 넉살창에 발등거리 초롱을 여기저기 매달아 제법 복고 취향의 인테리어를 보였다. 하지만 이미 가난했던 시절에 신물 나게 겪어온 이런 원초적 풍경에 정녕 그리움을 느낄 늙은이는 별반 없을 터였다. 다만 시속의 거의 모든 다방들이 배달이니 티켓이네 하는 변태 영업을 일삼게 되면서 짐짓 휴식처라는 분위기도 퇴색해버려, 할 수 없이 거리에 밀려나온 늙은이들이 가까스로 찾아든 곳이 그나마 한가한 이런 찻집이었다.

그들이 모이면 대체로 신변잡기 같은 시답잖은 이야기로 시간을 메웠다. 누군 자식의 사업자금으로 연금을 날리고 비관 끝에 자살했고, 누구는 살림이 거덜나 무료급식소에서 걸식한다는 둥, 누군 만년에 새 장가 들어 망신살이 뻗쳤으며, 나라 안의 명사인 아무개 아버지는 며느리의 패악하고 불순한 처우에 학대받고 있다는 등등이었다. 이에 한껏 분노하고 침울해 있다가도 어쩌다 성 문제에 이르면 이때다 싶게 무공을 뽐내듯 자신만은 아직도 탈 없다고 희떠운 허풍을 떨기도 했다.

그런데 오늘따라 금기처럼 좀체 입 밖에 올리지 않았던 시국 화제가 모처럼 나왔다. 어차피 사회 일성에서 밀려난 처지에 시국이 어찌되든 애오라지 국외자일 뿐이라는 자괴감으로 시국문제에 관한 한 이심전심으로 말하기를 꺼려왔던 탓이다. 그런데 어제부터 금강산에서 남북 이산가족 면회가 실시되고 있는 데서 전직 중학교 교장이었던 고 씨가 문득 화제를 끌어낸 것이다.

"아까 참 티브이에서 이산가족 면회에 김영순이란 북쪽 여자가 보이던데, 그게 바로 나의 학교 후배 아닌가벼. 해방 후 최초로 실시된 남녀공학으로 동창이 된 거라. 진작부터 월북했단 소식은 듣고 있었지. 이제 폭삭 늙어버려서 내 기억속의 예쁘고 발랄했던 옛 모습은 전혀 찾을 길이 없더구만. 그는 그간 그쪽에서 기자로 활동했다더만. 폐쇄적인 체제에서 언론이 어디 있겠어. 단체로 해 입은 것 같은 한복차림에 왠지 안됐다는 생각에 가슴이 찡해오더라구."

그가 마치 첫사랑이라도 회상하는 듯 감개 어린 표정을 짓자, 평소 찻집 마담 윤 여사의 환심을 사려고 안달이 나 있던 전직 도의원 김 씨가 얼른 말꼬리를 낚아챘다.

"벌써 반세기가 가까이 세월이 지났잖아. 말이 좋아 첫사랑이지. 그래 사람들이 흔히 못 잊는다는 그 첫사랑도 정작 환상일 뿐이지, 정작 늙어서 만났어봐 크게 실망할 밖에. 그나저나 세상은 많이 변했어. 이데올로기라는 그 견고한 성벽이 그렇듯 허무하게 무너질 줄 누가 짐작이나 했겠남? 자유당 시절이나 군사정권 때에 걸핏하면 사상범으로 몰려 치도곤을 당허구 무엇보다 6·25를 생각해봐, 지하에 묻힌 호국영령이나 아니면 억울하게 좌익의 굴레를 쓰고 죽음을 당한 하구 많은 희생자들이 지금의 현실을 보면 어떻게 생각하겠소?"

"그러기 그 철벽같던 마르크스 이념도 시장경제라는 빗줄기 앞에선 흙담처럼 힘없이 무너져 내렸던 게 아니여. 그러니 그 허상을 믿었던 걸로 엄청난 희생을 치렀던 사람들은 너무 허망하지 않았는게벼. 헌데 이제 와서 무슨 보상을 받겠어. 당연한 시대 조류라지만 생각하면 참 억울하고 참혹한 과거였제."

짐짓 월북한 형 때문에 연좌제에 묶여 인생의 모진 굴절을 겪었다는 사업가 출신의 이 씨가 맞받았다. 누구나 그랬듯이 그의 친형이 월북했다는 사실이 비로소 세상에 드러난 것은 이 년 전 이산가족 면회의 뉴스 화면을 통해서였다. 그때 그와 평소 가까이 지냈던 친구들조차 까맣게 모르고 있었던 일로 적잖은 충격을 받았다. 냉전시대 월북가족이란 그만큼 극비에 속하는 숙명적 사건이라 쓰라린 침묵으로 일관해왔던 것이다. 그가 어엿한 공직에의 꿈을 접고 자영업으로 전전했던 것도 기실 그 연좌제 때문이었다.

"세상의 변화, 그건 별 수 없는 유전의 법칙이지. 그렇다고 이제 지난날의 모든 사조나 관습 같은 걸 한낱 허깨비로만 치부해버린다면 결국 허무주의에 빠져버리지. 좋든 싫든 당시의 어떤 주의나 사상은 그것대로 당위성이 있는 시대적 흐름이었다 허겠지. 도리어 말일세.

어떠한 신념이나 의식도 없이 그저 찰나적인 물질만능과 쾌락주의에 빠져 사는 오늘날의 삐뚤어진 사회 분위기가 더 문제일 수도 있어."

매사에 턱없이 신중을 기하는 고 씨가 두 눈을 깜짝거리며 약간 더듬거리는 어투로 말했다. 그는 이 씨와는 달리 그의 숙부가 반동이라 하여 9·28수복 직전 인민군에 의해 참살을 당한 쓰라린 기억이 있었다.

"허긴 그려. 남북통일의 명제 앞에서 6·25의 동족상잔이 결코 있어서는 안 될 분단의 비극을 절실한 교훈으로 반성할지언정, 그때의 희생을 결코 흘러간 사건쯤으로 소홀히 여겨버리는 경박한 사회 분위기가 되어서도 안 될 일이지."

김 씨가 사뭇 진지한 표정으로 말했다.

그렇다. 순간 나는 미군정 막바지에 문학동인지 사건으로 뜬금없이 두어 달 동안 경찰에 구속되어 온갖 괴롭힘을 당했던 지난 일을 퍼뜩 떠올렸다. 당시 고등학생에 불과했던 나는 순수한 문학적 열정만으로 두 선배를 모시고 여섯 사람이 손수 등사판을 긁어 얄팍한 동인지를 펴냈던 것인데, 그게 공교롭게도 미 군정하 출판물법 위반이란 죄목으로 경찰에 걸려든 것이다. 그때 선배들과 내가 체포되어 조사를 받았는데, 그들은 동인 활동 자체를 좌익운동으로 사건화하기 위해 숫제 우리를 남로원당인 것처럼 억지 조서를 꾸미며 온갖 협박과 고문을 다 했다.

그때의 경찰이란 대개 친일의 잔존세력으로 미군정에 아부하여 입신에 혈안이 되어 있었다. 결국 검찰에 넘겨져 불기소로 풀려나긴 했지만, 무죄에 아랑곳없이 우리 셋은 변변히 변호할 엄두도 못 내고 즉시 직장과 학교에서 쫓겨나는 부당한 처분을 받았다. 그까짓 동인지 하나쯤 펴낸 게 무슨 죄이기에 그런 수모를 겪었느냐 하여 요즘으로서는 상상조차 못 할 것이다. 분명 지금의 시점으로 보면 그건 믿기 어려운 암흑기의 공안정국 이야기다. 어쨌든 이 일이 있은 후, 나는 적잖은 충격으로 일찌감치 문학의 뜻을 접어버렸다. 대신 어쭙잖은 지방 언론계를 전전하며 살아왔다. 그리고 한창 싹터오려던 젊은 시절의 때 아닌 좌절의 기억을 일찍이 겁탈당한 여인의 은밀한 상처처럼 벙어리 냉가슴으로 깊이깊이 가슴속에 묻어둔 채 기나긴 세월을 침묵으로 보내야 했다.

때마침 윤 여사가 오미자차를 들고 와서 내 곁에 앉았다. 사십대 전반의 그녀는 오늘따라 화사한 분홍색 개량한복 차림으로 더욱 고혹적인 모습이었다.

"화려한 봄철이 오니께 옷차림이 눈부시네. 어디 바람피울 일이라도 생겼남?"

김 씨가 여느 때 없이 화사한 차림을 시샘이라도 하는 양 깐죽거렸다.

"왜 나라고 밤낮 우울하게 우중충한 옷차림이나 하라는 법 있단가요?"

그녀도 지지 않고 이죽거렸다.

"허긴 그려 무슨 열녀 났다구. 장구한 세월 동안 얌전하게 남편 병상이나 지키란 법도 없는 기여. 지금 세상이 어떤데. 부부 네 쌍 중 한 쌍 꼴로 툭하면 이혼한다는 잘난 판국에 아무렴 바람피울 만도 허단게."

이 씨가 넌지시 거들고 나섰다. 그녀 남편이 산업재해로 척추를 심하게 다치는 바람에 일 년 남짓이나 입원해 있어, 매일 밤 그녀가 수발을 들다가 병실 바닥에서 새우잠을 자고 온다는 못내 안타까운 정황을 잘 알고 있기 때문이었다. 그런 처지에도 그녀는 겉으로나마 조금도 구김살 없이 별나게 쾌활하고 활달한 태도였다.

"무슨 춘향이라고 내가 참기만 헌데유? 바람피울 만한 좋은 상대 있으면 나도 바람피울 수 있당게유."

우리들과는 이미 허물없는 처지에서 서슴없이 농지거리로 대응했다.

"음, 그래? 기왕 그렇담 변변치는 않지만, 제발 나 한번만 봐주거라. 보시 중에도 육보시 그게 제일이라던데……."

이 씨가 눈짓을 하며 질탕하게 음담을 걸었다.

"암, 그래야지우. 이런 인연이 어딘데……." 하고 불쑥 지나가는 말로 대꾸하고는 며칠 전 그녀가 잘 아는 한 카페 여주인이 난데없는 변사체로 발견되었는데 아무래도 죽임을 당한 것으로 경찰이 수사 중이라 하면서,

"젊은 과부로 그 여자 참 예뻤거든요." 하고 덧붙였다. 그러니까 모두가 이구동성으로 치정 살인이구먼, 하고 말하는데 이 씨가 기회다 싶게,

"그러니께 사내가 한번 달랄 때 순순히 줬으면 그런 일 없었지. 아껴서 뭐 저승 갈 때 고이 싸갖고 갈려고 했단가. 윤 여사도 단단히 명심해." 하고 엉뚱한 데로 화제를 돌려 익살을 부리는 바람에 모두가 깔깔 웃었다. 그러자 윤 여사가,

"그래 준다니께유. 허지만 지금이야 줄래도 어디 시간이 있어야지우." 하고 천연스레 능쳐 말했다.

혜숙의 아버지인 이광선은 내 고교 시절 절친한 학우였다. 그는 남달리 두뇌가 명석한데다가 예사롭지 않게 정의감이 강했던 탓으로 해방 후 격심한 이념의 혼란에 빠졌던 학원의 운동권 쪽에서 당연히 앞서가는 존재였다. 당시 사회는 해방 이후 강대국의 패권주의에 맞서 약소민족의 정체성을 강조하는 분위기에서 흔히 사회주의에 경도되는 학생들이 많았는데 이광선은 그중 두드러진 존재였다. 그러나 정부가 서고 일체의 좌익 활동이 불법화되어 지하에 숨어들게 되면서 사정이 급박하게 달라졌다. 이광선 역시 예외 없이 무슨 죄목인가로 체포되어 곧장 영어의 몸이 되고 자동적으로 학교에서 제적되면서 학우로서 그와의 인연

은 영영 기약할 수 없게 되는 줄 알았다.

그런데 사람의 인연이란 뜻밖이었다. 그가 투옥된 지 이 년이 채 못 되어 이른바 6·25전쟁이 발발하면서 기존의 모든 체제와 질서가 질풍 속에 썩은 지붕처럼 폭삭 무너져 내렸다. 저주와 복수의 칼날 같은 갈등 속에서 사람들은 곧 생사의 공황에 휩싸인 채 시궁창 속에 뜬 사리처럼 흔들렸다. 바로 이때 이광선이 우리 앞에 나타난 것이었다. 그는 서대문 교도소에서 일 년 남짓 복역하다가 자유의 몸이 되었으니, 이제는 그가 이념으로 삼았던 공산 치하에서 당연히 영예로운 일꾼으로서 환영받을 터였다.

그런데 그러한 기대는 크게 빗나갔다. 그는 뜻밖에 주변의 모두가 기대하던 그런 투사로서의 활동을 감연히 거부해버린 것이다. 그리곤 쫓기듯 고향을 뒤로 하고 고모가 살고 있는 우리 마을에 은밀히 잠적해 들어왔다. 그리곤 인공치하 내내 일개 이름 없는 피난민처럼 다소곳이 엎드려 숨어 지냈다. 청상과부로 조카 하나를 양자 삼아 외롭게 살아온 고모를 평소 마음 깊이 헤아려온 듯한 그는 전에도 방학 때마다 자주 이곳을 찾아오곤 했다. 하지만 지금은 그런 한가한 시기가 아니지 않은가?

그런즉 출옥 후 잠시 인사차 찾아왔다면 몰라도, 이런 엄청난 시국에 아예 현실을 피하여 침묵으로 난국을 버티려 결단했다면 보통 수상쩍은 게 아니었다. 굳이 인공을 외면한 피치 못할 사상적 전향을 한 것일까? 시국이 바뀌니까 메뚜기도 한철이라는 듯, 언제부터 그가 좌익이었냐 싶게 짬도 모르고 날뛰는 사람들이 득실거리는 판국 아니던가? 그러니 그런 어정쩡한 무리 속에 그야말로 사상범으로 옥고마저 치른 그의 변신은 무엇일까. 하지만 나는 그 문제에 관한 한 결코 그를 책망할 수도 따질 수도 없었다. 다만 어쩌다 나의 의심쩍은 눈치에,

"당분간 편히 쉬고 싶어. 오랜 생각 끝에 결단한 거야." 하고 아리송하게 잘라 말했을 뿐이었다.

그래서 나는 급박하게 돌아가는 시국이 무척 불안한 중 그가 굳이 새로운 체제에의 협력을 거부하는 데에 뭔가 선견지명이 있지않나 싶은 예감마저 들었다. 그럴 것이 어느 때던가 그가 불쑥,

"미소 냉전의 두 기둥이 이번 전쟁의 배후에서 결정적으로 작용하는 이른바 대리전이 되는 한, 어느 한쪽의 승리로 남북분단이 종식될 수 없음으로써 엄청난 희생만 치러야 하니 참으로 민족의 비극이지." 라고 중얼거렸던 것이다.

어쨌든 그와 나는 마을 뒷산 으슥한 곳에 토굴을 파놓고 숨기로 했다. 어쭙지않은 몸뚱이 하나 간수해내기가 마냥 서슬이 퍼런 칼날 위를 걷는 것만큼이나 험난한 때였다. 집안 어른이 난세에는 첫째가 피신이라 하여 쥐죽은 듯 엎드려 있어야 한다며, 학창시절 한때 좌익 학생운동으로 톡톡히 좌절을 겪은 나를 경계하여 꼼짝달싹 못하게 했다. 인공에 부역하거나

아니면 의용군으로 끌려갈까봐 두려웠던 거였다. 피신에는 절대 안전이 필요했다. 다행이 마을이 창녕 조씨 집성촌이어서 타성 모임인 다른 마을에 비하면 모함과 갈등이 덜한 셈이긴 했지만, 그렇다고 전혀 불안요소가 없는 건 아니었다. 애초 머슴살이로 흘러들어 뿌리내린 두 집안의 타성바지와 동성인데도 옛날 송사를 벌였던 집안이 있어, 감정의 앙금으로 인한 갈등의 여지가 여전히 남아있기 때문이었다.

당시 은밀한 토굴생활은 시작되었고, 남의 눈을 피해 야음을 틈타 당시 학생이던 사촌누이 은정이 은밀하게 우리들의 밥을 날라주었다. 이런 특별한 계기로 은정인 광선과 은연중 깊은 사랑에 빠지게 되었던 것. 생사를 넘나드는 살벌한 전쟁 드라마에 로맨틱한 사랑이 때로 양념처럼 곁드는 게 영화 같은 허구로만 여겨질지 모르나 기실 그렇게 단정할 일이 아니었다. 때론 살벌한 분위기 속에서 공통의 위기감이 연대감을 깊게 함으로써 남몰래 사랑의 밀도를 더할 수도 있기 때문이다. 어쨌든 그로부터 오 년 뒤, 시국이 어지간히 수습되고 이광선이 적잖은 삶의 곡절 끝에 평범한 서민으로 정착하게 되면서 마침내 결혼까지 하게 되었다. 이렇듯 참으로 사람의 인연이란 예기치 않은 것, 친구인 그가 기이한 인연으로 나의 사촌매제가 되었으니, 이 역시 전쟁이라는 변혁의 시운 탓이었을까?

하지만 누이의 결혼은 처음부터 평탄한 건 아니었다. 광선은 한 남자로서 가정을 꾸려나가기엔 가진 게 너무도 없었다. 사상범으로 옥고까지 치렀던 남다른 경력으론 세속적인 삶의 기틀을 마련하는데 준비된 게 전혀 없었다. 사상의 전향을 통해 별수 없이 현실에 안착한 것 말고 살림에 전혀 익숙잖은 그는 누이에게 잇단 시련과 희생만을 강요하였다. 시골에서 생업을 찾아 가까스로 도시로 나온 뒤, 헌책방을 넘겨받아 어긋버긋 삶의 터전을 겨우 마련했을 뿐이었다. 이후 2남 1녀를 둔 평범한 가정을 꾸려온 지 십 년 만에 그는 그만 신부전증이란 복병을 만나 병석에 쓰러졌다. 그리곤 병원 치료와 누이의 애절한 간병에도 불구하고 이 년 만에 기어이 짧은 삶을 마감했다.

"오빠는 혜숙이가 종식일 사귀는 걸 왜 내가 극구 만류했는지 짐작할 거구만유. 내가 지난날 철없이 걔 아빠와 사랑에 빠진 죄로 죽도록 고생한 걸 생각해서여유. 걔가 뭐가 부족해 고생을 해야 된단가요? 여느 집 애들처럼 장래성 있는 좋은 신랑 만나설랑 안전하고 행복하게 살아야죠. 그런데 내가 그렇게도 두려워했던 일이 뜻밖에 현실로 닥쳐왔구만유. 제 아비처럼 감옥살이한 종식이란 놈을 애인 삼지를 않는가, 출옥한 뒤로는 무슨 꿍꿍이속인지 두메산골에 두더지처럼 숨어살기를 고집한다니, 대체 앞으로 어쩌자는 건지 정말 모르겠구만유. 그러니 나 하나만의 불행으로 끝나지 않고 딸년까지도 도무지 영악하지 못해 그런 불행을 자청하고 나섰다는 게 도무지 얄궂은 운수 같아 견딜 수가 없구만유."

헝클어진 백발로 유난히 더 늙어 보이던 누이가 지난번 모처럼 만났을 때 들려주던 푸념이었다. 그에 나는 대거리할 만한 마땅한 말을 찾아내지 못했다. 그렇다고 혜숙이 굳이 선택한 삶의 조건인데 이제 뭘 어쩌겠느냐고 탓할 수도 없었다. 이에 나는 문득 생각했다. 친구 광선이 이제껏 살아 있었다면 과연 딸년의 이러한 결단을 순순히 승인해주었을까? 그러나 아무래도 확신할 수가 없었다. 아니 도리어 자기 아내보다도 한술 더 떠서 극렬하게 반대했을지도 모른다는 생각조차 들었다.

며칠 새 오겠다던 혜숙이 정작 우리 집을 찾은 것은 전화한지 거의 한 달이 다 되어서였다. 그녀는 추적추적 내리는 비로 더욱이 휑뎅그렁한 집 안이 을씨년스레 보였던지, 이내 불만스런 낯빛으로 나에게 물었다.

"동생과 올케들 자주 와서 보살피지 않아요?"

자식 며느리들이 혼자 사는 늙은 아버지를 혹시 소홀히 하는 거 아니냐는 투의 불만스런 물음이었는데 나는 아무 대꾸도 하지 않았다. 어차피 혼자 살겠다고 고집을 부린 건 내 자신이었고, 설사 애들이 좀 소홀히 대한들 요즘 시속의 가족관계가 그런 거니 웬만하면 불평할 일이 아니라고 지레 체념하고 있기 때문이었다.

"오빠 내외가 같이 살자는 말 안 해요?"

혜숙이 영 마음이 찜찜했던지 불 먹은 소리로 다시 다그쳤다.

"왜 그 애들이야 당연히 그렇게 주장하지만, 내가 불편할 것 같아서 사양했다. 요즘의 핵가족 풍습에 시아버지도 모시겠단 며느리가 어디 흔하더냐?"

"그야 사람들이 이기적 풍조를 부풀려서 하는 말이지, 제기나 마음이 바른 며느리면 의당 혼자 사는 늙은 시아버지 모실 생각을 왜 않겠어요? 외삼촌 듣기 싫으시겠지만 평소 큰올케 맞벌이 한다는 핑계로 여러 면에서 집안일 소홀히 하는 거 다 알고 있어요."

한데 어찌 큰애만을 탓하랴. 그 밖의 두 아들 내외도 같이 주변에 살고 있는데 아내가 가버린 뒤로는 교대로 일주일에 한 차례씩 와서 청소와 빨래 그리고 반찬거리를 마련해주더니, 삼년 전부터는 아예 번거롭다는 핑계로 주에 한 번씩 파출부를 사서 대신 보내주고 있다.

"얘 그런 말 함부로 하지 마라. 그 애도 맞벌이에다 다 큰 아이들 공부 뒤치다꺼리까정 하느라구 고생하는 걸 되레 고맙게 여겨야지. 시속 돌아가는 형편이 그런 거 아니냐? 해서 요즘 늙은이들 예전과 달리 자식들에게 의지하려는 마음 많이 사라졌단다. 나야 그나마 경제력이 있지만, 그나마 땡전 한 푼 없는 늙은이들은 자식들한테 버림받아 거지처럼 떠도는 경우도 얼마나 많다구. 고령화시대 앞으로 사회복지문제가 얼마나 큰일이야. 그런 점에선 나야 행복한 편 아니냐? 그나저나 네 어머니 건강이나 잘 보살펴드려라. 지난번 만났는데 무척 수척해 보이더라. 나이야 어쩔 수 없다지만, 너부터 걱정 끼치는 일을 하지 말아야지."

나는 적잖은 마음의 분란을 억제한 끝에 넌지시 나무랐다. 그러자 그녀의 얼굴에 짙은 그늘이 졌다.

“제가 어머니께 불효하는 걸 왜 모르겠어요. 잘 알아요. 그렇지만 종식 씨를 버릴 수가 없는걸요.”

그건 흡사 그가 돌봐주지 않으면 정말 살아갈 수 없는 나약한 사람인걸 어쩌겠느냐는 말처럼 들렸다. 미술이 전공인 녀석은 여자보다도 섬세한 감수성을 지녀 쉽사리 상처받는 성격이란 걸 들어서 알고 있다. 한데 그런 여린 감성이 화가로선 장점이 될지 몰라도 거친 세태를 헤쳐 나갈 한 남편으로선 결코 바람직한 일이 아닐 것이다. 그런데도 녀석의 그런 약점이 되레 혜숙의 모성애적 동정심을 자극하여 사랑에 대한 집착을 버리지 못하게 하는 모양이었다.

“버릴 수가 없다니, 너는 마치 보호자 같은 어투로 말하는데 이해하기 어렵구나.”

나는 가만히 힐책했다.

“그런 말투로 들리셨을지 몰라요. 한데 그게 사실인걸요. 엉터리 조작극으로 경찰에 끌려간 이후 그의 심성이 얼마나 형편없이 망가졌는지 저 말고는 다 몰라요. 더구나 그 사람은 주동자로 몰려 그들의 강압에 못 이겨 범죄 조작에 협력한 꼴이 됨으로써 더욱 처참하게 자학하고 있어요.”

눈시울이 벌겋게 달아오르면서 그녀가 하소연하듯 언성을 높여 말했다.

“그런 이유 때문에 사람을 피해 두메산골로 찾아든 거라니?”

“꼭 그 이유만이라 할 수는 없지만요.”

그녀는 왠지 말끝을 얼버무렸다.

“어쨌든 말이야. 너희들이 세상을 등지고 산골로 들어간 일은 도시 상식으로 이해하기 어렵다. 멀쩡한 사건 조작으로 억울하게 옥살이했다는 걸 웬만한 사람들이 다 알고 있는 판에, 그런 공안경찰을 만천하에 규탄하고 떳떳하게 명예회복을 꾀하지는 못할망정 왜 희생자인 그가 죄인처럼 산골에 숨어야 된다느냐? 더구나 지금 그때와는 달리 세상 분위기가 많이 변했다고 그러니 망가진 심신을 잠시 정양하기 위한 일시적인 휴식이라면 몰라도 말야.”

나는 다소 격양된 어조로 따졌다.

“그야 물론 그래요. 그 사람 역시 왜 그걸 모르겠어요. 문제는 종식 씨 스스로가 일시나마 그들의 강압에 굴복한 자신을 도저히 용서할 수 없다는 깊은 심리적 갈등에서 하루빨리 풀려나는 게 문제예요.”

“그건 말하자면 강압수사에 굴복하여 그들 의도대로 심문에 응할밖에 없었던 게 양심의 가책을 느낀다는 거 아니냐? 하지만 그건 양심 이전의 강압수사 그 자체의 범죄 행위가 문제지, 강압당한 피해자가 굳이 양심 어쩌구 하여 괴로워할 일은 아니라고 본다."

"종식 씨는 함께 어울린 몇 사람 이름을 대라며 집요하게 협박하고 회유하는 수사관 앞에서 잠시 자포자기한 심정으로 애먼 몇 친구 이름을 불러댐으로써 결국 그들의 공작에 말려들어, 물귀신처럼 멀쩡한 친구들을 고생시킨 자신의 어이없는 비굴한 행위를 도저히 용서할 수가 없다는 거예요."

"하지만 그건 그러한 극악한 상황을 만든 자들의 죄지. 어째 그에 희생당한 자의 도덕적 문제가 되겠느냐?"

"그렇지요. 누구나 다 그렇게 생각할 일이에요. 그런데도 종식 씨는 그걸 용납 못 하고 혼자서 가슴앓이를 하며 세상에 나서길 두려워하고 있으니 어쩜 좋지요?"

혜숙은 들뜬 목소리로 외쳤다. 모처럼 의기가 통하는 위안에 적잖이 감동하면서도 여전히 두려움의 먹구름이 걷히지 않는 표정이었다.

"그래 쓸데없는 데에 과민한 성격은 녀석의 천성인 걸 이제 와서 어쩌겠느냐? 세상 사람들은 상황이야 어쨌든 자신의 투쟁 경력을 부풀려 명리를 좇기에 바쁜데, 그는 영 딴판이구나. 억울하게 끌려가 고생한 대가를 스스로 짓뭉개려들다니. 그러니 양심이란 것도 상황에 따라 그 기준이 달라진다는 걸 네가 잘 타일러 주어라. 그래서 하루라도 빨리 사회에 복귀해야지. 그럼 상태로 맥없이 산골에 처박혀 있다간 폐인 되기 십상 아니겠느냐?"

"그래서는 안 되지요. 그게 언제가 될지는 모르지만 결국 산골을 나와 다시 생업을 찾아야죠."

혜숙은 말하고 짧게 한숨을 쉬었다. 그리고는 평소 종식이 잠꼬대처럼 뇌었다는 말을 되풀이 들려주었다. 인간이 어디까지 잔학해질 수 있는가, 그러기 위해 미움은 마음껏 부추길 수 있는 필요조건인가. 사람은 짐승을 살상하는 것 이상의 잔인성으로 사람을 해치려고 적의를 키우는 걸까. 짐승을 죽이는 데는 미움이 따르지 않지만, 사람을 헤치는 데는 적의와 미움이 따른다. 부당한 침해일수록 참을성을 잃어버린 미움은 공적인 것으로 위장되어 명분을 내세우기 마련이다. 그것은 음험한 책략으로 언제나 폭력성을 지닌다. 그래서 사람이 싫고 사람이 사는 사회가 싫고 공적인 척하는 모든 것의 거짓됨이 죽도록 싫단다.

긴 침묵이 흐른 뒤, 문득 혜숙은 자리에서 일어났다. 이에 나는 서둘러 그녀를 자리에 앉혀놓았다.

"이거 진작부터 너에게 말해주려 했던 일인데……."

"저희 집에 요즘 무슨 문제가 생겼나요?"

나의 뜻밖의 진지한 태도가 수상쩍게 여겨졌는지 그녀가 뜨악한 표정으로 물었다.

"아니 그런 건 아니다. 헌데 네 어머니가 신랑감으로 종식 군을 굳이 배척하는 이유가 뭔지 깊이 헤아려 봤느냐? 그건 결코 여느 부모들이 갖는 세속적인 그런 욕심에서가 아닐 거다. 네 어머니가 진정 염려하는 건 네가 자신의 그릇된 인생의 전철을 밟아 자신을 닮아, 똑같이 불행해질 거 아니냐는 강박감 때문이란다."

"제가 왜 어머니 인생을 닮는다구 생각하는 거죠?"

혜숙은 약간 어이없다는 눈치로 반발하듯 퉁명스레 되물었다.

"내가 봐도 너희 부녀에겐 사랑에 관한 한 뭔가 공통점이 있잖니? 6·25전란이란 긴박한 상황에서 네 어머니는 당시 사상범으로 갓 출옥한 네 아버지를 나와 함께 은신 중에 수발을 들다가 연애가 되어 결혼까지 하게 되었다. 당시 학생이던 네 어머니는 사상으로 옥고까지 치른 그를 남달리 뜻이 깊은 이상적 지식인으로 경모한 끝에 결국 삶을 같이 하게 되었지만, 너도 알다시피 네 아버지는 사상가도 아닌 지극히 평범한, 그러고도 결코 내세울 것 없는 초라한 생애로 끝나버렸다. 그건 뜻밖에 네 아버지가 결단하여 자초한 일이지만, 어머니 입장에서는 철없이 빠져든 사랑의 불행한 결실로 두고두고 한이 맺힌다는 것이란다."

"어머니가 외삼촌에게 그렇게 노골적으로 말씀하시던가요? 우리 앞에서 어머니는 한 번도 그런 식으로 불만을 말씀하신 적이 없는데요."

혜숙이 찜찜한 표정으로 물었다.

"그야, 자존심 강한 네 어머니가 너희들 앞에서 지난 삶이 한껏 실수였다고 당당히 말하겠니? 다만 네가 종식 군을 알게 되고 그가 옥고를 치른 뒤에 깊이 사랑에 빠진 경위 등이 아무래도 네 어머니 경우와 비슷하다는 생각이 든 거야. 그래 공교롭게도 모녀 2대에 걸쳐 이게 무슨 수난이냐 싶은 강박감에 사로잡힌 거지. 허니께 네가 적극 나서서 종식 군으로 하여금 하루빨리 사회에 복귀하여 화가로 성공하게 해서 어머니의 근심을 덜어드려야 한다."

내가 단호한 어조로 말하자 혜숙은 찔린 듯 잠시 씁쓸한 표정을 지었다. 그녀는 일어서서 나의 오른팔을 끼고 왼팔로 내 오른손을 잡더니 손등에 가볍게 입술을 갖다 대었다. 그리고는 금시 활달한 기색을 되찾은 듯 약간 들뜬 어조로 노닥거렸다.

"외숙께선 절 믿으시죠, 그렇죠? 종식 씨와 저 철없이 맺어진 사이가 아님을 증명하기 위해서라도 잘 살 거예요. 걱정 마세요. 우린 곧 산골에서 내려와요. 종식 씬 결코 아버지처럼 다 버리고 빈털터리로 살지는 않을 거예요. 밑지는 인생은 살지 않을 거구만요. 암 왜 그렇게 살아요?"

혜숙은 외치듯 말하고 소녀처럼 다소 껍신거리면서 현관문을 향했다.

흔적

당신은 어쩌면 불우한 철새였을 게다. 번식할 곳과 월동(겨우살이) 할 곳을 엉뚱하게 착각한 나머지 머물렀던 곳이 번번이 낯설기만 하여 허둥지둥 떠나버린 떠돌이새였을 거다. 그러니 당신은 미련 없이 이곳을 훨훨 떠났을지 모르나, 철 아닌 때에 흔적으로 남겨진 새끼 한 마리는 얼마나 가혹한 시련 속에서 살아야 했던가.

새로 마련한 공원묘지에 부모님 유해를 옮기는 문제에 관하여 나는 짐짓 결단을 내리지 못하고 있다. 당신이 세상을 뜬 지 어언 66년, 내 나이 일곱 살 적 27세의 파릇한 나이에 간디스토마로 요절했다. 그에 앞서 사 년 전 어머니 당신은 폐결핵으로 모질게도 세상을 일찌감치 등졌으니 고작 23세의 햇내기 나이였다. 그런데 하늘을 날던 제비가 어쩌다 실수로 떨어트린 박씨 하나가 가까스로 척박한 땅에서 끈질긴 생명력으로 자라나 오지게 뻗은 넝쿨에 조롱박이 주렁주렁 열리듯 홀몸이었던 나는 이제 어언 열일곱 명의 대가족을 거느린 가장이 되었다.

이쯤 되니 시속말로 나의 지난 삶이 웬만큼 풍요로운 성과를 거둔 셈이었다. 남들 역시 자수성가로 그런대로 보람이 크다고도 했다. 그러나 결과야 어쨌든, 나는 돌아가신 당신네를 생각할 때마다 아직도 아련한 슬픔을 억제하기 어렵다. 톡 까놓고 말이지 너무 일찍이 고아가 된 탓으로, 나에게 당신네는 단지 핏줄인 부모라는 어설픈 관념으로 회상되어질 뿐 도무지 살붙이라는 친근감은 없다. 더욱이 현상으로서 증거 지워질 사진 한 장조차 남아있지 않기 때문이다. 다만 아버지 당신의 경우, 세대가 지난 묵은 신문의 빛바랜 토막 기사처럼 영상 몇 가닥이 겨우 아른거리는 반면 어머니에게는 그것조차 없다. 기억 속에서 깡그리 지워진 건 이미 실체가 아닐 거다. 다만 나라는 존재가 있음으로 부득이 사실로써 남을 뿐이다. 그런

한 자식으로서 당신들에게 대한 관심의 추적은 곧 내 실존의 그루터기를 더듬는 막연한 공작이다.

하지만 나의 자식들에게는 그러한 관념조차 아예 미미하다. 한평생에 이르는 아득한 세월 동안 줄곧 당신네를 잊지 않는 나와는 달리 그들은 아버지의 아버지이며 어머니였다는 평범한 관념 말고는 아무러한 실제적 관계의 끄나풀도 없다.

그리하여 새로 묘지를 마련하면서 불현듯 고향 선산에 묻혀 있는 부모님을 이번에 이장할까 하는 생각을 하게 된 건, 솔직한 얘기로 내가 죽고 나면 자식들이 혹여 성묘라도 제대로 할지 모르겠다는 의구심 때문이었다. 게다가 이들은 고향 선산이라지만, 가까운 피붙이도 없는데다 막상 자신들의 출생과 털끝만큼의 연고도 없다. 거기에 최근 고향 마을이 옛 백제 때의 유서 깊은 거찰 제석사(帝釋寺)의 유적지로서 문화재 당국에 의해 발굴지로 수용되면서 남아 있던 집안마저 철거대상으로 뿔뿔이 흩어져나갈 형편에 놓이게 되었다. 그런 상황이니 이장 문제는 애당초 그들에겐 심드렁한 반응으로 '우리야 뭐, 아버지가 알아서 결정하세요.' 하고 마지못해 대꾸하면서도 기실 마뜩치 않은 표정이 역력해 보였다.

그 애들이 차마 입 밖에 내지 않았어도 숨 가쁘게 격변하는 시대에 거의 70년이 지난 조부모의 장묘(葬墓) 문제가 새삼 거론된다는 자체부터가 자못 허황된 일이라는 심상이 가히 있을 법도 하다. 전통적인 가족주의가 무너지면서 혈연의 매듭이 더없이 느슨해진 오늘의 현실이다. 손바닥만 한 좁은 땅에 무덤만 늘어난다면 어찌 되겠느냐는 것도 예사롭지 않게 심각한 문제, 하여 화장을 통해 납골 형식의 장묘가 크게 회자하는 요즘 아닌가. 그런데도 조상을 위한다는 허울로 명당이 후손의 발복(發福)에 이어진다는 허튼 풍수설을 믿거나 아니면 세속적인 허영으로 마치 권세나 재력을 과시라도 할 듯이 호화분묘를 일삼는 일부 계층이 있다. 저 중국의 실력자 등소평 같은 이가 유언에 따라 자신의 유골을 바다에 뿌리도록 한 것에 비해 우리나라의 이렇다 할 정치 지도자나 재벌들이 호화분묘를 조성하여 서민들에게 위화감을 주는 일은 흔한 일 아니던가.

어쨌거나 이러저러한 이유로 자식들의 무관심을 매양 나무랄 일만은 아닐 터였다. 인륜이 땅에 떨어졌다는 판에 숭조(崇祖)의 기풍인들 온전할까. 개인주의와 물질주의에 흠뻑 빠진 나머지 자칫 의무보다도 권리만을 더 주장하는 비뚤어진 요즘의 세태가 아닌가. 더욱이 대상에 대한 외경의 마음이란 기필 우러나서 될 일이지 강요할 성질의 것은 아니다.

그런 가운데 막상 내가 일의 결단을 주저하는 까닭이 또 있다. 옛날에 이미 육탈이 되어버린 유골을 새삼 수습하여 분쇄하고 납골하는 그 절차가 왠지 버겁고 비정할 것 같아서다. 죽은 자는 말이 없고 어차피 한 줌 흙으로 돌아간다지만, 만약 주검에 영혼이 있다면 어느 날 갑자기 부모와 형 곁의 오랜 유택(幽宅)을 떠나 생판 모르는 장소로 옮기는 게 잘하는 짓일까 하는 시답잖은 감상도 생겼기 때문이다.

그런데 정작 당신이 아버지라는 관념 이상의 인간적인 친밀감으로 바짝 다가선 것은 내가 중학생이 된 이후 어느 날 우연히 종부의 집 곳간에서 발견한 당신의 일기장을 읽고 나서부터였다. 그 이전의 나는 솔직히 어린 나를 내팽개치고 표연히 떠나버린 당신에 대한 원망과 저주 같은 뒤틀린 감정밖에 없었다. 인명은 하늘이 지어줬다는 따위의 말로 체념할 만큼 마음이 열려 있지 않았던 탓이다.

그러나마 내가 최초로 온몸으로 슬픔을 느낀 건 당신이 돌아가신 날이었다. 혹한이 몰아쳤던 동짓달 중순, 염습하는 자리에서 저승에서 부자로 살라고 파랗게 굳어버린 당신의 입안에 엽전 조각과 뜨물을 넣어주어야 했을 때, 굴건 수질에 거친 삼베의 상복차림으로 대나무 상장을 짚고 행전에 짚신을 신은 채 정강이까지 차는 눈길에 푹푹 빠지면서 상여 뒤에서 어이어이 곡소리를 흉내내야 했을 때, 입관이 끝나고 마지막 제를 올리기까지 오들오들 떨면서 당신이 이제 영원히 떠났다는 절망감보다도 한시 바삐 장사가 끝나길 초조하게 바라기만 했을 때, 또한 삼년상을 치르는 동안 삭망 때마다 제상 앞에서 상주 노릇을 하다보면 번번이 어른들의 호된 지청구를 들어야 했을 때마다 내가 왜 이래야 되는가 싶어 매양 억울하고 두렵기만 했다. 훗날 내가 읽은 이기영의 「봄」이란 장편소설에 나오는 아이처럼, 내가 제상 앞에서 정말로 눈물이 솟구쳤던 건 진정 당신의 돌아가심이 슬퍼서가 아닌, 외롭고 험한 나의 처지가 매양 억울하고 분통이 터졌던 까닭이었다.

그러니까 당신이 홀연 떠나며 나에게 유산으로 남겨준 건 외로움이 전부였다. 지극히 내성적인 성격의 나는 무엇보다 남과 달리 외톨이라는 데서 인간관계에서 원만한 화합을 기할 수 없었다. 나는 또래의 아이들과 어울리는 대신 혼자서 산 속을 헤매며 새 둥우리를 찾아 알을 꺼내거나, 들길의 온갖 풀꽃을 바라보는 게 도리어 즐거웠다. 나는 일찍이 호미도 캐기 어려운 굳은 논둑에서 손톱으로 꼬집어도 곧잘 으깨지는 가녀린 싹이 고개를 쳐들고 나오는 질긴 생명력을 놀라움 속에 감탄하기도 했다. 또한 산에서 잡아온 산비둘기 새끼를 키우다가 죽어버리자, 슬픔에 겨워 마당가에 묻어두고 나무를 깎아 '여기 사랑하는 비둘기 누워있다'는 비목을 세우기도 했다. 그도 저도 아니면 청승맞게 계집애처럼 혼자서 허리띠나 장갑 등 뜨개질에 시간을 보냈다.

초등학교에 다니면서 나의 장래 꿈은 선생님이었다. 사범학교를 나와서 몸이 튼실한 수수한 여자를 아내로 맞아 아들딸들을 낳아 학교에 보내게 되면, "저기 저 선생님이 우리 아버지란다." 하고 뽐낼 수 있으니 얼마나 좋을까 하는 게 솔직한 나의 한 맺힌 소원이었다. 그리고 그 후 소망대로 나는 일제 강점기에 당시로는 입학이 어렵다는 사범학교에 무난히 들어갈 수 있었다.

당신의 일기장은 뒤주, 고, 고리, 멍석, 삼태기 등 구지레한 세간 유품들이 보관된 한 독 안에 처박혀 있었다. 그때 장롱이나 밥상 등 쓸모 있는 가재도구들은 눈에 띄지 않았다. 일기장은 한 권의 「삼국지」 필사본과 함께 나왔는데, 쥐들이 갉아먹어 모서리가 너덜거렸다. 책은 십여 개의 잡기장(雜記帳)이 한데 묶여진 것으로, 매 장마다 꼼꼼하게 송곳으로 찍어 연필로 세로줄을 긋고 빽빽하게 펜으로 쓰인 것들이었다. 70여 년 전의 어렵던 시절이니 지질은 말할 게 없고, 더러는 일단 연필로 쓰인 다른 기록 위에 덮어쓴 면면조차 있었다. 기록한 기간은 내가 출생한 1930년의 전해부터 어머니가 돌아가신 뒤의 일 년쯤이니 대충 오 년 남짓으로, 어쩌다 이런 게 남게 되었는지 참으로 희한한 일이었다. 더욱이 이 기간이야말로 나의 출생과 어머니의 사망 등 중요한 시기였던 만큼 무척 호기심이 당겼다. 비록 사진 한 장도 남지 않았지만, 그보다 더한 당신의 일상적인 생각과 정서가 자상하게 서술되었을, 그래서 감히 아버지 내면의 삶조차 엿볼 수 있는 얼마나 귀중한 자료인가. 마치 천 년 전의 골동품이라도 발굴한 것처럼 나는 뛰어오를 듯 가슴이 벅찼다.

여기서 굳이 밝혀둘 건 오형제 중 막내인 당신만이 당시의 보통학교 출신이었다. 본시 지지리도 가난했던 가정 형편이었다는데 차츰 가세가 나아지면서 당신만이 운 좋게 취학의 혜택을 누릴 수 있었던 것 같다. 1920년대 초기 당시엔 군 단위에 고작 보통학교가 한두 곳에 불과했던 영세한 교육 여건에서 보통학교 출신 자체가 그런대로 만만치 않은 학력이었다. 게다가 당신은 타고난 머리로 필재(筆才)가 예사롭지 않았다 한다.

그런데 내가 대뜸 당신의 일기장에서 발견한 건 지극히 당혹스럽고 경악할 만한 사실, 곧 나의 출생에 관한 당신의 황당한 기록이었다.

> 음 6월 23일 인시. 득남 산아하였다. 자, 이제부터가 걱정이다. 그대와 만날 약속은 영영 그르치고 말았구나. 오전에 쌈줄(금줄)을 끊었다가 형님한테 꾸지람을 들었다.

이 어찌 해괴한 기록이 아니냐? 그야말로 금지옥엽 같은 첫아들을 얻었으니 덩실덩실 춤이라도 추며 좋아하지는 못할망정 나의 탄생이 곧 걱정이라니, 뭐가 잘못된 거 아니냐. 나는 어안이 벙벙해 할 말을 잃을 것이, 그렇담 나는 애당초 환영받지 못할 존재로 태어났다는 사실이었다. 그럴진대 처음부터 태어나지 말았어야 할 나의 비운을 당신은 이미 예감하고 나를 그리 비정하게 버려두고 훌쩍 떠났단 말인가? 나는 심한 당혹감에 빠졌다.

그런데 그대란 대체 누구란 말이냐? 필시 여자일 게 분명한데 당신은 그렇다면 당시 어머니 아닌 딴 여인을 사랑하고 있었다는 말이었다. 맑은 하늘에 날벼락처럼 드러난 아버지의 숨겨진 사랑 이야기. 이를 접하고 당시 나로서는 자못 황당하여 얼떨떨한 기분이었다. 그런 가운데도 한참 사춘기였던 나는 잠시 분노와 경악을 접어두고 잔뜩 호기심에 부푼 채, 그 사랑을 추적하기 위해 두 눈에 쌍심지를 돋우고 일기장을 읽어나갔다.

그런데 너무도 쉽게 그 연인의 실체가 드러났다. 내 생일 날짜 전후로 아니 일기장 전체에 하루 이틀을 건너서 어김없이 그녀의 이름 송순이(宋順伊)가 나타나 있었다. 이름과 더불어 석상축(石上祝), 세천축(洗川祝)이란 낯선 문구가 상투적으로 쓰여 눈길을 끌었다. 그건 짐짓 세련되지 못한 표현이지만, 그녀와의 결합을 애타게 바라는 심정에서 바위 위에 올라앉아 축원하고 냇물에 세수하며 기원한다는 뜻이었다.

그렇다면 당신과 그녀는 어떠한 사이의 연인이었을까, 나는 적이 궁금해졌다. 그러나 유감스럽게도 일기장 전체를 샅샅이 뒤져봐도 그녀와 단둘이 어디서 한 번이라도 만났다든가, 하다못해 우연히 서로 마주쳐 대화라도 나눴다는 부분의 기록이 전혀 눈에 띄지 않았다. 그렇담 아버지의 일방적인 짝사랑? 이에 생각이 이르자 괜히 맥이 팍 풀리면서 슬며시 부아가 치밀었다. 맥이 빠졌다는 건 자식으로서 절대로 용납 못 할 일종의 위식(僞飾) 취미로서 그 사랑이 기실 별것도 아니라는 데서 온 실망감이고, 화가 난 건 바로 우리 아버지란 당신이 할 게 없어 고작 긴긴 세월동안 짝사랑이나 했느냐는 데서 적이 자존심이 상했던 것이다.

그런데도 당신의 짝사랑은 참으로 끈질기게 이어졌다. 거의 오 년 치에 해당하는 일기장의 전면에 걸쳐 비련의 사연이 끊임없이 이어져 있었다. 도무지 이뤄질 수 없는 막연한 상태로 연모의 순수한 열정이 끝없이 지속될 수 있다는 게 실제로 가능한 일일까? 여기서 잠시 돌이켜보면 플라토닉한 사랑이 아름다운 것으로 존중된 나머지 짝사랑이 더없이 미화되던 옛 시절이 있었다. 그러고 보면 당신이 겪은 시대적 감수성 역시 부득이하게 그러했을지도 모른다. 하지만 아무래도 그걸 전적으로 미화하기엔 너무도 안타까운 실상이었다. 생전 만나보지도 못할 상대를 두고 끈질기게 연모한다는 건, 남녀의 사랑이 아닌 차라리 무지갯빛 몽상의 차원일 것이다.

그럼 당신이 비록 짧은 생애나마, 일생을 건 비련의 대상이란 과연 누구였던가? 훨씬 뒷날에 내가 어른들에게 가까스로 얻어들은 정보에 의하면, 그녀는 바로 당신의 보통학교 동창생이라 했다. 일제 강점기에 우리 고장의 면장을 지냈던 분의 따님으로 훗날 우리 고을 군청의 과장이었던 김 아무개의 아내였다고 한다. 원, 그럴 수가. 잘 아는 동창생이며 지척에 살고 있는 별나게 빼어난 여자도 아닌 그녀를 두고 그렇듯 오랫동안 가슴앓이를 했다는 걸 생각하니 처음엔 당신이 참 바보같이 여겨졌다. 당신은 형편없는 몽상가였어. 아직 사랑이 뭔지도 모를 사춘기의 나는 짐짓 멋진 낭만적인 사랑으로 예상했던 기대가 허망하게 물거품처럼 스러지면서 슬며시 모멸감마저 느꼈다.

그런 다음에 부딪힌 의문은 자연히 어머니의 딱한 처지였다. 비록 칠거지악이란 악습이 남아 있던 시절이었다 하더라도 짧은 세월이 나마 명색 부부로서 살을 섞고 살면서 딴 여자를 목매듯 사랑했다니, 그건 아내에 대한 당신의 혹독한 배신이었다. 하여 어머니의 일생이 참 억울하고 불쌍했다. 어머니는 동상이몽의 경지를 넘어서 이야말로 당신의 껍데기만 안고 살았던 거다. 그러니 몰라서 다행이지 실상을 알았다면 얼마나 허망하고 원통했으랴.

한데 내가 진정 어머니의 안타까운 존재를 더욱 절감할 처지로서 당연히 어머니에 대한 연민의 정을 통해 당신에 대한 뜨거운 분노를 의식했어야 했다. 그런데 어머니는 미처 나에게 육친의 정을 나누기도 전엔 총총히 가버렸다. 그런즉 자식으로서 할 말은 아니지만, 사실상 그랬을 거라는 이성으로서 판단일 뿐, 솔직히 가슴에 와 닿는 절실한 연민이나 분노 같은 건 우러나지 않았다. 더욱이 도덕적인 문제란 당시 나에겐 전혀 익숙지 못한 사회적 통념일 뿐이었다.

그렇듯 불우했던 어머니가 돌아가신 날에 당신은 이렇게 썼다.

> 음 3월 7일. 술시. 윤 씨가 딸꾹질 세 번 하더니 그만 허망하게 숨을 거두었다. 그렇듯 짧은 일생을 살다 가면서 지지리 고생도 많았는데 인생이 허무하기 짝이 없구나. 그걸 생각하니 참 불쌍하고 가련해 가슴이 무너진다. 나는 그 순간 울며 보채는 대식을 안고 윗방에 있었는데 이제 어미를 보냈으니 우리 아이의 장래가 참으로 불쌍하게 되었다.

아내의 죽음을 맞은 이의 감상치고는 매정하리만큼 너무나 짧은 글이었다. 아마도 육 년 남짓은 적이 살았을 부부의 정이란 게 고작 이런 걸까? 나는 회의에 잠겼다가도 그 글 속에 함축된 애절한 뜻 이상의 무슨 말이 더 필요했을까 하는 생각에 이르렀다. 더욱이 우리 선대의 남자들이란 일상적으로 희로애락의 감정을 절제하여 선불리 겉으로 드러내지 않는 게 군자의 덕인 줄 알아왔다. 이러한 나의 판단은 그 후 당신이 자주 밤이면 몰래 어머니의 묘지를 찾아가선 휘파람을 불며 짐짓 외롭고 슬픈 마음을 달랬다는 마을 사람들의 귀띔에서 어느 정도 들어맞았다.

이 무렵 당신은 곧잘 나를 들쳐 업거나 어깨 위에 무동 태우고 마을 고샅을 맥없이 서성거리다가 집안 어른들의 곱지 않은 눈총을 받기도 했고, 긴긴 겨울밤이면 무릎 위에 나를 눕혀 놓곤 '석탄 백탄 타는데요 내 가슴도 타고요' 아니면 '도라지 도라지 백도라지' 하는 민요가락을 청승맞게 웅얼거리기도 했다.

보나마나 당신은 강제 늑혼(勒婚)으로 맺어진 부부관계에서 애초부터 무슨 각별한 애정이 있었을까 싶다. 부부란 살다보면 실상 애정보다도 의리로 더 많이 묶여지는 법, 요즘처럼 연애지상의 개방된 사회에서도 단 몇 달 몇 년을 못 채우고 헤어지는 걸 밥 먹듯이 하는 부박한 세정으로 보면, 희생이 미덕인 듯 여기고 살았던 어두운 시절의 이야기였다. 그리하여 내가 차츰 나이 들어 세상 물정을 알게 되면서 더욱 당신의 말 못할 속내가 현실성 있게 다가왔다. 그러니 당신의 비련은 설사 아름다운 낭만이지는 못할망정 지극히 인간적인 갈등에서 빚어진 슬픈 사랑의 이야기였다.

"부전자전이라는데 꼭 네놈의 하는 짓이 영락없어야. 아마도 니 애비가 여태껏 살았다면 틀림없이 빨갱이 사상 같은 거로 홍역을 치렀을 게다."

해방 후 정치적 혼란기에 백부께서 나를 나무랄 때마다 으레 두고 쓰는 말이었다. 사상이란 곧 사회주의 이데올로기를 지칭하는 것으로, 백부는 그걸 시대에 순응치 않고 비뚤어진 일부 망나니 같은 사람들이 갖는 과격한 사상쯤으로 여기고 있었다. 그런데 당신이 정말 백부의 말처럼 은밀히 그런 불온사상을 지녔을까 하는데, 아무래도 전혀 근거가 없어 보였다. 다만, 농부 태생이면서도 농사에 아예 뜻이 없고, 책임 있는 가장 신분이면서도 언제까지나 현실에서 일탈을 꿈꾸며 뜬구름 잡듯이 사는 당신을 백부는 괜히 그런 걸로 빗대어 타박했을 것이었다.

그럴 것이 당신은 사망하기 삼 년쯤 전부터 난데없이 동산 곁에 가게를 차렸다. 지금으로 치자면 마을 구멍가게 같은 수준이었다. 읍내까지는 시오리쯤 떨어져 있으니 요긴한 일용품이나마 갖다 놓으면 마을 사람들의 생활에 도움도 되고 수지도 맞을 거라는 속셈으로 시작했는지 모르지만, 결과는 어림없는 착각이었다. 현금 주고 들여온 상품들을 마을 주민들은 으레 가을걷이 때 갚는 외상으로 가져갔다. 심지어 날마다 피는 담뱃값마저도 외상이었다. 그러니 매양 실속 없는 빈껍데기 장사였다. 그러니 밑천이 달리는 처지에 때맞추어 물건 값 마련하느라 하루 한 날도 편안치 못했다. 특히 담배를 들여놓는 날이 닥치면 현금 마련에 피가 마를 지경이었음을 일기장 곳곳에서 발견할 수 있었다.

그런 당신의 사정을 누구보다도 잘 아는 맏형인 백부께서 뭐라 여겼겠는가. 괜히 농사일하기 싫으니까 개뿔이나 밑천도 없이 장사 시작하여 죽을 맛이겠지 했을 거였다. 그런데도 당신은 도무지 돈 욕심이란 게 없어 어쩌다 여름 장마철에 과자가 눅눅해지면 아낌없이 몽땅 동네 아이들에게 거저 나눠주거나 아니면 올쌀과 바꿔먹기도 했다. 또한 흠집 있는 과일이 있으면 놀러 온 마을 청년들과 스스럼없이 나눠먹었다. 그러니 잇속을 챙길 장사와는 처음부터 어긋날 밖에 없었다.

이렇듯 뒤틀린 생업 말고도 당신의 일상적인 남다른 행적이 마을 안에 편편이 화제로 떠돈 걸 나는 당신의 사후에야 들었다. 약간은 기인다운 행동이었다. 당신은 아이들을 귀여워한 나머지 웬만큼 볼때기 쥐어 뜯기지 않은 아이가 마을에 없었다 한다. 그래서였을까, 마을 고샅의 허술한 흙담이 눈에 띄면 일을 삼아 기어이 발길질로 허물어뜨렸다 한다. 주인이 항의한다 치면 "그냥 놔뒀다가 장마철에 와그르르 무너져 혹시 지나던 아이라도 다치면 어쩔 거요? 미리미리 예방을 해두는 게 낫지." 하고 태연히 대답하였단다. 하지만 사람들은 저 「흥부전」에 나오는 놀부의 심술처럼 여기고 번번이 반발했다고 한다.

또한 제삿날에 지방을 써 오라 하면 당신은 가느다란 댓가지를 끊어다가 끝을 뾰족하게 깎고 이빨로 지끈지끈 깨물어 부드럽게 한 다음 먹을 묻혀 글씨를 썼다고도 한다. 세상살이에는 격식이라는 게 있는데 당신은 도통 그런 걸 무시하는 태도였다. 진정 붓이 없어서가 아니고 무엇으로 썼든 글씨만 되면 되는 거 아니냐는 생각이었던 것 같다. 나름의 학식이 있으면서도 결코 문방사우(文房四友)니 어쩌니 하는 선비의 품격 있는 습속을 일부러 희롱하려 했던 것일까?

세상살이를 우습게 보려는 당신의 해학적인 태도는 중국식당에 가서 만두를 잔뜩 시켜놓고 만두마다 한입쯤 물어뜯어 놓았다 한다. 주인의 두 눈이 휘둥그레져 대체 무슨 행패냐고 따지면 "나는 본시 비위가 약해 고기를 못 먹는데 행여나 앙꼬가 나올까 하고 물어뜯다 보니 이렇게 되었는데 만두 값은 주겠소." 했다고 한다. 주인이 아예 질려서 그냥 가져가라고 종이에 싸주었다고도 한다. 인심 좋은 옛날이라 그렇지 지금이야 어림도 없는 짓궂은 장난이다.

당신은 또 장날 읍내에 갔다 오다가 집안 아우를 자전거 짐받이에 싣고 냇물에 이르자 곧장 자전거를 탄 채 물 속으로 뛰어들어 독 안의 생쥐 꼴이 되어서는 하늘을 보고 허허허 하고 한동안 신들린 너털웃음을 날렸다고 한다. 도대체 그 별쭝난 행동이며 허탈한 웃음은 무엇이었을까?

냇물이라니 퍼뜩 떠오르는 게 있다. 아마도 당신이 돌아가시기 전 해의 여름철이었을 거다. 나는 사촌형과 함께 읍내 장을 구경하고 돌아오다가 난데없이 소나기를 만났다. 그래 노랑 물감을 들인 삼베옷이 흠뻑 젖었는데 무슨 생각이었던지 형과 함께 그냥 옷 입은 채로 냇물에 뛰어들어 신나게 멱을 감았다. 그리곤 집에 돌아가면서 아무래도 당신의 꾸중을 들으리라고 여겼다. 그런데 천만 뜻밖이었다. 우리를 바라보고 당신은 느닷없이 너털웃음을 터뜨렸다. 그리곤 "잘했다. 잘했어. 어차피 비를 맞아 젖으나 냇물에 멱 감다 젖으나 그게 그거 아니냐? 어째 시원하지." 하였다. 은근히 핀잔을 각오했던 나는 당신의 엉뚱한 대응에 그저 어리벙벙할 뿐이었다.

내가 백부님의 그 '부전자전'이란 구실로 적잖아 지청구를 겪게 된 것은 해방 후의 학교생활 때문이었다. 학생운동에 떠밀려 정상적인 공부가 어려웠던 데다 자주 귀가 시간이 늦어지면서 짐짓 수상쩍은 짓을 하는 것으로 잔뜩 의심을 사게 되었던 까닭이다. 당시 사회는 좌우익의 이념 갈등으로 시국이 난마처럼 얼크러져 갈피를 잡을 수 없게 어지러웠다. 학원가 역시 예외는 아니었다. 학생연맹과 민주학련이란 두 대립적인 학생단체 말고도 서북청년회 대동청년단 민청 등 외곽단체 조직들이 학원에 물밀듯이 들어와 세력을 펴나갔다. 이에 따라 학생들은 물론 교사들까지도 갈가리 찢겨 서로 반목하고 대립하였다.

그러다 보니 극히 일부 학생들은 나름대로 뚜렷한 사상적 근거를 지니고 활동을 하게 되었지만, 그렇지 않은 대부분의 학생들은 평소의 교우관계나 다른 영향에 따라 자연스레 어느 조직에 묶인 끝에 자신의 의지와 상관없이 극심한 갈등의 회오리 속에 말려들기도 하였다. 나 역시 조금은 애매한 처지로 분란 속에 차츰 빠져들게 되었다. 굳이 말하자면 해방 후의 이른바 약소민족의 자존을 지키려는 민족주의적 사상이 흔히 좌익사상의 경향으로 몰려 탄압을 받게 된 것도 그러한 세태의 불가피한 반영이었다.

이러한 때에 우리 학교 교장의 독직 사건이 한 지방신문에 보도되었다. '아귀의 사제지도(師弟之道). 기숙사미를 자가용으로.' 라는 충격적인 내용의 기사였다. 그것은 교장이 기숙사의 양식을 집으로 빼돌렸다는 거였는데, 실은 반목하는 학내 세력다툼에서 주로 우익 측의 애매한 투서로 빚어진 사단이라는 소문이 교내에 삽시간에 퍼졌던 것이다. 그리하여 며칠 후 이에 분격한 대다수 학생들이 떼를 지어 신문사를 항의 방문하여 윤전기에 모래를 뿌리는 소동을 벌인 끝에 대열을 지어 '쌀을 달라. 자유를 달라.' 라는 구호 아래 일제히 시가지 데모에 나섰다. 한하운의 시집 『보리피리』 가운데 '데모는 가고 문둥이 외로이 섰다'는 바로 그때의 배경이라 했다. 이에 급거 출동한 경찰이 나서서 총격으로 진압하는 불행한 사태가 처음으로 벌어졌다. 이를 계기로 학교는 더욱 격심한 분규에 빠졌는데, 폭력이 난무하는 터에 조직적으로 교장 사택을 경호하는 등 사태가 걷잡을 수 없게 되었다.

게다가 뒤미처 도 단위의 학생 축구대회가 있었는데 시내 남녀학생들이 크게 두 파로 갈라져 열띤 응원을 펼치다가 마침내 감정싸움으로 난투전이 벌어지는 불상사가 빚어졌다. 격렬한 투석전으로 번진 두 파의 싸움은 이내 시가지로 진출하여 마치 시가전을 방불케 하는 험악한 상황으로 번졌다. 이에 경찰이 개입하여 일방적으로 단속한다 하여 분노와 저항을 빚는 바람에 흉흉한 사태는 그 후 꽤 오랫동안 지속되었다. 그런데 이러한 사건의 배후에는 보이지 않게 조직화된 세력에 의한 이념의 갈등이란 작용이 있었다. 즉, 학생 구성원들이 지닌 사회적 계층의 특성에 따라 학교끼리 갈라져 서로 모이고 흩어지는 이념적 갈등의 양상으로 드러났던 것이다.

이러하던 중 미군정 말기인 1948년 6월경 내가 소속했던 문학 서클에서 졸업한 두 선배와 후배 두 명 등 다섯 명이 만들어냈던 문학동인지가 뜻밖에 출판물법 위반으로 경찰에 적발되는 사건이 일어났다. 그리하여 어느 날 나는 뜬금없이 체포되어 두 달 동안 옥살이하는 수모를 겪었으니, 그야말로 맑은 하늘에 날벼락 같은 수난이었다. 결국 불기소로 풀려나기는 했지만 소년수로서 겪게 된 마음의 상처가 이만저만이 아니었다. 지금 같아서야 그까짓 일로 콩밥 먹으랴 하고 아예 곧이들을 사람도 없을 것이다. 언론통제가 아무리 완벽했던들, 시중에 팔자고 펴낸 어엿한 책자도 아닌 손수 철필로 긁어 등사판으로 찍어낸 십여 부의 문집이 무슨 죄가 되었단 말인가. '횃불' 이라는 제호의 동인지에 나는 우리나라 최초의 민의원선거를 소재로 처음 단편소설을 썼던 것이다. 검정 고무신이나 빨랫비누 등을 돌리며 공공연히 유권자의 표를 사고파는 웃지 못할 선거의 타락상을 나름의 풍자적인 수법으로 묘사했던 것이다.

그때 용수를 쓰고 굵은 오랏줄로 굴비처럼 엮인 채 검찰청에 출정하게 되었는데, 그곳 마당 한가운데 뜻밖에 백부님이 계셨다. 꼿꼿이 서서 나를 멀찍이 쏘아보고 계셨는데 꽤 상기된 표정인 채 돌처럼 미동도 하지 않았다. 물론 접근도 할 수 없는 처지지만, 설사 허용되었더라도 왠지 그분은 결코 한마디 말씀도 하지 않았을 거란 생각이 들었다. 이후 나는 교도소 감방에서 그분의 말없는 무거운 표정이 찐득거리는 환영으로 가슴을 짓누르는 탓으로 자못 깊은 우울증에 시달렸다. 그분은 "늬 애비가 살아 있었다면 어떻게 너의 그런 꼬락서니를 보았을꼬." 하고 생각하신 걸까?

그 후 6·25전쟁이 벌어져 대학을 다니다 가까스로 서울을 탈출해온 나는 수없이 생사의 고비를 넘나드는 혹독한 시련을 겪었다. 그때에도 백부는 말없이 나를 지켜보되, 어떠한 훈계의 말도 하는 일이 없었다. 당신의 뜻과는 상관없이 급격히 돌아가는 변화에 무슨 뾰족한 대책이 있었겠는가. 내가 자라는 동안 그분은 변함없는 외경의 대상이자 가장 무서운 존재였다. 뿐더러 우리 일족은 물론 마을 전체에 마치 한 부족의 추장처럼 군림한 절대자였다. 그런데 인민군이 패퇴하는 수복 직전에 그분은 악질 지주란 뜻밖의 누명으로 일시적으로 토굴에 갇히는 수모를 겪었다. 집성촌에 쌀의 뉘처럼 섞여있던 타성바지 청년 한둘이 앞장서 모함한 결과였다는 것, 수복 후 그들은 어디론지 가뭇없이 사라져버렸다. 그리고 그런 급박한 경황에도 소식 없이 객지에서 헤매는 내 신상을 걱정하셨다는 말을 우연히 전해 들었다. 무섭게 변한 세상인심은 평소 그리도 당당했던 그분의 기세를 된서리 맞은 푸나무처럼 꺾어버린 걸까? 어쨌든 그러나 다행이도 그분은 사지에서 풀려났고, 나 역시 깊은 체념과 허탈 속에서 무사히 집에 돌아와 칩거하게 되었다.

그 후 세월은 묵은 상처 위로 파도처럼 넘나들며 빨리도 흘러갔다. 백부는 맏형이면서도 막내인 당신을 선두로 네 명의 동생을 앞세운 불운 끝에 맨 나중에야 천수를 다하였다. 아마도 뒤늦게 그곳에 가서 아우들을 만나 "너희들이 못다 한 일 마무리하느라 이렇게 늦어졌느니라." 하고 말했을 법하다. 그리곤 당신과는 특별히 만나서 "녀석이 너를 닮아 그간 어려운 일 많았느니라. 허지만 걱정할 건 없다. 나름대로 제 구실을 확실하게 하여 잘 살고 있느니라." 할 것인가. 당신의 일상에서의 일탈에 적잖이 가슴 조였던 그분도 결국 모든 걸 따뜻하게 이해할 수 있었을 것이다. 그리고 당신이 얼결에 남긴 흔적으로 내가 버젓이 둥지를 틀고 여태껏 살아온 것이다.

바람과 사슬

두메산골 폐가에서 흙벽에 도배된 묵은 신문지를 훑어보다가 뜻밖에 아스라이 먼 옛날의 애틋한 추억거리를 건진 양, 나는 기적처럼 그를 만날 수 있었다. 그러니까 실로 43년 전, 피차 전란의 참화 속에서 죽음의 고비를 몇 차례씩 겪고 나서야 가까스로 삶의 안정을 되찾은 시점에서 그와 나는 기약 없이 홀연 헤어지고 말았던 것이다.

그러고 보면 새삼 통속적인 표현이지만 세상은 그런대로 오래 살아볼 만한 값어치가 있는 모양이다. 다 늘그막에 그것도 마냥 병들고 찌든 초라한 몰골로나마 이렇듯 뜻밖에 만났으니 덧없는 세월을 탓하기에 앞서 희한한 만남의 기쁨을 어떻게 표현하랴.

오늘도 나는 지병인 협심증으로 약을 타기 위하여 대학병원에 갔다. 그리고는 여느 때처럼 오랫동안 대기실에서 진찰의 차례를 기다리고 있었다. 명색이 특진이라서 특별요금을 내면서 예약시간에 어김없이 대기하고도 몇 시간이나 대책 없이 장바닥 같은 번잡 속에서 기다려야 하는 데서 가뜩이나 짜증이 났다. 그래 하릴없이 왜 저리 환자는 밀리는 걸까, 세상 좋아졌다면서 병은 왜 갈수록 극성스러워지는 걸까 하는 따위의 시답잖은 망상으로 매양 시간을 메울 밖에 없었다.

그런 참에 문득 먼발치에서 어정거리는 한 늙은이를 발견했던 것이다. 나는 처음 헛본 게 아닐까 하고 두 눈을 의심했다. 그래 몇 번이나 눈을 부릅뜨고 고쳐 살폈으나 틀림없는 그였다. 뛰는 가슴으로 그에게 잰걸음으로 달려갔다. 그는 젊은 화가 시절 곧잘 썼던 붉은 베레모 대신 챙이 짧은 회색 중절모에 체크무늬 점퍼를 걸치고 있었다.

육중한 체구에 아래턱이 모가 져 완강한 인상을 풍겼던 옛 기억과는 달리 초췌한 얼굴의 한껏 늘어진 눈꼬리며, 마치 먹물이 퉁긴 것 같은 두 뺨의 검버섯들이 유독 눈에 띄면서, 그는 유난히 후리후리한 키만 돋보일 뿐 무척 수척해 보이는 노인 모습이었다.

"혹시 김인수 씨 아니슈?"

와락 달려들고 싶은 격정을 가까스로 누르며 내가 다급히 물었다. 그러자 그가 흘깃 고개를 돌려 나를 돌아보았으나, 약간은 뜨악한 눈초리로 나의 위아래를 찬찬히 훑어보는 것이었다.

"아니 김인수 씨 아니슈? 나 이중근이외다." 하고 거듭 소리쳐서야 비로소 그의 두 눈이 등잔처럼 켜졌다. 그리고는 팔을 벌려 나의 두 어깨를 감싸고는 거의 신음하듯,

"이중근 씨, 음 이중근 이거 웬 세상에……." 하곤 잠시 말문이 막히는 모양이었다.

"그래 그동안 서울에서 살았소?"

"내내 서울에서 살다간 변두리로 옮겨 두더지처럼 묻혀 살았구만."

"서울에서 살 거란 짐작은 막연히 하고 있었수만 대체 이 병원에는 어쩐 일로?"

"나 여기 내려온 지 한 이 년 되어가."

그는 심드렁히 대답했다.

"세상에 그런 걸 까맣게 모르고 지냈구려."

"내가 무슨 위대한 존재라고 낙향한 거 광고를 해. 기왕 내려온 길 죽은 듯 엎디어 살 생각밖에." 하고 낮은 소리로 중얼거리는 그의 얼굴에 순간 어두운 그늘이 비껴갔다. 사품에 심장에서 덜커덩하는 소리가 났다. 심장의 부정맥이 튀는 것이었다.

"아무튼 뒤늦게나마 이렇게 만났으니 참 희한하기 이를 데 없네요."

나는 새삼 까칠하고 차갑게 느껴지는 그의 두 손을 끌어 잡고 힘 있게 위아래로 흔들었다.

"그렇구만, 안 죽고 사니 이렇게 만나기도 하누만." 했는데 말과는 달리 그의 어조는 어쩐지 밍근하게만 들렸다. 세상 풍상을 나우 겪다보니 새삼 감격할 정서가 아직도 남아 있겠느냐는 투의 습성이 은연중에 배어 있는 것처럼 느껴졌다.

"어쨌든 오늘 볼일을 끝내고 우리 만나서 그간의 회포나 풉시다."

"나 진료 끝내려면 시간 좀 걸릴 텐데, 그나저나 이형 어디가 안 좋아?"

"오래 전부터 심장이 좋지 않아서요. 헌데 형님은 어디가 편치 않우?" 하고 물음을 뜨면서 실로 모처럼 형님이라는 자못 가슴 뭉클한 호칭을 되찾아 썼다.

"난 당뇨에다 혈압도 높으니 그 흔한 성인병이란 거지."

그는 약간 머쓱한 기분인지 입가가 얼핏 구겨지는 것 같은 씁쓰레한 웃음을 지었다.

"아, 그렇구만요. 늙으면 별의별 병들이 다 생기지. 어쩔 수 없는 일이긴 하요만."

이런 뒤 우리는 헤어져 각자 해당 진료실로 갔다. 여느 때처럼 지루하게 기다린 끝에 겨우 순번이 오고, 젊은 의사의 판에 박은 듯 지극히 의례적인 몇 마디 질문에 답하고 나면 진찰은 이내 끝나버리고 마는 것이다. 그리고는 왠지 소외당한 것 같은 몹시 허영거리는 기분으로 약국에 가서 두툼한 약봉지를 받아들면 모든 용무가 끝나게 되는 것이었다. 도대체 종합병원이

라는 거대한 시설과 조직이라는 게 도무지 삭막한 비인간적인 실체로 압도해오는 것이었다.

어차피 첨단의술이라는 명가 때문에 환자들이 앞 다투어 밀리겠지만, 반면에 의료분쟁도 좀체 끊이지 않는다. 지금 이 병원 현관 앞에는 천막을 치고 의사의 실수로 생때같은 자식을 잃었노라고 주장하는 유족들이 며칠째 농성을 계속하고 있는 것이다. 그런데도 사람들은 지나치다 흘끔 돌아볼 뿐 별반 깊은 관심이 없다. 어차피 시비는 관여할 몫이 아니며 본시 병원이란 이승과 저승이 마구 뒤엉켜 고여 있는 늪과도 같은 곳이 아니던가? 그래서 사람들은 병원이 지닌 바위처럼 단단한 권위주의와 칼처럼 날이 선 관료주의에 마냥 익숙해져 있는 것이다.

한 시간 남짓 기다리고 나서야 김인수가 돌아왔다.

"오래 기다렸지?"

지겨운 일을 겨우 마쳤노라는 홀가분한 눈치로 그가 물었다.

"뭐 별로, 자 그럼 나갑시다."

거리에 나서니 마침 해가 뉘엿뉘엿 기울고 있었다. 길 건너 맞은편의 빌딩 유리창에 붉은 노을이 반사되어 흡사 불이 난 것처럼 눈부셨다. 순간 옛날 기억 속의 한 광경이 퍼뜩 떠올랐다. 그건 마치 굳게 빗장을 지른 채 오랫동안 어둠침침한 의식의 광 속에 꼭꼭 숨겨두었던 비밀스런 추억거리였다. 그것이 인수와의 뜻밖의 만남을 계기로 40여 년이란 시차를 넘어서서 눈앞에 돌연 인화된 필름처럼 나타난 것이었다.

바로 이맘때였어. 9·28수복 전후의 어수선한 정세 속에서 경황없이 피난길에서 돌아오다가 날이 저물어 할 수 없이 어느 마을에서 잠을 잤다. 그런데 이튿날 아침 재수 옴 붙듯 마을 청년들에 붙들려 난데없이 빨치산으로 오인 받아 치안대에 넘겨져 하마터면 총살을 당할 뻔한 일이 있었지. 기적적으로 풀려나 돌아오는 길에 배고픔을 견디지 못해 길가 감나무에서 땡감을 따먹고는 배가 뒤틀리는 고통을 겪었던 일, 그때 가뭄이 들어 들 건너 산마루에 걸쳐 있던 노을이 흡사 지금 저 건물에 반사된 그것처럼 선홍의 핏빛으로 유난히 붉었어.

피로 말할 것 같으면 그때 불과 한 시간 전 나는 절체절명의 상황으로 억울하게 피를 쏟고 죽을 수밖에 없었지. 대저 전쟁 상황에서 왜 죽어야 하느냐를 묻는 것은 대체로 무의미하다. 그러므로 누구든 죽을 수 있다는 예비된 상황에서 뜻밖에 살아났다는 사실은 세상의 어떤 행운과도 성격이 다른 벅찬 감동이 될 것이었다. 그런데도 도무지 덤덤한 심정이었다.

어쨌든 그래서 그 험하고 고달프기만 했던 귀향길에서 바라본 석양노을은 화나게 아름다웠다. 내가 굳이 '화나게' 라고 표현하는 데는 까닭이 있다. 나는 전날 밤 우연히 어느 마을 뒷산 오솔길을 걷다가 길가 웅덩이에서 좌익세력의 소행으로 보이는 우익인사의 학살현장을 목격한 일이 있었다. 그날따라 유난히 휘영청 달은 밝았고 숲 속에서 들려오는 풀벌레 소리가 싱그러웠는데, 십여 명에 이르는 희생자들은 한결같이 뒤로 팔이 묶인 채 물 위로 상반신을 드러낸 채 흡사 떠도는 식물처럼 가볍게 출렁이고 있었다. 그런데 총살을 당한 듯 모두 하얀 윗저고리가 피에 빨갛게 물들어 있었다. 그때의 선홍빛 핏자국을 연상케 하는 저녁노을이 아예 누리의 참극과는 상관없다는 듯 초연한 아름다움으로 채색되어 있었기 때문이었다.

이윽고 우리는 멀지 않은 곳에서 한 식당을 발견해내고 들어섰다. 추어탕으로 저녁을 대충 때우고 맥주를 마셨다.

"그렇게 즐겨했던 술도 이제 예전 같지 않아. 허지만 그나마 술꺼정 끊어버리면 무슨 재미로 산당가? 그래 조금씩 마시지."

내가 주량을 묻자 그가 씁쓸한 표정으로 말했다. 이윽고 술기가 조금 오른 듯 불그레하게 상기한 얼굴로 그는,

"우리가 이렇게 만나 마주보고 있으니께 문득 이런 생각이 나네. 우리들 세대 말이네, 되돌아보면 참 파란만장했지. 그게 결코 자랑할 만한 건 아닐지라도 어쩌면 평화로운 시대에 사는 요즘 젊은 사람들로서는 상상도 못할, 아니 수세기에 걸쳐서도 감히 겪어보지 못할 험한 체험이며 역정이었던 거여. 그리 생각하면 난 가끔 너무 오래 살았다 싶은 자각이 들 때가 있네. 그런 점에서 지금 당장 죽는대도 결코 아쉬울 게 없을 것 같은데도 정작 생명의 질긴 끈 때문에 구지레한 세속적인 미련을 버릴 수가 없나부지? 이렇게 병원에도 착실히 다니고." 하면서 약간 겸연쩍은 표정을 지었다.

"세월이 참 많이 변했죠? 나도 6·25때 몇 차례 죽을 고비를 겪으면서 죽음에의 무서운 강박감으로 여차하면 쉽게 죽을 수 있다는 생각으로 은밀히 품속에 청산가리를 넣고 다닌 적도 있었다우. 그래 지나고 보면 삶과 죽음이 크게 다른 게 아니고 동전의 안팎처럼 한 몸에 있다는 걸 알게 되겠더라구요. 어쨌든 전란에서 용케 살아남은 이후부터 한동안 나의 삶은 순전히 덤으로 얻은 거니, 분수껏 삶에 대한 집착을 버리고 절대로 겸허하게 살자는 생각을 가진 적도 있었지요. 허지만 결국 나도 세속적인 욕망에 사로잡혀 허우적거리며 욕심껏 살아온 셈이랄까?"

나도 말했다. 그건 사실이었다. 어처구니없는 빨치산으로 몰린 나는 지서에 끌려가 불문곡직하고 두 어깨와 허리가 까맣게 피멍이 들도록 죽창으로 몰매를 맞았다. 그때 지서 구치소와 일제 때 파놓은 것 같은 건물 밖 방공호 속에는 얼핏 인민군 아니면 의용군의 패잔병으로 보이는 애동대동한 젊은이들이, 마치 독 안에 절여진 젓갈처럼 빼곡히 들어차 공포에 질린 눈길로 밖을 내다보고 있었다. 모두 길에서 이삭 줍듯 붙들려온 패잔병들 같았다. 그때 치안이라는 붉은 글씨의 완장을 두른 청년들은 모두 구식 소총 아니면 죽창을 들고 있었는데, 충혈된 눈빛들이 살기등등하여 감히 말 한마디 붙여볼 엄두도 낼 수 없는 삼엄한 분위기였다.

그날 아침, 나는 산 아래 작은 마을에서 자다가 불시에 붙들려 왔다. 불안한 피난길에서

인민군이 패주했다는 소식을 듣고 허겁지겁 서둘러 귀향길로 나선 나는 밤을 틈타 으쓱한 산길을 더듬질로 내려가다가 해가 저물자 산 아래 마을을 발견하고 괴괴히 떼어 거절하는 걸 겨우 사정하여 한 농가의 곳간에서 잠을 잤다. 그런데 밤새 정세가 뒤집힌 모양으로 인심이 뒤바뀐 마을에서 내가 수상한 사람으로 신고 되어 득달같이 치안대원들이 들이닥쳤던 것이다. 이 마을에서는 나 말고도 세 사람이 더 묵었던 모양인지 함께 체포되었다.

치안대원은 우리를 보자 당장 잡아먹을 듯 으르렁거렸다.

"너희들 빨치산이지! 어제 너희들이 이곳 애국인사들을 학살했지?"

실로 낮도깨비 같은 황당한 추궁이었다. 나는 극구 부인했지만, 그들은 숫제 들은 척도 안 했다. 안타까워 양민증을 제시했으나 그저 코웃음을 칠 뿐 아예 눈길조차 주지 않았다. 까마귀 날자 배 떨어지는 격으로 정말 재수 없게 하필이면 학살사건이 있던 바로 그 현장 주변 마을에서 하룻밤을 머물 게 뭐냐? 그들은, 숫제 수상한 자라는 주민의 신고를 받아 체포한 만큼 그 이상 무슨 정황을 참작할 필요가 있겠느냐는 눈치였다.

"아니라면 왜 떳떳하게 큰길에 나서지 못하고 산길로 피해 다니다가 마을에서 붙들렸냐 말야. 넌 틀림없이 빨치산 새끼야!"

그중 대장처럼 보이는 나이 지긋한 사내가 눈을 부릅뜨고 나에게 욱질러 말했다. 정세가 불투명한지라 감히 큰길에 나서기가 두려웠고, 나는 학생이며 도리어 좌익으로부터 핍박받는 집안 출신이라고 극구 변명했지만 그는 여전히 차가운 비웃음으로 받아넘겼다. 그리하여 꼼짝없이 용의자로 확정된 나는 다른 세 사람과 함께 따로 분류되어 마을 어귀에 있는 곡물 창고 안에 갇히게 되었다.

"그래 그랬을 거야. 그때는 그 보잘것없는 몸뚱이 하나 유지하는 게 왜 그리 힘겨웠던지."

그는 마치 나의 자잘한 과거사까지 익히 들여다보고 있던 것처럼 적이 감개에 찬 어조로 말했다.

"헌데 그런 뼈아픈 추억조차 이젠 간직하기 어려울 만큼 세상이 아주 변해버렸어요. 도대체 그런 비극 속에서 가혹한 시련과 아픔을 겪었다는 사실이 지금에 와 과연 무슨 의미가 있느냐 하는 것이며, 지난 생애를 되돌아보았을 적에 언제나 시대의 격랑 속에 쓸모없는 나무토막처럼 휩쓸려 떠밀려만 왔지, 제대로 한번 발버둥이라도 쳐봤느냐 하는 생각으로 이따금 허탈하고 한심스런 느낌조차 든단 말예요. 좀 엉뚱한 얘기겠죠?"

"아냐, 그런 거 내 경우에는 더하지. 나는 그 재수 없는 세월을 만나 좋아하는 미술조차 버리면서 생존만을 위해 시정잡배가 되어 돈벌이에만 전력투구해 왔으니깐. 그런데 우리들의 삶을 그토록 황폐화시킨 그 이데올로기라는 실체가 도무지 뭐였는지, 지금 생각허면 허망하기 이를 데 없단 말야. 저 동구권의 사회주의 국가가 하루아침에 무너진 걸 봐. 천년만년 군림할 우람한 성채 같던 사회주의 이념이란 게 기껏 무서리 맞은 배추만도 못한 모래성일 줄이야.”

그는 말하며 마치 그 허탈감이라도 풀어낼 것처럼 술잔을 들어 단숨에 벌컥벌컥 들이켰다.

그때 그 널따란 창고 안은 휑하니 비어 있었다. 바닥에는 멍석이 깔려 있었고, 함석지붕에 우린 열기와 흙먼지가 섞여 고리탑탑한 냄새로 밀폐된 공간은 더없이 황량하고 답답한 분위기였다. 우리를 끌고 온 살빛이 희고 여린데다 금테 안경을 써 흡사 부잣집 태생의 대학생 같은 인상을 풍기는 사내는 우리를 멍석 위에 앉히고 나서 돌연 깐깐한 목소리로 외쳤다.

“여긴 어제 좌익 놈들한테 학살당한 애국 인사들이 한동안 갇혀있었던 곳이야. 그러니까 너희들도 이곳에 있다가 똑같은 절차로 처리되는 거야. 그래야 공평한 것 아냐? 세상에 일방적인 억울한 죽음만이 있어서는 안 되는 거지.”

그건 무서운 선고였다. 저항과 절망으로 일순 나의 온몸이 얼음장처럼 굳어졌다. 얼핏 느껴졌던 착하고 여린 인상과는 달리, 가까이서 보니 그의 얼굴에는 심하게 경련이 일었고 안경 너머 두 눈은 뻘겋게 충혈되어 있었다.

이같이 법도 질서도 끼어들 여지없는 절대적 혼돈 앞에서 나는 애오라지 좌절할 수밖에 없었다. 이런 판국에 흔히 있을 법한 기적에 대한 기대도 도통 떠오르지 않았다. 그래서 나는 실로 애잔한 모습으로 한쪽 구석에 웅크리고 앉아 죽음에 직면하고도 이내 그 실체를 실감하지 못한 채 깊이를 알 수 없는 끈적끈적한 외로움의 늪 속에 빠져들었다.

퍼뜩 눈앞에 큰아버지의 얼굴이 떠올랐다. 여전히 범접하기 어려운 그분의 엄숙한 표정이었다. 나는 본시 유복자로 태어났다. 아버지를 일찍 여의었기에 나의 뒷바라지는 전적으로 큰아버지가 맡아주었다.

그는 빈주먹으로 가업을 일으켜 당대에 근동에서 손꼽히는 부농이 될 만큼 괄목할 만한 입지전적 인물이었다. 본시 타고난 근면과 성실성으로 일찍이 일인 농장의 마름을 맡아 기틀을 다진 데다 장릿벼 고리채로 축재를 하는 등 실로 뛰어난 이재와 남다른 수완을 발휘했다. 태평양전쟁이 일어나 전시체제에 의해 모두가 공출이란 이름으로 모질게 재물을 빼앗기고 노역에 처하는 가혹한 수탈을 겪었을 때에도, 그만은 평소에 쌓아놓은 일인 관리와의 남다른 친분으로 희생을 웬만큼 줄일 수 있었다.

그 대신 그는 한 해 두 차례의 명절 때마다 마을 중 어렵게 사는 집마다 얼마간의 구호미를 돌림으로써, 마을 존장(尊長)으로서 권위와 체통을 철석같이 유지해왔다. 해방을 맞아 농지개혁으로 적잖은 좌절을 겪었으나 면 유지로서 그의 당당한 위신은 결코 변함이 없었다. 그러한 백부의 영악한 처세주의에 나는 왠지 저항감을 의식하면서도, 결코 그의 영향력을 무시할 수 없는 지엄한 존재로서 의식하고 있었다.

그런데 그 백부가 동란 중 악질 지주로 몰려 며칠 동안 그들 인민위원회 분주소에 끌려가 조사를 받고 토굴 속에 갇히는 곤욕을 치렀다. 그때 백부를 궁지에 몰아 괴롭힌 것은 같은 마을의 타성바지 백형남이라는 녀석이었다. 나의 친구이기도 했던 녀석의 할아버지가 일찍이 우리 집 머슴으로 있던 인연으로 우리 이씨 집성촌에 쌀에 뉘처럼 박혀 뿌리를 내린 셈이라는데, 그게 어쩌면 악연으로 작용한 것이었다.

내가 마을에 붙어 있지 못하고 도시로 나가 빌빌거리며 숨어 다니게 된 것도 따지고 보면 그 녀석의 박해를 우려한 때문이었다. 평소 나와 의기가 통해 남달리 우의가 깊었던 그였지만 인공치하가 되면서 녀석은 하루아침에 표변했다. 메뚜기도 한철이라 하더니 일시에 열렬한 인민투사로 변신한 그는 내무서원으로 뛰면서 은근히 나에게 의용군 지원을 종용하는 것이었다. 그걸 거절할 경우, 그가 우리 집안에 보복의 칼을 갈고 있는 터라 어떠한 위해를 가해올지 상상하고도 남을 일이었다. 나는 적당한 구실을 내세우고 아예 마을을 떠나버린 것이다.

그런즉 급격히 정국이 뒤집힌 마당에 대체 큰아버지의 신상이 온전할까? 또 그 백가 아니 백형남은 이제 어찌 되는 것일까? 그러자 뜬금없는 현희의 얼굴이 퍼뜩 떠올랐다. 그녀는 동향의 후배로 일제 때 면장을 지냈고 자유당 정권 아래 사실상 고을에서 무소불위의 실력자였던 유지의 딸이었다. 그녀는 서울에서 여고 졸업반에 다녔는데, 딱히 애인이라고 부르기에는 약간 어정쩡한 사이이기는 하나 무척 나를 따르던 소중한 후배였다. 그런데 때 아닌 동란을 맞아 그녀의 집안이 그만 쑥밭이 된 것이었다. 인민군이 진주하면서 일차적으로 그녀 아버지가 피신처에서 붙들려 숙청이란 이름으로 참혹하게 처형되고, 그녀의 대궐 같은 집이 그들에 의해 몰수당했다. 그리고 가족들은 뿔뿔이 흩어져 어디론지 사라져버렸다는 소문이다. 그러니 그녀는 지금쯤 어디서 어떻게 지내고 있을까 하고, 나는 상념의 깊은 골짜기에 빠져 마냥 허우적거리고 있었다.

그런데 어느 때쯤 되었을까? 문득 귓가에 외치는 목소리를 듣고 퍼뜩 눈을 떴다. 사위는 죽음처럼 조용한데 창고의 창살에 비치는 여린 햇살로 보아 얼핏 오후 늦은 시각임을 깨달았다. 이른 아침나절에 붙들렸는데 벌써 이렇게 되다니. 새삼 두 끼니를 굶었다는 자각과 함께, 온몸이 풀솜처럼 늘어지고 뱃살이 나무토막처럼 딱딱하게 굳어져 무감각해졌음을 느꼈다.

"너 어디 아프냐? 곧 뒈질 것 같은 꼬락서니구나. 아니면 괜히 의뭉을 떠는 거냐? 허지만 아예 동정 받을 생각일랑 걷어치워라."

뜻밖에도 우리를 감시하던 대학생풍의 청년이 나를 보고 말을 걸어온 것이었다. 나는 순간 모질게 의식을 가다듬었다.

"의뭉이라뇨, 피난길에 내내 굶은 데다 우리 집안이 지금쯤 어떻게 됐을까 생각하면 궁금해 죽을 지경인걸요."

우선 이렇게 변명의 서두를 꺼내며 어름어름 그의 눈치를 살폈다. 왠지 그의 표정에서 이제까지의 서슬 퍼런 적대감이 약간 누그러진 것 같은 낌새였다. 그래 물에 빠진 사람이 지푸라기라도 붙잡는다는 절박한 심정으로 애면글면 자기변호의 논리를 펴나갔다. 물론 큰아버지가 처한 곤경 등을 강하게 내세웠는데 그건 사실이었기에 나의 변명은 물 흐르듯 막힘이 없었다. 그러자 그게 웬만큼 설득력이 있던 모양인지 신통하게도 그는 끝까지 내 말을 가로막지 않았다. 마지막으로는 나는 그의 확신을 사기 위해 이렇게 못 박아 말했다.

"정 나의 신분을 믿을 수 없다면 이곳 읍내에서 주조장을 하는 박 사장에게 알아보시죠. 그분은 우리 사돈어른이십니다."

박 사장은 이 고을에서 알아주는 유력한 우익 인사일 거라는 막연한 예측으로 순발력 있게 떠올린 생각이었다. 그랬는데 그게 천만뜻밖에 병자에 산삼 같은 특효를 본 것이었다.

"그게 정말야? 어떻게 되는 사돈인데?"

"저의 사촌 누님의 시아버지 되십니다."

"그게 정말야?"

"정말입니다."

"괜히 궁허니께 꾸며대는 말 아냐?"

"당장 탄로 날 일을 왜 꾸며대요?"

"그게 정말인지 알아볼 테니 그럼 기다려."

그는 한결 부드러워진 어조로 말하고는 동료에게 자리를 맡기고 휭하니 자리를 떴다. 아마 지서에나 가서 대장과 상의라도 할 요량인 듯싶었다. 한참 시간이 걸렸다. 이제는 풀려날 수 있겠다 싶은 기대감으로 나는 가슴을 옥죄는 초조함을 느꼈다. 나도 별 수 없는 속물인걸, 아까까지도 체념 속에 죽음을 결단하고 하릴없이 느긋해 있었는데, 지금 이처럼 초조해지다니.

이윽고 육중한 창고 문이 덜커덩 요란한 소리를 내며 열렸다. 사내가 돌아온 것이었다.

"일어나시오."

그는 뚜벅뚜벅 내 곁으로 다가서더니 퉁명스레 말했다. 내가 부스스 자리에서 일어서자 뜻밖에,

"두 손을 내밀어보시오" 하더니 양 손바닥을 손가락으로 꾹꾹 눌러 살폈다. 아마도 총기라도 다뤄 손바닥에 공이나 박혀 있지 않나를 확인해보려는 눈치 같았다.

"자, 됐소. 이제 나가도 좋아요. 그런데 갈 때는 큰길로 의심 사지 않게 당당히 가시오."

그는 한껏 나긋해진 어조로 말하면서 내 손을 잡고 가볍게 흔들었다. 잠시 어이없는 오해를 해 미안하게 됐다는 투의 몸짓으로 보였다. 이에 훗훗 실소할 만큼 허망한 꼴로 나는 드디어 지옥 같은 형장에서 뜻밖에 기적처럼 풀려났다.

"그런데 말여. 늙어 사회 일선에서 밀려났다는 생각, 소외감쯤은 당연히 부담해야할 몫이

라고 여겨야 하지만도, 도대체 요즘 세상 돌아가는 꼴 보게 되면 살기 좋은 세상 누리게 되었다는 흐뭇한 마음과 더불어 영 한심해 견딜 수 없는 게 많어. 먹고 살기 좋아졌다고 그리 싸가지 없게 이기주의로 향락주의로 마구 치달아도 되는 건지. 때론 세상 말세라는 위기감조차 들 때도 있는데, 먹고사는 거 풍요해진 게 결코 행복의 절대조건이 아니라는 거쯤 도대체 자각 못하는 세상이 되어버린 것 같아서 말이지. 물론 식자들은 입만 열면 물질주의가 어떻구, 인간회복이 어쩌구 곧잘 떠들데마는. 그러면서도 마음속으로는 어차피 주어진 불가피한 현상으로 여기고 만족하고 있다는 사실이야. 그러니 사람들이 스스로 세상 흐름에 도취되어 인간성이 여지없이 망가져 가는데도, 도무지 자각증세 없는 만성 환자처럼 되어가고 있다는 사실이야."

어지간히 술기가 오르면서 김인수의 푸념은 웅변조의 격한 어조로 바뀌어갔다. 세상살이에 어지간히 찌들었는데도 이같이 흥분하는 자체부터가 왠지 부질없는 일처럼 여기는데 어지간히 익숙해진 나로서는, 그 같은 순수한 열정이 어쩐지 부러운 느낌이었다.

"그래요. 세상 많이 변했죠. 헌데 아까부터 궁금해 묻고 싶었는데 김병수 선생님의 가족들은 어디서 어떻게 사시는가요? 이곳을 떠나신 지 벌써 40여 년, 전혀 소식을 알 길이 없었어요."

순간 그의 얼굴이 갑자기 일그러지는 걸 보았다. 나는 아차 하고 순간 후회했으나 이미 엎질러진 물이었다. 김병수란 그의 친형이다. 6 · 25때 실종된 화가로서 그의 남은 가족이 큰 불행에 빠졌을 게 뻔한 일인데도, 잔망스레 묵은 상처를 건드렸다는 자책으로 괜히 가슴이 옥죄었다.

"뻔허지. 형수님의 불행이야 무슨 말로 형언하겠나. 그런 일 생각하면 가슴이 아파. 어쨌든 지금껏 살아 계시긴 하네만 고생이 말이 아니여. 말 못할 비극이지."

그는 신음하듯 비통한 어조로 중얼거리더니,

"아무튼 그 얘기는 차츰 기회 있는 대로 말해 줌세." 하고 욱질러 말하고는 탁상 위의 술잔을 끌어 잡아 단숨에 들이켰다.

나는 내 나름의 호의가 괴이쩍게 거부당해 왠지 찜찜한 기분이었지만, 이내 물음을 바꾸었다.

"그나저나 형님 어쩌다가 만년을 고향에서 보내기로 결단을 내렸소?"

"글쎄 뭐랄까. 낙향한 이유, 결코 떳떳한 처지에서가 아니구 그저 흔한 말로 귀소본능쯤으로 얼버무릴 수가 있겠지. 헌데 사실은 말야. 나에게 고향 추억이란 다시금 돌이켜보고 싶지 않은 악몽과도 같은 거였어. 젊은 시절, 난 이곳에서 너무 많은 상처를 입었잖아. 그래 한껏 저주를 퍼붓고 다시는 보지 않겠다고 단단히 벼르고 떠난 고향이라구. 그런데 세월이 지나고 나니 금의환향과는 애당초 거리가 먼 초라한 몰골로 이렇게 돌아오고 말았다네. 물론 이에는 좀 복잡한 사정이 얽혀 있었긴 하네만. 아무튼 이러저런 일 차차 만나서 얘기함세."

마치 더는 묻지 말라는 듯한 완고한 표정으로 그는 말했다.

김인수의 전화를 받고 그의 집을 방문하게 된 것은 만난 지 꼭 열흘째 되는 날이었다. 그는 시가지에서 약간 벗어난 변두리에 있기는 하나 비교적 고급으로 알려진 아파트에 살고 있었다. 그로 미루어 그의 노후생활이 얼마만큼 경제적으로 안정되어 있다는 생각에 우선 안도감을 느꼈다. 집 안에 들어서자 먼저 거실 벽면에 빼곡히 걸어놓은 자못 유명인의 작품인 듯싶은 서화들에 먼저 눈길이 갔다.

"아파트가 넓고 좋구만요."

집 안으로 들어서면서 우선 인사치레로 던진 말이었다.

"우리 내외 살기에는 좀 넓다 싶지만 서울 집값에 비하면 형편없이 싼 값이니께."

짐짓 겸손을 가장하면서도, 기실 거드름이 배어 있는 그런 어투로 대꾸했다.

"그야 그렇지만, 관리비가 꽤 나오겠는걸요."

"서민생활 수준으로는 그렇달 수 있겠지. 허지만 나 지금 자네한테 고백이지만, 노후에 꾀죄죄하게 살지 않으려구 그간 웬만큼 돈을 벌어놓았다구. 참 그렇지, 지금 생각하네만 9·28 수복 후 서울에 잠적해 있었을 때 우연히 자네를 만나 신세진 적이 있었지. 그땐 정말 하루하루 넘기기가 어떻게나 어려웠던지."

그게 사실이었다. 나는 그때 시원찮은 지방 신문사의 말단 기자였다. 그리고 전쟁이 나던 해 서울 소재의 한 삼류대학에 입학해, 겨우 석 달도 채 마치지 못한 학력으로 명색 대학생활을 마감하고 난 뒤였다. 진정 장래의 꿈이 없지는 않았는데, 날벼락 맞듯 집안 형편이 갑자기 어려워져 부득이 뜻을 꺾은 것이다. 인공이 철수하기 전의 흉흉한 때, 큰아버지가 또다시 분주소에 끌려가 하마터면 목숨이 위태로운 판국에 가까스로 손을 써 놓여나긴 했지만, 폭행을 당한 여독으로 시름시름 앓다가 반년 만에 그만 타계하고 만 까닭이다. 그러니 의지할 기둥이 쓰러졌는데 무슨 힘으로 학업을 계속하겠는가? 그러나마 대학물을 조금이나마 먹었다는 걸로 겨우 지방 신문사 기자로 채용되었던 것이다.

그 무렵 추운 겨울이었다. 무슨 일인가로 서울에 출장을 갔다가 시간이 남아 하릴없이 거리를 빌빌거리다가 정말 우연히 무교동 낙지회 술집 골목에서 인수와 딱 마주친 것이었다. 그래 저녁식사를 같이하는 자리에서 그의 실로 비참한 생활상을 듣게 되었다.

"형이 실종된 이후 월북인사로 지목되면서 이른바 연좌제에 묶여 나는 적잖은 박해를 입게 되었다네. 인공치하에서 큰일은 아니나마 내 자신도 미술단체에서 좀 부역을 하게 되었지. 수복이 되자 보복이 두려워 지레 겁을 먹고 덩달아 입산을 하기는 했지만, 열흘 만에 가까스로 뛰쳐나왔어. 그리곤 다니던 직장을 내팽개치고 무작정 상경하게 되었네. 그러니 황폐한 서울 바닥에서 뜨내기인 내가 어떻게 배겨나겠나? 실업자로 지내며 부끄럽게도 성당에서 나눠주는 강냉이 죽으로 겨우 굶주림을 면할 수가 있었다네. 형의 실종 이후 우리 집은 그야말로 우박 맞은 배추밭 꼴로 파산지경이 되어 생계를 꾸려갈 여지가 전혀 없었던 거여. 헌데 기막힌 건, 온 하늘과 땅에 축복이 내린다는 크리스마스에 그 알량한 배식마저 없는 거라. 하루 내 탈탈 굶으면서 하느님을 원망할 수밖에. 그 후 무작정 두 손 놓고 죽음을 기다릴 수만은 없다는 비장한 각오로 거리에 좌판을 놓고 오징어 같은 걸 팔기도 했는데, 그러다 보니 주변 사람들한테서 적잖게 빚을 끌어들이게 됐지. 헌데 백면서생으로 장사가 될게 뭐람. 결국 장사는 망허구 빚만 몽땅 뒤집어쓰고 발랑 나자빠지게 되었다네. 그래 빚쟁이들이 몰려와 난리를 쳤는데, 무슨 신통한 계책이 있겠어? 그때 어느 채권자가 궁한 김에 본적지로 신원 조회를 해본 모양이라, 웃기는 건 내가 '망실공비(忘失共匪)'로 기록돼 있더라는 거야. 이미 부역자 블랙리스트에 올라 있는 사람으로 어디론가 잠적해버렸으니, 의당 지리산쯤으로 가 있는 줄 짐작했건 모양이지. 원, 기가 막혀서."

그는 말하고 씁쓰레하게 웃었다. 듣기에 섬뜩한 이야기였다. 그래서 그에게 수중에 남은 돈 몇 푼인가를 쥐어주고는 참담한 마음으로 돌아섰던 기억이 지금껏 선하게 남아 있다.

"첫 단추를 잘못 끼우면 모든 단추가 틀어진다는 말이 있어. 죽을 날이 머지않은 이제 지난날을 돌이켜 후회한들 매양 부질없는 일이겠지. 허지만 가끔 가슴 저리는 한이 되기는 한다네. 자네 알다싶게 내가 화가를 지망해 젊은 한때 열정을 쏟은 것도, 그 후 삶의 유일한 가치로 믿었던 예술을 스스럼없이 내동댕이치고 세속적인 물욕으로 돈벌이에 악착스레 매달리게 된 것도, 따지고 보면 우리 형님의 어이없는 행적 탓이라는 생각이 불쑥불쑥 들기도 했다네. 그렇다고 이제 와서 무조건 형님만을 원망허는 못난 아우는 아닐세. 근원을 따지자면 민족분단의 비극으로 빚어진 억울한 희생이었고 저주할 운명이 아니었던가?"

"그러기 말이에요. 김병수 화백께서 그리된 것도 그분 개인의 비운이란 차원을 넘어서, 한국미술을 위해서도 메울 수 없는 큰 손실이란 생각이 들어요. 게다가 냉전의 벽이 무너져버린 지금에서의 판단일 수도 있겠지만, 선생께서 왜 돌연 그리됐는지 이제 와서 잘잘못을 따질 계제가 아니면서도 도무지 아쉽고 허망한 생각이 앞서요."

"그런 게 다 돌이켜보면 한 시대의 불운한 흐름이라 할까? 역병을 몰고 온 무서운 질풍 같은 걸로 한 치 앞을 내다볼 수 없는 미망 속에 휩쓸렸노라고 말한다면 너무 경솔한 변명일지는 몰라도, 적어도 오늘날 그 시대를 경험한 우리와 같은 세대는 너나없이 그런 한 맺힌 회한을 품고 있는 게 사실이야. 몹쓸 시대를 만나 보상 없는 억울한 희생을 치러야했다는 뼈아픈 시련 그거지."

"어떤 책을 보니까 현대인의 비극은 다른 데 있는 게 아니고, 평생 의지할 신념과 목표를 잃어버린 데에 있다고 말했더라구요. 글쎄 그 말이 어떤 심오한 철학에서 나온 말인지 감히 나 같은 사람이 헤아리기는 어렵지만, 어쨌든 오늘날 우리가 사는 세상이란 그저 이념이나 사상에 앞서 개인주의가 있어 결국 현세주의나 찰나주의 같은, 그래서 남보다 잘 먹고 마음껏 즐기면서 살면 된다는 식의 물질주의나 쾌락주의로 안주해버린 것 같애요."

나의 말하며 퍼뜩 김병수 화백과 그의 아틀리에였던 채문미술연구소(彩文美術硏究所)를 떠올렸다. 김병수는 당시 전국에서 알아주는 중견 서양화가였다. 그는 일제 강점기 일본에서 유학하고 돌아와 일찍이 선만전(鮮滿展)과 선전(鮮展)에 특선함으로써 십분 재능을 인정받은 화가였다. 그런데도 굳이 서울에서의 작가생활을 마다하고 낙향하여 도청 소재지인 이곳에 정착하여 애오라지 창작활동에 전념하였다. 그는 본시 토호에 속할 부잣집 출신이었다. 그러므로 가난했던 시절 흔히 볼 수 있는 꾀죄죄한 여느 화가들의 행색과는 달리, 우선 훤칠한 키에 알맞은 격조 있는 사치스러운 옷차림과 귀족적인 취향으로 윤택하고 화려한 생활에 이국적인 멋들임까지를 드러내 보였다.

그러한 인상으로 하여금 6·25를 맞아 갑자기 실종된 후, 그가 사회주의 신봉자로 월북했다는 당국의 뜬금없는 지목을 받았을 때, 주변 사람들은 깜짝 놀라지 않을 수 없었다. 무산대중 어쩌고 하는 그 주의와는 처음부터 걸맞지 않은 신분이며 취향이었던 것으로 여긴 까닭이다.

아무튼 고향에 정착하자 그는 아틀리에부터 서둘러 지었는데, 이층 양옥인 건축양식이 특이해 남쪽 벽면이 온통 유리만으로 된 당시 남산 식물원의 그것을 연상케 하였다. 하여 당연히 그 건물은 이 도시의 명물로서 눈길을 끌었던 것이다.

그는 이 화실에서 많은 제자를 길러냈다. 그의 아우인 김인수 역시 그가 촉망했던 제자 중의 한 사람이었다. 그랬던 건물이 그가 실종하자, 문을 닫은 지 오래지 않아 봉제공장으로 소유권이 넘어가는 비운을 맞게 되었으나, 어쨌든 그가 길러낸 제자 가운데 몇 사람은 이후 한국 화단의 쟁쟁한 중견화가로 성장하게 되었다.

내가 김인수를 알게 된 것도 그 화실에서였다. 당시 나는 고등학교 졸업반 학생이었고, 그는 중학교 미술 선생이었다. 나는 미술을 좋아했으나 다만 감상하는 취미로 그쳤을 뿐, 처음부터 화가로서의 재능은 없었다. 도리어 돼먹지 않은 시 나부랭이나 끼적거리거나 은밀히 극장이나 출입하면서 영화를 즐기는 따위의 좋게 말해 문화 애호의 열정을 지닌 풋내기 문학도였다고나 할까?

그런 푼수로 나는 아틀리에를 곧잘 찾아가 석고상 아니면 모델을 놓고 열심히 데생하는 데 골몰한 모습들을 부러운 눈길로 바라보곤 했다. 그때 왜 그들이 나 같은 국외자를 너그럽게 봐 넘겼는지, 지금 생각해도 알 수 없는 일이었다.

또한 그 무렵 마음속 깊이 강력한 인상으로 새겨진 사람은 다름 아닌 김병수 화백의 부인이었다. 그녀는 늘씬한 키에 고전적으로 쪽을 튼 고전적 머리 모양에 지성미가 넘치는 보기 드문 미인이었다. 전문학교 출신이라는 교양을 바탕으로 그녀는 스스럼없이 남편 제자들과 잘 어울렸고, 개방적인 활달한 성격으로 남편 손님과도 곧잘 어울려 마작놀이 등으로 능숙하게 사교를 하기도 하였다.

"김 선생님의 그 아틀리에 지금도 눈에 선해요. 그때로선 보기 드문 멋진 건물이었는데 이젠 흔적조차 찾을 길이 없게 되었구요."

이제 그 건물조차 없어진 걸 떠올리고, 적이 감상에 젖어 내가 불쑥 말을 꺼냈다. 그러자 그가 마치 금기된 이야기나 꺼내는 걸 경계하듯 뜨악한 눈초리로 나를 쏘아보았다.

"그게 벌써 언제 적 일인데?" 하고 그가 뜸을 두고서 마지못해 응한다는 눈치로 대꾸했다.

"그때 그곳에서 공부했던 사람들 가운데 손영치, 민승우, 곽달호 등은 그 후 크게 성공해 화단에서 이름깨나 날리고 대학교수도 되었는데. 뭐 형님과 가끔 연락이라도 합니까?"

나의 물음이 의외의 충격으로 가 닿은 듯 그의 낯빛이 별안간 싹 변했다.

"그 사람들이 뭐가 아쉬워 나 같은 사람 만나겠어. 게다가 요즘에 와서야 조금 사회분위기가 달라지긴 했지만, 월북자로 몰린 자의 동생을 왜 만나겠어? 신상에 해로울까봐 겁날 판인데."

"아니 그래도 옛적 은사를 생각해서라도……."

내가 어름거리자 그가 돌연 화난 듯이 소리를 버럭 질렀다.

"빌어먹을, 지금 세상에 의리가 어디 있당가? 은사고 개나발이고 수틀리면 당장 칼 들고 덤비는 세상인데."

난폭하리만큼 그가 거친 말투로 항변했다. 사품에 내 심장 속에서 덜커덩하는 고동 소리가 났다.

이윽고 현관문 쪽에서 부자가 울렸다. 그렇잖아도 그의 부인이 보이지 않아 내심 궁금했던 터라 혹시 그녀일까 싶었다. 인수가 벌떡 일어나 현관 쪽으로 가더니 뒤에 한 여인을 달고 거실로 들어섰다.

그리고는 소파에 몸을 부리듯 앉더니 어벙하게 서 있는 여인을 턱으로 가리키며,

"내 내자일세." 하고 짧게 소개했다. 그녀는 다소곳이 고개를 숙였다. 단정한 감청색 투피스 차림에 엷은 화장기 있는 갸름한 얼굴의 그녀 목에는 굵은 진주목걸이가 한껏 돋보였다. 나는 얼핏 중년으로 밖에 보이지 않는 여인의 얼굴을 비로소 정면으로 마주 바라보는 순간, 의아함에 그만 가슴이 철렁했다.

그 여인은 분명 옛날 내가 알고 지냈던 그의 부인이 아니었다. 어찌된 것일까? 그러면서 동시에 거푸 놀란 것은 그녀가 결코 초면이 아닌 옛날 어디선가 분명 몇 차례 만난 적이 있

을 것 같은 결코 낯설지 않은 얼굴이라는 느낌이었다. 대체 누구일까 하고 당장 내 가슴은 의심으로 빠지지 꼬였으나 냉큼 기억나지 않았다.

"이중근 선생으로 과거 소싯적에 형님의 미술연구소에서 만나 어울려 지냈던 분이셔. 요전 병원에서 우연히 만났다는 게 바로 이 분이야."

인수가 모처럼 뿌듯한 기분인 듯 흔연히 나를 소개했다.

"잘 오셨어요. 이이가 그날 반가운 사람 우연히 만났다고 무척 기뻐하셨어요. 시골로 내려오신 이래 거의 이곳 사람들과 어울리는 일이 없었거든요."

그녀는 싹싹한 목소리로 말하고 서둘러 안방 쪽으로 사라졌다. 나는 그 뒷모습을 뜨거운 눈길로 쏘아보며 안개처럼 뿌옇게 흐려진 옛 기억의 창을 정신없이 닦아내려고 무진 애를 썼으나 영 잡히는 게 없었다.

"자네 내 전처 알고 있었던가?"

낌새를 챈 듯 마침 그때 인수가 물었고, 내가 미처 대꾸도 하기 전에 자문자답하듯 말을 이었다.

"그렇지. 그 무렵 자네 우리 집에 가끔씩 들러서 놀다 갔으니께 충분히 알고 있었겠구만."

"물론 아주 옛날 일이기는 하지만 알다마다요. 나에게 잘 해주셨는데."

왠지 서글퍼지는 황당한 기분으로 어물쩍 대답하는 순간, 그가 두 눈을 지그시 감고 잠시 회상에 잠기는 듯 했다. 이어 약간 떨리는 목소리로 입을 열었다.

"그 사람 어려운 때 사노라고 고생 무지하게 했는데, 이십여 년 전 갑작스레 죽었어. 그나마 불의의 교통사고였으니, 지지리도 박복한 여자였다구. 재수 없는 놈 뒤로 넘어져도 코 깨진다고 그나마 뺑소니차 사고였어."

"세상에 그랬군요. 그런 그 소생들은?"

"2남 1녀였지."

"그럼 그 애들 한창 자랄 때라 형님 고생 막심했겠네요."

"한 십 년 홀아비로 지냈지."

"지금은 모두 장성해서 각기 제몫을 하겠는데요?"

"뭐 그런대로지. 큰놈은 미국서 공부한답시고 유학 가더니 학업 때려치우고 파란 눈과 눈맞아 주저앉아 장사치가 되어버렸구. 가운데 딸년은 시집을 보냈더니 그것도 무슨 팔자소관으로 부부 사이 살이 끼었는지 맨날 티격태격 싸우다가 끝내 이혼해 자식새끼 하나 데리고 혼자 살고 있지. 끝에 놈만 서울서 내가 하던 화랑 인수하여 별 탈 없이 그럭저럭 살고 있다네."

그는 짐짓 평소의 욕구불만이 버릇이 된 양 마치 남의 말 하듯 이죽거려 말하는 것이었다.

"형님 그럼 화랑을 경영하셨나요?"

"배운 도둑질 못 버린다고 돈 좀 벌어보자고 나서 보니께 실로 황막하던 차에 자연 눈길이 간 것이 화상(畵商) 일이었다구. 그것도 물론 서울이 복구되어 얼마큼 안정이 된 이후의 일이지만."

"그래 어쨌소?"

홍미가 당겨 넌지시 채근해 물었다.

"그때 내 착안이 어느 정도 적중했던 거라. 전란의 혼란을 틈타 그간 집안 깊숙이 묵혀 있던 서화들이 거리로 쏟아져 나온 거지. 개중에는 빈집을 턴 도둑 물건들도 물론 많았을 거구만. 어쨌든 그런 것들이 서점가나 골동품 가게 등에 싸구려로 팔려나갔다구. 물론 당시에는 화랑 같은 것도 없었으니께. 그래 그것들을 닥치는 대로 헐값으로 마구 사들인 거여."

"허 참, 기발한 착상이었구만요."

나는 체면도 없이 큰 소리로 감탄했다.

"헌데 그 일도 밑천이 있어야잖아. 그래 돈푼이나 있고 서화를 고가의 장식품 아니면 문화적 교양쯤으로 뽐내려는 그 골빈 작자들 왜 있잖아? 그들을 찾아내 내가 지닌 미술 교양으로 적당히 구슬려 사게 하는 거였어. 이런 알선으로 구전도 챙기고 때로는 필요한 대로 밑천도 빌려 쓰곤 했지."

"그야말로 도랑 치고 가재 잡는 격이었구만."

"말인즉 그렇지. 하지만 모든 게 쉬운 일만은 아니었지. 그 후 얼마만큼 돈이 모이자 아예 보따리장수 같은 뜨내기 직업에서 벗어나 내 가게를 갖게 되었어, 그리고 화랑도 차렸지. 서화 매매뿐 아니라 기획전으로 유명한 작가들의 전람회 등을 열어줌으로써 체계적인 유통을 꾀한 거여. 그런 결과 수년 후 나의 두리화랑이 그 방면에서 꽤 신용과 권위를 쌓게 된 거지. 그러니 웃기는 건 난 화가로서 실패한 반면, 뜻밖에 화상으로 성공한 거여."

그가 꽤 언구럭스런 표정으로 말했으므로, 나는 슬며시 저항감이 생겨 짐짓 빈정대듯 물었다.

"그럼 왜 그런 일을 계속하잖고 돌연 낙향하셨소?"

"글쎄. 뭐랄까. 어지간히 먹고살 만한 돈도 모아지고 나이도 들게 되니께 왠지 이제껏 해오던 일에 회의도 생기고 허탈감도 생기더란 말이여. 말이 문화사업이지 화랑도 장사 아닌가? 때로는 불가피하게 예술을 가장한 사기행위도 서슴잖게 되기도 하고, 그래서 상업주의란 허울로 작가적 양심을 팔아먹는 데 도움을 주고 있다는 자책감도 생기고 보니, 갑자기 하는 일에 넌더리가 나기 시작한 거여. 게다가 다소 복잡한 가정 사정도 겹치구 말이네."

"가정 사정이라뇨?"

그가 굳이 밝히기를 꺼려한다는 걸 익히 눈치 채고 있으면서도 부러 짓궂은 생각으로 물었다. 그러자 그가 겸연쩍게 씩 웃었다.

"별일 아닌 그런 게 좀 있었어."

"그럼, 그 화랑 작은 아드님이 맡아 잘 운영은 되고?"

"그 장사도 이제 한 고비를 넘어 어렵다구. 옛날 어수룩했던 시절과는 엄청 상황이 달라졌거든. 우리 둘째는 대학에서 경영학을 공부했는데, 제 딴에 마케팅 원리 어쩌구 하며 혁신적으로 운영하려 애쓰는 모양인데 요즘 어떤지 모르겠어."

마침 그때 부인이 차와 과일을 들고 나타나더니 남편 옆자리에 나부시 앉았다.

"자, 드세요. 그리고 가끔 놀러 오세요. 이이는 아시다시피 아무와도 쉽게 어울리는 성격이 아니라서 무척 적적하게 지내셔요."

사분사분한 말씨가 여간 정감 있는 게 아니었다.

"그럴 겁니다. 물론 자주 만나야죠."

"서울을 떠나 처음에는 가까운 성남 쪽으로 막연히 이사를 갔는데, 왠지 정이 붙지 않더라구요. 복잡한 서울 바닥을 벗어나 기왕 공기 좋은 시골에서 여유 있는 마음으로 살겠다는 거였는데 아무 연고도 없으니께 되레 외로움만 느껴지더라구요. 그래 이런 데서 굳이 살게 뭐냐는 생각에서 이 년 전 불쑥 이곳으로 내려오게 되었는데, 처음에는 이분의 반대가 심했어요. 그런 걸 제가 우겨대서 내려오게 되었구먼요."

부인이 약간 수다스럽다 싶게 긴 말을 늘어놓았다.

"잘 하셨어요. 뭐 어쩌구 해도 그래도 좋은 게 고향 아닙니까?"

내가 거들었다. 인수는 내내 내 얼굴을 느슨하게 바라보며 입가에 가는 미소를 흘리고 있었다. 그때 마침 탁자 위의 전화벨이 요란하게 울렸다. 부인이 전화를 받고 나더니 인수에게 말했다.

"저 가게에 나가 마감하고 곧 돌아올게요. 그동안 과일이나 드시면서 말씀하세요."

"전화로 지시해도 되잖아?"

그가 약간 불만스런 어조로 말했다.

"아녜요. 나가봐야 돼요. 잠깐이니깐." 하고 그녀는 휭하니 잰걸음으로 현관 밖으로 빠져나갔다. 잠시 허우룩한 기분이랄까 묘한 고요가 흐른 뒤에 내가 넌지시 물었다.

"형수님 무슨 가게를?"

"그냥 놀기가 뭣하다고 심심파적으로 작년부터 처조카와 함께 조그마한 의류가게를 운영하고 있다네. 이 넓은 아파트에 구닥다리 영감 얼굴만 바라보고 있자니 아닌 게 아니라 따분하겠지 뭐. 아직도 한창 활동할 나이인데."

"그리 말씀하니께 말인데 형수와 나이 차가 많겠구만요?"

"아 그렇지, 아직 50대 초반이니까."

"그럼 두 분 사이에 아이는?"

"없어. 애초 저 사람이 애 안 낳겠다고 주장하여 따르기로 했어."

"결혼생활 몇 년인데?"

"한 15년 됐을까? 솔직히 늦둥이 보려했다면 얼마든 가능했지. 그런데 그만한 사정이 있어. 이제 부끄러워 할 이유도 없어 말인데, 저 사람 사실은 나와 초혼이 아냐. 전 남편과의 사이에 딸 하나가 있는데, 시집에서 키우고 있어. 그런 딸을 버려두고 있는 처지에서 자식을 또 낳는다는 건 큰 죄를 짓는다는 묘한 자책감에 빠져있는 거여."

"허지만 사랑하는 부부 사이라면 그들의 소생을 보고 싶다는 게 본능적인 욕망일 터인데. 그나저나 이런 질문 너무 무례할지 모르지만, 형님이 기왕 실토한 일이라 믿고 말인데 형수께선 왜 초혼에 실패했당가요?"

갈수록 흥미가 진진하여 염치 무릅쓰고 재차 물었다.

"남편이 시앗을 본 모양이라."

너무 무심하다 싶게 그가 심드렁히 대답했다.

"그랬군요. 그런데 참 이건 내 착각인지 모르겠는데, 형수님 처음 뵈올 때부터 어쩐지 약간 낯익다 싶은 느낌이 들었는데……."

내가 잠시 어정쩡한 태도로 말끝을 흐리자, 그가 잠시 탐색하는 눈초리로 나를 흘겨보더니 돌연 풀썩 웃었다. 그리고는 부러 엉너리를 치며 큰 소리로 뇌까렸다.

"그거 틀리지 않을 걸세. 자네 천재작가라 불리며, 아깝게 요절해 버린 추원이란 젊은 화가 혹시 기억나는가?"

"폐병으로 죽은 그 사람 아다마다요."

나도 큰 소리로 응대했다.

"바로 그 사람의 누이야."

"네엣?" 하고 나는 적이 기겁하여 소리쳤다. 세상에 원, 이런 기연이. 그래서 어쩐지 낯이 익었던 것이구나. 순간, 그가 약간 머쓱해하는 표정을 지었는데 그게 어쩐지 익살스럽게만 느껴졌다.

"세상 인연이라는 게 묘해. 내가 추원의 누이와 부부가 되다니. 더욱이 그 사람 여중 때 내가 가르쳤던 제자 아니던가."

스스로 가슴 뭉클한 감개에 흠뻑 젖어버린 듯 그가 물기 있는 어조로 중얼거렸다. 불현듯 추원의 투명하고도 여린 창백한 얼굴에 두 눈빛만이 이글이글 빛나보였던 모습이 망막에 불쑥 떠올랐다. 전쟁이 나던 그해 이른 봄 그가 폐결핵으로 죽었고 수년 후 그의 유작전이 그를 추모하는 화가들의 주선으로 공보관에서 열렸다. 그때의 많은 작품들 그 가운데서도 내

장산 가을 풍경화가 있었는데, 단풍의 붉은 빛은 불꽃처럼 타오르는 선연한 핏빛이었다. 아니 지독한 가난 속에서도 불타는 열정으로 창작하면서 끊임없이 쏟아냈던 그 많은 각혈 그 자체의 빛깔이었다.

그러고 보니 그때 전람회장 입구의 접수대 앞에 다소곳이 앉아 팸플릿을 건네주던 소녀. 개진하게 물기에 젖어 있는 눈길로 홀 안을 쓸쓸히 둘러보던 소녀가 있었지. 나는 당시 전시 기간 동안 거의 매일 그곳을 드나들었고, 그때마다 소녀의 암사슴 같은 영롱하고도 슬픈 눈빛과 부딪쳤던 것이다.

그럼 그때의 그 소녀가 바로 오늘날 인수의 아내가 되었단 말인가? 놀라운 변신에 생각할수록 황당한 느낌을 주체할 수가 없었다. 세상에 그럴 수가. 인수가 나의 심상찮은 기미를 짐짓 눈치 챈 모양이었다.

"자네 무척 놀란 표정이구만. 당연하지. 허지만 젊은 후배의 누이와 살게 되었대서 얼핏 세속적인 그런 부도덕한 관계로 오해해서는 안 되네."

그는 말하며 갑자기 굳어진 표정으로 나를 쏘아보는 눈길이 어쩐지 싸늘하고 날카로웠다.

"놀란 건 사실이지만 설마 내가 어찌 그런 상상을……."

애써 그의 눈길을 피하면서 황망히 손사래를 쳤다.

"그렇담 다행이고. 사실은 말야. 그의 유작전이 열렸을 때, 난 직접 내려가 보지는 못했지만 다 알고 있었어, 그때 작품이라도 팔아 가난한 유족들이라도 돕겠다는 친구들의 온정은 가상할 만한 일이었지만 성과는 좋지 않았다네. 무리도 아니지. 추원의 화풍이 어떤가? 추상화 계통 아닌가. 서울도 그런데 항차 지방에서 그림을 사줄 돈 있는 작자들이 그런 그림을 이해할 까닭이 없지."

"그야 대중성 있는 구상화 아니고야."

"마침 그 무렵이 내가 화상의 일을 시작할 때여서 은밀히 연락하여 팔다 남은 작품 몇 점인가를 팔아준 적이 있었네. 그때 심부름을 도맡아 해줬던 사람이 여고를 갓 나온 누이 바로 지금 내 아내일세. 그 후 몇 년 뒤 결혼을 했는데, 아까 말했듯 불행하게 끝내고는 취직하겠다고 나를 찾아왔어. 그 사람도 웬만큼 미술에 소양이 있었기 때문에 나의 알선으로 처음에는 초상화 전문가 밑에서 일하게 되었지. 그 후 몇몇 가게로 옮겨 다녔지만 수입이 신통치 않았던 모양인지 불평이 많았어. 나는 그때 화랑을 차려 제법 기반을 닦은 그 무렵이라 그 사람을 아예 우리 화랑에서 경리로 일하게 했고, 당시 나는 홀아비 시절이라 자연 믿고 조금씩 집안일도 돌보게 되었는데, 그런지 한 오 년 뒤쯤 되었을까? 오늘날의 이런 관계로 귀착된 것일세."

그는 말끝을 맺고 이게 전부니 더 이상 의심은 없겠지 하는 눈치로 나를 그윽하게 바라보았다.

어젯밤 인수와 과음한 탓으로 토종꿀을 진하게 타 마셨는데도 좀체 숙취가 풀리지 않았다. 늙은이는 하릴없이 더 많이 과거에 집착한다는 게 노상 허튼소리가 아닐 것이, 우리 두 사람은 상처받은 아련한 옛날로 되돌아가 화제가 폭죽처럼 터졌으나, 결코 세월이 지나면 슬픈 추억이 되레 아름답게 투영되기 마련이라는 세속적인 그런 류와는 달았다. 그건 너무나 오욕으로 얼룩진 비밀스런 추억이었기 때문이었다.

더욱이 내가 전에 없이 곤드라지게 폭음하게 된 건, 아무래도 죽은 추원의 누이가 바로 그의 아내가 되었다는 뜻밖의 사실로서 마냥 예기찮게 감상적 기분이 되었던 까닭이다. 이에 앞자리에 앉아 다소곳이 술시중을 드는 그녀를 바라보면서, 나는 불현듯 고향 조 면장의 딸 현희를 떠올리고 새삼 가슴에 에이는 회한의 정을 의식했다.

동란으로 그의 집이 파탄이 나지 않았더라도, 그때 그의 아버지가 학살을 당하는 비운을 겪지만 않았더라도, 설사 상황이 그렇더라도 더 좀 적극적으로 그녀의 신변을 챙겨 교제를 계속했더라도, 운명의 신이 그녀를 나로부터 영원히 떼어놓지 않았을지도 모른다는 따위의 한껏 부질없는 생각들이었다. 이제 와서 그게 얼마나 허수한 망상인가 하는 걸 톡톡히 감지하면서도 때때로 불쑥불쑥 그런 미련을 떠올리곤 했던 것이다.

전란이 터지고 아직 인공치하가 되기 전 그야말로 폭풍전야의 무서운 정적을 예고하는 무렵의 어느 날 저녁 때, 그녀가 마을로 나를 은밀히 찾아왔다. 전혀 예상하지 않았던 고향에서의 감격적인 재회였다. 그러니 피차 적 치하의 서울에서 용케 빠져나온 걸 기뻐하면서도, 앞으로 닥쳐올 위기감으로 한껏 불안해하고 있었던 것이다.

우리는 사람의 눈길을 피하여 뒷산에 올랐다. 매미가 가는 계절을 아쉬워하듯 목을 쥐어짜 성화같이 울어대는 속에 간간히 소쩍새 울음도 마냥 애잔하게 들려왔다. 우리들은 숲 속 다복솔 앞에 나란히 앉아 한동안 말을 잃었다. 이윽고 그녀가 두려움으로 가볍게 떨고 있는 듯이 보여 한 손을 끌어 잡아 내 무릎 위에 얹었다. 그녀의 보드라운 손이 땀으로 촉촉이 젖어 있었다.

"우리 집은 피난 갈 거예요."

그녀가 한동안 뜸을 들였다가 불쑥 말했다.

"어디로?"

"모르겠어요. 아버지가 결정하시겠죠."

"그래 아무래도 그래야겠지. 더욱이 아버지는……." 하면서 나는 얼핏 우수에 젖어 보이는 그녀의 크고 해맑은 두 눈을 들여다보았다. 그녀가 고개를 주억거리며 말했다.

"인공치하가 되면 우리 아버지가 제일 먼저 그들에게 당할 거란 거 알고 있어요."

그녀가 모든 걸 체념하고 있다는 듯 말했으므로 가슴이 철렁하니 내려앉았다.

"그렇다고 사태를 너무 절망적으로 생각하진 말어. 앞일을 정확히 예단하긴 힘들지만, 잠시 피하고 있음 설마 괜찮게 되겠지. 희망을 잃지 말어" 하며 잡은 그녀 손에 힘을 주었다.

"아네요. 아무래도 불길해요. 난 천길 벼랑 끝에 선 기분으로 그저 앞이 캄캄하기만 하네요. 어쩜 우리 만나는 것도 이제 마지막이 되겠다는 생각으로 용기를 내어 오늘 갑자기 찾아오게 되었어요." 하며 슬픈 눈빛으로 나를 올려다보는 순간, 나는 견딜 수 없는 비장감에 발작적으로 와락 그녀를 끌어안았다.

"잘 왔어. 그래 만나야지."

정신없는 외침과 동시에 돌연 그녀의 입술을 덮쳤다. 그녀는 가볍게 몸을 움칫했을 뿐 거부하지 않았다.

"불길한 말 하지 마. 잘 될 거야."

나는 열에 들떠 잠꼬대처럼 웅얼거리며 그녀의 향긋하고 부드러운 입술을 핥고, 깊숙이 혀를 넣어 입안의 모든 것 아니 그녀 모든 것을 단숨에 빨아들일 듯이 격렬하게 입맞춤을 했다.

어느새 땅거미가 지는 어둑어둑해질 무렵에야 가까스로 품안에서 그녀를 풀어주었고, 기약 없이 눈물을 삼키며 작별을 고한 그녀가 들판을 건너 멀리 사라져가는 뒷모습을 뜨거운 눈길로 배웅했다.

그리고는 영영 그녀를 다시 보지 못했다. 그 뒤 흘려들은 풍설에 의하면 수복 후 그녀 가족들이 잠시 고장에 나타났다가 대충 가산을 정리하곤 솔가하여 어디론가 이사해갔다는 거였다. 그녀의 큰오빠가 당시 서울에서 한 중소기업체를 운영하고 있었다니까, 당연히 서울로 갔을 것이란 추측이 나돌았으나 확인된 건 아니었다.

대체 생사가 오락가락하는 다급한 상황에서 누군들 남의 가정사에 관심을 가질 여유가 있겠는가? 게다가 조 면장은 평소 지나친 권세로 고을에 군림한 나머지 면민들의 반감이 적지 않았던 탓으로, 그의 엄청난 희생에 대한 반응인즉 냉담하기 이를 데 없었다. 이런 기미를 가족인들 어찌 몰랐으랴? 그래 복수심에 치를 떨면서도 학살에 참여한 몇몇이 사법 처리되는 걸 기다릴 새도 없이 허겁지겁 이사를 해버린 모양이었다. 문득 아스라한 잿빛 같은 옛 추억에 잠겨 있노라고 아내가 곁에 온 줄도 모르고 있다가,

"이제 좀 어떠우?" 하는 아내의 약간 통명스런 목소리를 듣고서야 화들짝 놀라 눈을 떴다.

"음, 괜찮아."

"몸 생각도 좀 해야지. 아직도 청춘인줄 아남. 성치 않은 몸으로 무슨 웬수라고 그리 술을 억수로 퍼마셔."

늙으면 한껏 잔소리만 는다더니 지겹지도 않은지 밤새 주문처럼 외워대던 푸념을 다시 뇌었다.

"알았어. 그만 해둬."

나는 버럭 화를 내고 담배를 태워 물었다. 때를 놓칠세라 아내가 또다시,

"그놈의 담배, 심장병에 독약이라는데 못 끊고……." 하며 끌끌 혀를 찼다. 나는 이에 두 눈을 부릅떠 노려보는 것으로 대거리를 대신하였다.

때마침 전화벨이 요란하게 울렸다. 아내가 전화를 받으면서 통화 내용이 심상치 않은지 이내 표정이 붉으락푸르락 변했는데, 그녀의 말만으로는 무슨 일인지 종잡을 수가 없었다. 아내는 자리에 돌아오자 곧장,

"아이구, 그놈의 웬수가." 하고 독설부터 토해냈다.

나는 아내의 어투로 보아 금시 짐작할 수 있었다. 처남이 또 무슨 심상찮은 사단을 벌였나 보다. 아내가 입버릇처럼 외는 원수란 바로 그였기 때문이다.

"또 무슨 일이 생긴 거여?"

내심 당기는 일이 아니면서도 마지못해 시큰둥한 소리로 물었다. 그럴 것이 아내는 매사 친정 일에 관여 않는 게 없었다. 출가외인이란 말이 그녀에게는 도무지 먹혀들지 않는 뚱딴지같은 헛소리에 지나지 않았다. 나로서는 처음부터 그런 태도가 마뜩하지 않았으나 그녀로서는 그럴 만한 충분한 명분이 있다는 듯한 완강한 태도여서 일껏 체념해버린 지 오래되었다.

본시 그녀에게는 친오빠가 하나 있었다. 사남매 중의 맏이로서 탈 없이 잘 자라라는 뜻으로 '뭉치'라는 아명을 붙여줄 만큼 애지중지하는 외아들이었다. 본명이 병갑인 그는 또한 나의 초등학교 동창으로서 유달리 친숙하게 지낸 친구였다. 그런 그가 나와 같이 서울에서 대학을 다니다가 6·25를 맞아 의용군으로 끌려갔는지 이내 실종되고 말았던 것이다. 수복 후 세월이 많이 지나서야 지리산에서 죽었느니 전쟁터에 죽었느니 따위의 수수한 억측이 나돌았을 뿐, 어느 한 가지도 확실한 게 없이 마침내 영원히 실종되고 말았다.

이리하여 휴전이 되고 난 훨씬 뒤까지도 그의 어머니는 행여나 하는 실낱같은 미련으로, 엄동설한에도 매일 밤 거르지 않고 목욕재계하고 정화수 앞에 그의 귀환을 비는 치성을 드렸던 것이다. 그러니 온 살갗이 부르트다 못해 찢어져 피가 송송 맺히는데도, 그녀는 한사코 그 일을 중단하지 않았으니 실로 끔찍한 정경이 아닐 수 없었다고 했다.

전란이 일어난 직후 그 친구의 어머니 즉 훗날의 나의 장모가 소식을 듣기 위해 나를 찾아온 일이 있었다. 그리고 아무런 소득도 없이 눈물바람으로 돌아간 광경을 나는 지금껏 일종의 죄책감으로 생생히 기억하고 있다. 내가 굳이 죄책감이라 하는데는 내 나름의 은밀한 까닭이 있다.

6월 25일 일요일 아침부터 날벼락 같은 남침 소식에 서울 장안이 발칵 뒤집히고, 그날 저녁때 북한의 새카만 소형 전투기들이 나타나 전단지를 뿌렸는가 하면, 밤이 되어 포성이 우

정 가깝게 들리는 긴박한 상황이 벌어졌는데도 라디오에서는 대책 없이 시민은 동요하지 말라는 맥 빠진 선전만 되풀이되었다.

이런 긴박한 정황 속에 이틀을 보내고 27일 아침 나는 일찌감치 귀향길에 올랐다. 친구 셋이서 차편이 끊긴지라 가득히 길을 메운 피난민 대열에 끼어 걷고 걸어 다 저녁때가 되어서야 수원에 당도했고, 거기서 행운으로 마지막 남행 열차를 탔다. 훗날 안 사실이지만 그게 한강교 폭파전의 마지막 기차였던 것이다. 어쨌든 가까스로 적지에서 탈출할 수 있었는데, 그때 하숙집을 나설 때만 해도 친구 병갑을 데리고 같이 내려올 심산이었다. 그런데 막상 길에 나서고 보니 찻길은 끊어져 막막한데다 사태가 생각보다 위급한지라, 그 친구 하숙집을 찾아갈 엄두도 내지 못했던 것이다.

그때 그 친구와 동행해 피난을 왔더라면 의용군에 끌려가지 않았을지도 모른다. 부모의 과보호 속에 자라나 성격이 유독 여린데다 처음부터 사상이니 뭐니 하는 데는 관심조차 없었으니, 도시 인공치하에 부역 따위로 휘말릴 위인도 아니었다. 그랬다면 오늘날 나의 절친한 친구이자 처남으로 살아남았을 게 아닌가?

나는 이런저런 생각으로 그때 그를 데려오지 못한 게 마치 그를 죽게 만든 원인인 양 은근히 가책이 되었던 것이다. 하지만 돌이켜 생각하면 그건 한낱 감상적 기분일 뿐, 사세부득이한 상황이었으며 어쩌면 그게 병갑이 그 녀석의 점지된 운명인걸 하는 생각도 없지는 않다.

어쨌거나 이리하여 나의 처가는 생때같은 외아들을 전란으로 잃었다. 그리고는 가계를 잇기 위하여 조카를 입양하였던 바, 아내의 말인즉 그게 처음부터 가세를 기울게 만든 화근이었다는 것이었다. 양자인 그는 천성이 게으르고 미욱한데다 뚝한 성격이 있어 가산을 제대로 관리하지 못하고 축내다가, 그나마 아버지가 돌아가시자 알토란같은 가산을 모두 팔아치우고 도시로 나갔다. 그리고는 사업이니 뭐니 하고 풍선처럼 바람만 쫓아다니더니 결국 몇 년이 못가서 폭싹 주저앉고 말았다. 그러니 아내가 그를 원수처럼 여길 밖에 없다. 집안 망치려고 끼어든 애물단지라 했다.

"병남이 그녀러 자식."

아내의 첫마디가 또한 험악했다. 나는 이에 불현듯 심통이 났다.

"병남이 자식이 뭐여? 그 사람도 이제 나이 오십 고개를 넘어선 어엿한 중년이라고. 언제까지나 그를 애처럼 비위 사납게 부를 거여?"

"허는 짓이 이뻐야 어른 취급허지."

아내가 퉁명스럽게 쏘아댔다.

"그럼 또 무슨 일 생긴 거여?" 하고 애시 시답잖았던 생각과는 달리 슬며시 걱정이 되어 내가 물었다. 그녀는 잠시 뚱한 표정으로 대꾸가 없더니 이윽고,

“또 누구 보증을 잘못 서서 겨우 남은 집조차 날리게 생겼다고 안사람이 울고불고 야단이잖어요.” 라고 말했다.

“거참 또 그랬대? 도대체 몇 번째야? 그 사람 도무지 구제할 수 없는 사람이구만.”

평소 그에 관한 한 냉담했던 나도 그만 벌컥 화를 냈다. 참으로 어쩔 수 없는 위인이구나 싶어 절로 한심하기 이를 데 없었다.

“그러니 내가 복장이 터질 밖에요. 도대체 세상 물정 모르는 바보천치도 유분수지 한 번도 아니고 번번이 그 짓을 당허니 어찌 생겨 먹었으면 그럴까요?”

끝내는 안타깝게 호소하는 어조가 되었다. 얼핏 두 눈에 이슬조차 맺혀 있었다. 그러는 아내에게 나로서는 더욱 울화통이 터졌다. 짐짓 겉으로는 미워하는 척 하면서도, 친정의 유일한 끄나풀인 그로부터 결코 자유롭지 못한 그녀의 끈끈한 집착을 잘 알고 있기 때문이다.

“낸들 어찌 알 거여? 그러니께 내가 뭐랬어. 가난 구제는 나라도 못 헌다는데 처남이란 위인 애당초 그리 생겨먹은 걸 이제 어쩔 거여. 그러니 애도 아니구 중년이 다 된 사람이 하는 일 이러쿵저러쿵 상관헐 일이 아니라니께. 집을 말아먹든 가족이 길바닥에 나앉든 이제 제발 내버려두란 말이여. 도대체 당신 언제까지나 그렇게 친정 일에 집착할건지 어지간히 신물도 안 나나?”

“나도 왜 신물이 안나, 아녀, 친정 일이라문 이제 정말 넌더리가 난다구요. 해도 어쩔 수가 없잖어요. 고게 다 외아들 병갑이 오빠 하나 지키지 못하고 놓쳐버린 천벌로 받는 재앙이라구 생각할 밖에요. 병갑이 오빠만 살아 있었더라도 이런 일 생겼겠어요? 모든 게 얄궂은 업보지.”

아내의 푸념이 문득 독침처럼 내 가슴을 찔렀다. 나는 안타까움과 저항감으로 푸르르 몸이 떨려왔다. 무서운 집착. 세월이 지나도 도무지 퇴색할 줄 모르는 되레 병적인 집착이었다.

“언제까지나 병갑이 병갑이하고 매달릴 거여. 걔 죽은 지 거의 반백년이 되어 가는데, 잊을 건 잊고 단념할 건 단념해야지. 한정 없이 가슴앓이를 한다구 뭐가 어찌 된대여? 당신 나이 몇이여? 이제 당신도 병갑이 따라 먼 길 떠날 날도 멀잖았어.”

나는 홧김에 짐짓 참아왔던 울분을 마구 퍼부었다. 그게 좀 심했던지 아내는 깜짝 놀라는 표정이더니, 이내 고개를 돌리고 훌쩍거리기 시작했다.

“당신은 모르우. 병갑이 오빠가 어떤 존잰데. 내가 죽어 뗏장이 덮일 때까지는 잊을 수가 없어.”

이윽고 아내가 말했다. 나는 이에서 더는 할 말이 없어진다.

때맞추어 큰아들 형민이 찾아왔다. 일찍부터 분가해 살고 있는데, 평소 좀체 찾아오는 일이 없었던 터여서 아침부터 웬 영문인가 싶었다. 그는 얼어붙은 집안 분위기에 이상한 낌새를 눈치 챘는지 이내 뜨악한 눈초리로 물었다.

"왜 집안에 무슨 일 있어요?"

"무슨 일 있긴, 그런데 너 회사 나가잖고 아침부터 무슨 일로 왔느냐?"

내가 물었다.

"네, 오늘 오후 중국에 가면 한 달쯤 후에야 돌아올 것 같어서요. 인사 드릴려구요."

"중국에 출장 가는구나. 그럼 추석도 거기서 보내야겠구만."

"그래서요."

그가 말했다. 즉 보통 때 같으면 전화 한 통으로 으레 인사를 대신 했지만 명절을 함께할 수 없는 처지라 직접 찾아뵙게 되었다는 해명이었다. 사정이 그런즉 부득이한 일이로되 성묘를 못한다는 게 꺼림칙한 일이었다. 그는 작은 섬유업체 하나를 운영하고 있다. 대학에서 경영학을 공부하고 졸업 후 굴지의 대기업에 입사하더니 삼 년 만에 무슨 바람인지 멋대로 사표를 내던지고 돌아와 한동안 빈둥거리더니 섬유업체의 작은 하청 공장을 떠맡아 운영하였다.

나로서는 도무지 이해하기 어려운 녀석의 당돌하고도 위험스러운 결단이었다. 소꼬리가 되느니 닭 벼슬이 되겠다는 건지? 젊은 패기로 일찌감치 자립기반을 닦아야지 대기업의 말단에 빌붙어 소모품 노릇을 언제까지나 계속할 수는 없다는 논리였지만, 그게 얼마나 무모한 발상일지 나는 크게 경악하고 실망했다. 더욱이 섬유업은 누구나 아는 사양 업종이 아니던가? 아니나 다를까 지독한 인력난과 노사갈등으로 단 오 년을 견디지 못하고 폐업하는가 싶더니, 난데없이 중국 상해의 포동지구에 공장을 세우고 이곳엔 무역 업무인 사무실만 남겨두었다.

"참 큰일이에요. 근로자들이 고임금으로 뱃골이 차니까 실속 없이 콧대만 높아져서, 말을 먹어주기는커녕 사사건건 시비를 부리니 정말 아니꼽고 더러워서 해먹을 수가 있어야죠."

그게 중국으로 진출하게 된 직접적인 동기라 했다. 그는 대학시절 소위 운동권 학생으로 사회정의니 노동삼권이니 하면서 각종 학내 시위에 앞장을 서서 내 가슴을 무던히도 졸이게 했던 전력이 있다. 시위 도중에 경찰의 곤봉에 맞아 몸을 다치기도 하고, 두어 차례나 체포되어 구치소 신세를 진 일조차 있었다.

그럴 때마다 나는 심한 좌절과 당혹감으로 몸 둘 바를 몰랐다. 비록 시국이 예전과는 다르다 할지라도 그가 이념의 덫에 걸려 신세를 망치는 게 아니냐는 우려 때문이었다. 사실 나는 해방 이후 정치적 혼란 속에서 그놈의 이념인지 사상인지 하는 냉전 논란에 자신도 모르게 휘말려 신세를 망쳐버린 주변 사람들을 너무나도 많이 보아왔기 때문이다. 어제 만난 김인수부터가 바로 그 장본인이 아니던가?

그래서 형민 녀석의 그러한 행동을 극렬히 나무라고 제재하려 했지만 듣지 않았다. 시속에 닳아 한껏 비굴해진 하릴없는 늙은이의 부질없는 노파심이 아니면, 공연한 피해망상쯤으로 여겨 비웃는 것 같은 태도였다.

그런 그가 비록 십 년이라는 세월이 지났기는 하나, 놀라운 변신을 한 것이었다. 그것은 먼저 시국관 등에서 나타나는 그의 보수적인 성향이었다. 그는 투쟁이니 뭐니 하는 저항적인 말투부터 벌레 씹듯이 끔찍하게 싫어했다.

그러한 경향은 비단 시대의 여건이 달라졌다는 사실에도 원인이 있겠지만, 직접적인 까닭은 그가 작으나마 한 업체를 운영하게 되었다는데 있는 것 같았다. 그건 회사 사용주가 흔히 지닐법한 기본적인 의식일지 모르나, 그 역시 테두리에서 벗어나기는커녕 되레 근로자에 대한 일종의 적의에 가까운 거부감조차 지닌 것 같은 태도였다.

"그나저나 회사는 그런대로 잘 꾸려나가고 있는 거냐?"

침묵이 이어진 가운데 나는 약간 뚱딴지같은 질문이다 싶게 어름대며 물었다. 그럴 것이 그가 회사를 창업하는데도 아비로서 아무런 도움을 주지 못했다는 자괴감 같은 게 내 마음의 밑바닥에 깊숙이 자리하고 있기 때문이었다. 그런지라 나는 평소 국외자로서 한껏 불안한 마음을 누르고 관망하는 것 말고는 회사의 구체적인 실태에 관해 깊이 관심하기를 일부러 삼가온 터였다.

"그저 그럭저럭 해가고 있어요."

나의 질문이 그랬듯이 그 녀석 대꾸 역시 자못 의례적이었다. 굳이 회사의 형편을 말해 무슨 소득이 있겠느냐는 조였다.

"현지의 사원 관리에 어려움은 없는 거니?"

"한국과는 달리 구직자가 아직은 밀리고 있으니까요. 예전 같지 않게 임금도 높아져 가는 추세이긴 하지만 그런대로 견딜 만 하구요. 무엇보다 사회주의 체제라서 그런지 노사분규니 뭐니 하는 골치 아픈 일이 없으니까요."

"그렇다 하더라도 사원들의 불평을 사지 않도록 각별히 인간적으로 잘 대해 주거라. 그리고 요즘 외국인에 대한 현지인의 테러도 있다던데 몸조심도 하구."

"그래야죠."

그는 심드렁하게 대꾸하면서 벌떡 자리에서 일어났다. 양복 안주머니에서 봉투 하나를 꺼내 탁자 위에 놓았다. 추석 때 쓰라는 용돈인 모양이었다. 아내가 그의 뒤를 허겁지겁 따라나서며,

"네가 그리 자주 오랫동안 집을 비우니 객지 생활에 어려움이 많겠지만 에미도 혼자 남아 고생하는구나." 하고 등 뒤에 대고 중얼거렸다.

"뭐 친정 식구들이 이웃에 있어 잘 돌봐주고 있으니까요."

그는 아무렇지도 않다는 듯 말하면서 아내를 흘깃 돌아보고 까닭 모르게 피식 웃었다. 순

간 아내의 얼굴이 화끈 달아오르는 것 같았다. 쯧쯧, 하고 무심코 나는 혀를 찼다. 장자인 푼수로 처가 쪽에 나우 등대고 사는 걸, 못내 서운해 하고 있는 데 에미의 심정을 전혀 헤아릴 줄 모르는 녀석이 짐짓 야속했기 때문이다.

이윽고 아내가 돌아와 탁자 위의 봉투를 집어 들고 안을 살피더니,

"명절이라구 많이 주고 갔네. 한 이십만 원 되는가베." 하면서 겸연쩍은 표정을 지었다. 용돈을 받을 적마다 으레 짓곤 하는 그녀의 버릇된 비굴한 표정이었지만, 오늘따라 왠지 그런 얼굴을 바라보는 게 싫어서 나는 소파 위에 벌렁 드러누워 버렸다.

애당초 자식 앞에서 투영된 나의 무능한 애비라는 존재를 다시금 확인하는 순간이었다. 어찌저찌 신문사에 오래 붙어 있다 보니 명색 논설주간이라는 직책으로 언론계의 마지막을 마무리 지었으니, 그만하면 한 고을의 지성을 대표할 만한 명예랄 수도 있었다. 그러나 그건 한갓 허울 좋은 이름에 지나지 않았다. 의자만 높았지, 실속은 일개 풋내기 취재기자만도 어림없었다.

언론은 공기(公器)니 사회의 목탁이니 하는 건 차라리 입에 바른 헛구호에 지나지 않았다. 자유당 시절에 그 비리가 노골적이었다면, 그 후 군사정권 아래에서는 더욱 지능적이 되어 그 폐해가 아주 심했다. 잇속을 따져 교묘히 등쳐먹는데 이골 난 사람만이 차라리 능력 있는 기자로 행사하는 판국이었다. 이런 상황에서 계몽조의 빛바랜 교과서적인 논설이나 펴면서 나태한 일상을 뭉개고 있을 밖에 없는 내 자신이 얼마나 한심스러웠던가?

하다못해 전력이 자동차 정비공으로 버스회사 중역이 되었다가, 사장이 신문사 사주가 되는 바람에 따라와 기획실장이 된 녀석이 하루는 월급을 가불해달라는 나를 향해,

"주간께선 왜 그리도 사회 물정을 모르시우. 터놓고 말이지, 글쎄 누이 좋고 매부 좋다는 식으루다가 우리 신문사에 이권도 갖다 주고 틈틈이 생활비도 얻어 쓸 기관들이 왜 있지 않수? 얼마든 요령을 부릴만한데 도통 그런데 머리를 안 쓰니, 언제나 그 모양으로 생활이 어려울 밖에요. 그런다고 세상에서 누가 양심적으로 산다구 존경이나 한답디까?" 하고 노골적으로 불만을 털어놓는 것이었다. 나에게 막말로 사이비 언론인이 되어달라는 주문이었다. 그때의 모멸감, 영락없이 얼굴에 화톳불을 뒤집어 쓴 것 같은 기분이었다. 그 후로 이런저런 회사 중역진과의 불편한 관계가 깊어져 나는 쫓겨나다시피 그곳을 물러나오고 말았다. 아직도 한창 일 할 나이인 오십대 중반이었다.

어쨌든 내가 생활에 무능하다는 건 아내나 자식들에게도 예외 없이는 공통된 인식이었다. 청렴하니 결백이니 하는 소신도 결코 존경에 값할 만한 것이 못 되는 부질없는 자위일 뿐, 무능한 가장임을 호도함에 불과하다고 여기는 눈치 역시도 같았다. 그래서 큰자식 놈은 일찍부터 사업에 눈을 뜨고 어떻게든 돈을 많이 벌어 풍요로운 삶을 누리겠다는 심산인 모양

이었다. 그러는 녀석의 생각인즉 마치 나의 지난날을 비웃기라도 하는 것 같았다. 어느 날 녀석은 노골적으로 나의 환경론에 반발하면서,

"이상적으로는 그렇지요. 그렇지만 아버지처럼 그 같은 생각에만 집착하다 보면 경제발전에 되레 장애가 된다구요. 고자리 무서워 장 못 담군다고, 매연이나 폐수 또는 오염에 걸려 자동차 안 만들고 공장 안 짓고 원자로 안 세우면 어떻게 돼요. 그러니까 그런 폐해는 산업개발의 필연적인 대가로서 물론 줄이는데 힘써야겠지만 사사건건 신경질적으로 민감하게 대응하는 것은 좋지 않아요. 그런 게 어디 우리나라만의 일이에요? 그렇다고 우리가 당장 어떻게 되는 건 아니잖아요." 하고 당당하게 맞섰다. 그건 마치 왕년에 나름대로 지조 있는 논객으로 자처해온 나의 권위를 마냥 허수아비처럼 이죽거리는 것 같은 무척 당돌하고도 무례한 태도였다.

추석이 지나면서 조석으로 제법 선선한 가을 날씨가 되었다. 청자 빛 맑은 하늘이 더없이 높고 푸르러 불현듯 어디론가 멀리 떠나 달콤삼삼한 여정에라도 흠뻑 젖고 싶은 기분이었다. 그런 터에 김인수로부터 모처럼 전화가 걸려왔다.

"명절 잘 쇠구? 폭염으로 고생스러웠던 게 어제 같은데 어김없이 가을이 왔구만."

그가 자못 감개에 젖은 어조로 말을 꺼냈다.

"그래 말이요. 그나마 사계절이 없다면 산다는 게 얼마나 고달플까 하는 생각도 했지요."

"그건 좀 과장이지? 열대에 사는 사람들도 있는데. 그나저나 오늘 그쪽 형편이 어떤지?"

"맨날 놀고먹는 주제에 뭐 형편이랄 게 어디 있어요? 왜 무슨 일 있어요?"

뻔히 내 처지를 알고 있는 터에, 객쩍게 형편을 묻는 게 왠지 괴이쩍다 싶어 되물었다.

"일은 무슨 일. 청명한 가을 날씨에 어디 잠깐 바람이나 쐴까 싶어서지."

"그거 좋지요. 그렇잖아도 따분했던 참인데."

얼씨구 좋다고 어린애처럼 들뜬 기분으로 말했다.

"그럼 열 시까정 시외버스 터미널로 나와." 하고는 내가 미처 행선지를 물을 새도 없이 절거덕 전화를 끊어버렸다.

시간에 맞춰 터미널에 당도하니 그는 벌써 나와 나를 기다리고 있었다. 그는 대전행 버스표 두 장을 샀다. 아마도 유성온천이 아니면 계룡산 동학사쯤 가려나보다 하고 지레짐작을 하면서도 냉큼 물어보지는 않았다. 어차피 따라가는 입장에서 어딜 가든 상관없다는 심산이기 때문이다.

그런데 막상 대전에 도착하여 택시를 갈아타고 나서야 행선지가 빗나간걸 알아차렸다. 그는 뜬금없이 택시 기사에게 공주 쪽의 어느 병원으로 가자고 하는 것이었다.

"병원이라니 왜?" 하고 나는 다소 다급한 어조로 캐물었다.

"가보면 알아."

그는 퉁명스레 말하고 지그시 두 눈을 감았다. 그의 얼굴이 삽시간에 돌조각처럼 굳어져 있는 걸 감지할 수 있었다. 서슬에 나는 기가 죽어 더는 물어볼 마음을 내지 못했다. 이제 차는 도심을 벗어나 교외의 한적한 농촌 길로 접어들었다. 낮은 산자락에 포근히 안겨 옹기종기 모여 있는 마을들, 뒷산의 울창한 숲은 어느덧 군데군데 붉은빛이 우러나고, 무리 진 감나무 가지마다 주렁주렁 매달린 홍시들이 여간 정겨운 풍경이 아니었다. 참으로 오랜만에 새록새록 눈과 마음이 열리는 것 같아 더없이 편안하고 즐거운 기분이었다.

이윽고 오랜 침묵 끝에 인수가 여태껏 나의 눈치라도 살피고 있었던 것처럼 약간은 심술기 어린 표정으로 빙긋이 웃고는 말했다.

"오랜만에 시골길 나서니 좋지?"

"그렇군요. 하다못해 달에 한번만이라도 훌쩍 집을 떠날 수 있음 좋으련만."

케케묵은 가구처럼 하릴없이 집구석에 처박힌 채, 도무지 구지레한 일상에 매달려 세월을 축내기만 하는 자신의 생활을 새삼 돌아보았다. 한참 만에 인수가 말을 건네 왔다.

"말도 없이 일방적으로 자네를 끌고 와서 미안허이. 사실은……." 하고 왠지 한참동안이나 뜸을 들였다.

"사실은 우리 형수님 말이네."

"아, 그 김병수 선생 사모님."

"치매에 걸려 이곳에 입원하고 있다네. 치매환자만을 취급하는 전문병원이라 그런대로 시설은 좋지만 입원비가 만만찮어. 그렇다구 집에 모시고 간병할 수도 없고. 그래 여기다 맡기고 한 달에 두어 차례 문병을 오는데 자넨 어차피 내 형편을 속속들이 아는 터라 바람 쐴 겸 길벗으로 같이 오자구 한 것일세."

말하면서 전에 없이 고뇌에 찬 그늘진 표정을 지었다. 나는 가슴이 철렁 내려앉았다. 남편인 김병수가 어느 날 실종해버린 뒤 짐짓 그녀에게 닥쳐왔을 불운이 과연 어떠했을까 하고 은근히 궁금했던 터라, 난데없이 그녀를 만나게 되었다는 사실이 나로서는 크나큰 충격이었다. 더불어 치매환자라는 만년의 불행이 눈에 밟혀 가슴이 적이 찡찡하였다.

"아니 언제부터 그런 몹쓸 병으로?"

"한 삼 년 되어가."

"그러니 그 뒤치다꺼리를 형님이 도맡아 하시겠구려."

"별수 없지. 나 아님 달리 피붙이가 어디 있어?" 하고 인수가 어정쩡한 표정으로 지껄였다. 순간 나는 퍼뜩 김병수 화백에게 당시 초등학교를 다니던 아들이 하나 있었음을 아스라하게 떠올렸다.

"아니 피붙이가 없다뇨. 정민인가 하는 외아들이 있지 않던가요?"

그의 말에 인수는 냉큼 대꾸하기를 꺼리는 눈치로 고개를 돌리고 한동안 묵연히 창밖을 응시하고 있다가는 거의 외치듯 말했다.

"그 녀석 일찌감치 죽어버렸어."

그의 외침이 돌덩이처럼 내 가슴패기를 쳤다. 세상에 그럴 수가. 나는 당황히 인수를 돌아보며,

"아니 어쩌다가 그런 재변을, 무슨 병이었던가요?" 하고 물었는데 그는 고개를 절레절레 저을 뿐 굳이 설명하기를 거부했다. 도무지 미심쩍은 태도였다.

이윽고 우리는 병원에 당도했다. 산자락에 자리한 꽤 아담한 느낌을 주는 벽돌건물 세 채가 주위의 크고 작은 나무숲에 에워싸여 그림처럼 보였다. 아치형 정문의 돌기둥에는 푸른 빛의 동판에 흰 글씨로 혜인병원(惠仁病院)이라는 이름이 새겨져 있었다. 우리는 왼쪽에 있는 입원실 전용 건물 안에 들어갔다. 접수처에서 간단하게 면회 수속을 마치고 여직원의 안내를 받아 약간 낡고 음산한 분위기를 자아내는 좁고 긴 복도를 걸어갔다. 복도 좌우가 입원실이었는데 개중에는 문이 활짝 열려 있어 귀살쩍은 방안의 모습이 그대로 드러나 보였다. 형수가 있는 입원실은 맨 끝에 있었다. 세 사람이 함께 쓰는 방안을 당황히 살피는 가운데, 창가 침대 위에 우두커니 앉아있는 한 초라한 노파에 눈길이 멎었다. 그녀였다. 왕년에 그리도 아름답고 지성적이었던 젊은 그녀였다.

인수가 뚜벅뚜벅 그녀 침대 곁으로 다가갔다. 그리고 상냥하게 웃으며,

"형수님 기분 어떠세요?" 하고 물었다. 그러나 그녀는 인수를 한번 물끄러미 바라보았을 뿐 전혀 무표정한 반응이었다. 갸름한 얼굴의 수려한 이목구비는 어디 가고 흰 머리칼은 수세미처럼 엉키고 양 볼은 홀쭉하게 꺼져 광대뼈가 앙상하게 드러난 초췌한 몰골이었다. 그 순간 내 가슴에서 덜컹, 하고 돌덩이가 떨어지는 소리가 났다. 인수는 말없이 들고 온 보퉁이를 끌러 그녀 앞에 떡 과자 나부랭이를 펴놓았다. 그러자 그녀는 이가 빠져 헐렁한 입을 벌려 헤헤 웃고는 걸신이 든 모양으로 떡을 주워 어귀어귀 먹어대는 것이었다. 움푹 꺼진 눈꺼풀이 경련이나 하듯 심하게 흔들렸다. 세월이란 이토록 잔인하게 추악한 잔해로 남아지는 걸까 하고 여길 밖에 없는, 생판 낯모른 구지레한 할머니 같은 그녀의 모습에 거듭 눈시울이 뜨거워졌다.

이윽고 그녀는 어지간히 양이 찬 듯 손을 털고는 우리를 잠시 탐색적인 눈초리로 그윽하게 바라보더니 뜬금없이,

"새로 온 직원이슈?" 하고 물었다. 인수가 잠깐 난처한 표정을 지었다.

"정신 차리세요. 저 형민이 애비여요."

그는 안타까운 목소리로 뇌이면서도 표정만은 일쑤 익숙해 있는 듯 태연해 보였다.

"형민이라니 새 직원이슈?"

그녀가 또 다시 지껄였다. 인수는 아예 대꾸하지 않았다. 그러자 곁에 있던 한 중년 환자가 끼어들었다.

"오늘따라 할망구 망령이 더 하네." 하는데 아마도 병세가 가벼운 환자인 모양이었다.

"의식이 깜빡깜빡 하다가 어떤 때는 아주 정상으로 돌아오기도 해."

인수가 흘끗 나를 돌아보더니 한마디 변명 삼아 곁들였다.

이런 상황에서 처신이 난처해지는 것은 어쩔 수가 없다. 병문안이란 자체가 도시 쓸모없는 것 같은 공허한 느낌 때문이었다. 그런 어정쩡한 상태에서 느닷없이 그녀가,

"정민이는 왜 안 오는 거여?" 하고 느닷없이 부르짖듯 말했다. 인수와 나는 동시에 서로의 얼굴을 바라보았다. 전혀 현실을 의식 못하는 상황에서도 죽은 자식을 애타게 기다리는 끈끈한 모성애가 야릇한 감동으로 다가왔기 때문이다. 그러나 냉큼 대응하기가 어려운 인수의 곤혹스런 처지에 눌려 엉거주춤해 있는데, 이번에는 그녀가 거의 알아듣기 힘들 만큼 낮은 목소리로 중얼거리는 것이었다.

"정민이가 애비 꼭 돌아온다구. 통일이 되기 전에 돌아온다구. 김 화백은 월북헌 거가 아녀. 그놈들 나쁜 놈들이 끌어갔다구. 유명한 화가니깐 이용할려구 끌어갔대두. 사람들이 믿지 않는 거여. 왜 월북했다구 허는 거여. 아녀. 아녀."

그녀는 강하게 머리를 좌우로 도리질 쳤다. 그때의 그녀는 정녕 망령에서 헤어난 것 같은 진지한 표정으로 보이기도 했다. 의식이 좀 돌아온 것일까?

"무의식적으로 언제나 중얼거리는 말씀이야."

나의 놀라는 낌새를 짐짓 눈치 채고 곁에서 인수가 설명했다. 그건 마음 밑바닥에 잠재해 있다가 때 없이 튕겨 나오는 무의식적인 소리라는 거였다. 그런 만큼 뼈에 사무치는 한 맺힌 사연일 수도 있다는 생각에 어쩐지 숙연해지는 기분이었다.

인수는 그녀에게 음료수를 따라 마시게 하고 같은 방 두 환자에게도 떡을 나눠주었다. 그리고는 그녀를 익숙한 자세로 편안하게 자리에 눕혔다.

"형수님 편히 지내세요. 우리는 이제 가볼게요."

그러자 그녀가 실눈을 뜨면서 지극히 평온한 표정으로,

"벌써 가시게? 고마웠어요." 라고 말했다. 그건 겉보기에 영락없는 정상인의 그것처럼 예의 바른 인사였다.

우리는 방을 나왔다. 방문을 닫으면서 인수는 불현듯 푹, 하고 신음 같은 한숨 소리를 토해냈

다. 언제 끝날지도 모르는 이 같은 역경에 그가 견디기 힘들 것이라는 생각에 가슴이 찡했다.
“사무실에 잠깐 볼일이 있어 다녀올 테니 기다려주게.”
현관 밖으로 나오자, 인수가 말하고 중앙에 있는 건물 쪽으로 터덜터덜 걸어 나갔다. 더없이 쓸쓸해 보이는 그의 뒷모습을 멀거니 바라보고 나는 아름다운 팽나무 아래 벤치에 걸터앉았다. 솜털 같은 구름 몇 점이 유유하게 떠있는 높푸른 하늘을 말없이 바라보았다. 저 하늘 아래 어딘가 그녀의 남편인 김병수 화백이 살아 있을까? 하지만 그건 허튼 환상일 게 틀림없을 터이다. 그런데 하고 나는 생각의 갈피를 더듬었다. 부인의 잠꼬대 같은 중얼거림처럼 과연 김 화백은 월북이 아닌 납북이었을까? 그렇다면 정녕 김 화백이 납북의 대상이 될 만한 위인이었단 말인가? 선뜻 이해하기 어려운 미스터리였다.
한참 만에 인수가 돌아왔다. 우리는 거리로 나갔다.
“시골이라 택시 잡기가 좀 힘들어.”
그가 말하면서 주위를 두리번거렸다.
“택시 아님 버스라도 있겠지요. 아무거나 닥치는 대로 잡읍시다.”
“그래야지. 그나저나 자네의 실망이 컸겠어.”
약간 겸연쩍은 표정으로 나를 돌아보았다. 짐짓 이해를 구하겠다는 눈치였다.
“실망 어쩌구 할 심정이 아니잖아요. 어쩌다 그분의 만년이 이리 되었는지 가슴이 찢기듯 아프구만요. 그간 죽도록 남모를 고생을 치르고도 시련이 모자랐는지 만년에 몹쓸 병조차 얻고…….”
내가 미처 말끝을 맺지 못하고 약간 울먹이는 어조를 내보이자
“그게 다 팔자소관이지 어떠하겠나? 참으로 남부럽지 않게 온갖 영화를 누리고 살 양반인데 말여.” 하고 그가 울화가 치민 어투로 말했다.
“전쟁이 끝난 지 거의 반세기가 가까워 오지만 그 상처가 아물지 않은 채 이렇듯 생생히 남아 있는데도, 사람들은 너무 쉽게 과거를 잊어버리고 현실에 안주해버린단 말이에요. 분단의 비극이 뼈아픈 현실로 상존하지만, 언제 그랬냐 싶게 사회 분위기는 허랑방탕 마냥 들뜬 채 마치 세상의 종말이나 온 듯 타락한 풍조만 만연해가니 한심스럽기 이를 데 없네요. 특히 요즘 새빨간 젊은것들이 과거에 대해서 뭘 알아? 분별없이 6·25에 대해서도 이따금 엉뚱한 소리나 하고.”
나는 어디라 할 것도 없이 평소에 쌓여 있던 울분을 털어놓았다. 병원에 있는 김 화백 부인의 안쓰러운 모습이 눈에 밟혀 괜히 울화가 치밀었던 것이다.
“세상이 그리 되어가는 걸 어쩌겠나. 생각해 보면 우리와 같은 세대의 사람들이란 이제 쓸모없이 버림받아 시대의 뒷전으로 밀려날 밖에 없다네. 이제 무슨 발언권이 서겠나? 우리 모

두 어려움 속에서도 죽자고 고생해 요만큼이라도 잘 살게 되는 기틀을 마련하는데 피나는 대가를 치렀지만 정작 칭찬은커녕 되레 저항과 반발조차 받는 일이 허다한 것도 요즘 세태 아닌가? 이런 상황은 비단 사회만이 아닌 가정에서조차 갈등은 심화되고 있는 걸세. 그래 이제 와서야 새삼 눈을 뜨고서 우리 삶의 몫은 어디서 찾는가 하고 매번 억울하고 허망하기도 하지만 어쩔 수 없지. 우리들이 진작 시대를 잘못 만난 탓으로 돌릴 밖에."

그는 말하면서 팔을 들어 시계를 훔쳐본다. 해가 우정 짧아지기는 했어도 아직 시간은 여유가 있는 터였다. 이슥고 시내버스 한 대가 털털거리며 모습을 드러냈다. 차에 올라 자리를 잡고 나자 인수가 불쑥 말했다.

"마침 이 버스가 유성으로 가누만. 기왕 먼 걸음 했으니께 온천에 가서 목욕이라도 하세."

"좋지요. 일부러라도 올 판인데."

"유성온천도 옛날이 좋았지. 요즘이야 여기저기 흔한 게 온천이니 정말 타당성 있는 개발인지 어떤지 통 믿을 수도 없단 말이야."

"세상이 온통 말이 좋아 개발이지, 소득증대랍시고 돈 벌기에 눈이 뒤집혀 별의별 탈법 영업이 판을 치는 판국이라."

"어쨌거나 무슨 일이 됐건 왕창 돈이나 벌어서 남보다 인생을 즐기면 된다는 게 너나 없는 요즘 사람들 생각 아닌가베."

"그러니 탐욕에 눈이 멀어 돈 앞에선 명예도 기를 못 쓰는 판국이라, 헌다는 고관들의 별별 추악한 비리와 부정이 난무하는 세상이 될 밖에요."

허름한 시내버스 안에서 노닥거릴 담론치고는 도통 격이 맞지 않은 것 같은 말을 주고받는 사이에 어느덧 차는 시내 중심을 달리고 있었다. 몇 년 만에 와보는 곳이라 몰라보게 화려하고 번창한 시가지가 마치 거창한 괴물처럼 위화감 속에 다가왔다. 마침 관청의 퇴근 시각이라 길을 꽉 메운 차들로 인해 지루한 정체를 겪고 나서야 유성에 다다랐다.

"온천의 모든 목욕탕이 다 온천물이 아닌 거라. 진짜는 두어 군데 밖에 없다는구만."

인수는 혼잣말처럼 중얼거리며 앞장을 서 대중목욕탕 같은 약간 허름해 보이는 건물로 나를 인도했다. 안에는 꽤 사람들이 북적거렸다. 평소 목욕하기를 게을리 하는 편인 나지만 모처럼 달콤한 방심 속에서 여유 있게 목욕을 즐겼다.

거리에 나오자 노을이 건물의 유리창에 붉게 타오르고 있었다. 제법 싸늘해진 바람결이 뜨겁게 달궈진 얼굴을 삽상한 느낌으로 어루만져 주었다. 우리는 음식점을 찾아들었다.

"한 잔 해야지. 이 집은 내가 올 적마다 단골로 다녔던 곳인데 음식이 그런대로 괜찮어."

인수가 말하는데 그 말을 증명이라도 하듯 얼핏 주인처럼 보이는 한 중년이 여인이 그를 보자 반색을 하며 쪼르르 달려왔다.

"아이구 이게 누구셔? 김 사장님 영영 못 뵙는 줄 알았더니만……."

여인의 얼굴 가득히 웃음이 벙글거리며 간지럽게 아양을 떨었다. 그로 보아 범연한 단골 손님은 아닌 눈치였다.

"그래 잘 있었나? 죽지 않음 이렇게 만나는 거지. 그나저나 내 다녀간 지 한 사 년쯤 되었나? 하두 급하게 변허는 세상이라 어떨까 했는데 여전하구만. 나도 그동안 고향으로 내려가 살았다구."

자못 흔흔한 표정으로 인수가 말하면서 흘깃 나를 돌아보았다. 어때 이 정도로 나를 반기는 곳도 있다고 하듯 다소 으스대는 몸짓으로 느껴졌다.

"변할래도 무슨 변할 건덕지가 있어야죠. 그나저나 시골생활 허신다구 잘 하셨어요. 나이 들수록 고향의 품속이 좋지요. 그러고 보니 서울보단 훨씬 가까워졌네요. 차로 한 시간 남짓 아녜요? 그런 그간 하시던 화랑은 어떡하시구요?"

"자식 놈한테 넘겨줘 버렸지 뭐."

"그리곤 지금은 아무것도 안허시구. 그야 그간 많이 벌어놨으니께. 편한 영감으로 여생을 즐기시면 되죠 뭐."

"즐기는 것 좋아하네." 하고 인수가 풀썩 웃으며 언구럭스레 말했다.

"왜 싫어요? 요즘 노인네들도 예전 같지 않게 인생관이 바뀌었다고요. 꼬장꼬장 살아봤자 주위에서 궁상떤다고 무시만 당한다구요. 그나마 기운 남아 있을 적에 외로움 타 청승 떨지 말고 화려한 노을처럼 화끈 한번 달아지는 거라구요."

그녀가 아예 주문 받을 기색도 없이 퍼버리고 앉아 마음껏 너스레를 떨었다.

"그 활달한 말투 여전하구만. 말은 시원하지만 식당은 그간 별로 달라진 게 없는 게 좀 궁상맞지 않어? 눈이 핑핑 돌도록 급변허는 세상에 묵은 옛 모습 가지고야 장사도 시원찮을 텐데."

인수가 홀 안을 둘러보며 약간 이죽거리는 투로 말했다.

"그건 사장님이 모르시는 말씀. 사람에게 묵은 정이 오래 가듯 일단 음식점으로 정평이 나고 보면 옛 모습 그대로에 단골이 붙어 있는 거라구요. 돈푼이나 벌었다구 헌집 갈아 치우고 삐까뻔쩍하게 차려보세요. 당장 손님들이 썰렁한 기분이 되어 떨어져 나간다구요."

딴은 그녀의 말이 옳은 것도 같았다. 그러나 그 묵은 정이라는 게 변덕스런 사회 분위기 속에서 얼마나 오래 버텨갈 것인가? 무심코 고개를 주억거리는 나를 비로소 발견한 듯 여인이 지긋이 눈짓을 하며 말했다.

"아이구, 손님도 계신데 내가 주책을 떨었나베. 어째 식사를 허시겠어요?"

"아냐. 우선 술 한 잔 해야지. 맥주 몇 병 가져오라구."

여인이 돌아가자 인수가 담배를 태워 물고 잠시 감개에 찬 듯한 표정을 지었다.

“참 재미있는 여자 같구만. 형님과는 남달리 친숙헌 사이 같은데?” 하고 넌지시 물음을 떴다.

“음, 성질이 싹싹하고 너그럽고 무던헌 여자지. 사실은 우리 고향 출신이여. 화랑 일을 했을 때마다 들르곤 했는데, 동향인 거는 뒤늦게 알았지. 겉으론 저리 명랑하지만 만만찮은 역경을 치른 여자야. 꽤 괜찮은 집안 출신이라는데 일찍이 결혼에 실패하고 혼자 살자니 풍파도 많었던 모양이여.”

이윽고 그녀가 손수 음식을 날라 왔다. 꽤 푸짐한 차림이었다. 버섯전골 냄비에 광어회 그리고 토화젓 같은 밑반찬이 곁들인 술맛 나는 차림새였다. 홀 안에는 몇몇 손님들이 와있었으나 그녀는 숫제 우리들의 상머리에 퍼더버리고 앉아 시중을 들 모양이었다. 그녀가 각자 앞에 놓인 유리컵에 술을 따르고 잔을 들어 건배를 청했다.

“이렇게 뵙게 되어 반가워요. 그간 소식이 궁금했는데.”

“나도 그래. 이렇게 앉아 있으니께 옛날 기분도 들구. 참 내가 깜박했구만. 여기 이분 이중근 선생인데 고향 분이셔.”

인수가 소개하자 그녀가 호의 어린 눈매로 나를 돌아보며 나붓 고개를 숙였다.

“여전하게 혼자여?”

두 잔째 술잔을 받아들고 인수가 날카롭게 그녀를 찔러보면서 물었다.

“혼자면 어떻게나 해주실래요? 사실은요, 이 선생님.” 하고 그녀가 나를 향해 얼굴을 돌렸다.

“김 사장님 혼자되었을 때 같이 살자구 내가 매달린 적이 있었는데 모질게 뿌리치더라구요.”

그녀가 짐짓 인수에게 눈을 흘겨 보이고 부러 뾰로통한 표정을 짓고 이죽거렸다.

“거 누가 들으면 진짜로 듣겠네. 지금이니께 농으로 허지. 그때 내가 정식으로 프러포즈했더라면 들어줬기나 하게?”

따지는 투로 인수가 능을 쳐 말했다.

“그럼 정말 그때 제 생각을 진짜로 해본 적은 있었구요?”

“암, 한 적도 있었지.”

“싱검 떨긴. 그때 정말 그렇게 되었다면 오늘날 내 신세가 어떻게 되었을까?” 하고 그녀는 한번 양미간을 찡그리고 흔감스레 웃어 보였다. 말만으로도 모처럼 기분이 흡족해졌다는 눈치일까.

“그리 안 된 게 천만다행이지. 그냥 이리 웃으며 추억을 나눌 수 있는 사이 좋잖어.”

“내 신세를 생각잖구? 이기적인 거 여전하셔.” 하며 다시금 눈을 흘기며 가볍게 핀잔을 주었다.

이윽고 그녀가 자리를 비운 사이에 내가 넌지시 물었다.

“저 여자의 말 정말이요?”

"어느 정도 사실이여. 허지만 부질없는 옛날 일인걸. 그때 저 여자는 막 이혼허구 요 식당을 운영하기 시작헌 때였어. 참 그때는 갓 삼십의 나이에 싱싱하고 예뻤지."

불현듯 그의 두 눈에 물기가 배어 보였다. 지난 일은 슬픈 것도 아름답게 추억된다더니 그가 잠시 깊은 감상에 빠져있는 듯했다. 이슥고 침묵 끝에 퍼뜩 생각이 나서 물었다.

"이건 좀 어떨까 싶은 질문인데, 아까 병원에서 사모님께서 허신 선생님이 북으로 끌려갔단 말씀 대체 무슨 뜻이에요? 취중진담이라고 망령 든 깊은 의식 속에 도리어 진실이 자리할 수고 있는 거라."

"그래 그건 사실이야."

인수가 말을 끊고 마음속의 분요라도 삭일 듯이 술을 급히 들이켰다.

"형님이 해방 후 좌익예술단체에 참여한 건 사실이여. 그때 시류랄까 대체로 예술가들 그런 경향이 농후했던 거라. 그렇다고 형이 무슨 정치활동을 한 것도 아니구, 그런 사상을 좇아 가족을 버리고 월북할 만한 신념 있는 사람도 아니었어. 오직 그림과 여유 있는 사생활만을 즐기는 귀족풍의 자유주의자였는데. 그런데 6·25가 일어나자 무슨 영문인지 급히 집을 떠났고 그런 뒤로 영 종무소식이 된 거야. 수복이 되자 경찰당국은 형이 월북했다고 하여 감시와 탄압으로 가족이 적잖이 핍박을 당하기 시작했는데, 본래 요시찰 인물로 주목받던 사람이라 그렇게 몰아세웠는지 사실 확실한 근거가 있었던 건지 지금껏 알 수가 없어. 다만 형수님 말로는 그때 서울에 있는 친구의 부름을 받고 올라갔고, 뒤에 알아보니 그 친구가 월북한 화가였는지라 납북되었다고 막연히 믿는 거야."

인수는 비교적 차분하게 형의 행적에 대하여 설명했다. 세월이 그토록 지났는데 이제 와서 무슨 감정의 응어리가 남았다고 말 못할 게 뭐 있느냐 하는 태도였다.

"전란 중에 그런 비극이 어디 한두 사람이겠어요. 헌데 인공치하에도 전혀 소식이 없었고?"

"아냐. 몇 차례 형수에게 있었대. 잘 있으니 걱정 말고 곧 내려가게 될 거라는 얘기였다는데."

"그렇담 정말 납치된 건 아닐까요?"

"어쨌든 사태는 그리 된 거구. 그 후 형수님의 진짜 비운이 시작된 거라. 가혹한 핍박과 절망 속에서 실력 있는 고을 유지 하나가 호의로 접근해오자 믿거라고 의지하게 된 게 결국은 반 강제로 그 사람의 정부가 되었고, 그 술수에 넘어가 아틀리에 그 좋은 건물조차 사기를 당해 빼앗기는 꼴이 되고 만 거여. 그 지경이 되자 그를 비관한 정민이 녀석이 그만 목숨을 끊은 거지."

삽시간에 그의 얼굴이 굳어지면서 불현듯 격한 어조로 바뀌었다. 나는 무너지는 것 같은 뼈아픈 충격과 함께 뜻밖에 그가 실토한 그 사람이란 대체 누구일까 하는 강한 궁금증이 일었으나 차마 입 밖에 낼 일은 아니었다.

“세상에 원, 생때같은 자식조차 비명에 가고. 그런 엄청난 비극을 겪었다니 까맣게 몰랐구려. 그러니 당사자는 말할 나위 없지만 형님 고생도 말이 아니었겠구만.”

“허지만 내 형편도 그땐 그랬지 않나. 달리 어떻게 할 형편이 못 됐다구. 그 후 얼마만큼 생활이 안정되고 나서야 불쌍한 어른 내가 모시게 된 거지. 교양이니 지성이니에 앞서 역시 나약하고 물정 모르는 여자일 수밖에 없었던 분이라 그런 어처구니없는 실수를 저지른 게 마냥 밉고 원망스러웠지만, 그렇다고 천하에 알몸으로 패대기쳐진 어른인데 어쩌겠나? 그런데 그 일로 가족과 갈등이 심했어. 내 자식들 말일세. 아, 그 젊은것들이 전쟁이란 막다른 상황을 어찌 이해하겠어? 부정을 한 큰어머니를 결코 가족으로 받아들일 수 없다고 반발허는 거여. 아내도 역시 그랬어. 그 바람에 가정불화가 심했었지. 냉정히 생각해보면 형수님의 비운을 어찌 그분 책임만으로 내칠 일이란가? 이제는 그분의 억울헌 희생을 더불어 이해허고 감싸줄 의무가 있는데 말이네. 더구나 만년에 치매 증세까지 겹쳐 저런 신세가 되니 참 가엾어 어쩔 수가 없다네.”

인수는 말하고 다소 자학적인 기분인 듯 술을 벌컥벌컥 들이켰다. 때맞추어 여주인이 자리에 나타났다. 술기로 얼굴이 불콰하게 달아있었다. 그녀는 인수 곁에 무너지듯 기대앉으며,

“김 사장님, 나 술 한잔 주세요.” 하고 혀 꿇는 소리로 응석을 부렸다. 인수가 말없이 그녀에게 술을 따르며 약간 근심 어린 표정을 지었다.

“웬 술을 초저녁부터 그리 분별없이 마셔대는 거여. 이제 나이 생각도 해야지. 기분대로 술 마실 때가 아니잖어.”

인수의 핀잔을 받고 해연히 그를 바라보는 그녀 입술에 일순 차가운 비웃음 같은 게 머물렀다.

“걱정해주니 고맙네요. 허지만 술 마셨다고 금방 죽지는 않구요. 아등바등 살아봤자 남는 것 덧없다는 서글픈 생각뿐인데 딸린 자식도 없는 내게 무슨 특별한 내일이 있다고 술조차 절제허고 살아요? 음 그러잖어요? 김 사장님.”

뜻밖에 그녀의 투정을 듣고 있노라니 이제 그만 일어설 시간이 되었노라는 자각으로 슬쩍 인수에게 눈짓을 보냈다. 두어 순배 술잔이 돌아간 뒤에 우리는 마침내 자리에서 일어섰다. 그녀가 자못 섭섭한 표정으로 매달렸지만 훗날을 기약하고 헤어졌다. 그리고 터미널을 향하는 길에서 인수가 문득 말했다.

“우리네 삶을 돌아보면 온통 먹구름이었어. 허지만 달리 생각허면 뭔가 인생의 깊은 뜻을 찾아 나름대로 열심히 몸부림쳐 살았던 것 같애. 그게 돌이켜보면 한낱 미망의 늪과도 같은 허튼 상황일 수도 있다 할지라도 말이네. 그러니 여생이나 욕심 없이 즐기고 여유 있게 보내야지. 늙었다고 궁상떨지 말고 외롭다고 욕심 부려 추악해지지 말고 말이네.”

인수의 중얼거림을 귀 곁에 들으며 나는 문득 찬란한 네온사인으로 비추어진 빽빽한 건물의 숲 위로 뻥 뚫린 어스름한 하늘을 바라보았다. 그리고 멀리 한 폭의 묵화와도 같은 산 그림자 위로 나 보란 듯 걸려있는 초승달을 우러르며 무심코 한숨을 토해냈다.

허상의 그늘에서

요즘 허영구는 심한 좌절감에 빠졌다. 뜻밖에 한 제자를 만난 이후에 생긴 사건 때문이었다. 지난 봄철의 일이었다. 정년을 맞아 41년이란 긴 교직 생활을 교장 오 년 만에 물러난 지 사 년, 과거에의 집착을 훌훌 떨쳐버리지 못하고 매양 뿌리 없는 나무처럼 싯누렇게 시들어 가던 터에 난데없이 나타난 30여 년 전의 옛 제자 때문에 팔자에 없는 감투를 쓰게 되었다. 그 제자가 설립한 사립 고등학교의 재단법인 이사가 된 것이었다.

애오라지 교직에 자족하며 시속과 담을 쌓고 교단에 온 정열을 바쳤던 그로서 뚜렷한 노후 대책도 없이 망연히 하루아침에 교문 밖으로 밀려난 그는 가뜩이나 쌓이는 소외감과 무력감에 미처 헤어나지 못한 채 우울한 나날을 보냈다. 남들이 다 한다는 등산이나 낚시 등, 하다못해 화투 같은 잡기 취미조차 갖지 못한 그가 앞날의 하고 많은 무료한 시간을 어떻게 달랠 것인가 하면서도 그럭저럭 세월이 지난 것이다.

그런데 난데없이 그 앞에서 옛 제자가 불쑥 혜성처럼 나타났던 것이다. 그는 이대로(李大路), 특이한 이름 덕분에 가까스로 그의 존재를 추억의 밑바닥에서 건져 올릴 수가 있었다. 이대로가 좋으냐? 저대로가 좋으냐? 하며 한껏 놀림 당했던 일 등이 예사롭지 않은 기억으로 마음 밑바닥에 찌꺼기처럼 남아 있었던가보다. 그저 그것뿐, 도통 그밖에 일은 생각나는 게 없었다. 그런데도 그는 자기를 중퇴의 역경에서 구하려고 무던히 애쓴 잊지 못할 은인이요, 가장 존경하는 스승 가운데 한 사람이라고 치켜세웠다. 그게 사실이라면 약관으로 고등학교에 재직했던 시절의 일이겠는데 도무지 기억나는 게 없다. 어쨌든 사실이 그렇다니, 교직자로서 이보다 더 영예롭고 보람 있는 일이 어디 있겠는가. 모처럼 생기를 되찾은 희한한 감동적인 사건이었다.

그가 처음 전화를 걸어와 만나자기에, 약속 장소에 한걸음으로 달려간 그에게,

"선생님도 많이 늙으셨군요. 그간 세월이 너무 흘렀는데, 저를 혹 기억하시겠습니까?" 하고 대로가 대뜸 물었다.

기실 이름만을 어렴풋이 기억할 뿐이어서 그는 생판 처음 보는 풍채 좋은 낯선 중년 신사 앞에서 약간 어정쩡했다. 30년이란 세월이 어딘데 상대를 알아보지 못한 게 되레 자연스러울 터였다. 그런데도 허영구는 마지못해 넉살좋게 말해 주었다.

"암 기억하다마다. 왜 내가 자네를 잊겠나?"

"고맙습니다. 저는 선생님의 은혜를 한때도 잊은 적이 없습니다. 그러면서도 어느 땐가 남보란 듯이 성공한 후에야 선생님을 찾아뵙겠다고 이제껏 미뤄 왔습니다. 그러니 그간의 무심함을 용서하십시오."

"그야 뭐. 바쁘게 살다보면 그럴 밖에."

"저는 그간 숱하게 역경 속에서 참으로 고생 많이 했습니다. 그 결과 이제는 중소기업이나마 하나 있고, 사업이 잘 되어 그 여력으로 교육 사업에 투자하여 오 년 전 수도권에 중고등학교 하나씩을 인수해 운영하고 있고, 내후년에 개학할 목표로 대학도 설립할까 하고 인가 신청을 준비하고 있습니다. 제가 하도 어렵게 학교를 다녔기 때문에 교육에 남다른 관심을 가지게 된 셈이지요." 하고 짐짓 겸손을 가장하면서도 남몰래 으스대려는 속셈이 역력해 보였다. 허영구는 그만 감격하여 여명처럼 눈앞이 훤히 밝아오는 걸 느꼈다.

"자네, 대단히 성공했구먼 그랴. 육영사업에 그리 큰 업적을 쌓은 걸 전혀 모르고 있었어. 딴 게 아닌 교육의 일인 만큼 참 고맙구먼."

허영구는 마치 자신의 일처럼 감동하여 별난 은혜라도 입은 사람처럼 칭찬해마지 않았다.

"이게 모두 선생님이 일찍이 일깨워주신 덕택입니다. 제가 고등학교 일학년을 겨우 마치고 가정형편으로 학교를 그만둘 밖에 없을 적에 선생님께서 눈물을 흘리시며 자퇴를 만류하셨던 일이 이제껏 잊히지 않습니다. 한때의 역경을 시련으로 알고 극복하지 못하면 평생을 망친다고 하시며, 어떻게든 수업료라도 대줄 테니 그냥 학업을 계속하라고 하셨지요. 그러나 그때 저는 학교문제뿐 아니라 가족 부양마저 책임져야할 막다른 형편이었거든요. 결국 학교를 그만두고 무작정 상경하여 구두닦이 등으로 무지하게 고생하면서 마침내 야간대학까지 마치게 되었지요."

대로는 참담한 이야기에 한 점의 자괴감도 드러냄 없이 무척 담담한 표정으로 말했다. 이에 적이 충격을 받은 쪽은 도리어 허영구였다. 그가 중도에 자퇴했다는 사실은 처음 듣는 사실이었다. 그렇다면 그와의 사제 간 인연도 고작 1년밖에 되지 않는 터인데 자기를 은사로 이제껏 잊지 않고 있었다는 게 왠지 믿어지지 않았다. 물론 그의 자퇴를 강력 만류했다는 사실도 기억에 없다. 그런다고 이제 그걸 실토해 무엇하랴.

"자네야말로 입지전적의 인물이구만 그랴. 난 그간의 일은 까맣게 모르고 있었네. 대단허이, 자네의 그 투철한 의지 아니고야 어떻게 오늘의 성공을 가져 왔겠나. 족히 존경할 만하네."

그는 가슴 벅찬 심경으로 거의 울먹이는 목소리로 칭찬했다. 그러자 그가 문득 책 한권을 그 앞에 내밀었다. 그가 쓴 자전의 에세이로 제목은 「어두운 굴 속을 지나 해를 맞으면」이었다. 그의 두 눈이 절로 등잔만해졌다. 아직 나이도 있는데 감히 자서전을 쓰다니, 오늘의 자신을 얼마나 자신만만하게 여겼으면 그랬을까 하는 생각이 퍼뜩 들었기 때문이었다.

"그 책 속에 선생님 이야기도 잠깐 언급했으니, 이따가 댁에 가셔서 보시지요."

그가 의미 있게 씩 웃으며 말했다.

"내가 자네에게 뭘 했다고 감히 책에 썼단가?"

영구가 겸연쩍은 얼굴로 말했다.

"아니지요. 선생님이야말로 저로선 절대로 잊을 수 없는 스승 중의 스승인걸요. 그러니 당연히 언급해야죠. 또한 선생님은 교장으로 정년퇴직한 분이니까 앞으로도 저의 학원 경영에 많은 자문과 편달을 받고자 합니다. 그래 주시겠지요?"

"그야 여부가 있겠나. 미거하나마 이 이사장께서 필요하다면 무슨 협력인들 마다할 처지가 아니지." 한껏 들뜬 기분으로 대답했다. 스스로 의식하지 못한 채로 '자네'란 호칭이 어느결에 '이사장'으로 바뀌고 있었다.

"저야 순수한 교육적 열정으로 학교를 인수했습니다만, 막상 운영하다보니 애로사항이 이만저만이 아닙니다요. 그중에도 전조교니 뭐니 하는 조직을 만들어 선생들이 걸핏하면 학교경영에까지 간섭하여 집단적인 반발을 일삼는 바람에 여간 골치가 아프지 않아요. 심지어 재단의 인사권까지 파고들어 왈가왈부하니 그게 되겠어요? 그런 걸 간섭받기로 한다면 어느 미친놈이 막대한 사재를 털어 학교 세우겠어요."

"그야 그렇지."

허영구는 심드렁하게 동조해 보였으나, 속내로는 경영을 투명하고 공정하게만 한다면 설마 무슨 문제가 있겠느냐는 생각이 들었지만, 이 판국에 그런 말을 할 계제가 아닐 듯싶어 굳이 입을 다물었다. 그는 공립학교에서만 내내 근속해 왔기 때문에 이른바 세상에서 흔히 불거지는 사학의 비리를 직접 겪은 바는 없으면서도, 기실 그 부조리의 실상을 웬만큼 파악하고 있었다. 그러니 그의 말이 운영의 어려움을 잘 극복하고 있다는 과시용 넋두리라면 몰라도, 그렇지 않다면 뭔가 잘못 돼가고 있다는 귀띔이 될 것이었다.

"어쨌든 그건 그렇고, 때도 되었으니 어디 가서 식사나 하시지요." 하고 일어서려다 말고는 책의 겉장을 넘겨 거기에 사인을 하였다. '존경하는 은사님 허영구 교장 선생님께 바칩니다.' 하는 문구를 괴발개발 내갈겨 썼다. 그는 책을 정중히 받으면서,

“고맙네. 자네의 피나는 인생 역정을 기록한 값진 책이니 소중하게 간직하여 잘 읽어 두루두루 교훈으로 삼겠네.” 하고 치하해 주었다.

“그리 말씀하시면 송구합니다. 교훈될 만한 가치는 없고, 하도 고생을 많이 겪다 보니까 뭔가 정리하여 남기고 싶단 욕심이 생겨서 부질없이 써본 것뿐입니다.”

“어쨌든 그게 쉬운 일인가. 나 같은 사람이야 단 몇 줄도 쓸 말이 없단 말이네.”

그리곤 두 사람은 다방을 나와 식당을 향했다. 즐비하게 식당이 늘어선 골목에 들어서 한 한식식당을 들어섰다. 5천 원짜리 비빔밥으로 간단히 점심을 때웠다. 30년 만에 만난 은사에 대한 접대치고는 너무 소홀하지 않느냐는 자각이 있을 법도 하지만, 왠지 그는 그런 데는 아예 무신경인 모양이었다. 자수성가한 사람에게서 흔히 볼 수 있는 검약이 몸에 배어 있는 탓이겠지 하는 생각을 얼추 하면서 그와 총총히 헤어졌다.

집에 돌아오자마자 허영구는 이대로가 준 책을 읽기 시작했다. 먼저 차례를 보고 펴든 곳은 그 자신을 언급했다는 ‘나의 스승, 은사님들’ 편이었다. 거기에는 세 사람의 이름이 올라 있었는데 두 사람은 대학 시절의 은사로서 그중 하나는 세상이 다 아는 유명한 시인이었다. 그 글은 ‘요즘 세상에는 흔히 선생은 있어도 참스승은 없다고들 한다. 그러나 내가 겪은 스승 중에는…….’ 하는 서두로 시작되어 있었다. 어쩌면 학원 재단이사장으로서 교육관이나 교사상을 제시하기 위한 의도적인 서술인 것 같은 인상을 풍기는 내용이었다.

그럴 것이 막상 글 속의 세 은사들이 그에게 베풀었다는 행적의 대목에서는 별반 특이하게 내세울게 없는, 세상에 흔히 있을 법한 인정가화(人情佳話)에 지나지 않았다. 허영구만 하더라도 그가 형편이 어려워 학업을 그만두려고 했을 때 수업료 부담을 제의하면서 극구 만류했다는 사실뿐이었다. 그건 처음 그가 전화로 말했던 내용에서 조금도 벗어나지 않아 은근히 많은 내용을 바랐던 허영구로서는 못내 실망했다. 다만 그의 자퇴를 만류하면서 말했다는 ‘이대로, 너 가정이 어렵다는 핑계로 학업을 때려치우고 이대로 주저앉을 거야. 이대로, 이대로는 안 된다고. 이를 악물고 분발해야 돼.’ 하는 대목에서만 그의 이름과 더불어 코미디 같은 익살스런 뉘앙스를 풍기고 있었다. 다른 두 교수 역시 어려울 때 가끔 만나 술밥을 사주며 격려해주었다는 사실이 고작이었다. 요즘 세상인심이 아무리 각박해졌대도 사제 간의 정분이 아무리 메말라갔다 하더라도 그런 것쯤이야 흔히 있을 수 있는 지극히 세속적인 이야기가 아닌가.

그런데 정작 허영구의 눈길을 끌어 잡은 것은 그의 치부에 따르는 남다른 행적이었다. 그는 빈한한 농촌에서 태어났다. 그의 나이 불과 열 살에 당시 나돌던 콜레라로 부모를 잃었다. 겨우 논 다섯 마지기의 유산뿐인데도 아래로 동생 둘이 딸려 있었다. 그는 동생들과 따로따로 친척집에 맡겨져 자랐다. 논 다섯 마지기의 유산을 밑천으로 초등학교는 그럭저럭 마쳤지만 중학교 이상은 부득이 고학하면서 다녀야 했다. 그리하여 시골의 고교를 중퇴하고 상경하여 낮에는 구두닦이로 돈을 벌고 밤에는 야간 고등학교를 다녔다. 대학에 들어가서도 캠퍼스 안에서 구두닦이를 했다.

돈을 버는 데 있어 그는 남다른 이재(利才)와 물불을 가리지 않는 악착스러움을 보였다. 캠퍼스 안에 학생의 신분으로 구두닦이 가게 같은 걸 차리는 건 금물이었다. 그런데도 그는 특유의 아집과 뚝심으로 직원들의 심한 제지를 무릅쓰고 이를 강행하면서, 마침내 총장을 찾아가 따짐으로써 가까스로 허락을 얻어내고 무료로 벤치와 전기 설치까지도 하게 되었다.

"총장님, 학교가 누구를 위해 있는 겁니까? 학생의 교육을 위해 있는 거죠. 그렇다면 가난한 학생이 제 손으로 돈을 벌어 등록금을 내고 공부를 하겠다는 걸 장학금은 못 줄망정 이를 방해해서 되겠습니까? 교칙이 어떻고, 캠퍼스의 미관상이 어쩌고 하면서 직원들이 방해를 하는데 교육상으로도 학생들의 자립심을 기르는 데 좋은 본보기가 될 것입니다. 그러니 학덕을 갖추신 총장님께서 부디 가엾은 제자 하나 구해 주십시오."

이런 말로 총장을 설득하여 기어코 뜻을 이뤄냈다 하니 놀라운 일이었다. 뿐만 아니라, 많은 동료 학생들을 교묘히 조종하여 수업 중에는 무료봉사로 대신 일하도록 만들었다. 이런 결과로 캠퍼스 안에 있던 기존의 구두수선 사람을 몰아내고 독점하게 되었다.

어쩌면 돈키호테 같은 그의 기발한 행적은 대학 졸업 후에 더욱 두드러지게 나타났다. 그같이 어려운 처지로 졸업을 했으면 만사를 제치고 우선 봉급을 받는 기관의 취직을 서둘 법하였는데, 뜬금없이 산동네에 이른바 재건학교라는 걸 차리고 나선 것이다. 무인가 성인 교육기관이었다. 돈이 없어 학교를 다니지 못하는 불우한 청소년들을 주워 모아 무료로 중고등학교 과정의 교육을 베푸는 것이었다. 과연 그가 자신이 어렵게 공부했기 때문에 순수한 열망으로 복지 차원의 이런 일을 꾀했던 걸까. 그러나 결론적으로 말하면 그것이 오늘의 그를 만들고 축재하게 만든 뜻밖의 계기가 되었다.

때는 박정희 군사정권 시대, 새마을 운동이 요원의 불길처럼 타올랐을 때, 그는 성인교육을 발판으로 새마을 운동에 뛰어들어 차츰 지도자로서 두각을 드러내기 시작했다. 그런 지 삼 년 만에 그의 운동이 유력한 중앙지 기자의 눈에 띄어 그의 활약상이 지상에 크게 보도되었다. 이런 계기로 어느 날 갑자기 청와대에서 민정비서관이란 이가 그를 찾아왔다. 대통령이 신문을 보고 감동하시고 자세히 형편을 살펴보라 하여 찾아왔노라 했다. 판자로 겨우 비바람을 막는 허름한 건물을 살피고 이것저것 꼬치꼬치 사정을 캐물은 끝에 그가 문득 물었다.

"남달리 이런 좋은 일을 하고 있는데, 정부에서라도 뭐 도와줄 일이 없겠소?"

천만뜻밖의 제의였다. 바야흐로 천재일우의 기회가 온 것이었다. 재치 빠른 그가 이 행운을 그냥 놓칠 리가 없다.

"말씀드리기 참으로 죄송합니다만, 불우한 학생들이 배우겠다고 자꾸 몰려오는데 이런 시설로는 도저히 그들을 모두 수용할 수가 없습니다. 그래 곤경에 처해 있습니다. 어떻게든 교실을 확장해야 되는데 그게 여의치 않습니다. 무엇보다도 교실을 넓힐 땅이 필요합니다."

"지금의 대지는 어떻게 마련하였소?"

"원래는 이 산동네의 쓰레기 집하장으로 쓰던 자투리땅인 걸 당국의 허가를 받아 임시로 임대해 썼는데 쓰레기가 넘쳐나 그나마 비워 줘야할 날짜가 가까워져 앞일이 깜깜합니다."

"음 그래요? 그거 참 딱하게 됐구먼." 하고 혀를 끌끌 차더니 무언가 골똘히 생각에 잠긴 듯 잠깐 침묵한 끝에 불쑥 말했다.

"대통령 각하께 보고하고 무슨 지원책이 있는지 방법을 찾아보겠소."

그가 돌아서자 이대로는 부푼 꿈을 안고 초조하게 결과를 기다렸다. 그런 지 꼭 일주일째가 되는 날, 그는 청와대로부터 전화를 받았다. 그 비서관이 만나자는 것이다. 마침내 그를 만난 이대로는 하마터면 까무러칠 듯 놀란 희소식을 전해 받았다. 서울대학교가 관악구로 이사하게 되어 동숭동 그 터에 공공건물을 짓고 나머지를 민간에 불하하게 되었는바, 대통령의 특별배려로 2천 평쯤을 떼어 극히 낮은 값으로 불하해줄 테니 수속을 밟으라는 것이었다. 그게 어떤 땅인가? 그야말로 서울 도심의 금싸라기 땅이 아니더냐. 벼락 횡재도 이만저만이 아니다. 잔인할 만큼 세속의 정에 인색했던 이대로도 그때만은 처음으로 대통령의 각별한 배려에 감읍하여 펑펑 눈물을 쏟았다고 쓰고 있다.

이후 그는 동숭동에 교실을 짓고 교육을 이어나가는 한편 크게 사회활동을 넓혀나갔다. 그런데 세상이 급격히 변해갔다. 80년대에 들어서서 국민소득이 갑절 높아지고 거리의 아이들은 제도권 학교에서 자연스레 흡수하게 되면서 재건학교 같은 성인교육이 빛을 잃어가기 시작했다. 이제는 데려다 무료로 가르쳐야 할 학생들이 도무지 눈에 띄지 않게 된 것이다. 참으로 금석지감을 느끼게 하는 세태의 변화였다.

이에 이대로는 때맞추어 재건학교를 폐교해버렸다. 그리고는 건물을 상가로 개조하여 임대하였다. 그는 수년간 임대료를 받아 착실히 축적해 오면서 이런저런 사업을 궁리해 오다가 마침 경영부실로 부도난 한 금속업체 기업을 헐값으로 인수하게 되었다. 이에 그는 동숭동의 건물과 땅을 팔아버렸다. 엄청나게 불어난 거약의 소득이었다. 그리고 몇 년 뒤 수도권의 한 중고등학교 재단이 경제적 파탄으로 학교를 넘기려 한다는 정보를 접하고 그걸 인수하게 된 것이었다. 왜 하필 학교를 경영하려 했을까? 재건학교를 운영하다가 부득이 폐교해야 했던 터라 강한 미련이 남았던 걸까. 그러나 그는 책 속에서 어디까지나 순수한 교육에의 열망으로 학교를 인수하게 되었다고 적고 있다.

아무튼 허영구는 이대로의 수기를 읽으면서 크게 감동하였다. 새삼 그런 제자를 가진 것만으로도 스스로의 존재가 덩달아 커진 것 같은 벅찬 의식 속에서 흐뭇하기만 하였다. 소외와 실의의 무거운 중압감에서 모처럼 해방되는 쾌적한 기분이었다.

허영구가 이대로를 만난 지 한 달쯤 해서 학원법인 이사로 승인 받기 위한 서류를 제출하라는 통지가 왔고, 열흘쯤 지나서 이사 회의에 참석하라는 연락이 왔다. 그래서 모처럼의 바깥나들이에 그는 부산을 떨었다.

그런데 뜻밖에 회의 장소는 그가 경영한다는 회사의 사장실이었다. 의당 학교의 이사장실에서 개최하려니 하고 여겼던 그로서는 우선 의구심이 들었다. 교육자 출신으로서 이사가 된 만큼 마땅히 학교 시설부터 살펴보겠다는 기대가 어이없이 무너져버린 때문이었다.

사장실에서 만난 이대로 이사장은 짐짓 반기는 모습과는 달리, 그 표정은 싸늘하게 굳어 있었다. 뭔가 심상찮은 일로 몹시 긴장하는 눈치였다. 그는 회의용 원탁을 둘러싸고 미리 와 있는 다섯 명의 임원들에게 허영구를 소개했다.

"여기 새로 이사로 모신 허영구 선생이십니다. 허 이사께서는 일찍이 제 고등학교 때의 은사였으며 교장으로 정년 퇴직하셨습니다. 그러니 높으신 교육이념과 충실한 실무 경험으로 앞으로 우리 학원 운영에 크게 기여하실 줄 믿습니다."

허영구는 공손히 인사하고 한 자리를 차지를 차지하고 앉았다. 이대로가 가운데 자리에 앉으면서 불쑥 말했다.

"김 상무, 그럼 오늘 안건을 내놓고 회의를 진행하시오."

이에 이대로 옆자리에 앉던 사람이 불끈 일어섰다. 그는 자달막한 키에 통통한 몸집, 네모로 각진 얼굴에 눈매가 유난히 매서워 보이는 당찬 인상을 주었다. 뒤에 안 일이지만 그는 이대로의 처남으로 재단의 상무이사와 회사의 전무를 겸하고 있었다. 그는 유인물 한 장씩을 돌렸다. 내용은 회의록을 작성하기 위한 지극히 형식적인 것이었는데 한 대목만이 문득 눈에 띄었다. 그건 '징계위원회 소집에 관한 건'이었다.

회의가 진행되면서 마침내 그 안건에 이르자 김 상무가 무척 격양된 어조로 말을 꺼냈다.

"여러분도 아시다시피 그간 우리 홍신 중고등학교의 소요사태를 해결하기 위하여 우리는 무척 애를 써왔습니다. 그런데도 아직껏 해결되기는커녕 더욱 소요가 거세지고 있습니다. 그것은 배후에서 학생들을 사주하여 선동하는 선생들 때문입니다. 그들 선생들은 대부분 교원노조에 든 교사들로 조직적으로 움직이기 때문에 더욱 사태가 악화되고 있습니다. 그러니 이제 개별적으로 선생들을 설득하는 일도 한계에 부딪쳐, 부득이 강경책을 쓸 밖에 없게 되었습니다. 그래 선생 가운데 주모자로 몇 명을 일벌백계로 엄하게 징계할 수밖에 없습니다."

김수곤 상무이사가 잠깐 입을 다물고 이사들을 둘러보았다. 그러자 이대로가 참견했다.

"신성한 교육의 장인만큼 되도록 희생자들을 내지 않고 조용히 해결했으면 했습니다. 그런데 해도 너무 하잖아요. 이사장인 나를 천하에 도둑놈으로 매도하니 내가 이런 모욕을 당하려고 막대한 사재를 털어 학교를 인수하였습니까? 차라리 그 돈을 회사 자본으로 투자했다면 몇 곱절 수익을 올렸을 겁니다. 왜 그걸 모른답니까? 내가 학교를 인수했으니까 저들도 직장 잃지 않고 살아가는 거 아닙니까. 그걸 모르고 학생들을 선동하다니. 이 어려운 때에 대학 나와 취직 안 되어 안달하는 교사 후보들이 지금 거리에 넘쳐나고 있습니다. 그들은 팔팔한 젊은 엘리트들로 봉급도 적습니다. 괜히 근무경력만 많았지, 별로 두드러진 능력도 없는 자들이 분란만 일으키니 분통이 터집니다. 그래서 차제에 당하고만 있지 말고 주모자 몇 사람이라도 엄히 징계하여 본때를 보이자 하는 것입니다."

이대로가 분격하여 떨리는 목소리로 말했다. 저주에 찬 눈빛이 이글거렸다. 허영구는 전혀 뜻밖의 상황에 우두망찰하였다. 학원 운영에 뭔가 심각한 문제점이 있구나 하는 걸 직감하면서도 신참으로서 감히 그걸 캐물을 처지가 아니었다. 그런데 더욱 그를 당혹케 한 것은 그 징계위원회의 위원장을 맡아 징계절차를 마쳐달라고 부탁하는 것이었다. 그는 괴괴히 떼어 사양하였다.

"사실 저는 오늘 처음 이 자리에 나왔기 때문에 뭐가 뭔지 전혀 모릅니다. 그러니 그간의 사정을 소상히 알고 있는 다른 분께서 맡으시지요."

"아닙니다. 도리어 그 점 때문에 선생님께서 맡아 주십사 하는 겁니다. 다른 이사들은 오랫동안 이 고장에 살아왔기 때문에 여러 가지로 지연 학연 등 얽히고설킨 게 많아 객관적 입장에서 단호한 조처를 취하기 어렵습니다. 게다가 허 이사께서는 오랜 교육 행정을 거치신 분 아닙니까? 그러니 맡아 주십시오."

이대로의 간곡한 부탁이었다. 그는 더 할 말을 잃어버렸다. 은사라고 이사로 추대한 게 고작 이런 악역을 맡기려는 꿍꿍이속이었나 싶은 자각에 내심으로는 화가 치밀기도 했으나 차마 내색할 수도 없었다. 결국 울며 겨자 먹기로 그 일을 맡아버리고 말았다.

회의를 마치고 점심을 먹고 헤어지려는데 김 상무가 은밀히 좀 만나자 했다. 다방에 가자 그는 대충 사태의 윤곽을 설명해 주었다. 지난봄부터 일부 교사의 사주를 받은 학생들이 재단비리와 교사 임용시의 기부금 강요 등을 구호로 내세우고 시위를 계속하고 있다는 것이었다. 그래서 교육청의 감사도 받았고 별일 없이 끝났는데 소요는 좀체 가라앉지 않는다는 것이었다. 그게 몇몇 교사들의 악랄하고 집요한 책동 때문이라 했다.

"도대체 재단 비리라는 게 무슨 내용입니까?"

허영구가 물었다.

"재단 전입금 없이 학교운영을 학생 등록금만으로 운영한다는 것인데 대체 지금 웬만한 사립학교 치고 그렇지 않은 학교가 얼마나 있겠어요. 학교 인수 때 든 막대한 투자나 시설 확충에 따른 부담 같은 건 도무지 생각을 안 한다 그 말입니다. 또한 교사 임용할 때 몇몇이 학교발전기금이란 명목으로 자진하여 기부금 몇 푼씩을 낸 일은 있습니다. 절대로 강요한 사실은 없고요. 헌데 우리끼리 얘기지만 그게 어디 우리 학교만의 일입니까? 말이 안 날 뿐이지, 어지간한 학교 치고 거의 관례가 되다시피 한 걸요."

김 상무가 자못 당당한 태도로 말했으나, 그로서는 적잖은 충격적인 내용이었다. 침묵으로 냉정을 되찾고 나서 다시 물었다.

"그래, 선생들 징계는 몇 명을 어떤 수준으로 할 계획이신지?"

"구체적인 건 이사장님과 상의하여 회의 전에 알려 드릴게요."

그는 지극히 사무적인 말투로 단호하게 말했다. 이윽고 두 사람은 일어나 밖으로 나왔는데 그가 난데없이 봉투 하나를 내밀었다.

"이건 이사장께서 챙겨주신 여비입니다."

"아니, 무슨 여비를."

"받아 주십시오, 이사장님의 성의입니다."

할 수 없이 봉투를 받아들고 돌아선 허영구는 역에 이르러 살짝 봉투 속을 들여다보고 깜짝 놀랐다. 거기에는 예상 밖의 거금 백만 원이 들어 있었다. 이건 단순한 여비가 아니다. 그렇다고 옛 스승을 위한 순수한 사은의 정표로 여기기에도 왠지 크게 께름칙했다. 몇몇 교사에게 치명타가 될 징계라는 악역을 맡으면서 받는 돈인 만큼 그 대가가 아니냐는 자책감에서 그는 씁쓸한 위화감 같은 걸 느꼈다. 어찌 할 것인가. 그는 한동안 심한 좌절과 곤혹스러움에서 헤어나지 못했다.

그런 지 일주일이 지나서 마침내 징계위원회가 열리고, 주모자로 지목된 세 교사를 파면 결의하고 다섯 명의 교사에게 육 개월 간 감봉조처를 내리게 되었다. 이런 내용은 이사장의 뜻에 따라 미리부터 예기되었던 것으로 회의란 애당초 눈 가리고 아웅 하는 식의 멀쩡한 절차에 지나지 않았다. 따라서 징계를 받은 교사들의 해명 역시 처음부터 받아들일 분위기가 아니었다.

그들은 한결같이 학생들을 배후에서 사주하고 선동한 적이 없었으며, 재단의 비리는 이미 세간에 널리 알려져 있는 공지의 사실로서 학원의 소요는 학생들의 자발적인 움직임으로써 막을 길이 없었으며, 재단 측이 비리를 시정하려는 노력보다 그걸 은폐하려고만 급급하지 말라고 통렬히 비난하고 나섰다. 그들은 구체적인 증거를 제시하며 이왕 사태가 이렇게 불거진 이상 학원 정화의 차원에서 결코 물러서지 않고 싸우겠노라고 매몰차게 주장해마지 않았다.

이에 한껏 곤혹에 빠진 것은 회의를 주재하는 허영구였다. 사태는 그가 예상했던 이상의 심각성을 띠고 있었다. 과거 교장으로 있을 적에 행정상 교사들과 간혹 의견의 충돌을 빚을 적마다 중용의 지혜로써 그럭저럭 무마해 온 터였으나 이렇듯 첨예하게 대립되는 경우에 맞닥뜨린 일은 없었다. 더욱이 중징계란 극약 처방을 내려야 하는 극한 상황에서 스스로 운신의 폭이 한정되어 있다는 막다른 처지에서 그는 어찌할 바를 몰랐다.

그는 이대로가 학교 운영에서 그동안 비리를 공공연히 자행해 왔을 줄은 꿈에도 생각 못했다. 그의 자전 에세이에서의 불우한 청소년을 위한 남다른 헌신과 노력에 적잖이 감동해 온 터라 뭔가 교육의 진의가 왜곡되어 그런 거겠지 하고 막연하게 생각하기도 했다. 세상에 별의별 악성 유언비어들이 무차별적으로 나돌기 쉬운 부박한 세정이라 모처럼의 선행도 악의로 매도되는 일이 어찌 없다 하겠는가. 그러나 징계위원회에 관여하게 되면서 진실이 차츰 윤곽을 드러내게 되면서 그는 의혹과 환멸을 동시에 느끼게 되었다. 야누스의 두 얼굴이란 말 그대로 이대로에게 짐짓 숨겨졌던 또 하나의 추한 얼굴이 있구나 하는 것이었다.

그래서 그는 되도록 사건을 무마해보려고 짐짓 징계대상인 교사들 앞에서,

"선생들의 뜻이 설령 교육자적 양심에서 어쩔 수 없었다고 하더라도 일차적으로 스승인 처지에서 마땅히 취해야 될 일은 어떻게든 학생들을 설득하여 교육의 장으로 끌어오는 게 아닐까요. 어차피 학교운영의 문제는 어디까지나 재단과 그걸 감독하는 교육청이 타결할 문제로서 피교육자인 학생들이 직접 나설 만한 성격의 것이 아니라고 봅니다. 학생들이 이해하고 거론하기에는 너무도 복잡한 사회적 문제인 만큼 자제하도록 설득해야할 입장에서 되레 방관하거나 동조하는 듯한 태도를 보인 것은 교사로서 근본적인 의무를 저버린 행위로 문제가 있다고 보입니다. 그러니 이에 대한 여러분의 굳은 결의만 보여준다면 재단으로서도 그간의 과오를 관대하게 처분할 수가 있습니다." 하고 채찍과 당근의 양면 논리로 눈치를 떠보기도 하였다. 그러나 그들은 의외로 완강했다. 특히 그중에도 주모자로 지목된 세 명의 교사들은 막무가내로,

"재단의 비리에 대한 일말의 해명이나 반성도 없이 왜 교사로서의 의무만 강조하십니까? 왜 학생들의 자발적인 반발을 교사들의 사주로만 몰아세우고 우리의 진의를 처음부터 귀담아 듣지 않으려 합니까? 우리가 학생들을 앞잡이로 내세워 학원 소요를 일으키고 있다는 구체적인 증거가 있다면 제발 보여주십시오." 하고 야멸치게 항변하는 것이었다. 그러니 더는 어쩔 수가 없어 기왕 징계를 하더라도 수준을 낮추어 파면이라는 극단적인 차별만은 면해주려고 안간힘을 써보았다. 그러나 상무이사 등 재단 쪽의 입장은 바위처럼 요지부동이었다.

"안 됩니다. 그건 허 이사님께서 아직 실정을 제대로 모르셔서 그럽니다. 그들이 그간 얼마나 악랄하게 재단을 괴롭혀 왔는지 이루 말할 수 없습니다. 그간의 행태로 보아 그들은 결

코 털끝만큼도 반성할 위인들이 아닌 아주 막돼먹은 놈들입니다. 그러니 후환이 없게끔 차제에 강력히 처분해야 합니다."

상무이사의 말이었다. 그리고 그건 어차피 이대로 이사장의 뜻이니, 군말 없이 따라주는 게 좋겠다는 협박에 가까운 취지의 설명이었다. 그런 처지에서 허영구는 진퇴양난의 곤경에 빠져버렸다. 우선 이대로가 잘못 생각하고 있다손 치더라도 당장 그걸 시정해줄 계제는 아닌 듯싶어 그게 문제였다. 그러니 어차피 그가 소유한 학교의 일이니, 궁극적인 책임은 그에게 있을 터인즉 불가피하게 그의 뜻대로 처리할 수밖에 없겠다는 체념과 함께, 명색 교육자로서 나름대로 명예를 지켜온 자신이 이게 아님을 알면서도 인정에 끌려 만년에 더러운 흙탕물에 몸을 적셔 되겠냐는 자책감으로 심한 갈등에 빠졌다. 기업이나 학원의 설립자들이 흔히 범하는 부정과 비리가 대체로 기관을 사물시(私物視)하는 데서 생기는 것임을 허영구는 익히 알고 있었다. 그들은 공공을 위한 헌신적인 태도로 왜 마음을 비워두지 못하는 것일까. 더욱이 국가의 백년대계를 위한다는 교육의 장을 사적인 영리의 사업장쯤으로 생각한다면 큰 죄를 짓는 것이다. 그런데도 많은 사립학교들이 이런 문제로 사회적 물의를 일으키는 게 엄연한 현실이었다.

결국 이 같은 허영구의 의구와 갈등에 상관없이 그날의 징계는 세 사람을 교단에서 몰아내고 다섯 사람을 여섯 달 동안 월급을 깎는 서릿발 같은 중징계로 결판이 났다. 그 자신도 끝까지 제 주장을 내세우지 못한 채 울며 겨자 먹기로 그 안에 가표를 던지고 말았다.

회의를 마치고 우울한 기분으로 회식을 마친 후, 그는 귀가하기 위해 기차를 타고 오면서 내내 심한 자괴에 빠졌다. 이대로를 삼십 년 만에 제자로서 만나게 된 걸, 무한히 기뻐한 것이 뜻밖에 이런 악재로 변할 줄이야. 애당초 그게 불운의 단초이고 보면 그가 어쩌면 신의 없이 자기를 교활하게 이용하려 했다는 생각을 바꿀 수가 없었다. 그리고 그의 마수에 만만하게 걸려든 자신이 무엇보다도 미워졌다. 자그마한 선심 앞에서도 쉽사리 무너지는 얼마나 주책없는 볼썽사나운 처신인가. 그러면서 징계의 결과가 새로운 파동으로 몰고 올 앞으로의 사태를 사뭇 걱정하지 않을 수 없었다.

그런 지 사흘 뒤, 그는 TV를 보고 있다가 문득 저녁 정규 뉴스 프로의 말미에 학원분규가 일어난 수도권의 한 사건을 다룬 화면에 눈길이 머물렀다. 드디어 터졌구나 하는 생각과 함께 당장 눈앞이 아찔했다. H학원이라 했는데 틀림없는 홍신 중고등학교 이니셜이었다. 교사들에 대한 당국의 지나친 징계 결과로 불에 기름 붓듯 사태가 악화되어 이에 반발한 해당 교사들이 사법부에 파면취소 가처분 신청을 냈고, 교육부는 곧 학원 감사에 착수하겠다고 발표했다는 내용이었다. 예상보다도 상황은 급박하고도 험악하게 돌아갔다.

허영구는 이내 당황하면서 이마가 시려오고 아래턱이 덜덜 떨려왔다. 평생 사법부 어쩌고 하는 데에 연관해본 적이 없이 무풍지대에서 평범하게만 살아왔던 그가 난데없는 징계문제로 곤욕을 치를지도 모르겠다는 위기감 때문이었다. 그는 곧 이대로에게 전화를 걸었다. 그러나 불통이었다. 다시 상무이사에게 전화를 걸었으나 그 역시 연결이 되지 않았다. 대체 일이 어떻게 돌아가고 있느냐고 따져볼 생각이었는데 일이 심상치 않았다. 이러니 더욱 갑갑증에 몸 둘 바를 몰랐다.

뜬눈으로 밤을 지새우고 이튿날 여러 차례 시도한 끝에 상무이사와 가까스로 통화가 이루어졌다. 그는 뜻밖에도 난데없이 무슨 전화질이냐는 듯한 생뚱맞은 반응이었다.

“어제 밤 뉴스 보도를 보았는데 대체 사태가 어떻게 돌아가는 거요?”

허영구가 힐문하듯 다소 격앙된 어조로 물었다.

“아. 그 뉴스 말이지요. 저도 보았습니다. 그, 뭐. 그런 거죠. 교사들이 반발할 걸 왜 예측 못 하셨어요? 그래 봤자 별 뾰족한 수는 없을 겁니다. 우리가 다 알아서 처리할 테니 허 이사님 조금도 걱정하지 마십시오.”

그가 말했다. 그건 마치 바빠 죽겠는데 별 일도 아닌 걸 가지고 귀찮게 군다는 눈치의 어투였다. 그는 순간 욱하고 치미는 저항감으로,

“아니, 그리 태평하게 대응할 일이 아니잖습니까? 사법부도 그렇고 교육부 감사를 당하게 되면 우선 징계 타당성 문제부터가…….” 하는데 그가 당돌하게도 말머리를 툭 자르며,

“그런 걱정일랑 마시라니깐요. 그리고 징계가 어떻다는 겁니까? 우리는 아무런 하자 없이 적법한 방법으로 징계를 한 것입니다. 위원장으로서 그걸 아시지 않습니까?” 하고 노골적으로 욱대기는 어조로 대꾸했다. 허영구는 어이가 없었다. 일말의 의심도 없이 당당하기만 한 그의 태도가 도무지 마뜩치 않았다. 그렇다고 결코 그와 옥신각신 전화로 따질 일도 아니어서 맥없이 수화기를 놓아버렸다. 그런 뒤에도 적법한 징계였고 위원장이 잘 알고 있지 않느냐는 그의 말이 자꾸 목에 가시처럼 걸렸다. 그건 만약의 경우 그 문제에 관한 한 의당 책임을 져야 하지 않느냐는 투의 협박처럼 들리기도 한 때문이었다.

그날 밤이었다. 그는 석간신문을 펴들고 여느 때와 달리 사회면을 꼼꼼하게 살폈다. 혹시 그 학교의 일이 기사에 나왔는지 궁금해서였지만 다행히 눈에 띄지 않았다. 그랬는데 마침 그때 전화벨이 요란하게 울렸다. 그는 왠지 가슴이 뜨끔하면서 허둥지둥 수화기를 들었다.

“여보세요. 거기가 허영구 이사님 댁이십니까?”

약간 불안하고 격한 어조의 전혀 낯선 남자의 목소리였다.

“그렇소. 내가 허영구올시다.”

“아, 그렇습니까? 그렇담 실례되는 줄 압니다만 말씀 좀 드리겠습니다. 저는 홍신고등학교 교사로 있는 김일구로 지난번 허 이사께서 주재한 징계위원회에서 파면 처분을 받은 사람인

데 기억하시겠지요."

"아! 김일구 선생." 하고 허영구는 얼결에 부르짖고 이내 목이 잠겨버렸다. 곤봉으로 기습을 받아 뒤통수라도 얻어맞은 듯 뜻밖의 상황에 말문이 막혀버린 것이다.

"저는 허 선생님께서 교장으로 정년 퇴직하셨단 소식을 듣고 있습니다. 그런 분이 어찌 교육에 대한 소신도 없이 무지막지한 재단 이사장 편에 서서 그런 비인간적인 혹독한 징계를 감행하셨는지 이해할 수가 없습니다."

"아니 그건 말이오."

"압니다. 선생님께서 이사로 계시는 한 이사장이란 자의 뜻에 추종할 밖에 없다는 걸 모르지 않습니다. 또한 제 친구로부터 선생님이 교육자로서 손색이 없는 원만한 인격자란 소식도 들었습니다. 그런지라 재단의 전횡이 더욱이 가증스레 느껴져서 이런 전화를 걸게 된 것입니다. 선생님 이런 말투가 죄송스럽지만 제발 선생님의 그 자리가 이대로의 꼭두각시 노릇임을 아시고 곧 물러나심이 좋을 줄 압니다."

그의 어조가 매우 거칠었다. 허영구는 당장 봉변을 당해 가슴이 떨리고 얼굴에 화톳불을 얹은 것처럼 화끈거렸다.

"여보게, 김 선생. 말이 너무 지나치구먼. 내가 이대로의 꼭두각시 노릇이라니 대체 그런 말버릇이 어디 있나?"

"표현이 지나쳤다면 용서하십시오. 저는 다만 존경받을 선배 교육자께서 명예에 먹칠을 하는 그런 게 보기 딱해서 하는 말입니다. 결코 제가 파면을 당했다 하여 선생님께 분풀이를 하자는 게 아닙니다. 어차피 선생님이 아닌 어느 누구를 내세웠더라도 결과는 똑같았을 거니까요. 그러니 왜 하필이면 선생님이 그 악역을 맡았냐 말입니다."

이 대목에 이르러 그의 말씨가 더없이 정중해졌다. 그래서 더욱 뼈아픈 뜻으로 다가왔다.

"그야 물론 나로서도 달가운 일은 아니었지. 그러나 어쩔 수 없이 사태를 수습해야할 처지에서 본의 아니게 거기에 관여하게 되었소."

"소문으로 듣건대 이대로 이사장과 선생님은 사제 간이시라는데, 불행히도 선생님은 그가 어떤 사람이고 학교를 그간 운영해오는 동안 얼마나 많은 비리와 부정을 저질렀는지 소상하게는 잘 모르실 것입니다. 그 점을 그가 이용했을지도 모릅니다."

그 말에 허영구는 화가 머리끝까지 치달았다. 지독한 모욕이다. 그는 드세게 반발했다.

"내가 모른다니 무슨 근거로 그런 막말을 하지? 선생이 말하는 비리와 부정이란 판단도 실은 일방적인 오해일 수도 있어. 나는 분명히 밝히지만 맹목으로 제자의 꼬임에 넘어가는 그런 바보는 아니오. 그러니 그런 모욕적인 언사는 삼가시오."

"그야 곧 교육부의 감사를 받게 되면 저절로 밝혀질 거고. 징계의 부당성도 법적으로 시정이 될 걸로 믿습니다. 사필귀정이니까요. 무엇보다도 재단의 횡포를 이 지역사회와 학부모들이 그냥 좌시하지 않을 테니까요. 다만 오늘 제가 외람되이 선생님께 이런 전화를 드리게 된 것이 결코 부당한 징계 처분에 대한 앙갚음이나 하려는 졸렬한 심리에서가 아니라는 것만 알아주셨으면 합니다."

"그건 나도 이해할 수 있겠소. 헌데 이런 말을 전화로 더욱이 아닌 밤중에 듣게 되어 솔직히 당황스럽소. 그러니 언제 만나 얘기합시다. 기왕 재단의 이사로 있는 한 언젠가 김 선생과도 직접 만나 허심탄회하게 사태에 관한 자세한 이야기를 듣고 싶은 마음이 없지 않은 까닭이오."

애써 마음을 누르고 부드러운 어조로 타이르듯 말했다.

"감사합니다, 선생님. 그럼 언제 뵙기로 하고 오늘 밤의 실례를 용서해 주십시오. 안녕히 계십시오."

전화가 끊어지자 허영구는 비로소 중압감을 벗어버린 것 같은 홀가분한 기분과는 달리, 도무지 개운하지 않았다. 녀석이 차라리 욕이라도 해대고 대들었다면 맞서 야단이라도 쳐 분풀이함으로써 한결 마음이나 가벼웠을지도 모른다. 그런데도 녀석은 짐짓 최소한의 예의를 잃지 않으면서도 은근한 말씨로 남의 마음을 깊숙이 할퀴는 교묘한 언변을 썼다. 결국 자식뻘인 젊은 놈에게 보기 좋게 훈계를 당한 꼴이 되고 말았던 것이다. 이게 무슨 꼴이냐. 허영구는 심한 자괴와 허탈감에 헤어나지 못했다.

그날 밤 좀체 잠을 이루지 못하고 뒤척거린 끝에 일어나 불을 켜고 담배를 피우자, 아내가 낌새를 채고 따라 일어나면서 퉁명스레 물었다.

"당신 무슨 걱정거리라고 생겼수?"

"걱정거리야 뭘." 하고 애써 얼버무렸다.

"아까 걸려온 전화는 뭔데요? 당신 예전에 없이 흥분하셨던데 뭔지 말해 보구려."

이에 한숨과 더불어 한동안 끈끈한 침묵을 되씹고 있다가 비로소 입을 열었다.

"내가 사람을 잘못 보았어."

"그게 무슨 뚱딴지같은 말씀이시우?"

그런데도 냉큼 어떻게 설명을 해야 할지 몰라 적이 망설였다.

"말 못할 사연이라도 생겼수? 어서 말해보구려."

아내가 잔뜩 의구에 찬 눈길로 노려보며 채근해서야,

"그 이대로라는 제자 말이여." 하고 내뱉듯 욱하는 소리로 말했다.

"아, 그 굉장히 성공했다는 제자 말이구려, 그 사람이 뭘 어쨌다우? 당신 그 사람이 은사 잊지 않고 찾아와 재단 이사까지 시켜주어서 얼마나 자랑스럽게 생각했수?"

"그게 말이여."

"그게 어쨌냐구요."

"글쎄, 그게 잘못된 거야. 내가 결국 그의 꾐에 빠진 꼴로 난처한 입장이 되었어. 그가 처음부터 그럴 생각으로 나에게 접근했는지는 몰라도 결국은 이용당한 처지가 되었으니 참 사람의 속은 알다가도 모를 일이야."

"도대체 그게 무슨 말인지 도무지 알 수 없구려. 좀 자세히 말씀해 보시우."

작이나 안타까운 듯 아내가 푸념을 했다.

"글쎄, 재단 이사로 초빙하기에 그저 좋은 뜻으로만 여겼는데 알고 보니 그게 음흉한 술책이었다구. 학교를 불법으로 운영하여 교사와 학생들이 들고 일어나 소요가 계획되자, 주동자 몇 명의 교사들을 내쫓으려는 심산으로 징계하는데 그 앞잡이로 나를 위원장으로 내세운 거였어. 내가 교장으로 정년을 맞으니까 그 경력을 유리하게 이용한 거지."

"그래 당신이 무슨 일을 했수?"

"징계위원회의 위원장을 억지로 맡기는 바람에 결국 선생 세 명의 목을 자르는 결정을 내리게 되었단 말이여."

"저런, 어떻게 그런 일을. 남의 비위를 건드리는 말 한마디도 제대로 못하시는 당신이 그런 엄청난 일에 관여했다니 이해할 수 없구먼요."

"그래서 지금 내가 왜 그 일을 맡았는지 땅을 치고 원통해하는 거 아니어? 어차피 내가 아니더라도 그렇게 결정되기 마련이긴 하지만, 제자의 정분에 매여 끝까지 반대하지 못한 걸 뉘우칠 뿐이라오."

그는 솔직히 토로했다. 그리고 생각했다. 제자 이대로가 펴낸 자전 에세이를 읽고 짐짓 그의 성공을 남다른 위업으로 받아들여 크게 감동하여 자신이 너무도 단순하였고, 자칫 세상은 허구 많은 허상에 의해 적잖이 작용되고 있는데도 미처 이에 익숙하지 못했음을 뒤늦게 깨달았던 것이다. 진실을 가장한 위선의 폐해가 얼마나 심각한 것인지를 고지식한 그가 비로소 생각하는 계제가 되었기 때문이다.

사람의 탈

퇴근시간을 앞두고 은지는 잠시 곤혹에 빠졌다. 그녀는 애인인 광준과 데이트 약속을 생각해난 까닭이었는데 귀가를 재촉하는 삐삐가 이미 두 번째나 신호음을 울렸던 것이다.

그건 틀림없이 아버지가 친 것으로 어김없이 집 전화번호 아래 빨리빨리를 알리는 기호인 8282의 숫자가 적혀 있었기 때문이다. 그녀는 짜증을 내기에 앞서 아예 실소를 금할 길이 없었다. 현대문명의 이기와 철저히 담을 쌓고 사는 구닥다리 늙은이가 어쩌면 딸의 동정을 감시하고 구속하는데 안성맞춤인 삐삐를 활용하기로 착안했다는 사실 자체가 도무지 믿기 어려운 신통방통한 일이었던 것이다. 그러니 그녀에게 이 삐삐는 한갓 자신을 옭아매는 멍에에 지나지 않아 어쩌면 맹장이 있음직한 옆구리에 채워진 그게 가볍게 요동을 칠 때마다 난데없이 맹장염이나 예감하듯 잠시 긴장하곤 했다.

그녀는 번번이 쓸데없는 짓이라 여기면서도 어쩔 수 없이 집에 전화를 걸었다. 뜻밖에 어머니의 목소리가 들려와 그나마 다행이었다.

"오늘도 아버지 두 번이나 삐삐를 쳤는데 왜 그런데 정말. 이제 그거 치는데 재미 붙였나봐. 나 오늘 저녁 직원들 회식이 있어 좀 늦을 거야. 아버지 오시면 그렇게 말해 줘. 그리고 제발 시도 때도 없이 삐삐 쳐대는 거 무슨 취미로 아나본데 어지간히 극성을 떨라고 해." 하고 그간 눌러왔던 화를 한꺼번에 풀어내듯 단숨에 쏘아붙였다.

"느그 아버지 성질이 그런 걸 어쩐다냐? 웬만하면 회식이고 뭐고 아여 뿌리치고 일찌감치 집에 돌아오거라. 그런 일 있고 나서부터 느그 아버지 마음이 예전 같지 않어야. 별 거 아닌 것 가지구도 버럭버럭 화만 내쌓니 내가 무슨 죄라니? 그리구 너 이제껏 걸핏하면 직원 회식이네 허구 억지 핑계 댄 거 아버지가 모를 줄 아니? 괜히 벼락 맞지 말고 빨리 돌아와 어여." 하고 푹 삶은 호박 속 같은 느른한 어조로 다그쳤다.

어머니가 말한 그 일이란 바로 큰언니의 이혼 사건을 이름이었다. 아니 정확히 표현하자면 언니가 땡전 한 푼의 위자료도 못 받고 시집에서 소박맞아 쫓겨 온 사건이었다. 결혼 칠 년 만인 지난해 겨울의 일이었다. 언니는 어쩌다 중학교밖에 나오지 못했다. 아니지, 어쩌다란 표현은 아무래도 적절하지 않을 거야. 그건 분명 당시의 가정 형편만도 아닌 딸자식 교육은 중학교 정도로 족하다는 이를테면 아버지의 봉건적인 남권 우월주의의 완고한 편견으로 말미암은 원인이 적지 않았으니까. 지금이야 당신도 뼈저리게 후회하고 있다지만 이미 엎질러진 물이었다.

호박이 넝쿨째 굴러왔다 싶게 당시 결혼은 과분할 만큼 좋은 맺음이었다. 중매도 아닌 어쩌다가 두 사람이 우연히 알게 되어 금방 눈이 맞아 연애라는 어설픈 짧은 과정을 거친 끝에 청혼하게 된, 그야말로 뜻밖에 길에서 귀인을 맞는 격의 행운을 잡은 것이었다. 그럴 것이 그 신랑감이 명색 어엿한 대학 출신인데다 인품도 반반하고 무엇보다도 웬만한 사람이라면 다 아는 이 나라 굴지의 대기업 사원이었으므로 더없이 전도가 유망했다.

그런데 그게 분지복이랄까 시간이 흐르면서 그들 부부간에 예기치 않은 갈등이 생김으로써 삐걱거리나 싶더니, 언니가 딸 하나를 낳은 채 자궁 근종으로 난소를 들어내는 수술 끝에 다시는 아이를 갖지 못하게 되었다. 게다가 공교롭게도 언니가 종가의 맏며느리였다. 이런 조건이 아버지로 하여금 딸의 비운을 보고도 한 마디 항변도 못한 채 애오라지 체념할 수밖에 없었으니, 요즘 같은 대명천지에 어디 감히 칠거지악을 말하랴만 워낙 완고한 아버지의 생각은 그게 아니었다. 게다가 엎친 데 덮친다고 언니가 작년 여름, 길을 건너다가 오토바이에 치는 뜻밖의 사고를 당했는데, 목숨이야 간신히 건졌지만 심한 뇌 손상의 후유증으로 언어장애에다 치매현상 등 결국 재활 불능의 폐인이 되고 말았다.

이후 언니는 남편과 시가 쪽의 극심한 멸시와 구박을 당하게 되었는데 특히 시어머니의 박해가 심했다. 종손인 자식으로 하여 대가 끊기는 걸 멀쩡한 두 눈으로 봐 넘길 수 없는 데다, 앞길이 구만리 같은 젊은 놈이 평생 멍에가 될 그런 아내와 더는 같이 살 수 없는 거 아니냐 하는 거였다. 참으로 억울하고 분통이 터지는 일이었다.

'그러나 어쩔 것이냐? 모든 게 그년이 타고난 팔자소관인걸.'

아버지는 깊은 고뇌 끝에 마침내 한마디 항변도 못한 채 순순히 언니와 조카를 데려오기로 결단을 내렸다. 내 자식 귀하다고 남의 집 대가 끊긴다는데 어찌 명분 없이 억지만 부릴 것이냐 하는 생각 때문이었다.

'그년의 복이 그것뿐인걸 어떡해, 기왕지사 그리된 걸 안달하고 싸워본들 숫제 집안 망신만 당하기 마련이지.'

아버지의 이 같은 처신은 도무지 이해하기 어려웠다. 그럴 것이 평소 자존심과 정의감이 유달리 강하여 사소한 침해에도 송사를 서슴지 않는 불같은 성미여서 이번 일은 너무나 뜻밖이었다. 그러니 그 굴욕을 참아내는 마음이 얼마나 처절했을까. 더욱이 맏이답게 평소 친정 부모에 대한 효성이 유별났던 귀한 딸내미가 아니었던가.

은지는 지금쯤 넋 나간 채 창가에 우두커니 앉아 있을 언니의 모습을 퍼뜩 떠올리고 잠시 깊은 허탈감에 빠졌다가 겨우 정신을 추스르고 허겁지겁 퇴근길에 나섰다. 광준과 만나기로 했던 약속된 다방을 향했다. 이미 약속한 시간에서 이십 분이 벗어나 있었다. 그는 창가에 앉아 골똘히 생각에 잠긴 표정으로 밖을 내다보고 있었다. 얼핏 기다리기에 지쳐있는 듯한 낌새를 느끼고 그녀는 앞자리에 살그머니 앉으면서 피식 웃어 보였다. 변명을 대신하는 제스처라는 걸 그는 익히 알고 있을 터였다.

"저녁 뭐 먹을래?" 차 주문을 받기도 전에 약간 불 먹은 어조로 그가 서둘러 물었다.

"뭐든 알아서 사줘."

"너 칼질하는 거 좋아하지 않어?" 하고 꽤 은근한 어조로 물었다.

칼질이란 은지가 곧잘 입버릇처럼 해온 스테이크 류의 양식을 뜻하는 말이었다.

"그야 그렇지만."

"그래 됐어. 스카이라운지로 가자."

그들은 차를 마시고 8층에 있는 식당으로 올라갔다. 이곳의 요리솜씨야 별로지만 바깥 전망이 좋아서였다. 특히 북쪽 창가에 앉아 역사에서 번다하게 밀리고 빠지는 인파며, 광장 앞 큰길에 빼곡히 찬 차량들과 주변 빌딩의 눈부신 네온사인 등, 그러나 무엇보다도 감동적인 것은 역사 지붕 위로 핏빛으로 붉게 타오르는 저녁노을의 고혹적인 풍경이었다. 고달픈 일상에서 벗어나 잠시 성자와 같은 너그러운 마음을 통하여 잠깐 삶의 의미를 되새겨볼 수도 있는 신성한 분위기가 그것이었다. 식사를 끝내고 은지가 핏빛 와인 잔을 든 채 낙조에 물든 몇 조각의 비늘구름을 넋 놓고 바라보고 있는데 광준이 말을 꺼냈다.

"세상일이란 상식으로 통할 수 없는 게 너무 많아. 설사 전래해온 관습이라 할지라도 시대가 바뀌면 당연히 의식도 달라져야 하는 건데. 비록 우리나라가 대가족주의라는 씨족사회의 전통을 지녔던 걸 인정하더라도 어차피 핵가족으로 치닫는 현대 산업사회에서 동성동본끼리의 혼인을 금하는 법이 아직도 행사되고 있다는 건 어이없는 일이야. 그러니 마지않아 그게 바뀔 밖에 없어."

낮고 차분한 목소리와는 달리 결의에 차 있는 단호한 표정이었다. 만나자마자 그런 화제부터 꺼내는 그의 의중을 짐작 못할 바가 아니어서 그녀는 일부러 심드렁한 눈치를 보였다.

"그러게 말이에요."

"그런데 왜 한술 더 떠서 법에도 없는 본관이 같은 씨족끼리 결혼을 못한다구? 참 어처구니없는 관습 아니냐구. 우연히 '창녕'이란 같은 고장에서 조(曺)씨와 성(成)씨의 시조가 지역 연고를 맺었으니까, 굳이 따지면 본관이 같다라는 사소한 친화감 같은 게 있을 수는 있겠지. 그 이상 이하도 아냐. 더구나 씨족의식이 희박한 현대인에 있어서는 아예 그런 감정조차 없어. 그런데 까마득한 옛 선조 때의 이상한 관습을 이제껏 이어와 본관이 같은 씨족끼리도 혼인을 못한다구? 이게 무슨 낮도깨비 같은 논리냐구. 그런 법이 어느 족보에 실려 있어 우리를 괴롭히는 거래?"

광준은 무척 흥분한 어조였다. 딴은 그러했다. 은지 생각에도 도무지 이해할 수 없는 해괴망측한 일이었다. 그런데도 그녀에게는 심각한 현실문제였다. 오래전 그녀가 사귀고 있는 남자가 있다는 말을 어머니로부터 얼핏 전해들은 아버지가 그녀를 불러놓고 광준의 신상에 대하여 시시콜콜하게 따져 물었다. 아직은 구체적인 청혼의 단계가 아니라고 발뺌을 하는 데도 아버지는 그의 나이, 학벌, 직장, 가족, 재산 정도 등 이른바 세속적인 관심사를 따지고는 이내 시큰둥한 표정을 지었다. 별반 욕심 낼만한 조건이 아니라는 눈치 같았다. 그러다가 아차 잊었다는 듯 성씨를 물었다. 그래 '창녕 조씨' 라는 대답에 당장 돌처럼 낯이 굳어지면서 "안 돼. 안 돼. 절대로 안 돼." 하고 악을 쓰며 부르짖었다.

그리고는 이내 "이 철딱서니 없는 년아, 세상에 쌔고 쌘 사내놈들 다 놔두고 하필이면 조씨하고 사귀어?" 하고 맹수처럼 으르렁거렸다. 아닌 밤중에 홍두깨 격이어서 우두망찰하는 그녀에게 이윽고 혼인 불가라는 그 기막힌 사유를 설명해 주는 거였다.

"조씨와 우리 성가는 같은 고향에 시조께서 태어난지라 선대에 형제처럼 지내온 탓으로 종씨로 불려온 거라. 그래서 종씨끼리 혼인할 수 없듯이 금혼의 관례를 죽 이어온 거여. 허니께 설사 그게 법에 정해진 건 아니래도, 대대손손 이어온 미풍양속인 셈이여. 그걸 이제 와서 우리 집안이 깨자는 거여? 남들이 웃어. 그런 짓은 무식한 쌍놈의 집안에서나 할 짓이라고. 그러니께 집안 망신시키지 말고 그 녀석 당장 단념하거라."

털끝만큼의 빈틈도 내비치지 않은 아버지의 완고한 태도였다. 그러고도 직성이 풀리지 않는 듯 "이 애비가 한 말 허투루 듣고설랑 다시 고 녀석 만났다간 부녀의 연이 끊길 줄 알아라." 하고 단단히 으름장까지 놓았다. 이래서 광준과의 사랑이 잘 나가다가 뜻밖의 돌풍을 맞은 격이었다. 하지만 그들은 바람에 쉽사리 뿌리가 뽑힐 연약한 나무는 아니었다.

"시속 어른들의 편견이란 참 어처구니가 없어. 때로 자기주장에 합리성이 없음을 깨닫고도 기득권의 권위랄까 그런 걸로 케케묵은 이론을 끝내 고집하지. 그 얄팍한 위신 때문이야. 기존의 정치, 사회도 매일반이지. 어른들의 그것처럼 기득권을 유지하는 데 필요한 기존관념의 보호막에 집착할 밖에 없어. 결국 완고하게 변화를 거부함으로써 사회는 정체되어 그냥 썩게 되는 거야."

광준은 한껏 푸념 삼아 불평을 늘어놓았으나 선뜻 해답이 나올 그런 문제가 아니란 걸 피차 자각하고 있는 터였다.

'좀 더 느긋하게 시간을 두고 기다리자. 섣불리 반격했다간 아버지의 노여움을 사 돌이킬 수 없는 상황을 만들지도 모른다.'

그게 무엇보다 두려웠다.

이윽고 그녀는 시계를 보고 화들짝 놀란 표정을 지었다.

"왜 그래?" 광준이 낌새를 채고 물었다.

"너무 늦었어요."

"이제 겨우 8시. 아직 초저녁이잖아."

"광준 씨도 참. 우리 아버지 성질 아시잖아요."

"빌어먹을. 도대체 은지 씨 나이가 몇이야? 애들 취급도 유분수지." 하고 욱질러 말하는 그의 표정이 단단히 토라져 있었다.

"그게 뭐 하루 이틀 일인감. 사정을 뻔히 알면서 오늘따라 왜 투정을 부리고 그래요?"

그녀는 말하면서 슬쩍 창밖을 바라보았다. 이미 밖은 칠흑 같은 어둠 속에 잠겼지만 건물마다 화려한 네온사인과 자동차들이 내뿜는 불빛으로 관능적인 휘황찬란한 야경을 드러내고 있었다.

"내가 투정을 부린다고? 아냐. 난 정말 은지 씨 아버지의 그 완고한 유교적 사고방식에 실망과 분노를 느껴. 뿐만 아니라 그런 아버지의 맹목적인 구속에 꼼짝달싹 못하는 은지 씨에게도 화가 나. 우리가 서로 사랑하면서도 언제까지나 이렇게 지내야 돼? 정말 지겹다구."

매양 만나자마자 이내 절실한 아쉬움으로 헤어져야 하는데서 온 그의 누적된 불만이 한꺼번에 터져 나온 것이었다. 이에 그녀는 다만 송구스러움에 가슴을 옥죄일 뿐 달리 어찌할 바를 모른다. 기실 아버지가 은지를 더욱 옭아매게 된 것은 큰언니의 일이 터지고 난 뒤부터였다. 애당초 팔자소관이라 하면서도 딴에 어엿하게 키웠다는 딸들의 장래가 도무지 불안할 밖에 없어서 생긴 강박증 때문이다. 기왕지사 시집 간 딸들이야 어쩔 수가 없더라도 미혼인 막내만은 좀 더 철저히 보호해야 되겠다는 거였다. 그랬는데 막상 소갈머리 없이 하필이면 종씨인 청년과 사귀고 있다니까 그만 기절초풍할 변괴일 밖에. 그런 속사정을 소상하게 알 턱이 없는 광준은 다만 아버지의 봉건적 사고 탓으로만 여기고 부득부득 화만 내는 거였다. 그렇다고 언니의 치욕적인 불행까지를 까발릴 수가 없어서 그녀는 벙어리 냉가슴 앓듯 그의 일방적인 화풀이를 참고 견딜 밖에 없었다.

"어쨌든 가까운 시일 안에 내가 직접 은지 씨 아버님 뵙고 담판을 지을까?"

문득 그가 결의에 찬 심각한 표정으로 말했으므로 그녀는 깜짝 놀라 황망히 소리쳤다.

"그건 안돼요. 정말 안돼요. 담판이라니 뭘 어떻게?"

"그걸 몰라서 물어?"

"그래도 안돼요. 괜히 섣불리 서둘렀다간 일만 망친다니까 조금만 더 참아요. 네? 광준 씨."

그녀는 애원하듯 말하면서 물기 어린 슬픈 눈으로 그를 바라보았다.

"언제까지나 무조건 참으라고? 우리들이 어떤 사이인데 무작정 기다려야 돼."

"허지만 어떻게 해요?"

"무언가 다부진 결단을 내려야 해."

"그게 뭔데?"

그녀의 물음에 그는 대꾸 대신 잔뜩 굳은 표정으로 자리에서 불끈 일어섰다.

"그만 가자." 하고 돌아선 채 쌀쌀맞게 불쑥 한 마디 내뱉고는 카운터를 향하여 씽씽 걸어나갔다. 밖으로 나오면서 은지는 마냥 통곡이라도 하고 싶은 절망적인 기분에 사로잡혔다. 순간, 그래 될 대로 되라지 하는 좌절감에서 그를 억지로라도 끌고 나이트클럽 같은 데 나가서 밤새워 술이나 마시고 미칠 듯이 춤이라도 추고 싶은 간절한 유혹도 느꼈다. 거리에는 자못 스산한 꽃샘바람이 불고 있어 불현듯 으스스한 한기가 엄습했다.

"택시를 잡아야지."

그가 여간 불만인 소리로 말하고 차도로 내려가는 바람에 순간적이나마 떠올랐던 유혹은 바람결에 흩어지고 말았다. 여느 때처럼 다음 데이트 약속도 하지 못한 채 그가 가까스로 잡아준 택시에 허겁지겁 몸을 실었다. 집 앞에 이르자 뜻밖에 어머니가 대문 밖에서 기다리고 있었다.

"얘야, 왜 인자 와? 늬 아버지 성화가 이만저만 아니다."

"좀 늦었어요. 그렇다고 무한정 대문 밖에서 기다리면 어떻게 해요."

그녀는 몹시 두근거리는 가슴으로 집안에 들어섰다. 기척을 느끼고 당장 건너오라는 아버지의 불호령이 떨어졌다. 여느 때와 달리 약주라도 걸친 듯 아버지의 얼굴은 벌겋게 달아 있었다.

"그것도 직장이라고 무슨 놈의 회식이 그렇게 잦다냐? 강사료라고 쥐꼬리만큼 주면서 한다는 짓은 다하는구만. 그깟 돈 안 벌어와도 좋으니께 당장 때려치워라."

아버지는 거친 음성으로 을러메었다. 아마도 어머니는 내심 짐작하는 바가 없지 않으면서도 남편 성화에 맞서 그럴 듯이 학원의 회식으로 둘러댄 모양이었다. 은지는 이 작은 도시의 명색 없는 한 학원의 영어 강사로 있다. 딸 넷 중에 유일하게 정규대학을 나온 데다 인문대 수석 졸업에 버젓이 교원자격증을 땄음에도 불구하고, 정규학교 임용이 안 되어 아르바이트 수준인 학원 강사로나마 만족할 밖에 없다는 뒤틀린 현실에 아버지의 실망과 좌절이 얼마나 큰지 은지는 잘 알고 있다. 그래서 아버지의 잦은 푸념을 듣고도 항변은커녕 되레 죄인처럼 주눅만 들었다. 자기보다 실력이 크게 떨어지는 과 동기 몇몇은 곧장 사립학교에 취직이 되었는데 그건 든든한 배경 때문이었다. 세상일이 매양 상식으로 통하는 게 아니란 걸 뒤늦게 통렬히 실감했지만, 그렇다고 아버지의 무능을 원망할 수도 없는 거기에 그녀의 깊은 좌절에 있었다.

그러던 중 오래전에 시골에 있는 한 사립중학교에 연줄이 닿는 인척이 있어 마침 영어 교사를 모집한다기에 취직을 진행하게 되었다. 그래 희망적으로 잘 교섭이 이루어지는가 싶더니 결정적인 단계에서 참으로 엉뚱한 문제로 암초에 부딪쳤다. 채용을 미끼로 학교재단에서 거액의 기부금을 요구한다는 거였다. 참으로 어이없는 일이었다. 그런데도 취업을 추진하는 친척이란 자의 말인즉 "나도 이런 말을 하기가 싫다만 어쩌니? 재단의 운영이 어려워 불가피한 일이란 걸. 또한 들으니 자립기반이 든든한 일부학교 말고는 은밀히 기부금 받고 선생 채용하는 게 거의 관행처럼 돼 있다던만. 나도 명색 교직에 있었던 사람으로 그런 부조리에 끼고 싶진 않다만 세태가 그런 걸 어쩌누? 돈만 낼 수 있다면 학업성적도 좋고 허니 틀림없이 채용하겠단 약속이니께 늬 알아서 결정하렴." 하는 내용이었다. 그리고 그들이 요구한다는 그 기부금이란 게 거금 오천만 원이라 했다.

은지는 눈앞이 깜깜했다. 원 세상에, 명색이 신성하다는 교육계에서 백주에 날강도 같은 악랄한 수작을 부리다니 하고 끓어오르는 분노와 함께 심한 비굴감을 느꼈다. 나란 사람의 자질이 기껏 그것 밖에 되지 않나 하는 자괴감에 마냥 통곡하고 싶은 심정이었다. 사회란 약자를 돕기보다는 도리어 그걸 미끼로 교묘하게 수탈하는 데 익숙해져 있다는 생각이었다. 그때 이 말을 전해들은 아버지는 불같이 화를 냈다가는 이내 깊은 탄식을 토해냈다.

"세상이 온통 썩었어. 명색 스승이란 사람이 돈 5천만 원이나 내고 교원이 되었다고 치자. 제 돈 아깝잖은 사람 없으니께로 교단에 서면 눈앞의 학생들이 온통 기부한 돈으로만 보일 거 아니겠냐?"

이런 아버지의 침통한 반발에 맞서 어머니는 짐짓,

"그렇게라도 해서 배운 거 써먹을 선생이 되면사 오죽 좋겠수? 돈 많은 집안이라면 시집가는 데도 떳떳헐 테니까 혼수 마련헌다 치고 그리도 하겠구만. 우리 형편에서야 원." 하고 넋두리를 폈다가는 급히 입을 다물었다. 아버지의 험한 눈길을 의식했기 때문이다. 이리하여 한동안이나마 집착했던 정규 교사의 꿈은 물거품이 되고 말았고, 다시는 그런 기회조차 오지 않았다.

아버지가 돌연 행선지를 밝히지 않고 집을 나간 채 사흘 동안이나 감감 무소식이었다. 출필고반필고(出必告返必告)를 평소 하늘이 내린 계율처럼 지켜온 그인지라 이 같은 무단가출은 상상도 못할 이변이었다. 하긴 요즘 아버지의 행적에 조금은 미심쩍은 일이 없지는 않았다. 그간 향교(鄕校) 쪽에 출입이 잦던 아버지는 회사에서 퇴직한 이후 가까이했던 유림 쪽 사람들과 밤낮없이 어울려 다니더니 삼 년 전 마침내 향교의 장의(掌儀)라는 직책을 맡아 향교와 서원의 운영에 깊숙이 관여했다. 그런데 굳이 따지자면 일찍이 증조부가 향교의 전교(典敎)를 지냈음을 생각하면 그의 변신이 별로 이상스러울 게 없는 터였다.

그런데 유학에 별반 깊은 조예도 없으면서 늘그막에 광적으로 매달리는 까닭이 무얼까? 늙으면 과거에 더 많이 집착하게 된다는 단순한 그런 이유 때문일까 하고 은지는 생각해 보기도 했지만, 그렇더라도 너무도 많이 변했다. 흔히 늘그막에 느끼기 마련인 인생의 덧없음을 이것으로나마 보상받으려는 것 같이 온몸을 바쳐 집착하는 태도였다. 이에는 또한 그럴 만한 객관적인 이유라는 게 있었다.

이 덕수서원(德秀書院)에는 바로 아버지의 15대 중시조인 춘계(春溪) 선생이 배향돼 있기 때문이다. 아버지는 그걸 더할 나위 없는 가문의 영예로 알아 자녀교육의 첫째 교본으로 삼아 일장 훈계를 되풀이해 왔다.

"늬네 16대 할아버지시며 우리네 직계 중시조이신 병(炳)자 회(會)자이신 춘계 선생은 임진왜란이 일어난 지 이 년 후의 정유재란 때 의병대장으로서 나라를 지키는 데 큰 공을 세우신 분이셔. 그분은 과거 홍문관 부교리와 낙안군수의 벼슬도 지내셨는데, 나라가 위난에 처하니께 '우리 집은 대대로 막중한 국은을 입었으니 신하로서 죽을 각오를 하고 의리를 지키겠다' 하여 각 고을에 격문을 보내어 군사를 모집하셨던 거라. 그리하여 수백 명의 의병을 이끌고 금산에서 내려오는 왜적을 맞아 크게 쳐부셨단다. 그러다 전주성을 지키다가 끝내는 중과부적으로 장렬하게 전사하셨다는구나. 그런 충렬이 본이 되어 이 덕수서원에 배향되었으니 이 어찌 우리 가문의 영예가 아니겠냐. 그러니께 세상이 아무리 바뀌어도 가문이란 중요한 것인즉 후손인 늬들도 선조의 명예에 욕되지 않도록 각별히 행동거지에 조심해야 하느니라."

그런 아버지가 웬일인지 돌연 일과가 되어버린 향교나 서원 나들이를 끊어버린 채 사나흘 동안 실의에 찬 얼굴로 집 안에만 칩거해 있더니, 홀연 한마디 예고도 없이 어디론가 훌쩍 잠적해버렸으니 이만저만 변고가 아니다. 그런지 사흘째 마침내 어머니의 걱정은 하늘에 닿을 지경이었다.

"필시 무슨 사고가 생긴 거여. 이를 어쩐다냐?"

"설마 무슨 일 있을라구요. 갑갑허니께 어디 바람이라도 쐬려고 나선 모양이죠."

은지 역시 궁금증을 애써 누르며 위안 삼아 말하자 어머니가 발칵 화를 냈다.

"기껏 딸자식 한다는 소리가 저렇게 천하태평이니 원. 너는 걱정도 안 되냐?"

"아버지가 어디 한두 살 먹은 애요?" 하고 은지가 퉁명스레 반격하자, 약간 무르춤했던 어머니가 적이 한심하다는 표정으로 눈을 흘긴다.

"그려. 늬 아버지가 어디 바람이라도 쐬러 나들이할 만큼 한유한 위인이라도 된다더냐? 이마를 찔러도 피 한 방울 안 나올 깐깐한 양반인데."

"허지만 어찌 아우? 어디 좋은 여자라도 숨겨놓고 바람이라도 피우시는지."

어머니의 근심 어린 모습이 하도 청승맞아 보여서 그녀가 부러 언구럭스럽게 능쳐 말했다.

"미친년. 별 소릴 다 하네."

"아녀요. 아버지도 사낸데 어쩌다 늦바람이 날 수도 있지. 성인군자도 아닌데."

"허튼 소리 작작 허구. 듣거라. 늬 아버지 어쩐지 요즘 기색이 좀 수상쩍은 데가 있는 걸 내 진작 눈치 채고 있었어야. 허지만 무슨 일이니 물어보지도 못했다. 물어본들 고분고분 속내를 드러내 보이지도 않고 괜히 퉁바리만 맞을 건데." 하면서 평소 속내를 잘 드러내지 않는 성미인 데도 요즘 전에 없이 심각했던 표정으로 보아 말 못할 무슨 큰 사단이 생긴 게 분명하다고 거듭 말했다.

"하여거나 전화라도 한 통 걸어줬으면 좋겠다만 영 종무소식이니 좀이 쑤셔 죽겠구나." 하고 어머니는 그저 안달복달 어쩔 줄을 몰라 했다.

이날은 마침 토요일이어서 은지는 오후 느지막이 광준과 만나기로 하여 집을 나서는데 어머니가 불만스레 잔소리를 했다.

"아버지가 집에 없다고 아예 활개 치며 나가는구나. 지금이라도 불쑥 들어오실지 모르니께 마음 놓지 말구 일찌감치 돌아와. 그나저나 혹시 아버지가 만나지 말라는 그 남자 만나는 거 아니냐?"

"아녀요. 아녀. 그러니깐 제발 아버지처럼 사사건건 간섭 말어." 하고 퉁명스레 쏘아붙이곤 쫓기듯 급히 집을 빠져나왔다.

커피숍에서 기다리고 있던 광준은 오늘따라 자못 우울한 표정이었다. 뭔가 일이 단단히 뒤틀린 모양이었다. 그의 유난히 깐깐한 성미를 아는지라 얼핏 물어보기도 저어하여 잠잠히 차를 마시고 한참 뜸을 들인 뒤에야 어름어름 까닭을 물었다.

"무슨 언짢은 일이라도 생겼어요?"

"글쎄."

"무슨 일 있는 것 같은데 말해봐요."

"하여튼 밖으로 나가자."

"어디를 갈 건데?"

"어디를 가든 묻지 말고 그냥 한번쯤 고분고분 따라올 순 없는 거니?" 하고 뜻밖에 버럭 화를 냈다. 마치 그간에 쌓인 불만을 한꺼번에 쏟아 붓는 것 같은 반응이어서 적이 황당했지만 어쩔 수 있으랴. 서슬에 기가 팍 꺾인 그녀는 말없이 그의 뒤를 따랐다.

뜻밖에 식당이 아닌 카페였다. 식사를 거르고 술부터 마시겠다는 심산이어서 떨떠름한 기분이었지만 그렇다고 뿌리칠 수도 없었다. 왠지 이보다 더 무리한 요구를 해온들 별 수 없이 감당할 밖에 없는 처지 같게만 느껴졌다. 어느 때부턴지 은지는 그의 불같은 사랑의 욕정에 두려움을 느끼면서도 그걸 채워주지 못하는 자신에게 되레 화나기도 했다. 의외로 카페 안은 넓고 화려하며 몇 개의 밀실까지 갖추어져 있었다. 방에 들어서자 새삼 둘 뿐이라는 은밀하고도 평온한 느낌에 가슴이 뭉클해졌다. 참으로 오랜만에 갖는 것 같은 느긋한 기분에서의 만남이 꿈처럼 달차근했다.

"자, 오늘은 마음껏 마시자구."

여느 때와는 달리 비싼 와인과 과일 안주가 들어오자 그가 자못 격양된 어조로 말했는데 그건 마치 당연히 그래야 한다는 듯한 강압적인 어투였다. 그리고는 다소 기갈이 든 양 전에 없이 왕성한 기세로 술을 마셔대는 거였다. 그녀도 적잖이 술잔을 기울여 이내 가슴이 뜨거워지고 눈앞이 얼얼해졌다.

"우라질 놈의 회사. 더럽고 아니꼬운 자식들."

이윽고 빈 유리컵을 탕하고 소리 나게 놓으면서 그가 느닷없이 중얼거렸다. 벌겋게 충혈이 된 두 눈빛이 이글거렸다.

"오늘 회사에서 무슨 일 있었구만요?"

"이번 승진 인사에서 탈락했어. 회사가 하는 짓거리 보니깐 영 글러먹었어. 아니꼽더라도 대학에 그냥 남아있을 걸 하고 더러 후회가 되는 때도 있지만, 죽은 자식 뭣 만지기지."

그는 퉁명스레 내뱉고는 벌떡 일어나 밖으로 나갔다. 용변이라도 급한 눈치였다.

그는 본시 대학의 경영학과를 꽤 우수한 성적으로 나와 석사과정을 거쳐 장차 대학 교수가 될 꿈을 안고 박사과정에 적을 둔 채 학과의 조교로 근무하게 되었다. 급료는 형편없이 적었지만 사무적으로 교수들을 돕고 후배들을 지도하면서 학과를 운영해간다는 데에 남다른 긍지를 느끼며 딴에 성의를 다했다. 그런데 세상일은 마음 같지 않았다. 학과 일에 깊숙이 관여하면서 차츰 알게 되었는바, 겉보기와는 달리 과 안에는 엄청난 불화와 알력이 있었다. 교수간의 누적된 파벌의식과 취업 문제를 둘러싼 학생들의 불신감 등이 예기치 않은 갈등으로 잠복해 있었다. 그래서 짐짓 지뢰밭을 걷는 양 무진 조신을 했지만 불화의 끈끈한 늪에서 마음처럼 자유로울 수가 없었다. 그러다가 마침내 학과의 분규가 화산처럼 터지고 말았다. 취업 알선에 따른 일부 교수들의 비리를 들추어내 교수직의 사임을 요구하는 데모를 일으킨 것이다. 이에 광준은 당연한 직무로 사건을 무마하려고 혼신의 힘을 기울였다.

그런데도 그는 어처구니없게도 일부 교수들의 터무니없는 오해를 사는 난데없는 시련에 맞닥뜨렸다. 사건을 주동했던 학생들이 학과장을 따랐던 탓으로 자연스레 그와 가까웠는데, 소요를 당하여 학과장이 미온적으로 대처했을 뿐 아니라 조교인 그가 배후에서 조종했을 혐의가 짙다는 거였다. 돈을 받고 취직 알선을 해왔다고 배척을 받는 교수들과 평소 학과장과 반목을 해왔던 일부 교수들이 똘똘 뭉쳐 온갖 모함을 하는 것이었다. 이에 광준은 싸움을 말리다가 난데없이 돌팔매를 맞은 격이 되었다.

"학창시절 막연히 동경하고 존경했던 교수사회가 아니었어. 아집과 편견으로 똘똘 뭉친 명색 최고의 지성인이란 사람들. 그 알량한 권위에 안주했던 그들이 그걸 다치게 되자, 맹수처럼 독이 올라 이성을 잃어버린 채 나의 어떠한 해명도 숫제 들으려 하지 않았어. 그래 모든 걸 포기하고 학교를 뛰쳐나왔지."

그 무렵 그는 그 비통한 심정을 이렇게 드러내 보였다. 그런즉 조금 전 학교에 남지 않은 걸 뉘우쳤다는 건 결코 사실이 아닐 터였다.

이윽고 그가 방에 돌아왔다. 그런데 맞은편 제자리에 가지 않고 은지 곁에 바싹 붙어 앉는 거였다. 순간 그녀는 반사적으로 약간 긴장했다. 그가 빈 잔을 내밀자 술을 따라주었다.

"명색 우리나라 굴지의 제약회사라 공채에 응해 거의 백대 일의 경쟁을 뚫고 합격했을 때만 해도 으스댔는데 말여. 실상 들어가 보니 기업의 세일즈맨이란 게 숫제 시장의 보따리장수나 별반 다를 게 없더구만. 배당 지역의 약국을 돌아다니면서 주문을 받는다는 게 얼마나 역겨운 일이었다구. 외견상 월급은 많지, 출장비도 있구. 헌데 문제는 책임 판매라는 올가미야."

술 한 잔을 단숨에 들이켜고 나서 거친 어조로 투덜거렸다. 문득 그의 왼팔이 은지의 어깨위에 놓인 걸 느꼈다.

"책임량을 다 소화 못하면 어떻게 되는데?"

그의 팔을 의식해 긴장감을 떨칠 듯이 그녀가 물었다.

"그건 월급으로 물어내야 돼. 대단한 회사의 횡포야. 게다가 웃기는 건 회사가 지역마다 한 군데씩 대형 도매점을 두었는데 그게 가격파괴를 서슴지 않는 거여. 이래저래 우리 세일즈맨들만 골탕을 먹게 되지. 그래, 판매 실적이 없는 사람은 결국 빚만 지고 물러나는 거여. 꼴이 비참할 밖에." 하면서 그의 팔이 가볍게 그녀의 목덜미를 휘감았다.

"그래서 광준 씨도 실적이 없어 이번 인사에서 불이익을 당하게 되었다는 말이야?"

"아냐 그건, 순전히 지사장이란 자의 정실인사 때문이여. 그 자의 처조카 된다는 자가 뜻밖에 이번에 대리로 승진했어. 평소에 유리한 지역을 배정받는 등 특혜가 만만찮더니 기어이 인사까지도."

원, 세상에 별의별 부정이 다 있구나 하며 어정쩡한 기분이었는데, 발작적으로 그가 억센 두 팔로 그녀를 꽉 껴안았다. 그리고는 미처 숨 돌릴 새도 없이 뜨겁게 입술을 덮쳤다. 이내 그의 부드럽고 끈끈한 혀가 입안 깊숙이 파고들어 뱀처럼 용트림을 하면서 입안 가득히 부풀어 올랐다. 그녀는 지그시 눈을 감은 채로 들뜬 흥분으로 끈끈한 관능의 수렁 속에 빠지면서 불현듯 까닭 모르게 눈물이 치솟았다.

"은지, 사랑해. 오늘 밤 그냥 놓아주지 않을 거야. 절대로."

이윽고 한껏 열에 뜬 그의 목소리가 귀 곁에서 속삭이는가 싶더니 광준의 한 손이 돌연 그녀의 가슴께로 파고들었다. 화들짝 놀란 그녀가 반사적으로 강하게 몸부림을 쳐 막았으나, 그는 억압적인 힘으로 그녀를 소파 위에 쓰러트린 채 가쁜 숨을 몰아쉬며 몸을 덮쳤다. 동시에 재빠른 손이 치마를 들추고 아랫배 깊숙이 더듬어 내려가는 걸 의식하고서야 힘껏 그를 밀쳐냈다. 그리고는 불끈 자리에서 일어섰다. 뒤미처 엉거주춤 일어난 그는 냉큼 반격하지 못한 채 조금은 화나고 떨떠름한 표정으로 그녀를 노려보았다. 은지는 허겁지겁 헝클어진 머리를 쓰다듬고 옷매무새를 매만졌다. 그리곤 지극히 사분사분한 어조로,

"미안해요. 너무 서운하게 생각 마세요." 하면서 어린아이를 달래듯 사뿐 다가가 그의 볼에 가볍게 입맞춤을 해주고는 돌아서서 방문을 나섰다.

참으로 어처구니없는 사건의 전말과 함께 아버지의 행방을 알게 된 것은 집 나간 지 닷새째가 되는 오후였다. 광준으로부터 뜻밖의 전화가 걸려온 것이다.

"은지, 마침 있었구나. 오늘 석간신문 봤어?"

대뜸 숨찬 목소리로 물어왔다.

"신문이라니. 그건 왜?"

은지가 어정쩡한 기분으로 되묻자,

"허긴 신문을 봤을 리가 없지. 큰일 났어. 너희 아버지가 말야. 신문에 났어." 하고 적이 허둥대는 것이었다. 은지는 어안이 벙벙한 채 가슴이 쿵쿵 뛰면서 격한 어조로 추궁했다.

"우리 아버지가 어쨌다구? 도대체 무슨 소리예요?"

"아무튼 전화로는 말하기 뭣하고 내가 당장 너의 학원 앞 다방에 달려갈 테니 글로 와."

그가 전화를 끊자, 은지는 잠시 어벙하니 섰다가 집으로 전화를 걸었으나 받지 않았다. 이런 시간에 어머니가 집을 비우다니 그 역시 예삿일이 아니다. 혹시나 하여 다시 걸었으나 응답이 없다. 그녀는 초조한 마음으로 한동안 맥없이 서성거리다가 다방을 향했다. 십여 분 기다리고 있노라니 광준이 허겁지겁 들어왔다. 그는 자리에 앉자마자 은지 앞에 놓여있던 물컵을 가져가 단숨에 들이키더니 가방 속에서 구겨진 신문을 꺼내 그녀 앞에 펴놓았다.

"여기 하단의 기사를 봐."

은지는 그가 손가락으로 짚어주는 기사를 경황없이 훑어보다가, 마치 돌멩이라도 얻어맞은 듯 멍해진 채,

"세상에 아버지가 원." 하고 신음하듯 웅얼거렸다.

기사의 내용인즉, 일찍이 덕수사원에 배향된 그녀의 중시조 춘계 선생이 실은 정유재란 때 의병대장으로 출전하여 혁혁한 공훈을 세웠던 게 아니라, 싸워보지도 않고 일찌감치 투항함으로써 전세를 불리하게 했대서 임금의 노여움을 사 복주(伏誅), 즉 사형을 당했다는 것이다. 그 문헌을 새로이 발견한 사학자 김 모 교수가 이를 폭로한 데 격분한 아버지가 문중 사람들을 이끌고 오늘 아침 대학에 찾아가 교수에게 심한 행패를 부림으로써 경찰에 체포되어 지금 조사 받고 있다는 거였다.

"그 일이 사감에서 생긴 거 아니구 문중의 명예에 관한 일이니께 경찰에서도 신중을 기할 거야."

광준이 커피를 마시면서 짐짓 위안하려는 투로 말했다.

"그래도 말로 따질 일이지. 행패부릴 건 뭐야." 하고 은지는 얼핏 사건 자체를 부끄럽게 여기는 듯 말했으나, 기실 그 반발이 당연할 지도 모른다는 엇갈린 감정도 없지 않았다. 어찌됐든 그녀 가문에 돌이킬 수 없는 충격적인 추문이었다. 더욱이 아버지에게는 짐짓 세상이 바뀌어 숭조 사상이 퇴색했다 하더라도 춘계 선생은 예사 선조가 아닌 가문에 대한 긍지와 영예를 지탱해주는 거의 유일한 정신적 지주가 아니었던가.

"그게 한 씨족의 명예에 관련되는 만큼 그 교수도 거론하는데 남달리 신중을 기했을 법 한데……."

광준은 심드렁히 말했는데 그게 은지의 자존심을 자극했다.

"그러니까 광준 씨는 김 교수라는 사람의 주장이 옳다는 말이에요?"

돌연 찌를 것 같이 날카롭게 힐문하니까, 그가 적이 당황하는 눈치였다.

"무슨 그런 말이 있어? 기사 한 쪼가리만 보고서 사실 진위를 어떻게 판단해."

"그러니깐요."

"그러나 단지 그가 사학계에 꽤 알려진 존재인 데다 매스컴도 잘 타는 유명인이고 보면 파급 효과도 그만큼 클 거라 생각해. 확실한 근거 없이 어찌 경솔한 주장을 하겠냐는 거지."

"글쎄 뭐가 뭔지, 다만 저는 하필이면 아버지가 왜 앞장서서 그랬냐는 거예요."

"요즘 뭐 그런 일 심심찮게 생기지 않어? 그간의 역사적 통념을 깨트리는 좋게 말해 역사 바로잡기랄까. 이를테면 임란 때의 원균이란 사람 괜히 이순신장군 높이다 보니까 상대적으로 부당하게 깎아 내렸다던가. 또한 작년 일이던가 3·1운동 때의 지도자 33인 중의 누구더라 그가 일제하에 작위를 받은 친일파였음을 들어 뒤늦게 동상을 끌어내린 사건도 있었잖아."

광준이 자못 희학적인 기분인 듯 다소 이죽거리는 투로 말했기 때문에 그녀는 어쩐지 덩달아 모욕당하는 것만 같았다. 그래 뾰로통한 표정으로 있자니까 그가 짐짓 마뜩치 않은 낌새를 눈치 채고,

"뭐, 은지네 선조 일이야 따지고 보면 그렇게 신경 쓸 일이 못 돼. 사백 년이 지난 까마득한 옛적 선조의 일인데. 아무리 조상이 중요합네 해도 명색 산업사회의 핵가족시대에 누가 과거사에 관심이나 있겠어?" 하고 나긋한 어조로 달래듯 말했다.

정말 그럴까. 아니지, 아버지가 직접 그 사건에 연루되어 있는 한 광준 씨처럼 속 편하게 말할 수는 없을 것이다. 그는 생판 남이니까. 그래서 은지는 적잖은 저항감을 의식하고 광준의 저녁을 먹자는 제의를 쌀쌀맞게 거절했다.

"왜 그래? 뭐 기분 내키지 않어? 아버지의 그런 일로 무슨 일 생길까 봐? 문중의 일이라 경찰들도 보통 사건과는 달리 너그럽고 신중하게 처리할거야. 그나저나 어른들 하는 일에 우리가 일일이 신경 쓸 필욘 없는 기여. 그분들 가치관과 우린 다르잖어." 하면서 약간 일그러진 표정으로 그녀를 쏘아본다.

"잠깐만요. 집에 전화나 걸어보구."

불쑥 내뱉고 전화박스를 향했다. 마침 어머니가 전화를 받는데 전혀 뜻밖에도 평소와 다름없는 편안한 목소리였다.

"엄마, 아버지는?"

"아까막시 전화 왔는데 두어 시간 뒤 집에 오신단다. 그래 잘 됐다 허구 늦게 올려구?"

"아냐, 그게 아니구. 도대체 아버지 어디서 전화 걸었는데."

"그걸 내가 어찌 안다냐. 아무튼 손님 모시고 올 테니 저녁 준비나 하랜다. 허니께 너일랑 그때까지만 어김없이 들어오너라."

어머니의 자못 느긋한 어조였다.

지금 아버지가 어떤 처지에 있는지 감감하게 모른 채, 뒤늦게나마 전화를 걸어준 것만도 무한 기쁘고 고맙게 여기는 것 같은 어머니가 매양 딱하기만 했다.

"어때, 무슨 소식 왔대?" 광준이 물었다.

"아버지한테서 전화 왔다는데 곧 들어오신대요."

"거 봐. 내가 뭐랬어. 문중의 일이니께 특별 취급헐 밖에 없는 거래니깐."

얼굴 가득히 웃음을 띠고 약간의 허세를 부리며 광준의 말했다.

"어쨌든 그만하게 일이 해결돼 다행이지만 난 아버지가 하는 일마다 매양 불만이 많아요."

"어쩔 수 없지. 그게 세대차인걸. 그나저나 그만 일어나자."

그들은 가까운 레스토랑에 가서 가볍게 저녁을 먹었다. 식사 후 그가 문득,

"은지 아버님 이번 기회에 세상이 크게 변했음을 자각하셔서 과거에 너무 집착하지 말고 현실을 바로 보아 좀 더 개방적인 사고를 가지셨음 좋겠는데." 하고 말했다.

넌지시 그들의 결혼을 반대하는 그 완고한 사고가 깨어지기를 바라는 뜻을 뭉뚱그려 표현하면서 그윽한 눈길로 그녀를 바라보았다.

그녀는 대꾸 없이 속으로 뇌었다.

'어림도 없는 소리. 하루아침에 달라지기에는 너무도 완고하게 굳어 있는 걸. 돌덩이처럼.'

그녀는 집에 갔다. 마침 아버지가 돌아와 있었다. 저녁식사를 하고 있는 모양으로 어머니가 대뜸,

"마침 너 잘 왔다. 아버지께 인사드릴 겸 이 물주전자나 갖다 드려라." 하는 것이었다.

방안에는 오십대 후반쯤으로 보이는 시골티 나는 낯선 두 손님이 술을 마시고 있었다. 술기 탓인지 아버지의 얼굴이 시뻘겋게 달아있었다.

"아버지 돌아오셨어요?"

그녀가 살포시 고개를 숙였다.

"이제 왔냐? 여기 인사드려라. 종친 아저씨뻘 되시는 분들이다."

은지는 허리를 꺾고 나부시 고개를 숙였다.

"아, 아직도 이런 과년한 따님이 있었구만요."

손님 한 분이 반색을 하였다.

"음, 막내 딸년이구만. 대학을 수석으로 마쳤네만 취직자리가 마땅찮아서, 지금 학원에서 그런대로 교편을 들고 있지만 어디 좋은 자리 나면 시집을 보내야제."

내심 자랑하고 싶은 걸 교묘히 절제하는 가운데 별 수 없이 드러나는 아버지의 으스대는 말투였다.

"이렇게 훌륭하게 교육시키고 종씨어른 얼마나 대견하슈. 우리 같은 촌무지렁이는 사내새끼 대학 보내기만도 허리가 휩니다요."

얼핏 오른쪽 이마에 콩알만 한 혹점이 있는 손님이 아첨하듯 간지럽게 말했다.

"세상에서 무시당허지 않게 살려문 남녀 간에 공부는 해야 혀. 나는 이번 참에 그걸 뼈저리게 느꼈단게로."

우람한 체구에 무척 기가 센 인상을 주는 또 한 사람이 약간 도전적인 표정으로 말했다.

"정말 그렇단께요. 아, 그 김 교수란 사람 남의 문중을 먹칠하는 글을 쓰고서도 사과하기는커녕 우릴 벌레 보듯 하면서 막 뻗어대고 고래고래 소리치는 거 봐유."

혹 붙은 사내가 자못 치가 떨린다는 투로 진저리를 치면서 투덜거렸다.

"그러기 말어. 자기가 처음부터 좀 공손한 태도로 내용을 밝혔어두 우리가 손찌검까지 했

을까. 명색 유식허다는 교순데. 우릴 불학무식한 촌무지렁이처럼 업신여기고 다짜고짜 고함부터 쳐댄 제 놈이 뭐란 말여? 대학 선생이라 학식은 많을지 몰라도 허는 행투는 영락없는 불썽사난 쌍놈이였단게로."

덩치 큰 사내가 거칠게 욕지거리를 해댔다. 은지는 다소곳한 자세로 세 사람 분의 컵에 물을 따르며 괜히 얼굴이 화끈거렸다. 짐짓 교수로부터 받았을 굴욕적인 냉대의 현장이 눈에 보일 듯해서였다. 그래 약간 저려오는 가슴으로 방을 나가려는데 내내 말이 없던 아버지가 급히 그녀를 불러 세웠다.

"참 네 모교니깐 알겠구나. 너 그 김성남 교수란 이 어떤 사람이냐?"

"전공이 달라서 잘 알 수는 없어도 신문이나 티브이에서 자주 나오는 바람에 사학 그쪽에선 꽤나 알아주는 유명한 교수예요."

은지가 짐짓 아버지의 기분을 다치지 않게 하려고 조심스럽게 말하는데,

"그래서 그자가 방약무인으로 그렇게 거만했었남?" 하고 예의 덩치 큰 사내가 이죽거렸다. 이에 은지가 내친김이라 어쩔 수 없다는 기분에서 한마디 덧붙였다.

"사실은요. 아버지, 오늘 저녁 때 나온 신문에서 아버지의 그 사건 기사가 조그맣게 나와 있는 걸 봤어요."

"아니 신문에 났다구?" 혹 붙은 사내가 황급히 소리치자, 덩달아 덩치 큰 사내도 충격을 받은 듯 표정이 우거지상으로 일그러지며,

"왜 그런 걸 신문에 내. 원, 망신살 뻗치려니까 별 일이 다 있네." 하고 소리쳤다. 이에 은지는 자신도 모르게 욱하고 치미는 저항감을 애써 누르며 말을 꺼냈다.

"신문에 났지만 별 것 아닌 가십 정도라구요. 이런 일도 있었다는 투의 짧은 화젯거리로 뭐 사건 전모나 관련된 사람 이름 같은 것도 구체적으로 밝혀있지 않으니까, 그리 신경 쓸 일이 아녀요. 다만 아버지, 선조의 역사적 행적이 시빗거리가 됐을 경우 무엇보다도 확실한 문헌의 근거를 가지고 따지든 해야죠. 선조의 명예를 더럽혔다는 것에 우선 감정부터 나가지고 무조건 흥분하고 항의만 해서는 안 돼요. 학문을 하는 교수가 어디 근거 없이 함부로 그런 글을 썼겠어요? 잘못하면 크게 다친다는 걸 누구보다도 잘 알 텐데."

그녀가 말하는 동안 아버지는 꽤 침통한 표정으로 눈을 지그시 감고 있었다. 다른 두 사람도 약간은 기가 꺾인 모양이었지만,

"아니 그럼 그 교수의 주장은 근거가 있고, 우리가 말하는 할아버지 행적은 근거 없이 전해온 거란 말이여?" 하고 덩치 큰 사내가 불평하고 나섰다. 그러자 아버지가 급히 사이를 가로막고 나섰다.

"아녀, 그건 딸년 말이 옳은 기여. 이제사 말이지만 우리 종친들 춘계 어른이 훌륭한 선비

였다는 거 막연히 전해온 말로만 들어서 알았지. 실제로 그분의 문집 한 권이라도 본 사람 얼마나 있었을까? 나부터 부끄러운 얘기네만 조부님한테서 귀에 못 박히도록 말은 들었어도 워낙 글이 짧아 정작 문집이라든가 뭐 그 밖의 글을 본 일이 없다네. 그러니께 그 김 교수가 떵떵거리면서 증거 있음 내 놓아라 허는 데 당당히 맞서지 못한 거 아니여?"

아버지가 멀끔한 서슬로 매몰차게 따져 말하자, 두 사람은 이내 입을 다물어버렸다.

"그리구 내가 이번 일로 더욱 가슴이 아픈 거는 다름 아니여. 서원을 세우고 그 어른을 모시는 데 앞장을 서셨던 조부모님께서 지하에서 이 일을 아신다면 뭐라 하시겠냐 말이여. 물려준 조상의 명예 하나도 지키지 못하는 지지리도 못난 자손들, 그게 진정 슬픈 기여."

아버지가 다시금 통곡이라도 할 듯이 울먹였다. 일순 방 안이 처연한 분위기로 변했다. 은지는 기회에 슬그머니 방을 빠져나왔다. 그녀의 등 뒤에서 아버지의 카랑카랑한 목소리가 우렁우렁 들려왔다.

"사람의 탈을 쓰고서 후손인 우리가 어찌 선조의 욕됨을 바라만 볼 것이여. 난 돌아가신 조부님처럼 일찍이 학문을 하지 못했음이 천추의 한이 되지만, 그렇다고 그냥 당하지만은 않을 걸세. 사람의 탈을 쓰고서 결단코 그럴 수는 없는 일이여."

느글거리는 세상

정오 무렵 다급히 울리는 초인종 소리에 허겁지겁 현관에 나갔던 아내가 뜻밖에 동사무소 직원으로부터 막내 혁이의 입영통지서를 받아들고, 그만 얼굴이 납덩이처럼 굳어져 돌아왔다. 말없이 종이쪽지를 내미는 그녀의 두 손이 바르르 떨리고 있었다.

"뭐야?"

"혁이 입영통지서가 나왔어요."

"언제 어디로야?"

한가롭게 신문을 뒤적이고 있던 성호도 덩달아 충격을 받아 떨리는 어조로 물었다.

"6월 25일, 논산훈련손데. 하필이면 한더위에 훈련받게 되었네."

"훈련소가 가깝긴 하구먼. 허지만 삼복더윈데 어떡허지?

성호로서는 전혀 예견찮은 현실에 부딪친 듯 망연한 기분에서 이마가 시려오고 가슴이 쿵쿵 뛰었다. 짐짓 예상 못할 일은 아니었지만, 막상 당하고 보니 너무도 충격이 컸다. 어찌 보면 조기 입대를 지원한 만큼 되레 다행한 일이랄 수도 있었다. 지난 해 말 갑자기 몰아닥친 외환위기로 나라 경제가 하루아침에 거덜난 판국이라, 취업전망이 당장 칠흑 같은 어둠 속에 묻히게 되어 입영 적령의 대학생들이 궁여지책으로 휴학하거나 앞다투어 조기 입대라도 신청할 밖에 없는 절박한 상황이 되어버렸다. 혁이도 예외가 아니어서 대학 이 년으로 일찌감치 조기 입대를 신청해놓은 터였다.

"입대 연기도 된다던데?"

아내가 가뜩이나 궁극해진 표정으로 뇌었다.

"지금이 어떤 상황인데? 덥다 춥다하여 엿장수 마음대로 시기를 가려 입대하고 말고 해."

성호가 적이 심란한 기분에서 퉁명스레 핀잔을 주었다.

"애가 남같잖게 너무 약골이니께 그렇지."

"허지만 별 수 있남? 이 참에 고된 훈련을 받아설랑 혹독한 세상맛도 좀 겪어 봐야지, 언제까지나 응석받이로 놔둘 거야?"

"그래서 현역병으로 고생 좀 시켜야 헌다고 당신이 부득부득 우겼잖우. 신검 때 병원 진단서 끊어다 줬더라면 입영이 면제되거나 아니면 공익요원이네 뭐네 하는 좀 더 편허게끔 근무할 수도 있을 텐데, 그걸 하지 말라고 일부러 현역 판정을 받게 했지만, 막상 한더위에 훈련받게 되니께 괜헌 고집으로 애를 못 쓰게 만드는 거 아닌가 걱정이 돼 그렇지."

"쓸데없는 소리. 남들 죄다 하는데, 잘 견뎌낼 거야." 하고 성호는 윽질러 말했지만, 내심 근심이 없는 것은 아니었다.

혁은 고희를 넘긴 늙은 성호네 부부가 어쩌다가 만득(晩得)이로 오남매 중 가까스로 붙인 막내여서, 그만큼 터울도 길어 자식은 내리사랑이라고 녀석의 존재가 마냥 희한하고 귀하게만 여겨졌다. 그런 결과 분별없이 얼싸둥둥 과보호로 키운 탓에 녀석이 알게 모르게 한껏 응석받이로 자라났다. 천성이 게으르고 나약한 체질로 뭐 하나 제 손으로 제대로 해내지 못했다. 맹목적인 사랑이 아이의 성장을 어떻게 그르치게 되었는가를 뒤늦게나마 뼈저리게 깨닫긴 했지만, 이미 돌이킬 수 없는 과보였다.

그런 면에서 성호는 짐짓 아내의 편집벽에 가까운 맹목적인 아이 사랑에 평소 불만이 많았다. 그러나 예시 제어하기 어려운 그녀의 돌처럼 굳어진 습성에 매양 손을 쓸 수가 없었던 게 이제 와 뉘우친들 무슨 수가 있으랴. 어쨌든 녀석의 성정이 여리다 못해 남들 앞에 떳떳이 나서지 못하는 내성적 성격이라 이른바 대인공포증에 가까워, 초중학생 때는 시쳇말로 급우들의 왕따를 당해 마음에 심한 상처를 입었는가 하면, 흔히 말하는 고3병이라는 갈등을 치르는데도 유별나게 그 정도가 심해서 짧은 기간이나마 병원에서 신경증 치료를 받기도 했다. 강박신경증이라는 병명이었고, 그 후 어쭙잖게 대학이라고 들어가기는 했지만, 새로운 환경에 적응하는데도 만만치 않은 갈등을 겪는 등 매사 순탄하지 않았다.

그런지라 입영 신체검사 때 정신과 진단서라도 첨부한다면 혹여 면제 아니면 공익요원쯤의 특혜가 주워졌을지도 모를 일이었다. 그러나 성호는 처음부터 그건 가당치 않은 일이라고 단단히 결단해온 터였다. 단순히 국민의 신성한 병역의무를 자각해서가 아니었다. 톡 까놓고 말이지만, 국민의 순수한 의무감만으로 명예롭게 자진 입대하려는 요즘 젊은이가 그 얼마나 될까? 병역의무가 없는 일본 같은 나라의 젊은이들과는 달리, 불행히도 분단국가라는 우리네 현실에서 꿈도 크고 할 일도 많은 팔팔한 젊은이들이 꼼짝없이 3년 가까운 황금 같은 시기를 국방의무에 억류당해야 되는 불가피한 실정이 어찌 마뜩한 일이랴.

그런 터에 성호네 가족들이 굳이 신경증이란 병력을 숨기고 혁을 억지로 군문에 보내려

하는 데는 나름대로 현실적인 배려가 있었다. 그건 우선 병역을 마치지 못하면 장차 사회진출에 적잖은 지장이 있을 뿐 아니라, 더욱 정신병의 경우 치명적인 불명예가 된다는 우려 때문이었다. 게다가 잘만 병역을 견뎌준다면 이참에 인간개조랄까 극기 훈련을 통해 좀 더 강한 의지력과 실천력을 체득함으로서, 참 사내로 거듭날 수 있으리라는 막연한 희망 때문이었다. 실제로 요즘 군대생활이랬자 전시도 아니고 예전과 달리 시설이나 처우도 엄청나게 좋아진데다 기합, 구타 등 온갖 영내 부조리도 웬만큼 사라졌다지 않는가?

이런 성호의 생각에 대하여 아내는 처음엔 막무가내로 맞섰다. 병역 미필로 장차 공직에의 진출에 지장이 있다한들 그게 무슨 대수냐? 있는 집 자식들은 그런데도 잘도 출세하여 떵떵거리며 살고 있지 않느냐? 지금 세상에 공직 아니고도 무슨 짓을 한들 설마 산 입에 풀칠을 못하겠느냐? 그러니 남들처럼 돈 처들여 빼내진 못할망정 몸이 부실한 자식의 병력마저 숨겨가면서 억지로 군대에 내몰 생각일랑 아예 하지도 말라는 투였다. 그런 터라 마침내 아내가 울며 겨자 먹기로 그의 결단을 따르기로 마음먹기까지는 적잖은 갈등을 겪은 셈이었다.

그런데도 참 세상은 어이없게도 묵은 온갖 비리와 부조리가 그대로 되풀이되고 있었다. 병역비리 역시 여전히 사회의 심각한 문제로 들끓어, 어느 대선 후보가 자식의 병역문제로 치명타를 입었나 했더니, 잇따라 원 준위 뭐니 하는 사람이 중심이 된 대규모 병역비리가 온 나라를 발칵 뒤집어 놓고 있지 않은가?

"제 자식 군대 빼낸 사람이 무슨 낯짝으로 큰 자리 차지하겠다고 마구 설친대요?"

평소 시사문제에 도통 관심이 없는 아내조차 이 문제만은 마치 사생결단의 심각한 문제라도 되는 양 입에 거품을 물고 성토했고, 원 준위 사건의 뉴스를 접하곤,

"돈이나 백으로 자식을 빼낸 놈들은 똥바가지라도 끼얹지 못할 바엔 낱낱이 이름이라도 세상에 밝혀서 행세를 못허게 해야지. 이제껏 돈 없고 백 없는 불쌍한 자식들만 찍소리 못허구 억울허게 고생만 해왔잖아유." 하고 비분에 차서 마치 우국지사 같은 울분을 쏟아내기도 했다. 그럴 때마다 성호는 다소 어정쩡한 기분으로 겨우 대꾸한다는 게,

"어디 그런 일이 어제 오늘의 일이었단가? 어렵고 힘든 나랏일은 언제나 불쌍한 서민들만의 몫이었제. 요즘 내놓으라는 유명한 정치가나 고위 관료직에 있는 사람들 중에 말이네, 아마도 군대 안 간 사람이 더 많을 거구만. 제 자식 병역에서 빼놓은 사람이 수두룩할 거여." 하고 잔뜩 이죽거리는 어투로 투덜대는 것으로 가까스로 뒤틀린 기분을 다스릴 밖에 없었다.

그런데 성호에게는 굳이 자식을 단호하게 군문에 내칠 수밖에 없는 처지이면서도 내심 찜찜하게 여길밖에 없는 은밀한 비밀이 있었다. 그건 다름 아닌 그 자신이 병역미필자였기 때문이었다. 그런 신분 탓으로 젊었던 시절, 치유하기 어려운 깊은 상처와 돌이킬 수 없는 회한

을 품고 살 밖에 없는 불행한 과거가 있었다.

하지만 그때가 어떤 시대적 상황이었던가? 굳이 어쭙잖은 변명 같아 낯이 뜨겁지만, 바로 동족상잔의 6·25전쟁의 와중이었다. 밀리고 밀리는 피비린내 나는 살벌한 전투가 벌어지고 있어, 입대 그 자체가 그야말로 생사를 가늠하는 비상한 결단임을 변명 삼아 내세울밖에 없었다.

하지만 그가 정작 남몰래 숨기고 싶은 부끄러운 사실은 딴 데 있었다. 즉 병역의무 때문에 오늘의 원 준위 같은 당시의 모병 기관원들에게 은밀히 뒷구멍으로 돈을 찔러주며 세 차례의 무종 판정 끝에 마침내 병종으로 병역이 면제된 일이었다.

그는 당시 외아들로 혼자 손으로 6명이나 되는 가족의 부양을 떠맡아 애면글면 일해야 되는 처지로, 한국전력에 근무하는 말단 직원이었다. 밤낮을 가리지 않는 고달픈 직무에다 식생활조차 변변치 못해 영양실조 끝에 가벼운 폐결핵 증세에다 만성위궤양이 겹쳐 몸피의 초라함이 말이 아니었다. 그러니 속병은 둘째 치고 우선 현역병 체급인 체중 45킬로에 어림없는 42킬로의 체중만으로 의당 입영이 1년 간 유예되는 무종 등급의 판정을 받아야 될 처지였다.

그런데도 병역비리가 거의 관행화되다시피 한 당시에는 그 판정 원칙도 뒷돈을 대지 않고서는 아예 보장받지 못하는 어이없는 판국이었다. 병역을 기피하기 위하여 부러 체중을 줄였다는 요즘의 시빗거리와는 달리 지병으로 어쩔 수 없이 허약한 체질임에도 불구하고, 뇌물 없이는 제 체급을 제대로 인정받지 못하는 거기에 짐짓 억울한 사정이 있었다. 더욱이 멀쩡한 몸으로 병역을 피하게 위하여 일부러 신체를 훼손하는 사람들에 비할 때 더욱 그러했다.

어쨌든 전시라는 비상시국임에도 불구하고 병역비리가 거의 공공연하게 이뤄져 정기 신체검사장 주변에는 비리를 알선하는 전문 브로커들이 활개를 치고 있었다. 그런데다 정작 소라도 웃을 황당한 일이라는 게, 당시 뇌물을 받은 징병관은 으레 군의관과 짜고 체중미달의 경우라도 도무지 얼토당토 않는 병명 이를테면 디스크라든가 정신질환이라든가 하는 기상천외한 병명을 붙여, 뇌물의 액수에 따라 유예대상인 무종이나 면제대상인 병종으로 판정하여 처리했던 것이다. 애당초 체중미달이나 위궤양 같은 병명으로는 오해받을 소지가 있으니 아예 뒤탈이 없는 확실한 병명으로 판정의 근거를 삼겠다는 심산이었다. 그리하여 병명에 대하여 브로커로부터 미리 은밀한 귀띔을 받는 경우도 있기는 하나, 대체로 최후 판정을 내리는 징병관 앞에 가서야 비로소,

"너 허리를 다쳤구나. 이 새꺄 미리 치료하고 왔어야제. 군대가 괜히 네놈 밥 믹여주고 병 고쳐주는 데로 알았냐? 이 새꺄!" 하며 부러 잡아먹을 듯 눈을 부라리고 말 회초리 같은 지휘봉으로 등줄기를 갈기며 호통 치는 바람에, 잔뜩 주눅이 든 판에 "무종"하는 판정의 벼락 같은 고함소리를 듣고 나서야 아하, 그랬었구나 하고 비로소 안도의 숨을 내쉬었던 것이다.

하지만 성호로서는 매양 그러한 판정에 짐짓 쾌재를 부를 만큼 후련한 마음이 아니었다.

나라의 권력을 빙자한 낮도깨비 같은 기관원의 악랄한 사기에 걸려 거액의 뭉칫돈을 갈취당한 것만 같은 도무지 분한 마음을 삭일 수가 없었다. 사실 성치 않은 몸으로 몇 푼어치의 어긋한 수당이라도 벌겠다고 야근까지 해가면서 아등바등 모은 눈물겨운 월급을 놈들의 뒷주머니에 고스란히 쑤셔 박다니 눈에 생불이 날 지경이었다.

때로는 억울한 김에 아예 사생결단하고 군대에 그냥 가버릴까도 싶었지만, 부양해야 될 가족들을 매정하게 떨쳐버릴 수도 없거니와 이런 몸으로 입대하면 필시 죽을 수밖에 없다고 한사코 입대를 만류하는 부모님의 극성 앞에 어쩔 수가 없는 난처한 상황이었다. 무엇보다도 일찍부터 고혈압으로 쓰러져 전혀 생업을 할 수 없는 아버지와 무능한 어머니, 게다가 위아래로 줄줄이 있는 딸들도 전혀 생계에 보탬이 안 되었다. 그런 형편에 병역법에 명시된 정당한 처분을 받지 못하고 매양 비리의 농간을 당하고도 어쩔 수가 없는데서 자괴감에 마냥치를 떨었다.

결국 주변에서는 멀쩡한 몸으로 병역을 피하기 위해 작두에 손가락을 자른 사람도 있고, 눈에 수상쩍은 약물을 넣었다가 정작 실명을 겪은 비극도 있었지만, 이들에 비해 성호는 결코 양심에 거리낄 고의적인 기피행위는 아니었다고 자위하면서도, 평생 군대 문제에 관한 한 남들 앞에 결코 떳떳할 수가 없는 마음 밑자락 깊은 열등감을 깔고 살아 왔던 것이다.

그러니 혁을 굳이 군문에 매정스레 내치려하는 데는 굳이 그가 겪은 뼈아픈 과거가 있어, 자식으로 하여금 또다시 그 전철을 밟게 하고 싶지 않은 은밀한 자각이 있었기 때문이었다.

밤이 이슥해서야 아들 혁이 집에 돌아왔다. 어젯밤에도 친구와 어울려 외박을 한 그는 얼굴이 부스스하고 까칠해 보였다. 밤새 술판이라도 벌였을지도 모를 일이다. 그는 입영통지서가 나왔다는 제 어미의 전갈을 듣고 잠시 표정이 굳어졌지만, 이내 예상하고 있었다는 듯 가타부타 말이 없었다. 이에 더욱 자식이 안쓰러워 안달이 난 아내가 울상을 짓고,

"허구헌 날을 두고 재수 없이 삼복더위를 골라서 훈련받게 됐으니 어쩐다냐? 입영 연기도 맘대로 할 수 있다는데 뭣하면 그렇게 연기 신청하는 게 어떻겠냐?" 하고 조심스레 눈치를 살폈다.

"놔 둬."

혁이 뜻밖에 불 먹은 목소리로 윽질렀다.

"혹서에 네가 너무 고생할까봐서 그렇지."

"어차피 고생하러 가는 건데 아무려면 어때?"

"그래 네 말이 옳다. 연기 신청한다고 꼭 바라는 대로 때맞춰 영장이 나오란 법도 없으니께. 기왕 내친김에 단단히 각오하고 갈 밖에."

곁에 있던 성호가 마음을 모지게 그러잡고 단호한 어조로 참견했다.

혁이 제 방으로 사라지자 거실은 무거운 침묵으로 짓눌렸다. 문득 아내의 두 눈에 이슬이

맺혀 있음을 발견하자, 성호는 까닭 모르게 심통이 나서 괜히 짜증을 냈다.

"남들 다 가는 군대 간다는데 뭐가 어쨌다고 유난을 떨고 그래?"

"쟤가 그 무더위에 험한 훈련을 견딜 것 같수?"

"그야 당해 봐야지. 궁허면 통헌다구 어려움을 겪지 않고 어떻게 사람 구실 헐 거여. 이참에 고생을 톡톡히 해서 세상 쓴맛도 알아야제."

성호는 말했으나 기실 불안과 초조감으로 마음속은 먹통처럼 답답할 뿐이었다. 늘그막에 하릴없이 자신의 몸 하나 주체하기도 버거운 판국에 이런 고초까지 겪어야 하는가 하는 자책 때문에 스스로 처신이 짜장 한심스럽게만 느껴졌다.

하필이면 이런 심란한 집안 분위기 속에서 성호는 신문을 뒤적이다가 문득 뜻밖의 기사를 발견하고 화들짝 놀랐다. 따분한 늙은이의 일상이 그렇듯이 성호는 언제부터인지 시답잖은 신문의 잡문 나부랭이나, 심지어 광고까지도 살피고 특히 인사란 한구석에 나와 있는 부음란을 꼼꼼히 살펴보는 버릇이 생겼다. 인사(人事)에 특별한 관심이 있어서가 아니라 나이 칠십에 주변의 친지들이 하나 둘 맥없이 사라져가면서 무의식중에 생겨버린 관심사였던 것이다. 하지만 주변에 과연 신문 구석자리나마 이름 석 자가 어디 어엿이 박혀 나올 저명한 친구가 얼마나 될까 하니 그의 관심이란 것도 매양 허탄한 일일 밖에 없을 것이다.

어쨌든 그는 오늘 조간신문의 부음란에서 조철만(趙鐵萬)이라고 뚜렷이 적힌 이름을 발견했다. 그리고 전 국회의원이었고, 잠시 세상에 부침하기도 했던 중소정당의 부총재를 지냈다는 간단한 경력도 곁들여 있었다. 그가 틀림없었다.

순간, 성호는 아하, 하고 소리라도 지르고 싶은 격정에 사로잡혔다. 그가 이제껏 살아 있었구나. 향년 91세라니 모진 악업에도 목숨만은 쇠가죽처럼 질겼구나. 세상사 영고성쇠가 별거 아니라 하지만, 어쩌자고 그를 그토록 오래 놓아두었을까 하는 생각이 퍼뜩 뇌리를 스쳐갔다.

조철만, 그는 일제 말기에 악명 높은 일본 헌병대 오장(伍長)이었다. 비록 하찮은 계급이긴 하지만 역과 기차 안에서 오만불손하게 민간인들을 검문 검색하면서 온갖 행패를 부렸던 걸, 당시 기차 통학을 했던 성호는 지금껏 생생히 기억하고 있다. 더욱이 가슴에 맺힌 미움은 그가 기차 통학을 하는 여학생들을 곧잘 고압적으로 성희롱함으로써 연약한 여학생들을 두려움에 떨게 했다는 사실이었다.

때는 태평양전쟁의 말기, 일본군의 패운이 짙어지면서 온갖 인력동원은 말할 것도 없고, 군수물자를 조달한다 하여 전시동원령으로 학생들은 공부 대신 매일 소나무 뿌리를 캠으로써 송진으로 비행기 연료를 만든다는 판국이었다. 민간인은 50여 가지에 이른다는 강제 공출로 곡식은커녕 숟가락 몽당이 하나도 지닐 수 없는 살벌한 시국이었다.

이런 때에 조선인 조철만은 그 작달막한 키에 배불뚝이의 탐학스런 몸집, 개기름으로 진득이는 모가 진 얼굴에 득의의 징그러운 웃음을 띠고, 사람들 앞에서 마냥 거들먹거리고 다녔던 것이다. 뱃살이 터질 듯 꽉 조여진 누르퉁퉁하게 빛바랜 군복 옆구리에 찬 긴 사베루(일본도) 끝이 자칫 땅에 부딪칠 것처럼 절커덕거리면서, 그는 곧장 탈주병인지 사상범인지 모를 초췌한 모습의 조선 청년들을 결박한 채 심하게 닦달하며 압송하는 모습을 보였던 것이다.

그러던 조철만, 아니 일본 헌병 오장이 해방 후 뜻밖에 성호가 다니던 중학교에 체육 선생으로 변신하여 불쑥 나타났던 것이다. 그 어이없는 전신(轉身)에 성호는 아닌 밤중에 숲 속에서 늑대라도 만난 양 기겁하여 하마터면 아하, 하고 절규할 뻔했었다. 앞뒤 모르는 혼란스런 해방 정국이라 하지만, 원 세상에 이런 일이 가능한가?

그러나 우습게도 그건 당시에 있을 수 있는 일이었다. 극도로 정국이 혼란했던 미군정 시절, 일제의 잔존 세력이 그대로 권세를 꿰차고 있었는가 하면, 학원가도 좌우익의 심각한 이념분쟁에 휘말리고 있었다. 애오라지 대한, 민족, 서북, 대동, 민청 같은 별의별 이름을 내세운 다분히 폭력성을 띤 청년 단체가 있는가 하면, 학원가는 학련과 민학이라는 좌우 단체가 맞서 정치적 이념의 갈등으로 이들 청년단체와 연계하여 밤낮없이 패거리 싸움으로 살벌한 분위기를 자아냈다.

해방 후의 학원에는 자격 있는 교사도 드물었거니와, 경쟁의 회오리 속에서 어떤 양식 있는 교사라도 자칫 이념의 덫에 걸려 용공분자로 지목되거나 아니면 무자격자로 몰려 강단에서 쫓겨나는 일이 흔한 시기였다. 옥석의 구분이 어려운 혼란의 시기였다.

그런즉 도둑은 본시 시끄러운 장소가 좋더라고, 이런 혼란을 교묘히 틈타 경칩을 맞아 참개구리 떼에 끼어 황소개구리가 덤벙대듯 조철만은 조국 광복의 첫 과제인 교육입국의 신성한 자리에 넉살좋게 뛰어들었던 것이다. 그의 교활한 보신책. 일제 헌병 오장이 조국 광복의 교육현장에서 과연 무엇을 가르칠 것인가?

그러나 그의 마각은 오래지 않아 여지없이 드러났다. 성호는 오래지 않아 학우들의 귀띔에 의해 그의 정체를 알고 또 한 번 자지러지게 놀랐다. 소문인즉 그는 체육 교사를 빙자하여 한 극우파 단체가 학교에 침투시킨 극렬한 반공투사, 용공조작으로 색깔이 모호한 교사와 학생들을 마구잡이로 때려잡는 일을 주도하기 위해 들어왔다는 것이었다. 그게 사실일까? 성호로서는 도무지 믿고 싶지 않은 일이었으나, 그건 사실이었다. 불과 며칠이 안 되어, 평소 학생들의 존경의 대상으로 꽤 열린 사고를 지녔던 진보적인 네 명의 교사가, 낫도깨비 같은 용공의 혐의를 쓰고 그에게 얻어맞고 경찰에 끌려간 끝에 무더기로 학교에서 쫓겨난 사건이 터졌다.

그 후에도 여전히 그는 교사 직분으로 있었지만, 웬일인지 성호가 재학 시절 교실에서 그

를 만났던 건 딱 두 번뿐이었다. 한번은 들어와 유도에 관하여 수업한답시고,

"유도란 우리나라 고려시대부터 있어온 건데……." 하는 것으로, 도무지 미심쩍은 말을 늘어놓았던 기억이 있을 뿐이다.

그는 그때 누르퉁퉁한 군복차림의 예전 모습과는 달리 약간 빛바랜 거무죽죽한 세비로(일제 시 양복 이름)를 걸쳤는데 배불뚝이라 단추를 풀어놓아 때가 절인 꾀죄죄한 내의를 숨김없이 드러내고 있었다. 추운 겨울철이라 양말을 신었는데도 반쯤 걸친 채, 무좀이라도 있나 볼썽사납게 때가 누덕누덕 끼어 갈라진 발뒤꿈치가 그냥 엿보였다. 도무지 밝은 대낮에도 짙은 검은 색 선글라스를 쓰고 다녔는데, 그게 당시 학생 간에 인기 있던 추리소설 '루팡전집'에나 나오는 음험한 탐정을 연상케 하는 고압적인 태도로 보여 학생들로 하여금 절로 혐오감과 더불어 두려움을 갖게 했다.

어느 수업시간에 한 학생이 그에게 불쑥 질문한 일이 있었다.

"선생님은 어느 대학 나오셨어요?"

그러자 뱃심 좋은 그가 꼴값하네 하는 투의 모멸에 찬 눈길로 슬쩍 흘겨보더니, 이내 유들유들한 여유 있는 태도로 냉큼 대꾸한다는 게,

"나 가정대학 나왔다. 어쩔래?" 하는 게 아니던가? 어쩌긴 뭘 어째. 그래서 질문한 학생이 되레 어이없고 염치없어 팍 기가 죽어버렸다.

조철만은 그러나 학교에 오래 있지 않았다. 미군정이 끝날 무렵, 다시는 그의 모습을 학교에서 볼 수 없었다. 아마도 그의 역할은 학교가 평온을 되찾으면서 끝나버린 모양이었다.

세월이 지나 첫 민의원 선거도 있었고, 어렵고 어지러웠던 가운데 자유당 정권이 들어선 지 채 두 해도 못되어 그 처절한 한국전쟁이 일어났던 것이다. 사람들은 가까스로 생사의 혹독한 시련 속에서 겨우 목숨을 유지한 채 폐허 속에서 휴전을 맞았다.

바로 그 무렵, 뜻밖의 장소에서 성호는 공교롭게도 바로 그 조철만과 맞닥뜨렸던 것이다. 입영 신체검사장에서였다. 그는 육군 중령의 계급장을 단 모병의 최고 판정관이었다. 성호는 그때 두 눈을 의심했고, 이어 화들짝 놀란 끝에 또 한 번 아아, 하고 절규할 뻔했었다. 변신의 달인. 어쩌면 저렇게 감쪽같이 전신할 수 있을까 하여 크게 감탄했다.

그는 이제 꾀죄죄한 일본 헌병이 아닌 어엿한 대한민국 고급 장교로서 제법 세련된 풍채에 품격 있는 매무새를 보이고 있었다. 버릇된 냉소적 표정도 가신 듯 자못 근엄해 보이기까지 하는 이른바 관료로서의 중후한 인상이 짐짓 몸에 배어 있는 것처럼 보였다.

삶이 곧 유전(流轉)이라는데, 세월의 흐름이 사람을 갖가지로 만드는구나. 과연 놀랄만한 변신이었다. 그렇다. 이제 누가 감히 저 사람에게 일제 때의 그 미친하고 추악한 헌병 출신이라는 전력을 따질 것인가? 따지기는커녕 성호는 지금 그에게 전적으로 매달릴 밖에 없는 다

급하고 처량한 처지에 놓여 있는 것이었다.

오늘을 대비하여 성호는 며칠 전 은밀히 병무 브로커인 이 씨를 만났다. 친지의 소개로 작년부터 접촉해왔던 그는 이곳 시장의 아들이었다. 남달리 기골이 장대하고 대학 교육까지도 받은 그럴듯한 위인인데도 도무지 영문 모를 백수건달이었다. 그리고 수년 전부터 아버지의 배경을 활용하여, 시청 병사계와 병무청 직원과 짜고 이른바 징병검사 때마다 비리를 알선하는데 핵심인물이 되어 있었다.

예외 없이 성호도 그를 만나 돈을 건넸다. 그의 서너 달 월급에 해당하는 거금이었으니 강도에게 돈을 뺏긴들 이보다 더 억울할까? 당장 가슴에 피멍이 들고 두 눈에 불길이 솟구쳤다.

이 씨는 돈을 받자, 득의의 약간 음흉한 웃음을 지으며

"자, 그럼 됐어요. 병종은 안 되지만 무종 판정은 책임질 테니까. 알았죠?" 하고 다짐했다.

"체중미달에다 위궤양까지 겹쳐 정말 현역병 입영이 어려워서요." 하고 성호가 한껏 겸연쩍어 어름어름 변명하자, 그가 발끈 화를 냈다.

"그깟 체중 미달로 무종 판정을 받을 것 같수? 어림없는 소리. 위궤양이 다 뭐예요? 이 양반 참 세상물정 모르고 순진하구만."

고압적인 태도로 욱질렀다. 사품에 성호가 머쓱해진 채,

"그럼 어떻게 되죠?" 하고 물었다.

"어떻게 되긴, 다 내게 맡기라니깐. 그리고 참 징병검사장 나올 때 귀에다 꼭 약솜을 찌르고 나와요. 알았죠?"

그러고는 이제 모든 용무가 끝났다는 듯이 휘적휘적 가버렸다.

드디어 징병검사의 날이 왔다. 언제나처럼 가뜩이나 불안하고 초조한 가운데 시청에 있는 검사장에 줄을 서서 들어갔다. 정해진 몇 군데의 검사대를 거쳤다. 이제 마지막으로 판정을 받기 위해 조철만과 맞닥뜨릴 일만 남아 있었다. 이에 왠지 심한 두려움과 저항을 느꼈다. 기왕 뇌물은 바쳤으니 무슨 결과야 나오겠지. 하지만 하필이면 짧은 인연이나마 옛날 스승이 징병관이라니. 그렇다고 아는 체를 할 수도 없다. 또한 그가 그럴만한 위인의 선생도 아니지 않는가? 게다가 짐짓 그가 나를 알아볼 까닭도 없을 것이었다.

어쨌든 성호는 팽팽한 긴장감 속에서 아래턱이 빳빳하게 굳어지는 걸 느끼면서 그의 앞에 부동자세로 서서 이름을 외쳤다.

"108번 김성호."

검은 회전의자의 등받이에 비스듬히 기댄 채, 두 눈을 질끈 감고 있던 조철만은 잠시 뜸을 들이다가, 졸리는 듯 게슴츠레한 눈길로 성호의 몸 위아래를 극히 의례적인 태도로 쭉 훑어본다. 그리고는 앞에 놓인 서류를 건성으로 바라보는 척 하더니 다시금 그를 째려보곤 입가

에 가볍게 이지러진다.

"김성호. 너 작년에도 무종 맞았구만. 젊은 놈이 그렇게 몸이 허약해서 어떻게 해? 건강한 몸으로 영예로운 조국수호의 간성이 되얄 게 아니야?" 하고 꼭 누구에게랄 것도 없이 마치 화풀이를 하는 것처럼 벽력같이 소리를 질렀다.

"죄송합니다."

"됐어. 무종, 중이염 빨리 치료해."

찌를 것 같은 금속성 고함 소리와 함께 땅땅, 하고 서류에 내리찍는 도장 소리를 들으며, 성호는 황급히 뒤돌아섰던 것이다. 그때의 그의 기이한 모습이 지금껏 눈에 아련히 밟혔다.

성호는 옛 일을 생각하고 자못 착잡한 기분에 빠졌다. 40여 년이 지난 까마득한 과거와는 달리 현실은 늙은이가 감당하기에는 너무도 엄청나게 변해버렸다. 그걸 바람직한 시대 발전으로 애오라지 반겨야 할지 도무지 분가하기 어려울 만큼 복잡하면서도 아주 편리한 세상이 되었다. 그런데도 여전히 분단 조국의 심각한 대치 상황은 그대로여서 금강산 관광입네 하고 국민들의 마음이 한껏 들뜬 판국에도, 걸핏하면 북한의 잠수함 출몰이니 미사일 발사니 지하 핵시설이니 하여 안보 위협이 여전한 것이 한스러운 이 나라 현실이었다.

그의 여생도 얼마 남지 않아, 시쳇말로 불장 다 본 마당에 무슨 새뜻한 여망이 있을까마는, 그래도 못난 아비 대에 겪어야 했던 모진 풍상만은 자식 대에 유산으로 물려주지 말아야 한다는 점에서는 그런대로 좋은 면도 있다. 우선 그 지긋지긋한 가난의 굴레에서 벗어난 것만으로도 얼마나 다행한 일이냐? 하지만 이것으로는 안 된다. 아비 세대에 보여준 구역질나는 누더기 같은 온갖 비열하고 더러운 세태도 이쯤해서 말끔히 사라져야 한다.

그런데도 세상은 겉으론 화사하고 활력 있게 달라진 듯싶지만, 속내는 여전히 오예의 누더기로 차 있는 자칫 위험하고 절망적인 외길로 치닫고 있다는 느낌이 불쑥불쑥 떠올랐다. 물질의 풍요로 살기 편해지고 민주 발전으로 인권도 좋아졌다곤 하지만, 늙은이의 하찮은 노파심일지 모르나, 마냥 도덕이 실종되고 폭력이 난무할 뿐 아니라, 조철만 같은 얼치기 정치가나 사업가가 아직도 남아 있는 한, 돈과 권세를 위한 술수는 갈수록 더 지능화되고 간특해지는 게 아닐까 하는 생각 때문이었다. 그래서 성호는 속이 느글거리는 편치 않는 시각으로 세상을 보아오는데 어느덧 익숙해져버린 것이다.

병무비리도 그중 하나다. 아비인 성호가 짐짓 겪어야 했던 억울한 사연이 지금껏 남아 있어 세상을 떠들썩하게 한다는 사실이 예사롭지 않을 뿐 아니라, 이런 상황 속에서 병약한 막내 혁이를 냉정하게 군대에 밀어 넣기로 결단한 마음도 왠지 편치만은 않은 것이다.

위로 세 자식을 군에 보냈을 때는 그 역시 젊었던 탓이었는지 별 생각 없이 겪었던 것 같았는데, 내리사랑이라고 늘그막에 그나마 허약한 막내를 억지로 떼어 보내자니 마음에 오는 충격이 여간 아니다. 한결 마음이 여려지고 물렁해져 그럴 것이다.

더욱이 병역에 관한 한, 성호에게는 말 못할 회한이 쌓여 있다. 병역을 면하기 위해 3년 간 쥐꼬리만한 급료 가운데서 쏟아 부은 뇌물에 의한 손실도 그렇거니와, 5·16군사정권이 들어서면서 일체의 병역미필자가 직장에서 쫓겨나는 난데없는 비운을 겪었던 것이다. 꿈에도 예상하지 못한 날벼락이었다.

이래서 성호는 비교적 신분이 법적으로 보장되어 있는 공기업의 직원 자리를 하루아침에 잃고 차가운 거리로 나앉았다. 분통이 터지는 절망의 순간이었다. 그 후 생계가 아득한 가운데 영세한 사기업의 직원으로 여기저기 하루살이처럼 떠돌아다녀야만 했었다. 그때의 그 초조함과 불안이란 이루 말할 수가 없었다. 정말 뼈를 깎는 듯한 아픔으로 치러낸 법적인 병역면제가 고작 이런 결과였던가 싶어 자조의 쓴 눈물을 삼켜야 했었다.

지금 세상이야 많이 변했다고는 하지만, 성호가 굳이 병약한 막내 녀석을 독한 마음으로 기어코 군대에 보내려는 것도, 따지고 보면 그 같은 피해망상을 보상받기 위한 마음이 있었기 때문이었다. 이 못난 아비와는 달리 너만은 한줌 부끄러움 없이 떳떳하게 세상을 살아야 한다. 말 못할 죄인처럼 음지에 숨어 벙어리 냉가슴 앓듯 기죽지 말고 큰소리 쾅쾅 치며 살아야 한다. 그러기 위해서는 부디 사생결단하는 심정으로 군대에 가서 어려움을 이기고 돌아오라는 게 성호의 한 맺힌 소망이었다.

이제 입대를 한 달이나 앞두었으나 혁이는 날이 갈수록 마음의 갈등이 쌓이는 모양 같았다. 학교에 휴학계를 내고 나서는 바깥나들이가 갑절 잦아졌다. 이틀이 멀다고 친구들과 어울려 외박도 했다. 비디오방, 노래방은 물론 평소 입에 대지 않던 술도 마시는지 카페에서 밤샘하는 일조차 있었다. 그렇다고 성호 내외가 그를 호되게 나무랄 처지가 아니었다. 눈치 보아 충고한다는 게,

"너 그렇게 밤낮 없이 싸다니다 몸 상할라. 앞으로 고된 훈련 견디려면 제발 건강해야지." 하는 정도였다.

아내는 가뜩이나 유난을 떨어 보약을 지어와 먹이는 등 법석을 떨며,

"훈련 후 좋은 병과로 배치되면 군 생활도 훨씬 편하다던데?"

어디서 주워들은 말인지 슬며시 성호의 반응을 물어 보기도 했다.

"병과라는 게 별 거야. 녀석이 무슨 자격증이 있어? 허다 못해 운전면허증이라도 있었으면. 게다가 인문계 대학 다녔으니 오고 갈데없이 보병으로나 배치되겠지." 하고 성호가 일껏 심드렁히 대꾸하자, 아내가 꽤 낙심한 눈치였다.

"그래서 운전면허도 따고, 그도 저도 아니면 간호교습소라도 다녀서 위생병 자격이라도 따라고 했더니."

"쓸데없는 소리. 편할 것만 생각허면 아예 군대를 가지 말아야지."

"혁이 친구 병구는 지금 통신병으로 후방에서 편히 있다지 않수?"

"걔야, 공대 다니다 갔으니깐 그렇지."

"명식이란 애도 서울 가까운 수도권 부대에 배치되었는데, 걔 아버지가 대학교수라 중령인가 하는 제자가 거기 있어서 행정병으로 아주 편허게 있대요."

무척이나 심통이 나 있는 아내의 반발이었다. 이에 성호가 벌컥 화를 냈다. 별 수 없이 무능한 당신 같은 사람이야 어쩔 수 없는 일이 아니냐는 투의 영락없는 야유처럼 들려왔기 때문이다.

그야 불가피하게 견뎌야 할 수모이기는 하나, 그렇다고 자신이 겪어야 했던 참담한 과거까지를 드러내며 이해를 구할 수도 없는 일이어서 더욱 답답하고 우울했다. 그런 아내의 의구심을 뒷받침하기라도 하듯 입대 날짜가 차츰 가까워지면서 혁이 "장난이 아니여." 하고 혼잣말로 중얼거리며 앞으로 닥칠 고생을 불안해하거나, 밤에는 곧잘 잠을 설치고 새벽녘까지 거실을 서성이거나, 뜬금없이 애인 타령을 하면서 "면회 올 여자도 없다니." 하는 등 안쓰러운 반응을 보이기도 했다.

그런 대로 막상 입대를 앞두고는 아내의 극성스런 대응에 혁이는 뜻밖의 반응을 보였다.

"훈련 마치고 제발 편헌 부대로나 배치 됐으면 좋겠다만, 군대에 무슨 연줄이 있어야지." 하고 아내가 짐짓 안타까운 표정을 짓자 그는 어이없어하는 표정으로 피식 웃었다.

"아냐. 기왕 군대에 갈 바엔 최전방에 배치되었으면 좋겠어."

"그게 무슨 당찮은 소리냐?" 하고 펄쩍 뛰니까,

"선배들 얘기 들으니께, 그쪽이 부식이랑 잘 나오고 훨씬 처우가 좋대." 하고 사뭇 넉살좋게 말하는 것이었다.

"얘야, 먹는 게 문제니? 무섭고 험한 곳이라 그렇지."

"험한 곳이 어디 있어? 어차피 군인의 70프로는 다 전방 근무인데. 그리고 기왕이면 휴전선 철책 경비나 수색근무라도 했으면 좋겠어." 하고 도대체 부모의 착잡한 기분과는 아랑곳없이 속 편히 너스레를 떨음으로서 아내의 낯이 금시 해쓱해지며,

"너 이 늙은 에미 놀래키려고 일부러 허는 소리지?" 하고 안타까이 하소연하듯 말했다. 그러자 혁이 정색을 지었다.

"아녀, 어차피 군복무란 극기의 혹독한 기회잖어. 엄마 아빠 노상 입버릇처럼 내가 마마보이로 자라서 게을러빠진데다 나약해서 아무 쓸모가 없겠다고 걱정하셨잖어. 나도 내 자신을 잘 알고 있다구. 그래서 이번 기회에 한번 인간개조랄까 아무튼 좀 달라져야 되겠단 생각을 하는 거지."

이에 성호의 가슴이 돌연 뭉클해졌다. 저놈 입에서 저런 당찬 말이 서슴없이 튀어나올 줄은 정말 몰랐던 것이다.

"네 말이 맞아. 정말 옳은 말이라구. 네가 그렇게 다부진 결심을 했다니 애비는 기쁘다."

성호는 뜨겁게 달아오른 눈길로 그를 바라보며 격정에 찬 목소리로 외쳤다. 흘깃 돌아보니 아내의 눈에는 이슬이 맺혀 있었다. 녀석이 얼마나 마음이 아팠으면 엉뚱한 말로 늙은 부모를 위로하려 했을까 하는 생각을 하는 모양이었다.

아니나 다를까 혁이 제 방으로 사라지자, 곧 아내는 울먹이는 소리로,

"미친 놈 별 소리를 다 하네. 제까짓 게 그런 몸으로 어떻게 그런데서 견딘대?" 하고 괜히 성호를 향해 아니꼬운 눈짓을 보냈다.

사품에 그는 가슴이 찔렸다. 녀석의 결의에 찬 뜻밖의 말을 듣는 순간 얼결에 감격해 했지만, 기실 그는 내심 의구심이 없지 않다. 도무지 믿을 수가 없는 결정이었다. 자대 배치는 둘째치고 당장 훈련이나 받다가 병이나 돋아 귀향조치나 받지 않을지 그게 걱정이었기 때문이다.

"어쨌든, 그런 생각이라도 한다는 게 다행헌 일이잖어. 막상 결과가 어떻게 될지는 앞으로 두고 볼 밖에 없는 일이니께."

성호는 말하고 소파에 누워 체념하듯 두 눈을 질끈 감아버렸다.

베트남 그쪽은

우리는 어젯밤 11시경에야 베트남 호치민 시의 탄손나트 공항에 도착했다. 희미한 불빛 아래 원시의 석굴처럼 둥그렇게 입을 벌린 채 줄지어선 격납고들을 바라보며 비행기는 활주로를 여유 있게 미끄러져 나갔다. 그제야 권문수는 차창 밖에 꽂았던 눈길을 돌리면서 입 속으로 한마디를 웅얼거렸다.

'마침내 왔구나.'

동시에 오랜 숙원을 풀었을 때의 감동처럼 가슴이 뭉클하니 달아올랐다. 그토록 보고 싶어 했던 이 땅을 녀석과 함께 왔더라면 얼마나 좋았을까 하고 생각하자 눈시울이 뜨거워진다.

밖은 2월 중순의 한겨울답지 않게 초가을의 늦더위처럼 약간 후더분한 바람기였다. 호텔 노바텔에 여장을 풀고 서너 시간 눈을 붙인 끝에, 입안이 깔깔해 아침밥을 뜨는 둥 마는 둥 하고는 버스에 몸을 실었다. 그런데 그 버스가 공교롭게도 바로 우리나라에서 수입해간 중고차였다. 메이커가 어딘지 미처 살필 경황이 없었지만, 차 옆구리에 부산시의 무슨 학원 이름이 새겨져 있는 데다 승강구 쪽의 '자동문'이란 표시와 더불어 차안의 설치물에 쓰인 한글이 그대로 있었다. 비록 중고차일망정 새로 색칠하여 제나라 글자를 새길 법한 게 일반적인 생각일 터지만, 그런 걸 개의치 않는 모양이어서 어리둥절한 느낌이었다. 뒤에 안 일이지만 관광버스의 십중팔구는 이런 한국 중고차들이었다. 그러니 붕정만리 낯선 나라에 와서 제나라 차를 타고 다닌다는 게 가슴 뻐근한 자긍심을 느끼면서도 왠지 황당한 기분을 어쩌지 못했다.

이곳은 옛날 낭만의 도시로 알려졌던 사이공. 일찍이 중국, 프랑스, 미국 등 외세의 끊임없는 개입이 있었고 특히 1세기에 가까운 프랑스의 식민지 아래 있었기 때문에 '동양의 파리'라 부르기도 했다는 멋진 수도, 그러나 지금은 이 나라의 독립과 통일의 위대한 지도자였던 '호치민'의 이름을 딴 제2의 특별시다. 하지만 옛 이름을 그대로 살렸더라면 하는 부질없는 생각도 하면서, 차창 밖으로 전개되는 시가지에서 독특한 프랑스풍의 멋진 콜로니얼의 건물들과 교회들을 바라보면서 문득 멋진 이국정취에 젖어든다. 과거 오랜 전란으로 폐허가 되어버렸던 사회주의 국가가 오늘날 '도이모이' 정책에 의한 자본주의 시장경제의 전초기지로 한껏 번영을 추구하고 있다고 한다. 그리하여 요즘과 같은 세계적인 경기침체에도 베트남은 7.2프로라는 고도의 경제성장률을 이룩하고 있다는 것이다. 거리 가득히 메운 오토바이와 자전거의 밀물 같은 행렬은 도약을 위한 전진의 증표처럼 보였다. 행렬 가운데는 매연을 피해 엷은 헝겊으로 입 코를 가리고 오토바이를 탄 채 아오자이의 터진 옆구리 치맛자락 사이에 매끈한 다리를 드러낸 아리따운 여인들의 모습도 보였다.

이에 문수는 문득 동생 덕수를 떠올렸다. 30여 년 전 분명 녀석은 월남전 파병의 맹호부대 장교로서 이곳에 파견돼, 어쩌다 저 가운데 한 사람 같은 젊은 여인을 사랑하게 되었다. 그리고 귀한 딸까지 낳았다. 그런데도 녀석은 사세부득이 불쌍한 따이한의 아내와 2세를 버린 채 귀국을 서두를 밖에 없었다. 때가 되면 다시 오겠노라고 다짐했다지만, 그건 결국 기약 없는 이별에 대한 허랑한 다짐으로 끝나버렸다. 전쟁이 끝나고 마침내 국교정상화가 이뤄져 누구든 마음대로 내왕할 수 있는 오늘날과 같은 때가 올 줄을 어찌 알았으랴. 한때의 불장난일지도 모르는 그 비운이 참기 어려운 여한으로 남아 녀석을 평생 깊은 죄의식에 묶어놓고 말았다. 결국 그는 세월을 더는 참지 못하고 고엽제 후유증으로 고생하다가 십여 년 전 돌연 농약을 마시고 애꿎게 목숨을 끊어버렸다. 그러니 좀 더 진득하게 참고 살아남아서 오늘처럼 이 땅을 다시 밟을 수 있었다면 얼마나 좋았을까.

"이제 우리는 구찌 터널을 구경하러 갑니다. 그곳까지는 약 두 시간이 걸립니다. 그곳은 베트남전쟁 당시 해방전선의 거점으로 철의 삼각지대라 불릴 만큼 난공불락의 격전지였고, 미국에 의해 고엽제가 가장 많이 뿌려진 것도 바로 그곳입니다."

일찍이 유학생으로 이 땅에 왔다가 그냥 눌러앉게 되었다는 현지 가이드 미스터 박이 설명했다. 이에 문수는 잔뜩 긴장했다. 그 무서운 고엽제라니. 고엽제란 단순히 농약의 용도로만 생각하면 일종의 제초제다. 당시 미국은 작전상 밀림을 없애 게릴라전을 막고 부대의 이동과 군량의 보급을 차단할 목적으로 이 고엽제를 살포함으로써, 이 작전을 '오렌지 작전'이라 불렀다는 기사를 그는 일찍이 어디선가 본 일이 있다. 그러나 이 제초제가 함유한 다이옥신이 인체에 들어간 뒤 5~10년이 지나면 각종 암과 신경계 마비를 가져오는 무서운 독극물로, 미군도 1970년 6월 이후 이의 사용을 중단했고, 유엔은 이를 '제네바 의정서'에서 화학무기로 보고 베트남전 이후 그 사용을 엄격히 금지하고 있다는 것이었다.

"이 고엽제 살포로 인한 후유증이 꽤 심각하다면서요?"

마치 그의 심중이라도 낌새 챈 듯이 곁에 앉은 김시욱이 물었다. 그와 문수는 나이 비슷한 늙은 축이라는 걸로 룸메이트가 되었던 것이다.

“그럼요. 첫째는 인체에 미친 질병이고, 둘째는 생태계 파괴로 인한 환경 문제죠. 그러나 제가 알기로는 아직껏 이로 인한 피해자의 확실한 통계가 없는 걸로 알고 있어요. 미국이나 월남 당국이 애써 진상을 은폐하려 했기 때문이죠. 한 예로 당시 사이공에서 발행되는 야당계 신문이 ‘고엽제에 의한 달걀 같은 기형아 출산’ 사실을 보도했다가 폐간을 당한 일이 있었을 정도였다니까요. 아무튼 그러나 베트콩 쪽에서 발표한 걸 보면 1966년부터 69년까지 매년 30만 명이 고엽제에 의하여 피해를 입었다니까, 전체로 보면 약 120만 명이 될 거라고 했더군요. 그런 걸로 보아 이 전쟁에 참전했던 한국군의 피해도 적잖았을 터지만, 아직은 확실한 통계조차 없는 게 현실이랍니다.”

“아, 베트남전쟁에서 고엽제를 써 큰 희생이 따랐다는 것만 막연히 알았을 뿐, 그토록 심각한 문제였다는 건 참으로 몰랐습니다.”

“본시 고엽제 종류는 4가지지만 가장 많이 사용된 게 ‘황색 고엽제’라는군요. 이는 미 국방성이 다우케미컬이란 회사에 의뢰해 만들었다는데요. 당시 미 정부는 명분 없는 전쟁을 질질 끌다보니, 심한 국제적인 지탄을 받았을 뿐 아니라, 끝없는 소모전에 어지간히 진력이 난 바람에, 잔뜩 초조해진 미 국방성이 작전상 최대 장애물인 전선 없는 정글 속의 전쟁을 빨리 끝내기 위한 고육책으로 고엽제를 생각해 낸 거래요. 실제 미 공군기는 숲에 가려 보이지 않는 적의 지상포화에 의하여 번번이 격추를 당했으며, 정글에 익숙한 베트콩들은 풀잎과 나뭇잎들을 항전의 유익한 방패막이로 활용했으니까요. 이에 미 국방성은 이런 문제를 근본적으로 해결하기 위하여 전쟁터의 ‘달 표면화’ 작전 전개를 계획한 결과, 그 무기로써 화학물질을 개발한 것이 바로 고엽제랍니다. 그리하여 미군은 ‘지옥의 목장’이란 작전명으로 밀림지대에 마구잡이로 고엽제를 살포하여 숲을 파괴한 거죠.”

문수가 약간 흥분된 어조로 설명했다.

“권 선생. 고엽제에 대해서 어쩌면 그리 잘 아십니까?”

“사실은 제 동생이 월남전에 참전했었지요.”

그는 새삼 비통한 기분이었으나 부러 심드렁하니 대꾸했다.

“그랬었군요.”

“제 동생도 고엽제 환자였습니다. 월남 귀국 당시에는 까맣게 몰랐다가 독성이 그동안 체내에 축적이 된 듯 거의 5년이 지난 뒤부터 두통, 현기증, 가슴앓이의 증세를 보이더니 나중에는 피부에 혹이 나기 시작하는 중증을 보입디다. 동생은 그제야 그게 고엽제 질병인 걸 깨닫고 치료를 받았지만, 당시 국내에선 고엽제에 대한 인식조차 없었던 터라 신통한 진료 역시 기대할 수 없었죠. 그래 심한 비관과 좌절 끝에 10년 전 그만 자살하고 말았어요.”

문수가 의외로 담담한 표정으로 말했다.

"아니 저런 그럴 수가. 참으로 끔찍한 비극을 당하셨구만요."

김시욱이 무척 놀란 표정으로 흘낏 그를 돌아보았다.

"모두가 몹쓸 전쟁 탓이죠."

"전쟁이니까 방법도 무자비할 수가 있다 하겠지만, 작전상 숲을 제거하기 위해서란 구실로 인명살상의 독극물인 제초제를 마구 뿌렸다니, 미국은 너무나 잔인한 짓을 했구만요. 지난 냉전시대의 일이었다지만, 도대체 월남의 내정문제인 걸 미국이 전쟁에 개입했단 것부터가 그렇구요."

오랫동안 대학에서 영어를 가르쳤고 이제는 정년을 맞아 모처럼 마음 느긋하게 여행길에 올랐다는 김시욱이 사뭇 개탄하듯, 그러나 강의조의 침착한 어조로 말했다. 그렇다. 그러니 미국정부는 마땅히 모든 고엽제 환자들에게 치료는 물론 응분의 보상책을 적극적으로 강구하는 게 옳을 것이었다. 문수가 잠시 골똘히 생각에 잠겨 있는데,

"미스터 박. 월남전이 끝난 지 오래 되어 상황은 많이 달라졌겠지만, 베트남 정부나 사람들의 과거 적이었던 미국이나 월남참전의 한국에 대한 감정은 어떻습니까?"

일행 중 비교적 나이 들어 보이는 한 중소기업 사장이라는 남자가 돌연 물었다. 이에 싱그레 의미 있는 웃음을 짓고 미스터 박이,

"그건 이미 지나간 과거의 일이라구요. 물론 베트남 사람들 가운데는 그때에 희생된 가족도 많이 있을 거구, 또 불구자가 되었거나 지금도 불치병을 앓고 있어 어찌 마음에 원한이 없겠어요. 하지만 베트남 정부나 국민들은 참으로 현명하다고 봐요. 미래의 번영을 위해서는 결코 과거에 집착만 해서는 안 된다는 개방적인 태도 말이에요. 정부는 외국 기업의 투자유치를 위해서 굉장히 힘쓰고 있고, 미국이나 한국 기업들도 아주 많이 이곳에 진출하여 조금도 차별 받지 않고 잘 하고 있어요. 지난해 김 대통령도 와서 우호협력을 다짐했지 않습니까." 하고 마치 정부 대변인이라도 된 듯이 자못 자신에 찬 표정으로 말했다. 한국 기업의 활발한 진출은 이미 확인된 바이지만, 과연 사람들의 마음속 깊은 곳에 단단히 응어리진 원한이 그리 쉽사리 사라질까.

마침내 구찌 터널에 도착했다. 베트남 국방부가 관리하고 있어서인지 푸른 제복을 입은 젊은 군인들이 많이 눈에 띄었다. 가장 비참하고 격렬했던 전쟁 유적지가 이제는 관광명소로 떠올라 많은 버스들이 주차해 있었다. 우선 생각보다 초라한 군 막사 같은 목조건물 안에서 당시의 현황에 대한 간단한 설명을 들은 뒤, 군인의 안내로 예상 밖의 낮은 야산인 현장으로 올라갔다. 누런 낙엽이 겹겹이 쌓여 이불처럼 포근히 뒤덮인 바로 그 지하 3백 미터 아래에, 총 거리 250킬로의 어마어마한 터널이 거미줄처럼 깔려 있다는 것이었다. 도무지 믿

기 어려운 사실이었다. 실제로 군인이 낙엽 속의 한 곳을 헤쳐 보니, 그곳에 터널 입구가 빼끔 내다 보였다. 웬만큼 뚱뚱한 성인은 들어갈 수도 없는 좁디좁은 구멍이었다. 산 속에서는 당시의 삼엄한 상황을 재현하려는 듯 스피커에서 간단없는 폭음 소리가 숲속을 진동했다. 이곳에 미군은 5백만 톤의 폭탄과 고엽제를 쏟아붓고, 미 보병 50사단 등 2백여 개의 부대를 배치하여 집중 타격을 가했지만 결국 이 땅굴을 파괴하지는 못했다고 한다.

"이 어마어마한 땅굴들을 파는데 베트콩은 오직 호미와 흙을 담아내는 삼태기만을 사용했을 뿐이라니 그 초인적인 힘이 믿어집니까."

가이드의 설명이다. 전화가 멎은 지 거의 30년에 이르렀으나, 아직껏 옛날의 울창한 정글은 아니다. 그러나마 숲이 복원되어 푸른 나무들이 무성하게 자란 것만도 무척 다행한 일이었다. 당시는 고엽제에 의하여 나목이 되어버린 정글의 광경이 바로 지옥과 같은 참상이었다고 한다. 벌거벗은 앙상한 나무들만이 유령처럼 서 있고, 흐르는 물은 모두 제초제로 오염되어 하찮은 미생물 한 마리도 살아남지 못하는 죽음의 참경이었다고 한다. 즉 고엽제로부터 발생한 다이옥신이 베트남 생태계를 여지없이 파괴해버렸다는 것이다.

문득 일행 중 한 사람이 물었다.

"고엽제로 이 밀림을 완전히 사라진 줄 알았더니 다시 살아났구만요."

"70년 이후 고엽제가 금지되었고 전후 복구에 나선 지 30여 년이 지났으니까 어느 정도 복구는 된 셈이지만 아직은 멀었죠. 당시의 밀림이야 어찌 이 정도였겠어요. 작전상 얼마나 장애가 심했으면 미군이 나무들을 말려 죽이려고 화학무기까지 썼겠어요. 당시 이 고엽제를 가장 많이 살포한 지역이 17도선 남부의 이 근방 정글이었다는데, 고엽제 살포의 본부가 바로 어제 여러분이 내렸던 탄손나트 공군기지였다고 해요. 그리고 고엽제 살포는 가장 싸움이 심했던 1967년의 경우 일주일에 6일 동안 계속되었는데 하루에 두 번씩이나 뿌렸다고 합니다."

가이드의 대답에 이번에는 한 중년부인이 떨떠름한 표정으로 물었다.

"그렇게 마구 뿌렸으니 사람들이 얼마나 피해를 입었을까요."

"그러게 말이에요. 정글 속 전선 없는 전쟁터에서 베트콩만을 용케 골라서 높은 상공에서 살포하기란 어렵지 않아요. 그래 적군뿐 아니라 아군까지도 머리 위로 뿌려지는 이 황색 가루를 맞을 수밖에 없었겠지요. 그러니까 280만 명이 참전한 미군의 경우, 그들이 모두 잠재적인 다이옥신 감염자라고도 할 수 있겠지요. 그런데 이 고엽제의 피해는 당장 나타나기보다는 독성이 오랫동안 그러니까 에이즈 바이러스처럼 한 2, 3년에서 길면 10년 동안도 체내에 축적해 있다가 서서히 증상이 드러나는 특징을 지니고 있다고 해요. 본인은 심한 피부병과 체중감소, 청각장애, 두통 등을 앓게 된다지만, 이보다 더 큰 불행은 아이가 기형아로 태어난다는 거랍니다. 그전에 어떤 신문에 난 기사를 보니까, 베트남에 참전했던 한 미군은 오른쪽 다리를 잃은 데다 청각 장애와 피부병을 그리고 독감증세로 고생하고 있고, 그의 아들은 기형아로 출산한 뒤 곧 사망했다고 해요. 또 어떤 병사는 딸이 태어났는데, 팔다리의 뼈들이 부분적으로 없고 엄지손가락이 없으며 심장에 구멍이 났고 항문이 두 개이며 내장이 이중으로 형성된 기형아로 태어난 정박아였다는 겁니다. 얼마나 끔찍한 후유증입니까."

고엽제 피해에 대한 가이드의 소름끼치는 상황 설명이었다. 이후 이행은 실제 땅굴을 체험하기 위하여 그중 길이가 짧은 50미터짜리 굴 안에 들어가보기로 했다. 왜소한 체구의 베트콩들만 다닐 수 있도록 굴의 통로는 가로 세로 50센티의 작은 네모꼴로 되어 조금도 허리를 펼 수가 없다. 문수도 얼결에 들어갔다가 엉금엉금 기어 나오는데 하마터면 기절할 것처럼 숨이 턱에까지 차올랐다. 그들이 이런 곳에 상주하며 미군의 무서운 포화를 견디며 작전을 했다니 새삼 감개가 솟구쳤다.

돌아오는 차 속에서 문수가 문득 말했다.

"얼김에 굴속에 들어갔다가 숨이 막혀 죽는 줄 알았습니다. 참 그런데서 그 엄청난 미군의 공격을 끝내 견뎌냈다니 놀랍더구만요."

그러자 김시욱이 약간 엄숙한 표정으로 말했다.

"저는 제가 베트남 사람이었다면 필시 그들 전사처럼 이런 굴속을 짐승처럼 기어다니며 싸웠을 광경을 떠올리고 잠시 숙연한 생각조차 들더구만요. 도대체 이데올로기라는 게 뭔지 또는 전쟁의 목적이 뭔지, 동서냉전의 체제가 무너진 오늘날의 입장에서 생각해보면 참으로 허망한 일이에요. 월남전으로 얼마나 많은 무고한 희생자가 났습니까. 우리 한국군도 그렇지만 도대체 아무 의식도 없는 월남의 민간인들이 까닭 모를 전란에 휩쓸려 얼마나 많이 죽었습니까. 이념이란 생각해보면 한낱 허울만의 허상일 뿐인데."

버스는 호치민 시의 도심인 번화가로 들어섰다. 넓고 푸른 호숫가에는 밑둥치에 하얀 페인트칠을 한 아름드리나무들이 줄지어 선 가운데, 드문드문 놓인 벤치에는 젊은 남녀들이 짝지어 데이트를 즐기는 정겨운 모습들이 눈에 띄었다. 6차선 도로가 훤하게 뚫린 데다 옛 프랑스 식민지하 사이공 시절에 한껏 영화와 낭만을 누렸던 유적을 보여주듯, 곧 유럽풍의 크고 화려한 건물들, 관청, 호텔 상가들이 빽빽이 들어찬 번화한 거리가 이어졌다.

간선도로가 끝나는 중앙에 턱 버티고 서서 위용을 드러낸 건물이 바로 통일궁이었다. 월남정부의 마지막 항복 장소였으며 일찍이 패망한 월남정부의 대통령궁이었다고 한다. 그게 지금은 박물관으로 일반에 공개되고 있어 철책 문이 활짝 열린 채 도무지 경비원조차 눈에 띄지 않는 무방비 지대였다. 당시 월남정부의 고관이었다면 마땅히 창자가 뒤틀리는 심한 금석지감을 느끼게 하는 곳이리라. 가이드가 의기양양한 어조로 설명했다.

"이곳은 옛날 월남정부의 대통령궁으로 1975년 4월 30일 오전 10시, 마침내 정부군이 베트콩에 항복하여 월남공화국 깃발이 내려지면서 오랜 전쟁을 끝장냈던 역사적인 장소입니다. 1962년 공산군 전투기의 기습적인 폭격을 당해 건물 일부가 부서진 관계로 68년에 보수공사를 했다고 합니다."

야자수와 유도화 피닉스 등을 비롯한 갖가지 열대 식물들이 짙은 그늘을 드리우고 있는 넓디넓은 정원의 동쪽 담장 옆에는, 그날 선발대로 철문을 부수고 진입하여 함락하는데 사용했다는 노후한 소련제 탱크 한 대가 전승기념으로 전시되어 있었다. 4층 건물 안에는 마지막 대통령 두웅 반민이 사용했다는 손님의 접견실, 국무회의실, 집무실 등이 보존되어 있었고 간간이 휴식을 취했다는 간소한 침실도 있었다. 모두가 예상 밖의 검소의 꾸밈이었다. 1층 홀에는 이 나라의 새 영도자가 되었던 호치민의 흉상이 세워져 있고, 그 뒷벽에 건 붉은 플래카드에는 "강물을 둘로 가를 수 없다." 는 그의 강력한 통일의지를 담은 어록이 쓰여 있었다. 같은 분단국가로 민족상잔을 뼈아프게 치르고 있는 우리로서 남다른 감회를 느끼게 하는 순간이었다.

또한 지하의 총사령관실은 당시의 월남군과 베트콩의 군사 배치 상황 및 이동통로가 적힌 12개의 지도가 벽면을 꽉 메우고 있었는데, 한쪽 상황판에는 월남군 총병력 54만 2천에다 한국군 5만 355명이란 숫자가 기록되어 있었다. 또한 견고한 지하벙커를 연상케 하는 지하실에는 어두컴컴한 통로 양쪽 방마다 통신기기 등이 그대로 보존되어 당시의 긴박한 전쟁상황을 그대로 보여주고 있었다.

이때 문수는 퍼뜩 아스라한 한 기억을 떠올렸다. 75년 5월 초 타이완에 여행 갔을 때의 일이었다. 타이페이의 한 거리에서 관광안내를 해주던 교포가 문득 한 건물을 가리키며,

"저 안에 월남의 티유 부통령이 살고 있어요." 하였다.

"아니 월남 부통령이 왜 여기 산답니까?"

내가 의아해하자 그가 껄껄 웃었다.

"아니 모르십니까. 지난달 말에 월남이 베트콩에 멸망했지 않습니까."

"그래 망명을 왔구먼요."

"망명이면 그래도 낫게요. 나라의 운명도 모르고 일국의 부통령이란 자가 타이완을 무슨 일로 공식 방문했다가, 그만 조국의 멸망 소식을 듣고 오도 가도 못하게 발이 묶인 겁니다. 마치 국제 미아처럼 말입니다."

"참 어처구니없는 일이군요. 그렇게도 정세를 몰랐을까요. 도무지 믿기지 않는걸요."

"그게 사실인걸요. 그러니 월남정부가 얼마나 어벙합니까."

그는 또다시 껄껄 웃어댔다.

그런데 그날 밤 문수는 호텔의 TV에서 한국정부가 긴급조치 9호를 발령했다는 뉴스를 접했다. 왠지 오스스한 한기와 더불어 까닭모를 위기감 같은 게 가슴을 꽉 눌렀다. 월남 부통령의 충격적인 이야기를 들은 때문이었다. 해외에 나와 있다가 만약 조국의 운명이 바뀌는 변고를 당한다면 어떻게 될 것인가. 새삼 국가 안보의 절실함을 절감하는 순간이었다.

한국식당에서 불고기로 저녁을 먹고 몇 사람이 충동질하여 소위 '발마사지'를 하는 곳을 찾아갔다. 홀 안에 십여 명이 나란히 누워 있는데, 흰 가운을 입은 젊은 아가씨들이 기계적인 익숙한 손놀림으로 전신 마사지를 하는데 그들끼리 서로 깔깔대며 호들갑을 떠는 게 가관이었다. 서툰 한국어로 '사랑해요' '이뻐요'를 연발했다가 '장동건' '김남주' 등 연예인 이름을 불러 환심을 사려는 눈치였는데, 그게 이른바 한류(韓流)의 일단인 듯싶었다.

문수는 남다른 호기심으로 묵연히 이들을 바라보다가 불현듯 동생을 떠올렸다. 그가 가슴을 옥죄며 그토록 잊지 못했던 바로 그 여자는 과연 어떻게 생겼을까. 그러나 동생은 좀체 그녀에 대해서 말문을 열지 않았었다. 그의 완고한 태도를 어쩔 수도 없으려니와, 아무리 허물없는 형제간이라 할지라도 그가 자진하여 밝히지 않는 한 그녀의 신상을 캐묻는 건 도리가 아닐듯하여 체념해왔다. 그러던 어느 날 동생은 동창들과 만난다면서 나갔다가 몸을 주체 못할 정도로 만취한 상태로 돌아와서는 그 앞에서 돌연 울부짖듯이 말했던 것이다.

"우리는 왜 월남에 가서 싸워야 했는지, 그리고 어째서 어글리 코리안의 인상을 월남에 심어놓고 올 밖에 없었는지 세상 사람들이 뭘 알아요. 뱃속 편한 놈들이 제멋대로 월남 파병을 이러쿵저러쿵 비판하고 있지만, 우리가 당한 일방적인 끔찍한 희생을 어떤 놈이 알아줘요."

과거에는 도무지 들을 수 없었던 폭탄적인 발언으로 모임에서 뭔가 큰 충격이라도 받은 듯싶었다. 그는 아직껏 여느 참전병사처럼 월남 파병용사임을 자랑삼아 말해 왔다. 그러던 게 베트남이 통일이 되어 세론이 차가워지고, 더구나 자신이 고엽제의 질환을 앓게 되면서부터 차츰 월남 파병에 대하여 은근히 의혹을 느끼는 눈치였다. 비록 목숨은 부지하여 돌아왔지만 고엽제라는 불치의 지병을 안고 돌아왔다는 좌절감으로 절망의 늪에 빠진 모양이었다. 차라리 명예롭게 전사라도 했더라면 보상이라도 따랐을 것을 하고 생각하는 걸까. 월남전에서는 많은 희생이 따랐다. 약 31만 3천 명의 참전 한국군인 가운데 약 4천 명이 사망했으니, 이는 자유세계에서 파견된 한국, 태국, 필리핀의 병사 사망자 4천 255명의 대부분을 차지하는 숫자인데다, 미군 병력 280만 명 중 5만 3천 명이 사망한 걸 비한다면 엄청난 희생의 숫자였다는 걸 그가 말한 적이 있었다.

게다가 그는 연인이었던 한 현지 여인을 버렸고, 그의 후예인 2세까지도 돌보지 못한 채 비정하게 돌아올 수밖에 없었다는 자책감으로 인하여 스스로를 '어글리 코리안'이라고 자학했던 것이다. 그건 시국에 의한 불가피한 일이었고, 사선을 넘나드는 전쟁터에서 젊은 나이로 흔히 저지를 법한 한때의 불장난일 수도 있다. 적어도 세속에서는 그런 점에서 그의 실수를 관용할 법도 하였다. 그래서 문수는 동생이 그런 문제로 무척 가슴 아파하는 걸 눈치 채고 어느 날 은밀히 위로하면서,

"형으로서 차마 할 말이 아닐지는 몰라도 월남 여인 문제로 너무 깊이 생각하지 말았으면 해. 이미 지나간 한때의 사고야. 아닌 말로 전쟁이란 불가피한 상황에서 그런 실수도 있을 수 있어. 허니 이제 와서 양심이나 책임을 절감한들 동생이 할 수 있는 일이 전혀 없다는 게 현실 아냐?" 하고 타일러 보았으나, 그게 얼마나 억지에 가까운 구차한 논리인지는 부인하기 어려웠다.

그는 제대 후 대기업에 나가면서 탄탄대로로 미래가 밝아 보였으나, 부모의 성화에도 불구하고 왠지 결혼만은 오랫동안 마다하고 미루었다. 설마 월남의 여인 탓이 아니겠지 하면서도 자못 걱정이 되었다. 그러다가 4년 만에 뒤늦게 결혼은 하게 되었으나, 이윽고 고엽제 환자임을 확인하는 순간부터 그들 부부관계는 급속히 시련을 겪게 되었다. 그는 이미 고엽제의 질병의 후유증을 알고 있었던 듯싶었다. 기형아 출산의 위험성을 두려워한 나머지 피임은 물론 마침내는 부부의 잠자리마저 거부하기 시작했다. 집안 어른들이 그들 부부의 심상치 않은 기미를 눈치 채고 당황해 있는 터에 그는 갈등 끝에 마침내 아내의 이혼 요구로 파탄이 나고 말았다. 융통성이란 약에 쓸래도 없는 꼬장꼬장한 대쪽 같은 성격으로 어찌 회유해보려고도 않고 순순히 이혼에 응했으니, 결국 자업자득일 수밖에 없었다.

그는 일찍이 삼사관학교를 졸업한 소위로서 1967년 9월 밀림의 왕자라고 불렸던 보병수도사단인 맹호부대의 소대장으로 월남으로 떠났다. 맹호부대는 퀴논지역에 문화센터, 학교건물, 공원 팔각정을 지어주는 등 많은 대민사업을 했을 뿐 아니라 일찍이 치열한 독코작전, 월계작전, 돌풍작전, 맹호작전, 해산작전 등을 통하여 그 용맹성을 널리 알려준 부대였다. 그 결과 부대만도 전체 2111명이 죽고 4474명이 부상하는 희생이 따랐던 것이다.

그는 평소에 월남전에 한국군이 미군의 용병으로 참전했다는 표현을 매우 싫어했다. 그것은 전쟁에 참가한 장교의 입장에서 자존심을 깡그리 뭉개는 치욕적인 평가일 수 있었다. 공산세력에 대치하는 민주국가의 공동방위라는 뚜렷한 참전 목적을 그는 끝까지 확신했었다. 그런데도 월남전을 비판하는 쪽에서는 은밀히 이러한 명예롭지 못한 표현으로 월남 파병을 부정적으로 비판했다. 더욱이 월남전이 끝나면서부터 그러한 공론은 세를 얻는 듯하였다. 심지어는 1965년 한국군이 월남전에 참전하여 73년까지 그 대가로 박정희 정부는 약 10억 달러의 외화를 벌어들였다는 설까지 나돌았다. 그로서는 어이없는 굴욕적인 말이었다.

하노이의 노바이 국제공항에 도착한 일행은 곧 호치민박물관을 찾아 시내로 향했다. 도중에 가없이 펼쳐진 넓은 평야에 이모작 삼모작의 기이한 농사철이 전개되고, 길에는 삿갓모양의 농라를 깊숙이 눌러쓰고 오토바이를 타고 달리는 농부(農婦)들이며, 무논의 농로에는 검은 수우들이 한가롭게 누워있는 평화로운 농촌 풍경이 특별히 눈에 띄었다. 수도 하노이는 이름 그대로 물위에 뜬 도시처럼 장대한 홍강을 끼고 돌아 도시 전체가 곧 아름다운 공원 같은 풍취를 느끼게 했다.

베트남 국회와 공산당 본부의 건너편 넓은 바단 광장에 짙은 갈색의 대리석으로 된 네모꼴의 웅장한 건물이 있었는데, 그게 바로 호치민박물관이었다. 호치민 탄생 100주년을 맞아 개관했다는 이 하얀 건물은 구소련의 원조를 받아 레닌박물관의 전문가가 설계와 내부방식을 맡아 시공했다고 하였다.

그런데 먼저 끝을 알 수 없이 두 줄로 장사진을 이룬 참배객의 대열에 우선 놀랐다. 문수는 수년 전 중국 베이징의 천안문 맞은편 '모택동기념관'을 연상하였다. 대만의 '장개석 총통 기념관'의 광경도 떠올렸다. 오늘이 마침 일요일이라서 더욱 붐빈다는 설명이지만 어쨌든 독립과 통일의 두 과업을 이룩한 위대한 민족 지도자로 추앙하는 국민적 환심이 얼마나 높은가를 실감하였다. 우리 일행은 외국 관광객이라 하여 특별히 새치기하여 일찌감치 안에 들어갈 수 있었다.

영묘 안은 경비하는 군인들에 의하여 철저히 탈모와 침묵 그리고 정장 차림을 강요받는 아주 엄숙한 분위기였는데 호치민의 시신이 생전의 모습 그대로 자는 듯 누워 있었다. 약간 수척해 보이는 얼굴이 조명을 받아 푸르스름한 빛을 띠었다. 묘역을 나와 작은 연못가에 세워진 목조건물 2층의 호치민 생가에 들러 그의 무척 검소했던 생활상을 엿볼 수가 있었다. 현지 가이드가 줄곧 앞장서 이것저것 자세히 설명해 주었는데, 아무래도 그의 한국어 발음이 낯설고 서툴기 이를 데 없다. 버스에 돌아와 물어보니 그는 베트남 사람으로 60년대에 국비 유학생으로 북한에 가서 김일성대학 부설의 농업연구소에서 3년간 농업기계에 대한 공부를 한 특이한 이력을 지니고 있었다.

"그런 공부를 했으면 농업분야에서 일할 것이지 왜 관광가이드를 하시죠?" 하고 누가 물으니까

"돌아와선 해방전선에서 병사로서 싸웠지비요. 그리구서 통일이 되니까니 잠깐 공무원으로 근무했우다래. 허지만 월급이 적어 도저히 먹고살기 어려워서라무니 그만 때려치우고 내가 한국어 아니까니 이곳에 진출한 한국 기업체에서 일했지비요. 한동안 한국의 방림방적에도 있었지비요. 그러다가 그거이 신통찮게 되니까니 좀 수입이 많은 이쪽 일을 하게 되었지비요." 하고 자못 장황하게 신상을 밝히는 것이었다.

그의 특이한 이력에 일행 중 젊은 몇 사람은 무척 흥미를 느끼는 듯 이런저런 시시콜콜하게 여러 질문을 퍼부었다. 그때의 북한 실정이 어떻던가, 과거 월남도 그랬는데, 민족 분단의 한국 현실을 어떻게 생각하느냐, 한국에 가보고 싶은 생각은 없느냐 등등이었다. 이에 그는 익숙하지 못한 말로 일일이 대꾸하느라 무척 애를 먹는 눈치였다. 이런 광경을 물끄러미 바라보면서 문수는 심술이 왕골(王骨) 장골(張骨) 떼라는 푼수로 괜히 강한 거부감을 느꼈다. 뭘 물어. 몰라 물어? 그로부터 무슨 신통한 대답을 듣겠다고 하는 거여 따위로 마구 뒤틀리는 기분이었다.

오후에 하롱 베이를 향했다. 유네스코가 지정한 빼어난 자연경관으로 북 베트남에서 가장 아름답다는 명승지로 하롱 베이는 용이 천상에 내려왔다는 뜻을 지닌 이름이라 한다. 그러나 도중의 많은 산들이 중석을 채취하느라고 무방비로 파괴되어 하얀 몰골을 드러내 보이고 있어 적잖이 실망해야 했다.

"어디나 없이 자원 개발이란 명목으로 철저히 자연은 파괴되고 있구만요."

김시욱이 불쑥 말하자 문수가 동조했다.

"경제제일주의란 산업사회의 성급한 인식과 인간의 탐욕이 앞뒤 가릴 것 없이 자연파괴에 경쟁적으로 몰입하는 현상이 되고 보니 자연 생태계가 앞으로 어떻게 변할지 참 걱정이 돼요."

황금빛 햇살이 뉘엿뉘엿 질 무렵에야 버스는 한적한 어촌 하롱 베이에 도착했다. 왠지 인적은 뜸했지만 구릉지에 세 개의 고층 호텔이 있고 상가가 즐비하게 늘어서 있어 관광지다운 면모를 갖추고 있었다. 일행은 호텔 '하롱'에 여장을 풀고 저녁을 먹은 뒤, 해변의 모래사장에 있는 포장마차에 들러 맥주와 녹차를 마셨다. 북 베트남 목저우에서 생산된다는 녹차는 생산량이 세계 4위라는데 문수는 향긋한 자스민 차를 즐겼다. 가로등 하나 없는 바닷가는 칠흑 같은 어둠 속에 물결소리조차 목이 잠긴 듯 마냥 고적하기만 하였다.

이튿날 아침 작은 유람선을 타고 일행은 바닷가로 나갔다. 때가 건기인 탓인지 오늘도 쾌청한 날씨였다. 바닷물은 산호의 푸른빛으로 더없이 짙푸르고, 주위의 섬들에는 뽀얀 안개가 끼어 숲의 푸른 물감이 뚝뚝 떨어지는 듯 보였다.

"이곳은 유명한 영화 '인도차이나'를 촬영했던 곳으로도 널리 알려져 있습니다. 해면으로부터 불쑥불쑥 튀어나온 크고 작은 천여 개의 푸른 섬과 기암절벽들이 말입네다. 거울에 얼굴 비추듯 바다에 모습을 비추고 있는 거이 아주 정말 장관을 이루고 있습네다. 하롱 베이의 섬은 모두 3천여 개가 된다는데, 그중에서 관광지로 개발되어 사람의 발길이 닿는 곳은 백여 개에 불과하다고 헙네다. 섬 안의 자연동굴과 해상의 환상적인 비경으로 말입네다. 가히 '바다의 숲'이라 할 만하고 참으로 아름다운 그림들을 보는 것 같은 느낌이 들 것입네다."

가이드가 늘어놓는 최상의 찬사였다. 그러나 결코 허랑한 과장이 아닌 과연 자연의 신비로운 조화가 돋보이는 빼어난 절경이었다. 문득 중국의 '계림'이나 한국의 '홍도' 바다쯤은 비할 나위가 없는 대단한 비경이었다. 그러나 어찌된 셈인지 우리 말고는 달리 유람선을 볼 수가 없었다. 그러나마 그간의 여정에 지친 몸이 모처럼 확 풀리는 한가롭고 상쾌한 기분이었다. 게다가 유람선 선주 부부의 호의로 현장의 어부로부터 갓 낚아 올린 싱싱한 생선을 사서 회를 쳐 먹는 맛이 비할 데 없이 좋았다.

문수는 김시욱과 마주앉아 회 안주로 소주를 마셨다. 소주는 그가 한국에서부터 비장해온 종이팩으로 이제 마지막이었다. 다른 일행은 선상에서 사진을 찍고 노닥거리느라 법석을 떨었으나, 그는 베트남에서의 마지막 코스라는 걸 의식했음인지 아쉬움과 함께 골똘한 생각에 잠기곤 했다. 그는 갑판 위에 갖가지 싸구려 기념품을 벌려 놓은 채 무턱대고 사주기만을 바라듯 우두커니 앉아 있는 선주 부인을 그윽이 바라보았다. 나이 30여 세쯤 되어 보이는 왜소한 체구와 가무잡잡한 피부, 납작한 코에 유난히 눈매가 서글서글한 그녀는 분명 베트남 사람일 것이다.

그런데도 굳이 그가 그녀를 유심히 살펴본 것은 문득 동생의 핏줄로 버려졌다는 따이한 2세 생각이 떠오른 때문이었다. 연인이었던 그녀가 살아있다면 아마도 저 나이쯤 되었을 것이다. 그리고 베트남 남자를 만나 어디선가 생활을 위해 저렇듯 일하고 있을지도 모른다. 그러자 퍼뜩 어젯밤 잠자리에 들면서 김시욱과 잠시 나눴던 화제가 떠올랐다.

"월남전에 참전했던 일부 한국군이 현지 민간인에 끼친 참혹상이 한 여성 리포터에 의하여 국내 신문에 생생히 보도됨으로써 한동안 큰 물의를 일으켰지요."

김시욱이 문득 던진 말이었다.

"저도 그 기사를 읽고 적잖은 충격을 받았어요. 어글리 코리안이란 오명이 거기서 나올 밖에 없었겠지요. 헌데 그거야 이미 저질러진 과거사라 그에 대한 어떤 사후 보상이라도 필요한 건지 알 수는 없지만, 그보다 사실은 당시 무책임하게 출산된 소위 따이한 2세라는 사생아들이 적잖은 숫자라는데 그들이 문제지요."

문수는 도무지 찜찜한 느낌으로 말했지만, 차마 동생의 이야기까지 까발려 고백할 수는 없었다. 아마 그런 고백까지 했더라면 그는 필시 동생의 패륜은 물론 이제 와서 그 혈육을 찾으려 하느냐고 물을지도 모른다. 그래서 문수는 짐짓 자신과 전혀 무관한 일처럼 말했지만, 내심 찔리는 바가 없지 않았다. 그러자 김시욱이 낌새도 모르고,

"그래 어디선가 신문기사를 보니까 한국기업의 월남 진출이 활발해지면서 한국어 강습의 붐이 일고 있고, 특히 따이한 2세들의 한국기업에 대한 취직 열기가 아주 높다고 해요. 반쪽짜리 나머지라도 아버지 나라란 친근성 탓도 있겠지만, 어쨌거나 그들이 많이 취직하여 생활 안정을 약속받게 된다면, 그게 곧 간접적인 보상이 되는 셈이 아닐까요?" 하면서 흘깃 문

수 쪽을 돌아보았었다.

그는 다시금 여인 쪽을 흘끔 바라보면서 생각했다. 동생이 아직껏 살아 베트남 정부와의 수교 이후 자유롭게 내항할 수 있는 오늘날 같은 계기를 맞았다면 자기 핏줄을 찾아 허겁지겁 이곳으로 달려왔을까? 아마도 분명 그러고도 남았을 거란 확신이 들었다. 그러니 베트남에는 정작 그가 왔어야 했는데, 나 아닌 그가 왔어야 했는데 하고, 문수는 마음속으로 중얼거리며 괜히 코가 시큰해지면서 이슬이 맺힌 눈길로 안개가 풀풀 흩어지는 앞섬을 바라보면서 불현듯 한숨을 쉬었다.

어느 날의 기행

그녀의 전화를 받은 것은 전혀 뜻밖이었다. 마침 사흘간의 연휴를 맞아 내가 묵고 있는 구로매료(黑目寮)의 삼층 건물은 텅텅 비어 있던 데다, 유난히 가을 날씨마저 청명하여 고질처럼 절여 있는 객수라 할까, 그게 주체 못할 외로움으로 다가왔던 참이다. 전화에서 하마따 요고꼬(濱田陽子)는 마이즈루(舞鶴)란 바닷가 마을을 안내하고 싶은데 어떠냐는 것이었다. 여부가 있나? 나는 아침밥을 어설프게 마치고는 약속 장소에 허겁지겁 달려갔다.

그녀가 승용차를 가지고 기다리고 있었다. 그녀는 내가 객원교수로 잠시 머무르고 있는 대학의 사회학과 전임강사인데 평소 자가용을 몰고 있는 모습을 본 일이 없어 다소 의외였다. 그녀가 앞문을 열어주어 그녀 곁에 앉으며,

"하마따 선생이 오너드라이버인 줄은 몰랐구려." 하고 약간 아첨하듯 말하니까,

"주차난으로 교내에 자가용 진입을 삼가도록 규칙이 돼 있어서요." 하고 그녀가 시동을 걸며 심드렁하게 대꾸했다.

"승용차가 늘어가면서 어디나 없이 주차공간이 모자라 어려움을 겪고 있지요."

문득 우리나라 대학들이 심각한 주차난을 겪고 있는 것과 대조적으로 이곳 대학들의 교정에 꽉 찬 오토바이와 자전거들을 떠올리고 떨떠름한 기분을 느꼈다.

마이즈루란 교토현의 최북단에 자리한 관광명소로서 한국의 남단과 가장 가까운 거리에 위치하고 있다. 그래서 옛날에는 부산에서 떠난 배들이 대개 이곳에 기항했기 때문에 자못 북적댔는데 요즘에는 사정이 달라져 매우 한산해졌다는 거였다. 그런 사정이야 어쨌든 가장 가까이에서 조국을 느껴볼 수 있다는 사실만으로도 흥미로운 일이었다.

"뜻밖의 제의에 놀라시지 않으셨어요?"

요오꼬가 사전 예약 없이 돌연 제의한 무례함을 용서하란 뜻으로 말했다.

"사실은 좀 그랬습니다. 허지만 연휴인 데도 마땅히 갈 데가 없는 적적한 상황에서 정말 구원받은 기분이었습니다."

손사래를 치며 내가 말했다.

딴은 그랬다. 이곳 대학의 웬만큼 친한 교수라 할지라도 한국의 우리네처럼 아무 때나 기탄없이 술 한 잔 하자고 불러내는 건 용납하기 어려운 무례한 짓이 된다. 당장 만나고 싶어도 일주일 전쯤 미리 예약해두는 게 상식이다. 어설픈 서구적 합리주의에 입각한 생활방식이랄까. 나는 그러한 그들의 생활 습관에 이미 넌더리가 났던 터라, 요오꼬의 즉흥적인 제의가 차라리 인간적이었다.

"그랬군요. 사실은 좀 일찍 연락드리려 했는데."

그녀가 변명삼아 중얼거렸다.

"아닙니다. 되레 그게 허물없이 좋았던걸요. 이해할지 모르지만 한국인들의 생활 풍속으론 친한 처지에 지나치게 예의를 차리는 걸 허물로 보는 경향이 있어요. 친한 친구면 한밤중에 술집으로 불러내고도 별로 실례라 여기지 않는……."

"그게 굳이 말하자면 인정사회로서의 전통이라 볼 것인데, 우리 일본인들은 다데마에(建前:체면)를 중시한다고나 할까요. 그래서 외국 사람들한테서 흔히 혼내(本音:본심)를 숨기는 이중인격자처럼 욕먹게 되기도 하지요. 저는 되레 한국 사람들의 화끈한 성격이 마음에 들어요."

그녀가 피식피식 웃으면서 말했으나, 나로서는 어쩐지 그녀가 속내를 숨기고 빈정거리는 것처럼 들렸다. 일본에 묵으면서 자연스레 붙어버린 일종의 경계심 때문이었다.

"돌아가신 아버님도 워낙 오랫동안 조선서 살아오신 분이라 반 이상은 한국 사람이었어요. 전후 내지에 돌아와 이곳 사람들과 어울리면서 다소 의식의 충돌이랄까 위화감도 느꼈었다는 말씀을 하신 적도 있어요."

그녀의 아버지 하마따 미쓰오(濱田光雄)는 일제강점기 나의 중학교 시절 담임 선생이었다. 당시는 태평양전쟁이 막바지에 이른 때여서 전시동원령이니 뭐니 하여 정국이 살벌하기 이를 데 없었다. 학교조차 위수사령부의 군인들에 빼앗기고 이웃 소학교에 소개된 채 수업은 딴전이고 날마다 군사훈련 아니면 노력동원에 내몰렸다. 곡괭이를 메고 가 벌목한 산에서 나무뿌리를 캐거나, 아니면 방공호를 파는 일들이 일과가 되고 말았다. 일제의 패색이 짙어지면서 조선인에 대한 탄압과 감시가 더욱 혹독해져 더러는 일부 상급반 선배들이 불온사상으로 몰려 암암리에 관헌에 끌려가는 사례가 부쩍 늘어났다. 대개가 독서회니 유언비어를 퍼뜨렸다는 따위의 터무니없는 죄목들이었다.

이런 때에 세계사 과목을 담당했던 하마따 선생은 대부분의 일본 교사들 가운데 비교적 온건한 편으로 조선인 학생들에 대한 차별이 없었던 걸로 알려져 있었다. 당시 배속장교나 체육 교사 등 철저한 군국주의 교사들과도 자주 불화가 있었다는 점에서도 조선인 학생들이 호의적으로 그를 받아들였던 것이다.

"다나까 그 개새끼 아주 음험한 놈이야. 경찰의 끄나풀이란 소문도 있어. 조선인 교사를 못살게 구는 교감 구마모또 녀석은 세상에 처제를 데리고 산대. 와타나베 훈육 선생 말이야, 그자는 평소 가장 도덕군자인 척 하는데 사실은 하루가 멀다고 유곽을 드나든대. 후지야마 녀석은 닭 한 마리라도 안 가져가면 절대로 귀성 허가 안 내준단다."

그 무렵 선배들이 은밀히 속삭이는 험담들을 들으면서 하급반이었던 나는 내심 크게 저항감을 느꼈던 것이다.

차는 이제 교토 사가지를 벗어나 구부러진 이차선 시골길로 들어섰다. 길가에는 마치 장난감처럼 규격화된 고만고만한 목조건물들이 두세 겹으로 늘어서 있는가 하면, 울창한 검은 숲 사이에는 드문드문 철겨워 누렇게 시든 단풍나무들도 더러 눈에 띄었다. 오후 한 시가 지나서야 간이휴게소에 이르러 우동으로 간단히 점심을 때웠다. 식후 요오꼬는 거푸 두 개비나 담배를 피웠다. 삼십대 후반답게 아직은 피부가 팽팽해 보였지만, 두툼한 눈 언덕에 광대뼈가 솟고 일본인 사이에서 흔히 볼 수 있듯 고르지 못한 치열에 앞니 두세 개가 검은 빛을 띠고 있어, 늘씬한 키인데도 좀체 세련된 지성미 따위와는 도무지 거리가 멀어 보였다.

그러나마 그녀는 내가 아는 가장 소중한 일본 여자였다. 옛 스승의 딸로서 만났다는 특별한 인연 말고도 내가 그 대학에 교환교수로 오도록 주선해준 은덕 때문이다.

"아버지는 조선에서의 마지막 제자로서 유독 선생을 기억하셨는데, 86년도에 선생께서 일부러 찾아주셔서 무척 감격해 하셨답니다. 그때 선생께서 어느 땐가 일본에 교환교수로 오고 싶단 말씀을 하셔 아버지는 무척 반기고 그날을 몹시 기다리셨답니다. 새삼 세상의 변화에도 옛날에 대한 강한 집착을 어쩔 수 없었던 모양이에요. 그런데 막상 선생께서 이곳에 오기 전에 돌아가시다니……."

그녀가 물기에 젖은 눈을 들며 말했다. 모처럼 오늘 호의를 베풀게 된 것도 나와 아버지와의 긴한 인연 때문이란걸 굳이 강조하고 싶은 눈치였다.

"그렇습니다. 참으로 유감스럽게 제가 오기 전에 돌아가시다니, 좀 더 사제의 정을 다질 좋은 기회였는데."

가슴 뭉클한 느낌으로 내가 말했다.

"아버지가 살아계셨다면 선생께서 굳이 료(기숙사)에 머물도록 놔두지 않았을 거예요."

"그야 당연히 료에 있어야죠. 별로 불편하지도 않습니다."

나는 짐짓 겸사로 말했지만, 기실 나이 든 처지에 어찌 불편하지 않겠는가?

"그나저나 그때 어떻게 아버지 주소를 알아서 찾아오셨는지 지금 생각해도 신기해요."

그녀가 감회가 어린 표정으로 돌아보며 활짝 웃어 보였다.

"때는 바야흐로 국제화시대 아닙니까? 잘은 모르지만 중학 동창회 쪽에 그런 네트워크가 가능한 정보가 있었던 모양이에요. 그리고 뭣보다도 댁의 아버님께선 우리 한국인 제자들에게 남달리 호의적이었기 때문에 일반적인 반일정서에도 불구하고 그게 가능했던 모양입니다."

나의 대꾸에 요오꼬는 뜻밖에 표정이 굳어졌다. 사려 깊음 아니면 뭔가에 찔린 듯한 갑작스런 반응이었다. 짐짓 반일정서라는 대목의 표현이 좋지 않은 자극으로 작용한 것일까? 하긴 이 같은 그녀의 표정을 전에도 목격한 일이 있었다.

이곳 대학에서 처음 특강을 했을 때의 일이었다. 그때 그녀도 몇몇 동료들과 함께 내 강의를 들었다. 강의 제목은 '한국문학의 특질'이었고 그걸 밝히는데 있어 무엇보다 시대적 역사적 배경을 중시하였다. 그런즉 자연 일제의 침략과 수탈에 따른 우리 민족의 참상과 비애를 설명하지 않을 수 없었다. 강의 서두에 나는 이런 말부터 꺼냈다.

"나는 일제 시 조선어가 배제된 채 국어라는 이름으로 일본어를 배웠고, 또한 상용어로 쓰길 강요당하였었다. 그런데 이제 45년이 지난 지금 나는 외국인으로서 여러분 앞에 국어가 아닌 외국어인 일본어로서 강의하게 되어 감회가 남다르다."

당시 나는 2백여 명이 넘는 일본인 학생과 교수들 앞에서 오기에 찬 야릇한 열정과 감개 속에서 부르짖듯 말했던 것이다. 순간, 앞쪽에 앉아있던 요오꼬 그녀의 표정이 돌처럼 굳어지는걸 느낄 수가 있었다. 이어 나는 삼국시대 이후 잇단 왜구에 의한 국토침략의 수난사를 거론했고, 특히 일제강점기의 폭정과 더불어 우리 문학 속에 깊이 서린 정한(情恨)의 특성을 작품의 예를 들어 구체적으로 설명해갔다. 그동안 그녀는 팔짱을 끼고 내내 눈을 지그시 감은 채 냉랭한 표정을 지었는가 하면, 때론 손으로 이마를 짚고 자못 곤혹스런 눈치를 보이기도 했었다. 강의가 끝나자 뒤따라온 그녀가,

"강의 잘 들었어요. 문학의 이해를 돕는데 역사적 배경을 든 게 좋았던 것 같아요." 하고 약간 지나가는 말투로 넌지시 말해주었으나, 왠지 칭찬하는 표정 같지는 않아 보였다. 뒤미처 따라온 젊은 국문과 교수가,

"선생의 말씀을 들으니 어쩐지 일본인이란 사실이 부끄럽게 여겨지는구려." 하고 너스레를 떨었는데, 요오꼬는 숫제 그를 경멸하듯 차가운 눈길로 흘끔 노려보는 것이었다.

마이즈루는 읍 소재지에 준할만한 어촌이었다. 아직은 이른 저녁때라서 우리는 그곳 유일한 호텔의 커피숍에 들어갔다. 마침 결혼 피로연이라도 있는 듯 화사한 화복(일본의 전통 옷) 차림의 손님들이 부산하게 들락거려 매우 북적였다. 그걸 보자 문득 마주앉은 요오꼬의 신

상이 궁금해졌다. 그녀의 사생활에 관하여 내가 굳이 자세하게 알아야 할 처지가 아니었기 때문에 대놓고 물어볼 염도 못 냈지만, 얼핏 스쳐온 풍문에 의하면 그녀가 아직껏 독신으로 지낸다는 거였다.

하긴 하마따 선생 댁을 처음 방문했을 때 이미 그런 낌새는 어렴풋이 눈치 채고 있었다. 사모님이 의례적인 인사를 하고 사라진 뒤에 줄곧 접대 수발은 그녀가 맡고 있었다. 처음에는 친정살이를 하는가보다 했지만, 아무리 뜯어봐도 그녀의 남편 같은 사람의 모습은 보이지 않았다. 그렇다면 혹시 이혼녀일지도 모르겠다는 궁금증이 생겼지만 대놓고 물어볼 수도 없었다. 그 후 몇 차례 단둘이서 고즈넉이 만나는 기회가 있었지만, 상대가 웬만치 콧대 높은 지성인이라는 데서 나의 세속적인 관심은 절로 시들어버렸다.

"아마 결혼 피로연이라도 하는 모양이죠?"

짐짓 엉너리라도 쳐서 뭔가를 캐낼 양으로 내가 물었다.

"글쎄요. 아마 그런가 보죠."

그녀가 전혀 관심 밖이라는 듯 시큰둥하게 답했다.

"결혼식은 신사(神士)에서 합니까?"

"전통으론 대개 그렇지만 요즘은 서구식으로 드레스를 입고 교회 같은 데서 예식을 올리는 젊은이들이 날로 늘어나는 현상이어요."

"한국은 일찍부터 서구식 결혼식을 하다 보니 예식산업이 날로 번창하는데, 그에 따른 폐단도 이만저만이 아니에요. 혼인 비용의 과다는 물론 봄가을 주말마다 예식장은 넘쳐나고, 청첩장 남발로 적잖은 부담이 되는 사회적 악습이 되풀이되고 있어요."

"우리는 피로연 초청을 아주 선별적으로 하기 때문에 그런 부담은 조금 덜한 셈이죠."

그녀는 말하고 시계를 들여다보더니,

"자, 일어날까요? 해변이나 가보죠." 하고 자리에서 일어섰다. 기왕 결혼 이야기가 나온 김에 뭔가 알아낼 듯싶다 하고 막연히 벼르던 나는 마치 의표를 찔린 것 같아 겸연쩍어 당황히 따라 일어섰다.

우리는 거기서 별반 멀지 않은 바닷가로 걸어갔다. 어항과는 멀찍이 외진 한적한 해변에 레스토랑 한 집만이 달랑 있었다. 마침 밀물 때였는지 바람이 없는데도 제법 스산하게 파도가 일렁이며 밀려오고 있었다.

"여긴 한국의 남단과 거리가 가장 가까운 탓인지, 한국에서 버린 쓰레기 이를테면 플라스틱 주스 병이라든가 라면 포장지 등이 해류를 타고 둥둥 떠내려 온대요."

요오꼬가 구두코로 모래바닥을 툭툭 치면서 중얼거렸다.

"그래요? 거참 그것들은 비자 없이도 멋대로 국경을 넘나드는구만. 해류야 그렇다 치고 기류를 타고 오는 건 정말 어쩔 수가 없지요. 중국에서 불어오는 황사, 그보다도 이산화탄소 등 국제간의 환경공해도 심각한 문제죠."

"나라 사이에 서로 협력하여 환경피해를 최소화할 수 있도록 피차 노력할 밖에요."

"그런데도 많은 나라들이 아직도 잘 살아보겠다고 산업개발에 발버둥치는 판국이라, 환경 문제 같은 게 아직은 배부른 자의 호강스런 넋두리쯤으로 여기는 경향이고 보면 보통 심각한 게 아니죠."

"그래요. 따져보면 일본이나 한국도 멀지 않은 과거에 이미 그걸 겪은 셈 아니던가요?"

"그렇습니다. 우리 한국 역시 그런 데 눈을 뜨지 얼마 되지 않았으니까요."

우리는 레스토랑에 들어가 주스 한 잔씩을 마셨다. 이제 막 붉은 저녁노을이 바다 위에 긴 소맷자락을 너울거리며 춤추는 무희의 찬란한 몸짓으로 출렁이고 있었다. 그러다 이윽고 어둠에 묻혀 고즈넉이 정적만이 감돌게 될 것이다. 그녀가 돌연 말했다.

"조금 있다가 선생을 안내하고자 하는 곳이 실은 한국 교포가 경영하는 스낵이에요."

그녀는 일본식 특유의 발음대로 스낵을 '스나꾸'라고 했다.

"교포의 술집이라고요?"

전혀 뜬금없는 말이라서 내가 되묻자, 요오꼬는 다소 언구럭스런 표정으로 웃었다.

"의외였나요? 실은 대학 후배로서 각별히 친해 동생처럼 아껴온 친구예요. 고향이 목포라 했던가. 그간 그가 불러서 몇 차례 여길 놀러온 일이 있었어요."

"아하, 그랬군요."

나는 동생처럼 아껴온 친구라는 표현에 괜히 가슴이 뭉클하여 들뜬 어조로 중얼거렸다.

"그런데 요즘 그 친구의 부부 사이에 위기를 맞고 있대나 봐요. 참 안됐어요."

"남편도 같은 교포 출신인가요?"

"물론 그렇죠. 헌데 남편이 진작부터 바람을 피워 딴 여자와 은밀히 살림을 차렸다나 봐요. 그런데도 그 애는 여전히 애들과 시어머닐 모시고 살고 있거든요."

"저런, 그럴 수가. 그런데도 이혼할 생각은 안 헌답니까?"

"그게 어쩌면 우리 생각, 아니 보편적인 우리 일본 여성들과 다른 의식의 차이인 것 같애요. 어차피 애정이 없어 파경이 된 마당에 아예 시집살이를 청산하고 헤어지는 게 어떻겠느냐는 게 나의 충고였는데, 미쓰꼬(光子)의 생각은 달라요. 애들이 가엾고 또 그가 없더라도 먹고살 염렬랑 없는데다, 기왕 모셔온 시어머니와의 중한 인연을 떨쳐버릴 수 없다는 거예요. 게다가 이혼녀란 말을 듣는 건 무척 두려워하는 눈치로 심지어 사내 녀석 바람 피워봤자 그게 한때지, 철 지내면 별 수 없이 돌아올게 아니냐면서 그저 느긋하게 견디겠다는 태도이니 참 알 수 없는 일이에요."

요오꼬는 그게 정말 한심스런 일인지 아니면 못내 기특한 일인지 도통 종잡기가 어렵다는 듯 애매한 표정으로 말했다.

"현대에도 그런 여성이 있군요."

내가 뭐라 대꾸하기 어려운 어정쩡한 기분으로 말했다.

"글쎄 말이에요. 그런데 곰곰 생각해보면 현대라는 시대감각과 관계없이 한국여성의 의식 속에는 오랜 봉건적 전통으로 질기게 다져온 부덕(婦德)이란 일종의 희생 모럴이 깊이 잠재해있는 것 같아요. 물론 모든 여성들이 다 그렇지는 않겠지만……."

"그건 물론이죠. 우리 한국여성들의 의식도 요즘 놀랍게 바뀌고 있고, 그 증거로 이혼율이 급격히 높아져 심각한 사회문제로 제기되고 있는 형편인걸요."

"그래요?" 하고 그녀는 얼핏 의외라는 뜨악한 반응을 보였으나, 곧 찌무룩한 표정으로 입을 다물어버렸다. 낌새로 보아 그녀 역시 그것과 연관된 말 못할 과거가 있었던 게 아니냐는 내 나름의 직감이 훅 스쳐갔다.

거리에 땅거미가 짙게 깔리고 온갖 네온 불빛이 요사스레 트림하듯 분출되면서 술집 가게문이 일제히 열리는 시각에 맞추어 그녀와 나는 시내로 향했다. 그리고 거리를 몇 굽이 돌아간 다음에야 붉은 벽돌의 아담한 2층집 처마에 매달린 '미쓰루(三鶴)'라는 네모진 조그마한 간판을 발견할 수 있었다.

"아하, 고향 목포시의 삼학도에서 따온 이름이구먼."

나는 마치 고향에나 돌아온 듯 못내 감개에 차 혼자 중얼거렸다.

건물 전면은 식당이었다. 우리가 안에 들어서자 마침 카운터 뒤쪽에서 그릇을 씻고 있던 젊은 여인이 호들갑을 떨며 달려 나왔다.

"언니, 어서 와요."

작달막한 키에 알맞게 통통한 몸매의 미쓰꼬란 여인은 달덩이처럼 희고 둥그스름한 얼굴에 가득히 웃음을 띠고 있었다. 두 여인은 가볍게 끌어안았다. 이윽고 약간 머쓱한 자세로 서 있는 나를 요오꼬가 턱으로 가리키며,

"전화로 말했던 한국서 오신 교수님이야." 하고 소개했다.

"말씀 들었어요. 뵙게 되어 반가워요."

물방울 튕기는 것 같은 생동감 넘치는 한국말로 미쓰꼬가 반겨 주었다.

"저도 얘기 들었습니다. 고향이 목포라구요. 저는 전주입니다. 타국에서 같은 전라도 사람을 만나니 더욱 반갑습니다."

"어서 자리에 앉으세요. 우선 저녁을 드셔야죠. 불고기를 준비했어요. 그리고 밤엔 술이나 드시면서 그간 객지에서 쌓인 스트레스나 확 풀어버리세요."

그녀가 약간 수다를 떨며 자리에 앉기를 권했다. 요오꼬와 나는 탁자를 마주하고 앉았다. 이윽고 들어온 한국식 불고기 백반을 모처럼 맛있게 먹었다. 반주로 가볍게 맥주를 곁들였는데, 보아하니 요오꼬의 술 실력이 여간 아닌 듯싶었다.

"고향에는 근래 다녀오셨는지요?"

곁에 앉아 시중을 들고 있는 미쓰꼬를 흘깃 바라보며 물었다.

"어디가요. 일에 매여 그럴 여유가 있나요. 게다가 말이 고향이지 막상 가봤댔자 가까운 친척 하나도 없는걸요."

그녀가 이번에는 일본어로 대꾸했다. 한국어를 모르는 요오꼬를 의식한 때문인 것 같았다.

"그렇군요. 그런 고국을 떠나온 게 오랜 선대부턴가 보죠?"

"아녀요. 아버지가 태평양전쟁 때 징용으로 왔다가 패전 이후 그냥 눌러앉았으니께 저는 교포 2세인 셈이죠. 그런데 말하기 좋아 목포지 사실은 신안군의 어떤 섬이라는데, 아버지는 본래 외톨박이 삼대 독자였다고 해요. 할아버지 할머니도 일찍이 돌아가셨고……."

"그랬군요. 타국에서 살수록 고국의 고향산천이 각별한 그리움으로 다가온다는데……."

"그야 그렇겠죠. 그러나 저는 이곳에서 태어나 자랐으니깐 그런 걸 잘 몰라요."

미쓰꼬가 좀 퉁명스러운 어조로 말했기 때문에, 고국에의 간절한 정서를 기대했던 나로서는 적이 머쓱한 기분이었다.

이윽고 우리는 미쓰꼬의 안내로 건물 뒤편의 스낵바로 자리를 옮겼다. 실내는 교토의 기온이란 술집 마을에서 흔히 볼 수 있었던 그런 모양새였지만, 규모는 꽤 큰 편이었다. 게다가 술시중을 드는 호스테스도 셋이나 있어, 기실 구라부(클럽)인 셈이었다. 그런데 그 아가씨들이 실은 철새모양 한몫 잡겠다고 멀리 한국에서 관광비자로 흘러 들어온 불법 취업자들이란 걸 곧장 알게 되었다.

이런 연유에선지 이 술집에는 현지 교포들의 단골손님이 유독 많다는 것도 곧 알 수 있었다. 빠찡코를 경영하거나 그 밖의 자영업 등으로 제법 재력 있는 사람들이 많이 드나든다고 미쓰꼬가 넌지시 자랑삼아 귀띔해 주었다.

요오꼬는 언제부터 알았는지 그들 고객 가운데 한 무리와 곧 어울리게 되고 미쓰꼬도 좌석마다 찾아다니는 통에 결국 나는 외톨이가 되어, 어쩌다 아가씨의 시중을 받게 되면서 그녀들이 무척 어려운 처지에 놓여 있음을 알게 되었다. 관광비자 15일치를 끊고 들어와 그래저래 열흘 정도 겨우 돈벌이랍시고 일하다가 귀국하여 다시 비자를 받아 들어와야 되니 경비를 빼고 나면 기실 수입이라는 게 별 것 없다는 거였다.

"게다가 말이 안 통해 바깥나들이도 어렵구요. 왔다갔다하는 비행기 값에 비자 끊는 수수료에다 소개비 주고 나면, 더구나 비자가 바로 나오기나 하는가요? 일 공치고 부산에서 며칠

씩 묶고 나면 애써 번 돈 홀라당 까먹걸랑요.”

그중 조금은 수더분해 보이는 한 아가씨가 내게 은밀히 실토한 푸념이었다.

“그렇담 왜 기를 쓰고 여길 오나? 한국에서도 웬만큼 노력하면 돈 많이 벌 텐데?”

왠지 그들의 처지가 안쓰러운데다 무분별한 처신에 넌지시 화가 치밀어 힐책했지만, 그녀는 분명한 까닭을 밝히지 않은 채 고작 한다는 소리가,

“그래도 이곳에서 요령 있게 잘만 한다면 한몫 톡톡히 버니까요.” 하는 것이었다.

그 요령이란 게 구체적으로 뭘 의미하는 건지 도무지 아리송한 일이었다. 어쨌거나 나는 모처럼 감상적인 분위기에 젖어 전에 없이 많은 술을 마셨다.

미쓰꼬가 호텔에 미리 방을 예약해 두었다는 사실을 알면서도, 자정이 넘도록 나는 자리를 뜰 생각이 없었고, 그런 기미를 눈치라도 챈 듯 요오꼬가 굳이 나를 버려두었다. 그녀 역시 자못 들뜬 기분인 듯 남자들과 어울려 많은 술을 마셨고, 미쓰꼬는 객석 사이를 미꾸라지처럼 매끄럽게 휘젓고 다녔다.

마침내 나는 한 일본인 중년 사내와 합석하게 되었는데 화제가 공칙하게도 한국의 통일문제에 미치게 되었다. 교포가 경영하는 술집에서 나눌 화제치곤 좀 마뜩치 않은 문제였지만, 나는 굳이 태평양전쟁의 전범국인 일본이 멀쩡한데 피해국인 한국이 분단된 것은 잘못돼도 한참 잘못된 일이라고 주장하면서

“그러니까 국제간의 역학관계가 어쨌든 한국 땅이 두 동강 날게 아니고 되레 일본이 두세 동강이 나야 이치에 맞는 거 아니냐?” 하고 독하게 이죽거렸다. 그런데도 그 사내는 겉으론 전혀 싫은 기색 없이,

“그렇군요. 말씀대로 세 동강이로 자른다면 그렇지, 홋카이도(북해도), 혼슈(본주), 규슈(구주)로 하면 되겠군요.” 하고 능청을 떨었다.

그게 천만뜻밖의 느글거리는 수작이어서 순간 나는 기가 팍 죽어버렸다. 매운 오기로 쏘아댄 화살이 새를 맞히기는커녕 나무 등걸에 맞아 맥없이 부러진 것 같은 맹랑한 기분이었다. 순간, 저쪽에서 술잔을 입술에 문 채 날카롭게 쏘아보는 눈길을 의식했다. 요오꼬의 차가운 눈빛으로, 그건 주책없이 왜 그런 말은 하는 거냐는 투의 비난처럼 보였다.

어쨌든 새벽 두 시쯤 술자리는 파장이 되었는데, 시중을 들던 한 아가씨가 나에게 와서 은밀히 청을 하는 거였다.

“내일 아침 볼일이 있어 교토시내를 가야 하는데 죄송하지만 선생님 차에 좀 동승할 수가 없을까요?”

“뭐, 그러지. 어차피 나가는 차니께 편승하면 되는 거지.” 하고 나는 술김에 호기 있게 승낙해 버렸다. 차주인 요오꼬가 의당 들어줄 것으로 지레 짐작하고, 조금도 거리끼지 않았던 것이다.

나는 그날 밤 호텔 방을 놔두고 별 수 없이 미쓰꼬네 가게 2층의 작은 다다미방에 신세를 지게 되었다. 요오꼬가 자리끼를 들고 내 방에 와서 인사를 하고 총총히 사라졌다.

이튿날 일찍 아침도 거른 채 우리는 마이즈루를 떠나게 되었다. 밤새 폭음으로 머릿속이 멍멍했지만 의외로 뱃속이 출출한 판에 서울 청진동 해장국 같은 게 절실했지만 당치않은 소원이었다. 그런데 왠지 밤새 요오꼬의 기분이 몹시 상해 있었다. 화장도 안한 부석부석한 맨얼굴이 잔뜩 부어있어 접근하기 어려울 만큼 심술이 난 표정이었다. 대체 무슨 변덕일까? 그러니 이미 나들이 차비를 갖추고 나와 있는 두 아가씨를 데리고 가자는 말이 선뜻 나오지 않는 판에 요오꼬가 어떻게 낌새를 챘는지 그녀들에게 퉁명스레 차에 타라고 했다. 찬바람이 쌩쌩 부는 냉랭한 어조였다. 시동을 걸자 나는 그녀 곁에 올라앉으며 슬그머니 변명을 했다.

"선생과 상의도 없이 동승을 허락해 미안합니다. 처지가 딱해 그만 제멋대로 약속했습니다."

그런데도 그녀는 뚱하니 부어오른 입으로 한마디 대꾸가 없었다. 애시 나의 경솔함을 용서할 마음이 없다는 거여서 적이 자존심이 상했다. 그래서 그냥 묵살해버리기로 했다. 그 후 끈끈한 침묵으로 두어 시간을 달린 휴게소에 이르렀다.

"예서 간단히 아침 요기나 하십시다."

나의 제의에 그녀는 가타부타 말이 없이 레스토랑 앞마당에 차를 세웠다.

"같이 갑시다."

내가 채근하자,

"먼저 가세요." 하고 차를 돌렸다. 적당한 곳에 주차시킬 요량 같았다.

두 아가씨와 함께 레스토랑에 들어간 우리는 우선 토스트와 우유를 주문하고 요오꼬를 기다렸으나 영 나타나지 않았다. 그제야 조바심이 나서 나는 그녀의 차를 찾아 나섰는데

"저는 아침 생각이 없어요." 하고 거절하기에 그럼 커피라도 한잔 하라는 데도 그녀는 막무가내로 사양하는 거였다. 심통이 났어도 단단히 난 모양이었다. 그래 할 수 없이 담배를 세 갑을 사서 건네주고 돌아오는데 슬며시 부아가 치밀었다.

'내가 도대체 뭘 얼마만큼이나 잘못한 거야?'

우리끼리 토스트 두 쪽과 우유 한 잔씩을 아침으로 대충 때우고 차에 돌아와 보니 그녀는 여전히 꼿꼿한 자세로 담배를 피우고 있었다. 근접하기 어려운 냉엄한 서슬에 뭐라 할 말도 잃었다.

그 후 교토 도심에 이르기까지 우리는 입을 꽉 다문 채 늪처럼 착잡한 침묵을 지켜나갔다. 얼마 못 가서 아가씨들이 내리고, 나도 한 블럭을 지나 변변한 인사도 나눌 새 없이 총총히 차에서 내렸다. 뒤끝이 몹시 씁쓰레했다.

내가 이곳에 온지 벌써 10개월 남짓, 귀국하기까지 남겨진 여유가 그리 많지 않았다. 그녀

아버지와의 진한 인연 아니라도 이국의 이성이며 같은 교수로서 적잖은 호감을 지니고, 여러 차례 만나 같이 밥을 먹고 술을 마시는 동안 꽤 친숙한 사이로 다가섰다고 여겨왔고, 더욱 친밀한 관계로 이어지기를 은근히 바랐던 게 사실이었다. 때론 솔직히 교양 있는 이성끼리라는 허울을 벗어 던지고 원초적인 뜨거운 열망으로 사랑하게 될 수도 있을 거란 장밋빛 환상조차 가졌었다.

그런데 그게 아니었다. 그녀와의 사이에는 도무지 뭐라고 단정짓기 어려운 벽이 있어 그어진 선에서 좀체 넘어설 수가 없다는걸 가까스로 깨달을 수가 있었다. 나아갔다 싶어 돌아다보면 도로 제자리인 것을. 도대체 그녀와의 사이에 놓인 철벽같은 그 실체가 무엇일까? 그건 아마도 그녀 선친과도 달리 그녀의 깊숙한 의식 속에 자리 잡은 한국인에 대한 편견이나 오만, 아니면 지성인으로서 과거 자국의 침략행위에 대한 반성에서 오는 일종의 지격지심 때문일까. 그리하여 나의 접근에 대해 나타나는 민감한 반응으로 하여금 경계심을 풀 수 없게 하는지도 모를 일이었다.

그런데 어젯밤 술집에서 유별나게 교포들과 스스럼없이 어울려 친숙한 모습을 보였던 건 또 무엇일까? 그렇다면 특별히 나에 대해 그간 좋지 않은 인상이 쌓였던 걸까. 아무튼 종잡기 어려운 가운데 나는 적이 당황할 수밖에 없었다. 하지만 화해 해야지. 그간 모처럼 다져온 정분을 생각해서라도 찜찜하게 헤어져서는 안 되지. 더욱이 그녀가 크게 생색을 내서 마련한 여행이 이렇게 끝나서는 안 되지 하는 강박감이 나를 짓눌렀다.

하지만 어떻게 화해를 청한다? 나는 이 대목에서 정작 망설였다. 정공법을 써서 그녀의 토라진 이유를 직접 캐묻는 것도 여간 자존심이 상하는 일이 아니었기 때문이다. 어쨌든 나는 우선 료에 돌아가 한참을 늘어지게 잤다. 어젯밤 이래저래 잠을 설쳤던 것이다. 자리에서 눈을 뜬 것은 저녁때가 다 되어서였다. 새삼 공복을 느끼면서 뱃속에 아릿한 통증조차 생겼다. 주섬주섬 옷을 챙겨 입고 거리로 나갔다. 습도가 높은 탓인지 으스스한 한기마저 느꼈다. 길가 식당에 들어가 저녁을 먹었다.

'빌어먹을, 요 맛없는 음식 값이 이렇듯 비싸서야.' 하고 입 속으로 중얼거렸다. 을씨년스러운 식당 분위기에서 헤어날 듯 정종 한 병도 비웠다. 그리곤 하릴없이 근처를 어슬렁거리다가 료에 돌아갔다.

그때였다. 막 방에 들어서려는데 책상 위에서 전화벨이 요란하게 울렸다. 급히 수화기를 들었다.

"모시 모시 박 선생? 저 하마따 요오꼬예요."

뜻밖에 그녀의 카랑카랑한 목소리였다.

"아하, 하마따 선생."

그녀의 전화에 나는 적이 감격하여 목소리가 떨렸다.

"저녁 드셨어요?"

"예, 방금 나가서 사먹었습니다."

잠시 침묵이 흘렀다. 그게 천근 무게로 가슴을 짓눌렀다.

"박 선생. 내일 밤에 만나요. 드릴 말씀도 있고요. 여섯 시 그곳 플라워호텔 커피숍에서요."

"그러지요."

내가 즉석에서 대답하자, 절거덕 전화가 끊어졌다. 매정한 것. 나는 불현듯 마음속으로 웅얼거렸는데 그건 오늘 아침 그녀가 변덕스레 심통을 부려 내 속을 갈기갈기 할퀴어놓은 데 대한 원한 때문이었다.

인철네 집

참으로 공교로운 일이었다. 마음속에 말끔히 지워버렸다 싶던 고향 땅을 뜬금없는 사건 발생으로 부득이 찾게 된 영수는 그 충격으로 간밤 한숨도 자지 못했다. 그는 무려 27년 동안이나 강박증처럼 마음을 짓눌러왔던 고향의 기억을 말끔히 씻어내려고 무진 애를 써왔다. 나에겐 고향이 없어. 애당초 그런 건 없었던 거야. 만약 그런 게 아직도 앙금처럼 남아 있었다면 한낱 부질없는 망상일 뿐이야. 설사 내가 그곳에서 성장했다 하더라도 한때의 불운으로 중요한 시기를 씻을 수 없는 상처만 입은 부끄러운 과거일 뿐, 마냥 쓰레기 같은 거다. 그러니 일시의 악몽처럼 깨끗이 잊자. 저주와 원망의 볼썽 사난 잔해일랑 모두 내던져 버리자. 그는 스스로 줄기차게 설득하면서 그동안 고향에 일절 발걸음을 끊었다. 뿐만 아니라, 연고 있는 각급 동창회 모임에도 전혀 얼씬하지 않았다.

헌데 뜻밖의 사단이 생긴 것이다. 대한적십자사에 근무하는 그가 어제 오후 난데없이 과장의 부름을 받았다. 그리고 전혀 엉뚱한 뜻밖의 지시를 받았던 것이다.

"강 계장, 내일 익산시에 출장 좀 다녀와야겠는데. 이번 북한 용천역 폭발사고에 대해서 말야, 과거 똑같은 참변을 당한 바 있는 익산시가 동병상련 격으로다가 거시적인 구호활동을 펴서 인도적 지원을 하겠다는 거여. 그래서인데 구호의 여러 절차 등 실무적인 협의를 위해 그곳 시청에 들러 자문을 해줘야겠어."

"아하, 용천역 사고에 익산시가요?" 하고 더듬거리다가 퍼뜩 이리역 폭발사고가 터졌던 1977년 11월 11일 밤의 그 엄청난 참경이 당장 대형 스크린처럼 눈앞에 떠오르면서 돌덩이라도 얻어맞은 듯 가슴이 콱 막혀버렸다. 그래 당장 무슨 대꾸든 해야 되겠는데 입이 영 떨어지지 않았다.

"강 계장, 표정이 왜 그래, 뭐 피치 못할 사정이라도 있는가?"

과장이 낌새를 챘는지 뜨악한 표정으로 물었다. 영수는 화들짝 놀라 도리질을 치고, "아닙니다, 아닙니다" 하고 내던지듯 쫑알거리곤 허겁지겁 그 자리를 물러났다.

도무지 악연이 따로 없다. 그렇듯 피하고 싶던 고향의 일에 맞닥뜨려 하필이면 왜 자신이 출장을 가게 되었는지 그로서는 어안이 벙벙했다. 도대체 27년간이나 그토록 한이 맺혀 발길을 끊어왔던 고향의 더구나 털끝만큼도 기억하기 싫은 일거리를 가지고 찾아가야 한다니 도무지 얄궂다. 허니께 세상 인연을 막 보는 게 아닌 기여. 생전에 다시는 안볼 것처럼 굳게 벼르던 원수 같은 사람과도 어느 자리 어느 시기에 뜻밖에 맞닥뜨려 꼼짝없이 얽혀지는 그런 기연이 얼마나 흔하다구. 하물며 태를 묻은 고향을 아예 등질 순 없는 일 아닌게벼. 누군지 그의 귀 곁에서 심하게 빈정대는 것만 같았다.

엊그제 북한 땅 용천역 구내에서 어마어마한 폭발물이 터졌다고 했다. 그래서 4월 27일 현재로 161명이나 죽고, 1300여 명이 부상당했으며, 가옥 8100여 동이 전파 또는 반파되어 재산 피해가 늘어날 것이라고 언론이 보도했다. 게다가 대낮에 벌어진 탓으로 근처 초등학교 어린 학생들이 공부하다가 날벼락을 맞아 유독 많은 희생을 당했다는데, 부상자 가운데는 실명의 위기에 처하는 등 그 극한 참상이 이루 말할 수가 없다고 하였다. 그런 걸 이곳 언론이 진한 동포애를 발휘해 앞다투어 밤낮 없이 보도하고 있었다. 일껏 먹고살기에도 어려운 북한 땅에 엎친 데 덮친 격으로 하필 그런 참변까지 벌어졌을까? 의료시설 자체가 턱없이 열악하다보니 당장 복구에 앞서 인명구호 자체가 절실한 모양이었다. 그래서 뜨거운 동포애의 발로로 북한 이재민 돕기 운동이 거국적으로 활화산처럼 번진 것이다.

영수가 사무실에 돌아오자, 이미 눈치를 챈 양으로 앞자리의 김시우가 넌지시 물었다.

"혹시 출장 가라는 거 아니우?"

"그래, 익산시에 다녀오라는구먼."

짐짓 마음이 내키지 않은 터라 심드렁하게 대꾸했다.

"내 그럴 줄 알았죠. 익산시에 가라는 거. 헌데 당시 익산시가 역 구내의 화약 폭발사고로 엄청난 피해를 입었는데 그게 언제였더라?"

"27년 전인 1977년 11월 11일 밤 9시 15분에 일어난 사건 아닙니까?"

문득 맞은편 자리에 앉아 있던 송민욱이 잽싸게 참견하고 나섰다. 사내에서 살살이란 별명으로 통하는 그는 눈치껏 재빨리 인터넷을 뒤져 그 사건에 대한 정보를 모니터에 띄워놓고 신기한 듯 들여다보고 있었다. 으레 그렇듯 그의 입가에는 자만에 찬 득의의 미소가 잔잔하게 번지고 있었다. 그가 큰 소리로 말했다.

"당시는 익산시가 이리시였을 때인데요. 30톤이 넘는 화약이 터져 시민 59명이 죽고, 1,402명이 다친 우리나라 폭발물 사고로는 전례가 없었던 큰 사고였다는구먼요. 재산 피해도 엄청나서 당시의 시 전체 주택 1만 3,362채 가운데 전파된 811동을 비롯해 무려 9,530채가 파괴되었다니께 그야말로 시 전체가 전쟁터처럼 쑥밭이 된 거구만요. 그리하여 재산피해만도 61억 원에 이르고, 이재민도 1,674세대에 7,373명이 되었데요. 헌데요. 그때 터진 폭발물의 위력이란 게 말예요. B29 폭격기 12대가 동시에 투하한 폭탄에 맞먹는다는구만요. 허니께 날벼락으로 원자폭탄 몇 기가 떨어진 꼴이 된 어마어마한 참변이었던 셈이죠."

그는 마치 자신만이 아는 특종 뉴스라도 되는 듯 흥미진진한 표정으로 은근히 거드름을 피웠다.

"그래 맞아. 전쟁터나 다름아니었구만. 그러고 보면 그나마 일본의 히로시마나 나가사키 같은 원폭 피해가 아니었다는 것만도 천만 다행이라 할까?"

도무지 한심하다는 투로 김시우가 혀를 끌끌 찼다.

"헌데 그게 인천을 떠나 광주로 향하던 한국화약의 수송차량이 무슨 까닭이었는지 이리역 구내에서 하룻밤을 묵는 바람에 생긴 돌발 사고래요. 무작정 대기하라는데 화가 난 호송원 신무일인가 하는 작자가 밤이 되어 잔뜩 술에 취하여 차고 안 화약상자 위에 촛불을 켜 놓고 잠이 들었다가 그만 촛불이 뇌관에 불어서 생긴 사고였다는구만요. 그러니 세상에 참 어처구니없는 재난 아니요?"

송민욱의 말에 김시우가 어이없다는 표정으로 대꾸했다.

"무서운 위험물질을 그렇게 허술히 다뤘다니 참 어이없는 인재였구만. 그런 관계로 똑같은 참변을 겪은 익산시가 '용천역 열차참사 돕기 범시민운동본부'를 설치하고 적극적으로 구호운동에 나선 건 참으로 잘한 일이야. 동족 돕기란 대의에 앞서 동병상련의 순수한 인류애적 발상 아닌가. 난 그 기사를 읽고 모처럼 신선한 충격을 받았어. 어떤 명목의 구호운동보다도 그거야말로 진정에서 우러나온 자발적인 구호운동이 아닐까."

헌데 영수는 내내 씁쓰레한 기분으로 말없이 그들의 대화를 들으며 왠지 강한 거부감을 느꼈다. 재난 뒤에는 흔히 흑막이 있기 마련인가? 너희들이 지금 속 편히 노닥거리는 사건의 진상이라는 것도 어차피 조작된 한 현상에 불과해. 당시 당국이 발표했다는 희생자의 통계 숫자라는 게 기실 의도적으로 은폐 축소된 거라는 비난이 파다하게 떠돌았어. 즉, 주민등록이 안 돼 신원이 밝혀지지 않은 많은 윤락녀가 보건소 창고에 방치된 채 대상에서 빠졌다는 게야. 사고를 되도록 줄여보려는 관료들의 속성으로 급히 작성된 통계 숫자라는 게 엉터리일 밖에 없었던 거지. 그뿐 아니라, 객관적인 숫자의 개념과 직접 눈으로 본 실상 사이에도 엄청난 괴리가 있는 법. 또한 재난의 수습과정에서 얼마나 많은 비리가 숨겨져 있었기에 말이다. 도대체 그걸 사람들은 모르는 거라. 제기랄 그때 불쌍하게 당한 윤락녀들만 억울했지. 도리어 그 참변 덕분에 크게 덕을 본 사람들이 얼마나 많았다고. 영수는 마음속에 뭉글뭉글 끓어오르는 분노를 느꼈지만, 끝내 내색은 하지 않았다. 아니 내색할 필요도 없었다. 사내의 동료 치고 어느 누구도 그가 정작 익산시 출신이란 것조차 아는 사람은 없었던 것이다.

영수는 오후에 집을 나서 서울역에서 호남선 기차를 탔다. 애당초 마음에 없는 출장이니, 내일 이른 아침 차로 가도 되련만, 왠지 그곳에서 느긋하게 하룻밤을 지내고 싶다는 엉뚱한 생각이 들었던 것이다. 도대체 애증의 감정이 한데 엉키고 보면 구분하기 어렵듯 짐짓 출장이 불만인 의식과는 달리 설레는 가슴 또한 누를 길이 없었다. 과연 이십칠 년 동안 익산시는 어떻게 변모했을까? 자세히는 몰라도 놀랄 만큼 변했을 거란 예측만은 가능했다. 본격적인 산업사회로 들어서면서 웬만한 도시 치고 개발이네 뭐네 하여 나름대로 크나큰 변신을 꾀해오지 않았던가. 얼핏 풍문으로 듣건대, 폭발사고 이후 전화위복으로 그곳이 자유수출지역으로 지정되어 본격적인 산업화로 발돋움하면서 심지어는 환골탈태가 되었다고 과장되게 표현하기도 하였다.

그는 차장 밖으로 전개되는 화사한 봄날의 다사롭고 생동감 있는 시골 풍경을 바라보면서 문득 옛 기억에 사로잡혔다. 당시 폭발사고로 가장 큰 피해를 본 곳은 역 북쪽에 바짝 근접해 있으면서 응달에 독버섯 퍼지듯 번창하던 윤락촌(집장촌)이었다. 그곳은 이미 1961년에 창인동으로 이름이 바뀌었는데, 그건 옛 북창동과 철인동이 합쳐진 마을의 새 이름으로 윤락촌은 본시 철인동에 속해 있었다. 행정구역을 개편하는 판국에 원 악명이 높은 그 마을의 이름부터 깨끗이 없앰으로써 시의 이미지를 바꾸려 했는지는 알 수 없다. 그런데도 사람들은 쉽사리 옛 철인동을 잊지 않았을 뿐 아니라, 일쑤 그곳을 가리켜 곧잘 '인철네 집' 이라는 독특한 은어로 불렀다. 점잖은 처지에 겉으로 드러내 윤락촌을 입에 올리는 게 적이 쑥스러우니까, 철인동의 '철인'을 뒤집어서 그런 삐딱한 이름으로 불렀던 것이다.

이름이야 어쨌든 이 마을은 전국적으로 유명했다. 그리하여 이 손바닥만 한 작은 바닥에서 행세깨나 한다는 인사는 물론 웬만한 젊은 사내 치고 그곳에 한번 들락거려보지 않은 사람이 없을 정도였다. 개중에는 고을에서 자못 이름깨나 알려진 유지나 교육자 또는 시의원 같은 점잖은 분네들이 뒷구멍으로 호박씨 까는 격으로 이곳엘 들렀다가 사이비 기자의 먹이가 되어 톡톡히 치도곤을 치렀다는 이야기도 심심찮게 나돌았다. 심지어 어떤 분네는 경찰의 단속에 걸려 요강을 들고 어린 학생처럼 벌을 섰다는 웃기는 얘기가 불난 뒤의 잔불 살아나듯 모락모락 피어나기도 했다.

오늘날에는 '성매매방지법'이 생겨 윤락촌이 된서리를 맞은 상황에서 좀 상상하기 어려운 일이지만, 윤락녀를 찾는 게 무슨 죄이랴 싶었던 당시만 해도, 그곳에 대한 사회적 인식이 도무지 어정쩡한 상태였다고나 할까? 지금에 비해 성 개방이 덜 된데다, 뉘나 없이 어렵게 살아가는 형편에서 그곳만이 값싸게 사내의 욕정을 쉽사리 배설할 수 있는 유용한 배출구였던 것이다.

그럼에도 여전히 그 시설을 혐오하는 시민의 의식도 높았다. 다름 아닌 역과 인접해 있음으로써 이곳을 찾는 이의 첫인상부터 구긴다는 이유였다. 그런 결과로 시 당국이 세계은행의 차관을 들여와 재개발이란 명목으로 골치 아픈 이곳을 싹 쓸어버리려 한다는 소문조차 떠돌기도 했다. 그런지라 막상 폭발 사고가 나자 시 당국이 은밀히 저지른 일이라는 낮도깨비 같은 악성 유언비어도 한때 나돌았다. 그런데도 당시 만연하는 인신매매의 풍조를 제대로 단속하기 어려운 상황이어서 시설은 마냥 늘어만 가고, 법이란 여전히 그걸 금기하면서도 실질적인 대책이 없는 어정쩡한 상태였다. 하기야 한다는 외국치고도 어디 윤락가가 없다더냐. 오늘날에 와서야 여성의 인권차원에서 한사코 없애야 한다고 하지만, 사내들이야 겉으론 어쩌고 하면서도 일종 사회의 필요악으로 불가피한 풍조 아니냐는 속내였을 것이다. 그래서 당시의 사내들은 어쩌다 싼 술로 거나하게 취기라도 오를라치면,

"야, 인철네 집에나 가서 몸이나 풀자꾸나" 하고 일쑤 설레발을 치곤했다. 요즘 시속으로 이차 삼차 하자는 제의처럼 그게 가뜩이나 자연스럽게 우러나왔던 것이다.

영수는 불현듯 생각이 옛 마을에 머물자, 가슴이 꽉 막히고 온 몸이 굳어졌다. 그에게 그런 기억 자체가 끔찍한 악몽이었던 것이다.

'아, 그날 밤' 하고 그의 입에서 문득 소리 없는 비명이 빚어 나왔다. 갑자기 지축을 흔드는 것 같은 폭음이 터지면서 우지끈 집채가 흔들리고 와장창 창틀이 떨어지면서 유리조각이 분가루처럼 쏟아졌다. 그리곤 이내 전기가 나가고 암흑 속에 아비규환의 아수라장이 벌어졌다. 그때 마침 티브이에선 월드컵축구 예선전이 있어 '한국 대 이란'이 게임하고 있었다. 그리고 마침내 한국 팀이 이란의 골문을 가르는 통쾌한 첫 슛이 터진 순간이었다. 그래 시청중인 사람들이 미친듯 자리를 박차고 일어나 "대한민국 만세"를 외치며 환호하던 바로 그 찰나였던 것이다.

"그 사고로 무엇보다 인접한 창녀촌이 박살이 났다던데?"

영수는 문득 송민욱이 어제 했던 말을 떠올렸다.

"밤중에 그랬으니 윤락녀는 물론 잠깐 재미 좀 보려다 억울하게 목숨을 잃은 사내들도 꽤 많겠네. 허니 죽음의 현장이 밝혀짐으로써 피해당한 가족들 체면이 뭐가 되었겠어. 정말 민망하고 참담했을거구만."

김시우가 가뜩이나 비아냥거리는 어투로 말을 받았다.

"허긴 벌거벗은 알몸으로 연놈이 엉겨 붙은 채 죽었을 거니까 흉한거야 말할 나위 없겠지요. 허니까 쥐에도 들 구멍 날 구멍 있다고 평소 처신을 조심했어야 허지만, 어디 그런 일 생

기리라고 꿈엔들 생각이나 했겠어요. 마른하늘에 날벼락 맞은 격이지."

"역사는 밤에 이뤄진다고, 그 사고가 낮에만 터졌던들 희생이 덜했을 터인데."

"대낮이라면 호송원 녀석이 술 취할 리도 없고 촛불 켤 일도 없었겠죠."

송민욱이 말을 받아 잔뜩 호기심에 들뜬 표정으로 너스레를 떨었다. 그때 영수는 말없이 그들의 대화를 엿들으며 가슴에 못이 박히는 아픔과 모멸감을 느꼈다. 기실 그들이 말밥에 올려 이죽거리는 사실이 전혀 허황한 건 아니었다. 그 마을에서뿐 아니라, 가까이 있던 여관 같은 데서 남녀들의 그런 일이 있었다는 게 사실이었다. 허지만 어쩌면 끔찍한 남의 비극도 마치 포르노 화면 즐기듯 흥미 겨워 한낱 입방아감의 대상일 밖에 없겠구나 하는 거부감이 가슴을 쳤기 때문이다.

그럴 것이 영수네 집은 그 윤락촌 한복판에 있었다. 그러니 그의 가족은 바로 현장에서 사고를 당했던 당사자였다. 이런 사실은 평생 죽도록 꺼내기 싫은 이야기지만, 그는 그 마을에서 중요한 어린 시절을 보냈던 것이다. 그의 어머니 정 씨는 마을에서 알아주는 잘나가는 포주였다. 포주들 거의가 여자인데다, 그녀는 경륜과 수완을 뽐내며 마을 일을 선도하는 번영회 회장이었다. 그래서 직책상 마을에 복잡한 일이 생길 적마다 두 팔을 걷어 부치고 오지랖 넓게 시청이나 경찰서 등 유관기관을 무시로 드나들며 해결사로 나섰다. 그러한 맹렬한 활동 덕에 그녀의 말 한마디에도 다른 포주들은 옴짝달싹 못하였다.

당시 영수네 집도 예외 없이 폭싹 무너져버렸다. 그뿐 아니었다. 어머니의 구박을 피해 여느 때처럼 구석방에 처박혀 티브이만 보던 아버지가 비명 한번 제대로 내지르지 못하고 가엾게 건물더미에 깔려 죽었다. 아아, 게다가 정말 알뜰살뜰 한 식구처럼 정겹게 가족들을 보살펴준 순남 누나가 혹독한 비명으로 그나마 사내의 시체 위에 알몸으로 겹쳐 죽어 있었다고 했다. 그리고 입이 거칠고 성질은 사나웠지만, 나름대로 돋보인 미모로 손님들의 인기가 높았다는 미순이와 통통한 몸매에 약간 어수룩해 보였지만 마음씨만은 비단결처럼 고왔던 춘자 누나 등 두 명도 한 순간에 주검으로 변했다.

그런데도 유독 어머니만은 멀쩡하게 살아 있었다. 나중에 들은 얘기지만 사고 당시 그녀는 중앙동 어느 음식점에서 역전 파출소장과 술을 마시고 있었다고 한다. 그러니까 마을 일로 그녀가 향응을 베풀었다는 것인데, 하필이면 바로 그 시각에 만났기로 귀중한 목숨을 건졌으니 번영회장이란 직책이 하늘에서 내려준 행운이었는지, 아니면 억세게 운수가 좋았던 건지 아무튼 희한한 일이었다. 운명은 하늘이 준다는데, 어머니의 뭐가 예뻐 보여서 하나님은 특별히 그런 행운을 주셨을까 하고 영수는 곰곰이 생각하곤 했었다.

그러한 반감은 평소 지나치게 어머니로부터 멸시와 구박을 받으며 불쌍하게 살아온 아버지를 생각할 때마다 더욱 절실했다. 아버지가 실직함으로써 가장의 권위를 잃어버린 뒤에 오직 선택할 수 있는 길이란 현실에 대한 무관심과 비굴함이었다. 게다가 운 사납게 새로 온 집안의 윤락녀를 꾀어 그 짓을 하다가 어머니에게 발각된 뒤부터는 아예 인격은 사라지고 짐승의 수컷처럼 멸시 당했다. 그런 아버지도 은인자중 끝에 한계를 넘어 어머니의 독선적인 태도에 반발할 때가 있었다. 그러면 어머니는 식식거리며 맹수처럼 그를 다가세웠다.

"흥, 주제에 가장으로 제대로 대접은 받고 싶은가만. 그럴려면 한번만이라도 떳떳하게 가장 구실을 해 봐. 세상 사람들이 손가락질하며 오만 모욕을 다 하는 이 천한 직업을 갖게끔 만든 게 누군데 염치 좋게 투정을 부려? 이나마 나 아님 새끼들 먹이고 입히고 가르치는 걸 누가 한대여. 그러니 천번 만번 고맙게 여기고 죽은 듯이 살으랑께."

젊은 한때 잘나가는 회사원 생활도 했었다는 아버지가 어인 일로 직장에서 쫓겨나 백수건달로 오랜 세월을 마감하게 되었는지 도통 알 수가 없다. 아내의 가혹한 다그침과 모멸에도 그는 마치 업보인 양 견디며 할 말을 잃었다. 하지만 세상 남자들 가운데는 직장 없이도 어엿이 남편 구실을 하면서 사는 이도 적지 않을 것이다.

영수는 어릴 적에 포주인 어머니가 걸핏하면 아가씨들을 한낱 돈을 물어오는 제비쯤으로 여기고 닦달하는데 은근히 두려움을 느꼈었다. 하지만 어머니는 되려 말끝마다 자신이 그녀들의 자비로운 보호자인 양 행세했다. 어쩌다 아가씨가 시내에 나가 옷가지라도 사온걸 보면 두 눈에 쌍심지를 켜고 호되게 나무랐다.

"야야, 늬 그렇게 흥청망청 돈 쓰다가 언제 어떻게 될지 알기나 하냐? 나이 들어 몸 망가지고 수중에 돈 떨어지면 누가 널 돌아 본다냐? 아무도 없어야. 이 쓸개빠진 년아, 그러니 정신 바짝 차리고 돈을 아껴."

그리하여 어머니는 여늬 포주들처럼 그녀들의 최소한의 자유인 돈 관리조차 보호라는 미명아래 빼앗아 제멋대로 행사함으로써 철저히 신변을 구속할 수가 있었다.

역에 내린 영수는 광장으로 나오면서 우선 눈앞에 다가선 주변 풍경에 적이 압도당했다. 도무지 그의 의식 밑바닥에 오랫동안 잠겨있던 풍경과는 생판 달랐다. 새 역사부터 약간은 생소해 보이는 위용이었지만, 사고 당시의 옛 자취란 아무리 둘러보아도 흔적조차 가뭇없다. 더없이 넓어 보이는 광장의 끝자락에 남북으로 잇닿은 8차선 큰길은 승용차와 버스로 넘쳐나고, 길가에 빼곡히 들어찬 새 빌딩 가운데 기껏 병원과 여관 등 두어 군데의 낡은 간판만이 어렴풋이 눈에 익은 그대로였다. 십 년이면 강산도 변한다는데, 그간 세 번 가까이 뒤바뀐 세월에다 급박한 재개발 과정까지 거쳤으니 웬만한 자취인들 온전하겠는가?

그는 내일 아침 시청을 방문하기로 하고 예시 오늘밤은 느긋하게 근처에서 묵을 셈이었다. 그런데 아직 저녁을 먹기에는 이른 어정쩡한 시각이었다. 그는 마치 기억의 실타래를 더듬어 탐색하듯 역전 중앙동 거리 이곳저곳을 두리번거리며 한참동안이나 서성거렸다. 그러다 이곳저곳 즐비한 가게 안을 기웃거리다 마침내 한 골목 안으로 찾아들었다. 그곳은 역 맞은 편 휘어진 골목 안길로 바로 영수가 누나와 둘이서 자취생활을 했던 집 부근이다. 헌데 여전히 허름한 옛집이 더러 눈에 띄기는 했어도 쉽사리 그 집을 가려내기가 어렵게 영 풍경이 딴판이었다. 얼핏 반가운 마음에 새삼 가슴이 뭉클했지만 결국 실망하여 돌아서고 말았다.

그러니까 누나가 사춘기에 들어서는 중학생이 될 무렵, 현실에 악착해 도무지 그럴 것 같지 않던 그의 어머니가 뜻밖에 맹모의 삼천지교라도 주워들었는지, 길 건너편 마을에 자취방을 얻어 주면서 특별한 일 아니면 마을에 얼씬하지 말라고 엄명했던 것이다. 그러잖아도 창녀촌이란 집안 환경에 적잖이 마음이 멍들어있던 참이라 반가운 계기가 아닐 수 없었다. 그래서 그들 남매는 노인네가 사는 집의 손바닥만 한 방 두 개짜리 뒤채에서 명색 자취라는 걸 시작했다. 하지만 기실 자취란 게 말뿐이고 아침저녁 두 끼 음식은 모두 집에서 꼬박꼬박 날라다 주었다. 그런 일로 순남이 누나를 잊을 수가 없다. 그녀는 그의 집에 고용된 윤락녀 가운데 맏언니 격일 뿐 아니라, 어머니가 오랫동안 큰딸처럼 의지하고 사랑했던 누나였다. 그 순남이 누나가 어머니를 대신하여 자취집에 무시로 드나들며 살림을 보살펴주었던 것이다. 그런 만큼 귀한 사춘기를 보낸 그 집에 아스라한 추억거리도 많아 꼭 한번쯤 확인하고 싶었는데, 허름한 여인숙과 술집이 두어 채 남아 있어 그 근처일 거라는 어림짐작만이 가능할 뿐이었다.

그는 망설인 끝에 우선 근처에 있는 한 조촐한 식당에 들어갔다. 홀 안은 손님 한 사람 없이 썰렁하니 비어 있었다. 그는 바깥에 풍경이 내다보이는 창가에 자리를 잡았다. 그리고 인기척이 없다 싶었는데, 한참 만에 수더분한 한 중년 부인이 무료에 지치고 일상에 넌더리가 났다는 투의 맥적은 표정으로 물병과 컵을 갖다 놓았다. 그는 간단한 안주에 맥주 두어 병을 주문했다. 이윽고 갈색 머리에 화장기 짙은 종업원이 가져온 음식을 식탁 위에 늘어놓으면 자못 의미 있는 눈길로 흘끔흘끔 찔러보면서,

"혼자 오셨어요? 여기 분이 아니신가봐." 하고 수작을 걸어왔다.

"예, 서울에서 왔습니다."

그러자 그녀는 청하지도 않았는데 맞은편 의자에 살며시 주저앉아 이내 시중을 들 자세로 병마개를 따고 술을 권해왔다.

"오늘 개시 첫 손님이니께 제가 서비스를 할께유."

사뭇 친숙한 어투로 말하고, 어느새 가져온 자기 잔에도 술을 따르라고 은근한 눈짓을 보냈다. 그러한 약간 무람없어 보이는 태도가 왠지 싫지 않은 그는 선선히 술을 따라주며, 언뜻 옛 순남이 누나를 떠올렸다. 당시 이 여자처럼 삼십대 전반이었을 그때의 그녀는 비록 창

녀였지만 무척 순박한데다 조신함이 몸에 배어 있어 인상만으론 그런 험한 직업여성이란 걸 전혀 눈치 채지 못할 정도였다.

“요즘 손님 많습니까?”

그가 괜히 궁한 생각에서 불쑥 물었다.

“어디가요. 불경기라 말도 못해요.”

“그런데 여기 많이 달라졌네요. 옛날을 생각하면 시가가 눈부시게 변했구만.”

“여긴 초행이 아니구만요. 대체 얼마 만에 오셨는데요?”

“글쎄 한 27년쯤 되었나?”

그는 적이 심드렁히 대꾸했다. 그러자 그녀가 화들짝 놀란 표정을 하고 너스레를 떨었다.

“어마마 세상에 원 이십칠 년이라니, 꿈같은 소리 하시네. 지금 하루가 멀다고 세상인심이 바뀌는 판인데.”

“허긴 세상 변하는 거 눈 깜짝할 사이지. 헌데 댁은 이십칠 년 전 여기 이리역 폭발사고는 잘 모르겠구만. 그때 이 근처는 아주 폐허가 됐었다구.”

“저야 이곳에 태어나지도 않았구, 설사 고향이라 했던들 아주 어릴 적의 일이었을 테니깐요. 허지만 제가 잘 아는 큰 언니헌테 얘기는 들었어요. 참 어마어마한 참변이었다면서요. 그리고 그때 불쌍한 창녀들이 들개처럼 많이 죽었대요. 그리고 복구하는 과정에서 그 여자들은 정작 위로금이나 보상 같은 거 제대로 받지도 못하고 애먼 포주나 기관 사람들이 교묘하게 그걸 가로챈 일도 있었다구 하더만요. 사람들이 말은 어쩌구 허지만 세상 돌아가는 거 예나 지금이나 변함없이 힘없고 돈 없는 서민들만 골탕 먹기 마련이걸랑요.”

딴은 그러했다. 당시 집이 파괴된 업주들은 물론 거처와 직업을 잃은 윤곽녀, 그리고 사망자 유족에게도 새로 짓는 아파트에 입주할 수 있는 권리를 보증하는 딱지를 나눠주었다. 그런데 그러한 입주권이나 보상금 등이 농간에 의해서 제대로 집행되지 않았다는 것이다. 사실 관계야 그로선 알 수 없어도, 어쨌든 영수네 집만 해도 갑자기 전화위복이랄까 큰 부자가 되었던 것이다. 어찌해서 딱지 몇 장을 얻었는지 자세한 건 모르지만, 어머니는 도무지 남편과 세 종업원을 일시에 잃었음에도 미처 슬픔을 느낄 경황도 없이 번영회장이란 직함을 마음껏 발휘하여 복구사업에 뛰어들었던 것이다. 그 덕으로 여유 있는 가산으로 어머니는 근처의 여관을 사들여 잠시 운영하다가 시의 개발사업으로 부동산 붐이 뜨겁게 달궈진 틈을 타서 이를 고가로 팔아넘기고 서울로 철수해온 것이다.

“그럼 손님, 여기가 고향이시우?”

“글쎄 뭐랄까?”

“무슨 말씀이 그리 시큰둥하다우? 헌데 이십칠 년 만에 왔다는 걸 보면 친척이 있는 고향은 아닌 것 같구, 손님 표정을 보니께, 고향은 아니래두 왠지 사연이 얽힌 특별한 연고라도 있는 것 같으오만."

"거 잘 짚었소."

"그렇담 오늘 여기 온 감상이 좀 남다르겠어요. 덧없는 인생을 생각한다면 살아생전 하루라도 속절없이 지내지 말아야 하는데, 그런 뜻에서 이십칠 년이란 세월은 얼마나 길고 소중해요. 그런 뜻에서 손님의 오늘밤도 예사롭지 않아야 되겠구만요."

"뭔가 철학적인 말투 같구만. 허지만 속절없이 지내지 않을 무슨 좋은 방법이라도 있남?"

"그야 나 같은 무지렁이가 어찌 알까만, 아무튼 나날을 맹물처럼 밍밍하게 살아선 안 되겠다는 거죠. 손님께서도 아주 오랜만에 여길 모처럼 찾아왔다니께 기념 삼아서라도 오늘 밤 좋은 추억이나 만들어 봐요."

"좋은 추억이란 게 대체 어떤 건데?"

"괜히 알며서랑 시치밀 떼네. 각별한 추억 만들기래야 뻔한 거 아니냐 말요."

그녀의 수작하는 폼이 여우 뺨쳐 먹듯 당돌하고 영악했다. 그러면서도 잠시 어안이 벙벙했을 뿐, 결코 싫지만은 않은 기분이었다.

"그렇군. 허지만 그게 맘먹듯 그대로 되는 일은 아니지."

"그렇다고 노상 안 될 일도 아니랑께요."

"그건 그렇고. 요즘같은 불경기엔 나 같은 뜨내기라도 더러 반갑지 않소?"

손님 없다 보니까 부러 환심을 사려고 별별 수작을 다 건다는 괜히 근지러운 생각에서 엉너리를 쳤다. 그러자 그녀가 낌새 빠르게 삐죽 토라진 투로 투덜거렸다.

"그렇게 말씀하심 서운하죠. 나야 주인 아닌 종업원이니께 매상에 매달릴 까닭이 없어요. 다만 손님 첫인상이 하도 좋으니께 기분 좋으라고 한 얘기일 뿐이지요."

"그야 물론 알지. 그러고 나도 오늘 밤 제발 그런 특별한 추억거리가 있었음 좋겠어."

그는 가뜩이나 은근한 어조로 속내를 드러내 보이곤 말꼬리를 이으려다 갑자기 찔린 듯 입을 다물었다.

"물을 마시려면 우물을 파야지요. 그런데 삽질하는 데 도움이 필요하면 나라도 좀 거들어 드릴게요."

점입가경으로 그녀가 도무지 알쏭달쏭한 말로 유혹하고 나섰다. 그는 속으로 하하, 하고 크게 웃었다. 독충을 피하듯 원치 않았던 고향 나들이의 첫 문턱에서 예기치 않은 다소 황당한 분위기에 휩쓸리고 있는 것이다. 그것도 다름 아닌 목에 가시 같은 매춘에 관한 수작이었다. 그가 잠시 말이 없으니까, 그녀가 물었다.

"숙소는 정하셨나요?"

"아직은요."

"역전 쪽은 후지고요. 요 왼쪽 길로 얼마쯤 가면 '귀족 모텔'이라고 새로 생겼는데, 아주 깨끗하고 좋아요."

이에 그는 건성으로 고개를 끄덕이면서도 마음속으로는 그녀가 사내를 따라 가끔 가서 즐겼나보지 하고 짐짓 딴죽을 걸었다. 그리고 흘끔 눈길을 주면서 물었다.

"헌데 삼년을 함께 산 며느리의 이름을 몰랐다더니, 참 댁의 이름이 뭐요?"

"댁이란 말이 왠지 걸리네요. 제 이름요? 김병례랍니다."

"병례라 되게 촌스럽구만. 옳아. 셋째 딸이로구먼."

"어쩜 귀신같이 잘 아시네요."

"뻔한 거 아녀. 여자로 예짜 돌림에 육갑자 갑을병정으로 나갔을테니까."

영수는 호탕하게 한번 웃고, 술병이 바닥난 걸 깨닫고는 이내 소리쳤다.

"병례 씨 술 세병만 더 가져오라구. 어차피 시작한 거 손님도 없구 잘 됐네. 이십칠 년 만에 막상 찾아왔지만 가야할 곳도 불러들일 사람도 없으니 참 호젓하구만. 허니 병례 씨와 밤새워 술이나 마셔야 할 모양인가 봐."

"손님이 없어 잘 되었다구요. 아주 악담을 해요."

그녀는 부러 그가 능청을 떨었는데도 자못 외로운 표정으로 보였던지, 적이 동정 어린 눈길로 흘끔 쳐다보고는 자리를 떴다.

영수는 새벽녘 심하게 가위눌린 채 눈을 떴다. 천 길 낭떠러지에서 발을 헛디뎌 추락하다가 가까스로 소나무 한 가지를 붙잡고 아슬아슬 매달려 있었다. 그래 눈 아래 계곡에 있는 많은 등반객에게 목청껏 구원을 요청했지만, 왠지 그들은 비웃으며 차갑게 바라만 볼 뿐, 도무지 도와줄 기색이 아니었다. 그런데 그 무리 한 가운데에 순남 누나가 있었다. 그는 마침내 팔에 힘이 빠지는 절박한 위기감으로 몸부림을 치다가 퍼뜩 깨어난 것이다.

참 공교롭게도 불길한 꿈자리였다. 헌데 왜 꿈속에 하필이면 순남 누나가 나타났을까? 그리고 그녀가 왜 그토록 매정하게 구원을 거부한 걸가? 아마도 술집 종업원을 보면서 문득문득 그녀를 떠올려 생각했던 게 혹시 꿈결에 반영된 게 아닐지 모르겠다.

그는 가볍게 진저리를 치다가 퍼뜩 한 장면이 뇌리에 떠올랐다. 사고가 난 이틀 뒤, 폐허가 되어버린 마을에서 복구사업이 한참 벌어지고 있는데, 영수는 슬그머니 옛 집터를 찾아갔다. 그런데 참으로 어이없는 처참한 광경으로 집터에는 시멘트 건물더미만이 소복소복 쌓여 있을 뿐, 오랜 세월동안 애환이 엉겼던 옛 그 많은 흔적이란 도무지 보이지 않는다. 영수는 갑자기 허파에 구멍이 난 것 같은 허전한 기분으로 주변을 바라보았다. 그때 종이 한 장이 건듯 부는 바람에 날렸다가 발밑에 떨어졌다. 그는 무심코 그 종이를 주워들었다.

여보 당신 전상서. 옛 문어체의 제목이 붙은 한 장의 편지였다. 누군지 편지를 써놓았다가 미처 부치지 못한 채 불의의 죽음이라도 당한 걸까? 아주 서툴게 괴발개발 써놓은 내용은 이랬다. 폐결핵을 앓고 있는 남편에게 자신은 몸 성히 잘 있으며 돈벌이도 잘 되고 있으니 안심하며 절대 거르지 말고 약을 사서 먹어라. 닷새 뒤인 16일은 손위 동서의 생일이니 내 대신에 선물을 사다가 주면 좋겠다.

그런데 편지의 마지막 부분에서 영수는 뜻밖에 제 두 눈을 의심했다. 말미에 서순남이라는 서명이 있었던 것이다. 세상에 내가 어쩌면 바로 그녀의 편지를 발견하다니? 영수는 기막힌 우연에 가슴이 뭉클하고, 이제껏 알지 못했던 그녀의 신상에 가슴이 메었다. 대체 그녀 남편이란 자는 아내가 몸을 팔아 자신을 치료했다는 걸 알기나 했을까? 헌데 그렇듯 기막힌 형편에도 그녀는 언제나 슬픈 낯빛을 보인 적이 없었다. 그리곤 뒷날을 기약함도 없이 날벼락 같은 사고로 죽음을 맞았으니 지지리도 복이 없다 싶었다. 영수는 성장기에 마치 친누나처럼 그녀를 따랐음에도 정작 그녀가 기혼 여성임을 한 번도 상상해본 적이 없었다. 더구나 그녀의 남편이 중병을 앓고 있었다는 건 더더구나 몰랐다. 아마도 대모처럼 행세한 어머니조차 그걸 알지 못했을 것이다.

기실 영수는 자기 집에 있는 윤락녀 중 다른 누나들에 대해서는 얼마큼 혐오감 비슷한 개운치 않은 느낌을 가졌지만, 왠지 순남만은 달랐다. 그건 누나가 같은 창녀로서 사내들의 돈을 받고 몸을 허락하는 구체적인 성행위를 상상하는 것조차 영수로서는 견딜 수 없어 애써 생각을 피해왔기 때문이다. 그리하여 사고가 있던 날 순남이 한 남자와 엉긴 채 시체로 발견되었다는 소식은 그에게 너무도 큰 충격이었다.

영수는 오랫동안 생각에 잠겼다가 목이 조이는 갈증을 느끼고 자리에서 일어났다. 아직도 방안은 어두컴컴했다. 그는 버릇처럼 머리 쪽을 향해 자리끼를 찾아 팔을 뻗은 순간, 뭔가 물큰하게 짚이는 게 있었다. 아하 하고 가볍게 비명을 지르며 영수는 비로소 현실에 눈을 떴다. 식당의 여종업원 김병례가 그의 곁에 알몸으로 누워 있었던 것이다. 어젯밤 그 식당은 약속이나 하듯 손님이 없었다. 그래서 아예 식당을 독차지한 채 그는 자정까지 술을 마셨다. 왜 그토록 오랫동안 폭음 아닌 통음을 할 수밖에 없었는지 자신도 모르는 일이었다.

어쨌든 이십칠 년 만에 마지못해 상처뿐인 고향에의 추억을 한 아름이나 안고 찾아왔지만 그를 반기는 건 아무 것도 없었다. 그래서 옛 순남 누나를 연상케 하는 식당 여인과 약간은 비감해진 채 진창 술을 마셨다. 그는 처음부터 그녀를 탐할 마음이 없었다. 그런데 밤이 이슥해 그녀의 선심으로 모텔에 가고, 그녀가 돌아가려 하자 왠지 울컥하는 심정으로 그녀를 끌어 잡았다. 그리고 게걸스럽게 정욕에 찬 표정으로 외쳐댄 것이다.

"야, 나만 두고 어딜 가. 속절없이 세월 보내지 말라며? 나 이십칠 년 만에 여기 왔다. 그런데 왜 세상이 이래? 빈 깡통이 요란하다구 겉은 휘황찬란한데 속은 비었어. 인정머리 없는 세상으로 왜 이리 싸가지 없게 변하는 거야."

산책길에서

뻐꾸기시계가 두 번 울렸다. 그러나 플라스틱일망정 파란 두 날개를 숫자만큼 파닥여 보였던 앙증스런 뻐꾸기는 문안에 꽁꽁 숨은 채 더는 모습을 드러내지 않았다. 그렇다. 너인들 이 지겹고 역겹게 돌아가는 세상 꼬락서니에 딱 눈을 감고 싶었겠지.

그제야 당신은 오늘도 어김없이 나들이 차비를 차렸다. 평소 같으면 허름한 회색 점퍼 차림에 뒤축이 닳아 물이 새는 헌 운동화를 꿰어 신었겠지만, 오늘만은 달랐다. 그녀와 만날 약속이 있었던 터라, 정장까지는 아니라도 모처럼 멋을 부린 차림으로 산책길을 나섰다. 일상적인 산책 말고는 세상에서 할 수 있는 일이란 아무 것도 없는 불가피한 일과였던 것이다. 밖은 4월 중순인데도 변덕스런 날씨가 한여름처럼 후더운데다 유리가루처럼 날카로운 햇살이 자못 따갑게 쏘아댔다. 게다가 요 며칠 사이 중국에서 불어온다는 황사로 호흡기 환자가 급증했다는 언론의 호들갑스런 보도조차 있었다. 그러니 해가림 모자라도 쓰고 나올 걸 하고 가볍게 뉘우치면서, 당신은 연도의 화려한 상가 쇼윈도를 맥없이 기웃거리며 터덜터덜 걸어 나갔다.

이곳은 예전에 복숭아 과수원과 공동묘지, 그리고 쓸모없는 활엽수로 꽉 찼던 황막한 교외 야산이었다. 그게 어느 날 갑자기 도시개발지구로 지정되어 급속히 발전하면서, 이제는 대형 할인매장 등 고급 상가와 고층 아파트가 즐비하게 들어참으로써 활기 넘치는 눈부신 번화가로 바뀌게 되었다. 상전벽해라 하더니 그 많은 묘지의 유골들은 어디로 다 휩쓸려 사라졌을까? 정녕 그 속에는 부모의 교통사고로 갑자기 소녀가장이 된 걸 비관하여, 열여덟 꽃다운 나이로 자진해버린 순복이의 한 맺힌 영혼도 있었을 것이었다. 이듬해 봄 그녀의 무덤 앞에는 한 송이 할미꽃이 속죄하듯 고개를 떨어뜨리고 있었어. 하지만 이런 도시의 급격한 개발에 따른 기적 같은 변모 뒤에는 뭐가 있는가. 서민들은 경기 불황으로 죽겠다고 아우성이고, 중산층이 무너진 채 부익부 빈익빈이 꽤 심각한 지경에 이르렀다. 그런데도 이 이상과 열의 건설 붐은 대체 무얼 의미하는 것인가 하고 당신은 잠깐 생각해 보았지만, 결국 당신은 세상 추이에 결코 쓸모가 없는 한낱 국외자일 뿐이라는 씁쓸한 자각을 할 뿐이었다.

당신의 일상은 묵은 신문지와 같다. 정해진 시간에 일어나 세수하고 토스트로 아침을 대충 때운다. 그리고는 느긋하게 소파에 누워 조간신문을 뒤적이다보면 반나절이 훌쩍 흘러가기 마련이다. 쏜살같이 달아나는 시간, 하지만 밤새 홀로 감당키 어려웠던 적막한 분위기는 언제나 똬리를 튼 먹구렁이처럼 당신을 칭칭 휘감고 있었던 것이다. 20평 남짓의 작은 임대아파트, 아내는 오늘도 없다. 그녀는 서울 사는 딸네 집에 간 지 꽤 오래 되었다. 젊은 나이에 남편의 돌연한 병사로 혼자가 되어버린 딸내미가 직장에 나가면서 두 손자의 뒷바라지를 핑계 삼아 거의 상주하다시피 그쪽에 가 있는 것이다. 그러니 당신은 형식이야 어쨌든, 사실상의 독거노인이나 진배없지 않은가. 그럴 것이 그녀는 당신과의 노후생활에 어지간히 싫증을 내고 있던 터에, 기회다 싶어 당신을 내버려둔 채 서울생활에 안주하는 모양이었다.

사실 그녀의 배신은 당신의 공직생활의 마감과 동시에 시작되었다. 하루 내 방안에 북박아 있으면서 세끼 밥만은 꼬박꼬박 챙겨들려는 그 꼴을 그녀는 무던히도 지겨워했었다. 제발 좀 무슨 핑계로든 나갔다가 저녁에나 들어왔음 좋겠어. 뭐가 이쁘다구 진종일 곰팡이 시린 그 낯짝을 바라봐야 혀, 하는 투의 앙칼진 푸념이 부쩍 잦아지던 참이었다. 내사 아무 짬도 모르고 시집와서 40여 년 동안 네 남매를 길러내느라 진이 다 빠져버렸는데, 당신의 노후 치다꺼리꺼정 하란 말이유? 그런대로 부부의 정이나 있음사 어쩔 수 없다지만, 이제 진절머리만 나는 걸 어떡허우. 세상인심이 하루가 다르게 변하여 황혼 이혼이 심심치 않은 화젯거리로 나도는 판국에, 내가 붙어살아주는 것만도 다행으로 아시우. 허니 당신일랑 자식한테나 빌붙어 며느리 시중이나 반구려, 하는 엉뚱한 수작이었다. 자식들이 어떠한지 그건 자기가 더 잘 알고 있을 터인데도 말이다. 네 남매 중 시집간 두 딸이야 출가외인이니 어쩔 도리가 없다 하더라도, 도대체 두 아들 녀석은 애당초 늙은 제 부모 봉양할 뜻이 없는 놈들이었다. 멀리 떨어져 살고 있는 데다 벌이가 시원찮아 제 식구들 부양하기도 버거운 형편이라는 게 이유였다. 그러면서 은근히 자기들 생계 마련에 아버지가 얼마나 기여했기에 그러냐는 투의 불만을 노골적으로 드러냈다. 대학까지 마쳐주고 취직까지 시켜주었으면 그게 탄탄한 살림 밑천 아니냐는 당신의 믿음은 도시 먹혀들지 않았다. 뒤틀린 녀석들의 심사에는 친정에만 등대고 시집을 무시하는 두 며느리의 영향이 적잖이 작용하고 있음을 당신은 잘 알고 있다. 그리하여 그들은 두 명절 때에나 마지못해 빼끔히 얼굴을 내밀고, 몇 푼의 용돈을 제 어미에게 쥐어주곤 돌아가는 게 고작이었다. 여기에 당신이 독거노인처럼 혼자서 취사를 해야 되는 처지를 감안하여, 며느리들이 기껏 배려해준다는 게 한 달에 두어 번 파출부나 써서 밑반찬이나 마련하라는 거였다. 이러니 집안 정서가 도무지 황막할 수밖에 없지만, 이런 배려마저 그나마 크게 감사히 여겨야 할 요즘 세태라 하였다.

이런 판국에 아내의 마음 씀이 갈수록 에돌아진다. 요즘 시속 돌아가는 푼수가 영 마음에 안 들기는 해도 아내마저 그럴 수는 없다. 그래서 어쩌다가 불평 비슷한 말이라도 한다 치면, 그녀는 번번이 두 눈에 쌍심지를 돋운다. 그래서 생각해 보면 세상 사람들 모두 얼마나 알콩달콩 재미있어 살아왔다던가 싶다. 인생살이 어차피 새옹지마라는 것, 산다는 거 다 그렇고 그런 건데, 뭐 생뚱맞게 행복타령 하며 지난날을 탓해 뭘 하랴 싶었다.

지난겨울은 무지하게 추웠다. 마음이 가난한 자에게 찬바람은 가슴을 에는 칼날이었다. 당신은 고슴도치처럼 온몸을 움츠린 채 긴긴 해를 방안에 갇혀 살았다. 나른한 권태와 느끼한 무력감 속에서 한동안 우울증에 시달리기도 했다. 그리고 해동하면서 당신은 패각 속에서 비로소 고개를 쳐들고 일어나 달팽이처럼 느릿느릿 외출을 시작했던 것이다.

이윽고 시립공원의 입구에 이르렀다. 얼추 10여만 평이 넘어 보이는 널따란 공원 안은 언제나처럼 한적했다. 도심지에 이만한 휴식공간을 만든다는 자체만도 막대한 예산이 든다는 걸 이해하고도 남을 터인데, 이렇듯 시민으로부터 외면당한 채 방치되었다는 건 뭔가 기능적으로 시설에 문제가 있기 때문일 것이다. 개설된 지 미처 이 년이 안 되었는데도 광장 안의 나무 몇 그루가 이미 죽어버린 채 있고, 불에 타 까맣게 그을린 벤치며 숲속 오솔길 양편에 설치된 운동기구들은 거의 볼썽사납게 망가진 채로 버려진 채 있는 게 눈에 띄었다. 그런 형편인데도 공원 입구에는 모 전우회가 드높은 애향심을 발휘해 공원관리에 만전을 기한다는 내용의 표지판이 버젓이 세워져 있었다. 어김없이 쓰레기는 넘쳐나고 보도블록 곳곳이 뜯겨져 나갔으며 세면대의 수도꼭지가 망가져 아까운 물이 콸콸 넘치기도 한다. 게다가 외관으론 제법 멋을 부려 설계된 화장실도 실상 안에 들어가 보면 더럽고 지저분하기가 여느 대중화장실과 결코 다르지 않다. 돈만 처바르면 뭣하나, 막중한 시민의 세금으로 모처럼 마련한 레저시설이 이렇게 무책임하게 관리되고 있음에 불같은 노여움을 애써 누를 밖에.

당신이 굳이 유다른 관심으로 분노를 삼키는 건 사실 까닭이 있다. 과거 직접 시정에 참여했던 그 대단한 경력 때문이다. 그래 처음 이곳을 다녀온 뒤로 곧바로 시청 공원과에 전화를 걸어 격렬히 항의했던 것이다. 막대한 예산을 들여 조성한 공원의 관리를 그렇게 허술하게 할 수 있느냐. 그러니 이만저만의 예산낭비가 아닐 수 없으니 세금을 내는 한 시민의 입장에서 실로 분노를 느껴 충고하는 거라고 했었다. 그런데 무사안일의 직무타성에 젖어 있는 상대의 공무원은 으레 그렇듯이 구렁이 담 넘어가듯 느른한 말씨로 해명에 급급했다.

“아, 그렇습니까? 우리 시에서는 민간단체에 관리를 위탁하여 운영하고 있습니다만, 어쨌든 감독책임이 있는 저희로선 아주 죄송하게 되었습니다. 곧 현장에 나가 살펴본 후에 대책을 세우도록 조처 하겠습니다. 제보해 주셔서 감사합니다."

하지만 그건 멀쩡한 상투적인 변명이었을 뿐, 한 달이 지나고 두 달이 돼도 부서진 운동기구는커녕 세면대의 수도꼭지 하나도 바뀐 건 없었다. 괘씸한지고. 내가 누군데 감히 말을 먹어버려. 차라리 떳떳하게 내 신원을 밝히고 항의했더라면 반응이 이리 냉담했을까? 아니지, 그 따위 졸때기한테 말하지 말고 직접 시장을 불러 따끔하게 경고해 주었을 걸 잘못했지 하고 뉘우치기도 했으나 어쩔 수가 없다.

그도 그럴 것이 당신은 한때 저명한 이 고장 시의회 의장을 지낸 분이 아니던가. 그때야 참으로 위세가 등등했지. 명색 지방자치라는 명분에서 고장의 크고 작은 사업 하나 의회의 입김이 닿지 않는 게 없었다. 시정을 감시하고 견제한다는 의회의 권능이 대단한 거였다. 예전과 달리 민선시장이랍시고 자못 긍지를 내세울 법도 했지만, 대개의 시장들은 여론에 민감할 수밖에 없는 처지에 차기를 대비해 의회 쪽의 눈치를 더욱 살피는 것이었다. 그러니 시청 공무원들이야 말할 나위도 없었다. 약간의 잘못에도 매양 반찬 먹은 개 잡도리 하듯 당하고도 변변한 해명은커녕 비루먹은 겨울 강아지 떨듯 할뿐이었다.

그런 시의회의 수장인 의장을 지냈으니, 당시 당신의 기고만장했음이 어떠했을까. 거리를 활보하면서도 정녕 이 도시의 운명이 마냥 내 손안에 있는 것 같은 착각으로 온몸이 뜨겁게 달아오르곤 했었다. 그런데 세속의 영욕이란 게 변덕스런 날씨처럼 가늠할 수 없다는 걸 왜 진작 몰랐을까. 불운의 마수가 소리 없이 다가와 지척에 있었다는 걸 왜 자각 못했을까. 당신은 의정생활 마감 두 달 전에 그만 뜻밖의 수뢰사건에 걸려들었다. 다 먹은 밥에 코 빠뜨린 격. 그 바람에 팔자에 없는 옥살이 오 개월을 거쳐 겨우 집행유예로 놓여났으나, 급전직하 하루아침에 당신의 신세는 철저히 망가지고 말았다. 정상 정복을 위한 노력이란 긴 시간동안 힘들고 어려운 긴장 속에 이뤄지지만, 한때의 방심으로 추락하는 실수는 그저 눈 깜짝할 새에 벌어지는 어이없는 비극이었다. 해서 당신은 영락없는 파렴치범처럼 사회로부터 철저하게 멸시 당하게 되었으니, 이로 인한 불덩이 같은 회한을 어찌 감당했으랴.

당신은 시가 발주한 납골묘원 공사 입찰에 응한 고등학교 동창 녀석이 수주에 이롭도록 손을 써주고 사례비 2천만 원을 받은 게 뜻밖에 들통이 난 거였다. 나름대로 실적 있는 업체라고 믿고 같은 값이면 다홍치마라고 별 생각 없이 도와준 것이 이런 엄청난 화근이 될 줄 몰랐었다. 아니다. 이 무렵 큰자식의 사업이 자금난으로 거덜거덜하면서 그 뒷구멍을 급히 매워줘야 하는 절박한 사정만 없었대도 그럴 일이 있었을까. 더욱이 이 비리가 의장선거에서 라이벌로 대결했고, 후임의장을 맡은 동료의원의 은밀한 제보로 고발되었음을 뒤늦게 알고는 배신과 분노로 치를 떨어야 했었다. 모든 게 자업자득일 밖에 없긴 하지만, 대낮에 큰 거리에서 똥물을 뒤집어쓴 것 같은 이 모멸과 타락의 통한을 어찌 쉽게 삭였을 것인가?

일껏 사람이 곤경에 빠졌을 때 생기는 고통 가운데 가장 힘든 것이 외로움이다. 당신이 불명예로 사회로부터 밀려나자 평소 그렇게도 친숙하게 대했던 주변 사람들이 언제 그랬냐는 듯이 하루아침에 카멜레온처럼 안면을 싹 몰수해버렸다. 염량세태(炎凉世態)라는 말을 왜 몰랐을까. 하지만 해도 너무 한다 싶었다. 그러나 누굴 원망하랴. 사십 년을 하루같이 살을 비비며 살아온 아내의 태도부터가 도무지 예전 같지 않으니 이를 어찌할 것인가.

이렇듯 고달픈 정황에서 당신은 어느 날 바로 그녀를 엽기적으로 만난 것이다. 정서적 피폐로 이른바 절해고도에 밀려난 것 같은 당신에게 그녀는 그야말로 천사의 따뜻한 손길이었다.

여섯 달 전쯤 이 시립공원의 산책 마무리로 으레 들러왔던 '역마'라는 허름한 민속주점에서 우연히 그녀를 만났다. 이 술집은 폐가와 다름없는 산골 초가집을 연상케 하는 황토벽에 갈대발로 각 방의 칸막이를 한 어설프고 황량한 분위기였지만, 당신은 여기서 곧잘 녹차 한 잔씩을 마셨던 것이다. 여긴 술과 음식도 팔아 사람들의 소박한 회고취미를 돋구었던지 그럭저럭 장사가 되는 눈치였다. 당신이야 아직은 이런 분위기가 생리에 마뜩하지는 않지만, 은퇴 이후 생긴 대인기피증이랄까 그런 게 있어, 도심에서 떨어져 비교적 인적이 뜸한 곳이라 자신을 알아보는 눈길이 적겠다 싶은 배려에서 안심하고 드나들게 되었던 것이다.

그날도 당신은 이곳에 들렀다가 건넛방에서 문을 열어 놓은 채 혼자서 맥주를 홀짝거리고 있는 여인의 특이한 모습을 발견했던 것이다. 그 모습이 조금은 처량해 보인 나머지, 호기심이 솟구쳐 염치 무릅쓰고 주인 마담에게 청하여 가까스로 그녀와 어울리는 계기가 마련된 것이었다. 그게 우연히 길거리에서 진기한 물건이라도 주워든 격과 같은 사소한 인연이었는데, 막상 소중한 관계로 이어질지는 상상 못할 일이었다.

그녀는 어쩌다 이 고장으로 흘러들어온 타관내기였고, 그만하면 반반하다 할 정도의 용모를 지닌 40대 후반쯤 되는 여인이었다. 차차 얘기를 나누는 사이에 그녀가 어느 정도의 학력을 거친 수준 있는 교양에다 특히 불교에 대한 나름의 해박한 지식이 있어 왠지 친숙감을 더해 주었다. 그러나 무엇보다 호기심을 자극한 것은 그녀가 어떤 영문에선지 현재 독신이라는 사실이었다. 그런데도 어느 한 구석 찌들거나 모가 지지 않는 활달한 성격처럼 보였다. 그녀가 애초부터 독신녀였는지 아니면 이혼녀였는지, 또한 그런 등등의 사정이 왜 생겼는지 궁금하면서도 엄연한 사생활의 비밀이라 묻지 않았다. 그래서 성씨가 민씨인 것과 이 고장에 온지 얼마 되지 않는다는 사실 말고는 그녀의 신원에 대하여 변변히 아는 것이 없었다. 왠지 그녀가 굳이 자신의 신원을 공개하기를 무척 꺼려하는 눈치였기 때문이다.

다만 대화중에 자신이 독신임을 얼결에 드러내고 말았던 것인데, 당신은 그 부분에 관하여 짐짓 감동적인 어조로 말했던 것이다.

"구애받지 않고 혼자 살 수 있음 얼마나 좋습니까?"

순간 그녀가 뜨악한 눈초리로 바라보았는데, 그건 남의 속도 모르면서 편하게 말씀하시는군 하고 빈정거리는 눈치 같았다. 그래도 당신은 개의치 않고,

"사실 부부란 것이 일종의 계약에 의한 사회적 관계지만 사랑이 식어버린 뒤의 그건 구속이고 지겹게 지속되는 한은 영 지옥이지요." 하고 덧붙였다.

그러자 그녀는 마담으로부터 어느 틈에 당신의 전력을 흘러들었던지 뜻밖에 "의장님"이라고 부르면서,

"실례말씀일지 모르나 사회적으로 그만하면 성공하셨으면서도 결코 사생활만은 그리 행복하지만은 않으신 것처럼 들리네요." 하고 입가에 약간 비웃적거리는 것 같은 표정을 애써 자제하며 말했다. 이에 당신은 전력이 들통났다는데 대한 반사적인 놀람과 함께 뜻밖에 정곡을 찌른 그녀의 당돌한 지적에 가슴이 좀 뜨끔하였다. 그래 괜히 어물쩍거리자 그녀가 풀썩 퉁기듯 웃고는,

"하기사 명예와 부까지 갖춘 데다 가정의 행복까지 완벽하게 독차지하게 되면 어렵고 힘들게 사는 이웃들에게 불공평하지 않겠어요. 어느 한 가지라도 빠져 있어야 세상사 공정하다 하겠지요." 하였으니 참으로 기발한 논리가 아니던가. 하지만 그건 당신의 실정을 모르는 얼토당토 않은 지적일 밖에 없어, 당신은 내심 크게 실소를 머금었지만 그렇다고 달리 변명할 계제는 아닌 듯싶었다.

어쨌든 처음 미팅은 이렇게 시작되어 그 후 그 주점에서 일주일에 한 번 꼴로 만나 술도 마시고 저녁밥도 먹었다. 대저 남녀 사랑의 정념이란 처음에 신비로움과 경건함조차 지닌 촛불의식처럼 비롯되지만, 차츰 뜨거워지면서 마침내는 화려하게 타버리는 마지막 열정으로 치닫게 되기 마련이다. 하지만 당신은 이미 회갑을 넘긴 늙은이다. 어쩌다 인생은 육십부터라고 시답잖은 허풍도 떨지만, 그게 얼마나 허랑한 수작인가. 그러니 아예 사랑에 대한 모험심이나 불같은 정념을 기대하기 어려운 처지다. 그 나이에도 진실한 사랑이라는 게 도대체 무얼 의미하는지 도통 알 길이 없지만, 사실 당신은 지난날을 되돌아보았을 적에 세속에서 말하는 그 연애다운 것도 한번 제대로 해본 것 같지 않다. 그 역시 사내여서 바람기로 여자깨나 후려 보았지만, 그게 결코 지저분한 엽색이지 진정 사랑이랄 수는 없다. 또한 그런 것들이 요즘 젊은 애들이 흔히 말하는 '추억 만들기'의 조건조차 못되는 하찮은 것이어서 조금은 공허한 느낌이 드는 것이었다. 그렇다고 이제 당신이 스스로 남성을 체념한 것은 아니다. 늘그막에 주책을 떠는 일일랑 제발 삼가자 하면서도 솔직히 성적으로 엄청나게 개방된 오늘날, 당신도 간혹 매체를 통한 에로틱한 분위기에 은근히 유혹과 흥분도 느낄 줄 안다. 실상 당신은 아내와의 부부행위를 끝내버린 지 거의 십 년이 가까워진다. 좀 통속적으로 표현하자면, 아내는 당신에게 있어 분명 여자이기를 포기한 지 오래된 것이다. 이 또한 나이 들어

어쩔 수 없는 자연의 섭리라고 체념하기에는 도무지 처량한 일이 아닐 수가 없다.

그녀와의 교제는 모처럼 신선한 활력을 불어넣는 계기가 되어, 맑은 심혼이 온몸에 넘쳐 흘렀다. 그리하여 만남이 잦아지고 피차 서로에게 허물이 없어지면서 짐짓 점잖음으로 눌러 왔던 욕정이 비로소 눈을 뜨기 시작하였다. 당신은 이에 이르러 마음속 깊은 곳에 잠재워져 있던 폭발적인 성적 모험심에 안간힘을 쓰게 되었다.

그러던 어느 날 마침내 그녀는 굳게 닫아놓았던 성의 문을 활짝 열어 주었다. 만난 지 두어 달쯤 지난 무렵이었다. 황당하리만큼 뜻밖의 진전이었다. 그간 당신도 별수 없는 남자로서 솟구치는 정욕으로 눈치껏 그녀를 유혹해보기도 하였으나 웬지 그녀는 완곡하였다. 마치 숨겨진 성적 결함이라도 있지 않나 의심하리만큼 막무가내로 거부하였다. 그런 그녀가 어떤 변덕으로 순순히 아니 도리어 주도적으로 당신을 모텔로 유혹해갔는지 도무지 종잡을 수가 없다.

그날 밤 그녀는 여느 때 없이 술을 많이 마셨다. 아니 도리어 작심이라도 한 듯 폭음을 서슴지 않았다. 그러면서도 분명 그녀는 다른 심기를 엿볼만한 아무런 기미도 내색하지 않았다. 본시 헤아릴 수 없게 속이 깊거나 아니면 뭔가 드러내기 어려운 착잡한 속사정이 있었을 것이다. 어쨌든 속정을 쉽사리 드러내지 않는 게 설사 아름다운 덕성이라 할지라도 철저한 화해를 기대하는 당신으로서는 웬지 찜찜하고 허우룩한 심정이었다. 결국은 갈 데까지 가버리는 극단한 관계가 되어서야 한 꺼풀도 남김없이 훌훌 옷을 벗어 던지듯, 피차 거리낌 없이 속내를 밝혔을 법하다는 속정에서 당신은 그녀에게 은근히 경계심조차 느꼈다.

그런데 이와는 달리 뜻밖에 잠자리에서 그녀가 보여준 태도는 상상을 초월했다. 원초적 본능 어쩌고 한다면 좀 케케묵은 표현 같지만 성희만은 놀랍게 탐욕적이고 노골적이었다. 성적 흥분이 절정에 이르렀을 때에 그녀는 주체하기 어려운 흥분상태에서 자지러지게 신음소리를 토해내고, 가벼운 탄성과 더불어 마침내는 주르륵 눈물까지 흘렸다. 이슥고 흠씬 땀에 젖은 채 몸을 일으키자, 그녀가 그윽하게 당신의 얼굴을 들여다보며 아이의 동정을 살피는 어미 같은 자애로운 표정으로 말했었다.

"당신은 아직도 청춘 같애요."

그러나 그건 당신의 성적 열등감을 눈치 채고 짐짓 위로 삼아 과장한 말이란 걸 알기 때문에, 당신은 그녀가 그지없이 고맙고 대견스러워 충동적으로 와락 끌어안고 격렬한 키스를 퍼부었다. 본시 그녀의 천성이 티끌 없이 맑거나 아니면 남을 헤아리는 데 남다른 게 분명했다. 그럴 것이 그 후 두 번의 잠자리에서 그녀가 얼핏 불만스런 반응을 보여준 것에서 확연히 깨달을 수 있었다.

그런데 실로 예기치 않았던 건 세 차례의 관계 이후 그녀는 성관계를 단호히 거부하기 시작했다. 닫힌 문을 열었던 게 불행이지, 새삼 빗장을 지르기가 어려운 게 시속 연애의 속정이라 할 법한데 도대체 어찌된 걸까. 까닭모를 그녀의 에돌아진 태도에 당신은 잔뜩 안달이 날 밖에. 그래서 어르고 달래며 기껏 투정을 부린 당신에게 끝내 그녀는 타이르듯 말했다.

“그러지 말아요. 우린 나이가 있잖아요. 피차 추해지지 말자구요.”

하지만 당신은 그런 면에서는 아직도 정서가 성숙하지 못한 철부지 아이 같아 애오라지 집착하는 거였다. 추해진다는 게 뭘 의미하는 건지 도무지 이해할 수가 없었고 또 이해하려고도 하지 않았다. 그러더니 이번에는 아예 만나기조차 싫은지 한 달에 한 번 꼴로도 그녀를 접하기가 어렵게 되었다. 단순히 변덕이라고만 보기 어려운 심각한 변화였다. 늘그막에 이게 무슨 꼴이람. 밤마다 당신은 침상에서 새삼 절절한 외로움 속에 그녀를 떠올리고 흡사 실연당한 사춘기 소년처럼 가슴앓이를 하면서 극도의 소외감에 치를 떨었다.

그런 속에 내심의 딴 목소리가 슬며시 고개를 쳐들었다. 내가 이 무슨 주책인가? 다 늙은 처지에 볼썽사나운 불륜이라니. 이게 다 쓸데없는 집착일거다. 하루 빨리 맑은 항심을 회복함으로써 제발 의연해야지. 그러나 번번이 이 목소리는 절실한 고독 속에 묻혀버리고, 달차근한 쾌락의 추억거리와 어지러운 환상으로 이어지기 마련이었다. 그리고 마침내 오늘 산책 후 민속주점 ‘역마’에서 그녀를 만나기로 겨우 약속을 받아낸 것이었다.

이윽고 당신은 시립공원 안으로 들어섰다. 순간 뭔가 허전하여 자세히 살펴보니 입구 쪽에 있던 자그마한 화단 두 개가 가뭇없이 사라졌던 것이다. 한 사흘 나오지 않았던 사이에 무슨 이유에선지 당국이 화단을 철거해버린 것이다. 그때그때 계절에 맞게 일년생 화초를 심어왔던 것인데, 이게 적잖이 품이 든다 하여 아예 화단을 없애버린 모양이었다. 그게 사실이라면 절대로 용납하기 어려운 행정 편의주의적 발상이며 무사안일의 나태한 시책이리라.

안으로 들어가 보니 예전 그대로의 시설일 뿐, 전혀 무엇 하나 보완이나 보수한 흔적이 없었다. 오솔길 양편에 마련된 운동기구들도 여전히 망가진 채 방치되어 있을 뿐 아니라, 뜯겨진 보도블록 역시 흉물스레 버려진 그대로였다. 결국 있는 것 중 아무것도 손질한 흔적이 없는 대신 마땅히 있어야할 것까지 귀찮다 하여 없애버린 것이다. 입만 열면 시민의 복지향상 어쩌고 하면서, 어디까지나 시민 편에서 봉사한다는 시청이 고작 한다는 짓이 이 지경이니 어찌 한심하지 않으랴 하고 당신은 혀를 끌끌 찼다.

이상기온 탓인지 오늘도 공원 안은 한적했다. 다만 운동장에서 무슨 행사를 치르는지 기업체 마크를 단 녹색 유니폼을 입은 한 무리의 청년들이 두 패로 갈라져 열심히 축구시합을 하고 있었다. 그리고 바람기 없는 후더분한 숲속 그늘 아래에는 서너 명의 젊은 주부들이 어린아이를 데리고 나와 젖을 먹이거나 잠을 재우거나 아니면 잠든 아이 곁에서 책을 읽고 있었다. 그런데 이 공원은 숲이 있는데도 좀체 새소리 하나 들리지 않았다. 고층 아파트 숲에

뼁 둘러싸인 데다 번화가 근처인 탓으로, 불가피하게 공해가 심할 수밖에 없는 황폐한 환경이어서 새조차 스스로 서식하기를 거부한 것일까.

당신은 언덕을 올라 훤히 시계가 트인 정상의 모정 마루에 걸터앉아 담배 한 대를 피웠다. 비로소 옷깃으로 스며드는 신선한 바람기와 더불어 담배 맛이 꿀맛처럼 달았다. 눈앞에서 여인의 부축을 받고 온몸이 심하게 흔들리는 걸 가까스로 버티면서 안간힘을 쓰며 걸음마 운동을 하는 한 중년 사내의 눈물겨운 광경을 보았다. 그 사내는 당신도 얼핏 알고 있는 몇 년 전만 해도 아주 건강해 보였던 동사무소 공무원이었다. 뇌일혈로 쓰러졌거나 아니면 교통사고라도 당했는지 알 길이 없으나, 아무튼 이 시간이면 어김없이 나타나 운동을 한지도 꽤 오래된 듯싶다. 그 말고도 사시나무 떨듯 하면서 다리를 지팡이에 의지하여 가까스로 보행운동을 하는 한 노인도 있었으나, 어인 영문인지 근래에는 눈에 띄지 않았다. 기를 쓰며 살겠다고 아등바등 악을 쓰는 그런 사람들에 비하여 자신은 얼마나 행운인지를 깨닫게 되는 순간이었다.

이윽고 긴 계단을 통해 공원 후문으로 내려가 담장이 없는 길가에 즐비하게 승용차가 주차되어 있는 초등학교 뒷길로 들어섰다. 바로 곁에 서민 아파트가 있어 사람들의 왕래가 비교적 번다한 거리였다. 그 길을 한참 걷다보면 잡초와 쓰레기로 지저분한 널따란 공터가 나타났고 이어 외따로 몇 채의 건물이 있는데 거기에 민속주점 '역마'가 있는 것이다. 그리고 가게의 널빤지 같은 현관문 앞에 이르면 민속주점답게 언제나 판소리의 유장한 소리판 아니면 간드러지는 민요가락이 문틈으로 새어나오는 것이었다. 때로는 낭랑한 스님의 독경소리나 설법하는 육중한 목소리가 들리기도 하다.

현관문을 밀고 약간 어둠침침한 안에 들어서서 여느 때처럼 당신은 가장 가까운 칸막이방의 의자에 걸터앉았다. 마침 홀 안의 스피커에서는 판소리 춘향가에서 월매가 이도령을 맞아 너스레를 떠는 아니리 대목이 들려오고 있었다. 짐짓 문이 열리면서 나는 풍경 소리를 들었을 터인데도 한참을 꾸물거리다가, 마담이 물 컵과 사탕을 담은 쟁반을 들고 나타났다.

"선생님 오셨어요?" 하고 상냥하게 인사를 했다. 그녀는 결코 '의장님' 따위의 입에 발린 아부하는 호칭을 쓰지 않아서 좋다. 슬하에 세 딸만을 두었다는 오십대 초입의 여인으로 남편이란 작자는 젊은 시절 이래 주색잡기로 속을 썩혀온 터에, 근래에는 숫제 어디서 뭘 하는지 일 년이면 고작 두세 번 꼴을 볼 수 있다 하였다. 그러고도 형식상 부부관계를 유지하고 있다니 참으로 별쭝맞았다.

"애들 애비로서 그냥 놔두는 거지, 정말 남편으로 여겼으면 진작 무슨 결단이라도 났을 거구만요."

인생 역로에 이미 도가 트인 듯 그녀가 심드렁하니 말했을 적에 당신은 문득 현재의 자신과 어쩌면 같은 처지구나 하였다.

가게 안에는 이미 한 팀의 손임이 와 있었다. 남녀 몇 명인지 알 수는 없으나 대낮부터 술을 마시는지 몹시도 게걸거렸다. 떠드는 목소리로 보아 아마도 부부동반의 그런 예사로운 관계는 아닌 듯싶었다. 부부들이 할 일이 없어 대낮부터 술이나 마시며 질탕하게 노닥거릴 수가 있는가. 세상은 겉으로 보면 멀쩡해보여도 한 꺼풀만 벗겨 속을 들여다보면 오만가지 잡다한 일이 벌어져 있는 것.

당신은 군것거리로 갖다 놓은 사탕을 먹고 있는데,

"아니 정 의장님이 이게 웬일이십니까?" 하는 굵직한 목소리에 흠칫 옆을 돌아보았다. 거기에는 뜻밖에도 옛 시의회 의사과장으로 있던 김무생이 얼굴이 벌겋게 달아오른 채 호기심 어린 깊숙한 눈길로 당신을 내려다보고 있었다. 당신은 황망히 일어서서 악수를 나누고 앉으면서,

"음, 여기 시립공원엘 산책을 하고 차 한 잔 하려고 들렀어요." 했다. 그랬더니 그는 미처 양해를 구함도 없이 털썩 맞은편에 앉아서는,

"혼자시구먼요. 그렇잖어도 한번 뵈었으면 하면서도 마음뿐으로 참으로 죄송스럽게 되었습니다요." 하고는 괜히 면괴스럽다는 듯이 뒤통수를 어루만졌다.

"그야 뭐, 헌데 지금도 여전히 의회 쪽 일을 하고?" 하고 넌지시 묻자니까 갑자기 얼굴이 굳어지면서 그가 느닷없이 폭발음 같은 성난 목소리로 소리쳤다.

"저 이 년 전에 목 잘렸습니다요. 구조조정인가 뭐로 억울하게 쫓겨났다니까요. 근무평가나 기타 자질로 보나 제가 그리 당할 입장이 아닌데도 시장 놈의 눈 밖에 났는지 제1차로 밀려났습니다."

"허허 그리 됐소?" 하고 다소 의외다 싶은 표정을 짓자 그는 때를 만난 듯 긴 푸념을 늘어놓기 시작했다.

"의장님 아시다시피 손 시장 의회 쪽과의 마찰이 좀 심했습니까요. 사실은 그런 것들이 시장의 행정력 미숙으로 빚어진 시행착오 때문이었걸랑요. 군 장교 출신이 뭘 압니까. 군 행정 경험만으로 일반 행정을 할 수 있답니까? 군은 통수권 체계가 일사천리로 엄한 데다 단순한 업무라 밀어붙이기 행정이 가능할지 모르지만, 온갖 민원이 따르는 시 행정은 근본적으로 다르거든요. 헌데도 그걸 모르고 일이 어쩌다 뜻대로 되지 않을 경우, 괜히 직원의 무능 탓으로 돌려 숫제 감정적으로 대응했다니까요. 그러니 직원들도 웬만해선 그의 역정에 사지 않으려고 무리한 일도 그대로 밀고 가다가 보면 행정의 구멍은 갈수록 커지고, 어쩌다 필요한 창의적인 행정구상을 했다가도 매사 독선적인 그의 결단에 밀려 무사안일로 숨죽이고 그냥 엎드릴 밖에요. 지금이 군사정권도 아닌데 어쩌다 행정과는 거리가 먼 군 출신이 정치바람

을 타고 시장에 뽑혔는지 알 수가 없단게요."

그가 입에 거품을 뿜으며 격렬하게 비난했는데 직장에서 밀려난데 대한 앙갚음임을 결코 숨기지 않았다. 당신 역시 과거 시장과의 관계가 공사 간에 결코 원만할 수가 없어 때론 심하게 대결해온 처지였지만, 그렇다고 그와 맞장구치며 비난하는 것도 허망한 일이다.

그래 어정쩡한 태도로 미처 동조하는 빛을 보이지 않자, 그가 실망했는지 약간 초조해하는 기색으로 말했다.

"지난 일이지만 의장님께서도 매사 의회를 무시하는 그의 독단적인 행정을 견제하려고 얼마나 싸웠습니까요. 사실 의장님이 뜻밖의 억울한 사연으로 물러난 뒤로는 의회가 제대로 의회 구실을 못했습니다. 의장님을 모략하여 쫓아내고 그 자리에 앉은 박 의장 말입니다요. 의장님도 벌써 짐작하고 계셨겠지만 그는 시장과 한통속이 되어갖고 뒷구멍으로 엄청난 이권을 챙겼다는 건 시청 안팎에서 모르는 사람이 없을 정도랍니다."

이에 당신도 새삼스레 충격을 받았는지 불현듯 쓴웃음을 짓고,

"그게 다 약아빠진 처세 아니겠소? 그런데도 그가 은밀히 온갖 이권에 연루되었다는 걸 세상 누가 알겠소. 나 같은 바보야 어쩌다 물정 모르고 일을 저질러 파렴치한으로 떨려났는걸."

하고 허탈한 심정으로 대꾸해 주었다.

그러자 그가 더욱 독기 품은 어글어글한 눈빛으로 대거리했다.

"아니지라우. 의장님은 시장과의 타협을 거부하고 의회 본연의 입장에 선 반면에 박 의장 그자는 상부상조하는 태도로 매사 시장과 협력했으니까 반대급부로 엄청난 이권을 챙기면서도 무사했던 겁니다. 그걸 웬만한 사람은 다 안답니다."

그 말에 당신은 아무런 대꾸도 하지 않았다. 얼핏 그가 의회 쪽 과장으로 있다가 퇴직 당한 터여서 필시 시장과 박 의장이 공모하여 자신을 쫓아낸 것으로 의심하고 있는 눈치여서 뭐라 할 말이 없었다. 게다가 과거에 그리도 친숙한 처지가 아니었는데도, 마치 동변상련처럼 당신에게 지나친 호의를 보여주는 것도 도무지 애매한 일이었다. 얄팍한 세상인심을 보는 듯 좀 씁쓰레한 기분이었던 것이다.

이윽고 그가 말했다.

"그런데 말이죠. 의장님. 6월에 지방자치단체장 선거가 있잖습니까요. 거기 시장이 또 나온답니다. 언감히 3선 도전이지요. 시민 여론이 좋지 않은 걸 알 법도 한데, 그런 것 괘념치 않고 당의 공천만 받으면 된다는 생각이지요. 허지만 만만찮을 겁니다. 당에 대한 민심도 예전 같지 않은데다 이번에는 거물급 인사가 다수 출마허니깐요. 그래서 저도 이번에는 시장의 3선만은 막아야겠다고 일찌감치 유력한 과거 부지사 지냈던 원 씨 선거본부에서 일하기로 했습니다요."

"오, 그랬소?" 하고 당신은 다소 놀란 빛으로 말했다. 그러자 그가 뜬금없이 말하는 게 아닌가,

"헌데 원 지사께서 어느 날 저에게 의장님 말씀을 하시는 거 아닙니까. 의장님을 자기 선거캠프에 모셔 자문을 받을 수만 있다면 큰 도움이 되겠는데 무슨 방법이 없겠느냐는 거였어요. 그래서 제가 언젠가 찾아뵙고 의논해보겠노라고 했습니다요. 그런데 참으로 우연히 오늘 여기서 뵙게 되었구만요."

그는 말하고 비로소 일방적으로 지껄인 경망을 깨닫기라도 한 듯 잠시 뜸을 들였다. 당신은 뜻밖의 제의에 마냥 어리벙벙한 태도로 그를 멍청히 바라보았다. 이미 세상 끝으로 밀려나 잊혀진 존재로서 매양 체념하고 있던 터에 자신을 아직도 필요로 하는 곳이 있구나 하는 게 꽤 충격적이기도 하지만, 선거운동이라니 도무지 생소한 일이 아닐 수가 없었다. 당신도 여러 번의 선거를 치러서 결코 운동 자체에 무관한 입장은 아니다. 그러나 늘그막에 남의 선거를 위하여 뛴다는 건 상상도 해본 일이 없다. 하지만 한편 생각해보면 사람이란 진실로 자기를 알아주는 이를 위하여 신명을 바쳐 헌신하는 일도 있다고 하지 않은가.

결국 당신은 잠시 생각에 잠긴 끝에,

"내 처지에 무슨 힘이 있다구 그런다오. 허지만 나를 생각해주시는 그분의 충정만은 고맙게 여기겠소. 그리고 그분이 시장으로서 넘치는 자격자라는 것도 잘 알고 있어요. 하지만 내가 선거운동에 참여하는 문제는 좀 시간을 두고 생각해보겠다고 전해주구려." 라고 말했다. 그런데 그는 당신이 반승낙이라도 한 양 지레짐작한 듯 매우 득의양양한 표정으로 두 손을 꽉 그러쥐고,

"의장님. 잘 생각하셨어요. 고맙습니다. 수일 새 찾아뵙겠습니다." 하고 한껏 들뜬 목소리로 중얼거렸다.

그가 물러나자 당신은 비로소 해방된 기분으로 시계를 들여다보곤 조금은 낭패한 기분에 사로잡혔다. 그녀와 약속했던 시간보다 이미 삼십 분이 지나 있었기 때문이었다. 웬일이지? 무슨 피치 못할 사정이 생긴 것일까. 요즘 들어 이런저런 핑계로 만나길 꺼려하는 눈치를 보였기 때문에, 괜히 불길한 예감으로 내심 초조해지기 시작했다.

그때 마침 마담이 맥주 두 병과 간단한 안주를 가지고 나타났다.

"과장님이 선생님께 드리라고 해서요." 하고는 맞은편에 앉아 거품이 넘치게 술을 따라 권했다.

"무슨 술을." 하고 어마둥히 술잔을 받으면서도 그녀의 일로 온 신경이 쓰여 난데없는 술대접도 적이 반갑지 않았다. 그러자 마담이 그런 당신의 기미를 눈치 채기라도 한 듯 두 잔째의 술을 따라 권하면서,

"오늘 민 여사 만나기로 하셨지요?" 하고 물었다. 이에 은밀한 비밀이 탄로난 데에 찔끔 놀

라면서,

"음 여기서 잠깐 만나기로 했었는데." 하고 자못 겸연쩍은 표정으로 얼버무렸다. 그럴 것이 당신은 평소 점잖은 처지에 이런 밀애가 남의 눈에 어떻게 비춰질지 무척 신경이 쓰였던 것이다.

그러자 마담이 불쑥 말했다.

"민 여사 이제 만날 수 없을 거예요." 하는 그야말로 날벼락 같은 선고에 가슴이 철렁하면서,

"아니 무슨 일이 있소?" 하고 황망히 물었다. 당신의 지나친 충격적인 태도에 약간 민망했던지 그녀는 한동안 뜸을 들였다가 서서히 입을 열었다.

"한 일주일 전이던가 여기 혼자 와서 술을 마시고 돌아갔는데 그때 말로 닷새 후에 고향인 포항으로 돌아간다 했어요. 그러니께 말대로라면 그저께 아니면 어제쯤 여길 떴겠네요."

이에 당신은 가슴이 꽉 막혔다.

"아니 그럴 사람이……."

당신은 신음하듯 낮게 중얼거리며 그만 어안이 벙벙했다. 그리고는 이내 절망적인 기분과 함께 배신감에 뜨거운 불길이 가슴속에 치밀어 올랐다.

"그 여자, 선생님을 무척 고마워하고 그렇게 말없이 떠나게 되어 여간 죄스러워하지 않았어요. 괜히 자기로 말미암아 마음에 상처나 입지 않을까 싶어 차마 맞대놓고 떳떳하게 작별말씀을 드릴 수가 없댔어요. 비록 한때나마 자신은 선생님 때문에 큰 위안과 힘을 얻었지만, 그게 되레 선생님 일상에 때 아닌 풍파를 일으키는 잘못을 저질렀다 싶은 가책도 든대요. 참 마음 씀이 깊고 착한 여자예요."

마담이 말하자, 더욱 그녀에의 절절한 그리움이 솟구쳐 올랐다. 당신은 그런 마음을 달래기라도 하듯 연거푸 술을 마셔댔다. 그리고는 마침내 마담에게 물었다.

"대체 그 여자 무슨 연고로 이곳에 왔고, 어찌해서 불쑥 떠나게 되었는지 난 사실 몇 달 동안 사귀었지만 아무것도 모르오. 뭐 아는 게 있소?"

그러자 그녀가 눈에 싸늘한 웃음기를 띠었는데, 그걸 어찌 자기에게 묻느냐는 눈치 같았다.

"나도 그 여자 친구 소개로 그저 좀 알게 되었을 뿐이에요. 다만 눈치로 보아 가정이 풍비박산이 나는 큰 어려움을 겪고 나서 마음 의지할 데를 찾아 절친한 친구가 있는 이곳에 와서 잠시 머물게 된 모양이에요. 한때는 여기서 그냥 눌러 지낼까 하고 뭣 좀 알아보는 눈치 같기도 했었는데 여의치 않았던 모양이지요."

당신의 끓어오르는 심정과는 달리 그녀의 말은 의외로 냉담했다.

이윽고 당신은 자리에서 일어났다. 갑자기 뒤통수라도 강하게 얻어맞은 양 얼얼한 기분으로 주점을 나왔다.

"그렇게 말없이 떠날 걸 왜 약속은 했지. 다시는 만날 수 없는 영원한 이별일 터인데, 그리 표연히 떠날 수가 있을까."

당신은 정신없이 뇌까리면서 오늘의 산책길이 일찍이 없었던 가장 슬프고 공허한 길이었음을 뼈아프게 느꼈다. 그러면서 그간 무지갯빛 환상으로 가슴 뻐근하게 했던 게 한갓 부질없는 집착에 불과했던 거라는 가책에 새삼 몸을 떨었다.

무너지는 성벽

여명의 그림자

격변의 소용돌이

귀향

5부

기타

무너지는 성벽

선호가 초등학교 졸업반이 되었을 무렵, 이른바 태평양전쟁이 막바지에 이르고 있었지만 사람들은 전선이 어떻게 돌아가고 있는지 구체적인 상황을 전혀 몰랐다. 당시 그가 사는 마을에는 소식을 알려줄 만한 신문도 라디오도 없었다. 먹통 같은 어둠속에서 갈수록 심해지는 각종 수탈과 국민총동원령 등을 통한 노동력 강제가 극단에 이르러 왠지 시국이 심상치 않게 돌아가고 있는 듯 막판 분위기를 어림짐작하게 할 뿐이었다.

어느 날 저녁 때, 삼촌이 큰아버지와 대화하는 가운데 문득 "읍내에 나갔다가 한 친구를 만났는데 비밀리 라디오로 외국 방송을 들었다는데 전쟁에서 일본이 아주 불리하게 몰리고 있다는구만요." 라고 소곤대듯 말하는 거였다.

"그게 무슨 소리다냐. 일본이 승승장구 막판 승리를 눈앞에 두었다고 큰소리로 호언장담하고 있는데."

"웬걸요. 빈 수레가 더 요란하다고. 지난해 러시아까지 일본에 선전포고를 하고 전쟁에 끼어들면서부터 유엔군의 기세가 한층 거세져 전세가 예사롭지 않은 모양 같다는구만요."

"허기사. 요즘 돌아가는 형편이 뭔가 심상찮은 것 같긴 하더라만, 공출이니 노력 동원이니 우정 심하게 잡도릴 하는 걸 보면 왠지 안달이 난 모양 아니더냐."

"그래 얼마 못 가서 일본과 독일이 무릎을 꿇게 될 거라 허더구만요."

"글쎄 그렇게 될지, 아무튼 그런 얘긴 함부로 입 밖에 내지 말라. 큰일 난다."

"암만요."

아닌 게 아니라 정부는 '귀축미영(鬼畜米英)'이란 자못 원색적인 야비한 구호를 쓰면서까지 적개심을 부채질하면서 전쟁을 독려했지만 이미 대세는 좋지 않게 기울고 있었던 것이다. 미국과 영국 사람들이 사람이 아닌 귀신이나 짐승이란 말인데, 아무리 적대적인 사이라도 그 표현이 너무 유치하고 비열했다.

이렇듯 삼엄한 시국이었지만 선호는 애오라지 중학교 입시 준비에만 들고 팠다. 시골학교인지라 6학년이랬자 겨우 한 반뿐인데다 그나마 진학 희망자는 고작 열 명도 못되었다. 가스라기라는 창씨명을 가진 담임 소 선생은 중학교를 갓 나온 새내기로 진학지도에 실로 열과 성을 다했다. 교과를 완벽히 소화하기 위하여 촌놈은 막고 푸는 게 일이더라고 교과서 내용을 그저 달달 외우도록 강요하는 철저한 암기식 교육이었다. 날마다의 숙제가 교과의 암기로 이튿날 선생 앞에서 외운 걸 앵무새처럼 되뇌는 것으로 만약 중간에 막혔다 하면 외수없이 빰을 맞는 것이었다. 선생은 혈기 넘치는 젊은이답게 성질도 괄괄해서 참을성 없이 걸핏하면 폭력을 휘둘렀지만 아무도 그게 잘못된 일이라고 원망하지는 않았다. 선생의 그런 행태는 심지어 선호가 저축을 장려하는 전국 글짓기 공모전에 뽑혀 조례 때 상장 전달식이 있었는데 호명하는데 냉큼 달려오지 않았다고 전교생이 보는 데서 나의 빰을 때릴 정도였다. 좋은 일에 초를 치는 선생의 과격한 행위였던 것이다.

그러나 그 선생은 선호에게 무척이나 고마운 은사였다. 4학년 때부터 줄곧 3년간 담임을 맡았던 그는 본시 삼촌과 친한 친구로서 겉으로 좀체 두남두는 일은 피하려 했지만 속내로 남달리 깊은 사랑을 베풀어 주었다. 아무튼 선호는 진학반이 되면서 으레 과중한 숙제에 매달려 밤에 제대로 자본 적이 없다. 공부를 하다가 무심결에 잠이 들어 호롱불을 넘어뜨리는 바람에 불이 나 급한 김에 요강의 오줌으로 불을 끄는 소동을 벌인 일도 있었다. 입시철이 닥치는 겨울부터는 과외는 물론 아예 간이학교 교실을 빌려 하숙하면서 야간수업을 하는데 추운 겨울이라 시험을 봐 성적순으로 난로 옆에 앉도록 했다. 공부를 장려하기 위한 조처라지만 방법이 너무 지나쳤다는 느낌이다. 선호는 다행히 일등을 지속함으로써 난롯가 뜨뜻한 자리를 끝까지 지켜냈다.

어린 마음에도 그가 어쨌든 공부를 열심히 한 데는 나름대로의 야무진 자각이 있었다. 그의 꿈은 사범학교를 나와 초등학교 교사가 되는 일이었다. 일찍이 부모를 여읜 고아로서 장차 선생이 된다면 자기와 달리 장차 태어나 학교를 다닐 그의 자식이 얼마나 또래 애들의 부러움을 살까 하고 생각한 것이다. 그러자면 남보다 월등하게 실력을 길러야 한다. 당시 사범학교에 들어가기란 하늘에서 별 따기만큼 어려운 것으로 모두가 알고 있었다. 너나없이 어렵게 지내는 판에 관비를 받고 공부하는 데다 졸업하면 평생직장이 보장되는 교사란 직업에 금상첨화로 예비역으로 편입되어 징병까지 면제되는 특혜가 주어지는 바람에 가난하고 공부 잘하는 전국의 수재들이 앞다투어 입학을 지원하는 형편이었다.

짐짓 고아로서 큰아버지 댁에 얹혀사는 형편인 선호의 처지에서는 우선 중학교 진학부터가 과도한 욕심이 아닐까 하는 자격지심이 없지 않은 터였다. 하지만 그럴수록 장래의 입지를 확실하게 다지기 위해서는 어엿한 직업이 보장되는 앞길을 골라야 했다. 자신을 알고 어려움을 이겨나가야만 성공한다지 않은가. 그러지 않고서는 가뜩이나 부모의 유산인 전답조차 변변찮은 터에 평생 가난한 농부로서 온갖 시련을 견딜 수밖에 없지 않느냐. 그래서 선호는 기를 쓰고 실력을 인정받기 위하여 골똘히 노력을 한 것이다.

그 결과 그는 큰아버지에게서 마침내 상급학교 진학을 허락 받기에 이르렀다. 어린 것이 저토록 열심히 공부하여 앞날을 다져가겠다는 걸 무슨 수로 막을 수 있겠냐는 소박한 동정심 때문이었다. 게다가 평소 책을 좋아하고 뭔가 골똘히 생각하는 탐구심이 유별난 아이임을 남몰래 기특하게 여겨온 데다 젊은 나이로 불우하게 간 동생에 대한 의무감도 곁들여져 그를 진학시키기로 마음을 굳힌 것이다.

그런데 입학시험은 만만치 않았다. 100여 개가 넘는 초등학교에서 일이등을 한 수재들만이 대거 지원한 가운데서도 15대 1이라는 벅찬 경쟁률이었다. 선호는 애당초 모든 교과 내용을 달달 외울 정도로 완벽을 기했기 때문에 교과서 내용에서의 출제라면 전혀 문제가 없을 듯싶었다. 그런데 시험 첫머리 국어시험에 뜻밖의 문제가 나왔다. 당시 한창 격전을 치르던 태평양군도의 백지도를 그려 놓고 보르네오 섬에 동그라미를 치라는 거였다. 아예 신문이나 라디오를 접해본 적이 없는 선호로서는 전혀 생소한 상식문제였다. 그래서 궁한 김에 되도록 큰 섬을 고른다는 게 그만 스마트라 섬을 찍은 것이다. 나중에 정답과 대조한 결과 오답인 걸 발견한 사촌형은 크게 낙담하여 그를 하숙집에 떨쳐 두고 훌쩍 집으로 가버렸다. 한 문제만 틀려도 당연히 낙방될 거라고 미리 낙망한 모양인데 선호는 마침내 합격이 되었다.

그는 푸른 꿈을 안고 사범학교에 입학했지만 현실은 참혹했다. 기대와는 달리 제대로 수업 한 번 받지 못한 채 군사훈련과 노력봉사로 일과가 진행되었다. 그리고 책가방 말고도 비상시에 대비하여 약품 등이 든 구호대도 가지고 다녀야 했다. 이 무렵에는 미군의 공습도 잦아 밤중에라도 공습을 알리는 사이렌이 불면 지체 없이 학교에 가야 했다. 국민총동원령이 내려진 전시체제라서 책가방 대신 곡괭이를 들고 등교하는 일도 잦아졌다. 방공호를 파거나 벌목한 산에서 소나무 등걸을 캐기 위한 일 때문이었다.

벌목한 산에서 캔 소나무 등걸로는 송진을 채취하여 군기의 연료를 생산하기 위함이라 하였다. 이와 달리 이앙기에는 농가에 가서 모내기에 동원되기도 하였는데, 그때 이미 엄청나게 동체가 큰 미 전투기 보잉29가 머리 위에 나타나 유유히 선회하는 바람에 혼비백산 다리야 나 살려라 하고 산으로 도망친 일도 있었다.

그러던 얼마 뒤 시내에 진주한 일본군 위수사령부가 학교를 징발함으로써 학교는 꼼짝 없이 부속초등학교로 쫓겨나게 되었다. 짐짓 전선에 나가 싸워야 할 군대가 굳이 후방 시가지에 머무는 게 무슨 까닭인지 도통 모를 일이었다. 게다가 공부해야 할 학생들을 내쫓고 병영을 삼는다는 건 더더욱 알 수 없는 일이었다. 이사한 부속초등학교 건물은 몹시 허름한데다 전교생을 수용하기에는 너무도 비좁았다. 그 학교는 다른 시내의 학교와 임시로 병합된 모양이었다. 어쨌든 궁색하나마 학교생활이 시작되었는데 종이 징발되어 없으므로 수업의 시종을 알리는 건 위병소 당직을 서는 나팔수가 나팔을 불어 알렸다.

선호도 얼마 뒤 호기심으로 그 나팔부에 들어갔다. 그러다 마침 당직 중에 공습경보 사이렌이 불어 허겁지겁 운동장으로 뛰어나가 대피를 알리는 나팔을 불게 되었다. 잠시의 소동 끝에 모든 인원이 한꺼번에 뛰어나와 삽시간에 총알처럼 방공호 속으로 숨어들었다. 주위가 쥐 죽은 듯 조용해진 가운데 선호가 문득 깨닫고 보니 지상에서 오로지 자기 혼자만이 버려져 있는데다 머리 위에는 그 끔찍하게 큰 보잉29가 유연한 자태로 떠있었던 것이다.

당시의 학교는 마치 병영처럼 운영되었다. 교장은 본시 음악이 전공인 쓰시마란 일본인인데 착임관(着任官)이란 관직으로 조례 때에는 단상에 선 그를 향해 학생장이 으레 "각하에 대한 경례" 라고 구령을 붙인 걸 보면 아주 높은 계급이었던 것 같았다. 고바야시라는 배속장교도 꽤 높은 소령 계급으로 전시인 만큼이나 학교 안에서 위세가 당당했다. 당시의 교사진은 거의 일본인으로 조선인 교사는 물리와 음악을 담당했던 단 두 사람뿐이었다. 그들은 일본 교사들에 비해 출중한 실력자였지만 전시의 강압적인 분위기에 남모를 당국의 감시 아래 주눅이 들어 처신하기 조심스러운 데다 가뜩이나 한국 학생들과 대놓고 허물없이 지낼 분위기가 아니었다.

학생 가운데 비교적 일본인이 많았지만 그들은 한국 학생과 달리 모두 입시특례에 의해 수월하게 들어왔다. 그런데도 그들은 아주 당당했고 학급 반장이나 학생조직의 장을 그들이 차지하는 경우가 많았다. 말로는 내선일체(內鮮一體)라면서 기실 민족차별이 심하였다. 선호는 일찍이 동급생인 이노우에라는 일본 학생과 사소한 일로 다툰 적이 있었는데, 비열하게 고자질을 한 모양인지 이튿날 일본인 상급생에게 불려갔다. 그는 선호를 교실 모퉁이로 끌고 가서 다짜고짜

"네가 이노우에를 괴롭혔다며?" 하고 대뜸 닦달하기에

"아닙니다. 잠깐 말다툼을 한 것뿐인데요." 하는데 그자는

"바카야로. 이 더러운 조센진이." 하고 불문곡질 빰을 후려치는 것이었다. 그 바람에 입술이 터져 피가 흘렀다. 그는 한참 부릅뜬 눈길로 노려보다가

"다시 한 번 이노우에를 괴롭혔다간 죽을 줄 알아라." 하고 타목으로 엄포를 놓은 뒤 유유히 사라졌다. 선호는 참으로 억울하고 서러웠다. 손등으로 피를 훔치면서 이를 부드득 갈았다. 아직은 어려서 한갓 바사기일 밖에 없으면서도 이 모든 게 식민지 국민의 억울한 처지 때문일 거라는 것쯤은 짐작하고 있었다.

하지만 정작 그를 가장 괴롭게 한 것은 허기진 나날이었다. 당시는 돈이 있어도 음식을 사 먹을 만한 식당이 없었다. 학교 근처에도 식사는 물론 하찮은 주전부리라도 살 만한 가게조차 없었다. 겨우 어쩌다가 우무를 파는 한 가게가 있었는데, 영양가는 없다고 하지만 미끈미끈한 우무에 얼음을 넣고 깨소금까지 뿌리면 한여름 군것질로는 그런 대로 고소하고 시원했다. 이 무렵 학내에 나돌던 재미있는 우스갯소리가 있었는데 와타나베라는 미술 선생이 쑥떡 세 개를 사가지고 위병소에 나타나 다섯 명의 당직 학생들에 주면서 "운또 구에(실컷 먹어)." 라고 했다고 한다. 그 선생은 예술가라 그런지 평소 칠칠맞지 못하기로 정평이 나 있지만 딴 선생과 달리 소탈하고 진솔한 성미로 허물없이 몇몇 한국학생들과 너나들이 하는 사이로 가깝게 지냄으로써 선배 학생들 간에 인기가 있었다.

식량 사정이 극악에 이르러 식량 유통을 단속하려고 역 구내마다 헌병과 경찰이 지켜 서서 철저히 짐 검사를 했다. 그러다 곡식 같은 게 발각되었다간 엄한 처벌을 받았으므로 학생이 집에서 은밀히 미숫가루라도 장만해 오려면 책갈피마다 조금씩 끼워 넣어오는 별난 방법이라도 써야 했다. 당시 기숙사에선 한 한국 학생이 밤중에 배고픔을 이기지 못해 은밀히 주방에 숨어들어 누룽지를 훔쳐 먹었다가 들통이 나 퇴학을 당한 일조차 있었다.

선호도 예외가 아니었다. 그는 당시 하숙을 하고 있었는데, 영악한 안주인은 추운 아침에는 되레 몸에 좋다는 핑계로 밥 대신 곧잘 누룽지를 끓여주었다. 엄동설한에도 방바닥은 얼음장처럼 차갑다 못해 겨울 내내 깔려 있는 이불은 늘 눅눅한 습기로 젖어 있었다. 그런데도 안주인은 아궁이에 불을 지폈노라고 생색을 냈지만, 어쩌면 군불인 척 아궁이 속에 한 움큼 멥겨를 집어넣고 딸딸거리는 풀무질 소리로 시늉만 했거나 아니면 아궁이 속에 촛불이라도 켜 놓았을지도 모를 일이라고 하숙생들은 비아냥대곤 했는데 그게 매양 허튼소리만은 아닐 듯싶었다.

그런데 학교에서는 무슨 억하심정인지 하필이면 가장 추운 기간을 골라 체력단련이란 이름으로 학생들을 일찍 등교시켜 고된 훈련을 시키는데 발가벗겨 얼음을 깨고 냇물 속에 뛰어들게 하거나 먼 길을 강행군시키기도 하였다. 겨울이랬자 변변히 내복조차 없는 처지에 장갑도 낄 수 없고 게다가 바지 주머니를 꿰매어 봉하도록 한 바람에 매양 두 손이 얼어 터져 자칫 동상에 걸릴 판이었다. 심지어 개교기념일인데도 쉬지 못하고 등교하여 전교생이 10킬로를 뛰어 왕복하는 훈련을 시켰다. 교복에 군인처럼 다리를 둘둘 감는 게또루(감발)를 하고 뛰는 것이다. 그런데 선호는 그 감발이 느슨하여 도중에 풀어지는 사고가 없도록 일부러 거기에 물을 잔뜩 적셨던 것인데 그게 졸아들어 다리를 조이는 바람에 도중에 그만 정신을 놓고 쓰러지고 말았다. 낙오자로 뒤늦게 학교에 도착하자 교관으로부터 학교 운동장을 세 바퀴 돌도록 엄한 처벌을 받았다.

그런 어느 날 아침 등굣길에 앞서가는 선생을 발견하고 경례를 붙이기 위하여 서둘러 앞으로 다가가다가 돌부리에 걸려 넘어졌다. 뾰족하게 솟은 돌에 손을 다쳤는데 어찌나 아프던지 울컥 울음이 터질 지경이었다. 그런데도 그 일본 선생은 나비눈으로 흘깃 돌아보았을 뿐 한마디 말도 없이 쌩쌩 가버리는 것이었다. 스승이란 모름지기 인간적 모범이 되어야 한다는데 남도 아닌 제자가 눈앞에서 넘어졌는데도 모른척할 수 있나 참으로 무정하기 이를 데 없었다.

그는 고다마라는 윤리 선생으로 평소 일본 명문인 도쿄 제국대학 출신이라는 학력을 콧등에 걸고 거들먹거려온 위인이었다. 평소 냉소적인 차가운 표정으로 학생들 앞에 자그마한 빈틈도 내주지 않으려고 애쓰는 가장 권위적인 사람이었다. 그런데도 실상 그의 이면은 너무 달랐다. 집이 유곽(창녀 집)인 한 학생의 입을 통해 은밀하게 퍼진 소문에 의하면 그가 뒷구멍으로 호박씨 깐다고 그 집을 뻔질나게 드나든다는 것이었다. 그래서 이를 아는 선배들 사이에서는 다름 아닌 윤리 선생이 이중인격으로 그리 위선할 수 있느냐고 한껏 경멸의 눈길을 보냈다.

학교는 통제의 일환으로 학생들이 주말에 자유롭게 집에 가는 것조차 그냥 놔두지 않았다. 군인들이 휴가를 얻듯 반드시 담임 선생의 허락을 받아서만 귀성이 가능했다. 이를 어겼을 경우 엄한 벌을 받는다. 그런데 그 허락이 쉽게 얻어지는 게 아니었다.

마침 선호의 하숙집 근처에 담임인 하마모토 선생이 살고 있었는데 그가 어느 날 아침 난데없이 하숙집에 들러 선호를 찾았다. 역 하물계에 가서 이불 짐을 찾아와 달라는 부탁이었다. 선호는 물표를 가지고 역에 가서 이불 짐을 찾았는데 생각보다 덩치가 커 끙끙거리며 힘겹게 짊어지고 왔다. 그리곤 약은꾀를 내어 이 기회에 귀성 허락을 청해볼 셈으로 어물어물 집에 다녀왔으면 싶은데 허락해 달라고 청했다. 그는 마뜩치 않은 눈치로 한동안 흘겨보다가 마지못한 듯 허가했다.

선호는 뜻밖의 기회로 모처럼 집에 다녀올 수 있어 가슴이 벅찼다. 선호의 고향은 거기서 육십 리 길이다. 그날이 마침 토요일이어서 선호는 곧바로 떠날 채비를 했는데, 직접 걸어서 갈 밖에 없는 것이 당시 기차는 군수물자 수송 위주로 거의가 하물열차였고, 드문드문 운행되는 여객열차는 그나마 기약 없이 연착되기 일쑤인데다 콩나물시루처럼 언제나 만원이어서 때론 지붕에까지 올라타는 고경을 치르는 형편이었다. 하지만 정작 이유는 당장 수중에 기차표를 살 만한 돈이 없다는 사실이었다.

큰아버지는 입버릇처럼 근검절약하라고 했다. 집에 갈 적마다 어떻게 왔냐고 물어 차를 타고 왔노라고 이실직고하면 으레 핀잔이 따른다. 튼튼한 다리는 어디에 쓸 거냐고 가까운 길이니 다음엔 걸어서 오란다. 귀향 때 용돈으로 쥐꼬리만큼 주면서도 아껴서 쓰라고 잔소리가 부다듯하다. 시골 어른이야 용돈 쓸 데가 없어 절약이 몸에 배었을지 모르지만 한창 자라는 세대에 왜 돈이 필요 없을까.

귀향길 육십 리의 반쯤은 냇둑을 탄다. 아무도 없는 호젓한 둑길을 혼자 걸으며 모처럼 해방된 기분에 오만가지 희한한 상념에 젖기도 한다. 암울한 현실이기는 하지만 때로 젊은이다운 낭만적인 생각이 왜 없을 것이랴. 이때 선호는 오줌을 싸다가 무심코 자기의 소중한 거시기에 한 올의 새카만 털(체모)이 수줍은 듯 솟아난 것을 처음 발견하고 가슴이 몹시 뭉클했다. 그게 참으로 은근하고 신기하기만 했다. 사춘기의 표징이라 할까 왠지 부끄럽기도 하면서 불현듯 흥분을 느끼는 야릇한 순간이었다.

이윽고 퍼뜩 하숙집 건너편 세무서 관사에 사는 일본 소녀 구로따의 얼굴이 떠올랐다. 그녀는 일본 학생만 다니는 여중학교 학생이다. 앙증맞게 자그마한 키에 유난히 살빛이 고운데다 활짝 웃을 때마다 양 볼에 드러나는 보조개로 꽤 귀성이 있는데다 무척 성격이 밝고 활달해 보이는 소녀였다. 그녀와는 감히 말을 건네 볼 처지도 아니면서, 오다가다 가끔 부딪힐 적마다 괜히 가슴이 두근거리곤 했는데, 애면글면 하필이면 왜 왜년이냐 싶은 자각으로 부질없는 생각을 지우기에 안간힘을 썼다. 그런데도 선호는 아릿아릿 떠오르는 그녀에 대한 달콤한 환상을 좀체 떨쳐버릴 수가 없었다.

이성에 대한 최초의 눈뜸일지도 모른다. 또한 선호는 작년 여름 이른 아침에, 삼촌 심부름으로 고향의 초등학교 선생 댁을 찾아간 일이 있었다. 집안에 들어서자 뜻밖에 반쯤 열린 방문 사이로 문득 발가벗은 채 나란히 누워있는 부부의 모습을 발견하고 못 박힌 듯 그 자리에 서버렸다. 못 볼 걸 본 것처럼 괜히 민망하여 어쩔 줄을 몰랐다. 이윽고 선호의 부르는 소리에 선생은 한참을 꾸물대다가 겨우 팬티 바람으로 나왔는데, 어쩐지 선생의 얼굴을 대하기가 죄스러울 뿐이었다.

짐짓 예사로운 일인데도 그의 가슴이 후끈 달아오르며 심하게 쿵쾅거렸던 것은 그 광경이 충격적으로 다가왔기 때문이다. 나도 장차 성인이 되면 예쁜 아내를 얻어 저렇듯 의좋게 잠자리를 같이하는 걸까? 선호는 이제껏 늙은 할머니 곁에서만 잠을 자왔다. 부모가 일찌감치 세상을 떠났으므로 그분들이 잠자는 걸 본 기억조차 없다. 하지만 그분들도 저렇게 자다가 우연치 않게 나를 낳았을 것이다. 그러니 나는 장차 성인이 되면 금실 좋은 부부로 살다 보면 만년이 외롭지 않도록 알토란같은 많은 자녀를 둘 거라고 마음속으로 꼭꼭 다짐해보기도 하였다.

선호는 문득 지난겨울 한동안 기숙사 생활을 하면서 겪은 악몽 같은 기억을 떠올렸다. 그때 취침 시간이 되면 같은 방 선배 하나가 강압적으로 자기 이불 속에 그를 밀어 넣었다. 그의 체온으로 이불을 따뜻하게 덥혀 놓으려는 수작이었다. 그럴 때 풀을 먹여 깔깔한 광목 홑

청으로 된 이불 속에 몸을 들여놓는 순간 선득한 느낌에 온몸이 움츠려들었다. 그렇게 한참 이불 속을 덥혀놓으면 그는 염치없이 끼어들어 기분 좋게 잠을 청하거나 때론 그를 껴안고 몸을 더듬는 따위의 성희롱도 서슴지 않았다. 그때마다 온몸에 벌레라도 스멀거리듯 징그러워 소름이 끼쳐왔다.

그때 선호는 비로소 뱀보다도 더 싫은 사람이 있다는 걸 깨달았다. 또한 징그러운 뱀이야 그 자리만 피하면 그만이지만, 피할 수 없는 사람의 질긴 악연으로 묶인다면 얼마나 고달픈 것인지도 알게 되었다. 나이 든 아줌마들이 곧잘 자기 남편을 저주하여 입버릇처럼 원수 같은 서방이라고 투덜대는 것도 기실 불행한 부부의 악착같은 인연에 대한 한 맺힌 푸념일지도 모른다.

요즘 들어 일본의 전세가 더욱 기울게 되었는지 시국 분위기가 한층 삼엄해졌다. 역 구내에선 전에 없이 헌병이 젊은이를 포박하여 연행하는 광경을 흔치 않게 볼 수 있었다. 때로는 포승줄조차 없는 건지 새끼줄로 꽁꽁 묶여 있는 것도 보았다. 끌려간 젊은이들은 대체 무슨 죄를 지었을까? 군대에서 탈영했을까 아니면 병역 기피로 적발되었을까. 아무튼 이제껏 보지 못했던 이런 변화는 뭔가 시국이 심상치 않게 돌아가고 있다는 걸 감지케 했다.

이럴 즈음에 학교에서는 상급생 몇 명이 불온 서클을 조직했다가 들통이 나 경찰에 끌려갔다는 소문이 은밀하게 퍼졌다. 이른바 독서회 사건이라 하였는데 그들은 악명 높은 고등계 형사들로부터 가혹한 고문을 당했다는 소문도 잇달았다. 그리고 그들이 비밀결사를 한 사실에 대한 확증이 전혀 없는데도 억지로 사건을 조작하고 있는데, 학교 내부에서 누군가 당국에 전적으로 협력을 아끼지 않음으로써 뜻밖에 일이 급진전되고 있다는 것이었다. 그 협력자는 평소 한국 학생들에 대해 차별의식이 강한 일인 교사의 소행일 터인데, 그자가 어쩌면 윤리 선생 고다마일 수도 있다는 추측이 은밀하게 나돌았다.

선호가 그 무렵 옛 하숙집인 소 선생 댁을 찾아갔을 때 사모님이 반갑게 맞으면서 뜬금없이 "학생, 한규진 학생 소식 들었어?" 하고 묻는 것이었다.

"아니요. 한규진 형 무슨 일 있대요?" 하고 되물었다.

"몰랐구나. 한규진 학생 큰일 났어. 무슨 독서회 사건이라나. 그걸로 경찰에 끌려갔대."

"독서회 사건이 벌어졌단 소문은 들었지만 형이 그런 줄은."

선호는 자세한 내용을 몰랐던 터라 급소를 찔린 것처럼 아찔한 느낌이었다.

"이런 시국에 정말 안 되었어. 우리 선생님이 좀 알아봤더니 사상 문제라 크게 다칠 거래."

사상 문제라니 그럼 한규진 형이 무슨 불온사상이라도 지녔단 말인가? 선호는 도무지 어안이 벙벙할 밖에 없었다.

한규진은 삼 년 선배로 일찍이 소 선생 댁 같은 방에서 하숙생활을 같이 한 일이 있다. 그는 가난한 두메산골 출신으로 평소 말수가 적은 대신 책을 많이 읽는 학구적인 소양이 깊은 선배였다. 그가 알기로는 일상에서 별반 특이한 점은 없었지만 굳이 따져서 좀 남달랐던 점은 독실한 불교 신자였던지 한밤중 얼핏 잠에서 깨어나 보면 가부좌를 튼 자세로 묵주를 돌리며 뭔가 입속으로 웅얼웅얼 외우곤 하였다. 종교가 없는 선호로서는 그런 광경이 처음에는 왠지 생소하여 찜찜한 느낌이었지만 이내 익숙해졌던 것이다.

어쨌든 사건이 일어난 이후부터 학생의 동태에 대한 학교의 대내외적 감시와 단속이 더욱 심해졌다. 독서회 사건에 얽혀 경찰에 구금되었다는 선배 여섯은 평소 나볏한 몸가짐과 행동으로 한결같이 후배들이 선망하고 따르는 실력 있는 학생들이었다. 그런 사람들이 서릿발 같은 시국에 주책없이 함부로 행동했을 리가 없었다.

어느 날 학교에서는 전교생을 강당에 모아 놓고 전에 없던 시국강연회를 열었다. 그런데 해괴하게도 그 내용이 김일성에 관한 것이었다. 연사로 나온 중년의 사나이는 김일성은 만주 등지에서 백성들의 재물을 약탈하고 괴롭혀온 산적이라고 하였다. 당시 어른들 사이에는 오래 전부터 전설적 인물로 김일성이란 이름이 떠돌았는데 지금 만주에서 활동 중인 김일성은 가짜로 그는 한낱 산적에 불과한 형편없는 사람이라는 것이었다. 그러니 근거 없는 그런 유언비어에 속지 말라는 것이다.

선호로서는 처음 들어보는 이야기였다. 그리고 소중한 수업시간을 할애하면서까지 굳이 왜 그런 강연을 들어야하는지도 이해하기 어려웠다. 다만 전쟁 중에 민심이 극도로 흉흉해진 결과 온갖 유언비어가 난무함으로써 기껏 총력을 기울여야 할 때에 국론의 흩어짐을 막기 위하여 안달하는 거란 짐작이 갔다.

아무튼 이렇듯 긴박한 시국에 다름 아닌 사상범으로 몰려 구금된 한규진 선배의 일이 여간 걱정되는 게 아니었다. 그러나 선호로서는 소식조차 맘대로 접할 수 있는 처지가 아니었다. 그리고 얼마 있지 않아 그는 단조로운 일상에 묻혀 지내는 동안 자연스레 그 일을 잊어버리게 되었다.

그런 어느 날, 길에서 우연히 소 선생을 만났다. 두 사람은 가게 앞에 놓인 벤치에 앉았다. 소 선생은 간단히 안부를 물은 끝에 불쑥 말했다.

"한규진 참 안되었다."

그 말에 선호가 화들짝 놀라 급히 물었다.

"왜 무슨 일 있대요?"

"육 개월 만에 감옥에서 풀려났다는데 폐인이 되다시피 사람이 아주 못쓰게 되었단다."

"폐인이 되다니요. 어떻게?"

가슴이 철렁하여 더듬거리는 어조로 물었다. 선생은 안쓰럽다는 듯 끌끌 혀를 차며 뜸을 들이더니 이윽고 말했다.

"얼마나 몹쓸 고문을 당했으면 심성이 여린 개가 그만 정신을 놓아버렸겠냐?"

"정신을 놓아버렸다니 그게 무슨 뜻이에요."

"정신이상으로 아주 우두커니가 돼버렸단 말이다."

그 말이 총알처럼 선호의 가슴을 때렸다. 의식 없는 멍청이가 되었다? 소 선생과 헤어져 터덜터덜 걸으면서 선호는 착잡한 기분에 잠겼다. 한 선배가 미쳤다? 그럼 선배는 진정 폐인이 되어 앞날을 기약할 수 없는 불행에 빠졌단 말인가? 일본 경찰은 억지로 사건을 날조하고 잔혹한 폭력으로 사람의 인격을 맘대로 파괴해도 좋은가? 선호는 생각하며 돌연 일본 군국주의가 흡사 사람을 옴짝달싹할 수 없게 만드는 견고한 성벽처럼 느껴졌다. 그리고 자유를 위해 그 벽은 기필코 무너져야 하는데 그러자면 지금의 태평양전쟁에서 일본이 기필코 망하는 길밖에 없다. 그런데 지금 일본은 전세가 불리하게 기울면서 그 강철처럼 견고해보였던 군국주의 성벽이 금이 가면서 무너져가고 있지 않은가.

여명의 그림자

그 해 여름은 몹시 무덥고 가물었다. 메마른 땅이 거북등짝처럼 쩍쩍 갈라지면서 농부들은 개천에 실뱀 같이 흐르는 도랑물까지 펴내어 논바닥을 적시느라 무진 애를 썼다. 선호는 마침 방학 중이라 발 밭은 백부의 지시로 이따금 물대기에 동원되어 종형과 함께 맞두레로 개천에서 물을 퍼 올리는 작업을 했다. 모처럼 해보는 버거운 노역인데다 걸핏하면 끼니를 콩죽으로 때우는 둥 식사조차 부실한 때여서 자연 허기지기 마련이었다.

그런 어느 날, 그러니까 정확히는 8월 15일 저녁 무렵에서야 종형으로부터 일본이 전쟁에 져 일황이 항복을 선언했다는 희한한 소식을 들었다. 일본 천황 히로히토가 잔뜩 풀죽은 목소리로 마침내 항복 성명을 발표하는 걸 라디오에서 들었다는 거였다. 꿈같은 소식이었다. 이제껏 모든 언론매체들을 다 동원하여 한목소리로 일본군이 승승장구 마지막 승리를 눈앞에 두고 잘 싸우고 있다고 마냥 떵떵거리지 않았던가?

일본이 망했다. 적군에 대한 원망을 북돋기 위하여 심지어 귀축미영(鬼畜米英)이란 비열한 표현까지 써가며 끊임없이 우리에게 적개심을 불어넣던 그 유엔군에게 사세부득이 그만 무릎을 꿇었다는 것이다. 그럼 앞으로 세상이 어떻게 되는 거지? 이젠 우리가 일본 대신 미국이나 영국의 속국이 되어 그 지배를 받아야 되는 건가?

선호가 일껏 궁금증이 생겨 종형에게 넌지시 물음을 뜨는데 뜻밖의 반응이었다. 형은 자못 퉁명스런 어조로

"어떻게 되긴 이 바보야. 이제 우리 조선은 일본 놈들의 손아귀에서 벗어나 자유로운 독립국가가 되는 거지." 하였다. 독립국가라, 어림짐작으로 일본과 똑같은 주권국가가 된다는 것이었다. 그렇담 이제 36년간의 침탈과 속박에서 놓여나 당당한 자유국가가 된다는 거지. 엄벙통 도무지 믿기 어려운 희한한 일이었다.

그와 함께 물밑에서 나도는 어수선한 소문이 파다했는데 주재소의 일본인 경찰들이 코가 대짜로 빠져 황망히 보따리를 쌌다든가, 그 중에도 평소 망나니처럼 민간에 행패를 부려온 일본인 순경 구로따란 녀석은 인근 청년들에게 죽도록 얻어맞았는가 하면 비교적 원성을 덜 샀던 주임은 밤새 가뭇없이 어디론가 사라졌다는 등 흉흉한 소문이 분분하게 나돌았다. 그야 패전하여 쫓겨나는 고달픈 신세인걸 의당 그쯤의 수모야 감내해야 할 밖에 없겠지 싶었다. 제 나라로 쫓겨 돌아가는 자들을 인양자(引揚者)라고 부른다 했다.

그런데 종형이 어느 기록에서 보았다 하여 전해준 말에 의하면 아주 오랜 1887년에 전주에 일본인 두 사람이 처음으로 서문 밖 자갈밭에 오두막을 짓고 살았다 한다. 그랬던 게 1909년 일제가 강점하면서 왜인 821명이 들어왔고, 1939년에는 약 6천 명이나 되는 숫자로 늘어나면서 아예 주객이 바뀌어 안방 차지로 그들이 헌병과 경찰의 보호를 받으며 차례로 설립되는 각종 공공기관의 중요한 자리를 독차지해 한껏 권세를 부리며 위세 좋게 살아왔다고 한다. 그러니 그간 누려왔던 그 엄청난 권세와 재산을 갑자기 송두리째 놓아버리고 알몸으로 떠나자니 얼마나 분통이 터졌을까.

어쨌든 이런 긴급한 상황에서 모교 초등학교의 일본인 선생들은 지금 어떻게 하고 있을까. 가와이 료헤이 교장과 고바야시 선생은 어떻게 되었을까? 비교적 온화한 성격인 교장은 후원회 관계로 이따금 자전거를 타고 백부님 댁을 드나든 적이 있었고, 고바야시 선생은 한동안 백부님 댁에 기숙하게 된 인연도 있었다. 한번은 그가 일본에 갔다 오면서 선호에게 하이꾸(俳句:일본 전통시)가 들어있는 그림책을 선물로 사다 준 일도 있었다.

아무튼 막바지 험난한 시국이었던 탓으로 면직원에 앞서 주도적으로 공출이니 노역이니 징용이니 하여 혹독하게 면민들을 닦달해 큰 원성을 샀던 경찰은 마땅히 보복의 대상이었던 반면에 학교 선생들이야 내선일체라는 강압적인 일제의 정책에 따라 학생들에게 일본어 상용을 강요하고, 군수용으로 쓰인다며 목화나무 껍데기나 나무 등걸 같은 걸 매주 숙제 삼아 제출하도록 강제한 것이 허물이랄 밖에 없었다.

드디어 9월초 대한민국은 새로운 교육을 받게 될 개학이 눈앞에 다가왔다. 이제 진짜 우리 교육을 받게 될 터인데 과연 그 내용이 어떻게 바뀔 것인가? 이제 독립과 더불어 그간 일본인이 빼앗아 통치해왔던 중앙이나 지방의 모든 기관들을 되찾아 우리 국민이 자주적으로 운영해야 될 판국이 되었다. 그러자니 당장 심각한 인재난에 부딪칠 우려가 없지 않을 터였다. 일본인이 비워 놓고 간 그 많은 기관의 일자리를 꽉꽉 채워줄 적절한 인물들을 그간 전혀 예비해온 바가 없을 터라 사람들은 당장 새로 들어설 관할 기관장들의 면면에 대한 궁금증과 기대로 한껏 마음이 뒤숭숭할 밖에 없었다.

이런 형편에 곧잘 사람들이 모였다 하면

"새 면장 자리에 누가 온대? 지서장은 어떻고. 교장 선생도 바뀌겠네. 그런데 그런 기관장의 자격을 갖춘 자격자가 우리 주변에 마땅히 있을까 몰라. 그간 왜놈들이 모든 자릴 독차지하고 우리 조선 사람들을 차별하여 제대로 인재를 키워 주지 않았걸랑. 일제의 민족차별이 심하여 가까스로 총독부의 국장에까지 오른 그 누구던가 조선 사람인 고위 관리가 오죽하면 그런 푸념을 했을라고. 자기가 조선 사람이라 더 이상 승진할 길이 막히는 게 아주 억울하다며 출신에 관계없이 만약 총리대신 자리마저 시험으로 뽑는다면 자긴 서슴없이 거기에 응하겠노라고 말이여. 아무리 출중한 인재라도 조선 사람인 한 어느 한계에서 출셋길이 막혀버리고 마는 걸 안타깝게 여겨 한 말이란게. 그런데 이제야말로 우린 자주국가의 버젓한 국민이 되었으니 그간 숨겨진 능력 있는 인재들이 제대로 마음껏 제 실력을 발휘할 때가 온 거라니깐. 하지만 그런 듬직한 인재들이 과연 얼마나 있을까. 아마도 지극히 한정되어 있을 꺼여. 일제가 식민지화로 우리 조선인을 일부러 길러 주지 않았걸랑, 그게 우민정책(愚民政策)이지. 그러니까 지금부터라도 우선 먼저 서둘 것이 교육이여. 장차 요긴하게 쓰일 인재들을 시급히 길러내야 한다는 거지." 하고 사람마다 나름대로 새 나라에 대한 충정과 긍지를 격한 어조로 토해냈다.

선호는 방학 막바지에 재종형에게서 한 권의 소설책을 얻어와 읽었다. 작가 박화성이 쓴 소설이었는데, 작중 주인공은 성악가로 화려한 무대에서 많은 청중으로부터 우레와 같은 갈채와 환호를 받는 영예로운 존재로 그려져 있었다. 그래서 선호는 비로소 자신의 앞날을 진지하게 생각하는 계기가 되었다. 이제껏 그는 아무런 의심 없이 마치 레일 위를 달리는 기차처럼 이미 진로가 정해져 있다고만 여겨왔다. 사범학교를 나오면 정규 코스대로 초등학교 교사가 되어 평생을 바치게 되는 거라고. 거기에는 어떠한 일탈도 결코 허용되지 않을 거라고. 그런데 이제 나라가 해방되었으니 주권국가의 자유민으로서 아무런 제약 없이 자유로운 의사대로 자기 진로를 선택할 수 있는 길이 열릴지도 모른다는 막연한 희망으로 한껏 마음이 부풀어 올랐다. 그런데 나는 장차 뭐가 된다? 정치가 아니면 예술가? 그는 간사위 없는 무지갯빛 환상을 꿈꾸게 되었다.

해방 후 첫 등교하는 날이었다. 역전 광장을 벗어나 모퉁이를 걷다 보면 길가에 전매서 관사가 즐비하게 늘어 서 있다. 그때였다. 마침 한 관사의 쪽문이 열리면서 일본인 동급생 이노우에란 녀석이 고개를 쑥 내밀며

"얘, 오늘 학교 가니?" 하고 일본어로 물었다. 그래서 선호가 선뜻

"몰라, 이 새끼야." 하고 퉁명스럽게 한국말로 호되게 받아넘겼다.

그러자 그가 머쓱한 표정을 짓더니 집 안으로 숨어버렸다. 모처럼만에 마음속 응어리가 확 풀어지듯 사뭇 통쾌한 기분이었다. 그간 철통같이 금기시했던 우리말을 왜놈 앞에 당당하게 내뱉을 수 있다는 사실이 정말 꿈만 같이 희한하고 가슴 벅찼다. 그럴 것이 동급생 왜놈 가운데서 그가 가장 미워했던 게 바로 그 녀석이었기 때문이다. 크다 만 것 같은 왜소한 체구에도 몹시 되바라져 단단한 뒷심 탓인지 평소에 녀석은 유난히 일본인 티를 내며 한국인 후배들을 가지가지로 괴롭혀온 것이다.

심지어 목욕탕에서 우연히 마주쳤는데도 절을 안 했다고 이튿날 그 후배를 불러내어 호되게 체벌을 가했다는 게 바로 그 녀석이었다. 피차 알몸인 처지에 인사를 나누기가 쑥스러워 짐짓 모른 척할 수도 있지 않은가. 그 정도로 녀석은 좀스럽고 치사한 놈이었다. 그래서 선호가 녀석을 불러내 몇 마디 충고삼아 나무랐더니 곧장 왜놈 선배에게 고자질했던지 방과 후 그 선배에게 불려가 인적이 드문 냇가에서 선호는 호되게 폭행을 당한 일이 있다. 참으로 치사하고 간교한 왜놈이었다. 그런 녀석이 이제 온갖 미련을 짓씹으며 들피 같은 몰골로 제 나라로 쫓겨날 판국이 되었으니 얼마나 고소한 일인가.

학교에 가니 왠지 모든 게 달라 보였다. 맨 먼저 한 동급생을 만났는데 기껏 반갑다는 표정으로 약간 어눌하게 인사하는데

"너 얼굴 부었다." 라고 하는 게 아닌가.

웬 뚱딴지같은 말이냐 싶었는데, 곰곰이 생각해보니 그가 혹시 "살 쪘다"는 우리말을 몰라서 엉뚱한 말로 표현한 것 같았다. 아무래도 그간 방학이어서 휴양한 탓으로 신색이 좋아 보였을지도 모른다. 들은 말로는 그는 충청도에서 꽤 알려진 세도 있는 집 아이로 선호 역시 이제껏 그가 일본인인 줄만 알고 있었다. 일본 학생들과 곧잘 어울려 지낸 데다 누구보다도 평소 일본어를 유창하게 잘 구사했기 때문이다.

학교에도 큰 변화가 있었다. 일제 때 단 둘 밖에 없었던 한국인 선생 중에 물리의 이 선생은 그대로 계시는데 음악의 황 선생은 어인 일인지 모습이 보이지 않았다. 그간 일인 농업 선생의 조수로 농장에서 수발을 들던 이가 정식 농업 선생으로, 도청 공무원으로 근무했다는 별스레 인상이 까칠해 보이는 이가 공민 선생으로, 그간 고서점 주인이었다는 이가 국사 선생 등 그밖에 무슨 과목 담당인지 잘 알 수 없는 분들이 꽤 많이 눈에 띄었다. 그 가운데 국어 선생으로 시인 김해강 선생이 계셨는데 일찍이 '북에 남인, 남에 해강'으로 불릴 만큼 20년대 카프문학에서 이름을 떨친 분이었다. 이밖에 백양촌이란 분이 계셨다. 이후 교지 '태양'을 발간했는데 아마도 전국 최초였을 것인데, 거기에 선호는 난생 처음으로 창작한 시 '한벽당'을 발표했다. 이 시가 당시 광주의전(지금의 전남대 의대)의 전국 중고교 문예현상에서 당선된 작품이었다. 이를 계기로 선호는 한동안 시작에 몰두하게 되었다.

그런데 교직원 중에 깜짝 놀랄 만한 교사가 있었다. 주모라는 체육 담당 선생이었다. 그는 전직 일본 헌병 오장으로 일쑤 닳아빠진 누런 군복 옆구리에 찬 사벨(군도)이 땅에 질질 끌리다 싶게 깔밋잖은 모습으로 종전이 임박한 무렵에는 역 등지에서 종종 탈영병인지 누군지를 체포하여 연행해 가는 모습을 보아왔던 것이다. 그리고 막판에 포승줄조차 동났는지 어느 때는 새끼줄로 한 젊은이를 꽁꽁 묶어서 끌고 가는 걸 목격한 적도 있었다. 그뿐 아니라 그는 곧잘 기차에 올라 타 통학하는 조선 여학생들 틈에 끼어 능글능글한 표정으로 성희롱하는 짓거리 같은 행태를 보이기도 했다. 그런 위인이 해방된 조국의 신선한 교단에 감히 얼굴을 내밀다니 참으로 어이없는 노릇이었다.

그런 그가 수업이랍시고 교실에 들어와 유도에 대해 기껏 설명한답시고 밑도 끝도 없이

"유도는 우리나라 고려시대부터 있었다." 하는 것이었다. 기회를 잡아 그의 전력을 잘 알고 있는 학생들이 아예 수업일랑 그만 하고 이야기나 하자는 낌새로

"선생님 어느 대학 나오셨어요?" 하고 약간 이죽거리는 투로 묻자니까

"나 가정대학 나왔다. 어쩔래." 하며 한껏 느물거리는 어조로 답했다.

그 뒤로는 아예 수업시간에 들어온 기억이 없고, 두세 번 시험감독차 교실에 나타났는데, 으레 새카맣게 짙은 색안경을 쓰고 와 커닝을 하려니 그의 시선이 도무지 어딜 향하고 있는지 종잡을 수가 없어 학생들이 적잖이 난감해 했다. 그러다가 몇 달 만에 홀연 자취를 감춰버렸다. 뒷날 소문을 듣자니까 애당초 선생이 목적이 아니라서 당시 좌익사상을 가진 학생들이 많았기 때문에 그걸 감시하고 척결하기 위해 공안 당국이 일부러 그를 학교에 투입한 거라 했다. 그래서 많은 학생들이 그의 은밀한 공작으로 인하여 체포 구금 퇴학 등의 무자비한 희생을 당했노라고 하였다.

그런지 수년 후 이번에는 그가 낮도깨비로 변신하여 육군 중령으로 징병검사장에 모병관으로 모습을 드러내더니 몇 년 뒤에는 난데없이 고향에서 국회의원으로 입후보하여 낙선하는 등 유다른 변신을 보였다. 그러더니 만년에는 언제 익혔는지 격에 어울리지 않게 고향 도시에서 서예전을 열어 사람들을 놀라게 했다 하니 그의 변신이 참으로 다채로웠다.

어쨌든 해방 직후는 일시에 나라 체제가 바뀌는 과도기였기 때문에 크나큰 혼란을 겪었다. 얄타회담이니 포츠담회담이니 하면서 우리나라를 미소 양국이 신탁통치 한다는 데에 대한 찬반론이 뜨겁게 달아올랐다. 뜻밖에 나라가 분단되는 아픔을 겪게 되었다. 전범국인 일본은 멀쩡하게 놔두고 전쟁 때문에 엄청난 희생을 치른 우리는 왜 분단의 아픔을 받아들여야 하는가. 참으로 이해할 수 없는 사실이었다.

해방과 더불어 학원에서 급격히 문제가 된 것은 이른바 이념의 갈등이었다. 당시는 한민당, 한독당, 공산당, 노동당 등 우후죽순처럼 정당과 단체들이 앞다투어 생기는 바람에 그야

말로 정국이 어수선했다. 학원 역시 예외가 아니었다. 대한청년단, 대동청년단, 서북청년단, 여성동맹 등 갖가지 사회단체들이 생기면서 학원에 적잖은 영향을 끼쳤다.

미군정이 들어서기에 앞서 미군 선발대가 사범학교를 접수하여 주둔하였다. 일제 말에는 일본군이 학교를 통째로 점령하는 바람에 부속초등학교로 밀려났는데, 이번에는 미군과 함께 한 캠퍼스에서 잠시 같이 생활하게 되었다. 그런데 세계 최강국의 군대라는 인식과는 달리 실망스런 풍경도 더러 눈에 띄었다. 교문 밖 길가에서 한 병사가 럭키 스트라이크 담배를 들고 구걸하듯 사달라고 서 있는가 하면 선호의 낡은 손목시계를 보자 사탕이 든 깡통을 들고 와서 시계와 바꾸자고 조르는 엉뚱한 병사도 있었다.

이러던 중 선호는 에브릿과 바로라는 두 미 장교를 알게 되었다. 그들이 뜻밖에 경마장을 안내해 달라하여 그들의 지프차에 동승하여 그럴 만한 곳 두어 군데를 갔으나 신통찮은 반응이었다. 이를 계기로 그들과 꽤 친숙하게 되었는데, 어쩌다 식당에서 밥을 먹고 있으면 그들이 벌거벗은 알몸으로 찾아와 모든 학생들이 바라보는 데도 아랑곳 않고 "어이 미스터 킴 선호." 하고 마구 불러대는 바람에 그가 몹시 당황하고 창피스러워 했던 것이다. 그때마다 학생들은 그게 마뜩찮아 일쑤 "저런 상놈의 새끼들이 있나." 하고 마냥 투덜거렸다. 그들은 선호에게 10월에 제대하여 귀국하니 같이 미국에 가자고 꼬드겨 말하기도 했지만 도무지 씨식잖은 말이었다.

어쨌든 해방 후 김희준이란 분이 처음 교장으로 부임했는데 그를 둘러싸고 좌우익 학생단체가 찬반으로 맞서 세력 다툼을 했다. 그런 끝에 그의 관사를 학련(학생연맹) 쪽인 우익 학생들이 에워싸는가 하면 이번에는 좌익 쪽 민학(민주학생동맹)이 점거하는 등 지극히 갈피를 잡기 어려운 상황이 한동안 벌어지기도 했다.

그런 와중에 한 지역신문에 뜬금없이 김 교장의 비리를 고발하는 기사가 났다. 내용인즉 '아귀의 사제지도(師弟之道) 기숙사미를 자가용으로' 라는 제목의 기사였다. 이에 분개한 학생들이 대거 궐기한 끝에 시내로 진출하여 해당 신문사를 습격해 윤전기에 모래를 뿌리는 등 큰 소동을 벌였다. "쌀을 달라. 자유를 달라." 라는 구호를 외쳤다.

그런 다음해 봄에 난데없이 박모라는 여상 학생이 미군 지프차에 치여 죽는 사건이 터졌다. 해방 후 민족감정이 심하게 분출되던 때라, 그 사고는 예기치 않게 큰 반향을 일으켰다. 학생들의 항의 데모가 잇따랐다. 그리곤 그녀를 추모하는 위령제가 근교에 있는 절에서 엄숙하게 치러졌다. 그 자리에서 선호가 학생 대표로 예기치 않게 추도시를 낭독하게 되었는데, 자리를 같이 한 많은 여학생들이 흐느껴 울었다. 예식이 끝난 뒤 선호가 절 밖의 숲속에 혼자 앉아 있는데 뜻밖에 한 여학생이 찾아왔다.

작달막한 키에 포동포동 살이 찐 여상 학생이었다. 그녀는 옆자리에 앉자마자 짐짓 호감

어린 표정으로

"아깐 참으로 감동 받았어요." 하였다. 이에 그가 멋쩍어 미처 대꾸를 못하고 있자니까

"시를 공부하나봐요?" 하고 물었다.

"예, 조금 취미로." 하고 어정쩡히 대꾸했다.

"고향이 어디예요?"

"시골이에요."

"그럼 하숙 아니면 기숙사?"

"초등학교 적 은사님 댁에서 하숙하고 있어요."

"무슨 동인데요?"

그녀는 유별난 관심을 보이며 집요하게 캐물었다.

"태평동."

"태평동, 어쩜 나도 거기 사는데." 그녀는 사뭇 감개 어린 어조로 반응했다.

"아, 그래요."

"그럼, 우린 길에서 종종 마주칠 일도 생기겠네요."

그녀는 이게 어인 인연이냐 싶게 크게 반기는 눈치였다.

"그렇겠네요."

"그럼, 우리 다음에 만나더라도 모른 척하지 않기요."

"알았어요."

그러고 헤어졌는데, 그녀와의 재회는 뜻밖에 빨리 이뤄졌다. 그럴 것이 그녀의 집이 다름 아닌 바로 그의 하숙집 맞은편 가겟집이었던 것이다. 비좁고 허름한 그 구멍가게에는 언제나 무척 늙어 보이는 한 노인이 세월아 가거라 하고 행여 말뚝잠이나 자는 듯이 한결같은 자세로 앉아 있었다. 며칠 후, 그녀와 우연히 마주치곤 끌리다시피 그녀 집에 가게 되었다. 그리곤 마침 점심때가 되어 그녀 방에서 단둘이 밥상을 마주하게 되었다. 여자에 관한 한 숙맥인 그는 이런 자리가 도무지 희한하고 얼떨떨하기만 하였다. 게다가 그녀의 분 냄새 섞인 체취랄까 황홀한 자극에 사뭇 어리둥절할 뿐이었다. 그녀의 이름이 박복님이란 것도 처음 알았다.

"김선호 씨, 애인 있어?"

밥상을 물리고 나서 잠시 뜸을 들인 뒤에 그녀가 느닷없이 물었다. 그나마 반말이었다. 딴에 남다른 친밀감을 드러내려 일부러 말투를 바꿨을지도 모르지만 그로서는 적잖이 황당한 질문이었다.

"애인은 무슨."

그가 낯이 빨개지면서 당황해 하자, 그녀가 짐짓 희뜩머룩한 표정으로

"애인이 어째서? 나는 애인 있는데. 없음 애인감으로 내 친구 하나 소개해줄까?"

하고 언구럭스런 표정으로 눙치듯 말하는 것이었다. 그녀는 같은 또래인데도 무척 조숙해 보였다.

"아녀. 아녀요."

그는 급히 손사래를 쳤다. 그녀는 흠흠, 하고 달짝지근한 콧소리를 내며 매우 흐뭇해하는 눈치였다.

그 후에도 이런저런 핑계로 가끔 그녀와 만났다. 그러는 사이에 자연스레 친숙해져 끝내는 껴안고 진하게 키스하는 버릇도 익혔다. 물론 이러한 애정 표현은 평생 처음 겪는 황홀한 경험으로 모든 게 그녀의 주도로 이루어진 것이었다.

그러나 그녀와의 교제는 아주 짧게 끝이 났다. 방학을 맞아 고향에 머물렀다가 하숙집에 돌아왔는데 사모님이 약간 놀리는 듯한 표정으로 그를 바라보더니

"선호 학생, 앞집 여학생 시집갔어." 하는 것이었다.

"예?"

"제재소 집 총각한테 갔대."

이에 그는 아무런 대꾸도 하지 못했다. 문득 애인이 있다고 그녀가 전에 허풍처럼 자랑삼아 말했던 걸 생각해내고 아, 그랬던가 보다 했지만 어쩐지 배신당한 것만 같은 허망하고 씁쓰레한 기분을 어쩔 수가 없었다.

가을에 시내학생 축구대회가 있었다. 이에 그 응원전이 뜨겁게 달아올랐는데, 끝내는 J교와 J여고가 한 팀이 되고 사범학교가 J농림과 한 통이 되어 피차 상대편의 응원팀을 야유하고 공격하는 격한 감정싸움으로 번지게 되었다. 선호네는 J여고 팀이 '씩씩한 J여고' 하고 부르면 이에 질세라 '씩씩한 갈보들이야.' 하고 야유를 퍼부었다. 우스운 일이지만 당시의 상황에서는 이러한 대결은 은근히 부르주아 대 프롤레타리아와 같은 이념의 갈등 양상으로 비약되고 그 배후에는 학련과 민학이라는 집단의식이 조금은 작용하였던 것 같다.

그리고 마침내 이 갈등은 대회가 끝난 뒤에도 시가전으로 번져 나갔다. 거리 곳곳에 무리지어 모여서는 흥분하여 일껏 타격의 분위기로 대책을 모의하는 것이었다. 마침내 사태를 매우 심각하게 보았는지 경찰대까지 출동하게 되었다. 선호네가 네거리에 모여 대책을 의논하면서

"저쪽의 배후에 학련의 이○○가 있어."

"그럼 그의 집을 습격하여 본때를 보여주자."

"경찰이 편파적으로 그들을 두둔하고 있어."

"이○○ 그 사람 야쿠자처럼 큰칼을 가지고 있대."

"칼이면 다야?"

하고 의논이 분분한 참에 어느새 끼어들었는지 한 경찰이 하늘에 대고 공포탄을 쏘았다. 그 바람에 모두가 혼비백산 도망치기에 바빴다. 선호도 무리에 끼어 있다가 총소리에 놀라 나 살려라, 하고 도망치는데 어디서 그런 힘이 있었는지, 민가의 담장을 세 군데나 뛰어 넘어 다음 골목으로 멀찍이 내뺐다. 담장을 넘을 때마다 안집에서 "누구얏." 하는 고함소리가 들렸지만 그는 개의치 않았다. 필사적으로 도망쳤기 때문이다. 선호로서는 난생 처음 더구나 바로 곁에서 총소리를 들었기 때문에 그만큼 충격이 컸던 것이다. 그날 이후에도 대결 상태가 지속되어 하교 이후 상대방 학생들과 마주칠까봐 조심하느라고 한동안은 으슥한 골목길을 일부러 택하여 집으로 돌아오곤 했다. 이 어인 변고냐 싶게 참으로 고달픈 일상이었다.

격변의 소용돌이

그날은 마침 일요일이었다. 1950년 6월 25일. 이제 선호는 서울에 올라와 D대학 정치학과에 입학한 지 갓 두 달이 넘었다. 그때의 대학캠퍼스란 한심하기 이를 데 없어 교사라는 게 낡은 바라크 건물을 연상케 하는 흉물스런 모습이었다. 그래도 교수진만은 당시 국내에서 내로라하는 저명한 학자들이 많았는데 그들이 전임교수인지 강사들인지 미처 분간하기 어려웠다. 내실 있는 정상적인 대학이 몇 군데밖에 없는 터에 해방 후 우후죽순처럼 앞다투어 생긴 대학에 배치할 교수 요원이 한정되었기 때문에 그들도 불가피하게 겹치기 출강할 밖에 없었던 사정이었을 것이다. 당시 말뚝 하나만 박아 놓으면 학교가 생긴다는 냉소적인 우스갯소리가 나돌 만큼 교육계는 어수선했다. 선호가 선택한 대학 역시 예외랄 수 없다.

그날 그는 어쩌다 만나 각별히 친해진 한종우란 친구의 하숙집에 있었다. 점심때가 다 되었는데도 밥이 나오지 않기 때문에 쫄쫄 굶은 채로 애꿎게 줄담배만 피워대 배창자가 쥐어뜯기듯 쓰리고 아팠다. 참으로 돌깍쟁이 같은 서울인심이었다. 종우는 당시 신문학원에 다녔는데 그날이 인생의 마지막으로 이후 그의 종적을 알 길도 없을뿐더러 이름 말고는 그 밖의 인적사항에다 생사여부조차 모른 채 영원히 헤어졌다.

당시 선호는 종형과 함께 외가 아저씨뻘 되는 친척집에 하숙하고 있었다. 그분은 언론계에 종사하고 있었는데, 그날따라 마침 동대문운동장에서 '전국 도대항 축구대회'가 열리고 있었는데 고향에 있는 신문사의 특파원을 겸하고 있는 바, 마침 고향 팀이 참가하고 있으니 대신 나더러 거기에 가서 상황을 취재해오라고 하였다. 그래서 잘되었다고 신문에 관심이 큰 종우를 꼬드겨 함께 하숙집을 나섰다.

그런데 중앙청사 앞에 이르자, 경찰 소대가 집총을 한 채 구호를 외치며 역시 집총을 한 보초가 서 있는 청사 안으로 들어가고 있고, 거길 지나 종로구청 앞에 가니 입구에 새끼줄을 쳐놓고 여전히 삼엄한 경비태세를 취하고 있었다. 전에 없는 뜻밖의 광경이었다.

"오늘이 무슨 날인가? 왜 이러지?" 선호가 물었다.

"그러기 말야. 무슨 기념일도 아닌데……." 하고 종우가 의아한 표정을 지었다.

그러다 계동 골목 입구에서 한 노인이 쭈그리고 앉아 신문을 펴들고 있기에 쫓아가 신문을 들여다보았다. 순간 가슴이 쿵 하니 내려앉았다. 일면 톱으로 주먹만 한 활자로 '금일 미명을 기해 북괴군 일제히 남침'이라 씌어 있지 않은가.

"아마도 38선에서 잠시 부딪치다 말겠지." 종우가 심드렁하게 말했다.

"그래, 설마 전쟁으로까지 번지겠어?" 선호도 이에 동조했다.

그런데 그들이 종로 전찻길에 나서면서 상황이 확 변했다. 무장을 한 헌병들이 권총을 뽑아든 채 지프를 타고 전차궤도를 마구 달리는가 하면, 살기어린 눈으로 삼엄하게 주변 경비를 서고 있는 경찰도 보였다. 이윽고 전차에 오르자 장병들이 황망히 들어서면서,

"모처럼의 휴가에 무슨 긴급소집이래?"

"하루 한때도 제대로 못 쉬는구만, 대체 무슨 일이래."

하고 불안과 불만에 가득 찬 표정으로 왁자지껄하게 떠들어댔다. 사태가 매우 심상치 않은 모양이었다. 이윽고 동대문운동장에 갔으나 문이 굳게 잠겨 있었다.

그날 오후부터 새까만 북한전투기가 서울 상공에 이따금 나타나 선무적 내용의 삐라를 눈발처럼 뿌려댔다. 그런데도 어인 일인지 아군의 대응 전투는 전혀 보이지 않았다. 그리고 밤이 되자 북쪽에서 쿵쿵, 하는 대포소리가 들려왔다. 이에 라디오에서는 계속 저 소리는 아군의 대응 포성이니 안심하라는 말만 되풀이 방송하였다. 우선 시민들의 불안과 공포를 달래려는 정부의 안이한 대민공작이었다.

정국이 대체 어떻게 돌아가는지 무척 궁금했지만, 언론계에 있어 시국을 잘 알 법한 하숙집 주인아저씨마저 그날따라 귀가하지 않았다. 이튿날 여느 때처럼 등교했더니 전교생을 모아 놓고 학생처장이란 분이 "이건 전쟁이 아니라 사변이야. 그러니 여러분은 전시체제를 갖추도록 내일부터 반드시 학모를 쓰고 등교토록 하라."고 지시하였다. 도무지 요령을 알 수 없는 내용의 지시였다. 그런데도 선호는 가게를 찾아가 전액 선불로 모자를 주문했다. 결국 한치 앞도 내다보지 못하는 어리석은 충직함으로 생돈만 날린 셈이었다.

하숙 주인은 그날따라 무슨 영문인지 귀가하지 않았다. 언론계에 있으니만큼 시국 사정에 밝을 터라 앞으로 어떻게 대처해야할지 논의할 셈이었다. 그런데 이튿날 늦은 밤에서야 그분이 집에 돌아왔다. 그러곤 종형과 선호를 불러 놓고,

"내일 일찌감치 고향으로 내려가도록 하여라. 북괴가 전쟁을 일으켜 대거 남침을 해왔다.

전시상황이 오래갈 것 같다. 이승만 대통령도 오늘 오후 중앙청사 각 관방을 돌아본 뒤 수원으로 내려갔다. 그리고 너희들 내려갈 적에 숙희도 데려가거라."

하였다. 숙희는 당시 초등학생인 그의 외동딸이다.

이튿날 아침 셋이서 집을 나섰다. 먼저 서울역에 당도하여 차표를 구하려 했는데 직원 한 명도 눈에 띄지 않았다. 많은 승객들이 실망하며 용산역으로 가보자는 바람에 덩달아 뒤를 따랐지만 거기도 매일반이었다. 물밀듯 모여든 승객들은 화를 버럭버럭 내면서 돌아섰다. 앞길이 막막한 가운데 우선 숙희를 도로 집에 데려다 줄 수밖에 없었다. 난리가 났다고 대책 없이 공공기관이 이렇듯 직무를 마구 버릴 수가 있느냐, 피란민이 벌떼처럼 밀려들걸 뻔히 알면서도 철도국 직원들이 저 먼저 살겠다고 줄행랑쳤다는 거냐?

그야말로 쑥대밭이 된 정국이었다. 남부여대하여 길 가득히 메운 피란민 대열은 박탄 처절한 기분으로 한강교를 건너 기약 없이 남쪽을 향하여 묵묵히 걸어갈 뿐이었다. 안양에 이르러 식당에서 점심을 먹으려는데 다리가 통나무처럼 굳어진 채 구부러지지 않아 아예 선 채로 국밥 한 그릇을 먹었다.

이어 걷던 중에 우연히 길벗이 된 중년신사가 문득,

"오늘 아침 떠나올 때 일부러 수도방위사령관 놈의 집에 들러 봤더니 이미 내빼버리고 경비병 두 놈만 졸면서 경비를 서고 있더구먼, 나쁜 새끼." 하고 마구 욕지거리를 하는 거였다. 그런 태도로 보아 그가 예사 평민이 아닌 상당한 직위의 고관이거나 아니면 국회의원쯤 되는 분인 것 같다는 생각이 얼핏 스쳤으나, 그런 분이 어찌 혼자 걸어갈까 하니 매우 미심쩍었다. 그런데 피란민들의 분통을 터지게 하는 건 장사진을 이룬 고급 승용차들이 안하무인으로 피란민 대열 사이로 먼지를 풀풀 날리며 씽씽 달리는 일이었다. 게다가 이따금 가는 비가 뿌리는가 하면, 새카만 적기가 갑자기 나타나 뚜루룩 하고 기총소사를 하는 바람에 비행기 소리만 들리면 얼른 길가 숲속으로 달려가거나 아니면 길가 개울 속에 엎드리곤 했다.

그런 도중에 한 승용차가 우리들 곁에 와서 머물렀다. 순간 뒷좌석에 앉아 파나마모자로 얼굴을 가리고 있다가 모자를 드는데 보니까 당시 외무부장관이던 임병직 그 사람이었다. 이에 우리와 내내 길벗을 해왔던 그 신사가 그 차에 동승하는 것이었다. 예측한대로 그는 고위직 사람이었던 것이다. 조금 더 걷다 보니 이번에는 거꾸로 언론에서 익히 낯이 익은 사회당의 조소앙이 거꾸로 서울을 향하여 달려가고 있는 걸 발견했다. 그 후 그가 월북했다는 신문기사를 읽은 기억이 있다.

땅거미가 질 저녁 무렵 도착한 수원시는 그야말로 비상상태였다. 피란민들이 역 광장에 어지럽게 널려있는 데다 헌병들이 하늘에 권총을 쏘아가면서 길 정리를 하고 있었다. 그야말로 일촉즉발의 살벌한 분위기였다. 역에 가서 문의하니 역시 남행하는 열차가 없다고 잘라 말하였다. 별수 없이 하룻밤을 묵을 의향으로 여관에 들렀더니 선금을 내라고 한다. 그래서 선금을 주고 식당을 찾아가 밥을 시켜서 막 두어 숟갈을 뜨는 중에 난데없이 기적소리가 울렸다. 숟가락을 그냥 팽개치고 헐레벌떡 역으로 치달아 물으니 마지막 남행열차라 한다. 당장 표를 끊고 쏜살같이 여관에 가서 기차가 있다니 여관비를 돌려 달라고 했더니 일언지하에 거절하는 것이었다. 도무지 당치 않은 처사인데 막무가내로 버티니 위급한 처지에 어찌하랴. 차를 놓칠까봐 포기할 밖에 없었는데 악바리 주인놈이 그걸 노린 것이다.

기차는 초만원이었다. 입추의 여지없이 빽빽하게 들어찬 승객들 틈을 비집고 가까스로 자리를 잡고 나서야 비로소 숨을 쉴 수가 있었다. 사람들은 한결같이 죽음의 문턱에서 겨우 놓여난 것 같은 현실에 진저리를 치면서 앞으로 닥칠 막막함에 표정들이 굳어 있었다.

"이 차가 대전까지만 간대." 여기저기서 사람들이 소곤대기 시작했다.

"나는 고향이 여수인데 그럼 어떡하지?"

"나는 목포거든, 그럼 대전부터 걸어야 하나."

"나는 집에 부여니께 그나마도 다행이네."

"지금 거리 타령할 때가 아니라오. 여러분 들었어요? 한강 다리가 폭격을 당했다는 거 아니요. 우리가 조금만 늦었더라면 어떻게 도강을 하여 살아나왔겠소." 한 남자가 느닷없이 큰소리로 책망하면서 수다스런 중론을 가로챘다.

"한강을 무슨 억하심정으로 때려 부숴? 희생자가 많이 났겠네."

"나쁜 북괴놈들, 할 짓이 없어 피란민들까지 대량으로 죽이려고?"

"아냐, 그게 꼭 북괴군의 소행으로만 볼 수도 없어. 아군 쪽에서 피란민들이 넘쳐나니까 질서유지를 위한다고 한 짓일 수도 있어." 한 사내가 잔뜩 불만 섞인 어조로 딴죽을 걸고 나서기도 했다.

"설마 그렇게까지야." 하고 한쪽에서 억제하고 나서자,

"설마가 뭐요. 전쟁이 발발하면서 정부가 한 짓을 생각해봐요."

하고 강력히 반발하기도 했다. 선호는 콩나물시루 같은 사람들 틈서리에서 겨우 한 몸을 유지하며 들려오는 말소리에 묵묵히 귀를 기울일 뿐이었다.

선호는 위기탈출의 기회를 가까스로 잡았다는 안도감과 더불어 곰곰이 생각해보았다. 세상사 따지고 보면 우연 아닌 게 없듯이 그가 만약 하숙집으로 언론계에 있는 아저씨 집에 있

지 않았더라면 어찌 되었을까? 그냥 멍청하게 사태를 지켜보면서 지금껏 서울에 남아 있다가 한강교가 폭파된 줄도 모르고 뒤늦게 피란길에 나섰다면 어찌 되었을고. 그러다 퍼뜩 떠오른 게 소병선이란 초등학교 동창 녀석의 얼굴이다. 녀석은 서대문에서 하숙하면서 J대학에 다니는데 그를 데리러 갈까 하다가 급한 마음에 포기하고 왔는데 아무래도 마음이 찜찜했다. 그는 집안에서 애지중지하는 3대 독자로 탈 없이 아무렇게나 잘 크라고 아명을 뭉치라고 했다 한다.

명색이 기차라는 게 왜 그리 속도가 느린지 당나귀보다는 조금 빠를까 싶을 만큼 두 시간이 훨씬 걸려서야 대전역에 도착했다. 이게 종착역이라 하지만 혹시 모를 일이어서 꼼짝 없이 대합실에서 하룻밤을 지새울 수밖에 없다. 그나마도 여전히 콩나물시루와 같은 초만원 형편이어서 지칠 대로 지쳤지만 감히 바닥에 앉을 엄두조차 낼 수 없다. 게다가 밤이 되면서 굵은 빗줄기가 쏟아 붓는 바람에 역사 밖으로도 나갈 수 없다. 그러니 입추의 여지가 없는 틈새에 끼인 채 길고 긴 밤을 지새웠다.

이튿날 오전 10시경이 되자 이리역까지 가는 마지막 열차가 조금 있으면 출발하게 된다는 안내방송이 터져 나왔다. 대합실에선 환호성이 울려 퍼졌다. 막막한 사막에서 오아시스를 만난 기분이랄까.

선호 곁에는 날씬한 몸매의 예쁘장하게 생긴 아가씨가 서 있었다. 그녀는 그와 같은 또래로 보이는데 희고 갸름한 얼굴로 사뭇 우수에 젖어 있는 듯한 표정에 특히 가슴츠레한 눈에 물기어린 눈매가 더없이 매력적이었다. 그녀는 무얼 생각하고 있을까. 선호는 모처럼 달콤한 연정 같은 게 뭉클 가슴을 달구는 걸 느꼈다. 비상한 판국에 연정을 느끼다니 참 터무니없는 망상이다. 문득 무료함 끝에 그의 행적을 무척 궁금해할 것 같은 현숙의 환영이 아련히 떠오르면서 그녀에게 왠지 말을 걸고 싶은 충동을 느꼈다.

"실례지만 어디까지 가세요?" 그가 잠깐의 망설임 끝에 말을 걸었으나 냉큼 대답이 없다. 구내의 소음 때문에 그녀가 미처 듣지 못했나 싶어 거듭 되짚어 물었다. 그러자 그녀가 빙긋 웃으며 손으로 두 귀를 가리키며 손사래를 쳐보였다. 그게 난청임을 의미하는 걸까? 저렇게 예쁜 여자가 어쩌다가 귀머거리가 되었나 싶어 가방에서 종이를 꺼내 "어디까지 가세요?" 하고 괴발개발 써보였다. 그러자 그녀가 더없이 해맑은 웃음을 띠고 종이와 펜을 뺏어 들더니 '전남 고흥'이라고 적었다. 그런 뒤 '아하 그렇담 이리역까진 같이 가겠네요.' '그렇구먼요.' '이리역에서 호남선으로 갈아타야 하니께요.' '그렇지요.' '예쁜 아가씨 이렇게 만나 뵈어 반가워요.' '저두요.' '서울선 뭘 하셨어요?' '맹아학교 교사였어요.' 두서없이 이런 말들을 의좋게 오순도순 필담으로 나눴다.

이윽고 승차하라는 안내방송이 울렸다. 선호가 그녀의 손목을 덥석 잡아끌자, 그녀가 화들짝 놀란 표정을 짓다가 흘깃 주위를 살피더니 환한 웃음을 짓는다. 이내 그들은 손을 맞잡은 채 개찰구로 갔는데, 이번에는 검표원이 일일이 손바닥에 도장만 찍어준다. 피란민이라는 표시일 것이다. 차내에 들어서도 역시 비좁은 틈에 끼인 채 이런저런 사연을 필담으로 나누었다. 두 시간 가까이 지나서야 마침내 이리역에 도착하였다. 그들은 역전의 식당에서 점심을 먹었고, 헤어지기 아쉬운 마음에 근처 다방에 들러 오랫동안 정겨운 필담을 나눴지만 가야만 할 길이 아직도 멀리 남아있는 그녀를 무작정 붙들고 있을 수만도 없다. 회자정리라고 만남이 있으면 반드시 헤어짐이 따르는 법, 더욱이 전시 하 우연의 만남이 어찌 영속하길 바랄 것이냐. 결국 가슴이 찡하게 슬픈 이별을 하면서 앞으로의 막연한 만남을 기약하면서 서로 주소를 나눠가졌지만 그게 끝이었다. 전쟁이란 격변의 시기에는 한동안의 충격적인 비극이었거나 아니면 희한한 세월의 보람이었거나 간에 지난날의 흔적으로 가슴에 찍혀 한 가닥 아스라한 추억거리로 남게 될 뿐이다.

귀향

김선호는 당장 시골집으로 내려오라는 백부님의 엄명을 전해 받았다. 너무나 뜻밖의 일이어서 내심 무척이나 궁금하고 불안했다. 이에 얼핏 떠오르는 예감이 없지 않았다. 1948년 8월 중순이었다. 두어 달 전 학교 선후배 몇몇이 뜻을 모아 얄팍한 문학동인지 한 권을 펴냈는데, 그게 어이없게도 미군정의 포고령 위반으로 적발되어 운수 사납게 한 달 동안 옥고를 치르고 나서 불기소로 풀려난 일이 있었다.

그래서 그로 인한 꾸지람이나 아니면 앞으로의 신변을 예측할 수 없다는 집안 어른의 노파심으로 혹시 무슨 강제조처라도 내릴지 모를 일이었다. 그러니 까닭모를 법정의 선고를 앞에 둔 피의자처럼 사뭇 불안하고 잔뜩 주눅이 들어있는 상태였다. 일의 옳고 그름을 떠나서 가족에게 크나큰 심려를 끼친 데다 뭣보다도 스스로의 결단으로 자신의 앞날을 개척하기에는 너무도 나약하고 무능함을 실감할 수밖에 없어 한껏 우울한 기분이다.

마을에 이르자 먼저 백부님을 찾았다. 그분은 집안 대소가에서 절대자처럼 군림하는 큰어른일 뿐 아니라 선호의 부양을 맡아온 실질적인 보호자였기 때문이다. 이분은 옛날 그야말로 가랑이가 찢어지도록 가난했던 집안 사정으로 학교라곤 문 앞에도 가보지 못했음에도 타고난 총명함으로 교양의 폭이 웬만한 지식인에 못지않았다. 소싯적에 일본인 농장에서 일하면서 틈틈이 독학서적들을 섭렵하여 힘들여 얻은 지식들이었다. 뿐만 아니라 그때 번 돈을 알뜰히 모아 종자돈을 삼아 재산을 축적하는 가운데 일본 농장의 마름을 맡아 더욱 부자가 되었다고 한다. 아무튼 남의 추종을 불허할 만큼 재리에도 밝았다 한다.

"너 혹시 몸 상한 데나 없느냐?"

백부의 첫 물음이었다.

"예, 없어요."

선호가 얼결에 대꾸했다.

"그런 데 가면 조사한단 핑계로 무지한 형사 놈들이 마구 때리고 고문까지 한다는데."

"저는 한 번도 안 맞았습니다."

했는데 백부는 애시 의혹을 풀지 않는 눈치였다. 그러면서

"어리다고 좀 봐준 모양이구나."

하고 중얼거렸다. 그리고 한참 뜸을 들인 뒤에

"너 그러고도 계속 글을 쓸 거냐?" 하고 퉁명스럽게 물었다.

"이젠 소설 따위 안 쓸겁니다."

선호가 다소 격정적인 어조로 대답했다. 그게 뜻밖의 반응이었는지 백부가 외려 의아해하는 표정이었다. 고시 공부라는 말은 아예 입 밖에 낼 경황이 아니었다.

"네가 남달리 글 쓰는 재주가 있다는 걸 나도 안다. 그러니 소질을 살려야지 무작정 버릴 필요는 없다. 늬 애비도 글 쓰는 재주가 있었더니라. 몇 년 동안 꾸준히 일기를 쓰더구나. 시골에 살면서도 농사일은 아여 관심도 없었구. 뜬금없이 마을에 가게를 차리더니 빚만 왕창 남기고 가버렸지. 대체 세상살이를 어떻게 생각하고 살았는지 유별난 짓들을 많이 했었지. 늬 애비가 지금 살아있었으면 이런 혼란한 때에 어쩌면 무슨 사회운동이네 하고 설치며 다녔을지 모른다."

하고 약간은 아쉽고 슬픈 표정으로 말씀하셨다. 내가 짐짓 아버지를 닮아 그런 짓을 했다는 간접적인 표현인 것 같기도 하면서도, 야속하고 원망스럽다기보다는 가슴속에 깊이 묻어둔 뼈아픈 회한이나 애틋함 같은 착잡한 정서가 은연중에 묻어나는 것이었다. 5형제 가운데 막내로서 유일하게 정규교육까지 마친 똑똑한 동생이 아까운 26살 나이로 맨 먼저 세상을 등지고 요절했는데, 그나마 천행으로 자식 하나를 달랑 남겼으니 금지옥엽 그 어떤 것과도 비교할 수 없는 소중한 유산이 아니냐는 생각이 무심코 드러나는 표정 같다. 그래선지 그 귀중한 싹이 잘 자라 거목이 되도록 교육의 뒷받침에 온 성심을 다하는 게 맏형으로서의 마땅한 의무인양 여겨온 백부였다. 객지에서의 생활이 도무지 미덥지 않아 한때는 친자식과 그가 상급학교에 진학하게 되자 무리를 해서까지 그곳에 집 한 채를 마련하여 당신이 직접 기거하며 면학을 독찰하기도 하였었다.

그런데도 선호는 뜻밖의 사건에 휘말려 대학 진학의 꿈을 접은 패잔병 아니면 의지할 데가 없는 탕아처럼 부득이 낙향할 수밖에 없는 애처로운 신세가 되었으니 참으로 어른 앞에 면목이 없다. 별 수 없는 운명이려니 하면서도 마치 시집 못간 노처녀가 잘난 친구들의 호화결혼에 시기와 질투로 가슴앓이 하듯 주변 친구들의 동정이 매우 신경을 자극했다.

그러던 9월 초에 그는 만 18세의 풋풋한 나이로 모교인 초등학교 교사가 되었다. 면내에

있는 힘 있는 유지였던 종형의 알선에 의함이었다. 그리하여 마침내 부임하는 날이 왔다. 유난히 체구가 왜소한데다 학생 때의 까까머리가 미처 자라지 못한 꼬마둥이 모습 그대로였다. 게다가 막상 입고 나설 양복조차 마련되지 않아 지극히 낭패한 꼴이었다. 할 수 없이 사촌 자형이 간직한 단벌 양복을 얻어 입게 되었는데 남 보기에 그 모습이 본치에 서리병아리처럼 얼마나 추레해 보였을까.

학교에 당도하여 교장을 만나니 아침 조회 때 전체 학생들 앞에서 부임인사를 하란다. 불안감에 가슴이 먹통처럼 막막해졌다. 이때 퍼뜩 생각나는 게 있었다. 일제 강점기 말기에 하늘에서 별 따기로 무척 입학하기 어려웠던 사범학교 입시에 단 혼자 합격한 때와 졸업 무렵 학업성적우수자로 도지사상을 전달받았을 때 바로 이 단상에 올라 소감이랍시고 황망하게 몇 마디를 지껄이고 내려온 일이 있었다. 그때 무척이나 우쭐했던 기억이 나는데 그게 바로 엊그제 일처럼 뇌리를 스쳐갔다. 그때는 서슬 퍼런 일제 식민지하 말기로서 군인 같은 국방복 차림이었고, 지금은 당당한 대한민국의 교사로서 신사복을 입고 자리에 서게 되었으니 어찌 감회가 크지 않으랴.

목조건물 단층 8칸짜리 교사는 좀 헐어보였으나 모습만은 그대로인데, 당시 이 건물을 지어 기부했다는 송병우라는 독지가의 동상이 숲속에 위의를 뽐내고 있었는데 이제는 사라진 채 그 대석만이 흔적으로 초라하게 남아 있다. 태평양전쟁이 종국으로 치달았을 때 일제는 심각한 전시물자 부족을 이유로 민가 구석구석까지 샅샅이 뒤져 유기로 된 밥그릇에 숟가락, 젓가락, 거기에 세숫대야, 요강 등은 물론 심지어 마을과 학교의 징이며 꽹과리까지 아무튼 모든 쇠붙이로 된 물건이면 샅샅이 수색하여 징발해갔다. 사람 입안에 있는 틀니까지 뽑아가지 않은 게 그나마 다행이라 할까. 천둥벌거숭이 일본이 그런데도 대동아공영권이네 뭐네 하면서 잔뜩 허풍을 떨며 미·영국을 상대로 금방 승리한다고 미친개처럼 헉헉거리며 마구 짖어댔으니 참 배꼽이 웃을 일이었다. 그때 참봉(송병우의 별칭)의 동상도 함께 뜯겨갔는데 아마도 총알로 쓰였을 것이다. 이제 동상 복구는 아예 엄두조차 내기 어려운지 남아있는 대석만이 한없이 스산해 보인다. 이 교사가 세워진 첫 해에 선호는 신입생으로 입학하였다. 그 전에는 이웃에 간이학교 하나가 있어 4학년으로 초등학교 입학을 마쳐야만 했었다.

선호가 부임할 당시 교직원은 모두 8명이었다. 교장 이우성은 초등학교 적 그의 은사로 별명이 벌벌이였다. 유별나게 소심해 웬만한 일에도 겁을 잘 내는 단점과는 달리 무척이나 성실하고 정직한 교직자의 모범적이 전형이었다. 훤칠한 키에 어울리지 않게 평소 살금살금 깨금발로 걷듯 매사 조신한 태도를 보였다. 그런 모습 때문에 교육청 등 감독기관 직원들 앞에서는 본의 아니게 지나치게 비굴하고 아첨하는 듯한 인상으로 비춰지곤 했다.

교직원 가운데는 여선생 두 명도 있었다. 그녀들은 다 이 고을에서 내로라하는 이른바 토호의 딸들이었다. 그 중 박현숙은 대를 이어온 부잣집 맏딸인데, 그녀의 숙부 박진우는 고을의 대한청년단 단장으로 무소불위의 권세를 부려 남들이 두려워하는 존재였고, 송화숙의 아버지 송주환은 한민당 지부장에 학교 후원회장이면서 양조장을 운영하는 그야말로 이 고장 첫째가는 유력인사였다. 그는 천성이 오만불손하여 한참 연상인 교장을 만나서도 후원회장이라는 직책을 빌미로 곧잘 명령조의 반말을 서슴지 않았다.

이 두 사람이 면민 위에 군림하여 국시인 반공을 표방하여 자기들 뜻에 거슬리는 사람이면 전가의 보도처럼 쓰이는 반공을 빙자하여 용공분자로 몰아붙이는 등 민폐가 심했다. 오죽하면 면민들 사이에선 '우환이 없어져야 산다.' 라는 유언이 은밀히 나돌 정도였다. 우환이란 세도를 부리는 그들 두 사람의 이름 끝 자를 합성한 말인데 참으로 공교롭게 뜻이 통하는 합성어가 되었다.

그 밖의 남교사들도 이 고을 출신으로 대부분 인문 아니면 실업계 고졸 출신들인데 합당한 학력자가 아닌 경우가 많았다. 지난 8월 15일 대한민국 정부가 정식으로 수립되었다. 자유당 정부가 반공반일을 국시로 내걸었는데 특히 반공에 중점을 두고 통치해오다가 정판사 위조지폐 사건을 계기로 공산·사회주의 세력들의 활동이 불법화되면서 그 세력들이 대부분 지하로 숨어버리거나 가뭇없이 사라져버렸다. 때문에 지방 유지들이 자연스레 이승만 정권을 지지하는 한민당과 대한청년단 산하로 똘똘 뭉치고 김구가 만든 한독당계와 이범석이 이끈 민족청년단 그리고 탈북자 중심으로 서북청년단 등이 미미하나마 나름대로 세력을 유지해나갔다.

이런 판국이라 국가 기관으로서의 체제가 아직은 바로 서지 못한 탓으로 산하에 있는 모든 기관의 기강이 엉망인 경우가 많았다. 학교 역시 예외가 아니었다. 심한 예로 교사가 수업 중에 갑자기 비라도 내린다면 수업을 팽개치고 허둥지둥 삽을 들고 논밭으로 달려가는 진풍경도 흔히 볼 수 있었다. 물이 넘칠까봐 물꼬를 다지기 위함이었다.

우선 학교운영 제도부터 엉성했지만 미처 중요한 교과 정비가 덜 되어 수업이 매우 부실했고, 취학연령의 법제화가 안 되어 고등학교나 갈 법한 만학의 나이 많은 학생들이 있어 학생 다루기가 짜장 어려웠는데 특히 고령 학생으로 여학생들이 월등히 많았다. 여자는 공부보다 침공(針工)만 잘 하면 된다는 고루한 유교적 관습이 아직껏 남아 있었기 때문이다. 학생들 연령차가 심했기 때문에 교실의 분위기도 산만하기 이를 데 없었다. 공공연히 교실 안에서 담배를 피우다가 적발되는 경우도 흔해서 수시로 복장검사도 해야만 했다.

그는 교직에 있으면서 은밀히 고등고시를 준비했다. 일본강점기의 고등문관시험을 대체할만한 인재발굴의 새로운 제도가 생긴 것이다. 선호는 동인지 사건으로 뜻밖의 화를 입게 되면서 문학이 과연 평생을 걸만큼 중요한 보람이 있는 직업이 될 것인가를 깊이 반성하게 되었다. 또한 자신의 타고난 소질이 그에 합당한 것인지도 아울러 돌아보면서 작품을 창작함으로써 독자의 관심을 산다는 일종의 명예욕으로 그간 미망에 취해온 게 아닌지를 심각하게 따져보게 되었다. 그 결과 그는 문학을 버리기도 결심했다. 그래서 시쳇말로 재력과 권력을 동시에 갖게 되는 고급공무원이 되겠다고 다짐했었다.

그리하여 고시 준비로 아자히 사카에가 쓴『민법총론』과 몽테스키외가 쓴『삼권분립론』이란 책을 사서 연일 방과 후에 동료들 몰래 빈 교실에서 공부를 했다. 그런지 얼마만인가 여교사 박현숙에게 그만 들키고 말았다. 그는 그간 뚜렷한 이유 없이 그녀가 지주의 딸이라는 신분만으로 허영기 많은 경박한 여자일 거라는 편견으로 폄하하면서 아예 눈여겨 본 적도 없었다. 그런데 그녀가 줄곧 선호의 동정을 남다른 관심과 호감으로 살펴온 모양이었다. 이듬해 가을 어느 저녁 무렵 그녀와 우연히 마주쳐 비로소 속 있는 대화를 나눌 기회가 왔다.

“참, 김 선생님 열심히도 공부하시네요.”

그녀가 말한 첫마디였다.

“뭘요. 그저 심심해서 책 좀 보는 거요.”

얼결에 내뱉은 대꾸였다.

“저는요. 김 선생님이 이런 촌구석에서 선생질이나 하다가 끝날 사람이 아니란 걸 잘 알고 있었거든요.”

“박 선생님도 참, 날 과대평가하고 계시네요.”

“과대평가 절대 아네요. 저는요 선생님의 처지를 나름대로 웬만큼 알고 있고 미래의 꿈이 뭔지를 가늠해보았기 때문에 이런 말 하는 거예요.”

그녀는 약간 동정 어린 표정으로 그를 이윽히 바라보면서 또랑또랑한 목소리로 말했다. 선호는 순간 가슴이 뭉클해지면서 얼굴이 후끈 달아올랐다. 여자 앞에서 난생 처음으로 느껴보는 미묘한 감정이었다.

“김 선생님의 향학열이 높은 걸 알아요.”

“높으면 뭘 해요. 현실의 뒷받침이 없는 허황한 꿈인걸.”

그가 다소 자조적인 어조로 대꾸했다.

“어려울수록 노력해야죠.”

“소도 언덕이 있어야 비빈다고 내 처지가 그렇잖아요?”

“그렇다고 미래의 꿈을 버려요?”

불만 섞인 눈초리로 그녀가 날카롭게 힐책했다. 선호는 뜻밖의 호의어린 충고에 뜨거운 감개가 가슴에 치미는 걸 느끼면서도 잠시 어벙한 입장이다. 한참의 침묵 끝에 그녀가 마침내 말문을 열었다.

“김 선생님, 내년 4월 신학년에 서울의 대학에 진학해요. 나라도 좀 도울게요.”

그녀는 매우 당돌하다시피 단호한 어조로 다짐하듯 말했다.

이후 그녀는 방과 후 하루도 거르지 않고 마치 아이를 돌보는 보모처럼 그의 곁을 맴돌았다. 그녀의 행위가 순순한 동정심에서의 발로인지 아니면 우월자의 입장에서 취하는 오만한 간섭인지 도무지 분간하기 어려웠다. 어쨌거나 둘은 의좋은 남매처럼 술래잡기도 하고, 모닥불을 피워놓고 고구마를 구워먹으며 희희낙락하기도 했다.

어느 겨울에는 볼을 가지고 터치볼을 하다가 웅덩이에 떨어뜨리는 바람에 난로에 젖은 볼을 말리다가 그만 태워버린 사건이 생겼다. 그래서 평소 두 사람 사이를 못마땅하게 여겨오던 다른 직원들에 의해 소문이 번지게 되고 사소한 실수가 걷잡을 수 없이 부풀려지면서 비난과 냉소의 대상이 되고 말았다. 근자에는 학생들 소행인 듯싶은 "박 선생과 김 선생이 연애한다네." 라는 굵직한 글씨의 낙서가 교실 벽 곳곳에서 발견되어 교무실이 발칵 뒤집힌 일조차 있었다.

그 이튿날 선호가 등교해보니 이제껏 김 선생 바로 옆자리에 있던 박 선생의 책상이 난데없이 먼 창가로 옮겨져 있었다. 그는 기가 차면서 모멸감으로 얼굴이 화끈해졌다. 대체 누가 이런 짓을 했을까? 망연자실하는 가운데 곰곰이 생각해보니 당사자들에게 일언반구의 언질도 없이 함부로 이런 조치를 할 사람은 교장밖에 없다는 판단이 섰다. 낙서 사건에 자극을 받아 소심하기 이를 데 없는 교장이 두 사람을 되도록 멀찍이 격리시키려는 술책으로 책상을 옮겼으리라. 참으로 옹졸하고 치사한 조처였다.

이런 걸 보는 다른 직원들은 어떻게 생각할까? 기분 같아서는 당장 사표라도 내던지고 교장의 무례함을 따지고 싶다. 하지만 그랬다간 오히려 불집만 키울 것이라 그럴 수만도 없다. 그보다도 현숙이 대수롭지 않은 듯 태연한 태도로 "내 자리가 옮겨졌네." 하고 아리송한 웃음을 지으며 아무런 대응도 하지 않았다. 이런 봉변쯤 이미 각오한 바 있었다는 것인가. 어쨌든 두 사람은 쉬쉬하고 남의 눈을 의식하여 한껏 조심했는데도 어떻게 낌새를 챘는지 이후 갖가지 험담이 나돌기 시작했다. 두 사람이 마치 천하에 없는 음란한 청춘 남녀처럼 입소문이 나돌았다. 그럴 경우 남녀는 항용 같은 누명을 썼다는 연대감 때문에 도리어 더욱 견고하게 결속되는 법이다.

어느덧 둘 사이의 이른바 스캔들은 학교라는 한계를 벗어나 바깥세상으로 왜자하게 퍼져나갔다. 손바닥만 한 좁은 고을에서 그건 얼마나 고소한 입 안주거리인가. 따지고 보면 미혼남녀끼리 사랑한다는 게 얼마나 자연스런 현상인가. 그런데도 아주 몹쓸 패륜이나 되는 것처럼 과장하여 퍼뜨리면서 사람들은 그걸 즐겼다. 심지어 박 선생이 아이를 배어 소문이 날까봐 먼 서울에 가서 낙태수술을 받았다는 괴기한 소문조차 있었다. 참 억울하고 맹랑한 헛소문이었다. 비난받은 김 선생만 하더라도 한때 춘원의 소설 '사랑'을 읽고 육체적 사랑보다 정신적 사랑을 고귀하게 여기는 이른 바 '플라토닉 러브'에 한동안 깊이 심취하기도 했었던 만큼 혼전의 순수성을 당연하게 믿고 있었다.

어쨌든 연인 사이로 발전한 그들의 소문은 각자 집안에까지 알려졌지만 별다른 갈등은 없었다. 선호 편에서는 고아인 조카를 자기네보다 지체 높은 지주의 딸이 사랑한다는 게 감지덕지로 못내 대견하여 둘이 쉽게 결합되기를 바라는 처지이고, 현숙 편에서도 남녀가 함께 근무하다보면 한때의 바람처럼 호감을 가질 수도 있겠거니 하고 딸을 믿고 느긋하게 기다리자는 눈치였다.

어느 날 선호는 현숙의 집에서 뜻밖의 초대를 받았다. 맛있는 저녁밥을 얻어먹고 그녀의 방에서 담소를 나누던 중에 충격적으로 키스를 하게 되었다. 처음 갖는 돌연한 격정적인 애정 표현인데 현숙이 기습적으로 구애를 한 것이다. 그때의 당황스럽고 달콤한 추억을 선호는 평생 잊을 것 같지 않았다. 그 후에도 여러 차례 밀회를 통하여 미친 듯이 입을 맞추며 사랑을 확인하였다.

이듬해 봄 현숙의 강권에 의하여 선호는 마침내 학교를 그만 두고 대학에 진학하겠다는 결심을 굳히게 되었다. 그러나 이에는 적잖은 갈등이 가로막혀 있었다. 백부께선 의지할 데 없는 조카를 초등학교 교사로까지 만든 것만도 대단한 일인데, 대학까지 가겠다는 건 지나친 욕심이라고 아예 손사래를 쳐 반대했으나, 종형 등 젊은 측 가족들은 평소 선호의 뜨거운 향학열을 감지하고 있기 때문에 찬성 쪽으로 후원했다.

"애가 그렇게나 더 공부하고 싶어 하는데 앞길을 막으면 되겠어요?"

하고 종형이 마침내 백부에게 대들었다. 그런데도 백부는 막무가내로 고집을 꺾지 않았다. 그러다가 공교롭게도 사촌 그러니까 백부의 친아들이 두 차례의 낙방 끝에 이번에 다시 대학에 진학하게 되었다. 이를 핑계 삼아 종형이

"선호는 조카라 대학 안 보내고 기호 동생만 달랑 보내면 남들이 뭐라 하겠어요? 두 번이나 낙방 먹은 자식은 또다시 대학 보내면서 공부 잘하는 애비 없는 조카는 방치했다는 소릴 듣지 않겠어요?"

하고 평소 그를 누구보다도 아끼고 보살펴준 종형이 끝내는 협박조로 백부에게 매몰차게 항의했다.

그런지 며칠 후에 마침내 백부가 고집을 꺾었다. 선호는 날듯이 기뻤다.

이 소식을 접한 현숙도 자기 일처럼 기뻐했다. 사표를 낸 그날 밤 그녀는 그를 끌어안고 두 눈에 그렁그렁 눈물까지 보이며

"서울 학비 대려면 많은 돈이 필요할 텐데. 입학금에 보태 쓰도록 내가 좀 도울게요. 그간 마련한 자수병풍을 팔아서라도 조금 보태줄게요." 하면서 예뻐 죽겠다는 듯 그의 두 볼을 뜨거운 입술로 핥았다.

실명소설

작은 소리 큰 울림*

윤흥길(소설가)

먼저 달아날 구멍부터 봐두는 게 이롭겠다. 앞으로 이 자리를 빌려 뻔질나게 들먹이게 될 '그'는 물론 석영 홍대표 선생님을 가리키는 말이다. 알 만한 사람은 이미 다 아는 사실이지만, 소설가 홍석영 선생님은 나의 스승이시다. 스승을 가리켜 싹수도 없이 그라는 정나미 뚝 떨어지는 호칭으로 부를 수밖에 없는 내 마음이 결코 편안할 리가 없다. 하지만 나는 그래도 그를 끝까지 그라고 부르면서 사무적으로 대해야 한다. 내가 특별히 건방져서도 아니고 제자로서 스승에 대한 존경심이 부족해서도 아니다. 이른바 실명소설이란 형식을 갖추기 위해서는 그런 식의 비정한 절차가 필요하다는 사실쯤이야 삼척동자도 익히 알고 있다.

내가 그를 처음 만난 것은 이십여 년 전의 일이다. 당시의 그는 지금의 나보다 훨씬 젊은 삼십대 후반의 나이였다. 그때나 지금이나 그는 여전히 홍안이다. 겉모양뿐만 아니라 속마음까지도 그는 깔축없는 홍안이다. 그런데 그가 벌써 회갑이라 한다. 처음 만났을 당시에 비해 별반 달라진 게 없기 때문에 그가 회갑을 맞는다는 것이 어쩐지 농담처럼 여겨질 지경이다. 하지만 늙음이 침투할 빈틈을 좀처럼 보이지 않으면서 자신의 평생을 잘 관리해온 그로서도 세월만큼은 역시 어쩔 수 없는 것인가. 며느리와 손자들까지 그새 엄청나게 불어난 식구들 앞에서 시아버지 노릇 할아버지 노릇을 그리 어색하지 않게 수행하는 요즘의 그의 풍모에서 비로소 회갑의 나이를 실감하게 된다.

내 경우 그를 생각할 때마다 마치 하루 장사를 개시하자마자 가게 안에 모습을 나타내는

---

* 이 글은 홍석영 교수 회갑기념 소설모음 『얼쑤절쑤』(푸른숲, 1990년)에 처음 수록된 작품으로 여기에 다시 실었습니다. (편집자 주)

마수걸이 단골손님과도 같이 맨 먼저 찾아드는 대상은 남중동의 그 고옥이다. 그리고 그 허술한 집으로부터 비롯되는 몇 가지 연상 작용들이 작다 또는 작음이란 형용사나 명사형의 의미로 한데 뭉뚱그려져서 나뿐만 아니라 그와 가까운 많은 사람들에게 무척이나 정감 어린 추억의 덩어리로 뽀작뽀작 다가오곤 한다. 그렇다, 우리 모두가 엔간히도 곤핍하게 지내던 그 시절에 풀방구리에 쥐 드나들 듯 너도나도 아무나 걸핏하면 들락거리곤 하던, 전화국 건너편 언덕배기에 자리 잡은, 내 집처럼 혹은 어떤 맘씨 좋은 집안 아저씨네 집처럼 그저 언제나 만만하게만 느껴지던 그 남중동집을 어찌 잊을 수 있을 것인가.

신작로를 버리고 리어카 한 대도 빠져나가기 힘든 좁고 긴 구절양장의 골목길을 요리조리 한참 더듬다 보면 꽤 급한 가풀막을 이룬 언덕을 만나게 되고, 그 언덕의 중간쯤에서 골목길을 슬쩍 외면한 채 한쪽으로 약간 돌아앉은 녹슨 함석 대문을 찾을 수가 있다. 대문의 높이에 가려 지붕조차 잘 보이지 않는 그 낡은 기와집이 다름 아닌 그의 소유임을 광고하는 큼지막한 문패가 쉽사리 눈에 띈다.

洪大杓(石影).

만일 내 기억이 정확한 것이 못 된다면 앞뒤 순서를 바꿔놓는다 해도 뭐 상관은 없으리라.

洪石影(大杓).

내가 말하고자 하는 바는 문패에 적힌 두 이름의 순서가 아니다. 문제는 본명과 필명 사이에서 드러나는 어쩐지 불균형한 느낌이다. 한 주인을 섬기는 두 이름이 서로 사이좋게 어깨동무를 하지 않고 제각기 따로 노는 듯한 인상을 문패에서 받게 되는 것은 무슨 까닭일까.

그때까지 그를 노상 필명으로만 대해왔던 나는 최초로 남중동집을 방문했을 때야 비로소 그의 본명을 처음 접하고는 솔직히 말해서 약간 당황했다. 그의 체구가 한국인의 평균치를 크게 밑돈다는 사실을 빤히 알고 있는 나로서는 큼지막한 문패에 새겨진 큼지막한 본명에 잠시 어리둥절하지 않을 수가 없었다. 이윽고 나는 그 문패를 바라보면서 미소를 지었다. 작고도 여린 느낌의 필명과 크고도 억센 느낌의 본명이 이루는 묘한 대비 때문이었다.

대개의 경우 낡은 함석 대문에 딸린 쪽문은 잠그지 않은 채 그냥 지쳐놓은 상태로 있다. 그래서 그를 만나고 싶은 사람은 초인종을 누르거나 대문을 두드릴 필요도 없이 쪽문을 밀고는 허리를 접어 통과하기만 하면 된다. 손바닥보다 훨씬 넓은 터알 옆으로 난 통로를 따라 마당으로 들어서기 전에 방문객의 예의로 한 마디 고함 정도는 지르는 것이 좋다.

"선생님 계십니까!"

"어, 누구여?"

서재로 사용하는 건넌방 쪽에서 그의 목소리가 느리게 흘러나온다. 그리고 주로 파자마 차림의 집주인이 예의 그 소년과도 같은 홍안에 가냘픈 몸맨두리를 이내 마루 위로 나타낸다. 이젠 다 됐다. 방문객은 염치 불고하고 마루에 올라서기만 하면 그만이다.

따지고 보면 작고 보잘것없는 그 남중동집이 내게 주는 의미는 결코 작은 것도 보잘것없는 것도 아니다. 왜냐하면 오랜 세월에 걸쳐 많은 사람들에게 사랑방 또는 여인숙과도 같이 푸근하고 친숙한 휴식공간의 역할을 수행한 집이기 때문이다. 마찬가지로 남중동 시절의 그 집주인 또한 결코 작다고 말할 수가 없다. 왜냐하면 무시로 찾아드는 손님들에게 그가 베풀어준 정성은 제아무리 몸집이 큰 사람일지라도 감당하기 힘든 대단한 것이었기 때문이다. 그의 본명과 필명 사이에 어감의 차이가 두드러지듯 겉으로 작으면서 속으로는 큰 됨됨이의 모순은 어쩌면 그의 타고난 양면성인지도 모른다.

술깨나 좋아하고 주사깨나 떨 줄 아는 문인들치고 남중동집에 쳐들어가서 그에게 한두 번 실례를 범하지 않은 사람이 거의 없을 정도다. 이리바닥에 터 잡고 사는 문인뿐만이 아니다. 경향과 원근을 가릴 것 없이 이리를 방문한 다른 지방 문인들도 자신에게 숙소를 제공해준 그 앞에서 크게 실수를 저지르기는 매일반이다. 그 가운데는 인사불성으로 취해서 쓰러져 자다가 남의 집 이부자리에 커다랗게 지도를 그리거나 온 방안을 한강으로 만들어놓은 전력을 가진 사람도 나는 여럿 알고 있다. 누구라도 이름을 대면 금방 알 수 있는 유명 문인들로서 이미 작고한 분도 있고 지금 생존해 있는 분도 있다.

왜들 그랬는지 모르겠다. 하여튼 그 당시 이리에서 무슨 문학관계 행사로 손님이 찾아왔다 하면 그 좋은 여관 놔두고 우르르 떼 지어 그의 집으로 몰려가기가 일쑤였다. 그러면 그는 그리 넉넉지도 못한 살림인데도 싫은 내색을 하거나 끙짜를 놓는 법이 없어 성격도 갖가지인 데다가 저마다 별쭝맞기로 둘째 가라면 서러워할 문사들을 접대하고 뒤치다꺼리하는 궂은 역할을 즐겨 떠맡는 것이었다. 아마도 상대방으로 하여금 편안함을 느끼도록 만들어주는 그 무엇이 그에게 있기 때문이 아닌가 싶다.

경제관념이 무딘 탓인지 그는 남들처럼 부동산을 굴려 재산을 부풀릴 줄도 몰랐다. 평생을 꿰차고 있어 봤자 값이 오르기는 애저녁에 글러먹은 그 집을 후딱 팔아치우고 전망이 좋은 다른 동네로 옮길 요량은 꿈에도 못 하는 눈치였다. 늘품수라곤 전혀 없는 듯싶던 골목쟁이의 낡은 집이 어찌어찌 팔린 것은 훨씬 훗날의 일이었다. 뒤늦게 이리를 휩쓴 개발의 회오리바람에 편승해서 마침내 그는 눈물과 웃음이 질편히 엇갈리던 그 오랜 남중동 시절을 마감하고 이사를 단행할 수가 있었다. 지금의 그는 어엿한 중앙난방식 고층 아파트의 주민이 되어 있다.

하필이면 왜 돌인가. 돌이면 또 그냥 돌일 것이지 어째서 돌 그 자체도 아니고 돌의 그림자란 말인가. 실례되는 줄 알면서도 나는 석영이랑 그의 필명을 두고 줄곧 의문을 느끼고 있었다. 그가 태어나고 자란 왕궁면에 있는 백제식 오층석탑인 저 유명한 왕궁탑에서 연유된 것 같다는 지레짐작을 확인하기 위해 나는 어느 날 그에게 불쑥 물어보았다.

"가까운 조상 가운데 한 분이 돌 석자가 든 아호를 갖고 계셨지."

그런데 그의 대답은 전혀 뜻밖이었다.

"그리고 험한 세상을 돌처럼 묵묵히 견디고 싶다는 내용의 어떤 시인의 시를 젊은 날에 읽고는 느낀 바가 많았어. 그래서 나도 돌처럼 살자, 기왕이면 돌보다 더 존재 없는 돌 그림자로 한 세상 조용히 살아가자는 뜻으로 일찌감치 그렇게 지어버렸지, 뭐."

듣고 보니 그에게는 아주 안성맞춤의 필명이었다. 그의 인생관하고도 잘 어울리는 좋은 짝이 될 뿐만 아니라 오늘날까지 그가 영위해 나온 인생 자체가 필명의 유래와 의미에 충실하고자 부단히 물러앉고 삼가는 매우 조신한 삶이었음을 아울러 알게 되었다. 불행한 역사 속에서 불우한 성장기를 보낸 그가 스스로 그런 이름을 지어 지닐 수밖에 없었던 그 심정을 나는 비로소 이해할 수가 있었다.

그는 왕궁의 대성 중 하나인 남양 홍씨 집안에서 당시 보통학교를 나와 식자층에 속하는 분을 아버지로 하여 태어났다. 순탄할 줄만 알았던 그의 유년에 축복하고는 너무 거리가 먼 가혹한 환경이 덮쳤다. 열 살도 되기 전에 어머니와 아버지가 차례로 세상을 떠난 것이다. 철부지의 나이로 졸지에 고아 신세가 된 그는 그때부터 할머니의 손에 의해 거두어지기 시작했다. 큰집들을 전전하면서 집안 어른들의 눈치를 보며 자라는 그에게 할머니의 존재는 대단한 것이었다. 모정에 주린 그의 허한 가슴을 할머니의 따뜻한 정서가 대신 채워주었다.

"내가 여자한테 특히 약한 것은 아마 그런 성장배경 때문일 거야."

그는 페미니스트를 자처한다. 실제로 그는 여자들한테 매우 친절하게 잘 대해준다. 혹시 누가 잘못 듣고는 이상한 방향으로 엉뚱하게 곡해할라. 행실을 말하는 게 아니다. 다만 마음가짐과 태도에 관해 말하는 것뿐이다. 그는 여자들의 입장을 충분히 이해하고 섬세하게 배려할 줄 알며 언제나 따뜻하게 감싸주려고 노력하는 사람이다.

남달리 어렵고 고단한 환경 속에서도 그는 총명하고 다정다감한 소년으로 성장한다. 그리하여 그때 당시 도내의 가난한 수재들이 으레 밟는 정석 코스로 굳혀지다시피 한 전주사범에 진학하게 된다. 그리고 이 사범학교 생활을 통해서 앞으로 그가 걸어갈 인생행로의 굵은 가닥이 잡혀버린다.

할머니 밑에서 나름대로 꼼지락꼼지락 감수성과 상상력을 키우며 정서적으로 자란 시골뜨기 홍대표 학생은 자신의 소질이 정확히 어느 예술분야에 합당한지 감을 못 잡아 전주사범 시절 초기에 한동안 방황과 갈등을 겪는다. 맨 처음 그는 미술동네 쪽에 발을 들여놓았다가 다시 음악동네의 문을 두드려보기도 한다. 그는 밴드부에 들어가 그 빈약한 체구로 당돌하게도 힘든 나팔수를 맡는다. 입술이 부르트도록 열심히 노력한 보람이 있어 마침내 그는 소질을 인정받고는 학교의 중요행사 때마다 나팔을 부는 영광된 역할을 수행하다가 신임 일본인 교장의 부임식이 거행되는 근엄한 자리에서 그만 너무 긴장한 나머지 경례나팔 대신 엉뚱깽뚱하게도 기상나팔을 마구 불어제치는 일생일대의 실수를 범하고 만다.

기악뿐만 아니라 그는 성악 쪽에도 남다른 취미를 붙인다. 그 무렵에 그가 음악이란 이름의 아가씨를 무던히도 짝사랑했었다는 유력한 방증은 먼먼 훗날까지 문인들이나 제자들이 모인 술자리의 여흥 순서에서 두고두고 마구잡이로 나타난다. 그가 취중에 자신의 십팔번에 해당하는 '꿀망태 노래'나 '남몰래 흐르는 눈물'을 고창할작시면 저마다 듣는 사람들은 갑자기 귀가 번쩍 트이는 놀라운 순간을 경험하곤 한다. 작은 공명통에서 폭발적인 소리를 뽑아내는 그 벨칸토 창법 때문이다.

그 후 그는 우연한 계제에 광주에서 실시된 백일장에 참가하여 입상한다. 결국 그 경험이 그의 운명을 바꿔놓는다. 비로소 그는 정서적인 방황을 끝냄과 동시에 오로지 문학동네만을 바라보며 일로 매진하기 시작한다. 그러나 문학은 젊은 날의 그에게 영광보다는 고난을 듬뿍 안겨준다.

주지하는 바와 같이 한국의 육십 대 전후 세대야말로 민족의 고난을 고스란히 개인의 고난으로 덤터기쓴 가장 대표적인 비극의 주인공들이다. 일제 말기의 전시 동원체제하의 발악적인 식민통치와 해방, 그리고 해방공간에서의 처절한 이념 충돌과 건국, 곧이어 분단 상황 속에서의 피비린내 나는 동족상잔전쟁 등등 우리의 최근세사에서 굵직한 획을 긋는 대사건들을 징집연령의 앞뒤에서 연거푸 몸으로 겪어내야만 했던 그들은 이를테면 격동하는 역사의 수레바퀴에 깔려 단말마의 비명을 지를 수밖에 없었던 직접적인 피해 당사자인 셈이다. 물론 그도 '묻지 마라 갑자생'에 견주리만큼 가장 재수 없는 연배에 속했던 한 사람이다.

문학에 심취하기 시작한 그는 뜻있는 친구들과 함께 동인을 만들어 전주사범에서 맹렬한 활동을 벌였다. 그때 '횃불'이란 이름의 동인지를 함께 꾸민 동급생 가운데는 오늘날의 중진 소설가인 하근찬 학생도 들어 있었다. 문학에 눈뜨면서 그는 조국과 민족의 앞날에 대해 심각하게 고민하기 시작했고 점차로 '주의'에 빠져들기 시작했으며 요즘으로 치면 '운동권'에 가담해서 젊은 정열을 행동으로 옮기기에 이르렀다.

지식층임을 자부하는 그맘때의 청년들이 흔히 그랬듯이 그는 비도 안 오는 멀쩡한 날씨에 레인코트를 걸친 채 모자를 깊숙이 눌러쓴 낭만적인 변장 차림으로 학교 주변 요소요소에 격문을 붙이고 삐라를 뿌리는가 하면 스트라이크를 선동하기도 했다. 그와 같은 일들을 그는 젊음 특유의 멋이나 특권으로 알고 한바탕 신명나게 활동했다. 그러다가 '횃불'지의 필화 사건에 연루되어 짧으나마 유치장 신세를 지는 졸경을 치르기도 하고 육이오의 와중에서는 짧은 시차를 두고 번차례로 들고나는 괴상한 전쟁의 틈바귀에 끼여 여러 번의 죽을 고비를 가까스로 넘기기도 했다.

앞에서 이미 밝혔듯이 돌 그림자의 은둔을 의미하는 그의 필명은 이와 같은 험난스런 역정의 결과로 얻어진 것이다. 전주사범에서 문학 활동에 업혀 따라온 학생운동의 심각한 여파는 결국 그에게 귀중한 교훈을 남긴다. 역사의 격동기일수록 중뿔나게 남들 앞에 나설 게 아니라 한 발짝 조용히 뒤로 물러나 날카로운 모서리를 스스로 두리뭉실하게 다듬는 돌의 자세로 진중히 처신해야 된다는 새삼스런 깨달음이다. 그 뒤부터 그는 줄곧 원만한 대인관계를 유지하기에 힘쓰며 살아간다.

그는 어느 한쪽에 치우침이 없이 언제나 누구한테나 공정한 입장에서 합리적으로 대하려는 자세가 몸에 배어 있다. 자신의 이익을 위해 남의 가슴에 못을 박는 짓을 그는 차마 하지 못한다. 어쩌다 누군가로부터 본의 아니게 엉뚱한 오해라도 받을 양이면 그것이 두고두고 깊은 상처가 되어 그는 며칠씩 잠을 못 이루며 괴로워한다. 불우한 성장 이력을 가진 그는 언제나 상대방으로부터 정을 나눠 받기를 갈망하는 대신 언제나 자기가 받은 그 이상으로 상대방에게 따스한 정을 베풀기를 즐겨한다.

노름판에서 그의 돈은 먼저 보는 사람이 임자다. 화투장을 손에 쥘 줄만 아는 사람이면 그의 지갑을 털기는 수양딸로 며느리삼기만큼이나 손쉬운 노릇이다. 그는 포커페이스하고는 너무 인연이 멀어 자신의 속마음을 의뭉스럽게 감추는 재주가 도무지 없는 사람이다. 고스톱이든 섰다든 나이롱뽕이든 짓고땡이든 모두 마찬가지다. 어떤 노름에서나 그는 좋은 패가 들어오면 마치 봉황의 깃털이라도 움켜쥔 듯이 즐거워서 어쩔 줄 몰라 당장 콧노래를 흥얼거릴 듯한 표정이 되고 그 반대일 경우에는 하늘이 무너지고 땅이 꺼지는 낙담의 기색을 얼굴 그득히 총천연색으로 드러낸다. 그러니 어느 아둔한 바보가 그의 손에 시방 어떤 그림이 들려 있으며 어느 정도의 끗발을 쥐고 있는지 눈치를 못 채겠는가. 노름의 결과는 그야말로 뻔할 뻔자여서 초장에 벌써 그의 밑천은 거덜나고 만다. 고작 그런 정도의 실력인데도 그는 친구들과의 모임이건 후배나 제자들하고 한데 어우러지는 자리건 가리는 법 없이 동양화만 그린다 하면 악착같이 끼어들어 기어코 한 자리를 차지하려 한다. 만일 그처럼 천진난만한 사람들만 모여 사는 세상이 있다면 정말이지 나는 손에 먼지 한 알 묻히지 않아도 처자식 먹여 살리는 데 아무런 지장이 없겠다.

나는 지금 때 묻지 않은 어린애를 연상케 하는 그의 성격에 관해서 맹렬히 흉을 보고 있는 중이다. 그의 타고난 순진성은 때때로 자랑의 형식을 빌려 나타나곤 한다. 물론 자랑과는 무관한 척하면서 그냥 지나가는 말처럼 무심코 흘리는 투의 자랑이다. 하지만 워낙 의뭉 떠는 데는 소질이 없는 탓에 금방 그 의도를 상대방에게 간파당하고 만다.

"집안에 앉아서도 연락이 가능해진 다음부터는 시내까지 일부러 나올 일이 별로 없다니까……."

전화가 무척이나 귀한 시절이라서 재산 목록에 오를 정도로 부러움의 대상이 되던 옛날 옛적의 일이었다. 하루는 단골 다방에서 오랜만에 만난 그가 이런저런 이야기 끝에 혼잣말 비슷한 가락으로 슬며시 말하는 것이었다. 하도 시원찮게 흘려 말하는 바람에 나는 하마터면 그 심상한 말투 속에 숨은 진정한 의도를 놓칠 뻔했다. 방금 전의 그 말을 얼핏 되새겨보니 허투루 그냥 넘겨서는 안 될 매우 중요한 암시라는 판단이 섰다. 아, 그새 이 양반의 신상에 남들이 알아주었으면, 하시는 자랑거리 한 가지가 생겼구나.

"댁에 혹시 전화 놓으신 거 아닙니까?"

나는 얼른 알은체를 했다. 집안에 앉아서도 연락이 가능한 문명 수단을 확보했다면 전화 말고 또 뭐가 있겠는가.

"응, 며칠 전에 개통이 되었어."

별일 아니라는 듯이 그는 여전히 시원찮게 받아넘겼다.

"아, 그런 경사가 다 있으셨어요? 정말 즐거우시겠습니다. 진심으로 축하드립니다. 선생님."

제자 두어서 좋다는 게 뭔가. 나는 아첨을 물찌똥처럼 내깔겼다. 그러자 그는 수줍음 잘 타는 소년처럼 갑자기 쑥스러워 어쩔 줄 모르는 표정을 짓기 시작하는 것이었다.

"축하는 무슨……."

하지만 그때까지 무심을 가장하고 있던 그의 얼굴에 유심이 빠른 속도로 번지고 있었다. 사제지간의 마땅한 도리로서 나는 새로 개통된 그의 전화번호를 물어보기를 잊지 않았다.

대충 이런 식이다. 최초로 흑백텔레비전 수상기를 구입했을 때도 그랬다. 이리 시내에서는 기중 고급에 속하는 현대식 아파트로 이사할 때도 그랬고 큰아들이 독일로 유학을 떠날 때도 그랬고 그 자신이 난생 처음 해외여행을 다녀오기 전후해서도 그랬고 마음에 쏙 드는 참한 규수들을 차례차례 셋씩이나 며느리로 맞을 때도 그랬다. 마치 명절 선물로 새 운동화를 미리 받은 어린애처럼 혹은 첫 득남의 감격에 사로잡힌 젊은 애 아빠처럼 그는 뭔가 자랑할 만한 거리가 생기면 그걸 가까운 사람에게 자랑이 아닌 듯이 넌지시 알리고 싶어 번번이 금세 들통 날 서툰 연기를 시도하곤 한다.

나는 다 늦게 대학에 다닌답시고 직장을 그만둔 채 일정한 벌이도 없이 늘 빈털터리로 지내고 있었다. 그 무렵 나는 똑같은 늙다리 학생이자 똑같이 궁기가 든 단짝 친구와 함께 다방에 죽치고 앉아서 종업원들 눈치나 살피며 진종일 빈둥거리다가 아는 얼굴이 나타나면 저승에서 조상귀신 만난 듯 얼른 달려가서는 상대가 선배건 스승이건 가릴 겨를 없이 불고염치하고 차도 얻어 마시고 담배를 동냥하기를 여반장으로 했다. 그 시절에 우리 둘이서 가장 자주 그리고 가장 심하게 지다위 붙곤 하던 희생의 대상이 바로 그임은 두말할 필요도 없는 일이다.

한번은 예총 이리 지부의 문학 강연회에 서울 문인들이 여럿이나 연사로 내려왔다. 덕분에 친구와 나는 서울 문인들을 접대하는 자리에 얼싸절싸 함께 휩쓸려서 오랜만에 푸짐하게 공짜 밥도 먹고 공짜 술도 마셨다. 어디 그뿐인가. 도둑놈은 시끄러운 판 속을 좋아하더라고, 서울과 지방의 문인들로 가득 들어찬 다방에서 커피까지 얻어 마셨다. 이제 우리한테는 호주머니에 담배 한 갑만 들어 있으면 더 이상 바랄 게 없는 행복한 하루가 될 판이었다.

"어이 미스 박, 여기 담배 한 갑!"

나는 카운터에다 뱃심 좋게 주문했다. 나는 찻값을 누가 계산할지 알고 있었기 때문에 단단히 믿는 구석이 있어 안심하고 그랬던 것이다. 아니나 다를까, 자리가 파할 무렵에 남들보다 두어 걸음 앞질러 그가 카운터로 가서 계산을 시작하는 걸 보고 우리는 슬그머니 먼저 다방을 빠져나갔다. 그런데 문제가 생겼다. 무슨 담뱃값까지 포함돼 있느냐는 그의 힐문이 등 뒤에서 들리고 저쪽에 앉아 있던 청년들이 분명히 찻값과 함께 계산하라고 했다는 종업원의 항변이 따르지 않는가.

"선생님, 죄송합니다. 저희들이 그랬습니다."

고약한 쪽으로 문제가 확대되기 전에 우리는 별수 없이 자수했다. 그러자 우리의 주머니 사정을 빤히 아는 그인지라 몹시 당황하는 기색이었다.

"어, 그랬어?"

정작 죄를 지은 우리보다도 본의 아니게 그 죄를 밝혀낸 꼴이 된 그가 오히려 더 민망해서 쩔쩔매기 시작했다.

여럿이서 함께 먹고 함께 마시는 자리에서 계산을 남에게 미룰 줄 모르고 자기가 먼저 해버리는 것 또한 그의 성격의 일면이다. 새까만 후배나 제자들하고 어울릴 때도 언제나 마찬가지다. 곤궁하던 시절에 우리는 그런 점을 악용해서 그에게 신세깨나 지며 지냈다. 그런데 제법들 셈평이 펴인 오늘날까지도 그는 한결같다. 옛날 일을 생각해서 스승을 대접해드리려고 일부러 마련한 자리에서도 그는 막무가내로 계산을 떠맡음으로써 은혜 갚을 기회를 꽉 틀어막아버린다.

지난 날 그에게는 가정적으로도 큰 고비가 있었다. 자칫 빗나가기 십상인 어려운 환경 속에서도 자녀들은 어느덧 사회에서 한 몫을 단단히 해내는 재목들로 장성했다. 성공한 자식들이 이야기될 적마다 그는 저희들이 스스로 잘 자라주었다고 말하곤 한다. 마찬가지로 문단에서 활약하는 제자들이 화제에 오를 때도 그는 결코 자신의 공이 아니라고 대답해버린다. 이처럼 고운 심덕이 오늘날의 그를 온갖 역경 위에 올라서서 가정적으로나 사회적으로 성공한 삶을 살도록 작용했으리라.

妄言多謝.

미수를 맞으신 아버지께

가장 좋은 것, '성실'을 물려주심에 감사드립니다.

홍지화(소설가)

올해로 여든 여덟, 미수를 맞으신 아버지.

그래도 연세에 비해 건강하신 아버지를 볼 때마다 얼마나 든든하고 기분 좋은지 모르실 거예요. 고맙습니다, 아버지.

긴 세월을 보내는 동안 아버지께서도 참 고단하고 힘들었던 적도 많았겠지요. 누구에게나, 어떤 인생이거나 삶을 산다는 건 쉽지 않은 일이니까요.

한 가난한 농부의 외아들로 태어나 모친을 세 살에, 부친을 일곱 살에 여의고 큰 집에서 눈칫밥을 얻어먹으며 고학해, 일제시대의 명문 전주사범학교에 입학, 작가로서 국문학자로서 성공하시기 전까지 얼마나 고단한 일상을 사셨을까, 부모님 덕분에 너무나 곱게 자란 저는 짐작조차 할 수 없겠지요.

전주에서 왕궁 사이 그 먼 통학길을 걸어 다니면서도 책을 손에서 놓지 않았다는, 마치 어느 위인의 무용담 같은 어린 시절 이야기에는, 아버지로서보다 작가로서 존경하는 마음이 더했지요.

여린 영혼을 가진 작가로서 정의가 사라진 일제 식민치하와 한국전쟁의 포화, 그리고 군사독재정권의 폭정 등 굴곡진 현대사를 모두 겪으시면서 얼마나 많은 내적 번뇌와 고통을 느끼셨을까요.

제가 사십년 넘게 바라보고, 우러러본 아버지는 그럼에도 불구하고 한 치의 삐뚤어짐도 없이, 지혜롭고 모범적인 한 가정의 가장이셨습니다. 인자하고 좋은 아버지셨고, 매우 성실한 교육자이고 소설가셨습니다. 전형적인 외유내강의 선비스타일이셨지요.

제가 태어나던 날조차 아버지는 학생들의 강의를 휴강할 수 없다면서, 밤새 산고를 겪은 어머니를 두고 학교로 가셨다며 어머니는 지금도 섭섭해 하십니다.

때로는 그 무심함에 처자식들이 상처를 받기도 했지만, 나이가 어느 정도 들고 나서 이해할 수 있었어요. 그것이 아버지가 모질고 난폭한 세월을 무난하게 견뎌온 삶의 한 방식이라는 것을.

'성실'을 걸러내면 빈 껍질만 남을 아버지의 구십 평생. '성실' 이 가장 큰 자산이었고 무기였던, 그것이 제가 아버지를 존경하고 사랑하는 이유이기도 합니다. 어찌 보면 참 따분하고 재미없는 인생을 사셨지만, 그 재미없는 인생을 긍정적으로 위트 있게 받아넘기며 성실하게 사셨으니까요.

어린 시절, 앉은뱅이책상 앞에서 원고지의 빈칸을 채워나가시는 아버지의 등을 지금도 가끔 떠올리곤 합니다. 그 때 아버지의 등이 참 넓어보였습니다. 아직 어린 자식들의 칭얼거림과 떠드는 소리에도 아버지는 아랑곳하지 않고 한 치의 미동도 없이 꼿꼿하게 무언가를 쓰고 계셨습니다.

소설가가 어떤 일을 하는지, 학자가 어떤 일을 하는지 몰랐던 나이였지만, 그래도 그것이 주는 외적 평화로움을 어렴풋이 느낄 수 있었지요. 그래서 그 어린 나이에도 아버지와 같은 삶을 감히 꿈꾸었습니다. 작가가 얼마나 고단한 직업인지, 외적으로는 평화롭고 멋있어 보일지언정, 내면에서는 얼마나 많은 갈등과 번민의 블록을 쌓고 허물고를 반복해야 하는지 그 때는 몰랐으니까요.

이제 저도 아버지한테서 물려받은 그 '성실'을 자산으로 삼아 성실한 삶을 살아가겠습니다. 성실한 작가로, 성실한 딸로.

아버지의 딸인 것이 가장 자랑스럽습니다. 아버지가 대단하고 화려한 작가는 아니었어도, 훌륭하고 좋은 작가였듯이 저 또한 그렇게 좋은 작가로 성실히 내적 성장을 거듭해 나아가겠습니다. 가장 좋은 것, '성실'과 '문학적 영향'을 물려주심에 감사드립니다.

이제 한국 문단 안에서 별이 되어 빛을 발하는 여러 훌륭한 제자 분들이 뜻을 모아 아버지의 문학인생을 정리하고 기념하고자 단편집을 출간해주신다고 합니다. 선배 작가님들께 머리 숙여 감사를 전합니다.

칠십 평생을 진실하고 한결같은 작가로 살아오신 아버지의 곧은 일생에 자식으로서, 아직 장닭이 되지 못한 병아리 작가로서 무한한 경의를 표합니다.

사랑하는 아버지.

더도 말고 지금처럼만 건강하게 오래오래 제 곁에 계셔주세요. 앞으로도 왕성하게 창작활동도 하시고요. 아직도 쓰시고픈 내면의 이야기가 많지 않으신가요?

아울러, 자식들 중 가장 부족한 탓에 많은 공을 쏟아 부어야 했음에도 지금껏 불평 한 마디 하지 않으시고, 변함없는 믿음과 사랑을 주심에 감사드립니다.

아버지의 말년이 지금처럼 오래도록 평안하시기를 기도드립니다.

사랑해요, 아빠.

–가장 아픈 새끼손가락, 딸 지화 올림

작가연보

1930년 전북 익산군 왕궁면 왕궁리에서 부친 홍순팔(洪淳八)과 모친 윤봉례(尹鳳禮)의 외아들로 출생

1944년~1958년 전주사범학교를 거쳐 원광대학교 국어국문학과 졸업

1953년~1965년 익산중학교를 거쳐 이리남성여고 국어교사 역임

1960년 단편소설 「황혼」, 「막다른 유예」로 『自由文學』 추천 완료

1961년~현재 한국문인협회, 국제펜클럽 한국본부, 한국소설가협회 회원

1962년 「벼랑에 뜨는 별」 전북일보 연재

1966년 창작집 『異蹟의 밤』(향학사) 출간

1966년~1996년 원광대학교 국어국문학과 교수

1969년~1971년 전북매일신문사 논설위원

1970년~1974년 한국문인협회 이리지부장

1971년 전북문화상 수상

1972년 원광대학교 대학신문 주간

1974년~1976년 한국예총 이리지부장

1975년 창작집 『避暑地』(범우사), 번역서 『한서 · 후한서』(문우사) 출간

1978년 이리시민의 장 수상

1979년 자유중국 문학장 수상

1980년 『現代小說의 研究』(원광대출판국) 출간

1980년~2003년 한국언어문학회 회장, 한국현대소설학회 부회장, 한국소설가협회 운영위원, 표현문학회 회장 등 역임

1981년~2003년 『익산군지』, 『이리시사』, 『익산시사(익산, 이리 통합판 총3권)』의 상임 편찬위원

1982년 장편소설 『불꽃 祭壇』(인물연구소) 출간

1983년 『문학원론』(예문관) 출간

1986년 『文學槪說』(탐구당), 『거룩한 분노는 횃불이 되어』(전북애향운동본부) 출간

1987년 창작집 『우리들의 大父님』(청한출판사) 출간

1987년~1988년 원광대학교 문리과대학 학장

1988년~1990년 원광대학교 인문과학대학 학장

1988년 「풍운에 지다」 『예술계』 연재

1989년 「바람아 물어보자」 전북일보 연재

제15회 한국소설문학상 수상

1990년 수필집 『후조는 날으며 자국을 남긴다』(영학출판사) 출간

1991년 일본 교토불교대학 객원교수

1993년 장편소설 『숲에서 나무되어』(살림출판사) 출간

1994년 『삶과 虛構의 진실』(보고사) 출간

모악문학상 수상, 대만문화대 문학박사

1996년 원광대학교 국어국문학과 교수 정년퇴임, 현재 명예교수

국민훈장 모란장 수상

1997년 번역서 『한서열전』(범우사) 출간

1998년 동국대학교 문화예술대학원 강사

2000년 장편소설 『천년의 恨』(범우사) 출간

2003년~2010년 채만식 문학상 심사위원장

2006년 창작집 『바람과 사슬』(살림출판사), 장편소설 『양곡 소세양의 빛과 사랑』(살림출판사) 출간

2010년 장편소설 『정여립(상·하)』(범우사) 출간

2014년 채만식 문학비 및 문학관 설립추진 부위원장

2017년 미수 기념 『홍석영 단편전집』(모악) 출간

홍석영 단편전집

1판 1쇄 찍은 날 2017년 8월 10일
1판 1쇄 펴낸 날 2017년 8월 17일

지은이 홍석영
엮은이 원광소설가족

펴낸곳 모악

출판등록 2016년 1월 21일 제2016-000004호
주소 전북 전주시 덕진구 기린대로 418 전북일보사 5층 (우)54931
전화 063-276-8601
팩스 063-276-8602
이메일 moakbooks@daum.net

ISBN 979-11-88071-03-6(03810)

* 이 도서의 국립중앙도서관 출판예정도서목록(CIP)은 서지정보유통지원시스템 홈페이지(http://seoji.nl.go.kr)와 국가자료공동목록시스템(http://www.nl.go.kr/kolisnet)에서 이용하실 수 있습니다.(CIP제어번호: CIP2017016945)

값 50,000원